小津安二郎全集
［上］

井上和男編

新書館

演出中の小津安二郎（1937年／昭和12年）

小津安二郎全集［上］　目次

謝辞 6
凡例 7
懺悔の刃 一九二七年 13
若人の夢 一九二八年 17
女房紛失 一九二八年 21
カボチャ 一九二八年 25
引越し夫婦 一九二八年 29
肉体美 一九二八年 39
宝の山 一九二九年 53
学生ロマンス 若き日 一九二九年 67

和製喧嘩友達　一九二九年　87
大学は出たけれど　一九二九年　95
会社員生活　一九二九年　115
突貫小僧　一九二九年　119
結婚学入門　一九三〇年　127
朗かに歩め　一九三〇年　143
落第はしたけれど　一九三〇年　173
その夜の妻　一九三〇年　189
エロ神の怨霊　一九三〇年　203
足に触った幸運　一九三〇年　207
お嬢さん　一九三〇年　225

淑女と髯　一九三一年　257
美人哀愁　一九三一年　273
東京の合唱《こーらす》　一九三一年　301
春は御婦人から　一九三二年　325
生れてはみたけれど　大人の見る絵本　一九三二年　345
青春の夢いまいづこ　一九三二年　365
また逢ふ日まで　一九三二年　385
東京の女　一九三三年　403
非常線の女　一九三三年　419
出来ごころ　一九三三年　449
母を恋はずや　一九三四年　475

浮草物語　一九三四年　497
箱入娘　一九三五年　519
東京の宿　一九三五年　539
大学よいとこ　一九三六年　559
一人息子　一九三六年　585
淑女は何を忘れたか　一九三七年　605
戸田家の兄妹　一九四一年　629
父ありき　一九四二年　669
作品解題　693

謝辞

円覚寺の「小津安二郎四十九日法要」の席で、野田高梧、山内静夫に、『小津安二郎全集』を出そうと誓ってから、もう、四十年経つ。〈全集〉と銘うちながら、二〇〇三年春の時点で、映像も脚本も見当らないサイレント映画六本は、どんな映画かを伝えるにとどまるが、辛うじて〈全集〉の名を冠する本にたどりついた。

いろいろな方々から、激励やら応援をうけた。特にお名前を記して、感謝したい。

小津ハマさん。小津さんの実弟（故）信三さんの奥さん。信三さんの訃報を聞き、山内静夫と野田のお宅へ弔問に伺った時〝彼岸花〟が庭一面真赤に咲いていた。私が撮ったドキュメンタリー『生きてはみたけれど――小津安二郎伝』のインタビューの録音テープを、黙々と文字起しして下さった方である。今回は、川喜多記念映画文化財団での収録台本撰定に立会って頂いた。

野田静さん。（故）野田高梧夫人。この全集の企画を相談した時、イの一番に「しっかりおやりよ」と激励してくれた。残念ながら、完成を待たず二〇〇二年十一月十一日、百歳と二ヵ月で高梧先生の元へ旅立たれた。眠るように、キレイなお顔だった。「バンさん、お葬式頼むよ」の遺言どおり、お約束は果したが、やっぱり直かに、この全集をお見せしたかった。

中井麻素子さん。（故）佐田啓二夫人にして中井貴恵と中井貴一の母。大船撮影所前の食事処「月ヶ瀬」の娘時代から、所内の小津さんの監督室へ食べ物など運んでいた。佐田さんと結婚してからも、田園調布のお二人のお宅を「オレの東京宿泊所」と小津さんが呼んでいたぐらい、お二人で小津さんの面倒を最後まで看取った。「看護日誌」（『小津安二郎・人と仕事』所収）はその時の佐田日誌である。そして、脚本研究生時代から五十五年の友である山内久さん、玲子さん、東京国立近代美術館フィルムセンターの大場正敏さん、佐伯知紀さん、川喜多記念映画文化財団の佐藤京子さん、松竹映像版権室の松本行央さん、藤井宏美さん、日本シナリオ作家協会の森川喜和さん、キネマ旬報の植草信和さん、青木眞弥さん、伊勢の刀根博樹さん（刀根フィルム）。

最後になるが、『早春』以降遺作『秋刀魚の味』まで小津映画のプロデューサーであり、里見弴先生の四男であり、生前も没後も、こと小津さんに関しては常に中核の存在である畏友、山内静夫さん、愛子夫人。

ほんとうにありがとう。

編者

凡例

一、本全集は、小津安二郎が監督した全五十四作品のうち、一般には未公開の短篇ドキュメンタリー一作品(『菊五郎の鏡獅子』)、脚本、ネガ、プリントのいずれもが散逸した六作品(『懺悔の刃』『若人の夢』『女房紛失』『カボチャ』『会社員生活』『エロ神の怨霊』)を除いた、四十七作品の脚本を収録したものである。

二、収録した四十七作品のうち、小津安二郎自身が原作、あるいは脚本を書いたものは三十三作品である。戦前は小津自身の単独脚本か、野田高梧、池田忠雄、伏見晁、北村小松、荒牧芳郎、柳井隆雄、荒田正男らの単独または共同脚本、戦後は、最初の二作品は池田忠雄、斎藤良輔と小津との共同脚本、そして『晩春』以降の作品はすべて小津安二郎と野田高梧の共同脚本である。

三、戦前の作品を上巻、戦後の作品を下巻に収録し、それぞれ巻末に編者による作品解題を付した。また別巻には、編者と評論家(佐藤忠男・川本三郎)による座談会と、編者による小津安二郎論(『私的小津論〈ひと・しごと〉』)を収録した。

四、下巻には付録として、小津安二郎が脚本執筆に参加しながらも自らは監督しなかった作品を収めた。『瓦版かちかち山』(一九二七年)、『ビルマ作戦　遙かなり父母の国』(一九四二年)、『月は上りぬ』(一九五五年)、『青春放課後』(一九六三年)の脚本、および遺筆ノート『大根と人参』(一九六三年)である。

五、一九三五年に執筆されたサイレント台本『東京よいとこ』(改題『一人息子』)、一九四〇年に執筆された『お茶漬の味』、一九五七年の『大根役者』(改題『浮草』)の三作品については、いずれものちに書き改められ、小津自身の監督で映画化されているので、本全集には映画化された脚本のみを収録するにとどめた。

六、上巻に収録した、脚本、ネガ、プリントのいずれもが散逸した初期の六作品『懺悔の刃』(一九二七年)、『若人の夢』『女房紛失』『カボチャ』(いずれも一九二八年)、『会社員生活』(一九二九年)、『エロ神の怨霊』(一九三〇年)については、それぞれ公開当時の「キネマ旬報」あるいは「映画評論」所載の略筋(ストーリー)と解説、小津安二郎の「自作を語る」を収録した。

七、小津安二郎監督作品のうち、脚本が存在しながら、ネガ、プリントのいずれもが散逸したものは十一作品にのぼる。逆にプリントが一部分発見されながら脚本が存在しないのが、野田高梧脚本『和製喧嘩友達』と池田忠雄脚本『突貫小僧』である(いずれも一九二九年の作品)。この二作品については、編者が発見されたフィルムをもとに撮影台本を復元して収録した。

八、小津安二郎監督作品のなかで唯一のドキュメンタリーであり、初のトーキー作品である『菊五郎の鏡獅子』（一九三五年）については、脚本が存在しない。作品解題に、解説と作品データのみを収録した。

九、テキストとした脚本は原則として川喜多記念映画文化財団所蔵の撮影台本に拠った。台本に複数のヴァージョンがある場合は、最終の撮影台本を採った。

一〇、脚本のなかには現存するフィルムと若干の異同があるものもあるが、本全集では原則として変更を加えることなく、そのまま忠実に掲載した。ただし、例外として『落第はしたけれど』『生れてはみたけれど』『出来ごころ』の三作品については、フィルムと最終の撮影台本との異同が甚だしいため、部分的に補訂を加え、作品解題にて異同部分を細かく解説している。また、テキストとした撮影台本のなかにある小津自身による書き込み、カット指定、図版、見取り図なども、判読不能なものやストーリー展開の妨げになるものをのぞいては可能な限り収録した。

一一、原則として作品中の旧漢字は新漢字に、旧仮名は新仮名に改めている。ただし作品タイトル、役者名については、その限りではない。

一二、明らかな誤字・脱字については適宜修正した。また、難読漢字やあて字には、一部ふりがなをつけた箇所がある。

一三、作品中には身体、民族、地域、職業に関する不適当な表現があるが、原文の歴史性を考慮してそのまま収録した。その呼称を容認するものでないことは当然である。

一四、各作品の扉裏に付したスタッフ（上段）およびキャスト（下段）一覧には、撮影台本に記載されたもののなかから主要人物に限って掲載している。巻末の作品解題にはフィルムのクレジット・タイトル記載の人物名や上映データを可能な限り掲載した。なお、撮影台本記載のものと実際のフィルムとの題名、役名、スタッフおよびキャスト名の異同については、適宜注記した。

一五、スタッフおよびキャストのなかに複数の漢字表記を用いている者もあるが、記録性を重んじてあえて統一していない（例をあげれば、坂本武／阪本武、茂原英雄／茂原英朗、厚田雄春／厚田雄治などである）。

一六、おもに初期作品で用いられる、映画技法上の略記号の意味は以下の通りである。
　Ⓣ＝スポークン・タイトル（Spoken Title）の略で、セリフを書いた字幕のこと。また情景説明のタイトルも、同じⓉとして、あえて区別しなかった。

（F・I）＝フェイド・イン。画面を次第に明るくする。

（F・O）＝フェイド・アウト。画面を次第に暗くしていってシーンを転換させる。

（O・L）＝オーバーラップ。二重露出によってイメージを重複させる。

（O・W）あるいは（Wる）（ダブル）＝ディゾルヴのこと。ひとつのシーンから次のシーンに移行する際に、前のショットの終わりが消えてゆくに従って、次のショットのはじめが次第に現れてくる。

一七、各巻末の「作品解題」および下巻末の「小津安二郎年譜」は、おもに以下の資料を基に編者が作成した（順不同）。『小津安二郎作品集』（井上和男編、立風書房）、『小津安二郎・人と仕事』（井上和男編、蛮友社）、『小津安二郎の芸術』（佐藤忠男著、朝日新聞社）、『小津安二郎新発見』（松竹編、講談社）、『小津安二郎を読む』（フィルムアート社）、「別冊キネマ旬報　小津安二郎・人と芸術」「キネマ旬報臨時増刊　小津と語る」『小津安二郎集成』『小津安二郎集成II』（以上、キネマ旬報社）、『小津安二郎の美学』（ドナルド・リチー著、フィルムアート社）、『聖なる映画』（ポール・シュレイダー著、フィルムアート社）、『小津安二郎　全発言』『小津安二郎　戦後語録集成』『全日記　小津安二郎』（以上、田中真澄編、フィルムアート社）、『監督　小津安二郎』（蓮實重彥著、筑摩書房）、「ユリイカ　特集＝小津安二郎」（青土社）、「文藝別冊　小津安二郎・永遠の映画」（河出書房新社）。

小津安二郎全集［上］

懺悔の刃

原作並監督者……………小津安二郎氏
脚色者…………………野田　高梧氏
撮影者…………………青木　　勇氏

木更津の佐吉……………吾妻　三郎氏
木鼠の石松（弟）………小川　国松氏
同心　真鍋勝十郎………河原　侃二氏
山城屋庄左衛門…………野寺　正一氏
娘　お八重………………渥美　映子嬢
乳母　お辰………………花柳　　都嬢
越前屋　お末……………小波　初子嬢
くりからの源七…………河村　黎吉氏

一九二七年（昭和二年）
松竹蒲田　時代映画
脚本、ネガ、プリントなし
S（＝サイレント）7巻、1919m
（七〇分）
白黒・無声
十月十四日　電気館公開

〈解説〉

今回監督に昇進した小津安二郎氏の第一回作品である。

〈略筋〉

五年振りに出獄した木更津の佐吉は、迎えた弟の木鼠の石松に、夜の更けるまで、更生への思いを語った。そこへ飛び込んで来たのは、山城屋へ忍び入って捕手に追われる、くりからの源七だった。顔馴染なので匿《かく》まってやり、佐吉は源七にも改心を促したが、せせら笑った源七は、また、風のように消えて行った。

佐吉は言葉どおり堅気になって故郷の木更津に帰ろうと、米屋に奉公して、主人の信用も厚かった。そんなある日、往来で、山城屋の娘お八重の簪《かんざし》を掏《す》って逃げる石松に出会った。石松は咄嗟に佐吉にその簪を渡し、姿をくらました。駆けつけた同心の真鍋勝十郎は、簪が佐吉の手にあるのを見て、佐吉を犯人と断定し、曳き捕えようとしたが、お八重と乳母のお辰主従が《その人は掏摸ではない》ときつく言い張ったので、佐吉は危うく難を免れた。

然《しか》しこのことから、真鍋に石松の居所を追及され、知らぬと言えば佐吉の前科を暴くと脅かされ、結局、佐吉は、前科者として、折角《せっかく》築きかけた米屋主人への信頼も失い、店を追われて、自棄《やけ》に乱れる心を、屋台の濁酒に紛らせるしかない身の上となった。

越前屋の娘お末は、石松と人目を忍ぶ仲だった。何とかして石松を改心させようと、しつこく迫る毎日だった。お末の気持に負け、石松も漸《ようや》く堅気になって兄と一緒に木更津に帰る気になり、二人揃って佐吉の所に相談に行く。所が肝心の佐吉は、《一度前科を犯した人間を、たとえ自分は改心しても、世間は認めて呉れないんだ》と嘯《うそぶ》く始末である。

ある夜、佐吉と石松は捕吏に追われ、二人は離ればなれに逃げのびた。佐吉は、お八重に救われ、山城屋に匿まわれた。しかし、夜更け、隣室で売り上げを勘定する金子《きんす》の音に誘われ、夢遊病者のように金箱に手を触れてしまう。ただ、山城屋主人の情けで、泥棒の汚名も着せられず、更生資金さえ頂戴した。帰宅して今度こそ木更津へ帰って堅気になろうと荷造りする所へ源七が来て、《昨夜の分け前を貰おうか》と要求する。怒った佐吉と激しい格闘になり、源七はほうほうの態で逃げ出すが、あとにお八重の簪が落ちていた。

源七は、逃げる途中、石松と出会い、矢庭に石松に斬りかかった。一方、帰郷の荷造りを終えた佐吉の所へ、お末が訪ねて来た。そこへ深傷を負った石松も遁《のが》れて来たので、石松の介抱はお末に頼み、兄弟を曳っ捕えようとする真鍋たち捕吏の囲みを斬り拓いて、佐吉は簪を懐ろに、源七の隠れ家を襲った。

源七を倒した佐吉は、誘拐されていたお八重を救け出し、恩義ある山城屋へ、無事送り届ける。

石松は死んでしまい、佐吉は、己も死ぬべきか、将又《はたまた》、生きて叛逆児となるべきか、悩みは益々深かった。

(以上、キネマ旬報　一九二七年十月一日号)

〈批評・内田岐三雄〉

これは、その映画の大部分を『キック・イン』(編者注＝W・マックの戯曲が原作。ジョージ・フィッツモーリス監督が一九一七、二二年(公開邦題名『文明の破壊』)と二度映画化している)に仰いでいる。そしてその他に、『レ・ミゼラブル』(編者注＝フランク・ロイド監督が一九一八年にFOXで映画化、大正九年に日本公開）からはミリエル僧正の件りを、『豪雨の一夜』〝Cassidy〟（編者注＝C・G・バッジャーの一九二〇年作）からは最後の一巻を、及びこのほかに色々の外国映画から、色々の気持と描写とを借りて来ている。と、言ったなら此の映画は随分と下らないもので、つぎはぎだらけの疑似物だと言った感じを或《あるい》は受けるかも知れない。が、映画そのものは、そうした借り物の跡は明かに、時には何となく覗《うかが》われ様とも、しかしそれは、脚色者なり、監督者なりに、よく噛みしめられた上での（二三の個所を除いては）改作なのである。そして、此の映画は日蔭者を主人公として、その男の可成り人間的な気持を描きながら、その上に大衆的な狙いを要所々々に叩き込んだものである。そして野田高梧氏の細かい筆致とその持味を、小津安二郎氏の緩急の按配と静観と激動との綯《な》いまぜの監督手法並びにその持ち味とが、よく融合した所に此の映画の成功がある。

が、難をいえば、時としての慌しさ（製作を忙《いそ》いだ為か？）と、も一歩深く押して行く力とが足りない、という点がある事である。吾妻三郎氏は、氏の平生のものと比較すれば、遙に良い出来栄えであり、そして内面的に進んだ個所が見られる。小川国松氏は精一杯らしいが、まだ喰足りない。そして河原侃二氏は敵役としていい。が、敵役として扱われた為めに、最良の後悔が、ちとそぐわない感じを出してしまった。が、これは氏の罪ではない。

興行価値――前述の如く、受けた映画からの良い所を集めて来て、それをよく一つに作り改《か》えた丈《だけ》に充分に受ける映画である。それに映画としても佳作の部に数え入れらるべきもの。

（キネマ旬報　一九二七年十一月二十一日号）

〈小津安二郎・自作を語る〉

実を言うとね、僕は当時、一日も早く監督になりたいという気持はそんなになかったのですよ。助監督なら呑気に飲んでいられるが、監督になれば夜の目も寝ずにコンティニュイティも建てなくちゃなるまいしね。……しかし、周りも何か一本こしらえろという。作るなら、その前に自分で書いて持っていた『瓦版カチカチ山』という脚本（編者注＝下巻五〇七～五一八頁に収録）をやりたかったんだが、まあいいよとなって、この野田さんの本に決まった。昭和二年の八月に会社から辞令を受取ってね。

『監督ヲ命ズ　但シ時代劇部』

但書がついてるんだ。当時、時代劇部は現代劇より一段格が下ということだったんだね。処が辞令を貰ったら蒲田の時代劇部は解散しちゃって、まあ、至って中途半端な位置に立ったわけだな。この写真を撮りかけの時、召集が来てね。それで急いで作ったんだが間に合わん。伊勢の連隊に入隊して、そのあとファースト・シーンだけは斎藤寅次郎さんが撮ってくれた。帰って来たら、もう封切りしてた。電気館で観たんだが、自分の作品のような気がしなかったよ。だから、はじめての作品だというのに、これは一回しか観ていないんだ。

（キネマ旬報　一九五二年六月上旬号）

若人の夢

原作脚色並監督者……………小津安二郎
撮影者……………………茂原　英雄

W大学生　岡田長吉………斎藤　達雄
その恋人　美代子…………若葉　信子
W大学生　加藤兵一………吉谷　久雄
その恋人　百合子…………松井　潤子
岡田の父……………………阪本　　武
洋服屋　古川………………大山　健二

一九二八年（昭和三年）
松竹蒲田
脚本、ネガ、プリントなし
S5巻、1534m（五六分）
白黒・無声
四月二十九日　電気館公開

〈略筋〉

岡田と加藤とは同じ下宿からW大学へ通っていた。ある朝加藤のところへ洋服屋から請求書が来たが、岡田が見たので恋人の手紙だと言った。間もなく洋服屋が来て遂《つ》いに一日座り込まれてしまった。その間に岡田は恋人の美代子と公園へ出かけて一日を楽しく暮した。

次の日曜日、加藤は恋人百合子を連れて散歩に行ったが、その帰り途のバスの中で又洋服屋に遭い、散々油をしぼられて百合子の機嫌を悪くした。その後又洋服屋が下宿に来たので、その強談判にたまり兼ねて隣室にあった岡田の洋服を金の代りに渡してしまう。それから間もなく岡田の父親が故郷から来ることになったので仕方なく、岡田は加藤の洋服を借りたが丈《た》けがまるで合わなかった。

そこへ恋人の美代子が来る。加藤のところへも百合子が訪ねて来たことから、図らずも誤解を生んだが、結局二組の恋人同志に楽しい青春の日が来た。

(キネマ旬報　一九二八年五月二十一日号)

〈批評・北川冬彦〉

『懺悔の刃』一本をつくってのち久しく沈黙をつづけていた新進小津安二郎氏のものした現代劇である。

何よりもいいことは、こうした興味中心な題材を扱っていながら、それが単なるオワライ映画、ニワカ映画に堕して了《しま》わず、オワライも一つの皮肉な小津氏の眼を以《も》っているということである。例えば、加藤が洋服屋に寝込みを襲われ、それを撃退する件《くだ》り、岡田と恋人美代子とのランデ・ブに於て、岡田がビスケットで本の上にI love youとやると、もじもじしていた美代子が、W.Cと並べ共同便所へかけだすあたり悪趣味と言えば言えるほど辛辣を極めている。かなり混み入った原作を、巧みに脚色し、そして、細かいところまで、よく錯乱なしに監督しえたところは、新進としてその腕は充分認められていいものである。このような題材ではなく、もっと本格的なものをも充分こなしきれる腕を想わせる。

俳優では、まず斎藤達雄氏が、それから吉谷久雄氏はよくやっている。阪本武よし。若葉信子嬢松井潤子嬢は無難というところである。

興行価値——下宿屋的学生生活を辛辣に描いた現代劇。一般の館に用いてうける要素を充分持っている。

(キネマ旬報　一九二八年五月二十一日号)

〈小津安二郎・自作を語る〉

『懺悔の刃』のあと、六、七本会社のお仕着せを断わった。実際、早く監督になる気はなかったのだな。のんびりしたものだった。それで、自作の脚本をやることになった。むろん会社の企画に当てて書いたものだが。のちに僕の作品のキャメラをずっと担当してくれた茂原君とつきあったのも、この作品からだな。実にいい艶を出す、得がたいキャメラマンだった。今僕の写真を撮っている厚田君は茂原君の助手だった人でね、この『若人の夢』からもう付いていたのですよ。

(キネマ旬報　一九五二年六月上旬号)

女房紛失

原作者……………………高野斧之助
脚色者……………………吉田　百助
監督者……………………小津安二郎
撮影者……………………茂原　英雄

彼(譲次)……………………斎藤　達雄
彼女(由美子)………………岡村　文子
名探偵(車六芳明)…………国島　荘一
泥棒(有世流帆)……………菅野　七郎
伯父(外科院長)……………阪本　武
探偵の助手……………………関　時男
譲次の妻曜子…………………松井　潤子
バナナ屋………………………小倉　繁

一九二八年（昭和三年）
松竹蒲田
脚本、ネガ、プリントなし
S5巻、1502m（五五分）
白黒・無声
六月十五日　電気館公開

〈解説〉

小津安二郎氏が『若人の夢』に次《つい》で製作した喜劇で「映画時代」（本年四月号所載）の懸賞に当選せる脚本である。

（キネマ旬報　一九二八年六月一日号）

〈略筋〉

曜子という美しい妻があるにも係《かかわ》らず彼譲次はダンサーであるモダン・ガールの彼女由美子を愛し、日夜歓楽に耽っていた。

曜子は伯父である外科医に夫の放蕩を訴えた、併《しか》し中々止み相もないので更《さ》らに名探偵車六芳明に依頼して夫の行動を監視、探って貰うことにした。

伯父は郊外の彼の家へ出かけたが途中で由美子と会った。勇敢な由美子は伯父の頭に一撃を加えて逃走した、巡査がこれを見て追跡する、途中彼女は自動車にはね飛《と》ばされたが、怪我をせず反ってその自動車の中に落ちた、と見ると、意外それは彼の運転する自動車であった。巡査には早速の機転で口紅を塗り悪漢に襲われたらしく装って同情を求め、附近の外科医院に担ぎ込む、そこは又伯父の家であったので一騒動起した。

その後、彼と彼女はホテルに行く、それを探偵が活躍して曜子に一々その行動を報告に及ぶ、更らに泥坊の有世流帆がこの紛争の間を縫って歩く、妻の奇略は果して成功したか、彼と彼女の愛の絆は断ち得たであろうか？

（キネマ旬報　一九二八年六月一日号）

〈批評・北川冬彦〉

現代笑劇。このストーリーは「映画時代」（本年四月）の懸賞募集当選作なのであるが、これでは決して募集当局者を満足せしめ得たものではなかろう。凡作である。脚色も一寸《ちょっと》気が利いているが（ラストの字幕の如き）あえて推賞するほどのものではないし、監督もいたずらにディテイルに凝りすぎて失敗している。（仮装舞踏会、探偵宅、ことに国島荘一をして、上山、チャップリンなぞの演技の模倣をさせたのは悪趣味もきわまった。）

尤もこのストーリーではどうにもならなかったということは考え得られるが。それから、終りちかくの追っかけが（オートバイにのった警官のいる風景はなかなかいい構図であったが）だらしがなかった。もっと切りつめ緊張させるべきであった。ことにフィニッシュを。とは言え、この映画は所謂「蒲田独特の五巻もの」としては、決してわるい出来のものではない。ともかく下卑ていないからだ。俳優では、これと言ってすぐれた人を見なかった。

興行価値——添物として一般に大いにうけるべし。

（キネマ旬報　一九二八年七月十一日号）

〈小津安二郎・自作を語る〉

これは、何かの雑誌の懸賞当選脚本でね、あまり面白いものとは言えなかったな。実をいうと話もよく覚えていないんだ。会社からの天下り企画だった。

（キネマ旬報　一九五二年六月上旬号）

カボチャ

原作者……小津安二郎
脚色者……北村　小松
監督者……小津安二郎
撮影者……茂原　英雄

山田藤助……斎藤　達雄
その妻　かな子……日夏百合絵
長男　一雄……半田日出丸
妹　ちえ子……小桜　葉子
社　長……阪本　武

一九二八年（昭和三年）
松竹蒲田
脚本、ネガ、プリントなし
S5巻、1175m（四三分）
白黒・無声
八月三十一日　電気館公開

〈解説〉

斎藤達雄と日夏百合絵が夫婦を演じ、小桜葉子がその娘、阪本武が主人公の会社の社長を演じたサラリーマンもののホームドラマであり、短篇の喜劇である。

（編者注＝略筋は省略されている）

（キネマ旬報　一九二八年十一月一日号）

〈批評・岡村　章〉

近ごろ問題の短篇喜劇中の優秀作品である。小津作品は殆んど駄作をみせない、そしてこれは良き作品である。ストウリイがよき題材を捉えている点、ギャッグの利用、そして「落ち」の巧さ等、讃えられてよい。小津作品の特長とも言えるのは、キャメラのコムポジションが丹念なことである。セットが簡潔なことである。そして映画的なものを多分に持ち合せている。この少壮な監督者の将来に期待をかけてよい。主演者の斎藤達雄が独演して活かされている。この映画から この主役を奪うと価値は半減される。共演者たちも良い。短篇喜劇中の優秀作品である。

興行価値——哄笑が報われる短篇喜劇。添物に好適。新宿松竹館（編者注＝大正十三年開館の松竹封切館。今の新宿三丁目交差点あたり、追分にあった）の高浪暁光君辺りの説明にかかると、この方面の価値は増大する。

（キネマ旬報　一九二八年十一月一日号）

〈小津安二郎「自作を語る」〉

これは大変短い写真でしたね。だが、この頃じゃないかな、コンティニュイティの建て方というものが自分でようやく判りかけて来たのは。

（キネマ旬報　一九五二年六月上旬号）

引越し夫婦

潤色　伏見　晁

原作……………………菊地一平
潤色……………………伏見晁
監督……………………小津安二郎
撮影……………………茂原英雄

藤岡英吉……………………渡辺篤
その妻千代子……………………吉川満子
家主甚兵衛……………………大国一郎
その息子清一……………………中濱一三
薬屋の娘春子……………………浪花友子
集金員服部……………………大山健二

一九二八年（昭和三年）
松竹蒲田
脚本のみ現存、ネガ、プリントなし
S3巻、1116m（四一分）
白黒・無声
九月二十八日　電気館公開

1　郊外の道

一人の男がさも忙しそうに自転車に乗って走って居る。彼は家具屋の集金員である。

2　その附近

集金員、「このあたりらしい」と言った様子で自転車から降りて汗をふきふき一軒一軒家を見ながら歩いて行く。

3　一軒の家の前

集金員やって来て、「やっと見付かった」と言った思い入れで自転車を路傍に立て、その家に近付く。

家の前に一人の婆さんが草むしりをしている。

集金員、その婆さんに声をかける。

婆さん、ショボショボした眼をしながら不審そうに集金員を見ながら腰を伸ばす。

集金員、受取りを出し乍《なが》ら、

Ⓣ〝家具店ですが月賦金を
　頂戴に上りました〟

と言う。

お婆さん、耳が遠くて聞えない。

「え？　え？」と耳を近寄せて幾度も聞き直す。

集金員、苛々して大きな声で、

Ⓣ〝家具店ですが月賦金を
　頂戴に上りました!!〟（大きな字）

と叫ぶ。

婆さんの耳にはさして響かないらしく、未だ不明瞭な顔付きで集金員の手に持った受取を覗き込む。

月賦の受取証、藤岡様としてある。

婆さん、独り頷いて一方を指差す。

集金員、そちらを見る。

板塀に転居通知が貼ってある。（カメラ近付く）

集金員、地団駄踏む。

Ⓣ〝こんなに引越しばかりされたんじゃ
　俺の身体がもたん〟

と悲壮な顔をして憤慨する。

婆さん、不思議そうに見て居る。

集金員、ブツブツ言い乍ら仕方なく所を手帳にうつしてから自転車に乗って去る。

（F・O）

4　（F・I）薬屋の前

集金員、自転車を引張って疲れ切った様な足取りで歩いて来て店先へ立ち、藤岡の所を尋ねる。

（帳面を見て）店にいた薬屋の娘、春子、遊びに来ていた清一に、

Ⓣ〝今度あなたの家の家作《かさく》へ
　引越して来た人じゃないの？〟

と言う。

清一、一寸考えてから「そうだそうだ」と頷いて、店先へ出て来ると集金員に道筋を教える。

集金員、お礼を言って去る。

5　藤岡の家の前

藤岡、表札を柱へ打ち付けている。

（貸家札をかける件《くだり》）

6　家の中

引越して間のない様子で家財道具が未だ雑然としている。

藤岡の友人が二人、細君の千代子を手伝って片付けている。

千代子、椽《えん》先へ出て来て夫の方へ、

Ⓣ〝それが出来たらすみませんけど
　片脳油《へんのうゆ》を買って来て下さいな〟

と言う。

7　表

藤岡、気の無い様子で金槌など無雑作に放り出すと出かけて行こうとする。

8
家の前
集金員、居る。
集金員、急いで呼び止め、
Ⓣ〃私も随分いろんな家を知って
居ますが、お宅の様に引越しの
好きな方は始めてですよ〃
と言う。
藤岡、苦笑する。
集金員、早速月賦金の受取を取り出す。
藤岡、冷やかにそれを見て、
Ⓣ〃家内にそう言って貰って
呉れ給え〃
と家の方を指差す。
集金員、「へい承知しました」と急いで
家の方へ行く。

9
道
藤岡、薬屋を探しながらやって来る。

10
藤岡の家　庭先
集金員、椽先へ腰を下ろして、千代子と
話をして居る。
千代子、お茶などすすめ乍ら、
Ⓣ〃誰が好きこのんで
引越しなんかするものですか。
家相がよくないから
止むを得ず引越すのよ〃
と言う。
「成程」と頷いた集金員、改めて家を見
廻して、
Ⓣ〃此処は家相がいいようですね〃
と言う。
千代子、一寸《ちょっと》モヂモヂして、
Ⓣ〃それはまだ判らないわ、
引越したばかりですもの〃
と言う。
集金員、頗《すこぶ》る不審そうな顔。そして直《じ》き
情けない顔付きになって、
Ⓣ〃奥さん、追いかけて歩く
私の身にもなって見て下さいよ。
これでも生きて居るんですからね〃
と言い乍ら、月賦金の受取証を取り出
す。それは三枚である。
千代子、友人の方へ少し気を兼ね乍ら、
それを受けとって見る。
そして不審そうに集金員の顔を見る。
「三枚あるじゃありませんか」
と言う。
集金員、笑って、
Ⓣ〃先々月からお宅を探し廻って居る
うちに三月分溜ったんです〃
と言う。
千代子、一寸困る。

11
薬屋の表
大家の伜の清一、帰って行く。
其処《そこ》へ藤岡がやって来て、看板を見て店
へ這入って行く。
座蒲団など片付けて居た娘の春子、
「いらっしゃいませ」と迎える。
藤岡、
Ⓣ〃片脳油を呉れませんか〃
と言う。
春子、片脳油の置場所を見たが無いの
で、一寸当惑した様子で、
Ⓣ〃すみませんが今
店の者が居りませんので、
荷が解けないんでございますが〃
と言って、店先の箱を指差す。
藤岡も当惑する。
箱をヂロヂロ見ていたが、
Ⓣ〃私が開けて上げましょう〃
と言う。
娘、一寸恐縮するが、藤岡が尚言うので
道具を取出し始める。

12
大家の表
甚兵衛、二三様の草花を持って内から出
て来て、何れへか出かけて行こうとし
て振りかえる。
帰って来た清一が、
Ⓣ〃お父つぁん何処へ行くの?〃
と聞く。
甚兵衛、不図《ふと》思い付いて、

Ⓣ〝丁度いい、お前に行って貰おう。
今度引越して来た藤岡さんへ
これを届けるんだ。
庭が少し寂しいからな〟
と言って清一に花を渡す。
清一、快く引受けて出かけて行く。

13

藤岡の家の表

千代子、集金員を送り出して来る。

集金員、麻胡麻胡《まごまご》する。

千代子、家の方へ気兼ねをしながら、

Ⓣ〝月賦月賦って余り言わないで頂戴。

人聞きが悪いじゃないの〟

と小言を言う。

集金員、恐縮してペコペコする。

千代子、いくらかの金を取り出す。

そして集金員に渡し、

Ⓣ〝兎《と》に角《かく》今日は一回分だけ上げるわ。

あとは又来て頂戴〟

と言う。

集金員、変な顔をする。

渋々それを鞄に納め、ふと思付いて、

Ⓣ〝未だ二三日はお引越しに
ならないでしょうね〟

と念を押す。

千代子、顔を緊張させる。

集金員、再び麻胡付《まごつ》き、曖昧な言葉を残して去る。

千代子、家の中へ戻りかかって、今度は夫の帰りが遅いのに不審を抱いた様子で道の方をあちこちと見廻す。

清一が草花を持ってやって来る。

千代子、しきりに道の方を気にして見ている。

清一、千代子に近付き、

Ⓣ〝庭が寂しいようですから〟

と言って草花を差し出す。

千代子、殆《ほと》んど見向きもしない。

清一、もう一度話しかける。

千代子、漸《ようや》く、それも型だけのお礼を言う。そしてせかせかした風で、

Ⓣ〝この近くに薬屋が
ありましょうか知ら……〟

と聞く。

清一、頷き道筋を教えつつ、千代子の落着かない様子を見て、

Ⓣ〝お腹でも痛むんですか?〟

と聞く。

千代子、それに答えず駈け出す様にして教えられた薬屋の方へ出かけて行く。

清一、呆然と見送り庭先の方へ這入って行く。

14

庭先

清一、藤岡の友人達に会釈して草花を下へ置き、
Ⓣ〝大家から来たんですが、
どの辺へ植えたらいいでしょうね〟
と言う。
友人二人、「さあ」と言い乍ら出て来て千代子を探す。
清一、察して、
Ⓣ〝奥さんは今薬屋へ
いらっしゃいましたよ〟
と言う。
友人、「へ――」と顔を見合わせる。
友人の一人、何か考える。そして友達に、
Ⓣ〝どう考えても引越しの原因は
家相ばかりじゃないらしいぜ〟
と囁く。

15

道

激しい気色で千代子が薬屋を探して歩いて来る。

そして前方を見て急に足を止め、眤《じっ》と見る。

16

薬屋の前

藤岡が春子と共に、一生懸命で片脳油の箱を開けている。

千代子、電柱の蔭に立って尚、夫の様子を見る。

汗を拭き乍ら釘抜きを持って働いている

藤岡と、それを手伝う春子の愛想のいい素振り。

千代子の形相が物凄くなる。

歯を喰いしばった彼女は、突如クルリと向きを変えると、駈け出す様にして引返して行く。

17　薬屋の店先

藤岡と春子、漸く荷を解く。

春子、藤岡に片脳油を一瓶渡す。

藤岡、金を払いかけ金を探す。

18　藤岡の家

千代子、プンプンして帰って来て、その勢いで家へ這入ろうとして、不図考え付き、襟などつくろって静かに這入って行く。

19　道

藤岡、汗を拭き乍ら呑気な顔付きで帰って来る。

20　家の前

藤岡、家へ這入ろうとして垣根越しに庭先を見る。

21　庭先

千代子、清一に馴れ馴れしく寄り添い乍ら、草花を植えるのを手伝っている。

22　家の中

友人二人、千代子の変な態度に不審の眼。

23　表

藤岡、一寸厭な顔をする。

そして、威儀を正して這入って行く。

24　庭先

藤岡、空元気で這入って来て、友人達に、
Ⓣ〃お蔭ですっかり片付いたね〃
と家の中を見廻し、余り細君の方を見ない様にする。片脳油を出す。

25　庭

千代子はこれを見てムカッとする。反射的に一層清一に愛想よく馴れ馴れしくする。
藤岡、つとめて愉快を装って、友人と談笑しようとするが、間がもてない。
千代子は清一が迷惑する位、益々馴れ馴れしくする。
藤岡、汗を拭いたり家具の置場所を変えて見たりするが格構《かっこう》が付かない。
友人二人も、変にバツが悪くモヂモヂする。
清一、草花を植え終る。
そして、藤岡に会釈する。
藤岡、変な会釈をする。
千代子と藤岡、顔を見合わす。
両方から突如ツカツカと近寄って睨み合う。
友人達、思わず顔を見合わす。
清一も不審そうな顔で二人を見る。
夫妻それに気付き無言で顔をそらす。
清一、変な気持ちで木戸から出て帰って行く。
夫妻、又激しい眼で見合う。
友人達、自分の帽子など手に取り上げて、
「今日はもう失敬するよ」
と言って逃げ腰になる。
藤岡、
Ⓣ〃まだいいじゃないか
　ゆっくりして行き給え〃
と言って、友人の方へ向けた笑顔を、千代子の方へは渋面に変える。
友人達、益々居づらくなる。
尻ごみする様にして帰って行く。
夫妻二人の無言の対峙。　（F・O）

26　（F・I）庭

踏みにじられた草花。　（カメラ転回）

破れて居る片脳油の瓶。　（F・O）

Ⓣ〝翌朝〟

27

（F・I）端書《はがき》

文面——先日は色々お世話様でした。所で今度の家ですがどうも又、家相が善くないらしいので困って居るんですが、何処かいい家は無いでしょうか。

（オーバーラップ）

28

電車の中

その端書を見乍ら顔を見合わせて呆れている、藤岡の友人二人。

29

電車が停る

友人A、Bに、

Ⓣ〝一寸寄って見ようか〟

と言う。

B、「止そう」と首を振る。

A、「じゃ俺も止そう」と立ちかけた腰を下ろす。

電車走り出す。

Ⓣ〝そしてそろそろ日の暮れる頃〟

30

（F・I）**道**

藤岡、帰って行く。

と路傍に、沢山の人がたかっている。

藤岡、通り過ぎたが再び戻って人の後から覗き込む。

31

人だかりの中

大きな碁盤に石を並べた五目屋が客の打ち込むのを待っている。

五目屋、石をパチパチやり乍ら、

Ⓣ〝勝ったから名誉になる、負けたから不名誉になると言う様な問題ではございません。お好きの道の御研究です〟

と言う。そして客を一渡り廻す。

藤岡、段々後から乗り出して来る。

五目屋、唆す様に、

Ⓣ〝四と伸ばしますか、三と打ちますか、一目捨石をして四三の両天秤をかけますか〟

と言ってニヤニヤと客を見る。

他の客と共に藤岡もつり込まれて来る。

と前にしゃがんで考え込んでいた男が石を取り上げる。

大家の伜、清一である。

清一、一目打って負ける。

藤岡、清一の顔を見て、「彼奴《あいつ》か、様見《ざまみ》ろ」と言わぬ許《ばか》りに痛快な顔をする。

客達ざわめく。

清一、金を払って去る。

藤岡、小気味よげに見送る。

32

停車場の前

千代子、ムシャクシャし乍ら待っている。傍らに集金員がかがんでいる。

33

五目屋

見物の中にいる藤岡、しきりに盤面を睨み付け、

Ⓣ〝あれをこうやるとあいつがこう出る……と待てよ〟

としきりに指でやって見る。

五目屋、藤岡に、「いかがです」と声をかける。

藤岡、一寸照れたが石を取り上げて打つ。五目屋、白石を持って、

Ⓣ〝これは捨石四三の両天秤でございますが、こちらの四三をこう止めさせて戴きます〟

と石を下ろす。

藤岡、続いて打とうとして、自分の負けである事に気付いたらしく、「あッそうか」と苦笑する。

金を払って引き上げる。

34

停車場

千代子、すっかり腹を立てプンプンして居る。帰りかける。

集金員、変な顔をして立ち上がる。

千代子、どんどん帰って行ってしまう。

集金員、あっけに取られて見送る。

35 **薬屋の前**

藤岡、通りかかる。
店先を掃除して居た春子が会釈をする。
藤岡、立ち止る。
春子、愛想よく、
Ⓣ〝先日は有難う御座いました〟
とお礼を言う。
藤岡、「なあにあんな事」と少し得意である。
千代子、帰って来てこれを見てカッとする。
藤岡、春子と別れて帰って行く。
春子、見送る。
千代子、後から眼を光らせてついて行く。
千代子、通り乍ら春子を睨み付ける。
春子、「イー」と唇を出し店の中へ這入る。

36 **藤岡の家**

藤岡、帰って来て戸を開け様として、戸締りがしてあるので不審に思う。

裏口の方へ廻る。

千代子、プンプンしてやって来る。

藤岡、勝手口から家へ這入る。

37 **家の中**

鏡台などが出して取り散らかしてある。

藤岡、どっかり腰を下ろす。

38 **外**

千代子、裏口の方へそっと廻る。

39 **家の中**

藤岡、不図、衣桁《いこう》にかかった千代子の着物を見る。碁盤に似た柄である。(Wる)

40 **五目の碁盤**

藤岡、五目をやる気持でその着物を眤っと、見る。

41 **外**

千代子、戸の隙間から夫の様子を窺う。

42 **家の中**

藤岡、千代子の着物を指差して、
Ⓣ〝あいつがこう出たら
俺はこう行けばいいのだ〟
とやっている。

43 **外**

千代子、カッとしてしまう。狂気の様になって家へ駈け込もうとしたが、何を思ったか急に表の方へ駈け出して行く。

44 **家の中**

物音に不審を抱いた藤岡、勝手口の方へ出て見る。

45 **外**

藤岡、不審に思って表通りへ駈け出して見る。

向うへ走って行く千代子の姿。

藤岡、不審に思って、そのあとを追う。

46 **大家甚兵衛の家の前**

千代子、駈けて来て甚兵衛の家へ駈け込んで行く。

追って来た藤岡、これを見て思わず唇をかむ。

そして、ムカムカした様子で帰って行く。

47 **大家の表**

千代子、出て来る。続いて追いかけて出て来た甚兵衛が急いで呼び止め、

Ⓣ〝どう言う訳でお引越になるんだか知りませんが、折角御縁があって御貸ししたのに十日もたたない中にお引越しになるなんて……〟

となだめ様とする。

千代子、振り切る様にして帰って行く。

甚兵衛、驚いて見る。

48

藤岡の家（中）

藤岡、這入って来て考え込む。と人の足音に急いで振りかえる。

集金員がニヤニヤ笑って覗き込んでいる。藤岡、ムカッ腹で、

Ⓣ〃今日なんか来たって駄目だぞ〃

と怒鳴る。

集金員、吃驚《びっくり》する。

49

外

集金員が逃げ腰になっている所へ千代子が帰って来る。

そして、「邪魔ですよ」と集金員を除《の》けて家の中へ這入って行く。

集金員、益々驚く。

50

家の中

対峙している藤岡夫妻。

お互いに息を弾ませ乍ら睨み合っている。藤岡が怒鳴る。

Ⓣ〃引越すと言うのは俺の方で言う事だ〃

千代子、負けて居ない。

Ⓣ〃まあ、図々しい。
　私の方で言う事じゃありませんか。
　薬屋の娘なんかと何です〃

と一矢を放つ。

藤岡、「何をッ」といきり立ち、

Ⓣ〃誤解するなッ、お前こそ
　大家の伜と……〃

と言いかける。

それを遮って、千代子、

Ⓣ〃何を仰るんです失礼な〃

と口喧嘩はまさに腕力に変ろうとし、藤岡が先ず手近の鏡台を振り上げる。

其処へ、集金員飛び込んで来て、藤岡の振り上げた鏡台を奪う様にして取り上げ、傍へそっと置き、千代子を睨み付けている藤岡をなだめて、

Ⓣ〃駄目ですよ、まだ九ケ月分残って
　居るじゃありませんか、
　鏡台なんか振り上げちゃ〃

と言う。

千代子が傍らの電気スタンドを振り上げる。

集金員、急いでそれも止めて取り上げ、

Ⓣ〃壊すんでしたら月賦金を
　全部払ってからにして下さい〃

と言う。

夫婦は無言で睨み合っている。

集金員、注意深く壊れそうな家具を片付ける。

千代子、睨み合っている中に堪えられなくなって畳の上に泣き伏す。

藤岡、悲壮な顔付で腕を組む。

そして集金員をギロリと見る。

集金員、引込みが付かずコソコソと出て行く。

Ⓣ〃翌日――〃　（F・O）

51

家の中

藤岡夫妻が黙々として家具の荷造りをしている。

藤岡、ムッツリした様子で千代子に、

Ⓣ〃俺達はまるで引越しをする為に
　夫婦になった様なものだな〃

とつぶやく様に言う。

千代子、ツンとして、

Ⓣ〃あなたが悪いからです〃

と言う。

藤岡、ムッとした風で、

Ⓣ〃あれだけ説明しても未だ判ら
　ないのか〃

と言う。

千代子、横を向いて、

Ⓣ〃あなたの弁解なんか信用して
　いられませんわ〃

と言う。

藤岡「勝手にしろ」と言った風。

そして吐き出す様に、

Ⓣ〃引越しの荷車を頼む金だって
　もう俺の財布にゃないよ〃

と言う。

千代子、少しきっとなる。

Ⓣ〃私が払うからいいわ〃

と言うや箪笥から二三枚の着物を取り出して風呂敷に包み、畳を蹴立てて出て行く。
藤岡「アーア」と伸びをし乍ら横になる。　(F・O)

52 (F・I) 質屋の前

たたんだ風呂敷を持ち、千代子が出て来る。

53 道

千代子、歩いて来てヒョイと見る。
薬屋の店先が賑やかで、幕などが張ってある。
千代子、不審そうな顔で通りすぎる。

54 藤岡の家

郵便配達が葉書を放り込んで行く。

55 家の中

藤岡、葉書を取り上げて見る。

56 葉書の文面

〃前略
　貴下御夫妻の適当する家相を持つ住宅は無人島以外には無之拝察仕候　其方面には今照会中に御座候　右御報告迄
　　　　　　　　　　　　　　　　　　呵々〃

57 家の中

藤岡それを見て渋い顔をする。
其処へ千代子が帰って来る。
藤岡、今の葉書を千代子の方へ放る。
千代子、それを読んで口惜しがる。
（と玄関へ誰か来た様子）
千代子、急いで立って行く。
間もなく紋付袴の甚兵衛を案内して這入って来る。
藤岡、吃驚する。
甚兵衛、丁重に、
Ⓣ〃実は今日倅がかねて約束のありました
　薬屋の娘を嫁に貰いますので
　御願いが出来ればお引越しを
　一日お延し願いたいと思いましてな〃
と言う。
藤岡夫妻、「へー」と呆気に取られる。
お互いに顔を見合わせる。
甚兵衛、なお辞をひくくして、
Ⓣ〃大変勝手なお願いですが
　これも縁起ものでございますから
　是非共一つ御承諾を……〃
と言う。
夫婦は期せずして、「承知致しました」と答える。
甚兵衛喜んで帰って行く。
藤岡夫妻、呆然とする。
と千代子、モヂモヂしていたが、
Ⓣ〃私、着物を取りかえして来ますわ〃
と言う。
藤岡、優しく頷く。そして、
Ⓣ〃ついでに大家さんへ寄って
　お祝いと一緒に引越しを
　思い止った事を言っておいで〃
と言う。
千代子、鏡台に向って髪など直す。
二人、顔を見合わせて微笑。　(F・O)

58 (F・I) 藤岡の家の庭先

清一が草花を植えている。
椽先で千代子と丸髷姿の春子が話をしている。
家の中では藤岡と甚兵衛が五目並べをやっている。
それを横から集金員が覗いている。
甚兵衛が、
「しまったしまった」と頭をかく。
一同そちらを見て微笑する。　(F・O)

――完――

（昭和三年九月十一日製本）

肉体美

脚色　伏見　晁

原作……伏見　晁
脚色
監督……小津安二郎
撮影……茂原　英雄

高井一郎……斎藤　達雄
その妻　律子……飯田　蝶子
大倉傳右衛門……木村　健児
学生　遠山……大山　健二

一九二八年（昭和三年）
松竹蒲田
脚本のみ現存、ネガ、プリントなし
S5巻、1505m（五五分）
白黒・無声
十二月一日　電気館公開

1
（F・I）電線の見える空間
小鳥が二羽、その電線に止っている。
（カメラ転廻）

2
電柱
工夫が電線の修繕をしている。
鼻唄まじりのいい気持である。
やがてすっかり仕事が終ったらしく、そろそろ降りかけ様として、フト斜下を見てオヤッと思い、目を据えてじっと見る。

3
（見下した目で）高井の家　一室
窓越しに家の中が見える。
其処には殆んど裸体の高井一郎が水瓶を捧げて物悲しい腰格構《こしかっこう》で立っている。
工夫、奇異の思い。と下から呼ばれる。

4
電柱の下
相棒の工夫が見上げ乍《なが》ら、
「何してるんだ」と言う。

5
電柱の上
工夫、ひそかに相棒に「珍らしいものを見付けたんだ、登って来い」と言う。
電柱を登って行く相棒。

6
電柱の上
工夫、なお瞳をこらして見入る。益々不審な顔をする。
高井の横へ妻君の律子が来て、一寸《ちょっと》姿勢を直したりするのが見える。

7
電柱
登って来た相棒と共に、二人は不思議そうに見ている。
高井、一寸水瓶を持ち直す。途端に自分が見られている事を発見する。
高井、目をむいて工夫を睨む。
工夫達、目をそらせて仕事をして居る様な振りをする。

8
高井の家の中
高井、窓の外を睨み上げ、変な格構をして居る。
律子、尤《もっと》もらしい顔付でカンバスの上に筆を走らせて居る。
そして絵とモデルの高井とを一寸見較べる。まるで姿態が変って居る。
律子、怒る。
高井、窓の外を指差して弁解する。
律子、窓の所へ行って電柱を見上げ、「まあ」と目を見張ったが、龍眉《りゅうび》を逆立て、「何ですあなたがたは……」と工夫達を叱る。

9
電柱の上
工夫達、面喰う。
顔を見合せ乍ら、渋々下りて行く。
再びモデル台に水瓶を捧げて、物悲しい腰付をして立つ高井一郎。
出かけた欠伸《あくび》を急いで嚙み殺す。
律子、尤もらしい顔付で再びカンバスに眼を移し、筆を動かしたが、「肩が張った」と言う思い入れでパレット等を横に置いて、高井の方へ「少し休みましょう」と言う。
高井、ホッとした様子でヤレヤレと水瓶を下へ下して、腰をさすり乍らモデル台から下りる。
そして律子の横にある菓子をムシャムシャ食べ始める。
律子、ツクヅク高井を見て、
Ⓣ〝貴郎《あなた》、何とかしてもう少し肥れない？
それじゃまるで画にならないわ〞
と言う。
高井、渋い顔をする。そして、
Ⓣ〝生れ付きキャシャなところへ
毎日三時間も四時間も
作り付けた様に立たされちゃ

肥りたくても肥れないよ〃
と愚痴をこぼす。
律子、聞き咎める。憤然と、
Ⓣ〃それじゃ止しましょう〃
と言って手荒く筆を取り上げ、カンバスを塗り潰そうとする。
高井、慌ててそれを押し止め、
Ⓣ〃直《す》ぐそれだ、僕は何も厭《い》やだと言った訳じゃないじゃないか〃
としきりになだめる。
律子、プンプンして居る。
Ⓣ〃だってまるで私が痩せさせた様に仰るじゃありませんか〃
と高井を睨む。
律子、まだ鼻息荒く、
高井、まあまあとなだめる。
Ⓣ〃私が絵を描けばこそ私達の生活が成立って行くんじゃありませんか〃
と言う。
高井、泣面になる。「判ったよ判ったよ」
律子、なお言葉を重ねて、
Ⓣ〃貴方の様に、一家の主人であり乍ら何処の会社へ行っても断わられる様な人は、モデルで沢山です〃
と言う。
高井、悄然としてしまう。
内心の憤慨を堪え乍ら、食べかけの菓子を下に置いて、力なく他の窓ぎわの方へ行く。
高井、窓わくに凭《もた》れて俯れる。
フト気付いて表を見る。

10

外

他の電柱に登って行く工夫二人、
登り乍ら覗く。

高井、渋い顔をする。

カーテンをひいて、気の抜けた様な風でモデル台に近付き、厭や厭や水瓶を捧げて立つ。まるでなっていない格構。

律子、眉をひそめる。

種々姿態を注意する。

旨くゆかないので、立って行って姿態を直す。

途端、「オヤッ」と一方を見る。

鳴っているベル。

高井、困った顔をする。

律子、高井に、

Ⓣ〃又ポーズが変るといけないから其儘《そのまま》じっとしてて頂戴〃

と言って、急いでアトリエから出て行く。

11

高井の家　表口

大倉（金持の爺さん）が立って居る。

待ち遠しそうにもう一度呼鈴を押そうとする。と、入口の扉が開いて律子が顔を出す。律子、目を見張る。

大倉、好色漢らしい顔付で一礼する。

律子、愛想よく迎える。

「さあどうぞ」と招じ入れる。

大倉、ニコニコし乍ら、

Ⓣ〃お願いした絵がどの位出来たかと思いましてな〃

と言い乍ら、律子に続いて家へ這入る。

12

アトリエ

高井、水瓶をだるそうに下して吐息をつく。と、足音を聞き、再び元の姿勢になって硬くなる。

律子、大倉を案内して這入って来る。

大倉、殆《ほと》んど律子に気を取られて居て、高井の存在に気が付かない。

律子、大倉に椅子などすすめる。

高井、大倉を見て目をむく。

大倉、珍らしそうに室内を見回し、異様な高井の姿に気が付き、吃驚《びっくり》して逃げ腰になったが、気を落ち着けて律子に、「あれは？」と聞く。

律子、ハッとしたが何気なく、

Ⓣ〃あれは宅……のモデルでございますわ〃

と言う。

大倉「あ、そうですか」と安心した様に幾度も頷く。

高井、激しい侮辱を感じ苛々する。水瓶を放り出そうとしたが、律子に見られて元の姿勢に戻る。

大倉、カンバスを覗き込んで、

Ⓣ〃殆んど出来上りましたな〃

と、さも感心した様に、近く寄ったり離れて見たりしてほめ、律子の歓心を求める。律子、得意そうである。

高井、怖い眼をして大倉を睨む。

大倉、高井と視線が合うと急いで眼をそらす。そして律子と話す。

Ⓣ〃この次は一つ素晴しい男性美を
お願いしたいですな〃

と言って筋骨隆々たる様《サマ》を見振り手真似でやって見せる。

高井、自分の腕など見て「畜生!!」と思う。

律子は快く大倉に頷いて居る。

大倉、カンバスを指さし高井の方へ少し気兼ねをし乍ら、

Ⓣ〃これが出来上りましたら
何処かで夕飯でも食べ乍ら
なお詳しく御相談を致しましょう〃

と言う。

律子、頷く。

高井、腹に据えかねる。傍らのパステルを取って大倉の頭へぶっつける。

大倉、吃驚する。高井の方を見る。

高井、素知らぬ顔で姿勢を作っている。

大倉、不思議そうに頭を撫でる。

律子も変に思う。

高井、隙を見て又投げる。

大倉、飛び上る。高井を見る。

高井、作り物の様に姿勢を保っている。

大倉、頭を撫で乍ら天井を見る。

律子、大倉の様子が不審でならない。

一緒になって天井を仰ぐ。

大倉、隙を見て咄嗟《とっさ》に高井の方を見る。

高井、振り上げた手をサッと元へ戻す。

大倉、グッと高井を睨む。

高井、睨み返す。

大倉、一寸考える。

そしてポケットから金を出して高井に、

Ⓣ〃モデル君、済まないが君、煙草を買って来てくれないか、エヤーシップだ〃

と言って金を渡す。

高井、苛々する。

律子、「行ってらっしゃい」と目顔で知らす。

高井、仕方なく上衣をひっかけて出て行く。

13 部屋の外

高井、ズボンを乱暴にはき乍ら部屋の中の話し声に聞耳を立てる。

14 部屋の中

大倉、眼尻を下げ乍らポケットから財布を取り出し、二三枚の紙幣を律子の方へ出して、
Ⓣ〃これはこの次の分のお約束にな〃
と言う。
律子、嬉しそうにお礼を言って受取る。
大倉、律子の喜ぶ様子に眼を細くし乍ら、
Ⓣ〃そこで専門の事は儂《わし》にはよく判らんが
どうもあのモデルは気に入らんですな、判ったらどうです〃
と言う。
律子、笑って答えない。

15 部屋の外

高井、口惜しそうな顔をし乍ら出て行く。

16 外

高井、澄して出て来る。

人声にヒョイと上を見る。

17 電柱に登っている工夫

「変なのが出て来た出て来た」と言って笑う。

高井、憤慨して去る。　（F・O）

18

（F・I） **アトリエ**

高井、鉄亜鈴《あれい》を両手に運動している。

律子、それを監督し乍ら画集を見ている。一枚の絵に見とれる。

ロダンのそれである。（UP）

律子、見較べる様に高井の方を見る。

高井、疲れた様にションボリしている。

律子、夫の姿に失望する。

そして「駄目じゃありませんか、もっとおやりなさい」と叱る。

高井、情けない顔をして再びオイチニと始める。が、息苦しそうに胸を押え、

Ⓣ〝僕は少し休むよ〟

と泣き声を出す。

律子、そっぽを向いたが思い付いた様に、

Ⓣ〝じゃ、散歩に行ってらっしゃい〟

と言う。

高井、「え？ 散歩に？ 行ってもいいのかい？」と非常に喜ぶ。そして急いで服を着替えに別室へ入る。

律子、出来上った「水瓶持つ女」の絵を包み始める。

19

別室

高井、服を着て粧《めか》し込んで居る。

20

アトリエ

律子、絵を包み紐などかけて居る。

高井、顔を出して「じゃ、行って来るからね」と声をかけていそいそ出かけて行こうとする。

律子、急いで呼び止める。

高井、変な顔をして戻って来る。

律子、高井に、

Ⓣ〝ついでにこの絵を大倉さんのお宅へ届けて頂戴〟

と言って、包んだ絵を差し出す。

高井、嫌な顔をして、

Ⓣ〝あの狒々《ひひ》親爺の所へかい？〟

と言う。

律子、六ケ《むつか》しい顔をする。

高井、慌てる。

細君の御機嫌をそこねない様に急いで態度を変え、「ああいいよ、持って行くよ」と言って包みを持ち乍ら出掛けて行く。

律子、椅子に腰を下ろし、画集の素晴らしい肉体美を見て考え込む。　（F・O）

21

（F・I） **蓄音器のレコード**

廻転し始める。と、女の手がレコードを静かにサウンドボックスの上に置く。

（オーバーラップ）

22

バーの内部

二三組の客が酒を飲んでいる。
女給の一人が蓄音器をかけている。
女給、入口を見てニコヤカに会釈して迎える。
高井が、絵の包みを抱えて澄まして這入って来る。
女主人も愛想よく会釈する。
高井はかなりの持てかたである。
一隅に腰を下し酒を命じ飲み始める。
女給、チヤホヤする。
女主人が傍へ来る。
そして絵の包みを見て、
Ⓣ〝先生、又何か
お描きになりましたの？〟
と聞く。
高井、勿体振って「なあに一寸したものをね」と言う。
女主人、絵の包みに手をかけて、
「一寸見せて頂けません？」と言う。
高井、先生らしく鷹揚に頷く。
女主人、喜んで包みを開ける。
女給達も取り囲む。
高井、いい気持になっている。
包みが解かれて、律子の描いた美人の立姿が現れる。
一同、「まあ、いいわね」とほめる。
女給の一人、後から覗き込む様にして、

Ⓣ〝先生がお描きになったの？〟
と聞く。
高井、澄して頷く。
女給、感心する。
そして、
Ⓣ〝その絵のモデルに
なった人、一寸見たいわ。
随分綺麗な人でしょうね〟
と言う。
高井、変な顔をする。
そしてモヂモヂし乍ら頷く。
女給、なお語を重ねて、
Ⓣ〝一度
連れていらっしゃいよ〟
と言う。
高井、益々照れて生つばを呑み込み乍ら
苦しく頷く。
と女給、他の客に呼ばれてそちらをむ
く。

23

他の一隅

帰ろうとして勘定をする為に女給を呼ん
で居る一組の客。その一人は大倉であ
る。
女給来る。
大倉、金を払い立ち上って不図、一方を
見る。
女給に取りかこまれた高井。
その横の壁へ絵を掲げる様にして見てい
る女主人。
大倉の方へその絵がよく見える。
大倉、おやっと思う。急いで高井の方へ
近付く。
高井、独り得意になって居る。
大倉、近付いて高井を見、声をかける。
高井、大倉を見て麻胡付《まごつ》く。
大倉、渋い顔をして、
Ⓣ〝これは儂が約束した絵だろう〟
と言う。
高井、頷く。
大倉、不審そうな顔をして居る女主人の
手から絵を無愛想に受取り、
「じゃ貰って行くから」
といって無雑作に包んで帰って行く。
一同呆然とする。
女主人、不審そうに、
「どうしたと言うんですの？」
と高井に聞く。
高井、一寸返答に困ったが、強いて納ま
りながら、
Ⓣ〝彼等は金を払えばいいと
思っているんです。
金以外に尊敬するものを
知らないんですよ〟
と言う。
一同一寸意味が判らない。
高井は続けて、
Ⓣ〝ああ言う礼儀を知らない男には
これから一切描かないだけです〟
と澄まして見せる。
女主人、同情する。そして、
Ⓣ〝じゃいっそあの絵も取戻して
おやんなさいましよ〟
と言って一人の女給に、
「お前、早く呼び戻しておいで」と命ず
る。
高井、慌てて止める。
女主人歯がゆがる。
高井、それをなだめ、
Ⓣ〝あんな俗人を相手にすると
絵が描けなくなるからね〟
と言う。
女主人達、感心する。
と女主人、思い付いた様に、
「ね、先生」と改まって話しかける。
Ⓣ〝妾《わたし》の店の為に一枚
お描き下さいませんでしょうか〟
と言う。
高井、ビクッとするが、さあらぬ態で
「そうですなあ」と頭を撫でる。
女主人、しきりと頼む。
Ⓣ〝お知り合いになりました記念に
是非一つ……店の名誉で
ございますから……〟

高井、断り切れなくなって引き受ける。

大倉、忘れたステッキを取りに這入って来る。

高井、気付かないで得意になって居る。

Ⓣ〝あんな狒々親爺に
　絵を描いてやる事は
　少しでも藝術の汚れだ〟

大倉、これを聞いて怒り、高井につめ寄ろうとする。

高井、気付いて慌てる。

女主人、大倉の前に立ちふさがり、大倉を罵り、

「あなたはもう先生の絵を手に入れる事は出来ませんよ。でも妾は描いて戴くんです」と嘲る様に言う。

大倉、笑い出す。

女主人、「何を笑うんです」と怒る。

大倉、尚《な》お笑いながら、

Ⓣ〝君、一杯食わされたんだよ。

　モデルの癖に画家だなんて、
　あいつに絵が描けてたまるものか〟

と罵る。

高井、それをさえぎろうとする。

大倉、皮肉に、

Ⓣ〝裸の先生、余り出放題を言うと
　本当の先生にそう言って
　首にしてしまうぞ！〟

と言う。

高井、いきり立つ。

女主人や女給達、アッ気に取られる。

大倉、嘲笑を浮べながら高井を散々に侮辱して、

Ⓣ〝口惜しけりゃ鳩ポッポの絵でも
　一枚描いて来い〟

と言う。

高井、散々にやられて悄然と出て行く。

大倉、見送って大きく笑う。

女主人・女給達、不審そうに見送る。

24　道

高井、元気なく帰って来る。

「精神一統何事か成らざらん」

と言う仁丹の看板。

高井、心の中に頷く。不図見る。

その看板へ犬が小便をひっかけて去る。

高井、情けない顔をして去る。（F・O）

25　（F・I）アトリエ

律子、椅子にかけたままうたた寝をして居る。

と棚が撫《ぶ》れて壺が床へ落ちる。

律子、その音に吃驚して眼を醒ます。そして不思議そうにその壺を見、棚を見る。

「どうしておちたんだろう」と思う。

と再び棚が震動して物が落ちる。

律子、驚いて椅子から立ちあがる。

又震動する。

律子、益々不審、急いで一方の窓の方へ行って外を見る。

と何を見たか律子、思わず眼を見張る。

26　（見た眼が）隣りの空地

砲丸投げの練習をして居る体格逞しい一人の学生遠山勇。友人二人が距離を計ったりして居る。

律子、その肉体美に見とれる。

砲丸を手に身構える遠山の盛り上った筋肉。

律子、それに魅せられる。

遠山、砲丸を投げる。

震動する棚、石膏の像が落ちて床で壊れる。

律子、吃驚して振り返る。そして急いで棚に近付き、落ちそうなものを片付けて再び窓の所へ行って遠山を見る。

遠山、男性美を発揮する。（見られて居る事は知らない）

律子、考える。そして不図思い付いて床から石膏の一片を拾い上げ、そっと窓の外を見る。

遠山、砲丸を投げる。

律子、硝子窓へ石膏を投げ付ける。

地面へ落ちる砲丸。

破れる窓ガラス。
遠山、ハッとして窓の方を見る。
破れて居る窓ガラス。
遠山、友人と顔を見合わせる。
「変だなあ」と考える。
友人の一人が、
Ⓣ〃きっと石がはねて当ったんだよ。
跪《あやま》って来いよ〃
と言う。
遠山、仕方なく上着を着て高井の玄関の方へ行く。

27
アトリエの中
律子、窓の隙から笑いを堪えながらひそかに見て居たが、急いで髪など手で一寸直す。

28
空地
友人、砲丸を摑んで、
「此れがこう落ちる途端に小石がこうはねて飛んだんだよ、恐らく」
などと話し合って居る。

29
高井の家　玄関
遠山、律子にしきりと詫びて居る。
律子、白ばくれて、
Ⓣ〃どの辺のガラスが割れたんでしょう〃
と言う。
遠山、説明しながらアトリエの方を指差す。
律子、「そうですか、一寸見ましょう」
と遠山を促して奥へ這入る。

30
アトリエ
律子と遠山、這入って来る。
遠山、窓を見て「此処ですよ」と指差す。
律子は棚から落ちて壊れて居る物を始めて見た様な振りをして驚く。
遠山、気が付いて益々《マスマス》恐縮する。
Ⓣ〃やっぱり響きで落ちたんでしょうか〃
と律子の顔を窺う。
律子、「そうでしょうね」と固い様な顔をして見せる。

31
空地
友人二人、果して石がはね飛ばされるものか、砲丸を小石の所へ投げて見る。

32
アトリエ
響きで棚が震動する。
遠山、「成程」と思う。急いで窓を開け友人に「止めろ」と言う。

33
空地
友人、止めて一服する。

34
アトリエ
遠山、改めて律子に詫びる。そして、
Ⓣ〃失礼ですけど僕弁償させて戴きます〃
と言う。
律子、明るい顔になって、
「いいえ、いいんですよ」と言う。
「でもそれじゃ僕の気がすみませんから」と遠山、恐縮する。
律子、明るく、
Ⓣ〃じゃ、その替り妾の方から
要求をしますわ〃
と言う。
遠山、不審。
律子、何となく恥しそうな風をして見せ、
Ⓣ〃これから毎日妾の所へ
遊びに来て下さいな〃
と言う。
遠山、面食う。そしてうぶらしくモヂモヂしたが、
Ⓣ〃でもあなたは比処の奥さんでしょう〃
と言う。
律子、フフと笑って、
Ⓣ〃そんなに深刻に考えないで唯だ
遊びに来て下さればいいんですのよ〃
と言う。
遠山、狐につままれた様子。
律子、遠山に椅子をすすめる。

35

空地

友人二人、呆《ぼ》んやり待って居る。

36

アトリエ

律子、遠山にお茶や菓子などをすすめる。

遠山硬くなって居る。

37

空地

待ちくたびれて居る友人二人。

「随分待たせるな。何をしてるんだろう」と、我慢が出来なくなって窓の下へ行く。

一人が四つん這いになって一人がその上に乗り窓から中を覗く。

38

窓越しに見たアトリエ

律子と遠山、画集を見ながら何か仲よく話をしている。律子、遠山にシャツを脱げと言う。遠山恥《はずか》しがる。

39

窓の外

友人、呆れて降りる。

「一寸見ろよ。穏やかでねえぞ」

と囁いて交替する。一人が替って四つんばいになる。その上へ一人が乗って覗く。この男の背には靴の跡が歴然と付いて居る。

40

高井の家の前

高井、悄然と帰って来る。

そして律子のアトリエを覗いて居る学生二人を見ると憤然としてコラコラと近付く。学生二人、吃驚する。靴の跡の付いた背中を見せながら逃げ出る。

高井、見送ったが「何を見て居たんだろう」と附近に在る壊れた箱など集める。

その上に乗り窓から覗こうとしたが、箱が壊れてしまう。不図思い付いて電柱の方へ駈けて行って、苦心して登り、家を見下ろす。

41

窓越しに見たアトリエの中

仲よく話をして居る律子と遠山。

遠山は律子に促されて上着を脱ぎ、男性美を見せて居る。怪しき様子に見える。

42

電柱の上

高井、眼をこすって見直す。愕然とする。その途端フラフラとなって落ちそうになる。慌てて電柱にしがみ付きホッとする。

(F・O)

43

(F・I) **ドアの外**

高井、一枚の風景画とスケッチの道具を持って恐る恐る近付いてノックする。

44

アトリエの中

遠山をモデルにした画のデッサンに見とれて居た律子、煩《うる》さそうに立ち上る。ドアの方へ行く。

45

ドアの外

高井、待って居る。

律子、出て来る。

Ⓣ〝製作中に煩《うる》さいじゃないの〟

といきなり文句を言う。

高井、情けない顔をする。心配そうに首をのばしてアトリエの中を覗こうとする。

律子、「見なくてもいいのよ」とドアを閉め、手に持った絵を示して、

Ⓣ〝絵が一枚要るんだが
　これ貰ってもいいかい？〟

と聞く。

律子、その絵を見て首を振り、取り上げる。

Ⓣ〝駄目よ、これ展覧会に出す
　絵じゃありませんか〟

と言う。

高井、諦める。そしてスケッチの道具を示して、

Ⓣ〝じゃ、これを一寸かりるよ〟

と言って不審そうな律子を残して去る。

46 **家の外**

高井、スケッチの道具を持って出て来る。

来かかった遠山と出会う。

高井、厭な顔をする。遠山もヂロリと見る。そして家の中へ這入って行く。

高井、渋い顔をして見送ったが悄然として出かけて行く。

Ⓣ〝意地でも絵を一枚
　工面しなければならない、
　　高井一郎であった〟

47 （F・I） **郊外**

高井、三脚を立て、澄ましてスケッチを始めかける。薄汚い子供が横へ来て覗き込むので、煩さくてしょうがない。

ポケットから一銭出して子供にあたえ「あっちへ行っといで」という。子供去る。

高井、筆を運ばせる。

と又他の子供が来て覗く。

高井、煩さそうに一銭をあたえる。

続いて又一人。

高井、ポケットを見て、

Ⓣ〝もうこまかいのがないから駄目だ〟

と言う。

その子供、

Ⓣ〝あたい、お釣を持っているよ〟

と掌を開いて銅貨を四五枚見せる。

高井、唖然として五銭を握ってお釣を取る。

一銭を貰うべく一列にならんで居た子供の一隊、「俺が先きだ、途中から這入っちゃ駄目だ」と争って居る。

高井、呆れて道具をしまいかける。

（F・O）

48 （F・I） **郊外の或る場所**

絵になりそうな建物の位置、瓦斯《ガス》燈、植木の具合。

高井、種々位置を見てから描き始める。

活動写真撮影隊の建てた家や瓦斯燈を真物と間違えるギャッグ挿入。

49 **出来上った高井の絵** （オーバーラップ）

高井、自分の絵に感心して居る。

そして額ぶちの中に入れて、満足そうに見直してから、それを抱え帽子を冠って部屋を出る。

50 **アトリエ**

高井、通り抜けようとして不図一隅を見る。

描きかけの砲丸投げの絵。

高井、自分の絵を下に置いてツカツカとその絵に近付き、憎らし気に睨み付ける。

砲丸投げの絵。

高井、見ているうちに癪にさわって我慢が出来なくなる。

遂に傍らのパレットナイフを振り上げて切り破ろうとする。途端、ハッとする。

律子が運送屋を一人連れて這入って来る。

高井、急いで胡麻化しナイフをかくす。

律子、高井の変な様子を不審そうにチロチロ見る。

高井、素知らぬ振りをして口笛など吹きながら出て行く。

律子、変な顔をして見送ったが、運送屋を指図して壁などに上げてある出来上って居る絵を下ろさせる。

51 **表**

高井、逃げる様に飛び出して来る。ホッとした風で出かけて行く。

52 **アトリエ**

運送屋、絵を一纏《まと》めにする。

間違って高井の忘れて行った果物の絵も一緒にされてしまう。

運送屋は律子に、

Ⓣ〝展覧会の受付へ届ければ
　いいんですね〟

と言う。
律子、頷き、運賃など払う。
運送屋、絵を担いで出て行く。

53 道

歩いて居た高井、絵を忘れた事を思い出しハッとする。急いで引きかえす。

54 家の前

運送屋、絵を担いで帰って行く。
入れ違いに高井戻って来る。
家へ這入る。

55 アトリエ

律子、砲丸投げの絵を見ている。
振り返る。
高井が這入って来る。
キョロキョロ見回す。
「ハテナ、何処へ置いたっけ」と果物の絵を探す。無い。
仕方なく律子に聞く。
律子「知りませんよ」と無愛想に答えて又砲丸投げの絵に見とれる。
高井、ムカムカする。
なお探す。
Ⓣ〃数日の後……〃

56 高井の家　玄関

高井、元気なく箒を持って掃除をしている。
新聞記者が三四人、写真機などを持って這入って来る。
そして高井に、
Ⓣ〃新聞社の者ですが
先生は御在宅ですか〃
と聞く。
高井、力なく頷いて奥へ這入って行く。
間もなく出て来て案内する。

57 アトリエ

律子、描きかけの筆を止め、モデルの遠山にも休む様に言ってひどくそわそわする。
新聞記者、ぞろぞろ這入って来る。
記者の一人が、
Ⓣ〃帝展入選の
お祝いに上りました〃
と言う。
律子、有頂天になってしまう。
「まあ入選致しましたの」とワクワクする。
入口で高井、悄然として居る。
律子、高井に、
Ⓣ〃早くお茶の用意をして頂戴〃
と言う。
高井、泣きそうな顔で引き下る。
新聞記者、椅子に腰を下ろして、
Ⓣ〃就《つい》ては早速先生の御感想と写真を一枚
撮らして戴きたいと思いまして……〃
と言う。
律子「まあそうですか」と澄まして話しかける。
新聞記者、顔を見合す。
新聞記者の一人が言う。
Ⓣ〃先生はお留守なんですか〃
律子、面食う。不審そうに、
Ⓣ〃妾が高井律子でございますが〃
と言う。新聞記者麻胡付く。
Ⓣ〃いえ、高井一郎先生を
お尋ねして居るんです〃
と言う。律子、驚き呆然とする。

58 入口

お茶を運んで来た高井、これを聞いて吃驚する。お茶を持ったまま引込んで外で耳をすます。
新聞記者、手帳を見ながら、
Ⓣ〃入選になったのは静物で
確か果物の絵でした〃
と言う。律子、思い当る。
高井はハッとして思い当る。歓喜の表情で急いで引込むと、上着を着て澄してそり返りながら先生らしく出て来る。

そして澄して皆に会釈する。

記者達、アッ気に取られる。

Ⓣ〝あなたが高井一郎先生ですか〟

高井、納《おさま》りかえって頷き、引込の付かない律子に、

Ⓣ〝お前、お茶を持ってお出で〟

と言う。

律子、こそこそと去る。

記者達、「どうもお見それしまして」と恐縮しながら急いでカメラを向ける。パッパッとマグネシュームが燃える。高井、澄している。　（オーバーラップ）

新聞に載って居る高井の写真と入選の記事。　（オーバーラップ）

59　酒場の中

女主人や女給達、その新聞を見て騒いで居る。大倉が大きな顔をして這入って来る。

女主人、ツカツカと大倉の前に立ちふさがって「お帰り下さい」と言う。大倉おどろく。女主人、新聞を大倉に見せる。大倉、茫然とする。そしてすごすごと帰って行く。

一同愉快そうに笑って見送る。

60　アトリエ

高井、絵を描く用意をして居る。モデル台に律子が立っている。高井、パレットを片手にカンバスに向いながら律子に、
Ⓣ〝着物を脱がなきゃ駄目だよ〟
と言う。律子、うらめしそうに帯を解き始める。律子の方を見て居る高井、次第に眼を細くする。（律子が裸体になる感じを高井一人で表情を現したいと思います）
高井頷いたが、
Ⓣ〝それも取ってしまうんだね〟
と言う。
律子、承知しないらしい。
……高井一寸怖い顔をして「取りなさい」と言う。律子一糸だに纏《まと》わない姿になったらしい。高井一寸まぶしそうな顔をしながら筆を動かし始める。満悦の表情。　（F・O）

——肉体美——　完

（昭和三年十月三十一日製本）

宝の山*

脚色　伏見晁

原作

監督……………………小津安二郎

脚色……………………伏見　晁

撮影……………………茂原　英雄

丹次郎……………………小林十九二

芸者　染吉……………………日夏百合絵

〃　麦八……………………青山萬里子

モガ　蝶子……………………岡村　文子

芸者屋の女将……………………飯田　蝶子

芸者　小浪……………………浪花　友子

〃　若勇……………………若美多喜子

女中　お竹……………………糸川　京子

一九二九年（昭和四年）

松竹蒲田

脚本のみ現存、ネガ、プリントなし

S6巻、1824m（六七分）

白黒・無声

二月二十二日　観音劇場公開

＊撮影台本の表紙には、タイトル『喜劇宝の山』の次の行に〝モダン梅暦〞と改題前のタイトルが入っている。

（F・I）盆の上に並べられた四つの茶碗。

それへ優しい女の手が茶を注ぐ。

周囲から三人の女の手がそれを一つずつ取り上げると、盆の上には一つの茶碗が残る。（オーバーラップ）

1

芸者屋梅廼家《うめのや》の一室である

お茶をいれて羊羹を食べて居るのは此の家の女将と、娘の染吉、抱えの若勇と麦八である。が、残った茶碗へ手も出さず、変に澄まして居るのは麦八。
と、染吉、不審そうに、
Ⓣ〝お茶を呑むと色が黒くなるってね〟
と麦八を冷かす。
麦八、一層澄まして、つき襟《えり》などし乍《なが》ら、
Ⓣ〝好きな人の為にお茶まで
断ってるのよ〟
と言う。そして鼻をこする。
染吉、若勇、共に笑う。
同時にお茶を飲みかけて居た女将、思わず噴き出してお茶に咽《むせ》ぶ。
若勇、急いでハンカチで女将の膝など拭く。女将、漸《ようや》く笑いを止めて、
Ⓣ〝笑わせないで、風邪薬でも
お飲みよ〟
と言う。
麦八、膨れ面をして盛んに羊羹をつまむ。
と染吉がそれを止めて、別の盆に湯呑のお茶と羊羹を分けて、未だ食べたそうにしている若勇に、
Ⓣ〝これ、丹さんの所へ持って行って
頂戴〟
と言う。
若勇、不精不精立上る。
と、お茶なしで余り食べたのでシャックリが出る。
そのシャックリで盆の上の湯呑みが倒れそうになるのを慌てて止めながら、階段の方へ行く。

2

階段の下

上って行こうとする若勇と降りて来た丹次郎と危うく衝突しそうになる。

若勇、吃驚《びっくり》する。

丹次郎、「これはどうも」と早速羊羹をつまんでお茶を飲む。

その間、じっと盆を持って居る若勇は、変な顔をして居る。

染吉、外出姿の丹次郎を見て不審そうに、

Ⓣ〝何処かへお出かけ？〟

と聞く。

丹次郎、元気なく頷いて染吉の方へ来て、

Ⓣ〝叔父さんとこから
余り返事が来ないから直接
ぶつかって見ようと思うんだよ〟

と言う。

「真実《ほんとう》？」と染吉、少し疑い深い。

丹次郎、「嘘なんか言うものか」と言う。

染吉、探るように、

Ⓣ〝そんな事言って蝶子さんに
会いに行くんじゃないの？〟

と言う。

丹次郎、「冗談言っちゃいけない」と否定して懐中の蟇口《がまぐち》を出し、中の貧弱さを示す。

染吉、少し安心して、

「じゃ行ってらっしゃい」

と言ったが、不図思い付いて、出て行こうとする丹次郎を呼び止め、帯の間から財布を出して五十銭玉を三つ四つ。

Ⓣ〝電車賃よ〟

と言って渡す。

丹次郎、嬉しそうに頷いて、受取ると土間へ降りる。

染吉、上り框に立っている。

女将と麦八、一寸顔を見合わす。

「ふふ、お睦じいことで……」と言った顔。

3 **梅廼家の表**

丹次郎、出会い頭に郵便配達夫と出会う。
配達夫、宛名を確めて封書を一通渡し、ニヤニヤ丹次郎の顔を見て笑い乍ら去る。
丹次郎、不審そうに見送ったが封書に眼を移す。
封書　新橋××町
　梅廼家気附
　芝山丹次郎殿
そして裏に
　石塚金右衛門
としてある。
丹次郎急いで封を切って読む。
次第に失望の顔色となり、手紙を持ったまま元気なく又家の中へ戻って行く。

4 **家の中**

不審そうに入口の方を見る染吉。

女将、麦八、若勇。

その横を詰らなさそうに鼻くそをほじり乍ら丹次郎が二階へ上って行く。

染吉、不審そうにあとからついて行く。

5 **二階　丹次郎の部屋**

丹次郎、がっかりした様に這入って来て座り、手紙をもう一度読み直しかけたが、いまいましそうに破きかける。

染吉が不審そうに這入って来て、

「どうしたの?」と聞く。

丹次郎、吐き出す様に、

Ⓣ〝あっさりやられたよ〟

と言って破いた手紙を染吉の方へ差しだす。

染吉、その一片を手に取って読む。

手紙の一片
　しかし芸者屋に居候をするなど以ての外。なに、今後金子《きんす》の無心は勿論出入りも絶対厳禁。

などと書いてある。

染吉、「まあ」と呆れ、

Ⓣ〝随分頑固な叔父さんね〟

と言う。

丹次郎、うむと悄気《しょげ》る。

6 **階下**

女将と麦八と若勇が話をして居る。

電話がかかって来る。

若勇、電話を聞いて二階へ。

Ⓣ〝染吉姐さん、お座敷よ〟

と呼ぶ。

7 **丹次郎の部屋**

染吉、階下の声を聞いて返事をしてから、姉の様な風で丹次郎を慰めて下りて行く。

丹次郎、つまらなさそうな顔。

8 **階下**

染吉、降りて来て仕度を始めると女将が、
「どうしたんだい?」と聞く。
染吉、事の次第を話す。
女将、渋面を作る。
抱えの小浪が、元気よく風呂から帰って来る。
女将、不機嫌そうに一寸柱時計を見て、
Ⓣ〝お湯屋が遠くへでも
　引越したのかい?〟
と嫌味を言う。
折角元気に帰って来た小浪、一寸悄気る。若勇に眼で知らされて、
「どうもすみません」と一寸詫びて、二階へトントンと上って行ってしまう。
染吉、支度が出来、若勇に石を打って貰って出かけて行く。

9 **二階　抱えの部屋**

小浪、鏡台の前へ来てペタンと座り、懐中から長二郎のプロマイドを出す。

10
隣室
退屈そうな丹次郎、ねそべって唐紙を細目にあける。
小浪、長二郎のプロマイドを見て一寸見とれる。
と背後の襖が開いているので急いで納《しま》ってお化粧をつづける。
細目に開けた襖の間から、丹次郎が小浪を見る。
化粧をして居る小浪の後姿。
丹次郎、何か思い付いて小浪に声をかける。ニヤニヤしながら、
Ⓣ〃お前ね、耳蔭《みみかく》しだって
　きっと似合うよ〃
と言う。
小浪、「妾が?」と言ったがツーンとして、
Ⓣ〃お生憎様、お門違いでしょう〃
と言って向うを向いてしまう。
丹次郎、仕方なく自分の部屋へ引込む。

11
丹次郎の部屋
丹次郎、突然思い付き、先刻染吉から貰った五十銭玉を袂から出して勘定して、急いで帽子を冠る。
襖を開けて小浪が首を出す。小浪言う。
Ⓣ〃お兄さん、髷《チョン》にしたら
　似合うでしょうね〃
Ⓣ〃お生憎様、お門違いでしょう〃
と丹次郎。
Ⓣ〃何処へ行くの?〃
丹次郎、「いやんなっちゃうなあ」と言った顔で、
Ⓣ〃散歩に行くんだよ〃
と言って手に握った五十銭玉の一つを小浪に渡し、
Ⓣ〃染吉に余り告げ口しちゃ駄目だよ〃
と言って出かけて行く。
小浪も自分の部屋の方へ戻る。(F・O)

12
(F・I)**郊外の道**
一台の自動車が走って行く。
(オーバーラップ)

13
自動車の中
揺られて居る丹次郎、心配そうに賃銀のメーターを覗き込む。

14
メーター(クローズアップ)
一円四十五銭、一円五十銭と変って行く。
丹次郎、握って居る金と見較べて居たが、一杯一杯になって来たので、
「あ、此処で宜しい」と車を停めさせて降り、金を払って歩き始める。

15
蝶子の家の外(立派な邸宅)
丹次郎、やって来て覗く。
庭で蝶子が犬と遊んで居るのが見える。
丹次郎、元気付いて垣根の外から口笛を吹いて呼ぶ。
蝶子、気付く。そして一寸家の方を気遣うように振りかえって見てから、丹次郎の方へ駈けて来る。
蝶子と丹次郎、垣根を間に話す。
蝶子、家の方へ気をかねる様に、
Ⓣ〃今、うちへあなたの怖い叔父さんが
　来ているのよ〃
と言う。
丹次郎、ビクッとして首を縮め恐る恐る家の方を見て、「そうかい?」と小さくなる。

16
蝶子の家の一室
蝶子の父と丹次郎の叔父がしかつめらしい顔で話をしている。
蝶子の父は厳かに、
Ⓣ〃丹次郎の素行が直らん以上は
　蝶子の婿も別に
　選定せんければなりません
　からな〃
と言う。
叔父、「御尤もです」と頷いて、
Ⓣ〃ああ言う父祖君を恥しむる

奴には決して御斟酌なく……〃
と話をしている。
垣根を間にした丹次郎と蝶子。
蝶子、少し憤慨の様子で、
Ⓣ〃アパートに居るなんて、
嘘ついて芸者屋にいるなんて、
あなたも不了見よ〃
と言う。
丹次郎、一寸困る。
蝶子、語をついで、
Ⓣ〃アンクルや親爺の話は
兎も角、あなたと私の間で
話をハッキリする必要が
あると思うわ〃
と言う。
丹次郎、仕方なく頷く。と、家の方を見てハッとする。
蝶子もハッとして玄関の方を見る。
遙かに見える玄関。
辞し去ろうとする叔父。送り出す蝶子の父。
蝶子の父、一礼し乍ら、
では又いずれ、と言う。
叔父、一礼して去りかける。
丹次郎、垣根の蔭にかくれる様にしながら、蝶子に慌てた調子で、「さようなら」を言って逃げる様に去る。
蝶子、見送る。　（F・O）

17　（F・I）梅廼家　階下

女将が長火鉢の横で夕刊を読みながら煙草を吸っている。

その横にお茶挽きの麦八が不景気な顔をして座っている。

女中のお竹が買って来た敷島とお釣りを長火鉢の猫板の上に置く。

女将、頷いただけで見向きもせず新聞に読み耽っている。

丹次郎が浮かない顔付で帰って来て、二人に会釈すると二階へ上って行く。

麦八、一寸何か考える。

麦八、ソッと手を伸ばし、敷島の上の二銭を横へ置いて敷島だけを失敬し、何食わぬ顔付きで立ち上り、二階へ上って行く。

女将、ちらと麦八の方を見たが又新聞に目を移す。

18　二階　丹次郎の部屋

丹次郎、刻み煙草の粉を掻き集めて、煙《き》管《せる》で莨《たばこ》を吸う。
非道《ひど》く不味《まず》そうである。
其処《そこ》へ麦八が鼻をこすり乍ら這入って来て、机の上へ敷島を置く。
丹次郎、「ヨオこれはこれは」と喜ぶ。
麦八、無遠慮に机の抽出しから便箋を取り出して丹次郎の前に拡げ、
Ⓣ〃手紙を書いて頂戴な〃
と言う。
丹次郎、仕方なく渋々ペンを取り上げる。
「何んて書くんだい？」
麦八、「そうね」と考えてから、
Ⓣ〃ひと筆しめし参らせ候〃
と口述する。
麦八、尚いろいろと口述する。
丹次郎、困りながら渋々書くうちに又麦八が、
Ⓣ〃惚れた証拠にお茶迄断って
苦労奉り候〃
と言うに至ってペンを放り出したくなる。が、我慢して書きつづける。
丹次郎、書き終った手紙を麦八に渡す。
麦八、受け取り、改めて姿態を作りながら、丹次郎へその手紙を差し出す。
丹次郎、アッ気に取られる。
「どうしたんだい？」
麦八、身体をくねらせながら、さも恥し気に、
Ⓣ〃ね——
妾の気持判ったでしょう？〃
と言う。
丹次郎、啞然として戦慄する。
麦八、すり寄ろうとする。
丹次郎、逃げ腰になって、

Ⓣ〝いくら暇だって
　冗談するなよ〟
といささか恐れをなす。
麦八、俄然態度を変えて、プーンと膨れる。

19　階下

女将、煙草を吸おうとして敷島がないので、女中のお竹を呼ぶ。
女将、お竹に、
Ⓣ〝お前、敷島何処へ
　買って来たんだい！〟

20　二階

麦八、おどろく。丹次郎が正に破こうとする敷島を持って去る。

丹次郎、あっけにとられる。

21　階下

女将、仕方なく煙管で莨を吸い始め、再び新聞を読む。

麦八、女将の横へ来る。

そしてソッと敷島を元通りに置く。

女将、ポンと煙管をはたく。拍子に猫板の上の敷島を見て、「オヤ」と思い、麦八の方を見る。

麦八、横を向いて澄ましている。

女将、敷島と麦八の顔を見較べて変な顔をする。

（F・O）

22　（F・I）丹次郎の頭

アイロンが当てられている。
（オーバーラップ）
当てて居るのは小浪である。
丹次郎は鬚剃《ひげそり》の後らしく、顎など撫でて納《おさま》っている。
其処に染吉が、御座敷の帰りらしく、多分酔って帰って来る。
丹次郎の傍に居る。小浪に、
Ⓣ〝帰りに歌舞伎に寄って来たけれど
　いつ見ても橘屋《いちむらや》はいいわね〟
小浪、合槌を打ちながら隣室に去る。
染吉、煙草を出して吸う。
丹次郎もソッと手を出して一本取る。
染吉、職業意識からマッチで火をつけてやろうとしたが止す。
マッチを投げ出す。
丹次郎、止むなく放り出されたマッチを取り上げて自分でつける。
丹次郎、半ば御機嫌を取る様に半ば皮肉に、
Ⓣ〝大分いい御機嫌だね〟
染吉も同様に、
Ⓣ〝大きに、悪かったわね〟
染吉、コテのかかった丹次郎の頭を少し振る。
丹次郎、頭を引込めて櫛を当てる。
丹次郎、羨しそうな思い入れ。そして丁度いい時とばかり空の蟇口を見せて、
Ⓣ〝少し入れとくれよ〟
と無心を言う。
染吉、横を向いてしまう。
Ⓣ〝金のなる木を持ってる訳
　じゃなし、そうそうは駄目よ〟
とあっさり断られる。
丹次郎、一寸膨れる。
染吉、鼻の先で笑って空の外に出て行く。
染吉、階段を降りて行き、一寸可哀そうだったと言う思い入れにて、天井を見上げる。

23　丹次郎の部屋

丹次郎、チェッと舌打ちして櫛を入れた頭を再び自分でムシャクシャに掻き挘《むし》って不貞腐れた様子でゴロリと横になり、ドシンドシンと足を机の上へ乗せる。

（F・O）

Ⓣ〝その翌る朝〟

24　（F・I）畳の上

新聞が乱暴に放り込まれる。

寝ていた丹次郎、映《ま》ぶしそうに眼を開ける。

そして渋々と起き上ると机の抽出しから歯ブラシとチウブの歯みがきを出して、それを両手に大きな伸びをする。

と、チウブを持った方の手に力が這入って、歯みがきが油絵の具の様にニョロニョロと出る。

丹次郎、慌ててそれをブラシに付けて口に入れる。

25　階下

染吉、丹次郎の食膳を持って二階へ上がろうとしたが、何を思ったかお竹を呼ぶ。

お竹来る。

染吉、お竹に丹次郎の膳を運ばせる。

26　二階

丹次郎、障子を開けて物干しへ出て、口を磨きながら、映ぶしそうな眼付きであたりを見廻す。

階段近くの障子が開いて、食膳が差し出される。

丹次郎、早速見に行く。

膳の上にある貧弱な朝の献立。

丹次郎、不服そうに又物干しの方へ戻る。

と飛行機の爆音。

丹次郎、急いで空を仰ぐ。

いかにもいいお天気を喜んで居る様に飛んで行く飛行機。

と丹次郎、仰いで居た眼を急に下の道路へ転ずる。

と、丹次郎急いで室の中へ駈け込み、机の抽出しや刻莨入れの中などを探す。

が、二銭位しかない。

と思い付いて壁を見る。

貼ってある大入袋。

丹次郎、急いでその一つから五銭を抜き取って階段の方へ。　（オーバーラップ）

駈け降りる丹次郎。　（オーバーラップ）

女将、染吉などが吃驚して居る室内を通過する丹次郎。　（オーバーラップ）

格子戸を開けて飛び出す丹次郎。前方へ「オーイ」と呼ぶ。

呼び止められたのは納豆売りの少年である。

丹次郎、その少年から納豆を買う。

少年は学帽を脱いで一礼して去る。

丹次郎、一寸考えるが思いかえして、納豆を振り廻しながら家の中へ這入る。

27　家の中

丹次郎、納豆を提げたまま渋面に勝手の方へ行く。

女将と麦八と染吉——染吉、新聞を読んでいる。丹次郎を見送る。

麦八は女将に告げ口をする。

女将、茶を注ぎ乍ら麦八の言う事を聞いている。

と、茶呑に茶が一杯になりこぼれる。

女将、丹次郎に当る。

丹次郎、八つ当りを軽く斥ける。

染吉、黙って多少俯きかげん。

丹次郎、腰に納豆を提げ、顔を拭き乍ら二階へ上って行く。

染吉、一種変った眼で見上げる。

28　二階

上って来た丹次郎、膳に向っていざ納豆をお菜に食事を仕様として茶碗を取り上げて、オヤと膳の上を見る。

茶碗で伏せてあった染吉心づくしの十円紙幣。

丹次郎、急いで取り上げひろげて見て、「矢っ張り実があるなあ」と嬉しい思い入れ。

とフト隣室の方を見る。

障子にハタキをかけているお竹の手。

丹次郎、フト思い付いて、小言でお竹を呼ぶ。

お竹、入って来る。

丹次郎、お竹に、

Ⓣ〝大急ぎで鰻丼を一つ〟

と言う。

お竹、「まあ」と目を見張ったが、丹次郎の手に持った紙幣を見ると頷いて去る。丹次郎、再び床の中へもぐり込んで嬉し相に十円札を見る。

——時間経過あり——

29 階下

電話のベルが鳴っている。

茶の間に染吉、麦八、女将がいる。

染吉が立って行って聞く。

女の声で丹次郎への電話。面白くない。

丹次郎を呼ぶ。

30 階上

丹次郎、電話と言われて起きる。

31 階下

丹次郎、降りて来て染吉に金の礼を言う。

が、染吉、ツンとしている。

不審に思い乍ら電話口に出る。

電話口にて蝶子、「モシモシ」

丹次郎、笑い顔にて染吉の方を向く。

怖い顔の染吉、麦八。

丹次郎、少しくテレル。「ハイハイ」

蝶子、「あの——丹次郎さんですか」

丹次郎、染吉の方を再び気にする。

染吉、丹次郎に、

Ⓣ〃蝶子さんから
かかって来たんでしょう〃
丹次郎、「いや違う」と言う。
電話口をふさいで、
Ⓣ〃相手の人は男だよ〃
と言う。「ハイハイ」
蝶子、「あのね」、
Ⓣ〃今日ね、三時頃から
家へ遊びに来ない？〃
丹次郎、少し考えて染吉の手前男の様に、
Ⓣ〃承知しました。
とにかく参りましょう〃
と染吉の方を気にして、
Ⓣ〃どうか奥さんによろしく〃
と電話を切る。
蝶子、呆気に取られて、「モシモシ」と言葉をつごうとするが、切れているので断念する。
丹次郎、火鉢の傍に行くと、染吉、ツト立って鏡台の方に行ってしまう。
丹次郎、止むなく二階に上って行く。

32 階上

丹次郎、二階に上って来て、又寝る。

新聞を読み乍ら煙草を吸う。

33 階下

麦八、フト勝手口の方を気にする。

34 勝手口

鰻屋が来て、丼を置いて行く。

女将や染吉は、鏡台の前で着物や帯地を見ている。

麦八素早く、素知らぬ風で勝手の方に行く。

女中のお竹は、玄関の格子を拭いている。

麦八、台所に来て、他の人の目につかぬ様に丼を喰いかける。

お竹、玄関の掃除を済ませて上って来る。

麦八も何喰わぬ面で火鉢の傍へ戻る。

そしてそっと口のまわりを拭う。

お竹、勝手へ這入る。

お竹、鰻丼を持って出て来て、二階へ上って行く。

35 二階

お竹が鰻丼を持って来たので、丹次郎、すっかり喜んで、膳など机の下へ押し込んで鰻丼を引きよせ、先ず衛生割箸という奴を割る。

と楊子を包んだ辻占が落ちる。

丹次郎、それを拡げて見る。

36 **辻占**（クローズアップ）

「先んずれば人を制す」

丹次郎、フンと放り出してやおら丼の蓋を開けて見て、アッと驚く。

己に先んじた奴の為に丼は綺麗に空になっている。丹次郎、驚く。（F・O）

37 （F・I）**蝶子の家　一室**（夜）

丹次郎と蝶子が話をしている。

蝶子は少し癇癪を起している。

Ⓣ〝随分煮え切らないのね。
芸者屋を出るか出ないか
ハッキリ言えばいいじゃないの〟

と言う。

丹次郎、至極呑気な顔で、

Ⓣ〝そう簡単にも行かないんだよ〟

と言う。

蝶子、「まあ」と目を見張る。（F・O）

38 **御待合　名月の表**（夜）

（オーバーラップ）

39 **全座敷**

遊興の客。

染吉と若勇、小浪が酒席を斡旋している。

客の一人が染吉に、

Ⓣ〝好きな男が家にかくまってあると
言うじゃないか〟

と肩を叩く。

染吉、胡麻化そうとするが、胡麻化し切れない。客、一層ひやかす。

（オーバーラップ）

40 **梅廼家の階下**

女将が爪弾きで何かやっている。

お茶挽きの麦八が話しかける。

Ⓣ〝情人《イロ》があると言うだけでも
うるさいのに
それが家に居候をして居ちゃ
人気の落ちるのも無理ないわ〟

と言う。

女将、不愉快相に三味線を下に置く。

麦八、尚話を続けて、

Ⓣ〝第一、居候の癖に朝飯に
鰻丼を取るなんて……口惜しいから
私が食べちまったけど、お女将さんが
よく黙っていると思って……〟

と言う。

女将、益々不機嫌になる。

丹次郎が帰って来る。

そして「只今」と言い乍ら、長火鉢の猫板の上へ土産の包みを置いて、

Ⓣ〝歌舞伎座に行って梅暦を見て来たよ〟

女将、ツンとして土産物を他の妓の前に置いて皮肉に言う。

Ⓣ〝お兄さんがお土産だってさ〟

他の妓、包みを解いて喰べる。

女将、ムカッ腹で芝居の講釈をしている丹次郎に、

Ⓣ〝お前さんの様な居候が高いお金を出して橘《イチムラサン》屋の丹次郎を見るとてないよ〟

と言う。

丹次郎、痛い所を言われてしぼしぼと二階へ上って行く。

それを見送ると女将、横から「こちらへお貸し」と妓がムシャムシャ喰べているのを取り上げて食べる。（F・O）

（F・I）朝である。茶の間に染吉、麦八、女将等いる。

麦八、女将に油を注ぐ。

染吉は新聞を読むともなく見ている。

Ⓣ〝私は余りその方面は
知りませんけれど、居候なんて
あんな風でいいものでしょうかね〟

と麦八、女将を唆《そそ》かす。

そして染吉にも、

Ⓣ〝私が言うのも変なものだけど、
少しは姐さんも考えなきゃ駄目よ〟

と注意顔。

と、電話のベルが鳴る。

麦八、電話口に出る。顔色が変る。

元の席に戻る。染吉に大発見でもした様に、

Ⓣ〝丹さんの所へ女の人から電話よ〃
染吉も真剣になる。
麦八、考えて染吉を連れて電話口に出る。
蝶子、「モシモシ丹さん？」
麦八、染吉、顔見合せて丹次郎の声色にて「そうです」
蝶子、
Ⓣ〝昨日一日逢っていて
　今日電話かけるのは変だけれど、
　急に用が出来たのよ〃
二人、「畜生」と顔見合せて、麦八、染吉に耳打する。
蝶子、「モシモシ」
麦八、男の様に、
Ⓣ〝急に用って何だい〃
蝶子、
Ⓣ〝逢って話がしたいの――
　電話じゃ言えないわ〃
二人、腐る。
蝶子、「モシモシ」と甘ったれて、
Ⓣ〝化け物相手にしてないで
　すぐ来て頂戴よ〃
二人、腐る。皮肉に受話器をかける。
麦八、染吉に、「だから私の言わない事じゃない」と得意になる。
そして、女将に同意を求める。
女将が「そうだとも」と麦八に答えて、
染吉に言う。
Ⓣ〝お前があんまり甘くするからだよ〃
と皮肉に言う。それを聞く染吉、ムカムカとして二階へ上って行く。

41　二階

丹次郎、陽当りの物干でサキソホンをふいている。いきなり染吉、入り来る。そして室の中へ引きずり込まれる。

42　部屋の中

丹次郎、面喰う。
染吉、丹次郎を睨み付け、
Ⓣ〝余り人を馬鹿にしないで頂戴！〃
と言う。
丹次郎、吃驚する。
染吉、丹次郎には一語も言わせずまくし立てる。
Ⓣ〝黙ってりゃいい気になって
　居候は居候の様にするものよ〃
と散々悪口を言う。
丹次郎も余り激しくやられたので、遂にムッとなる。
Ⓣ〝お前の口から居候と呼ばれ様とは
　思わなかったよ〃
と中腹《ちゅうっぱら》になる。
染吉、フンと鼻で受け、
Ⓣ〝大きな事をお言いでないよ。
　居候だから居候だと
　言うんじゃないか〃
と言う。
丹次郎、カッとして、
Ⓣ〝嫌に邪魔にするなあ――
　出て行けばいいんだろう〃
と言って着物を脱ぎ始める。
染吉は、
Ⓣ〝どうぞ御随意に――〃
と言って降りて行ってしまう。
丹次郎は、止めて呉れるかと思った染吉があっさり降りて行ってしまったので、一寸呆然としたが、「ええいッ」と思って戸棚の中から洋服等を取り出して着替え始める。

43　階下

染吉、不機嫌な顔で女将の横へ来て坐る。女将と麦八、顔を見合せる。
丹次郎、すっかりモダンボーイになって階段を降りて来る。
そして女将の所へ来て、
Ⓣ〝どうも長々御世話になりました。
　では御機嫌よう〃
と簡単に言う。
女将、女中に、
Ⓣ〝お竹や、二階の部屋を綺麗に
　掃除しておくれ〃

丹次郎は一同をあとに上框へ行って、靴をはき始める。
麦八、目をパチパチさせて居たが、何を思ったか、
Ⓣ〝待って頂戴、
　私も一緒に行くから――〟
と立ち上って丹次郎の傍に行く。
丹次郎、「冗談するな」と麦八を押して出て行く。麦八、尚も後を追おうとする。
丹次郎、行ってしまう。
じっとこらえている麦八、ワーァと泣く。女将、笑う。
染吉も堪えている。
麦八、火鉢の傍に戻り、シャクリ上げる。
女将、「何だい」と笑い、染吉を見る。
染吉も堪えて面をふせる。
女将、染吉に「ね、お前――」
Ⓣ〝ね、お前、
　よくその気になってくれたね〟
染吉、「だまって頂戴よ」と女将に言い、灰文字を書く。
ガラリと格子が開く。
染吉、振り返る。
ビラマキ屋がビラを入れて行く。
その儘《まま》染吉ガッカリしてうなだれる。
（F・O）

44　（F・I）**日当りのいい蝶子の家の玄関**

犬が横になっている。

其処へ自動車の影が来て停る。

（オーバーラップ）

車から降りる丹次郎。

出迎える女中。

丹次郎、家の中へ這入って行く。

（オーバーラップ）

丹次郎、一室へ通される。そして落着かない風でネクタイを気にしたり、洋服の前を合せたりしている。

蝶子が這入って来る。

丹次郎「や、今日は」と元気よく頭を下げ、

Ⓣ〝僕、断然飛び出して来たんだ〟

と言う。

蝶子、「ソオ」と気の無い様子で、

Ⓣ〝あなた、あんまり煮えきらないから、
　あたしもう決めちゃったわ〟

と言う。

丹次郎、不審。

蝶子ニコニコと、

Ⓣ〝帝大出のスポーツマンよ、ステキよ〟

と言う。

丹次郎、一寸悄気る。が強いて元気を出して、「じゃ、左様なら」と帰りかける。

蝶子、呼び止めてポケットから紙幣を若干出して、

Ⓣ〝婚約の違約金よ〟

と言う。

丹次郎、モヂモヂし乍ら受取る。

（F・O）

Ⓣ〝其の日も暮れました〟

45　**梅廼家**

火鉢の傍に女将、染吉、麦八などいる。
時計を見たり、占いをやったり、丹次郎の帰りを待っている。
染吉、女将に、
Ⓣ〝ね、おっ母さん、丹さんの為に
　随分楽をした時もあったじゃないの〟
女将、「そりゃあったよ」。染吉、
Ⓣ〝それに居候扱いにして
　追い出すなんてあんまりだわ〟
女将、
Ⓣ〝あたしゃあんまりこの妓が
　言うものだから遂《つい》その気になってね〟
麦八、又泣き出す。
染吉、愚痴る。
Ⓣ〝そりゃ私も少しは
　言い過ぎたけれど――〟
Ⓣ〝犬だって三日飼えば三年
　恩を忘れないって言うじゃないの〟
と皆しょんぼりする。
台所の口に坐っていた女中、
Ⓣ〝この春、三毛が居なくなった時、

皆でこんな気持になりましたね〃
染吉、女中を睨んで、
Ⓣ〃丹さんと猫と一緒にするでないよ！〃
女中、驚く。
と箱屋が来る。染吉の御座敷を言う。
染吉、浮かない。
女将、機嫌を取る様に、
Ⓣ〃元気を出して行っといでよ〃
染吉、いやいや立つ。
他の子、いそいそと姐さんの持ち物を出す。
箱屋、姐さんの物等並べる。（F・O）

46 **花柳街**
何処となく賑やかな艶めかしい空気。

威勢のいい俥に乗った染吉が或る待合の前へ俥を止め、車夫に三味線を持たせて中へ。（オーバーラップ）

47 **待合の廊下**
女中を先に、染吉座敷へ行く。

座敷の前で膝をつく。

（部屋の中から）

障子を開けて「今晩は毎度あり……」と顔を出して染吉、「まあ」と呆れる。

48 **座敷の正面**
床の間を背に脇息《きょうそく》に凭れた丹次郎。
染吉、「どうしたの」。丹次郎の近くへ行く。丹次郎、強いて笑い、
Ⓣ〃どうもこうも無いよ。みんなお終《オールチョン》いさ〃
と言う。
染吉、まじまじと丹次郎を見る。
丹次郎、ポケットから財布を出して、お金を全部紙幣取りまぜて染吉の前へ出し、
Ⓣ〃お前さんにも毎度御厄介になった。少ないけれどお礼だよ〃
と言う。
染吉、目を見張る。
丹次郎、ノッソリ立ち上って、
Ⓣ〃これで本当に左様ならだ。皆に宜しく言っとくれ〃
と帰って行こうとする。
染吉、慌てて、
Ⓣ〃それで、あんたどうするの？〃
と言う。
丹次郎、元気なく笑って、
Ⓣ〃どうにかなるさ〃
と言って出て行く。
染吉、一人残されて俯れる。

49 **廊下**
丹次郎、出て来たものの、染吉が止めてくれないので困る。

又忍び足で戻って座敷の中を窺う。そして思い切って行こうとして迷う。そして再び座敷へ這入って行く。

50 **座敷**
俯れて居た染吉、「オヤ」と思う。
丹次郎、丁度忘れてあった煙草を取ってポケットへ入れ、前に同じように、
Ⓣ〃煙草にも明日から不自由するからな〃
Ⓣ〃じゃ皆にくれぐれも宜しくね〃
と言って出て行く。
染吉、このまま別れ得ない気持が湧き起る。
「丹さん」と呼んで追う。

51 **廊下**
丹次郎、立止まる。
染吉、追い付いて情を見せ、
Ⓣ〃どうかなるだけで妾としてほって置く訳にはゆかないね〃
と言う。染吉、心の中で喜ぶ。
染吉、眤《じ》っと見上げて、
Ⓣ〃もう一度うちへ戻って頂戴〃
Ⓣ〃どうかなるまでもいいから家に居て頂戴〃
と言う。
丹次郎「そうかい」と染吉を眤っと見る。そして頷く。（F・O）

52

（F・I）梅廼家

染吉、晴れやかに帰って来て、女将や麦八や二階から降りて来た小浪、若勇に、染吉、それぞれ土産を出す。女将には曲物《わげもの》に入った料理とお金。麦八に御菓子。小浪には長二郎のプロマイド。若勇には半襟。お竹にシャモジ。皆、不審がる。

と染吉、

Ⓣ〝又、丹さんが家へ戻って
　来ることになったのよ〟

そして、

Ⓣ〝これ、皆んな丹さんからよ〟

と言う。一同、入口を気にすると、丹次郎、顎などかいて、多少テレクサイ。然《しか》しとても朗らかに、「ヤァ」と入り来り、皆と挨拶をする。

そして二階に上る。一同見送る。

（F・O）

Ⓣ〝そしてその翌日から――〟

新聞紙が投げ入れられる。

丹次郎は二階の物干台に出て、町を見ている。振りかえる。女中が食膳を運んで行く。

丹次郎、朗らかに室に入る。

相不変の御馳走なしの献立である。

フト聞耳を立てると、

町で納豆売りの少年が呼びながら行く。

丹次郎、買おうと思って片方を見ると、壁に貼られた底が破かれてある大入袋。

がっかりするが、茶碗の下に又金でもあるのかも知れないと望みをもって、サッと茶碗を開けて見るが――何もない。

丹次郎、朗らかな芸者家の二階にノウノウと朝の茶漬を喰う。

――完――

（昭和三年十二月十三日製本）

学生ロマンス＊若き日

脚色　伏見晁

原作……伏見　晁
脚色
監督……小津安二郎
潤色
撮影……茂原　英雄
編輯

学生　渡辺敏……結城　一朗
〃　山本秋一……斎藤　達雄
千恵子……松井　潤子
千恵子の母**……飯田　蝶子
下宿の内儀……高松　栄子
其の息子　勝二……小藤田正一
教授　穴山……大国　一郎
教授……坂本　武
学生　畑本……日守　新一
〃　小林……山田　房生
学生……笠　智衆
〃……小倉　繁

一九二九年（昭和四年）
松竹蒲田
脚本、ネガ、プリント現存
S10巻、2854m（一〇四分）
白黒・無声
四月十三日　帝国館公開

*撮影台本の表紙には、タイトルの前行に「学生ローマンス／雪の思ひ出／改題」とある。

**フィルムでは「千恵子の伯母」となっている。

1 **(F・I)早稲田附近の街をパノラミックする**

Ⓣ〝都の西北〟

長閑《のどか》な一軒の家を中心に停止する。

2 **その家に貼ってある「二階かし間」の札**

(カメラ俯瞰になる)

3 **家の前に貸間札を見上げている会社員風の男**

——やがて会社員、その家の玄関に這入る。

4 **家の中**

玄関の三和土《たたき》の上で独楽《こま》を廻して遊んでいた当家の息子勝二、顔を上げて会社員を見る。

会社員、「貸間が見たい」と言う。

勝二、不明瞭な表情で頷く。

会社員、二階へ上って行く。

勝二、フンと言った顔付で再び独楽を廻し始める。

5 **二階**

会社員、上って来て障子を開ける。と、

6 **部屋の中**

貸間の筈の座敷に蒙々と煙草の煙を吐いて大学生渡辺がトグロを巻いている。

会社員、いささか面食って、

Ⓣ〝あの——貸間を見に来たんですが〟

と言う。

渡辺、一寸てれたが簡単に、

Ⓣ〝お気の毒様

僕が今朝引っ越して来たんです〟

と言って会社員が未だ不審相な顔をしているので、

「あ、まだ貸間札が貼ってありましたか」

と窓から手を出して貸間札を取って破く。

会社員、礼を言って降りて行く。

渡辺、それを見澄まして硯を出し、墨を磨り始める。

7 **階下**

会社員、降りて来て靴をはく。

勝二、チラと見て笑いをかくす。

会社員、変な顔をして勝二を見、帰って行く。

8 **二階**

渡辺、新しく書き変えた貸間札を窓の方へ貼りに行く。

9 **表の道**

通りかかった一人の婦人、フト二階を見上げ、立止って渡辺に声をかける。

Ⓣ〝二階は貸間なんですか?〟

10 **窓**

渡辺、下を見る。

11 **余りシャンでない彼女**

12 **渡辺、急いで貸間札をはがして**

「いえ、違いますよ」とごまかす。

13 **婦人、怒って行ってしまう**

14 **渡辺、それを見送って苦笑**

再び札を貼る。「二階かし間」

15 **部屋の中**

渡辺、机の前に座って不精髯をなでる。

そして思い付いて安全剃刀で簡単にそる。と、下から勝二が目玉をクルクルさせ乍ら上って来て、一大事と言わぬ許《ばか》りの注進顔、「来た、来た」

渡辺、緊張する。
勝二、皮肉な笑いを堪えて、
Ⓣ〝今度のはシャンだよ
おじさんの気に入るよ〟
と言う。
渡辺、少し乗気。
急いで安全剃刀を片付ける。
そして階段の方へ向く。

16 下りて行く勝二と入れ替りて女が上って来る

千恵子、とても美しい。

17 渡辺、内心の喜びを禁じ得ない

千恵子、不審相な顔。
渡辺は、女にかなり度胸がいい。
相手の気持を察して、
「さあどうぞ御覧下さい」
と招じ入れて躊躇する千恵子に、
Ⓣ〝僕は今晩引越してしまいます
からどうぞ〟
と言う。
千恵子、漸く安心して室内を見廻す。
渡辺、色々とお世辞を言う。
Ⓣ〝この室は閑静で
見晴らしがいいですよ〟
千恵子も気に入ったらしく、
渡辺の話を聞いている。

そして言う。

Ⓣ〝では私、明日引越して参りますから〟

渡辺、「どうぞどうぞ」と調子よく言って、帰って行こうとする千恵子を、「まあいいじゃありませんか」と止めたい気持。

千恵子、辞し去る。

渡辺、柄になく送って行く。

18 階下

勝二、独楽をヒネクリ廻して遊んでいたが階段の方を見てニヤリとする。

渡辺、「向うへ行け」と目で知らす。

勝二、知らない顔をする。

渡辺、千恵子を送り出す。

19 表

千恵子を玄関に送り出すと入れかわりに此の家の内儀が帰って来る。

勝二の告げ口。

内儀、去って行く千恵子の後姿と、渡辺を見較べる。

20 渡辺、一寸困って口笛を吹き乍ら二階に上って行く

机の前に座って、やがてねる。

21 町

千恵子が来る。と或る町角で山本に会う。
山本は渡辺に較べるとおとなしい。
二人歩き出す。
山本、はにかみ乍ら、
Ⓣ〝此の間お願いした靴下
編んでくれましたか？〟
千恵子、
Ⓣ〝あれ、途中で毛糸が
なくなっちゃったの〟
少し歩いて「一寸待ってね」と山本を待たし、千恵子、毛糸屋に入る。

22 山本、満足気に女を見送り電信柱に手をつく

23 ペンキ、ぬりたて也

24 困る、手巾を尋ねるがない

困るが笑顔を作り、千恵子と連れ立って路を行く。

千恵子には知られない様に手を気にしている。

25 或る喫茶店

山本と千恵子、紅茶をのんでいる。

千恵子、買って来た毛糸を山本にかけて

貰って巻き乍ら、出来かかった靴下と較べて見る。
山本、（ペンキのついた）手を気にし乍ら、靴下など賞める。そして山本、
Ⓣ〝赤倉は一丈二尺から
　雪が積っているんですってね〟
千恵子、頷く。毛糸巻き終る。
山本、ペンキの手で頰杖をつく。頰についた手の跡。
千恵子、困る。山本の顔にて。（Ｆ・Ｏ）
Ⓣ〝その翌日〟

26
渡辺の下宿の前
千恵子の引越しの荷物が着く。
千恵子、家の中に入る。

27
家の中、玄関
勝手で働いていた内儀が出て来る。
千恵子、引越して来た事を告げる。
内儀、心得顔に頷いて応対する。
千恵子、二階へ上って行く。

28
二階
千恵子、開けて吃驚する。
渡辺、机に向って勉強していた顔を振り向ける。ニコニコして、
「やあ、いらっしゃい」と迎える。

千恵子、不審。

Ⓣ〝昨晩お引越なさらなかったの？〟

と聞く。

渡辺、笑いにまぎらし、

Ⓣ〝昨日は日が悪かったものですから〟

「さあどうぞ御遠慮なく」

と、折りから下から運び上げる女の引越し道具を手伝って部屋の中に運び、千恵子の持物を賞めたりする。

女に取り入ること非常で進取的且つ、巧妙である。

そして大急ぎで自分の荷物を運び出し乍ら、花瓶、額などを惜し気もなく千恵子に与える。

そして千恵子の道具を整頓してやる。

千恵子の道具を運んで来た男に、渡辺、

Ⓣ〝今度は俺の荷物を
　運んでくれないか〟

男、承知して渡辺の道具を階下に運ぶ。

渡辺は千恵子の道具をすっかり片づけて座る。千恵子も座る。

29
下
引越しの男、渡辺のものをすっかり車に積んで二階に声をかける。

30
渡辺、無頓着に千恵子に話しかける

31
下の男、又声をかける

32
渡辺、平気でいる
千恵子、下で呼んでいますよと注意する。

33
下で呼ぶ男

34
お内儀さんが上って来る
渡辺、仕方なく未練らしく、
Ⓣ〝長い間住んだだけにこの部屋にも
　仲々未練が残りますよ〟
と出て行く。
千恵子、お内儀さんにお礼を言ってから、
Ⓣ〝あの方、随分愉快な方ですわね〟
と言う。

35
渡辺、階段の中途
これを聞いてニヤッとして降りて行く。

36
喜んで表へ出る
荷物をひいて来る男を促し、二階を気にし乍ら行く。
前を美人が通る。その後をつける。が美人が逆戻りをするので断念。
途方にくれる。車屋も困ってしまう。
と一方に貸家貸間の案内が貼られてあ

る。仕方なくそれを見る渡辺。（F・O）

37 **（F・I）山本の部屋の前**

障子に紙が貼ってある。

「目下試験勉強中に就き
　万事静粛に願います」

38 **そこへ渡辺がやって来る**

そしてこれを見て苦笑したが、障子を開ける。

39 **部屋の中**

山本、居眠りをしている。

それでも机の上には本やノートが拡げてある。

渡辺、「オイ」と起す。

山本、吃驚して眼を醒まし時計を見て机に向う。

渡辺、笑ってしまう。

山本も仕方なく笑う。

渡辺、山本の前に坐って、

Ⓣ〝何処かいい下宿はないかい？〟

と聞く。

山本、「さあ」と考える。

渡辺、部屋の中を見廻して、

Ⓣ〝暫くお前の処へ
　置いてくれよ〟

と言う。

「え、此処へ？」と山本、多少迷惑顔。

渡辺、「いいじゃないか、え、頼む」と頗る上手に持ちかける。

山本、断る。

渡辺、「そんな事言うな頼むよ」と、図々しくきめてかかり、立ち上って窓から下へ、

Ⓣ〝おい、荷物を運んでくれ〟

と言う。

40 **表**

車屋、二階へ頷いて見せ、荷物を下し始める。

41 **山本の部屋**

山本、呆気に取られる。

渡辺、山本の肩を叩いて、

Ⓣ〝「情は人の為ならず」って言う事を
　知ってるかい？〟

山本、苦笑する。と渡辺、山本の机の上からアスパラガスを取って喰う。

山本、仕方なく折れる。

荷物を二階に運んで来た男。

渡辺、指図して置かせる。

両人にて。（F・O）

Ⓣ〝その次の日――〟

42 **町**

学生がゾロゾロと本を読み乍ら学校附近の路を行く。山本も居る。

山本、本を見乍ら一人の学生にたずねる。

Ⓣ〝お前、ノートの整理は皆、
　出来たかい〟

一人、快活にいやと頭を振り、

Ⓣ〝試験さえ無けりゃ学生程
　呑気な商売ないね〟

と言って次、しょげる。

ゾロゾロと本を見乍ら学校に行く学生の群。

43 **千恵子の下宿の前**

快活にやって来る一人の学生。

渡辺、昨日まで居た部屋の下を行きつ戻りつ。

二人の学生が本を読み乍ら来る、渡辺の友人。

渡辺、「オイ」と声をかけ、

Ⓣ〝タルチューフの様だから止せよ〟

と言う。

渡辺、学生を見送り苦笑して、快活に家に這入って行く。

44 **玄関から内のお内儀さんに声をかけて二階に上って行きかける**
勝二、居る。
二階を一寸見てずるそうに手を出す。
渡辺、苦笑してポケットから小銭を出し与えて、二階に上る。

45 **二階**
千恵子、靴下を編み終って傍らに置き婦人雑誌を拡げる。
フト聞き耳を立てる。

46 **障子が開いて渡辺が首を出す**
渡辺、お辞儀をして図々しく這入ってくる。

47 **千恵子、驚いて見る**
千恵子、咎める様に、
「あら何か御用?」
渡辺、事もなげに、
Ⓣ〃昨日、忘れものをしたんです〃
と言う。
千恵子、不審相に、
Ⓣ〃何をお忘れになって?〃
と聞く。
渡辺「ええと」と言い渋る。
そして額を見付けて救われた様に、
Ⓣ〃あの額です〃
千恵子「アラ」
Ⓣ〃あれは私に
　下すったのじゃなくって?〃
と言う。
渡辺、ヘドモドし乍ら、
「ああそうでしたね」
と大笑して胡麻化し「なあに額なんかいりませんよ」と言い乍ら、世間話を大胆にしかける。
千恵子、多少迷惑気に下をむいている。
渡辺、風向き悪い。
机の上のハッピーキャットを色々のポーズにして女の機嫌をとる。
終に女も笑い出す。
渡辺、調子に乗って壊してしまう。
あやまる。女も笑って許す。
渡辺、女の編んだ靴下を見つける。
手にとり上げて賞める。
「素的ですね」とつくづく見て、
Ⓣ〃これ
　僕にくれませんか〃
と言う。
千恵子「いけませんわ」
と取りかえそうとする。
渡辺「いいじゃありませんか」
と構わずはいてしまう。
渡辺、立ち上って、
「これは具合がいい」
と喜び、言う。
Ⓣ〃僕に丁度いいのは
　不思議だなあ〃
と千恵子を見て笑う。
千恵子、負けてしまう。
渡辺、礼を言う。立ってはき具合を試す。
と壁に立てかけてあったスキーが倒れる。
渡辺、スキーをおこして、
Ⓣ〃スキーやるんですか〃
女、うなずく。
渡辺、得意。「僕は非常ですよ」とか何とかいって時計に下っているスキーのメダルを進呈する。千恵子喜ぶ。
渡辺、「何日出発するんです」。千恵子、
Ⓣ〃四五日の内に
　行こうと思ってますの〃
渡辺「何処へ」
千恵子、
Ⓣ〃赤倉〃
渡辺、千恵子にうっとりと見とれている。　　　　(F・O)

48 (F・I) **山本の部屋**
山本、勉強をしている。ノートの整理。
渡辺が勇ましく帰ってくる。
山本、真面目な顔をして言う。「オイ」

Ⓣ〝郷里《くに》から電報が来ているぞ〟

流石《さすが》の渡辺も真面目になる。

山本、おもむろに電報を出す。渡辺、心配気に電報を開封する。

シケンヤスミニハナルベクカヘレ

山本笑う。渡辺も何んだと電報を丸めて捨てる。山本、ノートの整理にかかる。

山本、一寸見て、

Ⓣ〝お前フラフラしていて
試験の方は大丈夫かい？〟

渡辺、

Ⓣ〝未だ三日あるから
平気さ〟

と平気なもの。

渡辺、にこにこして山本に言う。

Ⓣ〝俺は試験が済んだら
赤倉にスキーにゆくんだ〟

山本、不審。電報をとり上げて、

Ⓣ〝郷里へ帰らないでかい？〟

渡辺、うなづく。山本に言う。

Ⓣ〝俺も、行くんだぜ〟

山本、机の下からスキー靴やコッフェルを出して見せ、引出しの中から為替を出して見て、

Ⓣ〝スキーなら上手いものだよ〟

Ⓣ〝金もちゃんと来て居るんで〟

と見せる。ひどく得意である。渡辺、負ける。が、あごなどなぜて、「しかし」

Ⓣ〝お前は行かない方がいい
だろう〟

と言う。

山本、「冗談言うな」と机に向う。渡辺も向う。

本箱から辞書の厚いのを三四冊出すと、それを枕にして莨《たばこ》を吸う。

やがて起きて窓を開ける。そして山本に「オイ見ろ」と言う。

山本も外を見る。

49　二階から見た街の風景

カラカラと回転して居る通風器。

風に吹かれて横に流れて行く煙突の煙。

50　渡辺、山本を見送り

Ⓣ〝山は雪だぜ〟

と呟く様に言う。

両人、ゾクゾクする笑い。　（F・O）

51　（F・I）山本の部屋

夜半である。

山本と渡辺、机に向って試験勉強をして居る。

山本、ノートを書く手を休めて渡辺を見る。

渡辺、勉強している。乗り出して見る。

渡辺、ノートに、

宿　屋 3.00
汽車賃 5.50
タバコ 3.00
シャツ 6.50
サル又 1.80
ETC

と、書いている。

山本、「オイオイ」。渡辺、朗かに笑って頼信紙《らいしんし》を取り寄せ、

ベンキヤウノタメ　ヤスミカヘレヌ
カネ四〇スグ　オクレ

と書いて安心する。が、又トリあげて、

ナケレバ　カリテオクレ

と書き加え、考え直して又消す。

山本に見せる。諒となす。

山本、「勉強しろ」と渡辺に言い、机に向う。

渡辺、ねむくなる。本を取り上げて、拝んで敬々しく頁を開ける。山本に、

Ⓣ〝ここが試験に出るよ〟

と言う。山本、乗気になる。

本箱の上のカフスをとり、その裏面にカンニング用に筆記する。

渡辺、見て言う。

Ⓣ〝お前は浅間しいなあ〟

山本、一寸渡辺を見て、又カンニングの方にとりかかる。又渡辺を見る。

ねむ気に机の上に面をふせ、目を閉じている。

Ⓣ〝勉強しろよ、勉強しろよ〟

山本、再び勉強。
と渡辺、又眠くなった様子で次第に頭を上げて、
Ⓣ〝わかってるよ、わかってるよ〟
と言う。
山本、手を引っこめる。
勉強する両人にて。　（F・O）

52　小使の振る鈴

Ⓣ〝鐘に恨みが
数々御座る〟

53　大学の校舎の一棟から出る学生の群

一人が言う。
Ⓣ〝時間がなくて四番の問題が
出来なかったよ〟
同僚、「僕も」などと言いながら出て行く。
皆非常に朗かに莨など吸って行く中に、
渡辺と山本もいる。
二人共ひどくいい気持らしいが、山本、カフスを抜きとって見ながら、渡辺に言う。
Ⓣ〝お前の言った問題なんか
出ないじゃないか〟
と恨めし相である。
渡辺、大きく笑って、
Ⓣ〝俺のせいじゃないよ
恨むならムジナを恨めよ〟
と言う。
山本、余程口惜しいと見え、
Ⓣ〝ムジナの奴、意味ねえなあ〟
とボヤく。
と横へ来た小林が、
「来た、来た」と注意する。
両人、ギョッとしてそちらを見る。
ムジナの尊称を持つ経済の教授、穴山先生がやって来る。
渡辺と山本、お辞儀をして先生をやり過ごし、首をすくめて帰りかける。
と後からスキー部の連中が来る。スキーをかついで四五名いる。
渡辺、快活に、畑本に、
Ⓣ〝スキー部は今晩たつのかい〟
畑本、頷く。
渡辺、畑本に、
Ⓣ〝俺達も行くから宜しく頼むぜ〟
畑本「ああいいよ」等と言って去る。
朗かな他の学生。
山本と渡辺。
山本、言う。
Ⓣ〝一寸買物があるから〟
渡辺、「オーライ」と両人気軽に左右に別れ去る。　（F・O）

54　（F・I）運動具店の表

山本、元気よく来て一寸ショウウインドウを覗いて店の中へ這入って行く。　（F・O）

55　（F・I）渡辺の元の下宿前

渡辺、二階を見上げながら歩いて来て家の中へ這入る。

56　家の中

内儀さんが渡辺の顔を見ると直ちに、
Ⓣ〝居ませんよ
お二階は〟
と先手を打つ。
渡辺、当てが外れたが思い付いて、何もかも知って居ると言った顔付で、
Ⓣ〝知ってますよ。
スキーに行ったんでしょう〟
と言う。
内儀、「あら」と眼を見張り、やがて頷く。
渡辺、思いかえして、
Ⓣ〝僕のとこへ親爺から
書留が来てませんか〟
と言う。
内儀「いいえ」と首を振る。
「来て居ない？」
渡辺、唖然とし焦燥の気持。

――やがて、気取り直し、出ていき乍ら戸口にあった彼女の牛乳をポケットに入れる。（F・O）

57　（F・I）走って居る電車（移動）

58　電車の中

買いたてのスキーを担ぎ込んで他の乗客に迷惑がられて居る山本。

と、車掌が切符を切りに来る。

山本、スキーの置場に困りながら蟇口を探す。無い。

山本の顔、次第に悲観の表情が増して来る。

スキーを車掌に持ってもらい、ポケットなどを尋ねる――ない。

Ⓣ〝蟇口を落したんですか〟

車掌、同情して尋ねてやる。（F・O）

59　下宿

渡辺がねている。旅行案内など見ている。

60　表の戸が開く

渡辺は電報為替でも来たのかと思い、匆々《そうそう》と二階を半ば下りる。

61　と、山本スキーを担いで帰って来る

62　渡辺、落胆して又二階に上り、旅行案内等見ている

山本、悄気《しょげ》てしまって来る。

ゆっくり洋服などぬぎかかる。渡辺、しょんぼり時計を見て、

Ⓣ〝お前、七時の汽車なら
早く仕度をする方がいいぜ〟

山本、頷く。机の前に座ると渡辺は寝る。

山本、非常に落胆して言う。

Ⓣ〝お前、七時の汽車なら
もう仕度おしよ〟

渡辺、寝返りを打ち苦笑して、

Ⓣ〝俺は未だ金がこないんだ〟

山本の打ち凋れるを見て渡辺、「どうしたんだ」と言う。

山本、しょんぼりと、

Ⓣ〝帰り道で蟇口を落して
しまったんだ〟

と言う。

渡辺も驚く。多少同情する。

寂しい沈黙の両人。と、表にて人の声。

窓をあけて渡辺のぞく。

63　町

小林、渡辺を見て不審がり、

Ⓣ〝未だ出かけないのかい〟

64　渡辺、元気に

Ⓣ〝一汽車先に行ってくれ
すぐゆくから〟

と言う。

65　小林、「そうか」と去る

66　山本、悲し相な顔付で見送る

両人、小林から視線を転ずる。と、

67　吹く風に横に流れる煙突の煙

回転している通風器。

68　渡辺、山本の顔を見る

山本、非道くセンチメンタルになっている。

渡辺、机の上の煙草を取ろうとして不図《ふと》壁の方を見る。

壁に貼られた『第七天国』のポスター。

渡辺、じっとそれを見て、一寸考える。

そして山本の方を見る。

山本、悲観の様子で俯《うつむ》いて居る。

渡辺、元気よく山本に呼びかけ、胸を張って昂然と、

Ⓣ〝俺は偉い奴なんだ〟

と言う。

山本、変な顔をする。
渡辺、山本の頤《おとがい》へ手をかけ顔を上げさせ、
Ⓣ〝上を向け、上を〟
と言う。
山本、「冗談するな」とふくれ面をする。
渡辺、構わず命令的に繰りかえして山本の頤を手で上げながら、片手で机の横に積んである辞書や蓄音機を纏め、それを抱えて立上り、
Ⓣ〝俺は第七天国へ
　行くんだ〟
と言う。
山本、渡辺の顔と抱えた品物を見較べて、寂しい様な又感謝する様な眼付をする。
渡辺、本箱の上の賞杯《カップ》に眼を付け取り上げたが流石に迷う。そして出て行こうとして戻って来てカップを思い切って抱え込み、もう一度山本の頤を上げて、
Ⓣ〝上を向け、上を〟
といって頗る朗かに出て行く。　(F・O)
見送る山本。
Ⓣ〝彼の言う第七天国〟　(O・L)

69　質屋の表

暖簾をはねて、渡辺が呑気な顔付でスキーを持って出て来る。

渡辺は嬉しそうに手の中の紙幣を見て、それをポケットにねじ込んで帰って行く。　(F・O)

70　(F・I)鉄道省の「雪の便り」のポスター

積雪、天候、コンディション等を記した赤倉の欄を中心に絞り、同時に次ぎにダブル。

71　進行中の列車の正面から見た雪中のレール

Ⓣ〝その夜、軽井沢の停車場で――何時もよりよけいに二つ弁当が売れた〟　(F・O)

72　(F・I)列車の中

渡辺と山本、頗る快活に談笑しながら汽車弁をパク付いて居る。

渡辺、「待て」と箸を持ったまま、寒気で曇って居る窓ガラスへ横書に、ムジナ、と書いて山本に、

Ⓣ〝いくら悪くても四〇点は
　呉れると思うんだ〟

と言って、ムジナの横へ四〇と書く。

山本、口をモグモグさせながら見て居る。

渡辺、続いてカニが六〇、英文六五などと考えながら書く。

山本、笑いながら点をよく書き直したりする。

渡辺、「まあ、どうでもいいや」と再び弁当に夢中になり、山本の方から好きなお菜を失敬する。

山本、「オイオイ」と取り戻しに来る。

渡辺、急いで口に放り込み、替りのものを山本の方へつまんでやる。

両人食べ終り、折を座席の下に放り込んで仲よくガラス瓶のお茶を交替に飲む。

渡辺、思い付いて網棚のリュックから千恵子に貰った靴下を取り出し、得意そうにはき始める。

山本、それを見て「オヤ」と思う。

渡辺、はいた靴下を山本に見せ、

Ⓣ〝靴下は手編みに限るね。

　買った奴じゃ
　こうはいかんよ〟

と自慢する。

山本、変な顔して繁々《しげしげ》と靴下を見て、

Ⓣ〝何処かで見た事があるなあ〟

渡辺、「冗談言うな」

Ⓣ〝あちらにもある
　こちらにもある
　と言う品じゃないんだ〟

と窓をあける。両人気持を変えて見る。　(F・O)

73　窓外に去来する雪の風景

74　雪の妙高（遠望）

（カメラ旋回　ゲレンデへ向け俯瞰する）ゲレンデには沢山のスキーヤーが愉快そうに遊んで居る。（オーバーラップ）

雪径に立止って胸を躍らせて見ているスキー姿の渡辺と山本。各自、リュックサックを背負い、パイプをくわえて、物々しい。

渡辺、「さあ、行こうぜ」と山本を促して道を急ぐ。

渡辺は巧みに三段滑走で行く。

山本はあやしげな腰付で辛うじてついて行く。兎角、遅れ勝である。

渡辺、立止り、舌打ちをして、

「早く来いよ」と言う。

山本、額の汗を拭いて、

Ⓣ〝実は俺はスキーは拙いんだよ〟と言う。

渡辺も苦笑する。皮肉に、

Ⓣ〝仲々上手いよ。謙遜すんなよ〟

両人、道を急ぐ。　（F・O）

75　赤倉温泉町　高田屋附近

両人来る。高田屋の前に来る。

番頭さん、出て来てリュックサックを渡す。

渡辺、山本に、

Ⓣ〝俺は一滑りやって来るから お湯にでも這入って一休みしろよ〟

山本、負けずに、

Ⓣ〝俺も行くよ〟と言う。

渡辺、「止せよ」と止めて言う。

Ⓣ〝下手いうちは余り無理をしない方がいいぜ〟

山本、恨めしそうな顔をする。

渡辺、「じゃ、来いよ」と言い残して元気よく出て行く。

山本、又番頭からリュックサックを受け取り、手袋を出して微笑み、渡辺の後を追う。

76　ゲレンデ

空に飜るS大学の旗、その下で学生達が勇敢に練習をして居る。

その中に主将の畑本もまじって居る。

畑本、渡辺を見付けて両杖を振る。

ゲレンデに続く道。

渡辺、合図を受け巧みに滑って行く。

渡辺、学生の方に滑りかけて、

一方に一人の婦人スキーヤーの姿を認め、

渡辺、急いでそちらへ滑って行く。

渡辺、滑って行ってその婦人の前で巧みに停り、婦人の顔を見る。

人違い、しかもパッとしない御面相。

渡辺、遠慮なく明かに失望の表情をする。

その婦人、「まあ、失礼な」とツンと横を向く。

渡辺、千恵子が見つからないので落着かない様子で見廻しながら、学生のグループに来る。

畑本、「キョロキョロするなよ」と言う。

渡辺、大笑して胡麻化す。

畑本も笑って、渡辺を突き冗談を言って居たが、思いついて、

Ⓣ〝山本も一緒に来たんだろう〟と言う。

渡辺、頷いて後方を見る。

心細い格構でこちらへ滑降して来る、雪だらけの山本の姿。

渡辺、笑いながら畑本に、

「来た来た、まあ見てやって呉れ」と指差す。

畑本、愉快そうに笑う。

山本、滑って来て渡辺と畑本の近くへ来たが停る事が出来ない。

「やァ」と畑本に挨拶をする。と足元がフラフラとして、立て直して居る間に下の方へ——。

渡辺と畑本、噴き出しながら、

Ⓣ〝何処へ行くんだい！〟

と怒鳴る。

山本、

Ⓣ〝停らねえんだよ〟

と振りかえる。途端に調子が崩れて、雪の中へ顔を突込む。

渡辺と畑本、大笑して見て居る。

山本、漸く起き上ってテレ臭さそうに笑って見せる。と自分では滑る意志がないのにスキーはスロープに従って又滑り始める。

山本、慌てて両杖を取りなおす。そしてそのまま下の方へ滑って行く。

渡辺と畑本、腹を抱えて笑う。

危い腰付で滑降して行く山本。

(移動) 山本の見た目で
前方に少年スキーヤーの姿。(カメラ次第にそれに近付く)

山本、慌てながら、

Ⓣ〝前、退いて呉れ〟

と注意する。

少年、気付いて横によける。

その横を通り過ぎた山本、フラフラとして、踏み止る事が出来ず、ひっくりかえって雪の中へもぐる。そして雪だらけになって起き上り、少年の方へ文句を言う。

少年、クスクス笑って居る。

山本、尚憤慨して、

Ⓣ〝早く退かなきゃ駄目じゃないか〟
と言う。
笑って居た少年、
Ⓣ〝どうも
すみません〟
と柔かに詫びる。明かに女性である。
山本、「アレ」と思う。
と女性の方も気が付いたらしい。
「アラ」と言って山本の方へ近付きスノウグラスを外す。千恵子である。
山本、「ヤア」とすっかり喜んでしまって失礼失礼、
Ⓣ〝そんな格構だからすっかり
見違えちゃったんです〟
と言う。
千恵子、笑い乍ら山本の雪を払ってやる。
山本、いい心持になってしまう。
渡辺、未だ四方を見て千恵子の姿を求めて居る。
畑本、不審相に、
Ⓣ〝いやにキョロキョロしてるなあ〟
と言う。
渡辺、苦笑して、
Ⓣ〝此の際少し大目に見て
貰いたいな〟
と言い、学生のグループより離れて物色する。

藁小屋の附近。
千恵子、滑って来てテレマークで停る。
その後から滑って来た山本、制動が出来ず尻マークをやる。
千恵子、笑う。
山本、苦笑し乍ら起き上って千恵子の傍らへ行く。
二人、仲よく藁小屋に凭れて話を始める。
山本、思い出して、
Ⓣ〝約束の靴下
持って来て呉れましたか?〟
と聞く。
千恵子、一寸まご付いたが、さり気なく、
Ⓣ〝あれね、出来損ねたから
止めちゃったの。
新しく編み直すわ〟
山本、失望したが寂しく頷く。そしてポケットから紙包を取り出し、
Ⓣ〝靴下のお礼に持って
来たんだけれど〟
と言い乍ら包を開く。婦人用の手袋。
千恵子、「まあ素的」と覗き込む。
山本、「上げましょう」と差出す。
「でも悪いわね」と多少遠慮する千恵子。
山本、「いいよいいよ」と与える。

千恵子、喜んで受け、早速手にはめて見る。

他のスキーヤーが横を通りすぎながら二人の様子を見る。当てられて転ぶ。

山本、得意である。

77 **学生の一団**

キョロキョロする渡辺。

ゲレンデの電気燈、黄昏の中に瞬く。

（日が暮れて行く時間経過を出すこと）

78 **（F・I）宿屋、渡辺と山本の部屋**

渡辺、無雑作に服をドテラに着替えて居る。

畑本が「こっちへ遊びに来ないか」と呼びに来る。

渡辺、畑本について出て行く。

79 **畑本等の部屋**

畑本と渡辺、這入って来る。

炬達を取りかこんで居た連中喜んで迎え、渡辺の席を開ける。

渡辺、元気よく割りこむ。

本を読んで居た小林、顔を上げて「ヨウ」と笑って、

Ⓣ〃山本はどうしたんだい？〃

渡辺、笑って、

Ⓣ〃あいつ下手な癖に何処へ
　行ったんだか、
　未だ帰って来ないよ〃

と言う。

畑本が横から、

Ⓣ〃大丈夫かい
　雪の中に埋ってるんじゃ
　ないだろうな〃

と言う。

一同「まさか」と笑う。そして不図聞き耳を立てる。

80 **廊下**

山本が何か歌いながら非道く愉快相に帰って来る。

81 **部屋の中**

一同、顔を見合わせる。

渡辺、廊下の方へ「山本！」と呼ぶ。

障子を開けて山本が元気な顔を出す。

「やあ、皆揃ってるな」

と部屋の中へ這入って来る。

渡辺、山本が余り元気がいいので不審そうに言う。

Ⓣ〃いやに虚勢を張ってる
　じゃないか〃

山本、フフと笑って胸を張り、

Ⓣ〃俺は偉い奴なんだ〃

渡辺、「アレ」と思う。

一同、顔を見合わす。　（F・O）

82 **（F・I）渡辺の部屋**

渡辺、寝床の中で眼を覚す。横を見る。

山本の寝床が空になって居る。

渡辺「オヤ」と思って床を蹴って飛び起る。

そして大急ぎでスキー服を着る。

83 **廊下**

山本、タオルで顔を拭きながら部屋の方へ来る。（已《すで》に服を着て居る）

女中に会う。

山本、女中に、

Ⓣ〃御飯を急いで持って来て呉れ〃

と命ずる。

84 **部屋の中**

渡辺、服を着たまま急いで寝床の中へもぐり込み、寝た振りをする。

山本、静かに這入って来て、出かける仕度をする。

渡辺、細目で見る。

山本、粧して居る。嬉し相である。

渡辺、今眼が覚めたと言った風に芝居をして山本の方を見る。

山本、変な顔をする。

渡辺、不審そうに聞く。

Ⓣ〝もう滑りに行くのかい？〟

山本、頷いて独り悦に入る。

女中が膳を運んで来る。

渡辺、床の中から女中に、

Ⓣ〝俺のも直ぐ持って来て呉れ〟

と言う。女中、頷いて去る。

山本、驚く。

渡辺、飛び起る。

山本、渡辺が已に服を着て居るのを見て一層驚く。

渡辺、山本に、

Ⓣ〝俺も一緒に行くよ〟

と言って大急ぎでタオルと歯みがきを持つ。

山本、慌てて、

Ⓣ〝止せよ
　今日は勘弁して呉れよ〟

と悲鳴を上げる。

「そう言うなよ」と渡辺、顔を洗いに飛び出して行く。

山本、慌ててしまう。大変なスピードで御飯を食べる。

女中が渡辺の膳を運んで来て、その素晴しい食事振りに眼を見張る。

渡辺、顔を洗って戻って来る。

山本、食事を終りシャックリをしながらコッフェルの包を提げて逃げる様にして出かけて行く。

渡辺、呆れて見送る。

そして悠然と御飯を食べ始める。

（F・O）

85　外

山本、出て来てホッとする。そしてスキーをはき、危い腰付で出かけて行く。

86　スロープの上に千恵子が立っている

それをベストコダックで撮《うつ》す為にいろいろポーズを見ている山本。撮す。

千恵子、ニッコリする。

岡の上に立って山本の姿を探している渡辺、漸く見付ける。山本、得意になっている。千恵子、スベリかける。

山本、

Ⓣ〝あのシャンは俺のお友達だよ〟

と言う。

渡辺、千恵子を見る。

急いで後を追う。

渡辺、滑降し乍ら両杖でスキーを引っかけて千恵子を転がす。

そして巧みに廻って立止り、千恵子の傍らへ来て抱き起す。

千恵子と渡辺、顔を見合わせて、「あら」「やあ、あなたでしたか」と言う事になる。

起き上った山本、此の様子を見て心中穏かでない。両人に近付く。

渡辺、種々と千恵子の御機嫌をとり、

「あちらへ行って見ましょう」

と千恵子を促す。二人、歩き出す。

山本、口惜しがる。渡辺を呼びとめる。

渡辺、振りかえる。

山本、追いついて転ぶ。

三人。山本、渡辺、女の機嫌をとる。

山の方に行く。

そして渡辺、山本を転がして、両脚を拡げてスキーを雪の中へ突差して起き上れない様にして置いて、千恵子の後を追う。

山本、憤慨する。が、起き上れない。一生懸命にもがく。

渡辺、千恵子と共に愉快相に滑ってゆく。

起き上ろうとして苦心している山本。

渡辺、千恵子を扶《たす》け乍ら岡の上へ登って行く。

もがいている山本。漸く立上る。

87　岡の上

渡辺と千恵子。

愉快相に話をして来る。

山本も山に登ってくる。

渡辺と千恵子、見晴しのいい所に坐る。

山本立ち、汗を拭き乍らやって来て、此

の様子を見て苛々する。

そして両人の後の方へ廻って行く。

渡辺と千恵子、学生の練習を指差して話をしている。

山本、渡辺等の背後の方で、一人寂しくコッフェルで湯を沸し始める。

渡辺と千恵子、此方へ歩き始めて山本を見付ける。

山本、渡辺を恨めし相に見乍ら、湯沸しの調子を見て、千恵子にだけ、

Ⓣ〝紅茶をのみませんか?〟

と言う。

千恵子、「ええ有難う」と山本の横へよって来る。

山本、得意になって渡辺の方へフンとあごをつき出し、紅茶を千恵子にすすめるためにスキーをはずして仕度をする。

渡辺、

Ⓣ〝俺も一杯御馳走になろうかなあ〟

と近付く。

山本、拒絶する。

渡辺「いいじゃないか」と言い乍ら足で山本のスキーを押す。

山本のスキー、スロープに従ってスルスルと滑って行く。

渡辺、山本に注意する。

山本、驚いてスキーを追いかける。

山本の靴、雪中に没してうまく歩けない。それでも一生懸命追いかけて行く。

滑って行くスキー。追う山本。

渡辺、笑い乍ら見送って「まあ、一杯やりましょう」と紅茶を入れ始める。

山本、雪だらけになってスキーを追いかけて漸く取り押える。

渡辺と千恵子、美味そうに紅茶を呑んでいる。

山本、苦心して登って来る。

渡辺と千恵子、飲み終る。

山本、フウフウ言って戻って来る。

渡辺、

Ⓣ〝どうも御馳走様〟

と馬鹿丁寧に一礼し、千恵子を引っ張る様にしてスロープをサーッと降りて行く。

山本、惨憺たる顔をして地団駄踏む。

コッフェルはすっかり空になっている。

山本、コッフェルを下へ叩きつけて口惜しがる。

(F・O)

88 部屋

Ⓣ〝その夜〟
学生の合宿。めしが終った所である。
三四人がまだビールをのんでいる。
コタツに渡辺、山本、小林などいる。
小林、本を見ている。渡辺、見る。
ドンキホーテの本である。
渡辺、何だと思い、甚だ朗かに、
Ⓣ〝正公、顔色悪りいぞ!〟
小林、隣室に行く。
渡辺は朗かに、山本は沈んでいる。
山本、渡辺に言う。
Ⓣ〝お互いにもっと紳士的に
やろうじゃないか〟
渡辺、コタツから乾かしていた靴下を出して見乍ら笑う。
山本、トランプの一人占い。
渡辺、煙草の煙を山本の横顔に吹く。
山本、沈んで隣室に行く。

89 隣室

オケサが始まる。
山本、渡辺を見てビールを一杯ひっかけて、淋しくオケサを踊る。
渡辺、ニコヤカにオケサに加わる。
Ⓣ〝オケサ踊るなら板の間で踊れ。
板の響で三味やいらぬ〟
Ⓣ〝泣くな嘆くな、今別れても
死ぬる身じゃなし又会える〟
山本、我が身につまされて
淋しくオケサを踊る。
朗かに踊る渡辺と対照あって。(F・O)
Ⓣ〝山は今日もいいお天気です〟

90 （F・I）宿屋の前

渡辺、元気よく出て来てスキーをはき、二階の方を見上げて去る。

91 部屋

山本、フトンを冠って寝ている。元気なく起き上り、リュックを引きよせて自分の品を全部詰め始める。

92 ゲレンデ

千恵子が着飾ってスキーをはき、澄ましている。

横に婦人が一人立っている。

渡辺、滑って来て「ヨウ素的」と近付く。

千恵子、スッと横を向く。

渡辺、変に思う。

Ⓣ〃馬鹿に澄していますね〃

と言う。

千恵子、真面目な顔で言う。

Ⓣ〃今日は私の
　そばに寄らないで
　頂戴〃

渡辺、益々不審に思ってなお話しかけ様とする。と千恵子の母親（眼鏡をかけた、ツンとした女）が渡辺の前へ出て来てチロチロ渡辺を見て言う。

Ⓣ〃私が千恵子の母でございますが
　あなたは何方様でございます〃

渡辺、面喰う。

千恵子の母、畳みかけて、

Ⓣ〃千恵子に
　何か御用がおあり
　なんでございますか？〃

と頭の先から爪先まで見上げ見下す。

渡辺、流石にヘドモドする。

「いえ、別に用と言う訳では……」

と口ごもる。

「では失礼」と母親。

千恵子を促して渡辺から遠ざかる。

渡辺、引込みが付かない。

93 宿屋

山本、服を着てリュックを横に置いて考え込んでいる。

94 雪径

渡辺、変な気持で帰って来る。

95 宿屋の前

山本、紙片に置手紙を書き始める。

96 廊下

渡辺、歩いて来る。フト立ち止る。

97 畑本等の部屋の中

一同、畑本を胴上げして騒いでいる。

畑本、背広など着て粧して居る。

一同、畑本を下へ下した所へ渡辺が這入って来る。

小林、早速渡辺に、

Ⓣ〃見てやってくれ、この色男は
　今から雪の中で見合いを
　するんだぜ〃

と言って畑本を指差す。

畑本、「止せよ」とテレる。

渡辺、フト心を打つものがある。

其処へ畑本の伯父が女中を先にして入って来る。

一同会釈する。

伯父、ニコニコして畑本に言う。

Ⓣ〃すっかり仕度が出来た様だな〃

畑本、迷惑相に言う。

Ⓣ〃伯父さんは少し物好き過ぎるよ。
　いくら何だって
　スキー場で見合い
　させるなんて非道いよ〃

伯父ハハハハと笑って言う。

Ⓣ〃スポーツマンらしい
　新しい試みじゃないか〃

皆、拍手する。

畑本、まだブツブツ言っている。

伯父、至って平気で、

Ⓣ〃写真よりも実物の方が
　ずっといいよ〃
と言って写真を出して見せる。
畑本、渋々見る。
が、気に入った様子。一同、覗き込む。
渡辺も覗き込む。
千恵子の写真。
渡辺「やっぱりそうか」と気付かれない様に室外へ出て行く。
渡辺、自分の室へ入ろうとする。
出て来様とする山本とパッタリ会う。
山本はリュックサックを背負っている。
渡辺、「オヤ」と思う。
山本、一度室内に戻りコタツの上に置いた手紙を、渡辺に渡して去ろうとする。
渡辺、呼びとめて手紙を読む。そして、
Ⓣ〃お前、帰るのか〃
山本頷く。
渡辺、
Ⓣ〃待ってくれ。
　僕も一緒に帰ろう！〃
と言う。
山本、啞然とする。
渡辺、すぐ自分のリュックに物を詰め始める。
山本、呆然と見ている。

98 **廊下**

畑本と伯父、一同に送られて出て行く。

99 **渡辺の部屋**

渡辺、仕度をしてリュックを背負い、「行こう」と山本を促す。
山本、渡辺の心持がわからない。
Ⓣ〃一緒に帰る位ならあんな事
　しなくてもいいじゃないか〃
と恨む。
渡辺、笑って言う。
Ⓣ〃そう怒るなよ。あの女はどうせ
　俺達のものにはならないんだ〃
山本、不審がる。
渡辺、苦笑し乍ら言う。
Ⓣ〃そのうち畑本の家へ行けば丸髷姿の
　彼女が見られるだろうさ〃
山本、啞然とする。

100 **雪径**

小林等、畑本と伯父を見送っている。

渡辺と山本が滑って来る。そして一同に、

Ⓣ〃俺達はもう帰るよ〃

と言う。一同「アレ」と思う。

渡辺と山本、「ぢゃ失敬」とスロープを降りて行く。

一同顔を見合わせる。

渡辺、無念無想、真直ぐに滑って行く。

そのあとから山本、難うじてついて行く。

渡辺、止って振りかえる。

岡の上へ一同見送りに出て来て、両杖を振る。

渡辺、それに答え、漸く追い付いた山本に「リュックを持ってやろう」と無雑作に山本の背からリュックを取り上げ、二つリュックを担いで「さ、出かけ様ぜ」と先に立つ。

山本、遅れまじと続く。

そのシプールを移動して次にWる。

雪にうもれた線路。　　（移動）

101 **列車の中**

元気なく渡辺と山本がパイプを吸って哀愁を味わっている。

渡辺、靴下を脱ぎ取る。

窓からツマンで捨てて気を換え、リュックサックから煙草の鑵を取ろうとしてミカンに気が付く。

取り上げて山本を見る。

山本、沈んでパイプを咥えたままミカンをむいている。

渡辺、窓を開けてミカンを捨てる。

山本のも捨てる。窓閉ざす。

そして「元気を出せよ」と山本の肩を叩

く。
山本、微笑する。
渡辺、元気をつけて、
Ⓣ〃とにかくムジナは四〇点は
　くれるだろうなあ〃
硝子に四〇と書く。山本頷く。
一方を見て慌てて渡辺に注意する。
渡辺、そちらを見る。
車中の一隅にムジナが答案か何かを見ている。
渡辺と山本、立ち上って挨拶する。
ムジナ、ニコニコし乍ら、
Ⓣ〃君達、スキーですか?〃
渡辺、頷く。
ムジナ、答案と二人の顔を見較べ、ニヤニヤ笑って、
Ⓣ〃勉強の方もするんじゃね〃
両人、恐縮する。
又、パイプを吸う。

(F・O)

102 部屋

Ⓣ〃都は今日も朝から
　西風が吹いていた〃
　煙のなびく煙管。通風器。
これを寝乍ら見ている二人。
渡辺に声をかけられて山本、窓閉ざす。
渡辺、急に元気を出して、机の上から硯をとり、山本に、
Ⓣ〃しっかりしろ、俺がもっとシャンなのを見付けてやるよ〃
と言い、筆をとり「二階かし間」と書く。
窓に貼る。
二人寝乍ら渡辺、この札の由来を説く。
山本、朗かに微笑。札を見る。
「二階かし間」
そして
都の西北の遠景。

(F・O)

――完――

(昭和四年二月十五日製本)

和製喧嘩友達

脚色　野田高梧

原作……………野田　高梧
脚色
監督……………小津安二郎
撮影……………茂原　英雄

留吉………………渡辺　篤
芳造………………吉谷　久雄
お美津……………浪花　友子
岡村………………結城　一朗
芸者　君松………若葉　信子
おげん……………高松　栄子
事務員　富田……大国　一郎

一九二九年（昭和四年）
松竹蒲田
脚本、ネガなし、プリント（一部）現存
S7巻、2114m（七七分）
白黒・無声
七月五日　帝国館公開

Ⓣ（F・I）
〃トラックの運転手留吉と
助手の芳造とは
共同生活をして
親しい仲でした〃　（F・O）

1 **一升釜**

木蓋の上に卵が一つ。
軍手が伸びて、その卵をとり、桁の背でコツコツと殻を割る。

2 **台所**（留吉たちの家）

軍手は留吉である。狭い台所で留吉、フライパンで芳造の目玉焼きをつくってやろうと、表の共同井戸で顔を洗う芳造をチラリ見やる。はずみで、ひょいと殻を割ってしまい、ポトリと黄味が足元に落ちる。

アッとなるが、もう遅い。留吉、井戸端に向って大声で叫ぶ――「おーい！」

3 **長屋の共同井戸端**

歯ブラシをくわえたまま芳造振り返る。

4 **台所**

留吉、両手の殻を見せ、
Ⓣ〃お前の卵が
割れちゃったぜ！〃

5 **井戸端**

芳造、「ええ？」といぶかし気に、
Ⓣ〃おれの卵って……
卵に区別は
ない筈じゃねえか〃

6 **台所**

留吉、「ヘン！　そうはいかねえ」とばかり、上手く焼けた別の目玉焼の皿を取り上げて見せ、軍手の指で皿を叩きながら、
Ⓣ〃この通り
満足に出来た方が
おれのだよ〃

7 **食卓**

留吉と芳造、向い合って腰を下ろし、思い思いにナプキンらしき布を首に巻きつける。
コーヒーを飲む。
留吉、自分の目玉焼の皿を引き寄せる。
ドレッシングをかけ、油差しのような円錐容器の底を押して、ピュッピュッとケチャップソースをかける。やおら、左にナイフ、右にフォークをもって、いざ食べようとして、ふと芳造を見る。
芳造、悄気《しょげ》ている。その芳造の目の前に目玉焼の皿がそっと押し出されてくる。
怪訝な顔をする芳造。
留吉、少々いい気持になって、右手のフォークで「なあ、お前」と声をかける。
Ⓣ〃おれとお前の仲だ
仲よく
半分づつ喰べようよ〃
芳造、急に嬉しくなり、相好を崩して、
Ⓣ〃おれとお前の仲だ
遠慮なく
半分貰うよ〃

8 **軒下に吊された金製の鳥籠**

食卓から伸ばされた留吉のフォークが、鳥籠の針金の柵を叩く。
びっくりするめじろ。
留吉のフォーク、面白がって、尚も鳥籠を揺らす。
めじろ、ピイピイ鳴きながら必死で止り木につかまっている。　（F・O）
Ⓣ（F・I）
〃仲の好い彼等には
仲の好い仕事が

待っていた〃

9　**停っているトラック**

後部の荷台の囲いに寄りかかった留吉と芳造。

留吉、やおら耳に挟んだ一本の吸いさしを取り出し、二つに割る。

どっちが長いか短いか、見較べる。一瞬、芳造の手が伸びて長い方をとり、自分の口にくわえる。留吉、残った短い方をみつめ、くさる。

10　**走るトラック**

ハンドルを持った留吉、助手席に芳造。

かなりご機嫌に飛ばしている。

11　**道**（運転席からの見た目）

でこぼこ道である。

右端をよろめくようにひょろひょろと歩く女の後姿が見える。

危い！　と思った瞬間、女の姿が消えている。

12　**急停車するトラック**

慌ててトラックが停る。

留吉と芳造、運転席から振り返る。

13　**道**

女が倒れている。

14　**トラック**

やっちゃったか……そんな不安でドギマギしながら、留吉と芳造、運転席から出て来る。

15　**道**

倒れたまま動かない女に、留吉と芳造、恐る恐る近付いてくる。辺りの人々も寄ってくる。

留吉、神妙に女の横に膝をつき、「モシモシ、大丈夫かい？」と両肩を抱え、起そうとする。

女、「アラッ」と気付き、上体を起す。

留吉、ホッとして、「何でもねえかい？」と気づかう。女、頷く。

留吉、思わずニッコリして芳造を見る。

芳造、「よかった！」としゃがみ込み、女の下駄を拾って埃を払い、揃えてやる。

留吉、女に、「ホントに大丈夫かい？　大丈夫なら立ってみな」と促す。

女、立ち上る。留吉と芳造、「ああ、よかった！」と、喜び、女の着物のホコリを払ってやる。

留吉、「そうだ」と思いつき、

Ⓣ〃この車で
　お前さんの家まで
　送って上げよう〃

留吉、「な、いいじゃねえか」と女の袖を引っ張る。

女、肯《がえ》んぜずうなだれる。

Ⓣ〃あたし
　家なんか
　無いんです〃

留吉、「ないの……」とつぶやいたものの、呆れて物も言えず、芳造と顔を見合せる。留吉、思い切って聞く。

Ⓣ〃親も兄弟も
　ねえのかい？〃

女、うつむいて黙ってしまう。

留吉、思案にくれ、腕組みする。

芳造、気をきかして、

Ⓣ〃可哀そうだから
　おれ達の家へ
　連れて帰ろうか〃

留吉、「おお、そうだ、それがいい」と、女の袖を引っ張る。女、逡巡するが、芳造も手を添えて引っ張る。

Ⓣ（F・I）
〃いつものように
　留吉と芳造を
　訪れた朝〃

16 **留吉たちの家　居間**

留吉と芳造、一つ布団に寝ている。

抜け駈けしないように、パンパンに張った大きなチューブの輪の中に二人が入り、頭の方は枕代りに敷く寸法だ。

留吉、寝返りを打って、ふと目を開け、隣の芳造を小づく。「オイ、メシだ、メシだぜ」

芳造、目を醒まし、モソモソ起きる。

留吉、一人でチューブの輪の中に入り直し、もう一ト寝入り。

芳造、大あくびをしながら襖を開け、寝呆け眼で台所を見る。

17 **台所**

一升釜から湯気が出て、飯が炊かれている。
驚く芳造。
昨日の女——お美津が笑顔で見上げる。
芳造、渋い顔になり、
Ⓣ〃炊事は
おれがするんだ
余計な真似を
しねえで
お前はツラでも
洗ってこい〃

18 **共同井戸端**

辺りの広っぱはおげんを初め、長屋のおかみさんたちが洗濯物を干して、それこそずらり満艦飾である。放し飼いの牝雞まで駈け回っている。

お美津、洗面器を持って井戸端に行く。

流しでは、長屋の住人の岡村が顔を洗っている。

19 **台所**

芳造、紐をたぐり寄せ、縁の下からずるずると白いズックの袋を引っぱり出す。

袋に手を入れ、そろりと卵を取り出す。

20 **井戸端**

岡村、顔を洗いながら、洗面器を手にしたお美津に気付き、「お早よう」と声をかける。

お美津、恥らいながら、会釈を返す。

岡村、洗い終って「ハイ、お待ち遠うさま」とお美津を見る。いい男である。

お美津、嬉しそうに、またお辞儀をして岡村と入れ代わる。

岡村、お美津の為に、ポンプの取っ手を漕いで、水を出してやる。

お美津、「どうもスミマセン」と頭を下げる。

21 **台所**

留吉、目玉焼を焼く芳造に皿を渡そうとして、ふと井戸端を見る。お美津と岡村の睦まじい姿に、芳造共々啞然とする。

22 **上り框**

お美津、洗面器を振り振り、水を切って、ご機嫌で帰ってくる。

23 **台所**

留吉も芳造も、二人憮然と見迎える。

24 **上り框**

お美津、照れて、「只今」と頭を下げ、ほんのり恥らいを見せる。その顔がまた、清々しい。

25 **台所**

二人、言葉もない。

26 **居間**

お美津、上り框から上って来て、居間の長押《なげし》の釘に手拭いをかける。

二人、呆然とその後姿を見つめている。

お美津、振り向いて、二人にニッコリ笑顔を見せる。

二人、まだその明るさが信じられないようにお美津を見つめている。

芳造、ぼうっとして、手にしていたフライパンの目玉焼をポロリと畳に落す。

お美津、「アラッ」と拾おうとするが、留吉、一瞬早くつまみ上げ、裏返して見て「平気、平気、オイ、皿、皿！」と、芳造を急《せ》かす。

27 井戸端

もう誰も居なくなった井戸端の周りを、放し飼いの牝雞たちが駈け回っている。

（F・O）

28 （F・I）留吉たちの家　食卓

留吉と芳造、いつものように向き合って腰を下ろし、正面の窓を背にお美津が坐っている。
食卓には、いつもの朝と同じように、ドレッシングの瓶やケチャップソースの容れ物が並ぶ。
留吉と芳造、「お早よう！」と、コーヒーカップをとり上げ、カチンと合せて乾杯する。
（O・L）
芳造、食べ終った皿を重ねる。
留吉、煙草をくゆらせる。
お美津も自分の皿を重ねながら、
Ⓣ〝もう、お勤めに
　お出掛けの
　時刻じゃありませんの？〃
芳造、「ああ、そうだ」と立ち上る。

29 上り框

留吉、台所の方から出て来て、芳造も続き、二人揃ってお美津の前に並ぶ。

留吉、折りたたみの小物ケースを出し、「使っていいよ、これ」とお美津に渡す。

お美津、嬉しそうに開いて見る。

芳造、小銭入れから五十銭玉を出してお美津に渡す。

Ⓣ〝留守の間の
　小遣いだ〃

留吉、それを見て慌て、「一寸待った」と手で制し、自分も蝦蟇口を探す。

シャツやベストやズボンのポケットを探るがない。「アッ、そうだ」と隠し場所に気付いて、シャツの内側に手を入れ、蝦蟇口を取り出し、コインを探す。

芳造、その蝦蟇口の中を覗く。留吉、慌てて隠す。芳造、横を向いて知らん顔。

その繰り返しの挙句、「あった！」と留吉、五十銭玉を取り出し、お美津の掌にのせる。

「遠慮なく取っとき給え」と留吉、いい気持で胸をそらす。

お美津、神妙に受け取って頭を下げ、「いってらっしゃい」と二人を送り出す。

二人出てゆく。

見送ってお美津、しかし何だか、物悲しい――。

（F・O）

（S5巻分、フィルム現存せず）

30 工場の裏手

鉄道の柵の向うを、列車が通ってゆく。

その向うは、機関区構内になっているらしい。蒸気機関車が白煙を上げて入れ換え作業を行っている。

菰でくるんだ重そうな荷物の一つに腰を下ろし、留吉、物思いに沈んでいる。

ふと、足元の小石を拾い、柵に向って投げる。横たわる鉄骨に当る。もう一つ、投げる。また当る。

さらに一つ投げようとして、鉄骨の向うに男の足が入って来て、止る。

留吉、思わず手が止る。

事務員の富田が立っている。

Ⓣ〝この忙しい最中に
　何をボンヤリ
　考えてるんだ！〃

富田、両手を拡げ「さあ仕事、仕事」と留吉をせき立てる。

留吉、坐っていた菰の荷物を、よっこら

しょとばかり担ぎ上げ、よろめきながらふんばる。

よろよろと歩き出し、トロッコの軌道の中を行くと、目の前にトロッコの荷台がある。「邪魔だ！」と荷台を蹴飛ばす。

荷台、ゴーと走って行って、向うに止っていたもう一つの荷台にぶつかる。

相憎《あいにく》くその荷台には、芳造が寝転がっていて、ドカンと同時にひょいと起き上り、「何しやがるんだ」とわめく。

Ⓣ〝お前がボンヤリ
してるからだ！〟

留吉、言い乍ら、尚もよろよろと担いでゆく。

芳造、目の前に来た留吉の胸倉を突く。

留吉、よろめいて、担いでいた菰包みを後に落し、「何をするんだ」と芳造を突き返す。

二人、小突き合いになる。

工員達、ぞろぞろと駈け寄ってくる。

「どうした、どうした?」「やめろ！」「よせ、よせ！」などと口々に言いながら、留・芳の双方を引き分ける。

富田が来て工員たちの間に割って入り、

Ⓣ〝喧嘩は神聖だ！

やるだけ
やらせろ！〟

と怒鳴り、工員たちには「さあ、仕事、仕事」とせき立てる。

皆、ぞろぞろと仕事場へ戻ってゆく。

二人、取り残されて、ポソ・ポソとやる気をなくすが、一発、芳造のパンチが入った為、また激しい取組み合いになる。

（F・O）

31　留吉たちの家　玄関

Ⓣ〝夕暮れ時――〟　（F・O）
格子戸を開けて、留吉が包を抱えて帰ってくる。
お美津、出迎える。

32　食卓

留吉、自分の席に坐り、持って来た包をテーブルの上に置く。

Ⓣ〝古着屋で
買って来たんだ。

すぐ着更えてみな〟

お美津、包の着物を見て「アラ、キレイ」と言い乍ら、袂から何やらごそごそと引き出す――飴である。

留吉、笑いながら両手で受取る。布巾に移すと一杯である。

留吉、煙草をくゆらせて、「な、着てみろよ」とお美津を促す。

お美津、嬉しく「ハイ」と居間へ。

入れ違いに、芳造帰って来て、留吉と顔を合せ、気まずい。自分の席に坐る。

お美津、着更えて来て、芳造に気付き、「アラお帰んなさい」と挨拶する。

留吉、お美津を手前に呼び寄せ、「おおイカスじゃねえか」と手ぶりで後を向かせる。

お美津、素直にくるりと廻ってみせる。

留吉「おお、似合うぜ」とご機嫌。

芳造、不愉快で憮然。

ひょいと、二人、顔を見合わせる。

留吉、「ヘン、どんなもんだい」と小鼻を蠢めかせる。

芳造、くさって、テーブルの上の布巾にくるんだ飴玉を見つけると、三つ程、口に放り込む。腹立ちまぎれにもぐもぐさせ、のどにつかえる。

留吉、「何でえこんなもん」と、自分も三つ四つ口に入れる。

芳造、また喉につかえて咳込み、咽喉をかきむしる。苦しまぎれに目の前のコーヒーカップをとり、金魚鉢の水を抄《すく》って呑む。

留吉、「あっ汚ねえ、金魚の水だぜ、おい！」と、大笑いする。　（F・O）

Ⓣ（F・I）

〝縁日の晩

お美津と
近所に下宿する学生の岡村とは
初めて井戸端で
会った時から
次第に親密になって
此頃では
お互いの心深く
甘い恋を秘めて……〃　（F・O）

33 **縁日の市**

ごったがえしている。

着流しに中折帽の岡村と、留吉が買ってくれた着物を着たお美津と、嬉しく寄り添って、古本屋の店をひやかしている。

留吉と芳造は、人波に押され、長屋のおげんさんにぶつかり、「あら、あんた達一緒に行こうよ」などとせがまれる。

34 **夜の道**

市を離れ、買った古本を抱えた岡村と、お美津、体を寄せ合って帰ってくる。

35 **踏切**

二人、越えてゆく。

36 **河原の土手**

二人、坐る。

遠く、水門が見える。

37 **河原の道**

留吉と芳造、来て、ふと足を止める。

土手の仲睦まじい二人を見てしまう。

38 **土手**

岡村、やさしく。

お美津、後《おく》れ毛も美しく。

39 **河原の道**

留吉、呆然。芳造、呆然。

留吉、芳造の手を握って、ごんごんと揺すり、「アキラメようぜ、おい……」

Ⓣ（F・I）〃若い二人の
門出の日――〃　（F・O）

40 **走るトラック**

田舎道を懸命に飛ばしている。
荷台の上に、日の丸の小旗が翻めいている――アバ　岡村みつ　アバンザイ
後の荷台、岡村とお美津が並んで、新婚の旅立ちだ。

41 **駅**

トラック、駅に着く。

42 **走る列車の中**

岡村とお美津、仲好く――。

43 **田舎道**

トラック、列車と併走している。

44 **列車の中**

お美津、併走している留吉たちのトラックに気付き、岡村と二人、窓を開けて手を振る。

45 **トラック**

しっかりハンドルを握りながらも、留吉、芳造、疾走して列車を追い、手を振りつづける。

46 **踏切**

列車が来る。

線路と並んだ田舎道を、トラック必死に追いついて来て、踏切り前で止る。

列車、通り過ぎてゆく。

留吉と芳造、荷台へ飛び乗り、狂ったように飛び跳ね、手を振る。

列車が、どんどん遠ざかってゆく。

お祭りが終っちまった――。

留吉と芳造、見えなくなるまで列車を見送っている。


――終――

大学は出たけれど

脚色　荒牧　芳郎

原作……清水宏
脚色……荒牧芳郎
監督……小津安二郎
撮影……茂原英雄

野本徹夫……高田稔
野本町子……田中絹代
彼等の母親……鈴木歌子
友人杉村……大山健二
洋服屋……日守新一
会社の重役……木村健児
秘書……坂本武
下宿のおかみ……飯田蝶子

一九二九年（昭和四年）
松竹蒲田
脚本、プリント（約一一分間のみ）現存、
ネガなし
S7巻、1916m（七〇分）
白黒・無声
九月六日　帝国館公開

1 下宿の二階（徹夫の部屋）

突立っている徹夫の下半身。

その腰廻りを巻尺で計っている洋服屋の手。

寸法帳に記入する洋服屋。

再び徹夫の下半身。そのズボンの長さを計る洋服屋——上を仰いで巻尺を示し乍《なが》ら「少し長めにしておきましょうか」などと言う。

徹夫の上半身——口笛を吹いていたのをやめて洋服屋を見下し、「うまくやっとけよ」

洋服屋、愛想よく頷き乍ら帳面に記入する。

徹夫、身繕いを直し、傍の机に洋服地のサンプルが雑然と置いてあるのを押しのけて腰をおろし、チュウインガムを取って一枚口に入れ、洋服屋にも「どうだ、一つ」と差出す。巻尺を巻き戻していた洋服屋、「どうも御馳走様」と一枚口に入れながらフト机の横を見る。

机の横——卒業証書の這入った紙筒。

洋服屋、それを見て、明るく「やァ、それですな？ ちょいと拝見」と手を出す。

徹夫、興味もなさそうに、黙って洋服屋に渡す。

洋服屋、受取って、筒から卒業証書を出し、両手で拡げて見る。

徹夫、明るい苦笑を以て言う。

Ⓣ〃それ一枚のために
八つの年から今日まで
試験試験で悩まされて
来たってわけさ〃

洋服屋、笑って、「御冗談を」などと言い乍ら卒業証書を軽くいただいて巻く。

徹夫、微笑を浮べながら明るく、

Ⓣ〃しかしもうこれで
背広さえ出来れば
おれも紳士なんだぜ〃

と言う。

洋服屋、愛嬌よく、

「おうらやましい事で……」などと言い乍ら巻いていた証書を筒に入れる。

そして、それを徹夫に返し乍ら稍尤《ややもっと》もらしく、

Ⓣ〃どちらに御勤めに
なりますんで〃

と訊ねる。

徹夫「どちら？」と鸚鵡《おうむ》返しに笑い乍ら、

Ⓣ〃そんな事は
背広が出来てからの
問題さ〃

と言う。

洋服屋、ハハハ……と笑い乍ら机の上の洋服地のサンプルを纏めにかかる。

徹夫、それを見ていたが思い出したように、

Ⓣ〃洋服代はラムネだぜ〃

と言う。

洋服屋、不審そうな顔。すぐにっこりして「ええ」と心易く頷いて、

Ⓣ〃月賦で結構です
学校時代からの
お馴染なんですから〃

と笑い乍ら、サンプルを揃えて鞄の中へ納めかけたが、あやまって、サンプルと一緒に机上にあった徹夫の職業紹介状までも鞄の中へ入れる。

徹夫、それを見て驚いたように「おい、待ってくれ」と手にとって、

Ⓣ〃この紙が現在の
俺にとって
一番大切な
就職の紹介状なんだ〃

と眼を丸くする。

洋服屋「や、どうも……」と恐縮して、「では……」と帰りかける。

徹夫、送って行く。

2

二階の廊下

二人が出て来ると同時に、階段を上って下宿（素人下宿）のおかみが、洗濯物を入れたバケツを下げて、タスキがけの姿で現われる。

洋服屋、おかみにも「毎度お邪魔」などと言っておりてゆく。

徹夫とおかみ、洋服屋を見送ると、徹夫は自分の部屋へ——おかみはそこの外側にある物干しの方へ——

3

徹夫の部屋

徹夫、机の傍に戻って、煙草に火をつける。

障子の外の物干しにはおかみが洗濯物を干している後ろ姿が見える。

4

物干し

おかみ、振り返って微笑を浮べ、

Ⓣ〃野本さんも、いよいよ
　世の中へお出になるんですね〃

と話しかける。

背景として遠く省線電車が見える。

5

徹夫の部屋

徹夫、煙草の烟《けむり》にむせびながら、明るく笑う。

6

物干し

おかみ、笑って再び干し物にかかる。

7

徹夫の部屋

徹夫、フト机上の紹介状を見、それを手にとって、ひとり微笑を禁じ得ない心持。何か将来の姿でも空想するような感じで、深く吸込んだ煙草の烟をフーッと紹介状に吹きかけて見たりする。

Ⓣ〃そして新調の背広が
　出来上った日〃

8

会社附近の街路

徹夫、新調の背広で、気持よさそうに元気よく歩いて来る。

9

会社の前

徹夫、来て、這入ってゆく。

10

受付

徹夫、入る。受付はいない。給仕が二人ばかり遊んでいる。

徹夫、給仕の一人に紹介状を渡す。

給仕「暫く御待ち下さい」と奥へ入る。

徹夫、悠悠とした気持で煙草に火をつけて待っている。

フト見ると、そこの帽子掛（傘置兼用の物）の鏡に自分の背広姿が映っている。

徹夫、新調の背広姿にわれ乍ら興味を持つような心持。

給仕、戻って来て「どうぞ」と奥を指し、案内する。

徹夫、行きかけたがくわえた煙草に気がついて「君、すまないが——」と給仕に渡して、そのまま這入って行く。

給仕、呆れる。

11

重役室

紹介状を読んでいた重役、這入って来た徹夫を見上げる。（その傍に秘書がついている）

徹夫、ていねいにお辞儀をする。

重役、ジロジロ徹夫を見ていたが、

Ⓣ〃気の毒だが
　今欠員がないんです〃

と言う。

徹夫「ハァ、そうですか。駄目ですか」とさすがに困った顔をする。

重役、相変わらずじっと徹夫を見ているが、ちらっと秘書の方を振り返って微笑し、

Ⓣ〃然し、君が強いて
　入社を希望するなら
　　一つある——〃

と言う。

徹夫、急に元気になって「是非どうか
——」と頼む。
重役「まァ待ち給え」というように手で
制して、
Ⓣ〃それは、受付なんだが——
やって見るかね〃
と微笑し乍ら言う。秘書、擽《くすぐ》ったそうに
笑いを耐えている。
「受付？」と徹夫は驚いて、じっと重役
の顔を見つめる。
重役、ウンウンと頷く。
徹夫、少し憤慨の色を見せて、
Ⓣ〃失礼ですが
僕は紹介状にある通り
大学を卒業したんです〃
と言う。
重役「それは知ってるさ」と徹夫を見、
秘書と顔を見合わせて笑う。
徹夫、屈辱を感じたように机の上の紹介
状を取ってポケットへ押し込み、
「失礼します」と荒々しく部屋を出て行
く。

12

受付

徹夫、荒々しく去ろうとしてフト見る
と、そこには見かけの立派な青年が受付
をしている。
徹夫、それを尻目に荒々しく去る。

13

会社の前

徹夫、憤然とした感じで出て来る。
そして荒々しくポケットから紹介状を出
してじっと見「チェッ！　なんだこんな
物！」と言った様に腹立たしげに裂い
て、丸めて捨て、歩き出す。
マットに紹介状の破片が散る。

14

道・ペーブメント

不愉快そうに歩いて行く徹夫。
と向うから来た友人の杉村に出逢う。
「よう！」「やァ！」と言葉を交す。
杉村は何処かの社員らしく折鞄などを抱
えている。
杉村「どうかしたのか。顔色がわるいじ
ゃないか」と徹夫を見る。
徹夫、苦笑して「とにかく歩こう」と杉
村の行く方へ一緒に引き返し、話し乍ら
歩いて行く。
徹夫、歩き乍ら、今のいきさつを話し
て、
Ⓣ〃何処の会社にも
あんな不愉快な重役なんて奴が
いるんだったら
俺はもう就職なんかしたくねえや〃
と言う。
杉村「まァ、そう憤《おこ》るなよ」と笑う。
こうして両人、ある酒場の前まで来る。

15

酒場の前

徹夫、杉村に、
Ⓣ〃とにかく
景気直しに飲もう〃
と誘う。
杉村、躊躇して、
Ⓣ〃おれは社用で出掛ける
途中なんだがなァ……〃
と渋る。
それを徹夫が無理に誘う。
そして両人、勢いよく扉の中へ消える。

16

下宿の前

徹夫が帰って来る。
格子戸を開けて中へ這入る。

17

玄関

徹夫、どっかと腰を下して靴の紐をとこ
うとする。
と、足元に二足の女の下駄がキチンと揃
えて置いてある。
徹夫、何気なくそれを見て振り返る。
下宿のおかみが奥から出て来て、
「お帰んなさい」と会釈しつつ二階を上
眼で見て、
Ⓣ〃お郷里《くに》からのお客様ですよ〃
と言う。
「郷里から？」と徹夫、いぶかしそうに

急いで靴の紐をとく。

そして階段の方へ行こうとすると――

18 **階段**

おりて来る若い女の下半身――

彼の妻町子である。

「まァ」と明るく懐かしそうにニッコリする。

驚いた徹夫、微笑しかけて、

Ⓣ〝お前だったのか〟


と、これも懐かしそうな様子。

町子、ニコニコし乍ら徹夫の傍へ寄って、

Ⓣ〝あなたを吃驚《びっくり》させようと思って
おっ母さんと不意に
出て来たんですの〟

と言う。
おかみ、微笑して二人を見ている。
徹夫「おっ母さんも?」と更に驚いて、
急いで階段を上って行く。
町子も続く。
おかみ、それを見送って奥の方へ。

19 **二階の廊下**

両人、階段を上って来る。徹夫、いそいで自分の部屋へ――町子も続く。

20 **徹夫の部屋**

行李《こうり》の前で着物を畳んでいた母親、振り返って「お帰り」とニッコリする。

徹夫、立った儘で「やァいらっしゃい」と明るく会釈し乍ら母の傍へ――

町子、明るく嬉しげに徹夫を見ながら、その眼を母に移す。

母も町子と眼を見合せてなんとなく嬉しそうにニコニコし乍ら徹夫に言う。

Ⓣ〝先達ての手紙で――
勤め口も決まったって
言って来たもんだから
もう待ち切れなくてね〟

徹夫、瞬間ハッとする気持。

すぐ「そ、そうですか」と誤魔化して笑う。

母、徹夫と町子を見較べるような感じで嬉しそうに、

Ⓣ〝それにお前も一人じゃ
不自由だろうし
町子も来たがるもんだから……〟

母、町子を見てニッコリする。

町子「まァ」と言った感じで羞しそうにモジモジする。

徹夫、苦笑。

母親、気がついた様に、町子に「徹夫の着物を――」と指図する。

町子、すぐ立って、行李から徹夫の仕立下ろしの着物を出して「あなた!」と優しく呼ぶ。

徹夫「やァ新調だな」などと明るく立ち上がって洋服を脱ぎかかる。町子、着物を持って立っている。

母親、その二人の姿を嬉しそうに見乍ら、

Ⓣ〝お勤めの方は毎日無事に
つとめているのかい?〟

と聞く。

徹夫、ワイシャツを脱ぎかけていたが、それを聞くとハッとした感じになり、すぐ「ええ……」と誤魔化して頷く。


Ⓣ〝無事につとめています〟


と、ワイシャツで顔を隠すように言う。

母親「そうかい……」と安心の様子。

徹夫がワイシャツを脱ぐと、町子が着物を着せかける。

そこへ下宿のおかみ「御免下さいまし」とおすしを持って来て、「お口よごしに……」と置く。

母親「御手数をかけまして」と礼を述べる。

徹夫、町子の手から帯を受取ってしめ乍ら、立った儘で「おばさんすみませんね」などと礼を言う。

おかみ「いいえ」と愛想よく、今度は母に向って言う。

Ⓣ〝お芽出度《めでた》く御卒業で
お母様もほんとに
御安心でございますわね〟
母親「お蔭様で……」とニコニコと答え、
Ⓣ〝これで会社の方さえ無事に
勤めてくれましたら
先ず一安心でございますけれど〟
徹夫、それを聞くとドキッとして、
Ⓣ〝おばさん！
すみませんがついでに
お茶を一つ〟
二人の話をさまたげる。
おかみ「まァそうでしたね」と立つ。
徹夫、ホッとする心持。
おかみ、去る。
徹夫、母と町子に「喰べたらどうです」とおすしを勧め乍らも、何か気になるらしく、変に落着かない気持で、
Ⓣ〝お茶は僕が貰って来よう〟
と行きかける。
町子「あら！　あたしが」と立ち上がる。
徹夫、それを制して、出て行く。
町子、母に「どうぞ」とおすしを勧める。

21 **階段の下**

徹夫、おりて来て奥の部屋へ行こうとすると、おかみがお茶を持って出て来る。
徹夫「おばさん」と呼んで、その耳に、
Ⓣ〝僕はもう先達てから会社に
勤めている事にしてあるんですから
頼みます〟
と囁《ささや》く。おかみ「まァ」と笑って「ええ大丈夫」と呑み込む。
徹夫、おかみの手からお茶を受取って階段を上って行く。

22 **早朝の物干し**

土釜をかけた七輪の口を渋団扇《しぶうちわ》であおいでいる町子の手――

町子、土釜の蓋をとって覗きなどして又あおぐ。

その傍では、母親がおかずの仕度をしている。

町子、部屋の方を覗く。

23 **徹夫の部屋**

徹夫、まだ好い気持そうに床の中で眠っている。

24 **物干し**

町子、母に「そろそろ起しましょうか」と相談する。

母「そうだね」と頷く。町子、立って行く。

25 **徹夫の部屋**

町子、徹夫の枕元に来て「あなた、あなた」と起す。

徹夫「ウーム」と言って眼を覚まし、町子を見て、「やァ」とニッコリしてアクビを噛む。

町子「おねむいの？」などと微笑する。

徹夫「うむ……」と言いながら、まだ幾分眠いのを我慢して起き上がり、「お母さんは？」と聞く。

町子「あちら」と物干しの方を指差す。

徹夫、床の中に起き返った儘で振り返る。

物干しに土釜が見える。

徹夫「あの釜は何《ど》うしたんだい」と不審そうな顔。

町子、黙って笑いながら顔を伏せる。

徹夫、不審そうに立ち上がって物干しの方へ。

26 **物干し**

徹夫、部屋から顔を出して「お早うございます」と母に挨拶しながら、そこの様子を見て「どうしたんです」と訊く。

母親、笑い乍ら、

Ⓣ〝さしあたり
世帯を持つのに
要するものだけを
買って来たんだよ〟
と言いながら、蔭から箒やハタキなどを出して徹夫に見せる。
徹夫、頭をかき乍ら、
Ⓣ〝世帯を持つって
おっ母さん……
僕はまだこんな下宿に
住んでるんじゃありませんか〟
と困ったように言う。
母親、笑って、
Ⓣ〝そんなこと――
お前と町子の二人暮しなら
この部屋だって
広過ぎる位じゃないか〟
と言う。徹夫「弱ったなァ」と言った感じ。

27 **徹夫の部屋**

徹夫の寝床を片付けていた町子、それとなく物干しの方を見返って、ひとりニッコリして、また片付け続ける。

28 **物干し**

徹夫、多少くさったような心持で、
Ⓣ〝それで――
おっ母さんはどうするんです〟
と聞く。
母親「あたしかい?」とやさしく聞き返して、
Ⓣ〝あたしはもう暫く
せめてお前達に
子供の一人でも出来るまでは
田舎で待っていますよ〟
と微笑みながら言う。
そこへ徹夫の背後から町子が顔を出して「あなたお顔を……」とタオルと歯ブラシと石鹼箱を渡し「ちょいと御免なさいな」と徹夫の横を抜けて物干しへ出る。
そしてお釜の蓋をあけて見て、渋団扇《しぶうちわ》でバタバタあおぐ。
徹夫、母と町子の様子を見ている。
町子、七輪をあおぎながら時々上眼で徹夫を見、いそいそとした感じで、やがて、
Ⓣ〝会社は幾時からですの?〟
と聞く。徹夫「会社?」とマゴつきそうになるのを、みずから制して、微笑し、
Ⓣ〝会社なんか
一日ぐらい休んだっていいんだから
今日は一緒におっ母さんと
東京見物に行こうよ〟
と言う。町子「そうね」と言いかけるのを母親が「いいえ」と打消して、
Ⓣ〝お勤めは初めが大切だから
お前は会社へおいで――
あたしは町子に
案内してもらうから〟
と言って「ねェ町子」と同意を求める。
町子、ちょっと気まずく「ええ」と頷く。
徹夫、多少腐った感じで、「兎に角、顔を洗って来ます」と室内に消える。

29 **階段の上**

徹夫、立ち止り軽い吐息。
顔を洗いに降りる。

30 **物干し**

飯が次第に噴き上る。微笑む町子と母親。

31 **省線電車**

ガードの上を省線電車が走り過ぎる――
と、キャメラを下げる。
そこは――

32 **駅に近い道**

朝のラッシュアワー。
背広姿の徹夫が、母親と町子と三人で歩いて来る。

母親と町子は明るく語り合い、徹夫にも明るく語りかけるが、徹夫はなんとなく考え勝ちで、ともすると、話が合わない感じ。

33

駅の前

三人、来る。
徹夫、もう我慢が出来なくなって「あの――」と二人を呼び止める。
駅へ這入りかけていた両人、振り返る。
徹夫、強いて明るく、
Ⓣ〝すっかり忘れてましたが
僕は出勤前にこの近所の支店に
ちょっと顔を出して行きますから〟
母親「ああそうかい」と頷く。
町子、ちょっと失望の心持。
徹夫「では」と帽子を取る。
母親と町子、明るく「ではさようなら」と言う。
徹夫、逃げるように急いで去る。
両人、見送って駅へ這入って行く。

34

その附近

徹夫、いそぎ足に来て駅の方を振り返りホッとした心持。

35

高田馬場駅プラットフォーム

母親、町子に、
Ⓣ〝這入ったばかりで出勤前に
支店に寄るなんて
徹夫は割にウケが好いのかも
しれないね〟
と言う。町子、嬉しそうに頷く。
そこへ電車が着く。

36

町

徹夫、ブラリブラリと歩いて来る。彼の傍を犬が一匹駈けすぎると、続いてもう一匹の犬が猛然として前の犬を追って駈け過ぎて行く。

徹夫、振り返って犬を見送る。

犬は露地へ駈け込んでしまう。

徹夫「なァんだ、つまらない」といった感じで、又、ブラリブラリと歩き出す。

そしてふと町並の店を見る。

菓子屋の店先に、桃太郎がキャラメルを喰べる自動人形がある。

徹夫、それを見ているが、又つまらなそうに歩き出す。

37

ある百貨店の屋上

多勢の客――

エレベーターが上って来る。止る。中から四、五人の人と共に、町子と母親が出て来る。

町子と母親、あたりの景色を眺める。

町子、一方を指し乍ら母親に説明する。

38

遠く立ち並ぶビルディングの展望（旋回）

母親、町子の説明を「ウンウン」と頷き乍ら、やがて、
Ⓣ〝徹夫の会社も
あの辺にあるのじゃ
ないだろうかね〟
と言う。
町子「そうですわね」と答える。
両人、まだじっと眺めている。

39

戸山ヶ原

明るい晴晴とした感じ――徹夫、草の上に両膝を抱いて坐り、何か一心に地上を見ている。
地上――徹夫が作ったらしい細い溝の中を蟻が二匹競争している。溝から出そうになると、徹夫の手がそれを溝の中へ入れる。
そして最後に、その一匹を指に匍い上らせる。徹夫、指の上を匍う蟻を見ているが、やがてフッと吹き飛ばしてしまう。
そしてつまらなそうに空を仰ぐ。
空――樹木の梢の上に明るく晴れ渡っている空と白い雲。
徹夫「あーあ」と退屈そうに嘆息してゴロリと仰向けに寝ころがる。

と、そこへボールが転がって来る。徹夫「おや?」とそれを拾って半身を起す。

子供が駈けて来る。

徹夫、立ち上がって、子供を待つ。

子供が来て「ありがとう」と手を出す。

徹夫、渡しかけていきなりボールを向うの子供に向って投げる。

子供「なんでえ、駄目じゃないか」とアゴをしゃくる。

徹夫、笑って子供の頭を撫でる。子供「うるせえや!」と徹夫の手を払う。徹夫、また笑う。子供「なんでえ……」と言って駈けて行く。徹夫、その子供の後から駈けて行く。

子供、或る位置まで駈けて来て、向うの子供に「オーライ」と合図をする。

向うの子供がボールを投げる。

子供、受けようとすると、横から徹夫が乗り出して受ける。

子供、又「なんでえ……」と腐る。徹夫「君はもっと向うへ行け」と言う。

子供「よし」と離れて行く。

そして三人、三角形になってボールを投げ合う——

(F・O)

Ⓣ〃それからも二、三日こうした日が
続いて徹夫が次第に子供達と
仲よくなって行く間に母は意を
安《やす》んじて郷里へ帰って行った〃

40 (F・I) **徹夫の部屋から見た窓外　朝**

雨が降っている。軒から雫《しずく》が滴れている。

41 **徹夫の部屋**

徹夫、机の前にボンヤリ坐って煙草をふかしながら戸外の雨を眺めている。

42 **二階の廊下**(踊り場)

町子、洗った食器を持って階段を上って来て、フト部屋の方を見、襖をあけて這入って行く。

43 **徹夫の部屋**

町子、来て、徹夫の背後から、
Ⓣ〃あなた
仕度をなさらないと遅れてよ〃
徹夫、振り返って、
Ⓣ〃今日は休みだよ〃
町子「なぜ」と不審そうに、
Ⓣ〃だって
日曜でも祭日でも
ないじゃありませんか〃
と笑い乍ら「さぁ」と促す。
徹夫、渋い顔をして町子を見ているが、
Ⓣ〃おれには
毎日日曜が続いてるんだ〃
と言って、また戸外の雨を眺めながら煙草をふかす。
町子「ええ?」と徹夫を見ているが、何か思い当ったように真剣な顔になってじっと考え込む。
徹夫、静かに振り返って町子の様子を見ていたが、苦笑を浮べて呟くように、
Ⓣ〃実は
おれはまだ就職なんか
してないんだ〃
と言いにくそうに白状する。
町子、驚いて「やっぱり……」と徹夫を見つめる。
徹夫、面を伏せて、
Ⓣ〃ただ
おっ母さんを
安心させたかったもんだから〃
と言って面目なさそうに顔を上げて町子を見る。
町子、黙っている。が、やがて、
Ⓣ〃それじゃ
なんで、就職口は
なかったんですか〃
と聞く。
徹夫、頷くが、すぐ首を振って言う。
Ⓣ〃一つだけ
あるにはあったんだけど

それは会社の受付なんだ〃
町子「まァ受付?」とあきれた様子。
徹夫、莫迦莫迦しげに、吐き出すように、
Ⓣ〃仮にも大学を出て
受付なんか可笑しくって
出来るかってんだ〃
と言って苦笑し、「なァそうだろう?」と同意を求める。
町子「ほんとに、そうだわ」と賛成するが、すぐ不安な気持に襲われる。そして徹夫に、
Ⓣ〃けれど——
これからのあたし達の暮しは
どうなるんでしょう……?〃
と寂しそうに言う。そして更に、
Ⓣ〃今更、あたしは
あんなに喜んでお帰りになった
おっ母さんの所へ
帰っても行けませんし——〃
徹夫も少し憂鬱になって考えていたが、微笑を浮べると、
Ⓣ〃お前、だけどおっ母さんから
当分の小遣は貰ってるんだろう?〃
町子「ええ、頂いてあるわ」と徹夫を見る。
徹夫、笑って、
Ⓣ〃当分どうにかして行ければ
そのうちには
俺の就職口だって見つかるさ〃
と呑気げに言う。
町子「でも……」と不安そうに寂しく考える。

(F・O)

Ⓣ〃しかし徹夫の気に入る様な就職口は
容易に見付からなかった〃

44 戸山ヶ原

この辺の子供二人、立って向うを見て、ニコニコし乍ら話している。

(その見た眼で)徹夫が子供の自転車に乗っている。それを見ている子供の一人が誰かに呼ばれて振り返る。妹らしい女の子が「兄ちゃん」と呼び乍ら駈けて来て「お帰んなさいって」と家の方を指さして促す。子供、頷いて徹夫の方に「僕は帰るんだ。自転車を返してよ」と言って駈けて行く。

徹夫、ヨロヨロと乗っている。そこへ子供が来て自転車を取り返す。子供「さよなら」と自転車に乗って帰って行く。徹夫、見送る。

(その見た眼で)子供が自転車に乗って行く右と左に、もう一人の子供と妹らしい女の子とがついて駈けて行く。

徹夫、微苦笑で見送り、帰りかける。

45 (F・I)下宿の玄関

洋服屋に町子が金を払っている。

金を受取って洋服屋、帰る。

町子、二階へ上って行く。

46 徹夫の部屋

町子、入って来てタンスの引出しにサイフを納める。そして机に行って、小遣帳を出し、今の支出を書き入れる。

47 下宿の玄関

徹夫が帰って来る。

48 徹夫の部屋

町子、机に向って小遣帳を眺め、鉛筆の端を噛みながら、困った様子。ふと、入口の方を振り返る。
徹夫が帰って来る。
町子「お帰んなさい」と迎えて、
Ⓣ〃洋服屋さんが来ましたから
払って置きましたわ〃
徹夫「ああそう」とアッサリ頷く。
町子、ちょっと言いにくそうに「あの……」とためらって、
Ⓣ〃おっ母さんから頂いたお金も
もう心細くなって
来たんですけれど……〃
徹夫「え?」と町子を見、急に機嫌が悪

くなる。
町子、小遣帳を出して尚も言う。
徹夫、だんだん不機嫌になって、
Ⓣ〃なぜ洋服屋なんかに
　金を払ったんだ〃
町子「えッ？」と徹夫を見る。
徹夫、不機嫌に「そんな心細いんなら払わなきゃいいんだ」と言う。
町子「でも……」と何か言おうとする。
徹夫「何がでもだ」と言って横を向く。
町子、涙ぐみ、じっと徹夫を見、やがて恨めしげに言う。
Ⓣ〃そんなに仰有るなら
　あたしにだって言いたい事が
　ありますわ……〃
徹夫「言いたけりゃ言えばいいじゃないか」とこじれて来る。
町子、少し進み出るような感じで、
Ⓣ〃あたしが来てから今日で幾日に
　なるとお思いになって？〃
徹夫「何？」と町子を見返す。
町子、一心に、
Ⓣ〃あなただって
　少し呑気過ぎはしませんこと？〃
となじる様に言う。
徹夫、一寸まいった感じになるが、
Ⓣ〃就職なんてものは
　お前が考えているように
　右から左へオイソレと
　あるもんじゃないんだよ！〃
と投げやりに言って横を向く。
町子、徹夫を凝視して、尚も必死に、
Ⓣ〃それはあなた
　お捜しにならないからです〃
徹夫、振り返りざまに鋭く、
Ⓣ〃捜したって
　無いものは無いんだ！〃
と怒鳴り、「なんだい！　女のくせに――」と捨て科白を言う。
町子、涙を一ぱいに溜めて徹夫を見ているが、遂に堪えられなくなって不意に立って出て行って了《しま》う。
徹夫、さすがに心配になって、見送るが、煙草をくわえる。所が、それは逆さまだったので、眉をひそめ、口を拭く。

49　廊下（踊り場）
町子が一人で寂しく泣いている。

（F・O）

Ⓣ〃翌る日の午後〃

50　（F・I）道
徹夫、銭湯の帰りらしい様子でタオルをブラさげて歩いて来る。

と、向うに七、八人の人が集まって何かを見ている。

徹夫、その方へ行く。

それは、往来の一隅に碁盤を置いて五目ならべをやっているのである。

大きな盤の前を囲み、人々が考え込んでいる。

徹夫、来て、皆と同じように、むずかしい顔をして盤とにらめっこする。（模様よろしく）

やがて、隣りに立つ人に「どうもむずかしいですなァ」などと話しかけるが、ふと顔を横に向け、誰かを見つけ、離れて行く。

51　他の道
町子が足早に歩いて行く。
徹夫が直ぐ追って来て「おい」と呼び止める。徹夫、少し不機嫌に、
Ⓣ〃朝から
　一体何処へ行ってたんだ〃
と聞く。
町子、じっと徹夫を見るが、微笑して、
Ⓣ〃あたし
　働き口を探しに行っていたんです〃
と答える。
「働き口を？」と驚く徹夫。
町子、目を伏せ、うなずいてニッコリしながら、

Ⓣ〝せめてあなたに口があるまで
と思って、あたし
やっと見つけて来ましたわ〟

徹夫「ほう――」とすっかり感心した様子で町子を見るが少し不安そうに、

Ⓣ〝一体、何処なんだい？〟

町子、微笑して答える。

Ⓣ〝あなたが心配なさらなくっても
大丈夫な処……〟

徹夫「だって……」と更に追求する。

Ⓣ〝あなたに口さえ見付かれば
あたし直ぐ止《よ》すんですから
ほんとに心配なさらなくても
大丈夫よ〟

と言う。

徹夫「しかし……」と尚も不安そうな感じ。

町子、通りかかった果物屋の店先に林檎を見付け、「買って行きましょうよ」と徹夫を促して店先に立つ。

徹夫、それ以上追求する勇気もなく、町子と並んで店先に立つ。

町子、朗らかな感じで林檎を選ぶ。

（F・O）

52 **物干し　朝**

徹夫が物干しの手摺りに腰かけて、煙草をくわえながら新聞に眼を通している。

背景を電車が通る。

徹夫、新聞の第一面に荒く眼を通すと、最後の頁の職業案内を見る。

新聞――職業案内欄

徹夫、つまらなさそうに頁をめくって社会面を見る。やがて何か興味のある記事を発見した様子。

新聞の社会面――何か適当な記事（たとえば先達ての事なら「説教強盗」とか「鬼熊」とか言った感じの記事がいいかと思います）

53 **徹夫の部屋**

町子が化粧をしている。やがて物干しの方を見る。

54 **物干し**（見た眼）

新聞を読んでいる徹夫の姿。

55 **徹夫の部屋**

町子、徹夫へ呼びかける。

Ⓣ〝今日の職業案内は何《ど》う？〟

56 **物干し**

徹夫、記事から眼を離して苦笑を浮べながら、

Ⓣ〝相変わらず外交員や
コックの奴ばかりさ〟

と退屈そうに答えアクビをする。

57 **徹夫の部屋**

町子「そう……困ったわね」と言いながら化粧を終える。

58 **物干し**

徹夫、新聞にも興味が持てなくなったらしく、新聞を持って部屋の方へ戻る。

59 **徹夫の部屋**

町子、着物を着替えている。

徹夫、来て町子の様子を見、

Ⓣ〝近頃は働きに行くのに
いやにめかして出掛けるんだな〟

と言って、机に腰をかけて町子を見る。

町子、黙って微笑を返しながら、仕度を続ける。

徹夫、町子を見ながら、

Ⓣ〝この頃はそういう化粧が
流行っているのかも知れないが
少しカフェー趣味だね〟

と微笑する。

町子、瞬間暗い感じになるが、すぐ明るく微笑して、「そうお」と言いながら仕度を終える。そこで「では行って来ます」と会釈して出掛けようとする。

徹夫「ちょっと」と呼び止めて、

Ⓣ〃小遣いを少し置いてって
くれないか〃

町子、心よく頷いて蝦蟇口《がまぐち》から若干の金を出して出て行く。

徹夫、見送り、感激もなく、掌の上の金を弄《もてあそ》ぶ。　（F・O）

60　或るグラウンド

ノックをやっている杉村の後姿を前景にして背景にはユニホームを着た選手が散っている。

フライ——選手の一人が手ぎわよくグローブに納めて、投げ返す。

再び「行くぞー」と元気よくノックをする杉村。飛んで来るボールを左右から駈け寄って受けようとする選手と徹夫。

徹夫、ころぶ。

起き上る徹夫——苦笑してグローブを其処へ投げ出し、ホームの方へ戻って行く。

杉村、ノックを続けている。

徹夫、近づいて「おい！」と声をかけ、

Ⓣ〃何処かへお茶でも飲みに
行かないか〃

杉村、振り向いて「うん！」と頷きながら、もう一つ「カーン！」とフライを飛ばす。

そして「誰か代ろう」とバットを差し出す。

選手が代る。

杉村、微笑しながら徹夫に、

Ⓣ〃素敵なシャンのいる
バーを発見したんだが
其処へ行こうか〃

と言う。

徹夫、頷いて、杉村と共にスタンドの方へ上衣を取りに行く。　（F・O）

61　（F・I）バーの前の通り

杉村と徹夫、来る。そして、杉村、徹夫に「此処だよ」と言って両人、這入って行く。

62　バーの中

徹夫と杉村、よき所の椅子につく。

落着いた感じの室内——

63　徹夫等のテーブル

一人の女給、来る。杉村にひどく馴れ馴れしく挨拶して、注文を聞いて去る。

徹夫、見送り、

Ⓣ〃あれが
君の所謂シャンなのかい？〃

と杉村に訊く。杉村、得意そうに頷く。

徹夫「僕は感心しないなァ」（と首を捻る）などと言う所へ、女給がビールを持って来る。

両人、ビールを注がせて、一ト息にグーッと飲む。

女給、再び注いで去って行く。

徹夫、それを見送り、何かを発見してハッとする。

64　向うのテーブル（見た眼で）

向うのベンチにいる女給姿の町子、他の女給と何か話をしている。

65　徹夫等のテーブル

見ている徹夫、苦しそうに面を伏せる。

66　向うのテーブル

町子、誰かに呼ばれる。

67　その近くのテーブル

客の一人が呼んでいる。

町子、来て、注文を受けて去る。

68　徹夫等のテーブル

徹夫、顔を伏せるようにして町子の方を見ている。

それを杉村が見て「おい、どうした！」と促す。

徹夫、グーッと飲む。そしてまた、それとなく向うを見る。

69 **向うのテーブル**

町子が注文の品を持って来る。
客、煙草を出してくわえる。
町子、すぐエプロンのポケットからマッチを出して火をつけてやる。

70 **徹夫等のテーブル**

徹夫、じっと見ている。
不愉快そうな暗い顔。
杉村は女給と何かニコニコしながら語り合っていて徹夫の事など気にしていない。

71 **向うのテーブル**

客、町子にビールの酌をさせ、二言、三言、何か軽くからかう。
町子、意味なく笑いを返して、ベンチの方へ去る。

72 **徹夫等のテーブル**

徹夫、いたたまれない気持になって、杉村を見る。
杉村、女給と何か嬉しそうに話している。徹夫、杉村に言う。
Ⓣ〝急に用を思い出したから、
　おれは先に失敬する〟
杉村「え?」と初めて徹夫に気が付いて「帰るって?」と不審そうに徹夫を見、「ハハハ」と軽く笑って、
Ⓣ〝君にも急な用なんてものが
　あるのか〟
と言う。徹夫、鳥渡《ちょっと》マジマジするが、「兎に角おれは失敬する」と言って、逃げるように出て行く。杉村、「おいおい」と立ちかかるが、女給に止められる。

73 **バーの前**

徹夫、出て来て、暗い顔で瞬時考え、やがて項垂れて力なく歩み去る。(F・O)

74 (F・I) **時計**

徹夫の手に持たれた腕時計。
十一時半頃。

75 **徹夫の部屋**

徹夫、机の前に仰向けに寝ころんで、片手を枕にし片手に腕時計を持って見ている。イライラするような感じで——

76 **玄関**(屋内から)

町子が帰って来る——

77 **徹夫の部屋**

その音に気付いて隣室の方を見、急に起き返って机にもたれて頭を抱える。

78 **階段**

町子、上って来る。

79 **徹夫の部屋**

徹夫、頭を抱えたままで、振り向こうともしない。町子、何か土産の包みを持って這入って来て、立った儘で「マアー!」とニッコリして、
Ⓣ〝まだおやすみにならなかったの?〟
と明るく言う。
徹夫、憂鬱に振り返って「お帰り」と言う。又、向うをむいて頭を抱える。
町子、そんなことに気がつかず、ニコニコして、
Ⓣ〝あたしシュークリームを
　買って来たの
　召上らない?〟
と言って徹夫のそばへ行って坐り、ひとりで、イソイソと包みを解く。
徹夫、黙って頭を抱えている。
町子、明るく「いかが?」と開いた包みを徹夫の前に出す。
徹夫、それをチラリと見て、暗く「ウン」と頷いた儘、黙って顔をそむけ、机上の煙草を取って口にくわえる。
町子、手早く包みを置き、すぐマッチを取って火をつけ、徹夫の前に出す。
徹夫、吸い付けようともせず、黙って町

子をジッと見る。

町子、ジッと顔を見られて不審そうに徹夫を見、マッチが燃え盡きそうになるので慌てて吹き消す。熱いのでニッコリごまかす。それでも徹夫はニッコリともせずに町子を見ている。

町子、また徹夫を見る。そしてあまりにジッと見られるので、妙にてれて笑いながら、

Ⓣ〃いやだわ、
　そんなに人の顔を見つめて……〃

と言って、モジモジする。

徹夫、尚もそれをジッと見て、稍《やや》鋭く、

Ⓣ〃誰があんな所で働けと言った〃

町子「えッ?」と徹夫を見る。

徹夫、前よりも鋭く言う。

Ⓣ〃誰があんな所で働けと言ったんだ〃

町子、徹夫を見つめたまま唾をのむ。

徹夫、尚も何か言いたそうに、しかし次の言葉が出ないらしく昂ぶって来る感情を押えて鋭く町子を睨んでいる。

町子、次第に項垂れる。

徹夫、イライラして重ねて鋭く言う。

Ⓣ〃何が面白くてあんなバーなんぞへ
　勤めたんだ!〃

町子、その言葉でサッと顔を上げる。眼には泪が溢れている。じっと徹夫を見る。

徹夫もじっと町子を見返す。

町子、涙をのんで恨めしげに言う。

Ⓣ〃あたし面白いから勤めたんじゃ
　ありません〃

徹夫「何?!」と町子を睨む。

町子、涙をのんで言う。

Ⓣ〃ただ私は働く者が一番仕合せだと
　思っただけなんです〃

徹夫、黙って町子を見返している。

町子、続けて言う。

Ⓣ〃せめてあなたに
　好い口が見付かるまで、
　あたしの手で少しでも
　暮しを楽にしたいと
　思っただけなんです〃

徹夫、稍、心が弱くなって来る。

町子、更に涙をのんで、

Ⓣ〃そして田舎に居らっしゃる
　おっ母さんに
　余計な心配をおかけしまいと
　思っただけなんです〃

と言って掌で眼を押えて俯向いてしまう。徹夫、それをじっと見ているが次第に涙ぐましくなって来て、立ち上がって本箱の前に行き、そして寝転んで頭を抱え、考え込む。

町子、静かに顔を上げて徹夫を見、堪らなくなって徹夫の傍へ行き、その顔を覗く様にして、

Ⓣ〃あたし言い過ぎたかも知れません
　許して下さい〃

と真顔で哀願する。

徹夫、涙の眼で町子を見、やさしく、

Ⓣ〃おれがあんまり呑気すぎたんだ……〃

と言って「許してくれ」と町子をいたわる。町子、堪らなくなってそこに泣き崩れてしまう。

徹夫、やさしく「もう泣くのはおよし。おれが悪かった」といたわり、フト先刻のシュークリームに眼を移して「お前のお土産を仲よく喰べようよ」と泪ぐんだ儘で言うと、立って行ってシュークリームを持って来る。

そして町子に「さあおあがり、僕も食べる」とすすめる。

町子、涙の顔でシュークリームを受取る。両人、涙にぬれたままで寂しく笑い合い、シュークリームを食べる。

と、徹夫、不意に町子の顔を見て、平手でピシャリとその頬っぺたを叩く。

町子、ハッとして屹と徹夫を見る。

徹夫、蚊をつまんで微笑し、

Ⓣ〃こんな大きな藪っ蚊だ〃

と言う。

それで町子、明るく笑い出す。(その涙ぐましく明るい感じ宜しく)　(F・O)

Ⓣ〝さてその翌日は
　激しい雨ではあったが――〟

80 （F・I）**玄関**

腰かけて靴の紐を結んでいる背広服の徹夫、やがて身を起す。

障子際に町子が帽子を持って中腰になっている。

徹夫「では」と立とうとして両人、振り返る。

下宿のおかみが微笑し乍ら二人の方を見て立っている。ニコニコし乍ら言う。

Ⓣ〝この降るのに御出かけなんて
　野本さんにしては
　お珍らしいんですね？〟

徹夫と町子、微笑を返し、顔を見合わせてニッコリする。

そして立つ。町子も続いて土間へおりる。おかみ「行ってらっしゃいまし」と言って奥へ入る。

81 **格子の外**

格子の外の雨を通して見た玄関。

町子、格子を開けて外に身体をのり出し、洋傘を拡げて、出て来た徹夫にさしかけてやる。

徹夫、洋傘の柄と共に町子の手を握って、

Ⓣ〝きっと口を見付けて来るよ〟

と元気そうに言う。

町子、微笑して「ええ」と頷き、

Ⓣ〝あたし家にいて世界中の神様に
　祈っていますわ〟

と、ほんのり涙ぐんで言う。

徹夫、その顔を見て、涙ぐましく、

Ⓣ〝きっと見付けて来る〟

と言い、雨の中を出て行く。

微笑で徹夫の行く手を見送る町子。

涙が次第に溢れて来て頬を伝う。

（F・O）

82 （F・I）**ある職業紹介所の前**

勢いよく徹夫が入って行くが、ややあって、また悄然と出て来る。

暗い彼の顔。

83 **自動車**

運転手「バカ、気ヲツケロ！」と自動車を止めて言う。

84 **道**

徹夫「何ッ」と自動車を見る。

また動き出した自動車の窓に、以前のある会社の重役の顔が浮んだのを見る。

徹夫、ハッとして自動車の後を追って駈け出して行く。

（F・O）

85 （F・I）**会社の重役室**

重役の前に立っている徹夫の後ろ姿。
重役の傍には秘書がいる。
重役、秘書と顔を見合わせて、人の好い微笑を浮べ、すぐ徹夫に向って言う。
Ⓣ〝では受付でも構わんと言うんだね？〟
徹夫、キッパリと頷いて答える。
Ⓣ〝第一歩から
　踏み出して見るつもりです〟
重役、こころよげに微笑して、
Ⓣ〝君もこの前から見ると
　大分苦労をしたようだね？〟
と言う。
徹夫、ちょっとてれる。
重役、ひとり快く頷いて言う。
Ⓣ〝それだけ解れば何も受付でなくても
　すぐ社員として働いて貰おう〟
徹夫「えッ！」と喜んで重役を見る。
重役、好人物らしくニコニコしている。
徹夫、感激して「ありがとうございます」と心から礼を述べる。
重役、ニコニコし乍ら言う。
Ⓣ〝明日から働くとして
　今日は早く帰って
　家の人を安心させて上げたまえ〟
徹夫「は！」と明るい顔。
重役、秘書に何か言い置いて去って行く。

徹夫、勇躍する様な心持で重役を見送る。
秘書、微笑し乍らその肩をポンと叩いて、
Ⓣ〝この会社で受付を
やらないで済んだのは
君だけですよ〟
徹夫「え？」と秘書を見る。
秘書、笑い乍ら、
Ⓣ〝僕もこれで受付をやったんですよ
これが社長の罪な道楽でね〟
徹夫、明るい顔。すぐ「失礼します」と躍る様な感じで飛び出して行く。
秘書、微笑して見送る。

86 **受付**
徹夫、殆んど夢中で駈け過ぎて行く。

87 **会社の外の道**
相変わらず雨が降っている。

徹夫、駈け出て来て喜びに夢中になって雨の中を傘もささずに向うの電車線路を突っ切ってまっしぐらに駈けて行く。

（F・O）

88 **徹夫の部屋**
軒の雨だれを眺め乍ら、町子が思いに耽っている。

89 **下宿の表**
雨の中を徹夫が駈けて帰って来てガラリ！　と勢いよく格子戸を開ける。

90 **徹夫の部屋**
町子、その音に聴き耳を立てる。

「もしかして――」と言う心持。

とにかく、階段の方へ部屋を出て行く。

91 **二階の廊下**（踊り場）
徹夫が駈け上って来て、出て来た町子とバッタリ出合う。
徹夫、町子の手をいきなり掴んで、
Ⓣ〝あったよ！　あったよ！
立派な仕事があったんだ！〟
と感激して言う。
町子「まァ！」と嬉しげに言った儘で、涙ぐむ。

92 **階段の下**
おかみ、二階を覗く様に見上げている。

93 **二階の廊下**（踊り場）
涙ぐんで手を握り合った儘じっと顔を見合わせている両人。

やがて両人の顔に微笑が浮び、それが次第に大きな笑いに変って来る。（F・O）

Ⓣ〝からりと晴れた朝だった〟

94 **（F・I）朝の道**
出勤する人人――向うから町子が走って来る。白い前掛をしめている。
と横から洋服屋が出て来て、「あ！　もしもし」と町子を呼び止める。
町子、心せく様子で、
Ⓣ〝家へ行って待ってて頂戴〟
と言って駈けて行く。

95 **高田馬場駅の前**
町子、来て駈け込んで行く。

96 **プラットフォーム**
徹夫、電車を待っている。

階段を町子が駈け上って来る。

そして徹夫を見出すと「あなた！」と腕時計を「お忘れになったでしょう！」と出す。徹夫「やァ……ありがとう」と受取る。

町子、腕時計を徹夫の腕に巻いてやる。

電車が来る。

徹夫「では……」と明るく別れて電車に乗る。

発車する電車。

明るく電車を見送る町子。

走って行く電車。

見送っていた町子、洋服屋の事でも思い出したのか、急いで階段を駈け下りてゆく。

（F・O）

——完——

会社員生活

原作並監督者……………………小津安二郎
脚色者……………………野田　高梧
撮影者……………………茂原　英雄

塚本信太郎……………………斎藤　達雄
妻　福子……………………吉川　満子
長　男……………………小藤田正一
次　男……………………加藤　清一
三　男……………………青木　富夫
四　男……………………石渡　暉明
友人　岡村……………………阪本　　武

一九二九年（昭和四年）
松竹蒲田
脚本、ネガ、プリントなし
S5巻、1552m（五七分）
白黒・無声
十月二十五日　帝国館公開

〈解説〉

小津安二郎氏の『大学は出たけれど』に次ぐ作品である。
（キネマ旬報　一九二九年十月十一日号）

〈略筋〉

塚本信太郎の生活は百二十円の月給でどうやら平和な日が続けられていた。

上半期のボーナス時である。ある日妻福子は新聞紙上で特殊な記事を発見し、ボーナスは月給の四五倍位出ると大いに喜んだ。そしてもうボーナスを握ったつもりで種々と買う物など考えた。信太郎は、四五倍も貰えるのだから何でも好きなものを買うがいいと愉快そうに胸を張った。

いよいよ今日の午後三時から社長室でボーナスを渡すとの掲示が出た。順番が来た信太郎がいそいそと行くと、手当と辞令とが渡された。昇給だ、栄転だとの人々の羨望をあつめて彼が封を切った。ところが、意外にも解雇の辞令だった。

彼は帰宅したが流石《さすが》に妻には解雇のことを話せず、七百二十円のボーナスを渡した。妻の喜びを外に彼は一人悩むのであった。

信太郎の友人岡村が彼の留守に訪ねて来た。岡村は自分の会社の社長から命じられて信太郎を人事課長に招こうというので来たが、妻の話で、信太郎の今度貰った多額なボーナス、及《および》現在の社では信用もあり会社も景気がよさそうなので、一寸彼を引き抜くことは難しいと思った。其処《そこ》へ帰って来た信太郎はその話を聞き、直ぐにも行きたいのだが、妻に辞令を隠している手前、苦しい言いつくろいをしなければならなかった。

かくて信太郎は妻に事実を打明ける機会を全く失い、苦しい日を迎える事となった。その内ある社員が訪ねて来て彼の復職運動を起す事の相談だという。はじめて夫の解雇された事を知った福子は、夫の仕打ちを恨み悲しんだ。其の後しばらくして再び岡村は来《きた》り、無理にも承知して呉れる様に頼んだ。夫婦は腹の中では感謝の手を合せ乍《なが》ら、顔を見合せた。間もなく信太郎は岡村と同じ会社へ勤める様になった。
（キネマ旬報　一九二九年十月十一日号）

〈批評・岡村　章〉

一小市民の生活をリアリスティクにスケッチした極めて軽いものであるが、これほど如実に社会層を示し、そうして一つの生活を描いた主題を未だ見たことがない。この主人公は四十を超えて尚かつ、実生活と苦闘を続ける中年の男である。その家庭には母性からの遺伝によって皆、近眼である四人の男児を中心とした生活が営まれている。この善良で病身な主人公がたまたま会社から馘首される。そうして友人の世話により別な就職口をみつけて、ささやかな夕餐を迎えるまで快いタッチを以てスムースに運んでいる。この場合、主人公対資本家の階級を意識して強調し、追究することは全然、不必要である。ただかよわい一小市民へ、よびかける微笑、それ自身で満腹出来る筈である。この無産階級の生活を小さい世界の舞台として、充分、今日的な、新鮮な生気にふれることが出来る筈である。主人公に扮する斎藤達雄が持つテムポは余裕あるもの、吉川満子、阪本武、小藤田正一、共によき登場である。事務所におけるセットの平面的なことは速製作の結果の一つであろうか。
興行価値——充分、楽しめる映画。添物には勿体ない。尺数の関係なしにトリにおけるもの。
（キネマ旬報 一九二九年十一月二十一日号）

〈批評・福井桂一〉

巻頭矢継早のオーヴァラップで会社員の郊外生活の特徴が羅列される。あまり多からぬ月給を戴く会社員は幸にして広々とした郊外の野に居を構え、新鮮な空気を呼吸して、そのほとんど唯一の家庭娯楽機関とも言っていい、ラジオを利用し、大小四人の分身と共にラジオ体操をやる。

この巻頭の連続オーヴァラップという手法は其の典型『ベルリン』（編者注＝一九二七年の独ドキュメンタリー映画『伯林――大都会交響楽』、W・ルットマン監督）をはじめとし、新しくは『アスファルト』（編者注＝一九二九年の独映画で、ヨーエ・マイ監督。日本では妖艶なベティ・アマンが試写の時点で評判となる。公開は翌三〇年一月）其他に数多く用いられるもので、快い流動美によって遺憾なくシネマの特質を発揮し、非常な快感を覚えさせるものではあるが、そのオーヴァラップによって連続する各カットの被写物がよく精選されていない場合はあまり効果がなく、むしろうるさくさえ思わせることがある。しかし、幸にこの映画に於いては実に被写物の選択が巧みで、よく郊外生活の気分を出し得ていた。

数ケ月のボーナス！ 緊縮の此頃を皮肉ったものかと思うとさにあらず、ボーナスと道連れに馘首が訪れる。このあたり不況、失業洪水の世相を写し、之に失業者の弱点につけ入って保証金を詐取し新聞の三面を賑わす不逞の徒や誤れる男の意地――痩我慢をからませる。しかし、相当知識階級らしく、又百二十円の月給を取る者が、いくら血迷ったにしても新聞の三行広告に惑わされて朦朧会社を漁り歩くなどはいささかひどすぎる。殊に男の意地とは言うものの、友人の推薦する人事課長の口が目の前にブラ下っている場合においては、尚更のことであるが、丁度朦朧会社の門前に彼が訪れた時中から会社の者が警官に引張られて出て来るなどは監督小津氏上出来である。

次に、この映画で小津氏が特に力瘤を入れたらしい子供の扱い方が、その甲斐あって非常に効果的である。珍らしくありついた鰻丼に舌鼓を打ち顔中御飯粒だらけにする子供達の無邪気さ、或は又最初の時は兄貴の隙をうかがって一片の鰻をかっさらうほどの子供が、二度目の時は可愛い子犬のために鰻丼を分けてやる子供達の純真さなどよく描かれていて、特にこのラストは大変気持がいい。

原作、脚色は野田高梧氏。軽くユーモアを盛って筋を発展させる氏の腕、確かに教えられる何ものかがある。この映画の脚色の特徴の空箱を夫々二度宛巧みに扱っている。

小津氏は特殊技巧の濫用を避けて、相変らず堅実な監督振りを示しているが、殊にこの映画で彼の存在を明らかに主張しているのはその俳優指導である。

（映画評論　一九二九年十二月号）

〈小津安二郎・自作を語る〉

これからあとの会社員物の、いわばハシリだね。例によってのナンセンスなんだが、それを割合リアルなタッチで描こうとした処が狙いだった。――そうそう、この写真は僕としては珍らしく、オーヴァラップを使っているんですよ。ただこれ一本だけだった（編者注＝実際は『その夜の妻』でも使用）。朝の感じを出す処で使ったんだ。使ってみて、便利ではあるがつまらんものだと思ったね。そりゃ、使い方によればいいものですよ。しかし、大部分はゴマカシでしょう、ごまかしのオーヴァラップはいやだね。

（キネマ旬報　一九五二年六月上旬号）

突貫小僧

脚色　池田　忠雄

原作者……野津　忠二
脚色者……池田　忠雄
監　督……小津安二郎
撮　影……野村　昊

人攫い文吉……斎藤　達雄
鉄　坊……青木　富夫
親分　権寅……阪本　武

一九二九年（昭和四年）
松竹蒲田
脚本、ネガなし、プリント（一部）現存
S4巻、1031m（三八分）
白黒・無声
十一月二十四日　帝国館公開

Ⓣ〝今日は
人攫《ひとさら》いの出そうな
日和である〟

1

路地

こちらの路地は今日も、絣《かすり》坊や達のかくれん坊の季節である。

鬼の坊や、両手の目隠しを外し、「もういいかい！」と怒鳴る。

その後を、人攫い文吉が着流しにハンティング姿でチロチロと走ってゆく。

2

路地のゴミ箱

中から蓋を開けた坊や、「もういいよ」と声をかけ、パタンと蓋を閉める。

3

別の路地

近視眼鏡の鉄坊、駈け込んでくるが、いい隠れ場所がなく、次の路地へゆく。文吉も紛れ込んで来て、一服吸いながら思案顔。鼻下に見事な髭がある。

4

物置の前

鉄坊、物置きの戸も開かず困っている。

文吉、鉄坊の横に来て「隠れる所ないの？」と聞く。鉄坊が振り向くと、

Ⓣ〝おじさんが
いい隠れ場所
探してやろう〟

鉄坊「え？」と不審顔すると、文吉、「な」とやさしい。

文吉、尚も言い寄ろうとして、ふと、人の気配に、前の家の角に身を寄せる。

その後を背広の通行人が通ってゆく。

やれやれと文吉、もう一度鉄坊の関心を得ようと、目玉を寄せてみたり、口を曲げてみせたり、百面相をしてみせる。

鉄坊、半ば冷やかし気味に、

Ⓣ〝おじちゃん
ずいぶん
面白い顔するね〟

文吉、くさって、右手で左手の甲を掻いて又思案顔。

鉄坊、図にのって、

Ⓣ〝おじちゃん
デンデン虫の
顔してごらんよ……〟

文吉、「うーん」と困る。

鉄坊と文吉が路地を塞いでいるので、その後、和服姿の娘さんが通れない。

文吉、そんなことお構いなく、思案の挙句、ひょいと両手をポン！　と併せて飛び上り、両手を羽根のように左右に張って決め、見得を切る。

娘さん、笑いながら袂で口元を隠し、手前へ切れてゆく。

鉄坊、ウケて、「ねえ、もう一度！」とせがむ。

文吉、辺りを見廻し、

Ⓣ〝坊や
一緒においで
そりゃ
面白いところへ
連れてって
あげるよ〟

5

商店通り

和菓子屋の店先を過ぎ、果物屋との間の小さな駄菓子屋の前。

大きな蟹パンに噛りついたまま出て来た鉄坊を、文吉、その手を引き、ぐるりと引き廻しながら、鉄坊のくわえたパンを取り上げようとするが、どっこい鉄坊、がっちりくわえて放さない。

文吉、「な、家へ行ってお食べ」と、無理矢理取り上げる。蟹パン、二つに喰い千切られている。

文吉、「言うこと聞かなきゃ駄目だよ」と小言を言う。

鉄坊、「頂戴よ、カニパン！」と飛びつ

くので、文吉、思わず頭の高さまで持ち上げてしまう。

鉄坊、泣き出す。

文吉、両手のカニパンをみつめて、「どうすりゃいいんだよ」とくさる。

鉄坊、「オモチャ買ってくんなきゃやだ」と駄々をこねる。

6　玩具屋の前

鉄坊、気に入った鉄砲など持って出てくる。

後から、虫取網やら奴凧などご下命の玩具を抱えて文吉出てくる。

鉄坊、そのまま一廻りして再び玩具屋の店の中へ入ってゆく。

文吉、慌ててその後を追う。

鉄坊、買って貰ったラッパを吹きながら文吉を従えて、ご機嫌で出てくる。そのまま、また一廻りして別の入口から入ろうとする。

文吉、慌てて、後退《あとずさ》りし、店の中へ逆戻りして、入ってくる鉄坊の前に立ちふさがり、入れさせない。

文吉、ほうほうの態《てい》で、「な、いいとこ行こう！」と鉄坊の手を引いて店先を離れる。

7　公園の丘

町を一望出来る高台の白いベンチに坐り、鉄坊と文吉、一休み。

鉄坊、せんべいを嚙っている。

文吉、買わされた玩具類を膝にのせ、鉄坊の機嫌をとっている。

ひょいと前を見ると、巡回中のお巡りさんが立ち止って、怪訝な顔で二人を見ている。

そわそわする文吉のハンティング帽に、トンボが止る。

鉄坊、いきなり虫網を文吉の頭からかぶせ、網の中からトンボを取って文吉に渡す。文吉、「へーエ上手いもんだ」と感心しきりの間に、鉄坊、やおら文吉のツケ髭をひっぱがす。

文吉「何すんだ、この野郎！」と、鉄坊から髭を取り戻し、慌てて鼻の下につけようとするが、つかない。文吉、髭にハアーッと息を吹きかけ、つけてみるがダメ。しょうがないと、ツバをつけて貼ってみるが、これもダメ。

巡査、文吉の動作を不審に見ている。

文吉、思いついて、髭を鉄坊の鼻の下につける。

巡査、ハハンそういう遊びか、と納得して、くるりと向うへ行ってしまう。

鉄坊、鼻下のツケ髭をはがし、文吉の頬っぺたに貼りつける。

文吉「バカヤロ！　何すんだ！」と鉄坊の頭を小突く。鉄坊、応戦して文吉を殴り返すが、所詮敵わない。泣き出してしまう。

Ⓣ〃お家へ
　帰りたいよう！
　帰りたいよう！〃

文吉、慌てて巡査の方を気にしながら、やさしく鉄坊の頭を撫で、「な、いい子だ、お家へ帰ろう」と、鉄坊の涙を拭いてやる。

鉄坊、ふと泣き止み、文吉のツケ髭をまたむしり取る。

8　親分の家　玄関

文吉、鉄坊を肩ぐるまにして、帰って来る。

格子のガラス戸を開け、肩ぐるまのまま入ってゆく。

9　座敷

文吉、膝に両手を当て、「只今戻りやした」と、鉄坊を見返る。

権寅親分、じろりと鉄坊を見て、

Ⓣ〃仲々いい子じゃ
　ねえか
　お前にしては

大手柄だ〃

文吉、「へえ、ありがとうさんで」と、恐縮するのへ、鉄坊、ひょいとツケ髭を剝がそうとする。文吉、その手を押えつけ、上手くかわす。

火鉢の前で一杯やっていた権寅親分の傍へ、鉄坊すいっと寄ると、盃を突きつけて受取らせ、お銚子をとって権寅へお酌する。

権寅、驚き乍らも受けて、「アリガトウヨ」と呑む。「ま、そっちへ坐んな」と火鉢の前を顎でしゃくる。

鉄坊、火鉢のへりに足をかけ、ひょいと跨ぐ。

権寅「コレコレ」とたしなめるがもう遅い。「坐れ、そこへ！」と坐らせる。

鉄坊、またお銚子をとり、「もっと呑みなよ」と勧める。

権寅、「ま、いいヨ」と断り、

Ⓣ〃坊や、何か
　出来るかい？〃

鉄坊、お銚子の口を嘗めながら、

Ⓣ〃カバの真似が
　出来るよ〃

権寅、「ホウ」と受けて、「じゃ、やって貰おうか」とすすめると、

Ⓣ〃おじちゃん
　先に何か、やって
　ごらんよ〃

権寅、「うーむ」と困って、台湾禿げの頭をかかえる。ひょいと顔を上げると、両目玉を鼻に寄せ、むむと口を結んで威気ばる。

鉄坊、お世辞にも面白くないと承知で、「上手い、上手い」と手を叩く。

いつまで経っても手を叩きつづけるので、権寅くさって、「おめえ、早くやれ」とせかす。

鉄坊、「ウワォ！」と河馬の一ト吠え。

権寅、今度はお返しに「うめえ、うめえ！」と手を叩き、

Ⓣ〃もう一ぺん
　やってごらん！〃

鉄坊、頭を掻きながら、

Ⓣ〃坊やは
　松之助の真似も
　出来るんだよ〃

権寅、「ホウ……」と煙管をとって、「ヤアヤァ、我こそ目玉の松ちゃんだァ」と見得を切って見せ、そそのかす。

Ⓣ〃おだてても
　駄目だよ〃

鉄坊、立って権寅の後ろに廻り、カニパンを権寅の口に突っ込む。

権寅、「ナ、ナンダ、コリャ」と口をもぐもぐさせる。鉄坊、湯呑茶碗をとって権寅に呑ませ、更にカニパンを権寅に喰わせ、今度はお銚子を口に突っ込む。

権寅、暴れながら外し、「何しやがんでえ！」と鉄坊の頭を引っぱたく。

鉄坊、元の席に戻り、吸付き鉄砲に弾を詰める。その先端の吸付きゴムを嘗める。

権寅、火鉢の鉄瓶を持ち上げ、フウ、フウと火を起す。

鉄坊、その頭めがけて撃つ。

見事、権寅の五厘禿に命中、まるで角が生えた趣きである。権寅、何がなんだか判らず、キョロキョロ辺りを見回す。

鉄坊、知らん顔で、そっぽを向く。

権寅、煙管を一服し、火鉢の横のお膳からおつまみを一つ口に入れる。

鉄坊、カニパンの残りを差し出し、「食べないの？」

権寅、「要らねえ」と首を振り、今度は巻煙草をふかす。

鉄坊、喰いかけのカニパンを噛りながら火鉢の前に坐り、お銚子を取り上げてお酌しようとする。

権寅、「要らねえ」と断る。

鉄坊、尚もお銚子を突き出し、「もっと呑みなよ」と勧める。

権寅「呑まねえったら呑まねえ」と、押し問答を繰り返す。

鉄坊、その間に、カニパンを噛りながら、今度は水鉄砲を用意する。これも先刻文吉に買って貰った新型である。鉄坊、「えい」と押してみるが、水が出ない。

鉄坊、「オカシイな？」と銃口を見て、もう一度構えてみる。

今度は、ピューッと水が出て、権寅の顔を直撃する。

権寅「な、何するんだ！」と顔を拭く。

鉄坊、面白がって、ビュン！ ビュン！と水を出す。

権寅、「よせ！」と手で防ぐがよけ切れず、火鉢横の空のすし桶を取って楯にし、防ごうとするが、どうにもならない。ついに怒って、立ち上り、すし桶で鉄坊の頭を叩く。底が抜けて素っ飛び、箍《たが》のかかったへりだけが鉄坊の首に残る。それでも容赦せず、鉄坊の頭を引っぱたく。鉄坊も抵抗して、お膳の横にあった徳利を蹴っとばす。ついでにお銚子も蹴る。

徳利からトクトクと酒がこぼれている。

権寅、慌てて徳利を起し、尚も鉄坊の尻など叩いて、水鉄砲も引ったくって取り上げる。その水鉄砲の滴を掌にとって嘗めてみると、何と、これが酒である。

権寅、呆れて水鉄砲を放り出し、「こら、そこへ坐れ！」と怒鳴る。

権寅、怒りの収まらないまま、ポンポンと叩いて煙管をくわえる。相憎とキセルの艾《もぐさ》が入ってない。不機嫌にごそっとつめ、吸い出す。

鉄坊、平然と次の仕掛けにかかっている。どうやら又吸付鉄砲らしい。

権寅、お膳の小鯵の干物を口にくわえる。

鉄坊、その権寅の額に近い五厘禿を狙い一発発射する。

見事に当り、権寅の頭にもう一本の角が生えた格好になり、まるで左右、鬼の角だ。

鉄坊、澄まして知らん顔、横を向く。

権寅気付いて、額の吸付鉄砲の矢を抜き、畳に叩きつける。「おい文公！」

10　隣の部屋

もう布団に入って寝転んでいた文吉、「ヘイ！」と起き上る。

11　座敷

文吉、ひょろひょろと入ってくる。

権寅、鉄坊を顎でしゃくって、

Ⓣ〃早く何処かへ
　持ってって、捨てて
　来てしまえ！〃

文吉、「へえ」と鉄坊の前へ行き、玩具類を一緒くたにまとめ始める。

鉄坊、カニパンをまた噛りながら、

Ⓣ〃外へ行くんなら
　お金を沢山、持ってか
　なければ駄目だよ〃

文吉、「この野郎！」と鉄坊の頭を小突き、隣の部屋へ行って、ハンチングを冠って出てくる。

鉄坊、奴凧を上げようと座敷を回る。

文吉、「これ！ 親分にご挨拶しねえかい」と声をかける。

鉄坊、素直に、権寅親分に、「サイナラ、サイナラ、サイナラ」と寄ってゆき、お辞儀を繰り返す。

権寅、いい気持で、「おう、おう」と応えてお辞儀を返すと、鉄坊、その下げた頭から、最初の角（吸付鉄砲の弾）を引き抜く。

Ⓣ〃すっかり
　手古ずった
　人攫いの子分は
　また、鉄坊を連れて
　元の処へ――〃

12　屋台

最初の隠れんぼの路地近くの空地に、お好焼の屋台。子供達が群がっている。

鉄坊もうその輪に加わっている。

文吉「おい、行っちゃうぞ!」と呼ぶ。

鉄坊、振り向きもしない。

文吉、「よし、そっちがその気なら」と、くるり向きを変えて逃げ出す。

13

路地

文吉、あの隠れんぼの路地から路地を抜けて、やれやれとふと後ろを見れば、いつの間にか鉄坊がいる。
文吉、くさる。
Ⓣ〝もう一度
　デンデン虫の
　顔をしてごらんよ〟
鉄坊、ためらいもなく言う。
文吉、気を取り直し、
Ⓣ〝おじちゃんは
　人攫いなんだぞ〟
怖い顔をしてみせる。
鉄坊、せせら笑い、
Ⓣ〝ウソだい
　そんな
　人攫いなんて
　あるもんか!〟
文吉、くさって鉄坊の頭を小突き、「バカヤロ!」と一目散に駈け出す。

14

交番の前

文吉、お巡りさんの前で一瞬ひるむが、「お世話さんで」とお辞儀をして、また駈け出してゆく。
Ⓣ〝おーい
　人攫いの
　おじちゃーん!〟
鉄坊が大きな声で呼び止める。
文吉、思わず足を止め、駈けてくる鉄坊を待つ。「この野郎!」と鉄坊を小突きながら、お巡りさんには「お世話さま」とお辞儀をして、鉄坊の手を引き原っぱの方へ。

15

原っぱ

隠れんぼの仲間の子供たち、「あっ、鉄坊だ!」と、文吉と鉄坊を目ざとく見付け、駈け寄ってくる。

文吉、玩具類を鉄坊に渡す。

子供たち、口々に「ワァ凄え!」「アァどうしたんこんなに一杯!」などと喚きながら、玩具を手にとる。

文吉、その興奮状態を横目に、ひょうひょうと脱け出し、トコトコと帰り途を急ぐ。

鉄坊、得意顔で、

Ⓣ〝あのおじちゃんが
　買ってくれたんだ〟

文吉の後姿を指さす。

子供達一斉に「えっ」となって、手にしていた玩具類を鉄坊に返し、文吉を追いかける。

鉄坊、「早く! 早く!」と子供たちに声をかけ、「何でも買ってくれるよ!」と声をからす。

文吉、ひょいと振り返ると、子供たちが一と塊りになって追いかけてくるので、慌てて小川を渡り逃げ出す。それこそ、全速で逃げる、逃げる。


——終——

結婚学入門

脚色　野田　高梧

原作……大隈俊雄
脚色……野田高梧
監督……小津安二郎
撮影……茂原英雄

北宮光夫……斎藤達雄
妻　寿子……栗島すみ子
その兄……奈良真養
嫂……岡村文子
竹林晋一郎……高田稔
妻　峰子……龍田静枝
バアのマダム……吉川満子

一九三〇年（昭和五年）
松竹蒲田
脚本のみ現存、ネガ、プリントなし
S7巻、1943m（七一分）
白黒・無声
一月五日　帝国館公開

1

（F・I）腰かけた女の膝のあたり

女の手が膝の上でいかにも退屈そうに、汽車の時刻表のページを意味なく繰っている。そして、やがてそれを脇へ置くと、今度はそこに転がっている蜜柑を一つ取って、ちょっと弄んでから、力なく皮をむく。

2

進行中の汽車の二等室

女は、竹林晋一郎の妻の峰子で、いかにも退屈そうに蜜柑を喰べようとするが、その途端にナマアクビが出るので、そのアクビを指で叩いて、さて気のない様子で蜜柑を喰べながら、眼を上げて前の席を見る。

前の席では、夫の晋一郎が、クッションの上に横向きに足を伸ばして、窓枠に頭を凭らせ、パイプを啣えて、腕を組んでボンヤリ天井の方を眺めているが、不意に大きなアクビをするハヅミに、パイプが口から落ちる。晋一郎、さすがに鳥渡《ちょっと》あわててパイプを拾う。

峰子、その様子を見ても微笑さえもせず、依然として退屈そうに、力なく言う。

Ⓣ〃あなたはずいぶんお退屈そうね〃

晋一郎、拾ったパイプをハンケチで拭きながら、チラリと峰子を見、また眼を落してパイプを拭き続け、力なく言う。

Ⓣ〃お前だってずいぶん
　退屈そうじゃないか〃

峰子、黙って眼を伏せて蜜柑を喰べる。

晋一郎、ナマアクビを嚙み殺しながら言う。

Ⓣ〃だから今更新婚旅行の旧跡なんかへ
　行ったたって始まらないって
　言ったんだよ〃

峰子、仄かな恨めしさを感じて答える。

Ⓣ〃だってあたし
　そんな事でもすれば
　昔のような心持に返れるかと
　思ったんですもの〃

晋一郎、なんとも答えず、ひとり微かな苦笑を浮べて、やがて立上る。

峰子、黙って見ている。

晋一郎、黙って向うへ去って行く。

峰子、軽く嘆息して、フト晋一郎のいた席を見る。そこには晋一郎の尻の下に敷かれて折れ曲った絵葉書が一枚ある。

峰子、それを取って、じっと見る。

修善寺名所の絵葉書である。

峰子、寂しく吐息して、やがて傍のハンドバッグから「観光記念修善寺名所絵葉書」と印刷された絵葉書の袋を出して、しんみりした様子で、今の絵葉書をその中に入れる。

3

食堂車

晋一郎が這入って来る。ボーイが迎えて案内する。

ボーイが中央の空席へ晋一郎を案内していると、その隣の椅子に、人妻らしい二十五六の女が、頰杖を衝くような形で、顔を窓の方へ向けて、しんみりした姿で腰かけている。従って女の顔は見えない。

晋一郎、ボーイに何か注文すると、改めて隣の女に注意する。

しかし、女は窓の方を向いた儘で、じっとしている。

晋一郎、女の顔を見たい誘惑に駆られて、咳払いをしたり、女の前にあるメニューを取って見たり、いろいろに苦心するが、女は依然として顔を見せない。

そこへ、ボーイが女の注文の料理（何か柔かい物）を持って来て「御待遠さま」と声をかける。

女、初めて振返る。北宮寿子である。

晋一郎、意外な収穫だと言ったように寿子を見る。

寿子、晋一郎には無頓着に、手を延ばして晋一郎の前の塩入れを取ろうとする。

晋一郎、すかさず取ってやる。

寿子、変な人だと言ったように晋一郎を見ながら、無表情で黙礼する。

晋一郎、微笑を浮べて黙礼を返す。

寿子、ひどく憂鬱な様子で、力なく食事を始める。

晋一郎、しきりに寿子に心を引かれる様子で、意味なくソースの瓶か何かを取って寿子の前に「いかがですか」と言った感じで黙って出す。

寿子、チラリと晋一郎を見ただけで、益々変な人だと言った様子で、今度は黙礼もせずに、黙って憂鬱にホークを動かし続ける。

そこへ晋一郎の注文した料理とビールが来る。で、晋一郎も食事に移るが、尚もしきりに寿子に注意している。

寿子、稍《やや》ともすれば食事を中途でやめて、じっと項垂れ、やがてまたホソボソと喰べ始めなどする。それは何か心配事でもあるようにも見受けられる。そして遂いにはホークを置いて、頬に指をあてて、じっと項垂れてしまう。

晋一郎、それを見ると、親しげに言う。

Ⓣ〃失礼ですが何か御心配な事でもおありになるんですか〃

寿子、稍鋭い眼で晋一郎を見返し、黙ってツと立上り、椅子を離れる。

晋一郎、ちょっと腐る。

寿子、通りかかったボーイに勘定を命じ、ボーイと一緒に去って行く。

晋一郎、微苦笑を浮べて見送り、フト寿子の椅子の下を見ると、そこに寿子の手袋が落ちている。

晋一郎、それを拾って、ボーイを呼ぼうとするが、何か考えて、黙ってその儘ポケットに入れてしまう。

寿子は出口の処でボーイに勘定を払うと、憂鬱に項垂れて出て行く。

晋一郎、ビールを飲みながら独り微笑を浮べていると、そこへ妻の峰子がボーイと共に来て、寿子のいた席に腰をおろす。

晋一郎、それに気が付くと、ちょっとマヂマヂする。

峰子、メニューを取って、晋一郎に注文の相談をする。晋一郎、あまり取合わない。

峰子、不愉快そうに晋一郎を見て、ボーイに何かを注文する。

晋一郎、面白くなさそうにビールを飲みながらフト向うを見る。

寿子が再び戻って来る。

晋一郎、それを見ると、さすがに困って、わざと平気を装ってビールを飲みなどする。

寿子、ボーイと共に晋一郎の傍へ来てテーブルの下をのぞきなどして、手袋を捜す。

晋一郎、「なんですか」と訊く。ボーイが「手袋です」と答える。晋一郎、峰子を立たせなどして一緒に捜す。

寿子、やがて諦めて去って行く。

晋一郎、見送り、眼を移して峰子を見、何か考えて、好い気持そうに、手袋を入れたポケットをポンポンと軽く叩いている。


(F・O)

4 (F・I) 電報

「コンヤ七ジ二五カヘル」ヒサコ

(O・L)

5 **置時計**

八時頃である。

(O・L)

6 **北宮家の書斎**

顕微鏡や植物の標本やノートなどが雑然と置いてある机に、光夫が頬杖を衝いてボンヤリ退屈そうな顔をしている。大きなアクビを一つする。

そこへ女中が来て告げる。

Ⓣ〃奥様がお帰りになりました〃

光夫、急に熱心そうに顕微鏡を覗いてノートなどをとり始める。
寿子が旅装の儘で「只今」と這入って来る。
光夫、振返って簡単に「やあお帰り」と言っただけで、すぐ又、熱心に勉強を続ける。
寿子、夫の冷淡さに、いささか機嫌を損じて、稍鋭く浴びせる。
Ⓣ〃あなた！　あたしは京都から帰って
　来たんですよ！〃
光夫、顕微鏡を覗いた儘で振返りもせずに言う。
Ⓣ〃わかってるよ〃
寿子、「まァ！」とあきれて、益々不機嫌になり、イライラして鋭く浴びせる。
Ⓣ〃あなた！　あたしは歯が痛くて
　たまらないんです！〃
光夫、依然として顕微鏡から眼を放さず、
Ⓣ〃話はあとでゆっくり聞くよ。
　今ちょっと手が放せないんだ〃
と言う。
寿子、あきれて、益々イライラし、遂いに我慢しきれずに、光夫の傍へ進み依って、「あなた！」と鋭く肩に手をかけてグイと振向かせる。
光夫、その勢いに、さすがにポカンとして寿子を見上げる。
寿子、腹立たしげに、ツケツケと言う。
Ⓣ〃京都では父も母も宜しくと
　言いました！〃
光夫、明るく「ああそうかい」と機嫌よく頷く。寿子、却って馬鹿にされたような心持で、黙って鋭く光夫を見おろしている。
光夫、なんとなくマがもてず、再び机の方を向いて、調べ物に移る。
寿子、それを見ると、すっかり腐って、
Ⓣ〃あなたは学問以外の事には
　まるで感激なさらないのね！〃
と鋭く浴びせて、出て行こうとする。
と、そこへ再び女中が来て告げる。
Ⓣ〃旦那様にお電話でございます。
　お名前はおっしゃいませんが
　女のお声でございます〃
光夫、それを聞くと、急に立上って、稍慌てた形で出て行く。
寿子、その様子を見、女中を呼び止めて、
Ⓣ〃あたしの留守中も旦那様は毎晩
　こんなに御勉強だったのかい？〃
と訊く。女中、返事に困ってモヂモヂする。寿子、重ねて訊ねる。女中困って、
Ⓣ〃大抵毎晩お留守でございました〃
と答える。寿子、疑いを増して尚も女中に訊ね続ける。

7
電話
光夫、ソワソワと四辺に気を配りながら電話を聞いている。

8
バアのスタンドの電話
バアのマダムがニコニコしながら掛けている。

9
北宮家の電話
光夫、四辺に気を配りながら声をひそめて言う。
Ⓣ〃折角だけど実は急に
　女房が帰って来たんで
　今夜は出られないんだよ〃

10
バアの電話
マダム「まあそうなの？」とニッコリ笑って、言う。
Ⓣ〃じゃアまた当分お宅へは電話を
　かけられないことになるわね〃

11
北宮家の電話
光夫、「ハハハ」と軽く笑って何か言い返そうとし、フト振返る。
寿子、じっと光夫を見て立っている。
光夫、ドギマギして、電話に向う。

Ⓣ〃では是非そう言う事に
　お願い致したいと存じます〃

12　**バアの電話**

　マダム、変な顔をする。

13　**北宮家の電話**

光夫、電話を切り、去ろうとする。

寿子、鋭く、「あなた！」と呼び止めて言う。

Ⓣ〃誰からの電話なんです〃

光夫、ちょっとマゴつくが、

Ⓣ〃学長の奥さんから
　時間割の変更を知らせて来たんだよ〃

と答えて去ろうとする。

寿子、再び鋭く呼び止めて、言う。

Ⓣ〃あたしの留守中は毎晩おそく
　酔ってお帰りになったんですってね〃

光夫、窮屈に軽く笑って、

Ⓣ〃会が毎晩続くのは実に閉口するよ〃

と言って、尚も二三弁解して去って行く。

寿子、まだ疑わしげにじっと見送る。

(F・O)

14　(F・I)　**コーヒー・サイホン**

コーヒーが沸く。と、手が出て、そのコーヒーを二つのコーヒー茶椀に注ぐ。

15　**茶の間　朝**

寿子、コーヒーを注ぎながら一方を見る。

光夫が外出の支度をして新聞を読んでいる。

寿子、光夫に「お砂糖は幾つ入れるの？」と訊ねる。

光夫、新聞に読み耽りながら答える。

Ⓣ〃僕は甘い方がいい〃

寿子、頷いて砂糖を二つ入れ、チロリと光夫を見て、更らに三つばかり入れて、光夫の横に差し出す。

そして自分も二つばかり入れて、光夫の様子に注意しながら、飲む。

光夫、新聞を読み続けながら、コーヒーを一トロ飲み、ちょっと変な顔をするが、更に砂糖を取って入れる。

寿子、アテがはずれて、反感を抱いた顔で光夫を見ている。光夫、平然としてコーヒーを飲みながら、真面目な顔で訊く。

Ⓣ〃もう歯は痛くないのかい？〃

寿子、いささかテレて、頬を撫でながら「痛いんです」と言って、わざと痛そうに顔をしかめなどする。

光夫、それを見ると、新聞に挟み込まれたビラを、黙って寿子の前に出す。

ビラ――「竹林歯科治療室――YMビル三階」等々の文字。

寿子、それを見て、黙って光夫に眼を移す。

光夫、新聞を読み終って、やがて傍の折鞄を持って立ち上る。

寿子、続いて立つ。

光夫、寿子に言う。

Ⓣ〃今日は大学で教授と講師の懇談会が
　あるから帰りがおそくなるよ〃

寿子「え？」と疑わしげに光夫を見る。

光夫、出て行く。

寿子、続いて出て行く。

(F・O)

16　(F・I)　**YMビルの入口の前**

自動車が着いて寿子が下り、運転手に金を払って入口へ這入って行く。

(O・L)

17　**竹林歯科診療所の待合室**

ドア――寿子、這入って来る。

先客が一人ある。寿子、受付の窓口に挨拶して一隅に腰を下す。

治療室から、助手が客を送って出て、更に客を呼んで、治療室へ連れて行く。

寿子、一人、ツクネンと待っている。

と、また治療室から他の患者が送り出されて、続けて歯科医姿の晋一郎が現われる。

寿子と晋一郎、顔を見合せてハッとする。
寿子はマジマジと目を伏せるが、晋一郎は明るく微笑して御辞儀をする。
患者、帰って行く。
晋一郎、寿子に近づいて丁寧に挨拶する。
寿子、モヂモヂして黙礼している。
晋一郎、明るい微笑を浮べて言う。
Ⓣ〃昨日お目にかかった時から
　もう一度何処かで
　お目にかかれるような
　気がしていましたよ〃
寿子、黙って窮屈そうな微笑を返す。
晋一郎、わざとらしい態度で訊ねる。
Ⓣ〃いかがです
　手袋は新らしいのを
　お求めになりましたか〃
寿子、「まア」と晋一郎を見る。
途端に入口から客が入って来る。
晋一郎、寿子を「どうぞ」と治療室へ案内する。寿子、ついて行く。

18　治療室

三台ばかりの治療台がある。晋一郎、その一つに寿子を掛けさせる。他の二台では助手が治療している最中である。

晋一郎、治療にかかる。

その間に助手達は客を送り出して、新しい客を迎えなどする。

治療の模様、及びその適当な省略のテクニックなど宜ろしく。

やがて治療を終えると、晋一郎、寿子を送り出す。

19　待合室

寿子、晋一郎に送られて出て来る。

晋一郎、寿子に会釈して、他の客を呼んで治療室へ去って行く。

寿子、晋一郎のそのアッサリした態度に多少ものたりなさを感じる。

そして受付の窓口（？）へ行って治療代を払いなどする。

20　ビルディングの入口（内部から）

晋一郎の妻峰子が這入って来る。

21　廊下

寿子、ドアーから出て来て帰りかける。と、すぐ続いて晋一郎が急ぎ足に出て来て呼びかける。
Ⓣ〃お忘れ物がありますよ〃
寿子、その声に振り返り、両人、歩み寄る。

22　廊下の一部

来かかった峰子、フト前方を見て「おや？」と目を瞠《みは》り、様子を見る。

23　廊下

晋一郎、寿子に例の手袋を渡す。
寿子「まあ」と眼を瞠って晋一郎を見る。
そして受取ろうとすると、晋一郎、その片手だけを渡して片手を自分のポケットに入れる。
寿子「まあどうしてそんな事をなさるんです」と手を出す。
途端に、そこへ峰子が来る。
晋一郎と寿子、さすがにハッとする。
が、晋一郎、つとめて職業的に寿子に、
Ⓣ〃あなたの歯は
　根本的に治療しないと
　頬っぺたに
　穴があくような事になります。
　当分毎日お通い下さい〃
と、真面目な顔で言う。寿子、峰子の手前これも真面目に頷いて、去って行く。
晋一郎と峰子、それぞれの感じで見送り、やがて晋一郎、室内へ戻ろうとする。と、峰子、素早く晋一郎のポケットから手袋を抜き取る。
晋一郎、おどろいて取り戻し、ピシャリ

と峰子の手を叩く。峰子、恨めしげに、
Ⓣ〃あたしも当分毎日通いますよ！〃
と鋭く言う。晋一郎、「勝手にしろ」と言って室内へ這入って行く。
峰子、口惜しそうに見送る　（F・O）

Ⓣ〃教授と講師の懇談会〃

24　（F・I）バアの一隅

光夫、バアのマダムとソファに並んで腰かけ、ビールなどを飲みながら、もう適当に酔って、上機嫌に談笑している。
マダム、光夫に訊ねる。
Ⓣ〃先達って御一緒にいらしったのは
　あなたのお兄さまですの？〃
光夫、「いいや違う」と首を振って、
Ⓣ〃あいつは女房の兄貴なんだが、
　あの男もあれでなかなかの
　人格者だから僕とも話が合うんだよ〃
と言って、「アハハハ」と笑う。
マダムも笑う。
そこへ入口から晋一郎が這入って来る。
マダム、立上って晋一郎に「いらっしゃいまし」と挨拶する。
光夫、晋一郎を見迎えて、
Ⓣ〃あなたにはよく此処で
　お目にかかりますね〃
と言い、「さァ此処へお掛けなさい」と席をあける。晋一郎、「やァどうも」と恐縮し、光夫と並んで腰をおろす。
そこへビールが来て、光夫は晋一郎とプロジットなどをして、愉快そうに笑う。
（O・L）

25　光夫の書斎

寿子、光夫の机に向って、しんみりと寂しそうに考え込んでいる。
やがて何かを思い付いたらしく立ち上って出て行く。

26　電話

寿子、来て電話をかける。やがて相手が出た様子で、
Ⓣ〃大学の学務課ですか〃
と訊き、更に、
Ⓣ〃今夜の理科の教授会は幾時頃に
　済むでしょうか〃
と訊ねる。そして相手の返事が聞きとれないらしく、「え？　え？」と聞き返す。
そこへ女中が来て、
Ⓣ〃代々木のお兄様が
　いらっしゃいました〃
と告げる。寿子、頷く。女中、去る。
寿子、尚も電話に向って「え？　え？」と聞き返し、やがて「まア！」とあきれる。
（O・L）

27　酒場

光夫、益々上機嫌で晋一郎と意気投合している。晋一郎ももう相当に酔いが発している。
光夫、愉快そうに晋一郎に向って言う。
Ⓣ〃どうです、帰りに僕の家へ
　寄りませんか〃
晋一郎「いや何《ど》うも」と笑っている。
光夫、笑って、
Ⓣ〃但し寄って下さるなら
　家内の前では
　大学の助教授ということに
　なって頂きたいですな〃
と言う。
晋一郎「アハハハ」と笑って言う。
Ⓣ〃つまり僕をダシに使おうって言う
　寸法ですね〃
光夫「やァどうも」と頭を掻き、両人、顔を見合わせて、「アハハハ」と笑う。
（O・L）

28　北宮家の客間

寿子、兄の大村伝三と対座している。
寿子は悄然たる姿で項垂れている。
伝三、それを慰めるように優しく言う。
Ⓣ〃兎に角お前のように一概に疑う
　のはよくないよ。男にはつきあいと
　言うものがあるからな〃

寿子、屹《きっ》と鋭く伝三を見返して口惜しげに、

Ⓣ〝兄さんのような実業家と
うちのような教育家とでは
場合が違います〟

と反抗的に言う。伝三、多少タジタジとなるが「しかしお前」と続ける。

寿子、それに浴びせて鋭く言う。

Ⓣ〝あたしは瞞されません！
あたしはお宅の嫂さんみたいに
お人好しじゃありませんからね！〟

伝三「え？」と変な顔をする。

寿子、ツと顔をそむけて、じっと唇を嚙み、口惜しげに涙ぐむ。　（F・O）

29

（F・I）自動車内

光夫と晋一郎、かなり酔って二人とも頗る上機嫌で、凭れ合うようにして乗っている。

晋一郎、前からの続きらしく、好い気持でクダを巻き、面白そうに言う。

Ⓣ〝僕は勿論その女を何うしようと
言うんじゃなくて……つまり
単なる小説的な興味で手袋を
片方だけ返したんです〟

光夫、ニコニコして「なる程」と頷き、

Ⓣ〝僕も是非そんな女に逢って
見たいですな〟

と笑い、両人、意味なく「アハハハ」と愉快そうに哄笑する。　（O・L）

30

北宮家の茶の間

寿子、ひとり寂しげに写真のアルバムを見ている。

アルバム――新婚以来の自分達の写真が張ってある。

寿子、なつかしそうに眺め、ホッと寂しく嘆息を漏らして、じっと考え込む。

31

家の前

自動車が着いて、光夫がヨロヨロとおり、振返って晋一郎を引っ張りおろそうとする。

晋一郎、遠慮する。

光夫、無理におろす。

晋一郎、笑って言う。

Ⓣ〝では兎に角奥さんにお目にかかって
弁解の辞を述べますかな〟

光夫、「やァどうも」と笑って先に立つ。

晋一郎、自動車を待たせて、これも多少ヨロヨロしながら、ついて行く。

光夫、玄関をあける。

32

茶の間

寿子、ハッと聴き耳を立て、アルバムを置いて立とうとするが、思い直して、やめる。

33

玄関

女中が迎えに出ている。光夫、上って、晋一郎に「さァどうぞ」とすすめているが、晋一郎、遠慮している。

光夫、女中に「奥さんを呼んでおいで」と言う。女中、去る。

光夫、ヨロヨロしながら、「まァ兎に角あがって下さい」などとすすめている。

そこへ寿子が冷たい感じで出て来る。

晋一郎、寿子を見ると、「おや？」と眼を瞠《みは》って見定めようとする。

寿子も晋一郎を見ると、「あ！」と眼を瞠って、光夫と晋一郎とを見比べる。

光夫、そんな事には気が付かず、晋一郎に「これが家内です」と紹介する。

晋一郎、さすがに面喰って、ヘドモドして挨拶する。

そして「では失礼します」と去りかける。

光夫、慌てて止め、「まァいいでしょう。ちょっとお上んなさい」とすすめ、

Ⓣ〝どうも懇談会という奴は
おしまいが必ず酒になるので
お互いに迷惑しますな〟

と言ってチラリと寿子を見る。

寿子、じっと晋一郎を見ている。

晋一郎、ヘドモドして光夫に向い、

Ⓣ〃僕も助教授として実に迷惑します〃

と言って「じゃ失礼します」と挨拶もそこそこ去る。

34 **家の前**

晋一郎、出て来てボーッとして自動車に乗る。

35 **茶の間**

寿子を先に、光夫が這入って来る。そして両人、火鉢を間にして向い合ってすわる。

寿子、黙って、鋭く、じっと光夫を見る。そして光夫と眼が合うと、サッと眼をそらす。

光夫、妙にマがもてず、オーバーと一緒に上衣を脱ぎながら、ひとりごとめかして言う。

Ⓣ〃どうも酒を飲まされるのが一番困る〃

寿子、じっと光夫を見て冷やかに言う。

Ⓣ〃さぞお困りでございましょうね〃

光夫、ツと寿子を見る。寿子、ツンと眼をそらす。

光夫、またマがもてなくなって、今度はズボンを脱ぎ始める。

と、寿子、また光夫を見て冷やかに訊ねる。

Ⓣ〃今の方は助教授なんですか〃

光夫、救われたような気持で、明るく微笑しながら「うん、そうなんだ。あの男は……」と言い続けようとすると——

寿子、それにかぶせて冷やかに鋭く言う。

Ⓣ〃あたしは歯医者の先生かと思いました〃

光夫、「え？」と寿子を見る。

寿子、またツンとして眼をそらす。

光夫、またマがもてなくなって、靴下などを脱ぎ始める。

と、寿子、また光夫に向って冷やかに訊く。

Ⓣ〃今日は何処の懇談会だったんでございますか〃

光夫、また救われたような気持で、「そりゃア勿論大学の……」と言いかける。

と、寿子、またかぶせて言う。

Ⓣ〃今日は大学では教授会も懇談会もなかったそうでございますね〃

光夫、ハッとして寿子を見る。

寿子、ツと立上って隣室へ去り、パタリと襖をしめる。

光夫、腐ってガッカリし、仕方なく立上って、脱いだ服を纏めて壁にかけようとすると、隣室との襖がサッとあいて、寿子が冷やかな顔を現わす。

光夫、寿子を見る。

寿子、無言で、光夫の寝巻を室内へ投げ込み、再びパタリと襖をしめてしまう。

光夫、腐ってホッと溜息をもらし、服を壁にかける。そしてションボリとブラ下った服を見ると、なんとはなく寂しい心持で、そのオーバーの手を把って握手する。

(F・O)

Ⓣ〃で、その翌る日——〃

36 **治療室**

寿子、晋一郎から治療を受けている。

すぐ終って、晋一郎に見送られて、待合室の方へ出て行く。

37 **待合室**

寿子と晋一郎、来る。

そして寿子、ちょっとモヂモヂして、晋一郎に言う。

Ⓣ〃お忙しい処を済みませんけれど、主人の事で鳥渡おたずねしたいんでございますが〃

晋一郎、それを聞くと気軽に頷いて、

Ⓣ〃御私用ならば外へ出てお茶でも飲みながら伺いましょう〃

と言い、寿子が「いいえ此処で結構でございます」と遠慮する暇もなく、すぐ治療室へ戻って行ってしまう。

寿子、ちょっと困るが、観念して、受付へ行って金を払いなどする。

そこへ手術着を脱いだ背広姿の晋一郎が出て来て「さあ出ましょう」と促す。

寿子、まだ多少躊躇するが、促されて晋一郎のあとから出て行く。　（O・L）

38　ビルディングの入口

晋一郎と寿子、出て来る。と、一方から晋一郎の妻の峰子が来て、「あッ！」と二人を見る。

晋一郎、当惑して、寿子に「一ト足お先へ」と言う。

峰子、寿子を睨むようにしている。

寿子、気づまりな感じで、会釈して去る。

峰子、じっと見送り、眼を移して晋一郎をギロリと見、鋭い感じで言う。

Ⓣ〝どうせこんな事だろうと
思ってたのよ〟

晋一郎、苦笑して言う。

Ⓣ〝僕もどうせこんな事だろうと
思ってたよ〟

峰子、「まァ」と侮辱を感じて晋一郎を見る。

晋一郎、「僕は急ぐんだから」と寿子の跡を追おうとする。峰子、「あなた！」と呼ぶ。

晋一郎、構わず走り去って行く。

峰子、見送って、何か考え、心に頷いて、ビルディングの中へ這入って行く。

39　往来

寿子、待っている。

晋一郎、駈けて来て、「どうも失礼」と挨拶して一緒に歩いて行く。

40　待合室

峰子、受付の処で患者名簿を調べている。やがて、寿子の住所氏名がわかったらしく、名簿を閉じて、じっと何事かを考える。

41　往来

晋一郎と寿子が歩いて来る。そして一軒のバアの前まで来ると、晋一郎が立上って、
Ⓣ〝これがお宅のご主人が
よくいらっしゃるバアですよ〟
と言う。
寿子、「まァこんな処へ」と言った感じで眺める。
晋一郎、寿子の気色を覗《うかが》うような様子で、
Ⓣ〝いかがです、這入って
御覧になりますか〟
と訊ねる。
寿子、ちょっと思案して躊躇するが、決心して頷く。
晋一郎、「では」と先に立って、寿子を案内して這入って行く。　（F・O）

42　（F・I）北宮家の客間

峰子、光夫と対座して、しきりに何かしゃべっている。
光夫、じっと真面目な顔で、峰子の話を聞いているが、やがて言う。
Ⓣ〝お話の筋はよく分りました
が家内に限ってそんな事は
ないと思います〟
峰子、「まア」と稍あきれて光夫を見る。
光夫、更に言葉を続けて、
Ⓣ〝何かのお間違いじゃないでしょうか〟
と峰子を見る。
峰子、いささか侮辱を感じて、鋭く光夫を見返し、言う。
Ⓣ〝奥様孝行も好い加減に遊ばさないと
飛んだ馬鹿を御覧になりますよ〟
光夫、思わず屹となって峰子を見る。
峰子、「では失礼いたします」と会釈して立つ。
光夫、多少憂鬱を感じて送って行く。

43 **玄関**

光夫、峰子を送り出す。

峰子、皮肉な調子で、

Ⓣ〝屹度どこかに片方の手袋が隠してございますわ。奥様のお留守の間に捜して御覧なさいまし〟

と言って帰って行く。光夫、暗い感じで見送り、憂鬱に奥へ這入って行く。

44 **電話の傍**

光夫、通り過ぎる。と、電話が鳴るので引返して聞く。

45 **バアのスタンド**

マダムが電話をかけている。大事件らしい。眉を顰めて言う。

Ⓣ〝先刻お宅の奥様が昨晩のお客様と御一緒にいらっしゃいましたよ〟

46 **北宮家の電話**

光夫、「えッ!」とおどろき、急に暗澹《あんたん》たる顔になってじっと考え込む。

47 **バアのスタンド**

マダム、

Ⓣ〝大変な事になるかも知れませんよ〟

と言い、光夫の返事がないので、「モシモシ、モシモシ」と受話器掛けをガタガタやり、あきらめて電話を切ってしまう。

48 **北宮家の電話**

光夫、じっと考え込んでいたが、やがて再び電話に向って、「モシモシ」と言い、返事がないので、これも諦めて、暗い顔で電話を力なく切り、急に何か考え付いて、去る。

49 **茶の間**

光夫、急ぎ足に入って来て、一隅の箪笥の上に重ねてある用箪笥を開けて、しきりに何かを捜す。

そして例の手袋の片手を発見すると、尚もう一方を捜し、それが無いので、片手だけを手に持って、じっと暗く眺める。　（F・O）

50 **（F・I）玄関内**

寿子が帰って来る。

51 **茶の間**

光夫、火鉢の前に坐って、暗い顔で聴き耳を立てているが、吐息を漏らすと、力なく煙草を吸い始める。

寿子が入って来て、光夫を見ると、稍鋭い顔で冷やかに見おろしながら、黙ってコートを脱ぐ。

光夫、ヂロリと寿子を見て冷めたく言う。

Ⓣ〝何処へ行って来たんだい?〟

寿子、冷やかに光夫を見おろして答える。

Ⓣ〝歯医者へ行って来たんです〟

光夫、眼をそらして言う。

Ⓣ〝僕はバアへでも行ったのかと思ってたよ〟

寿子、ハッとして光夫を見る。

光夫、横を向いてフーッと煙草の煙を吐く。

寿子、涙ぐんで、光夫の前に火鉢を隔てて向い合う。

光夫、顔をそむけて黙って煙草を吸っている。

寿子、涙ぐんだ眼でじっと口惜しげに光夫を見、

Ⓣ〝あなたは何処まであたしを馬鹿になさるんです〟

と言う。

光夫、静かに眼を移して寿子を見、暗く、

Ⓣ〝お互い様だよ〟

と言う。寿子「なんですって?」と屹となる。光夫、また顔をそむけて煙草の煙をフーッと吐く。

寿子、口惜しげにじっと光夫を見ている。

光夫、やがて立上って出て行く。

寿子、見送り、やがて我慢が出来なくなった様子で、これも立上って光夫の立った方へ出て行く。

52　書斎

光夫、ぐったりと考え込んでいる。

寿子が這入って来る。

光夫、ヂロリと見て顔をそむける。

寿子、口惜しげに言う。

Ⓣ〝あたしは歯医者の先生からあなたの事を何もかも伺って来たんですよ〟

光夫、ちょっと弱るが、すぐ対抗的に言い返す。

Ⓣ〝僕も歯医者の妻君からお前の事を何もかも聞いたんだ〟

寿子、「え！」と光夫を見る。

光夫、「それ見ろ」と言ったように寿子を見返し、黙って手袋の片手を出して、寿子の前につきつけるようにして言う。

Ⓣ〝この手袋の片手は誰が持ってるんだ〟

寿子、それを見ると流石にハッとする。

光夫、じっと寿子を睨んでいる。

寿子、口惜しげに再び涙ぐんで来る。そして言う。

Ⓣ〝お疑いになるにも程があります〟

光夫、尚も黙って睨んでいる。

寿子、涙を一ぱい溜めて、言う。

Ⓣ〝御自分の事を棚に上げてあたしだけをお疑いになるなんてあんまりです〟

光夫、屹となって鋭く言う。

Ⓣ〝何があんまりだ！

夫の眼を盗んで
ほかの男と親しくしても
構わないと言うのか！〟

寿子「まァ！」とあきれて光夫を見る。

光夫、ツと横を向いてしまう。

寿子、口惜しげにじっと光夫を凝視し、やがて、ツと去って行く。

光夫、振返って見送る。

53　茶の間

寿子、来て、じっと考える。

そして何か決心したらしく、コートを着る。

54　書斎

光夫、腐った顔で、手袋を無意識にいじり廻しながら、なんとなく落ち着かない様子で考えている。

やがて頭をクシャクシャ掻き廻すと、気を変えるつもりで机上の顕微鏡などを覗いて見る。が、やはり落ち着かず、とうとう決心して立上ろうとする。と、向うで足音が聞えたらしく、ハッとしてまた机に向い、わざと平静な顔をして顕微鏡を覗く。

女中が這入って来て「旦那様」と呼ぶ。

光夫、振返る。アテがはずれた感じである。

女中、こんな形に畳んだ小さな紙片を光夫に渡して、

Ⓣ〝奥様は代々木のお兄様のお宅へ行くと言って只今お出掛けになりました〟

光夫、つとめて平気な語で「そうか」と頷く。女中去る。

光夫、不審そうに紙片を見、やがてそれを開いて読む。そしてハッと驚く。

紙片――

「あなたのような手前勝手な非人格的な方とは、もうこれきりお目にかかりません。　寿子」

光夫、すっかり腐ってしまう。（F・O）

55　（F・I）歯科の待合室

治療室から晋一郎が客を送り出して来る。
と、そこへ光夫が這入って来る。
晋一郎、明るく「やァ」と見迎えるが、
光夫は暗い顔で無愛想に会釈する。
晋一郎、客を送り出す。

光夫、それを待って、晋一郎に言う。

Ⓣ〝家内の手袋を返して頂きに来ました〟

晋一郎、光夫の緊張しているのに対してひどく明るく「やァ、そうですか。鳥渡お待ち下さい」と言って治療室へ這入って行く。

光夫、暗い顔で待っている。

晋一郎、手袋を持って戻って来て、ニコニコしながら光夫に返し、言う。

Ⓣ〝僕の小説的興味もこの辺で打切ることにしますよ〟

光夫、じっと睨むように見返している。

晋一郎、明るくニコニコしながら言う。

Ⓣ〝僕の実験した処に依ると、あなたの奥さんは実にあなたに忠実ですよ〟

光夫、ちょっと眼を落とす。

晋一郎、光夫の肩を軽く叩いて、笑いながら、

Ⓣ〝あんな奥さんを粗末にしては罰があたります。大切にしておあげなさい〟

と言う。光夫、腐って、マがもてなくなり「失礼しました」と去りかける。晋一郎、明るく送り出して行く。　（F・O）

56　（F・I）兄の家の茶の間

もう夜になっている。兄と嫂との前で寿子が深く項垂れている。

嫂、なぐさめ顔に寿子に言う。

Ⓣ〝兎に角今日は一旦お帰りになったらどう？　喧嘩をしたからって家をあけるのはよくありませんわ〟

寿子、顔を上げて、「いいえ帰りません」とキッパリと首を振る。

兄、その様子を見て言う。

Ⓣ〝お前は結婚してから今日までに幾度喧嘩をしたんだ〟

寿子「なんですって？」と多少侮辱を感じて兄を見る。

兄、重ねて訊ねる。

寿子、不愉快そうにツンケンして答える。

Ⓣ〝今度が初めてです。あんまり馬鹿にしないで下さい〟

兄、何事か考えながら「そうか初めてか」とひとり頷く。

嫂、再び寿子を慰めて説く。

寿子「いいえ帰りません」と頑張る。

兄、「寿子」と呼んで、寿子が「なんです」と反抗的に見返ると、真面目な顔で言う。

Ⓣ〝どうしてもお前が帰らないと言うんならこの際断然離婚するんだな〟

寿子、「え！」と意外そうに兄を見る。

嫂も心配そうに「あなた！　何を仰有るんです」と咎める。

兄、むずかしい顔で言う。

Ⓣ〝そんな非人格的な男とお前を夫婦にさせて置くのは兄としても不本意だ〟

寿子、じっと兄を見ているが、次第に項垂れる。

嫂、心配そうに兄にとりなす。

兄、断然はねつける。

寿子、じっと考えている。

兄、再びキッパリと言う。

Ⓣ〝断然離婚だ！
京都へは兄さんから知らせてやる！〟

寿子、顔を上げて兄を見る。

兄、むずかしい顔をして考え込んでいる。

嫂、心配してしきりに兄をとりなすが、兄は「いいやいかん」と頑張る。

寿子、モヂモヂしてやがて兄に言う。

Ⓣ〝あたし離婚するにも及ばないと思うんですけれど……〟

兄「いいやいかん」とキッパリ首を振り、

Ⓣ〝大学教授ともあろう者が女房を瞞してバアなどへ出入りするとは以ての外だ！〟

と憤慨する。寿子、「だって兄さん……」と抗弁する。

兄、それを遮って高飛車に叱る。

Ⓣ〃お前が兄さんの所置に不平なら、
ついでにこの家からも
出て行ってくれ〃

寿子、反抗的に兄を見て「なんですって」と憤慨する。

兄「出て行け！」と罵る。

寿子、憤然として、

Ⓣ〃もう兄さんなんかに相談しません！
あたしは京都へ行ってお父さんに
相談します！〃

と言ってサッと立上って挨拶もせずに出て行ってしまう。

嫂、おどろいて追って行く。

兄、ひとり残ってニヤニヤ笑いながら腕を撫で、「あーア」と大きなアクビをする。　（F・O）

57　（F・I）**東京駅のプラットフォーム　夜**

神戸行の列車が発車を待っている。

見送り人などが多勢いる。

寿子が力なく来る。

そして乗ろうとして躊躇する。

一旦は引返しそうになるが、思い切ってデッキへ上る。そして考えて又おりる。

駅夫が「もう発車しますから」と見送りの人々に注意しながら来る。

と、寿子、思い切って乗り込む。

見送りの人々が「やァさようなら、御機嫌よう」など、車内の人々に別れを告げている間に列車は動き出す。　（F・O）

Ⓣ〃そして汽車の中での
一夜が明けると――〃

58　（F・I）**食堂車内**

朝の感じ宜しく――。

やがて寿子が入って来る。と、ボーイが迎えて案内する。

寿子、案内されて、通りすがりにフト見ると、そこのテーブルに光夫がいて、じっと自分を見ている。

寿子、ハッとするが、わざと澄まして通り過ぎる。

そして一方のテーブルへ着いて、ボーイに何かを注文し、改めて光夫の方を見る。

59　（見た眼で）**光夫のテーブル**

光夫、じっと此方を見ている。

60　**寿子のテーブル**

寿子、わざとツンと顔をそむけてハンドバッグからコンパクトを出して顔を直しなどする。

61　**光夫のテーブル**

光夫、じっと見ている。そこへ注文の料理が来る。光夫、気が付いて受取り、やがて何か考えて、その料理を持って立つ。

62　**寿子のテーブル**

寿子、フト光夫の方を見てハッとする。

光夫、料理を持って歩いて来て寿子の向い側に腰をおろす。

寿子、あきれて顔をそむける。

光夫、黙って料理に調味料を加え、やがてその料理を寿子の前に出す。

寿子、黙って光夫を見る。

光夫、更に黙ってナイフとホークを寿子の方へ差し出す。

寿子、初めてニッコリしてナイフとホークを受取る。

光夫もニッコリする。そしてポケットから例の手袋を両方出して寿子の前に置く。

寿子、ハッとして光夫を見る。

光夫、微笑を浮べて言う。

Ⓣ〃昨夜お前が兄さんの家を出たのと
一ト足ちがいで僕はお前を
迎えに行ったんだよ〃

寿子「まァ」とニッコリする。

そこへボーイが寿子の注文の料理を持っ

て来て「おや?」と思う。
光夫「こっちだ」と手を出して受取る。
ボーイ、変な顔をして寿子と光夫とを見比べながら去る。
光夫、微笑してボーイを見送り、寿子を見てニッコリする。
寿子、ニコニコして、
Ⓣ〝こうして二人で揃って行くと
　父も母も屹度びっくりしますわ〟
と言う。光夫、ニコニコして頷く。
二人の睦まじい様子。
両方揃った手袋。窓から投げる。
(移動)投げ出される手袋。
去って行く汽車。

——完——

(昭和四年十二月六日)

朗かに歩め

脚色　池田　忠雄

原作……………………清水　宏
脚色……………………池田　忠雄
監督……………………小津安二郎
撮影……………………茂原　英雄

神山謙二……………………高田　稔
杉本やす江……………………川崎　弘子
その妹　みつ子……………………松園　延子
やす江の母……………………鈴木　歌子
千恵子……………………伊達　里子
軍平……………………毛利　輝夫
仙公……………………吉谷　久雄
社長　小野……………………阪本　武

一九三〇年（昭和五年）
松竹蒲田
脚本、ネガ、プリント現存
S8巻、2704m（九九分）
白黒・無声
三月一日　帝国館公開

1　（F・I）**ビルディング街の裏通り**（俯瞰ロング）

フルスピードで逃げて行く一人の男。

それを追う数名の人々。

先の男、ビルディングの角を廻って逃げて行く。

2　**ビルディングとビルディングの細い道**

男（実は仙公）が逃げて来る。

後から殺到して来る大勢の人々。

仙公、次第に追いつめられる。が、危く捕われ相になって、又、ビルディングの角を廻って消える。

3　**廻ってからの歩道**

逃げて来る仙公。そのうち、何かにつまずいて倒れる。

追って来る人々、彼をつかまえる。そして寄ってたかって口々に罵りながら仙公をこづき廻す。

その中で、仙公と面と向って罵って居るのは一人の中年の紳士で、彼は目をむき、地団駄をふみながら仙公をこづいている。

仙公、しきりに首をふりながら、何か弁解している様子。

4　**その横手**

ビルディングの出入口の前。

一人の青年紳士（神山謙二である）が、スマートな様子でステッキによりかかりながら、澄して人々の方を眺めている。

やがて彼は、づかづかと人々の群の方へ歩んで行く。

5　**人々の群**

謙二、来る。そして、一人、男の肩をたたき、「どうしたのです?」と訊く。
男、仙公を指し、指を鍵型にしながら、「あの野郎、泥棒なんです」と教える。
謙二、人々を掻き分けて中へ入り、中年の紳士に丁寧に「どうしたのです?」ともう一度訊ねる。
紳士、相手が丁寧で、しかも立派なので、自分も態度を改め、仙公を指しつつ、
Ⓣ〃こいつが
　私の財布を取ったのです〃
と言う。
謙二、仙公の方へ向き直って、
Ⓣ〃君、人の物を取るなんてよくないぜ、
　返し給え〃
と言う。
仙公、首をふって、
Ⓣ〃俺は知らねえ、
　取らねえものが返せるかい!〃
と言う。
紳士をはじめ、皆々わめき立てる。
謙二、極めて落着いて紳士に、
Ⓣ〃差出がましい様ですが、
　此の男の身体検査をなさったら
　如何です?〃
と言う。
紳士、頷いて、他のもう一人の男の助けをかりて仙公の体に触れ、方々を調べる。
仙公、仕方なく彼等のする儘《まま》になる。
が、紳士ともう一人は、拍子抜けした様に顔を見合せる。何も発見出来ないからだ。
仙公、得意になって、「どんなものだ!」と言い、謙二に、
Ⓣ〃余計な口を出しやがって、
　覚えていやがれ!〃
と言う。
謙二、済まなそうに謝る様な感じ。
仙公、呆れている紳士に、
Ⓣ〃いきなり「泥棒!」だなんて
　滅多に人を嚇かさないで
　おくんなさい!〃

と言う。
紳士、何にも言えず茫然としている。
仙公、彼等を尻目にかけて悠然と去って行く。
見送る人々。中には、「チェッ！　下らねえ！」等と去って行くものもある。
謙二、紳士に「失礼しました」と丁寧に挨拶して去って行く。　　　（ダブル）

6　街
歩んで来る謙二。煙草に火をつけ、又悠然と歩き出す。（移動）

7　或る個所
歩む謙二。
横手から仙公が現われ、すっと傍に寄り添う。
謙二、じろりと見返して、狭い横町へ入って行く。
仙公、後から続く。

8　横丁
両人入って来る。そして四辺を見廻す。
誰も居ない。
仙公、ニヤッとして、
Ⓣ〝兄貴、うまくいったな〟
と言う。
謙二、苦笑いして、

Ⓣ〝そうでもねえや。
ああ大勢の真中では
品物を受取るのに
大骨折ったぜ〟
と言って、ポケットから立派な財布を引っぱり出す。それから、金銭だけ出して財布は傍のゴミ溜の中へ捨て、幾分かを仙公に分けてやる。
仙公、一度頂く様にしてから金をズボンのポケットに入れる。
両人、又澄し込んで歩き出す。

9　或る貴金属店の前
両人歩んで来る。そしてショー・ウインドの前に立って、中をのぞいて居る。
ふと、後の方を見た仙公、「おい兄貴、見ろよ」と肱で突く。

10　車道
物凄いいい自動車が一台、スーッと止りかける。
仙公、しきりに感心して、
Ⓣ〝いい車だなあ。
俺は一度でいいから
あんなのを運転して見てえよ〟
と言う。
謙二、「ふん」と笑う。が、次の瞬間、ハッとして目を据える。

11　自動車
一人のシャンが降りる。やす江である。
喋っていた仙公、又、車の方を見て、「凄え！」と今度はやす江に見惚れる。
やす江、そのまま店内に入って行く。
彼女に見入る両人。謙二と仙公、入口の方へ行き中をのぞいて見る。

12　店内
中の店員、彼女を見迎える。
やす江、何か言う。
店員、ペコペコして奥の方へ声をかける。
奥から支配人らしい男が指輪のサックを持って来て、同じくペコペコしながら差出す。
やす江、受取って中味を調べる。
サックの中の立派な指輪。
尚もよく調べるやす江。

13　外
中をのぞいている謙二と仙公、顔を見合せて感心する。

14　内
やす江、帯の間にサックを入れ、帰りかける。
丁寧に送り出す店員、色々世辞等言う。

15 外

やす江、出て来て、人々に送られ自動車に乗って去って行く。
店員共、店の中へ戻る。
やす江をじっと眺めていた謙二と仙公、尚も彼女の去った方を見送っている。
仙公、ふと気付き、
Ⓣ〝高価《タカ》そうな指輪だなあ〟
と言う。
それでハッと正気になる謙二。
Ⓣ〝馬鹿、指輪なんかじゃねえや！〟
と叱って、又考え込む。
キョトンと謙二の顔をのぞき込む仙公。
（F・O）

16 （F・I）扉

「社長室」と書いてある。（ダブル）

17 その中

社長の小野、大きなデスクの端に足を乗せて肱掛椅子にそっくり返っている。

横手の小さなデスクでは、秘書が何か書類を整理している。

小野、葉巻を切って火を点じる。

と、扉にノックの音がする。

秘書、「入れ！」と怒鳴る。

18 扉

やす江が入って来る。

社長、やす江と分ると、あわてて足を下ろし、身繕い等して愛想よくなる。

やす江、デスクの処へ来て、丁寧に礼をし、指輪のサックを差出す。

社長、サックを受取り、開けて見て満足相に頷く。それから、わざわざ宝石をキラキラさせながら、

Ⓣ〝価《ね》も張るが、よく光る宝石《いし》だのう〟

と言う。

秘書の山本、追従半分に感心して見せて、

Ⓣ〝これなら、あの方も
　さぞ御満足でございましょう〟

と言う。

社長、「これ！」と叱りつけ、あわててやす江の手前を繕う。

秘書、社長に叱られ、間が持てなくなって室を出て行く。

やす江も一緒に去ろうとする。

と、社長、彼女を止める。そして、急にニヤニヤして、「もっと傍へ来給え」と言い、又、指輪を取り上げて、

Ⓣ〝君はこんな指輪欲しくないかね？〟

と意味あり気に言う。そして立上り、やす江に近付き、いきなり手を握る。

やす江、身を引こうとする。

が、社長離さず、

Ⓣ〝君さえその気になって呉れれば
　もっと素晴らしい指輪だって
　買ってあげるんじゃよ〟

と口説く。

やす江、いい加減にあしらいながら、社長の手から逃れ様とする。

社長、仲々手を離さず、

Ⓣ〝いくら稼いだって、どうせ君等の
　生活なんか知れたものだ。それより
　わしの世話になった方が幸福じゃよ〟

と言う。

やす江、サッと顔色を変え、唇をかむと矢庭に社長を強く突きのけてキッと睨む。そして、くるりと身をひるがえすと、扉の方へ飛んで行く。

社長、あたふた彼女の後を追う。

やす江、バタンと扉を閉めて去る。

社長、追おうとする。

と、扉が又サッと開いて、秘書の顔がヌーッと出る。

社長、ドキッとする。

秘書、入って来るが、事態を察して、却って自分の方でうろうろし、社長の前へ行って意味なく「へーッ」と平身低頭する。

社長、「馬鹿！」と一喝する。

19

同じ会社の事務室

数名の社員と、タイピスト。
扉、荒々しく開いて、顔色を変えたやす江が入って来る。彼女、そのまま自分のタイプライターの処へ来て、机にドカリと坐る。酷く不機嫌相な面持。一寸何か考えていたが、ふと決心した様子で、机の抽出から色々のものを出したり、其処《そこ》らにある物をまとめたりする。

20

横　タイプライターの机

千恵子（妖艶なタイプの女）、タイプライターを打つ手を止め、隣のやす江の様をじっと見る。
尚もプリプリしながら片付けているやす江。
千恵子、
Ⓣ〝やす江さん、大分御機嫌が悪いのね〟
と訊く。
やす江、一層不機嫌に、
Ⓣ〝私、こんないやらしい社長のいる
　会社になんか勤めていたくないわ〟
と言う。そして尚、説明する。
千恵子、察して、「ホホホ」と笑い出し、
Ⓣ〝そんな事でむきになって怒る
　貴女がお馬鹿さんだわ〟
と言う。そして、もっと笑い続ける。
やす江、キッと唇をかんで千恵子を睨む。
千恵子、笑いを止め、
Ⓣ〝しぼり取る事しか考えない豚共から、
　逆に吐出させる事の出来るのは
　私達女だけなんだわ〟
と言って、意味あり気にやす江の顔をのぞき込む。
やす江、睨んで、
Ⓣ〝私にはそんな卑しい考え方は
　出来ないわ〟
と言う。そして、身仕度をして、さっさと帰って行く。
坐ったまま見送る社員等。
千恵子も坐ったまま見送る。そして薄笑いする。（F・O）

21

（F・I）アパートの一室（夜）

与太者の住いらしい室の様子。外国映画のポスターだの、毛唐のポスターの写真だのが壁に貼ってある。片隅に蓄音器。
外国船のセイラーみたいな感じに、シャツとパンツだけになってくつろいでいる謙二と、仙公と、一見して不良青年らしい軍平とが居る。
謙二は横手で、椅子ごと羽目によりかかって雑誌かなんかを読んでいる。
彼の左の手首には、ダッカーの刺青がしてある。
横手の長椅子で、仙公が軍平の左腕にヨヂムチンキを塗り、揉んでやったりしている。
軍平、痛そうな顔をしながら我慢している。
仙公、謙二の方に、「なあ」
Ⓣ〝兄貴、これから皆で、軍平兄貴《あにい》を
　殴ったって野郎を
　ノシに行こうじゃねえか〟
と声をかける。
謙二、雑誌を置いて立ち上がり、ノビをしながら、
Ⓣ〝俺が出かけて行って、片輪にさせる
　程の相手でもないんだろう〟
と言う。そして、室の片隅のポータブル蓄音器の処へ行き、二人の方に背を向けてハンドルを廻し出す。
軍平、口惜し相に謙二を睨む。
仙公、とりなす様に、軍平に、
Ⓣ〝謙二兄貴は、今日、何処かの
　お嬢さんを見てからどうも様子が
　変なんだよ〟
と、そっと囁く。
軍平、「ふふん」と冷笑して、謙二の方を盗み見る。
ハンドルを廻している謙二。

22　扉の外

誰か分らない、が、女らしい手がノックする。

23　中

仙公と軍平、ハッとして扉に目をやる。
仙公、飛んで行って、そっと扉を開ける。
と、千恵子の顔が現れる。
仙公、「やあ」と迎えて彼女を中へ入れる。
軍平も「やあ」と挨拶する。
毒婦らしく、おうような態度の千恵子。

24　室の片隅

謙二、ちらりと千恵子の方を見る。が、又知らぬ顔をして今度はサンドボックスに針等つけはじめる。
千恵子、二人に「どうしたの」と謙二を指しながら、訊ねる。
と、軍平が、わざと聴えよがしに、
Ⓣ〃千恵子さん、気をつけなければ
いけませんぜ。兄貴は浮気の虫に
とっつかれてるらしいから……〃
と言う。
千恵子、「えっ」と謙二の方を見る。
謙二、サッとこちらを向いて軍平を睨みつける。が、急にヤケ気味に、「アハハ」と笑い出し、ずかずかと皆の方に来る。
軍平、稍々《やや》たじろぐ形。
千恵子、憤慨して、「お前さん……」と何か言おうとする。
歩み寄る謙二、ぐいと千恵子の両肩をつかんで、
Ⓣ〃安心しろ、
どうせ俺はやくざ者なんだ〃
と言い、続けて、
Ⓣ〃俺にはお前みたいな女が
一番性に合っているんだ〃
と言い、彼女の肩をゆすぶる。そして、自嘲する様に笑う。
呆気にとられる千恵子。が、はげしく謙二の手を払いのけて、「馬鹿にしなさんな」と言う。
軍平、仙公の横腹を突いて、
「邪魔らしいから帰《けえ》ろうよ」
と言う。仙公、頷いて立上り、帽子を取って、
Ⓣ〃ごゆっくり
痴話喧嘩でもなさいましだ〃
と言い、わざわざ丁寧におじぎをする。
そして両人は室から出て行く。
謙二、見送って、「ふん」と不機嫌に横を向き、長椅子へ行ってどんと坐り、煙草を一本取上げて口にくわえる。
千恵子、稍々憤慨の態だったが、ふと気を直して、妖艶な態度になり、謙二の横に坐る。そして、謙二の口から煙草を取ると、自分の口にくわえて火を点け、それを又謙二の口へ持って行ってやる。
千恵子、
Ⓣ〃今度の日曜に
仕事かたがた
ゴルフでもやりに行かない？〃
と言う。
謙二、余り気のない様子。
が、彼女がすすめるので、仕方なしに「うん」と頷く。
彼女喜んで、もっと何か喋り続ける。媚をこめて。
（F・O）

25　（F・I）やす江の家の一室

すねているやす江。
そして、彼女に何か言いきかせている母親。
室の隅では、やす江の妹のみつ子が机を据えて、学校の勉強をしている。
母親、前から何か言っていた感じで、
Ⓣ〃そりゃあ、お前、
社長さんの御冗談だったのだよ〃
と言う。
やす江、言う事をきかないで、まだすねている。
勉強している本がどうしても分らないみ

つ子、「姉ちゃん、これなんて読むの?」と言って、初等の小学読本を持って来る。
やす江、教えてやる。
みつ子、分って又机の処へ戻り、熱心に勉強をはじめる。
やす江と母、じっとみつ子を見ている。
母、またやす江の方へふり向き、
Ⓣ〃ね、辛棒してお呉れ。
お前に会社をよされると、
早速困らなければ
ならないんだからね〃
と頼む様に言う。
やす江、仕方なしに、機嫌を直して、「ええ」と頷く。
母親、「分って呉れたかい」と喜ぶ。
(F・O)
Ⓣ〃日曜日――〃　(F・I――F・O)

26 **球をねらって左右に振られるクラブ**(カメラ引く)

27 **ゴルフ・リング**

令嬢風になった千恵子が、クラブを振って球を打つ。
横には、貴公子然とした謙二が、やはりクラブを持って立っている。
彼等、球の行った方へ歩んで行く。

28 **その附近**

球が落ちている。彼等がやって来る。
千恵子、ふと向うを見て、謙二に知らせる。

29 **向う**

一人のモボが、クラブをステッキにして休んでいる。
千恵子、謙二に合図する。
謙二、その男の方をねらって球を打つ。
そして二人はその方へ行く。

30 **モボの居る近所**

千恵子と謙二がやって来る。謙二、球を探す。その間に千恵子、青年の方に、媚をこめて一寸挨拶する。
モボ、喜んで挨拶を返し、笑って見せたりする。ハー公らしい様子。
謙二、又球を打つ。そして、その方へ行く。
千恵子、ちらっとモボを見てから謙二に続く。
やって来た謙二と千恵子。
千恵子、
Ⓣ〃今の男なら×××と引っ掛けて
見せるわ〃
と言う。
謙二、
Ⓣ〃では、俺は一足先へ帰って
いつもの所で
網を張ってるぜ〃
と言い、別れて去って行く。
千恵子、もう一度青年の方を見てから、何かを計画する風に一人頷く。(F・O)

31 (F・I) **郊外の道**

疾走する自動車。

32 **その中**

謙二がクラブのサックを横に置いて乗っている。

33 **走る自動車**

カーブに差しかかる。カーブを切る。
と、フラッシュ的に一人の少女が現れ、アッと言う間に自動車に引掛けられた感じ。
自動車、ストップする。
運転手と謙二、顔を出して後方を見る。
倒れている少女。
謙二、運転手に、
Ⓣ〃逃げろ!〃
と言う。
そしてもう一度後方をのぞいて見る。と

謙二、「あれ」と思う。
少女の処に急いでかけつけて来る女がある。それはやす江である。
自動車、動きかける。
謙二、又ストップを命じ、急いで車から降りて後方へ行く。運転手も続く。
やす江、顔色を変えて少女（それは妹のみつ子）を抱き起して介抱している。
謙二、近付いて帽子を取り、丁寧に詫びてから一緒になってみつ子を介抱する。
方々、身体を調べたりする。
みつ子、そのうちに、わっと泣き出す。
ほっとする彼等。
謙二、済まな相に、しきりに詫びてから、
Ⓣ〝失礼ですが、
　お宅までお送りさせて下さい〟
と言って、みつ子を抱き上げる。
やす江、「いえ」と遠慮し、
Ⓣ〝驚いて倒れただけなんですから……〟
と言って断る。
が謙二、「いいでしょう」と無理に勧める。
やす江、余り勧められるので、「では、お言葉に甘えて……」と承知する。
謙二、喜んでみつ子を抱いて自動車の方へ行く。
やす江、横に投げ出してあったピクニック用のバスケットを拾い上げて、後から続く。

34　自動車

彼等、みつ子を中にして自動車に乗る。
自動車、走り出す。　――ダブル――

35　走る自動車

みつ子、すっかり元気よくなって、謙二とも仲良しになっている。
彼等の間には、明るい親しさが見られる。

36　その中

謙二、みつ子の頭を撫でながら、
Ⓣ〝お嬢ちゃん、
　折角のピクニックに
　飛んだ災難でしたね〟
とみつ子に言う。
やす江、「どういたしまして」と笑い、
Ⓣ〝いいえ、
　こちらこそ却って御迷惑を
　おかけしまして〟
と恐縮する。
やや間を置いて、謙二、
Ⓣ〝僕、貴女が、銀座で立派な指輪を
　お求めになっているのを
　見た覚えがあります〟
と言う。
「まあ」と驚くやす江。
Ⓣ〝あの時は、社長のお使いで
　参りましたの〟
と言う。
「え？」と謙二。
彼女、
Ⓣ〝私など、あんな贅沢な品を身につける
　身分ではございませんわ〟
と稍々皮肉に言う。
で、謙二、より一層親愛を感じた様子。
ポケットからチューインガムを出して、みつ子とやす江に一枚ずつ渡し、自分も紙をむきはじめる。
親しい感じの車内。　（F・O）

37　公園の夜　藤棚の下の喫茶店

幾つものテーブルに、人々が飲物を飲んでいる。
その中の一つに、さっきのモボと、千恵子とがソーダ水を飲んでいる。
千恵子、しきりにいい様に持ちかけている。
甘くなっているモボ。（パノラミック）
（パノラミックの止った処）其処のテーブルには、謙二と軍平と仙公とが坐っている。
軍平、凄い目つきをしている。

謙二、しきりに考え込んでいる様子。

仙公、そっと謙二の横腹を突く。

謙二、千恵子達の方を見る。

見た目の千恵子のテーブル。

軍平、仙公に何かを囁いたりする。一体に悪党じみた感じを表している。

38 **千恵子のテーブル**

千恵子、益々誘惑の手段を発揮する。
そして、一様の媚をこめて言う。
Ⓣ〃私、何処へでも参りますわ。
どうせ
あなたのものなんですもの……〃
モボ、甘くなって、テーブルの蔭で彼女の手を握る。
千恵子、分らぬ様に、謙二達の方へ目で合図する。

39 **謙二のテーブル**

軍平、謙二に「そろそろおいでなすったぜ」とサインする。
謙二、「ふふん」と鼻の先で笑って、
Ⓣ〃勝手にやらしとけよ！〃
と言う。
「えッ?」と目をみはる軍平と仙公、「どうしたんだ?」と、不審がる。

40 **千恵子のテーブル**

千恵子、「では参りましょう」と言って、モボを促す。

モボも立上る。

千恵子、謙二の方へ合図をして、そろそろ去りかける。

41 **謙二のテーブル**

軍平、仙公、「そら行こうぜ」と立上る。が謙二は立上ろうともしない。
軍平、「兄貴、早くしろよ！」と急《せ》かす。
謙二、首を上げて言う。
Ⓣ〃うるせえな！
俺は考えごとをしてるんだ！〃
「何だって?」と軍平、仙公、呆れる。が気が急く様に向うを見る。

42 **向う**

テーブルの間を縫って帰って行く千恵子等の姿。

千恵子、こちらを向いて、もう一度合図をする。

43 **謙二のテーブル**

仙公、「行こうよ」と謙二の腕を引っぱる。

その手を払いのける謙二、「勝手にしろ！」と言って、横を向く。

軍平、むっとし、

Ⓣ〃怖気がついたな兄貴！

意気地がねえぞ！〃

と言う。

謙二もむっとする。が、我慢して立つのを止める。

軍平、益々むっとして「頼まねえ！」と言い、わざとせせら笑って見せ、仙公に「おい行こう」と言って促し、二人だけで行こうとする。

謙二、ふと立上り、両人を止める。そして、「俺が行く！」と言って、両人を坐らせ、自分だけで去って行く。

無理に坐らせられた感じの両人は、「あれ」と呆れた様子で、謙二の行く方を見守る。が、気がついて、ボーイを呼び金を支払う。

44 **附近の薄暗い道**

肩をならべて、如何にも仲よさ相に歩む千恵子とモボ。

千恵子、「まだかしら」と後の方をそっと見る。

が、誰も居ない。彼女、稍々焦り気味になる。しかし、覚られない様に、モボにうまく持ちかける。

甘くなるモボ。

彼等、木の茂みの処へ来る。

と、突然そのかげから、謙二が帽子を真深にして現われ、彼等の前に立ちふさがる。
モボ、ハッとして立止る。
つかつかと寄る謙二。静かに上着の胸ポケットから細いダッカーをそろりと引出し、それをつきつけて、
Ⓣ〃君は
　僕の女をどうしようと言うのだ!?〃
と言う。
モボ、逃げ様とする。
千恵子、彼の腕をしっかり把摑《つか》んで離さず、皮肉な唇で、「早く出すものを出したらどう」と言う。
モボ、恐怖におののく。

45

その附近の木蔭

軍平と仙公が、木の間伝いに忍んで来る。
仙公、「おい、やってるぜ」と向うを指す。
軍平も立止ってその方を見る。

46

木の間から見た目

謙二、モボから金入れを受取り、落着いた調子で、「有難う。では、御機嫌よう」と敬礼する。
モボ、あたふたと逃げて行く。
見送る千恵子と謙二が、見談事《みたこと》の様に笑っている。

47

附近の木蔭

見ていた軍平と仙公、「やっぱり兄貴は凄えなあ」と感心し、彼等の方へ近付いて行く。
千恵子と謙二、戻って来る。
仙公と軍平が出て来て、寄り添う。
仙公、謙二の肩をたたき、
Ⓣ〃さすがはナイフの謙だ。
　俺達にゃ、あの凄みはとても
　出ねえよ〃
と賞める。
「てやんでえ！」と謙二。が、ふと何かを考え出して暗。　(F・O)
Ⓣ〃そして次の休日のこと――〃
(F・I――F・O)

48

(F・I) **やす江の家の前** (午前)

玄関を開けて、みつ子が出て来て、表の左右を眺める。
やがて、又、チョコチョコと家の中に駆け込む。

49

家の中

玄関口へみつ子が入って来る。
玄関口には、例のピクニックのバスケットが置かれてある。
みつ子、中へ向って叫ぶ。
Ⓣ〃お姉ちゃん、
　おじちゃん、まだ来ないわよ！〃

50

中の一室

呼び声で、ハッと外を見る、やす江と母親。
二人は顔見合せて笑う。
やす江、立って玄関口の方へ行く。

51

玄関

やす江、来て、「まだ来ないなんて可笑しいわね」等言い、
みつ子を連れて、もう一度外に出る。

52

家の前

往来へ出た姉妹、誰かを待つ様子で往来の向うを眺める。
やがてやす江、みつ子に「来たわ！」と知らせ、一方を指す。

53

向う

謙二がやって来る。彼女等を見て、遠くから手を挙げる。
やす江、嬉し相におじぎする。みつ子、謙二の方へ走って行く。

謙二とみつ子、ふざけながらやって来る。
彼等、二言三言喋っていたが、やす江を先に玄関へ入る。

54 **玄関口**

母親、にこにこして謙二を迎える。
やす江、手早く出掛ける用意する。
母親、謙二に、
Ⓣ〃今日は又、飛んだ御厄介をお願いいたしまして……〃
と礼を言う。
謙二、「どういたしまして」と恐縮し、
Ⓣ〃この前の日曜に、折角のピクニックを台なしにしたお詫びです〃
と言う。
用意の出来た姉妹、「では」と言って出発を促す。そして外に出る。

55 **家の前**

謙二たち三人、嬉々として出かけていく。
やす江がバスケットを持つ役である。
母親、矢張り嬉し相に、いそいそと見送りする。
歩いていく三人。
母親の方に手など振りつつ去って行く。
それを心から嬉し気に、何時までも見送っている母親。
（F・O）

56 （F・I） **郊外　広々とした原**

みつ子が、大きな風センをついて遊んでいる。（パノラミック）
木蔭、謙二とやす江とが休んでいる。
前にはバスケットが開けて置いてあり、そこら中食い荒した弁当のカラ等が散っている。
二人は話に夢中になっている様子。
非常にロマンチックな感じで。
謙二、囁く様に言う。
Ⓣ〃僕は、貴女の様な方と知合いになって本当に幸福ですよ〃
やす江、恥らう様子。そして、
Ⓣ〃私だってそうですわ。気を許してお交際出来る人って一人もなかったんですもの〃
と言い、続けて、
Ⓣ〃会社の人達なんて男でも女でも大てい不良じみているんですの〃
と言う。
ハッと暗くなる謙二。が、さあらぬ態で笑って見せる。
そして、両人は尚も喃々《なんなん》と語り続ける。
非常に朗らかな気分で。
と、両人、ハッとして向うを見る。

57 **向う**（見た眼）

みつ子が、一本の木の下で泣いている。

58 **木蔭**

両人、一斉に立上ってみつ子の方へ走って行く。
泣いているみつ子。
両人来て、「どうしたの？」と訊く。
みつ子、悲し相に泣きじゃくりながら、地面を指さす。
と、地面には、破れてペチャンコになった風船が無残な姿をさらしている。
やす江、謙二と顔を見合せ、「まあ」と笑ってから、みつ子をなだめにかかる。
みつ子、仲々泣きやまない。
謙二も笑いながら、色々とやす江と一緒にみつ子をなだめる。
——Wる——

59 （O・W） **テーブル**

食い終った感じの洋食テーブル。

ウエーターの手が、終った皿とフォークを取上げる。が、食い荒された皿が一枚だけ残って、それを小さな手がまだ突ついている。（カメラ引く）

60 **食堂内の或るテーブル**（夜）

謙二とやす江とみつ子。
ウエーターが皿とフォークを持って去

る。

謙二とやす江とは、食い終って何か夢中で談笑している。

みつ子が一人、皿にかじりついて、之《これ》も食うのに夢中になっている。

此のテーブルは、大きなホール内のテラスの様になった二階にあり、下も同様、食堂になっている。

ウエーターが最後のコーヒーを持って来て、やす江と謙二の前に置く。みつ子がまだ食べているので、変な顔をして見ている。

やす江、ハッと気がつき、みつ子に、「もうお止《よ》し」と言い、ウエーターに、「持って行ってもよろしいです」と言う。

ウエーター、みつ子の皿を取上げ、その代りにコーヒーを置く。

みつ子、憤慨する。が、姉に叱られて、残惜し相にウエーターの去る方を見る。

謙二、笑い出して、みつ子の顔を撫でたりする。やす江も笑い出す。みつ子だけまだふくれている。

61

食堂の前

千恵子をはじめ、軍平、仙公等がやって来る。彼等、そのまま廻転ドアを開けて中へ入って行く。

62

食堂

彼等入って来る。

ずーッと入って、一隅のテーブルに就く。

ウエーターが来て注文をきく。

千恵子、「何がいい?」と軍平と仙公にきく。

両人、飲む真似をしながら、「ウイスキーがいい」と言う。

千恵子、頷いてウエーターに命じる。

ウエーター去る。

軍平と千恵子、何やら喋っている。

仙公、ダルハムを出して巻きはじめる。

63

二階

謙二、仲よく談笑していたが、ウエーターを呼んでビルを貰う。そして「行きましょう」と言い、彼等、帰りの支度をする。

64

下

ダルハムを巻き終った仙公、火を点け様とし、ふと向うを見て「あれ」と思う。

65

階段

謙二、みつ子の手をとって降り口に現われ、その後からやす江の姿も見える。

彼等、階段を楽し相に喋りながら、ゆるゆる降りる。

仙公、千恵子と軍平に、「おい、あれを見ろよ」と教える。

彼等、ふり向いてその方を見る。

降りる謙二とやす江。

千恵子、やす江と分り、「まあ!」と呆れる。

と、仙公が、

Ⓣ〃あれが、
　兄貴のカモにしようって言う
　金持の娘なんだぜ〃

と言う。

千恵子、「えっ」と目をみはり、いきなり立上って謙二の方へ行こうとする。

と、軍平が彼女を止め、「まあまあ」と坐らせる。

「いいえ」と顔色を変えて憤慨する千恵子。

其処へウエーターが来て、彼女の様子に目をつけ変な顔をする。

千恵子、仕方なしに、じっと気持を抑える。

ウエーター、千恵子の前にスカッシュ風の飲物を置き、軍平、仙公の前にはウイスキーグラスを置いて、ウイスキーをつぎはじめる。

千恵子、そっと向うを見る。

66

レヂスターの処

何にも知らない謙二とやす江。

やす江、謙二の手から、いきなりビルを取ってレヂスターへ行き、金を払おうとする。

謙二、上から彼女の手を抑えて、自分で金を払ってしまう。

「まあ」と、すねたように睨むやす江。

謙二、笑いながら「さあ、行きましょう」と彼女の肩に手をかけ、押すようにして出て行く。仲のよい様子である。

千恵子、さすがにたまらなくなり立上る。

仙公、あわてて「よせよ!」と止める。

が、千恵子、ふり払ってテーブルの間を抜け、外に行く。

67

食堂の前

謙二等、円タクを止めて乗る。

謙二、ふと見て、はっとする。

68

食堂の玄関

目の色変えた千恵子が出て来て、謙二を見つけ、何か言いながら来ようとする。

謙二、運転手を急がして自動車を走らせる。

去って行く自動車。

千恵子、追う足を止め、歯ぎしりしながら自動車の行方を睨む。　（F・O）

Ⓣ〃カチカチと打たれるタイプライター〃　（O・W）

――Wる――

69

会社の事務所

タイプライターを打っている、やす江と千恵子。やす江、明るい表情である。

それに反し、千恵子は如何にも癪にさわる様子。時々、口惜し気にやす江の方を見たりする。

千恵子、ふっと口を切る。

Ⓣ〃やす江さん、昨夕は御馳走さま〃

やす江、「え」と見る。

千恵子、皮肉に、

Ⓣ〃いい恋人が出来てお幸せね〃

やす江、ハッとし、「まあ」と言って赤くなる。

千恵子、内心の口惜しさを隠し、うす笑いしながら、

Ⓣ〃でもあの男は
ナイフの謙と言う
札つきの不良なのよ〃

と言う。

やす江、「え?」と思う。が、信じられない様に首を振って言う。

Ⓣ〃余計な中傷は止して頂戴〃

千恵子、「ふん」と唇を曲げ、

Ⓣ〃騙されてるんだわ。
嘘だと思うなら、あの男の
手首の刺青を御覧なさい〃

と、左の手首を示して、たたいて見せる。

やす江、「刺青?」と目をみはる。

と、其処へ社長の小野が見廻りに来る。

両人、立上っておじぎをする。

社長、にこにこ笑って挨拶を返す。

特にやす江には丁寧に、そして又去って行く。

千恵子、去って行く社長を眺め、やす江の方をちらと見てから、何かを思い付く。

で、何気なく立上って事務室を出て行く。

見送るやす江、一寸考える。が、考え直して明るく仕事をはじめる。

70

廊下

社長がやって来る。と、すぐ後から千恵子が追って来て、社長を呼ぶ。

千恵子、近付いて、

Ⓣ〃一寸お話があるのですが……〃

と言う。

社長、頷いて、「では一緒に来給え」と自分の室の方へ行く。

71

社長室

彼等、入って来る。秘書が迎える。
社長、千恵子に椅子をすすめ、
「で、話と言うのは？」
と訊ねる。
千恵子、秘書の方を見て、もじもじする。
社長、秘書に、「あっちへ行ってて呉れ」と言い、室から去らせる。そして、膝を乗出して千恵子の話を聴こうとする。
千恵子、相手の顔をじっと見ながら言う。
Ⓣ〃社長さんは、
　やす江さんをお好き
　なんでございましょう〃
社長、「え？」とうろたえる。が、真顔になって、
Ⓣ〃そ、それがどうしたと言うんだ！〃
と怒って見せる。
千恵子、にっと笑って社長にすり寄り、
Ⓣ〃そのやす江さんを
　あなたのものに
　してあげるんです〃
と言う。
社長、「え？」と目をむき、膝を乗り出して、「どうするのだ？」と訊く。
千恵子、成算あるものの如く、
Ⓣ〃今夜、××ホテルへ
　きっと
　あのひとを行かせて見せますわ〃
と言う。
社長、「うむ」と頷く。
千恵子、もっと何かを打合せる様子。
社長、にっこりと笑って、喜んで手を揉む。
（F・O）

72

（F・I）謙二のアパート（夜）

窓ぎわにワイシャツ一枚の謙二が腰をかけて爪を切っている。
すぐ傍に、棒立ちにつっ立った仙公が、しきりと何か言っている。謙二、なるべく相手から避ける様に、わざと無心相に爪を切っている。
窓から夜の街の景が見える。
仙公、業をにやしたように謙二の膝を打って、
Ⓣ〃兄貴も酷えや。
　何故、俺だけにでも本当の事を
　打明けて呉れなかったんだ〃
と言う。
謙二、苦笑いしながら黙っている。
仙公、続けて、
Ⓣ〃あんな詰らねえ女に
　現《うつつ》を抜かすなんて
　兄貴にも似合わねえぜ〃
と言う。
「何っ！」と謙二、目をむいて睨む。
仙公、「ダア」と小さくなる。
が、謙二、急に態度を変え、真顔になって、
Ⓣ〃俺は、あの女には真剣に参って
　しまったらしいんだ〃
と言う。
仙公、「そうだろうって……」とにやにや頷く。
謙二、自分で自分に引きずられる様に、静かに述懐する。
Ⓣ〃あの女の傍に居ると、
　之までに覚えたことのねえ様な
　不思議な心持になって来るんだ〃
仙公、「うむ」と頷く。が、謙二の顔をのぞき込みながら、
Ⓣ〃惚れるのは兄貴の勝手さ。
　だが、その為めに兄貴の
　男らしさが無くなったのが心外だよ〃
と言う。
謙二、ハッとする。そして、いきなり仙公の首を抑えて引き寄せ、
Ⓣ〃男らしくねえって？　では
　ユスリ、カタリや喧嘩にばかり
　男らしさがあるって言うのか？〃
と仙公をゆすぶる。
仙公、目を白黒させて苦しがり、
「そんな事はねえ、そんな事はねえ」と

謝る。

謙二、仙公を離してやり、

Ⓣ〝許して呉れ、仙公。
　俺は此頃、どうかしている〟

と言いながら、気の毒相に仙公を労ってやる。そして、又窓ぎわへ行って考え込む。

仙公、まじまじと謙二を見ていたが、同じ様に考え込む。

謙二、ふと下を見てはっとする。

73　下の往来

千恵子が急ぎ足で来て、そのままアパートへ入る。

74　室内

謙二、急いで立上り、仙公に、

Ⓣ〝会いたくねえ奴が来やがった。
　居ないと言って追払って呉れ〟

と言い、隣室へ隠れてしまう。

仙公、引受けて、待っている。

と、扉が開いて派手な千恵子が入って来る。

千恵子、見廻して、

Ⓣ〝謙二さんは？〟

と訊く。

仙公、首を振って言う。

Ⓣ〝知らないよ。
　朝から出たっきり、鉄砲玉だ〟

千恵子、ふんと言い、不貞腐れた様に長椅子へどしんと坐り、

Ⓣ〝又、あの女のところへでも
　出かけたんだろう〟

と言う。

75　隣室の扉のところ

立聴きしていた謙二、その言葉にハッとする。

仙公「どうだか知らねえ」と言う。

千恵子、

Ⓣ〝可哀そうに、
　あの女は今頃、
　社長のものになってるだろうよ〟

と言う。

76　隣室

謙二、キッとなる。

仙公、「どうしてだい？」と訊く。

千恵子、憎々しげに言う。

Ⓣ〝出鱈目な電話で
　××ホテルまで呼び出したのさ。
　社長と二人切りに
　させる為めにね……〟

謙二、「畜生！」と、唇をかみ、ドアをサッと開けて飛び出す。

千恵子、謙二を見て、「アッ」と驚く。

謙二、ヅカヅカと来て、千恵子の前に立ち怒鳴る。

Ⓣ〝××ホテルで
　やす江さんを
　どうしようと言うんだ！〟

千恵子、あべこべに謙二に縋りつき、

Ⓣ〝これもみんな
　お前が好きだからこそなんだよ〟

と言う。

謙二、払って行きかける。

千恵子、もう一度縋りついて、

Ⓣ〝あの女を忘れてお呉れ！〟

と口説く。

謙二、千恵子を手荒く突飛ばして、ワイシャツのまま室から飛出して行く。

仙公、うろうろしている。が、倒れた千恵子を起してやる。

千恵子、血相変えて窓ぎわへ行って下を見る。

77　下の往来（見た眼）

一散に走って行く謙二。　（F・O）

78　（F・I）××ホテルの一室

安っぽく、尚俗悪な屋の様子。一見してアイマイホテルと言う事が分る。

やす江と社長の小野が居る。

やす江、不愉快らしく落着かない。そし

て、腰を浮かせて、
Ⓣ〝千恵子さんは
　どうなさったのでしょう?〟
と腕時計を気にしたりする。
社長、「まあまあ」と彼女を坐らせる。
好色相な様子。
やす江、一層不愉快になり、立上って、
Ⓣ〝私、御用がなければ帰ります〟
社長、急に態度を変えて、
Ⓣ〝用はある!〟
と言う。
やす江、「え?」と驚く。
社長、彼女の手を握り、
Ⓣ〝此の間の続きの
　用があるんじゃ!〟
やす江、キッとなり、手を振り払って扉の方へ逃げて行く。
社長、先に扉へ行き、突立って、後手でドアに鍵をかける。そしてその鍵を、わざわざ彼女に見せびらかす様に振って見せる。

79

街

走る自動車。
乗っている謙二、しきりと運転手を急がす。

80

ホテルの一室

やす江、室の一隅に身を寄せ、「卑怯です、卑怯です!」と叫ぶ。
社長、近付いて行く。
やす江、逃げ廻る。

81

走る自動車

ホテルの前に着く。
謙二、急いでホテルの中に飛び込む。

82

一室

社長、やす江をつかまえる。両人争う。

83

扉の前　廊下

謙二がかけつける。中の物音をきき、ドアを開け様とする。が開かない。
彼、乱暴にドアを打つ。
後からボーイがかけつける。

84

室内

争うやす江と社長。

85

扉の前

謙二、焦る。
ボーイが、彼を拒んで帰らせ様とする。
謙二、思わずボーイをノックアウトしようと思う。が、気を変えて、紙幣を出し、
Ⓣ〝合鍵を出せ〟
と言う。
紙幣。
ボーイ、「それなら」と言って合鍵を渡し向うへ去ってしまう。
謙二、鍵を穴へ入れる。

86

室内

危いやす江。謙二が飛び込んで来る。
やす江、謙二と知り、夢中になって縋りつく。
社長、驚く。が、威猛高に謙二につめよる。
と、謙二のストレートが物をも言わず、一発で見事に社長を倒す。
やす江、思わず、
「謙二さん!」と言って縋りつく。
抱き合う両人。
やす江、ふと見て驚く。
まくったワイシャツからはみ出しているナイフの刺青。
やす江、謙二から急に離れる。そして、息を切りながら、まじまじと謙二を見る。
彼女、次第に涙ぐむ。
謙二、不審に思う。
と、やす江、いきなり身をひるがえし、小走りに部屋から出て行く。

「あれ」と思う謙二、跡を追う。

87 廊下

去って行くやす江。

謙二、追い縋って彼女を止める。そして「どうしたのです?」と訊く。そしてつと離れたやす江、目に一杯涙をためて、

Ⓣ〝私に触らないで下さい〟

と言う。

謙二、「え?」と驚く。

やす江、謙二の刺青を指しながら、

Ⓣ〝私、何もかも知ってます〟

続けて、

Ⓣ〝そんな方とは

思っていませんでした〟

と言う。

謙二、思わず刺青を抑え、じっとうなだれてしまう。

やす江、「失礼します」と去りかける。

謙二、ハッと顔を上げ追縋って言う。

Ⓣ〝許して下さい!〟

続けて、

Ⓣ〝僕は悪い奴です。

でも貴女にだけは

真心を持っているつもりです〟

そして、尚続ける。

Ⓣ〝僕は貴女を

真剣に思っているんです〟

やす江、危く感情に負け相になる。が、きっぱり言う。「いけません」

Ⓣ〝あなたは、自分の身さえ愛して

いらっしゃりはしません〟

そして、続ける。

Ⓣ〝それなのに、どうして他人を愛する

事なんか出来るものですか〟

謙二、「でも……」と言おうとする。

やす江、涙を一杯ためていう。

Ⓣ〝私、あなたが正しい人になって下さるまで、お目に掛りたくはありません〟

謙二、やはり涙をためながら、「分りました」と深く頷いてうなだれる。

やす江、「では」と去って行く。

うなだれた謙二、ゆっくりと考えながら歩み出す。

88 ホテルの表

やす江、出て来て立去る。

歩む彼女、涙をためて。

彼女、ふと立止まり、「もう一度戻って見ようかしら」と思入れがある。しかし、又思い返して立去る。　　(F・O)

89 (F・I) 謙二のアパート

ポータブルの傍で、仙公が蓄音器と一緒に唄っている。彼、レコードが終らないうちにボックスを途中まで戻し、改めて一緒に唄い出す。

扉が開いて謙二が悄然と帰って来る。

彼、長椅子に身をもたれる。

仙公、気付かず唄いつづける。

謙二、うるさくなって、づかづかとポータブルへ近付き、止めてしまう。

仙公、「あれ」と見て「やあ、兄貴だったのか」と言う。

謙二、仙公には目も呉れず、長椅子へ戻って考え込む。

仙公来て、「どうだったい?」と心配そうに訊く。

謙二、黙っている。仙公、間が持てなくなり、まぎらす様に大仰に、

Ⓣ〝兄貴が飛出して行ってから

千恵坊の後始末には弱ったぜ〟

と言いながら、肩の処を見せる。洋服の腕の付根の処に、大きなほころびが出来ている。

が、謙二、にこりともせず黙っている。

仙公、益々間が持てなくなる。

と、謙二、いきなり「おい仙公!」と呼び、

Ⓣ〝今日限り、仲間の縁を切ろうじゃ

ないか〟

と言う。

仙公、「え?」と驚き、

Ⓣ〝嚇かすなよ、何かおいらに
　気に入らねえところでもあるのかい〟
と訊く。
謙二、「そうじゃない！」
Ⓣ〝俺は、まともな仕事がしたく
　なったんだ〟
と言う。
仙公、「あれ？」と思う。
謙二、続けて言う。
Ⓣ〝こんなドブ泥みたいな生活は
　もう真平なんだ！〟
そして髪の毛をかきむしる。
仙公、じっと見ている。やがて了解したらしく、優しく謙二の肩に手をかけ、
Ⓣ〝そりゃあ、兄貴の為めにも
　やす江さんの為めにも
　まともになるに越した事はないよ〟
と言う。
謙二、「え？」と顔を上げる。が、又苦し気に下を向く。
仙公、帽子を取上げ、「じゃ、兄貴……」
と言い立ち去りかける。
謙二、呼び止めて、机の抽出しから金を出して、「持って行け」と言う。
仙公、「要らない」と押返す。謙二、すすめる。で、仙公、半分だけ取って後は謙二の手に押返してしまう。そして、そのまま触れ合っている手を強く握って、
Ⓣ〝どうせ決心したからには
　一日も早く
　職にありついた方がいいぜ〟
と言う。
謙二、「うむ」と感謝する。涙が出そうになる。仙公も感傷的になり、もう一度堅く握手をして別れて行く。
見送る謙二、机へ戻って、金を抽出しの中にたたき込み、じっと考える。
間もなく彼、ハッとなる。
と、扉が開いて、凄い目つきをした軍平が入って来る。
謙二、不愉快な面持。
軍平、いきなり、
Ⓣ〝少しばかり貸して呉れないか〟
と手を出す。
謙二、酷く不愉快になって、
Ⓣ〝お前に貸す金なんて
　一文だってありゃしねえよ〟
とつっぱねる。
軍平、冷笑を浮べ、
Ⓣ〝仙公にやる金があっても
　俺に貸す金はねえって言うのか！〟
謙二、「何？」と見る。
軍平、むっとして、
Ⓣ〝下らねえ牝鳥《めんどり》を追う暇に
　ちっとは兄弟分の事も考えて
　貰いてえな〟
といやみを言う。
謙二、「何を！」となぐろうとする。が、止めてしまう。
軍平、威猛高になり、
Ⓣ〝今の兄貴には
　俺さえも殴れねえんだろう〟
と反り返る。
途端、謙二がガンと張り倒す。
デンとひっくり返る軍平。謙二、彼をずるずると引摺って行き、扉から外に突出してしまう。
軍平、「俺を裏切るつもりか!?」
と口惜し気に見上げる。
謙二、バタンと扉を閉じる。
残されて軍平、口惜し気に扉を睨んでいる。
（F・O）

90

（F・I）手の中の辞令
『辞　令
　　　杉本やす江
右者不都合ノ廉ニ因リ解職候也
　昭和×年×月×日
　　　××××会社』

91

やす江の家（昼）
やす江の母が、口惜し気に、辞令を読んでいる。膝元には書留の封筒が、封が切られて投出されてある。

母親、やす江に、
Ⓣ〝不都合の廉だなんて
何処を押せば言えるんだろうね〟
と言う。
やす江も口惜し相。が、
Ⓣ〝気にするだけ損だわ。
それより新しい口を
心掛けましょうよ〟
と言い、辞令を取って、ピリリと裂く。　（F・O）
Ⓣ〝斯うして、謙二とやす江とが
職を求める身となってから、数日は
流れ去った〟　（F・I――F・O）

92

（F・I）**職業紹介所の前**

謙二がふらふらと中から出て来る。
腐った様子。
手にした紹介状を粉々に裂いて、ふっと
吹いて飛ばす。
地面に落ちて行く紙片。
謙二、ぶらぶらと歩いて行く。
――Wる――

93

公園

歩む謙二、ベンチへ来て腰を下す。
つまらな相な様子。
彼、又立上って歩き出す。

94

公園内の広い道

歩む謙二、後から一台の素晴らしい自動
車が彼を追い抜く。が、すぐ彼の前で止
る。
謙二、自動車の横を通り抜け様とする。
と、自動車の運転台から、Tホテルの運
転手制服をつけた仙公が顔を出し、「兄
貴」と呼ぶ。
謙二、「あれ」と思う。
仙公、降りて、謙二の手を握り、
Ⓣ〝どうだ、凄え車だろう〟
と言う。
謙二、感心してそこら中触って見る。
仙公、驚いて止め、謙二の触った処をハ
ンカチで大事相に磨く。
謙二、呆れる。そして、「どうしたの
だ？」と訊く。
仙公、得意然として、
Ⓣ〝目下、Tホテルへ
勤務中だ〟
と反る。
謙二、羨し相に、
Ⓣ〝柄になくいい所へ
もぐり込みやがったな〟
仙公、益々得意になって言う。
Ⓣ〝甲種免状が口をきかあな！〟
謙二、「そいつはいい」と頷く。
仙公、
Ⓣ〝で、兄貴は？〟
と訊く。
謙二、憂うつになって、
「思わしい口がないんだ」と首をふる。
仙公、一寸考えてから、
Ⓣ〝じゃあ、俺からうちの
支配人に頼んで見てやろう〟
と言う。
謙二、「では頼む」と頭を下げる。
仙公、引受けて、元気よく自動車に乗り
去って行く。
謙二、見送る。
遠去かって行く自動車。　（F・O）
Ⓣ〝そして謙二の得た職業は〟　（F・I――F・O）

95

（F・I）**Tホテルの玄関**（午後）

はじめ誰か分らない、一人の金ピカの制
服を着たポーターが頭を下げている。
その前を客が通りすぎる。
と、ポーターは勢いよく頭を上げる。
それは謙二である。謙二、すぐと其場を
去ろうとする。
とポーター頭がやって来て彼を呼止め、
Ⓣ〝君のおじぎは
まだ出来とらんよ〟
と言い、自分で型を示して見せる。

とても恭しい様子である。で、「やって見給え」と言う。

謙二、練習する。が、まだポーター頭の気に入らない。

そのうち、ふと向うを見たポーター頭、「そらお客様だ！」と言う。

玄関、金持らしいモボとモガがやって来る。

謙二、「あれいけねえ！」と思う。

モボは例のゴルフリンクの奴である。

謙二、顔をかくす為、ハーッと丁寧に頭を下げ、通り過ぎてからそろそろと頭を上げて見送る。

とポーター頭、

Ⓣ〃今のは非常によろしい〃

と賞める。

謙二、ダァと腐る。

其処へ支配人が見廻りの感じでやって来る。

ポーター頭、例のおじぎをやる。

支配人、謙二に近付き、

Ⓣ〃どうだね
　続けて勤められそうかね？〃

と言う。

謙二、「はい」と真面目に答える。

支配人、「うむ」と頷いて去って行く。

謙二、床へ落ちて居る紙屑を見つけ、拾って籠へ捨てたりする。

真面目な様子。

（F・O）

96　（F・I）やす江の家

母親とみつ子。
母親、縫物をしている。
縁側では、みつ子が一人でおはじきをして遊んでいる。みつ子、一人遊びなのでつまらな相な様子。うらめし気に母親の方を見る。
熱心に縫物をしている母。
みつ子、おはじきをがちゃがちゃとかき廻して、
Ⓣ〃よその着物ばっかり縫っていないで
　みつ子とも遊んでよ〃
と言う。
母親、ハッとなる。自ずと涙が浮んで来る。それで縫物をそっと置いて、
Ⓣ〃ではほんの一寸ね〃
と言って相手になってやる。彼等ジャンケンをする。母親が勝つ。
母、おはじきをし出す、しばらく。

97　玄関の格子

カラカラと開く。

98　一室

みつ子、先に立って玄関の方へ走って行く。

99　玄関

やす江が戻って来ている。

みつ子、「姉ちゃん！」と駆け寄る。

やす江、上ってにこにこし乍らみつ子に小さなお人形を与える。

みつ子、大喜びする。

母親、その様子を見ていたが、「どうだったい？」とやす江に訊ねる。

やす江、元気よく奥へ、みつ子と母親とを抱く様に押し乍ら入って行く。

100　一室

やす江、両人を坐らせ乍ら、
Ⓣ〃喜んで頂戴！
　パスよ、パスよ!!〃
と言う。
母親、ほっとする。
やす江、元気よく続ける。
Ⓣ〃試験場で即決で採用されたんですの〃
と言う。
母親、「そうだったかい」と喜ぶ。
もう一杯の涙である。
喜び合う彼等。
母親、ふと気付き、
Ⓣ〃しばらくお見えにならないけど
　早速謙二さんにお知らせするんだね〃
と言う。
ハッとなるやす江、「えッ」と何気なく

まぎらそうとするが、胸に何かがこみ上げて来る様子。彼女、すっと立って長火鉢へ行き、白湯を飲むふりをする。彼女、母親に背を向けこみ上げる涙を無理に我慢する。

（F・O）

101 **（F・I）朝のラッシュアワー**

省線のプラットホーム。

電車が着く。人の波がなだれを打って来る。

——Wる——

102 **市内の省線駅の出口**

大勢の出勤者が吐き出される。

その中にやす江が混っている。

——Wる——

103 **街**（Tホテルの附近）

歩むやす江、元気よく出勤の道を。

104 **Tホテルの前**

やす江、歩んで来る。

彼女、何の気なしにふとTホテルの門の前で、中の玄関の方を見る。そして「あれ?!」と立止る。

105 **Tホテルの玄関**（見た目）

謙二が扉から出て来て置いてある大きなトランクに手をかけ重そうに持上げる。

106 **ホテル前**

やす江、はっとして見直そうとする。

107 **玄関**

と、その時、一台の自動車が、すーッと横手から現われて止る。その為、謙二の姿は蔭になって見えなくなってしまう。

108 **ホテル前**

やす江、「はてな?」と思い、思わず五六歩門内へ入って行き、中を窺って見る。

しかし、既に謙二の姿は見えないらしく彼女はしきりと首をひねり乍ら考え込む。

やがて歩道に戻って歩み出す。

歩んで行く彼女。

109 **ホテル玄関前**

謙二、客と共に扉から出て来る。

客、自動車に乗る。

謙二、丁寧に見送る。

自動車去る。

他のポーター達、扉に入る。

一人になった謙二、のびのびと胸を空に向けて反らし、深呼吸をする。彼、横手を見てニコリと笑い、その方へ行く。

110 **ホテルのガレージ**

仙公が、油だらけになって自動車の機械の手入れをしている。

謙二、やって来て、「よう」と肩を叩く。

仙公、ふり返り、「よう、兄貴!」と喜び、握手をしようと手を出す。

謙二、握手しようとする。

と、仙公のきたない手。

謙二、「いやだよ」と手を引込める。

仙公、自分の手を見て「アハハハハ」と笑う。

両人、元気よく「アハハハハ」と笑い合う。

やがて仙公、フト目を上げ、

Ⓣ〝兄貴、とても評判がいいぞ!〟

と言う。

謙二、照れて、

Ⓣ〝みんなお前のお蔭だ。

　感謝するよ〟

と頭を下げる。

「よせやい」と仙公。が、ふと考え出した様に、

Ⓣ〝斯うして兄貴の真面目になった処を

　やす江さんに見て貰いてえなあ〟

と言う。

謙二、「ハッ」となる。が、そのまま首を振って、

Ⓣ〝まだ駄目だ。

もっともっと働かなければ
　人間並じゃない〃
と自分に言ってきかす様に言う。
仙公、「偉くなりやがったなあ」と言う様に見る。
　　　　――Wる――

111 **やす江が新しく入った会社**

やす江、三四名のタイピストの間に交って鮮やかな手ぎわでタイプしている。が、ともすれば他の想念に囚われる様子。

彼女、「之ではいけない！」と又タイプに熱中する。一枚を打ち終る。

次の原稿に目を通す。が、その目は何時か空虚になって、何事かを考える様子。が、又、ハッとなってタイプにかかる。

　　　　（F・O）

112 **（F・I）公園**

人気のないベンチ。
軍平と千恵子が相談している。
軍平、しきりに考え込んでいる。
千恵子、言う。
Ⓣ〃だから謙二に手を貸して貰おうと
　言うんだよ〃
が、軍平、「うん」とは言わない。
却っていやな顔をしている。
千恵子、業をにやして、「ふん」
Ⓣ〃今度の仕事は大きいんだから
　変に意地張るのはお止しよ〃
とつっけんどんに言う。
軍平、むっとして、
Ⓣ〃謙二謙二って
　あんまり思い出して貰いたく
　ねえもんだな〃
と吸いさしの煙草を地面に叩きつけ様とする。
千恵子、「おっと、もったいない！」とその煙草を取って、一服吸い、それをそっと軍平の手の甲につける。
軍平、「熱い……何しやがる！」と見る。
千恵子、ひどく色っぽい目つきをし乍ら、
Ⓣ〃下らない昔話より
　今の相談の方が大事だろう？〃
と言う。
軍平、稍々甘くなる感じ。が、矢張り乗気になれず、
Ⓣ〃でもあんな馬鹿げた商売を始めた
　ところを見ると、
　行っても無駄じゃねえかなあ〃
千恵子、「ふん」と笑って、
Ⓣ〃大丈夫さ！
　世の中に慾のない人間が
　一人だって居るかってんだよ！〃
と言う。
軍平、まだ乗気しない様子。
千恵子、「ね、そうしようよ」と、しきりに勧める。
軍平、仕方なしに、引きずられる感じで頷く。
　　　　（F・O）

113 **街（夕方）**

夕方のビルディング街の景。

　　　　――Wる――

114 **ビルディングの鎧戸が重々しく降りて閉る**

（それを二三回ダブラせて）――Wる――

115 **やす江の会社の前**

退社時刻で大勢の社員達がゾロゾロ出て来て、思い思いの方へ去る。

やす江も出て来る。彼女、何か考えている様子。が、決心した様な面持で、すたすた歩み出す。

　　　　――Wる――

116 **Tホテル近くの街路**

やす江来る。

Tホテルが見える。

彼女、「うむ」と頷き足を速める。

117 **Tホテルの前**

彼女来る。そして門からそっと中へ入って行く。注意深く四辺を見廻し乍ら。

118 **Tホテルの玄関**

彼女、玄関の近くへ来て中をのぞく。
が、よく中が分らないらしく横手の方へそっと行く。
と同時に彼女、はっとする。

119 **ホテルの横手**

軍平、千恵子、謙二等。謙二が二人に何か言っている。
やす江、謙二の声に、「まあ」と思い、そっとのぞいて見る。
と、千恵子に寄り添われた謙二の姿。
やす江、はっと暗くなる。

120 **横手**

千恵子、色っぽい目つきをし乍ら、「ね」
Ⓣ〝頼むから力を貸しておくれ、
　昔のよしみじゃないか〟
やす江、一瞬に失望のどん底に落ちた様子。唇をきっと嚙む。
謙二、黙ったまま突っ立っている。
千恵子、続けて、
Ⓣ〝何しろ仕事は大きいんだから
　決して損にはならないよ〟
と言い、しきりに口説く。
やす江、うなだれて、とぼとぼと去りかける。その目に一ぱいの涙をためて。
が彼女、ハタと立止る。そして聴耳を立てる。
謙二、断然言う。
Ⓣ〝駄目と言ったら駄目なんだ〟
続ける。
Ⓣ〝お前達にこの辺を
　うろうろされては
　俺が迷惑すらあ！
　早く帰って呉れ！〟
そして、恐ろしい権幕で睨みつける。
やす江、はじめてほっとした感じ。そのまま物陰にかくれて、動勢を窺う。
千恵子、謙二を抑えてくどくど頼む。
軍平も仕方なしに言葉を添えて頼んでいる様子。
が、謙二、頑として言う事をきかず、
「帰れ、帰れ」と言う。そして、
Ⓣ〝どうせ言っても聞くまいが
　お前達もいい加減に足を洗えよ！〟
と言う。
千恵子、「大きなお世話だ」と言い、遂にむっとした様子。
軍平、前からむっとしていたが、千恵子に、「行こう」と言う。
千恵子、せせら笑って謙二に近づき、
Ⓣ〝お前の馬鹿も
　それ程迄だとは思ってなかったよ〟
と言う。
謙二、「何とでも言え！」と言った様子。

121 **その附近**

仙公がタイヤをぶら下げて歩いて来る。
ふと、謙二や千恵子たちを見て「あれ」と思い、づかづかとその方へ行く。

122 **ホテルの横手**

仙公、三人の処へ来る。
軍平、千恵子、仙公を見て「ふん」と軽蔑の目を投げかける。
千恵子、仙公等は相手にもせず謙二に向って、
Ⓣ〝お前は偉いよ。
　金ピカのお為着《しきせ》を着て、
　シャッチョコ張って、
　やす江さんも
　さぞ喜んでいるだろう〟
と毒づき、軍平と二人で笑う。

123 **物陰**

やす江、はっとなる。

124 **横手**

謙二、思わず目を光らす。が、我慢する。
軍平、千恵子、「アバヨ」と去ろうとする。
仙公、思わず飛んで行って、「待て！」と両人をつかまえる。

Ⓣ〝よくも言いやがったな！

　他の事ならともかく
　兄貴の悪口をよくも
　言いやがったな！〟

と怒鳴って、怒りにぶるぶる身を震わす。

謙二、「よせよせ」と止める。

千恵子と軍平、「ふふん」と笑って去ろうとする。

仙公、我慢出来ず、又飛びかかって行って、

Ⓣ〝手前達にゃ
　兄貴の真心が分るめえ！

　馬鹿、馬鹿！

　分らねえんだろう！〟

と突きとばす。

と、軍平、「何！」と仙公をガンと張り倒す。

謙二、仙公がなぐられたので、「ええ面倒くせえ」と思わず飛んで出て、軍平の顔にアッパーカットを入れる。

軍平、アッと言って倒れる。瞬間、顔を抑え乍ら、小型のブローニングを出して夢中で発射する。

謙二「う」と肩を抑えてよろよろとする。

やす江、ハラハラして見ていたが、思わず飛び出して行く。

軍平と千恵子、「ずらかれ！」と叫んでサーッと逃げて行く。

仙公、謙二の体を支える。

やす江、「謙二さん」と縋りつく。

謙二、彼女を見て「アッ」と驚く。が、うれしさに思わずニッコリする。

仙公、ふと気付き、二人を急《せ》き立てて横手の方へ連れて行く。

125 **ホテルのガレッヂの前**

三人、急いでやって来る。

仙公、急いで自動車を出し、二人を急《せ》き立て、それに乗せてスタートする。

126 **運転台**

夢中でハンドルを取る仙公。

127 **座席**

痛そうな謙二。

やす江、謙二を抱いて、四辺を見乍らもどかし相な様子。が、その目には涙が光っている。

謙二、痛さをこらえて、笑を浮べ乍ら感謝の目を向ける。

見合う両人。　　——Wる——

街を走って行く自動車、去って行く。

（F・O）

128 **（F・I）洗面器**

手がガーゼを洗っている。（カメラ引く）

129 **と、其処は謙二のアパート（夜）**

やす江がガーゼを洗っているのである。
洗い終った彼女、謙二の方へ行く。
謙二、長椅子にもたれている。
肩の処へは既に包帯がしてある。
やす江、謙二の所へ来て包帯の附近をガーゼで拭いてやる。
謙二、非常な感謝の目を以て彼女を見守る。
その視線を感じるやす江、恥かし相に見返し、「痛くはありませんか？」と訊く。
謙二、「ええもう大丈夫」と言って、肩を入れる。
それを手伝って、上着を着せてやるやす江。
謙二、「有難う」と感謝し、
Ⓣ〝貴女にこんな面倒を見て戴け様とは
　思いもかけませんでした〟
と言う。
やす江、「どういたしまして」と言い、
Ⓣ〝私だって貴方があんな所へ
　勤めていらっしゃるとは
　本当に思いもかけませんでしたわ〟
と、感心して言う。
謙二、笑い乍ら、

Ⓣ〝でも僕は、
もう少し偉くなってから
貴女にお逢いしたいと
思っていました〝
と言う。
やす江、真顔になって、「いいえ、もう充分ですわ」と打消して言う。
Ⓣ〝真面目なお仕事なんですもの、
何をなさろうと
人に威張られますわ〝
謙二、嬉し相に静かに頷く。
やす江も、優しく寄り添ってじっと考え込む。
手がいつか謙二の手の上に乗っている。
黙ったままの両人。感激が却って彼等を無言にさせている。
やがて彼等、ハッとなる。
扉がさっと開いて、仙公があたふたと飛び込んで来る。彼は手に薬を持っている。
仙公、両人の処へ来て驚いている両人を急き立て、「あっちへ行け!」と引っぱる。
謙二、「どうした!?」と驚いて訊ねる。
仙公、扉の方を見てから、
Ⓣ〝刑事だ。
兄貴に用があるらしいぜ〝
やす江、「まあ」と目をみはる。
仙公、続けて、
Ⓣ〝後はどうにかする。
一先ず兄貴はずらかれよ〝
と別室の扉の方へ連れて行こうとする。
が、謙二、動こうとはしない。

130 **廊下**（或いは階段）

刑事が、注意深く、四辺を見廻し乍ら歩いて来る。

131 **室内**

仙公、一生懸命に謙二を急き立てる。
やす江も、仙公に賛成する様子。
謙二、すっと立上る。
仙公、やす江、ほっとする。
が、謙二は両人の手を払うと、キ然として出入口の扉の方へつかつかと歩み出す。
驚く両人、彼を止める。

132 **廊下　扉の前**

刑事が来て、扉の番号を眺めてから、ドアのハンドルに手をかける。

133 **室内**

皆、一斉に扉の方へ目をやる。
と其処には刑事が立って室内を睨み廻している。
仙公、ゲッソリする。
謙二、実に落着いた態度で、自分の方からつかつかと刑事の方へ歩み寄る。
刑事、じろじろと謙二を見てから、一葉の名刺を謙二に差出す。

134 **名刺**

「警視廳巡査
××××」

謙二、チラと見て、すぐ名刺を返して、笑い乍ら、「分っています」と頷く。
刑事、
Ⓣ〝君は軍平と言う男と
千恵子と言う女を知ってるだろうね〝
謙二、「はい」と答える。
刑事、畳みかけて、
Ⓣ〝彼等の自白に依って
君も署まで来て貰わなければならん〝
と言う。
謙二、悲壮な面持で、「参りましょう」と言う。
やす江、仙公、愕然として目をみはる。
刑事、謙二の左手を取ってカフスボタンをはずし、手首を見様とする。
やす江、思わず間に入って謙二の手を隠そうとする。
謙二、「いいえ、いいのです」と彼女を除けて、自分で静かに腕をまくって刑事の方へ突出す。

135 **手首**

刺青はない。
かすかに手術の後が見えるだけである。
刑事、「おや」とためつすかしつして見る。やす江も「まあ」と言う。
謙二、
Ⓣ〝卑怯で消したんでは
　ありません〟
と薄笑いを浮べながら言う。
「まあ」と胸に来るやす江、涙ぐむ。
謙二、やす江の方を見てから、刑事に、
Ⓣ〝そのわけは
　署へお供してから申します〟
と穏やかに言う。
刑事、「うむ」と頷いて、手錠を出す。
謙二、片手に手錠をはめられながら、やす江に、
Ⓣ〝折角お逢い出来たと思えば
　もう此のざまです……
　許して下さい……〟
とうなだれる。
やす江、「謙二さん!」と縋りつく。
謙二、唇をかむ。
と、それまで黙っていた仙公が、いきなり飛んで出て、
Ⓣ〝兄貴を連れて行くなら
　わっしも一緒に持ってって下さい〟
と手を後に廻して近付く。
刑事、「え?」と呆れる。
謙二、「馬鹿!」と仙公を叱りつけ、刑事に、
Ⓣ〝こいつは少し足りないんですから
　取合わないで下さい〟
と言う。
仙公、「何に言ってやんでい」と言いかける。
と謙二、ボエンと仙公をひっぱたいて睨みつける。仙公、ポカンとする。が、ハッとしてやす江の方を見る。
やす江、たえきれないと言う風に袂で顔を押え肩で泣いている。
仙公、憮然となる。が、わざと元気よく、やす江に聞える様に、
「おい兄貴!」
Ⓣ〝兄貴だけ行って
　俺をすっぽかそうってのは酷いよ〟
と言い、一層元気よく続ける。
Ⓣ〝俺だって
　以前の垢なんか洗い流して
　さっぱりとして来たいや〟
と言う。
やす江、涙を一杯ためて、謙二を見る。
謙二、仙公の気持を察し、ニコリと笑ってやす江に言う。「やす江さん」
Ⓣ〝仙公の言う通りです。
　僕達はもっともっと
　きれいになる為めに
　行って来ます〟
やす江、かすかに頷いて、又、袂で顔を覆う。
刑事、「よし」と頷いて、謙二の片方の手錠に仙公の手をつなぐ。
仙公、わざといい気持そうに、「アハハハハ」と笑って、
Ⓣ〝なあに、大した事じゃない。
　少し長目の風呂へ入りに
　行くだけの事なんだ〟
と元気をつける。
刑事、二人を引立てる。
やす江、我慢し切れなくなって、思わず又、「謙二さん!」と縋りつく。
謙二、たまらない胸をぐっと耐えて、やす江を見る。
仙公、横を向いて涙を拭く。
刑事、「行け」と言う。
やす江、涙の顔を上げ、キッとなって謙二に、
Ⓣ〝行っていらっしゃい、
　元気よく、元気よく〟
とはげます。
謙二、うれし相に笑を浮べ、仙公と静かに引かれて行く。

皆、扉から出て行く。

やす江、扉にもたれて彼等の去るのを見つめる。

136 廊下

去っていく三人の後姿。

やす江、半ば独言の様に、口の中で言う。

Ⓣ〝私は、何時までも
待っておりますわ。
行っていらっしゃい、元気よく〟

そして、しばらく其処に立ちすくんでいる。こみ上げて来る涙。

彼女、室内の長椅子に駈けより、わっと泣き伏してしまう。

泣き続ける彼女。　(F・O)

Ⓣ〝そして数ヶ月は過ぎ――〟
(F・I――F・O)

137 (F・I) 花瓶

手が、一束の花を花瓶に活け、それを色々と格好よく直す。(カメラ引く)

138 謙二のアパート

と、それはやす江である。彼女、嬉し気に食卓の上の花瓶に花を活けている。

室内には、彼女ばかりでなく、母親とみつ子も居て、一体に明るい気持で、室内のつつましい飾りつけなどをしている。

みつ子、意味なくあちこちへ歩き廻ってはその度に、食卓の菓子をつまんでは食う。

やす江、懐中から二三枚のレターペーパーを出して、ほほ笑みながら目を通す。

そして。

139 最後のレターペーパー

刑期も、もうあと五日です。たった五日です。
僕は嬉しくって夜も眠られません。
僕の頭は、貴女への感謝と新しい生活への希望とで一杯です。
お体を大切になさって下さい。
謙二
やす江様

やす江、何回となく読み返す。

母親、その様子を見て、ほほ笑ましくなる。

やす江、ふと母の方を見る。幾分照れた形。

母親、笑い乍ら、

Ⓣ〝もうすぐ逢えると言うのに
幾度読み返したら
気が済むのさ〟

とからかい気味で言う。

「まあ」と照れるやす江。

と、皆、一斉にドアの方へ顔を向ける。

扉が開いて仙公が勢いよく入って来る。

やす江、走り寄って迎え、母に仙公をとりなす。

仙公、

Ⓣ〝お蔭様でやっと出て来られました〟


とおじぎする。

やす江、仙公だけなので、不思議そうにドアの方を見乍ら、仙公に、

Ⓣ〝謙二さんは?〟


と訊く。

仙公、「さあ?」と言った様子で、淋し気にうつむく。

やす江、一瞬に顔を曇らせ、「あの方は?」と訊き返す。

仙公、黙ったまま考え込む。

やす江、暗くなり、早くも目に涙をためる。

母親、みつ子も悲しくなる。

と仙公、とぼとぼとドアの方へ行き、ドアをサッと開く。

やす江、その方を見て「まあ」と叫ぶ。

扉にはにこにこした謙二が元気一杯で立っている。

やす江、走り寄って、彼の手をとり、室の中へ引っぱり込む。

喜ぶ母親。
みつ子、「おじちゃん」と走り寄る。
仙公、にやにや笑っている。
やす江、手をとったまま何も言えず、ぽろぽろと涙を流す。
謙二も、みつ子の頭を撫で乍ら、涙を浮べて、やす江に見入る。（F・O）

——完——

（昭和四年十月二十八日）

落第はしたけれど

脚色　伏見晁

原　作……………………小津安二郎
脚　色……………………伏見　晁
監　督……………………小津安二郎
撮　影……………………茂原　英雄
舞台設計…………………脇田世根一
監督補助…………………小川　二郎
佐々木　康
九里林　稔
撮影補助…………………厚田　雄治

学生　高橋……………………斎藤　達雄
おかね…………………………二葉かほる
その息子　銀坊………………青木　富夫
教授　1………………………若林　広雄
教授　2………………………大国　一郎
小夜子…………………………田中　絹代
落第生　大村…………………横尾泥海男
落第生　小池…………………関　時男
落第生　石川…………………三倉　博
落第生　応援団………………横山　五郎
及第生　杉本…………………月田　一郎
及第生　服部…………………笠　智衆
及第生　横山…………………山田　房生
及第生　鈴木…………………里見　健児

一九三〇年（昭和五年）
松竹蒲田
脚本、ネガ、プリント現存
S6巻、1765m（六四分）
白黒・無声
四月十一日　帝国館公開

1　**大学の構内**

（キャメラ上手から下手へ移動すると）

学生たちが、植込みの柵に一列になって坐りこみ、或いは木蔭に立って、卒業試験の最後のアガキ。ノートをめくるなど必死である。

（キャメラ尚も上手から下手へ移動をつづけ、喧嘩をしている小池と石川の前で止まる）

言い合う小池と石川。

小池、しきりに石川に文句を言う。

Ⓣ〝兎に角、君は紳士的じゃないよ〟

石川、言い訳をする。

小池は聞き入れない。

尚も言い訳をする石川を、小池が突き飛ばす。

よろける石川。傍の学生たち、高橋と大村が立ち上がる。

他の学生たちも、小池と石川の喧嘩に注目する。

「なんだなんだ」と、立ち上る学生たち。

小池と石川を取り囲んで、弥次馬の学生たちが群がる。

小池、勢いを得て周りの学生たちに、事の次第を訴える。

Ⓣ〝教えるって、言って置きながら試験場へ入ると一つも教えて呉れないんだ〟

高橋と大村「そりゃお前が悪いよ」と、一緒になって石川を責めるが、ふと下手を見ると、一斉に口をつぐみ、そしらぬ顔で、散ってゆく。

小池と石川をそっち除けにして、学生たちは巡回中の教授に挨拶し、また植込みの柵に坐る。

教授、足を止めて、小池と石川をジロリと見る。

まだ口論している小池と石川。石川が教授に気付き、慌てて帽子をとって挨拶をする。気付いた小池も、振り返り、ペコリとお辞儀をする。教授、訝しそうに二人に近づくので、二人は急に仲良しを装い、教えっこする仕草。教授が去ると、途端に小池が石川を小突く。

が、再び、小池、慌てて石川に教えて貰っている風を装う。その背後を教授がスーッと通る。通り抜けると、また小池は石川を小突く。今度は石川もやり返す。

坐っていた学生たちが一斉に立ち上がり、ゾロゾロと校舎へ這入ってゆく。鐘が鳴り始めたのだ。

小池と石川も喧嘩をやめて、教室へ向かう。

鐘を振り鳴らす小使いの後方に、石段に坐り、鐘の音にも気付かず、未だノートと首っ引きの学生、杉本が見える。

杉本、ふと気付き、辺りを見廻す。

誰もいない。

驚いて教室へ駆け込む杉本。

鐘を鳴らし終った小使いが、下手奥に消える。人影のなくなった校庭の上手横から、デブの大村を先頭に、高橋ら五人の学生が一列縦隊になり、歩調をとって登場、そのまま行進をつづけ下手校舎の方向へ消えてゆく。

2　**教室**

（キャメラ、下手から上手へ移動すると）

試験中の学生たち、必死である。

（キャメラ、学生たちの背後から見ると）

先刻の教授が、教壇の椅子に坐り、時計を見ている。

石川、頭を掻きながら、教授の様子をうかがい、横の大村に話しかける。

大村、チラッと教授の方を見る。

教授も大村の方を見る。

大村、視線をはずし、試験に打ち込むふ

り。が、再びそっと教授をうかがう。

教授、まだ大村の方を見ている。やがて、学生達をジロリ見渡し、立ち上がって教室をまわって歩く。

大村、その隙に、斜め前方にいる高橋を呼ぶ。

その声に振り向く高橋、すぐ後の石川に囁く。

石川、大村に伝える。

大村、学生服の背中をまくり上げる。

その後の席の小池が大村の白いワイシャツにびっしり書いてあるカンニングを見る。

小池、それを答案用紙に書き込む。

大村、教授の方を心配そうに見ている。

教授もふと、大村を見る。

慌てて上衣を下げカンニングを隠す大村。

教授、ジロリと睨む。

大村と小池、そっと教授の方を見るが、まだ睨んでいるので、考える振りをして顔を伏せる。

視線をはずす教授。

大村と小池、再び教授の方をうかがっていると高橋が二人にサインを送る。

高橋、四本指を出して、「四番を教えろ」と言う。

小池「四番か?」と受けて、紙きれに解答を書く。それを、ちょうど通りかかった教授のエンビ服の背中のボタンにくっつける。

それとは知らぬ教授が高橋の脇を通り抜けようとした時、高橋の手がヌッと出て、教授の背中の『解答』をとろうとする。教授が突然振り返るので出した腕のやり場に困り、仕方なく腕時計に耳を当ててごまかす。教授が後を向くともう一度取ろうとするが、また、もうちょっとという所で、教授、振り返る。仕方なくまた腕時計に耳を当ててごまかす。教授、自分の懐中時計を取り出し、高橋の腕時計と見比べて、「あっとるよ」と言う。高橋、情ない顔になる。去ってゆく教授の背に三度び手を出すが失敗。何とかもう一度……が教授は教壇に上がってしまう。

背中にカンニングのメモをくっつけた儘、椅子に坐る教授、ジロリと学生たちを見渡す。

高橋、うらめしい。

石川が小池に合図を送る。

小池「今度は三番か?」と受け、大村にサインする。

大村、気がつかない。

小池、大村を足で突っつく。

上衣の背をまくり上げる大村。

教授、ジロリ、大村の方を見る。

やめる二人。

小池、再度、大村を足で突っつく。

大村は教授の視線を気にしてギョッとなる。

小池もギョッとした途端、思わず机の上のインク壜を倒してしまう。

慌てる小池「ウワーッ」とばかりにインクで汚れた答案用紙を見て、「先生!」と手を挙げる。

小池、立って、教授に「答案用紙を下さい」と、請求する。教授、渋渋ながら答案用紙を持って来てやる。教授が立ち去ると、その隙に大村が背中をまくる。

見ると、せっかくのカンニングの文字が、インクの大きなシミで字が読めなくなっている。

小池「こりゃもう駄目だ」と頭を掻く。

(キャメラ、黒板に向かって学生たちの背後から)

大村も高橋も石川も、同様に頭を掻く。

3

大学構内

教室から出て来る学生たち。肩を組んでしょんぼり出て来るカンニング組(高橋、大村、小池、石川たち)。

大村、小池に「お前がいけないんだ」と言って背中を高橋に見せる。高橋「これはひでえや……」とシミを見て腐る。
小池、上衣を上げて言う。
Ⓣ〝明日は、俺にやらせて呉れ
鮮やかにやって見せるから〟
大村、すかさず、小池の頭を小突いて
Ⓣ〝お前は、書く所が少ないから
駄目だよ〟
大村、高橋の肩をたたいて、
Ⓣ〝明日は
お前が、やってくれ〟
皆も「そうだ、それがいい」と賛成する。高橋「よし!」と引き受ける。
五人、横一列に、ラインダンス風にスクラムを組むと、奇妙なステップを踏み乍ら帰ってゆく。(キャメラ、後退移動)
(F・O)

4
(F・I) 高橋たちの下宿(夜)
明日の試験に備え、勉強している高橋、杉本、服部、横山、鈴木。
高橋はワイシャツにカンニングを書くのに精を出している。
杉本は頭をかかえ、横では服部たちが一生懸命、勉強している。
ニヤニヤし乍らカンニングのシャツを作る高橋。
頭をかかえている杉本、隣の服部に問題を教えて呉れと頼む。

服部、問題を受け取るが判らないので奥の間にいる連中に「誰か解ける奴はいないか」と声をかける。

奥の二人、やって来て、皆で解き始める。

高橋、ニヤニヤし乍ら杉本たちを見やり相変わらずカンニングのシャツを作る。

服部、横山、鈴木が杉本に教えているが、杉本「僕には判らないんだ。僕はもう駄目だ——」と半ベソをかいて後にひっくり返る。

高橋、杉本に「オイ、しっかりしろよ」と元気づけ、フッと窓を見て、

Ⓣ〝眠けざましに、何か食おうか〟

一同、賛成し、「アミダをやろう」と言うことになる。

高橋、杉本に「おい、やろうぜ」と蓄音機を取り出す。

銘銘が財布を出す。

服部が杉本に「おい、アミダ!」

渋渋起き上る杉本。

蓄音機のレコード盤をひっくり返す。

裏には、白いエナメルで円盤を六分割し、0から5、10、15、25、35と数字が割りふって書いてある。

高橋が「廻すぞ!!」と財布をグルグル廻し乍ら、皆を見渡す。

一同「よし廻せ!」


高橋、レコード盤を廻すと、まず最初に横山が目をつむって指で止める。

〝10〟を指している。

横山「ウワーッ、10か」と渋渋財布を開く。

再びレコードを廻す。

今度は〝15〟。

服部も渋渋財布から金を出す。

次は〝25〟。

これを当てたのは高橋で、皆から「ずるいや」と責められる。服部が、奥の杉本に「お前の番だ」杉本、「手が放せない、お前やってくれ」と頼む。

結局、杉本も金を出すハメになる。

窓を開けると、はす向いに喫茶店が見える。

一人が、テッペンの部分に棒を結えたカンカン帽と、運動会用のピストルを取出して来る。

窓から喫茶店に向けて合図のピストルを撃つ。

5
喫茶店
二階の窓を開け、店の娘、小夜子が顔を出す。

6
下宿の二階
小夜子を確認すると、連中は部屋の窓を

閉じる。

7 次の〝信号〟を待つ小夜子

8 下宿の二階

ガラス窓越しに左右から一本ずつの腕が突き上げられ、〈ハ〉の影文字をつくると、次にテッペンをくり抜いたヒサシだけのカンカン帽を出して、〈。〉の影を足して、〈パ〉という影文字をつくる。つづいて今度は棒でくっつけてある帽子のテッペンの部分を出して〈・〉とし、下から足を伸して〈ン〉をつくり、合せて〈パン〉という影絵ならぬ影文字を送る。

一同、窓を開けて、うまく伝わったかどうか小夜子を見る。

9 喫茶店の前

小夜子、頷き、店の中に入る。

10 下宿の二階

面面、「サヨちゃん」などと声をかけ、窓をしめる。

それぞれ、自分の席に戻る。

カンニング作りに精を出す高橋に、杉本が解答を頼む。

ノートを受けた高橋、カンニングのワイシャツを拡げ、「ほら、この問題はここに出ている」と、シャツに書かれた答で教えてやる。

「おい、パンが来たらしいぞ」の声に、一同入口の方を見る。

下宿屋の腕白小僧銀坊が入って来て、小夜子が来たと報らせる。

小夜子が、オカモチを持って中に入ると、銀坊がオカモチの中から山盛りのサンドウィッチの皿を取り出し、持って逃げようとする。一人が首根ッ子をつかんで引き戻すと、銀坊、泣き出す。仕方なくサンドウィッチを一つくれてやる。図に乗った銀坊、もう一つくれと言う。が、断わられると、再び泣く。結局銀坊、二つせしめて、意気揚揚と部屋を出てゆく。

高橋が銘銘にサンドウィッチを配ってやり、小夜子はコーヒーを淹れている。一方、杉本は、相変わらず問題が解けなくて困っている。

高橋は、「シャツの四角に囲ってある所に書いてあるよ」と教えてやり、杉本は感謝する。

小夜子、高橋を頼もしそうに見る。

各自、それぞれの席に戻る。

小夜子、オカモチのふたをしながら、流し目で、チラッと、高橋にウインクする。

高橋もウインクで応える。

恥かしそうにうつ向く小夜子、高橋に笑顔を送って立ち上がり、部屋を出てゆく。が、また顔を出しウインクして、階段の踊り場にそっと角砂糖の包みを置く。

高橋、立ってそれを取りに行き、こっそり、袖口にしまう。

11 階段

小夜子、割烹着のポケットから編みかけのネクタイを取り出し、高橋の首にかけ、

Ⓣ〝あなたの、試験の終る頃には
　出来上ってよ〟

高橋、微笑む。小夜子も嬉しくネクタイをしまうと時計を見て、「もう帰るわね」と階段を降りてゆく。

12 同　部屋

高橋、自分の机に戻ると、杉本から、カンニングのシャツを受け取り、それを羽織って、先刻の包を取り出す。中味は角砂糖。ひとつ、うまそうに頬張ると、あとはノートの下に隠し、カンニングのワイシャツをハンガーにかけて、拝む。

（シャツのアップからキャメラ引く。電

灯消える）——　　（F・O）

13
（F・I）同　**二階**（翌朝）

ミシガン大学のペナントや、映画「Charming Sinners」のポスターが貼ってある壁に、高橋のカンニングシャツが掛かっている。

眠っている面面。

二台並んだ目覚し時計のうち、一台目が先に鳴る。

しかし、誰も起きない。

二台目の目覚し時計が鳴る。

鈴木が、二つの目覚しを一摑みにし布団の中に押し込む。

下宿の内儀《かみ》さんが上って来て、手を叩いて皆を起す。

杉本一人が起き出し、布団に入った儘で、枕元に置いてあったノートを開いて、勉強を始める。

内儀さん、皆が起きないので、仕方なく洗濯物を集め始める。

フッと、ハンガーにかかった文字だらけのワイシャツに目が止まり、「まァ、こんなに汚して」と外し、他の洗濯物と一緒にして、下へ降りてゆく。

杉本に叩かれ、連鎖的に次次と起きはじめる。

14
階下の茶の間
「西洋洗濯、大松一二」と書かれたハッピを着た男が這入って来る。
下宿の内儀さん、特に汚れのひどいカンニングシャツだけを渡す。
男「毎度ありーィ」と出て、表に置いてある大八車の上の大きな洗濯箱にシャツをほうり込み、車を引いてゆく。
箱には、大きく、〝クリーニング〟と書かれ、ふたには〝寿舎〟の文字。
内儀さん、二階の部屋に向かって、「もう時間だよ」と手を叩く。

15
同　二階
渋渋起き出す学生たち。
歯ブラシをくわえ乍ら、学生服を着ている。
が、高橋だけはまだ布団の中で、皆に「早く起きろ！」「試験に遅れるぞ」などと言われる。
高橋、悠然と起き上り、
Ⓣ〝試験なんて、要するに、コツだよ〟
のんびりと、煙草に火をつける。（キャメラ、ワイシャツのなくなっている壁へパンする。）　（F・O）

16
大学構内
植込みに坐って教科書やノートと首っ引きの学生たち。

その前で、暢気におもしろいステップの練習をしている大村と小池たち四人。高橋がやって来るのを見て、「来た来た」と喜ぶ。

高橋、浮かない顔でやって来る。

悪童たち四人、元気よく「おーい、こっちだ」と呼ぶ。

高橋、すまなそうに四人の方を見る。

四人組、揃って同じステップを踏み、高橋の傍へ駈け寄り、「頼むぜ」などと、口口に挨拶する。

高橋、さえない顔。爺むさい挙手の礼をする。

四人組、不審そうに「どうしたんだい？」と聞く。

高橋、悄然と、

Ⓣ〝洗濯屋に、持って行かれちゃったんだ〟

四人「えっ」と驚き、高橋の上着をまくって、ガッカリする。

小池、急に思い立って植込みに坐り込み、俄か勉強を始める。

高橋もあたふたと加わるが、時既に遅し。鐘が鳴り、学生たちは一斉に教室に向かう。

17

教室

（キャメラ、下手から上手へ移動）

試験中である。

大村、伸びをしたり欠伸をしているだけ。高橋を見やると、高橋も、テンで判らない様子で、答案用紙をくわえたり、落書きしたりしている。

大村、小池の方を見やると、小池は懐中時計を分解している。

小池、石川を見やると、石川、チューインガムを伸ばして遊んでいる。

時計を分解している小池の傍を通って、一人の学生が答案用紙を教壇へ提出して教室から出てゆく。

高橋、やる気をなくして、よそ見をしていると教壇の教授から注意される。一方、杉本は、昨晩、高橋に教えて貰った問題が出たので「あッそうか」と喜色満面、ニッコリと、高橋にお辞儀してせっせと答案を書いている。　（F・O）

Ⓣ（F・I）〃ままにならぬは、

浮世のならいでありました〃

18

下宿の二階

黒いコードが、首吊りの輪のようにぶら下っている。

（キャメラ、後退移動すると）下宿の部屋の、各自用にぶら下げられたいくつもの電灯である。

19

学務課

杉本が悲壮な顔で帽子を握りしめ、「高橋君が落第する筈はありません」と学務員に談じ込んでいる。声涙共に下るの調子である。

学務員、それをなだめる様に、

Ⓣ〃落第する筈がないと言っても

事実成績が悪いんだから、

仕方がないでしょう〃

杉本、尚も喰いさがって、

Ⓣ〃そんな筈はありませんから

もう一度調べて下さい〃

学務員、持て余した形である。

20

掲示場

卒業者の掲示。（下手へ移動）

それを見ている学生の群。（下手へ移動）

その足元。（下手へ移動）

一人の学生が、つま先立ちで下手へ歩いてゆく。

小池である。学生達の肩越しに掲示を見てゆく。（キャメラ、つけて下手へ移動）

書きつらねた卒業生の名前。（キャメラ下手の一番から順に最後の七七番杉本まで写してゆく）小池の名前はない。

小池の足元、踵をおろし、尻を掻く。

小池、悄然とする。隣の合格した学生が喜んで、思わず小池の手を取り握りしめる。小池、憮然として去る。

21

廊下

小池、歩いて来る。

壁に凭れかかり、目を上にやると、首吊りの輪がイメージで浮ぶ。

22

学務課

相変わらず学務員に談じ込んでいる杉本。

23

掲示場

（キャメラ、上手から下手へ移動）

高橋、合格者の一位から順に見てゆく。

掲示の紙の端が折れ下っているので、もしやと思い、近寄って上げて見るが、書いてあるのは、〃計七七名〃の文字だけである。

高橋、ガッカリして、ふと、廊下の方を見ると、小池を見つけ、呼ぶ。

24

校舎　階段の踊り場

高橋と小池、ガッカリして階段の手摺りをまたぎ、すべり下りる。

25

大学構内　一隅

高橋と小池、出て来る。

植込みの脇で、悄然として坐り込んでいる、大村たち三人を見つけ、駈けてゆき一緒になって坐る。

石川が、悄然と、

Ⓣ〝俺達は、一纏めにやられたぜ〟

大村「おい」と皆を見渡し、

Ⓣ〝諦めよう！〟

応援団の学生五郎も、空《から》元気で言う。

Ⓣ〝新学期に会おうぜ〟

一同、立ち上がると、揃ってステップを踏み、挨拶の手をパッと挙げて決めると、銘銘項垂《うなだ》れて散ってゆく。

26

学務課

杉本、依然として学務員に喰いさがっている。

学務員もしびれを切らせ、

Ⓣ〝君の友情は買うが、君だって
　やっと卒業したんだぜ〟

諦めた杉本、仕方なく、半ベソをかき乍ら出てゆく。　（F・O）

27

（F・I）喫茶店

高橋、テーブルの上の金魚鉢に煙草の煙を吹きかけていると、一匹がくたばってしまう。

それをつまみ上げてながめていると、杉本が項垂れて入ってくる。

高橋、その杉本の手を取り、

Ⓣ〝お目出度う〟

杉本、センチになり、泣き出しそう。

高橋、元気を装って杉本の肩を叩き、ゆっくりと坐る。

金魚鉢の水で煙草の火を消すと、テーブルの〝シベリアパン〟を取り、杉本に勧めるが、「食べたくない」と首を振るので、自分だけ食べる。

杉本、ベソをかき、悲壮に、

Ⓣ〝僕は君に、いろいろ面倒を見て貰って
　やっと卒業が出来たんだ〟

高橋「そんなことないよ」と笑みを浮かべてみせるがやはり辛い。残りの〝シベリアパン〟を口に押し込むようにして喰う。

杉本、涙ぐんで、

Ⓣ〝それだのに、教えて呉れた君が、
　落第して、教わった僕が、及第する
　なんて、そんな法はないよ〟

高橋、二個目の〝シベリアパン〟を取るとヤケになって食べる。

小夜子がエプロンをしめながら二階から降りて来る。高橋を見て、「アラ」と笑顔になり、トントンと降りる。

杉本、バツが悪く「じゃ失敬」と逃げるように出てゆく。

小夜子、杉本を目で送り、高橋に「いらっしゃい」と言い乍ら、向かいの椅子に坐る。

小夜子、咄嗟に何かを感じて、

Ⓣ〝あの方、どうでしたの？〟

高橋、ハッとするが、寂しく首を振り、

Ⓣ〝ビリだったけど、卒業したよ〟

小夜子「まあ、良かったわね」と喜んで、

Ⓣ〝矢ッ張り貴方が
　いろいろ教えて上げたからよ〟

高橋、〝シベリアパン〟をつまみ乍ら、気まずい顔で小夜子を見る。

小夜子「本当に良かったわね」と喜ぶので、高橋も仕方なく頷く。

小夜子、明るく続けて、

Ⓣ〝でも皆さん、就職が大変ですってね〟

高橋「そうらしい」と、三つ目の〝シベリアパン〟をパクつく。

小夜子、高橋を見上げ、

Ⓣ〝貴方は、運動部だから、安心だわ〟

高橋「そんなことないよ」と苦笑して益益言い出せなくなる。

小夜子、高橋が被っている学帽のアゴヒモを直してやる。

そこへ三人の学生が明るい表情で入ってくる。

小夜子「いらっしゃいませ」と立ち上がる。
高橋、遂に困って「じゃ、又」と逃げるように出て行く。
小夜子、心配そうに見送る。　（F・O）

28　（F・I）**高橋たちの下宿**（夜）

高橋、机の上にある和鋏をぼんやりと取り上げ、ふと、その鋏をノドに当て、突いてみる。（時計は七時二十分である）
ジッと鋏を見つめる高橋。（七時四十分になっている）
高橋、鋏を持って、クルリと後を向いてうずくまる。（時計は七時五十分を指している）
畳にパラリと落ちる片ッ方の足袋。
高橋、もう片方の足袋を脱いで、足の爪を切り出す。
階段の足音に振り返る。
銀坊が上って来て高橋の傍に寄ると、
Ⓣ〃みんな一緒に、御飯を食べるから
　いらっしゃいって……〃
銀坊、出て行く。
高橋、逡巡している。

29　**同　階下**

卒業の祝宴。
服部、鈴木、横山、杉本等お頭つきの食卓を前にビールを飲み乍ら待っている。
銀坊、降りて来て、内儀さんに、「今、来るって」と伝える。
杉本、俯いている。
内儀さん「杉本さん、よそいましょう」と声をかける。沈んでいた杉本、フト顔を上げ、茶碗を差し出す。
赤飯を盛り、そして高橋の茶碗にも盛りながら、内儀さんが言う。
Ⓣ〃でも、皆さんのうちで、高橋さんだけが落第するなんて、お気の毒ね〃
皆、一寸しんみりする。
と、銀坊が突然、
Ⓣ〃ラクダイって何んだい〃
内儀さん、答えられない。
服部たちも、俯いてしまう。
銀坊、尚も、しつっこく、
Ⓣ〃ラクダイって何んだい？〃
皆、益益俯いてしまう。
杉本、二階に気兼ねしながら、怒った口調で、
Ⓣ〃落第ってのは、偉い事だよ〃
と言い捨てて、二階の高橋を迎えに行く。

30　**同　二階**

高橋、階段の足音を聞いて机から腰を浮かし、帽子を冠り、風呂敷を手に持つ。
杉本、入って来て、
Ⓣ〃おばさんが、
　御馳走して待っているんだから、
　一緒に飯を喰わないか〃
高橋、風兄敷を折りたたみ乍ら、
Ⓣ〃本の買戻しに行くんだ〃
杉本、間髪を入れず、
Ⓣ〃本なら僕のをみんな上げるよ〃
と、風呂敷を取り上げ、高橋をうながして降りて行く。

31　**同　階下**

降りて来た高橋、内儀さんに「遅くなりました」と挨拶する。
内儀さん、安心する。一同もホッとし、
銀坊もニッコリ。
高橋、盛られた赤飯を見つめている。
内儀さん「さあ、おひとつ」と、高橋にビールを注いでやる。
高橋、ポチッと受け一気に飲んでコップを伏せ、赤飯を喰いだす。
皆も、やっとの思いで喰い出す。
高橋、喰うのを一瞬やめると、他の者も、つられるようにして喰うのをやめる。
高橋、今度はガムシャラに喰い出す。
他の学生もガムシャラに喰い出す。　（F・O）

32

満開の桜の下

（キャメラ、パン・ダウンすると）

桜の下を背広姿の卒業生たちが、放歌高吟し乍ら行く。

学生たち、桜を見上げ、一人が「綺麗だなあ」。もう一人は、

Ⓣ〝明日から、就職運動が忙しいから

今日は、うんと遊ぼうぜ〟

と、嬉しそうに言う。

33

高橋たちの下宿の前

卒業生たち、やってきて、二階へ呼びかける。

窓から、これも新調の背広姿の服部が顔を出して、「今、行くぞ」

卒業生たち、見上げて、

Ⓣ〝もうそろそろ、時間だぜ〟

服部「よし」と引っ込む。

入れ替りに着流しの高橋が顔を出し、「やあ」と挨拶する。

下の卒業生たち、慰め顔で、

Ⓣ〝気の毒だったな〟

高橋「ま、仕方ないよ」と元気を装う。

学生たち、少少得意になって、

Ⓣ〝今日は、謝恩会を兼ねて

ピクニックに行くんだ

悪く思うなよ〟

高橋、苦笑で首を引込め、窓を閉める。

34

同　下宿の二階

高橋、坐って火鉢に手をかざし、背広を着、外出のしたくをしている杉本たち及第組を見る。

服部「行って来るよ」で、一同ゾロゾロと出て行く。

高橋「ああ、行ってらっしゃい」

階段を降りてゆく一同。

が、杉本だけ戻って来る。

高橋「どうしたの？」

杉本、中折帽をもじもじと廻し乍ら、

Ⓣ〝僕も行って来るけど、

悪く思わないでなあ〟

下から卒業生たちの杉本を呼ぶ声がする。

高橋「ま、気にすんな」と、杉本をうながし、「送るよ」と、二人、部屋を出る。

35

下宿の表（玄関先）

高橋と杉本、降りて来て、高橋、皆を見送る。一同、愉しそうに行く。

高橋、寂しくしゃがみ込んでいると裏の方から声がする。振り向く。

36

勝手口

洗濯屋が、例のワイシャツを届けに来て、高橋に渡す。

洗濯屋、言う。

Ⓣ〝随分、洗ったんですが

どうも綺麗におちませんよ〟

高橋、シャツをひったくり、うらめしそうにシャツを見て、畳に放り投げる。

それを踏みつけて行きかけるが、思い直して包のひもに足の指を引っかけて拾い上げる。

37

同　二階

高橋、シャツを放り出し、それをまたいで、デッキチェアに坐る。

思い直してシャツを拾い、包から出して畳の上に拡げてみる。

まだ残っているカンニングの文字を指が未練がましく追う。

そして、それを踏みつけて、机に坐り引き出しの中から、小夜子に貰った角砂糖の包を出し、拡げ、それを麻雀のようにかき廻す。

一つをつまみ、チョイとかじり、嘗め、口に放り込む。

今度は積木のように積み上げるが崩れてしまう。

また、一つを放り投げて口に入れ、ひっくり返り、机の上に両足を投げ出す。

背広の箱を引き寄せて、蓋をあけ、ちょっと中の服をつまんでみる。

机の上の足、無聊である。

泣いている高橋、階段を昇って来る気配で、慌てて箱をしまう。
銀坊が入って来て、寝そべっている高橋の上に馬乗りになるが、銀坊、高橋の涙に気付く。
高橋、顔をそむける。
馬乗りになっている銀坊をどけて、身を起こす。銀坊、机の上の角砂糖をつまみ、「食べてもいい？」高橋「いいよ」
銀坊、それをかじり乍ら、教科書をパラパラとめくる。
高橋、銀坊の頭をポンと叩き、
Ⓣ〝坊や、大きくなったら、
何になるんだい？〟
銀坊、得意そうに、
Ⓣ〝大学へ行って、小父ちゃんのように
偉くなるんだ〟
高橋「俺のように偉くなる？」と聞き返すと、
銀坊、鼻の下を掻き乍ら、
Ⓣ〝小父ちゃんみたいに、
ラクダイするんだ〟
高橋、ギャフンと参り、銀坊の頭を小突き、自分の頭をかかえ、後へひっくり返る。
銀坊、また教科書をめくり出す。
其処へ、盛装した小夜子が入って来る。
びっくりして起き上る高橋。

小夜子、高橋の前に坐る。

高橋、銀坊に角砂糖を握らせて、「あっちへ行ってな」と、追い出す。

銀坊、振り向き、二人を見較べ、頭を掻き、降りて行く。

小夜子、ハンドバッグから、出来上ったネクタイを取り出し、

Ⓣ〝お約束のネクタイ、やっと出来たわ〟

と、高橋に差し出す。

高橋、受け取るが、気が重い。

小夜子、ニッコリして、女房気取りで、傍の背広の箱を引き寄せ開け、いそいそと背広を取り出して、ネクタイをあててみる。

小夜子「まあ、素敵！　ねえ着てみない」と嬉しそうに言う。

高橋、浮かない顔で、返事を渋る。

小夜子、背広を差し出す。

高橋、手を出さない。

小夜子、尚も明るく、

Ⓣ〝着て御覧なさいよ。

きっとよく似合うわ〟

と、箱からズボンなどを取り出し、無理に着せようとする。

Ⓣ〝今日は、活動を見に行きましょうよ〟

高橋、仕方なく立ち上がり、着替え始める。

足元にある例のシャツを蹴っとばす。

高橋、重苦しく、

Ⓣ〝実は、僕〟

小夜子、聞きもせず、いそいそと世話女房気取りでズボンを差し出す。

高橋、言いそびれ、また着替えを始める。

シャツのボタンをはめ乍ら、再び「実は僕」と言う。

小夜子、聞こえないふりをして、構わずに、次から次へ、着替えを渡す。

高橋、思い余って、「実は……」

Ⓣ〝僕は、言いそびれて、いたけれども〟

小夜子、尚も構わずネクタイをしめる。

高橋、ネクタイをしめている小夜子の手を握りしめて、

Ⓣ〝僕は、このネクタイを、
貰う資格はないんだ〟

小夜子「いいのよ」、高橋「よくない！」と、小夜子の手をふりほどこうとした拍子に、ネクタイピンが高橋の指に刺さる。

「痛いッ！」と高橋。

小夜子、大袈裟に――気分を紛《まぎ》らす様に笑い乍ら高橋の押えている指を覗き込む。

高橋、ネクタイを取って、真剣に、

Ⓣ〝僕は、背広なんか、
着られる身分じゃないんだ〟

小夜子の笑いが消えて、真顔になる。
小夜子、遂に言う。
Ⓣ〝卒業しなかったからって
　背広が着られないはずはないわ〟
高橋、唇をかむ。
小夜子、重ねて、
Ⓣ〝あたしは、何もかも
　皆知っているんです〟
高橋、爪をかむ。
小夜子、カンニングのワイシャツを引き寄せて、
Ⓣ〝こんなに迄、こんなに迄
　勉強なすったのに〟
小夜子の膝に置かれたカンニングシャツ。
見つめ合う二人。
高橋、気を取り直し、
Ⓣ〝活動へ、出かけようよ〟
気持を変えた二人。小夜子は高橋にネクタイをしめてやり、高橋は、カンニングのシャツを自分の膝の下に隠して、小夜子の涙を拭いてやる。　（F・O）
Ⓣ〝大学の四月なかばは
　椎の木の　暗き下かげ〟

38　（F・I）**大学構内**

木蔭で学生たちが新聞を読んでいる。
話題は専ら、明日おこなわれる早慶戦の記事だ。
学生A「明日の試合はどうなんだい」と聞く。学生Bは
Ⓣ〝守備はとてもいいんだから
　打てれば勝つよ〟
他の場所でも学生Cが、
Ⓣ〝伊丹や水原は、
　打撃が利いたからなあ〟
他の学生も、それに頷いて、再び新聞に見入る。

39　**高橋たちの下宿**（二階）

横山が、布団に入った儘、スポーツ雑誌を見ている。

角帽にブラシをかけている服部。

机の上に腰を下ろして、煙草をふかし乍ら、学生服のボタンつけをやっている杉本。

ここでも明日の早慶戦のことでもちきりである。

横山が、杉本に、

Ⓣ〝何んとかして
　切符が手に入らないかなあ〟

杉本「そうだなぁ」と、ボタンのつけ終った学生服を服部に渡す。

服部「おい、出来たよ」と、鏡の前で髪を整えている高橋に言う。高橋は、応援団のユニフォームを着ている。

高橋「すまん」と言って服部から学生服を受取って着る。

高橋一人が意気揚揚としていると、鈴木が風呂敷を首にかけて入って来て、杉本の隣に力なく坐る。

服部「おい、どうした」と聞く。

杉本も心配そうに見る。

鈴木、がっくりして、

Ⓣ〝背広一着につき、十円ずつしきゃ
　お貸し出来ませんとさ〟

杉本「えっ、十円！」と驚き、ガッカリする。

畳の上に拡げられた風呂敷に放り出される十円札四枚。銘銘、手を出して取る。二枚取った鈴木が、一枚を立っている服部に渡す。

服部、その十円札を眺めて渋い顔でしゃがみ込んでしまう。

鈴木は頭をかかえて、寝転ぶ。

それを見ていた高橋、皆に背を向け乍ら、学生服のボタンをはめる。ふと階段の足音に目をやると、銀坊が、郵便を二通持って来る。

一通は高橋宛で、もう一通は寝転んでいる鈴木へ来たものである。

鈴木、はね起きて、「おい、会社からだ」と、喜んで封を開ける。

高橋のところに来たのは親からの手紙である。

手紙を拡げて読んでいる及第生組。

そのうちに顔から笑いが消え、一同、落胆の表情に変る。

高橋、そちらも気にし乍ら、自分の手紙を開ける。

及第生たち「あーあ」と便箋を破り捨てる。

高橋「おい、どうしたんだ」と訊く。

及第生組、落胆の表情で、

Ⓣ〝又、断り状だ
　当分、就職の見込みはないよ〃

高橋、自分の封筒から便箋を取り出すと、間にはさまれていたものが、下に落ちる。

それを見ている及第組。

畳に落ちたのは、お札である。

高橋、それを拾って拝み、胸ポケットに入れる。

羨ましそうな顔の及第組に、

Ⓣ〝皆、パン食べて、いいぜ〃

壁に掛けられている競技用ピストルと、合図用のカンカン帽。

その方に一斉に目をやった及第組、申し訳なさそうに「うん」と返事をする。

外からの呼び声に、杉本が窓を開けて下を見る。

小池ら三人が、高橋を呼びに来ている。

杉本、高橋に「おい、呼びに来たぞ」

高橋「おお、じゃ、行って来るからな」と、手紙をポケットにしまう。

そして、「お、皆んな」と、ズボンのポケットを叩き、中から小銭を取り出すと、デッキチェアの上にチャラチャラリンと置く。

及第組一同「どうも」と、高橋に頭を下げる。

部屋を出る高橋。が、また顔を出して、

Ⓣ〝又、学務課に寄って、何処か就職口を聞いて来てやるよ〃

及第組「よろしく頼む」と拝み、頭を掻く。

高橋「じゃ、な」と出て行く。及第組、出口の傍にあるデッキチェアに集まり、高橋が置いていった小銭を戴く。

40　下宿の外

高橋、小池、大村ら、落第五人組、横隊に肩を組み、奇妙なステップを踏みながら、前方に歩いて来る。

（足元だけのショット）

41　通り

高橋たち、通りに出ると、向かいの喫茶店の前で、植木に如雨露《じょうろ》で水をやっている小夜子を見つける。

42　喫茶店の前

小夜子、高橋たちに気付くと、如雨露を置いて彼等の方へ行く。

43　通り

高橋、隣にいる石川を肘で小突き後に退《さが》らせる。小夜子、五人に挨拶する。照れ臭そうにお辞儀する五人。

大村が、高橋を残して先に行こうと、他の者に指で合図する。

小夜子「これから行くの？　しっかりね」と、高橋の制服のチリを払ってやる。

二人、ふと見ると、四人が、うらめしそうな顔をしながら揃って歩いてゆくのが見え、笑う。

高橋「じゃ、行って来るから」と、四人のあとを追い、露地に消える。が、また顔を出して手を振る。

小夜子も手を振り返し、高橋が見えなくなると、喫茶店の方へ戻る。

44　大学構内

小池が、屯《たむろ》している学生たちに、集合するように言って廻っている。

45
校舎の窓の下
小池がやって来て、囲りの気配をうかがい乍ら、そっと窓を上にあげる。

46
教室
小池、後に坐っている応援団員のメガネとデブを「おい、おい」と呼び、「応援の練習をやるから抜け出してこい」と合図する。

メガネとデブ「判った、行くよ」と合図をする。

小池「すぐ来いよ」と、去る。

メガネとデブ、正面を向くと、教授が、英語でびっしり埋めつくされた黒板を背に授業をしている最中である。

二人、隙を見て、一列後の席に移る。

教壇では、教授が黒板の文字を指でたどり乍ら教えている。

二人、その隙に、また一列、また一列とジリジリ後方に移って行き、窓に近づく。

窓のすぐ近く迄来た二人、先ずメガネが靴を脱ぎ始める。

47
窓の外
靴が一足放り出される。

48
教室
教授、相変わらず、黒板の文字を指でたどり乍ら教えている。
その隙に、メガネがデブに助けられ、窓から脱出する。
教授、相変わらず黒板に向かっている。

49
窓の外
投げ出された靴を拾う、裸足のメガネ。

50
教室
今度はデブが、片足を窓にかけるが、フッと教授の方を見る。

教授もデブの方を見る。

デブ、窓から出した片足をそっと引っ込め、テレ笑いをして席に戻る。

デブが頭を掻いていると、それまでデブに注がれていた皆の視線が、入口の方に移る。

メガネが靴を抱え、用務員に連行されて入って来る。

(なぜかこの時メガネをかけていない)

メガネ、教授の方を見る。

教授、ムッとした顔で、「オイ、来たまえ!」とメガネを呼びつける。

情けない顔のメガネ「はい」と力なく返事をして、トボトボと教授の前に歩いて行く。叱りつける教授。一同、大笑い、帽子を放り上げたりしている。

51
構内の一隅
高橋ら、例の五人組が応援団のユニフォーム姿で、集った学生たちの前に立ち、応援の練習にはげんでいる。
メガホンを取る五人。気合いを入れる。

52
高橋たちの下宿(二階)
机の上に放り出された、及第生たちの足。
何もすることがなく寝ころがっている。
一人の腹の上に「アサヒスポーツ」が伏せてある。
杉本、起き上り、窓の外をなんとはなしに見る。他の者も次次に起き出し、一斉に窓の外を見上げる。

53
大隈講堂の時計台が見える

54
下宿の二階
杉本、角帽を被り、口笛を吹くと、羨ましそうにつぶやく。
Ⓣ〝もう一度、
　学校へ行きたくなったなあ〟
皆、頷く。
服部も、腐って、
Ⓣ〝こんなんなら、何もあわてて

卒業するんじゃなかった〃

55 大隈講堂の時計台

56 下宿の二階

一人、一人と、順順に再び寝転ぶ。
そして、机に足を投げ出すと、四人揃って、足で机を叩き、三・三・七拍子をやる。

57 大学構内の一隅

学生たち、応援の練習をしている。
手を叩いて三・三・七拍子――
高橋たち五人がリーダーである。
最後を、パッと決めて――　（F・O）

――エンド・マーク――

（昭和五年三月二十七日　製本）

その夜の妻*

脚色　野田高梧

博文館発行　新青年所載
〃九時から九時まで〃
原　作……………オスカー・シスゴール
翻　案
脚　色……………野田　高梧
監　督……………小津安二郎
撮　影
編　輯……………茂原　英雄

橋爪周二……………岡田　時彦
その妻　まゆみ……………八雲恵美子
その子　みち子……………市村美津子**
刑事　香川……………山本　冬郷
医師　須田……………斎藤　達雄
警　官……………笠　智衆

一九三〇年（昭和五年）
松竹蒲田
脚本、ネガ、プリント現存
S7巻、1809m（六六分）
白黒・無声
七月六日　帝国館公開

*撮影台本のタイトルは「其の夜の妻」となっている。

**台本によれば当初、岩間照子が予定されていた。消されて市村美津子の名が記入されている。

Ⓣ〝そして朝が来て——〟

1 **（F・I）深夜のビルディング街**

人通りは全く絶えて、街路樹の列が黒い影のように街燈の淡い光にボンヤリと照らされている。そのひっそりとした情景二三態。

2 **舗道**

巡査の足がコツリコツリとゆっくり歩いて来る。やがて立止る。

巡査は不審そうにビルディングの入口の方を見ている。

3 **或るビルディングの入口**（見た眼）

そこの石段の上の片隅に黒い影がうずくまっている。

4 **舗道**

巡査はその方へ近づいて行く。

5 **ビルディングの入口**

黒い影は小さく丸まって眠っている一人の浮浪人である。

巡査はそれを揺り起して去らせる。

浮浪人はアクビをして去って行く。

巡査はそれを見送るとまたコツリコツリとゆっくり歩いて行く。

6 **他のビルディングの前**

今の浮浪人が眠《ね》むそうにアクビをして腕などをさすりながら来て、四辺を見廻すと、またそこの石段の片隅に小さく丸まって眠りに就く。

7 **舗道**

巡査は相変らずコツリコツリと歩いて行く。

8 **交番の前**

別の巡査が退屈そうに立番をしている。

そこに前の巡査が巡回から帰って来る。

そしてそこに佇んだままで何か微笑しながら語り合う。

と、両人、突然、交番の中を屹と振返り、一人が急いで駈け込む。もう一人もそれに続く。

9 **交番の中**

先きに駈け込んだ巡査がすぐ電話の受話器を耳にあてる。

聞き取れない様子で、「え？　え？」と慌ただしく聞き返す。その傍へ、もう一人の巡査が、「なんだなんだ」と顔を出す。

10 **或る会社の一室の電話**

小使が逆上した様子で慌ただしく電話をかけている——と手が出て、小使の耳にあてた受話器を激しく引きもぎる。

11 **ゆかの上**

線が切れて受話器がゴロゴロと転がる。

12 **電話の前**

おびえきって慄えている小使。

それを鋭く睨みつけてピストルを向けている周二——（簡単な覆面、そして帽子のツバをグッと深くおろして上衣の襟を立てている）。

小使、おびえてヂリヂリとさがりかける。

周二、グイと片手を伸ばして小使の肩を鷲掴みにするや、力まかせに奥の室の方へ突きやる。

13 **半開きのドアを通して見た奥の室**

突きやられた小使がドアにぶつかって奥の室へのめりこむ。そのぶつかったハヅミにドアがバタンと向うへ開いて、奥の部屋に宿直らしい事務員が二人ばかり、後手に縛られて猿轡をさせられて、ゆかの上にへたばっているのが見える。

14 **奥の室**

事務員達は生色もなく恐ろしそうに喘いでいる。

ゆかにのめった小使は一生懸命に起き上ろうとするが、打ち処でも悪かったのか、どうしても起き上れない。

周二がピストルを構えながら、向うの部屋から這入って来る。

15 **街路**

疾走して来る警官隊のオートバイ。

(位置を変えて二三態)

16 **会社の奥の室**

金庫の前で——周二、紙幣をポケットにねじこみ、事務員達にピストルを向けながら、廊下口のドアの方へ後ずさりに出て行こうとする。

ヨロヨロと起上って来る小使。

周二、その肩先を蹴って、小使が倒れる隙にヒラリと廊下へ消える。

17 **街路**

驀進して来る警官隊のオートバイ。

18 **ビルディングの地下室からの出口**

そこはビルディングの表通りから曲った横手の街路に面している。

周二、そこの狭い石段を足早に登って街路へ出ようとし、左右に注意して初めて覆面をはずす。ホッとした心持。

そして尚も左右に気を配りながら、上衣の襟を正し、帽子を冠り直して、足早に街路へ出る。

19 **街路**

周二、足早に裏通りの方へ進む。そして突然、ハッとして振返り、いそいで物陰に身をひそめる。

20 **物陰**

周二、身をひそめながら表通りの方を覗き見る。

21 **横通りから見た表通り** (見た眼)

警官隊のオートバイが通り過ぎる。

22 **物陰**

じっと息を殺して見ている周二。急に身を翻して走り去る。

23 **或る街角**

警官を満載した自動車が疾走して来て止まると、警官達は蝗のように素早く自動車から飛びおりてバラバラと非常警戒の部署につく。

24 **或るビルディングの横通り**

向うの街路から周二が慌ただしく逃げて来て、そこの物陰に身を隠し、不安そうに様子を覗《うかが》う。

25 **街路**

犯人探索に馳せちがう警官達——
通りがかりの自動車を呼び止めて取調べる警官——
先刻の浮浪人を発見して訊問する警官
——
オートバイで疾駆する警官——
等々、すべて慌ただしい非常警戒の光景
適当に——　(F・O)

Ⓣ 〃この深夜
同じ都会の片隅では——〃

26 (F・I) **屋根裏の貧しい部屋**

乏しい家具、笠のこわれた電燈、壁にかけられた粗末な男の上衣、等々——。

一隅のベッドで今うとうとと眠りに落ちようとしている病児みち子、四五歳。氷枕、氷嚢——その枕元の粗末な椅子に腰かけて、病児をやさしく叩いてやりながら寝かしつけている中年の医者須田——須田と並んでこれも粗末な椅子に腰をおろして心配そうに項垂れている若い母親まゆみ。

やがてみち子は穏やかな眠りに落ちる。

小さな鼾——。

須田、それを見て静かに手を放し、黙ってまゆみに眼を移す。

まゆみ、項垂れていた顔を上げて、傷ましげに病児の寝顔を見守る。

須田、音を立てないように黙って静かに立上り、傍の粗末なテーブルの上に置かれた聴診器や体温器などを折鞄におさめる。

まゆみ、それを見て、静かに病児の傍を離れ、須田の傍へ寄り、黙礼する。

27 別室

台所兼帯の部屋で片隅には粗末な炊事道具があり、コーヒーポットなどが置き捨ててある。

須田とまゆみが病児の部屋から出て来る。

そして須田はしんみりした様子でまゆみを振返り、気の毒そうに言う。

Ⓣ〝今夜さえ無事に越してくれれば、
あとは安心なんですが……〟

まゆみ、不安に満ちて、病児の方に眼を移す。

28 病児の室

何事もなくスヤスヤと眠っているみち子。

29 別室

まゆみ、不安そうに首を垂れる。
須田、それを見て傷ましげに言う。
Ⓣ〝あなたは一昨日《おととい》の晩から一睡も
なさらんのじゃありませんか〟
まゆみ、項垂れたまま寂しく頷き、静かに顔を上げて力のない微笑を浮べながら、
Ⓣ〝わたくしはまだまだ大丈夫で
ございます〟
と言って再び不安そうに首を垂れる。
須田、気の毒そうにその様子を見、「では夜中にでももし変った事があったら遠慮なく知らせて下さい」などと言い置いて帰って行く。

30 室外の階段

まゆみ、須田を送り出して来る。

須田、階段をおりて去って行く。

まゆみ、見送って室内へ戻る。

31 室内

まゆみ、ドアをしめると、力が抜けたようにドアに凭れてグッタリとし、炊事台の方に眼を移して、その方へ進む。

そしてコーヒーポットを手に取って、それを茶椀に注ぎ、砂糖を入れようとして、思い直してやめる。

一口飲んで、にがいのを我慢してグーッと呑み乾し、病児の部屋の方へ行く。

32 病児の部屋

みち子はすやすやと眠り続けている。

まゆみ、来て、じっと傷ましげに眺め、軽く叩いてやりながら、次第にしんみりと考え込む。そして再び静かに立上って窓際へ歩み寄る。

33 窓際

まゆみ、ガラス越しに下の道を見おろす。

34 下の露路（見た眼俯瞰）

左右の建物に挟まれて細く向うへ延びている暗い露路——勿論人の影などは見えない。

35 窓際

まゆみ、がっかりしたように吐息して、

尚も見おろし続ける。

36　ベッド

みち子、むくむくと動いて眼をさまし、母を探すように見廻して、まゆみを見付けたらしく、泣きそうな顔で「お母ちゃん――」と呼ぶ。

37　窓際

まゆみ、振返って、いそいでベッドの方へ行く。

38　ベッド

まゆみ、来て「好い児、みち子ちゃんは好い児ね」といたわる。

みち子、言う。


Ⓣ〝お父ちゃんは？

お父ちゃんはまだ？〟


まゆみ、それをなだめすかすように言う。

Ⓣ〝もうじき帰っていらっしゃるから
おとなしくねんねしていましょうね〟

みち子、「いやいや」と泣き出しそうになる。

まゆみ、しきりになだめすかす。

みち子、聞かず、駄々をこねて、遂いに泣き出し、

Ⓣ〝お父ちゃんを呼んでよう！

お父ちゃんを呼んで来てよう！〟


と身を動かして泣く。

まゆみ、しきりになだめすかす。

みち子、益々泣き叫んで駄々をこねる。

まゆみ、それをなだめている間に、次第に悲しくなって来て、自分も涙ぐみ、

Ⓣ〝お父ちゃんはみち子ちゃんの
病気《きいきい》を癒すお金を
拵えにいらしったんだから
屹度々々もうじき
帰っていらっしゃるわ〟

と言いきかせる。

みち子、聞き入れず「いやいや」と首を振って、

Ⓣ〝お母ちゃんの嘘つき！

お父ちゃんを呼んでよう！〟


と泣く。まゆみ、なだめあぐんで、一ぱい涙を浮べながらも、しきりにみち子に言い聞かせる。

（F・O）

39　（F・I）ビルディング街の一角

周二、向うの角を曲って一散に逃げて来て、そこの物陰にピタリと張り付き、不安に満ちて様子を覗《うかが》う。

向うの通りを警官達がバラバラと駈け過ぎて行く。と、その中の一人が周二の隠れている方へ駈けて来る。

周二、素早く逃げる。

駈けて来た警官、それを見て呼笛を吹く。

40　街路

警官達、呼笛を聞くと「それッ！」と急いで引返す。

41　街角

周二、角を曲って一散に逃げ去る。

等々、追跡の情景適当に――

42　自動電話のある街角

周二、漸くそこまで逃げ延びて来ると、四辺の様子を覗って、自動電話のボックスへ飛び込む。

43　自動電話の中

周二、たえず外部に気を配りながら、慌ただしく電話をかけ、番号を言うと共に身をかがめる。

44　街路

駈せちがっている警官達。

45　自動電話の中

身をかがめていた周二、相手が出たらしく外部に気を配りながら立上って、料金を入れ、慌ただしく、

Ⓣ〝須田病院ですね。

　橋爪ですが先生を電話口まで〟

と言って外部を気にして再び身をかがめる。そして、たえずオドオドしながら待ち、相手が出ると、再び外部に気を配りながら立上って、慌ただしく「先生ですか。橋爪です」と言い、続いて何か言おうとして、途端、外部を見てハッと身をかがめる。

46 **須田病院の電話口**
須田、受話器を耳にして不審そうに「モシモシ」と呼ぶ。

47 **自動電話の中**
周二、オヅオヅと立上って、息を飲みながら、
Ⓣ〝今夜は家に帰れないかも知れませんが
　子供の様子はどんなでしょうか〟
と訊ねて、答えも待たずに身をかがめる。

48 **須田病院の電話口**
須田、眉を顰めるようにして答える。

Ⓣ〝今夜が一番危険なんですよ〟

49 **自動電話の中**
周二、かがんだまま電話を聞いて「えッ」と顔色を変える。

50 **街路**（短かく）
犯人探索に奔走する警官達。

51 **自動電話の中**
喘ぐような気持で頷きながら電話を聞いている周二。

52 **須田病院の電話口**
須田、おだやかな調子で言う。
Ⓣ〝どんな御用か知らんが今夜だけは是非
　お帰りにならなけりゃいけませんな〟

53 **自動電話の中**
周二、それを聞いて、深い決心の色。受話器をそこに手放すと、ドアを細目にあけて外部の様子を覗い、匍《は》い出すようにして素早くヒラリとボックスから駈け出て行く。

ブラリとさがっている受話器。

54 **舗道**
一方駈け過ぎて行く五六人の警官達の足。

55 **物陰**
のがれて来る周二。

等々、警戒網をくぐって逃げる周二の描写、適当に――

56 **警戒線外の街路**
周二、漸く逃げのびて来てホッとする。見ると向うから一台の円タクが来る。周二、身づくろいして進み出で、円タクを呼び止める。そして周二が乗ると、円タクは大きなカーヴを描いて今来た方へ走り去って行く。

57 **警戒線内の街路**
警官達が二人三人と集って来て、「逃げたらしいな」などと語り合う。

58 **自動車の中**
周二、じっと何事か考えながら揺られている。やがてポケットから煙草を出してマッチを擦る。

その光で照らし出された周二の顔が、運転台の小さな鏡に映る。

運転手、黙々として運転を続けている。

周二、煙草を吸いながらも、なんとなく落付かない心持。　（F・O）

59 （F・I）**屋根裏の病児の部屋**
まゆみ、みち子を寝かしつけた儘の姿で

ベッドに凭れて仮睡している。

みち子、眠った儘でむづむづと動く。

まゆみ、それでハッと眼を覚まし、みち子が蒲団をはいでいるのを静かに掛けてやりなどする。

そして氷嚢の氷が溶けているのを知ると、それを持って別室の方へ行きかけ、何か心にかかるらしく、窓際へ歩み寄って、露路を見おろす。

しかし誰の姿も見えぬらしく、失望の色を浮べて、微かに嘆息し、力なく別室の方へ歩を移す。

60

別室

まゆみ、来て、氷嚢の口をほどきながらフトそこにある小さな粗末な鏡に眼を移す。

鏡――に映るまゆみのやつれた顔。そっと頬を撫でて見て、髪の毛を掻き上げなどする。

が、すぐ気が付いて、氷嚢の水を捨てなどして働く。

61

往来

円タクが来て止まる。

周二、おりて、料金を運転手に渡し、いそぎ足に去って行く。

62

屋根裏の別室

まゆみ、氷を砕いている。

63

露路の入口

周二、いそぎ足に来て、露路の中へ這入って行く。

64

屋根裏の病児の室

まゆみ、氷嚢を持って来て、静かにみち子の額にのせ、途端、物音を耳にして、仄かな明るさを顔に浮べ、別室の方へ出て行く。

65

階段

周二、いそぎ足に登って来る。

まゆみ、ドアをあけて現われ、待ち詫びていた様子で迎える。

周二、気ぜわしげにみち子の様子を訊ねながら、いそいで室内に這入る。

66

室内

周二、すぐ室内を通りぬけて病児の室の方へ行く。まゆみ、ドアの鍵（鍵穴に嵌めた儘になっている）をかけて周二に続く。

67

病児の室

周二、ベッドの傍へ立ち添って、みち子の寝顔をじっと見る。

みち子、おだやかにスヤスヤと小さな鼾をかいて眠っている。

まゆみも来て、周二と並んでみち子の寝顔をじっと見る。

周二、静かにまゆみと顔を見合せ、漸く安心したらしく微笑して、ベッドの傍を離れ「おい」と低い声でまゆみを呼んで、ポケットから紙幣を掴み出してその台の上に置く。

まゆみ、その思いがけない沢山の紙幣を見て「まァ」と顔色を変え「こんなに沢山のお金……」と胸を踊らせて周二を見る。

周二、黙って暗く眼を伏せる。

まゆみ、不安に満ちて周二の顔を覗き込み、固唾を飲んで、

Ⓣ〝まさかあなたは……？〟

とわくわくしながら言う。

周二、眼を伏せたまま暗く、

Ⓣ〝おれ達の仲間はみんな貧乏人だ。何処へ行ったって貸してくれる奴はありゃしねえ〟

と呟いて物悲しげな眼でまゆみを見る。

まゆみ、益々不安に襲われて周二を凝視している。

周二、再び眼を伏せて、呟くように暗く、

Ⓣ〝と言って、みち子を見殺しにする
ことはおれには出来ねえ〟

と言って、眼を移してみち子を見る。

まゆみ、その周二の顔を悲しげに見、同じように眼を移してみち子を見る。

周二、再びまゆみに眼を戻して、しんみりと、

Ⓣ〝みち子さえ癒ったらおれは自首
して出るつもりなんだ〟

と言いながらポケットからピストルを出して台の上に置く。

まゆみ、胸迫る思いで、じっと周二を見ている中に、次第に涙があふれて来る。

周二の眼にも涙が浮ぶ。

まゆみ、たまらなくなって「あなた！」と悲痛に叫んで周二の手を握る。

みち子、むづむづと動いて眼を覚まし、周二の姿を見出して、「あ！　お父ちゃん！」と力なく笑って手をさしのべる。

周二、「おお眼が覚めたか」といそいでベッドに歩み寄ろうとする。

68　ドア

手がノックする。

69　室内

周二とまゆみ、ハッとして振返り、不安そうに顔を見合せる。みち子は力のない顔に喜びの色を浮べて周二の手に縋っている。

70　ドア

ノックが続く。

71　室内

まゆみ、咄嗟に決心して、周二を戸棚に隠れさせる。周二、隠れようとする。

みち子、それを見て泣き出す。

周二、みち子に駈け寄って、その手に幾度も接吻し、頬を押しつけて、いそいで戸棚に這入る。

みち子、「行っちゃいやよう」と泣く。

まゆみ、慌ててそれをなだめる。

72　ドア

ノックが続く。

73　室内

まゆみ、声をひそめてみち子をなだめ、一方、台の方の紙幣を集めて袂に隠し、ピストルのやり場に困ってベッドの蒲団の間に入れる。

74　ドアの外

立っている男（背広、ソフト帽）の後姿。ノックする。

75　ドアの内側

まゆみ、来て、ドアに耳をあてて用心深く様子を覗い、つとめて平静を装ってドアをあける。

ドアの外に立っている男——それは先刻の円タクの運転手で、実は刑事の香川精一郎である。

まゆみ、それを防ぐようにドアの外に進み出て、「何の御用ですか」と訊ねる。

76　ドアの外

香川、室内を覗き込むようにして言う。
Ⓣ〝僕は其筋の者だが御主人は内かね？〟
まゆみ、「いいえ」とキッパリ首を振って、
Ⓣ〝今朝出たきりでまだ帰りません〟
とハッキリ答える。
香川、微笑して「そうですか」と頷き、
Ⓣ〝では帰るまで待たせて頂こう〟
と言ってまゆみの横をすりぬけるようにしてスッと室内へ這入る。
まゆみ、「待って下さい」と追う。

77　室内

まゆみ、素早く香川の前に廻って、行く手に立ち閉《ふさ》がり、
Ⓣ〝お気の毒ですけれど
子供が大病で今夜が一番

危険なのですから〃
と言って遮る。
香川、軽く笑って、
Ⓣ〃そんなに邪魔にしないでも
僕だって氷を割るぐらいの
お手伝いはしてあげるよ〃
と言って、まゆみを押しのけるようにして病児の部屋に進もうとする。
まゆみ、それを遮る。
香川、微笑して「決してお邪魔はしません」と尚も進み入ろうとする。

78
病児の部屋

香川、まゆみに遮られながら這入って来る。
みち子、それを見ると、怯えたように「お母ちゃん」とベソをかいて呼ぶ。
まゆみ、みち子の傍へ寄って「大丈夫よ、お母さんがいるから大丈夫よ」と気ぜわしくなだめる。
香川、室内を見廻している。
まゆみ、みち子をなだめながら憎《に》く憎《に》くしげに香川を睨んで、ツと香川の前に進み出で、睨みつけて、
Ⓣ〃帰って下さい！　あなたが
いらっしゃると子供が怯えます！〃
と鋭く言う。
香川、おちついてニヤニヤ微笑しながら、
Ⓣ〃君の方では迷惑でも
僕は職務上
此処にいる必要があるんだよ〃
と意地悪く言って、周二の隠れている戸棚にじっと眼を注ぐ。
まゆみ、戸棚の方をかばうような心持で、憎悪に燃えた眼で香川を睨み、固唾を飲む。
香川、再びまゆみに眼を移し、微笑を浮べながら言う。
Ⓣ〃実を言うと僕は今君の夫を
其処まで自動車で送って来たんだよ〃
まゆみ、「えッ」とおどろく。
途端、香川、ピストルを構えて戸棚の方へ進み寄り、叫ぶ。
Ⓣ〃出て来い！〃
まゆみ、ハッとして、すぐ気が付き、ベッドの蒲団の間からピストルを取り出して、香川の背後に進み寄り、その横腹にピタリと銃口を押しつける。
香川、さすがに困惑して両手をあげる。
まゆみ、ピストルを押付けたまま、ヂリヂリと香川を押し戻す。そして「ピストルをお捨てなさい！」と命じる。
香川、ピストルを台の上に置く。
まゆみ、そのピストルも手に取って、両手でピストルを構える。
みち子、おびえている。
まゆみ、戸棚の方に向って、
Ⓣ〃あなた！　早く！
早く逃げて下さい！〃
と言う。香川、手の出しようもない。
周二、戸棚から現われる。
まゆみ、「早く！　早く逃げて！」と言う。
みち子、周二を見ると、「お父ちゃん！」とベソをかいて手をさしのべる。
周二、ベッドに駈け寄って、みち子を抱くようにして、「おお、よしよし」となだめる。
まゆみ、周二をせきたてる。
周二、涙ぐましく首を振って、
Ⓣ〃おれにはこの子を見放して行く
勇気はねえよ〃
と悄然とする。
まゆみ、香川と周二と両方に心を使っていらいらしている。
みち子、周二に縋りついている。
まゆみ、決心して香川に、
Ⓣ〃あたし達の子供は今夜が
生死の境なんです！
子供さえ癒ればうちの人は
自首して出ると言っているんです〃
と言って息を飲み、
Ⓣ〃それまでは幾日だってあたしは

こうしています〃

と言う。

香川、両手を上げたまま困惑して其処の椅子に腰をおろす。

周二、みち子が怯えるのをなだめながらまゆみの方を気にしている。

まゆみ、香川に銃口を向けながら、その椅子に腰をおろし、周二に向って言う。

Ⓣ〃あなた！　あたしに構わず
　みち子を介抱してやって下さい！〃

周二「うむ」と深く頷き、みち子に「さあ好い子だからおとなしくねんねしな」と言って、やさしく介抱して寝かしつける。

まゆみ、じっと香川に銃口を向けている。

香川、手を上げた儘、腕時計を見る。

腕時計——二時前後である。

香川、困った顔で嘆息する。（F・O）

79　（F・I）**置時計**

三時前後をさしている。

氷を砕いている周二の手。

80　**別室**

周二、氷を氷嚢へ入れる。

81　**病児の室**

まゆみ、依然として香川にピストルを向けているが、稍々ともすれば眠りに襲われそうになり、気が付いては、眼を見開く。

香川、足を組んで椅子に腰かけ、両手を頭の後で組合わせて、退屈そうに椅子の背に凭れている。

周二、氷嚢を持って這入って来て、黙ってまゆみと顔を見合わせ、すぐみち子の枕元へ行って、氷嚢を額にのせてやる。

みち子はスヤスヤと眠っている。

周二、蒲団の上からみち子を軽く叩いてやり乍ら、いじらしげにその寝顔を見守る。

まゆみ、つとめて気を引締めて、眠りと争い乍ら、香川に銃口を向けている。

（F・O）

82　（F・I）**黎明の薄明るい路上**

走って行く車輪の下部——それを移動転廻しながら送ると、それは牛乳屋の配達車で、例の露路口で止まる。牛乳屋、牛乳を一本箱から出して露路へ這入って行く。

83　**周二の住居の入口**

牛乳屋、牛乳を置いて去る。

84　**病児の室**

まゆみ、うつらうつらと居眠りをしている。やがてハッとして眼をさます。

と、その手のピストルがなくなっているのに気が付き、「おや？」と思って香川を見る。

香川、微笑を含んで両手にピストルを持ち泰然としてその銃口をまゆみに向けている。

まゆみ、慄然として、思わず立上る。

香川、微笑しながら、両手のピストルをポケットにしまい、まゆみを制して、

Ⓣ〃静かにしていたまえ、
　騒ぐと子供が眼をさますよ〃

と言う。

まゆみ、胸を踊らせながら、ベッドの方を見る。

ベッドでは、周二がみち子に添い寝して、親子ともグッスリと熟睡している。

まゆみ、思わず、ベッドに近づこうとする。

香川、それを遮って、静かに、

Ⓣ〃僕は夜があけて
　医者が来るまで待ってますから
　何なら君も静かに
　一ト寝入りしたら何《ど》うだね〃

と言う。

まゆみ、黙って香川を凝視する。

香川、椅子をまゆみの方へ押しやって「おかけなさい」とすすめる。
まゆみ、香川を凝視した儘椅子に腰を下ろす。
香川もそれと向い合って椅子に腰かけ、ポケットからシガレット・ケースを出して、その一本をくわえ乍ら、フト思い出したように、
Ⓣ〃袂の中の紙幣《きっ》は
僕がみんな預かったよ〃
と微笑する。
まゆみ、思わず袂を握って見る。
袂の中には何も這入って居ない。
香川、ライターで煙草に火をつける。
まゆみ、香川をじっと見る。
香川、煙草の煙をフーッと吐いてパチリとライターを消す。　　（F・O）
Ⓣ〃そして朝が来て――〃

85　**（F・I）病児の室の窓際**

朝の明るい八時か九時頃の明るい日光が窓から射し込んで、ゆかの上に長方形の窓の影を映している。その日射しの中に、何か子供の玩具（例えば縫いぐるみの人形の様な物）が落ちている。

（もし何か工夫があれば、前夜香川が訪ねて来たあたりで、その玩具がゆかに落ちる処を鳥渡《ちょっと》見せて置く方がいいかとも考えます）

香川の手が出てその玩具を拾う。

香川、微笑を含んでその人形を眺め、埃を払いなどしながら、フト眼を移して別室の方を見る。

別室から、まゆみが瀬戸引の洗面器に水を入れたのを持って這入って来る。そのまゆみの歩いて行くのをキャメラで追う。

まゆみはベッドの方へ行く。ベッドでは医者の須田がみち子の診察をしている。

周二は心配そうに様子を見ている。

香川、窓際で黙然としてその情景を眺め、玩具に眼を移して、只何となく指ではじいて見などする。

須田、診察を終ってニッコリし、周二とまゆみを等分に見て言う。

Ⓣ〃御安心なさい。

うまく危険状態を通り抜けて
今朝はすっかり見直しました〃

周二とまゆみ、ホッとして顔を見合わせ涙ぐましく微笑する。

須田、洗面器で手を洗いながら、

Ⓣ〃しかし無論この上の看護を
怠ってはいけません〃

と注意する。

周二、頷いて香川の方を見る。

香川は後姿を見せて窓際に佇んでいる。

須田、診察用具を鞄におさめて「では」と立つ。周二は会釈してみち子の傍に残るが、まゆみは須田を送り出して行く。

須田、香川にも軽く会釈して去って行く。

香川、須田に会釈を返して、須田が去ると静かにベッドの傍へ歩み寄って、じっとみち子を見おろす。みち子は周二に叩いて貰いながら、うとうとと眠りかけている。

86　**別室**

まゆみ、須田を送り出して、病児の部屋の方へ戻る。

87　**病児の部屋**

香川、まだ黙って周二とみち子を見おろしている。そしてまゆみが戻って来ると、おだやかな調子で、まゆみに、
Ⓣ〃お子さんが寝つくまで
待って上げるから
その間にコーヒーを一杯
御馳走になっても構わんだろうね？〃
と言う。まゆみ、黙って頷く。
香川、「では御馳走になります」と別室の方へ去る。
まゆみ、見送って、周二と顔を見合わ

せ、ベッドへ近付く。

88 別室

香川、コーヒーを沸かす支度をしている。

89 病児の室

周二とまゆみ、両人でみち子を軽く叩いて寝かし付けている。
みち子、おだやかな眠りに落ちる。
周二とまゆみ、黙って顔を見合わせ、涙ぐましく眼を伏せる。
周二、しんみりした調子で、
Ⓣ〃おれもコーヒーを一杯もらおうか……
お別れに……〃
と言う。まゆみ、涙ぐましく頷いて、悄然と立って行く。

90 別室

まゆみ、来て、香川の方を見、「おや？」と眼を輝やかす。

香川はそこの台に凭れて眠っている。

まゆみ、何事か心に頷き、足音を忍ばせて病児の部屋へ戻る。

91 病児の部屋

まゆみ、忍びやかに周二に歩み寄って、その耳に口を寄せ、何事か囁く。

周二、思い惑う。

まゆみ、傍に置かれた周二の帽子を取って渡しながら、しきりに促す。

周二、漸く決心して、みち子にソッと頬擦りして立ち、足音を忍ばせて別室の方へ出て行く。まゆみも忍び足について行く。

92 別室

香川、眠り続けている。

周二とまゆみ、忍び足に室を通り抜け、音のしないようにドアをあけて出る。

93 ドアの外

周二、まゆみの手を固く握り、黙って心で別れを告げる。そして忍び足にいそいで階段をおりて去って行く。

まゆみ、涙ぐんで見送り、やがて室内に戻る。

94 室内

まゆみ、這入って来るや否や、思わず「あッ！」と眼を瞠《みは》る。
香川がじっと此方を見て立っている。
まゆみ、おどおどしながら立ちすくんでいる。
香川、静かにまゆみに歩み寄って、
Ⓣ〃君は無論僕が眠っていたと
思ったんだろうね？〃
と言う。
まゆみ、答えず、香川を凝視している。
香川、ひとり頷いて、
Ⓣ〃僕は確かに徹夜の疲れで眠っていた。
決して犯人を見逃したんじゃない〃
と言う。
まゆみ、感謝の色を浮べて黙って香川を凝視している。
香川、軽く会釈してツカツカと奥の部屋へ行く。
まゆみ、黙って佇んだ儘、その様子を見ている。
香川、帽子を持って奥の部屋から出て来て、「では失礼します」と会釈して帽子をかぶりドアをあける。
と同時に香川もまゆみも「あッ！」と眼を瞠《みは》る。
ドアの外には周二が悄然と立っている。
香川とまゆみ、おどろきを押えて周二を見守る。
周二、静かに這入って来て、弱々しい微笑を浮べながらまゆみに、
Ⓣ〃おれはもう逃げるなんて言う
馬鹿な考えは捨てちまったよ〃
と言う。
まゆみ、黙って周二を見ている。
周二、香川とまゆみとを等分に見なが

ら、

Ⓣ〝出るところへ出て
　神妙に刑期さえ終れば
　大ぴらに家にいてみち子を
　抱いてやれるんだ……〟
と呟いて項垂れる。
まゆみ、涙ぐんで周二を見る。
香川も傷ましげに周二を見ている。
周二、不意に奥の室の方へいそいで去る。まゆみと香川、続く。

95 **病児の部屋**

周二、ベッドに駈け寄って、みち子の寝顔をじっと見る。涙が溢れて来る。

まゆみと香川、悲痛な感じでその様子を見ている。

殊にまゆみはたまらない思いである。

周二、やがて静かにベッドの傍を離れて、香川に、

Ⓣ〝子供の眼が覚めない間にお伴を
　させて頂きます〟
と言う。香川、傷ましげに頷き、一緒に去りかける。
みち子、眼を覚まして「お父ちゃん！」と呼ぶ。まゆみ、駈け寄る。
周二、心を引かれながらも香川と共に去って行く。
みち子、「お父ちゃん！　お父ちゃん！」と慕う。まゆみ、みち子を抱き上げる。

96 **ドアの外**

周二、香川と共に出て来て、力なく階段をおりて行く。

まゆみ、みち子を抱いていそいで出て来て、涙に濡れながら見送る。

周二、振り返りながら、香川と共に階段をおりて行って見えなくなる。

まゆみ、部屋の中へ駈け込んで行く。

97 **病児の部屋**

まゆみ、みち子を抱いて這入って来て窓際に駈け寄り、窓をあけて露路を見おろす。

98 **露路**（俯瞰）

香川と周二の姿が現われる。

99 **窓際**

みち子、まゆみに抱かれて「お父ちゃん！　お父ちゃん！」と呼ぶ。

100 **露路**

周二と香川、立止って振返り、見上げる。

101 **窓際**

まゆみ、涙に濡れながら、みち子の手を持ち添えて振らせる。

102 **露路**

周二、涙ぐんで笑い乍ら手を振る。

香川も傷ましげに見上げている。

103 **窓際**

見送るまゆみとみち子。

104 **露路**

振返って手を振っている周二。

香川、シガレット・ケースを出して煙草を啣《くわ》え、恰度向き返った周二に「どうだね」と煙草をすすめる。

周二、涙を隠すような心持で一本もらう。

香川、ライターで周二につけさせ、自分もつける。

そして周二は窓の方を振り返り振り返り香川と共に去って行く。

その情景適当に――


（F・O）

――完――

（昭和五年五月一日）

エロ神の怨霊

原作者……………………石原清三郎
脚色者……………………野田　高梧
監督者……………………小津安二郎
撮影者……………………茂原　英雄

山路健太郎……………………斎藤　達雄
石川大九郎……………………星　ひかる
ダンサー　夢子……………………伊達　里子
その恋人……………………月田　一郎

一九三〇年（昭和五年）
松竹蒲田
脚本、ネガ、プリントなし
S3巻、751m（二七分）
白黒・無声
七月二十七日　帝国館公開

〈略筋〉

山路は情婦夢子と海へ投身心中をした。遺書を見た友人石川が駈け附けて見ると、山路は海岸へ打ち上げられてまだ生きていた。

帰京した山路は、どうも夢子の怨霊が怖ろしくて仕方がない。そこへ友人石川が、夢子はダンスホールでクインになりすましているよと告げる。

二人は夢子に復讐に出かけた。玩具の蛇、幽霊、等といろいろおどかしても、夢子は一つも驚かない。

山路がカーテンの中にかくれていると、夢子は石川にモーションをかける。いい気分になった石川を見て、山路は躍り出して争った。二人は戸外でくたくたになる迄争った。

――と翌朝二人のいとも哀れな姿を尻り目にかけて、夢子は新しい恋人を伴って歩いて行くのであった。

（キネマ旬報　一九三〇年九月一日号）

〈批評・友田純一郎〉

チェスター・コンクリン（編者注＝Chester Conklin:1886-1971 チャップリンを見出したコメディアンとして有名）の『妖怪屋敷』（編者注＝一九二八年公開のサウンド版無声映画。デンマーク出身のベンジャミン・クリスチャンセン監督）或は外国物の怪談喜劇映画と同種の作品で、只怪気と笑いの上にエロ味を加えたものであるが、検閲でエロのところは全部切られているので上記の傾向のものより斬新なところは少しも見受けられなくなっている。だから、警抜笑いの嵐を巻き起こすギャグはないが、小津安二郎の簡潔な描法が無難に纏めあげている点、又斎藤達雄、星ひかるの珍優好演技が何時見ても好いことの二つが目立った。伊達里子のエロは、清新溌溂たるエロ美ではなく、何所かグロに近いものが揺曳して余り佳い感じではない。小津安二郎の凡作喜劇――。

興行価値――小津、斎藤の名で呼べる上乗の添物。巻数が短くて穴埋めには持って来いである。

（キネマ旬報　一九三〇年九月一日号）

〈小津安二郎「自作を語る」〉

温泉へ行って来い、と城戸さんは言いながらね、その代り一本写真を撮って来いって言うんだよ。それじゃ保養にならないって言っても駄目なんだ。そこで撮って来たのがこれなんだ。温泉へ行っても却《かえ》って休めないのさ。お盆の添物でね、話も覚えていない写真だが……。

（キネマ旬報　一九五二年六月上旬号）

足に触った幸運

脚色　野田高梧

原作……………………野田　高梧
脚色
監督………………小津安二郎
撮影………………茂原　英雄

古川貢太郎…………………斎藤　達雄
妻　俊子…………………吉川　満子
長　男……………………青木　富夫
長　女……………………市村三津子
吉村老人…………………関　　時男
山　野……………………毛利　輝夫
大　井……………………月田　一郎
課　長……………………阪本　　武
久保井……………………大国　一郎

一九三〇年（昭和五年）
松竹蒲田
脚本のみ現存、ネガ、プリントなし
S7巻、2032m（七四分）
白黒・無声
十月三日　帝国館公開

1　（F・I）郊外の小住宅の茶の間（朝）

足の親指にかけられた剃刀の皮砥――

それで研がれる安全剃刀。

研いでいるのは、シャツとズボン下だけの三十八、九の会社員古川貢太郎である。

研ぎ終ると、鳥渡《ちょっと》切れ味を頬で当って見て、さて鏡台に向って鬚を剃り始める。

鏡台は妻君用の粗末な品で、それが部屋の縁側近くに持ち出されてある。

貢太郎、頬をふくらましたり、腮《あご》を延ばしたりして剃る。

鴨居の釘に吊された貢太郎の洋服――

そこへ妻君の俊子が来てその服をはずし、振り返って「まァ！」とあきれた顔をして急いで去る。

喰べ散らされた食膳の前で、六つ位の長男が、四つ位の長女の頭を殴っている。

長女は箸と茶碗を持った儘で、ワンワン泣いている。そこへ俊子が来て両者をたしなめる。長男が反抗する。

俊子、長男の頭をコツンと打つ。

長男「ワーッ」と泣き出す。と、口に這入っていた御飯が漏れる。

俊子、慌てて口をおさえる。

長男モグモグしながら泣く。

鬚を剃っていた貢太郎が振り返って、眉をひそめながら、

Ⓣ〝静かにさせろよ、朝っぱらから
　子供がギャンギャン泣き立てると
　尚更貧乏が身に沁みるじゃないか〟

と小言を言う。

俊子、その小言がピンと来たらしく、多少嶮わしい眼付になって、

Ⓣ〝子供が勝手に泣くんじゃありませんか
　それがおいやなら、乳母でも
　置けるような身分になって下さいよ〟

と言い返す。

貢太郎、腐って、黙って再び鬚を剃り続ける。

俊子、不愉快そうに貢太郎の方を眺め、傍の洋服を取ってポンと貢太郎の方へ投げる。

その間に泣きやんだ長男が、再び長女の頭を殴る。長女、また泣きわめく。

俊子、長男が続けて殴ろうとする手をギュッと摑んで、恐い顔して睨み、

Ⓣ〝あんまり言うことを聞かないと
　お灸をすえますよ〟

とおどかす。

長男、必死になって手を振り放し、「ママの意地悪やい！　イーだ！」と腮を突き出して庭へ逃げ降りてゆく。

貢太郎、それを見て苦笑し、鬚を剃り終って立ち上る。

俊子、長女の泣くのをなだめている。

そして、フト隣室の方を気にして立つ。

2　隣室

赤ン坊がホロ蚊帳の中で泣いている。

そこへ俊子が来て、ホロ蚊帳をどけて赤ン坊をあやす。長女が来て、俊子にまつわる。頬に飯粒がついている。

（おしめUP）

3　茶の間

貢太郎、洋服を着ている。着ながら、フト庭の方を見て怒鳴る。
Ⓣ〝馬鹿！　そこはパパが草花の種を
　蒔いた処じゃないか！〟

4　庭

長男が三輪車に乗って、苗床の上を駈け廻っている。

5　茶の間

貢太郎、小言を言い乍ら服を着終る。

6　隣室

赤ン坊、なかなか泣きやまない。そこへ

貢太郎が折鞄を持って出て来て、「では行って来る」と言う。俊子、赤ン坊を抱いて立ち上り、貢太郎を見送って行く。長女もついて行く。

7 **玄関**

貢太郎、俊子に見送られて出て来て、上り框《かまち》に腰かけて靴をはく。

靴、かなりひどくなって、破けている。

貢太郎、はきながら苦笑して、

Ⓣ〝われわれの貧乏生活も
かなり古色蒼然として来たが
いつになったら浮ばれることかねえ〟

と冗談のように呟いて俊子を見返す。

俊子、さすがに寂しげに、しんみりと眼を伏せる。赤ン坊をあやす。

貢太郎、それを見ると、急に佗しい気持になって、つとめてその気持を隠そうとして殊更に、「アハハ……」と朗らかに笑い乍ら、赤ン坊の頭をなぜて、靴の紐を結ぶ。

紐を結ぶ貢太郎の手。　(F・O)

8 (F・I) **舗道**

(移動で) 力なく歩いてゆく貢太郎の下半身。

(同じく移動で) なんとなく憂鬱に考え込み乍ら歩いて行く貢太郎の上半身。

(更に移動で) その下半身――歩いて行くうちに、その足先が一つの小さな長方形の風呂敷包みの落ちているのを蹴っとばす。

貢太郎、何か考えているので、無意識に風呂敷包みを蹴飛ばし続けて歩き、やがて気が付いてそれを拾い上げる――

その辺は会社の傍なので、一帯はラッシュアワーの感じがみなぎっている。

貢太郎、不審そうに包みを眺め、開いて見る。と、中は新聞包みになっている。

それを開くと、またその中が新聞包みになっている。

と、彼のその様子に好奇心を抱いた通行中の一人が、立ち止ってジロジロ見る。

貢太郎、それに気が付いてテレて、新聞包みを小脇に抱えこんだまま歩み去る。

立ち止った男「なァんだい」と言った顔で去って行く。

貢太郎、数歩あるいて、又立ち止って新聞包みをあける。と、又その中が新聞包みになっている。

稍《やや》、狐にでも騙された感じで、更にその新聞包みを開けてみると、貢太郎の顔が急に驚喜の色に満ちる。新聞包みの中には十円紙幣の束が四つばかり（つまり四千円ほど）と数通の計算書のような物と印形などが這入っている。

貢太郎、胸がワクワクするような気持で紙幣を手にして、ためつすがめつし、ちょっと悪心がきざして来た様子。

と、また通行人の一人が立ち止って、貢太郎の顔と紙幣とを見比べる。

貢太郎、テレて、それ等の品を手早く纏める。

通行人、傍を去らないで貢太郎の様子を見ている。

貢太郎、フト、その男と顔を見合せる。

男、意味なく二ッコリする。

貢太郎、気持悪くなって、急いで去る。

と、その男も、貢太郎の去る方へ歩いて行く。

9 **物蔭**

貢太郎、歩いて来て、尚も紙幣束を見たい気持で、鳥渡あたりの様子を気にし乍ら、物蔭へ曲ろうとし、振り返ると――

今の男があとから従《つ》いて来て、再び、ニッコリする。

貢太郎、益々気持が悪くなって、物蔭へ曲らずに歩いてゆく。

10 **会社の前**

貢太郎、来て止り、向いを見ると、

11

向うの街角

そこの交番の前に、巡査が立っているのが見える。

12

会社の前

貢太郎、思い切って交番へ届けようかと思うが、「ええ、ままよ」と言う気になって会社へ入って行こうとし、フト振り返ると、例の男が歩いてくる。で、貢太郎、それが何となく刑事ででもあるかのような気味悪さを感じて、急に気を変えて交番の方へ歩いて行く。

男、貢太郎のあとから歩いて行く。

13

交番までの舗道

貢太郎、男の方を振り返り振り返り歩いて行く。

男、黙黙として貢太郎のあとから歩いて行く。

14

交番の前

貢太郎、来て拾い物を巡査に届ける。そして巡査と一緒に交番の中へ這入って行く。

男、来て交番の前に立止って、その様子を見る。それをキッカケに通行人が次々に立ち止って交番の中を覗く。

他の巡査が現れて弥次馬を追う。去る者もあるが、例の男だけは去ろうともしない。

やがて貢太郎が交番から出てくる。

弥次馬が散る。

貢太郎、会社の方へ戻ろうとすると、例の男とパッタリ顔を合せる。

男、ニッコリして、

Ⓣ〝あの金は拾い物だったんですか〟

貢太郎「え?」と鳶に油揚げをさらわれたような気持になる。

男「アハハ……」と笑って去って行く。

貢太郎、馬鹿にされたような気持で見送り、腐って苦笑を浮べながら、がっかりした姿で会社の方へ戻って行く。

(F・O)

15

(F・I) **会社の時計**

十一時半を過ぎている。

16

貢太郎の机上の帳簿立て

数冊の帳簿が並んでいる処へ、更に一冊の帳簿が立てられ、別の一冊が抜き出される。

17

机上

帳簿が開かれて、貢太郎の手が忙しげに算盤をはじく。

18

会社の事務室

算盤をはじいている貢太郎、やがて帳簿に数字を記入する。

と、又、その帳簿を帳簿立てに収めて他の一冊を抜き出して算盤をはじき、せっせと仕事を続ける。

彼の右隣は老眼鏡をかけた吉村老人の席で、これも黙黙として仕事を続けているが、やがて大きなアクビが出るのを手で抑えて嚙み殺す。

と、そのアクビが貢太郎に伝染する。

と又、そのアクビが貢太郎の左隣の若い社員山野に伝染し、それが更に次の社員から次の社員へと伝染し、タイピストもアクビをすれば、厳格な顔をして書類を点検している課長もアクビをする。

課長、再びアクビをしながら、書類に判を押して大井に渡す。大井もまたアクビが出るのを嚙み殺しながら、書類を受取って自席へ戻って行く。

大井の席は貢太郎と背中合せになっている。大井、自席に戻ると、書類を机上に投げ出して給仕を呼ぶ。

給仕溜りで戯れていた三、四人の給仕の中の一人が、大井の方へ行く。

大井、椅子に凭れて煙草を吸い乍ら、そこへ来た給仕に、

Ⓣ〝紅葉軒に鰻丼を頼んでくれ〟

と言う。給仕、承知して去ろうとすると、山野が呼び止めて、

Ⓣ〃おれはキング亭のハムライスと
　メンチボールだ〃

と、命じる。

給仕、承知して去りかけ、貢太郎に、

Ⓣ〃古川さんは、いつもの様に
　うどんかけですか〃

と訊ねる。

貢太郎、微苦笑を浮べて頷く。

給仕、更に吉村老人に向って、

Ⓣ〃吉村さんは弁当を
　お持ちになっているんですね〃

と訊ねる。

吉村老人、ニッコリして頷き、机上に置かれた弁当の風呂敷包みを叩いて見せる。

給仕、去る。

吉村老人、一ト休みという感じで、キセルを出してキザミを詰めながら、貢太郎に言葉をかける。

貢太郎、ペンを置いて、これも一ト休みという感じで吉村老人の方を見る。

吉村老人、ニコニコしながら、

Ⓣ〃若い連中は昼の弁当にも
　鰻丼だ洋食だと
　何かにつけて元気がいいですな〃

貢太郎、仕方なく苦笑して頷く。

吉村老人、頬をすぼめるようにして、キセルで煙草を吸い乍ら、

Ⓣ〃われわれのように大勢の家族を抱えて
　日夜あくせくとしている者には
　とてもそんな元気は出ませんわい〃

と言って、「ハハハ……」と笑う。

貢太郎、微笑するが、何となく佗しい気持になる。そこへ給仕が一枚の名刺を持って来て、貢太郎に「御面会です」と渡す。

貢太郎、名刺を受取ってみる。

名刺――『金融業　前牛込区会議員
　　　　　　久保井　忠五郎』

貢太郎、不審そうに首を傾ける。給仕「あちらでお待ちになっています」と促す。貢太郎、首を傾け乍ら立ち上がる。

19
応接所

応接所とは名ばかりで、実は事務室の一部を衝立で仕切って、テーブルと椅子を並べただけの所――そこの椅子に久保井が腰かけて待っている。

貢太郎、久保井の名刺を持って這入って来て、「久保井さんと仰有るのは？」と訊ねる。

久保井、立ち上がって挨拶する。貢太郎は初対面なので不審そうに挨拶を返す。

久保井は言う。

Ⓣ〃実は、今朝あなたが、
　お拾い下すった物に就いて
　お礼に参上した次第なのです〃

貢太郎「ああ、そうでしたか」と初めて合点する。

久保井、言う。

Ⓣ〃たかが四、五千の金ですから
　無いと思えばそれまでですが
　店の者に落されたのでは
　何《ど》うも無意味でしてな〃

貢太郎「御尤もです」と頷く。

20
衝立の外

山野が通りかかって、フト応接所内の話に耳を傾け、好奇心を唆《そそ》られて立ち聴きする。

21
応接所

久保井、水引をかけた金包みを出してそれを手に持った儘、言う。

Ⓣ〃ところで、法定の謝礼金は
　一割ということになっていますから
　四千円として四百円のお礼を
　差し上げることになります〃

貢太郎「いやどうも」と言い乍らも喜びを包みきれず、しきりに手を揉む。

久保井、金包みを貢太郎の前へ出し乍ら言う。

Ⓣ〃ところで当今は、
　ご承知の通りの不景気ですから
　特に百円だけ節約させて頂いて、
　三百円是非お受取りを願います〃

貢太郎、瞬間、変な顔をするが、すぐニッコリして金包みを受取ろうとし、気が付いて、「いやこんな御心配には及びません」と押し返す。

久保井「いや是非お受取り下さい」と押しやる。

貢太郎「では頂きます」と受取る。

22

衝立の外（短かく）

山野「素晴らしいニュースだ」という様子で自席の方へ戻って行く。

23

山野の席の一帯

山野の机には注文の洋食、貢太郎の机上にはうどんかけが来ている。山野、戻って来て大井に「おい古川さんが素晴らしい金儲けをしたぜ」と語る。吉村老人も振り返って「なんですか？」と訊ねる。山野、両人を相手にニュースを報告する。吉村老人しきりに感嘆して聞いている。そこへ大井の注文の鰻丼が来る。

24

衝立の外

貢太郎、金包みを手に持って、久保井を送り出す。

事務室の出口のドアまで久保井を見送って丁寧に別れを告げる。久保井、帰って行く。

貢太郎、フト、手にした金包みに眼を移し、それを撫でながらニッコリして、再び急ぎ足に応接所の中へ這入って行く。

25

応接所

貢太郎、這入って来るとすぐ、四辺に気を配りながら金包みをあけて、中の紙幣を勘定する。

十円紙幣で三十枚。

貢太郎、ひとりでニッコリし、舌なめずりをする。

紙幣を包み紙に蔵《しま》う。

26

衝立の外

貢太郎、つとめて平然たる態度で応接所から出て来て、自席の方へ戻って行く。

27

貢太郎の席の一帯

大井や山野や吉村老人が、それぞれ昼の弁当を喰べ乍ら、貢太郎の噂をしている様子で、殊に吉村老人は大きなアルミの弁当箱から目刺しか何かをつまんで喰べ乍ら、感嘆して話をしている。

そこへ貢太郎が戻って来る。一同、急に口をつぐんでしまう。

貢太郎、自席に着くと、黙ってうどんかけを喰べ始める。

吉村老人、弁当を喰べながら、時時チラリチラリと貢太郎の方を見る。

貢太郎、黙って喰べている。

吉村老人、ニヤニヤして、

Ⓣ〃この不景気に、三百円の臨時収入とは
　あなたも運が好いですな〃

と言う。

貢太郎、一瞬、「えッ？」と意外そうに吉村老人を見るが、すぐ「いやどうも」と恐縮した顔でうどんを喰べる。

吉村老人、ニコニコしながら、

Ⓣ〃わしは若い頃に、骨相学を研究したことがありますが、あなたの鼻の形には
　富貴栄達の相があると、
　かねがね思っていましたよ〃

と褒める。

貢太郎「いやどうも」と微苦笑する。

吉村老人、貢太郎の鼻を指さして、「つまりこんな形の鼻ですなァ」と指で空に鼻の画を描いて説明する。

貢太郎、思わず自分の鼻を撫でて見る。

吉村老人「ハハハ……」と笑い乍ら、一ト膝乗り出すような感じで、急に真面目な顔になって、

Ⓣ〃ところで、甚だ恐縮ですが

十円の復興債券を二枚、
　買って頂けんでしょうか〃
貢太郎、思わず「えっ?」と吉村老人を見る。
大井と山野も思わず吉村老人の方を見て、互いに眼を見合わせ、「達者な爺さんだな」と言ったように頷き合う。
吉村老人、内ポケットから帛紗《ふくさ》包みの復興債券を出しながら、しんみりした様子で、
Ⓣ〃お話すれば愚痴になりますが、
　家内が臨月で
　近い中に、
　十一人目の子供を生みますのでな〃
と言う。
貢太郎「十一人目の?」と眼を瞠る。
吉村老人、債券を示しながら、力なく、
Ⓣ〃実は課長に事情を打ち明けて
　これをカタに融通して貰う
　つもりでいたのですが……〃
と言って、貢太郎に頼む。
貢太郎、じっと考えている。
吉村老人、哀れっぽい態度で、しきりに頼む。
貢太郎、気の毒になって「よろしい」と頷き、
Ⓣ〃私の方も焼け石に水ですが
　困る時はお互い様ですから
　兎に角、二十円だけ
　御融通しましょう〃
吉村老人「えっ、聞き届けて下さるか」と喜んでペコペコお辞儀する。
山野と大井、それを見て、ひそかに感嘆する。
貢太郎、例の金包みから十円紙幣を二枚出して、吉村老人に渡す。
吉村老人、それを押し戴いて、債券を貢太郎に差し出し、「ではどうぞ」と言う。
貢太郎、笑ってそれを遮り、
Ⓣ〃あなたと私の間で、
　取引をするのも変ですから
　その金は無償で御融通しますよ
　四、五円宛の月賦でも、
　お返し下されば結構です〃
と言う。
吉村老人、喜んで、
Ⓣ〃では、カタとして、
　お預り願いましょう〃
と債券を差し出す。
貢太郎「いや構いませんよ」と笑って受取らない。吉村老人、益益感謝に溢れて、「では勝手ですが」と債券を帛紗に包んで内ポケットに入れ、「借用証を書きましょう」と机に向い、会社の罫紙に借用証を書き始める。
吉村老人、借の字を忘れ、惜と書いたり措と書いたりする。
貢太郎、それに構わず、喰べかけのうどんをスルスルと喰べる。　（F・O）
Ⓣ〃で、早速
　その日の帰りには——〃

28　**（F・I）靴屋のショウウインドウ**

銀座の靴屋である。キャメラを旋回して店の入口の方へ向ける——と店内から、三、四個の買物包み（妻君への土産なども買った心持）を持った貢太郎が出て来る。

29　**靴屋の店前**

貢太郎、出て来ながら、フト入口の台の上に並べられた子供の靴を見、手にとって眺める。

店内から番頭が出て来て、何かお世辞を言う。

貢太郎、長男と長女の靴を買う。

番頭、それを持って奥へ入る。

貢太郎、店の前に立って待っている。

フト、一方を見て「ヤア」と会釈する。

大井と山野が会釈しながら近付いて来る。両人、貢太郎を囲んでニコニコしながら、先ず山野が言う。

Ⓣ〃時ならぬ時に、大した景気ですね〃

貢太郎「いやとんでもない」と恐縮して笑う。

そこへ店内から靴の包みを持ってくる。

そこで三人、一緒に並んで歩き出す。

大井、歩き乍ら貢太郎の買物包みを見て「少し持ってあげましょう」と手を出し、貢太郎が遠慮するのを無理に受け取って持ってやる。と、山野も同じ様に、横から手を出して包みを持ってやる。

で、三人、並んで歩き乍ら、大井が微笑を浮べて貢太郎に言う。

Ⓣ〝時に、どうです？
　吉村老人の所謂鼻の好運に
　われわれも
　あやからせてくれませんか？〟

貢太郎、苦笑して、「ハハ……、とても駄目ですよ」と、首を振る。

大井、山野に「なァおい、どうだい」と相談する。

山野、頷いて賛成し、微笑を浮べ乍ら貢太郎に言う。

Ⓣ〝すぐこの裏通りに、
　粋なバーがあるんですが
　鳥渡どうです？
　寄って見ませんか？〟

貢太郎「いや僕なんか、とてもバーなぞへは」と言っている間に街角へ来る。

山野と大井「すぐ其処ですよ」と街角に立ち止ってすすめる。

で、貢太郎も仕方なく「では鳥渡だけ」と言うことになって、街角を曲って三人並んで歩いて行く。

30　**バーの中**

素晴らしくハイカラなバーで、出来るならボスも外国人でありたい。二、三人の女給がいるが、いずれも断髪洋装で、来ている客もシークボーイが大部分を占めている。その描写適当に——

やがて山野を先頭に、貢太郎と大井が這入って来る。山野や大井は既に馴染らしく女給に迎えられる。

貢太郎、いささか圧倒された形で、ボンヤリ室内を見廻している。それを山野や大井が「さァどうぞ」と促して席に着かせる。女給、貢太郎の持っている包みや帽子などを嬌笑を浮べながら受取る。

貢太郎、益益面喰らった形で、多少、オロオロし乍ら席に着く。

山野、女給に何か注文する。貢太郎、山野に注文をまかせて、なんとなくソワソワし乍ら四辺を見廻しなどしている。山野も大井も、まるで我が家へでも帰ったように落着いて悠悠としている。殊に山野は女給に注文を通すと、スタンドの処へ立って行って、ボスと何か話をして「アハハハ」と愉快そうに笑いなどしている。貢太郎、大井に言う。

Ⓣ〝君達は、こんなバーなどには、
　随分お馴染が
　多いんでしょうな？〟

大井「ハハハ」と笑って、「そうでもありませんよ」などと言う。

そこへ女給がドイツビールを持って来て、コップを並べなどする。

大井、それを見ながら貢太郎に向って微笑を浮べて言う。


Ⓣ〝古川さんは、日本趣味なんですか？〟


貢太郎「いやとんでもない」と苦笑して、首を振る。

大井笑って、

Ⓣ〝それならそれで、おつきあいの方法も
　あったんですよ〟

などと言う。

女給、ビールを注ぎ終る。そして山野を呼ぶ。山野、戻ってくる。

で、「古川さんの鼻のために！」ということになって、三人がポロジットをする。

（F・O）

31　（F・I）**貢太郎の家の庭先**（同じ夕刻）

縁側に近い庭先に、タライを持ち出して、俊子が長男と長女に行水を使わせている。

俊子が長女をシャボンだらけにして洗ってやっている間、長男は水鉄砲をチュウチュウ飛ばして遊んでいる。そして、長女にチュウとかける。

長女、おこる。長男、尚やる。俊子、長男を叱って水鉄砲を取り上げようとすると、長男がタライの中から飛び出して庭を逃げ廻る。俊子、捕えようとして追う。長女、それを見て立っているが、やがて縁側にある天瓜《てんか》粉《ふん》を取って、濡れた顔へ一面に化粧を始める。俊子、漸く長男を捕える。水鉄砲をもぎ取り、手を引張ってタライの処へ連れて来る。と、長女が右の有様なので、天瓜粉を取り上げて叱る。

そして、長男と長女の手を摑んで、両方の顔を睨み乍ら、

Ⓣ〝そんな悪戯ばかりすると、
パパに言いつけて
お灸をすえますよ〟

とおどす。

32 玄関（短かく）

格子が開いて、ベルが鳴る。

33 庭先

俊子、それを耳にして、

Ⓣ〝そら、パパのお帰りよ〟

と言って、縁側へ上ってゆく。

34 玄関

背広を着た事務員風の男が立っている。そこへ俊子が来て、ガラリと障子を開け、貢太郎でなかったので多少慌てた形で、丁寧に挨拶する。

事務員風の男、会釈して、

Ⓣ〝ミシン会社でございますが
ミシンをお求め
下さいませんでしょうか〟

と言って印刷物を出す。

俊子、断わる。男、しきりに勧める。俊子、重ねて断わる。男、印刷物だけ置いて帰って行く。

と、そこへビショ濡れの長女が、同じくビショ濡れの長男に追われて逃げて来る。そして、俊子が制する暇もなく俊子を中心にして追いつ追われつ、グルグル駈け廻る。（F・O）

35 （F・I）夜　粋な手洗鉢

その手洗鉢の上にはシャレた釣燈籠などが吊してある。——手が出て、ヒシャクを取って手を洗う。

36 或る待合の縁側

手を洗っているのは貢太郎で、かなり酔っていて、時時グイッとオクビが出る様子である。手を洗って振り返ると、そこに立って待っていたお酌が手拭を渡す。

貢太郎「やァありがとう」とニッコリし乍ら手を拭いて、「さァ行こう」とヨロヨロし乍ら、お酌に支えられるようにして歩いて行く。

37 一室

大井と山野が三、四人の芸者やお酌を相手にして陽気に騒いでいる。

そこへ貢太郎がお酌と一緒に戻って来る。そして自分の席に着くと、大井の耳に囁く。

Ⓣ〝そろそろ、引上げましょうか〟

大井、酔っぱらった様子で、「まだこんな時間じゃありませんか」と腕時計を見せなどして、すぐ芸者の方を向き直って何か陽気にふざける。

貢太郎、酔ってはいるものの、気になる様子で考え込みそうになる。

と、傍の若い芸者が「さァおあけなさいな」と酌をする。

貢太郎、酌を受けて飲み、また考え込みそうになって、今度は山野に囁く。

Ⓣ〝あんまりおそくなると
明日に差支えやしませんか〟

山野「大丈夫大丈夫」と酔っぱらった調

子で手を振って相手にせず、すぐ芸者達の方を向いて、手を叩き乍ら、

Ⓣ〽何をクヨクヨ川端やなァぎ
　コガルル　ナントショ

と唄い出す。

貢太郎、侘しくなって、しんみりと盃を舐める。

大井、元気よく「さァ一つ」と貢太郎に盃をさして、

Ⓣ〃あなたの鼻を信頼して
　今夜は大いに元気に陽気に、
　愉快に尖端的に
　騒ごうじゃありませんか〃

と叫ぶ。山野も「そうだそうだ」と賛成して貢太郎に盃をさす。

貢太郎、両手に盃を受けて、寂しい顔をしながら、眼をつぶって飲む。（F・O）

38

（F・I）貢太郎の家の茶の間（同夜）

奥の部屋には蚊帳が吊ってある。茶の間では俊子が一人ポツネンとして針仕事をしている。時計を見る。

時計――十一時半を過ぎている。

俊子、不機嫌な顔で、再び針を運ぶ。

39

貢太郎の家の表

自動車が来て止まる。

泥酔した貢太郎が買物包みを持って降りるが、ヨロヨロして包みを二つ三つ落す。

しかし構わず家の方へ歩いて行く。

運転手が包みを拾って持って行く。

40

玄関

貢太郎、入って来て「帰ったぞ」と怒鳴りながら上り框にゴロリと横になってしまう。

俊子が出て来て「まァ」とあきれる。

運転手が包みを俊子に渡して「どうも有難う存じました」と礼を言って格子をしめて去る。

俊子、貢太郎を揺り起す。

貢太郎、起き返って、「アハ……どうだい」と言い乍ら靴の儘、部屋へ上ろうとする。俊子、それを遮って靴を脱がせてやる。その間に貢太郎、そこに置かれた包みの一つを開こうとするが手が辷って駄目である。

俊子、靴を脱がせると「さァ」と促して貢太郎を肩で支える様にして茶の間へ連れて行く。

貢太郎、包みを気にするが、俊子はそんな事に構わず連れて行く。

41

茶の間

俊子、貢太郎を連れて来て坐らせる。

貢太郎、崩れるようにグッタリと首を下げて坐る。

俊子、それを苦苦し気に見て、不機嫌に、

Ⓣ〃一体どうしたって言うんです
　何処でそんなに、
　飲んで来たんです？〃

貢太郎、顔を上げて「アハン」と笑い、

Ⓣ〃そんなに怒り給うなよ
　お前にも、お土産を、
　買って来たんだ〃

と言って、包みを取りにヨロヨロと立とうとする。

俊子、不機嫌に、「あなたはじっとしていらっしゃい」と叱って、自分が立って行って買物包みを持って来る。

貢太郎「ああ、それだそれだ」と反物らしい包みを取ろうとする。

俊子、その手をピシャリと叩いて払いのけ、鋭く言う。

Ⓣ〃好い加減になさいなね
　あなたは子供が、
　三人もあるんですよ〃

貢太郎、叩かれて手をさすり乍ら、多少恐縮するが、すぐ「アハハ」と笑ってゴロリと仰向けに転がり、手を叩き乍ら唄い出す。

Ⓣ〽何をクヨクヨ川端やなァぎ

コガルル　ナントショだ――

俊子「あなた！」と叱る。

貢太郎「ハハハ」と笑って、そのまま眼を閉じて眠ってしまう。

俊子、それをじっと見、眼を移して反物の包みを見、ニガイ顔をして手に把る。

貢太郎、鼾をかいて寝こむ。

俊子、包みを開けてみると、似合いの反物なので、「まァ」とニッコリして袖にあてがってみる、そして、フト眼を移して貢太郎の寝姿を見ると、再び不愉快な顔になって、じって見る。

好い気持そうに寝込んでいる貢太郎。

（F・O）

42　（F・I）朝　台所

お釜が吹いている。手が出て瓦斯《ガス》の火を消す。

割烹着を着た俊子、読みかけの新聞を膝の上に置いて流し元の上り框に腰掛けた儘で瓦斯を消すと、また新聞に眼を移す。

そして社会面を一ト通り見て行く中に不意に何かの記事を発見して「おや？」と言った様子で、一心に読み、急にソワソワとして、一大事でも書いてあったらしく立ち上がって急いで奥へ這入ってゆく。

43　奥の部屋

蚊帳の中――長男と長女と赤ン坊が、縦横に寝転って熟睡している一方で、貢太郎が昨夜上着を脱いだままの姿でズボンをはいて眠っている。

俊子が新聞を持って蚊帳の中に這入って来て、貢太郎を揺り起す。

貢太郎「ううーん」と眼を覚まして、まぶしそうな顔をする。

俊子、新聞を突きつけるようにして、

Ⓣ〝あなたは昨日、お金を拾って、
　四百円、お礼を
　お貰いになったんですか？〟

と慌ただしく訊ねる。

貢太郎、頷いて俊子を見る。

俊子「まァ嬉しい」とソワソワして新聞を見せる。

貢太郎、手にとって見る。

新聞記事――「拾ったお礼が四百円」というような見出しで、貢太郎の事が出ている。

俊子「よかったわね、よかったわね」と繰り返す。

貢太郎、ニコニコして、

Ⓣ〝しかし、事実は
　三百円しかくれなかったんだよ〟

と言って事情を話す。俊子、眉をひそめて話を聞くが、すぐ諦めて、「でもよかったわ」と頷いて、「そのお金どこにあるの」と訊ねる。

貢太郎「上着のポケットだ」と答える。

俊子、蚊帳から出てゆく。貢太郎も出る。

44　茶の間

俊子、鴨居にかけてある上着のポケットを探る。

待合の勘定書が出て来る。五十幾円ぐらいの額になっている。

俊子の眉がピリピリと動く。そして、貢太郎の方を振り返る。

貢太郎、庭の方を向いて、煙草をふかしている。

俊子、勘定書を帯の間にしまい、内ポケットを探って例の金包みを出す。そして調べてみる。百七、八十円しかない。

俊子、機嫌が悪くなるが、つとめて平気な顔をして貢太郎の傍へ行き、とぼけて、

Ⓣ〝たった百八十円しかありませんよ
　どうしたんでしょうね〟

と、不審そうな顔をする。

貢太郎、気安く頷いて答える。

Ⓣ〝吉村さんに、二十円貸したし
　買物も相当にあったからね〟

俊子、キリッとして、

Ⓣ〃何をお買いになったの？　芸者？〃

と、鋭く突込む。

貢太郎、ドギマギするが、わざと平気な顔をして「アハハ」と笑い、

Ⓣ〃馬鹿を言え。この年になって
　芸者なんか買うかい〃

と言ってのける。

俊子、屹となって、帯の間から勘定書を出して、「これは何です！」と突きつける。

貢太郎「アッ」と思わず手を出す。

俊子、素早く手を引っこめる。

貢太郎、マが持てなくなってモジモジする。

俊子「あなた！」と泪ぐんで睨む。

貢太郎、「実はその……」と弁解しようとする。

俊子「いいえ知りません」と首を振って、

Ⓣ〃三百円しかくれなかったなんて
　体裁のいいことをおっしゃるのは
　止して下さい〃

と鋭く言う。

貢太郎「そりゃ違うよ。そりゃお前の邪推だよ」と一生懸命に弁解する。

俊子「いいえいいえ」と首を振って、

Ⓣ〃あなたにお金持たせたら何をなさるか
　知れたものじゃありません〃

と言って、そこに置いた例の紙幣を取ろうとする。貢太郎、思わず手を出す。俊子、その手を強く払いのけて、紙幣を取ってしまう。

貢太郎、腐って、フト蚊帳の方を見る。蚊帳から、長男と長女とが首を出して両親の形勢を観望している。

貢太郎、グッと睨む。

長男と長女、顔を見合せて、ニヤリとし、蚊帳の中へ首を引っ込める。

（F・O）

45

（F・I）同朝　会社の事務室

入口のドアが開いて課長が出勤してくる。給仕が出迎えて帽子を受取る。

室内はもうみんな出勤している。課長、その社員達の席の間を通って行く。

中には殊更に立ち上がって、追従的にお辞儀をして迎える者などもある。

大井も山野も貢太郎も出勤しているが、吉村老人だけが欠勤している。

貢太郎、課長が通りすぎるのを見て会釈する。

課長、会釈を返して立ち止り、「時に……」と口を開く。貢太郎、立ち上がって「ハイ」と答える。

課長、ニコニコして、

Ⓣ〃今朝の新聞で見たが、
　君はなかなか巧い儲けをしたね〃

貢太郎、頭を掻いて恐縮する。

課長「いや結構結構」と合点して、

Ⓣ〃あとで鳥渡、君に相談があるんだが
　僕の席まで、来てくれ給え〃

と言い置いて去って行く。

他の事務員たち、ヒソヒソと囁く。貢太郎、不吉な予感がして、クビだと思い、悄然とする。

山野、貢太郎に自分の頭を叩いて見せ、

Ⓣ〃いささか二日酔の気味で
　今日は、つらいですよ〃

と言って、微笑する。大井も振り返って「おれもだ」と頭をおさえて見せる。

貢太郎、苦笑する。そして立ち上る。

46

同室内　課長の席

課長、上衣を脱いでボンヤリ扇子を使っている。

そこへ貢太郎が来て「何か御用でしょうか」と改まって聞く。

課長、愛想よく傍の椅子を示して「まあ掛け給え」とすすめる。

貢太郎、恐縮して立っている。課長、強いて「まァ兎も角も掛け給えよ」と頗る愛想よくすすめる。

貢太郎、モジモジして椅子に腰を下す。

課長、打ちくつろいだ様子で、扇子をバ

タバタやり乍ら、

Ⓣ〝時に君は、
　養鶏をやって見る気はないかね？〟

と訊ねる。貢太郎、不審そうに「養鶏と言いますと？」と反問する。

課長「つまり鶏を飼うのさ」と言って指を出して、金勘定のゼスチュアをしながら、

Ⓣ〝養鶏という奴は、
　百円の資本をおろせば
　月々二百円から三百円の収入があって
　極めて、確実な、
　利殖の方法なんだがね〟

貢太郎「なるほど」と頷く。

課長、膝を乗り出して、

Ⓣ〝卵は卵屋へ卸す
　産卵期の過ぎた鶏は、
　肉として売れるし
　一方では、孵卵器で、
　卵を孵《かえ》してヒヨコにする
　実に君、その利益たるや莫大だよ〟

と雄弁に説明する。

貢太郎「なるほど、なるほど」と気が乗ってくる。

課長、更に一ト膝乗り出して、

Ⓣ〝ところで、君がやる気があるなら
　僕の処の鶏を、安く譲ってあげる〟

と言う。

貢太郎「どうぞ、是非」と頷く。

課長、安心したらしく、悠々と椅子に凭れて扇子を使いながら、

Ⓣ〝牝鶏が三十羽に、雄鶏が二羽
　それに、孵卵器を一個添えて
　百円なら、安いもんだよ〟

と言う。

貢太郎「全くです。全くです」と嬉しそうに頷いて、

Ⓣ〝どうぞ、是非、御願い致します〟

と頼む。課長「ああ、いいとも」と頷く。貢太郎、尚も宜しく頼んで「では御免下さい」とお辞儀をして去って行く。

47 貢太郎の席の一帯

山野も大井も頭痛がするらしく、時時トントンと頭を叩きなどして仕事をしている。

そこへ貢太郎が独り微笑を浮べながら戻ってくる。

そして何か指を折って数え乍ら、ひとりで「フフフ」と嬉しそうに微笑を洩らす。鼻をチラシでかむ。山野、それを見て「古川さん」と呼び、

Ⓣ〝また何か、鼻の功徳《くどく》が、
　現われたんですか〟

と羨ましそうに訊ねる。

貢太郎「いやいや」と首を振って、じっと何事かを空想し、指で鼻を撫でて見る。　(F・O)

48 (F・I) 貢太郎の家の前 (夕方)

長男と長女が遊んでいる。フト、一方を見て「パパ！」と駈け寄って行く。

貢太郎が会社から戻って来る。子供達が縋《すが》りつく。貢太郎、子供達の頭を撫でながら、元気よく家へ這入って行く。

49 玄関

俊子が出迎える。貢太郎、靴をぬいで子供達と一緒に上る。

50 茶の間

貢太郎、俊子に手伝わせて服を脱ぎながら、頗る上機嫌で、指のゼスチュアを交えながら、

Ⓣ〝たった百円の資本で、
　月々二百円から三百円も
　儲かる仕事を契約して来たぜ〟

と言う。

俊子「えっ？」と当惑した顔で貢太郎を見る。

貢太郎、説明しようとする。

俊子、言う。

Ⓣ〝もう、あのお金は、ありませんよ〟

貢太郎「えッ！」と眼を丸くする。

俊子、反動的に冷静になって、
Ⓣ〃百六十円で、ミシンを買って、
　残りの二十円で
　あなたの着物を買ったんです〃
と言って、奥の部屋を指さす。

51

奥の部屋（見た眼）
ミシンが置いてある。

52

茶の間
貢太郎、ムラムラして、いきなり怒鳴りつける。
Ⓣ〃馬鹿！
　なんだってあんな
　余計な物を買ったんだ！〃
俊子、屹となって、反抗的に、
Ⓣ〃あなただって
　芸者を買ったじゃありませんか！
　ミシンを買うのが、何が馬鹿です！〃
と言い返す。
子供達、両親の殺気にキョトンとして形勢を見ている。
貢太郎、腹立たしそうに、イライラして来る。
俊子、益益反抗的に、
Ⓣ〃ミシンなら、
　内職だって何だって出来ます！
　芸者では、内職は出来ません！〃
と一本やりこめる。
貢太郎「馬鹿！」と一喝して、いきなり俊子の頬をピシャリと殴る。
俊子「アッ！」と頬をおさえて、屹と貢太郎を見返す。
貢太郎、睨みつけて喘いでいる。
長男が貢太郎を止めて、
Ⓣ〃パパ！　みっともないから
　ママと喧嘩するのはおよしよ！〃
と言う。長女も貢太郎をとめる。
貢太郎、いささかテレて、子供達に、「お前達は向うの部屋へ行っといで」と奥の部屋へ押しやる。
子供達、奥の部屋へ行く。
貢太郎と俊子、それで互いにマが持てなくなる。
俊子、泪ぐんで、黙って洋服の上着を釘にかける。
貢太郎も黙黙としてズボンを脱ぎ、靴下を脱ぐ。
俊子、泪を拭き乍ら、黙ってズボンを釘にかけ、靴下を片付ける。
貢太郎、シャツとズボン下の儘でアグラをかいて、意味なく、頭をゴシゴシ掻きなどする。

53

奥の部屋
寝かされていた赤ン坊が、突然、火のついたように泣き出す。

54

茶の間
俊子、いそいで奥の部屋へ行く。

55

奥の部屋
赤ン坊の傍で、長男と長女が手に蚊取線香を持って、赤ン坊をおさえつけている。そこへ俊子が来て、「どうしたの？」と訊く。
長女が得意そうになって答える。
Ⓣ〃赤ちゃんが、蒲団から転がり出して
　いくら直してやっても、すぐ又
　転がり出してしまうのよ〃
と、長男が得意になって、線香を見せながら、
Ⓣ〃だから、僕が、
　お灸を据えてやったんだよ〃
と言う。
俊子、驚いて赤ン坊を抱き上げて、その腕を見、「おお可哀そうに可哀そうに」と言って、茶の間を振り返って慌ただしく言う。
Ⓣ〃あなた、早く、
　メンソラを持って来て下さい！〃

56

茶の間
腐っていた貢太郎、それを機会に「おい

来た」と立ち上って、簞笥の上の小さな籠からメンソラを出して、奥の部屋へ持ってゆく。

57　玄関

吉村老人が、ビールを半ダース持って這入って来て、案内を乞う。

58　奥の部屋

貢太郎、俊子が抱いた赤ン坊の腕に、メンソラを塗っている。
そして、玄関の声を耳にして出て行く。

59　玄関

吉村老人が待っている。
そこへ貢太郎が浴衣を引っかけて帯を巻きながら出て来て、「よう、これはこれは」と言って、「さァどうぞ」と招じ上げようとする。
吉村老人「いや今日は此処で」と言って上らず、
Ⓣ〝お蔭で、今朝無事、
　男の子が生れましたので
　鳥渡お礼に参上した次第です〟
と言ってビールを「つまらぬ物ですが」と差出す。長男と長女が出て来る。
貢太郎、吉村老人に「こんな御心配には及びませんのに」と恐縮する。
吉村老人「いやいやどうぞお納め下さい」と言って、ニコニコし乍ら、
Ⓣ〝あなたから二十円拝借したのが
　縁になって
　あなたの鼻の瑞相が、
　何うやら私にまで
　響いて来たようですよ〟
と言う。貢太郎「いや、それは結構です」と相槌を打つ。
吉村老人、ニコニコして言う。
Ⓣ〝実はあの債券の一枚が、
　千円に当りましてな〟
貢太郎「え？　あれが千円に？」と眼を瞠る。
吉村老人「ハハ……」と笑って、
Ⓣ〝就いては、昨日の二十円と
　利子として十円……〟
と言い乍ら蝦蟇口から十円紙幣を三枚出して貢太郎の前に置く。
貢太郎、がっかりして、ボンヤリ項垂れる。
吉村老人「では御免下さい」と会釈して去りかける。
貢太郎、気が付いて、十円紙幣を一枚取って「これはお持ち帰りを」と言う。
吉村老人「いやいや」と手を振って、逃げるように帰ってゆく。
貢太郎、じっと見送り、鼻をさする。グッタリしてビールと紙幣を持って奥へ行く。

60　奥の部屋

俊子が赤ン坊をあやしている。
貢太郎がビールと紙幣を持って這入って来る。子供達も従いてくる。
貢太郎、力なく俊子に、
Ⓣ〝吉村さんが、昨日の金に
　十円の利子をつけて返してくれたよ〟
と言って紙幣を渡す。
俊子、紙幣を受取って、その三枚をじっと眺め、しんみりした感じで貢太郎を見、なんとなく泪ぐましく、
Ⓣ〝あなたに黙って
　あのお金を使ってしまって
　済まなかったわね〟
と言う。
貢太郎、黙って力なく首を振る。そして顔を上げて俊子を見る。泪ぐんで、
Ⓣ〝そのうちに、
　又いい事があるだろうさ〟
俊子も泪ぐんで貢太郎と眼を見合せる。
子供達、それを見ている間に、次第に泣き出しそうな顔になって来る。
貢太郎と俊子、泪ぐんだ儘で次第に項垂れる。
子供達、途端に声を揃えて「ワー」と泣

き出す。　　　　　　　　　　　　　　　　（F・O）

61

（F・I）翌朝　郊外の路上

朝らしい。通行人が通る。やがて貢太郎が折鞄をぶら下げて、力なく項垂れながら歩いて来る。

そして、又、路上に新聞に包んだ物が落ちているのを発見する。

貢太郎「おや？」と眼を瞠って拾おうとし、四辺に気を配る。

通行人がある。

貢太郎、わざと平常を装って包みを足の蔭にかくすようにして、人でも待っているような顔をして立っている。

通行人が去る。

貢太郎、いそいで包みを拾って開いて見る。

今度も亦、幾枚かの新聞に包んである。そして最後に現われた物は、腐った御飯である。

貢太郎「チェッ！」と舌打ちをして投げ捨て、足で蹴っ飛ばし、気を変えて、サッサッと勢よく歩いてゆく。

遠くなって行くその後姿。　　　　　　　（F・O）

——完——

（昭和五年八月一日）

お嬢さん

脚色　北村　小松

監督……………………小津安二郎
原作……………………北村　小松
脚色……………………伏見　晁
ギャッグ・マン……チェームス・槇
　　　　　　　　　　池田　忠雄
撮影……………………茂原　英雄

お嬢さん………………栗島すみ子
岡本……………………岡田　時彦
斉田……………………斎藤　達雄
キヌ子…………………田中　絹代
社会部長………………岡田宗太郎
古参記者………………大国　一郎
俳優学校の校長………山本　冬郷
俳優学校の教師………小倉　繁
不良マダム……………龍田　静枝
美青年…………………毛利　輝夫
その妻…………………浪花　友子
ミキー…………………若林　広雄
侍従長…………………横尾泥海男
モダンガール…………光　喜三子

一九三〇年（昭和五年）
松竹蒲田
脚本のみ現存、ネガ、プリントなし
S12巻、3705m（一三五分）
白黒・無声
十二月十二日　帝国館公開

Ⓣ〃時代の尖端を行く
　ジャナリズムの殿堂〃
（F・I――F・O）

1　**（F・I）輪転機**

輪転機が猛然と回転して、滝の様に印刷された新聞紙を流し出している。
（O・L）

Ⓣ〃この殿堂への新入者〃　（O・L）

2　**編集室**

広い、活動そのものの編集室。
その隅っこに二つの机を並べて、新入社の岡本と斉田が落ちつかない様に起立している。
斉田が弱気そうに岡本の方へ囁く。
Ⓣ〃岡本君……
　ここは僕には刺激が強すぎて
　何だか怖い様だなあ……〃
と言う。
キョロキョロしていた岡本、グッとつばをのみ込んで元気をつけて笑う。
Ⓣ〃なあに二、三日もすりゃ、慣れるさ！
　それに喰うためだ、
　大胆にやろうぜ！〃
そう言って彼は斉田の方へ仁丹を差し出す。斉田、それを貰ってかむ。坐る。
岡本も仁丹をかむ。坐る。
そこへ給仕が忙しげにやって来る。
Ⓣ〃岡本さんと斉田さん、
　部長がお呼び！〃
と言いすてて、とっとと去る。
二人、兵隊の様に立ち上がり、兵隊の様に並んで、広い編集室の、忙しそうに事務をとっている机の間を縫って行く。

3　**社会部長の席**

二人、やって来て部長の前にかしこまる。
部長、二人を見て、
Ⓣ〃とにかく仕事初めに
　何でもいいから夕刊むきの
　尖端的な記事をめっけて
　とって来て見給え〃
と言う。
「は！」と答えて二人は顔を見合わせる。
部長はつづけて、
Ⓣ〃君達の
　新聞記者勘のテストだぜ!!〃
と言う。
「はッ！」と二人、又顔見合わせる。
二人とも見当がつかないでモジモジしている。
その間にも部長の卓には色色な人が忙しくやって来る。
モジモジしている岡本と斉田。
斉田は岡本に何か言わせようとつっつく。
岡本、決心した様に、
Ⓣ〃然し初めての事ですから
　うまく行くかどうか……〃
と言うと、部長は大きな声で、
Ⓣ〃新聞記者に、躊躇は禁物でアル！〃
と卓をたたく。
二人、驚いて、追われる様に、社会部長の卓をはなれる。そこへ来た古手の記者が、二人の後姿を見送って笑う。
二人は大急ぎで帽子をとり、室外にとび出し、も一度部屋の中をのぞいて出て行く。

4　**廊下**

斉田、クサる。
Ⓣ〃どうも俺には刺激が
　強すぎるよ〃
と言う。岡本、それを聞いてカラ元気を出し、
Ⓣ〃クソ!!　十の思索より、
　一の実行だい!!〃

と斉田の肩をたたく。そして二人で足並そろえて出て行く。　（O・L）

5　輪転機

新聞が滝の様に流れている。　（O・L）

6　自動車から見た流れる道路

Ⓣ〃尖端的なネタはいづこ？〃

7　道路（移動――）

岡本と斉田が並んで歩いている。岡本、ふと何か見つける。二人、たちどまる。女用のガーターが一つ落ちている。二人、顔を見合わせる。岡本、それをひろい上げて見る。

二人、又顔見合わせ、苦笑する。

岡本、それをのばしたりちぢめたりしながら歩き出す。

斉田も一緒に歩き出す。

向うから一人のモダンガールがやって来る。

岡本、ふと彼女をよびとめて、

Ⓣ〃これあなたのじゃありませんか？〃

と言う。

「え？」と思わず立ち止まったモダンガール。

自分のスカートをまくって見る。

岡本と斉田もつい、それをのぞく。

と、気がついたモダンガール、

Ⓣ〃失礼な！〃

とプンプン怒って行ってしまう。

岡本と斉田、面喰らうが、又歩き出す。

前をこれも又尖端的なモダンガールが、小急ぎに歩いて行く。キョロキョロあたりを見ながら……。

斉田と岡本は、目と目を見合わせて、そのあとをつけて行く。

8　街角

モダンガールが角をまがる。

ついて行った二人も角をまがる。

角をまがった二人、驚いて立ち止まる。

モダンガールはいないで、そこの所のショウウインドウの前で一人の男がタバコに火をつけている。

岡本と斉田、不思議そうに佇む。

岡本がずかずかと男の所へ寄り、男にたずねる。

Ⓣ〃今ここを、すてきなモダンガールが
　通りませんでしたか？〃

と、男は驚いた様に目を吊り上げる。

岡本の手の女用のガーター。

男、目をむいて、タバコを地べたにたたきつけ、

Ⓣ〃君達は、私の家内に、
　何の用があるのですか？〃

と怒り出す。

「やあ！　これは人違いでして……」

二人は面喰らってほうほうのていで逃げる。

二人、逃げて来て、通りかかったシボレーのセダンの円タクを呼びとめて、とび乗る。

カンカンに怒っていた男の所へ、店から買い物包みをかかえ込んださっきのモガ的尖端マダムが出て来て、男とひょいと腕を組み、歩いて行く。

9　走っている自動車

斉田と岡本がのっている。

運転手、言う。

Ⓣ〃どちらへ参りましょう？〃

岡本、つまって、

Ⓣ〃どこでもいいや。二、三十銭がとこ
　コロガシテ呉れ！〃

と言う。

「へ？」と驚く運転手、何か言おうとする。

「ああ、いいやいいや……」と岡本、話をそらす様に見廻して斉田に言う。

Ⓣ〃おいシボレーの、二九年型だぜ〃

と、斉田も見て、

Ⓣ〃ああ、千円に買われる口だァ……〃

と言う。
運転手、変な顔をする。
と、斉田、いきなり運転手に、
Ⓣ〃おいカナヅチか、
スパナをかして呉れ〃
と言う。とたんに自動車がとまる。

10

道路

円タク、停る。
運ちゃん、恐る恐る二人を下し、
Ⓣ〃ここで丁度三十銭です〃
と言う。
驚く二人。斉田、すぐ、
Ⓣ〃おい、スパナを一寸かせよ〃
と言う。
運ちゃん、あわてて、自動車に飛びのって、一目散に逃げて行く。
斉田、仕方なく、その辺にあった石っころをひろい上げて、靴の底に出たくぎをたたきなおす。
岡本、笑って、
Ⓣ〃あの運ちゃん、俺達を自動車強盗とまちがいやがった〃
斉田も笑いながら上体を起して、ふと目の向いた方を見る。
岡本も見る。

11

そこの事務所風の家

看板に曰く
「大東洋映画俳優学校」
「大東洋映画俳優講義録出版社」
「はーん!」二人は頷き合う。
Ⓣ〃これだよ、要求は……〃
岡本、快心の笑みをもらす。
斉田、あやぶむ。
Ⓣ〃新聞記者に、躊躇は禁物だよ!〃
岡本は斉田をうながしてその事務所の中へはいって行く。

12

事務所

二人が中へはいってみると誰もいない。
色んな映画のポスターやスターの写真が物物しくかざってある。
岡本は、「君は、見張りをしてい給え!」と斉田に言って、そっと上り込んで忍び足でドアに近づく。
斉田、緊張して見張りをする。
岡本、カギ穴から中をのぞく。
中で、人相の悪い男がのうのうとしている。アンダーシャツの胸の部分だけパンパンしたワイシャツの甲良と、ひもでつるしたカフスをつけて、安ハマキを吸っている。
岡本、それを見てから、ドアをノックする。
外にばかり気をとられていた斉田、驚いて振り返る。
岡本と斉田、とりすましていると、扉をひらいて人相のよくない男が、モーニングの上着を着ながら、急造の紳士となって現われる。
岡本と斉田、一礼してから、
Ⓣ〃私どもは、実は活動の俳優になりたいのですが〃
と言うと、今までジロジロ二人を見ていた人相のよくない男は、俄然笑顔を作って、
Ⓣ〃私が、校長です〃
と気どってポケットから名刺を出して岡本へ渡す。
岡本、受け取って驚く。
それは、ハナフダである。
と、校長も気がついて、あわててそれを岡本からとりかえし、方方探して、一枚の名刺を岡本へ差し出す。
岡本「有難う」とホロ苦く笑って、
Ⓣ〃それでとにかく参観させて頂きたいのですが!〃
と言う。
と、校長は苦い顔をして、
Ⓣ〃当校は、当校の生徒達と賛助員以外には絶対に参観を許さない事になっているのですがね〃

と言う。
「はあ……」と岡本と斉田、顔を見合わせる。
校長は頻りに「金を出せば！」と言わんばかりの動作をする。（たとえば、チョッキのポケットから五十銭玉を出し、ひねくりまわすとか何とか）
それで「はては……」と岡本が頷く。
そして、校長に、
Ⓣ〃学校に寄付をすれば
　賛助員になれるわけですか？〃
と言う。
校長、ニヤッと笑って頷く。
岡本、ホッとした様に、
Ⓣ〃いかほどですか？〃
と言う。
校長、
Ⓣ〃一人五円、お二人で拾円〃
と笑う。
岡本と斉田、驚く。
岡本、苦笑して、
Ⓣ〃も少しまけて下さい〃
と値切る。
折衝の結果、五円で話がつく。
岡本、五円を校長に渡す。
校長、莞爾として五円紙幣をたたんでチョッキのポケットに入れ、二人を教室の方へ案内する。

13
教室

校長につれられて二人が教室へはいる。

授業をしていた先生が生徒に起立を命じて校長に敬意を表す。

校長、悠然と答礼をする。

岡本と斉田も多少テレくさく会釈をする。

校長は二人に、

「ゆっくり、参観なさい」と言って去ってゆく。二人、あたりを見る。

生徒達の中に、すばらしいレディがいる。

岡本と斉田、つつき合う。

先生は又講義にかかる。黒板に書く。

「そもそもラヴシーンとは、人間がその愛欲を表現する文化的芸術的技巧を示す場合の謂なり」

それを見ている斉田と岡本のところにひもが天井からさがっていて、岡本の首すじにさわる。

岡本、ハエかと思ってそれをはらいながら先生の方を見ている。

黒板に書き終った先生、皆の方を向いてちょっと説明してから、さっきのレディに、「チョットここへ来なさい」と言う。

レディ「私ですか？」と言って、席をはなれて先生の所へ行く。

先生、教壇へレディを上げて並びながら、ラヴシーンの講義をはじめる。

岡本と斉田、つくづくとレディに見入る。

先生は色々と型を示した上、レディに抱きついて抱きしめようとする。レディ、驚いて先生をつきのける。

先生、バツが悪そうに、しかし威げんをたもって、

Ⓣ〃衆人環視の中では、たとい恋人でも
　こう言う風に、婦人が一度はなれる
　傾向を持っているものであります〃

と言う。

岡本と斉田、面白がる。又ひもが岡本の首すじにさわる。で岡本、うるさそうにそのひもをひっぱって見る。

と、ラヴシーンの講義をしている教壇のわきの画き割りが吊り上って、奥で上着をぬぎ、アンダーシャツに胸の甲良をつけただけの校長、他の奴とバクチをやっている光景が現われる。

生徒、一斉に笑う。

で、岡本と斉田、驚いて振り返る。

と、バクチをやっていた連中も皆の方に気がつきあわてる。校長、こっちへとび込んで来ようとする。とたんに、画き割りが頭の上に落ちて来て、校長、ひっくり返る。

岡本と斉田、あわてて逃げようとする。

校長、カンカンになって追っかけて来る。

岡本と斉田、逃げる拍子にそこにかざってあったキャメラをひっくり返す。

先生、仰天してキャメラをもち上げようとすると、サイコロやトランプがこぼれ落ちるのであわてて又すえつける。

その内に岡本と斉田は一散に逃げてしまう。一同、混乱。

14 **街角**

ハァハァ言ってかけて来た岡本と斉田。
街角をまがる。そっと、もと来た方をのぞいて見る。
誰も来ない様子。
二人はほっと吐息して、
Ⓣ〃すばらしい原稿が出来るぜ！〃
と手を握り合う。
そして二人は、いとも朗らかに街を歩いて行く。
向うから五、六人の学生連中が来る。
「やァやァ……」と挨拶あって、学生、
Ⓣ〃先輩、新聞社どうです？〃
と言う。二人、得意気に、
Ⓣ〃やあ、楽なもんさ。あすの夕刊でも見給え、俺達の名記事がのるぜ！〃
と、うそぶく。
学生達、やあやあとおだてて、
Ⓣ〃じゃ前祝に、おごって下さいよ〃
と物も言わせず、二人を連れて行く。

15 **バーの入口**

学生達、先にたって這入り込む。

16 **バーの中**

学生達、景気よく椅子につく。
岡本、すっとやって来て、女給に、
Ⓣ〃皆に、水をやって呉れ給え！〃
と言って涼しい顔をして出て行く。
皆、驚いて、ワイワイ言う。

17 **バーの前**

岡本と斉田、出て来て笑う。
と、学生達、追っかけて来る。
岡本、
Ⓣ〃又合おうぜ!!〃
と言って斉田と二人で逃げて行く。
学生達、追っかける。（F・O）
Ⓣ〃彼等の青空――〃

18 **（F・I）青空――**

そこに洗濯物が一杯干してある。洗濯屋の屋根の上の物干し場である。

可愛らしい娘、キヌ子が口笛をふきながら洗濯物の乾いたのをとり入れている。

ふと向うを見る。

遠い向うに都会の姿がかすんで見える。

キヌ子、それを見ながら洗濯物をとり入れる。

ふと下を見る。

19 **アパートの前**

お菓子のつつみをかかえた岡本と斉田が帰って来て、下から物干し場のキヌ子に手を振る。

20 **物干し場**

「まァ！　お帰んなさい！」

とキヌ子はうれしそうである。

21 **アパートの前**

岡本と斉田はお菓子のつつみをさし上げて、「遊びにお出で！」と言う手ぶりをする。

22 **物干し場**

キヌ子、うれしそうに頷く。

23 **アパートの前**

二人はキヌ子に挨拶をなげてアパートへはいって行く。

24

物干し場

キヌ子、いそいそと洗濯物をとり入れて下へ下りて行く。　（F・O）

25

（F・I）アパートの岡本の部屋

岡本、お菓子を皿に出して机の上にのせ、服をぬぎにかかる。

ノックの音。

26

廊下

キヌ子が、シーツの乾いたのを二枚かかえてやって来て、そっと岡本の部屋をノックしたのである。

扉から岡本の顔が現われてニッと笑う。

キヌ子は嬉しそうに岡本の部屋へとび込む。

27

斉田の部屋

着がえをした斉田、ふと耳をそばだてて、慌てて扉をあける。

斉田、岡本の部屋の方を見て、淋しそうな顔をしてひっこみ、扉をしめる。

28

岡本の部屋

岡本、着がえを終り、帯をしめている。

キヌ子はベッドに新しいシーツを敷いてやっている。それから古いシーツをたたみ、今ぬいだワイシャツをたたんで一緒にする。

岡本、得意げに、

Ⓣ〝僕もあすからは
一人前の記者になれるんだぜ〟

と言う。

「まあ！」とキヌ子、すてきがる。

岡本、キヌ子に口をあけさせてチョコレートをたべさせる。

岡本、キヌ子のホッペタをつついて見る。

キヌ子、岡本の鼻をつまんで見る。

岡本、そっと耳もとに口をよせて、

Ⓣ〝だからあすの晩
活動を見に行こうね！〟

と言う。

キヌ子、嬉しそうに頷くが、ふと考えて、

Ⓣ〝斉田さんも誘わなきゃ、悪いわね！〟

と言う。

「うん」岡本、多少不本意らしく頷く。

で、キヌ子はもう一つの新しいシーツを抱いたまま部屋をとび出して行く。

29

斉田の部屋

机の前でションボリと買って来たキヌ子への贈り物を眺めていた斉田、びっくりして振り返る。

キヌ子が入って来る。

斉田、ふと嬉しくなる。

キヌ子はせっせと斉田のベッドのシーツをとりかえてやる。今ぬいだワイシャツをたたんで古いシーツを一緒にかかえ込む。

と、斉田は自分の買って来た土産をさし出して、

Ⓣ〝あしたから僕も、
一人前の記者なんだよ〟

と言う。

「まあ！」キヌ子、喜んでそれを貰い、

Ⓣ〝だからあしたの晩、お祝いに三人で
活動見に行きましょうね〟

と言う。

斉田、頷く。

キヌ子、斉田の手をひっぱって「岡本さんのお部屋へ行きましょう」とつれ出す。

30

廊下

キヌ子と斉田、岡本の部屋の戸をあける。

岡本、顔を出して、キヌ子だけ入れようとする。

斉田、さからって、「よせよ！　ひがむぞ！」など言いながら中へはいる。

31
岡本の部屋
岡本、キヌ子の口をあけさせてチョコレートをたべさせる。
斉田、うらやましそうに見る。
岡本、ふと斉田の口元へチョコレートを持って行く。
斉田、口をあけると、岡本、そのチョコレートを一たん高くあげ、
Ⓣ〝ワン！〟
と言う。
斉田、ひどく腐る。岡本、そのチョコレートを自分の口に入れる。
と、それを見たキヌ子、斉田に一つチョコレートをたべさせてやる。
斉田、いい気もちになる。
岡本「イイスヨ、イイスヨ」とスネる。
キヌ子、笑って、岡本の口もとへチョコレートをもって行く。
と岡本、
Ⓣ〝ワン！〟
と言って、それをくっていい気もちになる。
キヌ子、よろこぶ。
と斉田、再び進んで口をあいて「ワン」と言う。
とたんに岡本がケシゴムをつっ込む。
「ワッ！」
と斉田、目をむく。つまみ出す。
キヌ子、朗らかに笑う。　（F・O）

32
（F・I）斉田の部屋
かごからあふれている原稿用紙の反古。
斉田がウンウン云ってやっと最後の一枚をかき上げて、ほっとする。
ふと気がついて窓のブラインドを上げる。
外は晴れたいいお天気。

33
洗濯屋の物干し場
キヌ子がこちらを向いて笑っている。

34
斉田の部屋
斉田「アレ」と岡本の窓を見る。
窓べりにこしかけて、岡本がキヌ子の方に話しかけているのが見える。

35
アパートの窓（表）
斉田「出来たか？」と岡本に言う。
「出来たよ」と岡本、原稿を出して見せる。

36
洗濯屋の物干し場
キヌ子、二人に何か言って、向うを指す。

37
時計台の時計

38
アパートの窓（表）
岡本と斉田「いけねえ！」と顔をひっこめる。　（F・O）

39
（F・I）街
はじめ、街の移動——
やがて、フレームに昨日活動学校で出くわしたレディが歩いているのがはいる。
二人がバスから、このレディをみとめたのである。

40
道
バスから下りた岡本と斉田が彼女を見つけてあとをおっかける。
二人はレディに追いついて声をかける。
「まあ！」驚いた様にレディは立ち止まって二人を振り返る。
岡本、
Ⓣ〝ここでお目にかかって幸いでした
僕はあなたに、御忠告したいと
思っていた所です〟
と言って名刺を出す。
斉田も名刺を出して、
Ⓣ〝あなたの様な御婦人が
ああ言う学校のくいものになると
思うと僕は、義憤を感じます〟

と言う。
「まあ！」と二人の名刺を見て驚いた様なレディの顔——
岡本、ここぞと得意になって、
Ⓣ〃とにかく今日の、
　僕の新聞の夕刊をごらん下さい
　すべてがお分りになるでしょう〃
と言う。
レディ、礼を言う。
Ⓣ〃有難うございました
　ぜひ拝見致しますわ〃
そう言ってレディは二人に会釈してほほ笑みをなげかけると、さっさと行ってしまう。
二人、そのあとを見送って、突ったっている。
やがて二人、顔を見合わせる。
Ⓣ〃すばらしいタイプだなあ!!〃
斉田が、まず吐息する。
岡本、ぼう然と見送っていると、サンドウィッチマンが一枚のビラをわたして行く。
フト我にかえって二人がそれを見る。
ビラ——
「パ社特作発声映画
　女難　十二巻
　　ナンシー・キャロル
　　ゲイリー・クーパー　主演」

で、二人はクサッてとっとと会社の方へ歩いて行く。
（F・O）

41 （F・I）編集室

社会部長の所へ二人がやって来ておじぎをする。社会部長、
Ⓣ〃記事は出来なかったのかね〃
と言う。
二人はいささか得意気に原稿をとり出して、さし出す。
部長、二人のをサラサラと読んであきれたように、
Ⓣ〃二人とも同じ記事じゃないか！〃
と言う。
二人、顔見合わせて、
Ⓣ〃協力でやったんです〃
と言う。
部長、苦い顔をして、
Ⓣ〃君達は昨日の、
　東都新報の夕刊を見たかね？〃
と新聞のつづり込みを出して、あるページを二人に示す。
「いいえ」と二人首を振って、覗き込む。
新聞には、
　新聞広告につられて——
　　映画俳優学校とはこんなもの
と言う見出しで昨日の光景がマンガ入りで出ている。
「はあァ……」
とア然とした二人の顔。
Ⓣ〃ありゃ、婦人記者か？〃
と言う。二人、がく然。
部長、したり顔で、
Ⓣ〃東都新報のお嬢さんっていやあ
　すばしっこいので有名なもんだ〃
と言う。
「はーん」と岡本と斉田、ア然とする。
部長、苦い顔で、
Ⓣ〃ネタは、その場で記事にせんと
　いつでも他にしてやられるんだ
　この原稿の〆切りは
　昨日の三時にとっくにすんどる!!〃
と言ってから、
Ⓣ〃新聞記者に、愚鈍は禁物じゃ
　——そう君達の帽子へ、
　書きつけておき給え！〃
と卓をたたく。
「は……」二人はひどく面目をつぶして引き下る。
（移動）二人、しょげ返って自分達の席へ帰って行く。二人の通る両側の卓にいる記者達が二人を見て笑う。
岡本、ひどく口惜しくなる。それで、ふと思い出した様に斉田の腕を掴んで部長の所へひき返す。

部長の席。二人、やって来るので、部長、何事かと見上げる。
岡本、決心した様に、
Ⓣ〃躊躇と愚鈍は、
　新聞記者の禁物であります〃
と言う。
「そうじゃ」
部長が二人をいぶかると、
岡本が更に言う。
Ⓣ〃あの記事をとるのに
　五円三十銭かかったのですが
　社から頂けませんでしょうか？〃
と言う。
社会部長、ふき出しそうになるのをがまんして、
Ⓣ〃今度だけは会計から出して貰うが
　この次からヘマをしたら
　月給から差し引いて貰う！〃
とおどかす。
そして伝票を書いて渡しながら、
Ⓣ〃それに成績が上らんと
　鳩の飼育係りの実習にまわって貰う〃
と言う。
「は！」――それで二人は目をパチクリして引き下がる。
（F・O）

Ⓣ　〃ひけ時――〃

42
（F・I）社の前

斉田と岡本がションボリと出て来る。
岡本、タバコをくわえてマッチをさがすと、昨日の女用のガーターが出て来る。
岡本、苦笑して、別のポケットからライターをとり出して火をつける。
二人、五、六歩歩き出して空を見る。
空――
伝書鳩が舞っている。
二人、ホロ苦い気持で、又、五、六歩行く。
ふと驚いて振り返る。
『お嬢さん』が二人を呼びとめる。
二人、顔を見合せて腐る。
『お嬢さん』、笑い乍らやって来て、
Ⓣ〃けさは有難う
　夕刊お出来になりまして？〃
とひやかす。
岡本、腐り乍ら威勢をはって、
Ⓣ〃あんなネタ、いかにも古いですから
　よしちゃったんです〃
と言う。
「まあ、そう？」
面白そうに『お嬢さん』が笑う。
斉田、腐る。
岡本、ふと自分の手にしていた女用のガーターを出して、
Ⓣ〃これ！
　あなたのじゃありませんか？〃
と言う。
『お嬢さん』、面喰らって、
「いいえ」とかぶりをふる。
「ああ、そうですか？」
岡本、ガーターを向うへおっぽり出してあっさりと手をはたく。
非常に気取って立っているモダンガールの足もとにガーターが落る。
モダンガールは気がつかない。
通りかかった紳士がそれを見て、この女がガーターを落していると思い、思わず目を瞠る。それで女は下を見て、それをアワテテひろい上げて去って行く。
『お嬢さん』はそれを見て笑い乍ら二人へ、
Ⓣ〃お近づきに、お茶でも
　飲みましょうか？〃
と言う。
岡本、それを受けようとすると、斉田が時計を見せて、
Ⓣ〃でも昨日の約束があるから
　君は行かなくっちゃならないだろう〃
と言って自分が行こうとする。
それを聞いた『お嬢さん』が、
Ⓣ〃お約束がおありなら、又――〃
と言う。
「いいえ！　いいえ！」と岡本が否定す

る。
斉田は、自分はいいんだと主張する。
とたんに『お嬢さん』の傍に、一人の魅惑的なマダムがやって来て声をかける。
「あら……」
「あら……」
と言うので男二人は無視されてしまう。
岡本、腐る。
と、やがて『お嬢さん』は二人に、
Ⓣ〝じゃ、又って事にしましょうね！
　失礼!!〟
と言って、そのマダムと一緒に去って行ってしまう。
あとを見送って、岡本が斉田につっかかる。
Ⓣ〝余計な事を言うから、駄目だよ！〟
斉田、ムッとする。
Ⓣ〝君はあれを、
　余計な事だって言うのかね！〟
と言う。
二人、口論をはじめる。
その内に物別れになって、二人とも各各反対の方向へ別れてしまう。（F・O）
Ⓣ〝約束の時間に——〟

43　**（F・I）日比谷公会堂横**

キヌ子が、二人が来るのを待ちくたびれて、クサッている。
と、やがて斉田がやって来る。
キヌ子、嬉しそうに近よって、
Ⓣ〝岡本さんは？〟
と言う。
斉田「さあ……」と首をかしげて時計を見る。
Ⓣ〝もう現われると思うんですがね〟
キヌ子、失望した様子。だが、強気に、
Ⓣ〝いいや、岡本さんが勝手におくれたん
　だから二人きりで行きましょうよ〟
と言う。
斉田、苦笑で、それを打消す。（F・O）

44　**（F・I）街**

街燈のポールによりかかって、岡本が一人で向うの喫茶店の方を見ている。

と、その店からマダムと『お嬢さん』が出て来て別れる。『お嬢さん』がこっちへ来るので、岡本はわざと知らん顔をすると、『お嬢さん』の方が岡本を見つけて「あら！」と言う。

岡本、ことさらに、まるで偶然出会った様に、

Ⓣ〝やあ！　又会いましたな〟

と言う。

「どうなすったんです！」

岡本「やぁやぁ……」と誤魔化して、どちらからともなく二人、歩き出す。

ふと、自動車がとまる。

と、岡本、ナムバーを指す。

ひょっとつられて『お嬢さん』も見る。

運ちゃんも妙な顔をして出て来て見る。

自動車のナムバー、一七九五。

岡本、言う。

Ⓣ〝西暦一七九五年には、何があったか
　御存知ですか？〟

「いいえ！」と『お嬢さん』、まじめにかぶりをふる。

岡本、まじめに、

Ⓣ〝——ナポレオンが、ジョセフィンに
　恋を感じた年代ですよ〟

と言う。

『お嬢さん』、あきれる。ちょっとにらみ、笑って歩き出す。

岡本、ついて行く。

運ちゃん、感情を害す。

と、『お嬢さん』、ふと、立ち止って、

Ⓣ〝じゃ、ナポレオンが、
　マリー・ルイゼに失恋したのは
　何年か御存知？〟

と言う。

岡本、面喰らう。

『お嬢さん』、いい気持そうに笑って歩いて行くと、岡本、自動車をとめて、彼女を呼び、

Ⓣ〝じゃ、あれ知ってますか?〟
と指さす。
自動車のナムバー。
『お嬢さん』、「いいえ!」と首をふる。
岡本、言う。
Ⓣ〝これは、私が、あなたを、あなたのお宅へお送りする自動車の番号です〟
と言う。
「へ?」と面喰らうと、
岡本「どうぞ!!」と車の扉をあける。
『お嬢さん』、笑いながら乗り込む。
(F・O)

45 (F・I)『お嬢さん』の家の前

二人、やって来る。
『お嬢さん』が、
Ⓣ〝遠い所を送って来て下すって有難う
おひまな時、又、いらっしゃいね〟
と言いすてて家へはいろうとすると、
岡本、おっかぶせて言う。
Ⓣ〝今日が一等ひまなんですよ〟
と押しかけて家の中へはいる。

46『お嬢さん』の部屋

本の一ぱいある部屋。

上等のベッドがある。

岡本、嬉しそうにやって来て、部屋を見廻し、色々と『お嬢さん』の先をこした好意を見せる。

Ⓣ〝はばかり様〟

『お嬢さん』、つんとする。

Ⓣ〝どういたしまして〟

岡本、本気で「求められざる好意」をくりかえす。

岡本、ベッドにこしかける。

『お嬢さん』、自分の椅子に腰かけて、ふと振り返る。

岡本、ベッドへ腰かけてブワブワとゆすぶっている。ふと、そこにあったガーターを手にして、何気なく、ひっぱってのばしたり、ちぢめたりする。

ふと、ふりかえった『お嬢さん』、驚いて立ち上がり、岡本からそのガーターをうばいとって、

Ⓣ〝いけませんわ!

馬鹿な事をなすっちゃ!!〟

と叱る。

岡本もハッとして多少てれる。

「やァ、ごめんなさい!」と間がもてなくなる。シガレットケースを出し、そして『お嬢さん』に煙草をすすめる。

「いえ、私頂きませんの!」

『お嬢さん』が断わる。

岡本「やァどうも」と又間がもてなくなってソファーへ行って腰を下し、煙草をくわえてライターを取り出して煙草に火をつける。

Ⓣ〝退屈じゃありませんか?!〟

と言う所へ、女中がコーヒーを持って来る。

女中、岡本にコーヒーを渡して、チョイとミルクを入れる。

それから女中は『お嬢さん』にコーヒーを渡してミルクを入れる。

岡本、ふと立ち上がって女中の処へ来て、残っていたミルクを取って、皆、自分のカップへ入れて、つぼを渡す。

女中、あきれる。

『お嬢さん』、ふき出したくなるのを我慢して見ている。

岡本、すましてコーヒーをすする。

女中、あきれ返って去る。

『お嬢さん』、つい、一人で吹き出す。

(F・O)

47 (F・I) 映画劇場の内部

キヌ子と斉田が並んで映画を見ている。

何だか二人ともピッタリとそぐわない様な気持である。

外国物の映画――

キヌ子、ふと囁く。

Ⓣ〝岡本さん、どうしたんでしょう?〟

斉田、何となくうらさびしく答える。

Ⓣ〝もう現われると思うんですがね……〟

二人、又別別の気持で映画に見入る。
(F・O)

48 **(F・I) 誰もいない劇場の座席**

掃除婦が只一人。
(F・O)

49 **(F・I) キヌ子の家の前**

キヌ子と斉田、やって来て別れをつげる。
斉田、キヌ子に手を振りながら、アパートへ去って行く。
キヌ子、家へ入らずにそこにたたずむ。

50 **アパートの斉田の窓がパッと明るくなる**

キヌ子、それを見て何か考えている。と、向うから威勢よく岡本が帰って来る。

51 **キヌ子の家の前**

キヌ子、とび出して来る。岡本、びっくりするが、すぐキヌ子だと分る。
キヌ子、岡本に恨み事を言う。
Ⓣ〃どうして約束を破ったの？
　岡本さん!!
岡本、眉をひそめて、意味ありげにキヌ子をのぞき込み、
Ⓣ〃わざとさ〃
と言う。
「わざと？」と驚いてキヌ子が顔を上げると、岡本、
Ⓣ〃わざと席を外したのさ〃
と言う。
キヌ子「どうして？」とたずねる。
岡本、キヌ子の肩をそっとたたいて、
Ⓣ〃僕は学生時代から、
　斉田がとても君を好きだって事を、
　知ってるんだもの〃
と言う。
キヌ子「まあ！」とあきれた様な顔をしてから、
Ⓣ〃じゃ岡本さんは、
　あたしを嫌いなの？〃
と言う。
岡本、頭をふり、ホロ苦い顔をして笑ってから、
Ⓣ〃でも斉田は、僕より
　百倍も千倍もだよ！〃
と言う。
「そう……」とキヌ子は淋しそうな顔になる。
それを見ると岡本はキヌ子をチーアアップするように、
Ⓣ〃見てごらん、斉田の室の窓は、
　まだ明るいよ〃
と言う。キヌ子の頰に何となく淋しい微笑が浮ぶと、岡本はそれをきっかけに、
Ⓣ〃お休み！〃
と言ってキヌ子に別れをつげて去る。
「岡本さん！」と言ってあとを追いたげなキヌ子、唇をかんでこらえ、家の方へ去る。

52 **斉田の部屋**

斉田がパジャマ姿で休む前の体操をしている。
と、岡本がやって来る。
斉田、岡本を非難するように、
Ⓣ〃どこをうろついて来たんだい？〃
と怒る。
岡本、
Ⓣ〃『お嬢さん』が、つき合って呉れって
　言うんでね！〃
と言う。
斉田「こいつ!!」とばかり岡本の首を両手でつかまえてしめつけようとすると、「待った！」と手で制して岡本はいきなり斉田の口へ葉巻を一本さし込み、ライターを探すが無い。キョロキョロして斉田のパジャマの胸のポケットからマッチを出して火をつけてやる。
(F・O)

53 **(F・I)『お嬢さん』の部屋**

『お嬢さん』のベッド。(カメラ旋回する)

と、お嬢さんがパジャマのまま髪をなおしている。

ソファーへ腰かけ、思わず「あ痛ッ！」ととび上る。ライターをつまみ上げる。

岡本のわすれたライターである。

『お嬢さん』、それを持ったままベッドへ行き、枕元の小卓にのせ、ベッドへ腰かけて、ふとガーターを取ってのばしてみる。放り出してあくびをし、ベッドへ入る。

ふと、ライターをとってつけて見る。吹き消して、そっとほほえんで電燈を消す。

（F・O）

Ⓣ〃次の日の
おひる時――〃

54 **（F・I）新聞社の廊下**

記者が数人、談笑している。
そこへ、『お嬢さん』がやって来る。
「よう、おめずらしい」
「こんちは」
「こんちは！」
「やあ……」などと挨拶。
皆は不思議そうに『お嬢さん』を見る。
『お嬢さん』は古っ株の記者に、
Ⓣ〃岡本さん、いらっしゃいますか？〃
と言う。
と、その記者、可笑しそうに笑い乍ら、
Ⓣ〃その岡本君がね、
ホラあんたに出しぬかれた、
も一人の、斉田君と二人で
幽霊屋敷の探検に行きましたよ〃
と言う。
「まあ」と驚いた『お嬢さん』、
Ⓣ〃そんなとこがあるんですか？〃
と言う。
と、記者は、
Ⓣ〃夜な夜な女の泣き声がすると言う
投書なんですがね！〃
と笑い出す。
『お嬢さん』も笑い出して、
Ⓣ〃あんな素人みたいな方
かついじゃ、可哀そうよ!!〃
と言う。
皆、笑う。
「じゃ、さ様なら……」
『お嬢さん』は帰って行く。（F・O）

55 **（F・I）学校の校庭**

例の後輩の学生連中の所へ岡本と斉田が来て、さそっている。学生連中、笑う。
Ⓣ〃岡本さんと来たら、どっからどこまで
本当か分らんからなあ……〃
と言う。
岡本、ムキになって、
Ⓣ〃今度あ本当だよ
うまくいったら、本当にオゴルぜ！〃
と言う。
「OK！」学生達、出動に賛成する。
（F・O）

Ⓣ〃夕方になって――〃

56 **（F・I）アパートの廊下**

『お嬢さん』が来て岡本の部屋を探して行く。『お嬢さん』、岡本の部屋を見つけてドアをノックする。
返事がない。
と、洗濯物を抱えたキヌ子が来て、不思議そうに『お嬢さん』を見つめる。
『お嬢さん』、ふと笑って会釈する。
キヌ子もふと笑って、
Ⓣ〃岡本さんは、留守ですわ〃
と言う。
と、『お嬢さん』独りで頷いて、
Ⓣ〃じゃ本当に、出かけたんだわ〃
と、つぶやく。
キヌ子、『お嬢さん』をつくづく見て、
Ⓣ〃御用でしたら、お取次ぎしても
ようございますわ〃
と言う。
と、『お嬢さん』は例のライターを取り出して、

Ⓣ〝じゃ、これ上げて下さいな
——ゆうべのお忘れ物ですって！〟

と言う。

「ゆうべ？」キヌ子はドキッとするが、強いて何気なくよそおって、

Ⓣ〝あなたは、どなたですの？〟

と言う。

『お嬢さん』は笑って、

Ⓣ〝そう言って下されば、分りますわ!!〟

と言う。

キヌ子、頷く。

『お嬢さん』はキヌ子に「上らない？」と言って板チョコを一つ取り出す。「ええ、有難う！」キヌ子はそれを貰う。

『お嬢さん』、去って行く。

キヌ子、それを見送る。　（F・O）

57　（F・I）**道**（移動）
非常に物物しい顔つきをした岡本と斉田、それに例の学生達が歩いて行く。

学生達は皆、元気である。

が、皆、ふとびっくりしたように立ち止まる。

前の横丁から葬儀自動車がすーっと出て来て皆の前を横切って行く。

岡本と斉田はちょっと気持悪そうに顔を見合わせるが、又元気をつけて歩いて行く。

58　**他の道**（たとえば横浜の街はずれといった感じの……）
皆は人通りのない道を緊張して歩いている。と、道ばたに立っていた「産婆」の看板が、ドタリと皆の前にぶったおれる。
一同、ハッとして立ち止る。
斉田、ふと、
Ⓣ〝君は幽霊が現われるなんて事を
信じられるかい？〟
と気持ち悪そうに岡本に囁く。
岡本も多少うす気味悪げに、
Ⓣ〝俺はともかく、コナン・ドイルは
信じていたらしいね！〟
と言う。
学生達が、一斉にそれを打ち消す。
で、皆は又前進して行く。　（F・O）

59　（F・I）**幽霊屋敷**
もう日が落ちて、静かな街はずれはうす暗くなっている。

古びた宏大な屋敷がつっ立っている。

そこへ岡本や斉田たちが塀づたいにやって来る。

そっと裏門の方へ回って行く。

皆、やぶれた裏門の所から中を覗き込む。

中はひっそりかんとして人のいる様子はない。

岡本と斉田、又又顔を見合わせる。

学生の一人がふと裏木戸を押して見る。

木戸がスッと開く。

一同、しばらく内の様子を見ていると、今まで暗かった窓の一つがチカチカと明るくなる。

学生の臆病な一人が「あぁッ!!」と叫ぶ。

一同、はっとする。

とたんに向うの道をヘッドライトをつけた自動車が走って行く。

建物はやっぱり暗い。

学生の一人が笑う。

Ⓣ〝何でえ、自動車の
ヘッドライトの反射じゃねえか〟

それで一同、半分おっかなびっくりしながら、建物の方に近づいて行く。

60　**建物の裏口**
一同、やって来て裏口を開けようとするが開かない。

「だめだい……」と言う。

と、とつぜん、独りでに扉があく。

学生達、はっと驚く。

岡本と斉田もびっくりする。

学生達、互いにゆずり合う。

が、とどのつまりは皆家の中に入って行く。

く。

61　廊下

古風な天井の高い廊下。廊下の片側に扉が幾つもある。暗い——

皆、足音をしのばせてやって来る。

第一の扉の所へ来る。

開けようとする。開かない。

さっきの学生が色色とやって見るがだめである。

と、ふと、廊下の向うを見た臆病な学生が「あれ！　あれ！」と戦《おのの》き乍ら指さす。

一同、扉をおっぽり出してその方を見、ハッとした様に立ちすくむ。

一同、おそるおそる近寄って、その学生の指さしたものを岡本が拾い上げて見る。

女中の飾りピン。

「ハーン」と、取りまいてのぞき込んでいた一同、ふと扉の中の物音の気配に一斉に顔を向け、耳をすます。

一番、元気のいい学生が勇気を出して、先にたってそこの扉をあけ様とする。

扉は難なく開く。

一同、内の様子を窺ってから、しのび足で、部屋の中に入って行く。

62　第一の部屋（室1）

ガランとした部屋である。

一同、入って来て、何か音がするので耳をそばだてる。

皆、音のした方へ静かに顔を向けて行くと、期せずして一番臆病な学生の顔に視線が集中する。

その学生はピチャピチャ、チュウインガムをかんでいるのである。

で、元気のいい学生が、

Ⓣ〃おい、よけいな音なんか、
　たてるなよ！〃

と怒鳴りつける。

臆病な学生、驚いてチュウインガムを口からとり出してのばしてみる。

一同、顔を見合わせて苦笑する。

斉田、それで元気が出て来る。「よし！」とばかり、いかにも大胆そうにその辺を調べる意気込みで隣室につづくドアの所へ行く。とたんにドアがスーッと開く。

「ウヘェッ！」と驚いた斉田、思わずとびのいて、岡本につかまる。

岡本も仰天する。

「さてこそ、ござんなれ」と学生達も各各身がまえて、その扉に近づいて行き、内をのぞき込む。

63　隣の部屋（室2）

何もない。椅子と卓があるばかりである。

一同、気ぬけがした様に身がまえを解いて、順順に椅子に腰かける。

最後に腰かけた臆病な学生がツーッとひっくり返る。

一同、ハッと立ち上がる。

ひっくり返った学生、驚いて、とび起きて椅子を抱え起す。と椅子は三本脚で一本こわれているのである。

元気な学生が笑い出す。

Ⓣ〃何にも……

　何にもねえじゃねえか!!〃

それにつり込まれて皆も笑う。

が、ふっと、通り魔の様におし黙る。

やがて一同、カラ元気を出して、ワッハッハと笑って見る。　（F・O）

Ⓣ〃かくて一夜も過ぎる頃〃

64　（F・I）同じ部屋

椅子に腰かけたまま、一番臆病な学生と斉田をのこして皆、眠っている。

臆病な学生がふと耳をすましてびっくりした様に斉田をつっつく。斉田、耳をすます。

65

廊下

人間の足音らしい音が聞こえる。

（移動にて歩いて来る人間の足の二重露出撮影――）

足は、しのびやかに廊下から第一の部屋へ入って来る。

66

隣の部屋（室2）

斉田、岡本をつつき起す。岡本、耳をすまし、学生達をそっと起こす。

皆、起きて耳をすますと、確かに物音――学生達「これだ！」とばかり、勇を鼓して立ち上がり、扉の所に身をひそめて身がまえる。

椅子をふり上げて待つ者もいる。

足音は第一の部屋から、この部屋へ入ろうとする。

扉が開く。

「それッ！」学生達が椅子をふり下す。

と、現われたのは一人の乞食である。

乞食は頭をいきなりなぐりつけられ、仰天して逃げ出す。

67

第一の部屋

「逃がすな!!」と学生達が追っかけて、

（室1）で乞食をつかまえる。

岡本も斉田もやって来て見る。

と、乞食は平あやまりにあやまる。

Ⓣ〃かんべんしておくんなさい
　わっしゃ、ここが、
　親分のナワバリたあ、
　これっぽっちも、
　知らなかったんだ……〃

で、岡本と斉田は面喰らう。

乞食はなおも、

Ⓣ〃裏口が開いてたもんだから
　俺あ喰い物を探しに
　へえり込んだだけなんだから〃

とあやまる。

乞食をつかまえていた学生達も、呆気に取られて手をゆるめる。

と、乞食は脱兎の如く逃げて行ってしまう。

岡本、いきなり斉田を小突き、

Ⓣ〃君でも、乞食の親分位には
　見えるかなあ！〃

で、斉田「何？」と岡本を追っかける。

学生達、面白がって笑う。

元気な学生が言う。

Ⓣ〃世の中にゃ、大した事って
　あんまり無いもんだなあ!!〃

そして長長と欠伸をする。　　　（F・O）

Ⓣ〃世の中には
　大した事って
　あんまり無いもんである〃

68

（F・I）岡本の部屋

幽霊屋敷で徹夜をしたので、ベッドで昼寝をしていた岡本が長長と欠伸をする。

目をこする。ふと時計を見る。

ポッポ時計が十一時を打つ。

岡本、頭をかく。と、そこへキヌ子が入って来る。

「やあ！」岡本がニタッとしてキヌ子を迎える。

と、キヌ子はニッコリともせず、先だってのワイシャツを岡本のベッドへ置き、昨日『お嬢さん』から渡されたライターを取り出して、

Ⓣ〃あなたが、これを
　忘れてらしったんですって!!〃

と岡本に渡す。

「へ？」と岡本、驚いた様にキヌ子を見上げる。

キヌ子、多少恨みがましい目つきで、

Ⓣ〃とても、美しい女の方のとこへ!!〃

と言う。

「あ……そうか？」と岡本がテレて笑う。

キヌ子は、

Ⓣ〃あたしだって、男だったら
　きっと、ああ言う方すきになるわ！〃

と言い捨てて、斉田のワイシャツを持ったままどんどん部屋を出て行ってしま

う。

「おい！　おい！」岡本がベッドから下りると、バタンと戸がしまってしまう。

69　下宿の廊下
キヌ子が涙ぐみ、向うへ行く。

70　洗面所
キヌ子、バッタリ斉田に出会《でくわ》す。

「やあ！」斉田、挨拶する。

「今日は！」キヌ子、顔を上げる。

「おや？」いつもの顔色と違うので、斉田、のぞき込んで、

Ⓣ〝どうしたの？〟

と言う。

と、キヌ子、ふと涙っぽく唇をかむ。

と斉田、なお、

Ⓣ〝何も言わなきゃ、
　分らないじゃないか〟

と言う。

とキヌ子、ふと顔を上げ、ニッと笑うと、クルリと斉田の背中へまわって、斉田を部屋まで押してゆく。　（F・O）

71　（F・I）新聞社編集室
岡本、ひどく退屈そうにプカーリプカーリと煙草をふかしている。
と、給仕がやって来て、
Ⓣ〝部長さんがお呼び!!〟
と言う。
岡本、どきっ、、、とするが、すぐ煙草を消して立って行く。

72　社会部長の席
古参の記者と部長、話している。
岡本、やって来る。叱られるのではないかと思う。
社会部長、苦い顔をしたまま、
Ⓣ〝君はたしか
　ダルメニア語を知っていた筈だね〟
と言う。
岡本「はあ」と頷く。
と、部長は、
Ⓣ〝じゃ、すぐ
　帝都劇場に行って呉れ給え〟
と言う。
「は？」と岡本が面喰らうと、
部長、はじめて笑って、
Ⓣ〝ダルメニアの大公爵が
　観劇にお出になるんだが、
　しかるべき記事を
　とって来て呉れ給え！〟
と言う。
「は！」と岡本かしこまり、「今度こそは」と言う意気で部長の所を離れる。
（F・O）

73　（F・I）劇場
一階の見物席に（俯瞰）人が一杯つまっている――

彼等は一斉に立ち上がると、ボックスの方を見上げて目礼する。

74　貴賓席（ロング）
ダルメニア大公爵一行が着席する。

75　見物席　1
人々が拍手する。

76　見物席　2
人々が拍手する。

77　新聞記者席
記者達が拍手する。

ふと、拍手し乍ら『お嬢さん』が岡本の方を見る。

岡本、いい気持で気どって会釈する。

『お嬢さん』、つんとして目をそらす。

岡本、大公爵の方を見上げる。

78　貴賓席
ダルメニア大公爵と侍従長、その他が厳然と並んでいる。

一人の黒い背広の服の青年（即ち大公爵）と傲然たるモーニングの紳士、その

他である。皆、拍手をする。

79 舞台

ドン帳が悠然と上る。

舞台は古典舞踊。

80 貴賓席

ダルメニア大公爵と侍従長、見ている
——

大公爵、何も分らない。

大公爵、ふと見物席の方を見る。

見物席にいる貴婦人。

それを見ている大公爵を侍従長がたしなめる。

大公爵、面白くなさそうに舞台を見る。

大公爵、又見物席の方を見る。

岡本がこっちを見ていてちょいと大公爵に会釈をする。

大公爵——変った奴だなァと言った風で、ふと礼をかえす。

侍従長が又驚いて大公爵をたしなめ乍ら記者席の方を見ると、

『お嬢さん』がこっちを見ている——で、侍従長、ふとほほ笑ましく頷くが、すぐ厳然たる態度で舞台の方を見る。

大公爵、アクビをかみころす。

侍従長——又、たしなめる。

81 舞台の踊

82 記者席

岡本が退屈してアクビをする。

ふと、大公爵の方を見る。

83 貴賓席

大公爵もアクビをする。

84 記者席

それを見ると記者達、一斉に記事を書く。

岡本、驚いて書こうとするが「何でえ!」と言う風にやめてしまう。

舞台は踊りがすんで悠悠とドン帳が下りる。

85 廊下(移動)

一人の老人を先頭に大公爵と侍従長がやって来る。

人人、目礼する。

86 休憩室の前

一行をいきなり記者達が包囲する。

大公爵、スルリとぬけて内に入る。

と、侍従長が立ちふさがる。

岡本、さっと記者達の一団から離れる。

岡本、休憩室へお茶をもって行こうとするボーイにチョイとチップをつかませ、そのお茶を持ってとっとと去る。

87 休憩室の内

大公爵が退屈してアクビをしている所へ、岡本がお茶を持って入って来る。
さっき見た顔なので大公爵、ニヤリと笑う。岡本、お茶を出して、
Ⓣ〃[illegible]!〃
と、大公爵、驚いた様に、
Ⓣ〃[illegible]!!〃
と言う。
岡本、ここぞとばかり、名刺を出して鉛筆で何か書いて見せる。
「ああそうか!」と言う面持で、大公爵は、岡本に、「マ坐り給え」と言って葉巻を一本与える。
「有難うございます」と言って岡本、坐り込む。

88 休憩室の前

侍従長が記者達に包囲されている。
『お嬢さん』が色っぽく、
Ⓣ〃私達は、大公爵の御感想が伺いたいんです〃
と言う。
侍従長、『お嬢さん』を見てニヤッと笑い、

Ⓣ〝光栄ある大公爵閣下は
大変、面白いと御満足であります〟
と言う。
と、記者達が原稿を一斉に書き出す。

89 休憩室内

岡本が原稿紙を出して、
Ⓣ〝光輝ある大公爵閣下には、
日本の踊りを
如何なる御感想でもって、
御覧になりましたか？〟
とたずねる。
と大公爵、苦笑して、
Ⓣ〝私は面白く、思いません〟
と言ってから、又苦笑してカラーの間に指を入れる。
Ⓣ〝私は退屈と窮屈が、非常に嫌いです〟
と言う。
岡本「ハハアー」と大きく頷いて書き込み、大公爵の方を見る。
と、大公爵は退屈そうに、部屋の壁を見廻してからふと笑う。
岡本、その視線を追って見る。
壁――高田せい子か誰かの写真。
それを見た岡本、又大きく頷いて、そっと大公爵に耳うちする。
それをきいて大公爵、ふと妙な顔をする。
岡本、失敗かなと言う顔をすると――
俄然、大公爵がニッコリ笑って岡本に耳うちをかえす。
岡本、頷いて笑う。又耳うちを返す。
大公爵閣下、頷いて笑う。

90 休憩室の前

侍従長が皆を追っぱらおうとしている。
『お嬢さん』が一生懸命に、
Ⓣ〝でも最後に一寸でも、
大公爵閣下に
御面談を賜りたいんです〟
と言う。
侍従長、笑って、
Ⓣ〝今日は残念乍ら、
非常にお疲れですから〟
と断って扉を開けて入る。

91 休憩室の内

岡本と大公爵、愉快そうに談笑している。

「あっ」と驚く侍従長、そっと座を外す。

92 休憩室の前

記者達が記事の検討をしている。

『お嬢さん』、ふと扉の方を見て驚く。

中から、岡本が記事を見せびらかす様に、葉巻をくわえて悠然と出て来る。

記者達、呆気にとられる中を、

「やあ！」と『お嬢さん』を見上げる様にして向うへ行く。

93 開幕のベルが鳴る

94 舞台

パッと暗くなると、ドン帳が静々と上る。

95 記者席

岡本、坐っていて拍手する。

ふと大公爵の席を見る。

96 貴賓席

大公爵が拍手し乍ら、岡本の方へ視線を向ける。

97 見物席

『お嬢さん』の傍にいる婦人がしきりとプログラムを出して話しかけている。

『お嬢さん』、話にひき込まれて相手になる。

ふと『お嬢さん』、気になって、大公爵の方を見る。侍従長が夢中になって舞台を見ているが、大公爵はいない。

『お嬢さん』、岡本の方を見る。

岡本もいない。

で、「さては?」と言う思い入れで『お嬢さん』も席を外す。

98 自動車の中
岡本と大公爵が乗っている。

岡本、言う。

Ⓣ〝そうですか?

大学時代には、ラグビーをおやりですか?〟

大公爵、いい心持で「どうです! これを見て下さい」と自分の時計につけたメダルを見せる。

「ほう! 立派ですなあ!」と岡本、自分もメダルを出して見せる。

「ほう!」今度は、大公爵の方がニッコリして見て、岡本の肩をたたく。

二人、いい気持で笑う。

と、後の窓からサッと光がさす。

岡本、ひょいと後をのぞいて見て、「ちょっと!」と自動車を止める。

大公爵、いぶかる。

99 道
岡本等の自動車の後へ一台の自動車が止る。と、岡本が出て来て後の自動車に近づき扉を開く。

後の自動車の中には『お嬢さん』が乗っている。

岡本、『お嬢さん』に言う。

Ⓣ〝御苦労様!〟

『お嬢さん』、「どういたしまして……」と言う。

と、岡本、勝ちほこった様に、

Ⓣ〝ですが、今日は、僕の勝利です!

いさぎよく、ここでお帰んなさい〟

と言う。

『お嬢さん』、答えない。

岡本「お帰んなさい!」

再びそう言って、扉をしめる。

『お嬢さん』、岡本を見守る。

『お嬢さん』の自動車から見た目。

岡本がさっと自動車に乗る。

自動車は走って行く。

『お嬢さん』、じっとそれを見つめる。

100 劇場の電話室の前
侍従長や劇場の支配人たちが、大公爵がいなくなったので大騒ぎを演じている。

101 新聞社編集室
古参の記者がイライラしている。
も一人の記者が来て、
Ⓣ〝もう〆切ますぜ。いいですか〟
と言う。
古参記者、カンカンになって、
Ⓣ〝あの野郎! この時間までどこをウロツイてやがんだ〟
と、どなり、いきなり斉田の所へ来て、斉田へどなりつける。
Ⓣ〝岡本って奴は
どこまで間抜けに出来てやがんだ!〟
と卓をたたきつける。
斉田、驚いて立ち上がる。 (F・O)

102 (F・I) サロン
サロンの真中で一人の男が妙なダンスを踊っている。一隅の卓では大公爵と岡本がもういい気持になっている。
大公爵、グラスを上げて、
Ⓣ〝君のおかげで、実に愉快ですよ!〟
と言う。ふと向うを見る。
濃艶な女が横目で見乍らビールをのんでいる。
大公爵、ふと岡本の方へ顔をよせて、
Ⓣ〝ダルメニアの狸が、
ビールをのんでいるよ〟
と言う。
岡本、目を瞠る。
と、その女、ずかずかと二人の所へやって来る。女、岡本に言う。
Ⓣ〝この人、何かあたしの事言った?〟
岡本、うけて、
Ⓣ〝とても、すてきだと、言ってるよ〟

と言う。
女、笑う。
Ⓣ〝しゃれてるわ
　この人、レンボージャズバンドの
　これでしょう？〟
と太鼓を叩く手つきをする。
大公爵、そっと、
Ⓣ〝あの女は何と言ったね？〟
とたずねる。
岡本、誤魔化して、
Ⓣ〝閣下は非常に、
　平民的であらせられると
　申して居ります〟
と言う。
「あハァ……さ様か！」
と大公爵、いい気持。　（F・O）

Ⓣ〝あくる朝〟

103　ホテルの一室（F・I）
侍従長が心配相にあちこち歩き廻っている。二人ばかり侍従がつっ立っている。

メッセンジャーボーイが手紙を持って来る。

下僕が受けとって、キゲンの悪い侍従長に渡す。

侍従長、ふと見て、あわてて封を切る。

手紙——

「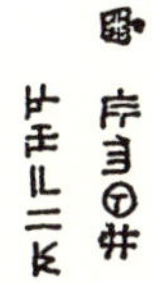」

——金を持ってすぐ来い——

侍従長は、はッとばかり歓喜に満ちて外出の仕度をする。　（F・O）

104（F・I）**新聞社編集室**
社会部長が二日酔いぎみの岡本を叱りつけている。
新聞を叩きつけて、
Ⓣ〝君は、東都新報の特種を、
　作ってやってる様なもんじゃ！〟
と、どなりつける。
岡本「ですが……」と原稿と一通の手紙を押し進める。
と、部長は、
Ⓣ〝閣下の感謝状は、社の利益にならん〟
と言い、更に重ねて、
Ⓣ〝君はとにかく、今日から
　鳩の方にまわり給え！〟
と言って、そっぽをむく。
で、岡本は腐ってしまう。　（F・O）

Ⓣ〝それで——〟

105（F・I）**新聞社の屋上**
伝書鳩が運動をしている。

鳩舎の近所で岡本が本を読んでいる。

長々とあくびをしてふと向うを見て微笑する。

向うのビルディングの屋上——

レヴィウの稽古をしているのが見える。

岡本、それを見ていると、いつの間にか斉田が傍に来て、岡本が手にしていた本を取り上げて見る。

斉田、本を見て驚く。

本「食用鳩の研究」

斉田、呆れた様に、

Ⓣ〝君は伝書鳩を、食う気かい？〟

と言う。

岡本、

Ⓣ〝そうさ、窮すればね！

　だが鳩係も悪くねえぞ！〟

と向うを指さす。斉田、その方を見る。

向うのビルディングの屋上——

レヴィウの稽古。

「ほう?!」

斉田も微笑して見るが、やがて、

Ⓣ〝俺あ、社会部は
　少し刺激が強すぎるんで
　映画記者の方へまわして貰ったよ〟

と言う。

「へえ?!……」

と岡本が驚く。

と、斉田は、

Ⓣ〃これから、ロケーションに
くっついて日光へ行くんだが、
一緒に行かないか？〃

と言う。

岡本、行きたい感じになり、決心する。

「ちょっとまてよ」

と鳩小屋に入る。

そして、病気届を書く。

筆をとめて、ふと空を見る。

鳩が運動をしている。

流れて行く雲。

106

汽車の中

岡本と斉田が汽車の中で悠然とそり返っている。

向いの椅子。ひどくモダンがかった女が二人、こっちを見ている。二人、囁く。

Ⓣ〃ちょっといい男ね〃

それで岡本、ちょっといい気持になるが女達の視線が少し違うので後の方を見る。

高田稔が脚本を見ながら監督と話をしている。

岡本、それで「何でえ」となり、見ぬふりをして女達を見る。

女達、細巻きのシガレットを出してくわえる。女A、言う。

Ⓣ〃あれに似てんじゃないこと？〃

女B、

Ⓣ〃あれってどれさ！〃

と問い返す。

Ⓣ〃ほら海水浴のさ！〃

女B、鼻の先きで笑って、

Ⓣ〃ちぇ、古いの！〃

と言う。そしてつづけて、

Ⓣ〃あれ、マア公にやっちゃった
……泣くから……〃

と言う。

女A「ふん……」となる。

岡本、だまって斉田と顔を見合せる。

（F・O）

107

（F・I）日光

陽明門の近く。

撮影隊の傍に、岡本がつっ立ってタバコを吸いながら退屈している。

女優の所。斉田が女優をつかまえて記事をとっている。

岡本、あくびをかみ殺してふと向うを見る。

例のモダン女A、Bが撮影を見ている。

岡本、その方を眺める。

と、女A、B、何かに気づいた様に立ち上がる。

で、岡本、その方を目で追う。

陽明門の方。マダムが美青年と一緒に出て来る。

女A、B、マダムと美青年の傍に近づく。

女A、B、ひょいと冷たい目で美青年を見て、マダムに、「こんだ、この人？」と言った風な目つき。

マダム、二人を目で制す。

美青年、ちょっと顔を外らして、座をはずす感じで切れる。

マダム、女達二人をつれて別の所へ来る。

岡本、それを見ている。

マダムと二人の女、額を寄せ合いゴチャゴチャ言い合っている。

女A、マダムを見上げて札を示し、

Ⓣ〃これじゃ、気の毒だと思わない？〃

と言う。

マダム、一寸、いやな顔をして、

Ⓣ〃だって上げるものは
ちゃんと上げたじゃないか！〃

と言う。

女B、脅迫がましく言う。

Ⓣ〃これで呉れたつもりなら
私たち、考えがあるわよ〃

で、マダム、仕方なさそうに、

Ⓣ〃じゃ、これっきりだよ！〃

と、お札を一枚、出してやる。

「有難う」

女達、簡単にお金をしまい込む。（靴下の中へ）
マダム、去りかけて又、振り返り、
Ⓣ〃こんどっから、もうだめだよ!!〃
と言って去って行く。
岡本「はぁーん」と言う思い入れで、それを見ている。で、女達の方へ行く。
女達の所へ岡本がやって来て、例の調子で、
Ⓣ〃あの淑女は、だれですか〃
と言う。
女達、顔を見合わせて、
Ⓣ〃お宝になるから、
　あとつけてってごらんなさい〃
と言いすてて、プイと向うへ行ってしまう。
岡本、二人を見送り、すぐ気を変えて、マダムの方を追う。
向うの自動車の所で、『お嬢さん』と美青年が話しあっている。
マダムがやって来る。三人、いかにも親しげに自動車に乗る。
岡本、意外に思う。
自動車が走り去る。
岡本、あわてて「ハイヤー」を呼ぶ。
（F・O）
Ⓣ〃――あとをつけて行くと――〃

108 **（F・I）自動車**
岡本が気が気でない様子で、自動車にのっている。

前を遠く『お嬢さん』の自動車が走っている。

岡本、タバコをすてる。

窓外を流れる杉並木。

（F・O）

109 **（F・I）夜の道**
走る自動車。中には岡本がのっている。

岡本、前方を見て、驚く。

前の自動車は、こともあろうに何時かの幽霊屋敷の前に止る。

岡本、車のスピードを落とさせる。

マダムと『お嬢さん』は幽霊屋敷の中に入って行く。

岡本、幽霊屋敷を通り越して車をとめ、不思議そうに、この何時か見た幽霊屋敷の中を覗き込む。

自動車は帰って行く。

それを見送ってから岡本は、以前来た路筋をその儘、裏口の方へ廻って行く。

110 **古風な部屋**
大きな電気スタンド。

其処にマダムにつれられて『お嬢さん』と美青年がはいって来る。

中には派手なドレスを着た美しい女とスマートな青年が一組、トランプをしている。

ソファーがあり、古風なファニチュアが目につく。

三人がはいって来ると、派手なドレス女とスマート青年は立ち上がって三人を迎える。

『お嬢さん』は多少驚いている。

マダムは二人を『お嬢さん』に紹介する。そして『お嬢さん』を、

Ⓣ〃この方、私、これから全クラブ員に
　御紹介しようと思うの
　――沢田峰子さんよ！〃

と紹介する。

マダムは、美青年を『お嬢さん』の傍に坐らせ、自分もそこに坐って、リキュールをついで『お嬢さん』にすすめる。

スマート青年とドレス女はそこからはなれて腰掛ける。

『お嬢さん』、断り切れず、リキュールを口もとにもって行く。

そしてそっと向うへはなれた男女の方を見る。

向うの男女は人前もはばからず、濃厚なラブシーンをはじめようとしている。

『お嬢さん』は何だか不思議な世界へ来た様な気持でふと隣の美青年の方を見る。

じっと『お嬢さん』の方へ見とれていた美青年がいかにも初心らしく目をふせる。

マダム、リキュールをすすめる。

111　裏口
岡本がしのびよって、中をのぞき込む。

――静かに音のしない様に牛乳箱を手探る。鍵が出て来るので、それで裏口をあけて中へ忍び込む。

112　廊下
この前来た古風な廊下。それを岡本が多少おっかなビックリでやって来る。カメラ近づいた時、ハッと立ち止まる。

数人の来る足音――（足のダブリ――）

岡本、ハッとしてもと来た方へ逃げて行く。

向うの扉（この扉、この前はあかなかった）の所に立ちすくむ。

向うからも人の来る足音――

岡本、進退窮まる。で思わず、そこの扉のノブを廻すと、今日は意外にすーっとあく。

岡本、中へとび込む。

中には安楽椅子等が沢山おいてあって、ウイスキー等の用意がしてある。

岡本はびっくりする。


と、足音が近づいて来る。

岡本、仕方なく部屋の区切りのカーテンのかげに身をひそめる。

と、この部屋へ、立派な恰好をした紳士達（外国人もいる）がドヤドヤと入って来る。

113　古風な部屋
マダムと美青年はしきりに『お嬢さん』にリキュールをすすめる。

『お嬢さん』は多少リキュールにポッとして来た様子である。

『お嬢さん』、やっと一杯のんでフーッと息をして、

Ⓣ〃あたし、もうとても駄目ですわ
　おひやを一杯頂きたいわ〃

と言う。

するとマダムと美青年は、「只今……」と、我先きに部屋を出て行く。

『お嬢さん』が一人でほっとすると、向うの男女が、まるで『お嬢さん』が其処にいるのを無視して、ラブシーンをやる。

やがてさっきの青年がコップに水を一杯入れて持って来る。

美青年が『お嬢さん』の傍に腰かける。

『お嬢さん』が水を飲む。途端にパッパッ！　と照明が変る。

114　紳士達の部屋
同じ時にパッパッ！　と照明が変る。

カーテンのかげの岡本、驚いている。

ふとそこの壁に触ると、壁の所にさっと穴があく。

岡本、驚くが、やがてそっと覗き込む。

115　古風な部屋
『お嬢さん』は美青年と並んで腰かけている。
と、さっきまでラブシーンをしていた男女が相擁し合って別の部屋へ去って行く。
『お嬢さん』、あきれた様に見送る。
と、同じ様に見送っていた美青年、悩ましげにホッと吐息する。
『お嬢さん』はたずねる。
Ⓣ〃奥さんは何処に
　いらしったんですか？〃
と、美青年は、
Ⓣ〃あなたを皆さんに
　御紹介するんだって行きました
　すぐ来るでしょう〃
と言う。
『お嬢さん』、頷く。リキュールを飲んだので多少苦しそうである。
「お苦しいですか？」
青年は親切に『お嬢さん』をいたわる。

116

紳士達の部屋

カーテンのかげで覗き穴から覗いていた岡本、驚いている。ふと、聴き耳をたてる。

と、その部屋へ例のマダムが入って来て、

Ⓣ〝今晩は！　皆さんに特別に美しいレディを御紹介しますわ〟

と言う。

好色そうな紳士達はニヤリと笑って頷く。

マダム、

Ⓣ〝では、どうぞ！〟

と言う。

紳士達は各々、その部屋の壁の所に椅子を進めてそこに穴があるものの様にのぞき出す。

マダムはそこに坐ってリキュールをあおる。満面に笑みをたたえながら……。

それをカーテンの隙間から覗いていた岡本、ア然とする。

急いで先刻の穴から覗く。

117

古風な部屋

酔をふくんで多少色っぽくなった『お嬢さん』を美青年が親切に介抱している。

だんだんと親切の度が強くなる。

色々と手を用いて、スリ寄る。

で、『お嬢さん』がハッとして身をひくと、美青年は非常に熱情的に『お嬢さん』の手をとる。

『お嬢さん』、笑ってそれを振り払い、

Ⓣ〝御冗談遊ばしちゃいけません〟

と言う。

と、青年は可なりむきになり、

Ⓣ〝いえ、冗談ではありません

私はあなたにお目にかかった瞬間に

この世へ生れ出た喜びと希望を

はじめて知ったのです！〟

と切なげに訴え始める。

『お嬢さん』、酔眼で笑う。そして、

Ⓣ〝まあ……、あたしみたいなもの

そんな値打はありませんわ〟

と言う。

美青年はなおも一層熱心に彼女に迫って来る。

『お嬢さん』は、

Ⓣ〝そんなに御興奮なさるのは、

お酒のせいですわ

酔がおさめになれば

今の御冗談が可笑しくなりますわ〟

と美青年をなだめ様とする。

と、美青年はその手をしっかり握りしめて、はなさない。

『お嬢さん』、困るが、それ程抵抗もしないので、或いは陥落するのではないかと思わせる。

美青年はそれをいい事にして自信を以って彼女に抱きつこうとする。

彼女、スルリとその手をぬけ、ドアに近づき開《あ》け様とするが開かない。

118

紳士達の部屋

カーテンのかげでのぞいていた岡本、胸をどきつかせ、ハラハラしている。

紳士達、覗きながら汗をふく。そして、囁く。

Ⓣ〝ここまでは誰でも、大抵同じですな〟

もう一人が言う。

Ⓣ〝これからがクライマックスじゃ〟

で、又覗き始める。

119

古風な部屋

ドアが開かないので『お嬢さん』はあきらめた様に又もその椅子に戻る。

美青年、快心の笑みをもらして、再び彼女の傍に坐る。

彼女、美青年に、

Ⓣ〝あたし、

あなたのおっしゃる通りにならないと

家に帰して頂けないでしょうか？〟

と言う。

美青年、頷いて、

Ⓣ〝そうお分りになって下されば、

私は幸福です〃

そう言って美青年はいきなり彼女に抱きつこうとする。と、彼女はピシャリと美青年の頬をひっぱたく。

美青年、なぐられて思わず立ち上がり、

Ⓣ〃およしなさい
そんな誰でもやりそうな事は！〃

と言う。そして『お嬢さん』に猛然とのしかかって行く。瞬間、勢込んでいた美青年は、ハッと顔色をかえ、両手を上げてとびのく。

『お嬢さん』の右手にはいつの間にか小型のコルトが握られている。

『お嬢さん』は言う。

Ⓣ〃私、自分の身をまもる位の用意は
いつでもして居ります〃

で、美青年、愕然としている。

彼女も多少興奮しながら、

Ⓣ〃ドアをおあけなさい！
でないと、兎に角一発打ちますよ！
御み足の辺へ!!〃

と言う。

美青年はもうブルブルして、彼女の言うなりになる。

120 紳士達の部屋

紳士達、ざわめく。

Ⓣ〃こ、こりゃ、
いつもと筋が違いますな！〃

で、リキュールをのんでいたマダム、驚いてカーテンのかげの覗き穴の所へ来て、そこに身をひそめてのぞいていた岡本とぶつかる。

「うあッ」と両方がとびのく。

紳士達も思わず立ち上がる。

マダム、岡本に向って、

Ⓣ〃あなたは一体誰です
誰の許しを得て、
此処にやって来たんです?!〃

と言う。

マダムの後に大勢の紳士達が立ち並ぶ。

岡本、全く進退窮ってしまう。で咄嗟に、

Ⓣ〃そこをおどきなさい！
でないと、とにかく一発打ちますよ
その——足の辺へ!!〃

と言う。

紳士達、ひるむ。と、岡本、言う。

Ⓣ〃名刺を頂きます〃

紳士達、驚く。

その一人が十円札のタバを出し、

Ⓣ〃名刺がわりに
これをとって呉れ給え！〃

と言う。

岡本、きかず、名刺をあさる。

皆、弱っている。

マダムが呼ぶ。

Ⓣ〃ミキーや、ミキーや〃

ミキー、現われる。と、岡本、さっきの札たばをとってミキーにやる。

ミキー、それでふと気が変って、岡本の方へ頭を下げる。

その間に岡本はすばしこくドアの所へ来て、外に出る。

121 庭

外へ出ると『お嬢さん』が例の美青年にピストルを突きつけて泥を吐かせようとしている。

岡本が現われたので『お嬢さん』、

Ⓣ〃岡本さん！いい所へいらしたわ〃

と、とびつき、さすがにほっとした気持。

岡本、興奮して、

Ⓣ〃僕はみな見ていました！〃

と言って、物をも言わず、美青年の頭を一つグワンとなぐり飛ばす。

美青年、面喰らう。

『お嬢さん』も驚く。

と、岡本は美青年の首っ玉をつかまえて、

Ⓣ〃貴様の様な不良青年に
この婦人を汚されてたまるものか！〃

と、カンカンになる。

『お嬢さん』ふと、ほほえましい気持になる。
美青年、謝る。
Ⓣ〝僕は何も、
したくてしたんじゃないんです
僕は食うために
あの人達に雇われてした仕事なんです
ビジネスなんです〟
と言う。
青年は続ける。
Ⓣ〝僕には、妻も子供もあります
ただ僕は妻や子供を
餓えさせたくなかったんです！〟
「本当か！」と言う顔で、岡本は『お嬢さん』と顔を見合わせる。
美青年は涙を流して、
Ⓣ〝勘弁して下さい
失業さえしていなかったら
誰が斯んな所に雇われるもんか!!〟
『お嬢さん』、美青年が、切実な気もするが、
Ⓣ〝嘘おっしゃい!!〟
と追求する。
美青年、ムキになって、
Ⓣ〝本当です
もしこの事が分ったら
僕の家庭も生活もお終いです〟
『お嬢さん』にとりすがる。
『お嬢さん』、驚いてその手をふり払う。
岡本、ちょっと考えて、
Ⓣ〝じゃ、その君の家へ
僕達を連れてって呉れ給え！〟
と言う。
美青年、弱るが、岡本がきかない。
で、決心して二人を案内して去って行く。　（F・O）

122

（F・I）**ある貧弱な家**

美青年が『お嬢さん』と岡本を連れてやって来る。
と、内から若い妻君が赤ン坊を抱いて出て来る。
Ⓣ〝お帰り遊ばせ！〟
そして、二人の客を見て驚く。
美青年、あわてた様に、
Ⓣ〝僕が今度お世話になっている
山、山……山村さんと奥さんだよ〟
と言う。
岡本と『お嬢さん』、ちょっとテレくさくなる。
美青年の妻君はていねいに挨拶する。
Ⓣ〝主人が色々、
御厄介になりまして……〟
「さ、どうぞ！」と二人を促す。
二人はゴミゴミして障子の破れた家へ上る。二人、ふと見ると、
破れふとんの中に二人の子供がモルモットの様に眠っている。
美青年は二人を四畳半に案内して面目なさそうにキチンと坐る。
岡本『お嬢さん』と顔見合せて坐る。
美青年、項垂れて、
Ⓣ〝御らんの通りです
これでも私の家庭です〟
とつぶやく。
岡本も『お嬢さん』も、妙な気もちになって了う。
と、妻君がお茶を運んで来て、
Ⓣ〝奥様、どうぞ！〟
と『お嬢さん』にすすめる。
『お嬢さん』、くすぐったい気もちで岡本の方を見る。
隣の部屋で、オッポリ出された赤ン坊が、ワンワン泣いている。
岡本、苦い顔でお茶をする。（F・O）
Ⓣ〝深夜――〟

123

（F・I）**『お嬢さん』の部屋**

紅茶のカップ。
『お嬢さん』がふと書く手を休めて、鉛筆を放る。
と片方で岡本、帽子をアミダにかぶったまま原稿を書いている。

『お嬢さん』、顔をあげて、
Ⓣ〃岡本さん！
　記事は幽霊屋敷の正体を
　あばく丈《だけ》に協定してよ!!〃
と言う。
岡本、頷いて、「O・K！」
『お嬢さん』、感慨深そうに、
Ⓣ〃ああ言う社会的に
　何んの希望もなくなった人達は
　せめて家庭だけが
　拠り所だと思ってるのね〃
と言う。
岡本、そのあとをうけて、
Ⓣ〃だからその家庭を
　めちゃくちゃにこわす様な
　記事を書くのは
　可哀そう過ぎるってんでしょう?〃
と言って、ペンを置いて煙草をつける。
『お嬢さん』、「そう！」と頷いて、原稿を書き続ける。
岡本『お嬢さん』の方へ近づいて行って、
Ⓣ〃あなたは、人道主義ですね！〃
と言う。
『お嬢さん』、聞きとがめて、
Ⓣ〃悪い?〃
と言う。
『お嬢さん』、原稿を書き上げる。
と、岡本「ううん！」と頭をふって、
Ⓣ〃悪くないです！
　殊にあなたがあそこの家で
　僕の奥さんになった時など、
　とてもよかったです〃
と言う。
「まぁ」とあきれた様に『お嬢さん』は岡本を見上げてから、ふと顔をそらして原稿を読みなおす。
岡本、空想的にベッドの方に近づき、
Ⓣ〃僕は今空想してるんです
　あの時、僕は初めて此所へ来た
　そして今僕は家庭について話しながら
　あなたと二人切りで、
　ここにいる――〃
そう言ってベッドへゴロリと横になる。
帽子を顔にかぶせる。
『お嬢さん』、ふと怒った様な顔で、岡本をベッドからゆり起そうとするが起きない。
で、『お嬢さん』、怒って、とっとと岡本の坐った椅子に坐る。
と、岡本、ふと起き上って「アハアハ……」と笑い『お嬢さん』の方を見る。
『お嬢さん』、つうんとしている。
岡本、ベッドから下り、彼女の所へ行く。
彼女、立ってベッドへ行き、腰を下ろす。
岡本、来て、並んで腰かける。
で、言う。
Ⓣ〃僕は然し切実に感じます
　あなたと二人っ切りだって事を！〃
彼女、真顔で岡本を見る。
岡本、じっと彼女の顔を見つめる。
二人の表情がせまって来る。
『お嬢さん』の眼の力がゆるむ。
岡本、心もち顔を近づける。その瞬間、ハッと二人顔を上げる。
ポッポ時計が二時をうつ。
彼女、ふと立ち上がって気をかえた様に笑って、
Ⓣ〃岡本さん、
　鳩は晩には餌をやらなくって
　いいの?〃
と言う。
で、岡本、グッと来る。
すぐ立ち上がる。
「左様なら」と帰りかける。
彼女、後からついて行く。
岡本、出て来て去ろうとする。
彼女、ふと、
Ⓣ〃お休みなさい〃
と右の手をさしのべる。
岡本、振り返って彼女を見、彼女の手を握る。

Ⓣ〝お休みなさい！〟

岡本は夜の道を帰って行く。　（F・O）

124 **輪転機が廻っている**　（F・I――F・O）

125 （F・I）**新聞**
四段ヌキの見出しで、
「奇怪極る富豪名士の秘密クラブ
　幽霊屋敷の正体、怪しき覗き絵」
（O・L）
「生活のため傀儡《かいらい》となった青年醜業夫
　と探訪婦人記者の一騎打ちを見る」
（O・L）

126 **編集室**
社会部長がひどく喜んで、岡本の肩をたたき、手がらをほめる。
Ⓣ〝君は鳩の方を止して
　やっぱりここで働き給え！〟
そう言って部長はチョッキのポケットから一本葉巻を出して与える。
岡本、得意げに、然しうやうやしく拝受して退く。
先達て岡本や斉田を担いだ記者連中が、驚いた様に岡本のまわりに集って話を聞く。
ふと、一人の記者が、「岡本君！　電話だよ！」と言う。
「僕？」岡本、そこの電話機をとって、「ハァハァ」と応える。
Ⓣ〝お嬢さん？〟
岡本、ニュッと笑う。
「え？」と驚いた様に一斉に岡本を見つめる社員達。
「ハァハァ」岡本、いい心持ちそうに、
Ⓣ〝O・K！　すぐ行きます〟
と電話を切る。
他の社員達、多少あおられる。
岡本、今もらった葉巻に火をつけて、悠然と出て行く。　（F・O）

127 （F・I）**喫茶店**
『お嬢さん』が一人でお茶をのんでいる所へ、「やあ……」と言って岡本がはいって来る。
『お嬢さん』はプリプリしている。
岡本はコーヒーを命ずる。
女給、コーヒーを持って来る。
岡本、それをうまそうにすすって葉巻をくゆらす。
『お嬢さん』、それを見ていまいましげに、
Ⓣ〝あなたは卑怯よ！〟
と言う。
岡本、苦笑する。
『お嬢さん』、尚も、
Ⓣ〝協定を破った上、
　私の事まで書くなんて!!〟
と怒る。
と、岡本、
Ⓣ〝新聞は公器です
　私情をさしはさむわけには
　行きません〟
と言う。
『お嬢さん』は重ねて、
Ⓣ〝でもあの記事を見て、
　ゆうべのあの奥さんが自殺でも
　したらどうします〟
と言う。
岡本、ふと考えて、
Ⓣ〝さあ……もしそうだとしても
　それは記者の罪でなく、
　世の中の罪ですよ〟
と言う。
『お嬢さん』は口惜しくなって来る。
そして言う。
Ⓣ〝あなたは、冷酷な人ね！〟

128 **店の前**
二人、出て来る。

「左様なら！」

『お嬢さん』はそう言ってトットと去って行く。

「ね！」後を追っかける岡本の背中を、

ポンとたたくものがある。
振り返って見ると、斉田とキヌ子が並んで立っている。「よう！」と、岡本、笑って、
Ⓣ〃おそろいで何処へ行くね？〃
と、斉田が笑って、
Ⓣ〃パラマウントの試写会に行くんだ！〃
そう言って斉田とキヌ子は去って行く。
岡本、何となく淋しい様なほほ笑ましい様な気持で二人を見送って、歩き出す。
ふと見ると、向うのショウウインドウの所に『お嬢さん』が立っている。
岡本、近づいて行く。
通りぬけようとして、ふと彼女の傍に寄り添って見る。
『お嬢さん』は逃げない。
岡本はそれでそのまま其処に並んで、ショウウインドウを覗く。

——おわり——

淑女と髯

脚色　北村　小松

原　作……………………北村　小松
脚　色
ギャッグマン…………チェームス・槇
監　督…………………小津安二郎
撮　影…………………茂原　英雄
編　輯…………………栗林　実
撮影補助………………厚田　雄治
　　　　　　　　　　　佐々木　康
監督補助………………清輔　彰

剣道選手　岡島喜一……岡田　時彦
タイピストの娘　広子……川崎　弘子
その母…………………飯田　蝶子
不良モダンガール……伊達　里子
男爵の息子　行本輝雄……月田　一郎
その妹　幾子…………飯塚　敏子
その母…………………吉川　満子
家　令…………………坂本　武
敵の大将………………斎藤　達雄
社　長…………………岡田宗太郎
金持のモボ……………南條　康雄
その母…………………葛城　文子
剣道の審判長…………突貫　小僧

一九三一年（昭和六年）
松竹蒲田
脚本、ネガ、プリント現存
S8巻、2051m（七五分）
白黒・無声
二月七日　帝国館公開

1

（F・I）道場

紋りがあくと、いきなり剣道の猛烈な試合——一人が他の胴を、小気味よくとる。

学生達、ワッ!! とばかり拍手。

勝った方、悠然と次を待つ。

掲示板

	早川烈傳		久坂　守
副将	並田幸雄		高野　勇
大将	岡島喜一		坂下一平
	城南大学	対	安政大学

掲示板は上図の如く。

今勝ったのは、岡島喜一である。

で、岡島は今二人をぬいて、敵の大将と一騎打ちになる。

バンカラな学生達、拍子をしたり、肩をいからしたりして大将同志の一騎うちを待っている。

敵の大将が悠然と、立ち出でる。

大将同志、竹刀を合わせて立ち上る。

応援の学生達——

その中に男爵の行本がいて岡島を声援している。

大将同志、大刀打ちをはじめる。が、仲々勝負がきまらない。

が、やがて、敵の打ち込んで来る大刀先をさっとうけた岡島の大刀が、又、美事に敵の大将の胴をとる。

ワッとばかりとび上る城南大学の学生達。

「ウム」と無念そうな安政大学の学生達。

大将同志は竹刀を納めて分れる。

岡島——自分の位置にもどって面をとる。

無性髯を、ホッペたからあごから一杯にはやした岡島が汗をかいている。

行本が、一人で嬉しがっている。

片っぱしから友達の肩をたたく。

Ⓣ〝岡島の胴は全く
　天下無敵だナ!!〟

「そうだそうだ!」

で、行本と友達は今の勝負のまねをして見る。

友達の方がいきなり右手で、行本の胴を、

「こうだ!」

と言ってひっぱたく。

「あいてえ!!」

いきなり胴をひっぱたかれて、右へ、「く」の字なりに体をまげて横っ腹をかかえながら、行本が怒り出す。

選手達がひき上げて行く。

岡島が、怒っている行本の所へ来て、

「どうしたんだ?」と笑う。

「こいつが怪しからん」と行本、友達を怒る。

岡島、笑って行本をなだめる。

友達は岡島に、行本をあずけて逃げて行く。

で、行本も笑い出す。それから、散々に岡島をほめる。

「よせやい!!」

岡島、行本の背中をたたく。

行本、岡島に言う。

Ⓣ〝とにかく今日家へ来いよ。
　妹の誕生日だし、大いに
　祝杯を上げよう!!〟

岡島、うなづく。

で、行本、満足そうに、岡島と並んで去って行く。

（F・O）

2

（F・I）行本の家

行本が家令に、今日の試合の話をきかせている。話だけで満足出来なくて、行本は家令に新聞をまいたのを大刀がわりにもたせ、自分もそれをもって試合の状況をやって見る。
新聞をまるめた大刀をかまえた家令——同じくかまえた行本が、盛んに一人で興奮している。
と家令も腕がなって来る。
で、家令はいきなり、
Ⓣ〃若様ごめん!!〃
と言ったと思うと、行本の胸をズバリとやり、
行本、とび上り、
「こ、こいつ!!」
と怒る。
家令、ハッと我にかえって、
Ⓣ〃つい！　その気がはいりまして〃
と恐縮しながら散々にあやまる。
行本、ぷんぷんする。
所へ妹の幾子が現われる。
家令、ほっとする。
幾子、やって来て兄をひっぱる。
Ⓣ〃あっちへらっしゃい。
　皆さん来てるから〃
で、行本は、妹にひっぱられて去って行く。
(F・O)

3　(F・I)　道

ヒゲムシャの岡島が、行本の家へ行くために歩いて行く。ステッキをついて——

ふと、何か見つけた様に立ちどまる。

4　向う

おとなしそうな一人の娘を、洋装のモガが脅迫している。

娘、にげ出そうとする。

モガが追っかけて娘をつかまえる。

娘、弱る。

モガ、言う。

Ⓣ〃何にもしやしないよ！

　ガマ口を落っことしたから、
　少し借《か》して呉れって言ってる
　だけじゃないの〃

娘、ふと見る。驚く。

モガ、右手に脅迫がましく、小さいナイフを見せている。

娘、困る。そしてあきらめた様に、ガマ口を帯の前から出してモガに渡す。

モガ、それをうけとる。

とたんに、横から手が出て、そのガマ口をとり上げる。

モガ、驚いて、ふりかえる。

ヒゲムシャの岡島がつっ立っている。

岡島は、とり上げたガマ口を黙って、オビエている娘に渡してやる。

モガ、つと去る。

娘、とても喜ぶ。

岡島、美しいおとなしい娘を、じっと見てから、

Ⓣ〃早くお帰んなさい〃

と言う。

娘、嬉しそうに岡島を見上げて、礼を言ってから帰って行く。

岡島、それを見送ってから、さて、行本の家の方へ行こうと場面を切れる。

と、その空舞台へ、さっきのモガと、二人の不良青年が来て、

Ⓣ〃おい！

　ヒゲッ面!!〃

と呼ぶ。

歩いて来た岡島、ふりかえる。

「俺か?」

と、そこへ三人がやって来る。

不良青年のAが憎々しげに、

Ⓣ〃よけいなところへ
　出しゃばるない〃

と、いきなりメリケンでやって来る。

とたんに、岡島のステッキが横様に飛んだと思うと、美事に胴にはいって、不良青年が「ワッ」とばかり「く」の字なりになってそこへ坐ってしまう。

Bが加勢しようと思う。とたんに、しこたまステッキで、小手をやられて参ってしまう。

岡島、笑う。

Ⓣ〃よけいなところへ

ノコノコ出しゃばるなよ！〃
モガが、とても口惜しがる。
そして憎々しげに、
Ⓣ〃おぼえてやがれ！
髯っ面!!〃
と言う。
岡島、それをうけてうやうやしく、
Ⓣ〃忘れよったって
お前さんのその
不恰好な洋装は
忘れられんよ！〃
と言って、さっさと去って行く。
モガ一人で口惜しがって、二人の青年にあたりちらす。

5

行本の家

お茶をのみながら、行本が、妹のお友達にとりまかれて、いい心持ちになっている所へ家令が顔を出して、
Ⓣ〃若様
岡島様がいらっしゃいました〃
と言う。
それを聞くと妹がムキになって兄の所へ来、
Ⓣ〃お兄さんてば、
又あの髯っ面つれて来たの！〃
と言う。
行本、うなづいて立ち上る。

と、妹、怒って、
Ⓣ〃帰して頂戴！
気分がこわれるから！
私達はあんな時代おくれ
大きらい!!〃
と言う。
兄、笑って、
Ⓣ〃だからあいつを
お前の感化で
モダンにして呉れ〃
と言って去って行く。
妹、一人でクサる。
妹、クサって蓄音機をかける。
そして友達と女同志で踊りはじめる。
妹、踊りながら友達にささやく。
Ⓣ〃あのひげっ面、
やって来たら
恥をかかせてやりましょうよ〃
友達もうなずく。
そこへ、行本と岡島が現われる。
岡島、そこにいるのが女ばかりなので面喰う。
女達、岡島に、義理ばかりの冷たい挨拶をなげる。
岡島、面喰って行本にささやく。
Ⓣ〃女ばかりじゃないか〃
と、行本笑って、
Ⓣ〃女ばかり、結構じゃないか！

少し、分れ!!〃
と言う。
岡島、ニヤッと笑う。
岡島、そしてづかづかと妹の所へ来る。
妹、形ばかりの挨拶をする。
と、岡島、ていねいに、
Ⓣ〃御誕生日を
お祝い申します〃
と言う。
妹、
Ⓣ〃有難う。
でも誕生日、
今日でない方が
よかったと思います〃
と、つんとして向うへ行く。
岡島、テレる。が、仕方なく、頭をかいて、椅子にこしかけ、そこにあったお菓子をムシャムシャ喰う。
それを見た妹、たまらなくなる。
で、兄に、ちょっと来て呉れと、兄をムリヤリにひっぱって去って行く。
後にのこった岡島、お茶をのむ。
と、さっき、行本の妹と踊っていた女の友達が、岡島の所へ来てレディライクに、
Ⓣ〃御一緒に踊りましょう〃
と言う。
岡島、驚いて顔を上げる。

皆、面白がって踊れ踊れとすすめる。
岡島、弱る。仕方がなくなって、
Ⓣ〃二人じゃだめでさ、
　一人なら踊れない事もないですが〃
と言う。
と、皆は更に面白がって、
「ぜひ踊れ」とそそのかす。
岡島、仕方なく立ち上り、
Ⓣ〃ちょっと仕度をして来ます〃
と室を出る。
皆、面白がってささやき合っている。
カタナをたばさんだ岡島が、ハチマキを
してはいって来る。
あとから家令がついて来る。
一同、驚く。
と、岡島は、家令に、詩を吟じさせて、
刀をぬいて剣舞をはじめる。
岡島が、白じんをふりまわすので、
女達、真青になる。
家令はいい気もちで目をつぶって詩を吟
じている。

6　兄の室

妹が、ダダをこねている。
Ⓣ〃いやいや、
　帰して！
　帰しちまって!!〃
で行本、すっかり弱ってしまい、承知し
て妹と一緒に去る。

7　さっきの室

行本と妹がはいって来る。二人、ア然と
する。
室の中には岡島がたった一人——
誰もいない。
妹、驚いていると、
岡島が来て、
Ⓣ〃皆さん、
　よろしくって帰りましたよ〃
と言う。
妹、それで、すっかりカンカンになり、
Ⓣ〃あなたも
　お帰り下さい!!〃
と言って、兄の胸に泣く。
岡島、弱ってしまう。
行本も弱る。そして岡島に「すまん、す
まん」と手をあわせる。　（F・O）
Ⓣ〃おお髯よ!!
　髯も岡島が
　学校を出ると共に
　社会に出なければ
　ならなかった〃　（F・I——F・O）

8　（F・I）ある会社の廊下

ベンチに、学校を出たばかりの青年達が
退屈そうにこしかけている。欠伸をして
時計を見る。
大時計、九時五分すぎ。
皆、退屈する。
やがて、ふと、皆緊張する。と、そこへ
事務服を着た、先達《せんだつ》て岡島に助けられた
娘が出て来る。そして皆へ、
Ⓣ〃お待たせ致しました。
　先着順にいらして頂きます〃
と言う。
と、一人のソソッカシ相な青年が立ち上
る。
娘、
Ⓣ〃あなたが
　岡島さんですか？〃
と言う。
青年「いいえ」と言う。
と、娘、
Ⓣ〃岡島さんからです〃
と言う。あたりを見る。
青年、こしかける。皆、お互に顔を見合
わせる。
娘、ふしぎそうに、
Ⓣ〃岡島さん！　いらっしゃい
　ませんか？〃
と言う。
青年達、顔見合わせる。
とたんに「TOILET」からセビロを着

てやはりヒゲッ面の岡島がとび出して来る。

娘、驚く。

岡島も驚く。

「ああ、あなたは……」

「ああ、あなたは……」

と娘も驚くが、すぐ、外の青年達を気にして「どうぞ、こちらへ」と誘いて行く。

青年達、又々不思議そうに後を見送る。

9 社長の室

娘につれられて岡島、はいって来る。

岡島、静かに社長の方に近づく。

カメラをまわす。

と、社長は、岡島と同じ様にヒゲムシャである（なるべく似てる様にすること）。

ヒゲムシャ同志は、ひどくマヂメに対坐する。社長、ヒゲをしごく。

秘書が、傍から、この光景を見て、笑いたくなる。

娘が、自分の席で、じっと社長と岡島の対話を聞いている。　（F・O）

Ⓣ〝次の日――〟

10 （F・I）アパートの室

ひどくしょげ込んだ岡島と、行本が対坐している。
岡島、ひどくしょげて、
Ⓣ〝俺ぁもう精も根もつきたァ！
こうどこでもことわられたんじゃ
今に干乾しになるよ!!〟
と言う。
行本、元気をつける。
Ⓣ〝元気を出せ！
これから油をさしに、
バアへでもつれてってやろう〟
と言う。
「うん！」と岡島、うなずく。とたんに二人、人が来た様子でドアの方を見る。
岡島、言う。
「おはいり」
ドアがあく。現われたのは、昨日の娘である。
驚いたのは行本ばかりでない。当の岡島はすっかり面喰って、
「どうぞ！」
と言う。
娘、はいって来て、二人に会釈をする。
岡島、ドギマギして、
Ⓣ〝これは、男爵で
行本輝雄君です〟
と、行本を紹介する。
娘、又、会釈する。
岡島、更にドギマギして、
Ⓣ〝御用ですか？〟
と言う。
と娘、ちょっと行本を気にしながら、
Ⓣ〝私、あの、
内緒でお話しがありますので〟
と言う。
行本、すっかりアテられてしまう。
岡島、目を白黒させるほど当惑する。
と、行本、気を利かして、
Ⓣ〝じゃ、僕失敬する。
又、やって来給え、
家へ！　お揃いで!!〟
と言って、出て行く。
岡島、戸口まで見送りささやく。
Ⓣ〝誤、誤解し給うなよ！〟
と、行本、片目をつぶって、
Ⓣ〝こいつ！　こいつ!!〟
と、岡島をギュッとつねる。
岡島、とび上る。行本去る。
岡島、ほっとして娘の方へ来る。かたくなる。
と娘、
Ⓣ〝昨日は失礼致しました。
場合が場合でしたので
お礼も出来ませんで！〟
と言う。
「いやあ……」と岡島テレる。そして、
Ⓣ〝御用と言いますと？〟
と言う。

と、娘、モヂモヂと、
Ⓣ〃実は、こんなこと
　申し上げては
　失礼だと思いますけど……〃
と言って言いにくそうにする。
岡島、冷汗をかく。
と娘つづけて、
Ⓣ〃あの私、あなたは
　……お髯をおそりに
　なった方がよろしいと
　思いますので……〃
と言う。
「ヒゲ？」
と、面喰って岡島は思わず自分のヒゲに
さわって見て、
Ⓣ〃どうしてですか？〃
と言う。
と娘、そっと、
Ⓣ〃あなたは
　そのお髯のせいで
　不合格におなりに
　なったんです〃
と言う。
「本当ですか？」
と、岡島もムキになり、
娘、マヂメにうなずいて心配そうに
Ⓣ〃どうしてそんなに
　お髯なんか
　生やしてらっしゃい
　ますの？〃
と言う。
岡島、頭をかいて、
Ⓣ〃一人前になるまで
　女よけのお守りの
　つもりで生やしてたん
　ですが……〃
と言う。
と、娘は、プッと吹き出してしまう。そ
してひどく笑いこける。そして、
Ⓣ〃ムダですわ!!〃
と言う。
「え？」と言って、顔見合わせた岡島、
テレて、笑ってごま化してしまう。
（F・O）
Ⓣ〃と言うわけで――〃

11　（F・I）バーバーショップの前

岡島がすっかりキレイになって、スッキ
リした姿で出て来る。ポケットから紹介
状をとり出して見て笑い、自信ありげに
又しまい込んで、ふと向うを見て驚く。
この間のモガが、自分の方を見て、見ち
がえたのか、ウインクする。
岡島、ふと顔をそむけ、トットと去って
行く。
岡島、モガを気にしながら歩いて行く。

12　ホテルの前

岡島、ふと、ホテルの名をたしかめて見
てから、トットと内へはいって行く。
モガ、やって来て、岡島のあとを見送
り、何だか、いいものを見つけた様に、
ウキウキした気もちで、もと来た方へひ
っかえして行く。

13　行本の室

行本と妹がいる。
行本、妹をつかまえて話している。
Ⓣ〃驚いた、
　全く驚いた。
　岡島をたずねて来る
　シャンがいるんだから！〃
と、妹は、軽蔑した様に、
Ⓣ〃あんなヒゲッ面の
　どこがいいの？〃
と言う。
行本、
Ⓣ〃分らん。
　俺には女の気もちと言うものが
　まるで分らなくなった〃
と言って室を歩きまわる。
と、家令が顔を出し、
Ⓣ〃若様！

　岡島様が！〃
と言う。
妹、顔をしかめて、室を出て行こうとする。
とたんに岡島が、嬉しそうに、とび込んで来る。
「マァ!!」と驚く妹。
行本も岡島の変り様に面喰う。
岡島は妹を目にとめず、行本にかじりつく。
Ⓣ〃万才!!
　就職口があったぞ！
　きまったぞ！〃
と喜ぶ。
「そいつぁよかった」
二人は抱きあって、踊りまわる。
行本の妹、岡島があんまり綺麗になったので、アッケにとられて見ている。
踊りまわっていた岡島、ふと妹に気がつき、ハッとして立ちどまる。
妹、じっと岡島を見ている。それからニッと笑って近づいて来て、
Ⓣ〃お目出とうございます〃
と言う。
岡島、頭を下げる。
と行本は、ふと、妹の変り様を見ぬいて、
Ⓣ〃幾子！
　お前のお室へお帰り！〃
と言う。
幾子、クサる。そして、兄をにらむ様にして出て行ってしまう。
行本、つくづく岡島を見つめ、
Ⓣ〃変ったなァ！〃
と言う。
「うん」と岡島うなずき、
Ⓣ〃昨日の娘に忠告されたんだ！〃
と言う。
と、行本、アテられて、
Ⓣ〃こいつめ!!
　オゴレ!!〃
と言う。
岡島、大きくうなずく。
Ⓣ〃よしきた
　オゴル!!
　だけど、今金がないから
　たてかえて呉れ〃
と言う。
行本、うなづく。
Ⓣ〃OK！
　たてかえる！
　出かけよう！〃
二人、出かける。

14　玄関

二人、元気よくとび出す。と、あとから妹がとび出して来る。
Ⓣ〃兄さん
　あたしもつれてって!!〃
そう言って妹は、とうとう二人にくっついて行く。
（F・O）

15　（F・I）ホテルのグリル

行本と、岡島と、幾子が卓についている。
もう食事は終っている。
岡島、言う。
Ⓣ〃とにかくあすから俺は、
　このホテルのボーイ長なんだからな〃
行本、嬉しがる。
幾子もニコニコして岡島を見つめている。

16　向うの卓

遠くの方に、
例のモガが一人で食事をしている。
モガは三人の方を見る。
岡島——それを、話している幾子。
モガ、流し目にそれを見てから、又、そしらぬ顔で食事をとる。
三人は、やがて、食卓をはなれて行く。
モガ、じっと、それを見送る。

17

ビルディングの上

タイピストの例の娘が、ビルディングの上からふと下を見る。

下の通りを岡島と、行本と、妹と、三人が通って行く。

娘、ふと頭をひっこめる。ふと、淋しい顔になる。

じっと遠くを見つめる。それから放心した様に、自分の爪を嚙む。（F・O）

Ⓣ〝夜になって――〟

18

（F・I）タイピスト広子の家

娘の母と、一人の老人が対坐している。

Ⓣ〝先方は非常な御熱心で、

ぜひぜひと申されるんだが、

広ちゃんはまだ、

ウンと言って呉れんのですかな？〟

と言う。

「どうもあれの我儘にも弱りますが……」

と母も弁解している。

19

隣の室

広子が、放心したように、ボンヤリ、母と老人の話を聞いている。

ふと、目を見はる。坐りなおす。何だかソワソワする様な顔になる。自分の机の所に行って顔をなおしたりする。

と、隣の室では、老人が帰りかけて、入口に、岡島が現われている。

老人は母に念を押して帰って行く。

母は奥の方へ、

Ⓣ〝広子や〟

と呼ぶ。

広子、出て来る。

そして、岡島に挨拶し、

Ⓣ〝母さん、ホラいつか

お話しした岡島さんよ、

あたしを助けて下すった〟

と言うと、母はガゼン嬉しがり、手をとらんばかりにして岡島を上へ上げる。

岡島、かたくなって、

Ⓣ〝私は広子さんに

助けて頂いたので、

お礼にうかがったのです〟

とおじぎをする。

母は、何の事か分らず目をパチクリする。

広子、笑う。

岡島、説明する。

Ⓣ〝広子さんに言われた通り

ひげをそったんで、

私は就職口に

ありつきました〟

と言う。

「あらまあ……」

と母は笑い出す。

と岡島は更に、

Ⓣ〝手ブラで上って

失礼なんですが、

就職したばかりなんで

つい……〟

と頭をかく。

「とんでもない！　そんな事!!」

と母も岡島のザックバランさに面白がる。

20

行本家の廊下

行本の母が、幾子をたしなめている。

Ⓣ〝だって、あなたは

こないだまで、

嫌だなんて

言わなかったじゃないの〟

が、幾子はフクレている。

母、又言う。

Ⓣ〝とにかくお会いなさい。

きっと好きになるから〟

そして幾子をひっぱって去る。

21

応接間

母と幾子がはいる。

と、そこにいた貴婦人と、貴公子然とした青年が、気どってたち上って貴族然と会釈をする。
幾子、仕方なく、母に紹介されて会釈して傍へ来る。
青年は、幾子が美しいのですっかり見とれる。
と母は、
Ⓣ〝私は奥様と一寸
お話があるから、
お相手していらっしゃい〟
と幾子に命じて、眼で貴婦人に合図して、二人で座を外してしまう。
幾子、困るが、決心してそこにいる。
二人きりになると青年は、すっかり幾子に参った様に吐息する。
と幾子、いきなり、
Ⓣ〝あなたは
剣道お出来になります？〟
と言う。
青年、面喰うが、
Ⓣ〝いや、僕は、
ゴルフなら出来ます〟
と言う。
と、幾子、つけつけと、
Ⓣ〝私、剣道なさらない方とは
結婚しようとは思いません〟
と言う。
青年、すっかり驚いて腰をうかし、
Ⓣ〝どうしてですか？〟
とあせる。
と幾子、つんとして、
Ⓣ〝身辺を
保護して頂けないから……〟
と言う。
青年、それで一所懸命に、
Ⓣ〝身辺保護なら
警察がして呉れます。
治安維持法があります〟
とせまる。
と幾子、
Ⓣ〝じゃ私、
警察か治安維持法と
結婚する事に致しますわ〟
と言う。
青年、すっかり失望して煩悶する。幾子にとりすがる。
Ⓣ〝何なさるの？〟
と幾子、逃げる。青年、追いすがる。
幾子、青年に捕えられて、
Ⓣ〝兄さん！
助けて!!〟
とどなる。
青年、幾子を捕えたまま思わず幾子の口をふさぐ。
所へ、声を聞いて同じ様に驚いた母と、貴婦人がはいって来てア然とする。
幾子、室から、とび出して行く。
貴婦人はヅカヅカと青年の所へ来て、
Ⓣ〝何と言う失礼な事をなさるんです。
直接行動や暴力行為は
上流のする事ですか!!〟
と、（大写）いやと言うほど青年のお尻をつねる。
青年、とび上る。
幾子の母は、白眼で二人をニランでいる。

22

広子の家

岡島が帰って行く。
残り惜しそうに広子と母が見送る。
岡島、礼を言って去る。
そこへ坐ったまま障子をしめると広子、ほっと吐息する。
母は、長火鉢の所へ坐る。
と、広子、自分の手をいじりながら、
Ⓣ〝どうせお嫁に行くなら、
私、岡島さんの様な方の
所でなくちゃ行こうと
思わないわ！〟
と言って、そっと母の方を見る。
母、驚いている。
広子、再び決心した様に、
Ⓣ〝中山の小父さんの方、
断って頂戴〟
と言う。

母、驚いて、

Ⓣ〝だってお前今更ら……。
それに岡島さんの
心持ちだって分らないし〟

と言う。

と広子、母の傍へ来て、

Ⓣ〝だから母さん行って
聞いて来て!!〟

と言う。

「私が?……」

母は、突拍子もない娘の言い分に、多少ア然として広子の顔を見つめる。　（F・O）

Ⓣ〝そこで、ある日――〟

23

（F・I）ホテル

ホテルの前を、広子の母がウロウロしている。やがて、彼女は、決然と、ホテルの中にはいって行く。　（Wる）

24

グリルの一隅

広子の母と、岡島が一つの卓をかこんでいる。母はやがて言いにくそうに、

Ⓣ〝それで広子は、
ぜひあなたのお心持ちを
伺って来て呉れと申しますのですが〟

と言う。

25

ホテルの廊下

グリルの外の廊下では、長椅子の上で、例のモガが、漫然とシガレットなどをふかしている。

26

グリルの入口

広子の母を送り出した岡島が、入口の所へ来て、立ち、お客を接待する。――何となく嬉しそうに浮き浮きしている。

モガ、彼を見ると、ふと、エンピツを出してメモに何か書きつけ、指輪を一つ外して、今書いたメモの紙でクルクルとつつむ。

それから、ゆっくりとシガレットを消して、つと立上り去る。

それで岡島はひどくテレてしまうが、つばをグッとのみ込んで、

Ⓣ〝お母様の前で
こんな事を申しては
誠に申しわけないと
思いますが……〟

と、弱った様な顔をする。

と、母はそれをうけて、

Ⓣ〝御もっとも様で……。
私も、とてもかなわぬ
御縁と思っておりましたが……〟

と言う。

と、岡島、すっかりあわてて、

Ⓣ〝いえいえ!
私は、
広子さんを思ってるなど
申し上げては
失礼だと思ったのです〟

と、極力、弁解する。

と、母も喜んで、納得する。

母、それで「失礼しました」と立ち上る。

グリルの別の卓に、ひどく仲よさそうに西洋人夫婦が席をしめる。

27

グリルの入口

キチンと岡島がつっ立っている所へ、モガがやって来て、お客然と岡島をよぶ。

岡島、モガを見て、「野郎!!」と思うが、客商売――仕方なく「ハ!!」とモガに近づく。

と、モガ、岡島を見上げ、ニッと笑って何も言わず、さっきのメモの紙で包んだゆびわを渡して片目をつぶると、スッと去って行ってしまう。

岡島、何が何だか分らず、何げなく、渡されたものをひらいて見てびっくりして、思わず、あたりを見てそれをにぎりつぶす。それから、そ知らぬ風をして場面を切れる。

28

さっきモガのいた所

岡島、長椅子まで来て、又、あたりを見てから、手に握っていたものを見る。

29

宝石入りの指輪（大写）

メモには
「今晩七時、日比谷公園横に
　自動車をとめてお待ちしています。
　どうぞお出で下さい。
　私の誠実のしるし」
と書いてある。
岡島、驚く。
「あいつめ、俺を見違えたな！」と言う思い入れ。
ふと、向うを見る。

30

グリルの入口

あわただしくボーイやら人々が出入りして何事かありそうである。
岡島、驚いて立って行く。

31

グリル

さっきの西洋の女がヒステリーを起したようにわめいている。
岡島が来て、ボーイに何だと聞く。
ボーイ、驚いたように言う。
Ⓣ〝まるで神秘的な事件でさあ。
めしをくってる中に
指輪がなくなったんですとさ〟
「ふーん！」。驚いた岡島、ハッと気がつき、自分の握っている指輪の事を考えに浮べる。
西洋の女、わめく。
Ⓣ〝あれは私の夫が
結婚記念に呉れた
一番大事な指輪です〟
と傍で、その夫が、
Ⓣ〝あれはシカゴで
三万七千ドル出した指輪だ。
警視総監を呼べ!!〟
とゴッタ返している。
そこへ岡島がヅカヅカとやって来て、
Ⓣ〝奥様
これじゃありませんか？〟
と例の指輪を出す。
と、それを見た西洋の女、まるでひっくり返るほど喜んでとび上り、
「それです!!」
と、やにわに岡島にかじりつく。
岡島、西洋の女にかじりつかれて面喰う。
見ていた女の夫は更に面喰う。
西洋婦人、岡島にかじりついたままポロポロ涙をこぼし、
Ⓣ〝アリガト、アリガト。
私、これをさっき
トイレットへ忘れたの
思い出しました〟
とささやく。
見ていた夫、憤然とナフキンをたたきつけて女を岡島からヒキはなそうとするが、だめである。
夫の方が今度は貧血を起す。（F・O）
Ⓣ〝その晩、七時になると――〟

32

（F・I）公園の横

自動車の中で、例のモガが岡島を待っている。――腕の時計を見る。顔を上げる。
彼女は仰天する。
自動車の扉をあけたのは、ずっと以前のように、ヒゲモジャの岡島である。
岡島はヌッと自動車の中にのり込む。
モガが押し下そうとしても駄目である。
岡島は腰を下すと運転手に、
Ⓣ〝天現寺アパートへ、
大急ぎ!!〟
と言う。おどかす!!　自動車、走り出す。
モガ、憎々しげに肚をおちつけたらしく、
Ⓣ〝いつでも
よけいなとこで

お目にかかるわね〃

と言う。

岡島、笑って、

Ⓣ〃冗談言っちゃいけない〃

と、ひるま、彼女から渡されたメモを出して彼女に渡す。

女、それを見て二度びっくりする。

Ⓣ〃じゃ指輪をお見せ〃

と岡島、フフンと笑って、

Ⓣ〃盗んだものを
着服する様な
俺じゃないんだ〃

と言う。

女、憎々しげに唇をかむ。

そして、いきなり、自動車から飛び下りようとする。

驚いた岡島、女の腕をつかむ。そして、自分の方へ抱きよせるようにする。

そのまま自動車は走って行く。

33　（F・I）アパート

扉をあけて岡島が女を室へ押し込む。

そして自分もはいって来る。

女はもうわりに柔順である。

「かけ給え！」

岡島は言う。女、すなおに腰かける。

岡島も腰かける。じっと女を見る。

女、唇をかんでいる。

岡島、やがて言う。

Ⓣ〃君には両親があるか？〃

女、頭を横にふる。

岡島、又言う。

Ⓣ〃兄弟もないのか？〃

女、うなずく。

岡島、それから又たずねる。

Ⓣ〃恋人もないのか？〃

すると、女は、じっと岡島を見つめてから吐き出す様に言う。

Ⓣ〃捨てられちゃった〃

「そうか！」……岡島、うなずいてから横をむいてボツリボツリと、くっつけた髯をとりはじめる。

女、それをじっと見ている。それから、言う。

Ⓣ〃あたいは前科者なんだ〃

ふと、涙がにじむ。

岡島、横をむいて、自分のヒゲをとった顔を手拭でさすりながら言う。

Ⓣ〃そんな事でやけを起してるのか？〃

女、横をむく。それから吐き出す様に言う。

Ⓣ〃あたいだって時々
人間らしい気持ちにもなるさ！
だけどあんただって、
あたいの気持ちなんか
何とも思って呉れや
しないんだろう？〃

岡島、それを聞いて、ふと女の方を向く。

Ⓣ〃恋人にグチを言う様な
事を言っちゃ困る〃

岡島はそう言う。

と、女はじっと目を上げて、

Ⓣ〃でもあたい、
自動車でここへ来る間
すっかりあんたに
惚れちゃった〃

岡島、驚いて何か言おうとすると、

女、それをさえぎって、

Ⓣ〃あんたが私を看て呉れるなら
あたいまともになろうと
決心したんだ。
まともになるんだ〃

と、椅子からすべり下りて、岡島の膝にもたれる。

岡島、弱ってしまう。

トタンに扉があいて行本と、幾子と、母親が顔を出し、ハッとする。

岡島と、女もハッとする。

行本、驚いて、はいり込もうとするのを、母親が、お尻の所を捕える。

母親は、口惜しそうに見ている幾子へ、

Ⓣ〃けがらわしい!!
だから言わない事じゃない。

しょせん、つり合わぬ
事なんです！〃
と、岡島の方へ白眼をむけて、幾子をひっぱる。
母は幾子をむりにひっぱって去る。
と、行本、あとにのこって、も一度顔を出し、
Ⓣ〃すまん！
悪く思わんで呉れ〃
と言って、扉をしめる。
岡島とモガは、まるで狐につままれた様にポカンとするが、やがて顔見合わせて笑い出す。
（F・O）
Ⓣ〃次の日の朝早く〃

34
（F・I）街
浮き浮きした顔をして広子が歩いている。

35
アパートの前
広子が来て浮き浮きとアパートの中へはいって行く。

36
岡島の室の前
広子が来て、楽しい期待を抱きながら扉をノックする。
やがて、扉がスーッと開いて顔を出したのはモガである。
二人とも仰天する。
広子、混乱した様な顔で、しばらくモガを見ていたが、
Ⓣ〃岡島さん
います？〃
と言う。
モガも混乱した様な顔で、うなずきながら、
Ⓣ〃あなたは
どなた？〃
と言う。
広子、自分の気持ちをじっとこらえて、
Ⓣ〃私？
私……岡島さんの
恋人です！〃
と言って、扉の方に近づく。
モガ、広子の意気に押された様に内にひっこむ。広子、そのあとから内にはいって行く。

37
室の隅
岡島が、ふとんにクルマッて洋服のまま寝ている。
広子、じっとそれを見つめている。
が、やがて、静かに、その傍に来て坐る。
モガ、呆然と二人を見つめている。
広子、岡島をゆり起す。そして、ビックリしてとび起きる。
岡島、目をあく。そして、ビックリしてとび起きる。
広子が、そこに坐っている。そして、その向うに、例のモガがつっ立っている。
岡島、目を見はって広子に言う。
Ⓣ〃あなたは
あの女がいても
帰っちまわなかったん
ですね？〃
と言う。
広子、うなずく。
Ⓣ〃私……
確信していますから……〃
と涙をためてほほえむ。
岡島、本当に喜び、
Ⓣ〃偉い!!〃
と、広子に抱きつく。
呆然と、それを見ているモガ。二人の愛撫の様をシミジミと見せられる（出来得ればこのモガの顔で、二人の愛撫をしみじみと表現したし）。
やがて、モガ、決然と二人の方へ、
Ⓣ〃岡島さん！
私、帰るわ！〃
と言う。
それで岡島と広子は、並んでモガの方を見る。

岡島、
Ⓣ〝又もとの仲間の所へか？〟
と言う。
と、モガ苦笑して頭をふる。そして、
Ⓣ〝私、あんたに
　忠告された様にやって
　行くわ！〟
と言う。
それから、広子の方を指して、
Ⓣ〝そして、
　この方の様に
　確信をもって
　生きて行ける様に――〟
と言って室を出て行く。
岡島と広子、顔を見合わせる。
二人、そっと窓辺によって見る。

38　アパートの前の道

モガが出て行って、手をふって去って行く。
二人、それを見る。
手をふる。それからお互に顔を見合わせて朗かにほほ笑む。
（F・O）

――完――

（昭和五年十二月三日　製本）

美人哀愁

脚色　池田　忠雄

原　作……………………アンリ・ド・レニエ
『大理石の女』より
翻　案……………………ジェームス・槇
脚　色……………………池田　忠雄
監　督……………………小津安二郎
撮　影……………………茂原　英雄

岡　本……………………岡田　時彦
佐　野……………………斎藤　達雄
芳　江……………………井上　雪子
芳江の父………………岡田宗太郎
美津子…………………吉川　満子
はる子…………………若水　照子
吉　田…………………奈良　真養
バーの女………………飯塚　敏子

一九三一年（昭和六年）
松竹蒲田
脚本のみ現存、ネガ、プリントなし
S15巻、4327m（一五八分）
白黒・無声
五月二十九日　帝国館公開

Ⓣ〝空のうろこ雲
脂粉の女の美しさ
どちらも長くは持ちません
ジャン・コクトオ〟

1　（F・I）雪の道

走る馬ソリ。

御者と村の人と、若い金ボタンの制服を着た岡本、佐野が乗っている。

岡本、行手の方を見て急に元気づき、「おい、見えたぜ！」と佐野の肩を叩く。

佐野もその方向を眺める。

2　吉田氏のヒュッテ（遠く見た眼）

雪の中に、一軒のヒュッテが見える。

3　馬ソリの上

両人「いよいよ来たな」と、土産物を手にして、降りる用意をする。

佐野、御者にストップの場所を命じる。

4　吉田氏の家の近く

馬ソリ、止る。
佐野と岡本、降りる。
馬ソリ、去って行く。
見送る両人「さあ行こうぜ」と歩き出す。
歩きながら、佐野、土産物をぶらぶらさせて、
Ⓣ〝突然なんで、吉田さん、
きっと驚くぜ〟
と言う。
岡本「うん」と頷き、
Ⓣ〝驚いた挙句、手を拍《う》って
喜んで呉れるぜ、きっと！〟
言いつつ歓迎される自分達を想像して、しきりに愉快がる。両人、うきうきと、ヒュッテ目差して足元の覚束無い雪の中を歩いて行く。

5　吉田氏の家

両人、たどり着く。

交る交る扉をひっぱたく。

仲々応えが無い。

やがて、扉が開く。

両人、勢い込んで走り寄る。

6　扉

此の家のばあやが顔を出し、事務的に見迎える。

両人、予期に反した面持。が、直ちに来意を告げる。

ばあや、中へ消える。

両人「なんでえ！」と見合う。

しばらくして、ばあやが又現われて中へ招じ入れる。

7　一室

両人、案内されて入って来る。
ばあや、厳シュクな面持で、
Ⓣ〝此処でお待ち願います
旦那様は、もうしばらく
お手が放せないそうでございます〟
と言い、去って行く。
「ちぇっ！」両人、仕方なしに待つ。
マが持てなくなる。立っていって窓から外景を眺める。

8　雪の風景

9　扉

岡本を窓に残し、佐野、扉の鍵穴から隣室をのぞこうとする。

扉あき、佐野の額をうつ。

中から出て来た田舎娘（芳江）驚き、

「あら」と思わず頭を下げ、すり抜ける様に出て行ってしまう。佐野、半ば照れながら、「シャンだなあ！」と見送る。

岡本、振り返って見るが、もう芳江は出て行ってしまっている。

佐野、目を丸くして「おいおい」と岡本を見る。岡本、けげんな面持。
奥から吉田が出て来る。「いよう、来たな!!」三人、抱き合う様に挨拶する。そのまま奥へ。

10
アトリエ（彫刻家の）
入って来る三人。
吉田、にこにこして、
Ⓣ〝大分待たしたね
　実はたった今
　こいつが出来上がった処なんだよ〟
と彫刻を指す。
両人「え」とその方を見る。
同時に立ち上がり、佐野、いち早く傍へ寄って覆いのキレを取ろうとする。
吉田、慌てて止め、自分で注意深く覆いを取りのける。芳江の像である。
両人「やあ」と感心する。
若い両人「いいなあ……」と感に耐えない様子で佇立する。
吉田、流石に悪くない気持。
佐野、しきりに彫像に見いる。
岡本、ふと横を見て「あれ」と感心する。

11
写真
彫刻用に、前後左右から撮った四枚の写真――美しい芳江の顔が写っている。

12
アトリエ
岡本、彫像を見較べ、すぐ又、写真に見入る。
吉田に、「この女、シャンですねえ」と言う。
吉田、笑って、
Ⓣ〝一寸珍らしいいいモデルだろう?〟
と言う。佐野も「どれどれ」と見る。
すぐ気付いて、彫像をさしつつ、
Ⓣ〝今帰った娘さんですね?〟
と言う。吉田、頷く。
吉田「で……」と言う風に見て、
Ⓣ〝君たち、卒業の成績はどうだった?〟
と訊ねる。
両人「さあ」と見合い、岡本、
Ⓣ〝試験が終ったばかりで
　出て来ちゃったんです〟
佐野、その後を受け、彫刻を指して、
Ⓣ〝僕、卒業祝いに、
　これを頂く事にしようかな〟
と言う。
吉田「冗談言うな」と目を丸くし、
Ⓣ〝展覧会の出品作なんだよ
　そう、あっさり貰われて
　たまるもんか!〟
と言う。
佐野「だって、いいじゃありませんか!ね、下さいよ」とせがむ。
岡本、写真から離れ、「おいおい」と佐野を引っぱり、
Ⓣ〝ずるいよ君は!
　俺だって
　欲しいのを
　我慢してるんじゃないか!〟
とたしなめる。両人、一寸言い合う。
吉田「まあまあ」と笑って両人の持って来た土産物を引っぱり出し口に入れ、両人にも食わせる。　（F・O）

13
（F・I）**宿屋の一室**（夜）
岡本と佐野、ランプの下で、コタツに入っている。寝る支度が出来ている。両人思い思いの事をしている。
佐野、何を思ったか急に、
Ⓣ〝俺たちも、小学校以来
　十七年間の学校生活から
　離れるわけだが
　その割に、利口にならないな〟
と言う。岡本「ふん」と笑って、
Ⓣ〝お気の毒だね、まったく!〟
で、佐野「何言やがる」と腐る。
やがて岡本「もう寝ようぜ」とランプの灯を暗くする。
両人、寝る。

薄暗いランプ。　　（F・O）

14　（F・I）ランプ
明るい日ざしが、ランプに照り返っている。

15　障子
カーッと日が映えている。

16　宿屋の一室
岡本、ふと目をさます。室内を見まわし、「はてな?」と思う。佐野の夜具がたたまれ、誰も居ない。岡本、不精らしくベルを押す。けだる相に枕元の懐中時計を見る。十一時過ぎている。
やがて女中がやって来る。
「まあ、大変なお寝坊さんですこと」
岡本、佐野の寝具を指しつつ「連れの彼は?」と訊ねる。女中、
Ⓣ〝さっき、
どちらかへお出掛けになりました〟
岡本「ふーん」と考える。大きなノビをしてからガバと元気よく起き上る。

17　吉田のアトリエ
吉田、困惑した様子であちこち歩き廻る。
傍で佐野が、むきになって頼んでいる。
吉田、困り果てる。
佐野「ね、ね、お願いです」
Ⓣ〝展覧会の後でも、
もっと後でも構いません
兎に角、遺るって約束して下さい〟
吉田、佐野と彫像とを見較べ、益々弱り切る。佐野、せがみ続ける。

18　吉田の家の附近
雪の中を歩む岡本。

19　吉田の家
岡本、やって来る。コトコトとノックするが、案内も待たず、家の中に入る。

20　玄関口
岡本、入る。足元を見て、「来てやがるな」と思う。

佐野の靴が脱いである。

ばあやが迎える。岡本、あっさり挨拶してノコノコと上って行く。

21　アトリエ
佐野と吉田。

佐野、喜ばしげに話している。

岡本が入って来る。

吉田「よう来たな!」と迎える。

佐野、一寸気まずい面持。

岡本、佐野を見て「どうしたんだい?」と言葉をかける。佐野、無理に笑って黙っている。

吉田、大げさに「どうも、酷い目に合っちゃったよ」と身振りしつつ、

Ⓣ〝とうとう、佐野君に
せびり倒されてしまったよ〟

と彫像を指す。

岡本「え、何ですって?」と反問する。

吉田、手を焼いた様に、

「残念ながら、遂に、佐野君に遺る事になってしまったんだ」

岡本、顔色を変え、佐野を見る。

気まずげな佐野。

岡本、

Ⓣ〝俺を出し抜くのは
卑怯じゃないか〟

とつめよる。

佐野、ギクリとする。

岡本、今度は吉田の方を向き、

Ⓣ〝吉田さん、僕の事も考えて下さい
僕だって、欲しいんです〟

と恨みがましく言う。

吉田、弱って「まあまあ」ととりなす恰好。岡本を「我慢しなさい」と慰め、

Ⓣ〝君にも、何かで埋め合せするよ〟

と言う。

岡本、流石にそれ以上は言えなくなり、

「ええ」と温和しくなる。

佐野、岡本に、

Ⓣ〝悪く思うなよ〟

と手を差出す。岡本、げっそりして、恨めし相に、佐野の手を握る。

佐野、元気よく、自分のものになった彫像の傍へ行き、眺め廻す。抱くようにして喜ぶ。

すっかり悄気込んだ岡本、敵意に充ちた目でじっと佐野を見る。佐野、ふっと岡本と視線が合う。気まずい思い。

吉田も気の毒がり、岡本の気を引き立てようとする。

が、何となく元気のない岡本。

佐野、気まずく、マの持てない様子。やがて立ち上がると、「僕お先に失礼します」と言う。

吉田「まだいいだろう」ととめる。

が、佐野、帰って行く。

吉田、ドアまで見送る。

岡本、立ち上がり、芳江の写真に見入る。

吉田、佐野を見送って、「さて弱ったもんだ」と岡本を見る。

岡本の後姿。吉田、近付き、「おい、そう悲観するな」と背をたたく。

岡本、こっちを向く。

思いがけず元気な笑顔。

そして、芳江の写真を「ね、これ頂いてもいいんでしょう?」と言い、返事も待たずにはずしてしまう。

吉田、仕方なしに頷く。

岡本、写真に見入りつつ、

Ⓣ〝この娘さんと仲良しになろうかな〟

と言う。吉田「え?」と変な顔。

忽ち手を振り「いかんよ、そりゃ……」

Ⓣ〝じゃあ、
あのバーの女将《おかみ》の方はどうするんだ
叱られても知らないよ〟

と言う。岡本、照れて、「いえ、あの方は……」と誤魔化す。

吉田「そう照れんでもいいよ」

Ⓣ〝兎に角、君は充分に
可愛がられる価値があるよ〟

と笑う。

ややしばらく。

両人、はっと、扉を見る。

22　扉

薄目に開かれて、芳江がそっとのぞく。

彼女、中を見て、「あら」と言い、そのまま去ろうとする。

23　アトリエ

吉田、岡本と目を合せ、すぐ立って行き、彼女を呼びとめる。そして、恥しがって遠慮する芳江を無理に連れて来る。

彼女、前かけに包んだリンゴや卵を出してテーブルに置く。

吉田「御苦労御苦労」と受取り、

Ⓣ〝お父さんに、明日は、バタと角砂糖を
買って来て貰うように言って下さい〟

と言う。頷いて恥しそうな芳江。

吉田、岡本と芳江を紹介し、

Ⓣ〝芳江さん、この男が
あんたと仲良しになりたいんだって〟

と芳江に言う。

芳江、一ぺんに赧《あか》くなる。

岡本も照れる。

芳江、恥しくて帰りたい。

吉田、許さず、「まあこれでもむいてくれ給え」とリンゴとナイフを差出す。

彼女、むき始める。

その様子に見入る岡本、ふと吉田と視線を合わせ、思わずうろたえる。

吉田、意味なく笑う。歓談よろしく――

（F・O）

24　（F・I）同じ場所（アトリエ）

数刻経った感じ。岡本と芳江、もう大分慣れている。

やがて芳江、ふと気付いた様に時計を見て、「私もう帰りますわ」と言い、両人に挨拶して帰って行く。

吉田も今度は強いて止めず見送る。ややしばらく、岡本も何思ったか、急に、

Ⓣ〝僕も帰さして下さい〟

と言う。吉田「まだいいだろう?」と驚いて見る。岡本、せかせかと、「いや、一寸」とか何とか言いつつ、帰って行く。

吉田、妙な顔して見送る。

25 **吉田の家の外**

岡本、出て来て遠くを見る。

26 **雪の道**

遠く、歩いて行く芳江の姿。

岡本、急いでその跡を追う。

歩む彼女、ハッとなって後を振り向く。

岡本が追いついてくる。

「一緒に行きましょう、芳江さん」で、両人、肩を並べて歩き出す。芳江、何となく岡本が好きになる。（O・L）

27 **踏切**

両人、仲良くやって来る。

踏切が、バタリと降りる。両人、腐って顔を見合せる。そして微笑み合う。

岡本、じっと彼女の横顔を見る。

美しいプロフィール。

岡本、ポケットから芳江の写真を出して眺め入り、彼女にも見せる。そして大切そうにポケットに納める。

彼女「まあ」と言うが、相手の気持を感じたらしく、恥しそうに黙り込んでしまう。

長い長い荷物列車が通る。両人、じっと、前方を見つめる。やがて岡本、

Ⓣ〝君、お父さん居る?〟

芳江「ええ」と頷く。岡本、

Ⓣ〝お母さんは?〟

芳江「居ないわ」と淋しく首を振る。

岡本「ほう」と見る。芳江、

Ⓣ〝あと、弟だけ〟

と淋し相に言う。

岡本、じっと見る。

Ⓣ〝君、東京へ行きたくない?〟

と意を籠めてきく。

芳江、只、笑っている。

ガタコトと前を通る荷物列車。（F・O）

28 （F・I）**宿屋の一室**（夕方）

佐野と岡本、食事をしている。佐野、済まな相に沈んでいる。やがて弱気に、

Ⓣ〝あの彫像貰っちゃって悪かったなあ〟

続けて、

Ⓣ〝なんなら君に譲ってもいいと思ってるんだ〟

と言う。岡本、元気よく笑って「いいんだよ、いいんだよ。俺、もう欲しくないんだ」と断る。

佐野、不思議そうに見る。

岡本「本当に俺は要らないんだ」

Ⓣ〝兎に角、明日の昼過ぎに○○へ来て見てくれよ〟

と言う。佐野、益々不思議な面持。

岡本「おい!」と元気よく、

Ⓣ〝幸福なんて言うものはそう易々と人に譲るもんじゃないよ〟

と言う。佐野、不審そうに頷く。（F・O）

Ⓣ〝次の日のお昼過ぎ〟

29 （F・I）**雪の道**

佐野がステッキを突き、歩いて行く。

何かをさがし求める様子。

30 **前日、岡本から指定された場所**

佐野、やって来て四辺を見廻す。誰もいないので、「何でえ」と腐る。彼、ふと見て「あれ」と思う。樹か何かに手帳を破いて貼紙がしてある。

31 **貼紙**（女用の安いえりピンで留められてある）

「吉田さんの家へ行って待っている。

岡本」

32 同じ場所

佐野、不審気にピンと紙片を見つつ去って行く。（O・L）

33 吉田の家の中

佐野、入って来る。と、アトリエから吉田が明るい顔付きで飛んで出て来て、いきなり佐野の腕をとり、ぐんぐんとアトリエへ引っ張って行く。

34 アトリエ

佐野、呆気に取られて入って来る。
「おや」と思う。
岡本と妙に恥し相にしている芳江とが並んでいる。
岡本、にやにや笑っている。
佐野「シャンだなあ」と感心して、訊ねるように岡本を見る。
岡本、笑ってばかり居る。
佐野、じっと芳江を見る。
吉田氏、独りはしゃぎつつ、佐野の背をたたいて、
Ⓣ〃どうも君、実に
若い人達にはかなわんよ！〃
佐野、ぽかんとする。
吉田、岡本と芳江を引っぱり出し、その手を握らせて見せ、「なあ、佐野君！実に怪しからんのだ」
Ⓣ〃此の先生たち、もう
かなりな約束まで
してしまってるんだ〃
と言う。
佐野、呆気にとられる。両人を見ると言い知れぬ羨望と淋しさを感じる。
岡本、進み出て、囁く様に、
Ⓣ〃悪く思うなよ〃
と手を差出す。
佐野、無理に笑って軽く手を与える。
吉田、にこにこして、「さあ」
Ⓣ〃これで、二人共に
卒業祝いが出来たわけだな〃
と言う。
で、佐野に彫刻、岡本に芳江を一列に並ばせる。
喜び合う恋人同士。
ごまかそうとするも何となく淋しい佐野。
吉田、佐野に、
Ⓣ〃しかし、どうやら君は
上手《うわて》を越された形だね〃
とこだわりなく言う。
佐野、ぐっと来るが、表面、朗らかに、
「はは……そうでもありません」と笑う。
そして彫像を見る。
何となく浮かぬ佐野、元気を出して立ち上がると、「ではお先に」と皆に別れを告げる。
吉田「何だ、もう帰るのか？」口をとがらす。
が、佐野、何とか誤魔化して、元気そうに振舞う。

35 家の外

佐野、中の人々と快活に別れる。が、歩き出すと共に、ぐっと悲しくなってしまう。

36 雪の道

悲しく歩む佐野。

37 踏切附近

歩み寄る佐野。ふとした拍子に、ステッキ、雪面に深くささる。無理に引抜く佐野。ステッキが折れかけているのを発見する。

ヤケの様にパチッと折って路傍に投げすてる。

と、踏切りが降りる。じりじりする佐野、やがて憂うつに面を伏せてしまう。

汽車が通る。その汽車の横腹にWって、（O・L）

Ⓣ〝そして
　春の展覧会も過ぎて――〟

38　（F・I）例の芳江の彫像
（カメラ引くと――）

佐野の家（書斎）である。

佐野、机に向って淋し気に、分厚い洋書を調べつつ、ノートしている。が、心は乱れ勝ちである。片隅の彫像を眺め、幾度となく歎息する。心を鞭打ってはノートのペンを取る。しかし、矢張り駄目である。うつろな目でじっと彫像を見つめる。

39　芳江の彫像

40　芳江
彼女はもうすっかり都会風の女になっている。

41　アパートの一室（相当贅沢な）
芳江、幸福そうにあみ物か何かしている。
やがて、扉が開き、岡本が帰って来る。
彼女、抱きついて迎える。
やがて岡本、にこにこしてポケットから小さなケースを出し、
Ⓣ〝此の間、誂えたの、
　やっと出来てきたよ〟
芳江、開けて見て、「まあ」と目を瞠る。立派な装身具。
岡本「気に入った？」と喜ぶ。そして彼女の頭につけてやる。それから、もう一つ、立派なマニキュアーのセットを出して「これもだ」と渡す。
芳江、益々いい機嫌。
岡本、
Ⓣ〝今日、郊外でとてもいい家を
　見付けて来たんだ〟
と言う。
芳江「まあ」と喜ぶ。
岡本、家の見取りノートを出して色色と説明する。
芳江、喜ばし気に、
Ⓣ〝ね、越しましょうよ〟
続けて、
Ⓣ〝私、家の中の色んな
　お仕事がして見度くて
　仕方がないのよ〟
と言う。
岡本、嬉しくなって「うん、引越しだ引越しだ」と決心する。
芳江「でも……」と見て、
Ⓣ〝そうなったら、貴方も何処かへ
　お勤めになった方がいいわね〟
と言う。
岡本「うん」と頷くが、すぐ笑い顔になって「まだいいよ」と相手にしない。
芳江「だって」とつまらな相。
彼女、ふと窓から下を見る。
岡本の手を引っぱり「一寸御らんなさいな」と下を示す。

42　下の道（窓から見た目）
会社員が二、三名、帰途を急いでいる。

43　アパート
芳江「ね、お勤めなさいよ」

Ⓣ〝鞄を持ってあげたり
　雨の日に傘を持ってお迎えに行ったり
　私、そんな事がして見たくなったわ〟

と言う。

岡本、苦笑。

Ⓣ〝そんな苦労、お前にはまだ早いよ〟

と言って取り合わない。はては誤魔化す様に室内に抱いて来て、無理やり坐らせ、彼女の手をとって爪を磨いてやる。

芳江、流石に嬉しくなり黙って磨いて貰う。

芳江、そっと夫の髪に頬をよせ、暮れかけの外景を眺める。

44　窓から見た外景

45 **市街の風景**（数カット）

続いて夜景になり、明滅する電気広告やネオンサイン。

46 **バー・モンテのネオンサイン**

47 **その内部**

気持のよい酒場。
マダム美津子、スタンドでバーテンをやっている。
酒場の情景よろしく。
扉、バン！　と開いて佐野が入って来る。スタンドの方へ。
マダム「よう！　来たのね」と迎える。
佐野、つまらな相に立ったまま酒を注いで貰う。すぐお代りを請求する。
マダム、注ぎ乍ら、
Ⓣ〃今夜も、一人？
　あんた案外友達甲斐がないのね〃
と言い、続けて優しく睨み乍ら、
Ⓣ〃たまには、岡本さん
　連れて来たっていいでしょう〃
と言う。
佐野、ハッとなる。が、さあらぬ面持で、却ってマダムを冷かす様に、
Ⓣ〃焼棒杭が恐ろしいからね〃
マダム「何言ってんの！」とつんとする。
佐野「そう怒りなさんな！」
Ⓣ〃近頃あまり、
　あの男の家へ行かないんだ〃
と言う。
マダム、自分も飲みつつ「ふん」
Ⓣ〃嫉いてるのよ、あんた
　気になるから行けないんだわ〃
続けて、
Ⓣ〃あたいなら、行っちゃうな〃
と言う。
佐野、グイと来て、酒を飲む。
そして冷めたい面持で、
Ⓣ〃じゃ、俺になんか
　頼まなけりゃいいじゃないか！〃
それから、又酒の瓶を取り上げる。
マダム、
Ⓣ〃あんた、随分、強くなったのね〃
と言う。
佐野「何言ってやんでえ」と言った気持。
ふと向うへ行く女給のはる子に目をつける。
佐野、はる子を呼び、抱く様にしてボックスへ。

48 **ボックス**

佐野、多少ヤケ気味に、はる子相手に酒をのみ出す。
マダム、傍へ来て、立ったまじっと佐野の様子を見つめる。
佐野「何、見てるんだい!?」と見上げる。
マダム、酒の瓶を取り上げ、
Ⓣ〃もう、お帰んなさい〃
続けて、冗談めかして、
Ⓣ〃家で、瀬戸物の娘さんが、
　淋しがっているわよ〃
佐野「何を！」と思うが「馬鹿を言うよ！」と酒瓶を取り返し、はる子相手にのみ続ける。
だが、ともすると淋しくなる。その想念を払う様にグラスを取り上げる。
（F・O）

49 **彫像**

供える様に花束が置いてある。

50 **佐野の家の一室**

佐野、物言いたげな目つきで彫像に相対している。

51 **玄関**

岡本が入って来て「今日は！」と声をかける。

52
一室
佐野、ハッとなり、手早く花束を彫像からどける。
ばあやが顔を出し「岡本さんが……」と言う。
佐野「通して呉れ」と言い、わざと机に向って勉強するふりをする。
岡本、入って来て「やあ」と声をかける。
彫像に目をつけて、一寸微笑むが気にとめぬ風で「しばらく」と挨拶する。
佐野、机から離れて「どうしたい!?」
岡本、わざと元気よく、彫像を指しつつ、
Ⓣ〝これの手前
　たまには遊びに来たって
　いいじゃないか〃
佐野、どぎまぎして、
Ⓣ〝例の建築史の研究が、忙しいんでね〃
とテーブルの上を指す。
例のノートと洋書。
ばあや、茶を淹れたりする。そして、すぐ去る。
佐野「用は?」と訊ねる。
岡本「実は」と切り出す。
Ⓣ〝済まないけど、
　金を貸して貰い度いんだ
　故郷《くに》からの送金が
　思わしくないんだよ〃
佐野、あまりよい顔をせず「で、幾ら要るんだね?」と訊く。
岡本、金額を言う。
佐野、困った顔付で、
Ⓣ〝今、手許に無いんだけど〃
と断わる。岡本「そうか」とあきらめる。
一寸、考えていたが、つと立ち上がり、出て行く。見送る佐野。

53
電話のある場所（廊下のはずれの様な場所）
岡本、劇場の切符袋の番号を見つつ電話をかけている。

54
大劇場　客席
素晴らしく着飾った芳江が観劇している。
隣は空席。
女給がやって来て芳江に何か囁く。
芳江、立ち上がり女給と共に出る。

55
大廊下
ロビーを通り抜け、
電話のある所へ案内する。
芳江、受話器を耳にする。
「随分、遅いのね……」と言う。

56
佐野の家
困った表情の岡本、誤魔化して「芳江かい……」
Ⓣ〝実は今、途中で、学校の先生に
　お逢いしたんだ〃
続けて、
Ⓣ〝で、そっちへ行くのは
　もう一時間ばかり
　遅れると思うんだけど……〃
と言う。

57
大劇場
芳江「あらそう……」と頷き、悲しくなる。

58
佐野の家
岡本、困って慰める。
その傍——何時の間に来たか、佐野が立って聞いている。
が、頷きつつ忍びやかに書斎の方へ立去る。
岡本、電話を切る。書斎の方へ。

59
書斎
岡本、浮かぬ顔で戻って来る。
佐野、迎えると同時に「おい」と手をさし出す。
紙幣束である。

岡本「え？」と驚く。
佐野、
Ⓣ〝俺の方の都合は、どうにかなる
持って行き給え〟
岡本、驚きつつ、が、ひどく恐縮して受取る。
佐野、固い表情のまま、
Ⓣ〝俺ならいいけど、
他の友達のとこへなんか
金の面倒はかけない方がいいぜ〟
と言う。
岡本、一寸、カチンと来るが、何食わぬ顔をする。
佐野も同じ。
岡本「じゃあ」と立ちかける。
佐野、何か考える風で、「おい」と止める。そして真面目な調子で、
Ⓣ〝俺のところへ一つ就職口があるんだが
代りに勤めてはどうだい？〟
と言う。岡本「さあ」と考える。
佐野、
Ⓣ〝勤めた方が、
君の為にも奥さんの為にも
いいと思うんだけど――〟
岡本、一応は「うん」と頷く。
が、直ちに首を振って、笑いにまぎらせ、
Ⓣ〝でも俺はまだ、もうしばらく
此のままでいたいんだ〟
と言う。
佐野「しかし……」と言いかける。
岡本、押える様に「いいんだよ、いいんだよ」と相手にしないで帰りかける。
佐野、黙ってしまう。
帰りかけの岡本、フト壁を見る。
学生時代の写真。
岡本と佐野が仲よく並んでいる。
岡本、それを見て、フト佐野に微笑みかける。
佐野も思わず笑う。　（F・O）

60 岡本の家

芳江、一人で英語の勉強をしている。
やがて彼女、ハッとなる。

61 玄関

格子が開いてバー・モンテのマダム（美津子）が入って来る。

62 岡本の家

芳江、急いで玄関へ。

63 玄関

芳江、出て来て、あでやかな女性の訪問に「まあ」と目を瞠る。
美津子も美しい芳江に気を引かれる風。
美津子、
Ⓣ〝岡本さん、いらっしゃいます？〟
芳江「留守ですけど」と、もじもじする。
美津子「あら、そう」と言うが、非常になだらかな調子で、
Ⓣ〝では、失礼ですけど、
待たして頂きますわ〟
と上りかける。
芳江、見て「で、貴女は？」ときく。
美津子、
Ⓣ〝御主人と一寸知り合いなんですの
御祝い旁々《かたがた》、上がったんですのよ〟
と言う。そして上がってしまう。
芳江、相手のスマートな物腰に拒む事も出来ず、そのまま案内する。

64 一室

両人、挨拶などよろしく。
美津子、土産の菓子とレコードとを差し出す。
美津子、室内を見廻し、「まあいいお住いですこと！」
一寸、羨ましい様子。
芳江、幾分、押され気味。両人の様よろしく。
芳江、茶を淹れる用意する。美津子、芳江の可愛らしい手許を見ている。そして

「私がやりますわ」と慣れた手つきで自分で淹れてやる。そしてあでやかに微笑む。

美津子は一切の応対がひどくスマートで、嫌味がない。

芳江、何となく魅せられた形。

美津子の方も、無邪気で美しい芳江に気を引かれる。

じっと見ていたが、優しく、

Ⓣ〝奥さん〟

と小声で呼んで見る。

芳江、意味なく恥かしくなり「いやですわ」と下を向く。

美津子「随分、楽し相ね。そうでしょう?」と言う。

芳江、益々、恥かしくなる。そして、

Ⓣ〝奥様は?〟

と反問する。

美津子、首を振り、

Ⓣ〝私が、そんなに楽し相に見えて?〟

と言う。

そしてコムパクトを出して、顔を直して唇にルージュをひく。

その様を眺めている芳江。

美津子、自分を熱心に観察している芳江に気付き、芳江の顔をじっと見る。

可愛らしくなる感じ。で、「失礼」と言って傍へ寄り、驚く芳江のアゴに手をかける。

美津子、芳江の唇に自分のルージュをつけてやる。

芳江、呆気にとられる。が、温和しくじっとしている。

美津子、コムパクトの鏡に写して見せてやり「そらね」

Ⓣ〝あんたには、この紅の方が
ずっと似合うわ〟

芳江「そうですわね」と感心する。

美津子、自分の唇にもう一度つけてからルージュを「これあげますわ」と遣ってしまう。

芳江、感謝する。仲良くなる両人。

やがて芳江、ハッとなる。そして、

「帰って来た様ですわ」と言って立って行く。

65 玄関

岡本、靴を脱ぐ。

芳江、見迎え、何か言いつつ一緒に奥の方へ行く。

66 一室

岡本、マダムの美津子を見、ドキッとする。が、わざと平静に「今日は」と挨拶する。
美津子、伝法に「いよう!」と見迎えるが、芳江を見ると、急にしとやかになり、普通に挨拶する。
岡本、極力、平静を装って「その節は……」等と言うが、内心、ビクビクものである。
芳江「これ頂きましたの」と土産物を指す。
岡本、切り口上で礼を言う。
美津子「ふん」と見て、
Ⓣ〝その後、一寸も、
お見えになりませんのね〟
と言う。
岡本、どぎまぎする。
美津子、一層澄まして、
Ⓣ〝でも、無理はありませんわ
こんなきれいな奥さんを
お迎えになったんでは……〟
岡本、冷汗を流す。芳江に向い、
「紅茶でもいれて来てお呉れよ」と言う。
芳江、稍《やや》、暗い面持で立ち上がり台所の方へ行く。
彼女が行ってしまうと美津子、急に、伝法めいた調子で、
Ⓣ〝本当に可愛らしいベイビーね
あたい、一寸、嫉けちゃった〟
と言う。岡本、拝む様に、
Ⓣ〝頼むよ、ママ

　〃悪戯はよしてくれよ〃
美津子、ニヤリと笑って、
Ⓣ〃あんたがあまり現金なんだもの〃
と言いつつ、土産のレコードを引っ張り出して渡す。
岡本、受取って表と裏とを見る。
レコードの表、〃結婚行進曲〃
その裏、〃葬送行進曲〃
岡本、腐る。

67　台所

紅茶を沸し乍ら、芳江やや暗い面持。

やがて、紅茶沸しを火から下し一室の方へ。

68　一室

芳江、来る。紅茶をつぎつつ、レコードを見て「まあ」と言う。
岡本、仕方なしに「お土産なんだ」と言う。
芳江、手に取って見る。
岡本、ハラハラするが、無邪気な芳江、意味分らず、すぐ蓄音機にかける。
廻るレコード——結婚行進曲。
芳江、聞き入る。
美津子、チラと岡本を見つつ、
Ⓣ〃その裏も、
　割合いに面白い曲ですのよ〃
と言う。
岡本、腐って哀願する様な目つきをする。
美津子、知らん顔をする。
レコード終る。
やがて、美津子「私、もうお暇しますわ」と立ち上がる。
「もう？」と言ったもののほっとする岡本。
両人、美津子を送って出る。

69　玄関

美津子、芳江にお世辞を言い、優しく手を握り、額に接吻して、芳江の頭越しに岡本を睨む。

岡本、眼を伏せる。

美津子、帰って行く。

キョトンと驚く芳江には、接吻のあとが残る。

芳江、無言のまま奥の方へ。

岡本も続く。

70　一室

岡本、芳江の所へ戻って来、彼女の顔を見て紅跡をふいてやる。
芳江、ふかれるままに半ブクレで、
Ⓣ〃今の方、一体、どなた？〃
岡本、ハッとなる。が、
Ⓣ〃学校にいる時分、佐野なんかと一緒に
　ひどく恩になった婦人なんだよ〃
と言う。「まあ本当？」彼女、まだ半信半疑である。
彼「本当だとも！」と言い、朗らかに笑い乍ら、素早く彼女を抱いてしまう。
そして「アハハ……」と笑って彼女を愛撫する。
芳江、次第に嬉しくなり遂に夫の胸にもたれ、
Ⓣ〃そんなら、私
　よくお礼、言うんだったのに……〃
と言い、夫に甘える。　（F・O）

71　（F・I）バー・モンテの中

カンバン時間である。当番の女給たち、椅子を上げている。
スタンドで憂鬱な美津子、店の方のスイッチを消す。
コメカミの辺を押える。
女給たち、帰って行く。
美津子、面倒くさ相に挨拶を返す。
はる子、帰りかける。
美津子「お待ち」と止めて、
Ⓣ〃はるちゃん、済まないけど、二階から
　羽織を持って来て頂戴〃
はる子「ええ」と奥へ入る。
美津子、電話をかける。仲々相手が出な

い様子。じれる美津子。
はる子、羽織を持って来て、美津子にかける。
美津子、酒棚の方を指して、
Ⓣ〝二、三本、降しておくれ！〟
と命じる。はる子、けげんな面持。
美津子、何か言おうとした途端、相手が出る。

72 **佐野の家の電話口**
もう寝ていたらしい佐野が、美津子の声に驚く。

73 **バー・モンテ**
美津子、いきなり、
Ⓣ〝今日、岡本さんの家に行って来たわ
それで、あんたと同じ
すっかり、飲み度い気に
なっちゃったの〟
と言う。

74 **佐野の家**
佐野、苦笑して、「そうかい？」と浮かぬ顔で答える。

75 **バー・モンテ**
美津子、
Ⓣ〝これから、あんたの家へ、
飲みに行くわよ〟
と言う。

76 **佐野の家**
佐野「だってもう遅いよ」と断るが、既に相手は切ってしまっている。

佐野、憂鬱に考え込む。

77 **バー・モンテ**
美津子、呆れるはる子に、あれこれと取る酒瓶を指図する。
はる子、ふと一本を取上げて眺める。コニャックの酒瓶〝岡本〟と書いてある。
はる子、それを見せ、
Ⓣ〝岡本さんの、飲んでしまいましょうよ
どうせ、いらっしゃりゃしないわ〟
と言う。
美津子、一寸、考える。が、「いいえ、いけないわ」と別のを取らせる。
はる子、二、三本の酒瓶を出す。
美津子、はる子に、
Ⓣ〝お前も一緒にお行きよ〟
と言う。
はる子、断る。が、無理にすすめられて行く事になる。
美津子「さあ行こう」と出かける。
（F・O）

Ⓣ〝——旬日後——〟
（F・I——F・O）

78 **（F・I）西洋の雑誌**（バニティ・フェアーやニューヨーカーの如き）
婦人の髪の恰好が数種出ている。（カメラ引く）

79 **岡本の家**（調度等が又増えている）
岡本「どれがいいかなあ？」と髪の恰好を選びながら、うっとりと向うを見る。

芳江が帯をしめている。仲仲力が入らない。

岡本、来て、キュッキュッとしめてやる。

幸福そうな両人。

芳江、帯の恰好を直し乍ら「どれが気に入って？」と訊ねる。

岡本、雑誌を見せ、

Ⓣ〝断然、これが似合うと思うね
こんな風にして貰っておいでよ〟

と一つの型を示す。

彼女「じゃ、そうするわ」と言い雑誌を受取る。

彼女、じっとその頁を見ていたが、パラパラと意味なくめくって「まあ可愛い」と声をあげる。

愛玩用の犬が沢山出ている。

岡本「どれどれ」と眺める。

芳江、

Ⓣ〝こんなの、飼い度いわねえ〟

と慾し相な目つきをする。

岡本、一寸、考える。が、

Ⓣ〝でも、世話が大変だよ〟

芳江「ええ、いいわ」

Ⓣ〝私がするから、飼いましょうよ〟

と、尚もせがむ。

岡本、稍々真顔になり、

Ⓣ〝家には贅沢すぎるよ〟

と言う。

その言い方に、芳江「まあ」と見るが、すぐ、納得して「じゃ、行って来るわ」と出かけて行く。

80　岡本の家の付近

佐野がやって来る。彼、ふと向うを見て、ハッと立ち止る。

81　岡本の家の玄関先

出がけの芳江を送る岡本。両人の仲よい様子。

82　道

佐野、行こうかどうしようか迷う。が、ふと隠れる気になる。じっと芳江の去って行くのを見送る。

それから改めて岡本の家の方へ行く。

83　玄関

佐野、来て中へ入る。

84　玄関内

入る佐野。

岡本「よう!」と出て来る。そして「まあ上がれ、上がれ」と奥の方へ連れて行く。

85　一室

佐野、入って来、室内の贅沢な様子に「ふーん」と感心と反感を感じる。
岡本、如何にも残念相に、
Ⓣ〝女房の奴、今、美容院へ
　出かけたとこなんだ〟
佐野「ああそうか」と平気な顔で答えるが、彼女の着物や小道具を見、一寸淋しくなる。
岡本、ひどく朗らかに相手をもてなし、「此の間は済まなかったな!」等言う。
佐野「実は」と改って切出す。
Ⓣ〝此の間話した就職口だが
　勧める気はないかい?〟
岡本、一寸、済まな相に見るが「さあ、その事なら……」と気が乗らない。
佐野、
Ⓣ〝なら、別の人に譲っても、
　構わないね?〟
と言う。
岡本「さあ」と考える。が、断然決心して、
Ⓣ〝構わない。好きな様にして呉れよ〟
と言う。
佐野、チラと不愉快な思い入れ。そして「もう用はない」と言う様に見る。
ひどく気まずい空気。
　岡本、チラと犬の雑誌を見る。
佐野「では」と帰りかける。
岡本「君、一寸!」と止める。そしてひどく言いにくく相にしていたが、思い切って言う。
Ⓣ〝重ね重ねだけど
　又、少し貸して呉れないか〟
佐野、むっとなる。ジロリ室内を見て、
Ⓣ〝生活的に必要なら仕方ないけど
　贅沢のおつきあいは真平だな〟
岡本、ギクと来る。
佐野、重ねて、
Ⓣ〝余計なお世話かも知れないが
　君たちの生活は
　あまりに散漫すぎやしないか!〟
岡本、グイと来るのを、ニヤリ笑って誤魔化し「そう言うなよ」
Ⓣ〝世智辛い世の中だ

せめて家庭だけでも
ロマンチックに、させて呉れよ〃
と言う。そして、
Ⓣ〃白状するが、今の無心だって
決して贅沢の為じゃないとは
言わない〃
岡本、続けて、
Ⓣ〃しかし君にしろ
芳江を喜ばす為なら
多少の贅沢は許して呉れても
いい筈だろう〃
尚も続ける。
Ⓣ〃それとも俺を通じてがいやなら
君が直《じ》かに買ってやって呉れても
結構なんだぜ〃
佐野、流石にカッとなって、思わずバッと机をたたく。「黙れ！」と言って帰りかけ、金を置き、
Ⓣ〃俺は、君とは当分
会わない事にしよう〃
そしてサッと帰る。
流石に済まなくなる岡本「おい佐野！」と哀願する様な目つきで謝ろうとする。
佐野、彼には見向きも与えず、足早に行ってしまう。
岡本、じっとうなだれ考え込む。「済まないな佐野……」　（F・O）

86　（F・I）××美容院の看板

その出入口。一層美しくなった芳江が出て来て一方を見「まあ、あんた！」と声をあげる。
岡本が立っている。
芳江「どう?」と雑誌通りの髪を示す。
岡本「とても素敵だ」と嬉し相に言う。
ふと気付いた様にポケットから葉書を出して見せ、
Ⓣ〃お父さんが、来るんだってさ〃
と葉書を出して見せる。
葉書――正坊の書いた仮名だらけの文面。
「ネエサン、エンピツヲアリガト。オ父サンガユクトイッテイマス。ボクハ学校ガアルノデユケマセン」
彼女、微笑ましく葉書を抱く。
そして岡本を見て、
Ⓣ〃これを見せる為に
わざわざ来て下さったの?〃
と訊く。岡本「いいや」と笑い、いきなり「おい」
Ⓣ〃これから、犬を買いに行くんだ〃
と言う。彼女「まあ」と驚く。
そして一寸心配そうに見て、「本当?」と言う。岡本、「ああ本当だとも！」と言い、彼女を連れて歩き出す。彼、ふと暗くなる。が、彼女と顔を合わすと、意味なく元気相に笑ったりする。
歩む両人。　（F・O）

87　（F・I）愛玩犬

女の手にじゃれている。

88　岡本の家の庭先

芳江がジュリイ（犬の名）とふざけている。
子供のような彼女。

89　一室

岡本、ヒゲ剃の後らしくタオルで顔をふきふきやって来る。庭の芳江を見て思わず微笑ましくなる。
彼、部屋の一隅に、彼女の日記帳を発見する。「主婦の日記」である。「何でえ、こんなの！」と無雑作に放り出す。が、「あれ」ともう一度取り上げて見る。めくる頁も、めくる頁も、大てい、マッチのペーパーが貼ってある。「劇場」「食堂」「パーラー」ｅｔｃ。
岡本、呆れて、「何だい、これは!?」と言う。
芳江、真面目な顔をして、
Ⓣ〃私たちの日記だわ〃
と言う。岡本「ふーん」と感心しながら、尚も見続ける。

90　**庭先**

芳江、人力車が自分の家の玄関へ来るのを見る。急いで木戸口から駈け出して行く。

91　**玄関の前**

芳江、出て来て、

俥から、一人の田舎親爺が降りる。

Ⓣ〝お父さん！〟

と抱きつく。そして「あなた、お父さんだわよう！」とどなる。

岡本も出て来る。三人、もつれる様にして家の中へ。

92　**一室**

三人、入って来る。芳江、依然としてダダッ児の様に父にまつわり付く。父、娘をあしらいつつ、四角になって岡本に挨拶する。

岡本も同様。

父親、つまらない田舎の土産物を出す。

芳江「まあ」となつかし相に、笹あめかなにか田舎の菓子を早速口に入れる。

父親、つくづくと娘を見て、安心した様に、

Ⓣ〝すっかり　東京の人になったねえ〟

芳江「いやよ！」と体をくねらす。で、

Ⓣ〝正坊は？〟

ときく。

父、

Ⓣ〝吉田先生のお家へ頼んで来たんだ
　相変わらず、丈夫で乱暴だよ〟

と答える。

夫婦、心をこめて父をもてなす。

父、ただただ、わくわくと嬉しい様子。室内を見たり、娘を見たり、岡本を見たり……

やがて、しみじみと芳江をみつめる。

芳江、わけもなく、泣けて来る。

父と岡本、驚いて見る。

芳江の顔、一杯の涙にぬれながら、笑っている。

そして、しきりと父の世話をやく。

多少ユーモアな感じで――　（Ｆ・Ｏ）

93　**（Ｆ・Ｉ）駅の食堂**

片隅のテーブルで、旅行姿の佐野と女給のはる子とがランチを食っている。

はる子、いそいそと話しかける。

傍にスーツケースが置いてある。

出入口から、岡本を先に、父、芳江が入って来る。そして一方の片隅へ坐る。

佐野、ふと見てハッとする。思わず隠れるように顔を伏せる。

坐った三人。芳江、ちらと向うを見て、

「まあ、佐野さんだわ！」

と立ち上がる。岡本、見て、一寸いやな顔をする。芳江、構わず、佐野の方へ行く。岡本、仕方なしに父を残してついて行く。

佐野、困惑の面持。が、観念する。

芳江、無邪気に挨拶する。

Ⓣ〝其の後、一寸も、
　いらっして下さいませんのね〟

そして「ねえ貴方」と同意を求める様に岡本を見る。岡本「うん」と浮かぬ顔で返事する。芳江、連れのはる子を見る。

はる子、笑って、「しばらく」と岡本に挨拶する。岡本、多少慌て気味。が、澄して挨拶を返す。そして、にやりと笑って佐野を見る。

佐野、すっかり腐る。

芳江、それとは知らず、朗らかに、

Ⓣ〝どちらへ？〟

と言う。佐野、益益困惑する。その様子を見るはる子、稍稍つんとして、

Ⓣ〝伊豆の方の温泉ですの〟

と言う。芳江「まあ」と羨し相。

岡本「おい行こう！」と芳江を引っぱり軽く挨拶して別れる。

両人、父の処へ戻って来て、メニューをあれこれと調べ注文する。

佐野とはる子、立ち上がり、三人の方へ軽く声をかけて去って行く。

見送る岡本、ふと芳江と視線が合う。

岡本、慌てた調子で、マッチを取って「これも貼っとけよ」と言う。が、「もう持ってるわよ」と、芳江、帯の間から、出して見せる。

岡本、腐る。（F・O）

94　（F・I）一等車の中

はる子と佐野。
佐野、てんで腐っている。
はる子もつまらな相。
Ⓣ〝あんたの顔
　温泉へ遊びに行く人の様じゃないわ〟
と言う。
佐野、むっつりして窓外を眺める。

95　後方へ流れる田舎の風景

96　後方へ流れる市街の風景

97　遊覧自動車の中

田舎の人々と交って、岡本、芳江、父が乗っている。

父、キョロキョロ眺めては岡本に訊ねる。岡本、色々と説明する。

芳江、何となく気の重い様子。そっと、こめかみの辺を、抑えたりする。

岡本、ふと芳江の様子に気付き、「どうした？」と心配そうに訊ねる。

芳江「何でもないの。ガソリンのせいかも知れないわ」と言う。しかし矢張り、頭の痛む様子。

父も気にするが、芳江「何でもないんです」と強く否定するので、岡本、父への外景の説明をはじめる。（F・O）

98　（F・I）岡本の家の一室（夕方）

岡本、せっせと芳江の派手な蒲団を敷いている。傍で芳江が、ハラハラして手伝おうとするが、岡本、許さず、敷き終って、「さあ早く寝ろ！」と命じる。
芳江、帯を解きつつ「だって」とすねる。
岡本、怖い顔で、
Ⓣ〝熱があるのに、
　寝ないって法はないよ！〟
父もハラハラして、とりなす様に、
Ⓣ〝大した事もあるまいが、
　寝た方がいいよ〟
と言う。芳江、腐って寝る。岡本、温和しく寝る芳江の姿を見て、一寸可哀相になる。
彼女の額に手を当てながら、微笑んでみせる。
一寸気になる様子だが、元気よく立ち上がってチャブ台を出したり、ビールを持って来たりして、父とビールを飲みはじめる。

99　台所口

洋食屋の出前が来る。

100　一室

岡本「そら来た！」と台所へ行くが、間もなく、洋食のオカモチを下げて入って来て、チャブ台の上に数品をならべる。
父、恐縮する。二人食いはじめる。
岡本「可哀そうだな、お前」と言いつつフォークにさして、寝ている芳江に食べさせる。父、その様を見て感謝する。
芳江、ふと父の食べ方を見て、「まあ」と呆れる。
芳江、
Ⓣ〝お父さんの食べ方、出鱈目だわ〟
とたしなめ、自分が恥じる様に岡本を見る。
岡本「なに、これでいいんだよ」と自分も同じように乱暴にパクつく。
芳江「まあ」と呆れる。
父、少々酔が廻った様子。
室内を見廻し、
Ⓣ〝どこへも勤めないで
　これだけの暮しが出来るのは
　豪勢なもんですなあ〟

と、感嘆した口調で言う。
岡本、チラと暗くなる。が、「そうでもありません」と高く笑う。
彼等のコップが交《かわ》る交るあけられる。
嬉しげに眺めている芳江。（F・O）

101 Ⓣ〝その楽しい、二、三日の後――〟

（F・I）**岡本の家**（朝の感じ）
岡本、ネクタイをしめている。しめながら横に置いてあるドッグビスケットを投げる。

102 **庭**
ジュリイがそれを食う。

103 **岡本の家**
岡本の傍で、もうすっかり帰りの身支度をした父親が荷物をつめている。正坊への土産やら、その他の土産の品。

岡本、そっと一方を見る。

104 **別室**
芳江が寝て、こちらを見ている。
淋しい表情で。
岡本、そっと芳江へ寄り、芳江の加減を見る。
芳江、手をさしのべ、岡本のネクタイを直してやる。
父親、すっかり支度を終り「さあ、参りましょう」と声をかけ、岡本に四角ばって挨拶をする。それから、娘の処へ来て、優しく別れを告げ、
Ⓣ〝さんざ厄介かけた上
　お前を寝込ませに
　来たようなもんだったね〟
と頭を撫でる。
芳江、淋しく笑い「そんな事ないわ」
Ⓣ〝お父さんが田舎に着く時分には
　私、きっと起きられてよ〟
と言う。
父、別れ難い思い。岡本「じゃ一寸行って来るよ」と彼女と別れ、父の荷物を持って出かける。父「じゃあ」と思いを残して立ち上がる。彼女、半身起こすが、直ぐ父と岡本に寝かされてしまう。見送って泣き崩れそうな芳江。

105 **玄関**
岡本と父、出て行こうとする。が、ハッとなって後を振り向く。
芳江が出て来て居る。両人「駄目じゃないか！」と叱る。
芳江「ええ」と言うが、じっと父を見つめ泪ぐんで居る。
岡本、その様子に強い事も言えない。
芳江、そっと手をさしのべて、父の手を取る。
が、そのまま抱きついて、
Ⓣ〝今度は正坊を連れて来てね〟
と言い、続けて、
「吉田先生によろしくね」
父「うんうん」と頷き、笑って「早くお寝」と言い思い切って出て行く。
閉る格子。
芳江、じっと一点を見る。
涙が光っている。
芳江、サッと奥の方へ切れる。（F・O）

106 （F・I）**伊豆の街道**
いい天気である。
一台の自動車が、気持よく走る。
自動車の中には、佐野、美津子、はる子の三人がゆられている。
美津子、いい気で、
Ⓣ〝此の山越すと、唐人お吉の下田だね〟
と言う。佐野「うん」と余り浮かぬ顔。
はる子もダルな気持。
Ⓣ〝折角ママに来て頂いたんだけど
　私、そろそろ東京が
　恋しくなっちゃった〟
と言う。
美津子「何言ってんの！」と見る。が、
別の事を言う風で、

Ⓣ〝くさくさしているのを忘れるのは
　旅が一番だよ〟
と言う。
自動車、景気よく走りつづける。
三人、思い思いの表情。

107

Ⓣ〝——その頃、東京では——〟

（F・I）岡本の家の一室

酸素吸入の瓶。ポコポコ、ポコポコとせつなく泡が上って行く。（夕方）
湯気を立てる洗面器。
何となく重々しい、緊張した室内の空気。
医師、芳江の診察を終った処。芳江、前よりもずっとやつれ、力が失せている。
暗然とうなだれている岡本、医師を見て「如何でしょう」と訊ねる。
医師、黙ったまま、看護婦の持って来た洗面器で手を洗う。
衰えた芳江。
医師、岡本に目くばせして立ち上がる。
岡本、忍びやかに続く。

108

玄関

岡本「駄目でしょうか?」
医師、じっと岡本を見つめる。やがて、重々しく、
Ⓣ〝御気の毒ですが、
　見込みはないようです〟
岡本、ギョッとする。悲しくすがる様に「でも先生……」と言おうとする。
医師、
Ⓣ〝今のうちに
　御親類への御通知
　なすった方がいいでしょう〟
岡本、くらくらとなる。が、じっと我慢して医師を送る。医師の帰った後をじっと見つめている。思わず涙ぐんで額を抑える。
自らをはげますように奥へ戻って行く。

109

一室

ベッドにコンコンと横たわる芳江。

岡本、戻って来る。じっと見つめる。次第に頬を寄せて行く。

パッと目を開ける芳江、ニッと笑を浮べる。

「あなた」と割合にはっきり言う。

岡本も笑って見せてやる。彼女、弱弱しい手で氷嚢を取りのける。

岡本「駄目だよ」と、又、乗せようとする。

彼女、拒む様に、頭を振って、「あなた」

Ⓣ〝私、今日はとても気持がいいの
　起してみて下さらない?〟

と言う。岡本「いけないよ、まだ」

芳江「ねえ」

Ⓣ〝こんなに、さっぱりした、
　夕方ってないんですもの〟

と言い、半身、もち上げかける。岡本「駄目だったら!」と寝かせ様とする。

芳江、むずかる。

看護婦も来て、「いけませんわ」と寝かしつける。

芳江、少女のようにむずかり、

Ⓣ〝私、今までに一度だって
　無理言った事があって?

　今日だけはきいて頂戴よ〟

と訴えるように岡本を見る。岡本、じっと立ちすくみ、考える。やがて、悲痛な決心をすると、静かに看護婦をのける。

そして起してやる。看護婦、批難するように岡本を見る。岡本「いいんだ」と目で知らせ、向うへ去らせる。

芳江、岡本に抱かれつつ、そろそろと鏡の前へ行く。

岡本、大きな鏡の前へ静かに坐らせる。

芳江、じっと自分の顔を写して見る。

Ⓣ〝私、思った程、やつれてないのね〟

そして、ルージュを唇にひく。それから「髪がうるさいわ」と言う。

岡本、彼女の髪をとかし、丁寧に梳いてやる。嬉し気な彼女、そっと手をさしの

べて例の日記帳を取り上げて見る。マッチのレッテル。駅の食堂と他にもう一枚を最後として、ずっと白紙である。

芳江、淋し相に岡本に見せる。

「こんなに貼らなかったのね」

岡本、頷いて見せるが、泣きたい気持である。

芳江、頭を梳かれつつ、薬の包み紙を取り、鶴を折る。そして「ねえ」

Ⓣ〝今日のところへ、
これを貼りましょうね〟

と日記の上に置く。岡本「ああ貼っておくよ」と言う。思わず、泪が落ちてしまう。

芳江「香水かけてよ」と言う。

岡本、うつむいたまま、背後から香水を吹きかけてやる。

濡れる鏡。

岡本「もうお寝み」と優しく肩を抱くようにする。

芳江、ふと鏡の中を見る。

鏡に映る岡本の顔。鏡を濡らした香水が、條のように流れ、それがWって、丁度岡本が泣いてる様に見える。

芳江、笑いつつ、

Ⓣ〝まるで、あんた泣いてる様だわ〟

と言う。

岡本「何言うの、お前」と笑って見せ、「さ、もう寝なけりゃ駄目だ」と抱き上げる。そして、ベッドに寝かせる。

芳江、疲れたらしく、ともすると目をつむりがち。パッと見開くと、「あなた」

Ⓣ〝瘉ったら
ジュリイを洗って
散歩に連れて行きましょうね〟

岡本「ああ」と子供をあやすように言う。

芳江、尚も続ける「瘉ったら——」

そして、尚も「瘉ったら瘉ったら」を繰り返す。

やがて、言い疲れたように、目を閉じてしまう。

岡本、我慢出来ず、顔を覆う。(F・O)

Ⓣ〝空のうろこ雲
脂粉の女の美しさ
どちらも長くはもちません
ジャン・コクトオ〟

110

(F・I) **芳江の彫像**

台に黒いリボンがつけられ、花が供えられている。

111

佐野の家

薄暗い夕方である。椅子にもたれ、佐野が祈る様に彫像を見つめている。彫像、ひっそりと物を言わない。

112

岡本の家

壁間にかけられた芳江の写真(四枚の)。これも同様黒リボンがつけられてある。

113

岡本の家の庭

すっかりやつれた岡本が、寒寒とした思いでジュリイに飯を食わしている。やがてジュリイを抱いて家へ上がる。

114

一室

岡本、やって来て、じっとなき妻の写真に見入る。やがてジュリイを差上げ写真に鼻をおしつける。

Ⓣ〝ジュリイ、お前も淋しいだろう〟

で、一層、淋しくなる彼、ジュリイを庭に降ろす。

そして、居たたまれなくなった様に、室外に出て行く。

115

電話

岡本、来て電話をかける。

116

佐野の家

かけた先は佐野の家である。

佐野、電話に出る。

117 **岡本の家**
岡本、かすかに喜ばしい気になり、懐かし相に話す。そして、
Ⓣ〝会おうよ
　俺、君と話がしたくなったんだ〟

118 **佐野の家**
相手の気持が分る様子。「よし会おう」
Ⓣ〝じゃ、例の橋のところで待ってるよ
　学校時分の、あそこだ〟
と言う。

119 **岡本の家**
岡本、嬉しくなり、電話を切る。

（F・O）

120 （F・I）**賑やかなホール**
酒をのむ者、踊る者。

その一隅に、岡本と佐野とが、仲よく話している。佐野、岡本にビールを注いでやる。

岡本、ふと淋しくなるが、押しかくす様に笑って誤魔化す。

佐野、慰めて、「おい元気を出せよ」とビールをすすめ、感慨深そうに、

Ⓣ〝卒業祝いを貰って
　かれこれ一年近くになるが
　残ったのは俺の彫像だけだなあ〟

と言う。岡本「うーん」と暗くなる。

佐野「そう考えるなよ」と笑って肩を打つ。「まあのめよ」

が、余り酒に興味のない様子。

佐野も、ふと真顔になって、

Ⓣ〝手当ては、充分出来たのかい？〟

ときく。重ねて、

Ⓣ〝良い医者に診せたのかい？〟

ときく。岡本「うーん」

Ⓣ〝俺としては
　出来るだけの事はしたつもりだった〟

と言い、続けて、

Ⓣ〝しかし、君だって一ぺん位は
　見舞いに来てくれそうなものだと
　思ってたよ〟

と、はき出す様に言う。そしてビールをのみほす。

と、其処へ、佐野のなじみらしい女が来る。

「あら、佐野さん！」と、いきなり膝に乗り、

Ⓣ〝先達ては、失礼しちゃったわね〟

となれなれしく言う。

佐野「うん」と迎え横へ坐らせたまま、岡本に話しかける。

チラと岡本、神経的にいやな顔をする。

女、岡本の沈んだ様子に「こちらさんどうしたの？」と佐野にきく。

佐野「さあ」と笑って、

Ⓣ〝若い奥様を、亡くしたんだよ〟

と言う。

女「まあ、可哀そうに」とビールを注ごうとする。

岡本、パッとコップに手を当て、フタをする。そして女を怖い顔で睨む。

女、手を引っこめる。が、すぐ明るく、

Ⓣ〝過ぎた事は忘れるのね〟

「ねえ、あんた」と佐野の方を見る。

岡本「忘れられる位なら……」と、益々相手の慰め方に不機嫌になる。

佐野も気まずくビールばかり飲んでいる。

女、その様子を眺め、「ね、踊りましょう」と、すすめる。

佐野、一寸、岡本に遠慮する。しかし、気分から逃れる様に、「よし」と立ち上がり、踊りはじめる。

その様子をじっと見る岡本。何かしら、むかむかとして来る。矢庭に強い酒を命じ、ぐいぐいと飲む。そして、立ち上がり帰りかける。

佐野「どうした」と追いかけて来る。

「まあ待てよ」

岡本、強く払う。怖い顔である。

Ⓣ〝君に、慰めて貰おうとしたのが

間違いだったんだ〃
続けて、
Ⓣ〃友達の不幸なんか
君にはそう大した問題でも
なさそうだからね〃
と言い、サッと出て行ってしまう。
佐野、呆気に取られる。やむなく、つまらな相に帽子とステッキを取り上げる。

121 **葬儀自動車屋の前**

雨は相当降り出している。岡本、やって来る。ふと立ち止って、店の中を見る。じいっと見ていたが、つかつかと店内に入って行く。

迎える店員、岡本、ふらつきながら、葬儀自動車の横腹をたたき、

「こいつで家まで送ってくれ」と言う。

店員、吃驚する。「御冗談を！」と言って相手にしない。岡本「出せったら出せよ！」と真顔になってせき立てる。主人も出て来て困る。

岡本、

Ⓣ〃金さえ出せば商売になるんだろう〃

とこわい顔をする。持て余す店の人人。

仕方なく、

「じゃ、お乗りになって」と遂に折れる。

岡本、乗り込む。

運転手「仕方のねえ人だなあ」とスターターを廻す。

122 **雨の中を走る葬儀自動車**

123 **その中**

岡本、後の硝子戸を開け放しにして、唄など口ずさんでいる。時々意味なく笑う。
Ⓣ〃お葬いだお葬いだ〃
と蓮華の造花をむしり街に撒く。

124 **濡れたペーブメントに散る花びら**

125 **バー・モンテの中**

カンバン過ぎ。

はる子をはじめ、二、三人の女給が帰り支度をしている。彼女等、扉の方を見て、「あら！」と声をあげる。

濡れそぼれた岡本が、よろめく様に入って来る。

女給たち、何となく不気味な気分に襲われる。

岡本、つかつかとスタンドに来る。

はる子、マダムを呼ぶ。

他の女給たち、喋りながら帰って行く。

マダムの美津子、出て来る。

「まあ、あんた！」

美津子、じいっと岡本を見守る。

岡本「ママ、酒だ！」と言う。

美津子、岡本の酒瓶を出して、

Ⓣ〃どうせ来るだろうと思って、
とっといたのよ〃

と、静かに身を寄せる。岡本の肩に両手のせ、思い入れ深く見る。

はる子も見る。美津子、ふと見て、

Ⓣ〃お前さん、もう帰っていいよ〃

とはる子に言う。

はる子、一寸笑って帰って行く。

美津子、濡れた岡本の外套や上着を脱がせる。

そして、自分の羽織を着せる。

岡本、注がれたグラスをじっと見つめる。

淋しい面持。マダムもその様子を見て、共に沈みそうになる。強いて元気をつけ、

Ⓣ〃思い出したりなんかしないで
景気よくおやんなさいよ〃

と言う。岡本、ぐいと飲みほす。

「もっとおくれ、ママ！」

美津子、注いでやる。急ぎあおろうとする岡本。美津子、その手をとめる「ゆっくりおのみなさい」そしてしげしげと見、静かに乱れた髪を撫でてやる。

Ⓣ〃可哀そうに、窶《やつ》れたわねえ、随分〃

岡本、無言。グラスを取り上げる。美津子も取上げる。彼女、じいっと相手を見つめる。いとおし気な面持。やがて、静かに手をさしのべ、ぎゅっと岡本の手を取る。異様な力が籠って来る。

岡本、ハッとなる。

美津子、相手の顔を見つめたまま寄添って肩を抱く。そして、グラスを彼の唇に当ててやる。岡本、固い表情のまま、拒む様に唇を開かない。美津子「いいじゃないの」と押しつける。岡本、急に自分の手を添えぐっと飲みほしてしまう。

美津子、次第に情熱的になる。岡本の耳に口をつけると、「ね、ね」と囁く。

Ⓣ〝あんたは、矢張り、あたいんとこへ
　帰って来る人なのよ〟

岡本、ハッとなる。「いけない、ママ!」しかし、強く抱かれると、拒絶する力もなくうつむいて、美津子のするままに委せる。

ならんだグラス。

岡本、やがて、再び、

「いけない、いけない」

と美津子を突きはなす。

美津子、吃驚する。

岡本、苦しげな表情。羽織りを脱ぎ、上着等をつかんで、「あばよ」と言う。

美津子「どうしたのさ!」と縋り寄る。

岡本、拒んで、

Ⓣ〝俺は、来る気じゃなかったんだ〟

と言う。

美津子「お前さん!」と行手をさえ切る。

岡本、強く除ける。美津子、

Ⓣ〝意気地なし!

　卑怯だと思わない!?〟

と叫ぶ様に言う。

岡本、苦笑し、

Ⓣ〝あばよ、ママ、家じゃ
　ジュリイの奴が待ってるんだ〟

と言って、出て行く。

美津子、追おうとする。が、そのまま立ちつくす。　(F・O)

126 (F・I) **岡本の家**

岡本、前よりも一層、悲しみの色が濃くなっている。

狂気じみた様子で、なき妻の遺品を一つ一つ涙ぐみつつ愛撫する。

例の日記帳　マッチのレッテル、そして最後の折り紙細工。

岡本、居ても立ってもたまらぬ様子である。

ふと縁側の方を見る。

ジュリイが無心で眺めている。

岡本、矢も楯もたまらぬ様に立上る。

そして急いで外出の用意をする。

127 **街**

歩む岡本。

128 **佐野の家の玄関**

岡本、やって来る。

129 **書斎**

佐野、勉強中。ふと、聴き耳を立てる。

そして、玄関の方へ行く。

130 **玄関**

岡本が立っている。

佐野、ハッとなり、迷惑そうな面持。

岡本「この前は失礼して」と言う。

仕方なく、「まあ、上れ」と言う。

両人、中へ。

131 **書斎**

入って来る両人。岡本、何となく落着きがない。すぐ彫像の傍へ行き、懐かしげに眺め入る。

黒いリボン。

岡本、佐野の居るのも構わず、物言い度げに彫像に見入ったままでいる。

佐野、岡本に、「まあ、坐れよ」

Ⓣ〝ばあやも故郷へ帰ってるし

お茶もロクに出せないが
　まあ坐ったらどうだ〃
岡本、坐る。が、落着かない目で彫像を見ている。
佐野、ふと思い出した様に、
Ⓣ〃吉田さんが、二、三日前
　東京へ来たそうだ〃
と、傍にある葉書を取り、見せる。
岡本、葉書を見る。
葉書
「昨日上京、近々訪問します。吉田」
岡本、葉書を見るが、すぐに置いて、
「俺、実は……」
Ⓣ〃君に、最後の無心を
　きいて貰いたいんだ〃
と言う。佐野「何だね？」と訊き返す。
岡本、据った目で「俺は、俺は……」
Ⓣ〃この彫像が貰いたいんだ〃
と強く言う。
佐野「え？」と驚く。
「冗、冗談言ってはいかん！」
岡本「冗談じゃない。是非くれ」と迫る。
異様に光る目である。
佐野、稍々気味悪くなる面持。が、強く断る。
Ⓣ〃他の事なら兎も角
　これだけは誰にも遣る事は
　出来ないんだ〃
岡本、キッとなる。が、すぐ憐みを乞う様に、
Ⓣ〃俺は、独りぼっちだ
　たった独りぼっちなんだ
　……俺の気持を掬んでくれ〃
だが佐野、ガンとして断る。
岡本「なあ、いいだろう」と言いつつ、彫像に触れる。
佐野、それを払う様にする。思いの外、強い力である。岡本、すがる様に、
Ⓣ〃俺が、どんなにこれを
　欲しがっているか
　君が一番よく知っている筈だ〃
佐野、ぐっと来る。同様、はげしい顔で、
Ⓣ〃君は、勝手過ぎやしないか〃
続けて、
Ⓣ〃君こそ、
　俺の気を知らな過ぎやしないか!?〃
佐野、顔を覆いつつ、
Ⓣ〃俺は淋しかったよ
　俺はせめてもの慰めに
　どんなに、此の彫像を
　愛して来たことか……〃
それから悲しく椅子に倒れ込む。
立ちすくむ岡本。
佐野、逆の位置に立った様に、「なあ」
Ⓣ〃これだけは、
　俺から持ってかないでくれ〃
岡本、もう何も言えなくなってしまう。
顔を覆っている佐野。
Ⓣ〃君だって、俺が芳江さんを好きなのは
　知っててくれる筈じゃないか〃
と言う。
岡本、静かに部屋を出て行く。

132 **玄関**
岡本、帰りかけたが、帽子を弄《いじ》りながら、じっと考え込む。やがて、又、くるりと振りむくと、狂気の如く奥へ飛び込む。

133 **書斎**
佐野、ギョッとして見迎える。
岡本、彫像を取ろうとして、近付く。
佐野「何する！」と、さえぎる。
岡本、尚もしつこく、彫像を取ろうとする。
佐野、カッとなる。いきなり彫像を持上げると、
Ⓣ〃君は、女を取った上
　これまで持って行こうと言うのか！〃
重ねて、
Ⓣ〃持って行け！
　勝手に持って行くがいい！〃

そして、手をさしのべる岡本の目の前にはげしくたたきつける。

パッとかけ散る彫像。

岡本「あっ！」と叫んで、かけた彫像の上に身を覆いかける。やがて、歯を喰いしばって佐野を見上げる。

「貴様、貴様！」

はあはあ、息を切って立っている佐野。

岡本、狂気の様に立ち上がる。そして、デスクの上の、ペンナイフを取ると、バッと佐野に襲いかかる。

佐野も何か戦う品物を取上げる。

両人、死物狂いに相闘う。

セイ惨な室内。

(F・O)

Ⓣ〃――翌朝――〃

134 **(F・I) 佐野の家の附近**
いい天気である。吉田がステッキを振り振り、いい気持で歩んで来る。

135 **佐野の家の前**
彼、玄関に入る。

136 **玄関**
吉田、案内を乞う。誰も出て来ない。

不審気な彼、ノコノコと入って行く。

137 **書斎**
吉田、床を見て「アッ！」と声をあげる。目茶苦茶な室内に、岡本と佐野とが、倒れている。吉田、かけつけ、二人の体をゆする。が、両人、共に死んでいる。

吉田、しきりに両人の体を調べていたが、やがて力なく立ち上がる。

こわれている彫像。

(F・O)

Ⓣ〃――それから
幾日か過ぎて――〃

138 **(F・I) 雪の道**
馬橇が進んで行く。

その上には、吉田が乗っている。

少ししてから、御者に「止れ」と命じ、包みを持って降りる。

御者、そのまま行ってしまう。

吉田、横へ切れる。

139 **丘**（岡本と芳江がランデブーをした場所）
吉田、来て、樹の下の雪を掘る。

そして、包みから芳江の像の首を出し雪の中に埋める。

(F・O)


――完――

東京の合唱《こーらす》

脚色　野田高梧

原　案……………………北村　小松
脚　色……………………野田　高梧
潤　色
監　督……………………小津安二郎
撮　影
編　輯……………………茂原　英朗

岡島伸二……………………岡田　時彦
妻　すが子…………………八雲恵美子
長　男………………………菅原　秀雄
長女　美代子………………高峰　秀子
大村先生……………………斎藤　達雄
先生の妻……………………飯田　蝶子
老社員　山田………………阪本　　武
社　長………………………谷　　麗光
秘　書………………………宮島　健一
医　者………………………河原　侃二
会社の同僚…………………山口　　勇
あんど・あざーす

一九三一年（昭和六年）
松竹蒲田
脚本、ネガ、プリント現存
S10巻、２４８７m（九〇分）
白黒・無声
八月十五日　帝国劇場公開

1　（F・I）学校のグラウンド

体操の時間である。

下手から駈けて来た大村先生、続いて来た数十人の生徒に向って、「整列！」と号令をかける。生徒達、二列に並ぶが、一人の生徒、のろのろしている。

先生、注意する。その生徒、慌てて列に加わる。

しかし、生徒達の列は不揃いで、銘々隣の者と話をしたりで、だらしない。

大村先生「気を付けッ！」と気合いを入れる。生徒達、シャンとする。

が、ちょいと甘い顔をすると、生徒達の列はすぐ崩れる。

先生「休め！」と声を掛け、生徒達左足を前に出して休めの形になる。

先生、再び「気を付けッ！」で、生徒達、やっとシャンとする。

先生、横列に並んだ生徒達の一人一人を点検し始める。

帽子の冠り方を注意された生徒、先生が通り過ぎると、また元のだらしない冠り方をする。

気付いた先生、引返そうとすると、生徒、先手を打ってちゃんと冠り直す。

先生、睨むが、思い直して残りの生徒達の点検にかかる。

先生、デブの学生服を正していると、数名の生徒が列を乱して覗く。先生と視線が合うと、慌てて整列する。

先生、ズボンのポケットから、エンマ帖を手さぐる。エンマ帖をひらき、先生、ひょいと鉛筆の芯をなめる。

生徒達、気を付けの姿勢のまま、すうッと体を前に倒してエンマ帖を覗き込む。

先生、顔を上げると、生徒とおでこがぶつかりそうになる。

睨む先生、慌てて姿勢を戻す生徒達。

下駄ばきの生徒、遅れてひょこひょこやってくる。

大村先生、怖い顔をして詰問しようとすると、生徒達列を乱してふざけ始める。

先生、エンマ帖を出して鉛筆をなめながら、じろりと見渡す。

生徒達、慌てて気を付けをする。

大村先生、下駄ばきの生徒に、

Ⓣ〝君はのべつ
　遅刻ばかりしてる
　じゃないか〟

と叱り、足元を見て、「何だ、その下駄は」と注意する。生徒、慌てて、下駄をぬぎ、裸足になる。

また、生徒達の列が乱れる。

先生、叱ろうと列の方へ行くと、遅刻生徒、下駄を手に持ったまま、先生の後ろを従《つ》いて廻り、先生のしぐさを真似る。

生徒達、うける。

先生、振り返って、じろりと睨む。

生徒、慌てて列に加わる。

大村先生、満足して、号令をかける。

Ⓣ〝上衣をとって
　集れ！〟

生徒達、グラウンドの一隅にある肋木《ろくぼく》の所へ行き、上衣を脱いで掛ける。

生徒達、再び集って列をつくると、一人だけ上衣を着ている生徒がいる。

岡島である。

大村先生、なじるが、岡島、仲々脱がない。俯向いてしまう。

先生、エンマ帖をひらき、鉛筆をなめ始める。

岡島、やむなく、肋木に向う。

岡島、肋木の前で上衣の上から脇腹を掻く。意を決し、ボタンを外す。上衣を脱ぐと、下はシャツなしの裸。先ほどの脇腹を再び掻くと、上衣を裏返してシラミを捜す。

岡島、シラミをとって肋木の桟で潰し、

上衣をばたばたと払って肋木にかける。

大村先生、デブの生徒がベルト代りにしている派手な伊達巻を発見し、ほどかせ、取り上げる。

デブ、列に戻ると、上半身裸の岡島も戻ってくる。

先生、岡島に「ちょっと来い」と、顎をしゃくる。

岡島、与太って、前へ出てくる。

先生、怒って、やり直しを命ずる。

岡島、与太ったまま列に戻るが、今度は歩調高く進み出て、先生の前に止る。

先生、岡島に近寄り、じろじろと点検する。岡島、手を背中に廻して掻く。

先生、岡島の背後にまわってみる。

岡島のベルトに挟んであるキセルと煙草入れを見付ける。

先生、取り上げ「何だこれは?」

生徒達、どっと笑う。

岡島、一緒になって笑い、みんなにペロッと舌を出しておどけてみせる。が、先生とひょいと顔が合ってしまい、慌てて舌を引っ込める。

先生、怒って、

Ⓣ〝舌を出すとは
　何事か!〟

エンマ帖を開き、鉛筆をなめようとすると、岡島、その鉛筆をひょいと取って、ペロリとなめて差し出す。

先生、その鉛筆を更になめようとして慌てて止め、自分のシャツで芯をこする。

むっとして、岡島に言う。

Ⓣ〝君は暫く
　そうやって、
　立っとれ!〟

先生、生徒達に大声を張り上げ、「右向け、右!」と号令する。生徒達、四列縦隊になり、「前へ進め!」で、歩調をとって行進を始める。デブ、遅れて、ズボンを両手で持ち上げながら、後につづく。

岡島、肋木の傍で上衣をとり、またシラミを取る。腰を下ろし、肋木にもたれて、煙草など取り出し、マッチをする。

仲々、火が点かない。

一服して、空を仰ぐ。

肋木越しに、大木のポプラの梢が、風にそよいでいる。

Ⓣ〝こんな事も
　今は昔の語り草で
　現在、彼は
　或る保険会社の
　内勤社員である〟

2　岡島の家（朝）

机の上には、「没落資本主義の『第三期』」や「金が書く!」などという本が積み上げてあり、眼覚し時計、ピケ帽なども置かれてある。

岡島の手、机の上の手鏡を取り上げる。

ワイシャツにステテコ姿の岡島、木棚に手鏡を引っ掛け、ネクタイを結ぶ。

口には何故かオシャブリをしゃぶっている。サイレンの音に、ふと窓外を見る。

窓からは町工場の細長い煙突が見え、始業の煙が上り始めている。

ネクタイをしめる岡島の上へ、紙風船がフワリと飛んで来て、足もとに落ちる。

岡島、振り返ってニコニコしながら、紙風船を娘（五才ぐらい）にポーンと突き返してやる。

娘（長女）が、その風船を受けて、ポーンポーンと部屋中を突き廻る。

岡島、微笑で見やりながら、靴下をはき、靴下止めで止める。

部屋の片隅には、ホロ蚊帳の中に、赤ン坊が寝かしてある。長男（七才ぐらい）が駈け込んで来て、

Ⓣ〝パパ!

　僕に、二輪車買ってよ!〟

と、岡島にせがむ。
岡島「二輪車?」

息子「買ってよ、ねえねえ」と甘ったれ、無意識にネクタイを引っ張る。
岡島、首がしまりそうになるので、長男の手をはずしながら、「どうしてだい？」と微笑で尋ねる。
息子、岡島にまつわりながら、
Ⓣ〃近所の子が、みんな
　持ってんだもの
　僕だって
　ほしいんだよ〃
と、一生懸命にねだる。
長女、黙ってそれを見ている。
息子、ねだりながら、フト庭の方を見、「パパ、あれをごらんよ！」と指さす。
庭の生垣の向うを、近所の腕白達が三、四人、二輪車に乗って通ってゆく。
岡島、それを見て、仕方なく、
Ⓣ〃買ってもらって
　いいかって
　ママに聞いといで〃
息子「うん！」と飛び去って行く。

3

台所

岡島の妻、すが子が、流し台で朝の食器類を洗っている。

そこへ、息子が勢い込んで駈けて来て、思わず足元の瀬戸物類をガチャガチャと崩す。

すが子「何をすんのよ！」と小言を言う。

息子、気勢をそがれ、おひつに足をかけ、「パパがねえ、二輪車買ってもいいって……」

すが子「アラ、ホント」

すが子、おひつの上の足に気付き、たしなめる。

おひつのふたに真黒な足型がつく。

息子、慌てて指に唾をつけてふこうとするが、落ちない。雑巾で拭く。おひつのふた、却って真黒になる。

4

部屋

岡島、ネクタイはしたものの、まだ上衣を着ていない姿で、娘の相手になって紙風船を『追い羽根』のようにポンポンとやりとりしている。其処へ、息子が駈け込んで来る。岡島「ママは何てったい？」と聞く。
息子、ニコニコして嬉しそうに、
Ⓣ〃今日はパパのボーナスの日だから
　お土産に買って来ておもらいって〃
岡島「そうか」と満足そうに笑って、息子の頭をなでる。
娘、それを見て羨ましそうに、岡島の手にすがり付き、甘ったれる。
Ⓣ〃あたいにも
　何か買って来てよ〃
息子、急に居丈高になって、
Ⓣ〃何でえ！
　お前は風船を買って
　貰ったじゃないか！
　慾張り！〃
娘、怯まず、息子に反抗する。
岡島、困って「こらこら喧嘩するんじゃないよ」と止める。
息子、娘の頭をコツーンと殴る。
娘がワーッと泣き出す。
岡島、息子を睨んで、おでこを突き、
Ⓣ〃そんなことをすると
　もう二輪車も何も
　買って来てやらないぞ〃
息子、悄気《しょげ》て、急に娘の機嫌を取り始める。「ごめんね、ごめんね」と頭をなでてやるが、娘のベソは止らない。
すが子が台所から手を拭きながら這入って来て「どうしたんですか？」と岡島に聞く。岡島、微笑。
息子「風船で遊んでやるからね」と娘を連れて隣の部屋に行き、突き始める。
すが子、時計を見て鴨居にかけてあった上衣を取って、岡島に着せる。
岡島、机の前へ行き腕時計などをしながら、すが子を見返って、微笑を浮べ、
Ⓣ〃今年は、不景気だから

一ト月分もよこせば
「御」の字だって噂だよ〃

すが子、明るく、

Ⓣ〃一ト月としたって
百二十円ですもの
悪くないわ〃

すが子と岡島、顔を見合せ、意味なく「ホホホ……」と笑い合う。

子供達は風船をついている間に、風船が簞笥の上にのってしまい、息子がオマルを踏台にして取ろうとしている。

岡島、それを見て、

「こらこら何をするんだ」

息子、振り返った途端に、簞笥の上のレコードをパタンと一、二枚落してしまう。岡島「ほれみろ……」

息子、悄気て、そうっと見てみると、盤は割れていないので、ホッとする。

岡島、レコードを拾い、簞笥の上にのせて、風船を取ろうとする。伸び上るハズミで、レコード盤は再び落ち、今度は割れる。

腐る岡島を、息子がニヤリと見る。

岡島、割れたレコードを惜しそうに継ぎ合せてみるが、もはや詮もない。

息子、割れたレコードの真中の穴から岡島を覗いて、またニヤリ。

便所から娘が出て来て、手を洗い、七夕の笹に吊した短冊で手を拭く。

岡島、怒る気力もない。

娘、息子と一緒になって、割れたレコードをつなぎ合せようとしている。

岡島、悄気たまま、出掛けてゆく。

5　保険会社

事務机が並んでいるが、誰もいない。

(上手へ移動してゆく)

しかし机の上には、食べかけのカレーライスがあり、扇風機が廻っている。

クリームを塗りかけの夏靴もある。

食べかけのかき氷が、解けている。

壁の貼紙には、

「本日正午ヨリ
社長室ニテ　賞与ヲ
御渡シ致シマス」

とある。

柱時計は十二時二分過ぎを指している。

6　社長室の前

英語でプライベートと書かれたドアの前には、社員の行列が出来ている。(後退移動)

列のオシリに老社員の山田がいる。

山田は、指を折って、ボーナスの皮算用をしている。

社長室から、髭の同僚山口が出てくる。

待っていた社員達、一斉に緊張して、「どうだい?」「どうだった?」と聞く。

山口、薄っぺらな封筒の厚みを見せ、「駄目、駄目」と眉をひそめる。

山口、机に戻り、ニヤリとして、賞与袋にお辞儀する。さて、封を切りかける。

行列の社員達、固唾を呑んで、じっと山口を見つめている。

山口、その視線を感じて、賞与袋をクチャクチャに丸め、ポケットに入れると、さり気ない顔で靴のクリームを塗り出す。

7　社長室

賞与を受け取った岡島が、恭しく一礼して、ニコニコ顔になり社長室を出る。

8　社長室の前

行列の社員達、出て来た岡島に、「どうだい、景気は?」と尋ねる。

岡島、軽くあしらって自席へ戻ろうとすると、最後尾の山田が「岡島さん」と上衣の裾を引っ張って呼び止める。

Ⓣ〃今年は
どんな、アンバイですか〃

岡島、顔をしかめて見せ、賞与袋を透して見て、

Ⓣ〃フーヴァー案の影響は

〃まだ当分なさそうですよ〃と去ってゆく。

岡島、自席に着いて、袋の封を切ろうとするが、社員達の視線を感じて止めてしまう。

袋を内ポケットにしまい、席を立って廊下に出てゆく。

9 廊下

岡島、来て、四辺《あたり》を見廻し、WCのドアをあける。

10 WCの内

ボーナスの紙幣を数えていたヒゲの山口が、ハッとして振り返り、慌てて紙幣をポケットに押し込んで、「お先に」とテレ笑いをしながら出てゆく。

岡島、洗面所の前で、入口を気にしながら、封を切り、素早く金高の勘定を始める。

人の気配に、岡島、慌てて小用の便器の前に立つ。

入口から、袋を持った社員が入ってくる。

岡島、入って来た社員に覗かれると、小用をたした感じで腰をぶるんと振ってみせ、何喰わぬ顔で出てゆく。

社員、岡島と同じように便器に向って立ち、紙幣を数え出す。

岡島、悪戯《いたずら》っぽく、ひょいとWCのドアを開ける。

社員、慌てた途端に、紙幣を便器の中へ落してしまう。ベソをかく社員。

岡島、ニヤリとしてドアをしめる。

11 廊下

事務室から又、別の社員が出て来て、WCに入ろうとする。岡島、その前に立ちふさがり、ニヤニヤと、
Ⓣ〃今、入ると
　中に、一人、いますよ〃
社員、憮然として立ち往生。岡島、涼しい顔で事務室へ行ってしまう。
社員、岡島を見送り、WCのドアの鍵穴から、そっと中を覗く。
便器に札を落した社員、ションボリと途方にくれている。

12 事務室

岡島、ざわついている社員の注目を浴び乍ら、席に着く。
さてとばかりに鉛筆をとるが、ふとその鉛筆の先の芯を見て、嘗ての大村先生のことを思って微笑する。扇風機に鉛筆を突っ込み、羽根で芯を尖らせる。芯の先をフッと吹き、もっともらしく便箋に書き始める。便箋には、「二輪車、五円、パラソル七円」と書かれる。
岡島、ニヤつきながら、ふと自分のネクタイを見て、便箋に、「ネクタイ」と追加する。
岡島、顔を上げると、老社員の山田がションボリと席に戻っている。
岡島「どうしました？」と尋ねる。
山田、悄然と、
Ⓣ〃あんたとも、今日限り
　お別れせにゃ
　ならんことになりましたじゃ〃
岡島、驚いて「と被仰ると？」
山田、苦笑して、首に手をやり「クビ」という仕草をする。
岡島、合点のいかぬ顔で、
Ⓣ〃しかし、あなたは
　来年から恩給がつくという
　功労社員じゃありませんか〃
山田、しょんぼり頷くが、しみじみした様子で言う。
Ⓣ〃実を言うと
　わしが内勤の身でありながら
　内職に、二、三人の人に
　保険を勧誘したのが
　祟ったのでごわすよ〃
岡島、益々不審そうに「それがどうしてです？」と聞く。

山田、悄然と語る。

Ⓣ〃先達て、わしが
二万円の口に入れた男が
生憎くと、その翌日
自動車に轢かれて
死にましたのじゃ〃

岡島、微笑で、

Ⓣ〃しかし、あなたが
轢き殺したわけじゃなし
責任はない筈じゃありませんか〃

山田、頷くが、

Ⓣ〃実は、その前にも
一万円に入れた男が
二、三ケ月目に
チフスで死にましてな〃

岡島、気の毒そうに眉をひそめ、

Ⓣ〃それにしても、そんなことで
あなたをクビにするってのは
断然、会社が不当ですよ〃

山田、涙ぐむ。

岡島「なんとか談判したらいいじゃありませんか」とすすめる。

山田、力なく、

Ⓣ〃しかし、わしは
永年御厄介になった会社に
今更、弓を引く気には
なれませんじゃ〃

岡島「いや」と遮って、

Ⓣ〃しかし、一応は
談判するのが当然だと
僕は思いますね〃

山田「いやいや」と力なく首を振り、じっと俯向いてしまう。

岡島、決然と立ち上がり、「おい諸君！ちょっと集ってくれ！」と仲間の社員達に声を掛ける。

一同「なんだなんだ」と岡島と山田の周りに集ってくる。

社員の一人、岡島の机の上の便箋を手に取って見る。怪訝な顔をする。

岡島、慌てて奪《と》り返し、丸めてポケットに入れる。

さて、一隅では（下手へ移動すると）岡島の呼び掛けにも応じず、便器に落ちた紙幣を紙ばさみに挟んで机の上に並べ、扇風機で乾かしている社員がいる。

社員、黙々と吸い取り紙で十円札の水気を取っている。

13

社長室

社長、悠然として葉巻をくゆらし、謡曲の教則本を出して唸り乍ら、傍らの秘書に向って、頗《すこぶ》る上機嫌に言う。

Ⓣ〃噂の一ケ月分より
一、二割、多かったので
みんな喜んどるようだね〃

秘書「いや全くお蔭様で」などとお世辞を言う。

14

事務室

岡島、一同に山田のクビのことを告げている。

ヒゲの山口、悲憤慷慨して決然として言う。

Ⓣ〃断然だよ、君！
何を躊躇してるんだ
断然談判しなきゃいかんよ！〃

岡島、我が意を得たというように「僕もそう思うんだ」と頷く。

山田、ひとりしょんぼりと湯呑茶碗など見つめている。

山口、一層調子に乗って、

Ⓣ〃単に山田さん一人の問題ではなく
僕等サラリーマン全体の
生活安定のために
今こそ
戦うべき時が来たんだ！〃

岡島「そうだとも！」と頷き、

Ⓣ〃その意気で
君一つ、社長に
ぶつかってくれないか〃

山口は途端に、今迄の意気込みも何処へやら、「僕が？」とたじろいで、

Ⓣ〃しかし考えてみると……どうも

……会社も損をしているんだし
……まあ無理もないなァ〃
と尻込みする。
岡島、軽蔑の色を浮かべ「フフン」と冷笑する。
山口、屹と岡島を睨み付け、
Ⓣ〃君は
僕を冷笑するのか！〃
岡島、苦笑して相手にならない。山口は一同の手前、引っ込みがつかなくなり、岡島の胸を突いて、
Ⓣ〃冷笑する勇気があるなら
君が社長に談判しろ！〃
岡島「何?!」と意気込む。
山口「何が何だ！」と肩をそびやかす。
険悪な様相の二人に、山田、おろおろと立ち上がる。
岡島、山口を睨みつけて昂然と叫ぶ。
Ⓣ〃談判しないで
どうするってんだ！〃
山口「なにを！」と険悪。
岡島、歯をむき出しにして、
Ⓣ〃馬鹿野郎！〃
と言い捨て、サッと社長室に向う。
山口、いきなり立ち「畜生！　待て！」とその後を追おうとするが、山田や社員達がとめる。

15
社長室

秘書と談笑していた社長が、ノックの音で、ひょいと入口を見る。
ドアから岡島が稍々《やや》身を固くして這入ってくる。
怪訝に、社長と秘書が見迎える。
岡島、社長の前へ進んで、一礼し、おもむろに口を切る。
Ⓣ〃被保険者が
契約の翌日死亡した場合でも
全額を支払うのが
保険会社の義務だと思いますが〃
社長、頷いて「勿論だよ、それがどうかしたのかね？」と不審そうに反問する。
岡島、そこで改めて、
Ⓣ〃山田さんは
どういう理由で
解雇されたのでしょうか〃
社長の顔が突然険しくなる。
秘書、ハラハラする。
社長、扇子を取り上げ、机をポンと叩いて、
Ⓣ〃老朽淘汰だよ〃
岡島、それにかぶせて、
Ⓣ〃しかし事実は
あの人の勧誘した被保険者が
短時日の間に死亡したからじゃないんですか〃
社長「何ッ！」と岡島を睨みつける。
秘書、席を立って岡島に近寄り、「まあまあ、君、そういうことは」と制しようとする。岡島「いいや、心配しないでいたまえ」と押しのける。
社長、ひどく不機嫌になって、
Ⓣ〃君は一社員の身を以って
会社の組織方針にまで
口を出そうと言うのかね〃
岡島、憤然として「いや僕は、そんな積りじゃありません」
秘書「まァ君……兎に角、兎に角」と無理に岡島を押し戻そうとする。
岡島、その手を振り払い、
Ⓣ〃君だって
僕等の仲間じゃないか！
黙って引込んでいたまえ！〃
と叫んで、ドンと突き飛ばす。
秘書、よろけた拍子に、靴の踵が取れてしまう。
岡島、落ちた踵を拾って、秘書に投げてやる。
秘書、受取り、ペコッとお辞儀する。

16
事務室

社長室のドアの前には、社員達が折り重なって、鍵穴から室内の形勢を覗いている。

遠くでは便器社員が騒ぎに加わらず、相変わらず紙幣を乾している。

17　社長室（社員達が覗く鍵穴から見た眼で）

岡島、相当に昂奮して、社長の机上にある扇子に手をかけ、トントンと叩きながら談判している。社長も次第に昂奮して岡島から扇子を奪い返し、トントンと机を叩いて抗弁する。

岡島、再び扇子を奪い、烈しく机を叩く。社長、その扇子を奪い返す暇がなく、やむなく横の風呂敷包から、別の大きな扇子を出す。開くと、仕舞の稽古用の扇である。岡島もつられて扇子を開く。社長、閉じて叩く。

岡島、負けじと閉じて叩く。

秘書、汗を拭きながら、手の出しようもなくハラハラしている。

社長、激昂して扇で、岡島の肩を叩くと、岡島、負けずに扇子で社長の肩を叩く。

二人、お互いに扇と扇子を放り出し、今度は肩口を指で突く。

力に勝る岡島、ついに社長を思い切り突き飛ばす。

社長、よろよろして、椅子にひっくり返る。

社長、憤然として、

Ⓣ〝君のような暴力団は
　即刻、解雇する！
　出て行き給え！〟

岡島、血の気が抜けたように冷静になり、冷やかに社長に一礼すると、ニヤリと笑って「では失礼します」と社長室を出てゆく。

18　事務室

社長室のドアの前に集っていた社員達がサッと道をあける。出て来た岡島を取り巻くが、岡島、何も言わず社員達を押し分け自席へ戻る。

山田、心配そうに岡島を見迎える。

岡島、微笑で、

Ⓣ〝僕も、今日限り
　この会社と別れることに
　なりましたよ〟

と、殊更に平静に言う。握手を求める。

山田、胸が一杯になり、その手を押し頂き、ワッと泣き出す。

岡島、つとめて朗らかに「お互いがんばりましょう」と山田を激励する。フト、机の上に丸めて捨てられた紙くずに気付く。先程の「二輪車、パラソル」などと書いた便箋である。

岡島、便箋を丸めて紙屑籠に捨てる。

流石《さすが》に淋しくなるが、気をとり直して帰り仕度を始めると、山田が「では、お先に御免蒙ります」と挨拶して帰りかける。

岡島「あ！　鳥渡《ちょっと》」と止め、

Ⓣ〝僕はこれから
　子供の二輪車を買いに
　廻るんですが、何処かその辺で
　一緒にお茶でも飲みませんか〟

山田、遠慮するが、岡島、無理に納得させる。山田「お言葉に甘えまして」と従う。岡島、にこやかに頷く。

19　保険会社のビル

窓々が、西陽をうけて光っている。

20　岡島の家附近の野原

岡島の長男が、西瓜をかじり乍ら、父親の帰りを待っている。

近所の子供達が二輪車に乗って通るのを見付けると、いきなり横合いから飛び出して両手を拡げて立ち塞がる。

「誰か、この西瓜、食べる人いないか」と言う。子供の一人「ハーイ」と手を挙げる。

長男、その子に西瓜を渡し、代りにその子の自転車に乗る。

西瓜の子、戻って来た長男に駆け寄り自転車を取り返すと、ズボンからハンカチを出して、ハンドルや呼び鈴などについた手垢を拭く。
長男も憤然として西瓜を取り戻し、
Ⓣ〝何でえ！　僕だって、今日
　パパがもっと立派なのを
　買って来てくれるんだぞ！〟
子供達「ふーん！」とばかり、自転車に乗って行ってしまう。
長男、子供達を見送り、ひとりポツンと西瓜をかじる。ふと見ると、遠くから岡島が帰ってくる。「あ、パパ！」と駈け寄る。
岡島、ニコヤカに小脇に抱えたスケートを取り出し、包みをほどく。
長男、怪訝に受取り乍ら、
Ⓣ〝二輪車は？〟
岡島、無理に笑顔をつくって、
Ⓣ〝二輪車より
　その方が面白いんだよ〟
長男、急にふくれて不平不満、
Ⓣ〝面白くないやい！
　こんなの駄目だい！〟
と、スケートを地面に叩きつける。
岡島、多少むっとしてスケートを拾い上げ、何とか長男を納得させようとするが、息子も仲々「うん」と言わない。
岡島、手を焼いて、わざと睨み、
Ⓣ〝そんなに言うことを聞かないと
　もう何も買ってやんないぞ！〟
と、おどかす。
長男、ベソをかきながら「何でえ何でえ」と虚勢を張り、ごてる。
岡島、何とかスケートで我慢させようとする。
長男、それを振り払い、泣きながら地面へ坐ると、西瓜を置き、下駄を脱いで両手で地面を叩く。

21　岡島の家の前

岡島、来て、息子をうかがう。ふと見ると、子犬が、母犬のオッパイを飲んでいる。

22　岡島の家

岡島、上ってくる。

赤ン坊を柳行李の中に入れ、あやしている長女を見て岡島が訊ねる。

Ⓣ〝ママは？〟

長女、答えて、

Ⓣ〝公設市場へ
　晩のお買物に行ったの〟

岡島「ふーん」と頷き、憂鬱にスケートを置くと胡座《あぐら》をかく。

長男が、先程の子犬を抱えて入ってくる。

岡島、振り返って長男を見る。

長男、父親の姿をみると拗《す》ねて、子犬を表に放り投げ、履いていた下駄を、座敷に向って蹴り捨てる。

岡島、怒りを押さえて、上着を脱ぐ。

長男、下駄を持ったまま、今度は障子の桟に手を突っ込み、破いてみせる。

岡島「こらッ！　いい加減にしないか」と睨む。

長男、反抗的に、破いた障子紙を口に啣《くわ》え、むしゃくしゃと嚙んで、

Ⓣ〝パパの嘘つき！〟

と罵り、口の中から紙を取り出すと、丸めて畳に叩きつけ、手に持っていた下駄も岡島の膝もとに投げ捨てる。

憮然たる岡島。

長男、長火鉢の上に飛び乗り、茶碗を蹴とばして、自分も飛び降りる。

岡島、じっとこらえて、靴下を脱ぐ。

長男、また飛び乗り、飛び降りる。

岡島、怒って「やめろ！」と怖い顔。

長男、口を尖らせて、

Ⓣ〝そんな顔、何でえ！

　こわくないやい！〟

岡島、気を取り直し、スケートを取って、再び説得を試みる。「これだって面白いんだよ、さ、足を載せてごらん」と、息子の足を無理矢理載せようとする。長男、足を踏んばって必死に抵抗す

る。
岡島、遂に癇癪をおこして、長男の足を叩き、
Ⓣ〝いやなら、勝手にしろ！
　そんな児は
　裏の物置に入れちまうから！〟
と、岡島、長男を抱え上げる。
長男、泣き暴れる。
岡島、息子の尻を平手で叩く。
泣きわめく息子。
長女、ベソをかき、その光景を見ている。
岡島、泣きわめく息子の頭を撫で、なんとか説得しようとするが、長男、尚も泣きわめく。
台所の戸が開いて、手提げの篭に買物の野菜などを入れて、すが子が帰ってくる。
長男、台所に飛んでゆき、すが子にまつわりついて、ワーッと烈しく泣く。
すが子「どうしたの？」と訊く。
長男、泣いていて答えられない。長女が「パパにぶたれたの」と言いつける。
すが子「どうしたって言うんですの？」と聞く。
岡島、不機嫌に、
Ⓣ〝あんまり
　我儘だから
　叱ったんだ〟
長男、声を張り上げて
Ⓣ〝だって、パパが
　二輪車……
　買って来て呉れないんだもの〟
長女、投げ出されたスケートを拾ってすが子に見せる。
すが子、事情を呑み込んで、息子をなだめながら、優しく、
Ⓣ〝そりゃ、パパの方が悪いわ
　お前は、いい児なんだから
　もう、おだまりね〟
岡島、それを聞くと、癪に障って、
Ⓣ〝おれが
　何が、悪いんだ！〟
とすが子を睨む。
すが子、負けずに言い返す。
Ⓣ〝悪いじゃありませんか
　子供に嘘をつくなんて〟
岡島「何だと？」屹となる。
すが子、尚も、
Ⓣ〝どんなに
　楽しみにしてたか
　わからないのに
　子供だって、可哀そうですわ〟
岡島、言い返せぬまま、黙って立ち上がり、ズボン吊りをはずす。
長女、その傍に寄ってゆき、
Ⓣ〝パパの
　嘘つきやーい！〟
岡島、憂鬱に長女を見る。
長女、母の腰のうしろに隠れる。
岡島、力なく上着の内ポケットから封筒を出して、黙ってすが子の前へ投げ出す。
すが子、不審そうに、封筒から一枚の紙片を出して見る。ハッとする。
辞令である。
畳の上に置かれた辞令には、
「岡島伸二
　右　都合ニ依リ解雇ス
　　昭和六年六月十三日
　　　東仁生命保険株式会社」
とある。
すが子、夫を見つめて、ためらい勝ちに「あなた、ど、どうしたって言うんですか」と岡島の傍へにじり寄る。
岡島、投げ捨てるように、
Ⓣ〝社長と喧嘩したんだ〟
すが子「まあ……」呆れたように岡島を見る。
Ⓣ〝おれの方が正当でも
　相手は社長だ……
　クビにするのが
　当然だろうよ〟

すが子、シュンとしてしまうが、気をとり直すと、転がっているスケートを手に取って、長男の前に行き、

Ⓣ〝好い児だから
　これで我慢おしね〟

となだめる。

長男「ヤダヤダヤダ」と承知しない。

すが子、何とか言いくるめようとするが無駄である。

岡島、ネクタイをはずし、しんみりと言う。


Ⓣ〝買ってやろうよ……

　可哀そうだ〟


長男、ニッコリする。

赤ン坊が目を覚まし、泣き出す。

すが子、抱き上げてあやす。

岡島、ヤレヤレとした拍子に、紙ヒコーキ（とんぼ）が飛んで来て、お尻に当る。

紙ヒコーキを取り上げてみれば、何と辞令である。

長女「早く返して」とせがむ。

岡島、苦笑しながら、娘に向って紙ヒコーキを飛ばす。

息子と娘、紙ヒコーキを飛ばしっこする。岡島、それを横目に見て、わびしくなる。


Ⓣ〝失業都市東京〟

23 オフィス街

換気の吐き出し口の煙突の向うに、ビル群が見える。道路に散らばったビラをたどって、上手に移動してゆくと、サンドイッチマンの足で止まる。

『安全保健週間　東京市』と書かれた看板を背負って、嘗ての老社員、山田が通行人にビラを配っている。大抵の人がビラを受取るとすぐ捨てるか丸めてしまう。しかし、山田は根気よく、一人一人にビラを渡している。

今しも通りかかった一人の男にビラを渡そうとして、互いにヒョイと顔を見合うと、岡島である。

双方、「やあ」、「これは」と互いに挨拶。

山田は背負った看板に目をやって、気恥しい。

岡島「お元気ですか」と明るく聞く。

山田、帽子を取って「ハァ……」

岡島「その辺で、少し話でも……」と山田を促して、公園へ誘う。

24 公園

背負っていた看板をはずし、ベンチに坐る山田。

岡島も腰を下し、預ったビラを山田に渡す。

山田、苦笑しながら、

Ⓣ〝こんな事まで
　せにゃならんとは
　自分ながら、思いもかけぬ事で
　ごわしたよ〟

岡島、しんみりと頷くが、ふと子供の泣き声に気付く。見ると、下駄を両手に持った裸足の子が、ベンチの父親に向って、ダダをこねている。

岡島と山田、シュンとしてしまう。

山田、ポツンと、

Ⓣ〝手放しで泣ける子供が
　羨ましうごわすなァ〟

突然、彼等の前を二、三人の人が、バラバラと駆け過ぎてゆく。続いて三人、四人、で両人、不審そうに人々の行く手を見る。山田、一人を捕えて、「何事ですか」と聞く。

男、慌ただしく、

Ⓣ〝向うの動物小屋の熊が
　檻を破って
　逃げ出したんだとさ〟

と言って駆けて行ってしまう。

山田、岡島を振り返って「さァ、見に行きましょう!」と誘うが、岡島は何の感興も示さず、カンカン帽を指で突き上げると、

Ⓣ〝熊が、逃げ出したって
　僕等の人生には

何の関わりも
ないじゃありませんか〃

と山田を坐らせる。山田、水筒を出し岡島に水を勧めるが、岡島、断ると、「じゃあ」と飲む。

25 郊外の道

道に沿った小川で、子供達が魚をすくっている。

岡島の長男が、得意気に二輪車でやってくる。

長男、自転車を置くと、小川に入らず、「あッ、そこだ!」、「こっちへ逃げた!」と、応援する。

岡島、帰って来て、息子の姿を見付け、ニコニコと近付く。長男「パパ、ご覧よ! そら!」と夢中で川の中を指さす。岡島、腰をかがめて眺める。

長男「あ! こっちへ来た!」と叫ぶや、いきなり岡島のカンカン帽を取って、魚をすくう。首尾よく鮒を一匹すくい上げて、得意になって見せる。

岡島、帽子を台無しにされてくさる。

長男、ふと思い出したように、

Ⓣ〃美代ちゃんが
病気になったんだよ
葛饅頭《くずまんじゅう》が
あたったんだって〃

岡島「寝んねしてるのかい?」と聞く。

長男、頷いて、

Ⓣ〃お医者さまは
疫痢になるかも
知れないって言ったよ〃

岡島、サッと顔色を曇らせ、「じゃ早く帰ろう」と長男をせき立てる。

長男、鮒の帽子を差出して「これ持ってってよ」と言う。岡島、受取る。

長男、二輪車に乗る。

岡島「さぁ早くおし」と先に立って促すハズミに、帽子が傾いて水がこぼれ、鮒が地上に落ちる。

長男、むくれる。

岡島「さぁ早く行くんだ」と促す。

鮒が泥まみれになって跳ねている。

26 氷を砕くすが子の手

27 岡島の家 台所

すが子が台所の上り框に腰かけて、膝に赤ン坊を抱いて、片手で氷を割っている。

28 岡島の家の前

岡島と長男、急ぎ気味に帰ってくる。

長男、自転車を玄関にしまう。

29 部屋

すが子、台所から立ってくる。

岡島「どうしたんだ、大丈夫か?」

すが子「それが……」

岡島、美代子の枕元に坐り、氷のうを取り換え、オデコに手を当てたり脈をとったりして、腹立たしげに言う。

Ⓣ〃なぜ
クズマンジュウなんか
喰べさせたんだ〃

すが子、悄然と、

Ⓣ〃古新聞を売ったお金が
入ったんで
せめて、子供達だけにでも
好きなものを喰べさせようと
思ったんです〃

岡島、思わず涙ぐむ。氷のうを美代子にあてがう。その背に、すが子が、

Ⓣ〃お医者さまは
入院させる方がいいって
言うんですけど〃

と言い淀む。

岡島、見返って、

Ⓣ〃金が
心配なのか〃

すが子「ええ」と顔を伏せたまま頷く。

岡島、いたましげに、

Ⓣ〃金なんか

どうにだって
なるよ〃

すが子、顔を上げて岡島を見る。

岡島、その視線を避けるように長男を見返って、「おい」と呼び、

Ⓣ〃いそいで
俥屋さんを
呼んどいで〃

と命じる。

長男、頷き、駈け出すが、すぐ戻って指を一本出して「一台だね」と聞く。

岡島「ああ」と答える。

息子、駈け去ってゆく。

すが子、ホッと救われた感じで、涙を拭く。岡島、すが子に、

Ⓣ〃お前も、いそいで
仕度をするといい〃

と言って、手を出し、赤ん坊を受取る。

すが子、仕度に立ってゆく。

岡島、赤ん坊がむずかるので、あやすが、ふと気が付くと、オシッコがもれている。

30 道

長男が二輪車を全速力で飛ばしている。

31 岡島の家

すが子、箪笥から当座の着物などを出して仕度している。（作者註　茲《ここ》で箪笥の中には相当に着物が入っていることを見せて、すが子はその中のホンの一、二枚を出すことを明示して頂きます）

32 ひまわりが咲いている

33 小児科医院の入院室（夜）

畳の上に拡げられた絵本——その文句の上を辿る岡島の指。

和服姿の岡島が、長男に絵本を読んでやっている。

長男は寝そべって聞いているが、眠くなり、アクビを噛む。

眠っている赤ン坊。

すが子は、美代子の寝床の傍で、静かに団扇で煽いでやっている。

部屋は和洋混合の粗末な安普請で、窓は洋風だが、入口は襖になっているという工合である。

岡島が、入口の方を見迎える。

襖が開いて、医者と看護婦が這入ってくる。

岡島、立ち上がり、長男も立たせる。

医者「どんな工合ですか」などと言い乍ら、診察を始める。

Ⓣ〃この分なら
もう、御心配は
ありません〃

岡島とすが子、ホッとして「ありがとうございました」と喜ぶ。

長男がまた「あーあ」と大きな欠伸《あくび》をする。医者、笑って長男の頭を撫で、岡島に「では大事に」と言って出てゆく。

岡島、医者を送り出すと、長男に、

Ⓣ〃これでパパも
安心したから
一緒に、お家へ帰ろうね〃

と、長男を背負って帰ろうとする。

すが子、心配そうに岡島の傍に寄って来て、声をひそめて、

Ⓣ〃此処の払いは
大丈夫？〃

岡島、瞬間、眉を曇らせるが、「大丈夫だよ」と笑ってみせる。

すが子、尚も不安そうなので、岡島「大丈夫だよ」とニッコリして「じゃ」と病室を出てゆく。

すが子、美代子のベッドに戻るが、ふと思い直し、力なく窓際へ行って静かに窓を開けて下を見る。

34 医院の前の道（俯瞰）

長男を背負った岡島の姿が見える。

去りかけて、上を仰ぐ。長男、窓際のすが子を見つけ、「ママ！」と手を振る。

35 **入院室の窓際**

すが子、寂しく微笑して頷いてみせる。

36 **医院の前**

岡島、去ってゆく。

37 **夜空に上る花火**

パッと咲く。

38 **入院室の窓際**

すが子、岡島達を見送り、先行きを案じて、物思いに沈む。

Ⓣ〃少しでも
良くなれば、すぐ
元気になるのが
子供の常である〃

39 **郊外の道**

退院して家へ帰る途中の感じで、美代子が赤ン坊を抱いたすが子と一緒に俥に乗っている。岡島は俥と並んで、入院中の品々を入れた風呂敷包を抱え、すが子と明るく語り合いながら歩いている。長男は俥を追い抜いて先に立ち、二輪車を走らせてゆく。

美代子は元気な声で、長男に呼びかける
――朗らかな退院の風景である。

40 **岡島の家の前**

俥が着くと、岡島は一ト足先きに格子戸の錠をはずして家の中に入る。

俥夫が美代子を俥から抱きおろす。

41 **家の中**

岡島、締め切られたガラス戸や障子を、一ぱいに開け放している。

すが子と長男と美代子が明るい感じで這入ってくる。

岡島、両腕を伸ばして、美代子を高く抱き上げる。

すが子、ニコニコと座布団を敷いて赤ン坊を寝かし、帯をほどき始める。

岡島、美代子、息子の三人、『セッセッセ』を始める。

すが子、ニコニコと微笑み乍ら、三人を見やり、着物を出そうと箪笥をあけ、「おや?」と眼を瞠《みは》って、慌ただしく次の段の引出しをあけ、再び「まァ」となる。

箪笥の中は空っぽ。ナフタリンだけが、コロコロと音をたてる。

すが子、愕然として、岡島に告げる。

Ⓣ〃箪笥の中が
まるで
からっぽよ〃

岡島、ハッとしてすが子を見るが、何気ない風を装って、再び子供達と『セッセッセ』を始める。

すが子「ドロボウかしら?」

岡島、聞えないふりで、『セッセッセ』を続けている。

すが子、その岡島をじっと見ている間に、「もしや?」と感じる。

岡島、すが子の方を暗く見返って、

Ⓣ〃その代り
美代子は
元気になれたんだ〃

すが子、急に涙がこみ上げて来る。息子が立って来て「ママも入りなよ」とすが子の手を引っ張る。

岡島、悲痛な顔で見守っている。

すが子、よんどころなく仲間に加わる事になり、三人の輪に入る。

親子四人で、『セッセッセ』を始める。

子供達は元気な声を出す。

すが子、チラッと岡島を見る。

岡島、見返す。

すが子、『セッセッセ』を繰返す間に、涙が溢れて来て、合間に、手で拭う。

岡島、たまらない。が、笑顔をつくる。

すが子もたまらない。が、必死で笑顔をつくる。

親子四人の『セッセッセ』は、続く。

そこに漂う哀愁――　（F・O）

42

芝職業紹介所の表

入口の石段に、失業者らしき人たちが腰を下している。

遠くに、ガスタンクと工場の煙突が見える。心なしか、煙突の煙も薄い。

一人の失業者、くしゃくしゃの包み紙を出し拡げる。シケモクである。

岡島が来て、失業者達の視線を浴び、一瞬戸惑うが、思い切って入口へ這入ってゆく。

失業者の一人、岡島の捨てたタバコを急いで拾い、

Ⓣ〃あんな人達でさえ
　此処へやって来る世の中
　なんだからなァ〃

仲間、興味もなく頷く。

岡島、力なく入口から出て来て、石段を降りると、あてもなく、佇む。ふと、顔を上げると、向うからひょこひょこと学生時代の体操教師大村先生が近付いてくる。

岡島、懐かしそうに「やあ、しばらくでした」と挨拶する。先生も「おお、どうしたね。その後は?」と肩を叩く。

岡島、頭を掻いて「どうも、駄目です」と苦笑する。

先生、紹介所と岡島を見比べて、

Ⓣ〃妙なところで
　会ったもんだが
　君も、やっぱり
　此処へ、人を頼みに
　来たのかね?〃

岡島、苦笑いしながら「実はクビになったものですから」と求職に来たことを白状する。

大村先生、気の毒そうに聞いて、何かを思案する。

岡島、気を変えて、

Ⓣ〃先生も、たしか
　三、四年前に
　学校の方をおやめになった
　と聞いていましたが……〃

と訊ねる。

先生「ああ」と頷き、

Ⓣ〃その後、しばらく
　放送局のラジオ体操などを
　手伝っとったが
　それもやめて
　その一、二ケ月前から
　洋食屋を開業したよ〃

と言って、ハッハッハと笑う。

岡島、意外そうに「そうですか」と感心する。と、通りかかった自転車が、二人にぶつかりそうになる。

二人、歩道に上ると、先生が言う。

Ⓣ〃どうだろう
　君が、失業しとるんなら
　失敬だが、暫く
　僕の手助けをして
　貰えんかね?〃

岡島、不審そうに、

Ⓣ〃洋食屋の
　仕事を
　ですか?〃

先生「ああ」と頷き、

Ⓣ〃その代り、僕も
　君の就職口を心配するよ
　これでも、文部省の課長連に
　二、三の知己を持っとるんだから〃

と言って、ハハハと笑う。

岡島、迷うが、決心したように、

Ⓣ〃僕が、貧乏しているから
　好い幸いに
　手伝えと仰言るなら
　お断りします〃

先生「いやいや」と慌てる。

岡島、続けて、

Ⓣ〃しかし
　お前は昔の生徒だから
　手助けをしろと
　仰言るのなら
　喜んで
　お手伝いします〃

先生、瞬間、キョトンとするが、神妙に

頷く。
岡島、寂しげな微笑を浮べて、
Ⓣ〝たいへん
　理屈っぽい様ですが
　人間は貧乏すると
　こんなに
　ひがみたくなりますよ〟
先生、気の毒そうに岡島を見る。
岡島、気を変えて、明るく先生の手を取って握手し、
「さ、出掛けましょう」
と促す。
二人、肩を並べて歩いてゆく。（上手へ移動する）

43 先生の洋食店の前

大村先生と岡島来る。立ち止り、先生が店を指さす。
暖簾に、『カロリー軒』と書いてある。
岡島、ニッコリ笑って、「カロリー軒ですか」
大村「うん」と頷く。
二階の壁に、
　「一皿満腹主義
　　芝白金　カロリー軒」
と、看板が掲げられている。

44 カロリー軒の内

大村、岡島を促して店内に入ると、ガランとして一人の客もいない。
壁の貼紙には、
　『一皿満腹主義トハ如何ニ
　　健全ナル精神ハ　健全ナル
　　身體ニ宿ルトカヤ……』
と書かれてある。
調理場の暖簾をわけて、奥から先生の老妻が出て来る。
大村、双方を紹介して、
Ⓣ〝折よく、紹介所の前で
　岡島君に会ったので
　早速、店の手伝いを
　頼むことにしたんだ〟
老妻「まァ、それはそれは」と岡島に礼を言う。
岡島「こちらこそ」と頭を垂げる。
先生、ご機嫌で、
Ⓣ〝自慢の、カレーライスを
　岡島君に
　喰べて見て貰おうか〟
老妻、ニコニコして、「ええ、是非」と頷き、調理場へ入って行く。
先生、「さァさァ」と岡島を椅子に着かせ、フルーツの盛り合せをすすめる。
岡島、遠慮して取らないので、先生がバナナを一本取って岡島に渡してやる。
岡島、おし頂き、店内を見廻しながら、
Ⓣ〝女給は
　いないんですか〟
先生「女給？」と苦笑して、
Ⓣ〝あんな軽薄なものは
　置かんよ
　僕は、家内と二人で
　清潔にやっとるんだ〟
岡島、頷くが、尚も、
Ⓣ〝しかし、綺麗な
　女がいれば、それだけ店が
　繁昌すると思いますがね〟
先生、ジロリと岡島を見、苦笑して、
Ⓣ〝君は、学生時代から
　そんな点では
　不真面目だったからな〟
と言って笑う。岡島、頭を掻く。
調理場から、老妻がカレーライスを持ってくる。
先生、スプーンに巻いてある紙ナプキンをほどいて、「さァ」とすすめる。
老妻もニコヤカに「さ、どうぞ」で、岡島「ハァ」と立ち上がり、同じくサッと立ち上がった大村先生に、「いただきます」と一礼して、喰べ始める。
先生、ニコニコしながら、岡島のコップに水など注いでやり、老妻を見返って、一隅の棚を指さし、「あれ、持って来て

くれ」と言う。
老妻、棚から広告ビラの厚い束を持って来る。
先生、それを受取って、上のホコリをパンパンと叩く。白いホコリが立ちのぼり、慌てた岡島がカレーの皿を持ったまま立ち上がる。
岡島、気を取り直し、再び坐って喰べ始めるのへ、先生、ビラを一枚とって見せる。
広告ビラには、
　一皿満腹主義
　滋養満點
　価格安直
　出前迅速
　　ライスカレー
　　カツレツ喫茶
などと印刷され、上段には横書きで、
　健全ナル精神ハ
　　健康ナル身體ニ宿ル
と格言があり、下段には、
　芝白金
　　カロリー軒
とある。
先生、ビラの束をポンポンと叩き乍ら、
Ⓣ〝これを撒いて廻るのに
　どうも、僕一人では
　　手が足りなくて
　困っとったんだよ〟
岡島「え?」と思わず先生を見る。
先生、ニコニコと、
Ⓣ〝君が手伝ってくれるとなれば
　僕は、今晩中に
　ノボリを作って置くから
　それを二人で担いで廻ろう〟
岡島、腐ってダアとなる。
先生、老妻に「まことに好都合だった」などと、機嫌よく言う。岡島、失望して、カレーをスプーンの背中でこねくり廻す。ふと、考えついて、
Ⓣ〝そんな事をするよりも
　昔の同窓生を狩り集めて
　それぞれ、宣伝させることに
　しようじゃありませんか〟
とビラを裏返し、ニッコリ笑って、水を飲む。
先生、大いに賛成し、
Ⓣ〝それも、是非頼むが
　ビラ撒きも、
　是非、やろう〟
と裏返しのビラを、表にひっくり返す。
岡島、再び腐って、またカレーライスをグチャグチャとこねる。
先生、頗る上機嫌で、老妻と朗らかに顔を見合せる。
岡島、ボソボソと不味そうに喰べる。
Ⓣ〝翌る日〟　（F・O）

45　**市内電車の運転台**
走る電車の中から、運転手の後姿を入れ込みで、街路の風景が流れる。

46　**市電の中**
すが子が子供達と一緒に乗っている。
子供達は、窓から往来を眺めている。
突然、長男が、
Ⓣ〝パパだ!〟
と叫ぶ。すが子「えッ」と往来を見る。

47　**往来**
先生と岡島が、『簡易健康食堂』と、筆太に書かれたノボリを担いで、ビラを通行人に渡し乍ら歩いている。

48　**市電の中**
すが子、サッと顔色を変える。美代子までが「パパだね」と言うと、すが子は、うろたえて、
Ⓣ〝パパじゃありませんよ!
　あんなパパが
　あるもんですか!〟
長男「だってパパそっくりだったよ」と

言って、美代子の相槌を求める。すが子、「違います！」と、窓の日除けを引きおろす。

49 岡島の家

鰹節をイライラと掻いているすが子。

美代子が棚から肝油ドロップを持って来る。

50 往来

岡島、ふてくされて『ライスカレー　カツカレー　15銭均一　カロリー軒』と書かれたノボリを担いで、大村の後に従いて行く。(上手へ移動)
大村、道行く人にビラを渡すが、担いだノボリが邪魔で、上手く渡せない。
後の岡島を振り返り、
Ⓣ〃これを担いでいると
　どうも、思うように
　ビラが渡せん
　すまんが君
　二本とも担いでくれんか〃
岡島、腐って「そいつは」と眉をひそめる。そして言う。
Ⓣ〃一本でも閉口しているのに
　二本も担いだら
　フラフラして
　歩けやしませんよ〃
先生「まァええから担ぎ給え」と、ノボリを渡し、
Ⓣ〃学生時代に
　体操をしっかりやっとれば
　こんな事は
　なんでもなかったんだ〃
岡島、腐り、ヘッピリ腰で二本のノボリを担いで歩き出す。大村先生、歩道に落ちているビラを拾い集め、終ると、ヘッピリ腰の岡島に「気をつけ！」と号令をかけ、タッタッタッと歩調をとって歩き出す。
子供達が駈けて来て「おくれよおくれよ」と手を出す。先生、満足そうにビラを渡しながら歩く。岡島、くさり切って従いてゆく。(上手へ移動)
Ⓣ〃これは
　妻君にとって
　全く、思いもかけない
　夫の醜態だった〃

51 岡島の家

縁側で、美代子が肝油ドロップの壜を開ける。

長男「おくれよゥ」と手を出す。

美代子、「いや」と首を振って、

Ⓣ〃これ、あたいの
　おクスリなんだもの
　いやよ〃

と承知しない。

長男「なんでえ、一つ呉れよ」としつっこく強要するが、美代子承知せず、美味そうにドロップを口の中に入れる。長男、遂いに美代子の頭をゴーンと殴る。

美代子、ワーッと泣く。

長男、クワンクワンと泣く美代子の口の中のドロップを素早く取り、ちょっと指で拭いて自分の口の中へ入れ逃げ出す。

美代子、益々泣く。

すが子、面倒くさ相に来る。「何てことをするのよ」と長男を叱る。

長男、ピョンと庭に飛び降り、「何でえ！　何でえ」と強がる。

すが子、美代子をなだめ、肝油の壜を片付ける。

長男のしゃがみ込んだ庭の背後を、帰って来た岡島がスーッと通る。

美代子、泣きながら庭に出る。

すが子、玄関の格子の音に振り返る。が、顔を曇らせて迎えに出ようともしない。

岡島、這入って来て、縁側を見、「おい、帰ったよ」と声をかけるが、すが子は素気なくお辞儀をしただけで、ドロップの壜を棚に戻したり、鉄瓶を台所に持って

行ったりして、岡島の存在を無視する。岡島、不審相にすが子の動きを見送っている。

岡島、気を取り直し、上着を脱ぎ、鴨居の釘にかけようとして、衣紋掛けのすが子の外出着と、窓の桟にかけてある白足袋を見て、隣室で赤ン坊を寝かしつけているすが子に言う。

Ⓣ〝お前も
何処かへ
出掛けたのか〟

すが子、振り返りもせず、冷やかに答える。

Ⓣ〝昔の学校友達の
お父さんに
心当りがあったんで
あなたの口を
頼みに行ったんです〟

岡島「ホウ、それで？」
微笑で、すが子に近付き、

Ⓣ〝あったのかい？〟


すが子、黙って首を振る。

岡島、「そうかい、ま、仕方ないよ」と落ちている団扇を拾い、赤ン坊に風を送ってやる。

ふと見ると、眠っている赤ン坊の頬に、すが子の涙が落ちる。

岡島、驚いて、すが子を見る。

すが子、しんみりと、

Ⓣ〝それよりも
あたしは途中で
大変なものを見たんです〟

岡島「ホウ、何だい」と、すが子の傍に坐る。

すが子「あなた！」と鋭く見返って、

Ⓣ〝あたしは
あなたを
見たんです〟

顔を曇らせる岡島。

すが子、頬の涙を指で拭き払い、

Ⓣ〝あんな事まで
して下さいって
何時、あたしが
頼みました？〟

岡島、すが子を見返したものの、次第に項垂《うなだ》れる。すが子、涙を飲み、じっと岡島を見つめている。

岡島、いたたまれず、団扇を捨てて、部屋を出てゆく。

すが子、見送っている。

岡島、隣の部屋で机の前に腰を下し、靴下を脱ぐ。

すが子、静かに岡島の背後に来て、坐り、哀願するように、

Ⓣ〝あたし、どんなに困っても
肩身の狭くなるような事だけは
して頂きたくないんです〟

と言って、涙ぐんだ眼でじっと見る。

岡島、すが子を振り返って、

Ⓣ〝あのお爺さんは
おれの、昔の
先生なんだよ〟

すが子、黙って岡島を見ている。

岡島、憂鬱に言う。

Ⓣ〝もしかすると、先生の手で
勤め口が出来るかも知れないんで
それまでの手伝いに
あんな事をしたんだ〟

すが子「あなた……」と岡島をみつめ、

Ⓣ〝その口が
あてになるんですか〟

岡島、溜め息を洩らし、力なく、

Ⓣ〝人間は、困ってくると
頼みにならないものまで
頼みにするものさ〟

すが子、たまらない気持で涙をのみ、項垂れてしまう。

岡島、立って、着替えながら、ふと、窓外を見ると、町工場の細長い煙突から、力なく煙が立ちのぼっているのが見える。

ズボンを脱ぎ、しゃがみ込んで、今度は裏の方へ眼をやると、ロープに干された洗濯ものの背後に、柳の木が見える。

岡島、自嘲するように、

Ⓣ〝おれも、近頃は
　だんだん
　青年らしい覇気が
　なくなって来たなァ〟

すが子、涙の顔をあげ、柳を見る。

溜め息をつき、柳の枝のように項垂れてしまう二人。

すが子、ふと、思いたって、

Ⓣ〝あたしも、明日
　その先生のお宅へ
　お手伝いに行きますわ〟

岡島「えッ?」とすが子を見、ニッコリする。

すが子も、岡島の脱ぎ捨てたものを片付けながら、涙を拭き、笑顔を見せる。

岡島、着替えを手伝うすが子に、手のマメを見せる。

Ⓣ〝それから
　四、五日が
　過ぎて——〟

52　カロリー軒調理場（夜）

調理場で、沢山の皿にご飯を盛りつけているすが子。その皿を、先生の老妻が主人の前へ運ぶ。

割烹着姿の大村先生、大鍋の中のカレーをかき廻し、ご飯にかける。

岡島、忙しそうに店から這入って来て先生に、

Ⓣ〝もう、みんな
　揃いましたから
　先生も、来て下さい〟

先生、食堂との仕切りの窓から店内を覗いて皆が集っているのを確認し、座敷に上って、割烹着を脱ぐ。晴ればれとした
岡島、ふと見上げるとハエ取り紙が髪にくっついている。それをはずし、ポンと指ではじく。はじかれたハエ取り紙、反動で戻って来て岡島の横っ面にベタッとくっつく。渋い顔で、はがすと、ハエ取り紙には自分の髪の毛が貼りついている。
一方、座敷では、大村先生、紋付に着替えている。

53　カロリー軒（表）

入口のガラス戸に、半紙で、

　『本日売切申候』

と、貼ってある。

54　店内

帽子掛けに、沢山の帽子が並んでいる。

隅っこで、岡島の長男と長女が、挟み将棋をやっている。（後退移動すると）学生時代の同窓生がテーブルに着き、賑やかに談笑している。ビールが出ている。みんな髭など生やして、立派になっている。

調理場から笑顔の岡島、出て来て、テーブルの皆と、座敷とを見較べる。

座敷の大村、紋付を着終ったところ。

一同、起立して、食堂に入ってくる大村を拍手で迎える。

大村、少々テレ乍ら、正面の席に立ち、一同を見廻し、丁寧にお辞儀をして、

Ⓣ〝一別以来、星霜茲《ここ》に幾春秋
　今日、再び
　諸君の健康なる風姿に接するを
　得たことは誠に、愚生
　欣快に堪えん処であります〟

一同、懐かしそうに傾聴している。

大村、更に言葉をついで、

Ⓣ〝この上ともに
　不撓不屈の精神を以って
　人に頼らず
　益々奮励努力せられんことを
　祈ります〟

と、一同を見廻す。

ふと、岡島と顔が合う。

岡島、眼を伏せる。

大村、ちょっと気の毒になるが、更に一同を見渡し、

Ⓣ〃何卒、今夕は
　精神を昔の学生時代に戻して
　各自大いに
　胸襟をひらかれんことを
　切望する次第であります〃

一同、拍手喝采する。

調理場から、老妻とすが子がカレーライスを運んで来る。

すが子、子供達に紙ナプキンでくるんだスプーンを渡し、配るように言う。

子供達、一人一人にスプーンを渡して歩く。

岡島、カレーを手伝って配る。

大村、ビールを注がれ、受けながら、ふと、壁の貼紙を見やる。

貼り紙には、

　　定
　ライスカレー
　当軒自慢
　金十五銭

とある。

大村、コップを置いて、一瞬ためらうが、もう一度貼り紙を見たあと、指を折って、テーブルの上へ扇子で計算を始める。

大村先生、立つと、今度は演説口調ではなく、頭を掻きながら、

Ⓣ〃こんな会合に
　会費を貰っては
　甚だ相済まんのですが
　事情已むを得んですから
　勘弁して下さい〃

一同、笑う。中には拍手する者もある。ビールを飲むもの、カレーライスを喰べる者等々、甚だ賑やかである。

と、入口から郵便配達が顔を出す。入口に近い者が立って行って速達を受取り、手渡しで先生のもとへ届ける。

先生、速達の差出人を見る——文部省文書課　厚田実とある。

封をあけ、読むと、満足相にニコニコして、立ち上がり、岡島の傍へ行き、「君、ちょっと」と先に立って調理場へ行く。

岡島、従いてゆく。

55　調理場

すが子が働いている。大村先生、岡島を連れて入って来て、ニコニコと、

Ⓣ〃好いアンバイに
　君の勤め口があったよ〃

岡島「えッ?!」と先生を見る。すが子も、思わず振り向く。

先生、岡島に速達を渡し乍ら、

Ⓣ〃女学校の
　英語の先生だそうだが
　君は、英語が達者かね〃

岡島「ハァ」と言ったものの、次の言葉が出ず、胸迫るような気持で、手紙を見る。

先生、すが子を見やり、

Ⓣ〃これで、奥さんも
　一ト先ず、安心ですなァ〃

すが子、涙ぐんで「ありがとうございました」と深々と頭を垂げる。

大村「じゃ」と店へ戻ってゆく。

すが子「あなた」と声をかけ、岡島に寄ってゆく。

岡島も涙ぐんだ眼で、すが子を見、微笑んで、

Ⓣ〃栃木県の女学校だそうだけど
　兎も角も
　行くことにきめようね〃

すが子「ええ」と頷く。

が、二人とも、東京を離れることに、少少落胆して、坐り込む。

すが子、座敷でスヤスヤと眠っている赤ン坊に目をやり、気を取り直すと、

Ⓣ〃きっと、いつか又
　東京へ帰って来られるように
　なりますわ〃

岡島「うん」と頷く。

が、二人とも沈み勝ちである。

そこへ、酔った同窓生達が這入って来て、岡島を引っ張って行こうとする。

56　食堂

かなり酔っている者もある。まさに宴たけなわである。
引っ張って来られた岡島が、席に着き、ビールを受ける。
入口から、一人の男入って来る。昔、学生時代、何時も遅れて来て、下駄ばきを注意された男である。
一同、賑やかに彼を迎える。
大村先生、笑顔で、
Ⓣ〝君は未だに
　遅刻の癖が
　矯《なお》らんね〟
遅刻男、頭を掻き乍ら、席に着く。
一人、勢いよく立ち上がって、
Ⓣ〝寮歌の
　合唱だ！〟
と叫ぶ。
「よし、やろう！」と、一同、立ち上がり、歌い出す。
すが子や子供達も歌う。
Ⓣ〝三年の春は
　　過ぎやすく
　花くれないの
　　かんばせも
　今わかれては
　　いつか見む
　…………〟
明るく、元気よく、潑溂たる合唱である。
が、岡島だけは、しんみりと、感無量である。
大村先生も感激に浸っている。
岡島、気を取り直し、元気よく歌い出す。
先生も涙を拭き、元気に歌い出す。
一同、手を振り、声高らかに歌う。
――賑やかな光景である。　　（F・O）

――完――

春は御婦人から*

脚本
池田忠雄
柳井隆雄

原作……………………チェームス・槇

脚本……………………池田　忠雄
　　　　　　　　　　柳井　隆雄

監督……………………小津安二郎

撮影……………………茂原　英雄

吉田……………………城多　二郎

加藤……………………斎藤　達雄

美代子…………………井上　雪子**

まさ子…………………泉　　博子

坂口洋服店主…………阪本　　武

岡崎商事会社社長……谷　　麗光

一九三二年（昭和七年）
松竹蒲田
脚本のみ現存、ネガ、プリントなし
S7巻、2021m（七四分）
白黒・無声
一月二十九日　新宿松竹公開

＊改題前のタイトルは『紳士とスカート』といった。撮影台本の表紙には『春は御婦人から／仮題／紳士とスカート』とある。

＊＊当初の台本には田中絹代とある。

1　（F・I）　**校庭**

掲示板の前に学生達数名、試験の日割発表を見ている。

中の一人、不図一方を見て、驚いた様にしながら「来た、来た」と仲間に教える。

向うから洋服屋の坂口が大きな鞄を提げてやって来る。

学生達、それを見てどやどやと逃げて行く。

坂口、それを見てくさりながら又一方を見てその方へ急ぐ。

四五人の学生、試験前らしくノート等見ている。坂口が来るのでその中の三四人顔見合せて逃げて行く。

一人だけ、それに気づかずノートに見入っている。

坂口、そこへやって来て、いきなり肩を叩き洋服代の請求書を差出す。

学生、一寸くさるがすまして、無言のままポケットから蟇口を取出して渡す。

坂口、非常によろこび中味を調べる。

完全に空っぽである。

坂口、くさって蟇口をつきつけ文句を言う。

学生、依然ノートを見たまま、黙って蟇口を受取り、ポケットに納める。

坂口、呆れながら、不図前方を見る。

又も学生の一団が勉強している。

坂口、それを見てその方へ突進して行く。

学生達、逃げ場を失ったかたち。

坂口、各自に請求書をつきつけ、請求しながらシガレットケースを取り出す。

学生の一人、それを見つけ「すまぬ」と言いながら手を出し、他の連中に、

「おい」

Ⓣ〝煙草があるぞ！〟

と教える。

皆々集って来て手を出し、とたんに煙草を奪って散って仕舞う。

坂口、呆気に取られて、空のケースと散って行く学生達を見くらべる。が、直ちに気をとり直して後を追う。

2　**教室の前**

追われた学生四五名教室内に逃げ込む。

坂口、くさりながら追って来て、窓口から中を覗く。

3　**室内**（見た眼）

学生達、講義中の教師に一礼して席に就き坂口を見て、見せびらかす様に札を出して弄んだり等する。

窓口の学生、不図坂口に気付いて、席を奥の方へ移したり等するギャグよろしく。

坂口、がっかりして去る。

と教室の角あたりでぱったりと学生加藤に出逢う。坂口、よろこんで例の如く請求書をつきつける。

加藤、進退きわまり、しきりと弁解する。

が坂口、仲々頑強である。

加藤、くさりながら一方を指さす。

坂口、その方を見てあれっ！　と思う。

学生の一人、顔をかくしつつ逃げて行く。

坂口、慌てふためき、加藤を待たして、その学生を追い出す。

加藤、その隙に逃げて仕舞う。

4　**喫茶店**

ストーヴの傍で吉田を中心に、三四名の学生が同じく試験勉強をしている。

吉田の傍で当喫茶店の娘まさ子が、ぼんやり吉田の勉強振りを見ている。

とそこへ加藤が入って来て、一方に陣取る。

まさ子、ニコニコと近づき、話し出す。

加藤も嬉し相にまさ子の相手になりながら不図入口の方を見て、あれ！と思う。
坂口がぬっと入って来る。
加藤、くさる。
坂口「逃げちゃ困りますよ」と言いながら加藤の傍に近づく。
加藤、いきなり坂口の耳元に口を寄せ、
Ⓣ〃俺なんかせびるより吉田が居る
じゃないか〃
と言い、吉田の方を指す。
坂口、その方を見て、しめた！とその方に近づき、いきなり吉田の肩を叩く。
吉田、振り返り、瞬間くさるが、直ぐ平然となる。
坂口、早速、請求書を出し、
Ⓣ〃もう御卒業も近いんだから
今日は逃がしませんよ〃
と言う。
吉田、一寸見るが、澄して勉強しかける。
坂口、更に言う。
Ⓣ〃何しろ借り頭のあなたから払って
頂かないと他の学生さんの
しめしがつきませんからね〃
吉田、はじめて坂口に気付いた様に
「よう」
Ⓣ〃いいとこへ来て呉れたなあ。
今、みんなで背広を作る
相談をしていたんだ〃
と言う。
坂口、呆れて吉田を見る。
吉田、かまわず坂口の鞄から見本を摑み出し仲間に配り、坂口に向い、
Ⓣ〃仕立てはとにかく勘定を
欲しがらないので
おやじ評判がいいぞ〃
と言う。
学生達、寄って来て「どれどれ」と各自見本を見比べたり値段を聞いたりする。
加藤とまさ子、その様子を見て、苦笑し合う。
吉田、その騒ぎに紛れ、悠々と逃げ支度をすまし、加藤達に会釈して出て行く。
坂口、それに気付かず、学生達の相手になっている。
学生達、吉田の逃げ終ったのを見すまし、一斉に「まあ今日は止しとこう」と見本を返す。
坂口、呆れながら不図吉田の居ないのに気付き、慌てて見本を鞄に詰め込む。

5 街角

吉田、悠々と歩いて来る。
不図振り返る。
と後ろから坂口が追って来る。
吉田、それを見て慌てて走り出す。

6 その附近の街

坂口、追って来て、四辺を見廻すが、既に吉田の姿は見えない。
坂口、残念相に一方に切れる。

7 自動車内

吉田、片隅にかくれるようにして外を見ている。
とそこへ運転手に何か買物を持たせて、女事務員の服装をした美代子（坂口の義妹）がやって来て、乗る。直ちに吉田を発見して驚く。
吉田も相手がシャンなので面喰いながら、
Ⓣ〃悪い奴に追われているんです。
失礼しました〃
と言う。
美代子、まあと同情して、
Ⓣ〃ではその辺までお逃げになった
方がようございますわ〃
と言う。
吉田、感謝する。
美代子、運転手にスタートを命じる。
自動車走り出す。

8 **街を走り行く自動車**

美代子と吉田。吉田、つくづくと相手を見る。仲々美しい。

美代子も何となく相手に好感を感じ照れる様子。手に持っている雑誌(ヴニテイフェアーかホーム・ジャーナルの如き)を開いて見る。

吉田、それをのぞく。流行婦人服の型が出ている。吉田一寸腐るが、すぐ話しかける。

9 **その中**

Ⓣ〃あなたも洋服に趣味を
　お持ちですか〃
美代子、意外相に見る。
吉田続けて、
Ⓣ〃失礼ですが、僕は、和服の方が
　お似合いになると思いますがね〃
と言う。美代子「まあ」と一寸呆れるが、多少皮肉に、
Ⓣ〃御親切さま〃
と言い、運転手にストップを命じる。
吉田、不審そうに見る。運転手、ドアを開け丁寧に会釈する。吉田、残り惜しげであるが、仕方なく降りる。
自動車、再び走り出す。
吉田、見送り頭を下げる。
美代子も何となく好ましげに微笑をたたえてテイルの窓から吉田の方を見る。

(F・O)

10 (F・I) **坂口洋服店内** (夕方の感じ)

大きな仕事台。向うに仕事をしている店員等見える。
デスクで坂口が請求書の整理にいそがしい。帳簿と照らし合わせて請求書を書いたり、ソロバンをいれたりしている。
彼、手不足の感じ。「おい」と呼ぶ。
美代子が出て来る。
坂口、手伝わせながら、
Ⓣ〃卒業期だから、此処で頑張らんことには、大赤字だからなあ〃
と、又一しきり夢中で整理にかかる。
美代子、手慣れた様子で事務家らしく、テキパキと手伝いしながら、
Ⓣ〃兄さんも大変ねえ〃
と言う。坂口「うん」
Ⓣ〃金を払わないのを得意にしてる
　連中ばかりだからねえ〃
Ⓣ〃で、その連中――〃

11 **アパートの一室** (吉田の室)

前シーンと同じ様に、デスクにかじり付いて、吉田、加藤、その他一二名の仲間が、猛烈な試験勉強をやっている。

加藤、どうも出来がよくない。皆に「此処はどうなんだい?」等と、ヒンパンに聞く。吉田はじめ他の者、交る交る教えてやる。

しばらくして、皆々、一斉に入口の方を見る。

坂口が入って来る。吉田、加藤、思わず腰を浮かせる。

吉田、苦い顔をして「駄目だよ今日は」と言うが、坂口、構わず揉手しながら、ノコノコと入って来て落着く。早速、請求書を吉田と加藤に差出す。

「お願いしますよ」

吉田、加藤、相手を黙殺してさも熱心らしく本にかじりつく。

坂口、しきりにせがむ。が、誰も顔を上げようとしない。坂口も待球主義に出て落着き、煙草などふかし出す。吉田、加藤、腐る。吉田、ひどく熱心らしく原書を見ていたが、一葉の紙片に分らぬ英語の短語を書き抜き、それと字引を坂口の方へ差出し、

Ⓣ〃一寸字引をひいてくれよ〃

と言う。坂口「あれ」と腐るが、字引を引いて一字一字書き込む。

勉強する皆々。

加藤、相変らず出来ない。

他の者にしきりに訊ねるが、どうもよく

のみ込めない様子。

他の者、多少加藤に愛想が尽きた形。

坂口、引き終って吉田に紙片を渡すが、ふと加藤の手をあげた様子を見て、その教科書をのぞき込む。書いてある事が分った様子。加藤に教える。加藤、驚く。が、相手が非常に明快に教科書の説明をするので呆れる。

そして何度となく訊く。坂口、調子に乗って来て得意満面である。

加藤、一寸考えていたが、坂口の耳に口をあて「おやじ、一寸顔を借《か》してくれ」と言う。そして、両人、そっと室を出て行く。

12 加藤の室（同じアパート）

両人、入って来る。

加藤、モロに改った様子。

坂口、何事ならんと真面目な顔をする。

加藤、いきなり坂口の手をとり、

Ⓣ〝おやじにお願いがあるんだがなあ〟

と言う。坂口も改まって見る。加藤、

Ⓣ〝明日の試験に、俺の身代りで
出てくれないか〟

と言う。坂口「飛んでもない！」と身を引く。「冗談言っちゃいけません！」

加藤、とめて、机の抽出しから金を出し、

Ⓣ〝出てさえ呉れれば、洋服代は
今でも払ってやるぜ〟

坂口、考える。が、現金に食指動く。

遂に言う。

「ようがす！　やって見ましょう」

加藤、喜んで制服制帽を出し、制帽を坂口の頭に乗せて、ためつすかしつ眺めたりする。

（F・O）

13 （F・I）黒板（試験場）

試験官が、問題を英語で書綴って行く。

ずらりと並んだ学生達。その中に制服を着た坂口も交っている。答案用紙が、後へ後へと廻される。

一人の学生、渡された用紙から自分のを取って後へ廻そうとする。ふと顔を見て「あれ」と呆れる。

後に居るのは自分を追っかけている洋服屋のおやじ坂口である。

学生、慌てて顔をかくす。

黒板、問題、書き終わる。

試験官、説明などする。

静まりかえった学生達、問題にとりかかる。試験委員が、こつこつと歩き出す。

坂口、じっと問題を見る。てんで分らない。

彼、多少あわて気味。そっと四辺を見廻す。向うに吉田、その他に追っかけている学生達の顔がちらほら見える。

吉田も坂口をみとめ、ハッとなる。坂口「之はいい場所だ！」と請求書を気にし出す。そして吉田はじめ貸しのある学生に「頼みますよ」と請求書を見せる。

一人の学生、インキをこぼし服をよごす

坂口、驚いて「シッ！」

Ⓣ〝その服、まだ月賦が残って
ますよ〟

と叱る。

試験委員、坂口をじっと見ている。坂口、慌てて澄し返り、答案用紙に向う。しかし何も書けない。彼、腐りながら仕方なく、下書用紙に洋服のカットの図など描く。やがて、彼、ポケットから請求書を出し、前に坐っている学生に「頼みますよ」と言って渡す。

学生、カンニングペーパーでも来たのかと喜んで受取る。が、中味を見ると腐って丸め捨ててしまう。坂口、驚いて拾い、皺をのばし「ね、頼みますよ」とせがむ。学生うるさくなって、

Ⓣ〝先生、答案用紙下さい〟

と言う。

委員、用紙を持って来て渡す。坂口、小さくなる。が、目の前に居る委員の服を見ると、思わず手を出して服地を見たり、巻尺で寸法をはかったり、値ぶみ等

する。委員ふと気付き、変な顔をする。が、そのまま去る。

坂口、又、一寸気になるように黒板の問題を見る。やっぱり分らないものは分らない。多少脂汗が浮ぶ感じ。ふと見ると、吉田がこちらを見ている。坂口、早速、請求書でトンビを折って吉田の方へ飛ばす。吉田、それを受取り丸めて捨てる。

坂口「困りますね」とのび上るが、忽ち首をすくめる。

恐ろしい顔で、じっと彼を見つめている試験官。

坂口、そっと見上げる。試験官の目は、依然自分の身にそそがれ動かない。

坂口、多少、怖くなり汗を拭き出す。

その隙に吉田、答案を出そうと立上る。

坂口、気付きハッとして自分も白紙の答案用紙を持って教壇の方へ行く。

吉田、坂口が来るので、慌てて又机に戻る。

坂口、困るが試験官に睨まれているので、仕方なく答案を出し、そのまま室を出て行く。

14　廊下

坂口出て来て、ほっとした様に額や腋下の汗を拭う。しかし、残念そうに隙間から室内を見たりする。

15　校庭の片隅

加藤、ぼんやり洋服屋の服を着、鞄を持って待っている。やがて、ふと向うを見て、「よう」と元気よく立上る。

向うから坂口が汗を拭き拭きやって来る。

加藤「御苦労！　どうだったい？」

と訊く。

坂口、へどもどする。

加藤、心配になって訊く。

坂口、ひたすら頭を下げ、

Ⓣ〃矢張り悪い事は出来ませんな〃

と言って、又一しきり汗を拭く。

加藤、がっかりして「駄目だったのか？」とのぞく様に訊く。

坂口、

Ⓣ〃昨夜、なまじ出来たのが
　魔が差したんですよ〃

と手をふる。

加藤、げっそりして頭をかかえる。

坂口、済まな相に謝りながら慰める。

加藤、ぼう然としたまま、力なく、歩き出す。

坂口、気の毒げに見送る。が、ふと気付くと慌てて追って行き、「もし、洋服を……」と言い、服をぬぎ換える。

で、両人、腐りつつ、服を着換え出す。

（F・O）

16　（F・I）校内　廊下の貼出し

第○回卒業者氏名
　何某
　何某……
それを眺める学生など。

17　学校附近の道

加藤と坂口、両人ひどく悄気ている。
加藤は口をきく元気もない。
両人、肩をならべとぼとぼと歩む。
坂口、加藤の肩をたたいて、
「ね、元気を出しなさいよ」
Ⓣ〃その代り新学期には
　素晴らしい制服を
　作ってあげますよ〃
と、しきりに慰める。加藤、依然としてくさっている。
（ダブル）

18　牛肉屋の一室

牛なべをはさんで加藤と坂口が一ぱいやっている。坂口、相手を慰めながら、しきりに自分だけで飲む。悄然たる加藤を見ると杯をさして、
Ⓣ〃あんた松竹の「落第はしたけれど」と言う活動写真見ましたか？〃

加藤、頷く。坂口、
Ⓣ〃それじゃくよくよするとこ
ないじゃありませんか〃
と言う。
加藤、いよいよめいる。
坂口、慰めておいて便所へ立つ。

19 廊下（その室の前）

相当酔ったクラスメートが二三名、ソーローと通りかかる。ふと室内の加藤を見つけ「やあ」と入る。

20 室内

加藤、ハッとなるが、すぐ気まり悪げに下を向く。

学生達、「まあ、こっちへ来いよ」と、いやがる加藤を無理に連れ出す。

21 大広間

吉田や卒業生一同が、卒業祝いの最中である。
其処へ加藤が引っぱられて来る。
一同、見迎え、「よう」と声をかける。
吉田をはじめ傍へ来て、盃をさしたり、元気をつけたりする者など。
と、後から、ひょっこり坂口が入って来る。ハッとなり逃げ腰になる者もある。
坂口、機嫌よく、一同に向い、「やあ、お揃いですか」と改まり、
Ⓣ〃皆さん、此の度《た》びは
御卒業で御めでとうございます〃
加藤、恨めし相に坂口を見る。
坂口、皆に、
Ⓣ〃私にも、祝わせて
頂きましょう〃
と言って、銚子を持って廻る。
吉田、逃げ様としていたが、坂口の機嫌がいいので、加藤の傍に居付いたまま、しきりに慰める。
坂口、吉田の処へ来て、先ず盃をさす。
吉田、気持悪そうに受けるが、加藤にわざわざ、
Ⓣ〃お前が落第しようとは
夢にも思わなかったよ〃
と言い、坂口を見る。傍の者、
Ⓣ〃悪い事は出来ないもの
だなあ〃
と言う。
坂口、ギョッとして、小さくなる。

22 階段

加藤、来て泣く。
坂口、之を慰める。が、ふと見ると、吉田が、帰りかけている。
坂口、見付け、もしもしと吉田を引戻す。
吉田、腐りつつ、又席につかされる。
照れかくしに坂口に盃を差出し、
Ⓣ〃おやじとも、いよいよ
お別れだな〃
と言う。
坂口「ええ」と頷く。
が、ハッと気付いて、
Ⓣ〃あなたとは、まだまだ
別れられませんよ〃
と言う。
吉田、苦笑する。
騒ぐ一同、坂口に盃をすすめる者等。　（ダブル）

23 喫茶店

まさ子が、しょんぼり雑誌を見ている。

加藤、悄然と入って来る。

まさ子、嬉しげに迎える。

加藤、無言のまま片隅のテーブルに就き、まさ子をちらと見るが、すぐ視線をそらして煙草を取出す。

まさ子、それを見てマッチをする。

「ね、どうなすったの？」

加藤、一寸口ごもるが、力なく、

Ⓣ〃まさちゃんは、俺が落第したんで
軽蔑してるだろうね〃

と言う。

まさ子、笑って「いいえ、そんな事

「……」と打消す。
Ⓣ〝私あの洋服屋を
　軽蔑してやるわ〟
加藤、やや気をよくする。
ふと向き直ると、
Ⓣ〝だけど、考えて見れば
　落ちたお蔭で、もう一年
　君と毎日逢えるんだからなあ〟
と言って微笑む。
まさ子も「そうね」と共に笑う。

24

肉屋の広間

バッと室一杯散らかっている洋服の見本。その中で吉田、坂口をはじめ、一同、モロに酔って騒いでいる。宴果てた感じ。
吉田と坂口、肩を組んで、ひどく仲が良くなっている。
見本を見ていた一人、
Ⓣ〝新調してもいいけど相変らず
　勘定がうるさいんだろうな〟
坂口、元気よく、酔ったまぎれに、
Ⓣ〝勘定なんか、何時だって構わないよ〟
で、見本を見ていた連中、「本当か本当か!?」とたかって来て、「之がいい」「俺は之だ!」等とてんでに頼む。
坂口、大きく引受ける。
吉田、
Ⓣ〝俺にも背広を作れよ〟
と言う。
坂口、頷く。が相手をよく見定めると、
急に思い出して、
Ⓣ〝あんたは
　駄目駄目!!〟
吉田「チェッ!」とくさる。軽く突飛ばす様にする。
と、其処へ、女中が勘定書を持って来て、幹事らしい学生に渡す。
幹事、二三集って何事か打合せ、坂口の処へ来る。
Ⓣ〝おやじ、頼むよ〟
坂口「何ッ!」と勘定書を取上げ、景気よく支払う。
一同ほめる。そして出て行く。
坂口、いい気持になる。が、ふと財布を振って見て、からっぽなので、ハッとなる。
(F・O)

25

(F・I) 街 (相当遅くなっている)

吉田と坂口、酔っぱらって仲よく肩を組み歩んで来る。
坂口、酔ってはいるが、ひょいと吉田の顔を見ると、思い出した様に「ねえ、ねえ、之を頼みますよ、ねえ」と例の如く請求書を出す。
吉田、相手にせず、
Ⓣ〝俺ばかり目の敵にしてたんじゃ
　商売にならないぞ〟
と言う。
坂口、
Ⓣ〝こうなりゃ
　商売を離れて
　意地だね〟
と言う。
吉田、流石に呆れ、一層くさる。

26

洋服屋のショー・ウインド

両人、やって来る。
吉田、ふと飾ってあるニュースタイルの背広に目をつけ、つかつかとウインドに寄り感心した様に見る。
坂口も来るが、すぐ「行きましょう」と引っぱる。
吉田、動かず、尚も見守り、しきりに感心する。「いい仕立だなあ」
坂口、やっきになって「およしなさい!」と引っぱり、
Ⓣ〝こんなの洋服じゃないよ〟
吉田、相手の剣幕に「あれ」と見るが、わざと軽蔑した様に、
Ⓣ〝大きく出たって
　おやじには作れまい〟
坂口、むきになって、
Ⓣ〝駈出しの商学士に

洋服の事が分ってたまるかい！〃
と突掛る。「こんな洋服駄目だ」と言い、自分の鞄をたたく。
吉田、ちらと見てじらす様に、
Ⓣ〃兎に角俺は、
此の洋服屋気に入ったよ〃
と言う。
坂口、むきになって止める。
両人、しきりにもめる。
ショー・ウインドのカーテンがするすると降ろされる。　（F・O）

27

（F・I）前景のショー・ウインド

朝である。カーテンがするするとあがり、例の洋服が現われる。
とその前を坂口が、洋服の箱を抱えて通りかかり、例の洋服と自分の抱えている箱とを見比べ、得意然として去って行く。

28

アパート　吉田の部屋

吉田、まだ寝たまま煙草などふかしている。とノックの音がして、坂口が得意相に入って来る。
吉田、一寸くさるが坂口の抱えた箱を見て、
おや！　と驚いた様に微笑する。
坂口近づいて、箱を叩きながら、
Ⓣ〃一と晩仕事だが、そこらの洋服屋の
服とは出来が異《ちが》いますよ〃
と自慢する。
吉田「そいつは有難い」と早速箱の方へ手を出そうとする。
坂口、急いで洋服を仕舞いかける。
吉田、
Ⓣ〃着て見なけりゃ分らないじゃないか〃
と言う。坂口、相手にしない。
吉田、改まって坂口に向い、
Ⓣ〃卒業しても就職しなければ
サラリーが取れんだろう〃
と言う。
坂口、きょとんとして吉田を見る。
吉田つづけて言う。
Ⓣ〃サラリーが取れなきゃ
おやじの方　の勘定も
払えないだろう〃
坂口「御尤《ごもっとも》」とうなずく。
吉田、更にかぶせて言う。
Ⓣ〃だから今日はこの服を着て就職
に出かけるんだ〃
坂口、呆れる。
吉田、得意相に坂口の肩を叩き、
Ⓣ〃この位の事は三段論法も
初歩の部だぜ〃
と言い、早速ズボンをはき初《はじ》める。
坂口、煙にまかれてポカンと見守る。
吉田、不図気附いた様に又坂口の方を振り向き、
Ⓣ〃洋服を着るにはワイシャツが
必要だろう？〃
と言い、重ねて、
Ⓣ〃然るに俺はまだ
ワイシャツがないだろう？〃
と言う。
坂口、くさって、
Ⓣ〃知ってますよ、
三段論法の初歩位《くら》い！〃
と言い、渋々ネクタイをはずしワイシャツを脱いで渡す。
吉田、「すまん」と言いながら受取って身支度を始め、坂口にはドテラを出してやる。
坂口、ドテラを嗅いで見て、素気なくベッドの上に置く。
吉田、身支度を終り、「じゃ一寸行ってくるよ」と言い出かけようとする。
坂口、それを呼びとめ、
Ⓣ〃不景気で人間が多過ぎるんだから
確《しっ》かりして貰わないと困りますよ〃
と注意する。
吉田、O・Kと胸を叩き出て行く。
坂口、それを見送り、がっかりした様に傍の椅子に腰を下ろし、見るともなく机

の上を見る。
机の上に、丸めた紙屑がごまんと転《ころが》っている。
坂口、無意識にその一つを取り上げ開いて見る。
それは洋服の請求書である。
坂口、くさって又一つ取り上げて開いて見る。と、それも同じ請求書である。
坂口、溜息をつく。　（F・O）

29　（F・I）或るビルディングの前

吉田が新しい洋服を着て、さっそうとして歩いて来る。そしてポケットの紹介状を出して見たりして、そのままビルディングの中へ入って行く。
と中から美代子が出て来て、二人ぱったり顔を合せ、思わず会釈を交わす。
美代子、ひどく立派そうになった吉田を眩し相に見上げ、「どちらへ」と声をかける。
吉田、得意然となって紹介状を出して見せる。
Ⓣ〃此の会社、どちらでしょう?〃
美代子、それを見て一寸淋しそうにして、
Ⓣ〃たった今まで私もそこに勤めて
　居ましたのよ〃
と言う。
吉田、不審相に美代子を見て、「で、どうしたんです」と訊ねる。
美代子、淋しく笑って、
Ⓣ〃人間が多すぎるんですって……〃
と言い、そのまま「御免んなさい」をして帰って行く。
吉田、呆気にとられたように美代子を見送る。が直ぐ何か思いついた様に決然として美代子の後を追う。

30　ビルディングの前附近

美代子、しょんぼり帰って行く。
と吉田、それを追って来て美代子と並ぶ。
美代子、驚く。
吉田、美代子を見て、
Ⓣ〃僕もあの会社に入ってやるの
　よしましたよ〃
と言う。
美代子、いよいよ驚いて吉田を見上げる。
吉田、平然として「そこらまで一緒に行きましょう」と言う。
で二人、ぶらぶらと歩き出す。
——Wる——

31　パーラー内

一隅のテーブルで吉田と美代子が相当睦まじ相な感じで話しながら、飲み物等飲んでいる。
吉田、何となく背広を見せびらかす様に鏡にうつして見たりする。
美代子、可笑しそうに見て、
Ⓣ〃とてもよくお似合いですわ〃
とほめる。
吉田、うれしくなりながら、
Ⓣ〃仕立がひどく下手なもんです
　からね……〃
と言い、服の裏等を見せるともなく見せる。
美代子、服裏のネームに気付き「まあ」と意外そうに吉田を見て言う。
Ⓣ〃あなたが○○大学の吉田さん
　でしたの〃
吉田、嬉し相に「ええ」とうなずく。
美代子、何となく心安くなった調子で、
Ⓣ〃学校時代からのお噂は兄から
　よく承って居りますわ〃
と言う。
吉田、はあと意外相に美代子を見て、
Ⓣ〃兄さんも矢張りラグビーの方
　おやりですか〃
と訊ねる。
美代子、笑って否定する。
吉田、尚も訊ねようとして、不図入口の方を見る。

と、入口から加藤とまさ子が連れ立って入って来る。
吉田、いきなり「おい！」と加藤に声をかける。
吉田、美代子に加藤を紹介して、
Ⓣ〝僕の友達の加藤です〟
と言う。
美代子、「まあ」と会釈して、
Ⓣ〝お噂はかねがね兄から
承って居りますわ〟
と言う。
加藤、「えっ！」と驚いて美代子を見、急に気付いた様に、
Ⓣ〝面目次第もありません〟
と言い、くさりながら別のテーブルにかける。
まさ子も一緒にかける。
吉田、いよいよ不審相に美代子を見て小声で、
Ⓣ〝失礼ですがお兄さんは
何と仰有るんですか〟
と訊ねる。
美代子、じっといたずららしく吉田を見て、
Ⓣ〝私、申上げない方がいいと
思いますわ〟
と言って笑う。
吉田、怪しんで美代子を見るが、美代子は黙って笑っている。
吉田が加藤達の方を気にする様子で「出ましょうか」と美代子を促し立ち上る。
美代子も頷いて立ち上る。　（F・O）

32　（F・I）アパート（吉田の室）

坂口、ひどくうらぶれた感じで、吉田の帰りを待っている。

そろそろ暮れかけの薄寒い頃である。

坂口、吉田のドテラを引っかけ、火のない火鉢にかじりついている。

彼、くさりつつ電燈をともす。

シガレットケースを出す。が、既に空である。火鉢の中から、吸えそうな吸いさしを拾って選り分けたりする。

33　アパートの外

吉田、ひどくいい機嫌で帰って来る。

そのままアパート内へ。

34　室内

坂口、焦れった相に時計を見る。やがて、ハッと聴耳を立て、立上ってドアを開けて見る。

35　廊下

向うから上機嫌の吉田がやって来る。

坂口、そのノンシャランな様子に、ひどく腹を立てる。

「どうしたんです、今迄！」

吉田、にこにこして「やあ」と軽く会釈して室内に入る。

36　室内

吉田、相手の様子に腹を立て、
Ⓣ〝あんまり酷すぎるじゃありませんか
こんなに遅くまで！〟
と口をとがらす。
吉田、「そう怒るなよ」と落着き、オーバーを脱いで、バンと隅へ投げる。
坂口、慌てて拾い丁寧にチリを払ったりしながら、「どうしたんです本当に」と迫る様に訊く。
吉田、うるさ相に、
Ⓣ〝学校を出たばっかりじゃないか。
たまに、一日位
いい気持にさせろよ〟
と言う。坂口、「え?」と見る。すぐ気になる様に、
Ⓣ〝で、就職の方は……?〟
と訊ねる。
吉田、稍々《やや》ハッとするが、笑いながら、
Ⓣ〝世の中には
人間が多過ぎるんだよ〟
と言って、ごろんとあお向けにひっくり返る。

坂口、「え、では……」とせき込んで訊く。
吉田、「無いんだね」と天井を見ている。
坂口、「いかんいかん！」と手荒く吉田を引起し、身をゆすぶって叱る。
吉田、にやにや叱られている。火バシを坂口の顔の前に当てて相手の鼻の長さを測ったりする。
坂口、怒って火バシをもぎ取り、
Ⓣ〝あんたに委《まか》しといたんじゃ
何時までたっても
埒が明きません！〟
と怒る。そして、一寸考えたが、続けて、
Ⓣ〝幸い、重役達に、二三
お得意がありますから
私が頼んであげましょう〟
と言う。
吉田、「本当か」と稍々乗出す。
坂口、「ええ」と頷き、尚も相手に、たしなめる様に文句を言う。
吉田、次第に乗出し、「うん、うん」と頷きつつ拝聴する。　（F・O）

37

（F・I）岡崎商事会社の前
吉田が口笛等鳴らしながら朗らかな気持で待っている。

38

会社の社長室
坂口が巻尺で社長の服の寸法を計り、手帳に記入したりし、急に思いついた様に、
Ⓣ〝時に、優秀な商学士が居るんですが
使って頂けませんか〟
と言い、社長の顔色を窺う。
社長、うーむとうなずき考える。
坂口、
Ⓣ〝人物の点は私が保証します〟
と言う。社長、
Ⓣ〝しかし、君の保証は
洋服だって当てにならないからなあ〟
と言う。
坂口、頭を掻きながら、尚しきりに頼み込む。そして「兎に角会って見て下さい」と言い、いきなり窓際に走り寄り、下に向って怒鳴る。

39

会社の前
吉田、その声に応じて、急いで会社の中へ入って行く。

40

廊下（社長室の前）

坂口、待っている。

向うから吉田がきょろきょろしながらやって来る。

坂口、いきなり飛んで行き、吉田の耳元に口を寄せ、何事か囁き、吉田の身なりを調べてやる。

吉田のワイシャツの袖がひどく長い。

坂口、それを直してやり、社長室のドアーをあける。

41

社長室
社長、悠然としている。
坂口、吉田を導き入れ、「この男です」と得意相に社長に紹介し、
Ⓣ〝人物の点は絶対に私が
保証致します〟
と言う。
社長、じっと吉田を見る。
坂口も吉田を見る。
吉田、シャツの袖が出て来るので、しきりに気にする。
坂口もひやひやする。
社長、おもむろに坂口に向って、
Ⓣ〝いやに肩を持つ様だが、
大かた洋服の払いでもいいんだろう〟
と言う。
坂口、はっ！　となり、思わず吉田と顔見合せる。
吉田も坂口を見て一寸くさる。
坂口、へどもどして、
Ⓣ〝その点も今時の青年には
全く珍らしい方で……〟

と言い汗を拭く。
吉田も汗を拭こうとすると、袖がひどく出るので、慌ててそれをむしり取り、ハンカチの様にしてポケットに収める。
社長、苦笑しながら、
Ⓣ〃とに角、明日からでも働いて
見て貰う事にしよう！〃
と言う。
坂口、えっ！　とよろこんでペコペコお叩頭《じぎ》をし、吉田にもお叩頭をさせる。
社長、その様子を微笑しながら見守る。
坂口、不図思い出した様に社長の前に近寄って行き、
Ⓣ〃時にこちらの月給日は
何日でございましょうか〃
と訊く。
社長、一寸不審相にするが、
Ⓣ〃二十五日〃
と簡単に答える。
坂口、かしこまって、手帳を取り出し記入し始める。　（F・O）

42　（F・I）理髪店の赤白ネジネジの看板柱

Ⓣ〃で、最初の二十五日〃

43　理髪店の前

いいお天気である。

中から床屋で二枚目になった坂口が、サッソーと出て来る。

坂口、頭髪を気にしながら、気取った様子で帽子を冠ったり、身繕い等してから、さて、サッソーと歩き出す。

44　岡崎商事会社の事務室

社員達、事務を終った感じで、月給の出るのを待っている。

やがて、皆々「そら出た！」と緊張する。

別室から、会計係が、給料袋を沢山持って入って来る。そして、各自のテーブルにくばって廻る。

社員達、嬉し相に中味を調べポケットに納める。

吉田、ズボンで手をこすりこすり待っている。

係、遂に吉田の処へ来る。

吉田、思わず月給袋をおし頂いて、中味を引っぱり出し、一枚一枚調べている。

給仕が来る。吉田に「お電話です」と知らせる。

吉田、立上り電話口へ行く。

45　電話口

吉田、受話器をとる。相手は——

46　喫茶店の電話口

加藤が元気よく話している。
その傍に、まさ子も立っている。
加藤、
Ⓣ〃月給、出たか？〃
と言う。
吉田、ポケットをたたき乍ら、「出たとも」と返事をする。
加藤、
Ⓣ〃じゃ、何か奢れよ〃
と言う。
吉田頷く。「何がいい？」
加藤、まさ子と囁き合ってから、まさ子が代って出る。そして、
Ⓣ〃キネマと支那料理がいいわ〃
と言う。
吉田、「O・K」と言い、もっと何か言う。

47　会社の廊下

坂口がニコニコと笑って待ち構えている。そっと事務室の中を覗いたりする。
其処へ社長がやって来る。
坂口、慌ててペコペコし、世辞など言い、
Ⓣ〃あの男の成績は
どんなあんばいでございましょう〃
と訊く。

社長、ニコニコして、
Ⓣ〝君の作った
洋服よりは出来がいいよ〟
と言う。
坂口、一寸くさる。
社長、ゆうゆうと去って行く。
坂口、社長の方を見送っていたが、フト後を振り向き、ハッと緊張する。
社員達が帰り支度でゾロゾロ出て来る。
坂口、出入口に行って、吉田の出て来るのをコシタンタンと待つ。
吉田、それとも知らずいい気持で出て来る。
坂口、途端に吉田の腕をとらえ、有無を言わさず拉《らっ》し去る。

48　会社の表

坂口、吉田を引っぱって出て来て、いきなり元気よく、
Ⓣ〝いいお天気ですな〟
続けて、
Ⓣ〝月給はお貰いでしょうな〟
と言う。
吉田、「え!」と見るが、
Ⓣ〝それどころじゃない。
今日は大変なんだ!〟
坂口、「え?」と驚き訊く。
吉田、一寸まごつくが、とっさに、
Ⓣ〝加藤の奴が
急病なんだ〟
と、大げさに言い、さっさと去りかける。
坂口、追い縋り「本当ですか」と驚く。
吉田、「本当だとも!」と一層忙し相にする。
坂口、心配して、
Ⓣ〝じゃ、私もお見舞に
上りますよ〟
とくっついて来る。
吉田、腐って立止り、
Ⓣ〝それには及ばないよ〟
と止める。
坂口、恨めし相に、
Ⓣ〝私に義理を欠かせなくっても
いいでしょう〟
とついて来る。
吉田、くさり切ってのろのろと歩く。
坂口、それを急がす様に、引ずる様にして連れて行く。そして、通りすがりの円タクを止め、無理やり吉田を乗せ自分も乗る。
――Wる――

49　アパートの廊下（加藤の室の前）

吉田、くさり乍ら坂口とやって来る。そして坂口を一寸待たして、そっとドアーをあけ中を覗いて見る。

50　室内

誰も居ない。
吉田、弱る。
坂口、心配相に後から覗いて、
Ⓣ〝加藤さん居ないじゃありませんか〟
と言う。吉田、まごつく。
坂口、変な顔する。
吉田、向うを見て、あっ！　と言う。

51　階段の方

加藤がひどく朗かに口笛等吹き乍らやって来る。
坂口も加藤に気づき、意外相に眼を見張り、吉田を見る。
吉田、慌てて加藤の方へ駆けつけ、いきなり加藤の体を支える様にして、
Ⓣ〝ひでえピンチなんだ〟
と言う。
加藤、驚いて、えッ！　と不審相に見る。
とそこへ坂口も来て、「如何しました」と不審相に加藤を見る。
吉田、直ぐ誤魔化す様に、
Ⓣ〝絶対安静だと言うのに
乱暴じゃないか〟
と加藤の横腹をポンと突き、片手で拝み乍ら眼でしきりにサインを送る。
加藤、やっと気付いて、急に苦し相に芝

居をする。

吉田、心配相に加藤を抱えて部屋の方へ行く。

坂口も呆気にとられ乍ら、つづく。

52　加藤の部屋

吉田、加藤を抱えて来て、ベッドに寝かせる。そして額に触ったり、脈を見たり等して、「どうも良くない」と心配相に言う。

坂口、「困りましたなあ」とうろうろする。

吉田、坂口に言う。

Ⓣ〝可哀想に落第以来
　どうもいけないのだよ〟

坂口、困惑して小さくなる。

加藤、くさって吉田を睨んだりする。

吉田、わざと考え込んで、

Ⓣ〝入院させなきゃならないんだが
　看護婦を雇う金もないし……〟

と独言する。

坂口、吉田を見る。

吉田、つづけて、

Ⓣ〝幸い月給日で俺は
　金は持っては居るが……〟

坂口、眼を輝かす様にして吉田を見る。

吉田、かぶせる様に坂口に、

Ⓣ〝まさか呉れとは言うまいね〟

と言う。

坂口、恐縮して、仕方なくうなずく。

が、心配相に加藤の方を見て急に思いついた様に、

「実は」

Ⓣ〝私の妹が遊んでますから
　看護婦代りに来させましょう〟

とひどく乗気になって言う。

吉田と加藤、顔見合わせて苦い顔をする。

吉田、早速それを制し、

「それには及ばんよ」と引き止める。

坂口、聞き入れず出て行く。

吉田、ドアーのところまで行き、見送ってがっかりする。

坂口、電話のところへ行く。

53　室内

加藤、起き上って腹立たし相に、

Ⓣ〝まさちゃんを
　待たしてあるんだぜ〟

と腕時計を見乍ら言う。

吉田、加藤を拝んで「とに角頼むよ」と又寝かせ、自分はずらかろうとする。

加藤、憤慨してとび起き、吉田を捉えて、

Ⓣ〝考えても見ろよ。
　あんな奴の妹なんかに
　来られてたまるもんか〟

と苦い顔をする。

で両人、一寸もめる。

吉田、はっと聞き耳を立て、慌てて加藤を又ベッドの中へ押し込む。

坂口が入って来る。そしてニコニコし乍ら、「直ぐ来るそうです」と言う。

吉田、加藤、共にくさる。

54　街角

まさ子が待っている。苛々し乍ら時計を見たり、向うの方を見たり等している。

55　加藤の室

坂口が、チョッキ姿で手拭を絞っているが、フト、思い出した様に、

Ⓣ〝今日は月給日でしたね〟

と、吉田の方を見て言う。

吉田、一寸ぎょっとする感じでうなずく。

坂口、つづけて、恐縮し乍ら、

Ⓣ〝実はまだ二三軒廻りたい
　処があるんですがね〟

と言う。

吉田、よろこんで快諾し、立ち上って上衣を着せてやったり、鞄を持ってやったりする。

坂口、聞き耳を立て、「来たらしいです」

と、急いでドアーの方へ行き少しあけて見て、

Ⓣ〝丁度いいとこへやって来ました〟

と言う。

吉田と加藤くさる。

が、両人の顔、忽ち驚きに変る。

入って来たのは美代子である。

坂口、美代子を紹介し、早速美代子に手伝いの事など指図して、丁寧に会釈して帰って行く。

吉田、呆気にとられていたが、急に気づいた様に美代子と顔見合わせ、意外相にする。

Ⓣ〝あれがあなたのお兄さんですか〟

と訊く。

美代子、笑って頷き、

Ⓣ〝姉のつれ合いです〟

と言う。

吉田、成る程と感心して、

「そうでしょう」

Ⓣ〝それはそうでしょう〟

と言う。

美代子、

Ⓣ〝先日は失礼いたしました〟

と言い、もじもじしている。

加藤、起き上って、つまらな相に両人を見、大きく溜息をする。

吉田、突然何か思いついた様に、いきなり部屋をとび出して行く。

加藤と美代子、呆れて見送る。

56　アパートの附近の道

坂口、急ぎ足で歩いて来る。

と誰かに呼ばれたらしく立ち返って後ろを見る。

吉田が追って来てひどくニコニコし乍ら、お世辞を使う様に鞄を持ってやる。

坂口、呆れて見る。

吉田、歩き乍ら、

Ⓣ〝春で朧《おぼろ》だね〟

といきなり言う。

坂口、面喰う。

吉田、又つづけて、

Ⓣ〝坊主憎くけりゃ袈裟まで憎いと
　言うのは、ありゃ嘘だね〟

と言う。

坂口、いよいよ呆れて、キョトンとする。

吉田、坂口の肩を叩いて、

Ⓣ〝君の妹、好きになっちゃった〟

つづけて、

Ⓣ〝全く気に入っちゃったね〟

と重ねる。

坂口、とび上って鞄を引ったくり、

Ⓣ〝とんでもない話だ！
　冗談じゃありませんよ〟

と睨みつける。

吉田、一寸たじろぐが、又ニヤニヤと、

「いや全くだよ」等と口説き出す。

坂口、断然突っ離して、

Ⓣ〝妹の婿にはもう少し金払いのいい
　男を探しますよ〟

と言い残して、どんどん行ってしまう。

吉田、「チェッ」とくさって見送るが、自信あり気に微笑して、又引っ返して行く。

57　アパートの廊下（加藤の部屋の前）

吉田、のろのろと帰って来て、フト顔を上げて、おやっ！　と思う。

ドアーの前に美代子がもじもじ乍ら立っている。

吉田、不審相に近づき訊ねる。

美代子、一層もじもじしている。

吉田、そっとドアーを細目にあけて中を見る。

58　室内（見た眼で）

加藤とまさ子がベッドに腰をかけ肩を並べて喋々喃々と何事か頻りに話し合っている。

加藤、まさ子の機嫌を取る様に、菓子等喰べさせたり等する。

吉田、そっとドアーを閉め、美代子に向

い、

Ⓣ〝めでたき風景ですな〟

と言う。

美代子も媚をこめて笑う。

吉田、「行きましょう」と自分の部屋の方へ歩き出す。

美代子もつづく。

59　吉田の部屋

両人、入って来る。

吉田、加藤の如くベッドに腰かけ、「おかけなさい」と言う。

美代子、きまり悪る相に立っている。紛らす様に窓際に行き、窓外の景色を見る。

吉田もその横に並び、そっと美代子を見る。

美代子の美しい横顔。

吉田、ロマンチックになって、

Ⓣ〝春で朧ですなあ〟

と囁く。

美代子、フト吉田を見るが、又微笑みつつずっと前方を見つめる。

吉田も同じ様に前方を見る。二人の頬はいつか触れ相になる。

Ⓣ〝私が兄の名を申し上げなかったわけ、
　お分かりになって？〟

と言う。

吉田、そっと美代子の肩に手をかけ言う。

Ⓣ〝恋愛は金銭を超越するですなあ〟

美代子、微笑む。両人の甘いシーン。

（F・O）

Ⓣ〝まことに恋愛は金銭を
　超越するものである〟

60　（F・I）社長室

社長のテーブルの前で坂口がしきりにペコペコしている。

社長、厳かに、

Ⓣ〝とに角君の妹さんだって
　不服のない相手だと思うんだがね〟

と言う。

坂口、ひどく恐縮して、

Ⓣ〝社長さんのお目がねに叶った方なら
　これに越した良縁はございません〟

と言う。

社長、満足そうに頷いて、

「では承知してくれるかね」と念を押す。

坂口、はっ！　とうなずく。

社長、うなずき、

Ⓣ〝では早速紹介しよう〟

と言い、給仕を呼ぶ。

給仕、入って来る。

社長、それに小声で命じる。

給仕、去る。

坂口、満足そうに、

Ⓣ〝お蔭様で、私もこれで
　やっと安心出来ました〟

社長、大きく頷いて、

Ⓣ〝人物はわしが保証するよ〟

坂口、感謝する。

と、給仕がドアーをあける。

坂口、緊張して立ち上る。

吉田が悠然と入って来て、社長と坂口に会釈する。

坂口、不審相に吉田を見守る。

社長、坂口に、

「この男だよ」と言う。

坂口、えッ！　となり、再び吉田を見る。

吉田、再び丁寧に会釈する。

坂口、すっかりくさって、「この男ではどうも……」と渋面を作って頭を掻く。

社長、それを厳かに見て、かぶせる様に、

Ⓣ〝しかしこの人物なら誰よりも君が
　一番保証してる訳じゃないか〟

坂口、返す言葉もなく泣き出し相になって、そこへ腰を下ろす。

社長、立ち上って苦笑し、

Ⓣ〝とにかく二人で
　ゆっくり相談したまえ〟

と言い残し、出て行く。

坂口、恨めし相に見送る。
吉田、つかつかと坂口の傍へ歩みより、「悪く思うなよ」と言い乍ら手を差出し握手を求める。
坂口、くさって、「いやですよ」と吉田の手を払いのける。
吉田、坂口を慰めるように肩を叩き、
Ⓣ〃縁は異なものって言うが
　ありゃ本当だね〃
坂口、恨めし相に吉田を見上げる。
吉田、「まあくさるなよ」と坂口を無理に立たせる。

61

会社の前

吉田、ひどくいい気持になって、坂口の肩に手をかけ、肩を並べて出て来る。

坂口、腐り切っている。「チェッ！　こんな奴が俺の弟か！」と苦り切って、吉田を盗み見るが、すぐ力なく地面へ目を落す。

吉田、朗かになって、「そう腐るなよ」と慰め、つっぱらかっている坂口を無理に歩かせる。

62

その附近

吉田と坂口、やって来る。
坂口、稍々観念した様に吉田を見る。
そしてふと立止ると、気を変えた様に、又も例の如く請求書を出して、
Ⓣ〃妹は妹として、せめて
　勘定だけは片付けて下さいよ〃
と言う。
吉田、「おい又か！」と呆れる。そして請求書と坂口の顔とを見較べていたが、いきなり真顔になって、
Ⓣ〃お前の妹は俺の細君だろう？〃
続けて、
Ⓣ〃だから俺とお前は身内だろう？〃
と言い、今度は笑って、「だから……」と請求書を丸めて、ポイと捨てる。
そしてすたすたと歩き出す。
坂口、慌ててそれを拾い皺をのばしつつ追いすがり、
Ⓣ〃駄目ですよ、
　そんな三段論法は〃
としきりに言う。
吉田、歩き乍らフト向うを見て、嬉し相に手を上げる。

63

向うの街角

美代子が待っている。
同じ様に手を上げる。
吉田、坂口に、
Ⓣ〃悪く思うなよ〃
と言い残し、彼女の方へ走り去る。
坂口、流石に呆然となり諦めた様に見送る。
美代子と吉田、嬉し相に坂口の方へ向って会釈し、喃々と語らいつつ歩み行く。
坂口、ほっと溜息をもらし、ふと視線をそらす。
と、急に彼の顔が溌溂と輝く。

64

その附近

貸しのある○○大学の学生が三四名歩いている。

坂口、急いでとんで来ると彼等に請求書をつきつけ乍ら、「もしもし頼みます」とつきまとい乍ら歩いて行く。

Ⓣ格言　〃春は御婦人から
　借金は先ず後廻し〃
　　　アダム・スミス
（F・I――F・O）
――完――
（昭和六年十二月二日）

追加
凡そ人生のことは絵空ごととは違うんだぞ。
俺は故郷のお袋が可愛想になってきた。

生れてはみたけれど——大人の見る絵本

脚色　伏見　晁

原作……………ゼェームス・槙
脚色……………伏見　晁
潤色……………燻屋鯨兵衛
監督……………小津安二郎
撮影……………茂原　英朗
編輯……………原　研吉
助監督…………清輔　彰
　　　　　　　　厚田　雄春
撮影助手………入江　政男

父親　吉井健之介……………斎藤　達雄
母親　英子……………吉川　満子
長男　良一……………菅原　秀雄
次男　啓二……………突貫　小僧
重役　岩崎壮平……………阪本　武
その夫人……………早見　照代
その坊ちゃん　太郎……………加藤　清一
酒屋の小僧　新公……………小藤田正一
悪童　亀吉……………飯島善太郎
伊藤先生……………西村　青児
　　　　　　　　　　あんど　あざあず

一九三二年（昭和七年）
松竹蒲田
脚本、ネガ、プリント現存
S9巻、2507m（九一分）
白黒・無声
六月三日　帝国館公開

1

郊外の道

左の後輪をぬかるみに落したトラック
――タイヤが空廻りしている。

運転手、窓から首を出し、何とか脱出しようと、懸命にエンジンをふかす。

助手席に乗っていた父親（吉井健之介）、腐った顔で降り、トラックの前に廻ってみる。

荷台の上から心配そうに眺めている長男（良一）と次男（啓二）。

見守っている吉井。

相変わらず空転するタイヤ。

運転手は、ムキになってエンジンをふかす。ついにエンストする。

渋い顔の吉井、子供達に、「降りて、押すんだ！」と声を掛ける。

顔を見合わせる良一と啓二。

吉井「早く降りなさい」

二人、荷台から降り、トラックを押すがビクともしない。

吉井「オイ、それでも押してるのか」とハッパを掛ける。二人、ふくれる。

吉井、エンストを起したトラックにクランクを差し込んで廻そうとする。

良一と啓二、もう手を休め、おしゃべりしている。

吉井「こらッ、サボっちゃダメだ！」と恐い顔をする。

啓二、思わず逃げ腰になる。

吉井、クランクを廻し、エンジンのかかったのを確めて、運転手を見上げる。

運転手「どうも」と帽子に手をやり、後方のタイヤを見る。

空転するタイヤ、やっとの思いでぬかるみを脱する。

良一、啓二、ポケットに手を突っ込み、つまらなさそうな顔。

吉井、運転手に引越し先の場所を告げ、「オーイ！」と子供達を呼ぶ。

駈け寄って来る良一と啓二。

吉井、背広の上着を着ながら、

Ⓣ〝お父さんは、岩崎さんの所へ
　寄って行くから、先に行って
　お母ちゃんに、そう言って
　おいておくれ〟

良一、啓二、頷く。

吉井「いいな」と、念を押し、二人の頭をなでる。

二人「うん」と元気よく、トラックの荷台に飛び乗る。トラック、走り出す。

啓二、荷台の上から、帽子に手をやり、父親に頭を下げる。やけに電柱ばかりが目立つ新興の郊外の道をトラック遠ざかる。

吉井、微苦笑で見送る。

2

吉井の新宅　表

引越しの荷物等が雑然と置かれてある。

トラックがやって来て止まり、助手席から良一が降りて来て、「ただいま！」と声を掛ける。

啓二も降りて来る。

3

家の中

手伝いに来ている会社の同僚達が顔を出し「やァ」と挨拶する。

良一「お母さんは？」と訊ねる。

同僚二人、奥の間を見やり、「奥さん、トラックが着きましたよ」と声を掛ける。

吉井の妻（英子）、片付けの手を止め、振り返る。「アラ、そう――」と、立ち上がる。

良一達、部屋に上がって来る。英子、夫が居ないので不審そうに訊ねる。

良一「岩崎さんの所へ寄って行くって――」と、報告する。

4

家の表

同僚の一人（久保田）、これを聞くと、

相棒の横山に、
Ⓣ〝吉井さんは、専務の所へ
　御挨拶に、廻ったんだってさ〟
と、さも軽蔑したように、ニヤニヤ笑いながら、言う。
横山、納得顔で、
Ⓣ〝その位の、心掛けがなきゃ
　課長には、なれないよ
　君なんか大いに、学ぶんだね〟
久保田、奥を気にして、「シッ、奥さんに聞えるよ」と、横山を制し、慌ててトラックの荷台から荷物を降ろし始める。
そこへ酒屋の御用聞き（新公）が、自転車で通りかかり、久保田達に帽子を取り挨拶する。
新公、シメシメという感じで、自転車を止め、勝手口へ行く。

5　勝手口

新公、やって来て、愛想よく「コンチワ」と声を掛ける。

啓二がのっそりと出て来る。

新公、とたんに無愛想の顔で、顎で奥をしゃくり、

Ⓣ〝うちの人を、呼んで来い〟

啓二、奥を見やり、新公に向って、「フン！」と馬鹿にした顔をする。

新公、ムッとしてコブシを振り上げようとするが、途端に慌てて愛想笑いで帽子を取り、頭を垂《さ》げる。

啓二の後に英子が立っている。

新公、英子に、

Ⓣ〝酒屋で、ございます
　どうぞ一つ、御ひいきに……〟

英子、面倒臭そうに、

Ⓣ〝持って来たのが
　まだあるから、いいわ〟

と、奥へ消える。啓二もつづいて、新公に向って、「フン、ざまァみろ！」と、奥へ行く。

新公、ガックリ来て、不貞腐れる。

啓二、再び顔を出し、新公を窺う。

新公「オイ！」と睨みつける。

啓二、また「ベエー」と馬鹿にした顔をする。

新公「コノッ」と、コブシを上げるが、ふとポケットから大きな『智恵の輪』を取り出し啓二に見せびらかし、「こっちへ来いよ」と、手招きする。

啓二、それにつられて、勝手口へ降り、新公の傍へ行く。欲しそうに手を出すが新公、もったいぶって、仲々渡さない。

「欲しけりゃお辞儀しろよ」と、啓二に頭を垂げさせるが、啓二がお辞儀した途端にコツンと啓二の頭を叩く。泣きだす啓二。新公、慌てて『智恵の輪』を渡し、逃げ帰る。

6　岩崎家　庭

ニッカボッカにハンティングといういで立ちの専務（岩崎壮平）、ラケットを持ったまま、一休みしている。

吉井、帽子を取り挨拶する。上着のポケットから、まっさらの表札を取り出し、「実は、表札を、是非専務に書いて頂こうと思いまして」とお願いする。

岩崎「いやぁ、私がかい？」などと、いい気持。

そこへ岩崎夫人が、小間使いに紅茶など運ばせてやって来る。

吉井、挨拶をする。

夫人「お引越しだそうで、お忙しゅうございましょう」

「ハァ」と吉井。

夫人、饒舌に、

Ⓣ〝書生が遊んで居りますから
　どうぞ御遠慮なく
　お使いになって……〟

テニスに興じている書生達、吉井に挨拶する。

吉井も頭を垂げて応える。

岩崎専務の坊ちゃん（太郎）、表の声に顔を上げる。

テニスコートの金網に顔をくっつけ、近

所の子供等が呼んでいる。
太郎「よし」とばかりに駈けて行き、子供等と合流、一斉に原っぱへ駈け去って行く。
岩崎、子供に目がないらしく、
Ⓣ〝どうも腕白で困るよ〟
吉井、お愛想笑いで、
Ⓣ〝男の子は腕白な位でないといけませんよ〟
と、お世辞を言う。

7 **道**

太郎を中にして歩く四、五人の子供。その中の一人、鉄坊が言う。

Ⓣ〝とても変な奴が来たんだよ〟

太郎「そうかい」と足を速める。

8 **吉井の家の附近の原っぱ**

太郎、亀吉、鉄坊などの連中、やって来る。

鉄坊、一方を指して、「あいつだよ」と言う。

皆、見る。

啓二が、パンをくわえて、新公に貰った『智恵の輪』で遊んでいる。

太郎、近付いて「オイ」と言う。

啓二、顔を上げる。

太郎、啓二の顔を見て笑いながら、

Ⓣ〝黴菌みたいな顔してやがらあ〟

皆、ドッとうける。

啓二、怒る。

亀吉、啓二の持っている『智恵の輪』に目をつけ、「何だ、それ、一寸見せろ」と、取り上げる。

啓二、取り戻そうとする。

亀吉、突きのける。

啓二、怒って亀吉に抗って行く。

が、やられてしまい、くわえたパンをポロリと落し、泣きだしてしまう。

子供等の中の一番チビが、パンを拾って食べようとするが、隣の子供に取り上げられて泣きだす。

その背中に、「オナカヲ下シテイマスカラ、ナニモヤラナイデ下サイ」と書かれたプラカードがブラ下がっている。

啓二、泣きじゃくりながら帰って行く。

太郎達「ヤーイ」とはやす。

9 **吉井の家**

良一、忙しいので邪魔もの扱いをされて、パンをくわえ、ケン玉で遊んでいる。

啓二、泣いて帰って来る。

良一「どうした、どうした」と聞く。

啓二「いじめられた」と訴える。

良一、兄らしく「ヨシ、兄ちゃんがやっつけてやる」と、出かけて行く。

10 **原っぱ**

太郎達、相撲を取ったりして遊んでいる。

良一、啓二と一緒にやって来る。

啓二「あいつ等だよ」と指さす。

太郎、亀吉、鉄坊、その他が近付いて来る。

良一、相手が多勢なのでまごつくが、弟の手前、虚勢を張り、一番手近のチビの頭を小突いてから、

Ⓣ〝俺の弟を泣かせたのは誰だ〟

と、太郎や鉄坊を睨む。啓二も良一の後で下駄を脱ぎ両手に持って身構える。

亀吉「俺だい！」と、出て来る。

良一、相手が大きくて強そうなので、ちょっと逡巡する。

亀吉、良一の頭を指先で小突いて、

Ⓣ〝お前、何処から来たんだ〟

良一、仕方なく、

Ⓣ〝麻布からだい〟

亀吉「フン」と嘲笑って、良一の帽子のツバを引っ張り、「エイッ」と、気合を掛ける。

良一、何だか、サッパリ判らず、突っ立っている。

亀吉「エイと言ったら転ぶんだ、見て

ろ」と、横にいる鉄坊に「エイッ」とやる。

鉄坊、コロリと転がる。

亀吉、十字を切って、「ハッ」と手を拡げると、鉄坊、ムックリと起き上がる。

亀吉「判ったか」と言って、再び良一に「エイッ」とやる。

良一、転ばない。

亀吉、無理に良一を転がらせようとする。喧嘩になる。

良一、ガムシャラに、亀吉に向う。

不意をつかれて亀吉、二つ三つ殴られたが、憤然として、良一を捩じ伏せ殴りつける。

兄弟とも、泣かされてしまう。

啓二、ふっと一方を見る。

父親が帰って来る。

啓二、泣きながら、「お父ちゃん！」と、救いを求める。

子供等、慌てて逃げ腰になり、亀吉、兄弟に向って、

Ⓣ〃学校に来てみろ
　非道い目に合わせてやるから〃

と、駆け出して行く。

吉井、来て、啓二に、

Ⓣ〃何？　喧嘩した？〃

と、良一を見て、

Ⓣ〃引越して来たら、近所の子と
　仲よくしなきゃいかんじゃないか〃

と、叱り、二人を泣き止ませる。

良一、口惜しそうに、彼方へ駈けて行く子供達を見送る。

吉井、二人を促して家の方へ歩き出す。

（F・O）

11 （F・I）吉井の家　茶の間

良一と啓二が、朝飯を食べている。

行儀が悪いので母親に叱られたりする。

12 隣室

吉井が出勤の支度をしている。

ネクタイを結びながら、子供等の方を見て、

Ⓣ〃学校は面白いかい〃

啓二、

Ⓣ〃学校に行くのも面白いし
　帰って来るのも面白いけど……〃

良一と啓二、一寸顔を見合わせて、

Ⓣ〃その間があんまり面白くない〃

吉井、上着を英子に着せかけられながら、苦笑する。

13 表の垣根

登校の支度をした小さな子が誘いに来て、

Ⓣ〃学校へ行きませんか〃

14 家の中

英子、窓からそれに答え、良一達をせき立てる。

が、良一と啓二は愚図愚図している。

吉井も一緒にせき立てる。

15 表

物かげに亀吉が待っている。そこへ良一達を誘った小さいのが、「今来るよ」と囁く。

亀吉、頷く。

16 吉井の家

父親と母親にせき立てられて登校の仕度をしている良一と啓二。

17 玄関

良一と啓二、英子から受け取った弁当箱を器用に頭の上に乗せ、靴をはく。

18 表

啓二、頭に弁当を乗せたまま出て来る。

が、一方を見てハッと立ちすくむ。

亀吉が睨んで待ち構えている。

啓二、そのままクルリと一回転すると、玄関の中に入ってしまう。

19
玄関
啓二、良一の傍へ寄って来て、父母に気付かれない様に、「あいつが待ってるよ」と亀吉の特徴を示して囁く。
良一、又、愚図愚図し始める。
吉井、支度を終って、「お父ちゃんも其処まで一緒に行くから」と、上り框を降りる良一と啓二、やむなく渋々と出かける。
英子、思いつき、「今日は、お習字があるんでしょう」と、墨汁、紙筒などを渡す。
良一、受け取る。
吉井、見て、
Ⓣ〝今度の学校じゃ
　甲を取らなきゃいけないよ〟
良一、仕方なく頷く。

20
表
亀吉等、良一の家の方を見て、「オヤ?」となる。
良一と啓二、父親と一緒に、出て来る。
亀吉「これはいけない」と、先に立って学校の方へ駆け出す。

21
道
良一と啓二、父と共に歩く。
吉井、兄弟に話す。
Ⓣ〝お父ちゃんは習字だって算術だって
　みんな甲を取ったもんだ〟
兄弟「偉いね」と感心する。

22
曲り角
父親と子供は両方へ別れる。
良一と啓二、帽子を取り、「行って参りまァす」と元気を装い、学校の方へ歩き出す。
が、吉井の姿が見えなくなると、段々元気がなくなって、ブラリブラリと道草喰って歩く。

23
学校の近く
益々、ノロクサと歩いて来る兄弟。
もう始業の時刻らしく、二、三の小学生が二人の横を追い抜いて駈けて行く。

24
学校の正門
良一と啓二、やって来る。立ち止って、ソッと中を覗く。

25
門の中
亀吉が、突っ立っており、二人を見つけると、コブシを振り上げ睨みつける。

26
門の外
良一と啓二、お互いに顔を見合わす。
啓二、兄貴の気持を察する様に、
Ⓣ〝いやな奴だね〟
良一、頷く。そして這入って行くのを躊躇する。
やがて兄弟は無言のうちに校門から後退さり、学校をズラかることになる。
(O・L)

27
原っぱ
良一と啓二、ブラブラ歩いて来る。
兄弟、退屈そうに、弁当の匂いをかいだりしている。
啓二、兄の賛成を求めるように、
Ⓣ〝少し早いけど、弁当にしようか〟
良一「ウン」と頷く。
啓二、早速、弁当を取り出し、蓋をあけてみて、「兄ちゃん、美味そうだぜ」
良一、覗き込み、自分も早速、弁当を出して食べ始める。
啓二「アレッ」と、弁当の蓋を見廻し、振ってみて、
Ⓣ〝いけねえ、箸わすれてきちゃった〟
と、情けない顔になるが、ひょいと思い付き、筆箱から鉛筆を取り出し、逆にして箸代りとし、食べ始める。
良一、強引に啓二の弁当からお菜を取り上げようとする。啓二、防戦。
二人、争う。

と、良一、イヤなことを思い付いて、

Ⓣ〃今日は習字で
甲を取って行かなきゃ
いけないんだなァ〃

と、嘆息。弁当を食べかけたまま考え込むが、「まァ、いいや」と、又食べ始める。

28 小学校校庭

教師の前に整列した生徒達、合図の笛で一斉に廻れ右。一人だけ列からハミ出した生徒がいる。

亀吉である。囲りを見廻して、慌てて列の中へ戻る。

教師、亀吉を指し注意する。

亀吉、首に巻いた手拭いに気付くが、やり場がなく、口の中に突っ込んでしまう。

教師の合図で、行進の練習が始まる。

（行進と逆に、カメラ上手へ横移動する）

29 吉井の勤務する会社

（カメラ、上手へ横移動しながら）

昼休みで解放され社員等、机に向ったまま次々と欠伸をする。

一人だけ仕事を続けている奴がいる。

（カメラ、その人物を通り過ぎて、「オヤ？」という感じで止まり、再び下手へ逆戻りしてみると）

と、彼も机から顔を上げ大きく欠伸する。

（カメラ、安心したように再び上手へ移動を始める）

課長席の吉井、煙草をふかしている。

次席に並ぶ横山、久保田などが話しかける。

Ⓣ〃どうです、郊外の住み心地は……〃

吉井、笑いながら、

Ⓣ〃のんびりしてて、子供の為にも
なかなかいいですよ〃

横山達、頷く。

専務室から女秘書が出て来る。そして吉井の横へ来て、

Ⓣ〃専務さんが、一寸、
お呼びですが……〃

吉井「アア、すぐ行きます」と答える。

女秘書、去る。

吉井、ネクタイなど直し、専務室へ入って行く。

横山と久保田、陰口を始める。

Ⓣ〃子供の為にいいなどと
専務の近くへ引越して
何かと要領よく
やっとるんじゃないかね〃

そして皆で笑う。

30 専務室

岩崎専務、机に向って、十六ミリのフィルムをいじっている。

吉井、入って来て机の前に立ち挨拶する。

岩崎、吉井に気付くと、抽出しの中から「吉井」と書き込んだ表札を取り出し、テレながら渡す。

吉井、恐縮して「有難うございます」と、受け取ると、女秘書に「これしまっといてくれ」と渡す。

岩崎、再び十六ミリのフィルムを手に取ると、自慢気に吉井に見せる。

吉井、愛想よく、胡麻をすったりして覗き込む。

31 原っぱ

啓二、葉っパをくわえて、のんびりと横になっている。

その横で良一が習字の清書を書いている。

啓二、通行人が捨てた煙草を拾って吸ってみたりする。むせぶ。

良一、書き上げた清書を啓二に見せ、「どうだ、うまいだろう」と言う。

啓二、頷いたが、

Ⓣ〃点がついてないじゃないか〃

良一「アッ、そうか」と困る。が、思い

付いてクレヨンを取り出し、自分で点を付けようと思ったが考えてしまう。

と、向うの方を酒屋の新公が、自転車で通りかかる。

良一、呼び止める。

新公、やって来て不審そうに二人を見る。

良一、新公に、

Ⓣ〃君、字うまいかい?〃

新公、清書を覗き込んだりして、「うまいさ」と威張る。

良一、続けて、

Ⓣ〃じゃ、先生の様に上手に
甲と言う字書けるかい〃

新公「そんなの訳ないじゃないか」

良一、新公にクレヨンを渡し、「じゃ、これに書いてくれ」と清書を出す。

新公、一寸晴れがましくなるが、澄ましてクレヨンの先など注意してから、おもむろに〃甲〃という字を書き、「一寸違ったかな」と思うが、良一の方へ差し出し、帰って行く。

良一、〃甲〃と言う字を見て小首を傾ける。

啓二にも見せる。啓二も変に思う。

良一、手で下の棒や上の棒を押えてみる。

啓二、横から、「それ、上の棒が長過ぎるんだよ」

良一「そうだ」と、消ゴムを出して消したり、指に唾をつけて消す。其処だけ穴があいてしまう。

「弱ったなァ」と嘆息する。と啓二、道を見て、「アレ、学校終ったよ」と良一に言う。

32 原っぱの横の道

小学生達が足早に帰って行く。

33 原っぱ

良一と啓二「帰ろうか」と立ち上がる。

（O・L）

34 家

英子、編物か何かしている。
良一と啓二、元気よく「只今」と帰って来る。
英子「お帰り」と微笑。
良一、清書を見せて、
Ⓣ〃甲、戴いたよ〃
英子、ニコニコして、
Ⓣ〃じゃ、お父ちゃんに
何か御褒美を買って戴きましょうね〃
良一、啓二「ウン」と、顔を見合わす。
啓二、兄をつつき、
Ⓣ〃兄ちゃん、うまくやったなァ〃
良一「シッ」と注意する。
兄弟、表の声に窓の所へ行ってみる。

35 表

垣根の所へ、鉄坊、太郎その他の悪童達がズラリと並んで、「ヤーイ」と囃子立てる。

36 家の中

良一と啓二、窓から覗く。

37 表

悪童達、
Ⓣ〃弱虫！ 何故、学校へ来ないんだ〃

38 家の中

良一と啓二、母親に聞えたら大変とばかり、やきもきする。が、悪童達、尚もわめき散らすので仕方なく表へ飛び出して行く。

39 表

良一と啓二、出て来て子供達を睨みつけ、
Ⓣ〃もう一度言ってみろ〃
子供達「何ィ！」と、多勢を力に、向って来る。
兄弟、奮闘する。

兄が負けそうになると弟が助太刀し、弟が他の奴にやられかけると兄が救う。

犬も手伝う。

兄弟、ついに力を合わせて四、五人の相手を負かしてしまう。

良一、鉄坊の胸倉を摑んで「どうだ」ときめつける。

鉄坊、降参して謝る。続いて太郎も謝らせる。他の連中は逃げて行く。

鉄坊と太郎、ついに泣きだして帰って行く。

40　他の場所

亀吉がハシゴをかけ、軒端から雀の卵を捕っている。

そこへ良一等にやられた子供が駈けて来て、ご注進。太郎と鉄坊も泣かされて帰って来る。

亀吉「ヨシ」と、今取りたての雀の卵を一つ割って呑み、モリモリと力みかえってみせ、駈け出す。

41　吉井の家　表

得意な良一。

啓二は兄の埃など払ってやる。

と、向うから亀吉がやって来る。

兄弟、相手が悪いので尻ごみする。

啓二「やっちまえ、やっちまえ」と兄をけしかける。

良一、虚勢を張って、

Ⓣ〝あいつは楽しみに残しとくんだ〟

と家の中へ引きあげる。

亀吉、拳骨を作って見せたりして威嚇する。そして子供等に命じて石を拾わせ、良一と啓二の家を襲撃しようとする。

と、中の一人が道の一方を見て、

Ⓣ〝先生が来たぞ〟

と注意する。

皆、驚いて蜘蛛の子を散らす様に逃げ去る。

42　道

小学校の伊藤先生と吉井とが話しながら歩いて来る。
吉井、不審そうに、
Ⓣ〝毎日登校している筈ですが〟
伊藤先生も不審そうに、
Ⓣ〝ま、御病気でなければ結構ですが、
弟さんの受持教師も
そう言って居りましたから……〟
「そうですか」と吉井、帽子を取り、
「御心配をかけてすみません」
Ⓣ〝早速注意を与えます〟
伊藤先生、吉井と別れて去る。吉井、やや考え込みながら家の方へ――

43　家の中

良一と啓二、母親からお菓子を貰い、食べている。

吉井、六《むっ》ケしい顔で帰って来る。

英子、いそいそと迎える。

吉井、上がって来て良一と啓二をジロリと見る。

兄弟、快活に「お帰んなさい」と言うが、父親が六ケしい顔をしているので、アレエと、顔を見合わせる。

英子、吉井の着替えの支度などしながら、

Ⓣ〝良一は甲を戴いて来ましたよ〟

と、壁の習字を指さす。

吉井「え？」と清書を見る。

良一、父親の褒め言葉を微かに期待する。

吉井、清書を手に取ってよく見始める。

良一、不安になる。

吉井の鞄を運んだり、何かとオベッカを使い始める。

啓二もそれにならう。

吉井、清書の点、甲の上にある穴など不審そうに見る。

良一と啓二、事の発覚を恐れて、

Ⓣ〝お父ちゃん、会社忙しくて
疲れたでしょう？〟

と、オベッカを言う。

吉井の顔は依然として六ケしい。
Ⓣ〃お前達は何処の学校へ
　行って来たんだ？〃
良一と啓二、ビクッとする。
英子も不審な顔をする。
吉井、二人を見つめて、
Ⓣ〃このお習字は何処で書きましたか〃
良一、悲惨な顔をする。答えない。
吉井、答えを促す。
良一、上目で父を見ながら答えない。
吉井、眤《じ》っと見た眼を啓二の方へ移す。
啓二、兄貴の後の方へ引込む。
吉井、坐って兄弟に、「此処へ来て、坐りなさい」と言う。
兄弟、恐る恐る坐る。啓二は兄の尻へくっ付いている。
兄弟、渋々少し前へ出る。
吉井、威厳を見せて、
Ⓣ〃お前達はどうして、
　学校へ行かないのだ〃
兄弟、うらめしい様な顔をして俯向いている。
英子、アレと思い横から口を出そうとする。
吉井「お前は黙っておいで」と英子を黙らせ、続けて兄弟に、
Ⓣ〃学校へ行って偉くなろうとは
　思わないのか？〃
兄弟、黙っている。
吉井、又答えを促す。
良一、情けない顔を上げ、
Ⓣ〃偉くなりたいけど、学校へ行くと
　いやな奴が、喧嘩しに来るんだもの〃
「ネ、啓坊」と、弟の同意を求める。
弟、頷く。
吉井、素気なく、
Ⓣ〃そんなものの相手に、
　ならなければ宜しい〃
兄弟、顔を見合わせ、
Ⓣ〃相手にならなきゃ、ぶたれちゃうよ〃
吉井、なお訓戒を続ける。
兄弟、黙って聞いている。
Ⓣ〃で、翌朝〃　(O・L)

44　道
良一と啓二、父親と共に歩いて行く。

45　町角
父親と兄弟、別れる。
兄弟、仕方なく、「行って参ります」と帽子を取って挨拶して、学校の方へ――
吉井、暫く立って見ている。
兄弟、吉井が見ているので元気を装って歩く。やがて振り返って見る。
吉井の姿は見えない。
兄弟の足がノロくなる。

46　校門の附近
啓二、兄に言う、
Ⓣ〃お父ちゃんは相手にならなきゃ
　喧嘩にはならんと言うけど――〃
良一、頷く。啓二、続けて、
Ⓣ〃どう考えたって
　相手にならなきゃぶたれちゃうよ〃
Ⓣ〃こっちがぶっても、
　むこうが相手にならなきゃいいね〃
「ウン」と、良一、頷く。
二人、校門の前へ来る。考えてしまう。
そして暗黙の内に又ズラかる気持になり、至極不明瞭な態度で校門を遠ざかろうとして、一方を見てハッとする。
いつの間に来たのか吉井が少し離れた所に立って見ている。
兄弟、慌てて帽子を取り、
Ⓣ〃行って参ります〃
と、学校へ這入って行く。
吉井、それを見送って去る。

47　教室
伊藤先生、ボールドに算術の問題など書いて授業中である。
亀吉、良一の後の席にいる鉄坊に、「良一を殴れ殴れ」と合図する。

鉄坊、殴ろうとしたが、あとが怖いので「いやだ」と言う意思を亀吉に示す。
亀吉も「ヨーシ、殴らなきゃ殴らないでもいい」と鉄坊を脅迫する。
鉄坊、困ってついに殴ろうと手を挙げる。とたんに先生に見付かる。
鉄坊、慌てて拳骨を開く。
先生「何ですか?」と聞く。
鉄坊、手を挙げたまま窮し、苦しまぎれに、
Ⓣ〃便所へ行かして下さい〃
先生、渋い顔をして、「行って来なさい」と言う。
鉄坊、救われた様に教室から出て行く。
亀吉、先生の眼をかすめて、雀の卵を割って呑む。
先生、それを見付けて教壇を下りて来る。
亀吉、慌てて口を拭いたりするがついに発見される。
先生、卵の殻を見て、「何です、これは?」
亀吉、困りながら、
Ⓣ〃雀の卵であります〃
先生、不思議そうに卵の殻を見て、
Ⓣ〃何故、こんなものを
　教室へ持って来るんです〃
亀吉、モジモジしながら、
Ⓣ〃これを呑むと
　身体が丈夫になるんです〃
先生、呆れて、しばし亀吉と卵の殻を見較べたが、
Ⓣ〃いくら滋養になっても
　授業中にこんなものを
　呑んではいけません
　立っていなさい〃
と、亀吉、廊下に立たされてしまう。
(F・O)
Ⓣ〃で、対抗上――〃

48 (F・I) **吉井の家　外**

良一と啓二、梯子をかけて雀の卵をとっている。
啓二「あった、あった」と喜ぶ。
そして下りて来て、臭いをかいでみたり、卵屋が調べる様な真似をしてみてから、「お前、食べてみろ」と、一つ啓二の鼻先へ出す。
啓二、一寸気味悪そうに尻ごみする。
良一、尚も食べてみろとすすめる。
啓二、いやがって、
Ⓣ〃あいつに負けない様に
　兄ちゃん食べるといいよ〃
「ウム」と良一、決心がつきかねるが、その時、勝手口から母親が犬のエサを持って出て来たのでハタと思い付き、「お母ちゃん、僕がやるよ」と受け取って、その中へ雀の卵を割り込んで、掻き廻し、犬の所へ持って行く。
犬、パクパク食べ始める。
啓二、それを見て、
Ⓣ〃これ食べたら
　エスきっと喧嘩が強くなるよ〃
良一、啓二に言う。
Ⓣ〃お母ちゃんはどうして機嫌がいいか
　知ってるかい?〃
啓二「知らないよ」と首を振る。
母親、鏡台の前に坐って、身繕いしている。
良一、得意そうに、
Ⓣ〃今日、お父ちゃんの、
　月給日だからさ〃
啓二「フーン」と感心する。
と、良一の腹心の部下になった鉄坊が呼びに来る。
Ⓣ〃雀の巣を見つけたよ〃
「そうか」と兄弟、鉄坊と一緒に駆け出して行く。
と其処へ酒屋の新公が御用聞にやって来る。
啓二、何か考えつき、自分だけ残って新公にソッと話しかける。
Ⓣ〃今日、きっとビール取るよ〃

新公「そうか」とニッコリ。

啓二「行ってみてごらん」と言う。

新公、勝手口の方へ行く。

49

勝手口

新公「コンチワァ」
英子「あ、酒屋さん、今日はよかったわ」
新公「アレ」と思うが、重ねて、
Ⓣ〝おビールは如何でしょう〟
英子「ビール、そうね」と考えて頷き、
Ⓣ〝半ダースばかり持って来て頂戴〟
新公「ヘイ」と喜んで手帳につける。

50

家の表

啓二、待っている。
新公、ニコニコして出て来て啓二にお礼を言う。
啓二「どうだい」と威張る。
両人、歩き出す。
啓二、
Ⓣ〝そのかわりあの意地悪の
　亀吉をやっつけてくれないか〟
と頼む。
新公「ヨシ」と引き受ける。

51

原っぱの一隅　倉庫のある所

良一、鉄坊と共に駈けて来る。

鉄坊、軒先を指さして「あそこだよ」と言う。

良一と鉄坊、塀か何かに登って雀の巣を探ろうとする。

と、倉庫の横へ太郎と亀吉が現われて、良一と鉄坊を見て「野郎!」と向って来る。と横から新公が出て亀吉をガンとやっつける。

亀吉、ワァーと泣く。

良一、その騒ぎに降りて来る。

新公、亀吉を嚇す。

Ⓣ〝これからこの子供をいじめたら
　非道い目に合わすぞ!〟

亀吉、泣きながら帰って行く。

啓二、新公に、太郎を指さして、

Ⓣ〝ついでにあいつもやってくれよ〟

新公「駄目だよ」と首を振り、

Ⓣ〝あれはお得意様じゃねえか
　お前の家より何でも沢山買うぞ〟

啓二と良一、がっかりする。

新公、帰って行く。

太郎、オベッカを使い、持っている映画のフィルム片を良一に呈上する。

良一「エイッ」と気合をかけて、太郎に「転べ」と命令する。

太郎、やむなく転がる。

良一、ハッと気合を戻す。

太郎、起きる。

良一、得意になって鉄坊にも「エイッ」とやる。鉄坊、やむなく転ぶ。ハッと手を開くと起きる。

他の子供達が集まって来る。

良一、一人一人「エイッ」とやっていい気持になる。と、一方から亀吉の父親(源作)がやって来て、

Ⓣ〝うちの餓鬼を、
　泣かした奴はどいつだ!!〟

その権幕に、良一、啓二、初め子等パッと逃げる。

52

原っぱ　他の場所

子供等、逃げて来る。子供の一人、
Ⓣ〝あいつのお父ちゃん凄いね〟
鉄坊が乗り出す。
Ⓣ〝あんなの凄いもんか
　僕んちのお父ちゃんの方が、
　ずっと凄いぞ〟
良一「ほんとかい」
鉄坊、頷いて「来てごらんよ」と先に立つ。
子供等、皆、鉄坊のあとに続く。

53

鉄坊の家の前（表具屋か何か）

鉄坊の父親、家の前で何か仕事をしている。

鉄坊、駈けて来て、

Ⓣ〝お父ちゃん、キャラメル〟

とキャラメルを差し出す。

父親、受け取って喰べる。

良一、啓二、その他の子供等、素知らぬ顔で近付いて見る。

鉄坊の父親、キャラメルが歯にくっついたので、義歯を取り出し、器用に又入れて仕事を続ける。

鉄坊、得意そうに「どうだい」

Ⓣ〝お前たちのお父ちゃんは
　歯を入れたり取ったり、出来るかい〟

子供達、顔負け。と、一人が負けン気を出して言う。

Ⓣ〝あたいのお父ちゃんはね
　洋服どっさり持ってるよ〟

鉄坊「チェッ」とあなどり、

Ⓣ〝お前の家、洋服屋じゃないか〟

洋服屋の息子、ペシャンコになる。

と、向うの踏切り附近へ自動車が来て停り、良一の父親が降りる。

啓二、素早く見付け、皆に、

Ⓣ〝僕ンちのお父ちゃんが一番偉いよ〟

と指さす。

皆、良一の父の方を見る。

54 踏切の附近

自動車には岩崎専務が乗っている。

吉井、乗せて来て貰ったお礼を言う。

車、去る。

55 もとの場所

子供等、良一と啓二の自慢に賛成する。

と、太郎が納まらない。

Ⓣ〝僕のお父ちゃんの方が偉いんだい
　あれは僕のお父ちゃんの自動車だぞ〟

すると、もう一人が、

Ⓣ〝僕ンちの自動車の方が、
　うんと立派だよ〟

啓二、

Ⓣ〝お前の家、お葬い屋じゃないか〟

と、やり返す。

子供等、大笑いになる。

良一「エイッ」とやる。太郎、ついに情けない顔でゴロリと転がる。

丁度、其処へ来た吉井、これを見て急いで太郎を抱き起こし埃など払ってやる。

良一、不服らしく、もう一度「エイッ」とやる。太郎、仕方なく、又ゴロリ。

吉井「コレコレ」と良一を制し、叱ってから、太郎を優しく抱き起こして埃など払ってやる。

良一と啓二、不服そうである。

父親、兄弟に注意を与えて去る。

（F・O）

Ⓣ〝数日の後、雀の卵の効力が
　意外な所に現われ始めました〟

56 （F・I）吉井の家

獣医が犬の診察をして、その診断に困っている。

英子と良一、啓二がその横から見ている。

Ⓣ〝ジステンバーではありませんが
　毛の脱ける所を見ると
　何か食べ物のせいですな〟

良一と啓二、顔を見合わせる。

医者、鞄の中から薬を取り出し、英子に、

Ⓣ〝この薬を少しやって見て下さい〟

と言って渡す。

英子、用法など聞きながら医者を送って表の方へ出て行く。

啓二、兄貴の頭の毛など調べて、

Ⓣ〝兄ちゃんも、あの薬を少し
　飲んどいた方がいいかも知れないよ〟

良一「冗談言うない」と怒る。そして、一方を見てアレッと思い、啓二に耳打ちする。啓二、教えられた方を見る。遥か向うの家の軒へ梯子をかけて、太郎と鉄坊が雀の卵を取っている。

良一、弟に、「見てろ」と言って「オーイ」と呼ぶ。

梯子に登った鉄坊と下に待っている太郎

が此方を見る。

良一「エイッ」とやる。

鉄坊、梯子からチョコチョコと降りて来て、地面に立ち、コロリと転がる。

良一、啓二に「従いて来い」と言って駈けだす。

57　梯子のある場所

鉄坊、椅子の下に転がっている。
そこへ駈けて来た良一、「ハッ」と鉄坊を起こしてやってから、太郎に、
Ⓣ〝お前はどうして転ばないんだ〟
と言う。
太郎、
Ⓣ〝だって僕、今夜お客さまが来るんで
　いい方の洋服着てるんだもの〟
鉄坊、良一に、
Ⓣ〝今夜、太郎ちゃんの家で
　活動写真やるんだよ〟
「何？　活動写真？」と兄弟、好奇の眼を光らせる。
鉄坊、太郎の御機嫌を取るように、
Ⓣ〝あたい、雀の卵
　取ってやったから見せてね〟
太郎、頷く。
良一、空カンの中から大切そうに綿に包んだ卵を出して太郎に与え、
「僕らにも見せろ」と言う。
太郎、承諾する。
亀吉も来て「俺にも見せて」と頼む。
太郎「雀の卵を持って来なきゃダメだ」とことわる。
太郎達、亀吉を残して楽しそうにその場を去る。
亀吉、一人ションボリと椅子に腰を下ろす。
Ⓣ〝その夜――〟

58　（F・I）岩崎家の一室

太郎を初め、良一、啓二、鉄坊が集って活動写真が始まるのを待っている。

と、亀吉が雀の卵を持って駈けつける。

太郎「じゃア見せてやるよ」と仲間に入れてやる。

一方には、岩崎夫妻、吉井が席に着き、久保田と横山が十六ミリの映写機にフィルムをかけて準備をしている。

室内が暗くなり、映写機が廻り始める。

スクリーンに、動物園の実写が映し出される。

ライオンが現われる。

子供等、喜ぶ。

と啓二が良一に聞く。

Ⓣ〝歯磨は何処から取れるんだい？〟

良一、困ったが、

Ⓣ〝シッポからだよ〟

鉄坊が横から「嘘だい」と言う。

良一「黙ってろ」と鉄坊の頭を小突く。

続いて、縞馬が現われる。

鉄坊、考えて、

Ⓣ〝あれは白い所に黒い縞があるのか
　黒い所に白い縞があるのか、
　どっちだい〟

太郎、

Ⓣ〝白い所に黒い縞があるんだよ〟

すると良一が異論を唱える。

Ⓣ〝違うよ
　黒い所に、白い縞があるんだい〟

で、子供間に大変なもめごとが起こる。

喧嘩が始まる。

岩崎、映写を中止し、電燈をつけて、

「誰だ、騒ぐのは」と言う。

良一が太郎を捻じ伏せている。

吉井、これを見て、急いで良一を引き離し、叱りつける。

岩崎「まあまあ」となだめる。

吉井、恐縮しながら、

Ⓣ〝お前達、そんなに騒ぐんなら、
　帰りなさい〟

良一と啓二、情けない顔をする。

岩崎「いいよ、いいよ、君」と吉井をなだめる。

吉井、子供達に代って、太郎にお愛想を

言ったりして、岩崎の手前をつくろう。

子供等、父親の態度に不満。

岩崎、葉巻をくわえる。

吉井、マッチを点けたりする。

子供等、面白くない。

と、再び映写が始まる。

東京市街のスナップなど——

突然、女性二人が映し出され、相当顔馴染みらしく岩崎に馴れ馴れしく寄り添って来たりする。

岩崎、慌てる。細君の顔色を窺う。

夫人、睨んでいる。

岩崎、久保田等に「何だね、これは」などと文句をつけ誤魔化す。

フィルム早送りになり——会社の屋上のスナップが始まる。

岩崎、ホッとする。

体操をしている岩崎。

太郎「お父ちゃんだ、お父ちゃんだ」と喜ぶ。

と、今度は吉井が現われる。

良一と啓二、喜ぶ。

と、画面の父親がてれたり、恐縮したり、岩崎と比較して、てんで父親が偉くない事が次ぎ次ぎに現われる。

良一と啓二、甚だ面白くない。

岩崎や久保田、横山など画面を見て笑う。吉井、苦笑。

子供等、囁き合い、これも笑う。

岩崎、

Ⓣ〃こうして見ると吉井君は
　なかなかいい三枚目だね〃

久保田、横山など笑う。

吉井、苦笑して、

Ⓣ〃どうも、こう言う所を
　映されちゃ敵いませんな〃

良一と啓二、非道く不愉快な顔になる。

鉄坊、良一に囁く、

Ⓣ〃君んとこのお父ちゃん
　随分面白い人だね〃

良一と啓二、考え込んでしまう。

（O・L）

59　夜の道

良一と啓二、考え込みながら帰って来る。

60　家の中

英子、表の音に振り返る。
良一と啓二、ムッツリした顔で帰って来る。
英子が何か話しかけても、てんで相手にしない。物に当ったりする。
其処へ吉井が貰った菓子など持って上機嫌で帰って来て、
Ⓣ〃お前達、先に帰ってたのか〃
と言って菓子を与える。
啓二、菓子へ手を出そうとする。
良一、睨む。そして反抗的な眼で父親を見る。
吉井「お前欲しくないのか」と言う。
良一「お父ちゃん」と開き直る。
吉井「ウム」と良一を見る。
良一、睨っと父親を見て、
Ⓣ〃お父ちゃんは僕達に
　偉くなれ、偉くなれと言ってる癖に
　ちっとも偉くないんだね〃
吉井「何？」と突然の事に子供達を見る。
英子もオヤと思う。
良一、真剣に、
Ⓣ〃どう言う訳で
　太郎ちゃんのお父ちゃんに
　あんなに頭を下げるの？〃
吉井、微笑し当然の事の如く、
Ⓣ〃太郎ちゃんのお父ちゃんは、
　重役だからだよ〃
啓二が口を出す。
Ⓣ〃お父ちゃんだって
　重役になればいいじゃないか〃
吉井、なるべく落着きを示そうとしながら、
Ⓣ〃そう簡単にはゆかんよ
　お父ちゃんは岩崎さんの

会社の社員だからね〃
良一と啓二、一寸判らない。
吉井、説き聞かすように、
Ⓣ〃つまり、太郎ちゃんのお父さんから
月給を貰っているんだよ〃
良一、キッと顔を上げる。
Ⓣ〃月給なんか貰わなきゃ
いいじゃないか〃
吉井と英子、その無茶に驚く。
啓二、直ぐ兄貴の尻馬に乗って、
Ⓣ〃そうだ、そんなもの
こっちからやればいいじゃないか〃
吉井、やや呆れながら、
Ⓣ〃お父さんが月給を貰わなかったら
お前達は学校へ行く事も
御飯を食べる事も出来ないよ〃
兄弟、其処で、つまってしまう。
吉井、兄弟を説き伏せた積りで、「それでもいいのか」と言う。
兄弟、答えず、何かブツブツ言いながら自分達の部屋へ引き上げて行く。
吉井、着替えなど始める。

61

子供達の部屋

良一と啓二、つまらなさそうな顔。
と何かを思いついたのか、良一、啓二に、
Ⓣ〃明日から、御飯食べてやるのよそう〃
良一と啓二、ゲンマンする。
そして再び、父母の部屋へ出かける。

62

元の部屋

吉井、オヤと思う。
良一、父親に向って、
Ⓣ〃どうして太郎ちゃんの
お父ちゃんだけ重役で
うちのお父ちゃんは、
重役でないの？〃
吉井、煩わしそうに、
Ⓣ〃太郎ちゃんとこはお金持だからだよ〃
「フーン」と良一、重ねて問う。
Ⓣ〃お金があるから偉いの？〃
吉井、一寸自分の意見も言って見たくなる。
Ⓣ〃お金が無くて偉い人もある〃
良一、逆襲する。
Ⓣ〃お父ちゃんはどっちだい〃
吉井、奇襲を受けて、癇を起こし、家長の権威で怒鳴る。
Ⓣ〃どうしてお前達はそんな事を
煩わしく聞くんだい〃
と、吉井、良一を睨む。
良一、負けずに、
Ⓣ〃矢張り偉くないんだなァ〃
「何！」と吉井、睨む。
良一、父の権威にやや恐れをなし、少し尻ごみしながら、
Ⓣ〃そんな顔こわかねいや〃
良一、さらに続けて、
Ⓣ〃お父ちゃんの弱虫〃
啓二も負けずに、
Ⓣ〃お父ちゃんの意気地なし〃
吉井「何を言うか、判らない奴だ」と怒鳴る。
良一と啓二、襖が開けたままの隣の自分達の部屋へ戻る。
良一、気持がまだおさまらず、手あたり次第、本を畳に二、三度、投げつける。
吉井、それを見て、ついに怒り出す。
立ち上がって、良一を抱えあげ、右手で良一の尻を何度もぶつ。
啓二、兄に加勢すべく、父親の背後にまわり、足を蹴飛ばす。
英子、驚いて止めに入る。
良一、泣き出す。
英子、なだめる様に、
Ⓣ〃お前たちは、好い児だから、
おだまりね〃
啓二、兄が泣き出したので自分も泣き出してしまう。
良一、泣きながらも、
Ⓣ〃僕は太郎ちゃんよりも強いし
学校だって上なんだ〃
さらに良一、

Ⓣ〝大人になって太郎ちゃんの
　家来になるんなら
　学校なんか、止めだい〟
英子、良一を盛んになだめている。
啓二、茶の間と子供部屋の境の襖をしめる。その時、敷居の側に落ちている、吉井が持って来た菓子に気が付く。
啓二、手を出そうとするが、やはり止める。
良一をなだめた英子、茶の間へ去る。

63 茶の間

何か考え込む様に黙っている両親。

64 子供達の部屋

良一、布団に大の字に寝そべっている。
啓二、同情顔で、
Ⓣ〝兄ちゃん、ぶたれたね〟
良一、口惜しそうに、
Ⓣ〝いくらぶったって、
　偉くないものは偉くないんだ〟
良一、立って服を脱ぎ始める。

65 茶の間

相変わらず沈んでいる両親。
吉井、嘆息する。
Ⓣ〝どうも困った奴だ〟
と吉井、ウイスキー壜を持って立ち上がり、英子に苦笑しながら、
Ⓣ〝酒でも飲まなきゃ、やり切れないよ〟
吉井、自分の部屋へ行く。

66 吉井の部屋

酒を飲んでいる吉井。
英子、部屋の入口に立ち、
Ⓣ〝子供には、もう少しやさしく
　話が出来ないのでしょうか〟
吉井、英子を見上げながら、自嘲気味に、
Ⓣ〝子供たちの気持は、俺だって分るさ〟
さらに、自分に言い聞かせる様に、
Ⓣ〝あの場合、あれより他に
　方法があるか〟
英子、答えるすべなく、
Ⓣ〝それじゃ、あれで子供たちが
　納得したとおっしゃるんですか〟
と言って去る。

67 茶の間

英子、戻って来る。
吉井も酒壜を持って来て、坐る。
二人、しばらく見つめ合う。
沈黙――
吉井、やり切れない気持をおさえる様に、
Ⓣ〝俺だって何もすき好んで
　専務の御機嫌なんかとりたくないんだ
　馬鹿馬鹿しい〟
そして英子の同意を得る様に、
Ⓣ〝それは私にだって、
　分っていますけど……〟
と英子、立ち上がって隣の子供部屋へ行く。

68 子供達の部屋

英子、入って来る。

もう子供達は眠っている。

英子、無心に眠っている二人の顔に眠っと見入っている。

英子、布団から出ている子供の手を、布団の中へ入れてやる。

英子の眼に涙があふれる。

吉井も来る。

入って来た吉井を振り返った英子の頬が涙で光る。それを手で拭う。

吉井、落ちていた菓子を拾って、英子に渡す。

子供達の寝顔を見つめる両親。

吉井、子供達を見つめながら、

Ⓣ〝こいつ等も
　一生わびしく爪を噛んで暮すのか〟

もうとうに興奮もさめた父親、今はなごんだ気持になって、微笑を浮かべ、子供達にさとすように、

Ⓣ〝俺の様な、やくざな
　会社員にならないでくれなあ〟
　　　　　　　　（F・O）

69　茶の間

Ⓣ〝翌朝――〟

布団をたたんでいる英子。

吉井、新聞を読んでいる。

朝食の仕度が整っている食卓。眼の前の味噌汁の蓋を取り、美味そうに匂いをかぎながら、庭の方へ目を移す吉井。

庭では椅子に腰かけた良一と啓二が、茶の間に背を向けて、不貞腐れている。

朝の太陽がまぶしい。

吉井、そんな子供達に、「おい、飯が出来たぞ」と廊下から声を掛ける。

子供達、父親の声に振り向きもせず、じっと前方を見て、強情を張り続けている。

吉井、そんな子供たちを見て、茶の間へ戻る。

次いで英子、廊下へ来て声を掛ける。

Ⓣ〝お父さんに叱られないうち
　早くおあがり〟

良一、振り向いて怒鳴る。

Ⓣ〝御飯なんか食べるかい〟

啓二も真似して、

Ⓣ〝御飯なんか食べないよ〟

英子、仕方なく茶の間に戻り、食卓につく。

吉井、新聞を見ながら、

Ⓣ〝むすびでもこしらえてやれよ〟

相変わらず不貞腐れている良一と啓二。

良一、側にある植木鉢の葉をむしり、口にくわえる。

啓二、兄の顔を見つめながら、お腹が空いたのかバンドをきつくしめる。

英子、お皿にのせた五、六個のおむすびを持って、庭に降りてくる。

子供達、一瞬振り返るが、すぐ又背を向けてしまう。

英子、おむすびを二人よりちょっと後方にある椅子の上に置く。

そして子供達に、

Ⓣ〝お前たち、大きくなって
　お父ちゃんより、
　偉くなればいいじゃないか〟

子供達、全然反応を示さない。

英子、

Ⓣ〝お前たちが偉くなってくれなければ
　お母さんは困るんだから……〟

子供達、それでも振り向かない。

強情をはっている子供達を残して、英子、部屋に戻る。

英子が去った後、啓二、振り返り、むすびを見つめる。

啓二「食べようよ」と言って、肘で兄を小突くが、良一、強く左右にかぶりを振る。

啓二、立ち上がり、むすびの置いてある椅子の所へブラリブラリ来て、手に取ろうとするが、直ぐ手を引っ込める。

そのまま椅子を一周して、戻る。

そんな動作を盗み見している両親。

啓二、やはりこらえ切れなくなったのか、むすびの皿を取りに戻り、兄の方へ差し出す。

良一、しぶしぶひとつ掴む。そして食べ始める。

それを見た父親、庭におりて来て、椅子を持って、子供達のとなりに坐る。

子供達、食べかけたむすびを皿に戻して、ふくれっ面をして父を見つめる。

吉井「食べなさい」と言って、子供達にむすびを握らせ、自分もひとつ食べ始める。

むすびを食べている三人。

ほのぼのとした雰囲気――

吉井、啓二に、

Ⓣ〝お前は大きくなったら、
　何になるんだ〟

Ⓣ〝中将になるんだ〟

吉井、笑いながら、

Ⓣ〝どうして大将にならないんだ〟

Ⓣ〝兄ちゃんがなるんだから
いけないって言ったよ〟

その時、子供達、学校へ誘いにくる。

吉井「もう学校へ行く時間だぞ」と言いながら、子供達を部屋へあげる。

英子、ホッとする。そして、御飯を盛りはじめる。伏せてある茶碗の下に、生卵がある。

Ⓣ〝で、いつもの通り〟

70　道

登校の良一と啓二。すこし遅れて吉井が歩いている。

吉井、前方を見て立ち止まる。

前方に、岩崎の車が踏切の信号待ちのため、止っている。

車から岩崎が降りて来る。

吉井、子供達の手前、どうしていいか一寸まごつく。

煙草をくわえ、盛んに火をつけようとするが、仲仲つかない。

そんな父親を見て、良一、

Ⓣ〝お父ちゃん、お辞儀した方がいいよ〟

吉井、微笑しながら岩崎の方へ近付いて行き、挨拶をする。

車から太郎降りて来て、良一、啓二の方へ駈け出す。

吉井と岩崎、車に乗り込む。電車が通過して踏切が開き、車去る。

良一と啓二の所へ来た太郎、指で良一と自分を指しながら、

Ⓣ〝君のうちのお父ちゃんと
僕のうちのお父ちゃんと
どっちが偉いと思う?〟

だが、太郎、自分に指した指を見て、しばらくためらいながら、その指を良一の方へ向ける。

Ⓣ〝君の家の方が偉いよ〟

良一もすぐ太郎の方を指さし、

Ⓣ〝本当は、君の家の方が偉いんだよ〟

良一「エイッ」とやる。すると太郎、ゴロリと転がる。

良一と啓二、寝ころんだ太郎に、胸で十字を切り、歩き出す。

太郎、飛び起きて二人を追いかける。

そこへ亀吉と鉄坊、来る。

亀吉、『智恵の輪』をいじっている。

解けない。

良一、借りてやってみる。サッと解いて外してしまうが、又、輪を元に戻して亀吉に返す。

そこへ伊藤先生が通る。

四人揃って、「お早うございます」と挨拶する。

亀吉だけ、『智恵の輪』に夢中で気がつかない。

先生、去って行く。

亀吉、気づき、あわてて先生のあとを追いかけて、挨拶する。

仲良く学校へ向う五人。　(F・O)

——終——

青春の夢いまいづこ

脚色　野田　高梧

原作……………………………野田　高梧
脚色……………………………小津安二郎
監督……………………………原　研吉
監督補助………………………清輔　彰
撮影……………………………茂原　英朗
編輯……………………………栗林　実
撮影補助………………………厚田　雄春
　　　　　　　　　　　　　　入江　政夫

堀野哲夫…………………………江川宇礼雄
ベーカリーの娘　お繁…………田中　絹代
斎木太一郎………………………斎藤　達雄
哲夫の父　謙蔵…………………武田　春郎
哲夫の叔父　貢蔵………………水島亮太郎
熊田順助…………………………大山　健二
島崎省吾…………………………笠　智衆
大学の小使………………………坂本　武
斎木の母　おせん………………飯田　蝶子
山村男爵夫人……………………葛城　文子
令嬢　ユリ子……………………伊達　里子
婆　や……………………………二葉かほる
花嫁候補の令嬢…………………花岡　菊子

一九三二年（昭和七年）
松竹蒲田
脚本、ネガ、プリント現存
S9巻、2523m（九二分）
白黒・無声
十月三日　帝国館公開

1 （F・I）**大学内の高塔**

その高塔の大時計は十二時二十分頃をさしている。

2 **校庭の一部**

昼の休みで、学生達は思い思いに遊んだり談笑したりしている。

強度の近眼鏡をかけた学生斎木太一郎が、眼から五寸ぐらいの近くでノートを読みながら来る。彼は非常な勉強家らしい。彼、しばしば人や木などにぶつかりそうになりながらも、決してノートから眼を放さず、熱心にアンダーラインなどを引きながら歩いて行く。

向うから教授が二人、授業を済ませて帰宅するらしい様子で、何か語り合いながら来る。

彼、その教授にドカンと衝突する。

教授は小脇に抱えていた本包みを落し、帽子を飛ばす。

しかし、彼は相手も見ずに「やァ失敬」と言った儘、依然としてノートを読み続けて行く。

教授、それを見送り、一人が言う。

Ⓣ〝あれは商科の二年にいる有名な勉強家ですよ〟

帽子を飛ばされた教授、

Ⓣ〝出来るんですか〟

と訊ねる。

訊ねられた教授、微笑して「いや」と首を振り、

Ⓣ〝惜しむらくは中学生程度の頭ですよ〟

と答え、両人、大きく「アハハハハ」と笑って歩き出す。

彼、今度は紙屑入れ（公園などにあるような）に衝突し、ノートをその中に落して、慌てて捜す。

3 **学務課附近の校庭**

学務課の入口から喫茶店の娘お繁がオカモチをさげて出て来る。

彼女は大部分の学生達と顔馴染らしく、通りがかりの学生が大抵は何か言葉をかけて行く。

彼女、去りかけて、フト一方を見、立止ってニコニコしながら見る。

4 （見た眼で）**中央校庭**

そこで応援団の連中が応援の練習をやっている。一挙一動がよくそろってなかなか見事である。

5 **校庭**

お繁、その動作に合わせて無意識に顔を動かしながら微笑を浮べて見ている。

と、そこへ斎木が依然としてノートと首っぴきでやって来て、お繁にドンと衝突し、相手も見ずに黙ってノートを読み続けながら通り過ぎる。

お繁、それを見て笑い、言う。

Ⓣ〝いやな斎木さん、ビリのくせに勉強ばっかりして〟

斎木、それで振返って初めて気が付き、

Ⓣ〝お繁ちゃんか、僕は紙屑入れかと思ったよ〟

とニッコリする。

お繁「まァひどいわ」とふくれるが、すぐ機嫌をなおして、明るく「あれを御覧なさいよ」と中央校庭の方を指さす。斎木、近眼鏡の眼を一層細くして眺める。

6 **中央校庭**

指揮をする応援団長。

それに従って動作する団員一同。

その団員中の堀野哲夫と熊田順助。

堀野哲夫は普通の学生だが、熊田順助は柔道でもやりそうな豪快な感じである。

7 **校庭**

それを見ていたお繁、フト思い付いたよ

うに、

Ⓣ〝あなたはどうして堀野さんや
　熊田さんみたいに
　応援団に這入らないの？〟
と斎木に訊ねる。
斎木、寂しそうに微苦笑して答える。

Ⓣ〝僕は母一人子一人で貧乏だから
　とてもみんなのようにのんきに
　遊んじゃいられないんだよ〟
お繁、真面目な顔で斎木を見る。
斎木、しんみりする。

8
中央校庭
応援団の練習――やがて終り、解散する。
哲夫と熊田、木の枝か何かに掛けて置いた上着に駈け寄る。
哲夫、上着をとりながらフト見る。

9
（見た眼で）校庭
斎木とお繁の姿が見える――斎木はまたノートをコセコセと読んでいる。
お繁はその様子をじっと見ている。

10
中央校庭
哲夫、熊田を見返って、

Ⓣ〝ベーカリーへ
　お茶飲みに行かないか〟
と誘う。
熊田、頷き、両人、駈けて行く。

11
校庭
熱心にノートを読んでいる斎木――それを気の毒そうに見ていたお繁が、フト見迎えて明るく会釈する。
哲夫と熊田が駈けて来る。
そしてお繁を促して明るく歩き出すが、斎木だけはそこに取残されそうになる。
熊田、斎木に気が付き、振返って肩を叩き、

Ⓣ〝堀野がおごるんだ。

　お茶飲みに行こう〟

と誘う。斎木、ちょっと渋るが、熊田、構わず引っぱって行く。

12
フロリダ・ベーカリー
その軒燈。

13
ノートの白い処
鼻毛で家の画がかきかけてある。

14
ベーカリーの内部
哲夫等の同級生島崎省吾が鼻毛を抜いてノートの上に並べている。

このベーカリーは学生の溜りのような店で、島崎のほかにも数人の学生が談笑したり、新聞を読んだりしている。

哲夫、熊田、斎木、お繁が這入って来る。

お繁は、哲夫から飲物の注文を受けて奥へ這入って行く。

哲夫等、テーブルにつこうとして島崎を発見し、「よぅ！」と近づく。

島崎、「やァ！」と見迎えるが、鼻毛を散らされるのを恐れて大事そうにノートを手で構う。

一同、「なんだなんだ」と覗き、哲夫と斎木は笑って問題にしないが、熊田は余程興味を感じたらしく、自分の鼻毛を抜いて手伝いなどする。

斎木は早速勉強を始める。

哲夫は一隅に板の将棋盤を発見して、熊田に、「おい、やろう」と声をかける。

熊田、振返って、「よし」と向き直り、哲夫と将棋を始める。

そこへお繁が奥から飲物を持って来て三人の前に並べ、フト哲夫の服の上着にカギ裂きのあるのを発見する。

哲夫、お繁に注意されて気が付くが、「構わないよ」と言って将棋を続ける。

お繁、一旦奥へ這入って、針と糸を持って来て、哲夫に「縫って上げますわ」と言う。

哲夫、「や、すまないね」と言いながら、

上着を着た儘で縫ってもらう。

それを斎木と島崎が羨ましそうに見る。

そして島崎が言う。

Ⓣ〝堀野！　お前贅沢だぞ！〟

哲夫「え？」と振返り、初めて自分が嫉まれていると気が付いて、得意そうに、

Ⓣ〝そねめそねめ〟

と笑う。

島崎と斎木、くさる。

熊田、こっそり自分で上着の一部をやぶき、お繁に「僕も此処を縫ってくれないか」と言う。

お繁、微笑して言う。

Ⓣ〝熊田さんみたいな蛮カラさんは
　少しくらいやぶけてる方が
　元気に見えていいわよ〟

熊田、くさる。

哲夫、将棋を続ける。

お繁、縫い終って、哲夫の肩に顔をくっつけるようにして糸を喰い切る。

島崎と斎木、それを見て益々くさる。

（F・O）

15

堀野邸の玄関前

立派な自家用自動車が停まっている。小間使がその運転手に飲物を持って来る。

運転手、「すみません」と礼を述べて飲物を受取る。

そこへ哲夫が学校から帰って来る。

時刻は夕方だが、まだ暗くはない。

16

奥座敷

でっぷりふとった哲夫の父謙蔵が、浴衣の肌をぬいで、臍を出して、頭に濡れタオルをのせて、好い気持そうにビールを飲んでいる。彼の前のチャブ台には五六種の小皿物が並び、彼の給仕としては女中頭のおいくが控えている。
おいく、ニコニコして言う。
Ⓣ〝旦那様は夕方ビールを召上る時が
　一番おうれしそうでございますね〟
謙蔵、「ハハハ」と笑って、腹を平手でポンポンと叩き、
Ⓣ〝こうしてハダカで呑んでる図は
　どう見ても堀野商事の社長じゃ
　ないな〟
と頗る、上機嫌である。
そこへ哲夫が、「只今！」と這入って来る。
謙蔵、「ヨウお帰り」とニコニコして迎える。
哲夫、アグラをかきながら眉をひそめて言う。
Ⓣ〝今日も亦あの山村の男爵夫人《バロネス》が
　モガ令嬢をつれて来てるんだって
　いうじゃありませんか〟
謙蔵、「あ、そうそう」と初めて思い出して、これも眉をひそめ、言う。
Ⓣ〝食事中だって
　断っても帰らないんだよ。
　あの親子にも困ったもんだ〟
哲夫、「弱ったなァ」とくさり、呟く。
Ⓣ〝赤坂の叔父さんもまた何だって
　変り種ばかり推薦するんでしょうね〟
謙蔵、それを見てニヤニヤ笑い、
Ⓣ〝お前も見込まれたのが運の尽きだ。
　思い切ってあの娘を貰っちまうさ〟
と冷やかす。
哲夫、「えッ！」と父を見、「冗談言っちゃいけませんよ」と一層くさる。
謙蔵、「ハハハハ」と愉快そうに笑って、「まァ呑め」とコップを乾して哲夫に渡す。おいく、酌をする。
哲夫、グーッと一ト息に乾してコップを返し、言う。
Ⓣ〝この際お父さんからキッパリ
　断って下さいな〟
謙蔵、笑って、
Ⓣ〝断るのはいいがまた叔父さんに
　おこられてもわしは知らんぞ〟
と言う。哲夫、「大丈夫です」と頷く。

17

応接室

山村男爵夫人と令嬢のユリ子が待ってい

る。ユリ子はスマートな洋装のモダンな
令嬢である。
ユリ子、退屈そうに細巻の煙草を出して
啣《くわ》え、ライターでパチリと火をつける。
夫人、それを気にして言う。
Ⓣ〝此処へ来た時だけは煙草を
　よしたらどう?〟
ユリ子、笑って、
Ⓣ〝ママの時代と違うわよ〟
と言って、悠然と椅子に反りかえって足
を組み、フーッと煙を吐く。
夫人、多少あきれた形。

18 **応接室の外の廊下**
謙蔵と哲夫が来る。
そしてドアの前まで来ると、ちょっと室
内の様子を覗《うかが》って、謙蔵が哲夫の耳に何
事かをヒソヒソと囁く。
哲夫、頷いて聞く。

19 **応接室**
謙蔵、這入って来る。
ユリ子、夫人よりも先きにサッと立上っ
てツカツカと進み、いきなり謙蔵に握手
する。
謙蔵、面喰う。
夫人が挨拶する。
謙蔵、挨拶を返して夫人に言う。
Ⓣ〝哲夫も只今帰ってまいりましたが
　少し酔っぱらって居りますので
　失礼させて頂きます〟
夫人、意外そうに訊ねる。
Ⓣ〝哲夫さんは御酒を召上るんで
　ございますか〟
謙蔵、眉をひそめて、いかにも困ったと
いうように頷く。
ユリ子が、横から晴れやかに言う。
Ⓣ〝お酒は可愛い魔薬だって
　フランスの詩人が歌ってますわ。
　あたくしだって呑みますもの〟
夫人、多少、ハラハラする。それよりも
謙蔵はアテがはずれた形である。
で謙蔵は更らに言う。
Ⓣ〝しかし酒を呑むと無茶苦茶に
　乱暴をしますんでね〟
夫人、またも意外そうに訊ねる。
Ⓣ〝そんなに乱暴をあそばすんで
　ございますか〟
謙蔵、またも眉をしかめて頷く。
すると又ユリ子が晴れやかに言う。
Ⓣ〝恋と暴険——男の乱暴は女性に
　とって大きな魅力ですわ〟
謙蔵、またもアテがはずれてくさる。

20 **ドアの外**
立聞きしている哲夫もくさる。

21 **応接室**
謙蔵、考えていたが、顔を上げて言う。
Ⓣ〝それに一番困ることは
　酔っぱらうと必ず人の物を
　盗む僻がありましてね〟
夫人「まァ」とあきれる。

22 **ドアの外**（短かく）
哲夫も流石《さすが》にあきれる。

23 **応接室**
夫人、全く意外そうな顔で、
Ⓣ〝哲夫さんはドロボーをあそばす
　んでございますか〟
と訊ねる。
謙蔵「実に困りますよ」と頷く。
ユリ子、晴れやかに謙蔵に言う。
Ⓣ〝あたくしも早く哲夫さんのお心を
　盗みたいと思って居りますのよ〟
謙蔵、「え?」とくさってユリ子を見る。

24 **ドアの外**
哲夫、ガッカリする。
とドアがあく。哲夫、ハッとしてドアの
裏へ隠れようとすると、出て来たのは謙
蔵である。
謙蔵、ドアをしめて「駄目だ」と言うよ
うに首を振る。哲夫も困って考える。

25

応接室

ユリ子、晴々した様子で夫人に言う。

Ⓣ〝何から何まで理想的だわ。
あたしスッカリ気に入っちゃった〟

夫人、モヂモヂと訊ねる。

Ⓣ〝ドロボーもかい？〟

ユリ子、ハッキリ頷いて答える。

Ⓣ〝猟奇的で面白いわ〟

夫人「まァ」とあきれる。

そこへ謙蔵が哲夫をつれて這入って来る。

哲夫、酔眼朦朧千鳥足。

ユリ子、哲夫を見ると、飛び付くように駈け寄って、朗らかに握手する。

哲夫、そのユリ子の手を二三度強く振り廻してドシンと突き飛ばす。

ユリ子、すッ飛んでソファにドカンと尻餅をつくが、

Ⓣ〝まァ素敵！〟

と感激する。

夫人、あきれている。謙蔵、夫人に、

Ⓣ〝御覧の通りでしてな〟

と言う。夫人、多少辟易する。

哲夫、ユリ子を酔眼で睨みながら、一歩一歩静かに近づく。

ユリ子、さすがにいささか気味が悪くなるが、つとめて微笑しながら見迎えている。

哲夫、ユリ子を正面からじっと睨んでいる。が、突然、その首飾りをパッともぎ取る。

ユリ子、「あッ！」とおどろく。

哲夫、首飾りをポケットに入れると、今度はそこにあるハンドバッグを摑んでこれもポケットに押し込む。

ユリ子、「あッそれは」と慌てるが、哲夫が「何ッ！」と睨むので泣き出しそうな顔をして黙ってしまう。

謙蔵、再び夫人に言う。

Ⓣ〝御覧の通りでしてな〟

夫人、ますます恐れをなす。

哲夫、凄い顔をして今度は夫人に近づく。

夫人、恐ろしそうにあとずさりをする。

哲夫、いきなり飛びかかって夫人の扇子を奪い取る。夫人、思わず悲鳴をあげてユリ子に駈け寄り縋る。

哲夫、扇子をビリビリやぶきながら、夫人を追ってユリ子に迫る。

ユリ子、夫人をかばって見構える。

哲夫、益々図に乗って無茶なことをする。

しまいには謙蔵までがハラハラする。

ユリ子、遂いに我慢ならず、「帰りましょう！　ママ！」と憤然として夫人の手をとって出て行って了う。

哲夫、それを見ると、いそいで今奪った扇子を謙蔵に渡す。

謙蔵、それを持ってユリ子等を追って出て、すぐ引返して来る。

そして「アハハハ」と大きく笑い、

Ⓣ〝成功！　成功！　さァ、
大願成就の祝盃だ！　祝盃だ！〟

と言う。

26

玄関前

山村母子の乗った自動車が走り出そうとすると、そこへ哲夫の叔父貢蔵（謙蔵の弟）の乗った自動車が来る。

貢蔵、山村母子を見ると、いそいで自動車から降りて近づき、慇懃に挨拶する。

貢蔵は堀野商事の副社長をしている中老の紳士である。

27

奥座敷

謙蔵と哲夫が二人きりでビールのコップを挙げて乾杯している。

そこへおいくが新しいビールと別にコップを一つ持って這入って来て、

Ⓣ〝赤坂の旦那様がお見えになって
只今お玄関先で山村様の奥様と
何かお話をなすってらっしゃる
そうでございますよ〟

と告げる。

謙蔵と哲夫、「えッ!」とおいくを見、哲夫思わず逃げ腰になる。
謙蔵、それを見て、
Ⓣ〝今更逃げ出すのは卑怯だぞ〟
と笑う。哲夫、くさってモヂモヂする。

28 玄関先

山村の自動車、去る。貢蔵、それを見送り大へん不機嫌な様子で玄関へ――

29 奥座敷

謙蔵、くさっている哲夫を慰める。

Ⓣ〝また何とか胡麻化すさ〟

貢蔵が不機嫌な顔で這入って来る。

哲夫、貢蔵を見ると、急にチヤホヤと座蒲団をすすめたり、団扇を出したり、おいくの働く隙もない程にもてなす。

貢蔵は苦虫を嚙みつぶしているが、謙蔵はそれを見てニコニコ笑っている。

貢蔵、いきなり哲夫に向って、

Ⓣ〝無頼漢!! あきれた奴だ!!〟

とおこる。哲夫、まるでそれが聞えないような顔をして、「まァ一杯」とコップを貢蔵にすすめる。

貢蔵、哲夫を睨みつけて、もぎ取るようにコップを受取る。

哲夫、すかさず酌をしようとする。

貢蔵、そのビール瓶を荒々しく哲夫の手から奪い、睨みつけておこる。

Ⓣ〝わしが切角お前のために骨折っている
縁談を一つ一つぶちこわすとは
実に言語道断だ!〟

そして尚もガミガミおこる。

哲夫、さすがに小さくなる。

と謙蔵がそれを見兼ねて、

Ⓣ〝そうおこるなよ。わしだって
あんな娘は気に入らんのだから〟

と横から口を出す。

貢蔵、今度は謙蔵に向って、

Ⓣ〝兄さんも兄さんです!

息子の我儘を賞揚するとは
何事ですか!〟

と喰ってかかる。そして謙蔵が弁解する隙もないほどガミガミおこる。

哲夫、それを見て、だまってビールのコップを貢蔵の口の処へ持って行く。

貢蔵、それを夢中でグーッとのみ、むせ返る。

哲夫、その背中をなでる。

謙蔵「ハッハッハ」と笑う。 (F・O)

Ⓣ〝やがて学期試験――〟

30 (F・I) 校庭

(移動で)ノートや教科書と首っ引きで血眼になっている学生達。

31 鐘

小使が鐘をならす。

32 校庭

学生達、ゾロゾロ教室へ這入って行く。

33 教室

哲夫等のクラスである。

学生達はそれぞれ自席につく。

斎木は試験員が来るまでワクワクしながらノートを読んでいる。

試験員が這入って来て問題を前方の席の学生に分配する。

前方の席の学生は、それを一枚とって、次々と後の席の学生に送る。

問題を見た学生の中には、喜ぶ者、悲観する者、或は早速カンニングを始める者等いろいろある。

哲夫は試験員の目を盗んで靴の中からカンニングペーパーを取り出す。

斎木は問題を見て、泣き出しそうな顔で青息吐息。

カンニングをする熊田。

見廻る試験員。

人の答案を覗いて試験員から注意される島崎。

カンニングを見つかりそうになってヒヤリとする哲夫。

等々試験の模様をユーモラスに——

やがて試験員は教壇に戻って椅子に腰をおろし、懐中から謡曲の小本か何かを出してそれを読みながら時々ヂロリヂロリと学生達を監視する。

カンニング連の暗中飛躍。

哲夫、ひそかに熊田からカンニングペーパーを受け取る。

途端に試験員がヂロリと哲夫の方を見る。

哲夫、ハッと首をすくめる。

そこへ入口から小使が這入って来る。

哲夫をヂロヂロ見ていた試験員が振返る。

小使、試験員に小声で何かコソコソ告げる。

試験員、それを聞きながらヂロリヂロリと哲夫の方を見る。

哲夫、不安になる。

小使、去る。

と試験員が「堀野君」と呼ぶ。

哲夫、ハッと顔を上げる。

試験員、哲夫を招く。

哲夫、すっかりおびやかされ、ひそかにカンニングペーパーを口に入れて呑み、立って行く。

試験員、哲夫に言う。

Ⓣ〃君のお父さんが危篤だっていう知らせがあったんだが……〃

哲夫「エッ」とおどろく。

試験員、言う。

Ⓣ〃追試験を受けることにして大急ぎで帰りたまえ〃

哲夫、暫く茫然としているが、我に返ると、いそいで仕度をして出て行く。

その間にもカンニング連は此処ぞとばかりに活躍する。

34 **校庭**

哲夫、夢中で校庭を駈け出て行く。

35 **校門の前の往来**

哲夫、お繁に会う。
お繁、ニコニコして言う。
Ⓣ〃試験もうすんだの？〃
哲夫、「ううん」と首を振って答える。
Ⓣ〃親父が急病なんだ〃
お繁は「まあ」と眼をみはる。
哲夫、向うに円タクを発見して呼ぶ。
その円タクが近づく間も、哲夫は不安に駆られてじっとしていられない様子である。
円タクが来ると哲夫はお繁に「じゃ失敬」と言って、急いで乗る。
円タク走り出す。
お繁、見送る。

36 **円タクの中**

哲夫、不安そうに腕時計を見て、イライラしている。　（F・O）

37 （F・I）**堀野邸の玄関前**

二三台の自動車が着いている。

人々がソワソワと出入りしている。

哲夫の自動車が着く。哲夫、とびおりて玄関に駈け込んで行く。

38 **奥座敷**

謙蔵は殆んど絶望の状態で病床に横たわっている。医者がその腕に注射している。看護婦がその世話をしている。

貢蔵とおいくが謙蔵の寝顔をじっと見守っている。おいくは涙ぐんでいる。

そこへさっと襖をあけて哲夫がとび込んで来る。

その開け放された襖の向うの部屋には見舞客がつめかけている。

おいくが「おお、お坊ちゃま!!」と悲痛に迎える。

貢蔵も悲痛な顔で哲夫を迎える。

看護婦が間の襖をしめる。

哲夫はツカツカと枕元に進んで、そこに坐りじっと父の寝顔を見る。

貢蔵が言う。

Ⓣ〃全く不意だった……会社で書類を

調査中に……脳溢血で……〃

哲夫、悲痛な顔で貢蔵を見る。

貢蔵、力なく首を垂れる。

哲夫、またじっと父の寝顔を見る。

じっと父の顔を見ていた哲夫、悲痛に、

Ⓣ〃お父さん……哲夫です……

わかりますか〃

と言う。

謙蔵、眼を開かず、微かに頷く。

哲夫、更に言う。

Ⓣ〃今朝あんなに元気だったのに一体
どうしたって言うんです〃

謙蔵、力なく眼を開いてじっと哲夫を見る。

哲夫、涙を拭き、「お父さん！　お父さん！」と顔をよせる。

謙蔵、堅く哲夫の手を握った儘、次第に力なく眼を閉じそうになる。

哲夫、「お父さん！　お父さん！」と呼ぶ。

貢蔵も容易ならずと見て、「兄さん！　しっかりして下さい！　兄さん！」と呼ぶ。

おいくも「旦那様！　旦那様」と呼ぶ。

しかし謙蔵は遂いに眠るが如く息が絶えてしまう。

医者、脈を見て「御臨終です」と言う。

おいく、わッと泣き出す。

哲夫も泣き、貢蔵も泣く。　（F・O）

Ⓣ〃この結果哲夫は大学を中途で退いて父の遺業「堀野商事」に社長として就任することになった〃

39　（F・I）掲示

「本日午前十時ヨリ新社長就任ノ御挨拶ガアリマスカラ其旨御承知ヲ願ヒマス」

40　懐中時計

十一時半頃——

41　就任挨拶を聞いている社員の一人

懐中時計を見て、ひそかに大きなアクビを噛み殺し、傍の社員に言う。
Ⓣ〃副社長の挨拶が始まってから
一時間半になるぜ〃
その社員、これもアクビを噛み殺して、
Ⓣ〃この上また新社長の挨拶が
あるんじゃ全くやりきれないな〃
そして今度は二人そろってアクビを噛む。
そこは——

42　会社の会議室

そこのテーブルや椅子を片付けて正面に演壇を設け、社員一同はその前に立って副社長の挨拶を聞いているのである。

副社長は即ち貢蔵で、今や演壇に立って、しきりに弁舌を振っている。

演壇の下には新社長の哲夫が控えている。

哲夫は小さな手帖に何かしらしきりに書いている。

哲夫は前列にいる老社員の顔を写生しているのである。

その老社員はポカンと口を開いて副社長の演説を傾聴している。

哲夫、やがて思わずアクビをする。そしてハッと気がついて前を見る。

女事務員がこっちを見て笑いを忍んでいる。

哲夫、それに応ずるように微笑する。

途端に社員達が拍手する。

貢蔵の演説が終ったのである。

哲夫も慌てて拍手する。

と貢蔵が演壇からおりて来て「今度はお前だぞ」と促す。

哲夫、演壇に上る。

社員一同、拍手する。

哲夫、社員一同を見廻し、

Ⓣ〃親父同様よろしく〃

と言ってお辞儀をしてサッサと演壇からおりる。

社員一同、嬉しがって拍手する。

その拍手は暫く鳴りやまない。

哲夫、アンコールの気持で、再び演壇に上り、左右に向ってお辞儀をする。

貢蔵、ニガイ顔をしている。

哲夫、演壇をおりる。

貢蔵、哲夫を促し、先に立って出て行く。

それで社員達もゾロゾロ室外へ出て行く。

43 社長室

貢蔵、哲夫の先きに立って這入って来る。
哲夫、社長の椅子にドカンと腰かけ、足を机上にあげる。
貢蔵、それを叱る。
哲夫、足をひっこめる。
貢蔵、不機嫌に言う。
Ⓣ〝お前も社長になった以上、
もう少し威厳を保たんといかんよ〟
哲夫、笑って答える。
Ⓣ〝しかし僕は叔父さんみたいに
むずかしい顔ばかりしてることは
出来ませんよ〟
叔父、ニッコリともせず、
Ⓣ〝重役は貫禄が大切だ〟
と言う。

44 事務室

女事務員たちが哲夫の噂をしあっている。

Ⓣ〝あたし今度の社長とても
気に入っちゃった〟

と一人が言えば、もう一人が、

Ⓣ〝彼とならドライヴくらい
つきあってもいいな〟

と言い、更に又もう一人が、

Ⓣ〝そんなの向うからお断りよ〟

などとペチャクチャ噂をしながら、みんなで板チョコか何かを喰べている。

そして一人がフト向うを見て「あ！ 出て来たわよ！」と注意する。

社長室から哲夫が貢蔵に導かれて事務室の見廻りに出て来る。

女事務員たち、急に真面目な顔で仕事にかかる。

貢蔵、重役としての威厳を保って哲夫を引廻す。

事務員たちはいずれも貢蔵等が近づくと、立上って丁寧に哲夫に挨拶する。

それに対して哲夫は学生式の明朗さで磊落に握手したり、ズボンのボタンがはずれてるのを注意したりする。

貢蔵はそのたんびにニガイ顔をする。

哲夫は貢蔵のニガイ顔などに構わず、すべて学生式にやってのける。

女事務員たちの処では、哲夫はそこに置き忘れてある板チョコを喰べたりする。

貢蔵は益々ニガイ顔である。 （F・O）

Ⓣ〝それから一年あまり――

大学の友人達が卒業する頃になっても
社長の学生気質は抜けなかった〟

45 （F・I） 往来の移動

自動車内から見た感じ――

46 自動車内

哲夫を中にして貢蔵と花嫁候補の令嬢が乗っている。哲夫は多少くさっている。
貢蔵、哲夫に言う。
Ⓣ〝わしはこれから会社にいくから
お前はお嬢さんと一緒に活動でも
おつきあいしたらどうだ〟
哲夫、「え？」とくさって貢蔵を見る。
貢蔵、それに構わず令嬢に「いかがです」と訊ねる。
令嬢、羞かしげに頷き、答える。
Ⓣ〝哲夫さまさえお差支えなければ〟
哲夫、「僕は」と何か言おうとする。
貢蔵、それを遮って、
Ⓣ〝哲夫は無論よろこんで
お供しますよ〟
と笑う。哲夫、くさって貢蔵の膝を指で

突いて眉をしかめておがむ真似をする。

貢蔵、哲夫をグッと睨む。

哲夫、くさる。

47 往来

自動車、止まり、貢蔵がおりる。と続いて、哲夫がおりようとする。貢蔵、それを内に押し込んでドアをしめる。

哲夫の自動車、走り去る。

貢蔵、ニコニコして見送り、通りがかりの円タクを呼び止めて乗る。

48 自動車内

哲夫と令嬢、クッションの両端に別れて、哲夫はつまらなそうに窓から外を見ている。
令嬢、チラチラ惚れっぽく哲夫を見ながら、次第ににじり寄り、遂《つ》いに寄り添う。
哲夫、ハッと見返る。
令嬢、媚を含んでニッコリし言う。
Ⓣ〝シネマなんかつまんないわ、何処か二人ッきりになれる処へ行かない？〟
哲夫、くさる。そして答える。
Ⓣ〝大磯の坂田山へでも行きますか〟
令嬢「まあ」とニッコリして、
Ⓣ〝嬉しいわ〟
とピッタリ寄り添って来る。
哲夫、だァとなり、顔をそむけて窓から外を見る。

49 窓から見た往来の移動

人力車に積んだ荷物を俥夫にひかせて、お繁が手廻り品を手に持って歩いて来る。引越しをするらしい様子である。

50 自動車内

哲夫、それを見ると、いそいで運転手に停車を命じる。

51 往来

自動車がとまると哲夫がいそいで下りる。

令嬢も続いておりようとする。

哲夫、それに構わず駈けて行く。

52 同往来

哲夫、お繁に追い縋り、呼びとめる。

お繁、振返って「まァ堀野さん！」と懐しがる。哲夫もニコニコして懐しげに挨拶する。そして「どうしたんだい、引越しかい」と訊ねる。

お繁、頷いて答える。

Ⓣ〝伯父さんが店をたたんで四五日前に田舎に帰ったものですから……〟

哲夫、「どうして店をたたんだんだい？」と不審そうに訊ねる。

お繁、さびしそうに答える。

Ⓣ〝この頃は学生さんまで不景気になってベーカリーも昔の面影がなくなったんですもの……〟

哲夫「なるほどねえ」と頷く。

53 自動車の処

令嬢、依然として自動車の傍に佇んで二人の方を見ている。

54 お繁の処

お繁、哲夫に訊ねられて答える。

Ⓣ〝あたし何処かデパートの売子にでもなろうと思ってますの〟

哲夫、それを聞いて、フト思い付き、

Ⓣ〝僕の会社に来たらどうだい？〟

と誘う。お繁、「え？ 使って下さる？」と明るく哲夫を見る。哲夫「勿論！」と明るく頷き、言う。

Ⓣ〝学校の連中も今度二三人這入ったからきっと君を歓迎するよ〟

お繁、喜んでニコニコしながら言う。

Ⓣ〝あなた皆さんに入社試験の問題をお教えになったんですってね〟

哲夫、「ハハハハ」と笑って頭を掻く。

55 **自動車の処**

令嬢、コンパクトでしきりに化粧を直している。と哲夫が駈けて来る。
令嬢、ニコヤカに迎えると哲夫が言う。
Ⓣ〝僕はこれから引越しの手伝いをしますから此処で失礼します〟
令嬢「え?」と哲夫を見る。
そこへお繁が俥夫と共に来る。
哲夫、令嬢に、
Ⓣ〝どうぞ僕にお構いなく〟
と言ってお繁の手の荷物を受取って自動車に積み入れる。
令嬢、ふくれてそれを見ている。
哲夫、それに構わず、俥夫から荷物を受取って自動車に積む。
令嬢、全く憤慨して、ツンツンして去って行く。
哲夫、見送りもせず、荷物を自動車に積み込む。（F・O）

56 **（F・I）アパートの一室**

哲夫、ワイシャツ一枚になってお繁に手伝って荷物を片付けている。

哲夫、なかなかマメに働く。むしろお繁が哲夫に手伝っている形である。

その模様適当に——

57 **ドア**

ノックする手。

58 **室内**

お繁、ノックの音を聞いて、「どなた?」と振返る。

ドアが開いて会社員姿の斎木が花束を持って這入って来る。

お繁、「アラ斎木さん!」とニコヤカに迎える。

哲夫も「やァ君か」と明るく迎える。

斎木、哲夫を見るとちょっとマゴマゴしてお辞儀をする。

哲夫、ニコニコして訊ねる。

Ⓣ〝会社は? 早退したのかい?〟

斎木、堅くなってモヂモヂし、返事が出来ない。

哲夫、朗らかに笑い乍ら、

Ⓣ〝たまには休んだっていいさ、月給が安いんだもの〟

と言って、お繁に「さァもう一ト息やろうぜ」と片付け物を続けようとする。

斎木、モヂモヂしているが、進み出て哲夫に弁解する。

Ⓣ〝僕は決してそんな気持じゃないんだよ。どうか今日だけは大目に見てくれたまえ〟

哲夫「アハハハ」と大きく笑って、

Ⓣ〝君は相変らず真面目だな〟

と少しも気にせず荷物を片付け始める。

斎木、手持無沙汰にモヂモヂしている。

お繁、ニコニコして斎木に言う。

Ⓣ〝喜んで頂戴、あたしも明日から会社のお仲間よ〟

斎木「え?」とお繁を見る。

お繁、入社したことを告げる。

斎木、浮かない顔でそれを聞き、お繁と哲夫とを見比べる。

哲夫、斎木を振返って明るく言う。

Ⓣ〝ボンヤリしてないで君も手伝えよ〟

斎木「は!」と堅くなって、

Ⓣ〝僕はこれからまた会社へ帰るよ〟

と言って花束をお繁に渡す。哲夫「いいじゃないか、もう帰らなくても」と留めるが、斎木は妙にソワソワして帰って行ってしまう。

お繁、それを送って出て行く。

哲夫、嘆息し、つまらなそうにそこの椅子に腰をおろして考えこむ。

お繁が戻って来る。

哲夫、お繁を見て、しんみりと言う。

Ⓣ〝今の斎木の態度をお繁ちゃんはどう思う?〟

お繁「態度って?」と聞き返す。

哲夫、やや憂鬱に、

Ⓣ"斎木ばかりでなく熊田や島崎までが
妙に僕を社長扱いにするんだよ"

と言って暗い顔をする。

お繁、ちょっと首を傾けるが、他意なく微笑して言う。

Ⓣ"そりゃ仕方がないじゃありません？
みんなはあなたに
雇われてるんですもの"

哲夫、それを聞くと黙って憂鬱にお繁を見るが、やがて力なく眼を伏せて嘆息し、

Ⓣ"さびしいなァ"

と暗く考え込む。　(F・O)

Ⓣ"翌る日――"

59　(F・I)　社長室

哲夫が貢蔵に叱られている。貢蔵の机の前に頭を垂れて立っている哲夫の姿は、何処から見ても社長に叱られている社員の姿である。

貢蔵言う。

Ⓣ"お前は幾度わしに恥をかかせる
気だ！　これで五度目だぞ！"

哲夫、サッと顔を上げて言う。

Ⓣ"六度目ですよ"

貢蔵「何？」と指を折って数える。哲夫、それに口を出す。貢蔵「ははァなるほど」と頷くが気が付いて叱りとばす。

Ⓣ"六度目とは益々以て不都合千萬だ！"

哲夫、叱られて恐縮するが、やがて顔を上げてニッコリして言う。

Ⓣ"実は僕、学生時代から好きな娘が
一人あるんですよ"

貢蔵「えッ！」と哲夫を見、思わずニッコリして「ホホウそうかい」と言うが、またハッと気が付いておこる。

Ⓣ"それならそれとなぜ早く言わなかったんだ！　二年も三年も人に無駄骨を折らせるとは不届至極だ！"

哲夫、あやまる。

貢蔵、あやまられると次第に顔色を柔げて、

Ⓣ"一体それは何処の娘だい？"

と訊ねる。

哲夫、ニコニコして、

Ⓣ"まァもう暫らく預けといて下さい"

と言う。

60　事務室

お繁が辞令を持って社員達に挨拶して廻っている。

その辞令には――

「右之者当社事務見習トシテ
月給四十円ヲ給ス」

と書いてある。

お繁、だんだんに社員達の間を廻って斎木等の処へ来る。

斎木と机を並べて熊田と島崎がこれも社員になっている。

お繁、そこへ来ると辞令を丸めて持ち、ニッコリして、

Ⓣ"どうぞ宜しく"

とお辞儀をする。

熊田と島崎はお繁の方に向き直って明るく言葉を交すが、斎木だけはただニコニコしている。

熊田が島崎に言う。

Ⓣ"こうなって見るとおれ達の仲間
では斎木が一番幸運児だなァ"

島崎、頷いて明るく答える。

Ⓣ"許嫁《フィアンセ》と同じ会社に勤めるなんて
全く理想的だよ"

斎木とお繁、眼を見合わせてニッコリする。

島崎、それを見てお繁に言う。

Ⓣ"お繁ちゃんだって斎木と一緒で
嬉しいだろう？"

お繁「知らないわよ」とテレる。

熊田、それを見て、

Ⓣ"斎木も学校は出来なかったが
恋愛術では俄然天才を発揮したな"

と朗らかに笑う。

哲夫が社長室から出て来る。

しかし熊田等はそれに気が付かずにお繁を相手に談笑している。

哲夫、ニコニコしながら近づいて来る。それを見ると、熊田も島崎も斎木もサッと机に向って急にいそがしげに事務を執り出す。

哲夫、それを見てサッと寂しい顔になる。

お繁、明るく哲夫を見迎えて会釈する。

哲夫、寂しい顔で熊田等の姿を見ているが、気を代えて明るくお繁を見、

Ⓣ〃事務の様子や何か
　大体わかったかい？〃

と訊ねる。お繁「ええ」と頷く。

哲夫、お繁を促して、お繁の席に行く。そして何かと親切に世話してやる。

それを見て一隅のタイピストが二三人眼を見合わせ、一人がタイプライターを打つ。あとのタイピストがそれを覗き込む。

タイプライターに打たれる文字「ひとめ見た時すきになったのよ」　（F・O）

61　（F・I）**銀座尾張町あたりの夕刻**

夕刊売のビラには「大学出のルンペン」とか「政府の失業救済案」とかいう字が見える。
自動車が来て停まる。
自動車から斎木がおり、島崎がおり、哲夫がおり、熊田がおりる。
そして揃って歩き出そうとする。
斎木、気が付いて哲夫のカバンを持ってやろうとする。と、それを見て他の二人も「僕が持つ」「僕が持つ」と手を出す。
哲夫、苦笑して、
Ⓣ〃そう一々社長扱いにするなよ〃
と言い、続けて、
Ⓣ〃会社から一歩出ればおれ達は
　昔の仲間じゃないか〃
と言って自分でカバンをブラ下げて歩き出す。
三人も仕方なくそれについて歩き出す。

62　**或る酒場の前**

哲夫等、来てそこへ這入って行く。

63　**酒場の内部**

哲夫等テーブルに着く。その間も三人は何かと哲夫の世話を焼きたがる。
哲夫、ビールか何かを注文する。
そして女給が去ると、哲夫は三人に向って言う。
Ⓣ〃実は諸君に折入って
　相談があるんだがね〃
一同、哲夫を見る。
哲夫、微笑を浮べて言う。
Ⓣ〃おれはお繁ちゃんと結婚したいと
　思うんだがどうだろう？〃
斎木、ハッとして顔色を変え、オドオドと眼を伏せる。
熊田と島崎も全く意外そうに哲夫と斎木とを見比べる。
そこへ女給がビールを運んで来る。
女給が一同にビールを注いで去ると、哲夫が再び三人に向って言う。
Ⓣ〃学生時代にはお繁ちゃんは
　おれ達の共有財産だった〃
熊田と島崎、頷く。
斎木は黙ってじっと考えている。
哲夫、微笑して言う。
Ⓣ〃その人をおれが
　独占しようとする以上
　おれは諸君の意見を聞くべきだ
　と思うんだ〃
熊田と島崎、顔を見合わせ、熊田が斎木に言う。
Ⓣ〃斎木はどう思う？〃
斎木、ハッと顔を上げて熊田を見、泣くとも笑うともつかない顔でオドオドと答える。
Ⓣ〃僕に異論はないよ〃
熊田と島崎、意外そうに斎木を見るが、やがて二人で顔を見合わせ、熊田が哲夫に答える。

Ⓣ〝僕達にも異論はないよ〟
哲夫「そうか、ありがとう！」と喜んで、「さァ乾杯だ！」とコップを挙げる。
三人もそれぞれコップを挙げる。
嬉しそうに飲む哲夫。
泣き出しそうな顔で飲む斎木。（F・O）

64

（F・I）堀野邸の玄関の前　夜

自動車が着く。哲夫がおりる。
玄関へおいくや小間使が迎えに出る。
おいく、哲夫を迎えて、
Ⓣ〝先程から斎木さんのお母様と
　おっしゃる方がお待ちになって
　居りますよ〟
と告げる。哲夫、不審そうな顔。

65

応接室

斎木の母おせんがポツネンと待っている。
哲夫が這入って来る。
おせん、それを見ると椅子から辷《すべ》りおりて哲夫が困るほど丁寧に挨拶する。
哲夫「まァまァ」とおせんを椅子に着かせ、
Ⓣ〝僕はつい二三十分前まで斎木君達と
　銀座で飲んでたんですよ〟
とニコやかに言う。
おせん、「はァ左様でございましたか」
と非常に恐縮し、
Ⓣ〝あんな男でさぞお役にも
　立ちませんでございましょうが
　何分どうぞ宜しくお願い申上げます〟
と丁寧にお辞儀をして、そこの椅子の蔭に置いた身分不相応に立派な菓子折を取出し、
Ⓣ〝おはずかしい品でございますが
　私共のほんのお礼のしるしで
　ございます〟
と哲夫の前に差出す。
哲夫、「こんなことをなすっては困ります」と押返す。
それをまたおせんが押戻す。
哲夫、困る。
そこへおいくが飲物を持って来る。
おせん、それを頂いて受取る。
おいく、去る。
おせん、哲夫に言う。
Ⓣ〝この不景気に就職難にもあわず
　無事にお宝を頂けますのも全く
　あなた様のお蔭だと私共毎日お宅
　様の方をおがんで居ります〟
哲夫、笑って言う。
Ⓣ〝僕をおがむ前に一日も早く
　斎木君に嫁でも貰ってお母さんも
　ラクをすることですね〟
おせん、「はい」とニコニコして言う。
Ⓣ〝それがまた大へん都合よく
　好い嫁が見付かりましたんで
　ございますよ〟
哲夫、「ホウそれはよかったですね」と喜ぶ。
おせん、言う。
Ⓣ〝御存じでございましょうが
　学校の前の洋食屋に居りました
　お繁さんという娘……〟
哲夫「えッ！」と顔色を変える。
おせん、気が付かず続けて言う。
Ⓣ〝あの人が来てくれることに
　なったんでございますよ〟
哲夫、全く意外な気持で「そうでしたか」と頷き、
Ⓣ〝それは一体いつ頃からの話です？〟
と訊ねる。
おせん「さァ」と軽く考え、
Ⓣ〝卒業する一ト月ばかり前に初めて
　私に打明けたんでございます〟
と微笑して答える。
哲夫、じっと考えこむ。おせん、その様子を見て気遣う。哲夫、つとめて明るく微笑し、「いや何でもありませんよ」と言うが、しかし憂鬱である。（F・O）

66

（F・I）同夜　お繁のアパート

お繁、椅子に腰かけて、何か縫い物をし

ている。

67　**廊下**

哲夫が緊張した顔で来てドアをノックする。

68　**室内**

お繁「どなた?」と言う。哲夫が這入って来る。お繁「まァいらっしゃい」と明るく迎える。
哲夫、緊張した顔で言う。
Ⓣ〃早速だけどお繁ちゃんは斎木と
　結婚の約束をしたのかい?〃
お繁、ハッとして顔を伏せ頷く。
哲夫、その様子をじっと見て、腹立たしいような気持でトゲトゲしく言う。
Ⓣ〃なんだって斎木なんかとそんな
　約束をしたんだい〃
お繁、ハッと顔を上げ哲夫を見る。
哲夫、責めるような調子で、
Ⓣ〃僕が学校時代にどんな気持で
　君に対していたか君にはまるで
　わかっていなかったのかい〃
と言う。
お繁、じっと哲夫を見て次第に涙ぐんで来る。
哲夫、それをじっと見ている。
お繁、悄然と項垂れて、
Ⓣ〃あたし、あなたはもう二度とあた
　しの処へは帰って来て下さらない
　と思ったんです〃
と言う。涙の眼を上げて哲夫を見る。
哲夫、じっとお繁を見ている。
お繁、涙をのんで、
Ⓣ〃あたしはあなたを待ってることが
　自分だけの夢だと思って
　あきらめたんです〃
と言って、じっと唇を噛む。
哲夫、言葉なく黙ってお繁を見ているが、やがて力なく傍の椅子にドカリと腰を落して深く考え込む。
お繁、涙を一ぱい浮べて言う。
Ⓣ〃そう思ってあたしがあきらめた時
　恰度斎木さんから結婚のお話が
　あったんです〃
哲夫、顔を上げず黙って考え込んでいる。
お繁、しみじみと言う。
Ⓣ〃いつも皆さんの後から一ト足
　おくれてトボトボ歩いている
　斎木さんの姿があたしは初めから
　気の毒でたまりませんでした〃
哲夫、依然として顔を上げずに考え込んでいる。
お繁、言う。
Ⓣ〃あたしは斎木さんのあの灰色の
　生活をせめてあたしの力で明るく
　してあげたいと思いました〃
哲夫、静かに顔を上げてお繁を見る。
お繁、感傷的な気持で、
Ⓣ〃あたしみたいな者でも
　行ってあげなければ誰が
　あの人の奥さんになるでしょう〃
と言って、涙をのむ。
哲夫、じっと考えるが、突然サッと立上って「さよなら」と言い捨て、急いで去ろうとする。
お繁、おどろいて追い縋り、
Ⓣ〃おおこりになったの?〃
と心配する。
哲夫、ニッコリして、
Ⓣ〃その気持でいつまでも斎木を
　愛してやってくれたまえ〃
と言って出て行く。
お繁、じっと立ちつくす。　（F・O）

69　**（F・I）同夜　斎木の家**（産婆の家）**の前**

入口に〃産婆〃の看板が出ている。
家の中から熊田と島崎が斎木に送られて出て来る。熊田と島崎は会社帰りの背広姿だが、斎木だけは和服に着更えている。
島崎、
Ⓣ〃口じゃ何とか言ってたって

彼奴だって結局は
普通の社長だよ〟
Ⓣ〝社長と女事務員——
お誂え通りの型だ〟
Ⓣ〝おまんまを頂くことも
当世じゃ随分むずかしく
なりましたねえ〟
熊田が慰め顔で斎木に言う。
Ⓣ〝お繁ちゃんばかりが女じゃない
気を落さないでしっかりやるさ〟
そして立つ。
斎木、力なく頷く。
そして島崎と熊田は斎木と別れて去って
行く。
斎木と母、悄然とそれを見送っている
が、斎木は不意に二人を追って行く。
斎木、二人に追いついて、
Ⓣ〝僕もその辺まで一緒に行こう〟
と言う。熊田と島崎、斎木を間に挟んで
歩き出す。

70

そこは郊外の住宅地である

一台の自動車が来て三人とすれちがう。
三人は気が付かないで歩いて行くが、自
動車はすぐ停って、中から哲夫が現わ
れ、三人を呼び止める。
三人、呼ばれて振り返る。
哲夫、駈けて来る。
三人、哲夫と知って流石にマチマチす
る。
哲夫、三人を見て、
Ⓣ〝みんな一緒で恰度よかった。
実は斎木に少し話があって
やって来たんだ〟
と言い、斎木が「じゃアどうぞ」と戻ろ
うとするのを、
Ⓣ〝君のお母さんには
聞かせたくない話なんだ〟
と言って、そこの空き地に三人を誘う。

71

空き地

哲夫、三人をつれて来る。
そして斎木に向って言う。
Ⓣ〝君はどういう気持でお繁ちゃんと
僕との結婚に賛成したんだ〟
斎木「えッ！」と意外な顔で眼を瞠る。
熊田と島崎も意外そうに眼を見合わせ
る。
哲夫、鋭く言う。
Ⓣ〝君はおれが友達の恋人を奪って
喜ぶような男だと思ってるのか〟
斎木、モヂモヂと顔を伏せる。
熊田と島崎、哲夫と斎木を不安そうに見
比べている。
哲夫、イライラして鋭く言う。
Ⓣ〝斎木！　グヅグヅしないでハッキリ
返事をしろ！〟
斎木、それでも尚オドオドして唾をの
み、返事が出来ない。
熊田が見兼ねて口を出す。
Ⓣ〝斎木だって君に厚意を示したい
と思ってしたことだよ。そう頭から
責めちゃ可哀そうじゃないか〟
哲夫、キッと熊田と島崎を睨み返し、チ
リヂリして言う。
Ⓣ〝おれは君達にも言い分があるんだ！〟
熊田と島崎「まァまァ」となだめる。
哲夫、涙ぐんで来る。そして言う。
Ⓣ〝君達はそれでもおれの友達なのか！〟
熊田と島崎「まァいいじゃないか」と尚
もなだめる。
斎木はじっと考え込んでいる。
哲夫、熊田と島崎に向って涙ぐんで鋭く
言う。
Ⓣ〝おれの前に出ると犬みたいに
しっぽを振って、
それでも君達はおれの友達なのか！〟
熊田と島崎、さすがに言葉がない。
哲夫、次第に激昂して、
Ⓣ〝いつおれがそんなことを
してくれと頼んだ！　いつおれが
そんなことをされて喜んだ！〟
と言い、悲壮な感じで、
Ⓣ〝学生時代の友情は何処へ

行ったんだ！〃

と慨嘆して涙をのむ。

熊田と島崎、黙って項垂れている。

斎木、オヅオヅして顔を上げて哲夫を見、モヂモヂし乍ら言う。

Ⓣ〃僕達親子が無事に暮せるのは
君のお蔭だ……〃

哲夫、黙って鋭く斎木を見る。

斎木、重ねてオヅオヅと言う。

Ⓣ〃社長の君に逆らうことは
僕達自身の生活に逆らうことだ……〃

哲夫、その斎木の顔を鋭く睨んでいるが、いきなりボエン！　と張り倒して、

Ⓣ〃そんなことで恋人まで譲る奴が
あるか！　馬鹿！〃

と罵り、尚も続けて飛びかかろうとする。

熊田と島崎、おどろいて哲夫を止める。

哲夫、振りもがき乍ら、

Ⓣ〃おれは斎木の卑屈な気持を
叩き直してやるんだ！〃

と言い、それでも二人が放さないので、

今度は二人に向って威丈高に、

Ⓣ〃おれの言い分が間違ってると
思うのか！〃

と喰ってかかり、

Ⓣ〃異存があるなら殴るでも蹴るでも
どうでもしろ！〃

と言い、二人がひるむ隙に斎木にとびかかって、

Ⓣ〃友情の鉄拳だ！
骨身にしみて覚えて置け！〃

と言って滅茶滅茶に殴る。二人も手が出せないでハラハラしている。

斎木、グッタリしてしまう。

哲夫、漸く手を放して、涙を一ぱい浮べて斎木の姿を見る。

熊田、感激した顔で突然「おい！」と哲夫の手を把り、

Ⓣ〃すまなかった！〃

と頭を下げる。島崎も同じ様に詫びる。

哲夫、涙滂沱として、いきなり二人を抱きしめる。

斎木、グッタリして躯をなでている。

哲夫、それを見て「おい！　斎木！」と悲痛な気持で縋り寄り、

Ⓣ〃ゆるしてくれ！〃

と言って涙を呑む。

その情景よろしく。　（F・O）

72

（F・I）晴れた日　ビルディングの屋上

哲夫と熊田と島崎が三方にわかれてキャッチボールをしている。

島崎がふと気が付いて言う。

Ⓣ〃もう停車場へ行って
いい頃じゃないか〃

哲夫「あ、そうだ」と腕時計を見て言う。

Ⓣ〃いけねえ！　もう汽車が
出る時刻だ！〃

熊田と島崎、「おい本当か」と集って来る。

73

プラットフォーム

汽車が動き出す。

新婚旅行に出る斎木とお繁をおせんが見送って手を振っている。

74

ビルディングの屋上

哲夫と熊田と島崎が、屋上の末端に並んで、遥か向うの高架線を見おろしている。

哲夫が明るく指さして言う。

Ⓣ〃いた！　いた！
窓からこっちを見て
手を振っている！〃

熊田と島崎「あ！　いる！　いる！」とニコニコし、三人、そこの一段高い処にとびのって、学生時代の応援歌をやる。

その光景よろしく。　（F・O）

――完――

（昭和七年八月二十四日）

また逢ふ日まで

脚色　野田　高梧

原作……野田　高梧
脚色……小津安二郎
監督……小津安二郎
撮影……茂原　英朗

女(A)……岡田　嘉子
男……岡　譲二
父……奈良　真養
妹……川崎　弘子
女中……飯田　蝶子
友達の女(B)……伊達　里子
あんど　あざあず

一九三二年（昭和七年）
松竹蒲田
脚本のみ現存、ネガ、プリントなし
SD（=サウンド）10巻、2127m
（七八分）
白黒・無声（サウンド版）
十一月二十四日　帝国館公開

1
（F・I）**夜の街路**
そこは所謂オフィス街で、昼間は相当に賑やかな地域であるが、夜も稍《やや》更けた今時分になると、人通りも殆んど絶えて、街燈の淡い光が薄ぼんやりと四辺を照らし、舗道の上には折柄の微風に紙屑がガサゴソところがって行くというような、しっとりとした静かな情景である。
その物静かな情景、適当に二、三態――

2
舗道
職工風の（或は海員風の）男が二人ばかり、何か尤もらしく語らいながら歩いて行く。
と前方から巡回の巡査が来る。
巡査、男達を探るような眼で見ながら、すれちがう。そして、男達の方をそれとなく見返りながら、ブラリブラリとゆっくり巡回して行く。

3
舗道の一部
巡回して来た巡査、やがて一方に何かを発見したらしく足を止める。

4
（見た眼）**建物の外壁**
見たところ不穏ビラのようにも見える紙片が二、三枚ベタベタと張ってある。

5
舗道
巡査、眉をひそめるように、それに近づく。
そして見ると――

6
建物の外壁
そこに張ってあるのは、上海事変の号外の類である。

7
舗道
巡査、至極満足そうな顔付きで、再び悠然と歩み続けて行く。

8
同じ地域の別の街路
街燈の鉄柱の下に、若い女が一人佇んでいる。
退屈そうに煙草を出して火をつける。マッチの火で顔が明るく照らし出される。二十三、四の女(A)である。彼女、煙草の煙をフーッと吐きながら、前方に何かを発見したらしく、それとなく歩き出して、一方へ切れる。（以下、女とあるのは女(A)のことである）

9
舗道
例の巡査がブラリブラリと巡回して来る。

10
建物と建物の間の狭い露地
女、その露路の物蔭に、舗道の方へ背を向けて、息を殺して立っている。

11
露地から見た舗道
巡査、通り過ぎて行く。

12
露地
女、軽い安堵の気持で、改めて煙草をフーッと深く吸い、吸殻を捨てて、露地から出て行く。

13
舗道
女、露地から出て来て、別に何処へ行くというあてもないらしく、退屈そうに左右を見などして、アクビを嚙む。

14
街角
酔っぱらった青年が一人、両切煙草の空き缶か何かを靴先で蹴りながら、街角を曲って現われる。
かなり危い足取りで建物の鉄柵に掴まったり離れたりして歩きながらも、根気よく空き缶を蹴り続けて行く。

15 **舗道**

ぼんやり佇んでいた女、その空き缶の音で青年の姿を発見したらしく、その方へブラリと歩き出す。

16 **同　舗道**

空き缶を蹴りながらヨロヨロと歩み続ける青年の前に、女が無言で現われる。

青年、キョトンとして女を見るが、すぐニッコリ微笑する。

女も無言で微笑を浮べる。

青年、急にソワソワと上着やズボンのポケットを探り廻して、蝦蟇口を捜し出し、その中を改める。

蝦蟇口の中には、ほんの僅かな金しか残っていない。

女、それを見ると、青年がまだ蝦蟇口を改めている間に、その横を通り抜けて去って行く。

青年、それに気が付くと、慌てて呼び止めようとするが、酔っているのでついその儘ポカンとして見送る。

振り返りもせずに去って行く女。

青年、又ヨロヨロと歩き出し、空き缶を蹴り続けて行く。

17 **同じ地域の更に別の場所**

此処にも前のと同じタイプの女(B)が、退屈そうに煙草をふかしながら佇んでいる後姿が見える。

女(B)、やがて振り返って見迎える。

女(A)が近づいて来る。

女(B)「どうしたの?」と言葉を掛ける。

そして、気のない様子で言う。

Ⓣ〝引き上げようか〟

女(A)、これも気のない様子で、「そうね」と頷き、言う。

Ⓣ〝店へ? それとも塒《ねぐら》へ?〟

女(B)、なんとなく疲れた感じで答える。

Ⓣ〝あたし今夜は自分のベッドで
ノビノビと寝てみたいんだよ〟

そして両人、一緒に歩いて行く。

18 **或る街角**

暗い街路を出征部隊の兵士の行軍が、隊伍蕭蕭として通っている。

女達、その街角へ来合わせて、蕭蕭たる行軍の姿を見て佇む。

やがて行軍の末尾が通り過ぎて行く。

女達、じっと見送っている。やがて女(A)が何か思い出したらしく、ハンドバッグから千人針を出して、相手に頼む。

Ⓣ〝すまないけど
一ト針縫っておくれな?〟

女(B)、それを見て微笑し、訊ねる。

Ⓣ〝誰への心尽しさ?〟

女(A)、寂しい微笑を浮べて答える。

Ⓣ〝あの人が召集されて
香港から帰って来るんだよ〟

女(B)、「まァ」と明るく相手を見る。

女(A)、催促する。

女(B)、いそいそと千人針を縫ってやる。

(F・O)

19 **(F・I)　同夜　粗末なアパートの二階の廊下**

薄暗い電燈の光――ペンキの剝げた階段の手摺り――女(A)が階段を上って現われる。
そして左右に三つ四つ並んだドアの一番奥のドアの前に来て、鍵を開け様とすると、既に鍵が開いているので、不審そうな顔でドアを静かに押し開け、「おや?」と思う。

20 **(見た眼で)　室内**

ラベルを張った粗末な古い小型のスーツケースが椅子の上に置かれてある――(旋廻すると)――一隅のベッドから靴をはいた男の足が二本並んでいる。

21

室内

女、ニッコリして、胸を躍らせるような心持で、忍びやかにベッドに近づき、そこに仮睡している男の顔を上から懐かしげに見おろす。

男はベッドに腰かけた儘で、いつともなく仰向けになって眠っている。みすぼらしい服装で顔には無精髭が生えている。

女、溶け入るような懐かしげな微笑を浮べて男の顔を見ているが、やがて、そっと手を伸して、男の顔の横に置かれたソフトを取り、懐かしげに撫でながら、傍の壁の釘に掛ける。

そのソフトも破れている。

男、微かに眼をあけ、次第にハッキリして左右を見、女の姿を見出すと、ムックリと起き直って「おい！」と懐かしげに呼ぶ。

女、振り返ってハッと顔を見合わせ、嬉しさに涙ぐむ。

男、立ち上がって女を抱く。

両人、顔を見合わせた儘、暫くは言葉も出ない。

やがて男が口を開く。

Ⓣ〃まる二年……おれも
　さんざん苦労したよ〃

女、涙がこみ上げて来て顔をそむける。

男、しんみりと言葉を続ける。

Ⓣ〃その間鐚《びた》一文おくらなかったばかりか
　今度帰って来るのにも
　土産一つ買って来られなかった〃

女、男を見て「いいえいいえ」と激しく首を振り、

Ⓣ〃あたしはあんたの無事な
　顔を見ただけで沢山
　お土産なんかほしかないわ〃

と訴えるように言う。

男、いじらしげに女を見て、力なく椅子に腰をおろす。

女、それを見て、更に悲しげに言う。

Ⓣ〃でも又すぐ別れなけりゃ
　ならないのね〃

男、無言で痛ましく女を見る。

女、男の視線を避けるように一方へ去る。

片隅の粗末な机——女、その抽出しを捜して、一、二通の書付を取り出し、それを持って男の方へ行く。

そして、黙って男にその書付を差し出す。

男、それを見る。

書付——

男、黙ってそれを見る。

女、涙ぐみながら男を見て、一方の粗末な炊事台の方へ去る。

女、炊事台のガスに点火するが、ガスが出ないので、蝦蟇口を出して、ガスのメートル口へ一銭入れ、ガスが出るのを待って点火し、湯を沸かす。

男、召集通知を手にして何事か考えごちていたが、やがて女に向って訊ねる。

Ⓣ〃君がこの通知を受け取ってくれた以上
　おれのうちでは
　何も知らないわけだね？〃

女「そうね」と首を傾け、

Ⓣ〃多分そうだろうと思うわ〃

と答える。

男「そうか」と独り頷いて、再び、何か考えながら書付をポケットにしまう。

女、湯が沸いたので紅茶を入れる。と言っても、その道具類はすべて貧しい品ばかりで、茶碗などもフチが欠けている。

その間、男は立ち上がってそれとなく室内を見廻りなどして、一隅の机上に置かれた自分の写真を発見する。粗末な枠に入れられた写真である。

写真——瀟洒な背広姿でソフトの前を下げてかぶったスマートな彼の姿。

男、感慨深くその写真に見入る。

女、紅茶を持って小卓の処へ来て、声を掛ける。

男、振り向いて、写真を示しながら寂しげな微笑を浮べて、

Ⓣ〃この時分はおれの手も

　柔らかだったんだねえ〃
と稍快活そうに笑いながら、写真をそこに置いて、女に近づき「これを御覧」と両手を女の前に出して見せる。
男の掌にはマメが出来ている。
女、男の掌を撫でながら、しんみりした感じになり、微かに嘆息して言う。
Ⓣ〃あたしのためにあんたも
　ずいぶん苦労してくれたわねえ〃
男、つとめて明るく微笑しながら、「さァ紅茶を御馳走になろうか」と女にもすすめる。そしてフト思い出したらしく、自分のスーツケースを持って来て、その中から食べ残りのミカンを出して女にすすめる。
女、すすめられて、寂しげにミカンをむく。
男、うまそうに紅茶を飲む。
女、ほそぼそとミカンを食べながら、それとなく男を見ている間に、次第に悲しくなって来て、急に肩をふるわせて歔《すすり》欷《なき》を始める。
男、ハッとして「どうしたんだい？ 何が悲しくなったんだい？」と心配する。
女、答えず、ハンケチで顔を抑えて卓上に泣き伏す。
男、不安になって立ち上がり、女の傍へ寄って肩に手をかけ、しきりに案じて訊ねる。
女、やがて涙にぬれた顔を上げ、寂しい微笑を浮べて、言う。
Ⓣ〃あたし馬鹿ねえ……
　覚悟していながら
　何だか急にあんたと別れるのが
　悲しくなったの〃
男、グッと胸が迫って女をじっと見る。
女、続けて、
Ⓣ〃あんたを戦線へ送るんだもの
　あたしもっともっとしっかりしなきゃ
　駄目なんだわねえ〃
と、みずから気を引き立てながら言う。
男、たまらなくなって女の肩をグイと抱き寄せる。
女、肩を慄わせて忍び泣く。（F・O）
Ⓣ〃翌朝〃

22 **（F・I）アパートの共同洗面所**

水道の蛇口が捻られて、洗面器に水が溜まる。男、水が一ぱいになるのを待って顔を洗う。そこへアパートの他の宿泊人が顔を洗いにやって来て、物珍しげな顔で男を見る。

男、顔を洗い終って、宿泊人に軽く会釈して去って行く。

23 **女の部屋**

女、炊事台でフライエッグスなどを作り朝の仕度を整えている。

男が戻って来る。

女、見迎えて、両人、軽く微笑。

男は鏡の処へ行って顔を映し、無精髭を撫でて見などしてから、窓際へ行って、外を眺める。

24 **窓から見た市街の屋根**

朝の感じ宜しく——

25 **女の部屋**

男、すがすがしい気持で眺めている。
女、卓の処へパンやフライエッグスなどを運んで来て、男を見、訊ねる。
Ⓣ〃あんた、いつお父さんや妹さんに
　会いに行くつもり？〃
男、室内を振り返って女を見るが、暗い顔になって眼を伏せる。
女、気遣わしげな、探るような調子で再び訊ねる。
Ⓣ〃まさかこの儘お父さんと
　仲直りもしないで
　出征する気じゃないんでしょう？〃
と言いながらカーテンをしめる。
男、暗い顔に微苦笑を浮べて言う。
Ⓣ〃どうしてそんな事を聞くんだい？〃

女「だって」と眼を伏せる。
男、女の眼を伏せた顔をじっと見て、歩み寄りながらしんみりと言う。
Ⓣ〝おれは昨夜此処へ来る前に家の前まで
　行ったには行ったんだよ〟
女、それを聞くと、明るく男を見上げる。
男、卓の前の椅子に力なく腰かけ、パンをむしって、寂しく口に入れながら、しんみりと言う。
Ⓣ〝だが……親父も今更
　おいそれと赦してもくれまいし……
　あきらめてしまったんだ〟
女、それを聞くと、膝を乗り出すようにして、
Ⓣ〝だってあんたは今度は
　戦争に行くんじゃないの〟
　と迫るように言う。
男、黙って女を見返し、暗く眼を伏せる。
女、涙ぐましく重ねて言い迫る。
Ⓣ〝今度こそ親子一生の別れに
　なるかも知れないんじゃないの〟
男、堪えられなくなった様子でツト立ち上がってベッドの方へ歩み寄り、そこにドッカリと腰をおろして考え込む。
女、男の憂鬱げな様子を悲しげに見ていたが、次第に涙がこみ上げて来ると、不意に立ち上がってベッドに歩み寄り、哀願するような感じで言う。
Ⓣ〝今度という今度はあたしを捨てても
　お父さんと仲直りをしてくれなきゃ
　いけないわ〟
男、顔を上げ、女を見る。男の眼にも涙が浮んで来る。
女、哀願するように言う。
Ⓣ〝お願いだからあたしを
　不人情者にしないで頂戴〟
男、それを見て涙ぐましく呟く。
Ⓣ〝おれだって心持よく
　親父や妹と別れたいさ〟
女「では、では」と言いかける。
男、それにかぶせるように言う。
Ⓣ〝だが……なまじ茲《ここ》で
　仲直りをすると却って
　お互いに別れるのが
　つらくなると思うんだよ〟
女、吐胸《とむね》をつかれた感じで、いたましげに黙って男を見る。
男、しんみりと続ける。
Ⓣ〝その意味では君に会うのさえやめて
　只ひとり世の中から消えるように
　戦地へ行ってしまいたかったんだ〟
女「まァ」と言った顔で男を見る。
男、言い続ける。
Ⓣ〝そして今までの放埒な生活を
　清算するために
　せめて最後だけは心置きなく立派に
　戦死したいと思ったんだよ〟
女、それを聞くと、せき込んだ調子で言う。
Ⓣ〝それなら尚更、尚更この儘では
　済まない筈じゃないの〟
そして女は尚も熱意をこめて男を説く。
男、黙って項垂《うなだ》れてしまう。
女、フト何かを思い出した様子で、一方へ立って行く。
そして戸棚から、洋服の箱と帽子の箱を出す。
男は女の方を見もしないで、じっと項垂れて考え込んでいる。
女、二つの箱を持って男の傍へ戻り、
Ⓣ〝こんな時あんたに
　恥をかかせまいと思って
　あたしは先達てから
　用意しておいたのよ〟
と言いながら、帽子の箱をあける。
男、不審そうに見る。
女、箱から新しいソフトを取り出す。
男、胸を打たれた様子で女を見ている。
女、帽子を男にかぶせ、涙ぐみながらじっと見る。
男、胸迫る思いで顔をそむける。
女、今度は洋服の箱をあけて仕立おろし

の背広を取り出し、男の肩にそれをあてがって、涙ぐましく、しんみりと言う。

Ⓣ〝粗末でもこれを着て髭も綺麗に剃って
昔のようなあんたになって
お父さんの処へ行って頂戴〟

男、涙ぐんだ眼を上げて女を見、たまらない気持になって「すまない！」といきなり女を抱く。

女、男に抱かれて、涙が一時に溢れ、肩を震わせて忍び泣く。

ややしばし――ドアが突然サッと勢いよくあいて、昨夜の友達の女(B)が、元気にニコヤカに飛び込んでくる――が二人の様子を一目見ると同時にハッと真面目な顔になって凝視する。

男は女を抱いている関係から、先ず女(B)と正面から顔が合う。(女は男に抱かれた儘、振りむいて見る力もない) 男は涙をかくして友人の女(B)を懐かしそうに「やあ」と見迎え、女の上半身をそのままベッドにおろして立ち上がる。

友人の女(B)、モジモジと窮屈そうに男を見迎えている。

男、近づいてにこやかに手をさしのべ、努めて明るく握手する。

女はベッドに上半身を伏せた儘、それを見向く力もない。

友人の女、なつかしそうに男と握手を交わしながら、男の肩越しに女(A)の方を覗く。

男も静かに振り返って女(A)を見、友人の女と顔を見合わせてニッコリしながら、ツカツカと女(A)に近づき、やさしくその肩を叩いて、友人の来たことを告げる。

女(A)、しばらく動かないが、やがて男や友人の方へ背を向けてツト立ち上がる。が立ち上がっただけで振り向こうとはしない。

男と友達の女(B)、黙って女(A)を見ている。

と突然、女がクルリと向き返る。気まりの悪そうな、言わば処女のような羞恥を含んだ笑顔である。

友達、それを見てニッコリする。

女「フフ……フフフ」と笑い出し、続いて「アハハハハ」と笑う。

男も女(B)も、それに合わせて意味なく笑い出す。

女(B)、笑いながらフト何か思い付いたらしく、男と女を見て、

Ⓣ〝あたしちょっと出てまた来るわ〟

と言い捨てて出て行こうとする。

女、追うようにして「いいじゃないの」と止める。

友人の女、微笑しながら、男の方をチラリと見て女に言う。

Ⓣ〝何かお餞別を捜して来ようと
思うんです〟

女、それを聞くと、サッと寂しい顔になる。

友人の女、元気よく出て行ってしまう。

女、そのまま、動かず、じっと立っている。

男、力なくぐったりと椅子に腰をおろす。その儘じっと動かない二人。

(F・O)

26 **(F・I) 男の妹の部屋**

中流以上の生活なので、どの部屋も相当に好い趣味で装飾されている。本箱か何かの上には兄の写真(女の部屋にあったのと同じもの)が飾ってある。――それ等を移動して行くと、机上には草花を挿した壺(或は別の物でも写生の対象となるものならば結構)が置いてある。

カンバス――机上の花壺が油絵で写生されている最中である。その筆の動き。写生しているのは男の妹で、勿論それは女学校で習い覚えた愉しみの手すさび程度であって、従って一見して女流画家とは思われない態度である。

彼女、やがてフト一方を見て、「あら！」と羞かしそうに言う。

Ⓣ〝いやよお父さま、そんな処から
こっそりお覗きになっては〟

27 **庭**

父は窓から顔を出して、娘の画を眺めている。

父は植木に水でもやっていたらしく、庭に立って室内を覗きこんでいたのだが、娘の方でそれに気が付くと急に明るく、「アハハハハ」と笑って言う。

Ⓣ〝まるで本物の画かきのような
顔をしているんで
ついおかしくなって見ていたんだよ〟

28 **室内**

娘、甘ったれる気持で、「いやよ！ お父さまが見ていらっしゃるなら描かないわ！」と窓の処へ行って、両袖をひろげて室内を蔽い隠す。

29 **庭**

父、笑いながら一、二度からかうが、娘が頑張るので、笑いながら向うへ戻って行く。

その手には如露《じょうろ》か何かを持っている。

30 **室内**

娘、ニコニコして父を見送り、再び画の処へ戻って筆を取る。

やがてドアがノックされたらしく、振り返る。

三十五、六になるらしい女中が緊張した顔で這入って来る。そして娘に近づいて、囁くような態度で告げる。

Ⓣ〝お兄さまが帰って
いらっしゃいました〟

娘「えッ！」と顔色が変る。

女中、続けて言う。

Ⓣ〝お父さまにお会いになる前に
お嬢さまにお目にかかりたいと
おっしゃっていらっしゃいます〟

娘、固唾を飲んで、涙ぐましく懐かしさに燃え、さッと立って出て行こうとする。女中、慌ててそれをとめ「私がこっそりお連れ申しますから」と娘を制する。

娘、じっとしていられない様子だが、しかし、女中になだめられて残る。

女中、出て行く。

31 **玄関**

男（新しい背広、新しいソフト）が何となく四辺に気を配りながら立っている。

そこへ女中が出て来て、ひそかに招じ入れる。

32 **妹の部屋**

妹、ソワソワしているが、フト思いついて窓のカーテンをしめる。

女中が男を案内して来る。

妹、兄と顔を見合わせると「あ！ お兄さん！」と声を呑んで凝視する。

兄も涙ぐんで妹を見た儘、すぐには近寄ることすら出来ない。

女中、その二人を見て、涙ぐましく眼をしばたたいて、軽く会釈して出て行く。

33 **ドアの外**

女中、袖口で眼を拭いて去って行く。

34 **室内**

兄妹、双方からツカツカと歩み寄り、手を把り合う。と同時に、妹は兄の胸に顔を押し当てて涙を呑む。

兄、涙ぐましく妹の肩を撫でながら言う。

Ⓣ〝お前、よく兄さんに
会ってくれたねえ〟

妹、兄の胸に顔を押し当てたまま、

Ⓣ〝あたし、どんなに兄さんに
会いたかったか……〟

と言って、改めて兄の顔を見上げる。

兄、その直視に堪えない様子で、顔をそむける。

妹、その顔を覗くようにして訊ねる。

Ⓣ〝兄さんはシンガポールだか香港だかへ
行ってたんじゃないの？〟

兄、顔をそむけた儘、「ああ行ってたんだ」と頷く。

35　ドアの外

女中、紅茶を持って来て、四辺に気を付けながら、ドアをノックして「お嬢さま、お茶を持ってまいりました」と室内に囁く。

36　室内

兄妹、女中の声で別れ別れになり、兄は妹の描いていた画の前に腰をおろし、妹は離れて机の前に立つ。

女中、這入って来て、二人を見ながら、先ず兄に紅茶を出し、妹の方へも持って行く。

兄、女中の手前、半分はテレ隠しに、妹に向かって言う。

Ⓣ〝二年ばかりの間になかなか
画が巧くなったじゃないか〟

妹、微笑する。

女中、会釈して去って行く。

妹、女中が去ったドアをじっと見てからやがて兄に向かって、多少言いにくそうに訊ねる。

Ⓣ〝兄さんはあの女の人と別れたの？〟

兄、サッと眼を伏せる。

妹、じっと兄を見て返事を待つ。

兄、暗い感じで言う。

Ⓣ〝別れなかったらお前はどう思う？〟

妹、答えず、寂しく眼を伏せる。

兄、憂鬱に筆を取って、妹の画の上に寂しく写生を続ける。

妹、やがて眼を上げて兄を見、

Ⓣ〝兄さんはお父さまを
お気の毒だとお思いにならない？〟

と救いを求めるような感じで言う。

兄、画の上に運んでいた筆を止めて、じっと眼を伏せ、答える。

Ⓣ〝僕はお父さんと仲直りをするつもりで
帰って来たんだよ〟

妹「まァ！」と喜びに感激して「兄さん！」と兄に縋り寄る。

そのハズミに兄の持っていた筆が画に触れて、大きな筋が描けてしまう。

兄「あ！　よごれちゃったじゃないか」と言う。

妹「いいのよ、そんな画」と問題にせず、

Ⓣ〝あたし昔のように
お父さまや兄さんと
楽しく暮らせる日を
どんなに待ってたか
知れなかったわ〟

と涙ぐんで喜ぶ。

兄、憂鬱に涙ぐましく妹を見、言う。

Ⓣ〝僕だってお父さんやお前と
いつまでも楽しく暮らせたら
と思うよ〟

妹、それを聞き咎めて兄を見る。

兄、顔をそむけて、静かに妹の傍を離れる。

妹、不審そうに兄を見て、気遣わしげに訊ねる。

Ⓣ〝兄さんはまた何処かへ行くつもり？〟

兄、そこに飾られた自分の写真を手に取って、寂しく撫でながら、静かに「いいや」と首を振って答える。

Ⓣ〝お父さんが僕を
許しては下さるまいと思うんだよ〟

妹、それを聞くと安心して明るく、

Ⓣ〝大丈夫よ、兄さん〟

と否定して、兄の傍へ歩み寄り、兄の手にしている写真を見て、言う。

Ⓣ〝その写真だって此頃は
そうして飾っといても
ちっともいやな顔を
なさらないんですもの〟

兄、妹をじっと見る。

妹、いそいそとして喜ぶ。

37

父の書斎

本の一ぱい入れてある書棚が二つも三つもあり、その上、何かの標本のような物もあって、それ等を一見しただけで、この父が学者（例えば人類学とか地質学とか林学とかいう比較的ジミな学問の）であることが感じられる。

父は今、机に向かって洋書か何かを見ながらノートに抜萃している。ノートに二、三行書き込んでは、また洋書に読み耽りなどする。

そして、立ち上がって別の本を書棚から出して来て、それのページを繰り、或る箇所をノートに写し取っていると――

そこへ娘が「お父さま」と呼んで這入って来る。

父、機嫌よく「何か用かい？」と見迎えてノートを閉じる。

そのノートの表紙には「東亜大学講義要領」と書いてある。

娘、ニコニコして甘ったれるような調子で言う。

Ⓣ〝あたし折入って
　お父さまにお願いがあるんですけど〟

父「なんだい」とニコニコして言う。

Ⓣ〝少し褒めたんで好い気になって
　百号のカンバスでも買ってくれと
　言うのかい？〟

娘「いいえ」とニコニコして首を振る。

父「じゃ、なんだい？」と微笑して訊ねる。

娘、微笑を含んで、ちょっとモジモジしながら言う。

Ⓣ〝お父さまに是非会って頂きたい人が
　あるんです〟

父「ホウ誰だい？」と不審そうな顔になる。

娘「ちょっと待ってて下さい」と言って部屋を出て行く。

父、不審そうな顔で見迎えている。

娘、兄を連れて這入って来る。

父の顔がサッと曇る。

兄、顔を上げず、項垂れて静かに這入って来る。

父、じっと厳しい顔で兄を見つめている。

妹、黙って気遣わし気に父と兄とを見比べている。

父、厳しく言う。

Ⓣ〝何の用が有って帰って来たんだ〟

兄、黙って父を見、すぐまた項垂れる。

妹、ハラハラして兄を見、すぐ父に向かって哀願するように言う。

Ⓣ〝何もおっしゃらないで兄さんを
　許して上げて下さい〟

父、妹を見、再び兄の方を見て厳しく言う。

Ⓣ〝お前は二度とこの家へは
　戻って来ない筈だったじゃないか〟

妹、ハラハラする。

兄、涙ぐましく父を見、眼を伏せて、稍然と言う。

Ⓣ〝家を離れて見て初めて
　お父さんや妹が懐かしく
　なったんです〟

父、それをじっと見る。父らしいやさしさが湧いて来ると共に、涙が滲んで来る。

妹は父と兄とを気遣わしげに見比べている。

兄は黙って項垂れている。

父、尚まだ厳しさを失わず、

Ⓣ〝二年前お前が出て行った時の
　お父さんの心持を
　お前は一度でも
　考えてみたことがあるか〟

と涙ぐんで言い、続けて、

Ⓣ〝それを考えたら今更おめおめとは
　帰って来られない筈だ〟

と言って顔をそむける。

兄、顔を上げて父を見る。

父、顔をそむけたまま涙をかくしている。

妹、心配そうに両人を見較べる。

兄、涙ぐましい程の懐かしさを胸に秘めながらそれを抑えてしんみりと言う。

Ⓣ〃僕にしても今更無条件に
許して頂けるとは
思っていませんけれど……〃

父、顔をそむけたままじっと動かない。

兄、眼を伏せてひそかに涙を呑みながら言う。

Ⓣ〃もし、これっきり
お目にかかれないような
事にでもなると……〃

父、それを聞くと、サッと兄を見返って涙ぐんだ眼で腹立しげに鋭く言う。

Ⓣ〃そうれ見ろ！
お前は許されてもすぐ又出て行く気で
いるんじゃないか！〃

妹、ハッとしてすぐに兄に縋り寄り、

Ⓣ〃兄さんはもう何処へも
行きやしないんだわね
ねえ、兄さん〃

と念を押す。帽子、兄から取り、一方の椅子に置く。

兄、感慨無量そうに頷く。

妹、それを見ると今度は父に縋り寄り、心をこめて父に哀願する。

Ⓣ〃お願いです。お父さま
もう兄さんは何処へも
行きやしないんですから……〃

妹、兄と顔を合わせ、すぐ父に向かって兄に代って詫びる。

父、妹に縋られて、かなり混迷しながらも頑張って、言う。

Ⓣ〃お前はあんな奴が懐かしいのか〃

妹は兄に気兼ねしながら、なおも、父に向かって言う。

Ⓣ〃お父さまだって本当は
懐かしくてたまらない
んじゃありませんか〃

父、弱味を見せまいとして頑張っている。妹、更に追求する様に、

Ⓣ〃一時の見栄や外聞で
本当の感情を殺すなんて
あたしはいやです〃

と父を口説く。

父、涙を浮べた眼で妹を見る。

妹、しきりに説く。

兄、それをじっと悲しげに見ている。

妹は尚もしきりに父を説き続ける。

兄、悲痛な決意をして、突然言う。

Ⓣ〃僕、おいとまします〃

父と妹、ハッとして兄を見る。

兄、涙を呑んでじっと父を見、言う。

Ⓣ〃僕はお父さんの御無事なお顔を
見られただけで
充分満足しておいとまします〃

妹、たまらなくなって「兄さん！」と駈け寄って縋る。

父も悲痛な顔で兄を見ている。

兄、縋る妹をやさしく退《し》りぞけ、悲痛な感じで父に「では御機嫌よう」と言ってサッと部屋を出て行く。

妹、兄に心を引かれながらも「お父さま！」と父に駈けよる。

父、顔をそむけて涙を呑む。

妹、気が気でなく、サッと父の傍を離れて駈け出して行く。

38　玄関

兄、力なく出て来る。

妹、駈け出して来て兄に縋り、

Ⓣ〃もう一度、帰って下さい
お父さまだってお腹の中では兄さんを
許していらっしゃるんです〃

と引き戻そうとする。兄、妹をなだめ「分ってるんだ。心配しないでいいよ」と言って去りかける。

妹、更に縋り止める。

兄、涙ぐましく、

Ⓣ〃お父さんを大事にして上げておくれ〃

と言って妹の手を固く握り、じっとその顔を見て「さよなら」と別れを告げ、足早に去って行く。

妹、涙に濡れて、追う気力もなく見送る。


（F・O）

39

（F・I）女の部屋

女、椅子に凭れ足を組んで、片腕を椅子の背にかける様な形でじっと何か考えている。

その指には煙草が挟まれて、細い煙が立っているが、それを吸おうともしない。

そこから少し離れてテーブルに友達の女(B)が腰かけて、こちらはぼんやり空間を見ながらフワーリと煙草をふかしている。

しーんとした感じである。

女、やがて力なく、

Ⓣ〝どう考えても女なんて
　つまらないものだね〟

と呟くように言う。

友達の女、静かに女(A)の方を見る。

寂しい微笑を浮べながら、

Ⓣ〝逢って別れりゃ別りょと儘よ……
　……そう思ってあきらめるのさ〟

と慰める様子に言う。

しかし女はその言葉に何の反応もなく、依然として憂鬱に考え続ける。

とドアがすーっとあく。両人、見る。

アパートのお婆さん（これは前の洗面所の場面で一度出していいと思います）が洗濯物を持って這入って来る。

そして洗濯物を棚に置き、そこに置いてある汚物を集めて、女の方に向かい「これ、ごみ？」と訊く。

女、気がついて、男の脱いで行ったシャツをお婆さんの方に投げる。

お婆さん、それを拡げてみて、意味なくニッコリして持って出て行く。

友達の女(B)、不意に言う。

Ⓣ〝あたし、帰ろう〟

女、女(B)を見るがとめ様ともしない。

女(B)、帰り仕度をしながら、ふとポケットに手を入れて紙屑を出し、拡げてみて女の方へ出し、

Ⓣ〝さっき町でもらった号外〟

と言って渡す。

女、興味もなく受け取り、見る。

号外——「上海前線攻撃開始」「我軍の死傷者二百名以上か」等々の文字。

女、じっと見る。

女(B)「じゃ、また来るよ」と出て行く。

女、号外を丸めながら立ち上がり、ハンドバッグから千人針を出す。

40

アパートの表（或は階下）

友達の女、出て来て「あら」とニッコリして見迎える。

沈み勝ちに戻って来た男、顔を上げて「やあ」と微笑して顔を合わせる。

友達の女、二タ言、三言、言葉を交わし立ち去ろうとして、ニッコリしながら、

Ⓣ〝間が短いんだからウンと可愛がって
　やらなきゃ可哀そうよ〟

と冷かす様な真面目の様な態度で言う。

男、にっこりして「ああ」と頷く。

友人の女、明るく「あばよ」と去って行く。

男、アパートへ這入って行く。

41

女の部屋

女、椅子に腰かけて、千人針を膝の上で撫でながら考えている。

男が戻って来る。

女、千人針をそこへ置いて、明るく迎える。

Ⓣ〝会えた？〟

男、無雑作に「うん」と頷くが、何処かに憂鬱さが残る。

女、多少男の様子を気にしながらも、一隅から紙包みを持って来て、微笑しながら、

Ⓣ〝あの人がくれたのよ……
　兵隊さんにラクダのシャツは
　贅沢だけどって〟

と紙包を男に差し出す。

男「そうかい、それはすまなかったな」と受け取るが、どうしても憂鬱さを包み

切れず、その紙包をあけてみようともせず、そのままそこへ置いてしまう。
女、その様子を探るように見ている。
男、わざと平気を装い、両腕を体操のように伸ばしなどする。
女、それをじっと見て、心配そうに訊ねる。
Ⓣ〝やっぱり、駄目だったの？〟
男「いいや」と無雑作に首を振る。
女、じっと男の様子を見て「じゃどうしたの」と訊ねる。
男、女の熱心さに多少押されて次第に暗い顔になり、そして静かに答える。
Ⓣ〝親父はおれを許している……
　だがおれは親父に許されたく
　なかったんだ〟
女、意外そうに「まァ、どうして？」と訊ねる。
男、顔をそむけて呟くように言う。
Ⓣ〝おれは親父の顔を見ている間に
　不孝者の儘で出征したく
　なったんだよ〟
女、わからず「どうしてなの？」と重ねて訊ねる。
男、椅子の処へ静かに歩みよって、千人針を手に取って眺めながら、
Ⓣ〝おれは親父の「大事な息子」に
　なって別れるより
　不幸者の儘で別れる方が
　多少とも親孝行だと考えたんだ〟
女「まァ」と男の心を推察して、いたましげに男を見る。
男、力なく椅子に腰かけて、千人針を無心にいじりながら、涙ぐましく、
Ⓣ〝おれだってやさしい親父や妹の傍は
　いつまでも離れたくないからなァ〟
と言って、寂しく千人針を膝の上で撫でる。
女、男を見て、涙ぐみ項垂れる。

42　**往来**

出征のために入隊する予備兵を送って、町の人人が旗や幟を持って歩いて来る。

43　**女の部屋**

じっと項垂れていた女、その歓呼の声を聞いて、気をまぎらすように窓際に行って見る。

44　**往来**（俯瞰）

入隊兵士を送る一群。

45　**二階の窓際**

女、じっと見おろしている。

と、そこへ男も来て、一緒に並んで見おろす。

46　**往来**

入隊兵士を送る一群が遠ざかって行く。

47　**二階の窓**

両人、顔を並べて見送っている。

48　**室内**

女、窓際から戻って千人針を手に取り、言う。

Ⓣ〝これがまだもう少し
　残ってるんだけど……〟

男、寂しい微笑を浮かべて言う。

Ⓣ〝どうせ君一人に送られて
　出征するんだ……

　残りは君が縫っておくれ〟

女、いたましげに男を見、しんみりと眼を伏せる。

男、女に歩みよって、しみじみと言う。

Ⓣ〝君が心をこめた千人針……

　しっかりと肌に巻いて出征するよ〟

女、男を見る。涙があふれて来る。それをかくすようにして針と糸とを出してメドを通そうとする。

涙が眼にかすんで糸が通らない。

男、それを見て、黙って女の手から針と糸を取り、それを通して渡す。

女、涙を拭きながら千人針を縫う。

男は黙って項垂れている。

女、しきりに涙を拭きながら縫う。

（F・O）

Ⓣ〝そして彼の出征の夜——〟

49

（F・I）父の書斎

父が書棚の前に立って、書棚から引き出した本を読んでいる。しかし何となく気にかかることがあるらしく、時々放心した感じで思いあぐねる。

突然、サッとドアがあいて娘が慌ただしく駈け込んで来て、告げる。

Ⓣ〝兄さんが出征するんですって！〟

父「えッ！」と顔色を変える。

娘、ワクワクしながら言う。

Ⓣ〝今夜九時に軍用列車で
　品川を出発するんだって
　誰だかわからない人から
　電話で知らせて来たんです〟

父、あまりの思いがけなさに、しばらく声さえ出ないが、突然我に返ると、サッと身を飜して部屋を飛び出して行く。

娘も続いて駈けて出て行く。

その後の空虚な部屋を暫く見せて。

50

夜の街（路の移動）

自動車、上から見た感じ宜しく。

51

自動車の中

父と娘が悲壮な感じで揺られている。

娘は時々涙を呑んでソワソワしている。

父は一点を凝視した儘で万感を胸に秘めている。

娘、黙っていられなくなり、父に言う。

Ⓣ〝もし会えなかったらどうしましょう〟

父、答えず、再び一点を凝視して動かない。

52

街路の移動

移動が進むと、向うの通りへ出る街角が人で埋まっている。そのすぐ近くまで移動が進んで止まる。

53

自動車の中

父「どうしたんだ」と運転手に訊ねる。

運転手、振り返って告げる。

Ⓣ〝出征部隊の見送りで
　路が塞がっているんです〟

両人、それを聞くとハッとして、父、慌てて「おりよう」と娘に言って自動車からおりる。

54

街角の人垣

父と娘、急いでやって来て人々を掻き分ける。

55

街路

隊伍堂々、蕭々として行進して行く出征部隊——

父と娘、見送りの人の前へ出て、その行進部隊中に男の姿を求める。

しかし見えないので、父は娘を促して人垣の間を縫って一生懸命に男を捜して歩く。

或は前へ、或は後へ行きつ戻りつして捜すが、どうしても男の姿が見えないので、父は折柄、そこを通りかかった部隊の指揮官に訊ねる。

Ⓣ〝九時に出発する部隊は
　何処にいましょうか〟

指揮官、答える。

Ⓣ〝もう列車に乗り込んでいる筈です〟

父と娘「えッ！」とおどろく。

（この辺まで移動など適当に）

軍隊は驚いている父と娘の前を蕭々として行進して行く。

父「さァ急いで行こう！」と人垣と軍隊の間を縫って娘と共に急いで行く。

56

品川駅の軍用プラットフォーム

兵士等はまだ列車に乗り込まずプラットフォームで見送りの人人と別れを告げている。

その見送りの人々に囲まれて、兵士等の

中に、只ひとりの見送りもなく彼が伍長（この階級は適当に）の軍服を着て、寂しそうに列車の入口に凭《もた》れて立っている。

女が、人々の間を縫って彼の姿を探し求めている。

彼、悄然と列車に乗り込もうとしている。

とそこへ女が駈けよって「あなた！」と悲痛に呼ぶ。

彼、振り返って「おお！」と迎える。

女、男と顔を見合った儘、しばらくは言葉も出ない。

57 **街路**

娘と共に急ぐ父。

58 **プラットフォーム**

女、涙ぐましく男に言う。

Ⓣ〝あたしとうとう
我慢が出来なくなって
出征のことをお宅へ
知らせちまったわ〟

男「えッ！」と眼を瞠《みは》って女を見る。

女、涙を浮べて哀願するように言う。

Ⓣ〝せめて最後だけでも
仲よく別れてほしいと思って……〟

男、悲痛な感じで眼を伏せる。

指揮官が兵士等に乗車を命じる（或はラッパか）。

兵士等、見送りの人々に別れて乗車する。

男も車内へ這入る。

59 **街路**

急ぐ父と娘。

60 **プラットフォーム**

女、車窓の前に立って男と別れを告げながらも、しきりに父や娘を待ち焦がれて見送っている。

61 **品川駅前**

父と娘、急いで改札口へ這入る。

62 **プラットフォーム**

万才声裡に列車が出発する。

女、窓にくっついたまま人垣を押し分けながら進んで悲痛に言う。

Ⓣ〝とうとう……とうとう
間に合わなかったわねえ〟

男、涙を呑む。

列車は次第に速力を増す。

63 **プラットフォームの階段附近**

父と娘、人垣の間に揉まれながら、過ぎ行く車窓を一生懸命に捜している。

その傍を今駈け付けて来たらしい友達の女（B）が通り過ぎて行く。

女、涙に濡れながら列車を見送って立っている。

過ぎ行く車窓、車窓。

64 **階段附近**

父と娘、悲痛な顔で列車の後影を見送っている。

65 **プラットフォーム**

友達の女、捜しながら急いで行く。

66 **線路**

去り行く列車。

67 **プラットフォーム**

女、見送っている。友達の女が駈け付けて来る。そして言う。

Ⓣ〝とうとう行っちゃったねえ〟

女、答えず、見送っている。

68 **階段附近**

ゾロゾロと帰りながらの見送人の間に揉まれながら、父と娘が悲痛の感じで依然として列車の去った方を見ている。

69　**プラットフォーム**

女、じっと列車の去った方を見送っていたが、やがて黙って帰りかける。

友達の女も一緒に歩き出す。

70　**階段附近**

父と娘もグッタリとして帰りかける。

71　**待合室**

次の発車を待っている人々――紙の日章旗などが散らかっている。

やがて、女と友達が這入って来る。

一隅に腰かける。

友達、コンパクトを出して顔を直し、女に「どう?」とコンパクトを貸そうとする。

女、首を振って借りず、黙ってふと向うを見ると――若い夫婦が向うのベンチで赤ン坊のおしめを直してやっている。

女、じっとそれを見ている間に新しい涙が湧いて来る。

友達の女、煙草を出してくわえ、女にもすすめる。

両人、黙って煙草を吸う。

発車を知らせる高声のアナウンス。

じっと動かないで涙ぐんでいる女。

――この間、適当の手法によりカットでつないで――

72　**最初の場面の街路**

並んで歩いて行く女とそして友達。

（F・O）


――完――

東京の女

脚色
野田高梧
池田忠雄

原作……………エルンスト・シュワルツ*
脚色……………野田　高梧
　　　　　　　　池田　忠雄
監督……………小津安二郎
撮影……………茂原　英朗

姉　ちか子……………岡田　嘉子
弟　良一……………江川宇礼雄
娘　春江……………田中　絹代
兄　木下……………奈良　真養

一九三三年（昭和八年）
松竹蒲田
脚本、ネガ、プリント現存
S7巻、1275m（四七分）
白黒・無声（サウンド版）
二月九日　帝国館公開

＊撮影台本の表紙には、〝エルンスト・シュワルツ作（墺、1882-1928）「二十六時間」より飜案『例へば彼女の場合』〟とある。

1　**（F・I）アパートの一室**

テーブルの上、朝食後の感じ。

弟良一が登校の支度をしている。大学予科生らしい若者。朗らかに制服のボタンをはめる。

2　**一隅**

姉ちか子が、エプロン姿で食後の食器など洗っている。

良一、ふと姉の方をふり向き、

Ⓣ〝姉さん、僕帰りに
　春江さんのとこへ
　寄るかも知れないよ〟

姉、頬笑みで答える。

良一、服を着終って靴下を取上げる。がよごれている感じ。「ねえ」

Ⓣ〝靴下ない？〟

姉、エプロンで手をふきふき来る。

窓にほしてある靴下を取って渡しながら、ふと、

Ⓣ〝あんた、
　今日、月謝の日じゃない？〟

良一「うん……だけど」

Ⓣ〝おくれたって構わないんだよ〟

しかし、ちか子、たしなめる様に、

Ⓣ〝あるんだから
　持ってった方がいいわ〟

そして、其の辺のものを一寸片付けてから金入を出し、月謝を置く。続いて、別に三四円置いて、

Ⓣ〝お小遣いよ〟

良一、感謝の面持。

Ⓣ〝済まないね〟

姉、言う。

Ⓣ〝春江さんによろしくね〟

良一、頷き、金をポケットにねじ込み、バンドでからげた教科書やノートをぶら下げる。

姉、送り出す。

良一、元気よく出て行く。

姉、すぐ片付けものに手をつけんとする。

と、良一、再び戻り来る。

「ねえ、姉さん」

Ⓣ〝今夜も、帰りおそい？〟

姉、一寸考えて、

Ⓣ〝先生の御都合次第だけど、
　あんたはゆっくり遊んで来て
　いいわ〟

良一、頷き、去る。

ちか子、手早く片付け、エプロンをぬぎ、彼女も出勤前の顔直しに鏡の前へ行く。

3　**鏡の前**

化粧品、鏡の中の彼女の顔。

4　**テーブルの上**（一部分）

湯のみ茶わん。カメラずらす。

と、軍手が置かれる。

Ⓣ〝人事課長は
　只今すぐお見えになります〟

5　**或るオフィス内の応接所である**

一人の巡査が立っていて、それに給仕がそう言う。そして去る。

巡査、頷き、待つ。

と、直ぐ実直らしい人事課長が来る。

丁寧な会釈。

巡査、

Ⓣ〝こちらに島村ちか子という
　婦人がいるそうですが……〟

課長、「はあ」と頷く。

巡査、「どの人だね？」と訊く。

課長、事務室の方をふり向き、「あの向うの……」

巡査も見る。

6　**オフィス内の様子**

向うに三四名のタイピストが働いてい

る。中に混っているちか子、プリントし終ったらしいコッピイを持って立上る。

課長、指さして、

Ⓣ〝あの婦人です〟

ちか子、コッピイを他の事務員に渡す。

そして再び自分の席へ戻る。

彼女をじっと見ていた巡査、頷きつつ坐る。

課長、不審げに、稍々《やや》、心配そうに、

Ⓣ〝島村に何か事件でも
あったんでしょうか？〟

巡査「いやなに……」と軽く、

Ⓣ〝我々には、一寸わかりませんが
本署からの命令でしてね〟

そして、さりげなく、「で……」

Ⓣ〝勤怠ぶりなどはどうでしょうか？〟

課長、「はあ」と立って、仕切り越しに近くの事務員に、「出勤簿を……」

事務員、取って渡す。

課長、繰って島村ちか子の処を出し、巡査に渡す。

巡査、見る。

7　出勤簿

殆んど皆勤である。

巡査の指が、押された判の行列を伝う。

ふと止る。

8　オフィス内

巡査、手帳を出し、その日付けと手帳とを見くらべる。

課長、気になる風。笑顔で、

Ⓣ〝入社して四年と少しに
なりますが……〟

巡査、笑顔で頷く。

Ⓣ〝なかなか精勤ですな〟

課長、その笑顔に多少ほっとした感じ。

乗り出して、「その上……」

Ⓣ〝弟思いのいい姉だというので、
同僚の気付けもよろしいのですが〟

煙草を出し、吸わんとし、先ずすすめて、「それに……」

Ⓣ〝毎日、退社後は千駄ヶ谷とかの
或る大学教授の自宅で……〟

巡査、見る。課長、

Ⓣ〝おそくまで飜訳の手伝いをして
いるとか聞いておりますが……〟

巡査、手帳に控える。「で……」

Ⓣ〝その教授の名前は
おわかりにならんでしょうか？〟

課長、「さあ」と彼女の処へ訊きに行かんとする。

巡査、それを止める。そして、愛想よく挨拶をし、如何にも気軽げに帰って行く。

課長、送り出してから事務室の方へ。

動いているちか子、わき目もふらず。

と、課長通りかかり、彼女の働き振りに声をかける。人のよさ相な笑顔で、

Ⓣ〝よく精が出るね〟

ちか子、見上げる。「いいえ……」と之も笑顔を返して言う。そして、直ぐ、熱心に仕事を続ける。

9　タイプライター

彼女の手がしきりにキイをたたく。

10　映画館（帝劇）のスクリーン

映画の字幕が写っている。（たとえばルビッチの『私の殺した男』）

映画、ファースト・シーンあたりまで。

11　座席

良一と春江が仲よくならんで見物している。

春江、ふと、もそもそと何かを探し出す。

良一、「何んだい？」

春江、まだ探して、

Ⓣ〝プログラムを
なくしちゃったの〟

良一、「なんだい！」と言った様子。一寸一緒に探してやるが、自分のを呉れてやる。

春江、
Ⓣ〝これ、貰っていいの？〟
と訊く。
良一、「いいともさ！」と変な顔して見る。
春江、嬉しそうにプロをふところに入れる。
良一、「そんなもの何にするんだい？」といった感じで見る。
春江、笑って、
Ⓣ〝家へ帰って、
兄さんに話してあげようと
思って……〟
そして、映画に見入る。
顔をならべている両人。

12　スクリーン

13　壁にかかっている巡査の佩剣《はいけん》と帽子

14　脱ぎ捨てられた巡査の制服

15　木下巡査の家の一室（夜）
木下、和服に着換えている。やがて彼、ふと玄関の方へ気を向ける。

16　玄関
春江がいそいそと帰り来る。「只今！」と兄の帰りを見て、急いで奥へ。

17　一室
春江、入り来る。
木下、見迎え、「何処へ行ってたんだい？」
春江、笑顔で明るく、
Ⓣ〝良ちゃんと
活動見に行って来たのよ〟
木下、ふと顔を曇らす。
彼女、兄の制服を仕末する。
木下、春江を見ていたが、「おい！」と声をかける。
春江、ふり向く。
木下、
Ⓣ〝今時分なら、ちか子さん、
もう帰っているかしら？〟
春江「え？」と見る。
木下、考え深そうに帽子《ソフト》を取り上げる。
春江、「まあ」
Ⓣ〝兄さん、
出かけるの？〟
木下、頷く。
春江、「どうして？」と訊く。
木下、ふと考えたが、
Ⓣ〝ちか子さんだけに
話しときたいことがあるんでね〟
と答える。
春江、見返しているが、ふっと笑い出す。と「分ったわ！」といった感じで、
Ⓣ〝その話なら
私がしてあげていいわ〟
そして、くすくす笑いつづける。
木下、ハッとなるが、真顔で打消し、
Ⓣ〝そんな話じゃないんだよ〟
そして、暗く考え込む。
春江、不審げに窺う。
木下、一寸言い淀んだが、
Ⓣ〝署で
あの人の妙な噂を
聞いたんだ〟
春江、「まあ」と見る。眉をひそめて、「どんな？」と見つめる。
木下、ふと目を落すが、思い切った様子で口を切る。
Ⓣ〝品行の点で
いかがわしい事実が
あるらしいんだ〟
春江、愕然とする。「本当なの兄さん!?」と立って寄って来る。
木下、
Ⓣ〝ちか子さんは
会社が退けると
晩は、酒場に
出てるというんだ〟
春江の驚き。一層、近付き、「じゃあ

……」

Ⓣ〝大学の先生の
お手伝いしてるってのは
嘘なの？〟

と訊く。

木下、「うむ！」と悲痛に考え込む。じっと一点を見つめたまま、

Ⓣ〝兄さんだって
あの人を信じたいんだけど……〟

春江、じっと兄の様子を見つめる。否定し切れぬ兄の態度に、「まあ、あの人が……」と、暗くなる。

木下、「それに……」と目を向ける。

Ⓣ〝噂は、そればかりじゃないんだ〟

春江、「え？」と目をあげる。

木下、多少戸外を気にする感じで、彼女の耳に口をよせ、ひそひそと囁く。

きいている春江の顔、忽ちギョッとなり、「まあ、そんなことが……」と兄を見返す。が、悲しげに目をそらすと、そのまま居たたまれぬ如く、さっと兄から身を離す。

木下も暗然とする。

考え込んでいる春江。

木下、下をむいたまま「だから……」

Ⓣ〝だから、噂が噂で済んでいる間に
僕は、お前の兄として
注意しときたいと思うんだ〟

そして両人、尚もしばし暗然とする。

やがて、春江、ふっと兄の方を向く。

「ねえ」

Ⓣ〝それ、あたしの口から
言わしてくれない？〟

木下、「え？」と見る。

春江、「ねえ」とにじり寄る。

Ⓣ〝兄さんから
それを言われたら、
ちか子さん、困りゃしないかと
思って……〟

木下、「ふむ」と頷く。

春江、「そうしますわ……」と言い張る。

見つめ合う両人。

18 アパート ちか子たちの室

和服にくつろいだ良一が、寝ころがって本を読んでいる。

彼、ふと、食物でも探す感じ。「何かないかなあ……」

茶だんすの上のりんごに目をつける。

彼、立って来て取り上げる。持って行きかけ、ふと気付いてそれを半分に割り、半分を姉に残しておく気持。

彼、半分をむきかける。

ふと、廊下の足音をきいたらしく、

Ⓣ〝姉さんかい？〟

19 ドア

静かに開いて、春江が姿を見せる。

良一、驚き、「どうしたんだい、おい!?」

春江、室内を探す感じ。

Ⓣ〝まだお姉さん
お帰りにならないの？〟

良一、頷き、

Ⓣ〝姉さんに
何か用かい？〟

と訊く。

春江、もじもじしている。

良一、一寸不審そうに見たが、

Ⓣ〝また先生のとこの仕事が
忙しいんだよ、
きっと〟

と言い、「まあ、お入りよ！」と導き入れる。坐らして、リンゴの一片を与える。「おたべよ！」

春江、「ええ」と口へ持って行くが、前歯へ当てたきり、手を下げて考える。

良一、大して気にもせず、湯沸しをガスにかけ点火する。

考えている春江。

良一、窺う様に見て、

Ⓣ〝姉さんへの用、
僕がきいとこうか？〟

春江、ハッとなり、口をつぐむ。

良一、戻って来て「え？ 何の用な

の?」とのぞき込む。
春江、黙ったなり考える。
良一、しきりに訊ねるが、相手が黙っているので、「チェッ!」と唇を反らす。
Ⓣ〃僕には言えないことなのかい?〃
春江、無言。
良一、「いいよ、いいよ!」と怒って見せ、そっぽを向いて、
Ⓣ〃じゃ、いいよ!〃
「どうせ僕なんか! チェッ!」
春江、「まあ」と気にして見る。
良一、益々怒って見せる。本を取上げ、向う向きで読む。
春江、考えていたが、気になって声をかける。「ねえ」そして、尚もじもじしていたが思い切って、
Ⓣ〃もし、お姉さんが
　あんたの思ってる様な方でなかったら
　あんたどうする?〃
良一、「え?」と顔を上げる。くるりと向いて、「どういう風にさ!?」
春江、一瞬、困惑と悲痛な色。
良一、「どういう風にだい?」とつづけ様に訊く。
春江、問いつめられ、四辺に気を配る様子をしてから、そっと耳に口をよせ、何事か囁く。
良一、愕然となる。疑惑と煩悶が襲いかかる。しばし、化石の様に動かず。
見つめる春江の心配顔。
良一、無言、動かず。が、やがて苦りきった笑が頬にただよう。「ばかな!」
Ⓣ〃何を言い出すんだい!
　馬鹿馬鹿しい!〃
やっと喉から出た、はき出す様な言葉である。良一、不愉快そうに彼女から離れる。
春江、じっと良一を見つめる。
が、近付いて、「ねえ」
Ⓣ〃そればかりじゃないのよ――〃
良一、キッと見る。
春江、
Ⓣ〃お姉さんはいかがわしい
　酒場女にまで
　身を堕してらっしゃるんです〃
良一、苦悩の色。半ば自失した様に春江を見返している。が、忽ち反撥的に首をふり、「君は……!!」
Ⓣ〃君は、何の為めに僕の姉さんを
　中傷するんだい!?〃
「いい加減な事言うのも程々にしろ!」
春江、「いいえ、いいえ」と悲しげに、
Ⓣ〃だって、もう警察の注意人物
　にまでなってらっしゃるん
　ですもの……〃
良一、「黙らないか!」
Ⓣ〃君は、そんなことで
　姉さんに逢いに来たのかい?〃
鋭く、
Ⓣ〃そんなことなら
　帰って貰おうじゃないか!〃
春江、「えっ!」と驚き見る。
良一、春江から離れて、頭をおさえて、
Ⓣ〃僕は、姉さんを
　信じてるんだ〃
続けて、
Ⓣ〃あの姉さんにそんなことがあって
　たまるものか!〃
と苦しげに言う。
春江、涙ぐむ。
Ⓣ〃あたしだって、そう思いたいん
　だけど……〃
良一、キッと見る。
Ⓣ〃帰ってくれたまえ!〃
叫ぶ様にむきをかえて、
続けて、
Ⓣ〃僕は、姉さんをそんな風に
　考えてる人とは
　話をするのもいやなんだ〃
「帰ってくれ!」
春江、見上げる。一ぱい涙ぐんでいる。
良一、今にも泣かんばかりの顔。「帰れ、帰ってくれ!」と言いつづける。
春江、凝然と見返している。頼りなく悲

しげに。
良一、むしゃくしゃしながら、
Ⓣ〝僕達の平和な生活に
余計な口を出す奴は
誰だって僕の敵なんだ！〟
春江、一ぱい涙。
良一、苦悩。吐きかける様に、
Ⓣ〝そんなことを
僕の耳に入れるなんて
君は残酷だよ！〟
Ⓣ〝帰ってくれたまえ！〟
春江、まだ動かず、一ぱいの涙の目を向けて立ちすくむ。
良一、尚も「帰ってくれ！」と言いつづける。
春江、たまらなくなり、サッと顔をおさえると共に、逃げるが如く室を出て行く。
良一、ぐっとこみ上げて来る。室の片隅に、頭をおしつけてしまう。
湯沸し。たぎって蓋がゆらぐ。
懊悩の良一。
たぎっている湯沸し。

20　洗面器の水道栓
水がぽたぽた落ちている。

女給の手がとめる。

21　バーの洗面所
そこから店の一部が見える。

裏から見たバーテンの様子。客や女給の姿など……。

其処で一人の酔っぱらった客が横の鏡で化粧している女給をからかい去り行く。

その女給は、見違うばかりにコケテッシュに姿を変えたちか子である。

彼女、尚も唇にルージュをぬる。

と、又別の酔っぱらった青年が入り来る。そして洗面器で手を洗う。青年、洗いながら肱《ひじ》でちか子を軽く突く。

ちか子、見る。

青年の見つめる真顔。

ちか子もサッと真顔になり、四辺を見てから、急ぎ何やら小さな紙片を渡す。

青年、渡された紙片を手早く靴の中にかくす。

ちか子は再び前と同じ態度で取り澄して化粧を続ける。

と、バーテンの方からボスが顔を出す。

青年、酔っぱらったふりをし、ちか子をからかいなどして去る。

22　水道栓
水がぽたぽた落ちている。

23　ガスの上の湯沸し
火が消されてある。

湯沸しの蓋がずらされてある。

良一、寒々とした後姿で、火鉢の小さな火を集めている。

茫然たる彼の顔。

悲痛に考え込んでいる。

やがてハッと顔を上げる。

24　ドア
アパートの小母さんが顔を出す。
Ⓣ〝お姉さんから
電話ですよ〟

25　自動電話の中
ちか子、じっと相手が出るのを待っている。やがて出たらしく、「あんた良ちゃん？」
Ⓣ〝あたしまたおそくなりそう
なんだけどね……〟

26　アパートの電話口
良一、返事せず。じっと聞いている。

心の疑惑が深まる感じ。

27　自動電話の中
ちか子、「わかった？　えっ？」と念を押す。

28 **アパートの電話口**

良一、答えず暗い憂鬱な顔でガチャリと受話器をかける。

29 **自動電話**

ちか子、「もしもし、もしもし」と呼んで見る。が、返事がないのでその儘ガチャリと受話器をかける。そしてちょっと眼を伏せて考えるが、それも瞬間の事ですぐ――。

30 **自動電話の外**

ちか子、変った様子もなく自動電話の中から出て来て一方へ行く。そこの往来に一台のタクシーが待っている。

ちか子、そこへ来て、車内に「お待ち遠さま」と声をかけて乗る。

31 **タクシーの中**

中年の紳士が乗っている。ちか子、それと並んで腰かける。

紳士、ニヤニヤして言う。

Ⓣ〃電話の主が気になるね〃

ちか子、明るくprofessionalな微笑を浮べて「そんなんじゃありませんよ」などと言う。

32 **街路**

タクシーは夜の街路を走り去って行く。あとには街燈の仄白い光りがボンヤリ四辺を照らしている。

その街燈――。

33 **アパートの窓**

室内の電燈。

34 **室内**

良一、暗い陰鬱な顔で考え悩んでいる。

35 **アパート　廊下**

暗い電燈がボンヤリ四辺を照らして向うに階段口が見える。その階段を上ってちか子が帰って来る。そして部屋の方へ行きかけてフトそこの洗面所の鏡に気が付く。

ちか子、鏡に顔を映して見る。ちか子は前場面の毒々しい化粧を落して、普通の化粧をしているが、それでも耳の下あたりにお白粉が固まっている。ちか子、それをおとしながら、フト物音を聞いたらしく部屋の方を見る。

36 **(見た眼)**

部屋のドアがあいて、そこに良一が立ってじっとこっちを見ている。

37 **洗面所の前**

ちか子、明るく「あら良ちゃん」と部屋の方へ行く。

38 **部屋の前**

良一、暗い顔で黙って室内へ這入ってしまう。(キャメラその儘据え置いて)やがてちか子が来て室内へ這入って行く。

39 **室内**

ちか子、良一を見て、別に気にも留めず明るく、

Ⓣ〃どうして寝てなかったの?〃

と言いながら、一隅へ行ってショールなど取る。

良一、じっと鋭く暗い顔でちか子の様子を見ているが、突然言う。

Ⓣ〃僕、姉さんに聞きたいことがあるんだ〃

ちか子「なあに?」と振返る。

良一、鋭く見つめて、キッと言う。

Ⓣ〃姉さんは何のために酒場なんかに出てるんだい!?〃

ちか子、ハッと顔色を変える。

良一、じっと見つめている。

ちか子、その凝視を避ける様に眼を伏せる。

良一、詰問するように言う。

Ⓣ〝姉さんはそのために僕達の
　この生活が滅茶滅茶になっても
　構わないのかい?!〟
ちか子、黙って良一を見る。
良一、ちか子を睨みつける様に凝視している。
ちか子、眼を伏せて静かに、
Ⓣ〝あんたは姉さんのことなんか
　考えないで真面目に
　勉強さえしてくれてればいいのよ〟
と言ってショールを畳みなどする。
良一、それをじっと見ているが、悲痛な気持に堪えられなくなって来て、
Ⓣ〝姉さんがそんなことをしてるなんて
　僕は今の今まで
　夢にも思っていなかった!〟
と言う。
ちか子、ハンドバッグなど片付けながら黙って良一の方を振返る。
良一、悲痛に言う。
Ⓣ〝よしんば動機がどうあろうと
　そんなとこへ出入りするなんて!
　姉さんは馬鹿だよ!〟
ちか子、それを聞くと良一をじっと見て静かに近づき、探る様な気持で言う。
Ⓣ〝あんたは姉さんを信じて
　くれないの?〟
良一、姉を見返しているが、眼をそらして、
Ⓣ〝信じてたからこそ僕は
　姉さんが恨めしいんだ〟
と言う。
ちか子、その顔をじっと見ている。
良一、サッと振返って鋭くちか子を見る。涙が浮んでいる。言う。
Ⓣ〝姉さんは何だって選りに選って
　そんな道を選んだんだい?〟
ちか子、何か答えようとする。
良一、それにかぶせて鋭く言う。
Ⓣ〝姉さんは馬鹿だよ!〟
姉「えッ!」と鋭く見返す。
良一、ヂリヂリして突然、ピシャリと平手で姉の頰を引ッぱたく。
ちか子、ハッと頰をおさえる。
良一、吐きかけるように、
Ⓣ〝馬鹿だとも! 大馬鹿だよ!〟
と罵って、再びピシャリと平手で姉の頰を打ち、喘ぎ、睨む。
ちか子、涙ぐんで良一を見ている。
良一、たまらず顔をそむける。
ちか子、その顔をじっと見て言う。
Ⓣ〝あんたは姉さんをぶてばそれで
　気が済むの?〟
良一、じっと動かない。
ちか子、涙ぐんで言葉を続ける。
Ⓣ〝あたしの今日までの苦労は
　只あんたの平手打ちだけに
　代ったんだろうか〟
良一、じっと動かない。
ちか子、稍恨めし気に言う。
Ⓣ〝姉さんはあんたが無事に
　卒業する日をどんなに楽しみに
　してるかわからないのに……〟
良一、それでもじっと動かない。
ちか子、良一をじっと見る。哀願でもしたいような心持である。
しかし良一は依然として動かない。
ちか子、突然良一の手を把って、
Ⓣ〝お願いだわ、良ちゃん!
　あたしのしてること
　なんか気にしないで
　一生懸命に勉強して頂戴!〟
と、哀願するように言う。
良一、ちか子を見返る。良一も涙ぐんでいる。
ちか子、心をこめて言う。
Ⓣ〝ぶって気が済むんなら
　あたしはどんなにぶたれたって
　恨めしいとは思わないわ〟
良一、姉を見ていた眼をそらす。
ちか子、続けて、
Ⓣ〝その代りあんたは学校のことだけに
　夢中になって頂戴〟
と言い、「ね! 良ちゃん! ね!

ね！」と肩に手をかけて顔を覗き、返事を促す。

良一、答えず、たまらない気持で、突然サッと立上り、姉を押しのけるようにして一方へ行く。

ちか子、不審な顔でそれを見ている。

良一、そこにあるマントを取ってサッと出て行こうとする。

ちか子、ハッとして「待って！」と追い縋り、言う。

Ⓣ〃何処へ行くの、良ちゃん?!〃

良一、姉を見返し、涙を呑み込んで、

Ⓣ〃何処へ行くかわかるもんか！〃

と言って姉を押しのけてサッと出て行く。

ちか子「待ってよ良ちゃん！」と追って行く。

開け放されたドアをその儘しばらく置いて、やがてグッタリしたちか子が力なく戻って来る。そして、フトそこの鏡に眼をやり静かに顔をよせる。

鏡——そこに映ったちか子の顔。頰っぺたに良一の手の跡が仄かについている。

ちか子はその頰に手を当て、じっと鏡の中の顔を凝視しているが、やがて眼を伏せる。

夜明け近い暗い空に聳えている建築中のビルディングのコンクリートのエレベーター。

40　それのある街路

良一がイライラした気持で歩いて行く。

見上げる。

41　建築中の鉄骨

42　アパートの一室

じっと暗く考え込んでいるちか子。

43　街路の一部分

そこに置かれた大型の土管、二つ三つ。

その他アスファルトの樽など。

仄暗い光りを投げているカンテラ。

そのカンテラの光りを半面に受けて、そこにうずくまるように腰をおろしている良一。

なんとも言えない悲痛困憊したその顔。

ありありと感じられる懊悩の色。

仄暗い光りを投げているカンテラ。

44　木下の家の一室

壁にかけられた木下の佩剣と帽子——。

朝の感じ——その佩剣が取られる。

木下、制服を着て佩剣を腰につける。

春江、力のない憂鬱な姿で食膳の食器を片付けている。食膳にはアルミの弁当箱が置いてある。

木下、春江の様子を見て、やさしく言う。

Ⓣ〃あんまりくよくよ考えない方が
いいよ〃

春江、チラと兄を見るが、何も言わず黙って食器をのせたお盆を持って台所の方へ行ってしまう。

木下、いじらしげにそれを見、帽子を取ってかぶる。

春江が再び台所から出て来る。

木下、言う。

Ⓣ〃気にしなくったって良ちゃんは
いずれわかってくれるよ〃

春江、再びチラと兄を見、黙ってアルミの弁当箱を小風呂敷に包む。

木下、机上の入用品などをポケットに入れ、「じゃア行って来るよ」と言う。春江、弁当包みを持って送り出して行く。

45　玄関

木下、春江に送り出されて来て靴をはきながら言う。
Ⓣ〃やっぱり兄さんがちか子さんだけに
逢う方がよかったねえ〃
春江、暗く、眼を伏せる。
木下、靴をはいて立つ。
春江、弁当包みを渡す。

木下、尚も春江を慰めてから出て行く。

春江、力なく一室の方へ戻って行く。

46
一室

春江、来て、フトそこの茶簞笥の上に置かれた昨夜の活動のプログラムに気が付く。なんとなく気持がそこにこだわる。が、思いあきらめるように嘆息すると、食膳の処へ行ってフキンで力なく食膳を拭く。

そしてフト玄関の人の気配に立って行く。

47
玄関

春江、来て、ハッとする。
土間にちか子が立っている。つとめて微笑して会釈し訊ねる。
Ⓣ〝良一来てません？〟
春江「え？」と不審そうにちか子を見る。
ちか子、言う。
Ⓣ〝ゆうべ出たっきり帰って来ないんですけど……〟
春江、不安な気持。そして「お見えになりませんけど」と首を振る。
ちか子、ちょっと考え「じゃァまた」と会釈して去りかかる。
春江、それを見て「あの——」と呼び止め、
Ⓣ〝あたし、ちょっとお話したいことがあるんですけど……〟
と言う。
ちか子「なあに？」と訊ねる。
春江「まァお上りになって」とすすめる。

48
一室

春江、ちか子を案内して来る。そして長火鉢の前にちか子を坐らせる。

ちか子、春江に「何のお話なの？」と促す。

春江、モヂモヂしてやがて思い切って言う。

Ⓣ〝あたし兄さんから聞いたあなたの噂を良ちゃんの耳に入れたんですけど……〟

ちか子「え！」と春江を見る。

春江、眼を伏せてモヂモヂする。

ちか子「さては」と思う。そしてじっと春江を見ているが、次第に暗く眼を伏せる。

春江、顔を上げる。

涙ぐましくなっている。

言う。

Ⓣ〝あたし良ちゃんに余計な心配をさせちゃって……〟

ちか子、暗い眼で春江を見るが、力なく独り言のように呟く。

Ⓣ〝どうせいつかは良一にもわかることだと思ってました〟

春江、ちか子を見る。

ちか子、眼を伏せてじっと考える。

春江、それを見て稍乗り出すような気持で、しかしちょっと言いそびれながらも思い切って言う。

Ⓣ〝あたしなんかの口から余計なことかも知れませんけど——〟

ちか子、春江を見る。

春江、ちか子に見られると、言いたい事が言えなくなって、眼を伏せモヂモヂして、

Ⓣ〝あたし良ちゃんが可哀そうだと思いますわ〟

と言う。

ちか子、じっと春江を見ている。

49
家の前　格子先

時計屋の小僧が来て、格子外から言う。

Ⓣ〝木下さん！　電話ですよ！〟

50
一室

ちか子と春江、その声で顔を見合う。

春江、涙の跡を拭いて、ちか子に会釈し

て立って行く。

ちか子、その姿をじっと見送る。

51 格子先

春江、出て来る。そして往来を横切って駈けて行く。

52 向いの時計屋の前

春江、駈けて来て、その店先で働いている今の小僧に「どうも毎度」と会釈して店内に這入って行く。

53 店内の電話

春江、来て聞く。

「モシモシ、モシモシ」

春江「あら兄さん？」とニッコリする。

54 警察の電話

木下が非常に緊張した顔でかけている。言う。
Ⓣ〝良ちゃんがね――〟

55 時計屋の電話

春江「え？」と乗り出すようにして聞く。

56 警察の電話

木下、ためらいながら決心して言う。

Ⓣ〝自殺したんだ〟

57 時計屋の電話

春江「えッ！」と愕然とする。そして慌ただしく「どうして？　どこで？　いつ？」などと聞く。そして「ええ、ええ、ええ」と頷く。

涙も出ない緊張感である。

58 警察の電話

兄、やがて電話を切り、ちょっと暗い顔で考えるが、去る。

59 時計屋の電話

春江、受話器をかけて、それに手を掛けた儘で、じっと考えている。涙も出ず、ただ緊張した蒼白な顔である。

60 時計

時計の振子がカチカチ動いている。

61 電話の前

春江、依然として動かず、じっと一点を凝視している。

そこを時計屋の店員が時計を持って通りかかり、春江に「や、こんちは！」と声をかけて行く。

春江、それで初めて我れに返った様子で電話の側を離れ去る。

62 木下の家の一室

ちか子、じっと考えている。振返る。

春江が暗く項垂れて戻って来る。泣きたいのをこらえこらえしている感じである。黙って坐る。

ちか子、その様子を見て「どうかしたの？」と訊ねる。

春江、黙ってちか子を見る。涙が一ぱいたまっている。

ちか子、それを見て心配そうに「どうしたっていうの一体？」と重ねて訊ねる。

春江、たまらなくなって遂いにそこに泣き伏してしまう。

ちか子、ますます不審になって、その肩に手をかけ「ね、一体どうしたっていうの？」とやさしく訊ねる。

春江、涙の顔を上げて、唇を震わしながら漸く言う。

Ⓣ〝良ちゃんが――〟

ちか子「えッ！」と不吉な予感に襲われ、「どうしたの？　えっ？　どうしたの？」と追及する。

春江、涙を呑んで言う。

Ⓣ〝自殺――〟

ちか子「えッ！」と愕然。

春江「お姉さま！」とちか子の膝に手を

かける。

ちか子、呼吸も止まるような気持でじっと動かない。

春江、泣き崩れる。

ちか子、身じろぎもせずじっとしているが、やがてその眼に涙がにじんで来る。

63 机の上

バンドで締められた教科書やノートが無雑作に投げ出されている。

64 木箱の上

良一の帽子が無雑作に置いてある。

マントが椅子（或いは別の物でも）の背に引っかけてある。

65 アパートの廊下

そこはちか子の部屋の前である。部屋のドアは半分あいている。そこで三四人の新聞記者がちか子を囲んで話を聞きながら、鉛筆を走らせている。

記者の一人がちか子に訊ねる。

Ⓣ〝それで自殺の原因に就いて何かお心当りは？〟

ちか子、極めて冷静に、勿論涙などは少しも見せず、静かに首を振って答える。

Ⓣ〝これと言ってありません〟

記者達、書く。

と、記者の一人がフト室内を見る。

66 室内（見た眼）

春江が良一の死骸の前でじっと項垂れているのが見える。

67 廊下

その記者、こっそり室内に這入って行く。

68 室内

記者、春江の処へ来て「もしもし」と肩を指先で叩く。

春江、静かに振返る。涙ぐんでいる。

記者、職業的な態度で良一の死骸を指さし、訊ねる。

Ⓣ〝あなたとこの方との御関係は？〟

春江、黙って記者を見ているが、眼を伏せて涙をおさえる。

記者、尚も厚かましく訊ねる。

春江、たまらなくなる。

そこへ他の記者が来て、前の記者と春江とを見比べ、微笑して、

Ⓣ〝君、こりゃあ特ダネにはならないぜ〟

と、冷やかす。前の記者、苦笑する。そして二人とも出て行ってしまう。

それと入れちがいにちか子が這入って来る。

ドアをしめて春江の方を見る。

そして良一の死骸に歩み寄る。

春江、涙ぐんでちか子を見守っている。

ちか子、じっと良一の死骸を見る。涙ぐむ。傍に春江がいることさえ意識していないらしく、死骸に向って言う。

Ⓣ〝良ちゃんは最後まで姉さんをわかってくれなかったのね〟

春江、黙ってちか子を見守っている。

ちか子、涙をのんで言う。

Ⓣ〝このくらいのことで死ぬなんて——〟

春江、依然としてちか子を見守っている。

ちか子、胸が迫る。

見守っている春江。

ちか子、一ぱい涙を浮べ、それが頬を伝うのも拭いもせず、

Ⓣ〝良ちゃんの弱虫——〟

と言ってゴクリと涙を呑む。

春江、たまらなくなって眼をおさえる。

ちか子は涙に頬を濡らしながらも、黙って良一の死骸を見守っている。

69 舗道

先刻の新聞記者が二人、明るく談笑しながら歩いて来る。フト立止って傍の電信柱を見る。

それには号外が張ってある。

号外「某事件の一味十数名逮捕」という見出しで○○の多い文句が並べてある。
記者二人、それを見ているが、一人が微笑して相手に言う。
Ⓣ〃この号外じゃあ君の社に五六分出し抜かれたなあ〃
そして二人は再び談笑しながら向うへ歩いて行く。
で——　（F・O）

——完——

（昭和八年一月二十七日）

非常線の女

脚色　池田　忠雄

原　作……………………ゼームス・槇
脚　色……………………池田　忠雄
監　督……………………小津安二郎
撮　影……………………茂原　英朗
編　輯……………………石川　和雄
　　　　　　　　　　　　栗林　実
美術監督…………………脇田世根一

時　子……………………田中　絹代
襄　二……………………岡　譲二
和　子……………………水久保澄子
その弟　宏………………三井　秀夫
みさ子……………………逢初　夢子
仙　公……………………高山　義郎
三　沢……………………加賀　晃二
岡崎実……………………南條　康雄
秘　書……………………谷　麗光
拳闘場のボス……………竹村　信夫

一九三三年（昭和八年）
松竹蒲田
脚本、ネガ、プリント現存
S10巻、2730m（一〇〇分）
四月二十七日　帝国館公開

1　（F・I）岡崎商事のタイムレコーダー

2　事務室

大勢の社員、働いている。
その中に混ってタイピストの時子が働いている。
しとやかで美しい。
タイプを終って傍の社員に渡す。
忙しげな情景。
と、一同、ハッとなり立上り、一斉に礼をする。
社長の息子、岡崎実が出社して来る。
一同の礼に送られ、社長室に入る。

3　社長室

彼、入り来る。
秘書、迎える。
岡崎、
Ⓣ〃親爺は？〃
秘書、
Ⓣ〃社長はまだ
　いらっしゃいません〃
岡崎、「ふーん」と頷きつつくつろぐ。
と、前の社員が書類を持って入り来る。
岡崎、それに一々判を押してやる。
社員、去る。
岡崎、プライベートの手紙など素気なく見た後で、ふと気付いたように秘書に、
Ⓣ〃時子を呼んでくれ〃
秘書、ニヤッと頷き去る。
岡崎、そのままもう一つ奥の室に入る。

4　奥の室

岡崎、待っている。
時子がしとやかに入り来る。
岡崎、「よう！」と見迎える。
「一寸……」
そして凄い指輪を出し、
Ⓣ〃君は七月生れだから
　ルビーにしたよ〃
と言いつつ彼女の手をとり、はめようとする。
時子、一寸手を引く。
「でも……そんな……」
岡崎、無理に受取らせる。
時子、流石《さすが》によろこばしげに見入る。
岡崎実、彼女の両手を握って、
Ⓣ〃これにどんな
　意味が含まれているかしら〃
と、寄せんとする。
時子、一寸身を引き、
Ⓣ〃そう言う意味の頂戴物でしたら、
　私、お返ししますわ〃
と、返しかける。
実、「違う違う」と笑って何のことなく、
Ⓣ〃君には
　うっかり冗談も言えない〃
と誤魔化し、指輪を納得させる。

5　社長室

秘書、ふと見る。
ドアより時子、出て来る。会釈して事務室の方へ。
秘書、見送る。小首をかしげて。
実、出て来る。両人、顔見合せる。
（F・O）

6　（F・I）街

会社の退け時。（一、三景）
時子、仲間と別れて一人になる。
歩む彼女。

7　角

時子、ハッと見上げる。
実が笑って立っている。
そのままならんで歩く。

8　喫茶店の前

両人通りかかる。実、
Ⓣ〃お茶でものみませんか〃

時子、困った顔。もじもじする。

9 **喫茶店内**

与太もん二人（三沢と仙公）が表を見ている。時子を見て、頷き合う。

10 **ウインド越しに見た外景**

時子と実。

時子、別れて去らんとする。

実、再び追うようにして行く。

11 **喫茶店前**

三沢、仙公、出て来る。そのまま両人の跡をつける。

12 **歩む実と時子**

やがて、街角で止り、別れる。

実、惜しそうに見送る。

13 **歩む彼女**

その後から与太もん、尚もつける。

14 **時子、つけられている事に気付く**

足早やに歩む。そして、横丁に切れる。

15 **つける与太もん**

16 **街角**

時子と与太もん、肩をならべて歩いている。

仙公、四辺《あたり》を見廻し小声で、

Ⓣ〝姐御、今のは仲々いい鴨らしいな〟

時子、「ふん」と相手にしない。

三沢、

Ⓣ〝いつもの手で行こうじゃねえか！〟

時子、「バカ！」

Ⓣ〝馬鹿！　あれはうちの社長さんの息子じゃないか〟

と言う。

両人、「そうか……」と歩く。

時子、首のまねをして見せて、

Ⓣ〝こんなのいやだからね〟

と、ズベ公丸出しになった所で、知った人に出逢い、ひどくインギンに一礼をする。

与太もん、知らん顔する。

しばらく歩いて、又三人ならぶ。

行方に巡査がいるので、道を外らす。

（F・O）

17 **ボクシングクラブの中**（夜）

数人のボクサーが、盛んに練習中。

サンドバッグを突く者、スキッピングする者、等々。

一隅。

相当の顔らしい裏二。

その子分の三沢もいる。

裏二の前に、クラブのボスが立って、頻りに話している。

ボス、「なあ」と惜しそうな顔で、

Ⓣ〝裏二、もう一度みっちり練習を始めて見ないか〟

続けて、

Ⓣ〝お前が「返り咲き《カムバック》」してくれると、お前のためにもいいんだがなあ〟

裏二、苦笑する。

サイコロなどいじりつつ、

Ⓣ〝まあ、諦めて貰うんだね〟

ボス、口惜しそうに尚もすすめる。

裏二、うるさそうに、

Ⓣ〝女に可愛がられるようになっちゃ、もうボクサーもおしまいだよ〟

ボス、「このやろう」と顎を軽く突く。

裏二、ノサれた真似して笑う。

ボス、向うの練習の方へコーチに行く。

と、両人の所へ、ボスとすれ違いの様に一人の少年（宏）がやって来る（彼は今まで――練習していたのである）。

宏、裏二に一礼して、意味なく傍でウロウロする。

何か話したくて、キッカケでも探す様子。

裏二、チラと見たが、何の気なしに三沢と話している。

やがて少年、ボスに呼ばれたらしく、練習場の方へ。が、去りがけに、再び裏二に丁寧に頭を下げる。

裏二、不審そうに見送る。

Ⓣ〝何でい？

　あの小僧は――〟

と、三沢に尋ねる。

三沢、

Ⓣ〝あいつは此頃ここに出入りする
　お新規さんなんだ〟

裏二、「ふーん」と宏の方を見る。

練習する宏。

裏二、三沢に言う。

Ⓣ〝バンタムウエイトか〟

三沢、「いや」

Ⓣ〝フェーザーだよ〟

裏二、宏を見ながら、

Ⓣ〝一寸、左が利くじゃねえか〟

と言う。

三沢うなずき、出入口の方を見て、「よう！」と頭を下げ、裏二に知らせる。

裏二もつられてふり返る。

てんで見違えるばかりにドレスを着込んだ時子が入って来る。

仙公も一緒である。

彼女、裏二を見付けると、その方へ。

裏二、見迎える。

あちこちから、彼女に会釈する者がいる。

時子、いかにもズベ公らしく会釈を返す。

裏二、彼女の様子を眺め、

Ⓣ〝お前、ダンスホールと間違えて
　来たんじゃあるまいな〟

時子、「冗談じゃないよ」と裏二の横っ腹を突く。

Ⓣ〝これから行かない？〟

そして小声になって、何か言う。

裏二、「え？」と見る。

時子を中に、彼等、何か囁き合う。

裏二、「よし行こう！」と、時子と腕を組んで去らんとする。仲のよい様子。

ボス、それを見るとくさって、「おい」

Ⓣ〝ブレーク！〟

と、どなる。

裏二、笑いながら、仲間と出て行く。

宏、練習の手をやめ、見送る。

18　（F・I）**ダンスホール**（夜）

踊る人々。

一曲終ったところ。

末輩の与太モン風の男、向うの与太モンに、「やあ」と会釈する。

会釈を返した男、又別のに「いよう！」と手をあげる。

その挨拶された男、「やあ！」と、いい気持になった所で、ふと一方を見て、慌てて丁寧に頭を下げる。

人々、一斉に出入口の方を見る。

サッソウたる裏二と時子が、腕を組んで入り来る。

後から仙公、三沢。

ダンサーたち、「お出ましよ」と言った顔で見合う。そして、裏二の方へ挨拶する。

裏二、一ヶ所へ突立って、ホールの中をジロジロ見廻す。

隅、二、三人の与太者が、こそこそと集り、いまいましげに裏二の方を見る。

「あん畜生、いやにハッタリきかせてやがる……」

裏二、悠然とホールを横切って、相手方の方へ歩み行く。

相手の与太者、ドキッとする。

裏二、彼等の前を過ぎ、ダンサーのみさ子の前へ来る。

みさ子、ニッコリ笑って立ち上る。

裏二、みさ子の頬っぺたをつまむ。

バンド、バン、とドラムが鳴ってジャヅが始まる。

裏二、みさ子と組んで踊る。

他の者たちも踊り出す。

時子、「踊ろうよ」と、下手くそな仙公に相手を命じる。

仙公、くさりつつ踊る。

踊る裏二とみさ子。

裏二、巧みにステップを運びつつ、「おい！」

Ⓣ〃此処へ荒しに来るって
　野郎はどいつだい？〃

みさ子、一寸四辺を見る。

横へ切れる。

みさ子、踊りつつ来る。

Ⓣ〃あたいの後を
　見てごらん！〃

裏二、そっと見る。

相手で一ばんのうるさ方らしいのが踊っている。

裏二、ニヤリと頷き、そのまま横へ切れる。

踊る時子と仙公。

仙公、汗だくで、叱られてばかり居る。

やがて踊りが済む。

戻って来た裏二、三沢に何か命じる。そして、自分は知らぬ顔して、一歩先きにホールを出る。

三沢、相手の与太者の所へ行き、

丁寧な態度で、「ちょいとお顔を……」

相手の男、落ちついて三沢に続く。

それを見た相手の仲間、二、三名、そっと後からついて行く。

19　人気のない廊下

裏二、待っている。

三沢、相手を連れて来る。その時既に仲間は一緒である。

裏二と相手、黙って睨み合って立つ。

裏二、スルスルと革手袋をはめる。

相手も喧嘩の用意する。

心配そうな仙公が、ビール瓶（か何か）を持ってやって来る。早速、喧嘩の仲間入りをしようとする。

裏二、叱る。そして、三沢と仙公に、

Ⓣ〃お前たちは、時子の
　お守りでもしていてくれ〃

と無理に行かせる。

両人叱られ、やむなく心配そうに去る。

裏二、笑って、

Ⓣ〃お仲間さんとお見受けします。
　後世定法の通り、手を引いて
　貰いましょう〃

相手「ふん」と笑う。

Ⓣ〃お前え一人の
　ホールじゃあるまいし!!〃

裏二、キッとなる。

Ⓣ〃縄張り荒しているのなら、
　俺らをノシてからに
　して貰おう〃

相手、目くばせする。一斉にかかり来る。

裏二、先きに来た奴を先ず一発でノス。

20　ホールの隅

時子とみさ子、それに仙公、三沢たち、コーヒーを飲んでいる。

仙公と三沢、そわそわして居たたまれぬ様子。

時子、ひどく落付いて、ニコニコしている。

逸《はや》る子分をたしなめ、

Ⓣ〃あたいの裏二は、
　大砲でも打たなきゃ
　滅多にノビはしないよ〃

みさ子、時子を打つ。

Ⓣ〃チェッ！
　又ノロケてるよ！〃

21　廊下

裏二、アッサリ相手をノシ終った所。

「じゃアバヨ！」と、ホールの方へ去る。

相手の与太者、皆いたそうにアゴを撫でる。よろよろと立上って、口惜しげに見える。

と、そこへ、ボーイが彼等の帽子や外套を抱いて来て、小馬鹿にした様子で、帽子を冠らせたりする。
与太者、口惜しがって、ボーイの頭をこづく。

22 **ホール**

踊りが始まった所。
裏二、色々訊ねに寄って来る仙公、三沢を、「何でもねえよ」とのける。
そして今度は、時子と組んでスマートに踊り始める。
巧みに踊る裏二と時子。　　　（F・O）

23 **アパート廊下**（夜）

裏二と時子、三沢とみさ子の二組が、腕を組んで仲良く帰り来る。

24 **裏二の室**

一同入り来る。
各自にくつろぐ。
裏二、乱暴にオーバー上着など脱ぎ、放り出す。
時子、ガスストーブに点火してから、裏二の着物を世話女房らしく片づける。
彼女、ふとみさ子の方を見る。
脚を組んで煙草など吸っているみさ子。
三沢と仲よく話している。
時子、みさ子に、
Ⓣ〃お前さんたち
　もうお帰りよ〃
みさ子、三沢、「え？」と見る。
時子、片目をつぶって、「ね、お帰りよ」
両人、「ふん」と笑い合って立上る。
みさ子、下唇をつき出す。
Ⓣ〃もう少し遠慮して
　もの言ったらどう？〃
時子、笑い、
Ⓣ〃お前さんたちに
　遠慮してちゃきりがないからね〃
みさ子、「バカ！」
Ⓣ〃張り倒すよ〃
と之も笑って、三沢と仲よく去って行く。
裏二と時子、「バイバイ」と手をふる。
裏二、酒瓶を持って来る。
裏二、見て、「あれ？」と思う。
時子、のまんと手を出す。
「おい飲まねえか!?」
彼女の指の凄い指輪。
裏二、「どうしたんだい？」
時子、「これ？」と薄笑いしながら見せる。
裏二、感心してながめていたが、
Ⓣ〃何処から捲上げて来たんだい？〃
時子、笑ったまま。
裏二、抜いてつくづく眺め乍ら、
Ⓣ〃こいつは
　相当なモンだぜ〃
彼女、取戻して指にはめながら、
Ⓣ〃会社で首にならない
　おまじないさ〃
裏二、「え？」と見る。が、忽ち、「ふん」と鼻で笑って、
Ⓣ〃例の社長の息子だな!?〃
続けて多少気になる様子。
Ⓣ〃こんな凄いの貰って
　只で済むのか？〃
彼女、可笑しさをこらえ、横顔を見せて、グラスを口へ持って行く。
裏二、「こん畜生！」と言った顔。が、やはり気にして、
Ⓣ〃余り気もませんなよ〃
時子、嬉しそうに見る。が、わざとつんとして、
Ⓣ〃あたいなんかのことで
　本気で気をもむ
　お前さんかい？〃
そして怒って見せ、
Ⓣ〃今夜もホールで三度も
　みさ公の頬っぺたに触った
　じゃないか！〃
「憎いよ、本当に！」
裏二、苦笑する。そして、彼女を抱く。
彼女も笑う。
やがて両人、はじかれた様に離れる。

裏二、扉に、「誰だ!?」
扉がそっと開く。
仙公、その後からおずおずした宏少年が
入り来る。
裏二、見迎え、「どうしたんだ?」
仙公、モジモジと壁ぎわに立っている宏
をアゴで指しつつ、
Ⓣ〝こいつが兄貴にお願いが
あるんだってさ〟
裏二、「ふーん」と少年を見る。
「何だね?」
宏、如何にも初心らしく、制帽を弄《も》って
いる。
やっと口を切って、
Ⓣ〝仲間にして頂きたいんですが〟
裏二、ジッと相手を見つめる。
時子も見ている。
宏、熱心にたのむ。
裏二、仙公に、
Ⓣ〝何かの間違いじゃ
ねえのか?〟
仙公、「え?」と見る。
ジョージ、今度は宏に笑いながら、
Ⓣ〝俺はそんないい顔
じゃねえよ〟
宏、「いいえ」と前へ出る。
Ⓣ〝失礼ですが、僕は
あなたがとっても好きなんです〟
続ける。
Ⓣ〝僕を追返そうたって駄目です!〟
裏二、相手の熱心に押される。が、じっ
と制帽に目をつけると、首をふって、
Ⓣ〝悪い了見《リョウケン》起さない方がいいな〟
と宏に言う。
そして仙公の方へ、
Ⓣ〝お前いい気になって
勧めたんじゃねえのか?〟
と叱るように言う。
仙公、「いや……とても頼まれて……」
宏、又もたのむ。
裏二、ふんと時子の方を見て、
Ⓣ〝好き好きだなあ〟
時子、笑って、
Ⓣ〝折角連れて来たんだから、
仙公の顔も
立ててやったらどう?〟
と仲へ入る。
仙公も、熱心にたのむ。
裏二、「さあ?」と改めて宏を、頭のて
っぺんから爪先きまで眺めまわす。
(F・O)
Ⓣ〝宏公の奴、いっぱし与太モンに
なりやがったなあ〟

25　街(昼)
仙公が、与太モンの一人にそう言って、
一方をアゴで指す。

26　ショウウインドの前
すっかり与太モン風になった宏が、ウイ
ンドをのぞいている。仲間の方へ手をふ
りながら、むこうへ行く。

27　蓄音機の前
宏、店の中へ入って行く。

28　店内
レヂスターの所に、宏の姉、和子がい
る。
真面目な温和しい娘である。
彼女、客を迎える様に立上る。が、弟と
分ると、一寸困った顔。
宏、入って来て、和子の傍へよる。
彼女、弟の様子をジロジロ見て、四辺に
気兼ねする様子。
宏、いやにレヂスターを気にして眺め廻
す。
和子、「こっちへおいで!」と目で知ら
せて、横へ切れる。宏、続く。

29　一隅
和子、とがめるように「何に用?」

宏、
Ⓣ〝済まないけど姉さん、
　少し欲しいんだけど……〟
和子、「困った人……」と心配そうに見る。
Ⓣ〝そんな事でお店へなんか
　来ちゃ困るじゃないの！〟
と言って、和子、金をとりにドアーに入る。宏、金銭登録器をいじる。
和子、売上げ金を渡す。宏、すぐ去りかける。和子、「お待ち」
Ⓣ〝学校の方はどうしたの!?〟
宏、一寸ハッとなる。
が、笑って、バンドでからげた教科書やノートをたたきつつ、
Ⓣ〝今日は昼までなんだよ〟
和子、頷く。しかし心配そうに、
Ⓣ〝お前は此頃たしかに
　気がゆるんでいるわよ〟
続けて熱心に、
Ⓣ〝しっかりして呉れなくっちゃ
　困るわ〟
宏、「大丈夫だよ」と言い、急いで去る。
去りぎわに、又もチラッとレヂスターを気にする。
和子、弟を見送って、何となく心配そうに考えこむ。

30　外

宏、得意になって出て来る。
待っていた与太者の一人と仙公、「どうしたんだ?」と訊く。
宏、パンツのポケットを音させながら、
Ⓣ〝コーヒー代ちょろっと
　稼いできちゃった！〟
Ⓣ〝宏公も何時の間にか
　いい顔になったもんだなあ！〟

31　玉突屋（夜）

三沢が、横に腰をかけている与太者の一人につくづく感心して言う。
与太者も感心して頷く。
玉台。
今や仙公と宏が合戦中。
宏、以前より数段、与太然となっている。
伊達な様子、素早い目の動き。
仙公、夢中になって球をねらう。
宏、チョークをつけて待っている。
仙公、失敗する。口惜しがる。
宏、突く。当りがいい。
宏、仲々成績がいい。
仙公、くさり切って、
Ⓣ〝ショッパイ野郎！
　三十に上げろよ！〟
宏、ニヤッと笑って、最後の球をねらう。
と、隣りの球台に前からいた与太者が、ひどく宏に邪魔になっている感じ。
宏、相当感情を害している。
で、チョークの取り合いをキッカケに、宏と与太者とが睨み合いになる。
相手もいい腕らしい。
やがて、にらみ合いが昂じて、口喧嘩。
続いて本当にやり出す。
三沢、仙公、笑いながら見ている。
宏と相手、格闘。
やがて、三沢がとめに入る。
そして相手の与太者は、連れられて去って行く。
宏、また闘志にもえる。いきなり手許の物を、去って行った相手の方にぶっつける。
かける硝子戸。
一たん去った相手、又戻って来かかる。
仲間とめる。
宏、はりきって睨みつつ、
Ⓣ〝あんな野郎に
　なめられてたまるもんか〟
三沢、止める。「バカ！」
Ⓣ〝張り切ってやがら〟
と宏をたしなめる
相手の男、「覚えてやがれ！」と捨科白を残して去る。

仙公たち、「おい、又始めようぜ！」と
球台につく。
宏、ふと気付く。口から一寸血がにじんでいる。手にも少々傷。
仙公、それをふいてやる。

32　（F・I）和子と宏のアパート（夜）

ションボリした電燈の下で、和子が編物をしている。思いにふけって……。
やがて、彼女、ハッとして入口の方を見る。
細目にあけられたドア。
宏が帰って来て、そっとのぞいている。
そっと入り来る。
黙って睨んで見迎える和子。
宏、気がとがめる様子。
Ⓣ〃なんだ、
　姉さんまだ
　起きてたのか？〃
無言で見つめる姉。
宏、
Ⓣ〃之から遅くなったら、
　何時でも先に寝てくれて
　いいんだよ〃
そして、気がとがめる様子で室を横切り、自分の机の方へ。
お膳がすえてある。
宏、そっと覆いをまくって見る。が、そのまま机へ坐る。
和子、悲しみと怒りに一ぱいで弟を見つめる。
宏、机に坐り、照れかくしに本をひろげる。中にボクサーのプロマイドがはさんである。
彼、頁をめくり、読むふりを続ける。
和子、たえられぬ様に、「ねえ」と口を切る。
Ⓣ〃此頃誰か悪いお友達でも
　出来たんじゃないの?!〃
宏、「え?」と見る。
姉、重ねて、
Ⓣ〃姉さんにかくれて、何か
　悪い事でもしてるんじゃ
　ないの？〃
宏、一寸ギクとする。が、笑って、「そんなこと！」と相手にしない。
和子、「お前！」と見る。つと横手から煙草の箱を取出し、宏の前に置く。
Ⓣ〃こんなもの
　何時からのんでるの?!〃
宏、ハッとなる。が、すぐ一笑にふし、それを弄びつつ黙っている。
和子、「ねえ！」とつめよる気持。が、ふっと優しく、
Ⓣ〃このごろ
　一緒にお夕飯たべた事あって？〃
「え？」
Ⓣ〃一日のこと
　楽しく話し合ったことあって？〃
宏、心に苦しくきいている。が、わざと無関心な様子で、煙草をくわえる。
笑顔で、
Ⓣ〃俺だって何時までも
　子供じゃないよ〃
姉、キッと見る。
弟の手の傷を見とがめる。
宏、心持ちかくして苦笑。
Ⓣ〃ジョーヂの身内で
「左の《レフト》宏」ってや
　ちっとは顔が利くんだよ〃
姉、はげしく、
Ⓣ〃そんな者になって貰おうと
　思ってやしないわ〃
Ⓣ〃たった一人の弟をそんな者に
　する為に、私働いているんじゃ
　ないわ〃
と悲しそうに叱る。
宏、心中困る。が、笑って、
Ⓣ〃安心しておくれよ。
　そのうち試合に出られる様になりゃ、
　一晩に二十円は貰えるんだよ〃
宏、その辺のグローブなど弄ぶ。
姉、涙ぐましく見つめる。
宏、続けて、

Ⓣ〝運悪く負けたって
十五円にはなるんだ〟
姉、「宏！」
Ⓣ〝お金のことなんかじゃ
ないわ！〟
そして、言いたい心で一ぱいで見つめる。涙ぐんで……。
宏、見返している。
今にもせきを切ろうとする様な、和子の顔。
（F・O）

33 （F・I）**ボクシングクラブ**（夜）

宏と仙公が練習している。
宏、仙公に、
Ⓣ〝兄貴、
女に泣かれたことあるかい？〟
仙公、「う？」と見る。
Ⓣ〝無えこともねえが……〟
と言う。が、ふと気にして、
Ⓣ〝お前、もう女の子で
苦労してるのか？〟
と羨しがる。ひどく口惜しそうな顔。
宏、
Ⓣ〝昨夜は泣かれ通しで
まんじりともしてねえんだ〟
仙公、いきなり宏の腹をボクッとひっぱたく。
Ⓣ〝この野郎！
ノロケやがって！
一体何処のオカメだい？〟
宏、「そんなんじゃねえよ」とくさる。
Ⓣ〝うちのオカメで、姉さんだよ〟
尚も練習しつつ説明し、
Ⓣ〝口舌が多いんで
芯が疲れるよ〟
とぼやく。
一方で裏二とクラブのボスが話している。
ボス、裏二の前を行ったり来たりしている。裏二、ふと煙草を出す。が気付いて、慌てて仕舞う。
ボス、「なあ……」と例の様に惜しがって、
Ⓣ〝くどい様だが
返り咲き《カムバック》しなよ〟
裏二、
Ⓣ〝くどい様だが
女の子に可愛がられるんでね〟
ボス、苦笑する。
裏二、そのうち、ふと向うの三沢によばれて、その方を見る。

34 **電話口**

三沢が、こっちを見ながら頻りに何かきいている。
やがて電話を切るが、モロに心配な顔。
考えながら裏二の方へ来る。

35 **三沢、やって来て裏二に**

Ⓣ〝兄貴に是非逢って貰いてえって
言って来てるんだ〟
裏二、「誰だい？」
三沢、
Ⓣ〝聴き慣れねえ
女の声だ〟
裏二、「ふーん」と考える。
ボス、「此の野郎！」と見る。
裏二、「よし」と立ち上る。
三沢、心配になって、
Ⓣ〝俺も行こう〟
続けて、
Ⓣ〝女を使っての
おびき出しかも知れないぜ〟
裏二、ふと考える。他の仲間、集って来て、顔を見合せる。中の一人考えて、
Ⓣ〝鉄心の貞〟
又他のが考えて、
Ⓣ〝小林のマア公〟
他のが、
Ⓣ〝オイチョの清公〟
裏二、ふんと笑って、皆をすっぽかして一人出かけ、出口でふり返り、言う。
Ⓣ〝お前たちにわざわざ
行って貰う程の

相手でもあるまい〃
そして、皆をすっぽかして、一人で出かける。

36 街角

裏二、やって来る。身構えにすきなく、四辺を見廻す。不審そうな顔。
誰も居ない。
角の反対側に、和子が立っている。待ち兼ねた様に角へ出て四辺を見る。
裏二、和子に気付く。が売笑婦か何かと思い、意味なく彼女のアゴなど触り、からかう。そして、尚も四辺を見廻す。
和子、「失礼ですけど……」と傍へ寄る。
Ⓣ〃あの――
裏二さんと仰有るのは――〃
裏二、「え?」とふり向く。
「俺が裏二だが……」
Ⓣ〃電話はあんただったん
ですか?〃
和子、「ええ」と頭を下げる。
裏二、「ふーん、お前さんか?」と改めてじろじろ見る。
和子、
Ⓣ〃私
宏の姉で
ございますが……〃
裏二、「それで?」と見る。
和子、もじもじしながら、
Ⓣ〃宏は、貴方を
とてもお慕いしています〃
続けて、
Ⓣ〃貴方の仰有る事なら
何でもきくと思いますわ〃
裏二、変な顔して見る。
和子、熱心に、
Ⓣ〃あれでも
私のたった一人の
弟なんですの〃
裏二、一層けげんに見る。
和子、
Ⓣ〃どうぞ
貴方から
以前の宏になるように
仰有って下さい〃
と言う。
裏二、黙って和子を見ていたが、はき出す様に、
Ⓣ〃こっちで引っぱってる
訳じゃないし、
そいつは一寸
お角が違いますね〃
と言い、去り行く。
悲しげな彼女、やがて呼びとめる。
追いついて、「あの……」
Ⓣ〃では、せめて
逢わせてでも
頂けないでしょうか?〃
とたのむ。
裏二、チラと女を見て考える。頷くと、
「よござんしょう!」と笑って行く。
彼女、後から続く。
(二人の足移動にてカット、ロング也)

37 クラブの中

面々居る。一同、一方を見る。
裏二、入り来る。
一同、どやどやと寄り、「どうした?」と訊ねる。仙公、乗出し、
Ⓣ〃相手は
甘えか、辛いか
ショッパイか?〃
裏二、笑っている。ふと思い出した様に、宏に、
Ⓣ〃お前に面会人だ〃
宏、言われて去り行く。
仙公たち、尚も裏二に相手を訊く。

中の一人、
Ⓣ〝オイチョの清公か？〟
他のが、
Ⓣ〝小林のマア公か？〟
裏二、「冗談！」とはき出す様に、
Ⓣ〝そんな胸のすく様な
　野郎じゃねえや〟
と言う。
一同、尚もがやがやしている。
裏二、ふと一方を見る。

出入口から宏がにこにこしながら帰り来る。
すぐ裏二の処へ来て、
Ⓣ〝兄貴、人が悪いよ！〟
そして、笑い顔で、
Ⓣ〝撒いちゃった！〟
と言い、一方へ行きかける。
呼ばれてふり返る。
裏二、ふと真顔になり立上る。
「おい、一寸来な！」と先に立つ。
宏、けげんな顔で続く。（ロングにて）

38

クラブの外

両人、出て来る。
待っていた和子、見迎える。
宏、くさって裏二の顔色を見る。
裏二、
Ⓣ〝一緒に帰ったらどうだ!!〟
と強く言う。
宏、不服な顔。
和子、「ねえ」と宏に寄る。
宏、姉と裏二を見くらべる。
姉にくってかかる。
Ⓣ〝姉さんは兄貴に余計な事を
　頼んだんだろう!?〟
姉、
Ⓣ〝私、あんたの事思うと
　じっとしていられなく
　なったのよ〟
と哀願する様子。
宏、つっぱねる。
裏二、宏に、
Ⓣ〝諦めてまともになれよ〟
宏、裏二を見る。
裏二、重ねて、
Ⓣ〝お前なんかどうせ
　ロクな与太者になれっこ
　ねえんだ〟
宏、口惜しそうに見る。
何か言おうとする。
と、裏二、いきなり宏をなぐる。
宏、倒れそうになり、一寸の間身動きもしない。
和子、弟を抱く。
ふと裏二の方を見る。
会釈する。
裏二、会釈を返す。
何の事なく去り行く。
残された宏と和子。

39

クラブ内

一隅に裏二、考え込んでいる。
手を見る。
やがて気を変え、バッグの処へ行き、バンバンと突く。（サンドバッグのUP）
（F・O）

40

（F・I）窓

朝陽が当って、（ミルク）ビンに花がさしてある。

41

ジョーヂの室内

出勤前の時子が、コーヒーをのんでいる。
裏二、傍でパンを焼いている。
時子、のみ終って立ち上る。
Ⓣ〝じゃ行ってくるわよ〟
裏二、皮肉に、

Ⓣ〝社長の息子に
よろしくな〟

時子、「ふん」と笑って、口べにを直しに鏡台の前へ立つ。

裏二、

Ⓣ〝今度貰うならダイヤがいいぜ〟

時子、「バカ!」となぐる真似する。

裏二、ボクシングの型でよける。

時子、笑って、

Ⓣ〝朝っぱらから
いやにからむのね〟

裏二も笑っている。ふと気付く。

パンが焼け焦げている。

裏二、急ぎパンを取上げ、女の顔と見較べて、

Ⓣ〝チェッ!
焦げてやがら!〟

時子、笑って去りかける。

裏二、とめる。「おい!」

Ⓣ〝何か忘れもの
ないか?〟

時子、ふと身の廻りを見てから気付いて、ニヤッとしながら寄る。眼をふさいでキスでも受ける感じ。

裏二、その頬っぺたをたたき、

Ⓣ〝そんなんじゃねえよ〟

続けて、

Ⓣ〝いくらか置いてきなよ〟

時子、笑って財布を出し、

Ⓣ〝いやに此頃
不漁《しけ》てんのね〟

そして金を出しかける。

裏二、その間にパンチング・バッグを突く。

42　窓

ビンがその勢いで落ちる。

43　舗道

ビンがわれる。

通りがかりの巡査が立ち止り、顔をしかめて窓を見上げる。

44　窓

45　室内

裏二、金を貰った処。それから抽出しからピストルを出し、調べる。

時子、「じゃ!」と出かける。

裏二、見送って、尚もピストルをみがいたりする。

46　廊下

時子、出かけてハッとなり立止る。

前の巡査が傍の階段を上って来ている。

こちらへやって来る。

時子、困った顔。

が、笑いつつ、後手に手を廻し、巡査の来たサインを裏二にする。

47　室内

裏二、それを見て、急ぎピストルをかくす。

48　廊下

巡査、彼女をじろじろ見る。

時子、意味なく笑いかけて、一寸会釈しドアをしめる。

49　室内

裏二、ドアが閉まったのを見て安心する。

しばらく様子をうかがってから、又ピストルを出し、磨く。

と、再びドアがそっと開く。

裏二、ギョッとして見る。

しばらくして仙公が顔を出す。向うの巡査が去った方を見てから、滑る様に入り来て、オーバーの下から猟銃を出して、

Ⓣ〝何かあったのかい?〟

裏二、「いや!」と真顔になって言う。

仙公、気になる様に、

Ⓣ〝薄々感づいたんじゃ
あるまいな〟

裏二、心配になる。立って窓から見る。

50 下（見た目）

巡査、歩いて行く。

51 室内

仙公、裏二の処へ来て、

Ⓣ〝久しぶりの仕事の前に
　縁起でもねえ！〟

と言って、十字を切る。
裏二もいやな顔をして窓を閉める。
仙公、気付いた様に、

Ⓣ〝仲間はもう
　揃って待ってるんだぜ〟

52 バー内（まだ店をはじめていない時刻）

仲間の面々が揃っている。（四、五名）
各自皆、ピストルや銃など持っている。
ややあって、仙公が入り来る。
三沢、

Ⓣ〝兄貴は？〟

仙公、腐った笑い方で、

Ⓣ〝来たには来たんだけど、
　一寸そこで
　引っかかった〟

と、あごで近所を知らせる感じ。
仲間、出て行って見る。

53 店の向い側

裏二と和子とが、向い合って立っている。

54 一同

それを見て「何だい、あの女……」と囁き合う。
中の一人、

Ⓣ〝何処かで見た事のあるオカメだなあ〟

55 裏二と和子

和子、感謝の目で見る。
裏二、今まで礼を言われたらしく、

Ⓣ〝あんな事でなにも
　お礼を言われる
　ことありませんよ〟

和子、

Ⓣ〝でも私、ああ言って下すったんで
　どんなに嬉しかったか……〟

裏二「いや……」と笑って、が、ふと向うの一同に気付くと、「さよなら！」と別れて、仲間の方へ行く。

56 バーの前

裏二、やって来る。
仲間、喜ばしげに見迎える。
裏二、一同に「よう！」と挨拶するが、気になる様に和子の方を見る。

57 去り行く和子

一同、呆気にとられて見送る。

58 裏二、ふと考える

急に気を変え、一同に、「なあ」

Ⓣ〝俺は
　今日はよしたぜ〟

と、パチンコを仙公に渡し、すたすたと去り行く。

59 歩む和子

後から、裏二が追いついて来る。
和子、「まあ」と驚いて見る。
裏二、笑って肩をならべる。
両人、にこにこしながら歩む。（F・O）

60 （F・I）例の球場

仙公と宏、時子と他の与太者の二組が合戦中。
三沢、傍で見ている。
宏、撞いている。好調子。
仙公、ボヤいて、

Ⓣ〝ショッパイ野郎
　四十に上げろよ！〟

と言う。
と、それを三沢が受け、宏に、

Ⓣ〝いい気で撞いてやがって、
　兄貴に見つかると

のされるぞ！〃
宏、一寸撞く手をやめ、
Ⓣ〃嚇かすなよ！〃
が、一寸考えて、
Ⓣ〃でも、兄貴が俺の事なんかで
ああむきになるのは
可笑しいよ〃
三沢、受けて、「バカだな、おめえ！」
Ⓣ〃兄貴がむきになってるのは、
手前の事じゃねえや！〃
と仙公、時子に注意する。
Ⓣ〃兄貴は、
宏公の姉さんにとっても
御熱心なんだぜ〃
時子、ふと見るが、気にもとめない風で玉をつく。
三沢、
Ⓣ〃姐御にしちゃあ
とんだ手抜かりだ！〃
と意味あり気に言う。
時子、手を一寸やめる。小馬鹿にして笑って、「ふん冗談じゃない！」
Ⓣ〃そんな事、いちいち気にしてた
ひにゃあ、この商売
出来やしないよ〃
と言う。
で、又もキューを取上げ、球をねらう。

61 レコード・ルーム

裏二がレコードに聴き入っている。

62 回転するレコード

63 裏二、そっと横を見る

64 レヂスターの傍にいる和子

彼女も考え深く、そして、矢張り盗み見る様に、裏二の方を見る。
彼女の手許には、編みかけの編物がある。
彼女、一寸ためらっていたが裏二の方へ行く。

65 レコード・ルーム

彼女、来る。
裏二、ふと戸惑いした表情。
和子、
Ⓣ〃御気に召したの
ございまして？〃
裏二、「さあ……これと、これと……」等と横手へ積んだレコードに触れる。
苦笑して見上げ、
Ⓣ〃赤盤の十二吋《インチ》は、
品が良過ぎて僕には
頼りないです〃
と言う。
和子、「まあ」と笑う。
Ⓣ〃そんな事ございませんわ〃
重ねて、
Ⓣ〃貴方は御自分で
わざとそんな振りを
なさってらっしゃるんですわ〃
裏二、「？」と見る。
彼女、重ねる。
Ⓣ〃ふだん貴方のなさる事も
みんなそれじゃないでしょうか〃
裏二、図星で、「いやあ！」と大ざっぱに首をふる。
和子、「いいえ、そうですわ！」という感じで言いつつ、ふと入口の方を見る。

66 みさ子が入って来る

和子、席に戻ってみさ子と応対する。
みさ子、メモを出して、記したレコード・ナムバーを示す。
和子、レコードを探す。
みさ子、ふと一方を見る。

67 裏二がレコードを聞いている

68 みさ子、裏二の方へ行く

裏二、取澄して見迎える。
みさ子、「ふん！」と裏二と和子の方を見較べる。知らん顔している裏二。

Ⓣ〝裏二、そんなややっこしいの
わかんの？〟
裏二、
Ⓣ〝見なよ、犬だって
聴いてるじゃねえか〟
Ⓣ〝神様がこしらえたものの中でも、
音楽は出来のいい方だぜ〟
みさ子、「ふん」と和子の方を気にして、
Ⓣ〝いやに焼きが
廻っちゃったんだね〟

69 **ビクターの犬の広告**

70 **みさ子、つんとして和子の方へ切れる**

彼女、和子の処へ来る。
和子、レコードを渡す。
みさ子、受取りながら冷かす様に、
Ⓣ〝お前さん、
あんなのにレコード聴かせたって
無駄だよ〟
和子、ハッとする。
みさ子、行く。
犬のUPにて。

71 **岡崎商事**

時子、電話に出る。
Ⓣ〝分る？〟
時子、分る。

72 **バー内の電話**

みさ子、
Ⓣ〝お前さん
この頃少しおたおたし過ぎてや
しない？〟
尚も、
Ⓣ〝あたい、今
濡場見て来ちゃったんだよ〟
続けてジャレつきながら、
Ⓣ〝あんな素人に
なめられて、
お前さん黙っててていいのかい〟

73 **事務所**

時子、澄してきいていたが、「まあ」と
なって、
Ⓣ〝もう貴女のお耳にまで
入りましたの？〟

74 **バー内の電話**

みさ子、横の仙公を見ながら、
Ⓣ〝仙公もね、
あっさりのばしちゃおうかって
言ってるんだよ〟

75 **事務所**

時子、「え？」となる。が、四辺を見て
落付いて笑を浮べつつ、
Ⓣ〝あの、こわれ物ですし
なるべくお静かに
お扱い下さいます様
お願いいたしますわ〟

76 **バー内の電話**

みさ子、くさって、
Ⓣ〝馬鹿！
張り倒すよ！〟
が、切られたらしく、「もしもし」と言
いつづける。諦めて仙公と顔見合わす。

77 **事務所**

時子、考えつつ自分の席に戻る。
ふと一方を見る。
社長の息子が立っている。
時子の方へ微笑みかける。
時子も何となく笑顔になる。
実、笑って立っている。が、社長室の方
へ戻って行く。

78 **社長室**

実、入って来る。
ポケットから腕輪を出し、弄《いじ》りつつ眺め
る。考えながら。
（F・O）

79 （F・I）**裏二の室**（夕方）

裏二、じっとレコードに聴き入ってい

る。
やがて扉が静かに開いて、時子が帰って
来る。そのまま立って裏二を見つめる。
裏二、ふと彼女に気付く。が、わざと何
気なくレコードに聴き入るふりをする。
時子、つかつかとポータブルに寄ってレ
コードを止める。
裏二、「何んだい！」と見る。
再びレコードをかけようとする。
時子、その手を止める。
Ⓣ〃あたい今日
　お前さんの事
　一寸きいちゃったんだけど……〃
裏二、「どんな？」と白を切るが、稍々《やや》
心に響く気持。
時子、見つめて、
Ⓣ〃あたい、その人に
　会って見ようかしら〃
裏二、真顔で見返す。
時子、その真剣な顔に一層察しがつい
て、つんとする。
Ⓣ〃何もそう改まった顔
　することないじゃないか！〃
そしてサッと切れる。
裏二、驚き見送る。

80 **抽出しの前**
彼女、やって来て、抽出しからコルトを
出し、弄ぶ。
裏二、驚いて寄る。「おい！」
Ⓣ〃まさか
　冗談するんじゃ
　ねえだろうな〃
時子笑って、「さあ……」
Ⓣ〃冗談するかも知れないね〃
言いつつ一方のテーブルに着きピストル
をみがく。そして独言の様に、
Ⓣ〃あたいだって
　随分の悪い事までして、
　お前さんの顔は
　立てて来てるんだよ〃
裏二、「なあ……」と寄って来て、「よし
なよそんな……」となだめる。
時子、「いいじゃないか！」とつっぱね
て尚もコルトをみがき、弾丸をつめる。
コルト。　（F・O）

81 **（F・I）レコード・ルーム**
時子が中でレコードを聴いている。
彼女、焼きつく様な目差しで和子の方を
見ている。

82 **店**
お客のない午前の店。
しとやかな和子。
そっと編物などしている。

83 **時子、頻りに眺めている**
やがてハンドバッグの中のピストルをチ
ラとオーバーな風に改めてから、レコー
ド・ルームを出る。

84 **和子、目を上げ、慌てて編物をかくして立
上る**
時子が、じっと立って見つめている。
Ⓣ〃ちょっと折り入って
　お話ししたいんですけど……〃
Ⓣ〃その辺まで
　ぶらぶら
　つきあって頂けません？〃

85 **両人、肩をならべて歩いている**
時子、和子をしきりに眺める。
和子、ひどく気になる様子。
立ち止って、
Ⓣ〃あの
　御用と仰有いますのは……？〃
時子、片頬で笑う。
Ⓣ〃私、裏二の
　身内の者なんだけど……〃
和子、「まあ」と見る。がすぐ、親しげ
に笑って、
Ⓣ〃あの方には弟の事で、
　とてもよくして
　頂いてますの〃

時子、苦笑。
Ⓣ〃だからってあたしまでが
　お前さんの味方じゃないわ〃
重ねて、
Ⓣ〃ことによると
　敵同志かも知れないわ〃
和子、ハッとなり見返す。
時子、バッグへ手を入れたまま横へ切れる。
和子、「ね、御用は……？」と訊く。
時子、けわしく振り向く。
和子、驚く。
時子の手にピストルが、こちらを向いている。
彼女、やがてピストルに目を落し、ピストルを和子の方へ差出す。
Ⓣ〃あんた、これで
　あたしを撃ちたくない？〃
和子「いいえ」と首をふる。
時子、「じゃあ……」と持ちかえる。
Ⓣ〃じゃあ
　あたしが撃つわよ〃
和子、驚き見つめる。
時子、睨んだまま。
両人、見合ったまま。
ややあって時子、急に笑を浮べる。
ピストルを下げてしまう。
Ⓣ〃馬鹿ねえ、あたし……〃
そしてピストルをバッグに入れる。
和子、ほっとする。
と、時子、いきなり近付いて手を握る。
Ⓣ〃あたし、
　憎いけど
　あんたが好きになっちゃった〃
　　　　（風車入る）

86　襄二の部屋（夕方）

仙公、帰りかけている。
襄二、サンドバッグを突いている。
仙公、「じゃ、あばよ！」と可笑《おか》しな身振りで挨拶し、去る。

87　廊下

仙公、帰って来た時子に出会う。
時子、軽く会釈し室へ入る。
時子、色々な買物包みを持っている。

88　室内

時子、入って来る。
襄二、サンドバッグを突いたまま見迎える。
時子、
Ⓣ〃あたい今日、
　和子さんに会って来ちゃった〃
襄二、驚く。
時子、抽出しの処へ行きピストルを仕舞う。
襄二、ギョッとし、
Ⓣ〃お前、
　下らねえ真似したんじゃ
　あるめえな？〃
時子笑って、
Ⓣ〃お前さんがあの子好きになった
　気持分るわ〃
襄二「え？」と見る。
彼女、
Ⓣ〃あたいだって
　好きになっちゃったんだもの〃
Ⓣ〃でも、あたいだって、
　ああ言う女に
　なれないことないんだよ〃
言いつつ紙包みを開ける。
パンや鑵詰めが出る。
「どう？」と見せる。
襄二、無言で見返す。
彼女、続いて次の紙包みから、毛糸と編棒を出す。
「どう？」と笑いながら、
Ⓣ〃明日から
　あんたの靴下編もうと思ってるの〃
そして毛糸を襄二の手にかけ、傍の椅子に腰かける。
襄二、やむなく共に坐る。
彼女、巻きつつ、非常に朗らかに四辺を

見廻しながら、
Ⓣ〝明日お天気だといいわね〟
Ⓣ〝明日から
　朝も、もっと早く起きない？〟
Ⓣ〝ダンスホールへも
　あんまり行かないことにしない？〟
裏二、目をそらし煙草をとる。
彼女、火をつけてやる。
マッチを吹き消しつつ、
Ⓣ〝あたい、あの女《ひと》に会ってから
　急にこんな気持になっちゃったの〟
と笑う。
裏二、気乗らず馬鹿馬鹿しくなり、毛糸をはずし、投げ出して、
Ⓣ〝俺はそんなおつきあいは
　真平だ！〟
立ってサンドバッグの処へ行き、一つ突いて、
Ⓣ〝柄にもねえこと
　して貰いたくねえな〟
時子、悲しそうに見る。立って来て、
Ⓣ〝あたい此頃、
　お前さんに荒い仕事して貰うの、
　何だか心配になって来たの〟
裏二、キッと見返す。
強い調子で、
Ⓣ〝俺がドヂを
　ふむとでも思ってんのか!?〟
Ⓣ〝俺が頼りにならねえとでも
　いうのか!?〟
時子、「そうじゃないのよ……」とすりより、「ねえ」
Ⓣ〝別に荒い仕事しなくったって
　お互いに切りつめれば
　どうにか
　やって行けるじゃないの〟
裏二、見つめている。
時子、「ね……ね」とつめよる。
裏二、苦笑する。
Ⓣ〝お前の会社の
　いい鴨で
　俺を食わして下さるって
　いうのか!?〟
時子、口惜しくムッとなるが、再びやさしく、
Ⓣ〝冗談言わないで
　本気になって考えてよ〟
Ⓣ〝あたいだって、あんたの女になれないことないのよ〟
Ⓣ〝チェッ、柄にもねえ！〟
と切れる。
Ⓣ〝あたいの折角の気持
　少しも分ってくれないんだね〟
裏二、強く、
Ⓣ〝分んなきゃ
　どうするってんだ!?〟
続けて一層強く、
Ⓣ〝此の儘の俺に不足なら
　出て行って貰おうじゃねえか！〟
そして傍の女のボストンバッグを投げ出す。
時子、口惜しそうに睨む。
裏二も見ている。
時子、耐えられぬ如く面を伏せる。が、キッと顔を上げる。一ぱいの涙。
Ⓣ〝どうせあたいは
　ずべ公だよ！〟
と、やけになって叫ぶ。
Ⓣ〝どうせあたいは
　ずべ公だよ！〟
と重ねて言い、口惜しそうに手廻りの品をバッグにつめる。
裏二もやけな様子でバンバン女の品を手当りまかせに投げる。
時子、詰め終って立去りかける。
一瞬男を睨む。「ふん」
Ⓣ〝あんな女と
　天秤にかけられちゃ
　あたいの方で真平だ！〟
と言い、出て行って、バンと扉を強く閉める。
裏二、見送る。ふと女の残った品を手に取るとドアへ投げつける。

89

ダンスホール

踊る脚、脚、脚。
一隅。
時子、ひどく考え込んでいる。
やがてみさ子が踊りながら来る。
彼女、時子に目をつけ、踊りをやめて近付き、
Ⓣ〝いやにしんみりした
御趣向ね〟
時子、考えたまま。
みさ子、しげしげとのぞき込んで、
Ⓣ〝お前さん、
その顔、本当？〟
時子、無言。
みさ子笑って、
Ⓣ〝やったんだね
喧嘩?!〟
時子、無言。考えている。
ふと一方を見る。
向うに社長の息子が来ていてこちらを見ている。目が合って笑いかける。
時子も軽く会釈し、微笑みかける。続いて呼ばれたらしく、その方へ行く。
彼女と実、向い合って立つ。
実、彼女をうながし、スタンドの方へ。

90

スタンド

両人、笑いつつ来て、並んで立つ。
実、彼女の笑顔に喜び、
Ⓣ〝今日はつき合って
頂けますね〟
時子、笑ったまま。
実、安心してバーテンに、
Ⓣ〝アムバー・ドリームを二つ！〟

91

他のバーの中

スタンドに並ぶグラス。（引く）

その前に相当酔った裏二が、のんでいる。

考えてはいらいらする風。

やがて過《あやま》ってグラスを落す。

バーテンと顔見合わせる。

裏二、「済まねえな」と詫びる。

バーテン「いいえ」と言うが余りいい顔でない。

裏二、一寸カチンと来る。

札入れを出して、

Ⓣ〝幾らだい
払おうじゃねえか〟

バーテン、「まあ、よござんす」

裏二、「払おうじゃねえか……」

バーテン、「いや、よござんすよ」

裏二、「済まねえな……本当に要らねえのか」

バーテン、「ええ」とうなずく。

Ⓣ〝じゃあ、十ばかり
出してくれ〟

バーテン、グラスを出しながら向うの二人居る与太者の方をちらと見る。

与太者、目顔で頷く。

裏二、グラスを割って行く。

与太者、きこえよがしに、

Ⓣ〝何処のコップ屋の
廻し者だい！〟

裏二、キッと見返す。つかつかと与太者たちの処へ行く。

与太者、用意する。

裏二、素早く一人をのす。続いてかかり来る一人をも倒す。

裏二、落着いた足取りで再びバーテンの処へ戻る。一寸考え、横手へ置いた帽子をとる。手に少し血がにじんでいる。

92

ホテルの一室

時子と社長の息子。
二つのワイン・グラス。
実、「ね」と熱心に、
Ⓣ〝浮気でなしに、
僕は君の喜ぶ話がしたいんだ〟
時子、
Ⓣ〝でも私にそんな資格
ありますかしら？〟
実、「ありますとも……」
時子、

Ⓣ〝私、とても馬鹿なのよ〟
Ⓣ〝私、とても我儘者よ〟
Ⓣ〝私、とても贅沢屋よ〟
と言い彼女、鏡台の方へ行く。
そして続けて、
Ⓣ〝ハウス・キーピングなんか
出来やしないのよ〟
「ねえ?」
Ⓣ〝呆れた女だと
お思いにならない?〟
実、いちいち頷いていたが、
「いいとも!」
Ⓣ〝君のそのあからさまが
耐らなくいいんだ〟
実、鏡台の前の時子に近付き、「ね」
Ⓣ〝OKって
言ってくれない?〟
時子、薄笑いを浮べたまま見る。
実、「ね」と返事を待つ。そっと抱く。
時子、目をそらし、すり抜けて窓の方へ行く。

93　窓

時子、じっと外を見つめる。

94　外景

冬木立。まばらな星。

95　時子、うなだれ考え込む

ふと実から貰った指輪を見つめる。
黙って返事を待って立っている実。
時子、尚も考える。
そして静かに指輪を抜く。
テーブルに、指輪と腕輪とを置く。
実、驚いて見る。
時子、
Ⓣ〝私、矢張り
帰らして頂きますわ〟
そして帰り行く。
実、物も言えず見送る。

96　廊下

歩み去る時子。

97　アパート（裏二の部屋）（夜）

男、女より先に帰っている。
裏二、寝台にころがり考えている。
やがて扉が細目に開けられ、続いて時子の姿が現われる。
裏二、起き上って見迎える。
両人、しばらく無言で見合う。
時子、バッグを置いて、
Ⓣ〝あたい、帰って来て
悪かったかしら……〟
裏二、まだ睨んでいたが、再び寝台へ行きころがる。
時子、追う様に来る。稍々《やや》失望の色が、
一寸笑顔になり、
Ⓣ〝あたい、社長の息子さん
と逢ってたのよ〟
裏二、思わず見る。
が、知らん顔して横を向く。
時子、失望する。
が、わざとうっとりして、
Ⓣ〝あの人、とてもお金持よ!〟
Ⓣ〝男らしい人よ!〟
Ⓣ〝あっさりした人よ!〟
と探る様に言いつづける。
裏二、むきになって見返す。
時子、
Ⓣ〝あたい、あの人
好きよ!〟
彼女、得意気に笑って、「ねえ!」
Ⓣ〝どう?
妬ける?〟
裏二、無言で見ている。
時子、じれて、
Ⓣ〝妬きなさい!〟
Ⓣ〝妬きなさい!〟
Ⓣ〝ね、妬きなさいったら!〟
裏二、無言。
時子、涙ぐんでくる。そして耐えられなくなった様に裏二の処へとんで来て、
Ⓣ〝あの女のこと

　忘れてよ!〃
裏二、ハッとなる。
時子、熱心に、
Ⓣ〃あたい、あんただけが
　頼りなのよ〃
尚も口説く。
裏二、立上る。
時子も立上る。「ね」と寄って、
Ⓣ〃あたいを
　もっと可愛がってよ〃
「ね」
Ⓣ〃あたいが
　可哀想とは思わない?〃
裏二、時子を見る。
時子、涙で一ぱいの目を向ける。
そして男の手をとり、無理に自分の首に
巻きつけ、
Ⓣ〃あたいをみじめな女に
　しないでよ〃
「ね、ね」と泣いて言う。
裏二、じっと見つめる。
やがて両人、ハッとなって離れ、扉に目
を向ける。「お入り……」
時子、涙を拭う。
扉、静かに開く。
蒼ざめてそわそわした和子が髪を乱して
現われる。
室内を見廻す感じ。

裏二と時子、驚いて見迎える。
時子、表面笑って会釈する。
和子、「あのう」
Ⓣ〃弟が
　参りませんでしたでしょうか?〃
と、ひどくおろおろして訊ねる。
裏二、並ならぬ気配に目をみはる。
が、ひどく無関心で黙っている。
和子、心配相に、
Ⓣ〃急に会いたいことが
　ございまして……〃
裏二、無言。
和子、稍々《やや》取つく島のないように感じ、
強いて笑顔で、
Ⓣ〃もしや
　こちらに御邪魔に上ってや
　しないかと存じまして……〃
裏二、「ふん」と首をふる。
Ⓣ〃宏公とは、貴女の前で
　立派に手を切った
　じゃありませんか〃
和子、目を下げる。
裏二、
Ⓣ〃そういちいち
　疑われたんじゃ、
　こっちが迷惑だ〃
と扉を「帰れ」と言った風に開けてやり
ながら、

Ⓣ〃まあ、最寄りの
　交番へでも届けるんですな〃
とひどく冷淡に言う。
和子、うなだれ、去りかける。
裏二、小馬鹿にした態度で後からあびせ
る。
Ⓣ〃なんなら、
　僕の行きつけのとこへでも
　行きますか?〃
和子、悲しそうに去り行く。
裏二、突立ったまま見送る。時子の方を
見る。
時子、とがめる様に、
Ⓣ〃相手はずべ公じゃなし、
　もう少し優しく
　言ってあげたらどうだったの!?〃
裏二、うつむいて考える。
ふと女の方を見て、
Ⓣ〃ああでもしなけりゃ
　思い切れねえんだ〃
時子、「え?」と見る。「じゃ、お前さん
は……」と言った様子。
Ⓣ〃安心しろよ、
　どうせ俺達は与太者だ!〃
Ⓣ〃俺にはお前の様な
　ずべ公が
　性に合ってるんだ!〃
と両肩に手をかける。

時子、首をふる。
Ⓣ〃でもあたいがあんたに
　可愛がられたいのは、あんな
　まともな女としてなのよ〃
裏二、ハッとなる。
時子、すがりついて、
Ⓣ〃柄にもないって
　笑わないでね〃
Ⓣ〃あたいたち、
　まともになろうよ〃
せがんで、
Ⓣ〃こんな生活
　いつまでも続くもんじゃないわ〃
両人、見合う。
時子、せき上げて、
Ⓣ〃あんたに
　もしものことがあったら……〃
そして男の胸に泣いてしまう。
裏二、彼女から離れる。考え込む。
ふと女の方を見て、「おい！」
時子、涙で見る。
裏二、
Ⓣ〃時子、飛びついて来い！〃
Ⓣ〃俺は今日限り
　足は洗ったぜ！〃
時子、裏二の胸にとびついて来る。
裏二、抱く。
両人、しばしそのまま。

時子、涙をこすりつける。
ややあって両人、ハッとなって離れ、ドアの方を見る。
悄然たる宏が入り来る。
両人、無言で見迎える。
宏、もじもじしている。
Ⓣ〃姉さん、来なかった？〃
裏二、睨んだまま。
宏、ひどくおづおづしながら、
Ⓣ〃兄貴、すまないけど少し
　貸してくれないか？〃
裏二、黙って見返す。けわしい顔色。
宏「あの……」と困り切っていたが、ポケットから紙幣をチラと出し、思い切って言う。
Ⓣ〃金銭登録器《レヂスター》から
　ごまかしちゃったんで——〃
宏、金を出しおずおずして言う。
Ⓣ〃此の他に二百円ばかり……〃
Ⓣ〃あらましは皆んなで
　費《つか》ってしまったんだ〃
裏二、「え？」と見る。
裏二、「何！」とキッとなる。
Ⓣ〃お前、それでいっぱし
　男をあげたつもりか！〃
裏二、追って更に言う。
Ⓣ〃お前、それでも男の
　はしくれか！〃

でなぐる。宏飛ぶ。時子とめる。
裏二、言う。
Ⓣ〃手前えには
　たった一人の姉さんなんだぞ〃
宏、見合っていたが、やがて泣いてしまう。
兄貴の傍に泣きながらより、言う。
Ⓣ〃兄貴！
　もっと殴ってくれ〃
裏二、
Ⓣ〃帰れ！〃
宏、立っている。
宏、もぢもぢする。
時子、出て、親切に送り出す。
裏二、ドアを閉めて時子に、
Ⓣ〃もう一度だけ
　仕事だ〃
時子、驚く。
Ⓣ〃あいつの仕末だけは
　つけてやり度《た》いと
　思うんだ〃
時子、首をふる。
Ⓣ〃他人《ひと》の事なんか
　どうだっていいじゃないか！〃
Ⓣ〃ね、裏二、
　折角の時じゃないか！〃
Ⓣ〃ね、およしよ……〃
裏二、「そうじゃねえ！」

Ⓣ〃男には、義理と言う
　うるせえものがあるんだ!〃
時子の処へ行き、頭を下げる。
Ⓣ〃頼む!
　之《これ》っきりだ。
　俺の顔も立ててくれ〃
Ⓣ〃俺の意地だけは
　通さしてくれ!〃
時子、考える。首の首飾りを見せ、
「ねえ」
Ⓣ〃これ、あんたから貰った
　大事な品なんだけど……〃
裏二、くさる。
Ⓣ〃そいつは偽物なんだ〃
時子、「まあ」とくさる。
裏二、考える。椅子に坐る。
時子、じっと立っていたが急に近付く。
Ⓣ〃その仕事……
　あたいに委《まか》せてくれない!?〃
両人、立ち上り打ち合せる。
裏二、驚く。
彼女、続ける。
Ⓣ〃その代り、本当にこれっきり!〃
裏二、うなずく。両人、朗かになり、時子、ポータブルのクランクをまき、
Ⓣ〃それが済んだら、
　仲間の知らない土地で
　二人っきりで暮そうよ〃
尚も言いつづける。
Ⓣ〃陽当りがよくって、
　芝生があって——〃
裏二、
Ⓣ〃小鳥が啼いて——〃
時子、
Ⓣ〃草花が咲いて——〃
Ⓣ〃そうなったら
　あんたも何処かへ
　勤めるのね〃

98　**窓**（夜の黒さ）
　しぼんだ草花。

99　**やがて朝の陽が当る**

100　**岡崎商事内**
タイム・レコーダー（三時四十分）
（引いて移動）

101　**廊下**
時子と裏二が、わき目もふらず歩み来る。

102　**ドアの前**
時子、裏二に目くばせして入り行く。
裏二、残って四辺に目をくばる。

103　**社長室**
社長の息子「やあ」と時子を見迎える。
時子、笑顔で近付く。
Ⓣ〃貴方、
　私のあからさまが
　お好きだと仰有いましたわね〃
実、「ああ」と頷く。
時子、やにわにピストルを出し、つきつける。
実、驚く。
時子、
Ⓣ〃私、とても
　お金遣いが荒いのよ〃
実、「う?」と呆れて見る。
時子、尚もピストルをつきつける。
Ⓣ〃お分りにならない?〃
実、稍々《やや》真顔になって来る。
と秘書、入り来る。時子を見、驚いて一方へ逃げる。
扉。
秘書、逃げ出す。途端に手をあげる。
裏二、ピストルをつきつけ、そのまま秘書を押し戻し、自分も室に入る。
実、いよいよ驚く。
時子、「早く!」と実にせかせる。
実、小切手帳を出す。
裏二、時子に「おい!」
Ⓣ〃聖徳太子にして

頂きなよ〃
実、仕方なしに財布ごと出す。
時子、その中から必要だけ抜いて、後は又丁寧に返し、
Ⓣ〃あまり無駄遣いはなさらない方が
良うございますわ〃
時子と裏二、顔見合わせる。
時子、笑いつつ、「ねえ」
Ⓣ〃呆れた
女だとお思いにならない〃
と、実に会釈し、両人去る。
残った両人、呆然としている。
秘書、急に慌て出し電話にかじりつく。

104 **受話器を取上げる警官**

105 **うめく秘書**

106 **キッと驚く警官の顔**

107 **街角**
走り去る円タク。
中に裏二と時子。
裏二、ストップを命じ降りる。
時子に、
Ⓣ〃お前一足先へ帰って
ずらかる用意をしといてくれ〃
そして別れて、別の方へ急ぎ足で行く。

108 **自動車、カーブを切って切れる**

109 **急ぎ歩く裏二**

110 **自動車の中**
じっと前方を見つめている時子。
先を急ぐ感じ。

111 **和子たちのいるアパート**（廊下）
薄暗い廊下を裏二が来る。

112 **和子の室を静かにノックして素早く入る**
やがて扉が開いて、裏二がとび出して来る。
続いて宏が追って出て呼び止める。
裏二、振り返る。
Ⓣ〃弟思いのいい姉さんだ、
大事にしろよ！〃
そして去らんとする。その時姉も追って来る。感激の色。
裏二、止る。和子に、
Ⓣ〃姉さん思いのいい弟だ、
可愛がってお上げなさい〃
で両人に何も言わずに、「さよなら」と言い置き、走り去る。
両人、残され見送る。宏、手の中に握らされた紙幣を見る。和子もそれを見る。
姉弟、顔見合わせる。一斉に廊下はずれの窓の方へ。

113 **窓**
両人、走り来て下を見る。

114 **下**（見た目）
裏二、走り行く。

115 **姉弟、じっと見送る**
二人とも涙がにじみ来る。

116 **トランク**

117 **裏二の部屋**
時子がトランクの傍で考え込んでいる。
やがて裏二が急ぎ入って来る。
時子、見迎える。
裏二、せわしなく水をのむ。そして窓を開けて見る。

118 **暗い中に巡査が立っている**

119 **裏二の部屋**
裏二、「いけねえ！」と言った顔。
扉に鍵をかける。彼女をせかし、
Ⓣ〃何を愚図愚図してるんだ！〃
と、トランクを持上げる。
トランク、ふたが開いて空である。

裏二、時子を見る。
時子、「ね！」
Ⓣ〃あたいたち、一層のこと
捕まっちまおうよ〃
裏二、「え！」と見返す。
時子、「ね！」
Ⓣ〃そしてはじめっから出直そうよ！〃
裏二、「冗談言うねえ！」と構わず先を
急がせる。と、

120 **扉**
ノック。続いてはげしく。

121 **室内**
時子に裏二、逃げろと言う。
裏二、時子を引っぱりオーバーを取りに
行き、急ぎ着せ、窓から逃げ出す。

122 **屋根づたいに伝わり行く両人**

123 **室内**
刑事たち入り来り探す。窓からのぞく。

124 **アパートの外**（屋根）
両人、逃げて来てかくれる。

125 **傍の電気広告、明滅する**

126 **屋根**
時子、「ねえ！」と言いかける。
裏二、尚も先を急ぐ。
時子、「ねえ！」
Ⓣ〃こんな事して
何処まで逃げれば
けりがつくと思うの!?〃
裏二、「チェッ！」と睨む。
Ⓣ〃新しい生活が
俺達を待ってるんじゃねえか！〃
と言って頑張る。

127 **瓶か何か落す**
ふと屋根から牛乳のビン、ころげて落ち
る。

128 **刑事、窓からハッとしてのぞく**

129 **裏二、時子、慌てて身をかくす**
裏二、思わずピストルを出す。
時子、その手をとめる。

130 **刑事、見廻す**

131 **猫が屋根づたいに歩み行く**

132 **刑事、顔を引込ます**

133 **裏二、時子を引立てる様にして屋根より降りる**
時子、急《せ》かされ仕方なしに続く。

134 **刑事、顔を引込める**

135 **裏二、時子を立てる様にして屋根より降りる**
時子、渋る気持。裏二、うながす。
「オイ！早く下りねえか！」と言う。

136 **室内**
刑事、ふりむく。扉口より巡査入り来り、両名打合わす感じ。両人、室を走り出る。

137 **裏二、上の女をせかせる**
時子、仕方なしに降りる。
裏二、それを手伝う。
時子、降り立つが、又も、
「ねえ！」
Ⓣ〃ね、裏二！
捕まっちまおうよ〃
裏二、構わず引立て去る。

138 **アパートの外**
刑事が張っている。
前の巡査と刑事が来て、あわただしく打

合わせる。
そして二方へ別れ去る。

139 **別の処**

裏二、時子を引ずる様にして来る。
裏二、四辺を見て多少ほっとした感じ。
と、時子、又も立ち止る。
「ね！」
Ⓣ〃たった二三年の辛棒じゃないか、
　捕まっちゃおうよ〃
裏二、相手にせず、
Ⓣ〃そんなに捕まりてえのなら、
　お前だけ勝手に捕まれよ〃
時子、不服そうに見る。
裏二「早くしろよ！」とせかし先に立つ。
が、時子動かず。
裏二、戻って来てうながす。
時子、無言。
裏二、不愉快になり、
Ⓣ〃勝手にしろ！〃
と時子を平手でなぐり、去りかける。
時子、いきなりピストルを出し、ぶっ放す。
裏二、膝をつく。睨み返し、
Ⓣ〃手前、俺を売る気だな！〃
時子、見つめる。
裏二、傷ついた足を引ずり、尚も去りかける。
と、時子、かけよる。縋りとめる。
裏二、ふり払う。
時子、倒れる。再び後からかじりつく。
裏二、もがき、ふり離そうとする。
時子、離さず、
Ⓣ〃御免ね、裏二！
　堪忍してね！〃
裏二、キッと見る。
時子、一ぱいの涙。
Ⓣ〃お願いだから、
　一生の幸せを考えておくれ〃
裏二、睨む。
時子、
Ⓣ〃あたいたち
　いくら逃げたって
　一生追われてなければ
　ならないんだもの〃
時子、尚も、
Ⓣ〃お互いに
　まだ若いんだものね〃
「ね、裏二！」とかきくどく。
裏二、傷の痛さを感じる。（左脚）
時子、自分のマフラーを取り、男の脚を固くしばってやりながら、
Ⓣ〃あたいたちが
　初めっからまともだったら……〃
と泣いて、
Ⓣ〃何時だって直ぐにも
　幸せになれたんだけど……〃
裏二、じっと立って見下ろす。
時子、泣きぬれた顔をよせる。
Ⓣ〃二三年位、たいして長い訳じゃないじゃないの〃
Ⓣ〃あたいの気持
　分ってくれる〃
裏二、見つめたまま千万無量。
時子、
Ⓣ〃ね、裏二、
　あたいを恨まないでね〃
裏二、まだ無言。
時子、「ねえ！」と言い続けんとし、ふと向うを見てハッとなる。

140 **向うの角**（見た目）

刑事、巡査が来る。巡査だけ両人を見つけてこちらへ走り来る。

141 **裏二もそれに気付く**

一瞬ハッとなる。
が、すぐ笑って、
Ⓣ〃二三年は別れ別れだ。
　飛びついて来い！〃
時子、喜びバッととびつく。時子、男の胸に顔をこすりつけて泣く。
巡査、そのまましばらく。

巡査の手が時子の手をつかむ。

時子、まだ抱きついたまま。

巡査、手錠をはめる。続いて裏二の手へもはめる。

巡査、ふと落ちている時子のピストルに目をつけ、それを拾い上げる。

両人もそれに目をつけ顔見合わせる。

巡査、寄って来て裏二のポケットをたたき、ピストルを取り上げる。「おい！」と声をかける。

両人、歩き出す。

142 **向うから他の巡査が来る**
その巡査、遠くの巡査に合図する。

143 **ひかれ行く両人、ビルの角をまがる**

144 **一人の巡査、アパートの窓へ合図を送る**

145 **アパートの窓**
見張っていた巡査が、それを受け、室を去る。

146 **室内**
空のトランク。

147 **投げ出された毛糸**

148 **しぼんだ花**

149 **やがて朝日が当る**　（F・O――F・I）

――完――

出来ごころ

脚色　池田忠雄

原作……ジェームス・槇
脚色……池田　忠雄
監督……小津安二郎
撮影……杉本正二郎

喜八……坂本　武
春江……伏見　信子
次郎……大日方　伝
おとめ……飯田　蝶子
富坊……突貫　小僧
床屋の親方……谷　麗光
先生……西村　青児
級長……加藤　清一
医師……山田　長政
会社の上役……石山　龍嗣

一九三三年（昭和八年）
松竹蒲田
脚本、ネガ（複写）、プリント現存
S10巻、2759m（一〇〇分）
白黒・無声
九月七日　帝国館公開

Ⓣ 〽遊女は客に惚れたといい
　客は来もせで
　また、来るという……

1　高座

浪花節語りが熱演している。

2　場末の小屋内

汚ない小屋にふさわしいお客の面面が、熱心に聴き入っている。

その中に、中年の喜八とその倅富坊、それに並んで、若者の次郎が聴いている。

高座の語り続く。

3　高座

Ⓣ 〽あなたの心の正直さに
　初会惚れしてわしゃ恥しい

4　小屋内

夢中で聴く喜八、乗り出してくる。

富坊はつまらなさそうにしている。

眠くてたまらぬ様子。

喜八、蚊に腕をやられて無意識に腕をまくり、ひっぱたき、掻く。その二の腕に刺青で「おつね」。ふと横を見る。

富坊が眠っている。

喜八、起して、

Ⓣ〝よく聴きなよ！

　真打を聴きのがしちゃ
　もったいねえじゃねえか！〟

富坊、またも居眠りする。喜八、起す。

次郎「チェッ、うるせえね！」と喜八に、

Ⓣ〝ガキに浪花節は、
　猫に小判だ！

　ほっといてやんなよ〟

とたしなめる。

喜八「だって、お前ェ……」と文句を言おうとする。が、四辺《あたり》の客から「シッ！シッ！」とやられる。

5　高座

Ⓣ 〽来年三月高尾が来る
　高尾が三月、三月高尾で、
　高尾が三月

6　小屋内

床屋の親方、夢中で拍手する。
喜八と次郎、気に入らない。
Ⓣ〝床屋のとっつぁん、見なよ〟
Ⓣ〝とっつぁん、
　あんまり商売気出すなよ〟

7　高座の熱演

Ⓣ 〽傾城誠の恋は
　紺屋高尾の読切噺

8　小屋の前の立て旗、暗い中にはたはたとゆらめいている

9　小屋内

はねる。客、ぞろぞろ立って出て行く。

喜八、ぐっすり眠ってしまった富坊を、仕方なくおんぶして次郎と共に帰る。

10　小屋の前

帰る客、ぞろぞろ出て、思い思いの方へ去り行く。

11　その附近

小暗い中に、バスケットを提げたうす汚ない女工風の少女（春江）が、途方にくれたように立っている。通りすがりの寄席帰りが、からかって行ったりする。

やがて、喜八、次郎達が通りすがる。

喜八、彼女を見ると、すぐ癖を出し、ちょっかいをかける。

次郎「よせやい！」と興味なさそうにたしなめ促す。

春江、当惑した感じで立っている。

彼女も、何か問いたげな様子。

喜八、次郎が止めるのも聴かず、「おい、ねえさん……」等と、なおも近づかんとする。

と、背中の富坊が、ぐいと強く父の耳を引っぱり、

「早く早く帰ろうよ！」

喜八、苦い顔をして、仕方なしに、帰る。

ぼんやりと見送る春江、うつむく。

12 小屋の前の幟、ひるがえる

Ⓣ 〽濡れて見たいが人の常
　恋は思案の帆かけ船

13 酒のポスター（美人画）

Ⓣ 〝うめえこと言うじゃねえか……〟

14 一膳めし屋（おとめの店）

寄席帰りの喜八が、酒を飲みながら、次郎にそう話している。
Ⓣ 〝何んてったって、世の中は女だよ〟
次郎、首を振り、
Ⓣ 〝女の苦労なんか、俺はいやだよ〟
喜八「だって……」と、
Ⓣ 〝金の苦労なら真平だけど
　女の苦労は悪くねえぜ〟
次郎、軽蔑するように、喜八を見て、
Ⓣ 〝及ばぬ恋の滝のぼりか〟
Ⓣ 〝お前さんも欺されたと思って
　一ぺんかみさん持ってごらんよ〟
Ⓣ 〝悪かねえもんだよ〟
Ⓣ 〝のせるない〟
といい、酒を飲む。
富坊は片隅に放り出されて、眠りこけている。店の女将おとめが、うちわであおいでやっている。
喜八、次郎に酒をすすめる。
が、次郎、立って「もうけえろう！」
喜八も仕方なく帰りかける。
で、女将に、
Ⓣ 〝かあやん！　今晩のは
　俺につけといてくんなよ〟
おとめ、心易く頷き、
Ⓣ 〝いいとも、何時だって構やしないよ〟
と言い、富坊を起す。
喜八、また、ポスターの美人を見てから、おとめをおだて、
Ⓣ 〝かあやんも
　これで昔は
　鶯鳴かせたんだろうな〟
おとめ「乗せないでよ！」と笑う。
そして、
Ⓣ 〝今はどうだい？〟
と、えりをぬく。
喜八「今か……？」と見て、困ったように、
Ⓣ 〝勘定が借りじゃ
　はっきりしたことも
　言えねえやな〟
おとめ、怒る。喜八、次郎、笑う。
喜八、富坊を抱こうとするが足もとが危い。で、次郎、富坊を肩車して、両人、出て行く。
おとめ「チェッ！」と見送り、柱鏡の中の自分の顔とポスターの美人とを見くらべる。

15 店の外

両人、出て来る。そして、一方を見て「あれ？」となる。

16 小暗い横丁

さっきのうす汚ない少女春江が、まだしょんぼりしている。

喜八、次郎がとめるのも聴かず、春江のところへ寄って来る。

春江、ハッとして見る。汚ないながら愛くるしい顔。

喜八「ほう」と感心して見る。

次郎、じれったがって寄って来て、喜八に、「おい、よせったら！」

Ⓣ 〝とっつぁん！

　物好きもいい加減にしなよ〟

喜八、春江から離れず、次郎に「そうい

ったもんでもねえぜ……」と言う。

春江、もじもじしていたが、顔を上げて、「あのう……」

Ⓣ〃此の辺に、
泊まれる家はないでしょうか？〃

喜八、乗り出して、

Ⓣ〃大あり名古屋だ！〃

Ⓣ〃俺ら、コブ付きだが
こう見えても独身なんだぜ〃

次郎「よせったら！」と喜八を引っぱり、

Ⓣ〃ガキの手前も考えなよ〃

と、無理に連れて行く。

喜八、惜しそうに去りかける。

が、再び戻って来て、

Ⓣ〃お前、若い身空で宿無しか？〃

春江、もそもそして、

Ⓣ〃あたし昨日まで
千住の製糸工場にいたん
ですけど……〃

と説明する。喜八「ふーん」と改まって見て、首を手刀でたたいて、

Ⓣ〃これか？〃

春江、頷き、

Ⓣ〃工場がつぶれちゃったんです〃

喜八、重ねて、

Ⓣ〃お前、兄弟もねえのか？〃

彼女、頷く。

喜八、次第に同情して、相談するように次郎の方を見る。

次郎、冷笑して、

Ⓣ〃甘えなあ、とっつぁん……

よくある手だぜ〃

春江「まあ」と恨めしげに次郎を見る。

何か言いたげだが、そのまま顔を伏せる。

喜八、いよいよ同情。

次郎、行きたがる。

喜八、止めて、

Ⓣ〃若い野郎は実がねえなあ〃

と言い、春江に向かい、「で……」

Ⓣ〃一体、お前
これからどうするつもりだい〃

17　酒のポスター

18　おとめの店

Ⓣ〃泊めてやってもいいけど、何か
関わり合いになるようなことは、
あるまいね？〃

と、おとめ、春江の方を見ながら喜八に言う。

春江、小さくなって頷く。

喜八、酔った勢いで、

Ⓣ〃あったら、俺がどうにかすらあな〃

と言う。

おとめ、春江の方を見て、なお考える。

（F・O）

19　（F・I）画用紙

めざまし時計の絵を、クレヨンで画いている。

20　めざまし時計

21　裏長屋風景（朝）

歯入れ屋さんが、出かける用意をしている。

どこかのおかみさんが、バケツをさげて通る。

ご亭主が、赤ン坊をおぶりながら、ドブ板を掃いている。等等等。

22　喜八の家

裏店のやもめ暮しの汚ならしさ。

鴨居には富坊のお清書が貼ってある。

柄になくお点がいい。部屋の隅には手製ながら富坊の勉強机や本箱などがある。

親子が同じ敷蒲団に横になっている。

が、富坊は腹這いで今や頻りに図画を描いているのである（時計の写生）。やがて富坊、それを終って、紙挟みに入れる。

いぎたなく眠りこけている喜八。

富坊、気づくと、慌てて父をゆり起す。

Ⓣ〝チャン、工場に遅れるよ〟

が、父、仲仲起きず、かえって「うるせえ!」とはねのける。

富坊、シンバリ棒を持って来て、蒲団をすそからまくり、いやッと言うほど、向う脛をひっぱたく。喜八、「いてて……」とキリキリ舞いをして起きる。

富坊、時間を示して、「チャン、あまり世話をやかせるなよ!」

喜八「何いいやがる!」と怒りながらも急いで立ち上がる。途端に、向う脛が痛いので唾を頻りにこすりつける。

富坊、今度は壁ぎわに行き、「おーい」と壁をバンバンたたく。そして聴耳を立てる。何も反応がないらしく、また、頻りにたたく。

23

隣の家

次郎が、これも眠りこけている。

24

壁が今にもこわれそうにたたかれる

25

次郎の家

起きない。

26

喜八の家

富坊「しょうがねえなあ……」とたたくのをやめ、シンバリ棒を持って家を出て行く。

喜八、窓に行って、シャボテンだの植木だのをちょっと世話する。

27

次郎の家

富坊、やって来て、次郎を起す。

次郎、なかなか起きない。

富坊、蒲団をまくり、次郎の脛をなでて見ながら見当をつける。

次郎、気づき起き上がる。富坊、気が抜ける。

28

喜八の家

富坊、帰って来る。見ると、父がまた寝ている。
富坊、再びシンバリ棒を振り上げる。
父、恨めしそうに睨んで起き上がり、向う脛をなでる。そして、支度しながら、
Ⓣ〝親父の脛を、そう粗末にするない!〟
Ⓣ〝親孝行は親のあるうちに
たんとしておきなよ〟
Ⓣ〝学校の大将だって
そう言ってるだろ?〟
という。富坊、父に、仕事着を着せる。
帽子、軍手を持って来る。そして、ふと軍手を見たが、父をかえりみ、
Ⓣ〝人間の指、
何故五本あるか知ってるかい?〟
父「う?」と自分の手を見て考える。
「さあ……?」と分らない。
富坊、軍手をぶらつかせて見せ、
Ⓣ〝四本だってみな、手袋の指が
一本あまっちゃうじゃないか〟
父「なーる程」と感心し、手と手袋を眺めて、
Ⓣ〝よく出来てやがらあ〟
と言う。富坊、学校へ行く支度をする。汚ない服を着る。大きな鉤裂きがある。

29

その上着

鉤裂きを女の手が縫う。(引く)

30

おとめの店(同じ長屋路地)

おとめが縫ってやっている。

富坊が片隅で朝めしを食べている。

31

店の前

喜八と次郎がやって来る。喜八、毎度の事のように、入口のつまみ塩を取り、歯をみがき、横手のバケツで申しわけに顔を洗い、ノレンで顔をふく。

次郎は共同水道で朝の洗面をする。

32

店の中

喜八、入って来る。おとめ、見迎える。

喜八、おとめの繕《つくろ》いに頭を垂《さ》げ、一方を見る。
春江がきれいになって、バケツを下げて店に入って来る。喜八を見ると、寄って来て、会釈する。
Ⓣ〝昨晩はどうも、有難うございました〟
喜八「え?」と忘れた感じで見る。
Ⓣ〝色々話して見た挙句、当分
　うちで働いて貰う事にしたよ〟
喜八、なお、怪訝に、首をひねる。春江、奥の方へ消える。喜八、見送って、急に喜び「そうか」とおとめに、
Ⓣ〝昨夜《ゆうべ》は酔っぱらって
　とんだ無理頼んじゃったなあ〟
おとめ「なあに……」と笑って、春江を可愛げに見てから、
Ⓣ〝とても、いい子だよ〟
と言う。喜八も頷く。
と、次郎が入って来る。
春江が、再び奥から出て来て、おじぎをする。
次郎「へーえ」と感心して見る。
喜八、次郎の方へ得意になって、
Ⓣ〝どうでえ、
　俺の眼《がん》に狂いはねえだろう〟
次郎も「ふーむ」と見ていたが、喜八を見ると「何でえ!」となって、
Ⓣ〝すまねえが、俺ら
　ちっとばかり選《え》り好みが
　強い方でなあ〟
とうそぶく。喜八、憤慨する。
両人、坐る。
春江、膳を両人の前へ持って来る。
喜八、惚れ惚れと見る。
春江、両人に、
Ⓣ〝みなさんにいろいろ
　御親切にしていただいて……〟
と感謝をこめていう。喜八、次郎に、
Ⓣ〝どうでえ、可愛いことを
　言うじゃねえか〟
と悦に入る。
次郎「ふん」とわざと苦い顔をしてソッポを向く。
両人、めしを、喰い出す。
富坊、喰い終って、「行って来るよ」とバンドをゆるめる。春江、おとめから上着を取り、富坊に着せてやる。そして、世話しながら、
Ⓣ〝坊や、学校、何年?〟
富坊、憤然と、
Ⓣ〝坊やじゃねえやい!
　三年四組、木村富夫ってんだい!〟
春江「まあ……」とおかしがる。
春江、富夫の汚ない手拭いを取り、自分の手拭いをキチンとたたんで、富坊の帯にはさんでやる。
その様子に、ひどく嬉しくなる喜八。
春江に礼を言う。
富坊、はさんで貰った手拭いを見ると「こんなもん!」と捨てて、自分の汚ない手拭いを持って、元気よく駈け出して行く。春江、腐る。
と、喜八、見送ってから乗り出して来て、
Ⓣ〝俺のガキと来たら、
　学の方はうるせえんだぜ〟
Ⓣ〝あれで行儀さえ甲なら
　れっきとした級長ものなんだ〟
と、悦に入って、あごを撫でる。
おとめ、喜八に、
Ⓣ〝本当に、ガラクタな父さんにしちゃ
　出来過ぎた子供だよ〟
喜八「何ッ!」と見返る。
次郎、笑い出す。喜八「何が可笑しい!」と今度は次郎を睨む。
春江も笑う。喜八、目をむくが、春江には怒れず、一緒に「ヘッヘッヘッ……」と笑って、
Ⓣ〝そう、他人《ひと》さんが仰有るほど
　ガラクタでもねえんだよ〟
で、一同、一層笑う。
おとめ、気づいたように喜八に、
Ⓣ〝富坊は、お弁当
　いらなかったのかい?〟

喜八「う?」と見たが、
Ⓣ〝欠食地蔵とかって奴にしとけば
　めしの心配は
　学校でしてくれるんだ〟
という。春江「まあ」とあきれる。
おとめ、笑って、
Ⓣ〝じゃ、お前さんも
　欠食大仏ぐらいになるんだね〟
喜八、
Ⓣ〝今さらガキに混って
　小学校へも行けねえじゃねえか〟
と言う。次郎、それにかぶせて、
Ⓣ〝こんな、ちょっかい出したがる
　小学生はねえよ〟
喜八「黙ってろい!」と怒る。

33　外　長屋風景

34　店の中

両人、めしを喰い終った感じ。楊子を使って、喜八、惚れ惚れと、春江を見ている。

35　春江の様子

36　店の中

やがて、次郎「行こうじゃねえか」
喜八、春江の方を見ながら立ち上がり、惜しそうに出て行きかける。が、戻って彼女を呼び、
Ⓣ〝訊き忘れたが、お前さんの名、
　何んてんだい?〟
春江、
Ⓣ〝春江っていうんですの……〟
喜八、去りかけ、又、戻って来て、
Ⓣ〝何とか言ったっけな?〟
春江、
Ⓣ〝春江……〟
と返事する。
喜八「そうか」と合点すると、彼女の頬をちょいと触り、出て行く。（F・O）

37　（F・I）樽にビールをつめている

38　レールの上を転がるビール樽

39　ビール工場内

喜八と次郎が、職工に混って働いている。
喜八、考えてばかりいる。やがて横手へ行って休む。
そして、煙草を吸って、思いに沈む。
次郎「変だなあ」と見たが、やって来て、「どうしたんだい?」と不審そうに訊く。
喜八、二の腕のほりもの「おつね」をちょいとたたいて見せて、
Ⓣ〝思い出させやがるんだよ〟
そして、ほりものを撫でる。
次郎、いよいよ分らず「何がよ!?」と横へしゃがむ。
喜八「ヘッヘッヘッ……」とあごを撫で、
Ⓣ〝かあやんとこの春江よ!〟
次郎「え?」と見る。
喜八、再び腕を見せ、
Ⓣ〝あいつが、お前エ
　ひどくこいつに
　似てやがるんでな……〟
次郎、分って「よさねえか……」とひっぱたき、
Ⓣ〝チェッ! ふられた女の
　惚《のろ》けなんか言うない!〟
喜八「そうじゃねえよ!」と腕をたたきながら、
Ⓣ〝こいつの事じゃねえよ!〟
次郎「え?」とのぞき込み、
Ⓣ〝じゃあ、あの小娘のことか?〟
喜八、頷く。次郎、笑って、
Ⓣ〝とっつぁん、齢を考えなよ〟
喜八、
Ⓣ〝お半長右衛門、知らねえな!〟
と、うそぶく。
そこへ、向うから、上役が歩いて来る。

両人、慌てて職場へ行こうとする。が、喜八、ふと考えて、「おい次郎公……」と上役の方をさして、

Ⓣ〝ちょいと給料の前借りでもするかな〟

笑って続ける。

Ⓣ〝可愛い子に何か
　買ってやりてえからなあ〟

次郎「チェッ！」とソッポを向く感じで、

Ⓣ〝度々のこった、貸すものか！〟

が、喜八は、

Ⓣ〝借りられなくっても、もとっこだい〟

と出かけて行く。次郎、見送る。

40　向う

喜八、上役にペコペコしている。断わられたらしく戻って来る。

41　元の職場

次郎「どうだったい？」

喜八、腐って、

Ⓣ〝あいつは、思ったより馬鹿だぞ〟

とふくれる。ひょいと見ると、上役が傍でのぞいている。

喜八と次郎、慌てて働き出す。

ビール樽、コロコロ転がる。　（F・O）

42　（F・I）ガスタンクのある風景

43　長屋の朝の情景

長屋の面々が出かける。

44　おとめの店の前

彼等、通りすがる。

春江がバケツを持ってやって来て、店へ入る。

連中、見送る。

と、中から、おとめが買物に行くらしく出て来る。富坊も学校へ行く。

連中、おとめに、

Ⓣ〝あんないい子、どこで見付けて
　来たんだい？〟

おとめ、笑って、

Ⓣ〝まあ、あたしの娘みたいな
　もんでね……
　どうぞ、よろしく……〟

連中、感心する。そして、中の一人、

Ⓣ〝かあやんも、案外物持ちがいいな〟

Ⓣ〝よく売らずに今まで持ってたな〟

おとめ、怒って見せる。連中、おとめに「何とかしなよ」と相談を持ちかける。

おとめ、拒む。

と、中から喜八が出て来て、連中に、

Ⓣ〝あの子にふざけた真似をする奴は
　俺が相手だぜ〟

とハッタリをきかす。連中、「何言やがんでえ」と言いつつ去る。喜八、反り返って店へ入る。

45　店の中

次郎、食後で、楊子を使っている。喜八も横へ坐って落着く。そして、春江の方を頻りに見る。

春江、化粧している。

喜八、次郎に、「見なよ……」

Ⓣ〝誰に見しょうとて、
　紅《べに》かねつけて……さ〟

Ⓣ〝可愛いことするじゃねえか〟

と言う。

次郎「ふん！」と軽蔑する。

Ⓣ〝無駄なことしてやがらあ！〟

やがて、立ちかけて、

Ⓣ〝とっつぁん、そろそろ出かけねえか〟

喜八「うん」と立ちかけるが、春江の方を見て、急ににぶって、「おい……」と変な顔を見せ、

Ⓣ〝今日は、俺、よしにするよ〟

次郎「え？」と見て、「どうしたんだい？」

喜八、腹を押えて、

Ⓣ〝急に腹が痛くなったんだ〟

と苦しそうにいう。次郎、チラリと春江の方を見てから、喜八に、

Ⓣ〝馬の脚じゃあるまいし
　下手な芝居は、よしなよ〟
と言い、無理に引っ立てて行く。
春江、会釈して見送る。

46　店の外

両人、出て来る。喜八、急に止って、
Ⓣ〝忘れものだ！〟
次郎「何だい？」喜八、
Ⓣ〝成田山のお札だ〟
次郎「そんなのいいじゃねえか」と引っぱる。喜八、まともな顔をして、
「そうじゃねえ」
Ⓣ〝あいつがねえと、どうも危くって
　世の中が渡れねえ〟
と、無理やり別れて行く。

47　角

彼、来て振り返る。と、次郎がまだこっちを見て待っている。
喜八、そっとお札を出して拝む。そしてまた次郎の方を見る。と、まだ立っている。喜八、腐って、かくれ、お札を頻りに拝んでいる。
Ⓣ〝何卒あん畜生が、
　慌てて工場に行きます様に〟
やがて、ふと見上げる。と、すぐ傍へ次郎が来て立っている。
喜八、腐って、急に腹をおさえ、
Ⓣ〝どう考えても腹が痛てえんで
　ちょいと拝んでいたところだ〟
という。
次郎、出かける人々を見て慌てて、
Ⓣ〝遅れるといけねえから、
　俺はもう行くぜ〟
と、行ってしまう。
喜八、喜び見送って、急に元気よくノビをして、自分の服を脱ぎ、ほこりを払う。

48　喜八の家

喜八、その上着を釘にかけ、簞笥からいい着物を出して着る。ついでに、夏羽織も着る。そして、家を出かける。

49　長屋の路地

喜八、おとめの店の方へ歩む。

長屋の衆が見つけ、「おいおい」と声を掛ける。

Ⓣ〝喜八つぁん、えらくめかしたなあ〟

喜八「なあに……」とやにさがる。

長屋の衆、

Ⓣ〝どこの、お葬いだい？〟

喜八、腐って自分の身の廻りを見廻し、

Ⓣ〝お葬いに行くように見えるか？〟

相手の男、頷く。

喜八、

Ⓣ〝縁起でもねえ！〟

と、家へ戻る。

やがて、再び喜八、出て来る。今度は、いなせな格好をしている。そして、おとめの店の方へ行く。

50　おとめの店の前

喜八、やって来る。中をのぞいて、いやに身なりを気にしてから、気取った様子で入って行く。

51　店の中

春江、見迎え、

Ⓣ〝工場はどうなすったの？〟

喜八、にやにやして反り返り、坐る。

四辺を見廻してから、櫛を出し、彼女に「どうだい、これは？」と差し出す。

そして、彼女の髪にさしてやる。

春江、喜ぶ。喜八、眺めて、

Ⓣ〝お前のために無理したんだぜ〟

Ⓣ〝かあやんには黙ってなよ〟

春江、笑っている。喜八、

Ⓣ〝妬くといけねえからなあ〟

と、春江を坐らせる。

喜八、いい気になって、春江を惚れ惚れと見る。やがて、あごを撫でて、ちょっとためらっていたが、

Ⓣ〝お前エ、俺が好きか？〟
と聞く。春江、頷く。
Ⓣ〝おじさんとても
親切にして
くださるんですもの……〟
喜八、いい気持になるが、
Ⓣ〝その『おじさん』てえの、よせよ！〟
と言い、続けて、
Ⓣ〝じゃあ、あの次郎公と
どっちがいい？〟
春江「次郎さん!?」とハッとなる。恥かしそうに、思わず眼を伏せる。
喜八、心配になって訊く。
彼女、困った顔を上げると、
「でも……」
Ⓣ〝あの人、何だか怖いわ〟
喜八、満足そうに頷くが、
Ⓣ〝だけど、あれでとても芯は
いい野郎なんだぜ〟
春江「まあ、そう」とちょっと乗り出す。
喜八、たちまち「しまった」と言った顔で、
Ⓣ〝とは言うものの……俺の方が
もっといい野郎なんだぜ〟
と、またもあごを撫でる。
彼女、微笑する。
いい気持の喜八、再び櫛にこだわる。
Ⓣ〝こりゃ随分無理したんだぜ〟
Ⓣ〝しかし世の中は
なかなかひねくれたもので――〟

52　次郎の上等兵姿の写真（引く）

53　富坊があぐらをかいて、その写真を見ている（引く）

54　喜八の家

春江、ニッコリ微笑んで「見せて」と言う。

富坊、偉そうに「いいよ」と一枚渡す。

55　写真

工場で、仲間と撮ったらしいもの。

次郎、喜八、その他一、二名。

56　喜八の家

春江、見ていたが、そっと指で他の者はかくし、次郎だけを見る。そして、兵隊の写真を取り上げる。

Ⓣ〝これ、あたしにくれない？〟

富坊「いいよ」というが、ちょっと考えて起き上がり、

Ⓣ〝姉ちゃん、兵隊さん好きかい？〟

春江、恥かしそうに頷く。

と、富坊、

Ⓣ〝もっと偉いのやろうか？〟

春江、頷く。

富坊、メンコの大将、中将を二、三枚持って来てやる。

春江、仕方なしに貰う。

そして、富坊を見て小声で「ねえ」

Ⓣ〝次郎さんの家へ行ってみない？〟

富坊「うん行こうか」と立ち上がる。

両人、出て行く。

57　次郎の家　玄関

両人、入って来る。

富坊、ずかずか上がる。

春江、もじもじしている。

富坊、促す。で、春江、上がって中へ。

58　乱雑な室内の様子

春江、嬉しそうに見廻し、次郎の持物に手を触れて見たりする。

そして、室内をきれいに掃いたり、万年床をたたみ、汚れものを集める。

やがて両人、ハッとなって玄関の格子の方を見る。

59　次郎の家　玄関

ガラッと開いて次郎が帰って来る。

ひょいと奥の方を見て変な顔をする。

60 室内

富坊、元気よく出迎える。

春江、恥かしそうに洗濯物を抱えたまま障子のかげに小さくなっている。

胸を、ときめかして……。

次郎、入って来たが、春江を見て、「あれ!?」と思わず見廻す。

春江、赤くなって会釈をし、洗濯物を示しつつ、

Ⓣ〝あまり汚れてるんで……〟

と言う。

次郎、睨みつけながら、

Ⓣ〝いやに親切だなあ〟

彼女、笑いかける。

次郎、室内を見廻し、

Ⓣ〝あまり慣れ慣れしくして
　貰いたくねえな〟

春江、恨めしげに見る。

と、富坊、横合いから、次郎に、

Ⓣ〝小父ちゃんの兵隊の写真、
　もうないかい?〟

春江、ハッとなって困る。

次郎、変な顔をして春江と富坊を見くらべる。

富坊、

Ⓣ〝だってねえちゃんが
　欲しがってるんだもの……〟

春江「まあ富ちゃんたら!」と思わず赤くなって制する。

次郎「え?」と見ていたが、じろりと春江を見ると、

「おい!」

Ⓣ〝お前、腹ァ黒いぞ!〟

Ⓣ〝ガキを使って、甘え文句を
　言わせるなよ〟

と言う。

春江「まあ……」と悲しそうに見る。

次郎、続けて、

Ⓣ〝隣のとっつぁんが店で待ってるぜ〟

Ⓣ〝早く行ってやんなよ〟

と言う。

春江、いよいよ悲しくなる。そして、富坊に「行きましょう!」と言う。

富坊も、「うん行こう!」と何となくふくれて立ち上がる

両人、出て行きかける。

次郎、じっと彼女を見つめる。考えていたが、ふと顔を上げると、「おい、待ちなよ!」と鋭く言う。

春江「えッ!」と振り向く。

次郎「話があるんだ!」と言い、富坊を去らせる。

富坊「エーイ!」と、冷かすようにして去る。

次郎と春江、向かい合う。

次郎、じっと彼女を見る。

春江、目を伏せる。

次郎、考えていたが、

Ⓣ〝お前、まさか恩を仇で返す
　ようなことはしめえな!?〟

彼女、ハッと見る。次郎、重ねて、

Ⓣ〝妬いていうんじゃねえが、
　隣の大将を白痴《こけ》にさせるような
　真似はよしてくれ〟

Ⓣ〝喜八つぁんの世間態もあらあな〟

春江、驚いて見返す。

しばし物の言えない様子。

やがて、キッとなって、

Ⓣ〝あたし、そんな女じゃないわ!〟

Ⓣ〝あの人が、親切にして下さるんで
　あたし、小父さんのように
　思ってるのよ〟

そして、「あたし……あたし……」

涙ぐんでしまう。

次郎「ふん」と鼻先で笑い、

Ⓣ〝いっそ亭主のように
　思ってやったらどうだい〟

春江、うるんだ、恨みっぽい目を向ける。

何か言おうとしてやはり言えず、やっと口の中で、

Ⓣ〝次郎さんは、
　あたしの気持なんか……〟

Ⓣ〝ちっとも分ってくれないのね〟

そして泣き伏す。
次郎、不機嫌に、
Ⓣ〝俺はお前の気持を考えるほど
　暇じゃねえよ〟
春江、顔を覆って、次郎の写真を突き返し、ふいと立って出て行く。
次郎「………」と見送り、考え込む。
が、写真を取り上げると、ぽいと横手へ投げる。

61
投げられた写真

Ⓣ〝さて、それからと言うものは――〟

62
ガスタンクの見える町

会社からの帰りらしく、喜八と次郎が歩む。
喜八、相変わらず朗らかな様子。
身だしなみもよくなっている。
やがて町角へ来て、次郎、別の方へ別れて行こうとする。喜八、止めて、
Ⓣ〝かあやんとこへ寄らねえかい？〟
重ねて、
Ⓣ〝かあやんが、
　ちっとも姿を見せねえって
　心配してたぜ〟
次郎、苦笑いして、
Ⓣ〝俺ら、あの春江ってアマと
　どうも反りが合わねえんでな〟
そして、すたすたと去って行く。
喜八、変な顔をして見送ったが、そのまますぐ朗らかな足どりで歩む。

63
おとめの店の前

喜八、やって来て入る。
と、すぐ、おとめに押し出されるようにして喜八が出て来る。
喜八、驚いた顔をして、「ど、どうしたんだい？」
おとめ「それがさ……」と慌て気味に背後をさして、
Ⓣ〝あの子の事で、お前さんにぜひ
　話があるんだよ〟
喜八「ほう？」とおとめの背後を見る。

64
のれんの間から店の中

春江が、もろに沈んで考え込んでいる。
喜八「うーむ」とあごを撫でる。
Ⓣ〝話なら早くしねえな〟
わくわくして、
おとめ「それがお前さん……」と小声で、
Ⓣ〝あとで、お前さんちへ行くから
　待ってておくれよ〟
喜八「うんいいとも、いいとも」と喜んで「じゃ……」などと、こそこそ打合せ去って行く。
喜八、我家の方へ歩みかけたが、わくわくして、あごをさすって、ヒゲを気にして、ポケットから手鏡を出して見る。
そして、考えていたが、くるりと振り向くと、小走りに切れる。

65
床屋

場末の床屋らしく、活動のビラ、浪花節のビラ等が下っている。
そのはずれに「北海道行人夫募集」の広告が見える。
目下、喜八が、親方に顔を当って貰ってる最中。
将棋をさしている若い衆、など。
やがて喜八、終って立ち上がる。
なおも、しきりに鏡を見る。
将棋の若い衆が冷かすように、
Ⓣ〝近頃、めきめきと
　モダーンになったじゃないか〟
喜八、笑って、
Ⓣ〝御時世だなあ〟
そして、親方に、二十銭払って、
Ⓣ〝なあ親方、二貫がとこ男っぷりが
　上がっただろうな？〟
親方「引受けまさあ……」と頷く。
喜八、なおも手鏡に見入る。　（F・O）

66

（F・I）喜八の家（夜）

喜八、夢中で室内を掃いている。
富坊に、「邪魔だ！　どいた、どいた！」などとてんてこ舞いしている。
富坊、呆れている。
喜八、掃除しつつ、気になるようにちょいちょい鏡を見る。
富坊が邪魔になる。
Ⓣ〝何処かへ行って遊んで来なよ〟
富坊、口をとがらせて、
Ⓣ〝今勉強してるんだよ〟
Ⓣ〝勉強出来やしないじゃないか〟
喜八、頭を垂げて、
Ⓣ〝頼むから外で遊んで来てくれ〟
Ⓣ〝これも親孝行のうちだぜ〟
富坊、渋渋出かける。
喜八、浮き浮きとして
Ⓣ〝待つ身のつらさか――〟
やがて、彼、入口の方へ飛んで行く。

67

喜八の家　玄関

格子をそろっと開けて、おとめが忍ぶようにやって来る。手土産を持って……
喜八、いそいそして「まあお上がり！」と、下へもおかず、もてなす。
おとめ、変な顔をして上がる。

68

部屋の中

両人、向かい合う。
喜八、おとめに座蒲団をすすめたり茶を入れたりする。
おとめ、呆れて「まあ、構わないで……」と、気味悪がる。
喜八、身繕いしつつ乗り出して、「時に話ってやつは？」と訊く。
おとめ、手土産の一升瓶を出して、改まって挨拶する。
喜八「ワーこいつは！」と恐縮し、
Ⓣ〝困るね、かあやん、
こんな無理して貰うほどの
相談でもねえだろうにさ〟
おとめ「いいえ」と会釈し、さて改まって乗り出す。
喜八も、もろに乗り出して、にやにやする。
おとめ、
Ⓣ〝実はね、春江の身の上の
ことなんだけど……〟
喜八「うん、そいつは、分ってる」
おとめ、間を持たせて、
Ⓣ〝あの子も、誠に出来がいいし
あたしとしては何だか
赤の他人のような気がしないんだよ〟
喜八「うんうん！　それで……？」と乗り出す。
おとめ「それで……」
Ⓣ〝して見ればあの子の年頃も
考えてみてやらなければ
ならないし……〟
喜八「そうだとも！」
Ⓣ〝年頃の娘を一人で、
ほったらかしといちゃ
可哀相だよ！〟
Ⓣ〝第一、次郎公みてえな奴がいるんで
危ねえやな〟
おとめ「それなんだよ……」と乗り出して、
Ⓣ〝あたしとしては
次郎さんに貰ってもらえれば
有難いんだけど……〟
という。喜八「うーん」となる。
Ⓣ〝あの野郎、もう手を
出しやがったのか！〟
と、何とも情けない表情。
喜八、足袋を脱ぐ。
おとめ、眉をひそめて、
Ⓣ〝ところが、どう言うものか
男の方で寄せつけないんだよ〟
Ⓣ〝もったいねえ事をする野郎だ！〟
が、よく考えるとひどく憂鬱になってしまう。
おとめ、不思議そうに見つめる。
喜八、顔見合わすと、目のやり場に困っ

たが、部屋の隅に行き、強いて笑って見せて、

Ⓣ〝そうだろう〟

喜八、気持の整理がついて明るく戻り、

Ⓣ〝そうだろうなあ〟

Ⓣ〝だいたい年が違い過ぎらあな〟

そして、ぐったりとなる。

おとめ、そのさまを眺めていたが、「そうか!?」と気づいたように、

Ⓣ〝いやだよ、お前さん！
自分の事だと思ってたのかい！〟

喜八、へどもどする。

が、笑って誤魔化して、

Ⓣ〝お半長右衛門ってこともあらあな〟

と、笑う。おとめ、持って来たにぎりの包をひらく。

喜八、一ケ取って喰う。ワサビが利いているので涙ぐみ、

Ⓣ〝いやに利かせやがったなァ〟

おとめ、一升瓶を注ぎながら、

Ⓣ〝永年の誼《よしみ》で、お前さんから
何とか話して貰いたいんだけど、
見込まれたと思って
骨折っておくれよ〟

おとめ、注ぐ。

喜八、スシつまむ。

喜八、やがて「分った！」と相手を制しポンと胸を打つ。

Ⓣ〝こう見ても、選り好みが強い方で、
俺は、拾った女には、
手は出さねえよ〟

69

河岸（昼）

次郎、そう言いつつ、喜八から離れる。

喜八、むっとして、

Ⓣ〝もったいねえ事いうない！
相手はお前には過ぎものなんだぞ〟

Ⓣ〝じゃ、とっつぁん貰いなよ〟

Ⓣ〝当節の女に惚れられるなんて
よくよくの事だぞ！〟

と、尚もすすめる。

次郎、聴きあきたと言った顔で、

Ⓣ〝あんなおかめに惚れられるほど
スキはねえはずだよ〟

Ⓣ〝とっつぁん、俺は帰って
家で寝さして貰うぜ〟

そして、すたすたと帰って行く。

喜八「何て強情な野郎だ」と見る。

追って行って、

Ⓣ〝手前ェは、強情張りだなあ
こうなりゃ俺だって、意地張りだぞ〟

Ⓣ〝きっと、つがいにして見せるから
そう思え！〟

次郎、笑って、どんどん行ってしまう。

喜八、喧嘩づらで見送る。

見送るうちに、ふと淋しくなって、項垂れる。　（F・O）

Ⓣ〝――とは言うものの
これは喜八にとって
一つの悲劇である〟

70

（F・I）**小料理屋の二階**（午後）

喜八が、やけ酒をぐびりぐびりと飲んでいる。

横に、首の白い女が、へばりついてお酌をしている。

喜八、相当以上酔って、なおも考え込んでは、がぶりと飲む。

女、多少、心配そうに見る。

喜八が「今度は盃洗《はいせん》だ！」と盃洗をさし出すのを抑えて、

Ⓣ〝考えてばかりいないで
浪花節でもお出しなさいよ〟

Ⓣ〝ね、お兄さんどう？〟

喜八「何を？」と荒っぽく見る。

が、だらしなく頬をたたいて、

Ⓣ〝お兄さんと来やがったな〟

Ⓣ〝俺《おい》ら本当のとこ、
そんなに若く見えるか？〟

女、笑って「見えるわよう！」

喜八も笑う。が、すぐしかめ面をして、

Ⓣ〝畜生！　おだてたって、
もう遅いや！〟

と、酒を飲む。

お銚子カラッポになる。

喜八、手を叩いて下を呼ぶ。

71　ガスタンクの見える場末の町

富坊達の学校帰り。
一人が言う。
Ⓣ〃おれ、いいこと聞いちゃった！
　こいつのチャン、馬鹿なんだってよ〃
と言う。
富坊、キッとなって見る。
Ⓣ〃馬鹿じゃねえやい〃
他の一人、言う。
Ⓣ〃大人のくせに、
　本字《ほんじ》も読めねえんじゃねえか〃
又、他の一人、言う。
Ⓣ〃新聞だって絵ばかり
　見てんじゃないか〃
Ⓣ〃お前んちのチャン、
　工場へも出ないでかあやんちばかり
　行ってるんじゃないか〃
皆でからかう。
富坊、たまらなくなって、いきなり下駄を持って皆にかかって行く。
富坊、皆にやっつけられて、泣きたい。
皆、行ってしまう。
富坊、こらえきれず、泣きながら駈け去って行く。

72　路地

富坊が駈けて行く。

73　喜八の家

富坊、走り込んで来て、急に大声を出して泣く。

泣きじゃくりながら上着を脱ぐ。下は裸。成田山のお守りを首から吊している。机に鞄を置く。考えていたが、急に本を畳の上にぶちまける。

富坊、上着を投げつけ、リンゴ箱に坐る。

泣きながら、傍らの盆栽の葉をむしり取る。

いつの間にか、足元にたまっていく銀杏の葉っぱ。

盆栽はメチャクチャになる。

富坊、ごろんと畳に転がる。天井を見る。とめどなく、涙が溢れ出る。

74　同（夜）

泣き寝入りの富坊。
電灯がつく。
酔っていい機嫌で帰って来た喜八、葉っぱだらけの室内に驚く。
眠っている富坊を「起きろい！」と足で起す。
起きた富坊の胸に、銀杏の葉っぱがくっついている。
丸坊主になった銀杏の盆栽を見て、喜八、凄い剣幕で怒り出す。
ⓉⓉ〃誰がしやがった！〃
Ⓣ〃おいらがやったんだよ〃
喜八「この野郎！」と富坊をなぐる。
富坊、むくれて、
Ⓣ〃物は正直に言えばいいんだよ〃
喜八「何を！」と又なぐりかかる。
富坊、更に、
Ⓣ〃ジョージ・ワシントンだって、
　桜の木を切った時――〃
喜八、又も一発。
Ⓣ〃手前ェ、なんだかんだと
　俺の知らねえことを言っちゃ、
　誤魔化しやがる〃
富坊、頬っぺたをさすっている。
喜八、惜しそうに盆栽を触って、
Ⓣ〃手前ェが正直言ったからって
　花咲きじじいじゃあるめえし〃
とやけになり、
Ⓣ〃こいつが元通りになるかってんだ〃
ともろにでかい声で言う。
富坊、むかっ腹を立てる。
Ⓣ〃チャンの馬鹿!!〃
喜八「何ッ！」と睨み返す。
富坊、ひるまず、
Ⓣ〃なんでえ！　工場へも行かないで

お酒ばかり飲んで！〃

喜八、怒って、

Ⓣ〃この野郎、生意気に、親に意見するつもりか〃

Ⓣ〃酒は飲んでも飲まいでも、親は親だぞ〃

と子供相手にタンカを切る。

富坊、たじろがず、

Ⓣ〃なんでエ、チャンの馬鹿ッつら！〃

Ⓣ〃親のくせに、新聞も読めないじゃないか〃

喜八、憤然と、

Ⓣ〃新聞は、ためて屑屋に売るもんだい〃

富坊、新聞を喜八に投げつける。

喜八、いきなり富坊をひっぱたく。

富坊、ボリボリと掻く。尚も、喜八、ひっぱたく。富坊、掻くのくり返し。

富坊、勉強机の方へ行くが、突然「ワーッ」と泣きながら喜八にかかって行き、喜八の顔をムチャクチャにひっぱたく。

喜八、初めはよけているが、そのうちシュンとなり、好きなようになぐられている。

富坊、そんな父を見て、なぐるのを止め大声で泣き出す。

喜八、やりきれない。涙ぐんで、富坊を見つめているが、着物を着替える。

富坊、泣き止み、机の前に坐る。

シュンとした喜八、坐って考え込む。

伜の方をチラッと見る。

富坊、泣きじゃくりながら、勉強をしかける。

喜八、じっとその様子を見つめる。見つめて淋しくなり、富坊の傍に行き、

Ⓣ〃坊や〃

富坊、振り向く。

Ⓣ〃坊や、勘弁しなよ〃

富坊、涙に濡れた顔で父を睨む。

喜八、たまらなくなり、

Ⓣ〃チャンは此頃どうかしてるんだ〃

喜八の頬を涙が流れる。

富坊、その涙を拭いてやる。

喜八、しみじみと、

Ⓣ〃こんな頼りのない親だが
恨んでくれるなよ〃

「なあおい」と言う。

富坊、睨んでいるが、くわえていた鉛筆をプッとふき出すと、「チャン！」と喜八に泣きついて行く。

喜八、抱きつかれたまま、切ない。

（F・O）

75 ガスタンクの見える町

Ⓣ〃翌る朝〃

76 朝の路地

おとめが急ぎ足で来る。

77 喜八の家の前

おとめ、やって来る。

ちょっと中の様子を窺ったが、そのままそっと入る。

78 部屋

出勤姿の喜八が、これも学校へ出かける富坊を、いとしげに面倒見てやっている。

おとめ、こっそり入って来たが、その様子に「変だねえ？」と見る。

そして、喜八の傍へ行く。

やがて隣の壁をさしつつ、

Ⓣ〃こないだの一件はどうなったい？〃

喜八、困って、「それがお前ェ……」

おとめ「まだかい……」と心配顔。

喜八「しかし……」と笑って、胸をぽんとたたき、

Ⓣ〃そう急《せ》いたって仕方がねえよ
まあ俺らに任せときねえ！〃

と言う。

そして、両人、話し合う。

富坊、ふと時計を見て、カバンをかけ、紙挟みを取り上げる。

喜八「出かけるか」と優しく、親らしい

態度で支度してやる。
そして、
Ⓣ〝学校へ行ったら、おとなしく
　先生の言うことはよく聞きなよ〟
Ⓣ〝いやなのを我慢して、学校へ行って、
　本を読むから、勉強なんだ〟
Ⓣ〝チャンだって、いやなのに、
　我慢して工場へ行くから、
　お給金が貰えるんだ〟
と言い、思いついたようにガマ口を出し
て五十銭玉を出し、「持って行きなよ」
Ⓣ〝五十銭玉だ〟
富坊、驚いて、手が出ない様子。
喜八、笑って握らせ、
Ⓣ〝何でも欲しいものを買いなよ〟
そして驚いてる富坊に、渡す。
富坊、本気になれず、
Ⓣ〝嘘だろ！〟
と投げ出す。
喜八、苦笑して、
Ⓣ〝貧乏人のガキはつき合いにくいなあ〟
Ⓣ〝よく見なよ、周りにギザギザが
　ついてるだろ？〟
富坊、頷き、
Ⓣ〝爪もみがけるようになってるんだね〟
と、ひどく喜ぶ。
そして、出かけて行く。
喜八、いとしげに見送る。

おとめ、不審そうに、「どうしたのさ」
Ⓣ〝気味が悪いほど、
　朝っぱらから豪勢だね
　子煩悩になっちゃったんだね〟
「どうしたのさ一体？」
喜八、にこにこして述懐するように、
Ⓣ〝俺は、今までちっとも
　奴を構ってやらなかったからなあ〟
続けて、「なあ、かあやん……」
Ⓣ〝たまには親父らしい真似も
　してみてえやな〟
Ⓣ〝あのくらいのガキが
　一ぺんに五十銭も使えば
　こちとらの十両ぐらいにはあたるぜ〟
おとめ、頷き、
Ⓣ〝十両どころか、千両ぐらいに
　あたるだろうよ〟
喜八、頷き、
Ⓣ〝あいつにだって一生に一ぺんくらいは
　大金持の気持にさしてやりてえやな〟
と、いい気持になる。
おとめ、共鳴する。が、気づくと、「そ
れはそうだが……」と、また壁の方を指
して、
Ⓣ〝あの話……〟
喜八「大丈夫だよ」と胸をたたいて引受
ける様子。　（F・O）

79　（F・I）ビール工場内

職場で、次郎が働いている。
彼、ふと一方を見て、「チェッ！」
と言った顔。
向うから喜八が笑いながらやって来る。
次郎、横へ逃げて知らん顔して仕事す
る。
喜八も「チェッ！」と睨むが、傍へ寄り
話しかける。
次郎、手を振りまた横へ逃げる。
喜八、口惜しがって、
Ⓣ〝次郎公、いい加減に折れなよ〟
次郎、
Ⓣ〝お前こそ、おせっかいは
　もうよしなよ！〟
と横へどく。
喜八「こん畜生！」とむかむかして来
る。
と、そこへ門衛が来て、喜八を呼び、
Ⓣ〝子供が病気だから、
　至急帰るようにって
　言って来たよ〟
喜八「え？」と驚く。
次郎も寄って来る。
門衛「早くしなよ」と戻って行く。
喜八「はてね」と考えている。
次郎、心配そうに急かす。
「早く帰ってやんなよ」

喜八、じろりと見たが独り言のように、
Ⓣ〝俺のガキが病気になるって
　法はねえよ〟
次郎、気が気でなく、
Ⓣ〝でも、けがしねえとも限らねえぜ〟

80 喜八の家

富坊が元気なく横になっている。
おとめ、心配そうに看病している。
喜八、慌ただしく帰って来て、
Ⓣ〝お前何だってそう急に
　病気になりやがったんだい〟
富坊、答えようもなく黙っている。
おとめ、代って、
Ⓣ〝食べたいもの、みんなのこらず
　食べちゃったんだってさ〟
喜八、驚いて、
Ⓣ〝五十銭、みんなか!?〟
頷く富坊。喜八、腐って、
Ⓣ〝いやになっちゃうな、
　貧乏人のガキは〟
おとめ、立って、
Ⓣ〝持ちつけないものを持たせたのが
　いけないんだよ〟
Ⓣ〝まあ気をつけて看ておやりよ〟
と帰って行く。
喜八、富坊を励まして、
Ⓣ〝腹痛ぐれえで驚いてどうする〟
富坊、苦しそうに「熱いよ」と言う。
喜八、額を抑えてみて、「よし、大丈夫だ」と言って台所から一升瓶を持って来る。
茶碗へついで、
Ⓣ〝こいつをキューッとやって
　一寝入りしてみな〟
Ⓣ〝こいつはコクのあるいい酒なんだぜ〟
と、無理に富坊に酒を飲ます。
富坊、苦しそうに呑む。そして苦しげにハアハア言う。
喜八、やや心配になってのぞき込む。

81 喜八の家の外

次郎、心配そうに小走りでやって来て喜八の家へ入る。

82 喜八の家

次郎入って来て「どうだ様子は?」と富坊を見る。
Ⓣ〝気になるんで、
　俺も早退けして来ちまった〟
次郎、富坊をのぞき込んで、
Ⓣ〝こいつはとっつぁん
　放っといちゃいけねえ〟
喜八、じろりと見て、
Ⓣ〝おどかすない〟
と立ち上がる。
Ⓣ〝俺らのガキだ、
　そう滅多に参りっこねえよ〟
次郎、はげしく、
Ⓣ〝こいつは医者に見せねえと
　いけねえぜ〟
喜八「えッ!」と目の色を変えてうろたえる。
いかにも大儀そうな富坊の様子に、次郎、
Ⓣ〝とっつぁん、支度しなよ〟
喜八、ズボンを脱いで着替えを始める。
(足元のみ)

83 病院の廊下

Ⓣ〝四十八時間の後——〟

84 汚ない病室

ひどく心配そうに、一方を見ている春江とおとめの顔。
憔悴した喜八の心配顔。たまらなさそうに目をつぶる。
院長が手当の最中。ぐったりした富坊に注射する。
富坊、痛そうだが動く力もない。
院長、しきりに首をかしげていたが、去りかける。
喜八、院長に「どうでしょう?」と聞

く。

院長、暗い顔で、

Ⓣ〝まあやるだけやってみるんですな〟

と言い、去る。喜八「もし先生……」と哀願するように追いかけたが、力なくヘタヘタと坐ってしまう。そして「おい富坊……」とのぞき込む。

春江とおとめ、たまらなさそうに顔見合わせる。

早くも涙ぐんで、喜八の力ない様子。

おとめ、そっと、懐からお守りを出して、

Ⓣ〝とてもあらたかな、
お守りなんだけど……〟

と喜八に渡す。

喜八「すまねえ……」と、いただいて富坊の枕の下に入れてやる。

一同、また愁然と黙り込む。やがて一同、ハッとなって入口の方を見る。

次郎が心配顔に入って来る。

春江、ハッとして目を伏せる。

次郎も多少心中動揺の色。が、直ぐ富坊の様子を見る。喜八、言う。

Ⓣ〝えれえことになったぜ〟

Ⓣ〝こいつはことによると葬いもんだぜ〟

Ⓣ〝俺は夏羽織は持ってるから
いいようなものの〟

おとめ、怒って、

Ⓣ〝縁起でもないよ〟

次郎、元気づけるつもりで、

Ⓣ〝大丈夫だい！ お前のガキだ
滅多に参りっこねえよ〟

となぐさめる。

喜八「何だと！」といらいらして、

Ⓣ〝他人《ひと》のガキだと思って
心安く言うない！〟

と、腐る。次郎、気の毒そうに見る。

もじもじしている春江。

やがて、おとめ、帰り支度する。

Ⓣ〝すまないけど、
あたしは帰らして貰うよ〟

喜八、礼をいう。

春江も、帰りかける。おとめ、彼女を止めて、「お前はお残り」

そして次郎に、

Ⓣ〝春江は置いて行くから
何でも用を言いつけて
やっておくれ〟

喜八「すまねえな」と頭を垂げる。

おとめ、出て行く。

おとめ、すぐ又顔を出して、

Ⓣ〝学校の先生が、
お見舞いにいらしったよ……〟

喜八「先生？」と、困って廊下の方を見る。

Ⓣ〝学校の大将は苦手だ〟

次郎に、

Ⓣ〝お前、いい様にやってくんなよ〟

85　廊下

先生と級長とが立っている。

喜八、やって来て、恐縮しきって挨拶する。

先生、改まって、

Ⓣ〝この度はとんだ御心配でして……〟

喜八「いや、どうも……」と汗をかき、へどもどする。

86　病室

喜八、先生と級長を連れて入って来る。

先生、慇懃に、次郎や春江にも会釈して富坊の枕元へにじり寄る。

富坊、目を上げてかすかに笑う。

それから級長を見ると笑って、

Ⓣ〝ドッヂ・ボールの試合やったかい？〟

級長「うん」と頷き、

Ⓣ〝三組の奴をペチャ負けにして
やったよ〟

富坊「そうか」と嬉しそうに頷く。

その仲の良い様子に、喜八、泣き出しそうな顔をする。

春江や次郎も、愁然と見る。

子供達、もっと喋ろうとする。先生、富坊を制し、喜八の方を振り向き、心配そうに、小声で「時に……」

Ⓣ〝御病気は、何なんですか？〟
喜八「さあ」とまた、へどもどし、
Ⓣ〝五十銭《にぶ》も一時《どき》に駄菓子を
喰っちまやがったもんでして……〟
Ⓣ〝みかん水に、トコロテン〟
Ⓣ〝ねじねじに、かりん糖〟
Ⓣ〝鉄砲玉に、西瓜〟
先生、驚く。
喜八、汗をかいて、
Ⓣ〝何しろ、その……あっしが
ドジをやらかしまして……〟
Ⓣ〝酒も冷やのまんまで、
飲ましまして……〟
と、腕をまくって、慌てて刺青をかくしたり弱っている。
次郎「しょうがねえな」と見ている。
喜八、尚も、
Ⓣ〝それから、バナナも喰ったそうで
御座居まして〟
喜八、次郎を見ると助けを求めて、
Ⓣ〝次郎公、病気の名前、
知ってたっけな〟
次郎、苦笑する。
そして先生に会釈して、
Ⓣ〝急性腸カタルなんだそうです〟
先生は「はあ」と頷き、なおも、次郎に聞く。
次郎、応対して説明する。

喜八、ほっとして汗をふく。

先生、鞄から習字の清書を出して富坊に見せる。

Ⓣ〝みんな、君が快くなって、
一日も早く出て来るのを
待っているんだから……〟

Ⓣ〝富夫君はよくお出来になるんで
私も楽しみにしているんです〟

喜八、汗を拭く。

Ⓣ〝おとなしく早く快くならなければ
駄目ですよ〟

そして富坊の頭を撫でてから、

Ⓣ〝十分、御養生なすって下さい〟

と挨拶する。両人も丁寧に礼をのべる。

級長、富坊と別れの握手をする。

先生、帰る。

喜八、見送って、何度も何度も頭を垂げている。

そして、また、富坊の枕元へ戻る。

再び清書を取上げる。眺めていて、彼、ぼろぼろ泣けて来る。たまらない気持で富坊を見る。そして「おい！」

Ⓣ〝先生さんが何て仰有った？〟

Ⓣ〝有難えじゃねえか〟

Ⓣ〝手前ェ、きっと快くなって
くれるんだぜ！〟

Ⓣ〝親一人子一人だ〟

Ⓣ〝はやまって、先にのびてくれるなよ〟

春江、泣き伏す。お清書を持ったまま、
そっぽを向いて泣いている喜八。

喜八、富坊の手を握りしめ、頬に当て、

Ⓣ〝人間の指、何故五本あるか
知ってるかい〟

喜八、富坊の指を数える。

Ⓣ〝チャンだって決して忘れやしねえぞ〟

泣く春江。

87

喜八の家（夜）

ガラクタの品々や衣類の前で、喜八が夢中になって胸算用している。
その横に腕こまねいて次郎がいる。
喜八、手をあげた感じで、
Ⓣ〝これじゃ五円《かたて》もむずかしいや〟
そして、ぼやくように通帳をぱらぱらとめくって、ポンと投げ出す。
次郎、考えている。
喜八「なあ……」と見て、
Ⓣ〝学《がく》のねえってことは、
仕方がねえもんだ〟
Ⓣ〝ガキを病ました挙句
病院代も払えねえと来やがる〟
Ⓣ〝工場じゃ、前貸し
お断りだって言うし……
金の出所って案外ねえもんだな〟
Ⓣ〝大体、宵越しの銭を持たねえってのが
心得違いだったよ〟

と、喜八は大ぼやきである。

喜八、傍にあった花札を取り、切る。

次郎、言う。

Ⓣ〝とっつぁん、そいつはよしねえ〟

喜八、足元に花札を落す。

春江、入って来て、両人を見て、

Ⓣ〝お医者さまがおじさんに
お話があるんですって〟

と言う。喜八、困って目をそらす。

春江、部屋の乱雑さに、目を瞠る。驚いて喜八を見る。沈んだ喜八の様子。

Ⓣ〝こんなにとり散らかして
どうしたんですの？〟

喜八、弱る。春江、なおも聞く。

次郎、黙っている。

喜八、問われて、頭をかきつつ「実は……」

Ⓣ〝病院代の工面最中なんだ〟

春江「まあ」と気の毒そうに見る。

春江、じっと喜八を見つめ、考え込む。

やがて彼女、キッと喜八を見ると、

Ⓣ〝そのお金どれくらい
あればいいんですの？〟

喜八「え？」と見返す。

喜八、首を絶望的に振って、

Ⓣ〝まあ四、五十両がとこだろうな〟

春江、再びじっと考える。

Ⓣ〝それ、あたしがこしらえますわ〟

喜八と次郎、驚く。が、喜八、笑って、「冗談じゃねえよ……」と軽くあしらう。春江「いいえ！」と真剣な面持。

Ⓣ〝きっとこしらえますわ〟

Ⓣ〝こんな時でもなきゃ、あたしなんかに
御恩返しが出来ゃしませんもの……〟

「ね、きっとするわ」と、強く言う。

喜八、次第に真剣になって来る。

「ふーむ、本当か、お前ェ……」と次第に息使いも荒く感激して来る。

かえって、春江と次郎が驚いて見る。

喜八、たまらなくなって、春江の両肩をギュッとつかむ。唇をふるわせつつ、次郎の方を向いて「なあおい！」

Ⓣ〝可愛いことをいうじゃねえか！〟

Ⓣ〝こんな小娘が
大の男を助けようって言うんだぜ！〟

Ⓣ〝そういってくれるだけでも
俺はガキぐれえ殺したって――〟

Ⓣ〝ガキだって喜んで死なあな〟

次郎も感激の面持で春江を見る。

春江「じゃ」と立ち上がる。

Ⓣ〝二、三日のうちに、
きっと何とかしますわ〟

去りかける。

喜八、いきなり春江をつかまえ、「バカ！」と叱りつけ、

Ⓣ〝つけ上がるない！〟

Ⓣ〝やせても枯れても、お前なんかを
おだてる俺じゃねえや！〟

春江、ハッとなる。

次郎、じっと両人を見つめていたが、急に「おい！」と声を掛ける。

Ⓣ〝とっつぁんは、
急いで病院へ行ってくれ〟

喜八「え？」と見る。次郎、

Ⓣ〝俺はちょっとの間《ま》
こいつとさしになりてえんだ〟

と言う。春江も驚いて見る。

喜八「ふむ」と考えていたが、「よかろう」と頷いて、出て行く。

残った春江と次郎、向かい合う。

春江、見られてもじもじする。そして、言葉を期待する様子。

次郎、強いて、冷然と、

Ⓣ〝手前ェ、出しゃばった
真似はよせよ！〟

春江「まあ！」と、口惜しそうに睨む。

Ⓣ〝大の男二人に、恥をかかして
すむと思うか！〟

Ⓣ〝でも、こんな時でもなけりゃ
あたしなんかに御恩返しが
出来ゃしないわ〟

次郎「何いってやんでえ！」と突き離して、

Ⓣ〝何と言い訳しようと、

他人《ひと》は俺達二人で
手前を喰い物にしたとしか
思やしねえや〃
「なあ、分るか！」
Ⓣ〃女の身空で、
まとまった金を作ろうとすりゃ
どうなるかぐれえのことが、
分らねえのか!?〃
春江、一瞬ドキッとしたが、もうわるびれず見つめたまま、「いいじゃないの！」
Ⓣ〃どうなろうと、あたしの事なんか
構わないじゃないの！〃
Ⓣ〃どうせ、あたしのことなんか……〃
春江、決心の色を見せる。
次郎、次第に熱情的になって、
Ⓣ〃その金は、俺が心配するよ〃
Ⓣ〃手前にはてんで俺の気持が
分らねえのか〃
春江、次郎の真心を解して、微笑する。
次郎、
Ⓣ〃お前は黙って
俺の言う通りにしていりゃいいんだ〃
Ⓣ〃金のことは、俺にちっとばかり
心当りがあるんだ〃
春江、頷く。　（F・O）

88　（F・I）**床屋**

親方、レザーでカミソリをとぐ。
親方、次郎に、
Ⓣ〃何でまた、そんなにまとまった金が
要るんだね？〃
次郎、
Ⓣ〃訳はいえねえが、とにかく
俺の体で貸してくれなよ〃
Ⓣ〃長い馴染みじゃねえか、頼むぜ親方〃
親方じっと見る。真剣な次郎の顔。

89　**北海道行人夫募集のビラ**

90　**床屋**

Ⓣ〃お前のことだから小便の心配は
ねえけどなあ〃
親方、トギながら、
Ⓣ〃で、返してくれるのは
いつなんだね？〃
次郎、前に見つめていた一点を示す。
親方、その方を見る。

91　**北海道行人夫募集のビラ**

人夫募集
北海道根室〽漁場

92　**床屋**

Ⓣ〃俺の体が、北海道へ着いた時だよ〃
親方「ふーん」と驚いて見守る。
次郎、
Ⓣ〃そいつは冗談だけど〃
親方、札を数えて、次郎をうながし下手へ切れる。
Ⓣ〃と言った、温い人々のおかげで——〃

93　**喜八の家（夜）**

仏壇から引くと、魚とりの網の手入れをしている富坊、
Ⓣ〃チャン！　海の水
なぜ塩辛《しょっぱ》いか知ってるかい？〃
元気になっている。
喜八、困る。富坊「分んねえのか？」と冷かすように、
Ⓣ〃塩鮭がいるからだよ〃
喜八「チェッ！　またやられた！」と言った顔。「うーむ」
Ⓣ〃よく出来てやがら〃
富坊、笑って得意になる。
Ⓣ〃ためしに、もう一度五十銭
くれてみなよ〃
喜八、
Ⓣ〃人騒がせしやがって、
手前ェのようなガキは
あの時くたばっちゃえば
よかったんだ！〃
と、どなりつける。富坊、
Ⓣ〃チャン、お葬いの饅頭

食べたかったんだろう?〃
と悪たいついて逃げる。
喜八、富坊を叱り、水道の水を呑みに行く。一口、呑んで、
Ⓣ〃手前、嘘を教えやがったな〃
Ⓣ〃鮭も居ないのに水道の水が
塩辛いのはどういう訳だい!!〃
と、その時、入口から、転げるようにして床屋の親方が、とび込んで来る。
「大変だよ、お前さん!」
喜八「どうした」と慌てて訊ねる。
親方、ハアハア言って、
Ⓣ〃次郎公が、急に、
北海道へ行くんだってさ〃
Ⓣ〃もとはっていうのが
お前さんに用立てたお金なんだよ〃
喜八「ふーむ」と目の色を変えて、
Ⓣ〃何から何までこのガキは
面倒をかけやがる〃
富坊、しょげる。
喜八、親方、相ついで表に出る。

94　次郎の家の表
次郎は留守で、夜空に淡く消える花火。

95　人けなき小暗い町はずれ（倉庫のかげ）
旅装を整えた次郎と春江がより添っている。
春江、泣いている。次郎、笑って、元気づけ、「もう、泣くなよ……」
Ⓣ〃一生の別れってんでもなし
そうめそめそするなよ〃
春江、頷く。が、泣けて、「でも……」
Ⓣ〃せっかく、分って頂いたと思ったら
直ぐ、お別れだなんて……〃
Ⓣ〃あたしには、一生
幸せなんか来ないような
気がするの……〃
次郎、笑う。「大丈夫だよ……」
Ⓣ〃心細いこというない〃
Ⓣ〃ちょっとの間の辛抱だ〃
Ⓣ〃俺はいい気持で行くんだぜ〃
Ⓣ〃泣いて別れて貰いたかねえな〃
「な、分ったろう!」となぐさめる。
春江、かすかに頷く。次郎、そっと彼女の手を握ってから、元気よくバスケットを取り上げる。「じゃ、行くぜ!」
春江、無理に笑って唇をかむ。次郎、
Ⓣ〃きっとお前のところへ、
帰って来るよ〃
行きかける。
角から、出会い頭のように喜八、やって来る。
喜八、見つけて「や、こんなところにいやがった!」
Ⓣ〃北海道へ行くってえじゃねえか〃
Ⓣ〃文句を言えた義理じゃねえけど
一言ぐれえ話があってても
よかろうによ〃
Ⓣ〃北海道へは俺らに行かせろ〃
次郎「そうは行かねえ」と、もめる。
春江、どっちへ味方していいか困った形でハラハラしている。次郎、
Ⓣ〃とっつぁんにゃ富坊があるんだぜ〃
喜八、
Ⓣ〃親はなくとも子は育つだ〃
Ⓣ〃あんなガキは放っといたって
でかくならあな〃
と言い、次郎を抑えてさとすように春江の方をあごで指して、
Ⓣ〃手前ェは、これからって言う
人間じゃねえか!〃
Ⓣ〃手前ェに頼ってる者の身にも
なってみろ!〃
次郎「いいやそうは言わさねえ……」
喜八「まあ、聞け……」と抑えつける。
Ⓣ〃十時の船だ。悪止めはよしてくれ〃
と、もみ合いになる。
喜八「えい面倒くせえ!」といきなり、次郎のアゴを、自分の頭で、突き上げる。
次郎、ぶっ倒れる。
春江、次郎を抱き起して、名を呼ぶ。
が、次郎、失神したまま。

春江、恨めしそうに、喜八を見上げる。
喜八、傍へしゃがんで、片手で拝んで、
Ⓣ〝憎くってやったんじゃねえよ〟
Ⓣ〝恨んでくれるなよ、な〟
駈け出す喜八。
夜空に花火が上がる。

96 おとめの店

酒のポスター。
電灯。
かあやんと床屋の親方。
酒樽の陰に富坊もいる。心配している。
喜八、衣裳がえをして、ズボンのバンドをしめながらあらわれる。
Ⓣ〝俺が行くことにしたよ〟
Ⓣ〝ガキはよろしく頼んだぜ〟
親方、驚いて、
Ⓣ〝俺にしちゃあ大事な金だけど
人の子一人助けたと思や、
俺は諦めつくんだ〟
Ⓣ〝折角助かった子供をほっといて
北海道くんだりまで行くことは
ねえじゃねえか〟
床屋の親方、なおも言う。
Ⓣ〝俺はお前のその気持だけで
とても嬉しいんだよ〟
おとめ、涙ぐんで聞いていたが、
Ⓣ〝親方もああ言ってくれるんだ
借金ぐらい何処だって返せる
じゃないか〟
親方、勢いを得て、「なあとっつぁん」と喜八に、
Ⓣ〝困った時はお互様じゃねえか〟
と言う。喜八、聞いていたがおとめに、
Ⓣ〝床屋の親方はいいことを
言うじゃねえか〟
Ⓣ〝長生きはしてえもんだよ
俺はこんないい気持のことは
生れてはじめてだ〟
喜八、富坊の傍に寄って来て、
Ⓣ〝手前ェ、学校行ったら
先生さまの言うことは
よく聞くんだぜ〟
Ⓣ〝駄菓子なんかガツガツ
喰うんじゃねえぞ〟
富坊、言う。
Ⓣ〝チャン、何時帰って来るんだい〟
喜八、富坊の横面《づら》をなぐり、
Ⓣ〝馬鹿野郎、下らねえこと聞いて
手間取らせるない！〟
喜八、行こうとする。
一同、口々に止める。
Ⓣ〝酔狂で行くんだ、
ほっといてくんなよ〟
喜八、バスケットを持つと、一気に走り去る。
皆、後を見送り呆然となっている。
富坊、泣き出してしまう。
ややあっておとめも涙を拭く。
床屋の親方、夜空に消える花火を見る。

97 北海道行汽船の船室

北海道行きの沢山の応募人夫達が、ごろごろしている。その中に喜八も混っている。
あちこちで、酒宴がひらかれている。
喜八、歩き廻るが、戻って坐る。
四辺の仲間が変な顔をして見る。
喜八、じっと海を見る。
やがて人夫達に、
Ⓣ〝お前たち、
人間の指は何故五本あるか
知ってるかい〟
人夫達の中の一人、すかさず、
Ⓣ〝四本だってみろ、手袋の指
一本余っちゃうじゃねえか〟
と言い当てる。
喜八、腐る。船窓から対岸を見る。
Ⓣ〝あの島、何処だい？〟
Ⓣ〝アメリカか？〟
皆、一斉に笑って、
Ⓣ〝馬鹿、まだ銚子へも来やしねえや〟
喜八、腐って立ち上がる。腹掛けの中から富坊の清書「千代吉勝太郎」が出て来

る。

喜八、再び得意になってその清書を皆に見せて、

Ⓣ〃俺のガキと来たひにゃ
とても学の出来がいいんだぜ〃

Ⓣ〃行儀さえ甲なら、級長受け合いって奴なんだ〃

一同、清書を見る。中の一人が言う。

Ⓣ〃此頃の小学生は、学校で芸者の名前の手習いするのか〃

喜八、途端に不安になる。急に里心がついて、

Ⓣ〃いけねい、いけねい〃

Ⓣ〃船は停らねえか〃

対岸を見て、仲間に聞く。

Ⓣ〃あそこは東京と陸続きか〃

人夫、頷いて、

Ⓣ〃当り前よ〃

喜八、そうかと喜んで、

Ⓣ〃済まねえけど、
俺は先へ帰らして貰うぜ〃

と船室を出て行く。

人夫二、三人驚き、後をつけて行く。

喜八、敏活に甲板に着物を脱ぎ、いきなり水中に身をおどらす。

一同「あれよ、あれよ」と騒ぐ。

ほど経って、ぽっくりと水面に浮かび上がる喜八。

遠ざかる船を見送り、

Ⓣ〃海の水は何故塩辛い？〃

Ⓣ〃鮭がいるから辛いんだ〃

手拭を絞って頭にのせて、胸に吊った成田山を拝む。

Ⓣ〃よく出来てやがら〃

抜手を切って、対岸に泳いで行く。

98　対岸

ポプラが風になびいている。

――完――

母を恋はずや*

脚色　池田　忠雄

原　作……………………小宮周太郎
構　成……………………野田　高梧
脚　色……………………池田　忠雄
脚色補助…………………荒田　正男
監　督……………………小津安二郎
撮　影……………………青木　　勇

父　梶原氏………………岩田　祐吉
母　千恵子………………吉川　満子
長男　貞夫………………大日方　伝
その少年時代……………加藤　清一
次男　幸作………………三井　秀男
その少年時代……………野村　秋生
岡崎氏……………………奈良　真養
その夫人…………………青木しのぶ
ベーカリーの娘和子……光川　京子
服　部……………………笠　　智衆
光　子**…………………逢初　夢子
蘭　子……………………松井　潤子
掃除婦……………………飯田　蝶子

一九三四年（昭和九年）
松竹蒲田
脚本、プリント（ただし1巻と9巻は欠損）現存、ネガなし
S9巻、2559m（九三分）
白黒・無声
五月十一日　帝国館公開

*撮影台本の表紙には「東京暮色I」とサブタイトルがついている。

**撮影台本のキャスト表では光子の下は空欄となっており、隣に「らん子　逢初夢子」とある。

Ⓣ〝白銀《しろがね》も黄金《こがね》も珠《たま》も
何《なに》かせん
子《こ》にしく宝《たから》世《よ》にあらめやも
——山上憶良——〟

1　ブランコ

だらりとたれている。

朝の光に映える樹々。

2　梶原家の食堂

よき趣味の家具。豪シャのうちに、何となく奥ゆかしき室内風景。

食卓に梶原氏、千恵子夫人、貞夫（小学六年生）、次男の幸作（一年生位）の四人がなごやかに朝食をとっている。

慈愛にみちた父母の瞳。

やがて食事が終って、女中が二名で食器をさげる。

梶原氏立って、煙草セットの棚へ行く。

ずらりとならんでいる秘蔵のパイプ。

梶原氏、その中の一本を取り、暖炉の前で食後の一服をはじめる。

子供達、傍に来て父にからむ。

からまれて悦に入る父の様子。

夫人も嬉しげに、その様を眺める。

貞夫、父に、

Ⓣ〝こんどの日曜に
何処かへ連れてって頂戴よ！〟

父、頷く。「さあ、何処がいいかな？」

と、弟の幸作、父の膝に乗っかかる様にして、

Ⓣ〝ボク、猪の赤ン坊が見たいの！

動物園へ連れてってよ！〟


父と母「え？」と幸作を見る。

貞夫、弟をさえぎって、

Ⓣ〝猪の赤ン坊より
七里ヶ浜の方がいいよ〟

と言う。幸作、直ちに同意して、兄と共に父にせがむ。

父、頷く。喜ぶ子供たち。

3　大きな掛時計

ふりこが、ゆっくり振れている。

4　廊下——玄関

既に出社の支度をした梶原氏と、学校へ行く子供たちが、夫人や女中たちに送られてポーチへ歩み行く。

5　玄関先

立派な自家用車が待っている。

梶原氏たち、出て来る。

帽子を冠った運転手が恭々しくドアを開ける。

子供たち、母に「行って参ります！」をする。兄が助手台に乗らんとする。

弟、制して、

Ⓣ〝兄さん、ずるいよ
今日は僕の番じゃないか！〟

と言う。そして助手台に乗る。

兄、父と共に自動車に乗る。

自動車、人々に送られて玄関から——

6　門

門を通り出て行く。

7　自動車の中

子供を両わきに坐らせて、嬉しげな父の様子。子供たち、甘える。

8　後方へ流れる邸町の風景

9　小学校の校庭

10　大勢の児童が体操している

11　梶原家の時計

12　梶原家　一室

千恵子夫人が、女中相手に子供の靴下を

編んでいる。(或は他の手よろしく)と、其処へ女中が来て、

Ⓣ〃番町の岡崎様から
お電話でございますが……〃
夫人、頷いて室を出て行く。

13 **電話口**
夫人、来て、聴く。
挨拶の様子よろしく、

Ⓣ〃一時間程前に
事務所の方へ参ったんで
ございますが……〃

14 **相手の電話口**
岡崎(梶原と同年輩の好紳士)が、朗らかな様子で話している。彼も挨拶の言葉を言っていたが、やがて、笑って、

Ⓣ〃実はいつもの連中で又
高等学校の同窓会を
やろうというんですがね……〃
そして尚も笑って、

Ⓣ〃それで、御主人の出席について
先ず以て奥さんの御了解を
得て置きたいってわけなんです〃

15 **夫人「まあ!」と笑って**

Ⓣ〃お宅の奥様さえ御承知でしたら
私の方は少しも異存は
ございませんわ〃
と言う。

16 **岡崎「いやあ……」と頭をかいて**

Ⓣ〃とんだ御挨拶ですな
いや、今度こそきっと早く
お帰ししますよ〃
と言う。

17 **夫人、明るく笑う**
尚も話していたが、やがて話が終って電話口より離れる。まだ頬笑みが残って、廊下を歩みかけたが又もベルが鳴って、夫人再び電話口へ戻る。
そして、受話器を耳に当てる。

18 **会社の電話口**
社員が慌てふためいた様子で言う。

Ⓣ〃御主人が急に
お倒れになったのです!〃

19 **夫人、驚愕する**
そして、しがみつく様にして訊く。

20 **社員、額を拭きつつ**

Ⓣ〃医者は心臓麻痺だって言うんで
ございますが〃

21 **夫人、失神せんばかりになって、尚も訊く**
そして電話を切り、大声に女中たちを呼ぶ。
女中たち、只事でない様子で集って来る。
夫人、慌てて、女中達に何事か命じる。
驚愕する人々の様子。
夫人、ハッとなると、女中に命じて電話をかけさせる。

22 **小学校の教室**
授業中、講義する先生。聴いている児童達。貞夫がいる。
やがて一同、一斉に扉の方を見る。
慌しく小使が入って来て授業中の先生に何か言う。
先生、驚いた様子。
小使、去り行く。
先生、痛ましげな面持になって、コツコツと貞夫の所へ来て、名を呼ぶ。
貞夫、起立する。
先生、痛々しげに、

Ⓣ〃お父さんに変った事が
おありだ相だから
早く家へ帰り給え!〃
貞夫、驚いて見る。
先生、尚も二三言う。
貞夫の驚愕した顔。

児童たち、驚いて貞夫を見る。近くの児童「どうしたの⁉　どうしたの⁉」と貞夫に言う。

貞夫、先生にせかされて、物も言わずに教科書をカバンに押し込む。

23

廊下（1）

貞夫、出て来て帽子かけから帽子をとる。向うを見てハッとなる。

廊下の向うはずれ、弟の幸作が小さくぽつんと立っている。

貞夫、その方へ行く。

両人、向い合う。貞夫、兄らしく黙って弟を連れて行く。

歩む両人の顔。

24

廊下（2）

幸作、見上げて、
Ⓣ〝父さま、どうしちゃったんだろう……？〟
貞夫、悲しくなる。が、兄らしく弟を連れて行く。
Ⓣ〝七里ヶ浜に行けなくなっちゃうんじゃないかなあ〟
貞夫、泣きたいのをこらえ、弟をなだめる。
幸作、しくしく泣き出す。

25

傍

年老《としと》った小使さんと前の小使さんが、痛々しげに両人の方を見ている。

老小使、貞夫に声をかけて、

Ⓣ〝お父さん、今朝は何ともなかったのかね？〟

貞夫、頷く。

老小使さん、

Ⓣ〝分らないもんだねえ……〟

と言う。

貞夫、ぐっとこみ上げて来る。思わず泣けて、それをかくす様に弟をぐんぐん引っぱって出て行く。両人、かけ出す。

26

梶原邸のブランコ

雨が降りそそいでいる。

27

梶原家の食堂

夫人、貞夫、幸作の三人が、朝食をとっている。一つ空いている椅子。

夫人、食後で、子供のボタンをつけている。

悲しげな夫人、貞夫。幸作のみ、子供らしく明るい。

28

煙草の棚

その横にかけられた父の写真。

29

食事を続ける三人

と、女中が入り来て、夫人に、

Ⓣ〝岡崎様がお見えでございます〟

夫人「まあ」と立上る。

と、既に、扉に岡崎が姿を現わし、改まって迎える夫人に「まあまあ、そのままで……」など言いつつ入って来る。

子供たち喜ぶ。

岡崎、テーブルに坐る。見廻し、写真を見て、夫人に、

Ⓣ〝分らないものですなあ学生時分に一緒にボートを漕いでた男があんな事になるなんて……〟

と言う。夫人、悲しそうになる。

岡崎「悪い事言ったな」と言う感じで、其場を笑ってごまかす。

子供達、食事終る。

幸作、しげしげと岡崎を見て居たが、突然、

Ⓣ〝番町の小父様、そうしてるとまるで父さまみたいだなあ〟

と、明るく言い出す。

岡崎、ハッと暗くなる。

けろけろして無心な幸作の様子。

岡崎も夫人も一寸幸作の方を正視できぬ面持。

貞夫も子供心に悲しそうに弟の方を見る。
岡崎、幸作に笑顔を向けてから、夫人を見て、
Ⓣ〃一寸奥さんにお話しときたい事があるのですが……〃
夫人、不審そうに見る。岡崎、重ねて、
Ⓣ〃何でもない事ですが……〃

30 一室

岡崎と夫人、向い合う。
岡崎、優しい調子で、
Ⓣ〃こんな話、却ってお叱りを受けると思うんですが故人の友人としてお願いがあるんです〃
と言う。
夫人「まあ、何でございましょう?」
岡崎、一寸言い渋ったが、笑顔で、
「実は……」
Ⓣ〃実は上の貞夫君のことなんですが……〃
Ⓣ〃今まで通り、永久にあなたの真のお子さんとして育てて頂きたいのです〃
と遠慮勝に言う。
夫人「まあ、そんな事ですか」と明るく頷いて、

Ⓣ〃私の気持と致しましては貞夫も幸作も少しも区別はございません〃
岡崎、喜ばしげに頷く。
夫人、尚も真顔になって、
Ⓣ〃その事でしたら、死んだ主人にもなくなられた先の奥様にも固く誓う事が出来る積りでございます〃

31 父の写真(ロング)

その前へ行って「行って参ります!」をやる。

32 一室

子供たちが入って来て、元気よく「行って参ります!」と母と岡崎氏にやる。
岡崎と夫人、明るく子供達を見守る。
夫人、子供たちに優しく世話してやる。
岡崎、子供たちの頭を押え、両方からくっつける様にして、
Ⓣ〃しっかり勉強してお父さんに負けない様な偉い人になるんだよ〃
子供たち頷く。そしておじぎして去って行く。
見送って、感慨深げな岡崎と千恵子夫人。

岡崎、思わず夫人に、
Ⓣ〃あなたもこれから大変ですなあ〃
夫人、笑って、強く言う。
Ⓣ〃でも、あの子たちの大きくなって行くのを考えますととても楽しみでございます〃

33 玄関先

子供たち、女中に雨具を着せられて出かけて行く。
岡崎の自動車が停っている。
その横を兄弟が仲よく通り過ぎ、門の方へ出て行く。雨にぬれながら。

34 ぬかるみをびしょびしょ歩いて行く兄弟

貞夫が言う。
Ⓣ〃母さま、また家で泣いてなけりゃいいがなあ〃
幸作、
Ⓣ〃母さま、泣くと鼻が赤くなるんだねえ〃
二人無音にてあるく。後姿。
(八年ほど経過)
Ⓣ〃早いもんですわね下の幸作さんがもう中学の四年生ですもの――〃

35 **岡崎家の一室**
岡崎夫人が、岡崎と一葉の絵葉書を見ながら、そう言う。

36 **絵葉書**
関西方面よりの通信
梶原幸作

37 **岡崎家の一室**
岡崎、にこにこして、
Ⓣ〝しかし可愛いじゃないか
修学旅行へ行ったっては
ちゃんと便りをよこすん
だからな〟
夫人、頷く。
岡崎「うん、そう言えば……」と、
Ⓣ〝しばらく梶原の家へも
行って見んから
今日あたり一寸廻って見てやろう〟

38 **トレーニングシャツが二つ乾してある**
人がいる。

39 **一室**（室内も以前より稍《やや》劣って――）
千恵子夫人が一人、しょんぼりしている。
やがて扉の方を見る。
女中が来て、続いて岡崎が例の如く気易い調子で女中と共に入り来る。
夫人、笑顔を作って会釈する。
岡崎、くつろぎながら、
Ⓣ〝幸作君から便りを貰いましたが
皆んなどんどん大きくなるので
あなたも楽しみですなあ〟
夫人、笑顔で頷くが、ふっと暗くなる。
岡崎、気付いて不審げに見る。そして、
「どうかしたのですか？」
夫人「ええ」と憂鬱になる。
岡崎、再び訊ねる。
夫人、遂に、
Ⓣ〝実はたった今
貞夫にひどく叱られたとこなんで
ございます〟
岡崎「？」と見る。
千恵子、
Ⓣ〝貴方様のお骨折で
予科の時には分らないで
済んだのでございますが……〟
Ⓣ〝今度、本科になる手続きの事
から、戸籍謄本を見られて
しまいまして……〟
岡崎、ハッとなる。夫人の困った顔。
岡崎、腕組をして考えている。
「それは弱ったもんだ……」
夫人、思わず目をしばたたいて、
Ⓣ〝あの子のあんなに悲しい
顔は今までに一度だって
見た事がございません……〟

40 **貞夫の室**
乱れた室内。
貞夫が不貞腐れている。
貞夫、ハッとなって見迎える。
岡崎を先に母が入り来る。
貞夫、岡崎に会釈したが、母を見ると不機嫌に面をそむける。
岡崎、近付いて温顔で、
Ⓣ〝お母さんは君の事をとても
心配していらっしゃるんだ
今まで通り素直になって
あげなくっちゃいかんよ〟
と言う。
貞夫、不機嫌のまま離れんとする。
岡崎、尚も温和に近づき、たしなめる。
Ⓣ〝お母さんは君を
本当の子として育てたいからこそ
黙っておられたのだ〟
貞夫、黙ったまま。
岡崎、
Ⓣ〝お母さんとして、それより他に
とる道があっただろうか〟
貞夫、反抗的に見て、
Ⓣ〝小父さんだって、僕を瞞《だま》していた
一人じゃありませんか！〟

続けて、
Ⓣ〝こんな事は、最後までかくせる
　ものじゃありません〟
Ⓣ〝どうせ分る事なら何故もっと
　早く知らせてくれなかったん
　です!〟
と言う。小父、稍々《やや》困って見える。
貞夫、今度は母の方に、
Ⓣ〝僕は馬鹿にされた様な気が
　するんです!〟
Ⓣ〝こんな事なら
　我儘なんか言うんじゃ
　ありませんでした!〟
Ⓣ〝いい気になって無遠慮な振舞い
　なんかするんじゃありません
　でした〟
と言い続け、泣き相になる。
母、涙ぐむ。
小父、キッとなって貞夫に言う。
Ⓣ〝多年のお骨折りに対して
　それが君の返す言葉か!〟
貞夫、チラと岡崎を見たが、くさってごろりと横になる。そして背を向ける。
岡崎、形をあらため「おい!」
Ⓣ〝起きてきいたら
　どうだ〟
貞夫、まだ寝ころんだまま。
岡崎、その背に、
Ⓣ〝今まで一ぺんだって
　お母さんが
　君と幸作君とに区別を
　つけられた事があるか!!〟
続けて、
Ⓣ〝お母さんは君達二人の
　偉くなるのばかりを
　楽しみにしておられるのだ〟
尚も続ける。
Ⓣ〝君にはお母さんの優しい心遣い
　が、まるで分らないのか〟
と見据える。
と、貞夫の向う向きの肩がゆれて来て泣いてしまう。
岡崎、じっと見て優しく肩に手をかける。
貞夫、起き上り、小父を見る。
貞夫、たまらない気持。
Ⓣ〝済みません
　小父さん〟
小父、やさしく、
Ⓣ〝分ってくれさえすれば
　いいんだよ〟
と言う。
続けて微笑を浮べ、
Ⓣ〝そんなせまい量見では端艇なんか
　漕げやせんよ〟
貞夫、笑って涙を拭いながら母の方へ行く。
Ⓣ〝済みませんでした、母さん!〟
Ⓣ〝僕は矢張り、母さんの
　本当の子です〟
と言い、泣く。
母、喜び、共に泣く。そして、
Ⓣ〝これからは何もかもお前に
　打明けようね〟
そして、続けて、
Ⓣ〝幸作が大学へでも
　入る様になったら
　郊外へ引越して
　三人で仲よく暮そうね〟

41　郊外の道
引越しの荷をつんだトラックが走る。
貞夫が荷物の上に乗っている。

42　郊外の風景

43　中流級の借家
庭先で、貞夫、
元気一ぱいで荷物をほどいている。
傍に、以前より又老いた母が働いている。
下女も一人、まめまめしく出たり入ったりしている。
貞夫、荷物が大物なので、中の方へ向っ

て大声でよぶ。「おーい!」

Ⓣ〝幸作、
　一寸手を貸しておくれよ!〟

44

奥より幸作が「おう!」と元気よく出て来る

そして、兄に手伝って相当大きな家具を家の中へ運び入れる。
母、手伝おうとする。
兄弟「いいよ、母さんなんか!」と明るくさえぎって、荷物をはこぶ。
方々へつかえさせながら——。
母、うれしげに子供たちを見る。
両人、荷物を家に運び入れて、一先ず坐る。
貞夫、ふと横を見る。
幸作が、父の秘蔵のパイプセットを開けて眺めている。
貞夫も感心して見る。そして、

Ⓣ〝お父さんは
　何時もこれを交る交る
　使ってたんだよ〟

と教える。
幸作、「ふーん」と眺め入る。
貞夫、一本取り上げ、バットをつめて吸う。
弟もその通りにする。
両人、思い出深く、煙草をふかす。
ややあって、幸作、シルクハット入れを見つけ、中からハットを出す。
冠って見せる。
貞夫、それを取って冠る。
で、今度は母にかぶせて見る。
母、笑いつつハットを取る。
貞夫、ふと母の白髪を見つけ、引き抜く。

Ⓣ〝長い白髪〟

母、笑いながら再びシルクハットを取って眺め、

Ⓣ〝お父さんが之を最後にお冠りになったのは、おなくなりになる
　前の年の観菊会の時だったよ〟

兄弟、「そうかい」と母の方を見る。
やがて、一同庭の方を見て、おじぎする。

45

庭先

岡崎夫人がニコニコして訪ねて来る。
夫人、家の様子を見廻して、

Ⓣ〝いいお宅じゃございませんか!
　陽当りもよくって……〟

幸作、腐って見せ、

Ⓣ〝おだてたって駄目ですよ、
　こんな小っぽけな家〟

と言う。
母と夫人、「まあ」と見る。
兄と弟、笑って、

Ⓣ〝こういう家の方が
　手廻しがよくって
　便利なんだぜ〟

と言う。で、一同、笑い出す。
母、岡崎夫人を招じ入れ、ゴタゴタを隅によせて、夫人を坐らせる。
夫人、大切そうに、包みからサイン入りのオールの先を出す。
そして、兄弟に、

Ⓣ〝これ、うちの小父さんが
　大切にしていた品ですから
　貴方がたのお部屋へでも飾って
　下さい〟

兄弟、礼を言って、交る交る取って見る。
母もおじぎして暗くなる。
貞夫、思い深く、

Ⓣ〝小父さんも、なくなられて
　かれこれ、一年ですね〟

と言う。
一同、稍々暗然となる。
母、しみじみと、

Ⓣ〝本当に
　人の世なんて……〟

岡崎夫人、それを受けて、しんみりと、

Ⓣ〝どうせ終《しま》いには、みんな土に
　なるんでしょうけれど……〟

と、半分ひとりごとの様に言う。
貞夫、オールに目を落す。
サインを読む。
そして、弟にも見せて、
Ⓣ〝大学時代には
　小父さんが整調で
　うちのおやじが五番を
　漕いでたんだなあ〟
弟、頷き、オールを見る。
そして兄に、「おい！」
Ⓣ〝今の商工大臣が
　四番を漕いでらあ〟
と言う。
兄弟、尚も仲よく語り合う。
岡崎夫人、兄弟を見て、
Ⓣ〝幸ちゃんが
　大学生になったとこ
　うちの小父さんに一目見せて
　あげたかったわ〟
と言う。
母、同情して、ふっと目頭《めがしら》が熱くなる。
と、そこへ女中がしき居ぎわにソバを出す。
母、とりに行く。
貞夫、小母さんにソバをすすめる。
そして、三人で明るく食べはじめる。

46 別室

台所の方よりヤカンを持った母が出て来る。
ふと、一方を見る。
父の写真がさかさに置いてある。
母、それを直し、見入る。
そして賑やかな子供たちの方を見る。
やがて、写真にしみじみと言う。
Ⓣ〝お父さん、
　子供たちはあんなに元気で
　居てくれます〟
Ⓣ〝あたしは本当に
　幸せです〟

47 校庭の立木の梢（移動）

48 大学の大時計（窓ごしに見える）

49 ベーカリーの中（学校附近）

一隅のテーブルに幸作と友人、三四名居る。
一同、時間表など繰って相談する。
和子、コーヒーを持って来る。
一同、幸作と和子を冷かす様に見る。
愛くるしくはにかむ和子。
中の一人、幸作のコーヒーをのぞき込んで、
Ⓣ〝和ちゃん！
　また梶原のが一番多いぞ！〟
と言う。
一同、調子に乗って冷かす。
和子、「まあ」と赤くなる。
幸作も照れる。
一同、再び相談し、中の一人、
「では……」
Ⓣ〝十時出帆の葵丸にしようよ〟
一同、賛成。
幸作、急に立上って、身支度しつつ、
Ⓣ〝じゃ、俺、一寸兄貴も
　誘って見て来らァ〟

50 窓ごしに見える隅田川

51 艇庫の中の一部

幸作が待っている。
と、別室より兄貞夫が出て来る。
幸作、兄に、
Ⓣ〝今夜から伊豆めぐりに
　行こうと思うんだけど、
　兄さんも行かないか？〟
貞夫、笑顔で、
Ⓣ〝お前、また学校サボるのか？〟
幸作、頭をかく。
貞夫、明るく頷いて、
Ⓣ〝母さんさえよければ
　行っといでよ。

　俺は一寸用があるんだ〃
と言う。
幸作、残念そうに兄を見たが、
「じゃあ……」と走りかける。
貞夫、後ろから、
Ⓣ〃気をつけて行っといでよ〃
と言う。
幸作、去る。
貞夫、元の部屋へ戻り行く。

52　一室

部員が五六名考えている。
貞夫、入って来る。
中の一人、顔を上げて貞夫に、
Ⓣ〃とに角女のとこから
　引っぱって来ちゃおうじゃ
　ないか〃
と言う。
貞夫、同意して、その男の方を見る。
他の一人が、
Ⓣ〃端艇部としても、服部を
　あの儘にしてはおけないからな〃
と言う。
貞夫、決心して立つ。
Ⓣ〃俺が行って来よう〃
一同、「え?」と立って貞夫を見る。
貞夫、
Ⓣ〃服部だって
　馬鹿じゃないよ〃

53　窓ごしに見える港

船が出て行く。

54　チャブ屋の蘭子の室

貞夫の友人、服部が、いい気持で海を見ている。
ダルな様子。
蘭子、お化粧している。
やがて両人、ノックの音にハッとなる。
蘭子、中から開けてやる。
と、他の女に案内された貞夫が、つかつかと入って来る。
服部、ギョッとなって見る。
貞夫、服部に、
Ⓣ〃帰ってくれ〃
服部、横を向く。
貞夫、むっとして睨む。
と、蘭子、貞夫の傍へ来て、
Ⓣ〃他人《ひと》のうちへ来たら
　帽子ぐらいとったらどう?〃
と言い、貞夫の帽子を取る。
貞夫、手荒くひったくり、一寸睨んだが、服部の傍へ行き、
Ⓣ〃帰る支度しろ!〃
と、言う。
服部、動かず。
貞夫、むきになって、
Ⓣ〃皆はお前のこと、とても
　心配してるんだ〃
「なあ、帰れよ!」
貞夫、鋭く言う。
服部、言う。
Ⓣ〃好きな女って、そうざらにある
　もんじゃないからなあ〃
と言って、寝ころばんとする。
貞夫、その襟をつかんで立たせ、
Ⓣ〃お前、之《こ》れでも端艇の
　選手だと言えるのか!〃
と言い、いきなりハリ倒す。
服部、ふっ飛んで、睨んで立つ。
女、呆れて見る。
睨み合う両人。
貞夫、
Ⓣ〃頼むから
　俺と一緒に帰ってくれ〃
服部、立ったまま無言。
貞夫、服部の外套や帽子をとって、再び服部に近づき、
「なあ、おい」
Ⓣ〃お前、俺が癪にさわるんなら
　俺を殴ってくれたっていいん
　だぜ〃
服部、立ったまま。
貞夫、服部の手を取り、

Ⓣ〝その代り、今直ぐ
　俺と帰るんだ〟
と言い、引っぱって行く。
行きかけに、蘭子、鋭くよび止める。
Ⓣ〝誰に断って、この人
　連れてくの？〟
貞夫、構わず連れ去る。

55　**出口――廊下**

蘭子、追って出て、貞夫をとめる。
Ⓣ〝お勘定だけは置いてって
　貰いたいわね〟
貞夫、ハッとなり、服部を見る。
服部、うつむく。
蘭子、貞夫にからみ、冷かす様に、
Ⓣ〝お前さん、
　おけらのくせに
　いやに気が強いんだね〟
と言う。
貞夫、いきなり蘭子の頬を引っぱたき、
Ⓣ〝金なら何時だって
　持って来てやらあ〟
と言い、服部を引っぱって去る。
見送る蘭子。
と、其処へ光子と他の女たちが各自の室
からやって来て、光子、言う。
Ⓣ〝お前さん、
　よく黙って殴らせたね〟
蘭子、黙っている。
光子、言う。
Ⓣ〝でもあいつら、一寸
　勇ましいじゃないか〟

56　**梶原の家**（夜）

母が息子の繕いものをしている。
ハッと見上げる。
貞夫が帰って来る。
「ねえ」と横へ来て、
Ⓣ〝困っている友達が居るんで、
　お金が少し欲しいんですけど……〟
母、「まあ、そう」
と、尚も話し、金額などきく。
すぐ金を出して来て渡す。
貞夫、礼を言って自分達の部屋の方へ行
く。

57　**部屋**

貞夫、入り来て「あれ？」と思う。
幸作がしょんぼりしている。
つめかけのリュックサックが投げ出して
ある。
貞夫、不審そうに、
Ⓣ〝お前、伊豆へ行くの
　やめたのか？〟
幸作、くさって首をふり、
Ⓣ〝おふくろが、いけないって
　いうんだよ〟
と言う。
貞夫、「どうして?!」と真顔になって訊
く。
幸作、声を落して、
Ⓣ〝うちの暮し、俺達が
　思ってるほど楽じゃ
　ないらしいんだよ〟

58　**一室**

母、前の繕いの続きをしている。
貞夫、入って来て、前の金を母に返す。
母、驚いて見る。
貞夫、
Ⓣ〝無理言って済みません
　でした〟
そして、笑顔で、
Ⓣ〝幸作が
　出かけるのをよしたのに
　僕だけ頂けませんよ〟
と言う。
母、「いいえ」と押戻し、
Ⓣ〝幸作のは遊びだけど
　お前のはお友達への
　義理なんだから……〟
と、無理に渡す。
貞夫、困る。

59
息子たちの部屋
幸作、くさっている。
貞夫、考えつつ入って来る。
弟の様子を見たが、手の中の金を幸作に分けてやる。
「おい！」と時計を見て、
Ⓣ〝まだ間に合うから、
　出かけたらどうだい？〟
幸作、驚いて見る。
貞夫、
Ⓣ〝構わないから、行っちゃえよ！〟
と言い乍ら、サックへ品物などつめてやりつつ、
Ⓣ〝おふくろには俺からうまく
　言っとくよ〟
と、頻りにすすめる。
幸作、考えていたが、その気になって喜び、品物をつめる。
と、両人、ハッとなって一方を見る。
母が来ている。
幸作、明るく、
Ⓣ〝母さん、僕やっぱり
　出掛けるよ〟
母、幸作をとがめる様に見て、
Ⓣ〝お前、兄さんに無理なことを
　言っちゃいけないよ〟
貞夫と幸作、不服そうに母を見る。
貞夫、弟を見てから開き直った形で、
「母さん！」
Ⓣ〝僕がやったんだから
　いいじゃありませんか〟
母、一寸ハッとなる。
貞夫、重ねて、
Ⓣ〝幸作はこんどのことを
　前からとても楽しみに
　していたんです〟
母、「でも……」と、言わんとするが、
貞夫、さえぎり、
Ⓣ〝それなのに僕だけが
　頂いたんじゃ少し勝手過ぎない
　でしょうか〟
母、困った顔。
幸作、不服そうに、
Ⓣ〝大体母さんは
　兄さんばかりに
　よくするよ〟
と言う。
貞夫、依然改まった調子で母に言う。
Ⓣ〝僕もそう思うんです〟
母の困惑。
幸作、
Ⓣ〝叱られるのは
　何時も僕ばかりだ〟
と、ごてる。
母、弱って息子達の方を見ていたが、笑って坐り、二人に言う。
Ⓣ〝そんなに行きたけりゃ
　行ったって、ちっとも
　構わないんだよ〟

60
長閑な伊豆
下田街道、乗合馬車、遠くに続く電線、緩やかにまわる水車、蓮華畑。
Ⓣ〝うっかりすると陽のあるうちに
　湯ヶ島まで行けないぞ〟

61
路傍
幸作の連中が休んでいる。
中の一人、絵葉書に通信を書いている。
友達の一人、
「何処へ書いているんだい？」
きかれた男、
Ⓣ〝おふくろのとこへ書いてるんだ〟
友人、頷き、幸作の方を見る。
幸作も書いている。
友人、訊ねる。「お前は？」
幸作、
Ⓣ〝悪く思うなよ、
　俺はベーカリーの和ちゃんだ〟
仲間、くさる。
母へ書いてる友人、幸作に、
Ⓣ〝親不孝な奴だなあ！〟
幸作、笑って、

Ⓣ〃わざわざおふくろなんかへ
書く奴の方が
よっぽど親不孝だぞ！〃

62 梶原の家

陽当りのよい縁先に、母が夫の遺品の数々を干している。
老眼鏡をかけて――
礼服、紋付、帽子、外套など。
母、揮発油で古服をふき乍ら、思い出ぶかく遺品を見る。
やがて、貞夫が学校から帰って来る。
「只今！」
母、優しく見迎える。
貞夫、干している品を見回す。
母、笑顔で眼鏡をとりながら、
Ⓣ〃あんまり陽当りがいいんで
一寸出して見たんだよ〃
貞夫、頷き、ふと古い山高帽を取って冠って見る。
母、ひどく古いチョッキを取り上げ、
「ねえ」
Ⓣ〃山歩きに行くんだったら
これを着せてやれば
よかったね〃
貞夫、その品を見て、笑って、
Ⓣ〃幸作、こんなの着ませんよ〃
と言い切る。
母、「そうだろうか……」と、共に頬笑む。
貞夫、今度は、今まで母がキハツで拭いていた古服を見て、一寸触ったが、笑って、
Ⓣ〃こんな古風なの、
蔵《しま》っといたって仕様がない
じゃありませんか！〃
と言う。
母、「でも……」と笑って、もう一度取上げて見て、
Ⓣ〃これでも一寸手を入れれば
結構着られるよ〃
続けて、
Ⓣ〃幸作なら
何んだって構やしないもの……〃
と、明るく言う。
貞夫、急にいやな顔になる。
Ⓣ〃母さんは幸作と僕とを
矢張り区別してるんですね〃
母、「まあ」と驚き見る。
貞夫、
Ⓣ〃何故僕にも着ろと言って
くれないんです!?〃
母、驚いて見返す。
貞夫、
Ⓣ〃此の間だって
そうじゃありませんか！〃
Ⓣ〃うちの暮しの事だって
幸作には打明けて
何故僕には黙ってるんです!!〃
Ⓣ〃母さんは、肉身としての
我儘を、僕には一寸も
見せてくれないんですね〃
母、稍々慌てた感じで、「そんな……」と言う。
Ⓣ〃私はそんなつもりは
少しもないんだけど……〃
貞夫、不愉快そうに「いいえ！」
Ⓣ〃何かにつけて僕だけを
特別扱いにしてますよ！〃
と言い、呆れる母をしりめにして室を出て行く。
母、悲しそうに見送り、考える。

63 貞夫たちの部屋

貞夫、洋服をボンボン脱ぎすてている。
和服に着換える。
と、其処へ母が心配そうに入って来る。
貞夫、面をそらす。
「ねえ……」
母、機嫌をとる様に言う。
Ⓣ〃一体、どうすれば
お前の気に入るのか
話しておくれよ〃
「ねえ……」

と傍へ寄り、優しく訊ねる。

貞夫、

Ⓣ〝そんな気兼ねが僕は
　気に食わないんです〟

続けて、鋭く、

Ⓣ〝僕の言う事が気に入らなかったら、
　何故頬でもぶって呉れないんです！〟

と言う。

母、困り切った感じで、強いて笑いを浮べ、

Ⓣ〝何もそんなにまで〟


と、とりなさんとする。

貞夫、いらいらして、

Ⓣ〝言いますとも！
　母さんが不公平なのに
　言わずにいられるもんですか！〟

と言い、居たたまれぬ感じで帽子をつかみ、逃げる様に室を去る。

母、一寸追う。

64　父の遺品。西日が当っている

65　活動のポスター

66　蘭子の室

蘭子、鏡台の前で洗濯もの等集めて室を出て行く。

67　ホール

蘭子、ホールを横切って不図一隅を見、「あれ」と立止る。

一隅に貞夫と光子、いる。貞夫、憂鬱に卓子に凭って考え込んで居る。

光子は傍に立っている。指にほうたいをしている。

蘭子、微笑して歩み寄る。

貞夫、暗い顔を上げて見迎える。

蘭子、

Ⓣ〝此の間はお勘定、
　わざわざ済まなかったね〟

と言い、蘭子行く。

貞夫、無言。

光子、貞夫の視線を追って一方を見る。

68　ホールの一隅

掃除婦の婆さんが老いさらばえた姿で雑巾がけかなんかしている。

69　貞夫、たまらない気持で目を落す

光子、「変な人！」と言った気持。

が、直ぐ軽い調子で、

Ⓣ〝他人《ひと》の家へ来たら
　帽子ぐらいとるもんよ〟

貞夫、帽子をとる。

光子、その帽子をとりあげて弄ぶ。

貞夫、フイと立ち上ってスタンドの方へ行く。

光子、貞夫の帽子を手でクルクル回し乍ら、少し呆れて見送り、又其の方へ行く。

70　スタンド

貞夫、リキュールをグイとあおる。

光子、傍へ腰かけ、酒を注いでやる。

貞夫、はずまない。ささくれなどを噛む。

光子、それを見、継穂を見出した感じ。

Ⓣ〝お前さん、
　親不孝だね〟

貞夫、図星を指され「えッ」と光子を見る。

光子、笑って「ほら」と、自分のささくれの指を見せて、

Ⓣ〝ささくれの出来る人は
　親不孝なんだってね〟

貞夫、考え込む。そして、フイと立上り銀貨をおいて、帽子を女の手から引ったくる様にして其儘出てゆく。

光子、追う。

そして呼び止めるが、貞夫、どんどん行ってしまう。

光子、諦めて見送り、不図審《いぶ》かしげな掃除婦の婆さんと顔見合せ、苦笑。

テレ隠しめいて、

Ⓣ〝気持分らないね〟

71　貞夫達の家の玄関

スキーが立てかけられてある。
格子が開いて貞夫が帰って来る。一寸スキーの方に眼をやり、そのまま上る。
そして、自分の室の方へ伏眼の儘、スタスタと行く。

72　貞夫達の室

貞夫、入って来、机の前に崩れる様に腰を下し、帽子を脱いで力なく投げ出し項垂れる。が、人の気配に顔を振向ける。
幸作が憤らし気な様子で入って来る。
キッと貞夫を見、ツカツカと歩みより、鋭く、
Ⓣ〝帰って来たんなら、母さんに
　謝ったらどうだい！〟
そして、更に強く詰問して、
Ⓣ〝兄さんは母さんに
　何を言ったんだ！〟
続けて、
Ⓣ〝よっぽど酷い事
　言ったんだろう〟
貞夫、無言、伏眼になる。
幸作、焦立たしくつめより、
Ⓣ〝何だって母さんを泣かせたんだ〟
と、涙ぐましくムキになって言う。
貞夫、暗い顔を上げて幸作を見つめて、はぐらかす様に、
Ⓣ〝年のせいで涙もろいんだよ〟
幸作「何!?」とキッとなり、声荒く激して、
Ⓣ〝兄さんは自分のした事が
　悪いとは思わないのか〟
と、貞夫に詰寄り、叩きつける様に、
Ⓣ〝俺達にはたった一人の
　母さんなんだぞ〟
貞夫、キッとなり振仰ぐ。
幸作、たまらず、
Ⓣ〝よしんば事情がどうあろうと
　母さんを泣かせるなんて
　兄さんは馬鹿だよ〟
と、言うなり拳を固めて、
Ⓣ〝馬鹿だとも!!
　大馬鹿だよ！〟
と叫んで、貞夫の頬を殴りつける。
貞夫、よろめき「何をする！」とムッとして避ける。
幸作、尚も殴りかからんとして、気配にハッとなり見る。
母である。驚き、慌てて「何て事をするんです」と幸作を制せんと走りよる。
幸作、又一撃、貞夫を殴る。
母、尚もいきり立つ幸作に取縋る。
貞夫、キッとなり、ツト立上ると、幸作を見、強く、
Ⓣ〝外へ出ろ！〟
幸作「よし！」と言う。
母、幸作を押えて「貞夫！」と呼び止めるが、貞夫、耳さえも借《か》さず出て行く。
幸作、母の手を振りほどく様にして、
Ⓣ〝心配しなくったって
　いいんですよ〟
母、「いけないよ」と遮る。
幸作、強く振払って、強く、
Ⓣ〝母さんの事悪く言う奴は
　黙っちゃおけないんだ！〟
と言い捨て、貞夫の跡を追って去る。
しめられる玄関の戸。ややあって、
母、オロオロして感じ考え込む。

73　外

貞夫、幸作、歩いて行く。
やがて貞夫、立止る。
両人、見合う。
幸作、気色ばんで、睨みつける。
貞夫、冷やかに見、ブスリと、
Ⓣ〝あんなおふくろのどこが
　いいんだ〟
幸作、「えッ」と意外相にする。
貞夫、自嘲的に、
Ⓣ〝俺はおふくろが
　嫌になったんだ〟

幸作、たまらず詰寄って、
Ⓣ〝兄さん、それ本気で
　言ってるのか〟
貞夫、冷やかに微笑。
Ⓣ〝俺がお前に
　嘘をついた事が
　今まで一度だってあるか〟
幸作、ヂッと見つめる。たまらなくなり、半ば泣き出し相になり、無茶苦茶に殴りかかる。
貞夫、片手で自分の顔を蓋い乍らも幸作の打つが儘に委せる。
幸作、存分に殴りつけ、息をはずませて涙の眼でジッと見つめる。
貞夫、乱れた髪など掻き上げ乍ら、蒼白な顔に寂しい笑いで見る。
幸作、涙をボロボロとこぼし乍ら、
Ⓣ〝兄さん、おれを殴り返さないのか〟
と身をよせて行く。
貞夫、冷たく嘲ける様に、
Ⓣ〝お前みたいな奴
　殴ってみたところで
　仕方がないよ〟
更に続けて、
Ⓣ〝あんなおふくろで
　ムキになれるお前の気持が
　俺にゃ分らないんだ〟
幸作、無言、唇を噛む。
貞夫、嘲る様に、
Ⓣ〝せいぜい大事にして
　やれよ〟
と言うと、其儘サッと身をひるがえして一方へスタスタと歩み去る。
幸作、たまらない気持。無言。ヂッと見送って動かない。

74　家の中

母、心配相に居る。
そこへ荒々しく泣き濡れた顔で幸作が帰って来る。
母、「兄さんは?」とオロオロして問う。
幸作、吐き棄てる様に、
Ⓣ〝あんな奴、どうなったって
　構うもんか〟
と言って、ツイと母を避けて次の室の方へ行き、むしゃくしゃして、
Ⓣ〝散々母さんや僕の悪口を言って
　何処かへ行っちまやァがった〟
と、心配相について来る母に言って、崩れる様に座り込む。
母、ハッとなり、悲し気に兄を尋ねに行こうとする。幸作、
Ⓣ〝母さん、何処へ行くんだ〟
と、強く言う。
母、ためらう。言う。
Ⓣ〝お前、兄さんを
　そんな人だとお思いかい〟
幸作、言う。
Ⓣ〝母さんはまた
　兄さんの肩を持つんだね〟
母、傷ましい気持、ジッと見つめる。
幸作、尚も鋭く、
Ⓣ〝母さんの思ってる程
　兄さんは母さんの事なんか
　思ってるもんか〟
とキッと母を睨む。
母、涙が滲みかかる。そして首をふる。
「いいえ」と静かに、
Ⓣ〝私には貞夫の気持が
　よく分って居ます〟
母、幸作の傍に坐る。
泣き相になりながら、
Ⓣ〝あの子は立派な事を
　しようとしたんだよ〟
幸作、不服相に母を見返す。
母の眼に涙が急に溢れる様にもり上って、そして、
Ⓣ〝兄さんは私の本当の子
　じゃなかったんだよ〟
「えッ」と幸作、驚愕。「何だって?」
母、ボロボロと涙の溢れる眼で幸作に、
Ⓣ〝そんな事をお前に知らせまい
　と思えばこそ、お前の大学の手続も
　みんな兄さんがしてくれたんだよ〟

幸作、凝然として母をみつめる。
母、泣き乍ら、
Ⓣ〝兄さんはお前のために
此の家から身を引こうと
して――〟
続けて、
Ⓣ〝心にもない悪口を言って、
私達に諦めさせようと
したんだよ〟
幸作、母をみつめる。
たまらなくなる。涙。
母、涙拭いもせず、両人、見合う。
幸作、悲痛に、
Ⓣ〝僕は馬鹿でした〟
と言って、母の膝にワッと泣き伏す。
そして、やがて顔を上げ、涙を押しこすり叫ぶ様に、
Ⓣ〝どんな事があっても
僕は兄さんに帰って
来て貰うんだ〟
涙で両人、見合う。幸作、泣き乍ら、
Ⓣ〝そして気の済むまでうんと
殴って貰うんだ〟
と言って、ツト立上る。
戸口の方へ二三歩。
ハッとして振返る。
母、たまらずワッと泣き崩れる。
幸作、母の方へ戻りかけ、たまらなくなり、壁に縋って男泣きに泣く。

75　校庭の樹の梢（移動、やがて停る）

76　ベーカリー
大勢の学生達、明るくはしゃぎ、話し合っている。

77　一隅の席
幸作、服部と卓を挟んで、憂鬱相に押し黙って考え込んでいる。

78　光子の部屋
Ⓣ〝また今日も
暮れちゃうんだなあ〟
光子、言う。
Ⓣ〝帰りたけりゃ、お帰りよ〟

79　窓の外
気象台の旗が見える。翩翻《へんぽん》。

80　光子の部屋
光子、貞夫に林檎を渡し、途端に扉の方を見る。
他の女、犬《マミィ》を抱いて姿を現わし、
Ⓣ〝お前さん、
面会人よ〟
貞夫、立上る。
Ⓣ〝下で待っててよ〟

81　ホール
母、一隅の卓子に不安相に待っている。
気配に顔を上げて見、「まァ」と声をあげて喜び、立上る。
貞夫、母の方へ歩み乍ら、極めて素気なく、
Ⓣ〝僕に何か御用ですか〟
母、ハッと立ちすくむ。
貞夫、冷たく、
Ⓣ〝僕は母さんなんかに
用はありませんよ〟
と言って、其の儘母の前を通過ぎ、スタンドの方へ行く。母、追う。

82　スタンド
母、訴える様に、
Ⓣ〝そんな心にもないことを
言って――〟
続けて、
Ⓣ〝母さんは小さい時からの
お前をよく知って居ます〟
貞夫、母に振向きニコリともせず、
Ⓣ〝知って下さるんなら
放っといて下さいよ〟
そして、忌々し相に、
Ⓣ〝僕には一人ぽっちが

一番性に合ってるんです〃
と言って、母を避ける様に、又元来た方へ去りかける。
母「待って——」と追縋り、貞夫の腕を捕えて、涙ぐましく「ねえ」
Ⓣ〃お願いだから母さんと
一緒に帰ってお呉れ〃
続けて、
Ⓣ〃お前に帰って貰わないと
母さん夜だって
おちおち
寝られないんだよ〃
と泣き相になり、尚も「ねえ」
Ⓣ〃幸作やお友達だって
どんなにお前を待ってるか
知れやしないんだよ〃
と哀願。目に涙を一杯ためて言う。
貞夫、流石にたまらなくなる。それを無理に押しかくして、尚も冷たく母の腕を振払って、皮肉に、
Ⓣ〃当てが外れて
お気の毒です〃
更に続けて、
Ⓣ〃僕が母さんや幸作の
これからの面倒を
喜んでみるとでも
思ってるんですか〃
母「えッ」と涙の眼で見る。
「そんな！」
貞夫、浴びせる様に、
Ⓣ〃僕はお母さんや幸作と
一緒に暮すのなんか
真ッ平です〃
と極めつける。
母、たまらず爪をかみ、嗚咽を堪える。
貞夫、見やって、冷やかに、
Ⓣ〃泣くと又鼻が
赤くなりますよ〃
貞夫、冷然とし行過ぎ、振返る。
母、顔をおおい泣く。
貞夫、言う。
Ⓣ〃僕はもう母さんから
何にも聞きたくないんです〃
母、見ている。
Ⓣ〃これ以上何と
仰言っても無駄ですよ〃
と言い放って、切ない気持をこらえて母を尻眼にサッと歩み去る。

83 階段

貞夫、足早に上り行く。
掃除婦の婆さん、来合せ「オヤ」と見送る。
貞夫、階段を上り切り、廊下を行き光子の室に入り、手荒く扉を閉める。
その儘、稍しばしあって。

84 光子の室

窓際に貞夫、外景に眼をやっている。

85 窓の外

気象台の旗、翩翻。

86 光子の部屋

貞夫、フト、一方を見、ハッとなり緊張して次の窓へ走り行く。（移動）
そして悲痛にギッと見入る。

87 街路（見た眼）

母、少し遅れて幸作、服部、悄然と歩み行く姿が見える。

88 光子の室

眺め入る貞夫の後姿。
Ⓣ〃お前さん、
大芝居だったね〃
貞夫、振向く。
光子が扉を後手に閉め乍ら入って来る。
そして更に薄笑いで、
Ⓣ〃よっぽど大向うから
声かけようと
思ったんだけど——〃
貞夫、無言。顔をそむけてベッドへあるき、ごろりと転がってしまう。
光子、卓子の上のピーナッツかなんか摘

んで口に入れ乍ら振り返る。
蘭子、入り来り、光子に言う。
Ⓣ〝お前さん、
　お腹空かない？〟
光子、うなずき、貞夫に聞く。
貞夫「いいや」と首を振る。
光子「そう」と其儘又ピーナッツかなんか口に入れて出て行く。
と、それと入違いに掃除婦の婆さんが入って来る。
貞夫、顔を振向ける。ハッとなる。
婆さん、エプロンで鼻を押えている。やがてクシャミをしてから、そこら辺りに乱雑に散らばる汚れ物など掻き集めだす。
貞夫、身を起して見守る。
煙草を出し、くわえる。
婆さん、ベッドにかかっているシュミーズか何かに眼をつけやって来る。会釈。
貞夫「どうです？」と何となく煙草を差出す。
婆さん、少し遠慮したが、結局一本戴く。
貞夫、火をつけてやる。婆さん、吸付け乍ら、フト思当った感じ。
Ⓣ〝悪いことは言いませんよ〟
貞夫、軽く「えッ」となく。
婆さん、シゲシゲと見て、
Ⓣ〝木の股から生れて来たん
　じゃあるまいし、
　親は泣かせるもんじゃ
　ありませんよ〟
と言って煙草を二三服吸う。そして洗濯物を畳み乍ら、
Ⓣ〝私にも丁度あんた
　ぐらいの息子があるん
　ですけど——〟
と言い、去りかける。
貞夫、顔を上げ、苦っぽく、
Ⓣ〝俺よりはましだって
　言うのかい？〟
婆さん、苦笑。首を振って、
Ⓣ〝よけりゃこんな事
　してやしませんよ〟
と言って、笑い乍ら去る。
貞夫、見送る。
婆さん、出て行く。その空舞台しばし。
貞夫、横を向いて思いに沈んでいる。
やがて扉の方を気にし、ゴロリと横になる。
光子、口をモグモグさせてサンドウィッチを皿にのせて持って入り来る。
貞夫、横になったまま動かない。
光子、見やったが、フト「オヤ」と思い、
Ⓣ〝お前さん
　泣いてるね〟
そして続けて、
Ⓣ〝泣くくらいなら
　あんな大芝居しなきゃ
　いいじゃないか〟
貞夫、無言。背を向けたまま動かない。
光子、それに拘泥せず、窓辺に行き凭れて外を眺める。

89　気象台の旗のポスト

旗が上るところである。

90　空

光子、見て呟く。
Ⓣ〝北の風——〟

91　気象台の旗、翩翻

Ⓣ〝また降るのかなあ——〟

92　硝石《ガラス》窓を通して見える雨

93　電燈

94　梶原の家

母、幸作、思い思いのポーズでしょんぼり考え込んでいる。ハッと聴耳を立てる。
母、幸作と見合う。

幸作、急ぎ出て行く。

95 **玄関**

幸作、急ぎ来て、ガラリと格子戸を引きあける。

96 **貞夫が雨に濡れそびれて立っている**

97 **驚く幸作**

奥へ向って大声をあげる。
貞夫、思い決してツカツカと奥へ上る。

98 **室**

母、玄関口の方へ来かかる。
ハッとなる。
貞夫、来る。
母、貞夫に走寄る。
貞夫も母に走寄り、母の差出す手をしっかと握り、涙で、
Ⓣ〝済みませんでした、
母さん！〟
と言って、其儘崩折れる。母、あまりの喜びに涙。崩折れて、慈愛に満ちて、
Ⓣ〝帰って来て呉れさえ
すりゃ、母さんはそれで
いいんだよ〟
そして、涙をホロホロと流して、
Ⓣ〝お前、もう何も言わなくて
いいんだよ〟
貞夫、涙。滂沱たる顔を上げて、
Ⓣ〝僕は矢張り
母さんの本当の子です〟
両人、涙で見合う。再び泣き伏す。
幸作、感極まり、座りワッと泣く。

（二年程経過）

99 **郊外の道**

引越荷物を積んだトラックが走る。
今度は幸作が乗っている。

100 **郊外の風景**

101 **家**

以前より更に侘しい借家である。

102 **掃除半ばらしい家の状景を通して**

表にトラックが着くのが見える。
幸作、元気よく飛降りて来て、
Ⓣ〝兄さん、一寸
手を貸してお呉れよ〟

103 **貞夫、表へ出て行く**

母も出て来、見やる。

104 **兄弟、仲よく荷物を運び込む**

母、手伝おうとする。兄弟、「いいよ」と遮り、荷物を運び込む。
母、微笑ましげに見、感慨深げに、
Ⓣ〝二人が毎朝お父さんの自動車の
席の取合いで喧嘩したのは
ほんの昨日の様な気が
するけど——〟
兄弟、顔見合せ微笑。
貞夫、幸作に「おい」
Ⓣ〝お前、お父さんの
死んだ時の事、
覚えて居るかい？〟
幸作、「さァ」と首をひねる。
貞夫、笑って、
Ⓣ〝お寺でどうしても
木魚を叩かせろって、
お前、和尚さんを
困らせたんだぜ〟
母、明るく微笑。
幸作、聊《いささ》かテレて、傍のバット箱かなんかを意味なく投げる。貞夫、投げ返す。
幸作、フト一方を見、「そうだ」と箱を母に投げて、「母さんもいらっしゃい」と言って、兄弟、台所口の方へ元気よく去る。
母、微笑。見送り立ち上る。そして一方に父の写真がある。
母、気付き、写真を取り、床の間に。
写真を直し、元気のよい子供達の姿と

沁々《しみじみ》と見比べて居るうちに、何がなしに静かに涙が眼にたまる。
そして、写真に向って生けるものに対するが如く言う。
Ⓣ〝お父さん
　子供達はみんな
私によくして呉れます〟
母の頰を涙が伝わる。
涙を拭って、
Ⓣ〝私はこんなに
　幸せです〟
と沁々と言う。

105

床の間

床の間の前に立って写真を見ている、侘びしき、しかし幸福な母の後姿。（F・O）

——完——

（昭和九年二月二十二日）

浮草物語

脚色　池田　忠雄

原作……………………ジェームス・槇
脚色……………………池田　忠雄
監督……………………小津安二郎
撮影……………………茂原　英朗
編集……………………

喜八(市川左半次)………坂本　武
おつね…………………飯田　蝶子
信　吉…………………三井　秀男
おたか…………………八雲理恵子
おとき…………………坪内　美子
とっさん………………谷　麗光
その子　富坊…………突貫　小僧
吉ちゃん………………西村　青児
マア公…………………山田　長正
下廻り…………………油井　宗信

一九三四年（昭和九年）
松竹蒲田
脚本、ネガ、プリント現存
S10巻、２４３８m（八六分）
白黒・無声
十一月二十三日　帝国館公開

1

（F・I）田舎の小駅

深夜の感じ。橋座の男衆が煙草を吸いながら終列車を待っている。

駅夫が出て来る。両人、軽く会釈する。

駅夫、

Ⓣ〝又、何か、かかるのかね？〟

小屋の男衆、頷き、

Ⓣ〝芝居だよ〟

そして、改札口の方へ近づきつつ、

Ⓣ〝市川左半次の一座だよ〟

駅夫、頷く。

両人、ハッとする。

列車がすべり込んで来る。

一つの箱から喜八（市川左半次）の一座が降りて来る。田舎廻りの一座で、てんでに小行李や小道具類を持っている。

2

改札口

喜八達、小屋の男衆に迎えられ、会釈しつつ待合室の方へ出る。

3

待合室

一同、荷物を置く。

小屋の男衆、喜八に、

Ⓣ〝親方、随分久しぶりじゃ
ありませんか〟

喜八、挨拶を返し、

Ⓣ〝又、当分、厄介になりますよ〟

と言う。

背後におたか、おとき、二枚目の吉ちゃん、三枚目のマア公達がいる。

小屋の男衆、改札口の方を見て、「やあ！」と近付く。

最後に子供を背負って下座のとっさんが出て来る。小屋の男衆、近付きお互に心安く会釈し合う。

男、ふと、子供の富坊を見て、

Ⓣ〝坊主、随分でかくなったなあ〟

とっさん、嬉し相に、子供をゆすり上げて、

Ⓣ〝満《まる》四年来なかったからな
こいつも九ツになったぜ〟

向うの椅子で、おときが包みを結んでいたが、終って皆に「お待遠う」と言って立つ。

小屋の男衆、おときを見ていて、とっさんに、

Ⓣ〝そら豆みてえな子だったけど
いい娘になったなあ〟

と感心する。とっさん、笑って頷き、共に歩き出す。

人の気配が無くなった駅内、侘しい。

4

村祭りの幟

5

床屋の前（昼）

シャモの籠が置いてある。

馬力の馬がいる。のどかな情景。

6

ビラ

「市川左半次一座
当る七月七日より
於橋座」

7

床屋の中

ここにもビラが貼ってある。

親方がお客にカミソリを当てている。

奥の座敷には親方のおかみさんもいる。

親方、チラとビラを見て、客に、

Ⓣ〝で、めかして、今晩
出かけるってわけだね！〟

客、頷く。

と、おかみさんが思い出す様に言う。

Ⓣ〝左半次、若い時、いい男だったよ〟

親方「何？」と言う様にかみさんを見る。

かみさん、続けて、

Ⓣ〝あたいたち、毎晩見に行って
騒いだもんだ〟

親方、気にして、お客の顔を少し切る。

お客、腐る。痛そうに顔をしかめる。

親方、慌ててつばをつけて剃る。
と、おかみさん、一方を見る。

8 外

三枚目のマア公が、人力車に乗って町廻りしている。
太鼓をたたき、ビラを撒く。
後からガキ共がゾロゾロついて廻る。
マア公、ガキ共に人力車にぶら下がられて腐る。
そこで、子供に訊ねる。
Ⓣ〃お前んちに、姉さん居るかい?〃
子供、首をふる。マア公「じゃ駄目!」とビラをやらない。
そして通りすがりの家々の中に一枚一枚撒いていく。
床屋のおかみさんも出て来て貰う。

9 他の場所に貼られたビラ

町の情景。

10 橘座の前

市川左半次の幟が数本、はためいている。

11 楽屋

下座のとっさんとマア公とが荷物を開けて、小道具類を出している。
横で富坊が西瓜を喰っている。猫の貯金箱を持っている。
吉ちゃん、立って釘に衣類を掛けている。

12 楽屋の奥

喜八がおときに背に灸を据えて貰っている。
喜八、熱がる。
傍におたかが鏡台を据えて、化粧品などならべている。

13 楽屋

富坊、まだガツガツと西瓜を喰っている。
とっさん、見てとがめる。
Ⓣ〃やたらと喰やがって
　又、晩に寝小便するなよ〃
富坊「大丈夫だよ」と尚も喰う。
とっさん、
Ⓣ〃しやがったら、姐さんに頼んでお灸をすえて貰うから〃
富坊「え?」と親方の方を見る。
親方、熱がっている。
富坊、その方を見て、とっさんに、
Ⓣ〃親方、ゆうべ、寝小便したのかい?〃
とそっと聞く。とっさん「バカ!」と叱る。

14 楽屋の奥

喜八、熱くて我慢出来なくなる。
おとき、困る。
おたか、傍からおときに、
Ⓣ〃構わないからもっと大きいのを
　すえておやりよ〃
喜八「何言やがんだ!」と怒り、
Ⓣ〃他人《ひと》の体だと思って粗末にするない〃
とおこる。
おとき、
Ⓣ〃親方、石川五右衛門見てごらんよ〃
喜八、苦しみながら「チェッ」
Ⓣ〃あんな大泥棒と一緒にすんない〃
と言い、尚も苦しがる。
おたか、笑って、
Ⓣ〃だって、お前さんの舞台じゃ
　当り芸じゃないか〃
と言う。
喜八「チェッ!」と腐り、
Ⓣ〃余計な事、言ってねえで
　着物出してくれ〃
おたか、怪訝に「え?」と見返す。
喜八、言う。
Ⓣ〃土地の御贔屓《ごひいき》さん方へ
　一寸御挨拶に行って来るんだ〃

15 道

喜八が頭に手拭をのせて暑そうにとことこ

こ歩いて来る。
子供達、ゾロゾロとその後に従《つ》いて行く。
喜八、腐って急ぎ足になる。

16　小料理屋「酉屋」の前

喜八、やって来て、四辺《あたり》を見廻し、すっと中へ入ってしまう。

17　店の中

喜八、入って来る。
中で、仕事していたおつねがふいと見上げて「まあ」となる。
両人、感慨こめて見合う。
喜八、笑顔で、
Ⓣ〃しばらくだったなあ〃
おつね、感情こめて見る。そして、
Ⓣ〃お前さん、もう来られる
　時分だろうと思って
　待ってたんだよ〃
喜八、一方を見る。
奥の座敷。お膳が出来ている。
おつね、
Ⓣ〃今、一本つけるよ〃
と言う。

18　軒燈

うどん、さけなどと書いてある。

19　奥の座敷

両人、お膳について、おつね、お銚子の加減を見て、ついでやる。
喜八、飲んで、おつねに盃をさす。
喜八、おつねを見て、
Ⓣ〃かあやん
　その後、神経痛の方はどうだい？〃
おつね、
Ⓣ〃お前さんに教わった
　またたびをつけたら
　大分よくなったよ〃
喜八「そうか、そいつはいいね」と頷く。
そして肩をたたいて、
Ⓣ〃俺も近頃、肩がこるんで
　毎日、お灸をすえてるんだ〃
と言う。
おつね「そうかい」と見たが、
「ねえ、お前さん……」
Ⓣ〃でも、お前さん、
　いつも達者で結構だよ〃
と言う。
喜八「うん」と頷いて、一寸間を置いたが、
Ⓣ〃信吉はどうしたい？〃
と訊く。おつね、
Ⓣ〃あれも去年、農学校を卒《お》えて
　今じゃ補習科へ通ってるんだよ〃
喜八「ふーむ、そうかい」と感心して頷く。
そして、お銚子を取り上げたが空である。
おつね、立って行く。

20　酉屋の土間

学校から帰って来た信吉が、自転車を引きずって入って来る。

21　座敷

おつね、喜八の方へ「帰って来たよ」と言っておいて、信吉に、
Ⓣ〃芝居のおじさんが来ているんだよ〃
と言う。
喜八、飛んで出て来る。

22　土間

喜八、信吉に嬉しげに近づく。
信吉も、なつかしげに見て喜ぶ。
喜八、霜降りの学生服姿の信吉の肩をつかみ、眺め廻して、
Ⓣ〃大きくなったなあ〃
と、嬉しくてたまらぬ様子。
おつね、横で見ていたが、
Ⓣ〃何んてったって、来年は検査だもの〃
喜八、いよいよ感心する。そして信吉の背中を叩いて、

Ⓣ〝甲種だな〟
と言う。
信吉、靴をぬぎ終って、軽く会釈し、二階へ上がって行く。
再び下りて来て弁当箱を置いて行く。
喜八、見送って、
Ⓣ〝めしだって随分喰うだろうなあ〟
おつね、頷く。喜八、感慨深く、
「なあ、おい」
Ⓣ〝お互いに年とるのも無理ねえなあ〟
と言う。
そして、両人、再び座敷の方へ。

23 座敷

喜八、盃を取ったが、気になる様におつねに小声で、
Ⓣ〝かあやん、
お前もあれだけにするには
随分苦労したろうな〟
おつね、笑って、
Ⓣ〝子供の為だもの
却って嬉しいぐらいなもんだよ〟
と言う。
喜八、一寸考えたが、
Ⓣ〝あいつ、矢張り親父は居ないと
思ってるんだろうな?〟
おつね、頷き、
Ⓣ〝村役場へ勤めてた人で
夙《と》うに死んだと
思い込んでるんだよ〟
喜八「そうか」と頷く。が、一寸淋しくなる。おつね、じっと見て「ねえ」
Ⓣ〝でもお前さん、淋しくないかい?〟
喜八、淋しそう。が、
Ⓣ〝淋しいたって、はじまらねえや!〟
と言う。つづけて考え深く、
Ⓣ〝矢張り、今まで通り
死んだ事にしときなよ〟
「なあ」と喜八、自分に言いきかせる様に、
Ⓣ〝やくざな河原乞食の親父ならない方がましだよ〟
続けて、
Ⓣ〝あいつだって
これから出世する体だしさ……〟
と言う。
おつね、淋しそうに喜八を見る。
両人、ハッとなる。

24 階段

二階から、普段着に着換えた信吉が釣り竿を持って降りて来る。

25 座敷

両人、明るく、面持を変えて見迎える。
信吉、元気で、
Ⓣ Ⓣ〝今とても、鮠《はや》が出るんだぜ〟
Ⓣ〝おじさんも行ってみないか〟
喜八とおつね、顔見合わせる。
信吉、道具を用意しつつ、
Ⓣ〝のろまな魚も居るから
おじさんにだって釣れるよ〟

26 河

喜八と信吉が膝まで川の中に入り、釣りしている。
流れに沿ってウキを流し、下流へ行くと両人、揃って竿を返し、又、上流から流して行く。信吉、喜八に声を掛ける。
Ⓣ〝おじさん、こんどは、何時まで
居るんだい?〟
喜八「えっ」と振り向き、
Ⓣ〝客さえ来りゃ、一年だって居るよ〟
信吉、
Ⓣ〝今晩、楽屋へ遊びに行こうかなあ〟
喜八、首ふって「だめだめ!」
Ⓣ〝お前なんか
俺達の芝居
見るもんじゃねえ〟
そして、
Ⓣ〝書生は書生らしく
学の方をやってりゃいいんだ〟
と言う。
信吉、笑いながら、

Ⓣ〝夏休みだったら、おじさんに
くっついて行っちゃうんだがなあ〟

喜八、懐から煙草を出そうとして水中に財布を落し、慌てて水の中を追おうとする。

信吉「どうしたい?」と声を掛ける。

財布、流れて行く。

呆然とする喜八。信吉、慰め顔で、

Ⓣ〝沢山入ってたのかい?〟

喜八「うん」と頷く。

信吉、笑って、

Ⓣ〝嘘だろう
軽そうに浮いてくじゃないか〟

喜八「何を!」となり、

Ⓣ〝紙幣《さつ》だったかも
分んねえじゃねえか〟

信吉、

Ⓣ〝紙幣なんか持ってた事
ないじゃないか〟

喜八、腐る。

信吉、又、釣りはじめる。喜八も気を取り直し釣る。

両人の明るい様子。　（F・O）

27　（F・I）橘座　舞台

マア公や吉ちゃんが、馬のぬいぐるみで馬の足の研究に余念がない。

マア公、吉ちゃんに、

Ⓣ〝親方の帰るまでに
もう一丁稽古やろうじゃねえか〟

吉ちゃん、

Ⓣ〝音羽屋だろうが
播磨屋だろうが馬《あし》やらしゃ
苦労するぜ〟

と、しゃがみ込み、前足でタテガミをかいたりする。

28　客席（夜）

お客が相当入っている。（移動）

開幕を待っている。

29　舞台

幕の中で、一座の者が扮装のまま道具を飾りつけている。喜八の丸橋忠弥、吉ちゃんの伊豆守も働く。

やがて、喜八「もう幕開けな!」と合図する。一同、舞台横で身構える。

幕、開く。

「慶安太平記　堀端の場」である。

30　客席

お客、キン張する。

31　舞台

喜八の忠弥が出て来る。よろしく。

芝居あって見得を切る。

32　客席

お客、拍手し、中の一人、

Ⓣ〝高嶋屋!〟

と声を掛ける。

舞台の忠弥、喜んで、「有難さんで……」とお客の方へおじぎする。

そして、又芝居をつづける。

33　舞台横

見ている一座の者、気付いて、

Ⓣ〝犬はどうした?〟

と他の者「あ、いけねえ!」とかけ出す。

34　木戸

とっさんとぬいぐるみを着た富坊とが遊んでいる。雨が降っている。

男、かけて来て「おい、出だ! 出だ!」と叱る。

富坊、犬のぬいぐるみの頭の部分を冠る。

富坊、かけ出し、客席の方から舞台に行かんとする。

男、慌てて呼び返すが、富坊、一散に客席をかけ抜けて行く。

35　舞台

富坊の犬、舞台に上がり、喜八に吠えつ

く。そして、横の松の木へ行って片足あげて、小便する真似をやったりする。ウケる。
喜八、得意になって芝居をし、腰の煙草入れを落す。
富坊、拾って「親方！」と渡す。
喜八「チェッ！」と怒る。
富坊、又、犬のからみの芝居をする。
喜八、石を拾って富坊に投げる。富坊、受け止める。
喜八「こん畜生、仕様がねえ……」とキセルで富坊の頭をなぐって叱る。
富坊、立ち上がって泣き出す。
喜八、腐って富坊の頭を押さえつけ、犬にする。

36 客席

お客、わッと手を打つ。と中の一人に雨もりが当る。
一寸、その辺が騒ぎになる。

37 舞台

喜八、いよいよ大見得の件りになる。
と喜八の顔に雨もりが当る。
喜八、そこを退いて、横で見得を切り直す。
客、拍手。

38 濡れる幟

39 楽屋

おたかとおとき、次の出の化粧している。
おたか、外の雨に聴耳をたてて、
Ⓣ〝本降りになったねえ〟
おとき「ええ」と顔をしかめて、
Ⓣ〝旅で雨は、やり切れないわね〟
と言う。

40 窓外

降りしきる雨。

41 客席

雨もりが、あちこちで起って、騒ぎになっている。

42 舞台

喜八、困って、うろうろし、一座の者に命令する。
「おい、タライだ……」等。

43 客席

一座の人々が、タライ、バケツ、スリバチ、洗面器などを持って来て方々へ置く。

44 舞台

喜八、煙管を耳にはさみ一座の人々に「あっちだ……こっちだ……」など指図する。やがて大小を取って舞台の上からお客の方へ、
Ⓣ〝どうも皆さん
お騒がせして済みません〟
とペコペコ頭をさげる。
横で、富坊も客席の方へペコペコ頭を下げている。
（F・O）

45 びっしょりぬれた幟

46 （F・I）楽屋

Ⓣ〝よく降りやがるなあ〟
吉ちゃんが腐ってそう言う。そして続けて、
Ⓣ〝こりゃ、高崎の二の舞いだぜ〟
と言う。傍のマア公、下座のとっさん、頷く。
マア公、
Ⓣ〝今朝、うどん喰いに行ったら
まだ、四、五日は続くって
ラジオで言ってたぜ〟
御難を食ってごろごろしていた一同「アーア」と嘆息する。
マア公、こがれる様に、
Ⓣ〝うまい天ぷら食いてえなあ〟

吉ちゃん、

Ⓣ〝俺は、鰻の白焼で
　一ぱいやりたいなあ〟

と、煙草を吸わんとして探す。灰皿も探してみて、マア公ととっさんに、

Ⓣ〝煙草ねえかい？〟


マア公達「無いよ」と言う。

とっさん、上方を見て「うん」と思いついた様に頷き立ち上がる。

屋根裏の横桟に、富坊の猫の貯金箱が置いてある。

とっさん、そこから金を抜き取る。

一同の方へ「どうだい！」と得意になったが、ハッとし慌てて猫を置き戻し、取り澄す。

富坊が入って来る。猫を見て、とっさんに、

Ⓣ〝ちゃん、俺の金出しただろう?!〟


と「返せ」とせまる。

とっさん白を切る。

富坊、許さず、

Ⓣ〝さっき、猫、向う向けといたのに
　こっち、向いてるじゃないか〟

と言う。とっさん、仕方なしに金を返す。

富坊、大切そうに、猫を抱える。

一同、腐る。

吉ちゃん、向うのおたかの方へ出かけて「姐さん、煙草を……」と言う。

おたか、足の爪を切っていたが、吉ちゃんの方へ煙草を投げてやる。

おとき、寝そべって本を読んでいる。

一同も来て、煙草を貰う。一同、やっと煙草にありついてホッとする。

吉ちゃん、おたかに、

Ⓣ〝しかし、親方も、のんき過ぎるぜ〟

とごてる様に言う。

Ⓣ〝御難、喰ってるのに、自分ばかりは
　毎日、飲みに行ってるんだからなあ〟

おたかも腐って頷く。一同、不満そう。

と、とっさん、

Ⓣ〝そりゃ此の土地へ来たら
　仕方がねえよ〟

とうっかり言う。一同「え？」と見る。

とっさん「いけねえ」と口をつぐむ。

おたか、ピンと来た様子で、とっさんに訊ねる。


Ⓣ〝どうしてさ？〟


とっさん、誤魔化す。おたか、余計変に思う。

とっさん、湯わかしを持って誤魔化す様に去る。

土間の一隅に流し台が置かれてある。

とっさん来て、湯わかしに水を入れる。

冷汗をふく。

ハッとする。

と、おたかが立っている。じっと見て、

Ⓣ〝お前さん、今、妙なこと言ったね〟


とっさん、困る。

おたか、

Ⓣ〝何かわけがあり相じゃないか〟

「お言いよ」とせまる。とっさん、汗だくになる。おたか、迫って「ねね……」

Ⓣ〝お前さんから聞いたとは
　誰にも言やしないよ〟

47　小料理屋（酉屋）

おつねが、板場で料理を作っている。ふいと、天井の方を見て笑顔になる。

48　二階

信吉の部屋。学生らしき室内の様子。

信吉と肌ぬぎの喜八が、とうもろこしを噛りながら嬉々として将棋に夢中になっている。喜八、信吉の学帽をかむっている。喜八「待て待て！」などと信吉と争いピシャッと駒を下して「どうでえ」


Ⓣ〝王手嬉しや、別れのつらさ〟

と得意になる。信吉、よろしくやる。喜八、尚も攻めて、

Ⓣ〝はって悪いは、親父の頭と……〟

とやる。やがて信吉、喜八をつめて、

Ⓣ〝小父さん、これで詰みだよ〟

喜八、たちまちくさって「なある程」

Ⓣ〝頼光様の家来で、又負けの綱か〟
と駒を投げ出して立つ。感心して、
Ⓣ〝滅法強くなったなあ〟
信吉、笑って、喜八の頭の帽子を見て、
Ⓣ〝小父さん、金色夜叉する時には
その帽子貸してやるよ〟
喜八「う?」と、帽子を見る。
そして「よし、もう一番!」と又も駒をならべる。
嬉しそうな喜八の様子。

49　店の土間

険のある青ざめたおたかが、おときと一緒に入って来る。
傘のしずくを切る。
おとき、心配そうにおたかを制する様な目つきで見る。
おつね、迎える。おたか、坐って、
Ⓣ〝一本つけてくんない?〟
と険のある目で言う。
おつね「まあ」と相手を見返したが、お銚子に酒を入れる。
おたか「ね、おかみさん……」とからむ様に、
Ⓣ〝毎度親方が、御厄介になって
済みませんわね〟

50　二階

喜八、夢中で信吉と遊んでいる。
とやがて、おつねが顔を出して、
Ⓣ〝お迎えだよ〟
喜八、「誰だい?」と仕方なしに立ち上がる。

51　店

喜八、降りて来て見て、ハッとなる。
おたかが、酒を飲んでいる。
じろりと喜八を見上げる。
喜八、稍々《やや》うろたえて、
Ⓣ〝何しに来やがったんだ?〟
おたか「ふん」と笑って酒を飲む。
Ⓣ〝何しにとは御挨拶だね〟
そして、おつねをちらと見て、
「親方……」と乗り出し、
Ⓣ〝土地の御《ご》贔屓《ひいき》さんていうのは
此のおかみさんかい〟
Ⓣ〝なんならあたしからも
お礼を言いたいね〟
喜八、弱って土間に降りる。
おつね、驚いて、おたかを見る。
背後に信吉も来て見ている。
喜八、益々うろたえ、おたかを睨んだが、おときを見ると「おい!」
Ⓣ〝おとき、お前先へ帰れ〟
と言う。
おたか「いいじゃないか!」とおときを居させる。
喜八、無理におときを帰さす。
おとき、出て行く。
おたか「ふん」と又も盃を手にして、おつねを見て、
Ⓣ〝おかみさんも
いい子持ってお楽しみだね〟
おつね、喜八、ハッとなってうろたえる。
おたか、今度は信吉に笑って、
Ⓣ〝おいくつ?〟
信吉、まごつく。
おたか、見廻し、
Ⓣ〝お父さんは何していらっしゃるの?〟
信吉、まごつく。
喜八、うろたえ、目顔でおつねに知らせる。
おつね、慌てて、信吉を連れて奥へ消える。
おたか、両人の背後から何か言葉をあびせかけんとする。
喜八、うろたえて、とめる。
おたか「ふん」と見る。
Ⓣ〝そう慌てなくったって
いいじゃないか〟
と、言う。
喜八、頻りにとめる。

おたか、口惜しげに、
Ⓣ〝あたしゃ、あの母子《おやこ》に
　言ってやりたい事があるんだよ〟
と、もめる。
喜八、「まあまあ」と無理に外へ連れて出る。
空虚な店内。机の上に酒が取り残されてある。

52　納屋の軒下

屋根からしずくが垂れている。
喜八、いきなりおたかの頬をひっぱたく。
Ⓣ〝手前なんかの出しゃばる幕かい！〟
おたか、頬を押さえ、キッとなる。
喜八、向い側の軒下から肩をそびやかし、
Ⓣ〝俺が俺の倅と逢いに行くのに
　何がいけねえんだ〟
おたか、負けていず、
Ⓣ〝お前さん、あたしに
　そんな口がきけた義理かい〟
Ⓣ〝高崎の御難の時の事を
　忘れたのかい〟
Ⓣ〝あの時、どうやら、
　やりくりの出来たのは
　誰のお蔭だと思うんだい〟
おたか、まくし立てる。
Ⓣ〝土地の旦那衆に
　泣言の百万遍も言って廻ったのは
　誰だと思ってるんだい〟
「そ、それを……」と口惜し相に、
Ⓣ〝あんまり、なめた真似おしでないよ〟
と喰ってかかる。
喜八、弱るが反動的に爆発して、
「何ってやんでえ！」
Ⓣ〝手前《てめ》ぇとの縁も今日っきりだ！〟
と、どなる。
おたか「何!?」と睨み返す。（F・O）

53　（F・I）窓外の雨

54　楽屋（夜）

おときとおたかが舞台のお化粧をしている。
おたか、ふいと考え込む。
おとき、気にして、
「姉さん……」と、声を掛ける。
おたか、物憂く見返す。
おとき、笑って、
Ⓣ〝昼間の痴話喧嘩を
　晩まで持ち越すなんて
　姉さんにも似合わないじゃないの〟
おたか、ハッとなって見る。
おとき、なぐさめる様に、
Ⓣ〝親方のむかっぱらは
　姉さんだってもう慣れっこ
　でしょう？〟
おたか、笑いにまぎらし、
Ⓣ〝冗談じゃない、あたしだって
　もう夙《と》うに忘れちゃってるよ〟
おとき、
Ⓣ〝そんならいいけど
　いやにしんみりしてるんで
　気にしちゃうわ〟
と、言って立ち上がり、一方へ行く。
おたか、じっとおときを見ている。
やがて「ねえ」と声を掛けて、
おとき「なあに？」と訊ねる。
おたか、
Ⓣ〝お前さんに、
　頼みがあるんだけどねえ〟
Ⓣ〝今日の小料理屋の息子を
　ちょいと引っかけてみない？〟
おとき、驚く。忽ち笑って、
Ⓣ〝いやだわ。あたし、
　あんな子供なんか〟
おたか「なんだい……」
Ⓣ〝頼まれ甲斐がないんだねえ……〟
おとき、小道具かなんか持って再び自分の鏡台の前へ戻って来る。
ハッとなって見る。
鏡台に十円紙幣がのっている。
おとき、取り上げて、おたかと見較べ

る。おたか「ねえ……」と、そそのかすように
Ⓣ〝やってごらんよ〟
おとき、紙幣を横へ置き返す。
おたか、すすめる。おとき、
Ⓣ〝なぜさ?〟
と聞く。おたか、澄して、
Ⓣ〝いやなら、いいんだよ〟
と、尚も顔を作る。
おとき、おたかの顔と金とを見較べて、一寸考えて、
「でも……」
Ⓣ〝あたしに出来るかしら?〟
おたか、笑って、
Ⓣ〝お前さんの可愛い目で睨めば、
大がいの男は
お弁当持って追っかけて来るよ〟
と、おだてる。
おとき「さあ?」と考える。
両人、ハッとなる。
富坊が顔を出して、拍子木をたたき、出番を知らせる。
両人、立ち上がって一方へ切れる。
(F・O)

55
(F・I) **街道**
明るい日の中を、信吉が友人と自転車で帰って来る。
学校帰りである。
やがて両人、別れる。

56
町はずれの大銀杏の木の下
おときがたった一人待っている。
やがて、向うを見て、心構えする。
信吉、頻りにペダルをふんで来る。
大銀杏の所へかかってハッとなって横を見る。
おときが愛想よく笑っておじぎをする。
信吉も思わず挨拶する。
おとき、寄って来て、媚を見せて、
Ⓣ〝昨日は、失礼いたしました〟
信吉「いいえ」と、まぶし相におときを見て会釈を返す。
おとき、小娘らしいはにかみを見せていたが「あのう……」と決心した様に、
Ⓣ〝一寸お話したい事が
あるんですけど……〟
信吉「え? 何です?」と訊き返す。
おとき、信吉をながし目に見て、
Ⓣ〝今晩、芝居がはねてから
此処でお待ちしてますわね……〟
信吉、汗びっしょり、弱る。
居たたまれない様に、自転車にまたがる。そして、
Ⓣ〝僕、来られるかどうか
分らないけど……〟
と言い、後をも見ずに去り行く。
おとき、微笑して見送る。 (F・O)

57
(F・I) **時計** (夜の十時を指している)

58
信吉の部屋
信吉が机の前でじっと考えている。
汗をかく感じで——
時計を見上げては頻りと考え込む。
抽出しから、鏡を出して見たりする。
やがて思い切って立ち上がる。

59
下の座敷
おつね、針仕事している。
信吉、入って来て、
Ⓣ〝おっかさん、一寸
散歩に行って来るよ〟
おつね「まあ、今時分?」と時計を見る。
信吉、逃げる様に出て行く。
(ダブル感じ)

60
夜の道
信吉、急ぎ歩む。

61
大銀杏の処
信吉、やって来る。
おときが待っている。

信吉、恥かし相に近付く。
おとき「まあ」と喜んで、甘える様に、
Ⓣ〃あたし、来て頂けないかと思ってたわ〃
信吉、固くなる。
おとき、なれなれしく近付き、
Ⓣ〃御迷惑じゃなかった？〃
信吉「いいえ」と言う。
おとき「行きましょう」と先に立つ。

62 草叢

両人、ぶらぶら歩む。
おとき、じっと見て「ねえ……」
Ⓣ〃あたし別に用なんかなかったの〃
Ⓣ〃でも、あんたに逢いたかったの〃
となかし目に見る。
信吉、見られて下を向く。
おとき、横の草っ原を見て「ね、あそこへ坐りましょう」
そして、先に行って坐る。
信吉も女の横へ坐る。
Ⓣ〃こんな用で来ていただいて怒ってやしない？〃
おとき、煙草を出して、くわえ、信吉にも「どう？」と出す。
信吉「いりません」と断る。
信吉、間の持てない様子で、もじもじしていたが、
Ⓣ〃芝居って、面白いでしょうね？〃
おとき「そうでもないわ……」と言う。
そして、草むらの信吉の小指をいじる。
信吉、動かない。
おとき、そっと信吉の手を取る。
そして、
Ⓣ〃随分固い手ね〃
信吉、引っこめて、
Ⓣ〃学校で、毎日、実習してるんです〃
と言う。
おとき、草の中に寝そべる。
Ⓣ〃むし暑い晩だこと〃
Ⓣ〃草のにおいが、とてもするわ〃
信吉、じっと、おときを見る。
草をかむ。

63 楽屋

おたかが寝そべって煙草をのんでいる。
横のおときの蒲団は空っぽ。
その反対の入口の方に、とっさんと富坊が寝ている。
富坊、例の猫の貯金入れを抱いている。
おたか、キセルで一寸叩いて見る。
富坊、眠ったまま夢中で猫をふところに入れる。
やがて、おたか、ふっと向うを見る。
おときがそっと帰って来る。
寝ている一座の人の間をそっとよけて来る。
おたか、おときを見て、
Ⓣ〃どうだったい？〃
おとき、笑顔で黙って鏡台の前へ行く。
おたか、再び訊ねる。
おとき、依然黙ったまま帯を解きはじめる。
おたかと視線を合わすと、すっと手をさしのべて電燈に手をかける。
「消すわよ」と言って、パチンとスイッチをひねる。
暗くなる。　（F・O）

64 （F・I）河原

カッと照る昼中、水ぎわで、一座の人々が洗濯をしている。洗った衣裳も枝にかけてある。

おたか、急造の乾場の処で油を売っている。

喜八、おたかへは目もくれず、一同の傍へしゃがんでいる。

マア公、洗濯しながら、横の吉ちゃんへ「なあ、おい……」と声を掛ける。

Ⓣ〃桃でも流れて来ねえかな〃

吉ちゃん「え！」となって「どうしてよ？」

マア公、

Ⓣ〃桃太郎が出たら

　育てて軽業師に売るんだ〃
吉ちゃん「何言ってやんだい！」と笑
う。
喜八、ふと一同を見渡して、
Ⓣ〃おときが居ねえじゃねえか〃
と、言う。
吉ちゃん、受けて「ええ」
Ⓣ〃ここんとこ
　ちょいちょい
　見えなくなるんですよ〃
喜八「ふーん？」と考える。
Ⓣ〃何処へ油売りに行きやがるんだい？〃

65　大銀杏の木の処

乗り捨ててある自転車。

66　人気なき草原

向うに線路が見えて――
木蔭で、おときと学校帰りの信吉とがい
い気持でラブシーンしている。
信吉、ゲートルを解き、おときがそれを
巻いてやっている。
前よりはずっと大胆になった信吉。そし
て、かえってしおらしくなったおときの
様子。
両人の後を汽車が走って行く。
おとき、汽車を見送って「ねえ」
と、信吉を見て、
Ⓣ〃もうじき、あたし達もお別れねえ〃
と言い、ハッと見る男に「ねえ」と続け
て、
Ⓣ〃あたし達、来年の今頃
　どうしてると思う？〃
信吉「え？」と女を見る。
おとき、草をいじりながら、
Ⓣ〃よしましょう
　そんな馬鹿な事考えるの……〃
信吉、見てハッとする。
おときの眼に涙が光って――
信吉、じっと見ていたが、熱情こめて、
にじり寄り、
Ⓣ〃僕達のこと
　うちのおふくろに頼んでみようよ〃
「ね、そうしよう」
Ⓣ〃うちのおふくろならきっと
　許してくれるよ〃
と、せまる。
おとき、吐《と》胸《むね》をつかれ、「いけないわ
……」と、悲しそうに見て、
Ⓣ〃あたし、そんないい娘《こ》じゃないの〃
重ねて、
Ⓣ〃あなたの様な方と
　一緒になれる値打ちなんか
　ない女なのよ〃
信吉、打消して、女にせまる。
おとき、さえぎり、思い切って言う。
「ね、怒らないでね」
Ⓣ〃あたし、あなたをだまそうとして
　かかったのよ〃
信吉「え？」となって見る。
おとき、切なげに、
Ⓣ〃はじめは……でも……〃
「でも……」と、項垂《うなだ》れる。
信吉、いとおしげにおときを見ていた
が、耐えられなくなって「ねえ」
Ⓣ〃はじめなんか
　どうだっていいじゃないか〃
と、思わず、おときの肩をつかむ。
おときも熱情的に信吉を見る。
男の胸へ崩れ込みたいのを無理に頑張っ
て「いけないわ……」と信吉の手を静か
にのけ、向うへ行く。
信吉、熱情的に追う。おとき、
Ⓣ〃いけないわ
　こんな旅の者なんか
　相手にしちゃ……〃
そして、たえられぬ様に顔をそむける。
信吉、切なげにおときを見守る。

67　土手の線路

汽車が通過して行く。

68　シグナル

信吉とおとき、線路の上を歩いて行く。

69 **時計**（夜の十時である）

70 **信吉の部屋**

信吉、居ない。

71 **階下の店先**

喜八が、おつねに送られて今帰らんとする処。
おつね、送りながら、
Ⓣ〝此の四、五日毎晩の様に、
出かけるんだよ〟
喜八「ふーん」と頷き、「仕様がねえなあ……」と言った顔。
Ⓣ〝そろそろ此の村ともおさらばだし
出来るだけ面を見ておきてえと
思うのに……〟
とぼやく。
そして「じゃ、行くぜ」と帰りかける。
おつね「ねえ……」とよびかけて、
Ⓣ〝気をつけた方がいいよ〟
と言う。喜八「え？」と見返し、
「何がよ？」
おつね、一寸笑って、小指を出して、
Ⓣ〝お前さんの、これのことさ〟
喜八、頭をかいて「いやあ……」
Ⓣ〝あいつについちゃ
面目次第もねえんだけど……〟
おつね、
Ⓣ〝冗談じゃない
此の年をして、
妬いてると思われちゃ
あたしが困るよ〟
そして、真顔になって、
Ⓣ〝あの女《ひと》の口から、ひょいと信吉に
露《ば》れでもしたら、ことだからね〟
喜八、頷くが「大丈夫だ」と言って出て行く。
おつね、見送る。ふと一方を見上げる。
だるまが棚の上で白眼をむいている。
（ダブル感じ）

72 **道**

喜八がとことこ小屋へ急ぐ。

73 **小屋の露地**

喜八、ひょいと前方を見て「あれ？」と立ち止る。

74 **向うの道**

信吉とおときが肩をならべて帰って来る。（見た目）喜八「うーむ」と唸って目をみはる。飛び出さんとしたが、そのままかくれて尚も見張る。

75 **楽屋口**

恋人同士、別れをおしむ様子。

76 **小屋の露地**

喜八、凄い顔して、表口から小屋へ入る。

77 **楽屋口**

おとき、信吉と別れて、そして、小屋の中へ入る。

78 **廊下**

彼女、そっと忍んで入って来る。
ギョッとなって立ちすくむ。
目の前に怒りに燃えた喜八が立っている。
おとき、笑って会釈し、そのまま通り過ぎようとする。
喜八、押し止め「こっちへ来い！」と先に立つ。

79 **客席**

ガランとして一隅に座蒲団がつみ重ねてある。
喜八、おときを前へ坐らせ、いきなり横つらを張る。
「やい！」
Ⓣ〝手前ぇ、今まで
何処へ行って来やがった！〟
おとき、頬をおさえ、反抗的に見返す。
無言である。

喜八、じりじりして「やい！」
Ⓣ〃手前ぇとあいつとは
　一体どうだって言うんだ？〃
おとき、無言で見返している。
喜八、
Ⓣ〃金でも欲しかったのか!?〃
おとき、淋しい笑いを一寸浮べて、
Ⓣ〃親方、そう思う？〃
喜八、「え？」と反問に気を抜かれる。
おとき、淋しく、
Ⓣ〃あたしなんか
　そう思われても無理ないわね〃
続けて、
Ⓣ〃おたか姉さんだって、はじめ、
お金であたしに頼んだんだもの――〃
喜八、驚き、「何んだと？」
Ⓣ〃おたかが、どうしたんだ？〃
おとき、
Ⓣ〃あの人を誘惑しろって言ったのよ〃
喜八、「え？」と目をむく。せき込む。
と、おとき「でも……」と目をふせ、
Ⓣ〃でも、今じゃ、お金でなしに
あたしが信ちゃんに夢中なのよ〃
喜八、「うーむ」と見据える。
ハッとなって、
Ⓣ〃おたかを呼んで来い！〃
Ⓣ〃手前ぇにゃ後で話がある〃
と、言う。おとき、何か言わんとする。
喜八、無理におときを行かせる。
そして、たった一人、腐って考え込む。
無意識に、座蒲団の綿をつまみ出している。
天井から紙ふぶきの残りカスがヒラヒラと落ちて来る。
ややあって、ハッとして一方を見る。
おたかが来て、喜八を見ている。
両人、殺気を以て、睨み合う。
おたか、近づき、
Ⓣ〃お前さん、あたしに
　何の用があるんだい？〃
喜八、かみつき、
Ⓣ〃手前ぇ、俺の伜を
　どうしようってんだ!?〃
おたか、ふてて「ふん」
Ⓣ〃お前さんの伜の事なんか知るもんか〃
喜八、「何！」と立ち上がる。
おたか、ついと去らんとしたが、
振り向いて、
Ⓣ〃お前さんに似て立派な息子さんだよ
　旅芸人を情婦《いろ》に持ってさ〃
喜八、追いすがりざま、続けてなぐる。
おたか、なぐられたまま、笑い顔で、
Ⓣ〃口惜しいかい〃
Ⓣ〃え、どうだい！〃
Ⓣ〃たんと口惜しがるがいいよ〃
喜八、相手の落ち着いた様子に押される。
おたか、「フン」と笑って、
Ⓣ〃世の中は廻り持ちなんだよ
　骨身にしみて、覚えとくがいいや〃
喜八、「何を！」とやけになって重ねてある座蒲団をぶつける。そして去りかける。
おたか、急に追いすがり、「ね、お前さん……」
Ⓣ〃仲直りしておくれよ〃
喜八「え？」と見返す。おたか、尚も、
「ねえ」とすがり、
Ⓣ〃これで、あたしとお前さんとは
　五分五分じゃないか〃
喜八「何言やんだい！」と去りかける。
おたか、尚も追って「ねえ」
Ⓣ〃あたしの身にもなっておくれよ〃
「ね、親方……」
喜八、「うるせえ！」と振り払って行ってしまう。

80
楽屋
一同が寝ている。
喜八、そこを通り過ぎる。
おたかとおときの寝部屋。
喜八、おときを探す。
空の蒲団。
喜八、「おとき！　おとき！」と方々探

す。
一同、驚いて、喜八を見る。
喜八、
Ⓣ〝おときはどうした?〟
と、中の一人。
Ⓣ〝今しがた、外へ出て行った
様子ですぜ〟
喜八、驚く。
一同も「何事ならん」と驚く。
喜八、考えていたが、急にバタバタと出て行く。
一同、驚く。

81　廊下

喜八、慌しく来る。おたかと逢う。

おたか「何処へ行くの?」と思わず訊ねる。

喜八、返事もせずに押しのけて出て行く。　(ダブル感じ)

82　小料理屋「酉屋」の前

おつねが軒燈を蔵っている。

喜八、急いでやって来て入る。

83　店内

おつね、喜八の様子に驚く。
喜八、いきなり、
Ⓣ〝信吉は居るか?〟
おつね「まあ」とけげんな顔して、
Ⓣ〝お前さんからの迎えじゃ
なかったのかい?〟
喜八「え?」と見返す。
おつね、驚いて、
Ⓣ〝たった今、お前さんとこの
若い娘《こ》と出て行ったよ〟
喜八「そいつはいけねえ!」と慌てて外へとび出す。

84　店の前

喜八、左右をすかし見る。

おつね「どうしたのさ?」と傍へ来て訊ねる。

喜八、「うーむ」と腐りつつ店の中へ戻る。

85　店の中

喜八、だまり込む。
おつね、驚いて訊く。
喜八、うめく様に、
Ⓣ〝かあやん、こいつは
えらい事になったぜ〟
おつね、見返す。
喜八、
Ⓣ〝信吉の奴、とんでもねえ者に
しちゃったぜ〟
と、滅入る。
おつね、立ちすくんでわけを訊ねる。
喜八、放心の態でいる。

86　柱時計

振子がゆれる。　(F・O)

87　(F・I) 客席

深刻な顔でじっと一方を見ている一座の人々。(ゆるやかに移動)

部屋の真中に、一座の衣裳から小道具類一切がつみ上げられている。その前に古道具屋が二人で値をつけている。一人がソロバンを入れている。

一同、じっと見る。

おたかは向うで考えている。

道具屋、尚も品物を見る。

犬の縫いぐるみを手にしたが、においをかいで横へ捨てる。

猫の貯金入れを抱えて見ている富坊、腐る。

やがて、古道具屋、ソロバンを見せて、

Ⓣ〝〆てこれでいかがでしょう?〟

喜八、頷き、人のよさそうに——

Ⓣ〝いいだろう
みんなの旅費《あしだい》にはなり相だ〟

88　楽屋

徳利がならんでいる。(移動)

茶碗酒に、するめ、一座の人々が車座になって別れの酒を飲んでいる。
皆、愁然としている。
おたか、僅かに円座からはずれてぼんやりと煙草を吸っている。
喜八、おたかには目もくれない。
吉ちゃん、座をとりなす様に、
Ⓣ〝親方とは随分長い間の
　おつき合いでしたね〟
喜八、愁然と頷く。ふと、吉ちゃんに、
Ⓣ〝吉は、何処へ行くんだ？〟
吉ちゃん、腐りつつ、
Ⓣ〝妹の連れ合いが上田で
　米屋をやってるんで……〟
喜八、頷き、「マア公は？」
マア公、頭をかいて、
Ⓣ〝元の牛肉屋へ戻って
　御用聞きになるつもりでさ〟
と、言う。喜八「ふむ」と頷く。
喜八、一同へ、
Ⓣ〝堅気になれる奴は、堅気がいいぜ〟
Ⓣ〝俺は、もう此の稼業《しょうばい》はこりごりだ〟
と、言う。一座、一寸白ける。
と、吉ちゃん、喜八とおたかを見ていたが、「ね、親方……」
Ⓣ〝今晩ぎりなんだから
　姐さんとも笑って別れて
　おくんなさいよ〟
と、言う。そして、おたかにも「ね、姐さん……」と言う。
喜八、ふいと盃を取上げ、おたかの方へ投げてやる。
おたか、じっと膝元の盃を見る。
やがて、取り上げる。誰かがお酌してやる。
マア公が喜八に、
Ⓣ〝お別れに一つ景気よく
　騒ごうじゃありませんか〟
喜八「よし、やろう！」と顔を上げる。
吉ちゃん、
Ⓣ〝姐さん、一つ唄っておくんなさいよ〟
おたか「ああ、唄うよ」と淋しく笑って唄い出す。
喜八はじめ一同、手拍子とって騒ぐ。
が、浮かれ得ない。
そのうち、とっさん、こそこそと抜けて向うの階段へ行って泣く。
それを見て富坊も泣き出す。
一同も、何処か下を向いてしまう。
（ダブル感じ）

89　小料理屋「酉屋」

喜八が、荷物を持って浮かぬ顔で入って来る。
おつね「まあ」と迎えて招じ入れる。
喜八、腐って奥へ入る。

90　座敷

両人、入って来る。
おつね、喜八の浮かぬ様子に、
「どうしたのさ？」
喜八「やれやれ」と荷物を投げ出す様に置いて、
Ⓣ〝とうとう一座、解散しちゃったよ〟
とはき出す様に言って坐り込む。
おつね、びっくりして見る。
喜八、
Ⓣ〝信吉から未だ
　何とも言って来ねえか〟
おつね、眉をひそめて
「まだ何とも……」
喜八、腐って、
Ⓣ〝蛙のガキは蛙で
　学はあっても
　女には手が早えや〟
とぼやく。
おつねもうっかり「本当にねえ……」と言いかけたが気にして喜八と荷物とを見較べる。
喜八、頭をおさえて、
Ⓣ〝こんどばっかりは、散々だよ〟
と、滅入ってしまう。おつねも同情して見る。が、やがて気を変えて「ねえ」
Ⓣ〝一本、つけようか？〟
と、すすめる。喜八、腐ったまま、

Ⓣ〝酒ならいらねえぜ〟
と、てんでペシャンコである。
おつね、じっと見たが、稍々明るく、
「じゃ、お前さん……」と口を切る。
Ⓣ〝じゃもう旅へ出なくっていいんだね〟
喜八、ふいと顔を上げたが「うん」と頷く。おつね、重ねて笑顔で、
Ⓣ〝じゃ、当分此処にいりゃ
　いいじゃないか〟
「ねえ、そうおしよ……」と言う。
喜八「うーむ」と考え込む。
おつね、乗って、
Ⓣ〝信吉だってよく話せば
　満更分らない年頃でもなしさ……〟
Ⓣ〝そのうちにはあの子もきっと
　帰って来るよ〟
「ねえ、そうすりゃ」
Ⓣ〝親子三人仲よく暮そうよ〟
「ね、そうしようよ」と頻りにすすめる。
Ⓣ〝達磨さんだって何時までも白眼じゃ
　可哀そうじゃないか〟
喜八、考えていたが、段々乗って来て、遂に頷く。
おつね、うれし相に喜八を見る。
両人、感情をこめて、稍々無言。
おつね、やがて、思い出した様に、
Ⓣ〝一本つけようよ〟
と、立ち上がる。
喜八、嬉しくなって、
Ⓣ〝何から何まで済まねえな〟
おつね、いそいそと酒を取りに店の方へ。
喜八、すっかりその気になって、うれしそうである。

91　店（調理場）

おつね、お銚子に酒を入れる。ふと店先に、物音を聞いたらしく、不審そうに乗り出して見る。続いて「まあ！」となって店の方へ。

92　店先

積んだ酒樽の向うにしょんぼり信吉が帰って来て立っている。

おつね「まあ……お前……!!」

Ⓣ〝お前、何時帰って来たんだい〟

と流石《さすが》に喜びの色。

信吉、無言で突立ったまま下を向く。

93　座敷

喜八、店の声にハッとなって立って行く。

94　店先

喜八、出て来て「うーん」と目を丸くして信吉を見る。たまらなそうに傍へ行く。喜びと怒りと半半で——

「お、お前ぇは……」と言いかけてハッとして入口を見る。

戸口に立っていたらしいおときが入って来る。彼女、

「済みません……」と喜八に近付く。

喜八、おときを見ると、カッとなっていきなり「こ、こん畜生……!!」

Ⓣ〝何処へ行ってやがったんだ！〟

Ⓣ〝手前ぇ、どの面さげて
　帰って来やがったんだ！〟

と、横ビンタを張る。

おとき、

Ⓣ〝親方、済みません〟

と、言う。

喜八「何が済むかってんだ！」

と、又もなぐろうとする。

信吉、喜八の手をとめる。

Ⓣ〝おじさん、謝ってるのに
　殴らなくったって、
　いいじゃないか〟

喜八、キッと信吉を見る。「何言ってやんだ！」と今度は信吉に喰ってかかる。

Ⓣ〝手前ぇも手前ぇだ〟

Ⓣ〝手前ぇにゃおっかさんの心配が
　からきし分らねえのか〟

と、ボエンとなぐる。

信吉「アッ！」と頬を抑える。
喜八、又も、おときをなぐる。
信吉、むきになって、喜八をとめる。
喜八「うるせえ！」と振りのけ、カッとして信吉をもう一度なぐろうとする。
信吉、よけざまに喜八の横面をなぐる。
喜八、よたよたとして、やっと踏みこらえる。
信吉、尚も喰ってかかろうとする。
おつね、夢中で信吉をとめる。
「な、なにをするんだい！」
Ⓣ〃お前、何てことをするんだい〃
「え」と夢中で、
Ⓣ〃此の人を誰だと思ってるんだい〃
信吉、その権幕に驚く。
おつね、せき込む様に、
Ⓣ〃お前の打《ぶ》ったこの人は
　お前の本当のお父さんなんだよ〃
信吉「えッ！」となって喜八を見る。
おときも驚く。
喜八、じっと立ったまま信吉を見る。
信吉も見つめる。が「いいや」と気を変えて首を振る。
Ⓣ〃そんなお父さんがあるものか！〃
喜八、ハッとなる。
おつねもハッとして見る。
信吉、
Ⓣ〃お父さんは村役場へ勤めていて
　死んだ筈じゃないか〃
続けて、
Ⓣ〃もしあれば、二十年もの永い間、
　僕たちを放ったらかしておく
　わけがないじゃないか〃
涙ぐんで、
Ⓣ〃僕と母さんとは随分淋しく
　二人きりで暮して来たじゃないか〃
おつね「でも……」と言いかける。
信吉、はげしくさえぎって、
Ⓣ〃そんな勝手な父親ってあるものか！〃
喜八、立ったまま。
おつね「でも……」と信吉に近付く。
Ⓣ〃でも、自分の子の幸せを思って
　父とも言えないお父さんを考えて
　ごらんよ〃
Ⓣ〃お父さんはお前を
　旅役者の子にしたくなかったんだよ〃
Ⓣ〃お前だけは学問さして
　堅気で身を立てて貰いたかった
　んだよ〃
Ⓣ〃だからこそ心にもない嘘をついて
　淋しく旅で暮していたんだよ〃
信吉、項垂れる。
おつね、泣きそうになって、
Ⓣ〃お父さんは何時も貧乏しながら
　お前の学費だけは、旅の先々から
　欠かさず送って下すったんだよ〃
「それをお前……」
Ⓣ〃そのお父さんに手をあげて
　もったいないと思わないのかい〃
信吉、泣きそうになる。たえられなくなって、いきなり階段を逃げる様に上ってしまう。
おつね「まあ……」とキッとなって見送る。
おとき、たまらなそうにおつねに近づき、
Ⓣ〃済みませんでした〃
「あたし、あたし……」
Ⓣ〃あたし、何にも知らなかった
　もんですから……〃
と、泣きそうになってあやまる。
喜八、じっと立っていたが、おつねと顔を合わすと、淋しい苦笑を見せて、
Ⓣ〃学があるだけに
　あいつの言うのはもっともだよ〃
Ⓣ〃ふだん構いもしねえで勝手な時に
　これが父親でござい
　なんて言ったところで
　通用しねえのが当り前だ〃
そして、奥へ行く。が、直ぐ荷物を持って出て来る。
おつね、不審そうに見る。
喜八「なあ、かあやん」
Ⓣ〃矢張り俺は旅へ出るよ〃

おつね、驚いて、
Ⓣ〝信吉だって、お腹ん中じゃ
　もう折れてるんだよ〟
「ねえ、行かなくっても……」
喜八「いいや」と首を振って、
Ⓣ〝でも、あいつに肩身のせまい思いを
　させたくないからなあ〟
そして、淋しく、笑って、
Ⓣ〝今度だけは、此のまま
　のんきなおじさんで別れてえんだ〟
おつね「でも……」と諦め切れない。
おときも心配そうに喜八を見る。
喜八、荷物を持ち直すと、
Ⓣ〝もう一ぺんはじめから出直して
　目鼻がついたら又来るぜ〟
Ⓣ〝こんどは信吉の親父と言っても
　不足のねえ大高嶋でやって来るぜ〟
「なあ、おい」
Ⓣ〝その時にゃ、引幕の一つも
　贈ってくれよな〟
と、行かんとする。
おとき「親方……」ととめて、
Ⓣ〝お願いですから
　あたしも一緒に連れてって下さい〟
喜八「え？」と見る。
おとき、熱心に、
Ⓣ〝色々お世話になった親方に
　こんな不義理のままで
　お別れ出来ません〟
Ⓣ〝親方の為ならあたし
　生れかわって働きますわ〟
喜八、打たれて、おときの方に歩みより、おつねを振り向く。
Ⓣ〝かあやん、聞いたかい
　可愛い事を言うじゃねえか〟
おつね、おときを見る。
喜八、おときの肩に手をかけ、
おつねに、
Ⓣ〝骨折ついでにこいつの面倒も
　見てやってくんねいか〟
「な、頼むぜ……」
おつね、涙顔で頷く。おとき「まあ」となる。
喜八、おときをさしておつねに、
Ⓣ〝こいつは河原者にしちゃ
　気だての優しい出来のいい子
　なんだぜ〟
そして、おときの頬っぺたをさすり、
Ⓣ〝さっきは殴って済まなかったなあ〟
そして、頭を下げて、
Ⓣ〝伜は偉え奴にしてくれよな〟
と言い、離れる。
おとき、たえられぬ様子で、二階を見上げたが、いきなり走る様に上がって行く。

95　二階

信吉、泣きたいのをこらえて考えていたが、ハッとなって見る。

おときが顔を出して、

「信ちゃん……親方が……」

信吉、彼女をじっと見ていたが、やがて、サッと立ち上がると、部屋を飛出す。

96　店先

信吉とおとき、降りて来る。
信吉、方々を探す様子で、
おつねを見ると、
Ⓣ〝おじさんは？〟
と、訊く。
おつね、じっと坐ったまま動かない。
信吉、尚も探して、再び、
Ⓣ〝おじさんは？〟
と、訊く。おつね、信吉を見て、
Ⓣ〝お父さんかい？〟
と、訊き返す。
信吉「うん」と頷く。
おつね、
Ⓣ〝お父さんなら、又旅へ出たよ〟
信吉「え？」となり、いきなり外へ行こうとする。おつね「信吉！」ととめる。
Ⓣ〝とめなくたっていいんだよ〟
信吉「え？」と見返す。

おつね、こみ上げて来るのを我慢して、

Ⓣ〝お前さえ、偉くなってくれれば
それでいいんだよ〟

「お父さんはね……」

Ⓣ〝お前が生れてからお父さんは
何度となくああ言う気持で
此の村を打上げて行ったんだよ〟

と言い、ついに泣けてしまう。

信吉、立っていたが、たえ切れず腕を顔に当ててすすり上げる。

おとき、泣き伏してしまう。

白眼の達磨。

座敷にかすかに立ち登る蚊遣り、廻り燈籠が廻っている。　　（ダブル感じ）

97 停車場

喜八、やって来る。

98 切符売場

喜八、切符を買う。

ひょいと一方を見て「あれ?」と思う。

ガランとした待合椅子にしょんぼりおたかが坐っている。

喜八、稍々気まずそうに見ていたが、一寸離れた椅子に坐る。

おたか、じっと喜八を見る。

喜八、煙草を吸おうとしたがマッチがない様子。

おたか、ついと立って来て、マッチを貸してやる。

両人、そのまま変な気持で並んで坐る。

やがて、おたか、

Ⓣ〝お前さん、何処まで行くの?〟

喜八「うん」

Ⓣ〝上諏訪までだ〟

おたか、佗しく目をふせる。

喜八、

Ⓣ〝お前は何処だ?〟

と訊く。

おたか、

Ⓣ〝別に何処って当てもないのさ〟

と、物憂く言う。

喜八、じっと見ていたが、

Ⓣ〝どうだい、もう一旗
一緒にあげてみる気はねえか?〟

Ⓣ〝乗るか反るか分らねえけど……〟

おたか「そうだねえ」と考えていたが、ついと立って売場の方へ行く。

99 切符売場

おたか、窓の中へ、

Ⓣ〝上諏訪一枚……〟

100 夜汽車の中

眠りこけている人々。

喜八とおたか、並んで坐り、駅弁を肴に酒を飲み始める。

ゴーゴーと遠ざかり行く汽車。

暗い中を――　　（F・O）

――完――

箱入娘

脚色
野田高梧
池田忠雄

原話……式亭三右
脚色……野田高梧
池田忠雄
監督……小津安二郎
撮影……茂原英朗

おつね……飯田蝶子
おしげ……田中絹代
喜八……坂本武
富坊……突貫小僧
荒田……竹内良一
村田……青野清
おたか……吉川満子
伊豆文の大旦那……縣秀介
若旦那……大山健二

一九三五年（昭和十年）
松竹蒲田
脚本のみ現存、ネガ、プリントなし
SD8巻、1847m（六七分）
白黒・無声（サウンド版）
一月二十日　帝国館公開

Ⓣ〝皆さんは甘酒横丁の
お煎餅屋さんを御存知ですか？〟

1 **せんべい屋「喜八」の店先**

喜八が、慣れた手つきで、せんべいを焼いている。

横に、せがれの富坊が、軍手をはめてせんべいに醤油を塗っている。

やがて、若い娘が、せんべいを買いに来る。

喜八、若い娘を見ると、富坊が立ち上がるのを制して、焼網を火からのけて立って行き、娘と応対する。

「おいくら？」

「三十銭」

娘、喜八に五十銭玉を渡す。

喜八、受けとり、袋にせんべいをつめる。おまけをわざわざ見せる様に入れて、「エヘ……」と笑う。

喜八、袋を娘に渡す。

喜八「エヘ……」といつまでも娘に愛想笑いしている。

富坊、腐って父を見る。

娘、せかす様に、

Ⓣ〝おつり下さいな〟

喜八「あっ……」と気付き、慌ててその五十銭を返そうとする。

喜八、気付いて、富坊におつりを持って来させる。

照れ笑いしながら、おつりを娘に渡す。

娘、去る。

喜八、富坊を見る。富坊、父を睨んでいる。喜八も、

「何だ、この野郎！」と睨み返す。

喜八と富坊、又も仕事を続ける。

やがて、喜八、ふと顔を上げて前方を見る。

2 **お向いの古本屋**

若い夫婦が店で、くっくといちゃついている。

3 **喜八の店**

ぽうとなってうっとり見ている喜八。

4 **古本屋**

いちゃついている拍子に、本棚から本がくずれ落ち夫婦、本の下になって驚く。

5 **喜八の店**

喜八「ざまみろ！」と喜ぶ。

富坊、ジロリと親爺を見て、

Ⓣ〝ひとのふり見て、わがふり直せか〟

と独語の如く言う。

喜八「何？」となるが、慌てて焼網を持ち上げる。せんべいがすっかり焦げている。腐り切って富坊を見る。

富坊、睨んでいる。

喜八「チェッ！」となって、

Ⓣ〝弘法さまだって、たまにゃ
木から落ちらい……〟

富坊、

Ⓣ〝字の書けない弘法さまって
あるかい！〟

喜八「何ッ！」と焦げたせんべいをぶつける。

富坊、受け止めて、それを見せびらかしながら父を見ている。

喜八、腐りつつ、焦げせんべいを別の罐に捨て、又、新しく焼きはじめる。やがてふと顔を上げる。

店先に、お針帰りのおしげが立っている。

喜八「やあ」と会釈しかけたが、慌てて焼網を持ち上げ「どうでえ」と言う様に富坊を見る。

富坊、今度は「よろしい」と言う様に頷く。

喜八、安心しておしげに会釈する。

おしげ、風呂敷より、富坊の着物を出し

て、

Ⓣ〝富ちゃんの出来たわ〟

喜八「そいつは済まねえ」と着物を受け取り、にこにこしていじり廻す。

おしげ、

Ⓣ〝お師匠さん、よろしく言ってたわよ〟

喜八「そうかい」と頷く。

おしげ、帰り支度する。

喜八、ふと、又も古本屋の方を見る。

6　古本屋

若夫婦が、いちゃつきながら、崩れた本を直している。

7　喜八の店

富坊、父を睨んでから、おしげに「ねえ」

Ⓣ〝お父っさん、あそこ見ちゃあ
　おせんべ、焦がしてるんだよ〟

おしげも、一寸、古本屋の方を見てから「まあ！」と喜八を見る。

喜八、照れつつ、せがれの頭を突く。

おしげ、帰りかける。

喜八「お帰りかい」と言いつつ、ふと天井の隅にある熊手のおかめを見て急に思いついた様に、

Ⓣ〝おっ母さんに、よろしくな〟

8　髪結さんおつねの家

おつねが仕事場で櫛などふいている。

鏡の前のお客（芸者）へ行って髪を結いはじめる。他に梳き手が一人いる。

と、直ぐ、おしげが帰って来る。

「ただいま……」

おつね、見迎えたが腮《あご》で二階をさして、

Ⓣ〝二階に、村田の小母さんが
　来てるよ〟

おしげ「そう！」と二階へ行く。

お客の芸者、おつねに、

Ⓣ〝おしげちゃんなんか
　もう方々からお嫁の口が
　あるんでしょうね〟

おつね、一寸、得意の色で、

Ⓣ〝あるにはあっても
　まだ、からきし子供でねえ〟

と言う。

9　二階

おつねの友達おたかと、おしげが向かい合っている。

おしげ、笑顔で「ねえ、小母さん……」

Ⓣ〝此の間の同窓会の帰り、お酒飲んで
　大変だったんですってね〟

おたか「ええ」と笑顔で、

Ⓣ〝何しろ小学校の時には、
　一緒に駄菓子屋で
　にこごり食べてた連中だからねえ〟

おしげ、頷いたが、笑って、

Ⓣ〝うちのお母さん、帰って来て
　ハバカリの中で寝ちゃったのよ〟

おたか「まあ……」と一緒に笑うと、途端におつねが「何言ってんだい！」と入って来る。おしげを睨みつけ、

Ⓣ〝余計なこと言うんじゃないよ！
　馬鹿！〟

と叱る。おしげ、首をちぢめる。おつね「下へ行っといで！」と叱りつける。

おしげ、笑いながら出て行く。

おたかも笑って、おしげを見送ったが、おつねを見ると、一寸改まって「ねえ」

Ⓣ〝今日は、ちょいと改まった話で
　来たんだけどねえ〟

おつね「何さ？」とつられて真顔になる。

おたか「ねえ……」と乗り出す様にして「何しろ……」

Ⓣ〝先方は、大学出で
　家作も二、三軒あるし
　姑もとうに死んじゃってる
　んだけどねえ〟

おつね「ふーん」と乗って、

Ⓣ〝それで、年はいくつなのさ？〟

おたか、

Ⓣ〝明けて、五十二〟

おつね「え?」となって、手を振って、
Ⓣ〃そりゃ可哀そうだよ
　あの子、まだ、明けて十九だもの〃
と、顔をしかめる。
と、おたかが「え?」となったが少し笑って、
Ⓣ〃勘違いしちゃいけないよ
　お前さんの縁談だよ〃
と言う。おつね「まあ……」と笑って「冗談じゃないよ!」と一笑にふす。
おたか「だって、お前さん……」と乗り出して、少し笑って、
Ⓣ〃いつになったって、
　亭主っていいもんだよ〃
とすり寄る。
おつね「いやだよ……」と取り合わない。
おたか、尚もすり寄って、おつねの耳に何か言う。
おつね「ふふふ……」と一寸笑う。
おたか、尚も囁いて、
Ⓣ〃たとえば、うちの人にしたってさ
　ああ見えても……〃
そして、又も、耳語になる。
おつね「ふむふむ」と聞いて笑い出す。
が、やがて怒って見せて「いやだよ!」
Ⓣ〃お前さん、惚《のろ》けに来たのかい!〃
とひっぱたく。
おたか「まあ、お聞きよ……」と尚も囁く。
おつね「いやだよ!」「まあ、お前さんが!?」など笑いながら聞いていたが、遂に大笑いになる。
大笑いになって、急に、おしっこが出たくなる。慌てて、部屋を出て行く。
おたか、呆れて見送る。
と、おつねとすれ違いに、おしげがお茶を持って入って来る。母の方を笑いながら見送ってから、おたかに、
Ⓣ〃おっ母さんたら、大きな声で笑うと
　すぐおしっこ出たくなるのよ〃
おたか「まあ……」と笑い出す。これも笑いがとまらず、やがて、同じ様におしっこしたくなって、そわそわと部屋を出て行く。
おしげ、呆れて見送る。やがて、ハッとなって一方を見る。

10　窓の処

富坊が屋根に干してあるせんべいを取りに来ている。
（おつねの家と喜八の家と屋根が隣接していて、せんべいの干し場にしてある）
富坊、おしげを見ると「ねえ!」
Ⓣ〃お父っさん、又、お煎餅、
　焦がしちゃったんだよ〃
と言って去る。

11　窓

おしげ、笑いながら、ふと一方を見る。

12　街の夕景（晒《さらし》の干場など見える）

13　村田の家（茶の間）

おたかの亭主が、長火鉢の前で、ぽつねんと待っている。
腐っている。やがて、ハッとなる。
下宿人の荒田が、二階から水を取りに降りて来る。
両人、顔見合わせる。
村田、腐った顔。
荒田、気の毒そうに、
Ⓣ〃小母さん、まだ帰って
　来ないんですか?〃
村田、顔しかめて頷く。
荒田、
Ⓣ〃お腹、お空きになったでしょう?〃
と、自分も空腹の感じで訊く。
村田「いやあ……」と言うが、依然腐ったまま。
荒田、水を持って、二階へ行く。
村田、再びしょんぼりする。
やがて、ハッとなる。

14

玄関

おたかが相当酔って帰って来る。

「ただいまあ……」

奥へ入る。

15

茶の間

村田「チェッ!」と見迎える。

おたか、てんでいい気持で、亭主の頭を一つたたく。

村田、見上げて「おい!」

Ⓣ〝お前、又、一杯飲んでやがるな!〟

おたか「ふん」と相手にしない。

村田、一層、怒って、

Ⓣ〝こないだの同窓会の晩

　ハバカリで寝ちまったの

　忘れたのか!〟

おたか「え?」となるが、鼻の先で笑って、ショールなど取る。

村田、じっと睨んで、

Ⓣ〝どこ、ほっつき歩いていたんだ!〟

おたか、だらしなく村田の前へ坐って、顔つき出して、

Ⓣ〝ほっつき歩いてなんかいないわよ!

　お前さんじゃあるまいし!〟

村田、カッとなって頰っぺたをなぐる。

おたか「やったね!」と一寸間を置いて、いきなり村田の胸を突く。

村田、ころげる。両人「うーむ」と虎視タンタンと睨み合う。

殺気をはらんで――

16

二階　荒田の部屋

（製図家の室内らしき机上の道具など）

荒田、机の前に坐っていたが、階下の音にハッとなる。立って行く。

17

階段

荒田、様子うかがいつつ降りて来る。

ハッとなる。

18

階下の廊下

階段の下へ、村田がドタンと突き出されて来る。

ふうふう言って肩で息している。ふと荒田と顔を見合わすと、

Ⓣ〝済みませんけど

　御飯は外で食べて来て下さい〟

と言う。そして、身構える。と何かが飛んで来て当るので、再び喧嘩しに室内へ入って行く。

19

おつねの家　階下（夜）

喜八が飲みに来ている。

おつね、前からの続きの様に、

Ⓣ〝いかに亭主がいいもんだからって、

　まさか此の年になって

　新婚でもあるまいからねえ〟

と言う。喜八「う?」と見たが、

Ⓣ〝そう言ったもんでもねえよ

　言ってみれば、俺だって、

　独り者だしさ〟

と自分を売り込んで、胸をたたく。

おつね「まあ!」と笑って問題にせず。

喜八、乗り出して、

Ⓣ〝女房が髪結いで亭主がせんべい屋

　こいつは乙だと思うんだがなあ〟

と頻りに売り込む。

と、横にいるおしげ、ニコニコして、

Ⓣ〝小父さん、あたしのお父っさんに

　なるつもり?〟

喜八「え?」となって照れる。

おつね、おしげ、笑い出す。

おつね、笑い過ぎて、又も小便したくなる。慌てて笑うのをやめる。

やがて、一同、ハッとして一方を見る。

20

玄関

上り框の処へ、おたかがしょんぼり立っている。

21

座敷

おつね「まあ、どうしたのさ?」と驚く。

おたか、しょんぼり上がって来て、喜八

の方へ一寸会釈したが、そのまま、おつねの横へ坐る。
喜八「まあ、一杯……」と杯さす。
おたか、一寸飲んで、おつねに「ねえ……」
Ⓣ〃今晩、泊めてくれない？〃
おつね「どうしたのさ？」と訊く。
おたか、腐って、
Ⓣ〃やっちゃったんだよ〃
と言う。
おつね「これかい？」と引っかく真似して訊く。
おたか「うん」と頷く。
おつね、笑う。「それごらんよ！」
喜八、ニヤニヤする。
おしげ、笑顔で、
Ⓣ〃おっ母さんも、
　お父っさん生きてた時分
　夫婦喧嘩したの？〃
おつね「ううん！」と首を振り、澄して、
Ⓣ〃あたしゃ、やらなかったね
　大体、お父っさんてそんな人じゃ
　なかったんだもの！〃
おしげ、頷く。
おたかと喜八、いやな顔する。
おつね、思い出す様に、
Ⓣ〃一本気で、喧嘩っ早《ぱ》やかったけど
　あたしにだけは優しくってね……〃
「それはもう……」などと、うっとりして言う。
喜八、げっそりする。
おたかも腐る。
おつね、一方の壁の方を見る。
一同も見る。

22　額

おつねの亭主が、消防の小頭の礼装している写真。

23　座敷

おつね、それを見ながら、たまらなそうに、
Ⓣ〃出初式の朝なんか、仕立おろしの
　半纏がよく似合ってね……〃
と言う。
喜八、げっそりして、こそこそ帰って行く。
おつね、尚も、
Ⓣ〃髯の剃りあとが青くってさ……〃
おたか、もじもじして来る。おつね、尚も目を細くして、
Ⓣ〃あたしゃ、六代目の
　め組の辰五郎見るたんびに
　いつもお父っさん思い出すんだよ〃
と夢中になって言いつづける。
おしげもうっとりして聞いている。
おたか、ついに憤慨して帰り支度しながら、
Ⓣ〃写真じゃエノケンに似てるわね！〃
と言い、サッサと立ち上がる。
おつね、おしげ、驚いて見て、おつね「どうしたのさ!!」と見上げる。
おたか、じりじりして、
Ⓣ〃帰るのよ！〃
と行きかける。
おつね、背後から、
Ⓣ〃帰れるの？〃
おたか、ハッと立ち止ったが、もじもじしている。
おしげ、笑顔で、
Ⓣ〃送ってってあげましょうか？〃
おたか、一寸考えたが、「済まないねえ」と頷く。
おしげ、立ち上がる。
おつね、おたかに、
Ⓣ〃お前さんもだらしがないねえ
　若い娘に送って貰うなんて！〃

24　村田の家

村田が頬っぺたに貼った膏薬を撫でつつ、苦い顔で、
Ⓣ〃これじゃみっともなくて
　役所へも行けませんよ〃

おしげが、頭をさげて聞いている。その後におたかが項垂《うなだ》れている。隣に荒田もいる。
おしげ、無邪気に、
Ⓣ〃でも、たまのことなんですから……〃
とわびを言う。
村田、
Ⓣ〃たまなもんですか!〃
と言って、火鉢の抽出しから鋏を出して、おたかの前へポイと投げてやる。
おたか、腐りつつ爪を切る。
おしげ「では……」と挨拶して帰りかける。
おたか、荒田に、
Ⓣ〃荒田さん、送ってやって
　くださらない?〃
荒田、すぐ立って、おしげの方へ行く。

25
玄関
おしげ、荒田に、
Ⓣ〃独りで帰れるから、いいわよ〃
と、すげなく言う。
荒田「チェッ!」と立っている。
玄関の格子を開けて、おしげ、外へ出る。

26
玄関の表
出かけたおしげの処へ、犬が来る。おしげ、こわがって再び家へ入る。

27
玄関(内)
荒田、降りて、おしげに「なんだい!」
Ⓣ〃やっぱり、独りじゃ
　帰れないじゃないか!〃

28
夜の道
おしげと荒田が歩いている。
おしげ、
Ⓣ〃夫婦になっても
　小父さんや小母さんの様じゃいやね〃
荒田、笑顔で、
Ⓣ〃しかし、あれも一つの
　生活だと思うな〃
おしげ、「そうかしら?」と見る。
荒田、もったいつけて、
Ⓣ〃人生なんて、お天気だったり
　雨が降ったりするんで、いいんだよ〃
と言う。
おしげ、ツンとして、
Ⓣ〃あたし、そんな屁理屈
　言う人嫌いよ!〃
荒田「えッ?」と見る。
おしげ、やりこめる様に、
Ⓣ〃お天気ばかりだったら
　尚、いいじゃないの!〃
荒田、笑って、
Ⓣ〃君は単純で羨ましいよ〃
と、偉そうに言う。
おしげ、ふくれて、
Ⓣ〃単純で悪かったわね!〃
そして、道の向う側へ行ってしまう。
荒田、こっち側から
Ⓣ〃又、犬が出て来るよ〃
と、呼びかける。
おしげ、
Ⓣ〃余計なこったわよ!〃
と、言い返す。
そして、両人、両側に離れたまま歩む。

29
色街の昼
お湯帰りやお稽古帰りの芸者衆が、道で三、四名話している。
一人がそう言ったのを受けて、誰かが「まあ!」
Ⓣ〃あんなお師匠さんの
　どこがいいのかしら?〃
と、他のが「あんたにぶいのねえ!」
Ⓣ〃お目あては
　お弟子さんの中にあるのよ〃
Ⓣ〃伊豆文の若旦那
　此の頃、お針のお師匠さんちへ
　日参なんだってさあ〃

30 **お針の家**

おしげが頻りにお稽古している。

他に四、五人のお弟子もいる。

31 **隣室**

木綿問屋伊豆文の若旦那が、お師匠さんと坐っている。
瀬戸の火鉢に鏝が五、六本さしてある。
師匠、やりて婆さんの感じで、
Ⓣ〝それにしても、大旦那が
よく御承知なさいましたねえ〟
若旦那、ニヤリとして、隣室へ気を移す。

32 **お積古室**

お針しているおしげ。

33 **隣室**

若旦那、あごを撫でて、

Ⓣ〝昨日は馬鹿に、日がよくってね……〟

師匠「まあ」と笑う。

若旦那、笑って、

Ⓣ〝尤も、親爺を口説く手は
中学二年の時から
修業してるがね〟

師匠「あらまあ……」と呆れる。

若旦那、隣室へ気を向け、ソワソワ。

師匠、制して、火鉢をさし、

Ⓣ〝今、鏝取りに来ますよ〟

と言う。

若旦那、頷く。急にハッと坐り直す。

襖が開いて、ひどくみっともない女がやって来る。

彼女、鏝を取り、出て行く。

若旦那、げっそりして「ねえ、お師匠さん」

Ⓣ〝あんなんでも月謝同じかい？〟

師匠、笑いつつ頷く。

若旦那、又もソワソワする。

師匠、若旦那を再び制して、やりて婆さんの様に、

Ⓣ〝兎に角、大旦那さえ御承知なら
一肌ぬいでみましょうよ〟

とポンと胸を打つ。

若旦那「頼む！」と頭を下げる。

やがて、再びハッとなる。

おしげが入って来る。

若旦那、急ぎ鏝を取ってやる。

おしげ、軽く会釈で受け流し、自分の鏝を持って行く。

若旦那、腐るが「いいなあ……」と見惚れる。そのまま鏝を持った手を下げてうっとりする。

やがて、膝を焼いて「熱ツツ……」と飛び上がり、鏝を投げ出して、膝を撫でる。

その鏝が、若旦那の帽子を又焦がす。

（F・O）の感じ

34 **荒田の部屋**（夜）

Ⓣ〝あんただって、いつまでも
独り身でいられるわけじゃなし……〟
と、おたかが荒田に、お茶をいれてやりながら言う。
（或は餅を焼いてやりながら）
荒田、机の方へ向いたまま、製図機を弄《いじ》っている。
おたか「ねえ……」
Ⓣ〝おしげちゃんなら
お互いに気心も分ってて
いいと思うんですけどねえ〟
荒田、顔だけ向けて、笑って、
Ⓣ〝駄目だよ
あんな気の強いの〟
そして、又、向う向いて、
Ⓣ〝うっかり貰っちゃって
頬っぺたでも引っ掻かれたら
叶わないからなあ〟
おたか、思わず自分の爪を見る。
荒田、笑いながら、おたかの方を向く。
おたか「まあ！」と睨んで、机の上の鋏を取っておたかの前へ置く。
Ⓣ〝夫婦喧嘩の味までは
あんたなんかにまだ分んないわよ〟

35
階下
亭主がチョッキの上にドテラを羽織った姿で、しょんぼり鰹節をかいている。腹を減らしている。やがて、我慢出来ない様に、天井へ向かって、
「おーい!」
Ⓣ〝飯、喰わしてくれ!〟

36
二階
おたか、その声にニヤリと笑って降りて行く。
荒田、一人になって考える。
ごろんと横になる。　(F・O)の感じ

37
郊外
おしげと荒田がぶらぶら歩いている。いいお天気である。
やがて、おしげ、ふと一方を見る。

38
仲のよい夫婦
(たとえば河岸ならば船の生活者の如き)

39
郊外
おしげ、荒田にその方をさして「ねえ」
Ⓣ〝ああ言うのもいいものね〟
荒田、頷く。一寸、歩いて、
Ⓣ〝もしかするとうちの小母さん今日あたり君のうちへ行ってるかも知れないよ〟
と言う。
おしげ「まあ」
Ⓣ〝何しに?〟
荒田、事もなげに、
Ⓣ〝君を僕のお嫁さんにするためにさ〟
と言って笑う。
おしげ、顔をしかめて、ほき出す様に、
Ⓣ〝いやなこった!〟
荒田もやり返す様に、
Ⓣ〝僕だって御免だ〟
と言う。
両人、尚も歩く。

40
喜八の家の二階
喜八が、袴をつけ、シャッチョコ張った様子で身仕度している。
紋付の羽織も着る。
やがて、呼ばれたらしく、おつねの家の方を見る。

41
おつねの家の二階
おつねが窓に干してある足袋を取り込みに来る。
おつね、
Ⓣ〝何処のお葬い?〟

42
喜八の家の二階
喜八、笑顔で、
Ⓣ〝お前さんちへ行くんだよ〟

43
おつねの家の二階
おつね「まあ!」
Ⓣ〝縁起でもない!〟
とふくれて切れる。

44
階下
おつね、足袋を持っておりて来る。そして、それを片付けながら、物音にフト階段の方を見返る。
紋付の羽織に袴をはいた喜八が、手に弓張提灯の畳んだのをさげて階段をおりて来る。
おつね、それを見ると、すぐ気が付いて、仏壇の抽出しから数珠を出す。
おつね、数珠を喜八に渡す。
喜八、渡されて変な顔——
Ⓣ〝縁起でもねえ〟
とおつねに返す。おつね、返されて不審顔。
喜八、まるで自分の家ででもあるかの様にそこの座蒲団を取って火鉢の傍に敷き、おつねに「まァお坐りよ」と坐らせ、自分も改まった様子で相対して坐り、咳払いなどして言う。

Ⓣ〝実はおしげちゃんの御縁組の
お使者で来たんだがね〟

おつね、馬鹿馬鹿しいと言った様子。

喜八、尤もらしく傍の弓張提灯を（「伊豆文」の屋号のあるもの）取ってひろげ、それをおつねに見せるようにして捧げ持ち、

Ⓣ〝横山町の木綿問屋
伊豆文さんの若旦那なんだ〟

おつね「え?」と稍々気を引かれる。

喜八、続ける。

Ⓣ〝実は今日お針のお師匠さんから
使いが来て
一緒に伊豆文さんへ行って来たんだ〟

おつね、黙って疑わしそうに喜八を見ている。

喜八、急にザックバランな様子になり、坐っていた膝をアグラにして、おつねの顔を覗き込むように、

Ⓣ〝こいつは玉の輿だぜ〟

おつねも思わず引き入れられて「それ本当かい?」と言った調子で乗り出すが、ハッと気がついて、

Ⓣ〝おからかいでないよ!〟

と身を引く。

喜八、多少躍起になり、

Ⓣ〝これがケチな縁談なら
俺だってわざわざ羽織袴で
来やしねえよ〟

と膝を進め、まだおつねが疑っている様子なので、

Ⓣ〝床屋へだって行って来たんだぜ〟

と言う。途端に、フト、鴨居の写真に気を取られる。

鴨居に掲げられたおつねの亭主の写真。

喜八、急に腐って、

Ⓣ〝どうもあれは気に入らねえ〟

と、呟く。

おつね、じっと考えていたが、呟くように、

Ⓣ〝それにしてもお前さんの口だけじゃ
なんだか頼りにならないねえ〟

喜八「とんでもない」と言いながら気が付いて再び提灯を示し、坐り直して、

Ⓣ〝先き様じゃ今日にでも
お袋さんに逢いてえと言ってるんだ〟

おつね「じゃ本当なんだね」と乗り出す。

喜八、大きく頷いて、

Ⓣ〝早く仕度しなよ〟

45　木綿問屋「伊豆文」の奥座敷

座蒲団が二つ並べて敷かれ、それに一つ一つ脇息が添えてある。

訪ねて来た喜八とおつねが床の間の前に立って、室内の立派さに感嘆しながら置物や何か眺めている。

喜八は勿論のこと、おつねも一つ一つに感心し切っている。

両人、その辺を歩き廻って、置き物などを一つ一つ手に取って眺めなどし、フト庭を見る

46　庭

植木屋が二、三人で松の手入れなどしている。

47　座敷

両人「結構なお庭だねえ」など感嘆して、眺めているが、物音にハッとして、慌てて座蒲団の処へ戻る。

脇息を見て、ちょっと様子がわからず、おたおたするが、先ず喜八がそれに腰をおろし、両人、堅くなって取り澄ます。

伊豆文の大旦那が若旦那と一緒に這入って来る。両人の様子を見て変な顔をする。

両人、立ち上がり、中腰になって丁寧に会釈し、また脇息に腰かける。

大旦那と若旦那、それを見て却って困る。

大旦那、喜八等に「さ、どうぞ」と座蒲団を指さすが、両人は只堅くなって会釈を返している。

何処へ行って来たのさ〃

おつね、すぐには答えず、好い気持そうにチャブ台の傍に坐っておしげに折詰を渡しながら、おたかに、

Ⓣ 〃横山町の伊豆文さんに呼ばれてね〃

おたか「ふーん」と怪訝そうに頷く。

おしげ、折詰の包みをほどいている。

おつね、ボーッと思い出すような顔で、

Ⓣ 〃立派なお店《たな》だよ〃

と自慢し好い気持そうにチャブ台に肱をついて、

Ⓣ 〃あたしゃ脇息とかってものに
肱をついて
好い気持だったよ〃

おたかとおしげ「まァそう」と言ったように頷いて聞く。

おつね、フト気が付いて、おたかに、

Ⓣ 〃お前さんだったらあれへ腰かけるよ〃

おたか、苦笑して、

Ⓣ 〃冗談じゃない
芝居で見てるよ〃

おつね「あ！」と初めて気が付き、急にしんみりして、「そうだったねえ」と頷く。

おしげ、包みをほどいた折詰をチャブ台の上に出しながら、

Ⓣ 〃おッ母さん、腰かけたん
じゃないの？〃

48 同夜 喜八の家の前

伊豆文で御馳走になって来たらしいホロ酔いのおつねが、これも好い機嫌の喜八に礼を言って、お土産の折詰を下げて、別れて行く。

喜八、見送り、フト思い出して呼び止める。

49 おつねの家の前

おつね、振り返る。

50 喜八の家の前

喜八、口に手をあてがって低い声で、

Ⓣ 〃あれに腰かけたことだけは
黙ってような〃

51 おつねの家の前

おつね、ニッコリして頷き、家へ這入って行く。

52 家の中

訪ねて来て、おしげと話をしていたおたかが、格子の音に入口の方を見迎える。

おつね、ホロ酔いのご機嫌で帰って来て部屋に上り、

「おや、いらっしゃい」

おたか、その様子を見て、

Ⓣ 〃いい御機嫌ね

で、大旦那、思い付いて若旦那に脇息を持って来させ、それに肱をつきながら「さ、どうぞ」と促す。

両人、それで初めて、様子がわかり、すっかり照れてしまって座蒲団に坐りながら、先ず喜八が、「エヘヘ……」と笑う。

大旦那が「ハハハ……」とニコニコする。

若旦那も「フフフ……」と笑う。

おつねも「ホホホ……」と笑う。

そして、一同の笑いが次第に大きくなり、殊におつねは照れ隠しに、「ホホホ……」と笑っている間に次第に大きくなって、とたんハッとおしっこが出たくなり、コソコソと喜八に便所のある場所を訊ねる。

喜八「知らない」と首を振る。

おつね、困って、モジモジしているが我慢しきれなくなって、とたんに縁側の方へ駈け出して行く。

喜八、それを見て、「へへへ……」と愛嬌笑いをしながら、冷汗を拭く。

途端に袂からナフタリンが転げ出る。

喜八、照れて拾い、大旦那の方へ頭を下げる。

Ⓣ 〃いろいろ骨折ってもらって
済まなかったね〃

おつね、ハッとして「冗談じゃないよ、お前！」と言って急に「ハハハ……」と大きく笑い出し、又も、とたんにおしっこが出たくなって、ソワソワと立って行って了う。

おたかとおしげ、笑って見送る。おたか、やがて気が付いておしげに向かい、稍々声をひそめて、

Ⓣ〃おッ母さん、機嫌がいいし
　あたしに任しときね〃

おしげ、眉をひそめて、

Ⓣ〃いやだなあ、小母さん〃

おたか「いいから任しときよ」と胸を叩く。

おつね、戻って来て再びチャブ台の傍に坐り、おたかに折詰を「どう？　喰べない？」などとすすめ、自分も喰べる。

おたか、稍々改まって「ねえ」

Ⓣ〃おしげちゃんのお嫁の口
　なんだけどねえ〃

おつね「え？」と見るが「ああそう」と簡単に頷いて、折詰の御馳走をおしげに「お前もおあがりよ」などと促す。

おたか、膝をすすめて、

Ⓣ〃うちにいる荒田さん
　どうだろうね〃

おつね、チラとおたかを見て「ああそうねえ」と軽くあしらって問題にせず、御馳走を喰べ続ける。

おしげ、それとなくおつねの態度を注視している。

おたか、乗りかかるようにして、

「ねえ、お前さん」

Ⓣ〃去年学校出たばかりで
　六拾円取るなんて
　今時出来のいい方だよ〃

おつね、無責任に「ああそうだろうね」と頷きながら、喰べ続けている。

おしげ、じっと様子を見ている。

おたか、続けて、

Ⓣ〃それに大てい家で仕事していて
　月に三度も会社へ出れば
　いいんだし……〃

おつね、軽く「あ、そう」と言うだけでてんで問題にしない。

おしげ、なんとなく不安になって来る。

おたか、おつねの様子に思わずむかむかして来て、腹立たしげに、

Ⓣ〃お前さん
　もう少し身を入れてお聞きよ〃

おつね、そう言われて初めておたかをまともに見、さも軽蔑する様に眼をそらして、

Ⓣ〃大学出ても、六拾円ぼっちかねえ〃

おたか「え？」と意外そうにおつねを見る。

おしげも不安そうにおつねを見守っている。

おつね、冷笑するような調子で、

Ⓣ〃うちの梳き手だって
　三、四拾円は稼ぐんだよ〃

おたか、あっけに取られた形。

おしげ、じっと佗しげに項垂れる。

おつね、相当にキッパリと、

Ⓣ〃あたしゃそんなとこへ
　おしげをやりたくないね〃

おたか、黙っておつねを見ている。

おしげ、項垂れている。

おつね、

Ⓣ〃お前さんには分るまいけど
　子供には苦労させたくないからねえ〃

おたか、それを聞いて眼を伏せる。

おしげは依然として項垂れている。

と、入口の物音に一同、ハッと見迎える。

喜八が折詰とほかに酒瓶を持って機嫌よく現われ、

「おい、おつねさん」

Ⓣ〃一本買って来たよ〃

と言いながら部屋へ上って来る。

喜八、おたかに会釈しながら、チャブ台の前に坐りおしげを見て、ニコニコしながら、その肩をポンと叩き、

Ⓣ〃お前、幸せ者だなあ〃

おしげ、不審顔。

喜八、ニコニコして誰にともなく、

Ⓣ〝もうじき、伊豆文の
　若奥さんだからなあ〟

おしげ、それを聞くとハッとする。

おつねは上機嫌でニコニコしている。

おたかは喜八とおつねを見較べている。

喜八は、ご機嫌で酒瓶を開ける。

おしげ、すーッと立って去って行く。

おたか、それとなく見送る。

おつねと喜八、陽気に酒を呑み交わす。

53 **二階**

おしげ、力なく来て項垂れて、悄然とそこに坐り、じっと考える。

54 **向うの喜八の家の二階**

富坊が読本を読んでいる。

55 **二階**

おしげ、じっと考え続けている。

56 **富士山を描いたペンキ絵**

Ⓣ〝髪結いさんとこの縁談
　お前さんが纏めたんだってね〟

57 **銭湯の中**（昼）

ペンキ絵を背景に、喜八や古本屋の亭主や他の浴客が湯につかりながら語り合っている。

喜八、好い気持そうに手拭で頬を洗いながら、

Ⓣ〝一生に三度は
　仲人するもんだっていうからねえ〟

と言い、フト思い出して古本屋に、

Ⓣ〝しかし、お前さんとこも
　随分思い切って円満だねえ〟

古本屋、ニヤニヤと薄笑いをして、

Ⓣ〝あたしの方じゃ
　それ程でもないんですがね〟

58 **おつねの家**

古本屋の女房が梳き手に髪を梳いてもらっている。

おつねが他の女客の髪を結っている。

古本屋の女房、おつねに、

Ⓣ〝結納、もうお済みになったの？〟

おつね、「ええお蔭でね」と頷き、稍々得意そうに、

Ⓣ〝なんだかんだって
　仕度が大変でねえ〟

59 **荒田の部屋**

机上には製図の道具などが出してあるが、荒田は机の前を離れて窓に腰をかけ、ぼんやりと青空に眼を放っている。

やがて、入口の襖が静かにあく。

荒田、見迎える。

おしげが微笑を含んで現われる。

荒田「やァおいで」と明るく見迎える。

おしげ、ニコニコしている。

荒田、明るく微笑しながら、

Ⓣ〝お嫁に行くんだってね〟


おしげ、笑って頷く。

荒田、机の前へ戻って坐りながら、おしげにも「まァ、お坐りよ」と坐らせ、ニコニコして、

Ⓣ〝いい男かい？〟


とおしげの顔を覗くようにする。

おしげ、ニッコリして、頷き、

Ⓣ〝とても、いい男〟

荒田「ふーん」と鳥渡《ちよつと》腐るが、再び明るく、

Ⓣ〝いつ行くの？〟

おしげ、微笑して、

Ⓣ〝来月の初め〟

荒田、じっとおしげを見て、

Ⓣ〝幸せだなあ〟


と言ってクルリとおしげに背中を見せて机に向かう。

おしげ、じっと見る。

荒田、黙って製図を始める。

おしげ、その後姿をじっと見ている。

次第に、胸が迫って来て、いつともなく

眼に涙が浮かび、ついに耐えられなくなって両手で顔を蔽って泣き出す。
荒田、その声にハッとなって静かに振り返る。
おしげ、泣き入っている。
荒田、それをじっと見て、力なく項垂れ、しみじみと呟く。
Ⓣ〝僕も意気地がなさすぎたよ〟
おしげ、泣き続けている。
荒田、しんみりと、
Ⓣ〝こんな話になるまでに
　君のおっ母さんに逢えば
　よかったんだ〟
おしげ、涙の顔で、荒田を見る。
荒田、項垂れたままで、
Ⓣ〝しかしおしげちゃんはなんとなく
　僕のとこへ来てくれるような
　気がしてたもんだから……〟
おしげ、それと聞くと、再び新しい涙を感じて顔を蔽う。
荒田、みずから頷くような感じで佗しく、
Ⓣ〝お互いにもっと自分の気持に
　正直だったらよかったんだ〟
おしげ、涙に濡れた顔を上げる。
そして、哀願するように言う。
Ⓣ〝もうそんなこと言わないでよ〟
荒田、じっと項垂れている。

おしげ、涙を呑んで、
Ⓣ〝あたし、今日はただ
　お別れにだけ来たんだから……〟
荒田、じっと項垂れて動かない。おしげ、それを覗き見るようにしながら、
Ⓣ〝なんにも言わないで別れさしてよ〟
荒田、黙って項垂れている。
おしげ、胸が迫って、顔を伏せ、
Ⓣ〝あたしだって
　言いたい事は
　沢山あるんだけど……〟
と言って、思わず顔を蔽って泣き入る。
荒田、その姿を見て、いじらしさが胸に迫り、やさしくその肩に手をかける。
おしげ、一層、たまらない気持でその手をすり抜けるように立って、窓の処へ行き、腰をおろして顔をそむける。
荒田、憮然として佗しく項垂れ、靴下の穴など撫でる。
おしげ、顔をそむけてじっと項垂れている。

60　**空**

悠然と凧が、揚がっている。

61　**おつねの家の二階**（夕方）

おつねがおしげの婚礼衣裳の反物や丸帯などを見てひとり悦に入っている。ふと、喜八の家の二階を見る。

62　**喜八の家の二階**

逃げて来た富坊を、喜八が追いかけて来て、引っ捉えて殴りつける。

63　**おつねの家の二階**

おつね、驚いて、「お前さん！　どうしたのさ！」と慌てて聞く。

64　**喜八の家の二階**

喜八、おつねの声など耳にも這入らず、再び逃げ出す富坊を追いかけて、ドカドカと階下へ駈けおりて行く。

65　**喜八の家の店**

富坊、逃げて来る。喜八、階段を駈けおりて来て、富坊を捉え、またも殴りつける。
おつねが階段を駈けおりて来て止めに這入り「一体どうしたってのさ」と両人を見る。
喜八、肩で息をしながら富坊を睨みつけ、
Ⓣ〝このガキ
　大体親をなめてやがる！〟
と言って、おつねに富坊がボール紙で作った手工品の馬車馬の目隠しみたいなも

のを見せ、
Ⓣ〝親を馬だと思ってやがる！〟
と言って、それをちょっと冠って見せ、すぐ取って、
Ⓣ〝古本屋の方を見ねえようにって
　こんなものをこしらえやがって！〟
おつね、笑って、
Ⓣ〝いいじゃないか、お前さん〟
喜八、面白くなく、
Ⓣ〝学校の手工の時間に
　こしらえるこたあねえよ〟
と言い捨て「やい！　この野郎！」と再び富坊に飛びかかりポカポカ殴る。
おつね、おどろいて止め、両人を引き分けようとしたハズミに、思わず喜八を突く。
喜八、よろめいてすべり、そこの棚の角にガアン！　と頭をぶつけ「あ痛え！」と叫ぶ。
おつね、ハッと見る。
富坊、それを見たとたんに、そこの棒切れを取っていきなり、おつねの頭をガン！　と殴る。
おつね「あ痛！」と頭をおさえる。
富坊、黙って、おつねを睨んでいる。
喜八、あッけにとられて、おつねと富坊を見比べている。
おつね、痛そうに頭をさすりながら、富坊と喜八とを見比べ、次第に微笑を浮かべて、
Ⓣ〝親子っていいもんだねえ〟
と言い、喜八を見て、
Ⓣ〝お前さんのようなものでも
　親だと思ってるんだよ〟
喜八、その意味がハッキリ分らないながらも、ちょいと頷く。
おつね、好い気持になって、
Ⓣ〝あたしゃぶたれて
　こんな好い気持のことは初めてだよ〟
と言って、まだ頭をさすりながら、
Ⓣ〝子供は可愛がっておやりよ〟
と言い置いて上り框の方へ帰ろうとし、気が付いて二階へ戻りかけ、ついで富坊の頭を軽く撫でて上って行く。
富坊、むっつりしている。
喜八も気持が直って、改めて富坊の頭を撫でようとするが、富坊、不機嫌にその手を払いのける。

66

おつねの家の二階

おつね、頭をさすりながら好い気持そうに微笑を浮べて戻って来て、電燈をひねり、そこに散らかっている反物や丸帯などを片付けかける。
そこへ下からおしげが上がって来る。
おつね、明るく「あ、お帰り」と迎え、機嫌よく、
Ⓣ〝何処へ行って来たの？〟
と言いながら片付け続ける。
おしげ、不機嫌に黙って答えずショールなどはずす。
おつね、丸帯をおしげに「どう？　これ」と見せる。
おしげ、答えずジロリと見て黙って顔をそむける。
おつね、面白くなく、
Ⓣ〝何ふくれてるんだい〟
と言い、丸帯を巻きながら、
Ⓣ〝もう、家にいる日も少ないのに
　もっと機嫌よくしてたら
　いいじゃないか〟
おしげ、邪慳に、
Ⓣ〝そうおッ母さんの言う通り
　ばっかりはしてられないわよ！〟
と投げ捨てるように言って、奥の小部屋へ這入って行ってしまう。
おつね、さすがに不愉快そうに「ふん！」と鼻であしらってそこの反物などしまいかける。
そこへ下から梳き手が上がって来て、
Ⓣ〝村田の奥さんが
　いらっしゃいましたよ〟
と告げる。
おつね、それを聞くと、今までの不機嫌

がすぐからりと晴れて「あ、そう」と、そこの反物や丸帯などを持って梳き手のあとから階下へおりて行く。

67　階下

おたかが何となく考える事があるらしい様子で、待っている。
おつね、おりて来て「あら、いらっしゃい」と明るく会釈し、すぐ反物や丸帯を「どう？　これ」などと機嫌よくおたかに見せる。
おたか、不意に、
Ⓣ〝おしげちゃん、帰って来てる？〟
と聞く。
おつね「あ、帰って来てるよ」と頷き、別に気にも留めず、反物を巻きなどする。
おたか、思い入った様子で「ねえ、お前さん」
Ⓣ〝今時の若い人達の気持って
　分らないもんだよ〟
おつね「えっ！」と聞き咎める。
おたか、向うの台所にいる梳き手の方を気にしながら「ねえ……」と言って、おつねの耳に何かコソコソと囁く。おつね、その囁きを聞いている中に次第に顔が緊張して来る。「それ、本当かい？」と聞き返しなどする。
おたか、囁き終る。
おつね、じっと考え込む。
おたか、感慨をこめて、
Ⓣ〝口と腹とはまるで別
　なんだからねえ……〟
おつね、じっと考えている。
おたか、その様子を見て、
Ⓣ〝余計なおせっかいのようだけど
　お前さんの耳にだけは入れといた方が
　いいと思ってねえ〟
おつね、考え込んだ儘で微かに頷く。
おたか、重ねて、
Ⓣ〝そんな心配もあるまいけどさきざき
　間違いでも起こると困るしねえ〟
おつね、黙っておたかを見、すぐまた眼を伏せて、取るともなくそこの反物を手に取ってそれを膝の上で撫でながら考え続ける。
おたか、その様子を見、フト時計を見て、
Ⓣ〝あたし、帰るよ〟
おつね、顔を上げる。
おたか、微笑して、
Ⓣ〝御飯がおくれると又
　うるさいからねえ〟
おつね、ちょっと笑顔になって頷く。
おたか、立ち上がって帰って行く。
おつねも立ち上がって見送り、その儘、そこの上り端《はな》に佇んでじっと考えているが、急に我にかえった様に、急いで、二階へ上がって行く。

68　二階

おつね、上がって来る。

69　二階の小部屋

電燈もつけないでおしげが考え込んでいる。おつね、来てじっとおしげを見、咎める様な調子で鋭く言う。
Ⓣ〝なぜ、おッ母さんに
　黙ってたんだい〟
おしげ、黙って、おつねを見、その儘、再び顔を下げる。
おつね、それを見て、涙ぐんで来る。あたるような調子で鋭く言う。
Ⓣ〝今になって聞かされたって
　もう取返しがつきゃしない
　じゃないか！〟
おしげ、黙っていて答えない。
おつね、涙ぐんで投げ捨てるように、
Ⓣ〝仕様のない子だねえ〟
おしげ、静かに眼を移してじっとおつねを見、突っかかるような調子で、
Ⓣ〝だって、おッ母さん
　喜んでたじゃないの！〟
おつね「だってお前」と言おうとする。

おしげ、それにかぶせて、

Ⓣ"あたし、おッ母さんの言う通りに
なったんだわ！"

おつね、ぐっと言葉につまる。

おしげ、じっとおつねを見つめて、

Ⓣ"あたしが嫁《い》く気なんだから
いいじゃないの！"

おつね、いても立ってもいられない気持になって来る。

おしげ、尚もじっとおつねを見つめ、流石に涙ぐんで来て、

Ⓣ"今になってあたしに怒るなんて
おッ母さん少し勝手過ぎやしない！"

と詰め寄るように責める。

おつね、じっとしていられなくなり、矢庭に立ち上がって、飛び出して行く。

70 喜八の店

喜八が例の馬車馬式の眼隠しを冠って煎餅に醬油を塗っている。

そこへ二階からおつねがドカドカと駈けおりて来る。

喜八、おどろいて見迎え、眼隠しを取りながら「ど、どうしたんだい！」と訊ねる。

おつね、胸迫って、そこへへたり、

Ⓣ"お前さん、大変な事に
なっちゃったよ！"

喜八「ど、どうしたってんだい？」と訊ねる。

おつね、たまらなくなって「わッ！」と顔をおさえ肩を震わして、泣き入る。

Ⓣ"黄道吉日"

71 おつねの家の仏壇

お供え物がしてあってお燈明が上げてある。

72 その部屋（階下）

紋付姿の喜八とおたか。フロック姿のおたかの亭主が力なく坐っている。おにしめと酒が出ているが、誰もそれには手をつけていない。

鏡台の前では、紋服の上に白の仕事着を着たおつねが、おしげの高島田を櫛でかいてやっている。

傍に梳き手が控えている。

おしげはまだ式服に着替えていない。

おつね、悲しみを胸に堪えながら黙っておしげの髷を直しつづける。

おしげも黙って、おつねのなすが儘になっている。

誰も口を開く者はない。障子には明るく日が当っている。

やがて、おたかの亭主が手持無沙汰の感じで、傍の喜八に話しかける。

Ⓣ"今朝のあんばいじゃ
どうかと思ってましたが
いいお天気になって結構でしたな"

喜八、黙って、しょんぼりと頷きじっと項垂れている。

誰も、話に乗らない。

おたかの亭主、益々手持無沙汰になって半ば喜八に、半ば独り言のように言う。

Ⓣ"うちの荒田さんも
山形県の工業学校に
先生の口がありましてねえ……"

おつね、その一語がグッと胸に来て、おしげの鬢《びん》を掻いていた手が、思わず止まる。おしげはじっと鏡の中を見た儘、まじろぎもしない。

おたか、しんみりとおつねの方へ言う。

Ⓣ"やっぱり東京には
いづらいんだねえ……"

おつね、黙って、それとなくおたかの方を見、ひそかに涙を拭く。

73 伊豆文の一室

沢山の山高帽や外套が置いてある。（移動）

引き物の菓子折が沢山置いてある。（移動）

お膳や徳利が沢山用意されている。

（移動）

74 **その奥座敷**

（移動）紋服姿の来客が三々五々火鉢を囲んで談笑している。

その中にニコニコ顔の大旦那の姿も見えている。

75 **おつねの家**

式服に着替えた花嫁姿のおしげ、その他の一同が力なく打ち沈んでいる。

皆、黙っている。

おつね、やがて弱々しく、おしげに言う。

Ⓣ〝じゃ、お前
　お父ッさんにお別れして……〟

おしげ、静かに立って父親の写真の前に行く。

おしげ、じっと鴨居の写真を仰ぎ見る。

涙が滲んで来る。

一同、黙っておしげの後姿を見ている。

おしげ、やがて、写真の前を離れ、仏壇の前へ行って、静かにお辞儀をする、ひそかに涙を拭く。

一同、益々、感慨胸に迫って悄然と項垂れている。

おしげ、静かにおつねの前に戻って来て、そこに坐り、涙の眼でじっとおつねを見、

Ⓣ〝じゃ、おッ母さん
　永い間お世話になりました〟

と言ってしんみりと頭を下げる。

おつね、涙ぐましく、じっと見つめる。

おたか、たまらなくなって眼を蔽って、啜り泣く。

おつね、グッと胸が迫る。

おしげ、頭を下げたまま涙を呑んで、

Ⓣ〝おッ母さんもどうぞお達者で……〟

おつね、たまらず顔を蔽う。

一同、それがグッと胸に響いて、一層深く項垂れる。

とやがて、項垂れていた喜八がサッと顔を上げて「なァ、おつねさん」

一同「えッ！」と喜八を見る。

Ⓣ〝こいつはやめた方がいいぜ！〟

喜八、断然たる態度で、

Ⓣ〝これじゃあんまりおしげちゃんが
　可哀そうすぎらあ！〟

と言い、おたかの亭主に向かって、気軽に、

Ⓣ〝あんた、御意見いかがです？〟

おたかの亭主、おたつきながら頷く。

喜八、昂然と、

Ⓣ〝大体釣り合わねえのは
　不縁のもとだ！〟

と言っておしげやその他の一同を見廻し、

Ⓣ〝此の先お蚕ぐるみでおさまっても
　永え間にゃ又どんなものに
　　腰かけねえとも限らねえしさ！〟

76 **伊豆文の広間**

脇息に肱をついている大旦那――

それから移動して、若旦那、来客の男、女、等々なみいる人々を見せて――

末席に喜八が膝の前に白扇を置いて平伏して控えている。

喜八、額の冷汗を拭きながら、おもむろに顔を上げ、

Ⓣ〝どちら様の御家庭に於きましても
　釣り合わぬは不縁のもとで
　ございまして……〟

若旦那、腐って大旦那と顔を見合わせる。

喜八、続けて、

Ⓣ〝と申すような次第で
　ございまして……〟

77 **窓外の風景**

汽車の窓から見た外景の移動。

78 **三等車の中**

丸髷姿のおしげが荒田と並んで乗ってい

る。
荒田は、おしげに凭れかかるようにして
ポカンと口をあいて眠りこけている。
おしげ、荒田が凭れかかって来るので、
それを肩でグンと向うへ押しやり、そっ
ぽ向く。

79 爽快に走って行く列車――

（F・O）

――完――

東京の宿

脚色
池田忠雄
荒田正男

原作……………ウィンザァト・モネ
脚色……………池田　忠雄
荒田　正男
監督……………小津安二郎
撮影
編輯……………茂原　英朗

喜八……………坂本　武
善公……………突貫　小僧
正公……………末松　孝行
おたか…………岡田　嘉子
君子……………小嶋　和子
おつね…………飯田　蝶子
警官……………笠　智衆

一九三五年（昭和十年）
松竹蒲田
脚本、ネガ、プリント現存
SD10巻、2191m（八〇分）
白黒・無声（サウンド版）
十一月二十一日　帝国館公開

1 （F・I）道

下町の工場地帯の道。

失業職工の喜八、その長男善公、次男正公の三人がとぼとぼとやって来る。三人共、ひどく疲れた様子。

やがて喜八、一方を見る。

2 工場の門（見た目）

3 道

喜八、子供達に、
Ⓣ〃じゃ、お前たち、
此処で待ってろよな〃
と言いきかせ、切れる。

4 工場の門

喜八、やって来る。新聞の切抜き（或は紙片）を見てから門番の処へ近付く。
門番、新聞か雑誌を読んでいる。
喜八、ペコペコして門番に「済んませんが……」
Ⓣ〃使って貰えませんかね？〃
と頼む。
門番、横柄にじろりと見たっきり。
喜八、熱心に、
Ⓣ〃旋盤の方なら熟練工なんですけど〃
と売り込む。
門番、見もせず、
Ⓣ〃駄目だよ〃
喜八、くさる。が、哀願する様に、
「ねえ……」
Ⓣ〃はるばるやって来たんですがね〃
と、半ベソで言う。
門番、極めて冷酷に、
Ⓣ〃気の毒だったね〃
と取り合わない。
喜八、仕方なくすごすご引きさがる。

5 道

子供達、待っている。
喜八、戻って来る。
善公、すぐ父に、
Ⓣ〃どうだったい？〃
喜八「だめだめ！」とくさる。
子供達もくさる。
善公、父が気の毒になって、
Ⓣ〃ちゃん、
どうして駄目なんだろうねえ〃
と言う。喜八、くさり切る。

6 向うの工場風景

煙突からもうもうと煙が流れる。

7 道

善公、それを見ている。父に、「ねえ」
Ⓣ〃工場は随分あるけどねえ〃
喜八、力なく頷き、道の横手へ行き腰を下す。
子供たちも力なく父の傍へ坐る。
ややあって、善公、ふと見る。

8 向うの道

小学生の一団が先生に連れられ過ぎ行く。

9 道

善公、羨ましげに見送る。
喜八、善公の様子を見て暗くなる。
ふと、
Ⓣ〃お前たち、腹へらねえか？〃
と善公に聞く。
善公「ううん」と首ふる。
喜八、下の正公に、
Ⓣ〃お前は？〃
正公も「ううん」と首ふる。
喜八「そうか……」と煙草を吸いかける。ふと正公を見て「おや？」となる。
正公、ベソかいている。泣き出す。
喜八、驚き、正公をなだめ、「どうした？」
Ⓣ〃腹痛えのか？〃

「え、どうしたんだい?」と頻りに聞く。正公、泣きながら、

Ⓣ〝本当は腹へった!〟

と言う。喜八「仕様がねえなあ……」とベソをかき、なだめる。

と善公、一方を見て急に立ち上がる。

そして、

Ⓣ〝ちゃん、二十銭!〟

と指さす。喜八、見る。

10 原っぱ

野良犬が行く。

善公、犬の方へ走って行き「こいこい!」と捕えようとする。そして犬を追って行く。

喜八、ぐったりしている正公を背負って、善公のあとを追う。

電柱に狂犬病予防デーの貼り紙。

11 木賃宿（夜）

雑然としている宿泊人。（二、三見せ）

喜八、風呂敷包みを膝もとに引きすえ、悄然と壁によりかかっている。

正公、眠そうにしている。

善公、正公にいたずらしている。

と、善公の目の前に子供の軍帽がころがって来る。

善公、ひろい上げ「こいつは凄い!」と感心して冠って見たりする。正公も「いいなあ」と起き上がって冠って見る。

と、その持主の同年輩の子供が来て、取返して行く。

両人、羨まし相に見送る。

正公、思わず、

Ⓣ〝兄ちゃん、いい帽子だねえ〟

善公も嘆声を発して頷く。思わず立ち上がってその少年の去った方へ出かけて行く。

12 廊下

善公、来て見る。

軍帽をかぶった少年がこれも同年輩の少年と遊んでいる。

善公「うーん」と、軍帽に見とれる。

正公も来て眺める。

喜八、子供達を呼ぶ。

両人、戻りながら、正公「ねえ、兄ちゃん」

Ⓣ〝明日犬つかまえて
　買っちゃおうか?〟

善公「うん」と乗りかけるが、急に気付いて、

Ⓣ〝犬はめしだよ〟

と惜しそうに言う。

13 部屋（壁ぎわ）

両人、父の横へ来て坐る。

喜八、じっと考えていたが、ふと子供達を見て善公に、

Ⓣ〝お前、いくら持ってるんだい?〟

善公、ガマ口を出して見て、

Ⓣ〝六銭〟

喜八、くさり、今度は正公の方へ「お前は?」

正公、帯にくるんだ銭を出して見せ、

Ⓣ〝一銭〟

喜八、くさり切る。善公、父が気の毒になる。が、なぐさめ顔で「ねえ」

Ⓣ〝明日はどっちの方へ行くんだい?〟

喜八、考えている。善公、つづけて、

Ⓣ〝砂町の方さがしてみようか?〟

喜八、依然、黙ってくさっている。

善公、元気出させる様に、「ねえ、ちゃん!」

Ⓣ〝明日はきっと大丈夫だよ〟

が、喜八、依然、撫然として生返事。

子供達もくさる。が、善公、強いて話題を出す感じで、「ねえ、ちゃん……」

Ⓣ〝今日の門番憎かったねえ〟

と言う。父、渋い顔で頷く。正公、はり切って、

Ⓣ〝ちゃん、殴っちゃえばいいんだ!〟

と言う。父「うーむ」と泣きたい。

善公、弟の一銭を取り、ぽんと投げて銭占いする。

押えた手を静かにどけながら、

「ちゃん！　見てごらんよ！」

そして手をのけ銅貨を見て、

「それみろ！」

Ⓣ〃明日はきっと大丈夫だ！〃

14　原っぱ（午後）

喜八親子、三人でとぼとぼやって来る。
疲労とくさりで元気ない。
喜八、荷物を置き坐る。子供達も坐る。
善公、父に、
Ⓣ〃今の門番憎かったねえ〃
正公、続けて、
Ⓣ〃ちゃん、殴っちゃえばいいんだ！〃
父「もう言うな」という風に一、二間離れて坐る。
子供達、傍へ来て坐る。
三人、やや無言。
やがて正公「あ、犬！」とはり切って兄に教える。
向うを野犬が行く。
両人、立ち上がって犬を追う。
父、力なく見送ったが、坐ったまま動く元気もない。

15　横丁

兄弟、犬を追う。

善公、横丁から見えなくなったが、間もなく犬を捕え、縄をつけて、得意になって引っぱって来る。

兄弟、歩き出す。

16　通り

ドンドン焼きがいる。（或は紙芝居）
正公、欲しそうに立ち停る。
善公、弟に、
Ⓣ〃お前、ここで待ってろよ〃
と言う。正公、頷く。
善公、切れる。
正公、待っている。
やがて、善公が帰って来る。
正公、見迎える。「どうしたい？」
善公、何となく浮かぬ顔で片手を背後にして、何かかくしている。
正公「何んだい？」と見ようとする。
善公、かくしていたが、ついに軍帽を出して見せる。
Ⓣ〃これ、買っちゃったんだ〃
と冠って見せる。正公、羨ましそうに見る。そしてなじる様に、
Ⓣ〃ちゃん、怒るぞ〃
善公、くさる。正公、口とがらして、
Ⓣ〃犬はめしじゃないか！〃
善公、益々くさる。が、軍帽を取って、
Ⓣ〃お前にだって冠らしてやるよ〃
と、弟に冠らせる。そして感心した様に、
Ⓣ〃とてもいいぞ〃
とおだてる。正公、いい気持になる。
善公、安心する。
正公、得意で歩き出す。善公、弟から取り戻して、自分が冠る。正公、くさる。

17　原っぱ

喜八、待っている。ふと見る。
向うに子供達が帰って来る。
軍帽を見て「あれ？」と思う。
善公「いけねえ……」と軍帽を弟にかぶせる。
正公、父の処へ走って来る。そして、
Ⓣ〃兄ちゃん、犬で、
　買っちゃったんだよ〃
父「う？」と善公の方を見る。
善公、向うでくさって立っている。
一寸の間父と見合っていたが観念して父の処へ来る。
そして弟から軍帽を取り戻し冠る。
喜八「仕様がねえ……」と善公を睨む。
善公、坐る。父「全く仕様がねえ……」と、軍帽を取って見る。そう怒る元気もなく、
Ⓣ〃ばかなもの買いやがって……〃

と自分も一寸冠って見たが、
Ⓣ〝犬はめしじゃねえか！〟
と善公の方へ投げ返す。
善公、くさりつつ冠る。
三人、一寸の間無言。
やがて、三人、ふと振り向く。
背後をこれも流れ者らしいおたかが、小さな女の子君子をつれて元気なく通り過ぎる。
三人、見る。
おたか、やや離れた処へ悄然と腰をおろす。
喜八達、見るが、大して気にもとめない様子。
やがて喜八、ふと一方を見る。

18 **向うの道**

元気よい職工連が何か談笑しつつ四、五名通る。

19 **原っぱ**

喜八、羨ましげに見つめる。

善公、父を見る。

喜八、ふと立ち上がる。「行こうぜ！」

20 **道**

三人、歩む。

喜八、心配そうに子供の方を見て、

Ⓣ〝腹へらねえか？〟

子供達「ううん」と首ふる。

喜八、小さい正公に、

Ⓣ〝大丈夫か？〟

そして、あやす様に、「な……」

Ⓣ〝泣くなよな〟

と言う。正公、頷く。喜八、安心して歩き出すが、自分もひどく腹のへった様子。善公に訊く。

Ⓣ〝お前、今、何が一番喰いたい？〟

善公、一寸考えたが、

Ⓣ〝でっかい大福だな〟

喜八、

Ⓣ〝もっと高いもんだっていいんだぜ〟

善公、即座に、

Ⓣ〝そんなら親子丼だ！〟

喜八、力なく「そうか？」と頷く。そして、正公に「お前は？」と訊く。

正公、がっくりして、

Ⓣ〝何んでもいいよ〟

と答える。父「そうだろうなあ……」とくさって頷く。

と、善公、

Ⓣ〝ちゃんは何んだい？〟

喜八「俺か？」

Ⓣ〝俺は一杯やりたいね〟

と飲む真似する。善公、

Ⓣ〝水かい？〟

父「ばか……」

Ⓣ〝酒よ〟

善公、

Ⓣ〝じゃ駄目だ〟

と言う。

父「そうだろうなあ……」とくさる。

三人、とぼとぼ歩む。

21 **木賃宿**（前と同じ）

ごろごろしている宿泊人。（二、三見せ）
喜八達三人、又壁ぎわにいる。疲れ切った様子。
父、足を揉みながら、子供達に、
Ⓣ〝今日は随分歩いちゃったな〟
善公、頷く。一寸考えていたが、「ねえ」
Ⓣ〝明日は犬さがそうか〟
「なあ、ちゃん……」
Ⓣ〝工場はもう行ったって駄目だよ〟
と絶望的に言う。父も頷く。
三人、又考える。
善公、心配そうに、
Ⓣ〝今晩、此処へ泊って大丈夫かい？〟
父、苦しそうに笑って「まあな……」
善公、
Ⓣ〝おれ、金ないよ〟
と言う。
と弟の正公、帯から一銭出して見せる。
喜八、憮然となり、蝦蟇口を見る。

子供たち、のぞき見る。

喜八、くさりつつ蝦蟇口を仕舞う。

善公、軍帽を弄《いじ》りつつ、

Ⓣ〃こんなの買わなきゃよかったね〃

と言う。喜八「まあ仕方がねえやな……」と軍帽を取って見廻す。やがて、ふと向うを見る。

おたかと君子が力なく入って来る。そして、一方へ坐る。

喜八、一寸の間見ていたが、何の興味もなく、考え込んでしまう。

善公と正公、君子の方を見ている。

善公、軍帽をかぶる。

君子も善公達の方を見ている。

おたか、悄然と考えている。

正公、君子の方へ「ベーッ」と舌出す。

君子も「イー」と応酬する。

善公も負けずに「ベーッ」とやる。両方、盛んに応酬する。

やがて喜八、気付き、「バカ！　何してやがる！」と叱る。善公、照れる。

善公、照れかくしに、弟の一銭で又銭占いする。そして「ちゃん、見なよ」

Ⓣ〃明日はきっと大丈夫だよ〃

22

例の原っぱ

例の如く、喜八達親子、疲れ切って帰って来る。
子供達、今川焼を喰いつつ来る。
喜八、いつもの処へ腰をおろす。
善公、なぐさめる様に、
Ⓣ〃ちゃん、随分、お辞儀したのになあ〃
と言う。喜八、げっそり手をふり、
Ⓣ〃もう門番の事言うな〃
弟、又も「ねえ、なぐっちゃえば……」と言いかける。喜八、たまらなそうに黙って一、二間離れて坐る。
子供達、父の傍へ来る。そして、今川焼を喰う。善公、考え込んでいる父に、
Ⓣ〃ちゃん、今、何喰いたい？〃
父、黙っている。善公、
Ⓣ〃やっぱりお酒かい？〃
父「う？」と見たが項垂《うなだ》れる。
と善公、いきなり、
「ちゃん！」
Ⓣ〃一杯いこう！〃
と徳利を取る真似する。喜八、乗って思わず猪口を持つ真似する。そして、ついで貰って飲む真似する。善公、
Ⓣ〃この酒うまいだろう？〃
喜八「うん」ともう一杯ついで貰う。
善公、草をむしって、
Ⓣ〃どうだいするめ〃
喜八、思わず、受け取って口まで持って行ったが、草を捨て、
Ⓣ〃酒くれ酒！〃
と手を出す。
善公、ついでやる真似。そして、
Ⓣ〃矢張りお酒飲んでる時が一番いいね〃
父「そうだな」と頷く。乗って稍々《やや》いい気持。
と、善公、又もつぐ真似して、
Ⓣ〃ちゃん、もっと大きなので飲みなよ〃
父、別の大きな器を持ちかえる真似。
善公、なみなみとついでやって、
Ⓣ〃まだあるから遠慮するなよ〃
と徳利を置く。とそれが倒れた気持で、
喜八、慌てて起し、
Ⓣ〃こぼすなよ
　もったいないじゃねえか！〃
と酒宴たけなわの様子。
善公、いい気持。ふと何か拾った風をして、「ちゃん！」
Ⓣ〃お紙幣《さつ》がこんなに落ちてら〃
と父に見せる。そして手をさしあげ、
Ⓣ〃飛ばしちゃえ！〃
と空中にまく。飛んで行くのを見送る気持で、
Ⓣ〃いい気持だねえ〃
と言う。両人、いい気持。正公だけぼんやりしている。父、見て、
Ⓣ〃めし喰うか？〃
正公、ぼんやり頷く。喜八、善公に、
Ⓣ〃よそってやれよ〃

善公、山のようによそってやる真似。

正公も喰う真似。

喜八、いい気持で正公に、

Ⓣ〝うめえか？〟

正公「ううん」と首ふる。

喜八「じゃあ」

Ⓣ〝お茶かけてやろうか？〟

と、お茶をかけてやる真似。

正公、お茶づけ喰う。

喜八、酔った様子で益々飲む。

やがてふと一方を見て「あれいけねえ……」と照れる。

向うにおたかが君子を連れてやって来ている。

善公、尚も父に「もっと飲みなよ」とすすめる。

父「バカ！」と頭をはる。善公、くさる。そして、おたか達に気付いて見る。

軍帽をかぶる。

やがて喜八、ふと見上げる。

おたかが、やって来る。

おたか、来て、会釈し、「あのう……」

Ⓣ〝猿江の方へはどう行ったら
　いいんでしょうか？〟

喜八「ああ猿江ですか……」と丁寧に教えてやる。その間に善公と正公、君子と向うへ行って遊びはじめる。

おたか、喜八に教わり向うの子供へ、

Ⓣ〝君ちゃん！〟

とよぶ。

子供、遊んでいて見むきもしない。

おたか、二、三度呼ぶ。

が、君子、遊びに夢中で見むきもしない。

おたか、稍々頬笑ましい気持で子供を見ている。

喜八も見つめる。おたかに笑顔で、

Ⓣ〝子供ってすぐ仲よくなるもんだね〟

おたか、頷く。そして、しゃがむ。

喜八、

Ⓣ〝お前さん、ゆうべ万盛館へ泊ったね〟

おたか、頷く。

喜八、見て「なにかい……」

Ⓣ〝お前さんも矢張り宿無しかい？〟

おたか「ええ」と淋しく頷き、一寸口ごもったが、

Ⓣ〝何かいい仕事ないでしょうか？〟

喜八、共にくさって、

Ⓣ〝俺も随分さがしてるんだよ〟

と気の毒そうに言う。そして子供の方を見る。

遊んでいる子供達。

喜八、同情して、

Ⓣ〝子供を抱えて、
　お前さんも仲々大変だねえ〟

おたか、ちらりと子供の方を見たが、唇の辺で笑って、

Ⓣ〝でも、あれがいてくれるんで
　どうにかやる気が出るんですよ〟

喜八、頷き、

Ⓣ〝そりゃガキっていいもんだよ〟

と共鳴する。

両人、稍々子供の方を見ていたが、おたか、ふと気付き、立ち上がって会釈し子供の方へ呼びに行きかける。

喜八、

Ⓣ〝まあ、しっかり
　いい芽の出る様におやんなさいよ〟

おたか「有難う……」と子供の方へ行く。

おたか、君子を連れて去る。

喜八、見送る。

子供達、来る。喜八、元気を出して「さ、俺達も行こうぜ」と立ち上がる。

23　道

三人、歩む。

喜八、ふと、電柱を見上げる。

24　「職工募集」の貼紙

25　道

喜八、それを見て、
Ⓣ〝俺、ちょいと、ここへ行って来るよ〟

そして、持ってる風呂敷包みを善公に渡し、
Ⓣ〝お前達
　あとから、ぶらぶらやって来い〟
と言い置き、急ぎ足で去る。
兄弟、見送る。
ぶらぶら歩き出す。
善公、荷物がいやになり、弟に、
Ⓣ〝お前持ってけよ〟
正公「いやだい！」とはねつける。
が、善公、おどかして無理に持たせる。
やや歩き、正公、へたばり、
Ⓣ〝兄ちゃん、持ってけよ！〟
善公「いやだい！」
正公、なじる。
Ⓣ〝兄ちゃんが、
　言われたんじゃないか！〟
善公「知らねえよ」と先に行く。
正公、一寸歩いたが、又「持てよ」と言う。
兄、断わる。
正公、憤慨して、
Ⓣ〝そんなら此処へ置いてっちゃうぞ！〟
と、道の真中に荷物を置いて兄を追う。
兄、弟を睨みつつ歩み、
Ⓣ〝おれ、知らねえよ〟
と、先に歩く。
弟も兄に負けず、歩きながら、
Ⓣ〝おれも知らねえよ〟
と応酬する。
両人、言い合いつつ歩いたが、兄、走り出す。
弟も負けず、走る。
やや来て、善公、再び心配になり、
Ⓣ〝おれ、知らねえよ〟
正公も虚勢を張って、
Ⓣ〝おれだって、知るもんかい！〟
とやる。
又、歩きつつ、兄、心配になって、
Ⓣ〝ちゃん、怒るぞ〟
正公も心配。
Ⓣ〝おれのせいじゃねえやい〟
と応酬し合う。
が、両人、益々心配になる。
ふと、立ち停って、顔見合わせたが、急に、元来た道を走って行く。

26
前の処

両人、走って来る。さがすと、荷物はもう無くなっている。
両人、段々、青くなって夢中で、さがす。
善公、正公に、
Ⓣ〝ちゃん、怒るぞ〟
と言う。
正公、ベソかいて、ついに泣き出す。
善公もげっそりして、泣かんばかりに道ばたに坐り込んでしまう。

27
原っぱ

喜八と子供三人、げっそりしてやって来る。
喜八、がっかりして坐る。
子供達も済まなそうに無言で坐る。
三人、やや無言。
ややあって喜八、
「おい、お前達……」
Ⓣ〝今晩めし喰わねえで
　宿屋で寝るか――〟
Ⓣ〝めしを喰って、此処で寝るか――〟
Ⓣ〝お前達、どっちがいい？〟
とくさり切って訊ねる。
兄に「どうだ？」と重ねて訊く。
善公、項垂れて黙っている。
父、再び訊く。
と、正公、
Ⓣ〝めし喰って、宿屋だい！〟
父「バカ！」と叱り、
Ⓣ〝どっちがいいんだ?!〟
と言う。
善公、そっと見上げ、
父、正公に「お前は？」
正公も、

Ⓣ〝めし〟

28 めし屋（夜）

三人、牛丼（か何か）を喰っている。
子供達、夢中。
喜八、ふと外を見て「あれ！」とくさり、
Ⓣ〝降って来やがった〟
善公も見てくさり、
Ⓣ〝これじゃ原っぱ駄目だね〟
父、くさり切る。
善公もくさり、
Ⓣ〝もっと早く降ればよかったね〟
Ⓣ〝食べないうちなら宿屋へ行ったのに〟
喜八、溜息し、向うの女中に、
Ⓣ〝ねえさん、いくら？〟
女中、
Ⓣ〝三十銭いただきます〟
喜八、三十銭出して、
尚、心細そうに蝦蟇口をのぞく。
善公、のぞき込んで、
Ⓣ〝駄目かい？〟
と、父を見る。
喜八、げっそりして、思い出した様に、
Ⓣ〝何んだって、風呂敷包み
なくしやがったんだ！〟

29 めし屋の外

雨の中へ、三人、出て来る。
歩む。

30 床屋の前

三人、来て、雨やどりする。
喜八、うらめしそうに空を見上げる。
正公、くしゃみする。
喜八、見て、
Ⓣ〝風邪引かねえように気をつけろ〟
と言い、大きな溜め息をつく。
そして、再び空を見て、
Ⓣ〝本降りだなあ〟
と、嘆息する。
と、床屋からおつねが出て来る。
彼女、床屋の人に何か言ったが、そのまま去らんとし、ふと喜八を見つける。
やや見て、「まあ……」となり、
Ⓣ〝喜八さんじゃないか！〟
喜八も見返し、「いよう！」と驚き、
Ⓣ〝おつねさんか！〟
と、思わず大きい声で言う。
おつね、なつかし相に、
Ⓣ〝しばらくだったねえ〟
Ⓣ〝その後どうおしだい！〟
喜八、苦笑、返答にどもる。
と、おつね、先に立って、
「ね、とにかく」
Ⓣ〝ちょいと家へおいでよ〟
と、雨の中をちょこちょこ走り行く。
喜八たち、続く。

31 めし屋の表

おつね、走り込む。

32 めし屋の中

三人、入り来る。
おつね、見迎える。
喜八「あれ？」と見廻し、「なんだい」
Ⓣ〝かあやんの家、ここかい？〟
おつね、頷く。
喜八、
Ⓣ〝今此処でめし喰ったんだぜ〟
おつね、笑って、
Ⓣ〝有難う〟
喜八、くさり、
Ⓣ〝そんなら金払うんじゃなかった〟
おつね「ばかお言いよ！」
と言いつつ、子供達を見、善公に、
そして、
Ⓣ〝坊や大きくなったねえ〟
Ⓣ〝小母ちゃん、覚えてるかい？〟
と聞く。
善公、首をふる。
喜八、おつねに、
Ⓣ〝何しろあの時分

上の奴がやっと五つだからなあ〃
と言う。
おつねも「そうだねえ」と思い出す様子。
喜八、おつねをしみじみ見て、
Ⓣ〃かあやん、案外齢とらないねえ〃
おつね、笑って、
Ⓣ〃お前さんだって若いよ〃
喜八「そうでもねえさ……」と喜ぶ。
おつね「で……」と見、
Ⓣ〃おかみさん、どうしたい？〃
喜八、くさって、
Ⓣ〃居なくなっちゃった〃
おつね、
Ⓣ〃どうしてさ？〃
喜八「そいつがおめえ……」
Ⓣ〃俺にも分らねえんだ〃
おつね「へえ——？」と見る。
喜八、ふとおつねに、
Ⓣ〃その後あの方はどうしたい？〃
おつね、くさった顔でとたんに首を振って、
Ⓣ〃ふっつりよしたよ〃
そして、喜八に、
「お前さんは？」
喜八も、
Ⓣ〃俺もだ〃
と手をふる。
おつね、喜八の様子を見ていたが、「で……」
Ⓣ〃此の頃、何してるんだい？〃
喜八、げっそりして、
Ⓣ〃御覧の通りだ〃
と言い、子供の方を見る。
おつねも見る。
子供達、隅で居眠りしている。
おつね、察しがついて顔をしかめ、
Ⓣ〃どうするつもりなんだい？〃
喜八、悄然となって、そっと子供の方を見る。
眠っている子供達。
喜八、助けを求める様に、
Ⓣ〃何かねえかねえ？〃
おつね、考える。
喜八、熱心に、
Ⓣ〃拝むぜ、かあやん〃
おつね、考える。何かあてがあるらしく
「じゃ……」
Ⓣ〃聞いてみようか？〃
喜八、乗り出して、「な、たのむぜ……」
Ⓣ〃贅沢言わねえ
たのむよ〃

33 **喜八の借家**（朝）

汚い家。
善公と正公が寝こけている。
やがて、上り框の処へ、職工服を着た喜八がいい気持で食後の小楊枝を使いながら戻って来る。
そして、子供を起こそうとどなる。
「起きろ！」
Ⓣ〃学校遅れるぞ！〃
が、子供達、起きない。
喜八、何か投げてぶつける。
善公と正公、目を覚ます。善公、
Ⓣ〃うるさいなあ〃
Ⓣ〃早く工場へ、行っちゃえよ！〃
とどなり返す。そして起きる。
喜八、いい気持で出て行く。

34 **おつねの家の裏口**

すぐ近く。喜八、おつねの店へ裏から入る。

35 **めし屋**

喜八、裏から入り、さましておいた茶を飲む。
おつね、笑顔で、喜八に弁当箱を渡しつつ、
Ⓣ〃起きたかい？〃
喜八、頷き、
Ⓣ〃頼むぜ〃
と言い残して、店を通りぬけて表から出て行く。

36 原っぱ

道を喜八がゆうゆうといい気持で歩く。
ふと一方を見て「おや?」となる。
原っぱの向うに、おたかと君子が来ている。
おたか、悄然としている。
喜八、やって来る。
おたか、会釈する。
喜八「よう」と笑って近づき、君子の頭を撫でつつ、
Ⓣ〝お前さん、まだ見付からないかい?〟
おたか、くさって、
Ⓣ〝もう、私なんか駄目ですわ〟
喜八、気の毒そうに見る。
が、真顔で、
Ⓣ〝そう、見限っちゃいけねえぜ〟
そして、しゃがんで、
Ⓣ〝俺だって、一時はどうなることかと
　思ったけど――〟
Ⓣ〝世の中って案外すらすら
　行くもんだぜ〟
と、元気をつける。
が、おたか、浮かず、
Ⓣ〝そうなりゃいいんですけれど……〟
と項垂れる。
喜八、君子を見て、
Ⓣ〝坊や、めし喰ったかい?〟
君子、首をふる。
喜八「そうか……」と元気よく、
Ⓣ〝じゃ、小父ちゃんがおごってやらあ〟
と抱き上げる。
おたか、悲しそうに見上げ、下を向く。
喜八、おたかに、
Ⓣ〝お前さんも来ねえか〟
おたか、動かない。
喜八「いいってことよ……」
Ⓣ〝まあいいから来ねえ〟

37 めし屋

善公と正公が朝めしを喰っている。
と喜八が君子を抱き連れて入って来る。
善公と正公、君子の方を見て笑う。
喜八、おつねに、
Ⓣ〝此の子にめし喰わして
　やってくれねえか〟
と君子を坐らせる。
おつね、不審相に頷く。
後から入って来たおたか、もじもじしている。
喜八、おたかにも坐らせ、
「なあ、かあやん」
Ⓣ〝ついでに此の人にも頼むぜ〟
そして、景気よく、
Ⓣ〝勘定は俺につけといてくれよな〟
と言う。
そして、おたかに会釈し、颯爽と出て行く。
おたか、済まなそうに見送る。
善公、君子と話していたが得意そうに、
Ⓣ〝おれ学校へ行ってるんだよ〟
おたか、それを聞いて、
「まあ、いいわね」
Ⓣ〝何年?〟
善公、直ちに、
Ⓣ〝四年、三の組……〟
おたか「まあ、そう……」など話している。
おつね、じろじろおたかを見ている。
おたか、おつねに気付き会釈して、
Ⓣ〝お手数かけてすみません〟
おつね「いえ、なに……」と会釈を返すが、尚もちらちら軽蔑の面持で見る。
と、おたかと君子の処へ女中がめしを持って来る。
母と子、食べはじめる。
おつね、一寸離れた処へ坐って煙草などのむ。
善公、めしを終って、鞄を取りに行く。
おつね、善公をとめ、そっと、
Ⓣ〝お前、あの小母ちゃん
　知ってるのかい?〟
善公、頷き、
Ⓣ〝あの小母ちゃんも
　仕事をさがしてるんだよ〟

おつね「そうかい？」といよいよ軽蔑の色で見る。
善公、鞄をかけ、出がけにおたかと君子に、
Ⓣ〃学校済んだら
今日又原っぱで遊ぼうか？〃
母と子、頷く。
善公、うれしそうに、
Ⓣ〃じゃなるたけ早く帰って来らあね〃

38　善公の鞄

かけてある。

39　喜八の家（夜）

喜八がシャツにボタンをつけている。
子供達、寝そべっている。
喜八、前からの話らしく乗り出して、
Ⓣ〃で、小母さん、俺の事何んとか
言ってなかったか？〃
と、期待を以って子供にたずねる。
善公、一寸、間を持たせて、
Ⓣ〃何んとも言ってなかったよ〃
喜八「そうか」とがっかりする。
正公、何か考えていたが、
兄貴に「ねえ」
Ⓣ〃君ちゃん
おっ母ちゃんがいるからいいね〃
善公「うん」と羨ましそう。
喜八、聴き耳立てて、
Ⓣ〃お前達はちゃんがいるじゃねえか！〃
正公、
Ⓣ〃ちゃんもいいけど
おっ母ちゃんもいいよ〃
「なあ、兄ちゃん……」と言う。
兄弟、頷き合う。
喜八、一寸、思い深く子供を見る。が、わざと荒く、
Ⓣ〃贅沢言うねえ！〃
と言う。
善公、父に、
Ⓣ〃明日も小母ちゃんと
原っぱで遊ぶんだ〃
喜八「ふーん」と子供達の方を見る。
善公と正公「なあ、そうだなあ……」と言い合ってから、善公、父に、
Ⓣ〃これから毎日遊ぶように
約束しちゃったんだ〃

40　原っぱ

おたかと君子が坐ってにこにこしながら見ている。
その前で善公と正公がわれ劣らじとでんぐり返しをやって見せている。
やがて善公、一方を見て、「あ、ちゃんだ！」

41　道

喜八が向うから帰って来る。
兄弟「ちゃん！」と父の方へ走って行く。
喜八、うれしそう。
三人、おたかの方へ戻る。

42　原っぱ

おたか、喜八を見迎え、笑顔で、
Ⓣ〃お帰んなさい〃
喜八、にこにこして会釈を返し、そして今川焼を子供達にあたえる。
Ⓣ〃仲よく三人で食べるんだぜ〃
子供達、嬉々として一方へ切れる。
おたか「済みませんわねえ」と礼を言う。
喜八「なあに……」と横へ腰をおろし、一ぷくつける。
おたかを見て、
Ⓣ〃お前さんの口、仲間のかみさん達に
頼んでおいたよ〃
と言う。
おたか、感謝の目で見る。
「済みません……」
喜八、
Ⓣ〃早いとこ何とか見付けなきゃねえ〃
おたか「ええ……」と心細く頷く。
遊んでいる子供達。

今川焼をむしゃむしゃやりながら今や談
論風発の最中である。
正公、兄に、
Ⓣ〃そりゃ虎の方が強いよ〃
とやっつけ、「ねえ……」と君子に言う。
善公、一寸考えたが「バカ！」
Ⓣ〃虎よりライオンの方が強いやい〃
とやり込め君子に、「ねえ……」と言う。
正公、くさる。が、考えて、
Ⓣ〃一番強いのはキングコングだい！〃
と言う。
善公、グウの音も出ない。
仕方なく頷く。
喜八とおたか、じっと子供の方を見てい
る。
喜八、
Ⓣ〃人間なんて何んにも知らねえ
子供のうちが一番だね〃
と言う。
おたか、静かに頷く。
ふと見て、
Ⓣ〃馬鹿な話ですけど
もう一度子供に
なりたいと思いますわ〃
喜八も深く頷く。心の底から、
Ⓣ〃お互いにもう一度はじめから
出直すんだねえ〃
と、嘆声と共に言う。
おたかも「本当ですわねえ……」と考え
込む。
両人、無言で共鳴し合う。
両人、考え込む。

43 附近の状景

44 のみやの提灯

45 のみやの小座敷（夜）

喜八、嬉し相にチビチビやっている。
代りの銚子を手に女中が入って来る。
喜八、うれしそうにフト懐中の半襟を覗
きこんだりして、「なあ、姐さん」
Ⓣ〃命は粗末に出来ねえよ〃
上機嫌につづけて、
Ⓣ〃十日程前には、うまい酒飲めりゃ
死んでもいいと思ったからなあ〃
と独りで嬉しがって、「なあ」
Ⓣ〃長生きはしたいもんだよ〃
と女中に盃をさしてやり、独りで愉快そ
うに笑う。
女中、稍々、呆れて、
Ⓣ〃お前さん何思い出し笑い
してんだい？〃
喜八、懐へ手をやって、
Ⓣ〃年の頃二七、八――〃
そして半襟をひろげて見せ、「どうだろ
う」
Ⓣ〃地味じゃねえかね〃
女中、受取り、一寸、自分の襟にあてて
見て、
Ⓣ〃いいだろう〃
喜八、直ぐと半襟を大事そうに取り返し
て、ニコニコ。
女中、くさって、
Ⓣ〃お前さん、のろけに来たのかい？〃
喜八、咽喉の中で笑って、「なあ」
Ⓣ〃長生きはしたいもんだよ〃

46 のみやの提灯

47 万盛館の行燈

48 木賃宿の座敷（夜）

おたか、君子、壁際にポツネンとしてい
る。
おたか、フト傍の君子の玩具を取り上げ
ると仄かに微笑が浮かんで半ば呟く様
に、
Ⓣ〃あの小父さん、いい小父ちゃんね〃
君子、押黙った儘答えない。
おたか、振り返りつつ、
Ⓣ〃君ちゃん好きでしょう〃
と言い、君子を見、オヤと眉を寄せる。
不安そうに、「ね」

Ⓣ〝どうしたの?〟

と慌しく君子の額に手をやる。

君子、熱のある様子。力ない。

おたか、自分の額を交互にさわって見、驚いて、「ね」

Ⓣ〝頭、痛いんじゃないの〟

君子、生半可に「うん」と言う。

おたか、不安に「ねえ!」

君子、うるんだ眼に涙が浮かんで来る。

おたか「ねえ」と抱き寄せる様にする。

君子、たまらなくなり、急に声をあげておたかの膝に泣き伏す。

49

原っぱ

善公、正公、淋しそうにぼんやりしている。

正公、四辺《あたり》を見廻したりして、つまらなそうに顧みて、

Ⓣ〝小母ちゃん、どうしたんだろうね〟

善公、あいまいに頷く。

そして、立ち上がると意味なくブラリブラリ歩きかかり、立ち止ると、見廻して訝しげに、

Ⓣ〝いつももう来てる時分なのにな〟

と呟く様に言う。

二人、又、つまらなそうに佇む。

Ⓣ〝小母ちゃん、どうしたんだろうね〟

50

喜八の家

と正公が言う。
喜八、答えず、伏眼の儘、考え込んでしまっている。
善公、不服そうに、
Ⓣ〝今日も来なかったんだよ〟
と言う。
正公、無邪気に、
Ⓣ〝随分、待って来ないんだから
もう居ないんだよ〟
善公、面白くなさそうに頷くと、喜八に、
Ⓣ〝他処《よそ》に行くんならさよならぐらい
言いに来てもいいのにね〟
と言う。
喜八、黙然。
やがて、吐き出す様に、
Ⓣ〝やっぱり、縁がないんだよ〟

51

のみやの小座敷(夜)

空徳利が並んでいる。

喜八、大分酔って自棄っぱちに手拍子で唄っている。

三味線を投げ出した女中も調子を合せて手を叩いている。

喜八、手酌で三杯あおる。

女中、見やって、

Ⓣ〝お前さん、長生きして
いいことしたね〟

喜八「何言やがる!」と自棄である。

胸元に、差入れた手がフト何かに触ったらしく、オヤとなるが、直ぐと、ズルズルと半襟を引き出すと、女中に投げてやると、

Ⓣ〝お前にやるよ〟

女中、受け取り見て「アレ」と苦笑して、

Ⓣ〝お門違いじゃないのかい〟

喜八「何オ!」

Ⓣ〝心境の変化だい〟

続けて忌々しそうに、

Ⓣ〝心境の変化は
大臣だってルムペンだって同じだい〟

と喚いて、徳利を取り手酌。酒がない。

「酒だい酒だい」と徳利をつきだす。

女中、受け取り、去る。

喜八、又、自棄《やけ》っぱちに手を叩きだす。

やがてグッタリとチャブ台に崩折れてしまう。

其処へ女が(下半身)入って来て向い側に坐りかかる。

喜八、酔眼を、あげる。

見る。

サッと緊張する。

おたかである。息を呑む。

喜八、みるみる酔いがさめて行く。

両人、見合う。
喜八、やがて冷たくほき出す様に「何んだい！」
Ⓣ〃お前さん、こんな所の女に
　なったのかい〃
歪んだ苦笑で、更に、
Ⓣ〃そんなら何も
　苦労することなかったろうによ〃
おたか、黙然。唇を噛む。
喜八、冷嘲。
Ⓣ〃俺はお前さんだけは
　地道に世の中を渡る女だと
　思ってたんだよ〃
続けて、
Ⓣ〃分らねえもんだなあ〃
おたかの眼に涙が浮かぶ。眼を落す。
喜八、更に、
Ⓣ〃ガキは原っぱで、毎日お前さんの
　来るのを待ってたんだぜ〃
おたか、たまらなくなる。
咽び泣く。
Ⓣ〃泣く手はねえよ〃
と喜八は冷たく言う。
淋しく苦笑して、
Ⓣ〃やっぱりお前さんも白粉ぬって楽に
　世渡りがしてえのかい〃
おたか、キッと涙の顔をあげると強く、
Ⓣ〃私はお金が欲しかったんです〃
続けて涙を拭いもせず、
Ⓣ〃君子が疫痢になったんです〃
悲痛に、が、キッパリと、
Ⓣ〃入院させるお金が無性に
　欲しかったんです〃
涙をのんで、更に、
Ⓣ〃一銭もの蓄えもない女の身で
　急にまとまったお金が入り用
だったら——〃
と言いかけ、急にまた新しい涙がハラハラと頬を伝って落ちる。
咽び入りそうになるのを堪えて、涙を押さえ、
Ⓣ〃世の中が急に真暗になったんです〃
続けて、
Ⓣ〃もう何も彼もおしまいの気が
　したんです〃
更に、
Ⓣ〃あの子にも一緒に、死んで貰おうと
　思ったんです〃
喜八、緊張。痛ましく胸をうたれて聴く。
おたか、
Ⓣ〃でも今までに何一つ
　あの子にしてやれなかったんです〃
更に、
Ⓣ〃せめて一度、母親らしいことが
　してみたかったんです〃
続けて、
Ⓣ〃自分のことなんかどうなったって
　構わないと思ったんです〃
そして、咽びながら、
Ⓣ〃私は子供の事で
　頭が一杯だったんです〃
と面を覆って泣く。
喜八、涙ぐましくジッと見る。
涙が溢れて来る。
やがて静かに首を振ると、
Ⓣ〃そいつはいけねえ〃
おたか、答えず泣く。
喜八、痛まし気に更に続けて、
「そいつはいけねえ」
Ⓣ〃そんな金で助かったところで
　子供が幸せになるもんか〃
おたか、動かず。
喜八、励ます様に、
Ⓣ〃急いで子供の傍に行ってやんねえ〃
促して、
Ⓣ〃金はどうにだってなるんだぜ〃

52　病院の廊下
情景的によろしく。

53　病院（夜）
おたか、喜八、不安そうに病床の君子を凝視している。

君子、昏々と眠っている。
喜八、やがて悲痛に、
Ⓣ〝しっかり手を握って、やんねえよ〟
おたか、凝然として動かず、病床の君子を、ジッと見守る。
喜八、励ます様に、
Ⓣ〝どんなことがあったって、
気を落しちゃいけねえぜ〟

54 窓外

鈴懸の木立の梢が風に流れている。

55 めしや（夜）

誰も居ない。
やがて喜八が屈託顔で入って来る。
フト、一方を見、一寸、躊躇した末、呼びかける。
Ⓣ〝かあやん〟
座敷で、針仕事のおつね、振り向く。
喜八、オズオズと、
Ⓣ〝済まねえけど
三拾円借してくんねえか〟
おつね、にべもなく、
Ⓣ〝冗談じゃないよ〟
喜八、がっかりする。
おつね、
Ⓣ〝人見てものを言って貰いたいね〟
そして、又、縫物の手を動かしかかってフト又、
Ⓣ〝お前さん又昔の悪い癖だしたね〟
喜八、無言。
おつね、縫物にかかりつつ、
Ⓣ〝昔だってお前さんには
貸しがあるんだよ〟
続けて、
Ⓣ〝返して呉れとは言わないから
もう借りないでおくれよ〟
喜八、継ぎ穂なく暗い感じで、
Ⓣ〝済まなかったなあ〟
と言って一方へ去りかけ、フト、立ち止り、思い迷った末、サッと踵を返して店外へ出て行く。

56 道

喜八、放心の態で歩く。往来の人にぶつかったりする。
喜八、憑かれた人の様に苦悶の汗を額ににじませて歩いて行く。

57 居酒屋

一隅に喜八、ジッと考え込んでいる。
徳利が運ばれる。
喜八、フト我に返り、徳利を取り上げコップに注ぐ。
コップに酒が満々と、そして溢れる。
喜八、ハッとして徳利を置き、ジッと考え込みつつ、手は溢れた酒をなすっている。
やがて手はコップを取り上げる。
居酒屋の縄暖簾、揺れている。
喜八、半ば飲んだコップを手に凝然。
やがて一気にグッとコップを口にもって行き、あおるように飲む。

58 塵箱

59 裏街（情景二、三カット）

60 或る街角（ロング）

交番が見える。
巡査が交番の外でブラブラと見廻したりしている。
急に足早に交番の中へ入って行く。

61 交番内

巡査、電話にかかる。
聞き、頷く。
電話をきると緊張して又、電話をかけはじめる。

62 深夜の街

喜八、追われる感じで足早に来る。
（二、三景）

63

喜八の家（夜）

玄関から喜八、おびえて入って来る。

善公、正公、枕を並べて寝入っている。

喜八、ジッと子供達を見下す。

喜八、ガックリと緊張が弛んで溜め息をつく。

そして善公を優しく揺り起こす。

善公、やがてムックリと起き上がる。

そして喜八を許しそうに見る。

喜八、優しくいたわってから、

Ⓣ〃ちょいとちゃんの使いに行って
　来て呉れねえか〃

善公、ぼんやり見つめる。

喜八、懐から紙包みを取り出して明るい調子を装って、

Ⓣ〃これ、君ちゃんの小母ちゃんのとこへ
　届けてくれよ〃

善公「エッ君ちゃん」と眼を輝かす。

喜八、強いて微笑して、

Ⓣ〃君ちゃんと小母ちゃんが
　見つかったんだぜ〃

続けて、

Ⓣ〃学校裏の角の病院に居るんだ〃

善公「そうかい」と喜ぶ。

喜八「な、頼むよ」と金包みを差し出す。

善公、頷き、受け取ると、傍の正公を起こす。

正公、起き上がる。

喜八、正公に「お前も行って来いよ」と善公の方を指す。

一隅で善公、上衣を着かかっている。

正公も来て仕度にかかる。

喜八、思いをこめてジッと見守る。

だんだんと涙がこみ上げて来る。

こらえて「おい」

Ⓣ〃落さねえように
　しっかり握って行くんだぜ〃

善公、正公、頷く。

「行って来るよ」と行きかかる。

喜八「待ちな」と呼び止める。

そしてツト、台所へ行く。

64

台所

喜八、腰の手拭いを水でしぼり、すぐ元来た方へ切れる。

善公、正公、突立っている。

喜八、来て涙を堪え、荒々しい愛情で先ず善公の顔を拭き、次いで正公の顔を拭いてやりながらやさしく、

Ⓣ〃小母ちゃんに
　嫌われるといけねえからなあ〃

胸迫る。

そして正公に軍帽をかぶせてやってから二人に、

Ⓣ〃向うへ行ったら
　おとなしくしていなけりゃ
　いけねえぜ〃

と言い聞かせて送り出しに立つ。

二人、元気よく「行って来るよ」と去る。

喜八、ジッと見送る。

やがて慌しく部屋の中央にとって返す。

不安が兆して来る。

頭上の電燈をパッと消す。

65

めしや（夜）

土間、暗い。

66

座敷

おつね、寝ている。フト聴き耳を立て、身を起す。

「誰だい――誰だい？」

67

めしや　裏口

喜八、ホトホトと、裏戸を叩く。

フト、一方を見、サッと身を隠す。

68

露地

巡査が巡回して来る。

見廻し、表通りの方へ引き返そうとして、フト立ち止まり、又、振り返る。

おつねが寝巻に何か羽織って訝かしそうに見廻している。

巡査に気付く。
巡査、二、三歩近よって、
Ⓣ〃職工風の男、来なかったかい？〃
おつね「いいえ」と不安そうに首を振る。
巡査、軽く頷いて表通りの方へ去って行く。
おつね、不安気に続く。

69 表通り

おつね、来て、静寂の町並を見廻す。
そして引き返してゆく。

70 めしや 裏口

おつね、入る。
戸を閉め、ハッとなる。
一隅に、喜八が突立っている。
おつね、緊張して、
Ⓣ〃何んだい、お前さん、今頃――〃
喜八、緊張。ツト、歩みよると哀願の調子で、
Ⓣ〃静かにしてくれ〃
と言う。
両人、見合う。
おつね、ジッと見つめて鋭く、
Ⓣ〃何かやったんだね？〃
続けて、
Ⓣ〃何、やったんだい!?〃
喜八、無言。
ジッと見る。
おつね「何を……」
喜八、遮る様に思い決して、
Ⓣ〃かあやん、頼まれてくんねえか〃
おつね「えっ」と見る。
喜八、
Ⓣ〃子供を暫くみて貰いたいんだ〃
おつね、ジッと見つめる。
憤《おこ》らしさが湧いて来る。
詰問する様に、
Ⓣ〃一体、何やったんだい！〃
鋭く続けて、
Ⓣ〃何、やって来たんだい!?〃
続けて、
Ⓣ〃他人《ひと》のものでも、盗ったのかい!?〃
喜八、眼を逸らして無言。
おつね、腹立たしく強く「馬鹿――」
Ⓣ〃何故、そんなことやったんだい!!〃
と怒りに涙ぐんで言う。
喜八、顔を上げる。
呟く様に、
Ⓣ〃柄にもなく
　人ッ子一人助けたかったんだ〃
おつね、訝かし気に、
Ⓣ〃誰なんだい？〃
喜八、
Ⓣ〃あの女の子供だ〃
と言って眼を伏せる。
おつね、憤らし気に、鋭く、
Ⓣ〃あんな女の子供なんかどうだって
　いいじゃないか!!〃
続けて、
Ⓣ〃お前さん、自分の子供の面倒さえ
　碌にみられないんじゃないか〃
叩きつける様に、
Ⓣ〃何て、馬鹿なことしたんだい!!〃
喜八、弱々しく、
Ⓣ〃でも俺は黙って
　見ちゃいられなかったんだ〃
呟く様に、
Ⓣ〃俺だって親子心中してえと
　思ったこともあったんだ〃
涙ぐんで来て、
Ⓣ〃まして女の身で、死ぬか生きるかの
　子供を抱えてるのを見ちゃ――〃
と声を呑む。
おつね、引き入れられて来る。
喜八、おつねに淋しく笑いかけて、
Ⓣ〃かあやんも子供を持って見ねえ――〃
そしてたまらなくなり涙にうるんで、
Ⓣ〃持ちゃきっと分ってくれるぜ〃
と言って顔をそむけてしまう。
おつね、見守る。
涙がホロホロと頬を伝って落ちる。
喜八、動かず。

おつねの眼から止めどなく涙が後から後から溢れる。
たまらず、「ねえ」
Ⓣ〝そんなお金なら何故
さっき言ってくれなかったんだい？〟
そして、両手で涙を押えながら、
Ⓣ〝はっきり言ってくれれば私だって
何とかしたんだよ〟
泣いて、
Ⓣ〝何故黙ってたんだい？〟
喜八、静かに澄んだ眼で、
Ⓣ〝もう何にも言わないでくれ〟
そして淋しく笑いかけて静かに、
Ⓣ〝かあやんにも随分長い間
迷惑かけたなあ〟
おつね、泣く。
喜八、おつねの肩に手をかけて「なあ」
Ⓣ〝迷惑ついでにガキの面倒を
見てやってくんねえか〟
続けて、
Ⓣ〝拝むぜ〟
おつね、涙、滂沱《ぼうだ》たる顔を上げる。
喜八、仄かに明るい微笑で、
Ⓣ〝かあやん、お互いに貧乏は
したくねえなあ〟
と言う。
おつね、又咽ぶ。
喜八、その儘行きかかる。
おつね、たまらず「お前さん」と呼び止める。
喜八、裏戸の処から振り返る。
おつね、ジッと喜八を見、
Ⓣ〝暫くぶりで逢ってやっとお前さんも
芽がでてくれたと思ったら――〟
そして又、新しい涙に圧倒されつつ、
Ⓣ〝こんなことになるなんて――〟
喜八、諦めの微笑。
静かに首を振って、「いやあ」
Ⓣ〝かあやんのお蔭で職に
ありついてから此の十日ほどが
俺の今までの一番楽しい時だったよ〟
そしてたまらない気持で、サッと切れる。
おつね「待って」ととめる。
喜八、振り払う様に、
Ⓣ〝ガキが帰って来ると面倒だ〟

71 露地

喜八、足早やに行きかかり、フト、立ち止まって振り返る。
おつねが追って来る。
喜八、明るく、却って慰める様に、
Ⓣ〝なあかあやん、一番近い警察は、
何処だい？〟
おつね、無言。立ちすくむ。
喜八、表通りを一方へ切れて行く。
おつね、戸に凭《よ》り縋《すが》って泣く。

72 道

何がなしに、重荷を降ろした人の足どりで、喜八が行く。
タンクの見えるしらじら明けの工場地帯の道である。
Ⓣ〝そして
一人の魂が
救われました
――原作者――〟

END

大学よいとこ

脚色　荒田　正男

原作……………………ゼームス・槇
脚色……………………荒田　正男
監督……………………小津安二郎
撮影……………………茂原　英雄

藤木……………………近衛　敏明
天野……………………笠　智衆
西田……………………小林十九二
河原……………………大山　健二
井上……………………池部　鶴彦
青木……………………日下部　章
藤木の妻　千代子……高杉　早苗
下宿の亭主……………青野　清
下宿の内儀……………飯田　蝶子
下宿の女中……………出雲八重子
講師……………………斎藤　達雄
教官……………………坂本　武
子供……………………爆弾　小僧

一九三六年（昭和十一年）
松竹蒲田
脚本のみ現存、ネガ、プリントなし
SD13巻、2352m（八六分）
白黒・無声（サウンド版）
三月十九日　帝国館公開

Ⓣ〃大学生は「尻尾《シッポ》を持たない人間」の
最後の姿である〃

1　（F・I）**戸山ケ原**

軍教の部隊が土埃を蹴立てて左へ散開し行進を続けて行く。よく晴れた午後である。

2　**碧空**

模型飛行機が飛んでいる。

3　**戸山ケ原**

一方から飛行機を追ってインテリルンペンの西田が信坊をはじめ数名の子供達と一緒に走って来る。そしてフト立ち止まる。

飛行機は低空を危く軍教部隊の頭上を飛越して行く。

軍教の隊列中に隣合っている藤木と天野、飛行機への視線を一方へ転じ、藤木、西田を認めたらしく軽い微笑を浮かべたが直ぐ苦笑した調子で、

Ⓣ〃大学を出たって
毎日飛行機を飛ばしてるんじゃ
意味ないな〃

と天野に話しかける。

天野も西田の方を一寸見やったがこれも苦笑して、

Ⓣ〃でもブラブラしていられる人間は
まだいいさ〃

と言って更に、

Ⓣ〃俺なんかには
とてもあんな余裕は無さそうだよ〃

と言う。

藤木「そう言えばそうだな」等と頷き、話し続ける。

監督の教官、喋っている二人に気付く。

途端に憤然として「こらッ」と怒鳴り、二人の方へ走り出す。

藤木、天野、ピンとなる。

教官、走って来ると業を煮やして、

「分らんか……」

Ⓣ〃列外へ出い！〃

と我鳴りつける。

二人、悄然と列外に出る。

教官、睨みつけ「立ってろ！」と命ずると、其儘元の位置に走り去る。

取り残されて、二人、恨めし気に顔見合せる。

飛行機のゴムを捲きかけていた西田、フト立たされた二人に気付くと、飛行機はオッポリ出して面白そうに眺める。

子供達も見る。

藤木、天野クサリ切って突立っている。

教官の視線を窺い乍ら——

と、其処へ信坊が走って来る。

そして藤木が見上げると、西田の方を指してから、

Ⓣ〃小父さんが煙草お呉れってさ〃

と言う。

藤木「よし」と頷き、教官の方を窺い乍ら手早くバットを一本抜き取って渡す。

信坊、審《いぶか》しそうに二人を見守ったが、

Ⓣ〃小父さん達、何してんだい？〃

と訊く。

天野、さり気なく、

Ⓣ〃級長だから休んでるのさ〃

と苦しい。

信坊、流石《さすが》に本気にせず、「本当かい……」

藤木、天野に注意され、急にピンと「気を付け」の姿勢をとる。

教官が睨んでいる。そして厳《いか》めしくやって来る。

信坊、聊《いささ》か浮腰立って後退《あとずさ》りし乍ら、見まもる。

教官、来て二人を忌々しそうに睨みつけ乍ら、手荒く帽子の被り方を直したり、はずれているボタンをつついたりして、徐《おもむ》ろに閻魔帖を取出して「アレ」と思

う。鉛筆が折れてしまっている。
教官、聊か困る。
二人には快心の笑みが浮かぶ。
と、傍に見守っていた信坊が進み出て、
Ⓣ〝僕、ナイフ持ってますよ〟
と、バットを耳にはさんでおいて懐中からナイフを取り出して渡す。
教官、鉛筆を削りかかる。
藤木、天野、信坊を睨みつける。
信坊、いい気持である。
教官、ナイフを返すと、再び帖面を開いて見て、
Ⓣ〝君達は此の前の教練にも
　出とらんじゃないか〟
と叱りつけ、帖面に記入する。
信坊、其の様に、
Ⓣ〝チェッ、立たされてんでやがらァ〟
と悪口を叩いて走り去る。
教官、信坊の方を見送ったが直ぐ二人を搾りにかかり、命令する。
Ⓣ〝休め！〟
Ⓣ〝気を付け！〟
教官、更に、
Ⓣ〝折れ敷け！〟
二人、練兵する。
教官、今度は、
Ⓣ〝伏せ！〟
藤木、間違えて「折れ敷き」をやり、慌てて天野にならって「伏せ」の姿勢をとる。
教官、睨みつける。
二人、立ち上がる。
教官、荘重に訓戒して、
Ⓣ〝目下我が国は非常時である！〟
二人、起立。
Ⓣ〝諸君はよろしく此の際時局を認識し
　軍人精神の真価を体得し――〟
二人、起立のまま。
Ⓣ〝進取の気象を涵養し、一旦緩急あれば
　攻撃精神を発揚し――〟
二人、起立のままである。
Ⓣ〝まことに
　目下世の中は
　非常時である〟

4　河原の部屋

（各人の部屋は総て所謂アパート式でない。薄汚れて湿っぽい感じのする下宿の一室である）

寝転んでいる河原の足。

河原、退屈そうである。フト廊下の方に首をねじ向ける。

5　廊下

女中の足が通って行く。

6　河原の部屋

河原、ムックリと意味なく起き上がって窓外に眼をやる。

そして僅かに好奇の色を浮べて窓際に凭《よ》って見入る。

7　隣家の窓

女給らしい女が出勤の支度をしているのが見える。帯締めをし、ちょっと襟前をかき合せたり等している。

8　河原の部屋

河原、漫然と眺め入っていたが、人の気配に振り返る。西田がいつの間にか来ている。そして隣家の女の方を眺めたが、
Ⓣ〝今日はいやに白く塗ってるな〟
と話しかける。
河原、頷き、ヴァイオリンを取り、弓に松脂を塗りかかり、
Ⓣ〝これが活動写真なら
　地の利の関係上
　俺とあの女はとうに
　恋人同士なんだがなあ〟
と言う。
西田、軽く笑って相変わらず突立ったまま、
Ⓣ〝お前がシューベルトで
　向うが質屋の娘なら

未完成交響楽だ〟

と言うと、「じゃ」とスーッと出て行く。

9

廊下

突当りの隅にある青木の部屋から薬瓶を持って女中が出て来て、西田を認め、「お帰んなさい」と会釈し去る。

10

西田の部屋

西田、入って来て、机の前に坐り、忌忌しそうに書き損じの履歴書など丸めて窓外へ投げ捨てる。

11

街路

と、折から通りかかった屑屋がそれを篭に摘みこむ。

12

西田の部屋

西田、吸がらに火をつけ、ふかし乍ら墨をすり始めるが、フト彼の部屋の輝ける財産である目覚時計を取上げ、意味なく着物の袖口で磨き出す。間もなく拍子木の音に西田、戸外を眺める。

13

街路

紙芝居が来て、客寄せをやっている。

子供達、集って来始める。

14

西田の部屋の窓

西田、ぼんやり眺めている。

——(移動)

15

河原の部屋の窓

河原、顔をしかめて起き上がって来て煩《うる》さそうに窓を閉める。

——(移動)

16

井上の部屋の窓

紋付羽織の井上が見ていたが、直ぐ、ひしゃげた小バスケットに商品の換算器を詰め込み出かける。

17

藤木の部屋

小バスケットを提げた井上が入って来る。そして親し気な微笑で、

Ⓣ〝奥さん、また一つ頼みますよ〟

と言う。

千代子「何ァに?」と訊く。

井上「実はね!」と後向きになる。

紋付羽織の裾が綻びている。

千代子「まァ」と笑う。

井上、羽織を脱いで、差し出す。

千代子、受け取って縫いかかり、

Ⓣ〝今日は何処?〟

と訊く。

井上「やァ」と頭を掻いて、

Ⓣ〝巣鴨のとげぬき地蔵ですよ〟

と言う。

千代子「そう」

Ⓣ〝儲かって?〟

と訊く。

井上「どうもね……」と頭を掻く。

羽織の繕いが出来上がる。

井上、受け取り、そしてフト思い当った様に、

Ⓣ〝奥さん、お芽出度いんだそうですね〟

Ⓣ〝何時なんです?〟

千代子、テレる。

井上、笑って、

Ⓣ〝聞いとかないと祝いの方の関係もありますからね〟

千代子「知らない……」

井上、笑って部屋から出たが、直ぐ引返して千代子に、

Ⓣ〝旦那様のお帰りですよ〟

と声をかけて又、去る。

18

下宿屋　玄関

藤木と天野が連れ立って帰って来る。そして来合せた井上と二言三言話して別れ様とする処へ、内儀《おかみ》が嬉しそうに新聞を持って急いで来て、「御覧なさいよ!」

Ⓣ〝もうせん二階の三号に居た人が今度、滋賀県から代議士に出たんですよ〟

と新聞を見せる。

井上「ほう」と感心する。併し他の連中は別段面白そうにもしない。塵取りを持って来合せた亭主も覗き込んだが感に堪えた様に、

Ⓣ〝人間って分らないもんですね〟

そして更に言う。

Ⓣ〝学校へも碌スッポ出ないで
毎日ゴロゴロしてましたがねえ〟

天野、渡された新聞を見もせず亭主に渡してやり乍ら、

「小父さん」

Ⓣ〝そいつには貸しは無かったんですか〟

藤木、微笑して自室へ行きかける。

井上は戸外に。天野は二階へ——

内儀、フト気付いて、

Ⓣ〝天野さん、お郷里《くに》から
手紙が来てますよ〟

と言って帳場の方へ切れる。

19 階段

天野、待っている。

直ぐ内儀が封書を持って来て渡す。

天野、不意に暗い表情を浮べたがそれを振り払う様に、

Ⓣ〝書留でなくて小母さんには
気の毒だったな〟

と軽口を叩いて階段にかかり、手紙を開いて読む。沈鬱な色が次第に濃く浮かぶ。

20 二階の廊下

天野、手紙をポケットにねじこみ乍ら上って来、青木の部屋を覗き込む。

21 青木の部屋

病床の青木、見迎えると衰えた顔に喜色が佗しく浮かぶ。

天野、明るい調子を恢復して、

Ⓣ〝青木、今日はどうだい？〟

と言う。

青木、

Ⓣ〝相変わらずはっきりしないんだよ〟

と喘ぐ様な息使いをする。

天野、部屋に入り枕元に坐る。

青木、天井を見つめたまま、

Ⓣ〝クサクサして遣り切れないよ〟

天野、軽く額を押えてみて、

Ⓣ〝やっぱり午後になると
いくらかでるのかい！〟

続けて、

Ⓣ〝元気を出せよ〟

といたわり立ち上がり、フト、壁の写真に眼をやったが、

Ⓣ〝早く快くなってまた
素晴しいアウトカーヴでも
投げるんだな〟

22 壁の写真

華やかなりし青木の投手姿の写真。

青木、感慨深く眼をやったが、急に又淋しくなったらしく眼をそらして、

Ⓣ〝せめて起きられる様になって呉れれば
いいと思うんだけど——〟

と呟く様に言う。

天野、傷ましそうにみる。

23 壁の写真

青木投手の写真一、二枚。

24 廊下

天野、出て来て、亭主とすれ違う。

亭主、バケツをおいて、雑巾がけにかかろうとしてフト、見る。

25 西田の部屋

履歴書——

西田、書いている。

亭主、入って来て、

Ⓣ〝また書いてますね〟

と覗き込んで一枚、取上げ見て、

Ⓣ〝あんた学士さんでも
案外字は拙いね〟

西田、苦笑して、

Ⓣ〝大学には習字の時間は
なかったからなあ〟
亭主、反古の皺のばしにかかって、
Ⓣ〝こんなに紙屑こさえて勿体ないねえ〟
続けて、
Ⓣ〝春日局じゃないけど
あんたも一遍紙拵えるとこ
見るんだね〟
西田、
Ⓣ〝俺にはよく分らないけど
紙は節約しろと言うんだろう〟
亭主、頷く。
西田、皮肉に、
Ⓣ〝下宿の障子は張替えるには及ばんと
言うんだろう〟
亭主、障子の方を見る。
古ぼけた破れ障子。
亭主、腐って笑い、フト、思い出した様に傍の将棋盤を取り上げ、
Ⓣ〝一番どうです？〟
西田、頷き、盤をはさんで対座する。

26 **机の上**
履歴書、微風にあおられている。

履歴書の一枚フワフワと窓外へ舞う。

27 **藤木の部屋**（二階）
藤木、窓際に坐っている。フト見る。そして舞い落ちる紙を捕えてみる。西田の履歴書である。

「徳川家康」「楠木正成」などいたずら書きがしてある。

藤木、微笑で見る。

千代子、フト、何かを思い出した様に、含み笑うと藤木に、

Ⓣ〝あんた、今日
立たされたんですってね〟

と言う。

藤木「アレッ」となったが、直ぐ平然と、「馬鹿言うなよ」と否定する。

千代子「駄目よ」と首を振って言う。

Ⓣ〝隠したって駄目よ
ちゃんと分ってるんだから――〟

千代子、笑って窓辺に来て信坊を呼ぶ。

28 **街路**
信坊、呼ばれて、ズボンなしの儘で駈け寄って来る。

29 **藤木の部屋――**（窓辺）
藤木、信坊をコツンと叩く。そして、
Ⓣ〝余計な事言うな〟
信坊、頭をさすり乍ら、負けずに、
Ⓣ〝折れ敷け！〟
と冷かす。
千代子、笑い、ズボンを投げてやる。
信坊、受取り、猿股を引上げたりし乍ら尚も冷かし乍ら去る。
千代子、微笑し、窓辺から離れ、「ね」
Ⓣ〝あんた、お湯へ行ってらっしゃいよ〟
藤木、顧みて、
Ⓣ〝お前、行って来いよ〟
と言う。
千代子、尚も、
Ⓣ〝あんた、行ってらっしゃいよ〟
藤木「いやだよ」
Ⓣ〝俺、今行ったらノビちゃうよ〟
千代子「何故？」と見る。
藤木、
Ⓣ〝軍教やってみろ
迚《とて》も腹へるぞ〟
千代子、笑って歩み寄り、
Ⓣ〝立たされてなんかいるからよ〟
藤木、クサッて「馬鹿」と言う。千代子、笑う。そして窓外を仰ぎ見て言う。
Ⓣ〝明日もいいお天気だわ〟

30 **煙突、煙を吐いている**

31 **藤木の宅**
千代子、藤木を顧み、「ねえホラ……」
Ⓣ〝お湯屋の煙が
電車通りの方へ行ってるもの――〟

32 **煙を吐く煙突**

Ⓣ〃その天文学的の優劣は姑《しばら》く措き――〃

33 **煙突**

Ⓣ〃お湯屋の煙突の煙が
　ラジオの天気予報より
　当ることがある〃

34 **大学時計台**

明るい陽射しを浴びて――

35 **教室**（翌日なり）

（教室の移動）学生達は煙草を吸ったり拱然と天井の一角を凝視していたり、授業開始前の情景よろしく――で――教壇には未だ講師は見えていない。

教室の後方の席に藤木と天野が並んでいる。隣りの学生A、一寸時計を見たりしてから天野に、

Ⓣ〃大久保先生、休講ですかねえ?〃

と話しかける。

天野「さあ」と考えたが、ぶっきら棒に、

Ⓣ〃教授なら兎に角、
　講師ときたら日給だから
　仲々休まんですよ〃

と言う。

藤木も同感する。

学生A、又時計を見たりして、

Ⓣ〃休みだといいですね〃

と天野に話しかける。

天野、肩を聳《そび》やかして振り向くと改まって、

Ⓣ〃休みだと何かいい事でもありますか〃

と当る。

学生A、稍々《やや》当ての外れた感じで、

「併し――」

Ⓣ〃ともあれ休講は
　お互いに喜ぶべき
　現象じゃないですか〃

と言う。

と、「馬鹿な」と反発して、

Ⓣ〃僕は悲しむべき現象だと思いますね〃

と言う。学生A、愈々《いよいよ》クサる。

天野、大きく頷いて、Aに、

Ⓣ〃我々が授業料を払っとるのは
　講義を聴くのが目的ですからね〃

と言う。

周囲の学生達、天野達の方を顧《かえりみ》る。

天野、調子づいて、

Ⓣ〃嘗て休講の際学校当局は
　我々に対して謝罪した事が
　あるのですか〃

Ⓣ〃ないでしょう〃

と益々、調子よく続けて、

Ⓣ〃当然なすべき授業料の割戻しすら
　せんじゃないですか〃

とやる。学生A、眼をパチクリさせる。

天野、尚も、

Ⓣ〃学生の許可なくしての休講は
　断然不都合ですよ〃

と机を叩く。

学生A、言い負かされて黙る。

天野、フト一方を見る。

講師が入ってくる。

天野、Aに、

Ⓣ〃喜ぶべき現象ですよ〃

と言い捨て、俄かにノートを纏めて、唖然としている学生Aの前を「御免」と通り抜けて、室外へノソノソと藤木と連立って去る。

A、訳が分らず見送り、フト、教壇の方を見て「アレ」と思う。

36 **教壇**

講師が立っている。

37 **後方の席**

学生A、今更逃出しもならず、折悪しく講師と視線が合ったりしてモジモジし、結局居据ってしまう。

38
教壇
講師、早速事務的な段取りで原書の頁を開く。
Ⓣ〝独逸ライプチヒ大学助教授
ハンス・ハーケンベック氏が
名著『教育の貧困』の中で
説く処に依れば――〟

39
教室の移動
勤勉に見える学生達。
Ⓣ〝大学教育に倦怠を
感ぜざるもの三五％〟

40
教室の移動
勤勉に見えざる学生達。
Ⓣ〝大学教育に倦怠を
感じたるもの六五％〟

41
教室の移動
空席。
Ⓣ〝例証　I〟

42
富士山の絵（カメラ引く）

43
銭湯の中
昼間の閑散な湯槽に天神鬚の爺さんと学生が二人、つかってノビている。
学生の一人、フラフラと富士山の絵を見つめていたが、フト、声をひそませて、他の学生に「君！」
Ⓣ〝女湯の方も矢張り富士山かねえ〟
と言う。
訊かれた学生「さてねえ」と考え、二人、顔見合せてブルンと顔を洗う。

44
教室
移動して空席へ。
Ⓣ〝例証　II〟

45
大道
人だかりの中に換算器のデカイ奴を突立てて井上が商売をやっている。換算器をグルグルと廻して、
Ⓣ〝例えば五リットルは
何升何合に当るかと言うにです――〟
と換算器を合せて、鞭で示して「此の通り」
Ⓣ〝大学卒業生と雖も
簡単には答え得られないであろう
此の換算を――〟
と大熱弁である。

46
教室
移動して空席へ。
Ⓣ〝例証　III〟

47
映画劇場
スクリーン「外国映画」が映っている。

48
観覧席
学生二人、見ている。
一人、言う。「おい」
Ⓣ〝明るくなったら帽子かぶれよ〟
他の一人「ええ」と見る。
一人、言う。
Ⓣ〝う、し、ろ、に洋服屋が来てるぞ〟
「成程――そうか」と首をすくめる。

Ⓣ〝例証　IV〟

49
西郷隆盛の銅像
Ⓣ〝子孫の為に美田を買わず〟
銅像を見上げる学生、言う。
Ⓣ〝しかし俺のとこの親爺は子孫の為に
美田を買わなすぎたよ〟
他の一人、頷き、思い当った様に、
「ねえ」

Ⓣ〝動物園よしてライスカレー食べよう〟と言う。他の一人、頷く。

Ⓣ〝例証　Ⅴ〟

50　**街角**

義捐金募集

「東北凶作地救済」の学生達三名。

Ⓣ〝東北凶作地救済の為に皆さんの――〟

そしてフト、同僚を振り返って囁く、

Ⓣ〝向うに迚もシャンが行くぞ〟

そして又メガホンで、

Ⓣ〝皆さんの御同情を願います〟

向う側を行く洋装の女。

Ⓣ〝例証　Ⅵ〟

51　**教室**

一隅の学生、懐中時計を分解しそれを組立てている。虫眼鏡で、教科書のかげで一心不乱である。

52　**教壇**

講師、黒板に横文字をスラスラと書き、アンダーラインを引きかけてフト、時計を見ると其儘「これまで」と本を纒めだす。

教室の学生達、一度にガヤガヤと乱れ始める。

時計組立学生、フト、気付き見ると、既に講師は居ない。慌てて部分品をガマ口に蔵《しま》って一同に続いて去る。大部分は退場した教室に、只一人端然として動かない学生が見える。

Ⓣ〝例証　Ⅶ〟

53　**教室**

端然たる学生、実は厳然として居睡《いねむ》っているのである。

Ⓣ〝例証　Ⅷ〟

54　**野球場スタンド**

藤木と天野が学生達と一緒に練習を見物している。

ファウルフライがバックネットに打ち揚がる。

55　**グラウンド**

レギュラーバッティングが盛んに行われて居る。

56　**スタンド**

藤木と天野、フト一方を見る。

一方の席に西田が別に野球を見るでもなくいる。

藤木と天野「西田さん」と声をかけて立ち上がる。

57　**グラウンド**

選手の一人、打つ。

いい当りで外野へ飛ぶ。

外野手、後退、鮮かに掌中する。

58　**スタンド**

Ⓣ〝俺も野球の選手になっておけば好かったよ〟

と西田が藤木と天野に話している。

更に続けて、

Ⓣ〝彼奴等には就職の心配がないからなあ〟

天野、藤木、頷く。

西田、更に、

Ⓣ〝卒業した人間が失業していようとルムペンになろうと――〟

と忌忌しそうに更に、

Ⓣ〝大学が現在欲しがってるものは一人の優秀な投手だよ〟

そして、更に続けて言う。

Ⓣ〝何てったって大学には球投げが一番だからな〟

59

バックネットの上

へんぽんと飜《ひるが》える大学校旗。

60

スタンドの一部

数十名の学生群が時時喝采を送りつつ見ている。

西田、藤木、天野、見ている。

西田がやがて天野に突然、

Ⓣ〝七銭呉れよ〟

と手を差出して、

Ⓣ〝バット買うんだ〟

と言う。

天野、聊か呆れ乍らもポケットから乏しい財産を摑みだす。

西田、又今度は藤木に、

Ⓣ〝五銭呉れよ〟

続けて、

Ⓣ〝風呂へ行くんだ〟

と言う。

藤木、これも呆れ乍ら内ポケットを探って取り出し乍ら、

Ⓣ〝お釣りあるかい？〟

と五円紙幣を取り出す。西田、腐って、

Ⓣ〝張り倒されるぞ〟

と言って、丁度その時バットを取り出した傍の学生から一本貰うと、ニヤニヤして、

Ⓣ〝先ず風呂にするかな〟

と言って行きかけたが未だ手にしている藤木の五円紙幣が羨ましく立ち戻ると、

Ⓣ〝その紙幣《さつ》の番号当てたら
　俺に呉れるか〟

と言って直ぐ眼を瞑《つむ》ると、

Ⓣ〝七〇一八四五〟

と言う。

藤木、紙幣を見る。

番号を言い当てられたので、

Ⓣ〝未だ覚えてやがらあ〟

と言って「やるもんか」と言った身振りをする。

西田、苦笑して「じゃ失敬」と言って行く。

天野、藤木の紙幣を指してこれも微笑で、

Ⓣ〝此の間女房《かみ》さんから誤魔化したの
　未だ持ってるのか〟

と冷かす。

藤木、苦笑して「そう言うなよ」と紙幣を蔵い込む。そして二人、グラウンドに眼をやる。天野の顔に何となく憂鬱の色が漂って見える。

61

グラウンド

練習マッチが始まっている。

投手、大きく頷いて球を投ずる。

62

スタンド

Ⓣ〝考えて見りゃ青木も可哀相な奴さ〟

と天野が藤木を顧みて言う。

藤木、生半可に頷く。

天野、言う。

Ⓣ〝大学の宣伝に使われて無理をして
　その挙句が肋膜だ〟

63

バックネットの上

へんぽんたる大学旗。

64

スタンド

藤木、心からは同意しかねて、

Ⓣ〝併し彼奴もいい気になって
　お調子に乗りすぎたからなあ〟

と言う。

天野、

Ⓣ〝何万人かにワイワイ騒がれて
　一人で大学を背負って立てば
　ちっとはいい気にもなるだろうさ〟

と言って見る。

向うに学生喝采の一団が見える。

天野、淋しそうに、

Ⓣ〝身体をこわした野球の選手は
　淋しいよ〟

と呟く様に言って口を閉す。

二人、そして無言。

65 **グラウンド**

打者がファウルフライを打上げる。

66 **バックネット**

大学の旗、へんぽん。

67 **青木の部屋**

窓のカーテンが微風で揺いで、傍らの一輪ざしの萎れた花も風になぶられている。

青木、病床で遠くの物音に聴き耳を立てている風情。時折、彼の衰えた顔を輝きが通り過ぎる。そして尚も耳を澄ます様にし、有合せの茶碗を取上げると、何時か胸の辺でそれをボールを握る様に握って見たりしたが、直ぐ疲労が来る。

女中が薬瓶を持って顔を出し、無雑作にそれをおく。

青木、去りかけた女中を呼び止めて、

Ⓣ〃天野、未だ帰らない？〃

と訊く。

女中「いいえ未だ……」と答える。

青木、力無く、

Ⓣ〃帰ったら退屈してるからって
　言って呉給え〃

と頼む。

女中、事務的に頷いて去る。

青木、又耳を澄ます。

揺れるカーテン。

68 **廊下**

窓の処で女中がタオルやなんかを乾していたが、見迎えて会釈する。西田が帰って来、「やァ」とからかい気味に窓辺に女中と並ぶ。そして戸外を眺める。

69 **見た眼で**

中空に風呂屋の煙突が煙を吐いている。

70 **廊下**

西田、眺めていたがフト思い付いた様に女中に「おい」

Ⓣ〃内儀さんにそう言って呉れよ〃

と言うと煙突の方を指さして言う。

Ⓣ〃あんまり鮫の煮付けばっかり
　喰わせると
　俺は暇だからあの煙突に
　昇っちゃうぞって――〃

女中「まあ」と笑う。

西田「言っとけよ」と念を押して自室の方へ。

71 **西田の部屋**

西田、ドッカリ胡坐をかくと、例の如く灰皿に手を伸すが、驚いた事に灰皿は綺麗に掃除されてしまってある。

72 **廊下**

女中、呼び止められて振り返る。そして西田の部屋の前に行く。西田、憤然として灰皿を突き付けて詰問する。

Ⓣ〃これ捨てたの君かい？〃

女中、頷く。

西田、ムクレて、

Ⓣ〃あんまり余計な事しないで呉れ〃

と言う。

女中、これも面喰らい乍らも、

Ⓣ〃でも汚なかったもんですから〃

と言う。

西田、舌打ちして「何だ？」

Ⓣ〃汚ないのを気にしてた日には
　こんな下宿にいられやしない
　じゃないか〃

とプイと引返す。

女中も膨れて障子をガタンと閉めて荒々しく去りかける。

と河原が自室からシャツとズボンだけで塵紙を手に現われて、「如何《どう》した？」と女中に訊く。

女中、事の次第を訴える。

河原、聞き了ると女中に「そりゃいかん」

Ⓣ〃そりゃ俺だって憤慨するよ〃

と呆れる女中を尻目に悠々と階段の方へ行き、見迎えて「よう」と言う。

井上が上って来る。
河原、先輩らしく、
Ⓣ〃今日も学校サボったのか〃
と言う。
井上、頷いて、
Ⓣ〃あんたからノートが
　貰ってあるんでね〃
と言う。
河原、鷹揚に「そうだったな」と莞爾として、
Ⓣ〃大学の講義なんて
　年々歳々相同じじゃよ〃
と偉らそうな事を言って悠々と階下へ去る。

73 **西田の部屋**

西田、六銭しかない。
又数えてみる。
西田、大いに腐って意味なく窓から外を見る。そして「おーい」と呼ぶ。

74 **街路**

信坊達が遊んでいる。
信坊、振り返ると、西田を認めて相応ずる。
Ⓣ〃飛行機飛ばしに行くの？〃

75 **西田の部屋**

西田「とに角来いよ」と手招く。

76 **街路**

信坊「行くよ」と走って切れる。

77 **西田の部屋**

西田、六銭を弄び乍ら机の引出しなど捜す。フト見る。

78 **隣家の窓**

女給らしき女が出勤の支度をしているのが見える。

79 **壁にかけたるヴァイオリン**

80 **西田の部屋**

信坊、入って来て「何さ」と言う。
西田、信坊を坐らせ、並んで壁に凭りかかって、
Ⓣ〃お前、一銭持ってないか〃
と言う。
信坊「持ってない」と首を振る。
西田、落胆する。
そして、信坊にいろいろと訊かれるので、
Ⓣ〃小父さん一銭欲しいんだけどな〃
と言う。
信坊、訊く。
Ⓣ〃何するんだい？〃
西田、
Ⓣ〃煙草買うんだ〃
信坊、甚だ同情して暫く考えて居たが、フト四辺を見廻し俄かに目覚時計を取り上げると、
Ⓣ〃これ一銭で買ってやろうか〃
と元気よく言って独り合点で「そうしよう」と時計を抱えて立ち上がると、
Ⓣ〃今お母さんに貰ってくらあね〃
西田、呆気にとられて見送る。

81 **廊下**

信坊、時計を抱えて飛出して来、「オヤ」と立ち止まる。そして四辺を窺う様にしてそっとしゃがんで手を伸ばす。廊下に五銭玉が落っこっている。

82 **西田の部屋**

信坊、元気よく入って来ると、「さあ」と渡しぼんやりした西田を促す様に、
Ⓣ〃おつりお呉れよ〃
と言う。
西田、否応なく四銭の釣銭をやる。
信坊、駈け出して行ってしまう。
西田、掌上の七銭を見つめて不意と淋しい気がして来て一方を見る。

83 隣家の窓

女給、窓外の足袋を取り入れてはきかえる姿が見える。

84 藤木の部屋——窓辺

信坊が窓外から千代子に時計を見せびらかして話している。
千代子、不意に笑えないものを感じると、
Ⓣ〝小母さん二銭で買ってあげようか〟
と言う。
信坊「厭なこった」と時計を抱え込んで、
Ⓣ〝二銭だって三銭だって五十銭玉だって売るもんかい〟
と言う。
千代子、笑って一方を見る。
藤木、天野と帰って来る。
千代子「お帰り」と言う。
藤木「寄ってけ」と言う。
天野、軽く会釈し一方へ去る。

85 二階の廊下

天野、上って来る。
小バスケットの井上と出逢う。
天野「今日は何処だい」と訊く。
井上、笑って、
Ⓣ〝今夜は小石川の蒟蒻《こんにゃく》閻魔だよ〟
「じゃ」と去る。
天野、自室の方へ行きかかり、フト思い出した様に戻り入る。

86 青木の部屋

天野、入る。

青木、見迎え、喜びの色が浮かぶ。

天野、軽く熱を手で計って見たりしてから、フト思い当った様にポケットから林檎を二、三個取出して「どうだ直ぐ喰うか」と言う。

青木「有難う」と感謝の色で、

Ⓣ〝いつもいつも済まないなあ〟

と言う。

天野「何だそんな事!」等と言い乍ら林檎を剥きかけ「元気を出すんだ」等と言う。

青木、微笑を浮かべる。そして、明るい調子で、フト、天野に、

Ⓣ〝君はこの天井に節穴幾つあると思う?〟

と天井を見上げ乍ら言う。

天野「さァね」と見上げて笑う。

青木、笑って言う。

Ⓣ〝六十九あるんだよ〟

天野「ほう」と笑う。

青木も笑ったが、その顔が急に悲し気になる。

天野の手の林檎の皮がポツリと切れ落ちる。

青木、涙ぐんで天野の顔を見て、

Ⓣ〝日がな一日天井の節穴を数えてるなんて俺はたまらないよ〟

と顔をそむける。

天野「心細い事止せよ」と慰め、林檎の皿をやる。

青木「済まん」と涙を押しこすって林檎の一片を喰う。

天野「じゃ又」と立ち上がると、風が一頻り吹き込んでカーテンが揺れる。

天野、窓を閉めかかる。

青木、振り仰いで思い出した様に、

Ⓣ〝今日は風の具合でノックの音がとてもよく聞えたよ〟

と言う。

天野、窓を閉めて元の場所へ来る。

青木、一人で呟く様に、

Ⓣ〝三番は誰が打ってんだろうな〟

と言う。

天野、釣り込まれて何気なく、

Ⓣ〝深見だったよ〟

と言ってしまい「しまった」と思い弁解じみて「実は——」

Ⓣ〝久し振りで今日グラウンドに行って見たんだ〟

と言う。

青木「そうか」と眼を輝かして訊く。

Ⓣ〝遊撃《ショート》は岡部が守ってたかい？〟

天野「いいや」と首を振り悪い事を言いだしたと思い渋々と、

Ⓣ〝江口だった〟

と言う。

青木、頷き、何か訊きたそうにして躊躇する。

天野「じゃ」と部屋を出ようとすると呼び止められる。

青木「ねえ」

Ⓣ〝投手《ピッチャー》は誰だったい？〟

と堪え切れずに訊いて唇を噛む。

天野、青木の心を思いやり引返す。

Ⓣ〝そんなこと——

　誰だっていいじゃないか〟

青木、たまらな相に、

Ⓣ〝もう皆俺の事なんか
　とうに忘れちゃったんだろうなあ〟

と言う。

両人、見合う。

青木、やがてたまらず泣く。

天野、蒲団を掛け直してやり、

Ⓣ〝そんな事で泣く奴があるか〟

そして尚泣く青木をいたわる様に、

Ⓣ〝馬鹿だなあ〟

と言い再び部屋を出ようとし、フト青木の投手振りの写真の歪んでるのに気付きそれを直す。

咽び泣く青木、薄団ゆれる。

天野、感慨深く見比べる。

87　廊下

河原、廊下をウロウロと何かを捜し廻っている。
女中がお鉢に薬罐かなんか持って上って来る。
河原、女中に尋ねる。
Ⓣ〝この辺に五銭落っこって
　なかったかい〟
女中「否《いいえ》」と去る。
河原、又捜す。

88　廊下——窓の処

女中来て、フト、立ち止まって戸外を見る。

89　風呂屋の煙突

90　廊下

女中、クスクスと笑いだす。

91　風呂屋の煙突

モクモクと煙を吐きだしている。

（稍々此の景、長く）

Ⓣ〝なあんだ、また鮫《さめ》か〟

92　お膳（夜）

鮫の煮付がのっている。

93　西田の部屋

お膳を見つめて渋い顔している西田、一方を見る。
女中、出て行きかけ、笑って、
Ⓣ〝見てあげるから
　昇って御覧なさい〟

94　煙突、煙を吐く

95　お膳の鮫の煮付

96　河原の部屋

河原、半身を起してお膳を見つめて、これも渋い顔。

97　お膳の鮫の煮付

お膳、二人前ある。

98　藤木の部屋

藤木、千代子を見つめてクサっている。
千代子、熱なく、
Ⓣ〝どうしてこう鮫ばっかり
　食べさすんでしょう〟

藤木、
Ⓣ〝安いからさ〟
　そして「おい」
Ⓣ〝外に喰いに行こう〟
と促す。
千代子、笑い乍ら考え深く、財布などを調べかける。
藤木、遮る様に、
Ⓣ〝金は俺が持ってるよ〟
と、五円紙幣を出す。
千代子に投げてやる。
千代子「まァ」と思う。
藤木、笑って言う。
Ⓣ〝番号まで覚えちゃったんだ〟
と続けて思い出す様な身振りで言う。
Ⓣ〝七〇一八四五〟

99 **二人前の鮫のお膳**

Ⓣ〝鮫の鰭——
　これは支那での
　山海の珍味である〟
お膳、鮫残っている。
Ⓣ〝蝶鮫の卵——
　これは飽食の士が
　垂涎万丈の佳肴である〟

100 **同　お膳**

Ⓣ〝鮫にとっての
　最大の悲劇は
　「煮付け」にされない前に
　自殺のできない事である〟

101 **煙突——昼**

風呂屋の煙突である。

102 **井上の部屋**

紋付が壁にかかっている。

井上、バットの銀紙を硝子に張りつけ鏡代りにし、扨《さて》、愈々《いよいよ》鬚剃りにかかる。剃刀が切れない。手拭をレザー代りに足でつっぱって剃刀を磨き乍ら雲行を眺めたがフト見下して、「内儀さん——」

Ⓣ〝お天気どうだろう〟

と声をかける。

103 **路地口**

内儀、干し物を取入れ乍ら振り仰いで、「さあね、危いもんさね」等と答える。

104 **藤木の部屋——窓際**

内儀の姿が見える。

藤木、風呂上りらしく手拭を頭に被った儘で足の爪かなんか剪《き》っている。

105 **街路**

信坊等が遊んでいる。

信坊、目覚時計をぶら下げて汽車ごっこの駅長を務めている。

106 **藤木の部屋**

藤木、相変わらず爪なんか剪っていたが、フト、物音を聴き付けて天井を振り仰ぐ。棚の雑誌がバタバタと落ちる。

107 **廊下——階下**

藤木、審かし気な顔付きで階段を上ってゆく。

108 **廊下**

藤木、来て、天野の部屋を覗き込み「オヤ」と思う。

109 **天野の部屋**

天野、引越の支度、殆ど終りかけていて
西田と河原が呆然と見守っている。
其処へ井上も入って来る。
藤木、一同を審かし気に見廻したりして
天野に「如何《どう》したんだ?」
天野、荷造りの手を止めて一寸溜息を吐く。そして決心の色を浮かべると、
Ⓣ〝突然だけど郷里《くに》へ
　帰ることにしたんだ〟

Ⓣ〝君にも一応相談すべき
だったんだけど〟
天野、
Ⓣ〝郷里《くに》の方がお話にならない
らしいんだ〟
と傍の手紙を渡し乍ら言う。
皆、覗き込む。
西田、言う。
Ⓣ〝帰って来いって言って来たのか〟
天野「いや……」
Ⓣ〝僕の学資ぐらいのものは
どうにかなるらしいんだけど——〟
河原が手紙から顔を上げて、
Ⓣ〝金のことだったら、学生課に
相談してみたらどうだい〟
河原、更に続けて、
Ⓣ〝家庭教師の口でもあるかも
知れないし——〟
藤木、手紙を巻きおさめ乍ら、
Ⓣ〝今退学《よす》って法はないよ〟
と言う。
井上が「全くだ」と調子にのって、
Ⓣ〝全く退学《よす》なんて意味ないよ〟
と言う。
一同の言葉をジッと聞いていた天野、不意と井上の言葉が癇に障ったらしく、顔を上げると井上に、
Ⓣ〝ろくに学校へも行かない君の口から
そんなこと聞こうとは
思わなかったよ〟
と冷たく言い放つ。
その態度に、座の空気が急に白白しく緊張する。
西田がとりなす様に、
Ⓣ〝しかしあと僅か半年足らずの
辛抱じゃないか〟
と言う。
天野、西田の方を向く。何とはなしに焦焦しく昂奮して来て、
Ⓣ〝その辛抱をしたからって
どうなるって言うんです〟
続けて吐出す様に、
Ⓣ〝当てのない辛抱じゃありませんか〟
河原が今度は、
Ⓣ〝しかし大学は
就職するためだけの方便じゃないさ〟
と言う。
天野、ムカついて鋭く言う。
Ⓣ〝じゃ何なんです〟
河原、言う。
Ⓣ〝円満なる常識の修得だよ〟
天野、昂奮して、
Ⓣ〝円満なる常識が何なんです〟
続けて、
Ⓣ〝例えば円満な常識が得られたにしろ
そんなものが何になるんです〟
と蔑む様に一座を見廻してから、
Ⓣ〝我々の上に立つ遥かに偉い人達でさえ
円満な常識じゃ判断できないことを
している世の中じゃありませんか〟
更に、
Ⓣ〝そんなものを持ってた日にゃ
人を押しのけて電車にさえ乗れない
世の中じゃないですか〟
そして冷笑して、更に、
Ⓣ〝円満な常識が電車にも乗れないで
ブラブラ飛行機を飛ばしている
なんて——〟
西田、気色ばむ。
河原、鋭く、
Ⓣ〝生意気言うな!!〟
天野、ジッと見る。
河原、見返す。
嶮しい空気が漂う。
藤木、聞きかねて天野に「おい」
Ⓣ〝もう少し明るく
人生が見られないものかなあ〟
と言う。
天野、振り向くと「何?」
Ⓣ〝お前なんか黙って聞いてりゃ
いいんだ〟
と鋭く尚も、
Ⓣ〝お前なんか女房があって親がかりで
結構な御身分じゃないか〟

と浴せる。
藤木、流石に気色ばみ、
Ⓣ〃お前、本気で俺にそんな事を
言うのか〃
とキッとなる。
天野、冷笑して、
Ⓣ〃貧乏人のひがみだとでも
言いたいのか〃
と言ってキッとなり、
Ⓣ〃俺は嘘は言って
ないつもりだよ〃
と言う。
西田、その場を救おうとして、
Ⓣ〃お互いにあんまりはっきり
ものを言うの
よそうじゃないか〃
と口を入れる。
天野も藤木も苦笑する。
空気が聊か静まる。
天野、荷造りの手を動かし乍ら、誰にともなく、
Ⓣ〃それに一つは大学なんてものが
面倒くさくもなったんですよ〃
と言い、又しばらくして佗しい微笑で、
Ⓣ〃さっき退学届を出しに
学生課に行ったら
今日はあんたで四人目
ですよって言ってたよ〃
等言い、伏し眼になって荷造りにかかる。一同、言葉なくぼつぼつと立ち上がって部屋を出て行く。
最後に続いた藤木、去ろうとして、又思い返し戻って来ると、
Ⓣ〃もう一度、考え直してみないか〃
と沁々《しみじみ》とした調子で言う。
天野にもその気持はよく分る。そして、
Ⓣ〃これでも昨夜一晩
考え明かしてのことなんだよ〃
と答え、微笑で更に穏やかに続ける。
Ⓣ〃このまま大学を出たって
迚も親爺やお袋の期待に
副《そ》えそうにもないしさ――〃
「ね、分ってくれよ、いいか――」
Ⓣ〃なまじ大学なんか出ない方が未練なく
郷里《くに》で百姓ができるからなあ〃
と沁々と言う。
藤木、諦めて立ちかかる。
天野、
Ⓣ〃俺の最後の我儘だと思って
許してくれ〃
と言う。
両人、ジッと顔を見合わす――無言。
藤木、やがて頷く。
天野、微笑。
藤木、出て行く。

110 西田の部屋

西田、河原、井上、相並んで壁に凭っかかって暗い気持でボソボソ話し合っている。
其処へ藤木が入って来て、これも暗く、
Ⓣ〃せめてお別れに飯でも喰って
やろうじゃありませんか〃
と提案する。
一同「そりゃいい」と賛成する。
と河原が、
Ⓣ〃俺は喰わないよ〃
西田「何故?」
河原、ムカッ腹で、
Ⓣ〃大体彼奴は生意気だ!!〃
西田、
Ⓣ〃しかし彼奴の言ってる事は
あれでいいじゃないか〃
そして促す様に、
Ⓣ〃喰ってやれよ〃
と言う。
河原、やむなく頷く。
西田が、藤木に、「お前」
Ⓣ〃七〇一八四五持ってたな〃
と言う。
藤木、首を振って「使っちまった」と言う。
一同、顔を見合わして腐る。
井上が不意に明るく、

Ⓣ〝何とかなるさ〟
藤木が、
Ⓣ〝お前、金あるのか〟
と訊く。
井上、困って、「いいや」と横を向く。
一同、困ると西田が廊下の方を見てツト去る。
他の一同「何んだ?」と覗き見る。

111
廊下
西田、通りかかった女中をつかまえて何事か頼んでいる。
女中「お断わりよ」と簡単に、
Ⓣ〝駄目よ。この間の五十銭だって未だ返さないじゃないの〟
と言ってサッサと行ってしまう。
西田、悄気《しょげ》て引返す。
一同、又腐ったが河原が言う。
Ⓣ〝内儀さんに当って見ようじゃないか〟
西田が答えて、
Ⓣ〝併し随分借りがあるからなァ〟
河原、今度は「じゃ――」
Ⓣ〝親爺は如何だい?〟
井上と西田、すぐ賛成して三人、連れ立って去り行く。
取り残された藤木、ぼんやり見送ったが、フト思付いて天野の部屋にとって返す。

112
天野の部屋
天野、荷造りの手を休めて見迎える。
藤木、入口の所から、
Ⓣ〝汽車は何時なんだい?〟
と訊く。
天野「汽車か!」と頷いて、
Ⓣ〝上野発十時二十分の青森行だよ〟
と言って、フト傍の字引を取上げて差出すと、
Ⓣ〝これ、使わないか〟
と言う。
藤木、感慨深く受け取る。
天野、軽く微笑して、
Ⓣ〝これからの俺には字引なんかの必要はもうなさそうだよ〟
と淋しく言う。
藤木、一寸、涙ぐましくなったが人の気配に振り返って見て去る。

113
廊下――階段の上
西田等三人、帰って来る。藤木、歩み寄って「どうだった?」と訊く。
西田、元気なく、
Ⓣ〝三者凡退だよ〟
と言う。
藤木、その返事に一寸考えたが「よし」と決心の色を見せて、階下へ降りて行く。

一同「頼むぜ」と見送る。

114
藤木の部屋
藤木、入って来るなり、かかっている千代子の着物の袂や鏡台、針箱さては簞笥の引出し等「金はないか」と引っかき廻し捜し出す。そしてふと、人の気配に振り向く。
千代子が買物から帰って来て、ニヤニヤ笑い乍ら見ていたが、振向いた藤木の顔に、
Ⓣ〝またお金捜してんじゃない?〟
と笑いかけ、続けて、
Ⓣ〝いくら捜したってお金なんてありゃしないわよ〟
と笑って平気で買物の包みを解きかかったりする。
藤木、ムッとして又も簞笥など捜しながら、
Ⓣ〝何処にあるんだ?〟
そして、続けて言う。
Ⓣ〝天野が郷里《くに》へ帰るんで金が要るんだ〟
千代子「天野さんが」と訝《いぶ》かる。
藤木、ムカツイて千代子の表情を読みとることも出来ず、尚もあちこち手荒く捜したが諦めて、「勝手にしろ」と千代子を睨みつけて荒々しく障子を開けて廊下へ出、障子をガタンと閉める。

と、その拍子に壁の額が外れて、その後から紙包みがパタリと落ちる。
千代子、ハッとして紙包みを見、視線を一方に転ずる。
藤木が入口に立っている。千代子を睨みつけると、そのままツカツカと入り、紙包みを拾い上げ、開いて見て、
Ⓣ〝馬鹿！〟
そして進みより、
Ⓣ〝あるじゃないか〟
千代子、見幕に押されて呆然と眼を瞠《みは》る。
Ⓣ〝天野が俺のどんな友達だか
　お前には分らないのか〟
と怒鳴りつけて、
サッと行ってしまう。

115 廊下――階段

西田、河原、井上の三人が、階段の中段辺で待ちうけている。「やあ」と喜色が浮かぶ。

藤木、金包みを見せ、サッと一同に取り囲まれ乍ら、二階へ上って行く。そして四人、階段を上りきった処で立ち止ってしゃがむ。

Ⓣ〝お前の女房《かみ》さん
　山内一豊の妻だなァ〟

と金を勘定し乍ら西田が言う。

藤木一人は立ったままで、苦笑する。

井上、

Ⓣ〝なんとかなるもんだなァ〟

と喜ぶ。

金を数えると約十二、三円がとこある。

河原、更に、

Ⓣ〝天婦羅も喰いたいけど
　兎に角すき焼にしよう〟

と言う。

三人、賛成して井上が、

Ⓣ〝俺はビールより酒がいいぜ〟

と言う。

西田、一寸見て、

Ⓣ〝お前は夜店に行った方がいいぜ〟

と言う。

井上、腐り、「いや……」

Ⓣ〝バットも十《トウ》ばかり買おうじゃないか〟

116 西田の部屋（夜）

バットが五つばかり積んである。
煮えてる牛鍋。
空の一升瓶が二、三本。
西田の手がバットの箱を弄んでいる。
やがて、
Ⓣ〝お前が此の下宿に来てから
　もう何年になるかなあ〟
と言う。
天野、これも比較的酔ってはいないが流石に赫ら面で、
Ⓣ〝足掛四年ですよ〟
と言う。はずまない調子である。
西田「もうそうなるかなあ」と盃をさす。
大部酔った河原が、
Ⓣ〝青年老い易く学なり難しさ――〟
と言って一同の視線を追って一方を見る。
井上、感慨無量の顔付きで肉を噛みしめている。
一同の視線にややテレたが、
Ⓣ〝牛肉ってうまいもんだなあ〟
と感極まった声を出す。そして、又一切れつまむ。
天野、流石に笑って、
Ⓣ〝田舎じゃこいつが鳴いてるんだぜ〟
と肉をつまんで見せたが、フト悲しみが胸に来る。
一同、淋しさが支配する。
そして、フト窓の方を見る。

117 窓

雨が降りはじめる。

118 西田の部屋

藤木、
Ⓣ〝降って来やがった〟

と言う。
井上、立って窓から手を出し、空を見上げたが、引返しかけて言う。
Ⓣ〝明日の縁日はお流れかな〟
一同、何となく物悲しくなる。
河原、堪えかねて、浮きたたせ様と、
Ⓣ〝景気よくやろうじゃないか〟
と言って手を叩き出す。
藤木等「やろう」と調子を合わせて手を叩く。河原、オケサかなんか唄いだす。
天野も手を叩いては見たが、堪えられなくなって来てフト立ち上がると、
Ⓣ〝ちょいと青木に暇乞いして来るよ〟
と言って出て行く。
一同、それを見送り、陽気に手拍子で唄い出す。

119

青木の部屋

青木、寝ている。
天野、入って来る。そして枕元に坐りながら、
Ⓣ〝如何だい、具合は？〟
「相変わらずだよ」と青木が答える。
天野、青木の枕元に坐る。そして言い出そうとするが青木の衰えた顔を見ると、一寸切出せずにためらう。
青木、気付かう筈もなくフト微笑を浮かべると、
Ⓣ〝この天井の節穴六十九だって
　言ったっけね〟
と言う。
天野、強いて微笑を浮べて「そうだ」と頷いて見せる。
青木、可笑しそうに、
Ⓣ〝ところが数え直して見たら
　六十八しかないんだよ〟
天野、傷まし気に青木を見る。
青木、微笑でそれから一寸耳を澄ます様にしたが、
Ⓣ〝何処の部屋だか大変賑やかだね〟
と天野を振り仰ぐ。
天野、たまらなくなる。言う。
Ⓣ〝うるさくはないかい？〟
青木、首を振り、
Ⓣ〝気が紛れて助かるよ〟
そして更に「ねえ――」
Ⓣ〝西田さんの部屋かい〟
天野「うん」と頷く。
薬瓶を取り上げると、
Ⓣ〝大方郷里《くに》から為替でも
　来たんだろうよ〟
続けて、
Ⓣ〝俺も今一口飲まされて
　来たんだけど――〟
と伏眼になり、薬を青木の肩辺に塗ってやりはじめる。涙が出そうになる。
天野、慌てて眼をそらして窓の方を見て、
Ⓣ〝ひどい降りになってきやがったな〟
青木もその言葉に眼を向ける。

120

窓

雨足が強くなっている。

121

青木の部屋

青木、笑い乍ら、
Ⓣ〝井上の奴、縁日で
　困ってやしないかな〟
と言う。
天野、薬を塗り終る。無理に平気を装って、
Ⓣ〝彼奴のことだ
　濡れてはいまいよ〟
と辛くも言うと其儘立って、「じゃ」と出がけに投手振りの写真の額を見る。
青木「ねえ」
Ⓣ〝暇ならもう少し
　話して行って呉れないか〟
天野「うん」
Ⓣ〝また直ぐ来るよ〟
と言うと部屋を出て行く。

122

廊下――窓

天野、窓辺に立ってジッと外の景色に見

入る。悲しみが増して来る。

123 雨に煙った大東京の夜景

124 廊下

天野、見入る。

125 西田の部屋

座は踊りになって井上が踊っている。

井上、踊り乍らフト廊下の天野に気付き、「来いよ」と呼ぶ。

126 廊下

天野、振り返って頷き、部屋の入口まで来て、内部を眺める。

127 西田の部屋

西田、河原、藤木「よう」と天野に会釈して直ぐ珍妙な井上の踊りに視線を集めて手を叩き唄う。

やがて、西田、フト気付き見る。

入口にいた筈の天野が見えない。

西田、審かし気に立って来て廊下を見、ハッとなり一同を呼ぶ。

一同、西田に続いて廊下へ。

128 階段

天野が片手で額を押えて踞《うずく》まっている。

一同、取り囲み「如何した？」と口口に聞く。

天野、さり気ない風を装おうと努力して立ち上がると、

Ⓣ〝今夜きりで東京とも
お別れだと思ったら
変に悲しくなったんだ〟

そして悲しい微笑で、

Ⓣ〝長い間の東京だったからなァ〟

と唇を嚙む。

と女中が階下から見上げて、「あの」

Ⓣ〝自動車が参りました〟

一同、ハッとなる。

天野「じゃ」と自室へ支度に戻ろうとするのを押止めて、河原と井上と西田が駈け戻って、直ぐ天野の部屋から荷物を持って出て来る。

天野、西田から袴を受取って穿きかかる。

井上と河原は先きに荷物をかついで降りて行く。

天野、袴を穿き終って降りかけ様としてフト自分の部屋の方へ行こうとする。

西田、審かし気に、

Ⓣ〝荷物はみんな階下に下したぜ〟

と言うが、天野「いいんだよ」と自室へ入って行く。

129 天野の部屋

ガランとしている。

天野、名残り惜しげに瞬時、室内を見廻す。そして、出て行く。

130 玄関先

内儀、女中、信坊、亭主等も加えた一同、待っている。

天野が降りて来て、内儀達に挨拶する。

藤木、一方を見る。

131 廊下

オドオドした感じで千代子がいる。
藤木、
Ⓣ〝お前も御挨拶したらどうだ〟
と声をかける。
千代子、来て、挨拶する。
そして、天野、土間に降り立とうとして呼ばれて振り返る。

132 階段

青木が立っている。覚束ない足を踏みしめて降りかかる。
天野、引返す。
一同、みつめる。
青木、
Ⓣ〝郷里《くに》へ帰るんだって言うじゃないか〟
と涙ぐんで、更に、

Ⓣ〝お前、俺にだけ黙って
　帰るつもりだったのか〟
と恨みをこめて言う。
天野「そんなつもりじゃなかったんだ。併《しか》し……」と言って、
Ⓣ〝黙って別れた方がお互いに
　辛くならずにすむと思ったんだ〟
続けて、
Ⓣ〝それにこれが永の別れに
　なるってわけのものでもなし――〟
と強いて気軽く笑う。
青木、涙を滲ませ乍らツト天野の手をとると、
Ⓣ〝俺はなんだかもうこれっきり
　お前には逢えない様な気が
　するんだよ〟
と涙を流す。
天野、
Ⓣ〝そんな気の弱い事で如何するんだ〟
と言うが、「天野くん！」と呼ばれて振り返る。
井上が「時間が」と言う。
玄関先で運転手が時計を見乍ら、女中と何やら話しているのが見える。
天野、井上に頷き返すと青木の肩に両手をかけて、
「いいか――」
Ⓣ〝早く昔の様に素晴しい
　アウトカーヴでも
　投げる様になれよ〟
青木「うむ、うむ」と頷き返す。
天野、更に、
Ⓣ〝ラジオを楽しみに
　俺は田舎で待ってるぜ〟
と言うと気強く土間へ降り、自動車の方へ行きかけ、送って出た内儀に済まなそうな面持で、
Ⓣ〝借金は郷里《くに》へ帰ったら
　きっと何とかしますから〟
内儀、軽く打消し、
Ⓣ〝お達者でねえ〟
と送り出して行く。

133 玄関の外

見送る一同。一同「さよなら」を言う。
自動車、走り去る。
女中、内儀、井上等、表口から引上げて来る。

134 上り框

青木は女中に伴われて二階へ去る。
一同、各自引上げる。
居残った西田、藤木に言う。
Ⓣ〝何んだかんだって
　帰れる田舎のある奴は
　未だしもだよ〟
　そして苦笑して、
Ⓣ〝東京の奴は帰る田舎もないからなあ〟
と佗し気に言う。
藤木、無言で頷く。
亭主、西田に呼びかけて、
Ⓣ〝天野さんだってああ真剣《むき》に
　考えることはないだろうにね〟
「そうじゃないか」と続けて、
Ⓣ〝あの人が慌てて百姓になったからって
　急に米が安くなるって訳の
　もんでもなしさ〟
西田、頷き、西田、藤木、夫々《それぞれ》、自室へ帰って行く。

135 藤木の部屋

藤木、入って来ると片隅に黙りこくって考え込んで了う。千代子、手にしていた雑誌をおいて、
Ⓣ〝さっき、嘘ついて御免なさい〟
続けて、
Ⓣ〝あたしまた誤魔化されるのかと
　思ったもんだから――〟
と無邪気に笑う。
藤木「そんなこと……」と首を振る。そして意味なく字引をバラバラと繰ったりしている。しばし――
千代子、赤ン坊の靴下を編みかかり乍ら藤木を浮き立たせ様と明るい表情で、

Ⓣ〝今朝西田さんに
今日は飛行機とばしに
お出かけにならないのって
聞いたら——〟
と言って面白そうに笑い出し、
Ⓣ〝あんたが又立たされるといけないから
当分遠慮するんだって——〟
と笑いかける。
藤木、それが癇に障ったらしく、暗い顔
を不意と上げると、
Ⓣ〝お前そんなことが可笑しいのか〟
と鋭く決めつける。
千代子、笑って、
Ⓣ〝だって可笑しいじゃありませんか〟
藤木「可笑しいもんか」
Ⓣ〝お前は皆が洒落や酔狂で
飛行機をとばしたり
郷里《くに》へ帰ったりするとでも
思ってるのか〟
続けて、「馬鹿！」
Ⓣ〝俺だってそうなるかも
分らないんだぜ〟
千代子の顔が歪んで来る。
藤木、尚も激しく、
Ⓣ〝お前は俺が卒業さえすれば
直ぐ勤め口が見つかるとでも
思ってるんだろう〟
更に、
Ⓣ〝そしてゆくゆくは
何処かの会社の重役にでもなれると
思ってるんじゃないのか〟
千代子、ジッと唇をかむ。
藤木、更に、
Ⓣ〝そんな立志美談は
もっと人間の少なかった
時代の話だ〟
と浴せかけて、ゴロリと横に転がってし
まう。千代子、ジッと見て、
Ⓣ〝あたしあなたが偉くなると
思ってちゃいけないのかしら〟
続けて、
Ⓣ〝あたしあなたが西田さんみたいに
なるなんて
どうしたって考えられないわ〟
そして昂奮して来て、
Ⓣ〝西田さんだって飛行機なんか
とばしている暇に一生懸命仕事を
お捜しになりゃいいんだわ〟
そして尚も言い続け様とする。
藤木、ムックリ起き上がると「何ん
だ！」
Ⓣ〝いくら捜したって
無かったらどうするんだ〟
千代子、
Ⓣ〝それは捜しかたが足りないからよ〟
藤木、突放す様に、
Ⓣ〝馬鹿!!〟
Ⓣ〝いくら捜したって
ないものはないんだ!!〟
続けて、
Ⓣ〝西田さんが飛行機を飛ばしているのも
散散尋ねあぐんだ揚句の事なんだ!!〟
千代子の顔。
藤木、尚も、
Ⓣ〝天野が郷里《くに》へ帰った気持だって
お前にはてんで分っちゃいない
んだろう〟
そして又ゴロリと寝転がってしまう。
呟く様に、
Ⓣ〝昔と違って今は人間が多すぎるんだ〟
そして、
Ⓣ〝その人間がみんなそろそろ世の中に
愛想をつかし始めたんだ〟
そして尚も、
Ⓣ〝天野だってそうだ〟
続けて、
Ⓣ〝俺だってそうなんだ〟
千代子、強く、
Ⓣ〝あんたそんな気でいるの?!〟
続けて、
Ⓣ〝あんたはもうじき
お父さんになるのよ〟
詰る様に、
Ⓣ〝郷里のお父さんやお母さんは

あんたが大学を出るのを
当にしていらっしゃるのよ〃
とジッと藤木を見る。
しばし両人、沈黙。
Ⓣ〃例えば天野さんにしたってそうだわ〃
千代子、語を継ぐ。
Ⓣ〃今になってお退学《やめ》になるなんて――〃
Ⓣ〃お郷里《くに》のお父さんやお母さん
どんなにがっかりなさるか
分りゃしないわ〃
更に、
Ⓣ〃あんなによく
おできになる天野さんが
如何してこんな事が
お分りにならないのかしら〃
藤木、振り向いて、
Ⓣ〃俺だって年とった親爺やお袋を
がっかりさせたくはないさ〃
そして身を起こすと吐き出す様に、
Ⓣ〃しかし其の内どうにも
ならなくなるのが
眼に見えているんだ〃
続けて、
Ⓣ〃俺達がいくらもがいたって
如何にもなるもんか〃
更に自嘲。
Ⓣ〃大学なんてお前の考えてる程
素晴しいとこじゃないよ〃
続けて、
Ⓣ〃大学なんか出たって
就職なんかできるもんか〃
千代子、たまらなくなる。
涙をこらえて、
Ⓣ〃そんなら何も高いお金をだして頂いて
大学なんか行ってることないわ〃
叫ぶ様に、
Ⓣ〃大学なんかよしちまえばいいのよ！〃
涙あふれかかる。
Ⓣ〃大学なんかやめちゃいなさい!!〃
Ⓣ〃直ぐやめちゃいなさい!!〃
Ⓣ〃誰も彼も大学なんか
よしちまえばいいんだわ〃
涕涙して、
Ⓣ〃大学なんかみんな潰れちゃえば
いいんだ〃
そして千代子、たまらずワッと泣伏す。
藤木、困り見つめる。やがて、立って窓辺に行く。
千代子、泣き続く。
藤木、凝然。たまらなく、再び寝転る。
Ⓣ〃大学生は「尻尾を持った人間」の
最初の姿でもある〃

136
戸山ケ原
燦々たる陽光を浴びて軍教の部隊が今日も練兵をしている。

137
原の一部
目覚時計の信坊はじめ数人の子供達に取りまかれて、西田が飛行機のゴムを捲いていたが「よう」と手をあげる。

133
行進する軍教部隊
西田に応じて藤木、軽く、会釈する。
藤木の傍の学生が二人話合っている。その一人が西田を見て苦笑して、
Ⓣ〃大学を出たって毎日飛行機を
とばしてるんじゃ意味ないな〃
と言う。
他の学生は答えて、
Ⓣ〃でもブラブラしてられる人間は
まだいいさ〃
と考え深く答える。
藤木、それを洩れ聞いて、暗く苦笑する。
教官、号令する。
Ⓣ〃右に向きを変え――進め！〃
部隊、右に方向を変え、粛々と行進して行く。
（F・O）

――完――

一人息子

脚色
池田忠雄
荒田正男

原作……………………ゼームス・槇
脚色……………池田　忠雄
　　　　　　　　荒田　正男
監督……………小津安二郎
撮影……………杉本正二郎
録音……………茂原　英雄
　　　　　　　　長谷川栄一
作曲
演奏指揮………伊藤　宣二

野々宮つね……………飯田　蝶子
息子　良助……………日守　新一
その子供時代…………葉山　正雄
杉　子…………………坪内　美子
大久保先生……………笠　　智衆
細　君…………………浪花　友子
その次男………………爆弾　小僧
富　坊…………………突貫　小僧
おたか…………………吉川　満子
おしげ…………………高松　栄子

一九三六年（昭和十一年）
松竹蒲田／大船
脚本、ネガ（複写）、プリント現存
10巻、２３８７ｍ（一〇三分）
白黒・トーキー
九月十五日　帝国館公開

人生の悲劇の第一幕は
　親子となったことにはじまっている
　　——侏儒の言葉——

1　（F・I）**「信州」の山村風景**

山村の家並み。ぼんぼん時計が九つ、遠くで鳴っている。

Ⓣ〃一九二三年　信州——〃

2　**春繭買入れの貼紙**

3　**古めかしい製糸場**

繭の鍋が煮えて——。

糸車がカタカタと廻っている。

働くおつね、その他数名の女工達の姿が見える。

4　**木のある風景**

製糸場の煙突越しに、雪を頂いた連山が望まれる。

5　**小学校の運動場**

遥かに小学生の一団が体操している。

「一、二、三、四、——一、二、三、四、——」

6　**小学校の教室**

（体操の掛け声が流れて聞こえる）

大久保先生、教壇から生徒達を見廻す。

四人ばかり手をあげている。

最後列の野々宮良助、モジモジしながら、手をあげている生徒達を眺めている。

先　生「さて、これだけだね、上の学校へ行く人は——もうないか」

一、二、三、四——一、二、三、四、——体操の号令が教室に流れる。

良助、思いきって手をあげる。（F・O）

7　（F・I）**良助の家**（夜）

良助の鞄が掛っている。

おつね、土間で石臼をひいている。

良助、手工の竹細工の小刀で、ヤケに竹を削っている。

良　助「なあ、かあやん、今年、組から四人中学校へ行くんだって——」

おつね（無頓着に）「そうだか」

良助、イライラしてきて、思い切っておつねに、

良　助「んでなあ、先生がなあ、おらにもどうするって聞いたんだが——」

おつね、相変らず無頓着に、

おつね「フウン、——んでお前、何てッていった」

良助、ハッとなる。ためらうが吐きだすように、

良　助「黙ってた——（おつねの顔色をうかがい——）ぜに要るに決ってんだもん——」

おつね、ちょっと良助の方を見る。

おつね「中学校なんか行かんでもええ」

と、石臼をひきながら、

おつね「明日草餅こしれえてやらず」

良助、すこし悲しくなり、答えもせずヤケにまた竹をさく。

表の戸があいて、石臼の音が止る。

良助、見てハッとする、居住いを直す。

大久保先生が来る。

おつね「まあ、よくきなしたね、まあまあどうぞおしきなして——」

と、先生を招じる。

先　生「いやいやどうぞおかまいなく——」

と、上り框に腰を下ろす。

おつね、座蒲団をすすめて、

おつね「いつも、良助がご厄介《やっけい》様になりやして——」

先　生「いやどういたしまして——良助君はよくおできになるので、僕も大変楽しみにしてるんですよ」

おつね「いや、へい、もう、からっきし」

と、良助を顧みる。

良助、突っ立って不安そうにお辞儀をする。

先生、眼をおつねに返し、ポケットの煙草をさぐりながら、

先生「今日学校で聞いたらお宅でも中学校へやらして下さるそうで——僕も非常に嬉しいと思いましてね」

おつね「え?」と、良助を見る。

良助、モジモジして座を外す。

先生「何しろこれからの人間は上の学校を出なきゃあ、はたが相手にしませんからねえ——良助君位出来がよくて、小学校だけでやめてしまっては惜しいと思いましてね。いやおッ母さんもよく決心がつきましたねえ」

おつね「はあ」とぼんやり頭を下げる。

先生は更に、

先生「これからは何をするにも学問がなくちゃお話になりませんからなあ」

おつね「はあ——」

先生（昂然と）「僕も東京へ出てもう少し勉強したいと思ってるんですよ。何てったってこんな田舎にいたんじゃ先が知れてますからなあ。お母さんもほんとによく決心してくれました」

おつね「——はあ」

8 二階の蚕室

良助、ゲッソリして階段口に腰をかけて考えこんでいる。

9 ランプがボンヤリ灯っている

ゴトゴト、水車の音。

良助、動かない。

10 階下

大久保先生、帰りかけ、

先生「どうも大変おじゃましました」

おつね「おかまいもいたしいせんで、良助、良助、先生がおけえりになんなさるし」

先生「いやいや、もう、どうぞ、ごめん下さい」

と、帰って行く。

おつね「不調法いたしやして」

と先生を送って、おつねは良助を捜し、フト二階を見上げて鋭く、

おつね「良助！　良助！」

11 階上

良助、ふて腐れて動かない。

おつねの声「良助！」

良助、已《や》むなくオズオズしながら階段を下りる。

おつねの前にやってくる。

おつね、いきなりピシャリと良助の横面をなぐる。

おつね「何だって嘘いうだ？　何だって嘘つくだ？」

良助、唾をのむ。

おつね、つづけて、

おつね「中学校なんか行ける身かい?!　馬鹿！」

良助、唇をかんで、ジッと恨めしそうにおつねを見ている。　（F・O）

12 （F・I）製糸場

女工達が働いている。

女工のおしげ、おつねに、

おしげ「で、大久保先生いつ行くだね?」

おつね（暗く）「明日のお昼の上りだってさ」

おしげ「そうかね、ええ先生だったなあ。あちゃ、あの先生はきッと東京へ行くと思ってただよ、いつも東京東京っていッていなさったからなあ」

おつね、うなずき考えこむ。

糸車が、カタカタ廻っている。（F・O）

13 （F・I）線路の土手

汽車が走ってくる。

待ち受けた生徒達が日の丸の旗を振って口々に「バンザーイ、バンザーイ、大久保先生バンザーイ」と、歓送する。

汽車、走り去る。

涙ぐましく、じっと見送る良助。

（F・O）

14　（F・I）**良助の家**（夜）

神棚から吊された柿の実に突き刺してある日の丸の旗。大久保先生バンザイと、書いてある。

おつねは、両足を柱にもたせかけて寝転んでいる良助に、しみじみと声をかける。

おつね「お前やっぱし中学校へ行くだよ」

良助「えッ」と、見返る。

おつね「かあやんも、昨夜《よんべ》一晩考えたんだが――」

良助、ムックリ起上り、おつねの方へ行く。

おつね、いとしげに、

おつね「他の子が四人《よったり》も中学校へ行くに、級長のお前が行かんねえじゃ、かあやんだって面白うねえからなあ」

おつねは良助の手を握って坐らせる。

おつね「わんだれも中学へ行くだ――その上の学校だって行くだ。（涙ぐんで）そんでウンと勉強するだ。な、そんで偉くなるだ――わんだれさえ偉くなったら、死んだとうやんだって、きっと喜んでくれるだし、わんだれの勉強のためだったら、かあやんはどねえになったって構やしねえだ――なあ、家のこんなんか考えんでウンとウンと勉強するだ。なあ、中学校へ行くだ」

おつね「わんだれを中学校へやるぐれえのことは、かあやんにだって出来るだし、それぐれえのこと出来ねえでどうするだし、なあ、分っただなぁ」

涙をのみ込んで、しげしげと良助を見て佗しく声を落し、

おつね「かあやんも、もうじきおばんになるだし――いつまでもわんだれに傍にいて貰えてェんだが――」

良助、動揺している。

おつね「でもやっぱり、大久保先生の言わッしゃる通りこれからの人間は学問がなくちゃ駄目だしなあ」

良助、心うたれる。

おつね（力をこめて）「なあ、家のこんなんか考えんで、ウンとウンと勉強するだ。なあ、分っただな、なあ、分っただな」

良助、涙ぐんで二度三度うなずく。

おつね、ホロホロと涙の溢れる目で良助を見つめ、

おつね「な、分っただな」

良　助「うん――なあかあやん、おれきっと偉くなる――」

溢れでる涙を拳でこすり上げる。

二人そのまま、しみじみと、しばし――。

（F・O）

Ⓣ〝一九三五年　信州――〟

15　（F・I）**機械化された新工場**

製糸機械が整然と廻っている。

働く女工達。

16　**その廊下**

おつね、年老いた雑役婦の態。煙草を吸って休憩している。

同じく雑役婦になっているおしげを顧みて嬉しそうに

おつね「あの子も東京で仕事めっけたといってきただ――」

おしげ「そうだしか――そらぁ、よかっただなぁ。でも早いもんだしなぁ」

おつね、聞き咎めて、

おつね「早えだかなあ――おらにはずいぶん長かったし」

微笑して、

おつね「なあ、春んでもなったら東京へゆかずかと思うだァ――」

おしげ（振り返って）「そうかね、そらァええなぁ」

おつね（楽しそうに）「あの子も二十七になるだし、もうそろそろ嫁の心配《しんぺえ》もしてや

んなくちゃなんねえしなあ」

雑巾を刺しながらの長閑《のどか》な二人の情景よろしく。

（F・O）

17 **（F・I）上野駅**
Ⓣ〃一九三六年　東京——〃
列車が轟然と辷りこんでくる。

18 **流れる風景**（フェンダァ越し）
タクシーの窓外を東京の風景が流れる。

19 **タクシーの車内**
上京したおつねと肩を並べて良助が乗っている。
良　助「ずいぶん暫くでしたねえ。夜行じゃ大変だったでしょう。疲れたでしょう」
おつね（穏かな微笑で）「ううん、そんねでもなかったし、前の人がえらく面倒みてくれただからなぁ。高崎だったかね、お弁当も買って来てくんなさるしなあ——」
良　助「そうですか、そりゃよかったですね、郷里《くに》の方どうです?」
おつね「今年しゃ、しどい雪でなあ」
と、いいながら、フト窓外を見る。
良助、慌てて指をさしながら、
良　助「隅田川、隅田川——永代橋ですよ、向うに見えるのが清洲橋——」
おつね「そうだか、でっかい橋だなあ」

20 **永代橋を渡るタクシー**

21 **車内**
良助、懐し気にしみじみとした情愛で、
良　助「本当によく出掛けて来ましたね」

22 **砂町あたりの空地**（原っぱ）
タクシー来て停る。

おつねと良助が降りる。不審そうに四囲《あたり》の索莫たる情景を見廻すおつねを、良助、促して、
良　助「家はこの原の向うなんですがね、まあブラブラ歩いて行きましょう。大変な家ですよ」

先に立って良助は歩きかかる。

おつね、尚も四囲を見廻しながらつづく。良助、暫く無言で原っぱを突っ切る。やがて躊躇の末、おつねを顧みてさり気なく、
良　助「ねえおッ母さん、驚いちゃいけませんよ」

おつね、不審そうに足を止める。

おつね「何が——?　何がさ——?」

良助、思い切ってズバリと、
良　助「いやー、実は女房貰っちゃったんですよ。（軽く笑い紛らして）とにかく家へ行きましょう」

と、歩き出す。

おつね、接ぎ穂なく不安な感じでつづく。

原っぱ、その向うに場末の家並み。遥かにガスタンクや煙突などが見える。

23 **路地**
洗濯物が干してある。

その路地の侘しき一軒。

良　助「おッ母さん、ここですよ」

と、母を顧みて、良助、さきに入る。

24 **野々宮良助の家**（玄関）
良　助「さ、どうぞ」
と、おつねを促し、奥へ声を掛ける。
良　助「おい、おッ母さんがいらしったよ」
妻の杉子が出迎え、坐って丁寧に挨拶する。
杉　子「いらっしゃいませ。さ、どうぞ——」
と、おつねの荷物を持って奥へ行く。

25 **居間**
上って来たおつねに、杉子、両手をつき、
杉　子「はじめまして」
と、深々とお辞儀をする。

良　助「杉子です」
おつね「おはじめて――伜が色々とご厄介様になりやして――」
と、杉子の顔を見ながらお辞儀をする。
杉　子「よくいらっしゃいました」
と、又深々とお辞儀をして、火鉢のヤカンを取って台所に消える。
おつね、落着かない感じで家の中を見廻す。
良　助（苦笑まじりに）「ずいぶん汚い家でしょう」
と、次の間へ行く襖際から、
良　助「おッ母さん、ちょいと――」
と、呼ぶ。
おつね立って行き、次の間を見てハッと緊張する。

26　赤ン坊が寝かせてある（次の間）

おつね、意外そうに見つめる。
良助、気軽い調子で、
良　助「去年の春、生まれちゃったんですよ――色々考えたんだけど、お父っつぁんの名を一字貰って義一とつけたんですよ」
おつね、無言で赤ン坊をみつめる。何の表情もない。
良　助「よく寝てますよ」
と、おつねの横顔へ呟くように、
良　助「ねぇ、おッ母さんには孫なんだなあ」
居間から、杉子、遠慮がちに、
杉　子「あのう、ちょっと――」
良助、立って行く。

27　居間

杉　子「晩の支度どうする？」
良　助「お前、金あるか」
杉　子「少うし――」
良助、おつねに呼びかけて、
良　助「おッ母さん、なにご馳走しましょう？ね、何が食べたいんです？」

28　次の間

おつね、暗い顔を向け、心弱い微笑で、
おつね「何でもええだよ」

29　居間

良助は杉子に歩み寄ると、
良　助「そうですか、（杉子に）鶏買ってこいよ」
杉子の同意を求めるように、懐中からガマ口をだし、渡す。
良　助「早く帰って来てくれ」
杉子、受取り、勝手口の方へ切れる。

30　次の間

良助、おつねの所へ引返し、接ぎ穂を見付ける感じで、
良　助「洋食屋の娘なんですよ」
おつね「洋食屋さん――？」
良　助（軽く）「ええ。学校へ行ってる時分に下宿してたでしょう、その近所のなんですよ」
おつね、無言。口をつぐむ。
良助、気まずさを救うように、
良　助「ね、本当はおしらせしなくっちゃいけなかったんだけど――すみませんでしたね――」
おつね「すむもすまねえも――お前せえ気に入ってりゃあええんだし――」
そして、赤ン坊に眼を落す。

31　台所

杉子、帰って来る。
良助、見迎える。
杉　子「頼んで来たわ」
良　助「足りたか？」
杉　子「ええ」
と、うなずいてガマ口を返す。
良助、いたわりをこめて杉子に、
良　助「おッ母さん頼むよ」
杉　子（優しく）「分ってる――」
良助、引返し、
良　助「おッ母さん、ちょっと出掛けますがね――来ていただいてすぐ出掛けるなん

てなんですけど——この頃、神田の学校で夜学の先生をしているもんですから——」

おつね（訝かしそうに）「そうだか——市役所だって聞いてただが——」

良　助（笑って）「ああ——市役所の方はね、半年ばかり前に辞めちゃったんですよ」

おつね「そうだか」

と、不満である。

良　助「すみません、ちょっと出掛けて来ます」

おつね（不満な顔で）「ああ——」

良　助「いやあ、すぐ帰って来ますよ」

眠っている赤ン坊。　（F・O）

32　（F・I）**夜学の教室**

黒板に幾何の説明が書いてある（たとえばシムソンの定理）。やがて一生徒が質問を発する。

良助はこれに明快に答える。

生徒は鉛筆を走らせる。

良助はぼんやり一隅に立つ。フト、思い当った感じで教室を出て行く。

33　**廊下**

良助、歩み去る。

34　**学校事務室**

良助、入って来て、同僚Aに、

良　助「すまないけど十円貸してくれないか」

A　「十円——十円もって行かれると困るな——」

良　助「じゃ五円でいいや」

A、渋々五円を渡す。

良　助「すまん——」

と、去り、松村老人の方へ行く。

松村老人が毛筆で事務をとっている。

良　助「ねえ、松村さん、すいませんが五円貸してくれませんか」

松村老人、聞えないふり。

良　助「お袋がひょッこり郷里から出てきちゃったもんですから——ねえ一つお願いしますよ、月給日には間違いなくお返ししますから——ね、何でしたら利子を一割つけますよ」

松村老人、初めて顔を上げる。「うん」と、これも渋々、ガマ口をとりだす。

良　助「どうもすみません、ご迷惑だとは思うんですけど、何しろ急なものでしたから」

松村老人、もったいぶって五円札を取り出し、渡す。

良　助「すいません」

35　**教室**

生徒等、やや騒然としている。その情景よろしく。

36　**良助の家**（居間）

おつね、杉子、手持無沙汰に坐っている。

37　**寝入っている赤ン坊**（次の間）

38　**居間**

おつね「んで——学校の方じゃいくら貰ってますだ？」

杉　子「ほんのわずかなんですの——でもどうにかやって行けますわ」

格子が開いて、良助、帰ってくる。

杉　子「おかえんなさい」

と、出迎えに立つ。

良助、上って来て、帽子など杉子に渡してから、

良　助「おッ母さんすみませんでしたね。（と、胡坐をかき）どうも教師なんて商売は勝手な時に休めないもんでしてね」

といいながら、紙袋のアンパンを開いて、

良　助「どうです一つ——」

と、おつねにすすめ、自分も一つ頬張り、杉子に、

良　助「おい、お茶いれろよ」
　と、命じて、更に包みから箱枕を取りだし、おつねに、
良　助「おッ母さんの枕――」
　と見せ、立ち上って隣室へ切れる。

39　**次の間**
　良助、赤ン坊の枕元にしゃがみ、見入る。
良　助「よく寝てらあ」
　と、赤ン坊にさわってみたりして、フトおつねを顧みて、
良　助「ね、おッ母さん！　夜汽車じゃお疲れでしょう。もうおやすみになったらどうです」
おつね「ああえだ。――ねえ、お杉さんやぼこがいなさるだったら何かお土産もってくるんだったがなあ。何しろせいたもんだで――真綿でも持ってくりゃよかっただがなあ」
良　助「いやあ」
　と立ち、居間に戻る。

40　**居間**
　三人、茶を呑む。

良　助「でもおッ母さん、思ったほど、年とりませんね。今年は霜焼け、どうだったです？」

おつね（微笑んで）「今年はお蔭でなあ――」

良　助「そりゃ良かったですね」

おつね（フト思いだしたように）「大久保先生お達者かね？」

良　助「先生ですか――？　先生相変らずお達者ですよ――何だったら明日行って見ましょうか」

おつね（懐し気に）「ああ、お行き会いしてえだがなあ」

　良助、微笑してうなずき杉子を顧みて、
良　助「行ってみましょ。先生きっと驚くだろうなあ――どうです、もっと、あ、これアンコが違うんですよ」

　と、アンパンをすすめる。

おつね「ほう――」

41　**座敷**
　杉子、おつねの箱枕に枕紙を結びつけている。　（F・O）

42　（F・I）**ガスタンクの見える情景**
　貧相な家々の並ぶ遠景に、大きなガスタンクが二つ並んでいる。

43　**トンカツやの店先**
　おつね、良助、連れ立ってくる。

良　助「ねえ、此処なんですよ」

　と、店に入る。

44　**店内**
　大久保先生は上り框に腰をかけて盛んに肉を串にさして、「チューチュータコカイナ」と数えている。

良　助「今日は――」

　先生、振り返り、意外そうに、
先　生「いよう、これはこれは――（メリケン粉の手を払いながら――）さあどうぞどうぞ」

　と、座敷へ招じる。

45　**座敷**
先　生「これはお珍らしい――（と、座敷を片づけながら）さあさあ――さあ、君、お母《つか》さんにお座蒲団をね――」
　と、良助にいいながら、メリケン粉の手を洗いに勝手元へ行く。

46　**台所**
　先生、手を洗いながら、
先　生「しかしお母さん、よくいらっしゃいましたなあ、ずいぶん暫くでした。いつお出掛けになりました？」

47　**おつね**（座敷）
おつね「昨日の朝こちらへめえりやして――」
先　生「やあ、そうでしたか」
おつね（お辞儀して）「お久しぶりでごぜえや

す」

48 台所

先生（手を洗いつづけながら）「いやどうも私こそとんとご無沙汰しておりまして――（そして顔を洗いにかかって）お噂はいつも良助君から伺っておったんですが――いやどうも何しろ――（シャボンが眼にしみた感じで手拭いを捜しながら）しかしまあよくおでかけに――あの、良助君まことにすまんがね、そこらに手拭いありませんかね――いやどうも洗濯シャボンって奴は――（笑う）やあこれはこれはどうもありがとう」

49 附近の情景

寒々としている。

50 トンカツやの旗

翻っている。

51 メリケン粉の大丼

陽が当って――

52 座敷

三人鼎坐、ややあって先生、感慨深く、

先生「あれからかなりになるので郷里の方もずいぶん変ったでしょうねえ」

おつね、侘しくうなずき返し、

おつね「え――先生がこれなんかとよく遊びなせえやした犀川の土手も、すっかりセメンになりやしてなあ」

先生「ほう、そうですか――あすこの月見草はキレイだったですがね」

良助「運動場のポプラん所に、上海事変の忠魂碑が建ったそうですよ」

先生「ほう――」

おつね「講堂も立派なのが建ちやしてなあ」

先生「ほう――」

良助「何しろ、東京にいて、戸隠山のほととぎすが聞けるようになったんですからね――」

先生「ああ、あれは私も聞きましたよ――私も蓮華の花の咲く時分に一度帰ってみたいといつも思うんですがね」

と、しみじみという。

勝手口から子供がベソをかきながら駈けこんで来て先生にまとわりつき、ワーアと泣きだす。

先生「どうした、おい――仕様のない奴だな」

と、なだめる。先生、クサって、苦笑いしながら、

先生「これが次男です」

と紹介する。そして更に、

先生「泣くんじゃない、こら！ 泣くんじゃない。さあお客様にお辞儀しないか」

子供、いうことを聞かず、なお泣く。

先生、いたし方なく財布から一銭出してやる。子供、貰うと、なおシクシクやりながら去る。先生、見送り、財布をしまいながら、テレ臭そうに振り直って、

先生「どうも、こういう育て方はいかんのですが、ついどうも手ッ取り早いもんですからなあ――」

おつね「そりゃあもうどこのお子供衆も――お幾つにおなりやす」

先生「六ツなんですがね――どうも柄ばかり大きくなりまして困ったもんです」

やりかけのメリケン粉の大丼に陽が当っている。

良助（フト）「先生、お忙しいんじゃありませんか」

先生（苦笑して）「いやどうも――（おつねに）東京へ来てこんなことしようとは思いませんでしたよ――いや、なるようにしかならんもんですなあ――」

話がとぎれる。

三人無言、伏目のまま。表から先生の細君が子供を負って葱など買って帰ってくる。

先生「愚妻です。（そして妻に）野々宮君のお母さんだ」

細君「いらっしゃいませ」
おつね「お留守に上りやして――」
細君「よくいらっしゃいました」
先生「何かいただいてなあ」
細君「まあ、ありがとうございます」
　先生、妻の背の赤ン坊を示して、
先生「こいつが四男です」
おつね（伸び上って覗きこみ）「こりゃまあお利口げだ――」
先生「いやどうも――お母さんもお孫さんがお出来になって、またお楽しみが増えましたなぁ。（そして、フト思い当ったように）そうそう（と立ち上り）この間話した夜泣きのおまじないだがね――」
　と、簞笥の上から御札を取って良助に見せる。
良助（覗きこみ）「ほう、これですか」
先生（うなずいて）「これをね、逆さまに貼るんですな」
　と、逆様にして見せる。

53　トンカツやの旗

　へんぽんと翻る。

54　良助の家

　襖に『鬼の念仏』が逆さに貼ってある。

　赤ン坊が寝ている傍で杉子が針仕事している。

　おつねも良助も留守らしい。

55　スクリーン

　外国映画（『未完成交響楽』ウイリー・ホルスト）が上映されている。

56　客席

　良助とおつねが見ている。良助が説明する。

良助「これがトーキーっていうんですよ」

　おつね、少し眠そうである。

57　スクリーン

　（麦畑のラヴシーン）

58　客席

　良助、フトおつねの方を見る。

　おつね、スヤスヤ眠っている。

　良助、苦笑するが画び画面に見入る。

59　スクリーン

　（スカーフが麦畑に放り出される）

（F・O）

60　良助の家（夜）

　襖に、逆さに貼られた『鬼の念仏』の御札。

　奥の座敷には、おつねの床がとってある。

　隣の工場の騒音が響いている。

杉子「ねえ、お隣がやかましくて、お母さんよくおやすみになれるかしら」

良助「うん、でもこれで家賃が三円安いんだもの、仕方がないよ」

　杉子、苦笑。

良助「なあ、明日からどうしようかなあ――借りた金もあらかた使っちゃったし、月給日までにまだ間があるしなあ」

杉子（暗くうなずく）「そうねえ――」

　二人、黙然。格子戸が開く。

　おつねが帰ってくる。

　杉子、いそいそと立ってゆく。

良助「お帰んなさい」

おつね「ただ今」

杉子「お湯、いかがでした」

　おつね、風呂の道具を杉子に渡し、
おつね「ええお湯でごわした。ありがとう」

良助「混んでなかったですか」

おつね（坐って）「ううん――（そして膝のあたりをさすりながら）疲れやした」

良助（微笑で）「ずいぶん、引張り廻しちゃったからなあ。もんであげましょうか」

　と、おつねのうしろにまわり肩をもみだす。

良助「どうです?」

おつね(快い。良助を振返り)「大きな手になったなぁ」

良助(笑って)「いや、ききますか。もっと強くしましょうか」

おつね「ううん」

杉子「あたし、致しましょうか」

良助「いいよ、お茶でもいれろよ」

と、もみつづける。

おつね(快さそうに)「今日はお蔭であっちこっち見せて貰《え》いやした。浅草へ行って、上野へ行って、九段へおめいりして——」

杉子、番茶をいれてくる。

良助(もみながら)「郷里の近所の人が上海事変で死んだんだってさ——」

杉子「まあ」

良助(肩を叩きにかかり笑って)「お前、今日お母さん何一番感心したと思う?」

杉子(明るく)「さあ」

と、二人を見る。

良助(笑って)「雷門のね、提燈の大きいんでビックリしちゃったんだよ」

おつね「でっかい提燈でなア」

三人明るく笑う。

支那ソバのチャルメラの音が聞えてくる。

良助(叩く手を止めて)「おッ母さん、支那ソバ食べたことありますか。ちょっと変っていいもんですよ」

といい、立ち上る。

杉子、茶をすすめる。

杉子「あたし致しましょう」

と、おつねの肩をもむ。

おつね(ニコニコと)「浅草の観音さん、でっけえなあ——」

61 路地

良助、路地のはずれの支那ソバの屋台へ来て、
良助「おい、ラーメン三ツ」
おやじ「ヘイ」
良助「チャーシュー、うんといれろよなあ」
と注文し、おたかの家の方を見る。

62 おたかの家

良助、窓から覗き見て挨拶する。
良助「今晩は」
おたか(夜業《よなべ》のミシンの手を休めて)「今晩は」
おたかの傍で富坊が本を読んでいる。
良助「富ちゃん勉強してるのか」
富坊「うん」
おたか、微笑する。フト思いだして、
おたか「お国からお母さんお見えになったんですってね」
良助「ええ——ひょっくり出て来ちゃいましてね、弱ってますよ」
おたか「まあ」
二人、軽く笑う。
ソバ屋「お待遠様」
良助(振り向き)「じゃご免なさい」
と、窓障子を閉めて切れる。

63 路地

良助、屋台からソバを受取り家へ入る。

64 良助の家

良助、入って来て、
良助「おッ母さんどうです、熱いうちにね」
と、先ず割箸を割る。
杉子「お母さんお上りになりません?」
おつね「えただこうかなあ」
と、丼を取り上げる。
三人、喰べはじめる。
良助「うまいもんでしょう」
おつね、うなずく。
良助「明日はどこへ行きましょうね? どこか見たいとこありませんか」
おつね「さあなァ——でもえらく散財かけてしまっただから」
良助「なあに——ね、おい、どこがいいかなぁ」
と、杉子に聞く。
杉子「さあ——そうね」

と、汁をのむ。
良助も一口のんで、
良　助「おッ母さん、おつゆがうまいんですよ」
おつねも、のむ。
良　助「ね――ちょっと、うまいもんでしょう」
おつね、うなずく。
チャルメラの音が遠くで聞える。
寝ている赤ン坊。
侘しい団欒の情景。　（F・O）

65　（F・I）洲崎の埋立地

遥かに東京市の塵芥焼却場が見える。

雑草が風に靡いている。

良助、おつね、連れ立ちブラブラ歩いてくる。良助、おつねを顧みていう。

良　助「ねえ、あれが東京市のごみ焼き場ですよ」

おつね「そうだか」

と、見る。

良　助「何しろごみだけだって大変ですからね」

66　ごみ焼き場の煙突の煙

風に靡く。

67　埋立地

良助、おつね、草の上に腰を下す。

良助、やがて、
良　助「ね、おッ母さん――杉子、気に入って貰えたかしら」

おつね「ああ、温和しいええ人《しと》じゃねえか」

良　助（ホッとして）「気に入って貰えるかどうか心配してたんですよ」

そして口をつぐむが、また真顔で、
良　助「ねえ、おッ母さん」

と、呼びかける。

おつね、良助を見る。

良　助（呟くように）「僕、何になると思っていました――ねえ――」

おつね、無言。

良助、返事に困るおつねを見つめ、沈んで、
良　助「おッ母さん、がっかりしてるんじゃない?」

おつね（困って）「どうしてさね――」

良　助（苦笑）「いやあ――だって――僕だってこんなつもりじゃなかったんですもの」

おつね、見つめる。

良助、暗く、伏目になって、
良　助「おッ母さんに苦労かけてまで無理に東京の学校なんかくるほどのことはなかったんですよ」

おつね（反撥して）「なぜさ、どうしてだ――お前《めえ》、そんな風に思ってるだか。お前はこれからだと、わちゃあ思ってるだに」

良　助（顔を上げて）「そりゃ僕だってそう思ってますよ。でもひょっとすると僕はもう小さい双六の上りに来てるんですよ」

おつね（顔だけは微笑して）「そんねに暢気なこといってちゃ、お前、困るじゃねえしか」

良　助「いやあ、僕はおッ母さんと一緒に田舎で暮したかったなあ」

おつね、キッとなる――

良助、遮るように大空を振り仰いで、
良　助「よく雲雀が鳴いてますねえ」

と、おつねを見ずにいう。

おつね、不安な心で、しかし空を見る。

68　空

雲よく晴れて、雲雀が鳴いている。

69　四本の煙突

煙が風に靡いている。

70　埋立地

二人、トボトボとたよりなげに歩み去る。　（F・O）

71
（F・I）夜学の教室
暗い電気がついている。
生徒は熱心に鉛筆を走らせている。
窓際で良助が悲しげに立って、窓から外を見ている。

72
窓外（夜景）
「クラブ白粉《おしろい》」のネオンの明滅。ジャズのレコードがかすかに流れて来る。
良助、じっと耐えている。

73
良助の家
襖の『鬼の念仏』。
おつね、壁に凭れ、孫を見つめて沈んでいる。
隣の工場の音が聞こえる。

74
教室
良助、沈んだ顔で、涙ぐましく窓外の夜景をみつめている。

75
窓外
神田裏通りの夜景。
「クラブ白粉」のネオン。

76
良助の家（深夜）
壁にかかった良助の服。
たたんである母の着物。

77
次の間
赤ン坊を中に良助、杉子寝ている。
工場の音、響いている。

78
座敷
おつねは寝られぬらしく、床の上に坐っている。
工場の音、止る。
うすら寒い感じで、やがておつね、ふと立って——

79
居間
おつね、来て火鉢の傍に坐る。フーッと溜息をつく。

ジッと見つめつつ埋火をかき集める。

ややあって「おッ母さん」と、良助の声。

眠そうな顔の良助が覗いて、
良　助「どうしたんです」

おつね（動揺する）「何だか寝つかれねえもんだから——」

良　助（もっこり起きて来て）「どうしたんです？（柱時計を見上げ中腰になり）もうずいぶん、遅いんですよ、おやすみなさいよ」

おつね、動かない。

良助、ジッとおつねを見つめる。

おつね、顔をそむける。

良　助「ねえ、おッ母さん、昼間、僕がいったこと気にしてるんですね」

おつね「ううん」

良　助「ねえ、さあ寝ましょう」

おつね、伏目のまま無言で動かない。

良助、ジッと見てあらためて坐り直していう。

良　助「ねえ、おッ母さん。おッ母さん、やはりがっかりしてるんでしょう。でも僕はやれるだけのことはやったんですよ。おッ母さんに苦労かけてることがずいぶん僕の励みになったんです——でも東京じゃ夜学の先生になるのさえようやくのことだったんですよ——」

おつね、静かに顔を上げる。

良　助「そりゃ僕だって、このまま夜学の先生で満足してる訳じゃないんですけど、これから先でも何になれるか、てんで見当がつかないんですよ」

おつね「そうかな」

良　助「ええ」

おつね「けんどお前まだ若えんだもん、そう諦めてしまうことねえじゃねえしか」

良　助（頭を振り）「いや諦めちゃいませんよ。やれるだけのことはやったんです——でもこの人の多い東京じゃいくらあせったって仕様がないんですよ」

おつね、まじまじと見て強く、

おつね「そう仕様がねえって決めちゃうこたねえだよ。私《わちゃ》だってこの年になるまじゃあ、一遍だって仕様がねえって諦めたこんなんかねえだよ」

80　次の間

杉子、話し声に起き上り床の上に坐る。

81　居間

おつね「女の手一つでおめえを東京の学校へやろうなんて、ていげいのことじゃなかったんだし、それをお前がそんな気でいてくれたんじゃ――」

と、涙ぐむ。

良　助（自嘲的に）「いやそりゃおッ母さんから見れば、不甲斐ない伜だとお思いでしょうけど――大久保先生だってあの時分はずいぶん大きい望みを持ってましたよ。その先生が東京じゃトンカツを揚げてるじゃありませんか――あんな大きな青雲の志が五銭のトンカツを揚げてるなんて――ねえ、おッ母さん、人の多い東京じゃ仕様がありませんよ」

おつね「そらあ先生は先生で――」

良　助（強く遮って）「いや誰だっておんなじですよ、仕様がありませんよ。これが東京なんですよ！」

おつね「お前、そう東京東京っていうけんど、東京で出世している人だってうんといるじゃねえしか」

良　助「そりゃ中にはいますよ」

おつね「いるじゃねえしか。お前だって出世してえばっかしに、東京へ出て来たんじゃねえしか」

良　助「そりゃそうですよ。でもそう思うようにいかないのが――」

おつね（強く遮り）「思うようにいかずか！　そのしょうねが、いけねえだに」

良助、無言でおつねを見ている。

おつね「かあやんにしてみりゃそうお前にあっさり諦めて貰いたくねえだよ。かあやんがこの年になる迄働いて来たのも、お前の出世がたのしみだったからだし、このたのしみがあっただから働きげえもあったし――生き甲斐《げえ》だってあっただしなあ――それをお前のようなそんなしょうねじゃなあ」

良助、無言。

おつね、涙をこらえてつづけていう。

おつね「なあ、かあやんはお前には隠していたけんど、田舎《ざいご》にゃあ、へえ、家やァねえんだよ。父《とう》やんが残さっしゃった家も桑畑も、もうみんなへえ売っちまって――（涙がこみ上げてくる。こらえて）――かあやんはお前には黙ってたけんど、今じゃ暇手《なわて》の工場の長屋にいるんだし」

良助、たまらなくなる。

おつね「けんど、すんなことはどうだってええだ。お前せえしっかりしててくれりゃ、かあやんは家だって畑だって、すんなものはなんにもえりゃしねえだ。かあやんは、お前ぎりが頼りなんだし、すんだのに、すんだのに――すんな気でいてくれたんじゃ――」

涙が声を阻む。

82　次の間

杉子、たまらず咽ぶ。袂で顔を抑える。

83　居間

おつね、良助、共に惨めな沈黙。

そのまま動かない。

おつね、たまりかねて涙の顔に手を当てる。良助もたまらなくなる。

84　次の間

寝ている赤ン坊。

85　襖に貼られた『鬼の念仏』

やがてほのぼのと夜が明ける。

工場の音が聞え始める。

86 **附近の原っぱ**

糸の染物が竿一杯に干してある。
おつねが赤ン坊のお守りをしている。
子守唄まじりにあやしながら、

おつね「坊や、でかくなったらなにになるだ。坊やも東京で暮すんかね」

そしてまた、あやす。
一方を見る。
富坊がくる。

富　坊「おばあちゃん――」

おつね「今日は――」

富坊、赤ン坊をあやしたりして、

富　坊「おばあちゃん、どこからきたんだい?」

おつね（笑って）「信州から――」

富　坊（得意に）「信州って中部地方だろう。県庁の所在地、おれみんな知ってらあ。新潟県が新潟、長野県が長野、岐阜県が岐阜――山梨県が山――（つまって）ね、主なる産物は生糸だろう?」

おつね、笑ってうなずく。
原の向うからおたかが鍋を持って、

おたか「富ちゃん、富ちゃん」

と、富坊を呼ぶ。
そして遥かにおつねに会釈する。
おつね、会釈を返す。

富　坊「チェ、また豆腐でやがらあ。さいなら」

おたかの方へ走って切れる。
おつね見送り、また子守唄など小声で唄いだす。

87 **良助の家**

良助が日だまりで煙草など吸いつつぼんやり考えている。杉子が外から戻って来て近より、

杉　子「ね、あんた」

良助、見上げる。
杉子、笑顔で畳んだ風呂敷包の間から、二十円だし、

杉　子「これでお母さんをどこかへ連れてってあげて下さいな」

良助、金と杉子を見比べる。

杉　子（明るく）「ね、お天気もいいんだし、どこか連れてって上げなさいよ。せっかく出ていらしったのにあんなところで孫のお守りじゃお気の毒だわ」

良助、金を見、杉子を見て、

良　助「どうしたんだい?」

杉子、明るく首を振って、

杉　子「いいんですの、あんな着物――どうせ着ないんですもの――」

二人、見合う。
良助、金をとり、感謝の目で杉子を見上げ、

良　助「お前も行けよ」

杉　子「私――?」

良　助「なりなんかどうだっていいじゃないか、留守は前のおかみさんに頼んどけばいいよ、な、一緒にいけよ」

杉　子（うなずいて）「ええ――」

と、明るくいう。

88 **おたかの家**

富坊、鉛筆を削って芯を尖らせている。
〽月が鏡であったなら――と唄い出すと、

おたか「富ちゃん――早く勉強しなさいよ」

富　坊「うん」

窓の外に少年が来て「富ちゃん」と呼ぶ。
富坊、フト気づき、内職の母を窺いながら、『先に行け』と合図する。
グローブを持った少年、うなずいて去る。

89 **表**

富坊、母の眼を盗み、ズックを手に裸足で出てくる。

90 **原っぱ**

富坊、少年達の所へ来て、

富　坊「今日はミット貸してくれよね」

少年Ａ「いやだよ」
富　坊「チェッ！　いつでも断わりやがらァ、貸したっていいじゃないか」
そしてフト一方を見る。
馬がつないである。
富坊、急に元気になり、
富　坊「おいッ、皆こいよ」
と、先に立って走る。

91　馬のところ

富坊、得意に馬の腹など撫ぜて、
富　坊「いいかい見てろよ」
と、巧みに馬の腹をくぐりぬける。
そして、
富　坊「どうだい――往きはよいよい――（とまたくぐりかかり）――復《かえ》りは恐い――どうだい（そして少年Ａに）おいミット貸せよ」
少年Ａ「いやだよ」
富　坊「チェッ！　ケチなの！」
とまた、富坊はくぐり「どうだい、どうだい」と自慢してみせる。

92　おたかの家

おたかが内職していると良助がくる。
良　助「毎度すみませんけど、また、留守をお願いしますよ」
おたか（愛想よく）「ようござんすともどうぞ」
杉子も来て、
杉　子「毎度すいません」
おたか「いいえ」
杉　子「じゃお願いします」
と、切れる。
おたか「どうぞ」
少年、走って来て、
少　年「小母ちゃん、富ちゃん、馬に蹴られちゃったよ！」
おたか（愕き）「えッ？　どこで？」
良助も来て、
良　助「どこでだ!?　富ちゃん、どうしたんだ！　え！」
おたか「ねえどこで!?」
少年、原の方を指さし、
少　年「繁ちゃん家裏《ち》だい」
と、泣きだす。
良　助「行きましょう」
と、おたかを促し、先に走りだす。
おたか、つづく。

93　原っぱ

人だかりがしている。
良助とおたかが、駈け込んでゆき、
おたか「富ちゃん！」
良　助「富ちゃん！」
と交互に名を呼ぶ。
富坊、蒼白くぐったりしている。
良助、抱き上げ、手に触れてみて、
良　助「こりゃすぐ医者に行きましょう」
と、富坊を抱えて人ごみを押しわけズンズン歩き出す。おたか寄り添ってゆく。

94　馬、ノンビリ草を食っている

傍に富坊の帽子が落ちている。

95　病院の裏手

繃帯が干してある（手術の物音）。

96　手術室

手術が行われている。
良助が立ち会っている。

97　病院の廊下

おたか、打萎れて、傍におつね、それに富坊の妹（君子）が、いずれも不安そうにおし黙って――
おたか、心痛のあまり頭をおさえる。
たえきれず、
おたか「あの子はこの頃、口癖のようにミットを欲しがっていたんです。こんなことなら買ってやればよかった――」
妹、キョトンと見守ったが、無邪気に、
君　子「お母ちゃんあたいにもマリ買ってね」
おたか、唇をかんで、涙をこらえる。

おつね、涙ぐむ。

やがてフト一方を見る。

手術室の扉が開いて、看護婦が二、三名富坊をタンカにのせ、良助が付添って出てくる。

おつね、おたか息をのむ。二、三歩、歩みよる。

良助、気づき、おたかの方へやって来てしみじみと、
良　助「とんだ災難でしたね」

おたか「——（ハッと息をのむ）」

良　助（いたわりの微笑で）「でも案外、軽くて結構でした。二、三日入院してりゃいいんだそうですよ」

おたか、やや、ホッとして、
おたか「まァ——」

と喜ぶ。が、フト暗くまたうなだれてしまう。

良助、ツトよると、チョッキのポケットから杉子の二十円を取り出し、
良　助「失礼ですけど差し当り、これを使ってくれませんか」

とだす。

おたか、ハッとし、後ずさりして、
おたか「いいえ——でも——」

良　助「いいや、いいんですよ、困ってる時はお互い様ですよ。ね——」

と、無理におたかの手に握らせる。そして君子の頭を撫ぜながら、
良　助「人手が要ったら、遠慮なく言って下さいよ。杉子を来させますから」

おたか（感極って）「すみません」

と涙ぐむ。涙は頬を伝う。そしておつねに頭を下げて泣きながら、
おたか「お母さん、ありがとうございます。いろいろご親切にしていただきまして——」

おつね、涙ぐみながら、首を振って、
おつね「ううん——けんどふんとに軽くすみやして——」

良助、帰りかける。

良　助「じゃ、お大事にね。（君子の頭を撫ぜて）君ちゃんさよなら」

おつねと共に去る。

おたか、涙の目で、二人を見送る。

思わず、君子を手許に引寄せる。

君　子（おたかの袖を引っ張って）「お母ちゃんマリ買ってね」

おたか、また、新しい涙が頬を伝う。

98　附近の原っぱ

染物の糸が竿一杯に干してある。

（工場の音）

99　良助の家

良助、手持ち無沙汰にうつむいている。
やがて、静かに、
良　助「おッ母さん、すみませんでしたね。せっかく楽しみにしていただいた一日がこんなことになっちゃって——」
おつね、明るく、強く首を振って、
おつね「ううん、それどこか——（つくづく嬉しそうに）かあやんはなあ、お前のような伜をもって、今日はふんとに鼻が高かったよ」
良　助「いやあ——」
おつね（強く）「ううんお前——今日一日どねにええとこ連れてって貰ってもあんなええ目にはきっとあえなかっただ」
そして、杉子を見、良助を見、しんみりとして、
おつね「な、貧乏してるとなあ、ああいう時のありがた味がふんとに嬉しくなるもんだ。（そして感慨深く）おらもうんと貧乏しただからなあ」
良助、杉子、しみじみおつねを見る。
おつね、自分にいいきかせるように、
おつね「ことによるとお前もお大尽になれなかったんがよかったかも知れねえだ」
良助、頭をたれたまま動かない。
おつね、しげしげと良助を見つめる。
涙ぐましく独りうなずいて、
おつね「お前ふんとに今日はええことしてくれただし。これが何よりの田舎《ざいご》へのお土

産だし」

良助、無言でいる。

杉子、涙ぐむ。

工場の音だけがかまびすしい。（F・O）

100
（F・I）附近の原っぱ
薄暮の道を良助と、杉子は赤ン坊を背に、考え深く帰ってゆく（前進移動）。

おたかと、脚に繃帯をして松葉杖をついた富坊が二人の後姿に気付き、
富　坊「おじちゃん」

と呼ぶ。

二人、振り返り、戻って来て、
良　助「いやァ、どうです?」

おたか（喜んで）「お蔭様で只今やっと退院できました。本当にいろいろお世話様になりまして――」

と、頭を下げる。

良　助「それはよかったですね。（と富坊の頭を撫ぜながら）おばあちゃんがよろしくいってたよ、勉強して偉くなれっていってたぜ」

おたか（驚いて）「まあ、お母さんお帰りになったんですか」

良　助（淋しく笑って）「ええ、今送って来たところなんですよ」

おたか（残念そうにうなずいて）「まあさよですか――お目にかかっていろいろお礼を申し上げたかったんですのに――」

良　助（首を振って）「いやあ――」

おたか「本当にお母さんにはいろいろご親切にしていただいて――」

良　助（淋しく微笑して）「いやあ――止めては見たんですがね、やっぱり田舎の方がいいらしいんですよ」

そして富坊ともども歩きだす。

おたか、杉子、つづいて、四人トボトボと原っぱを歩いて行く。

101
良助の家
良助、杉子、帰ってくる。

杉子、赤ン坊を下ろす。

良助、赤ン坊を抱き取る。

杉子、フト柱時計を見て、
杉　子「お母さん、もうどの辺までいらしったかしら」

良　助「さあ――」

と、赤ン坊を渡し、フト淋しそうに考えこむ。

杉子、受取り、次の間へ寝かしに行く。

良助、火鉢の前へ腰を落し、ミルク瓶を取り上げ、見つめる。帽子をとる。

赤ン坊を寝かしつけ、杉子がくる。

そして火鉢の前に坐ると静かにいう。

杉　子「ねえ、お母さんあたし気に入って下すったかしら」

良　助（うなずいて）「そりゃ大丈夫だ――」

と、ミルクの吸い口をくわえる。

杉　子「おかあさん満足してお帰りになったかしら」

二人、見合う。

良　助（呟くように）「多分満足してはお帰りになるまいよ。――本当いうと俺はまだおッ母さんに東京へ来て貰いたくはなかったんだよ」

眼を落すと更に、
良　助「こんな惨めな所は余り見せたくなかったからなぁ」

杉子、良助を見つめる。

やがてうつむいてしまう。

良　助（心弱く）「な、そうだろう。たとえばさ、俺が年をとって久しぶりに逢った義一の奴が夜学の先生じゃ、そう大して嬉しくもないからなぁ」

杉子、顔を上げ良助を見つめる。

良助、見返すが眼をそらす。

眼は鏡台の上に止る。

102
鏡台の上
紙包みが置いてある。
良助、取り上げる。
杉子、不審そうに見つめる。
良助、開き見る。

103
母の手紙
「これで　孫に何かかって下さい　母」

それに金が二十円添えてある。

良助、こみ上げてくる。手紙、金、共に無言で杉子に差し出すと、ツト立って、次の間の子供の部屋へ行き枕元に踞る。

杉子、手紙を読む。泣けてくる。

良助、振返ると、真剣に、
良　助「おい、俺、もう一遍勉強するぞ」

杉子、たまらない感じでうなずく。

良　助「中等教員の検定でもとって見よう」

更に涙ぐんで強く、
良　助「なあ、で、お母さんにもう一遍出て来て貰うんだ」

両人しばし見合う。良助、目をそらし赤ン坊を見る。そして、赤ン坊の手を握って呟くように、
良　助「こいつだっていつまでも赤ン坊でいるわけじゃなし——こいつだけは大きい双六の振り出しからやらせたいからなあ」

と、唇をかむ。

杉子、こみ上げてくる。こらえて、
杉　子「あんたはいいお母さんをお持ちになって仕合せですわ」

たまらず、泣く。

良助、無言。

じっと、赤ン坊を見る。

スヤスヤと安らかな寝顔。　（F・O）

104
（F・I）製糸工場
糸車が廻っている。
モウモウたる湯気の中で、忙しく働く若い女工達。

105
工場の廊下
おつねとおしげ、廊下を拭いている。
おしげ、呼びかけて、
おしげ「お前さん、東京どうだったし？」
振り返ったおつね、笑顔で、
おつね「やっぱり東京だしなあ、てえしたもんだ——毎日《まいんち》毎日まんで善光寺さんのお開帳《けえちょう》のようだったし、朝から晩《よんべ》までコゲタマナシ人が歩いてるだァ、てえしたもんだ」
おしげ（感心して）「フウン——で息子《せがれ》さんは？」
おつね（自慢気に）「あの子もウンと偉くなってなあ——」
おしげ（うなずいて）「そうかね——そうだろうなあ、お前さんもずいぶん長い間苦労しただからなあ」
おつね（うなずき返して）「お蔭様でとてもええ嫁がめっかってなあ。（だんだん惨めな気持が強く滲んでくるが、さり気なく）おらももうこんで安心だし——（自分にいい聞かせるように）もういつだって安心して眼がつぶれるだァ」
おしげ（羨ましそうに）「本当にお前さん幸福《しあわせ》者だし」
おつね「ウン——（とうなずいて拭きにかかる）」
おつね、次第に淋しさがこみ上げて来て、つと、バケツを持って立つと、そのままトボトボと戸外の方へ行く。

106
工場の裏手
おつね、重い足取りで、バケツを下げて歩いて来る。バケツを置くと、腰を叩きながら倉庫の白壁際の陽だまりに行き、空の木箱に腰を下ろす。フッとため息をつき、遠い山並みを眺める。
連山も、遥か東京の空も、しかし、工場の塀に閉ざされて、僅かにしか見えないのだ。
おつね、次第に沈んでゆく。
閂《かんぬき》が掛った裏門の扉は、頑《かたく》なにおつねの希《のぞ》みを遮っているかの様だ。（F・O）

——完——

淑女は何を忘れたか

脚色　伏見晁
　　　ゼームス・槇

脚色……………伏見　晁
監督……………ゼームス・槇
　　　　　　　　小津安二郎
撮影…………茂原　英雄
　　　　　　　厚田　雄春
美術……………浜田　辰雄
音楽……………伊藤　宣二

麹町のドクトル　小宮……斎藤　達雄
その夫人　時子……………栗島すみ子
大阪の姪　節子……………桑野　通子
大学の助手　岡田…………佐野　周二
牛込の重役　杉山…………坂本　武
そのマダム　千代子………飯田　蝶子
田園調布の未亡人　光子…吉川　満子
その子　藤雄………………葉山　正雄
近所の小学生　富夫………突貫　小僧
大船のスター　上原………上原　謙
女中　お文…………………出雲八重子

一九三七年（昭和十二年）
松竹大船
脚本、ネガ（複写）、プリント現存
8巻、2051m（七一分）
白黒・トーキー
三月三日　帝国館公開

1　流れる風景

走る車のフェンダー越しに東京山の手、麴町辺りの屋敷町の景色が流れる。

（F・O）

2　小宮家門前

小学生藤雄が小宮ドクトルの邸の門前で遊んでいる。
そこへ一台の自動車が停る。
杉山のマダム千代子、銀狐の襟巻をして颯爽と降りる。そして、車内を覗き込んで、

千代子「行ってらっしゃい……会社へ真直ぐにいらっしゃいね……。カーブしちゃ駄目よ」
杉　山「いや、大丈夫だよ」
千代子「あと三十分したら会社へ電話かけて見るわよ」

車内には牛込の重役杉山、渋面を乗せて自動車は去る。見送って千代子は小宮家へ這入りかけ、藤雄に気づき、

千代子「アラ藤雄ちゃん、こんにちは」

藤雄、お辞儀をする。

千代子「おかあさん来てらっしゃる？」
藤　雄「ウン」
千代子「どうしてこんなとこにいるの？」
藤　雄「母さん達の話聞いてたって面白くないんだもの」
千代子「そう？　一緒になかへ這入んない？」
藤　雄「僕ここの方がいいよ」
千代子（苦笑）「じゃ待ってらっしゃいね」

千代子が行きかける。

藤　雄「ね、小母さん……母さんに早く出て来いって、あんまり長いとさき帰っちゃうって、そういってよ」
千代子「はいはい」

千代子、門内へ這入って行く。

3　小宮家　小宮夫人時子の部屋

時子と田園調布の未亡人光子が話をしている。と、女中のお文がくる。

お　文「あの……牛込の奥様がお見えになりました」
時　子「あ、そう」

千代子、澄まして這入ってくる。

千代子「今日は」
時　子「いらっしゃい」
光　子「御機嫌よう……先日はどうも……」
千代子（会釈して）「あんたいつ来たの？」
光　子「少し前……」
千代子「へえ」
時　子「あんた、今日いやに綺麗ね」
千代子「そう？」
光　子「今日はとても素敵よ」
時　子「ほんとに綺麗よ……今日は」
千代子「よしてよ、今日は今日はって……」

時子と光子、顔を見合せる。

光　子「へえ、いつも綺麗なつもりでいるんだよ……この人は」
千代子「ばかア」
時　子「その羽織、いいわね」
千代子「そう？　鶉縮緬《うずらちりめん》、ちょいと洒落てるだろう」
光　子「何処、三越？」
千代子「うん、あすこの三彩会、うちの見立てなんだけど、ちょいと地味じゃない？」
時　子「へえ？　地味？　それで……」
千代子「そうかい？　地味じゃないかい」
時　子「チェッ！　お前さん今年幾つ」
千代子「チェッ、腐らすない」

光子、笑う。

光　子「ホホホ……」
千代子「あアー、まずいまずい、こう、ホホホ……」
時　子「なアにそれ」
千代子「おかしい？」

時子、頷く。

千代子「じゃ駄目かね」
時　子「なにさ」

千代子「ううん、ね、この頃とても、ふえちゃってね」
時　子「ああ、皺？」
千代子「そうハッキリ言うもんじゃないよ。ね、笑うと、ここんとこに出るだろう？　だから出ない笑いかたを鏡で研究したのよ……ホホホホ……どう？　そう、おかしくないだろう？」
時　子「フーン、苦労してんだね。もう一遍やってごらん」
千代子「ホホホ……」
光　子（時子を顧み）「ね、動物園へ行きたくなんない？」
千代子「ばかア」
そして「ハハハ」と大きく笑ったが、慌てて顔を押えて、
千代子「あ、いけない、いけない。伸ばしとかないとね」
と皺を伸ばす。ふと思いつき、
千代子「あ、藤雄ちゃん、おこってたよ……愚図愚図してると先きに帰っちゃうって。早くお帰り」
光　子「あ、そうそう、ね、あんたちょっとこれできる？」
と、横においてあった紙を千代子の方へ差し出す。
千代子「なアに？」
と紙を読む
千代子「五銭白銅と一銭銅貨合せて三十二枚あり。これにて一円三十銭の支払いをなしたるに二銭不足すと言う。各々何枚なるか……。なあに？」
光　子「算術よ、昨日藤雄にそう言われて困っちゃったア。なにしろあの子も今度は中学でしょう？　準備で大変なのよ。あの子がやってるのにまさかあたしが先に寝るわけにもゆかないし、ゆうべも二時までおつきあいさ」
千代子「こんな問題で？」
光　子「うん。ちょっとやってみてよ」
千代子「五銭白銅と一銭銅貨合せて三十二枚か……、二銭不足すという」
時　子（横から）「落着いてやってね、うちのことなんか考えないでね」
千代子「なんだこんなもん、五銭白銅の数をXとすりゃいいじゃないの？」
時　子「X使っちゃ駄目なのよ」
光　子「代数でなく算術でやって頂戴！」
千代子（ウームと唸って）「合わせて三十二枚か……」
と蟇口を出す。
時　子「駄目駄目。蟇口出しちゃ……」
千代子（蟇口をしまい、少し考え、わかったらしく）「あッ、そうか！」
光　子「できた？」
千代子「あ、ちょっと待った。えーと……あ、駄目か」
時　子「たのむわよ。おどかさないでね」
千代子「こんな問題中学校で出やしないよ」
時　子「ふん、自分ができないと、すぐこれだから」
光　子（時子に）「ね、あんたのとこのドクトルのとこに来る人で、誰か見てくれる人ないかしら……ね、あたし一人じゃ、ほんとうに困っちゃうのよ、ね、誰か世話してよ」
時　子「ふむ……でも、あんた嗜みが煩《うる》さいからね……」
光　子「あたしが教わるわけじゃあるまいし、なんだっていいわよ……。ただし、あんまり不潔じゃないの……」
時　子「そら、ね。でもいくらあんたが好きだって、フレデリック・マーチみたいな家庭教師ないわよ」
光　子「そんなのあれば、結構だけど。頼むわ、ほんとに聞いてみてよ」
時　子「うん、当てにしないでね」
光　子「頼むわ。（と帰り支度）ほんとうに藤雄におこられちゃうから……」
時　子「帰る？」
光　子（頷き）「これから銀座へ出るの。母性愛さ、……」
時　子「ねえ、あしたあたり、また大阪の節ちゃん来るわよ」

光　子「そう、逢いたいわね」
千代子「あたしあの娘好きさ」
光　子「あの娘、いい娘よ。ちょっと清潔な感じがして……（ふと千代子の狐の襟巻を見て）あんたにこんな妹さんいたの？」
千代子「なあに？（と襟巻を見て）冗談じゃないよバカ」
光　子「さいなら」
帰って行く。
時　子「さいなら、御機嫌よう」
時子と千代子、見送り、やがて――
千代子「あたし、少しお腹すいちゃった。なにかない？」
時　子「ビスケットならあるわ」
千代子「ビスケット？　そんなもんじゃなくてさ」
時　子「じゃどんなものがいいの？」
千代子「何かない？」
時　子「じゃ、お蕎麦は？」
千代子「おそば？」
時　子「お寿司は？」
千代子「寒そうね」
時　子「なにがいいの？　お丼は？」
千代子「お丼、鰻の……でもお丼いやよ」
時　子「なに言ってんのよ、この人は」
千代子「ほうら、お丼じゃなくて、御飯と蒲焼が別々になったの、お重に這入ったのね」
時　子「呆れた。あんた益々達者ね。一ついでいいの？」
千代子「足りなきゃビスケット食べる」
時　子「ばかア」
と苦笑して、電話をかけに行きかける。
千代子「ね、ドクトルうち？」
時　子「ううん、大学」
千代子「あ、今日は水曜日だったわね」

4　大学の研究室

小宮ドクトル、顕微鏡を覗いている。
そこへ助手がくる。
助　手「先生、千駄ケ谷の中西さんからお電話です」
小　宮「あ、こっちへ継《つな》いでくれたまえ……あ、もしもし、今見てる、ちょっと待って。（顕微鏡を覗き込んだまま）うん、駄目だね、あん？　あん？　うん諦めるんだね……、君には子供はできんよ」
と電話を切り、
小　宮「君ちょっとここ片づけて」
一方の椅子による。助手、顕微鏡を片づける。給仕が這入ってくる。
給　仕「先生講義のお時間です」
小　宮「ああ、どこだっけ？」
給　仕「二十七番教室です」
小　宮「あ、そう」
小宮ドクトル、椅子から腰を上げて出て行きかけ、
小　宮「岡田君」
岡　田「はい」
小　宮「丸善へ本が届いてるんだけどね、ついでの時に家へ届けてくれないか」
岡　田「ハイ」

5　医科の教室

学生、熱心に聴講、筆記している。なかに一人居睡りをしている学生がある。

小　宮「ゲルトネル氏菌は一八八八年、フランケンハウゼンに於ける中毒騒ぎの際、ゲルトネル氏によって発見されたが、その伝染経路は未だ全く不明である。しかし未だSpirochaeta《スピロヘータ》すら明確にされないものに、流行性脳炎、――Encephalitis《エンセファアリティス》 Epidemia《エピデミア》がある。現今一般に流行性脳炎と言っているものは、一九一九年ウィーンのエコノモ氏によって提唱された嗜眠性脳炎であるが……元来この嗜眠性……」

眠っている学生を見て中断する。学生を隣りの学生が起している。

ドクトル、苦笑しながら、
小　宮「君、そのままにしとき給え、今頃嗜眠性脳炎の流行した例は、きわめてまれ

だから、そのままに寝かしておいても心配はないだろう」

学生達、笑う。寝ていた学生目をさまし、講義が終ったものと勘違いしてノオトなど持って立ちかけ、一層笑いを醸す。

小宮「さあ、いいかね――」

と講義の続きを始める。

6 小宮家の一室 洋間

開け放しになっている婦人用の旅行鞄、脱ぎ捨てられたオーバーなど。

時子、通りすがりにこれを見て、ちょっと眉をひそめ、

時子「節ちゃん！ 節ちゃん！」

7 小宮の書斎 洋間二階

ドクトルと節子が話をしている。

節子（笑って）「ほんなことおまっかいな、うちうまいもんでっせ。京阪国道をピュッと六十キロぐらいで走んねん、とてもええ気持よ。叔父さん一ぺん乗せたげまひょうか」

小宮（苦笑して）「いいよいいよ、しかしよくうちで黙ってるね」

節子「ううん、うちには内緒や」

小宮「そうだろうなア、しかし節ちゃん危いぜ」

節子「ううん、うちもう円タクの運転手かてできるのやし」

そこへ時子、這入って来る。

節子、振り向くが気にもとめず、尚もドクトルに、

節子「ね、乗せたげようか？」

時子「あんた、こんなとこにいたの？」

節子「うち叔父さまとお話してたの」

時子「駄目よ、荷物も片づけないで……」

時子も腰かける。

小宮「節ちゃんはねえ、この頃自動車をやってるんだそうだ」

時子「自動車？ よしてよ、東京じゃ……。怪我するんなら大阪でして頂戴」

節子、笑って答えず、叔父の莨《たばこ》の鑵から一本とる。

時子「あんた莨吸うの？」

節子「吸いまっせ」

時子「駄目よ、そんなもの吸っちゃ……」

節子「叔母さまやかて吸やはるのに……」

時子「およしなさい！ あんたまだお嫁入り前なのよ」

節子、鼻に皺を寄せ、灰皿へ捨てようとしたが、

節子「勿体ないよって、こんだけ吸うとこ」

時子「節ちゃん、（と襟のところを見て）あんたお風呂はいったら耳のうしろ、よく洗っときなさい」

節子「なんぞついとる？」

時子「うん……」

節子「ね、拭いて」

時子「いやよ、汚ならしい」

女中お文がくる。

お文「岡田さまがお見えになりました」

岡田、這入って来る。

岡田「こんちは」

小宮「やア」

時子「いらっしゃい」

岡田「お客様ですか？」

時子「いいのよ……ね、（と節子を顧み）これあたしの姪、節子……こちら岡田さん」

岡田（頭を下げ）「先生にいろいろ御厄介になってる者です」

節子、会釈する。岡田、丸善の本の包みを先生の方へ出して、

岡田「先生、これ取ってきました」

小宮「いや御苦労さん、まアかけ給え」

時子は椅子をゆずる。

岡田「奥さん、いいんですよ」

時子「いいわよ」

時子、ふと思いつき、

時子「ね、あんた家庭教師やってくれない？」

岡田「なんのです？」

時子「中学の受験準備よ、算術教えてくれり

ゃいいの……」
と言って、小宮に、

時　子「藤雄ちゃんなのよ」

小　宮「ほう、あの子ももう中学かね」

時　子「ええ、(岡田に) 頼むわ」

岡　田「いやア、僕はどうも……」

時　子「わけないじゃないの、ね、困ってるんだから、やって上げてよ」

岡　田「しかし、先生の方のお仕事が……」

時　子「先生の方はいいわよ。(と小宮に) ね、いいでしょう?」

小　宮「うむ」

時　子 (岡田に)「頼むわよ、やってね、そう言うわよ」
と出て行きかける。

岡　田「でもね、奥さん……」

時　子「きまった、きまった」
と行ってしまう。
岡田、苦笑して、

岡　田「どうも……」(と小宮の言葉を待つ)

小　宮 (苦笑しながら)「うむ。まア君、やってやるんだね」

岡　田「そうですか……」
莨を吸いながらそれを見る節子。

8　田園調布の未亡人光子の家　その子藤雄の勉強室

既に家庭教師になった岡田と、藤雄、算術をやっている。

岡　田「地球表面の海の面積は、陸の面積の約三倍にて……陸の面積の四分の三は北半球にあり……北半球にては海の面積は陸の面積の何倍なるか……何倍なるか……だからね」
と計算して見たが、

岡　田「えーと……」
できない、考え込む。

岡　田「陸の面積の四分の三は北半球にあり……」

藤　雄 (なにか思いついて)「あ、ちょっと待って……いいものがあらア」
と出て行く。
岡田はなお考えつづける。

藤　雄「これ見りゃすぐわかるよ」
岡田、振りかえると、藤雄が大きな地球儀を持って這入ってくる。

岡　田「ああ、こりゃいいや」
両人、地球儀をおいて考える。

岡　田「四分の三は北半球にあり……と。北半球にては海の面積は陸の面積の何倍なるか」

藤　雄「あ、エチオピア、こんなところにあらア」

岡　田「うーむ、北半球にては……」
と手で計ったりする。
ノックがして、友達の小学生富夫がグローヴを持って這入ってくる。

富　夫「おい」

藤　雄「おい」

富　夫 (岡田に)「こんちは」

岡　田「こんちは」

富　夫「勉強してんのか?」

藤　雄「うん」

藤　雄「君三番できた?」

富　夫「ああ」
藤雄は富夫を机のところへ連れて行き、

藤　雄「どうやんだ?」

富　夫「これね、地球の面積を一とするんだよ、すると陸は四分の一だろう」

藤　雄「うん」

富　夫「だから、北半球の陸の面積はね」
と鉛筆をとり、紙に書きかけ、

富　夫「$\frac{1}{4}\times\frac{3}{4}=\frac{3}{16}$だろ。だから北半球の海の面積はいいかい……」
岡田、感心しきって富夫の計算を見ている。

富　夫「$\frac{1}{2}-\frac{3}{16}=$……」

岡　田 (横から)「君、この二分ノ一ってのはなんだい?」

富　夫「これ? 地球の面積を一としたでしょう。だから北半球なら二分ノ一」

岡　田「あ、そうか」(感心する)

富　夫「ね、残り$\frac{5}{16}$。これが北半球の海だろ?」

藤　雄「あ、そうだ」
富　夫「だから$\frac{5}{16}\div\frac{3}{16}=1\frac{2}{3}$倍。これが答だよ」
岡　田「そうだ、それでいいんだ」
　藤雄と富夫、顔を見合わせる。
藤　雄「岡田さん、どこの学校出たの?」
岡　田「大学だよ」
藤　雄「フーンほんとに出たの?」
岡　田「出たよ」
藤　雄「じゃ中学校は?」
岡　田「勿論出たよ」
富　夫「じゃあ算術の試験あった?」
岡　田「あったよ」
富　夫「フーン」
藤　雄「じゃ僕達も大丈夫だね」
富　夫「ああ」
岡　田「おい、ひどいことになるもんだなあ」
　藤雄、唄い出す。「都合の悪い時ゃ仕方がないの」
　富夫も一緒になって「それでもあなたは尖《とんが》らかっちゃダメよ、ダメよ」
　渋い顔の岡田。

9　未亡人光子の部屋　日本趣味

　光子、寛いで本を読んでいる。と、
女　中「あの、奥様」
　という声。振りかえると、節子がくる。
光　子「節ちゃん!」
節　子「皆さんお変りありません?」
光　子「ありがと……節ちゃん、いつも颯爽としてるわね」
節　子「あら……おばさんやかて、うち来るたんびに若こなりゃはりまっせえ」
光　子「まア(と笑い)、そんなお世辞どこでおぼえて来たの?」
節　子(微笑して)「ほんまよ」
　と言いながら、土産の包みをほどき――
節　子「これ小母さんの好きな、鶴屋の芋羊羹よ」
光　子「まア、どうも有難う」
節　子(ハンドバッグから手紙を出し)「これうちの叔母さまから……」
光　子「あ、そう(と手紙の封を切りながら思いつき)あ、おばさんに藤雄の先生、どうもありがとうって……」
節　子「あ、岡田さん?」
光　子「とってもよくしてくれるんで助かるわ、いま本館に来てんのよ」
節　子「そう」

10　藤雄の部屋

　藤雄達、地球儀を廻して遊んでいる。
藤　雄「いいかい? やるよ。(と地球儀を廻し、目を閉じて指先でとめて)フランス!」
富　夫「ちがわい、南アメリカだい。(と替って)いいかい、見てろよ。あなたと添えなきゃ意味ないこの世、かわいがって頂戴……(と唄いながら、地球儀を廻し、指先でとめて)インド!」
藤　雄「ちがわい、アフリカだい!(と、また廻し、富夫のつづきを唄う)それでも尖らかっちゃダメよ、シャム」
富　夫「ちがわい、海じゃねえか。(と廻し唄う)ねえ、ねえ、尖らかっちゃダ……」
　ドアをノックする音。藤雄、手を引き、振りかえると節子、這入ってくる。
節　子「こんにちは」
岡　田(立って)「今日は」
藤　雄「なアんだおばさんか、(富夫に)おばさんならいいよやろうよ。早くやれ」
富　夫「うん、いいかい……台湾!」
藤　雄「タイワン?」
節　子(笑って)「なんしてはんの?」
藤　雄「あてっこしてるんだよ」
節　子「当る?」
藤　雄「なかなか当んないよ。おばさんやってごらんよ」
節　子(目をつぶって)「うん、廻して……」
藤　雄「よし、(と地球儀を廻し)いいよ」
節　子(目を閉じ上部のセンターを押え)「北極!」

藤　雄「北極？　そんなの、ずるいやい」
節子、岡田ともに笑う。
藤　雄（唄う）「都合の悪い時ャ（富夫も一緒に）仕方がないの、それでもあなたはとんがらかっちゃあかんよ」
ふくれる節子。

11　郊外の道　田園調布（移動）

節子と岡田、肩をならべて帰って行く。
節　子「算術てそないに難かしいの？」
岡　田「ええ、仲々馬鹿にできんですよ、今日の問題なんか汗かきましたよ」
節　子（微笑）「そう」
岡　田「いまだったら、僕ちょいと中学の算術難かしいですね」
節　子「頼りない先生《せんせ》」
岡　田「いや、真面目な話、そうですよ」
節　子「頼りない先生」
二人歩いて行く。

12　小宮の書斎

ウェストミンスターの掛時計がボーン、ボーンと鳴る。
床に木靴が置いてある。
小宮ドクトル、机に向って読書している。
ノックの音。
ドアが少し開いて節子が覗く。
小　宮「はい」
節　子「叔父さん勉強？」
小　宮「うん」
節子、這入ってくる。
節　子「うち莨《たばこ》吸いに来てん……」
小　宮「そう」
節　子「叔母さま、やかましいわ」
小宮、苦笑する。節子はドクトルの莨を取り、吸いながら、部屋の隅にあるゴルフのクラブを見て、
節　子「叔父さん、この頃ゴルフは？」
小　宮「うん、やってるよ。土曜日にはたいがい出かけることになってるんだがね」
節　子「幾つ？」
小　宮「うん、三十三か四だなア」
節　子「ほんなハンディあらへんわ……うち上手になったんやけどやめてしもたった、手の皮あつなってかなわんし、それに暇もあらへんねや。清元もやらんならんよって……」
小　宮「ホウ、清元やってるの」
節　子「うん、やってるわ。《落人》上げましてん、うちええ筋や云うて、お師匠さんにほめられてんのよ」
小　宮「そうかね」
感心する。
節子、思いつき、
節　子「叔父さん、今日ゴルフに行きやはらへんの」
小　宮「うん、今日はちょいと調べもんがあるんでやめたよ」
節　子「さよか」
節子、莨を捨てる。
時子、盛装して這入って来る。
時　子「あなた、まだそんなことしてらっしゃるの？　もうお時間ですよ」
小　宮「うん、今日はゴルフどうしようかと思ってるんだ」
時　子「どうして？……行ってらっしゃいよ、運動しなくちゃ毒よ」
と言いおいて出て行く。
女中、這入って来てクラブを持って行く。
時子、再び服を持って来て、
時　子「あたしちょっと出かけますけど（と言って節子に）節ちゃん、叔父さんもお出かけだから、あんたお留守番してらっしゃい。（小宮に）行ってらっしゃい」
時子、言いおいて出て行く。
小宮、見送り、渋々本を伏せる。そして帯をとき始める。
節　子「叔父さん行くの？」
小　宮「うん、矢っ張りちょっと行ってこよう」
節　子「なんや……しょうむないな、皆行って

しもて……」
小　宮「うん。でも節ちゃんはまあお留守番してんだね」

13　本郷あたりの学生下宿　大盛館

日の丸の旗が立っている。

14　岡田の部屋

岡田、机に向って論文を書いている。

横に、食後の食膳。廊下から、

と、小宮がゴルフのバッグを提げて這入ってくる。

小　宮「岡田君」
岡　田「や、先生いらっしゃい」
小　宮「や、こんちは。仲々静かないい所だね。（と見廻し食膳を見て）目刺かね……うまそうだナ」
岡　田「いやア……先生、今からゴルフですか？」
小　宮（曖昧に）「うん」

と言いながら、机の方を見て、

小　宮「ほう、論文をやってるね」
岡　田「ええ」
小　宮「ねえ君、（と、ゴルフの道具を）ちょっとこれ預ってくれないか」
岡　田「ゴルフ、いらっしゃらないんですか？」
小　宮「うん……ひょっとすると今晩君のとこへ泊めて貰うよ」
岡　田「ここへですか？」
小　宮「迷惑かね」
岡　田「いや、どうぞ」
小　宮「だがね君、家へは内緒だよ」
岡　田「ハア」

小宮「やア」と苦笑し、

小　宮「じゃ君、僕は一寸出かけて来るがね……」
岡　田「そうですか」
小　宮「うん西銀座のね、セルヴンテスって言うバアにいるがね、なんだったら後からでもやって来んかね」
岡　田「ええ」

15　酒場セルヴンテス

（上手へ移動）壁の出っ張りに書かれてある。

"I drink upon occasion, sometimes upon no occasion. Don Quixote."

女の声「ドクトル、きょうは遅いわね」（off）
男の声「ウン」（off）
女の声「いつもドクトルがお待ちになるのにね」（off）
男の声「ウン」（off）

バアのマダムを相手に、ゴルフの支度で、重役杉山は酒を飲んでいる。飲んでいるウイスキー《Dimple》の壜をゆびさして、

杉　山「君、このウイスキーどうしてディムプルって言うのか知ってるかい？」
マダム「さあ、会社の名前じゃない？」
杉　山「……ディムプルって言うのはね、えくぼってことだよ。（と壜にある三つのくぼみを指し）ほれ、これがそうだよ」
マダム「そう……またかつぐんじゃない？」
杉　山「ほんとさ」

マダム、ふと表を見て、

マダム「あ、いらしったわ」

小宮が這入ってくる。

杉　山「やア遅かったね」
小　宮「いやア、すまん」
マダム「いらっしゃい」
小　宮「ウン……今日はやめるよ」
杉　山「君、ゴルフバッグは？」
杉　山「どうして？」
小　宮「今日はちょっと気がすすまないんだ」
杉　山「そうか、じゃ僕もよそうかなア……実は僕も気が進まないんだがね。女房の奴が土曜日にはゴルフへ行くものにきめてやがって、今日なんか君、まるで追い出されて来たようなもんだよ」
小　宮「ふうん……それはまあ同情はするがね、しかし、今日は行って呉れよ」
杉　山「……（浮かぬ顔）」

小　宮「でね、行ったらすまないがちょいとこいつを放りこんでくれないか」(と端書を出す)
杉　山(受取って見て)「なんだ、奥さんへか」
小　宮「うむ、いつも出すことになっててね」
杉　山「フーン……成程ね、(とニヤリとして)で、君はどうするんだい」
小　宮「うんちょいとね」
杉　山(ニヤリとして)「ちょいと?」
杉　山「おいマダム、今日の勘定はドクトルが払うからね」
小　宮(慌てて)「そんなんじゃないよ」
杉　山「兎に角君、払いたまえ」
小　宮「いやア、兎に角君行ってくれよ、ね……」
杉　山「うん……」
小　宮「行ったら、あのバンカー、あれは気をつけた方がいいぜ」
杉　山(笑い)「ああ、あれか、あの日はコンデイションが悪かったんだい」
杉　山「奥さん連中は今日歌舞伎見に行ったらしい」
小　宮「ふうん」
杉　山「あのへんは気をつけた方がいいぜ」
小　宮「そうか」

16　歌舞伎座(通路)

ドアガール達がドアの前に立っている。一人がコンパクトを出して、化粧直しをしている。

17　歌舞伎座の内部　開演中

うずらあたりの一角。
美しく着飾った観客。
——科白の声、鳴物など——

18　同廊下

莨を吸っている時子と光子と千代子の三人。光子ふと一方を見て、肱《ひじ》で千代子をつつく。見る。上原が客席へ這入って行く。
千代子「いい男ねえ。誰れだい?」
光　子「上原よ」
千代子「上原?」
光　子「上原知らないの?」
千代子「うん」
光　子「もぐりね……大船の上原よ」
千代子「……そう?」
と見に行き、ドアの覗き窓から中を覗く。

19　酒場セルヴンテス

洋酒を呑んでいる小宮。
——とマダムが、
マダム「じゃ先生、ゴルフの道具どうなすったの?」
小　宮「友達の家へ預けて来たんだよ」
マダム(探るような目付で)「女のお友達?」
小　宮「冗談じゃないよ」
と言って入口の方を見る、節子が這入って来る。
節　子「叔父さま!」
とそばへ来る。
小宮、面喰いながら、
小　宮「おい、節ちゃん、どうしたい」
節子、笑って腰をかける。
小　宮「どうしてここにいることがわかったんだい?」
節　子「第六感や……、そやけど叔父さん、ええとこあるわ」
小　宮「………」
節　子「あないに追い出すみたいにされて、ゴルフに行きやはったら、叔父さんもうおしまいよ」
小宮はちょっと周囲に気兼ねをする。
節　子「うち軽蔑したろと思うてたんねや。(ちょっと笑い)叔父さまなん飲んでやはるの、うちもそれ飲んだろ、(と一方へ)これ頂戴」
小　宮「おい、(と制し)節ちゃん、こんなの飲んじゃ駄目だよ」
節　子「平気や。(と小宮のを飲んでマダムの方へコップを見せ)頂戴!」
小　宮「節ちゃん!」

節子「ううん、こんなもの二、三杯飲んだかて、平気よ」
ドクトルあおられている。
節子「叔父さま、うち東京の芸妓はん見たいわ」
小宮「え?!」
節子「ね、連れてッて……どうせ、叔父さん今日はうちへ帰りゃはらへんのやろ……行こ……行ったろ……」

20 料亭の一室

いささか酩酊して、小宮と節子がお酌の踊りを見ている。
「初雪」「雪のあした」「留めては見たが」「心で留めて」なんでもよろしい。
間もなく踊りは終る。
節子「ご苦労はん。(と犒《ねぎら》い、盃を小宮にさし)叔父さんどう?」
床柱に凭《もた》れた小宮。
小宮「もういいよ」
節子「あかんなア」
小宮「おい、節ちゃん、もういい加減によした方がいいぜ」
節子「かまへん、ほっといて(と芸者に盃をさし)どう?」
芸者、受ける。
節子、酌をしてやる。
芸者「すみません」
節子「東京の芸妓はん、さっぱりしてやはるよって、うち大好きやし」
芸者「まア……」(と返盃する)
そこへ女将が挨拶に来る。
女将「先生いらっしゃいませ」
小宮「やア……」
女将(愛想よく)「今晩はまたお綺麗なお嬢さまと御一緒で……」
小宮「いやア、うちの姪なんだがね、この通りあおられているよ」
女将(しげしげと節子を見て)「まアお綺麗ですこと……」
節子「へ……おおきに」
女将「まアどうぞ御ゆっくり」
節子「へ、おおきにすんまへん」
女将、少しあおられ引き退る。
節子、盃を出して、
節子「叔父さま、どう?」
小宮「いやア、もうあかん」
節子「あかんのね」
そしてふと、傍の芸者の莨入れを見て、
節子「ちょっと、それ見せてんか……(と受取り)これええな、うちのなんぞと替えて(とより高価な自分のコンパクトを芸者に渡す)」
芸者「まア……でもこんないいものと……」
節子「かまへん、替えて……、うち、これ気に入ってしもうた。ウイッ(と曖《おく》びなどする)」
小宮「おい、節ちゃん、帰ろう」
節子「まだええ、うちもう動くのいやや……うちもうここい泊ってくわ」
小宮「だめだよ、帰らなくちゃ、(と立って来て)おい節ちゃん」
節子「いやや、うち頭いたい」
小宮、心配になって節子に寄り、脈を取り、額に手をやる。
節子、その手を振払って、
節子「そんなに、商売気ださんかてええ」
小宮「おい節ちゃん、帰ろう、オイ!　駄目だよ帰らなくっちゃ」
と、丹前を脱ぐ。
節子「ほなら叔父さん、おうてって……」
小宮「叔父さんはね、ゴルフに行ってることになってるんだぜ」
節子、酩酊。
小宮「節ちゃん、おい節ちゃん、……しょうがないな……」
と当惑する。
が、思いつき、芸者の一人に、
小宮「ね君、本郷三丁目の大盛館て言う下宿に電話かけてね、岡田さんて言う人、呼び出してね……」
節子「そんなんかけんかてええ、うちここへ泊めてもらいまっさ」

21 小宮家　時子の部屋

ウェストミンスターの時計が一時を告げる。節子の遅いのを心配している時子。

時子「文や」

お文、来て膝をつく。

時子（怒って）「また返事しないのね」

お文（かしこまって）「はい」

時子「遅いわね、節ちゃん。いったい幾時頃に出かけたの？」

お文「……四時頃お出かけになったんですが……」

時子「もう一時よ」

お文「はい……（と、なんとなく責任を感じ）ちょっと、その辺まで見に行って参りましょうか」

時子「行先もわからないのに、なに、見に行くの」

お文「……はい」

表の方で自動車の停る音がする。

お文「あ、お帰りになったようでございます」

と、お文立って行く。

22 玄関に続く部屋

節子、少し危い足どりで這入って来る。

節子「只今」

時子、立っている。

節子「叔母さん、まだ起きてやはったの」

時子「どこへ行って来たの？」

節子「ええとこ、ウイッ」

時子「あんたお酒飲んでるのね」

節子「うん、ちょっと」

時子「呆れた人ね……節ちゃん！　いらっしゃい！」

と先ず時子が坐って「ここへお坐んなさい」が、節子立ったまま、

節子「まア、ええやないの」

時子「いいことありません！　お酒なんか飲んで。あんたはまだお嫁入り前の身体よ……ここへお坐んなさい！」

節子「もう、ええがな」

節子、酔が発してオーバーをそこへおいて、自分の部屋の方へ行きかける。

時子「節ちゃん！」（と立ち上りオーバーを持って追う）

23 節子の部屋

節子、這入って来てドアを閉め、ベッドの方へ行く。

続いて時子、這入って来て見る。

ベッドにもぐりこんで毛布をかぶる節子。時子、眉をひそめ近寄り、

時子「節ちゃん、お起きなさい！」

節子「………」

時子「節ちゃんお起きなさいってば！　今迄どこへ行って来たの？　お酒なんか飲んで。節ちゃん、節ちゃん！」

節子「ううん……うちもう寝てしもた……ええ気持や、うちもうなんも聞えまへん」

時子（眉をひそめ）「節ちゃん！　叔父さまのお留守の間にもし間違いでもあったらどうするの？　あんたは大事な身体よ……あたしはあんたのこと心配して言ってんのよ」

節子（ベッドのなかから）「そないにうちのこと心配してくれるのやったら、お冷や一杯もって来てんか」

時子「節ちゃん！」

節子「早う持ってきて」

時子、ついに腹を立て、持っていたオーバーをベッドに投げて出て行く。

24 部屋の外

そこへきていたお文、出てきた時子に、

お文「あの……奥様。さきほどの自動車の中に……」

と、後は声をひそめて囁く。

時子「岡田さんが一緒？」

お文「はア」

25 岡田の下宿　朝

雨が降っている。壁には小宮の服がかけてある。小宮は岡田の褞袍《どてら》を着て、向い

合って共に朝飯を食べている。味噌汁、目刺、沢庵。

小　宮（飯を食いながら窓の外の雨を見て）「君が起きたときにはもう降ってたかね」

岡　田「ええ」

小　宮（渋い顔で）「ふーん、いつ頃から降り出したのかね」

岡　田「さア、明け方からじゃないですか」

小　宮「ふむ、（と飯を一口）しかし今日雨が降ろうとは思わなかったねえ」

岡　田「ええ。でも大分お天気が続きましたから、（傍の瀬戸の火鉢から目刺を出して）あ、先生、焼けましたよ」

小　宮「ああ……ね君、こりゃ本降りかね」

岡田は先生が余り気にするので、不審に思いながら、

岡　田「本降りらしいですね」

小　宮「そうかね、弱ったな」

岡　田「どうなすったんです」

小　宮「いや実はね、家内に出すハガキに、いいお天気だと書いたんだよ」

岡　田「へえ？」

小　宮「昨日ゴルフの仲間に向うから出すように頼んだがね」

岡　田「しかし雨が降ってりゃ出さんでしょう」

小　宮「それがね、そんな気の利いた男じゃないんだよ」

岡　田「そうですか。（と苦笑）そりゃ困りましたね」

小　宮「君、笑いごっちゃないよ、（とまた飯を一口）ねえ君、伊豆の方も降っとるかね」

岡　田「さア、この分じゃ全国的じゃないですか」

小　宮「うむ……弱ったね」

岡　田「先生焼けてますよ」

小　宮「うーん」

26　節子の部屋

節子はパジャマの上へガウンを着て、寝台に寝ころんで、雑誌を読んでいる。額に頭痛膏が貼ってある。

ノックの音。節子、起きる。女中がアイロンをかけた洗濯物を持って這入って来て、それをおいて行こうとする。

節　子「文や」

お文、振り返る。

節　子「叔母さん、うち？」

お　文「はい」

節　子「今日はずっと家にいそう？」

お　文「はア……どちらへもお出かけにならないようでございます」

節子は鼻のあたりへ皺を寄せる。

27　時子の部屋

時子、火鉢に手を翳《かざ》して、なにか考えている。

時　子「文や」

お　文「はい」

お文、くる。

時　子「節子は？」

お　文「あの、お部屋にいらっしゃいます」

時　子（不機嫌そうな顔で）「どこへも出かけないように気をつけて頂戴」

お　文「はい」

お文、立って行ったが、次ぎの間から戻って来て、

お　文「あの旦那様がお帰りです」

28　次の間

帰って来た小宮、帽子をかけているところへ時子がきて、

時　子「お帰りなさい」

小　宮「やあ」

時　子「あいにくのお天気で……」

小　宮「うむ」

時　子「あちら、いかがでした」

小　宮（曖昧に）「まあまあ」

と奥へ行きかける。

時　子「ねえ」

小宮、立ちどまる。

時　子（そばへ来て）「節子には困りました」

小宮「……?」
時子「昨日、あなたがお出かけになるとすぐどっかへ出かけて、一時頃、お酒を飲んで帰ってきたんですよ、酔っぱらって……」
小宮「酔っぱらって?」
時子「ええ、それに、あたしの言うことなんか、てんで馬鹿にして、なにを言っても、ろくに返事もしないんですよ」
小宮「ふむ……」
時子「それにあなた、岡田さんと一緒に帰ってきたんですよ」
小宮「岡田と?」(驚いて見せる)
時子「ええ……あの子は大事な身体なんですから、もしも東京で間違いでもあったら……」
小宮「そりゃそうだ」
時子「ね、あなたから厳しく言って下さい」
小宮「うん、そりゃ言おう、節子をわしの部屋へよこしなさい」
時子、頷き節子を呼びに行く。
小宮は振りかえりながら二階の書斎の方へ――

29 節子の部屋

ドアが少し強く開いて、じっと見すえる時子。節子、見守る。
時子(強く)「節ちゃん、叔父さまがお呼びですよ」
節子、立って時子の横を通りぬけ出て行く。

30 小宮の部屋

小宮、当惑の顔。
軽くノックして節子が這入って来たが、一度外を見なおして、ドアをしめ、小宮に近づき、
節子「叔父さま」
小宮「あ、節ちゃん、(と節子に近づき)ちょっと頼みたいことがあるんだ」
節子「なんや」
小宮「ゴルフ場からね、出して貰ったハガキがあしたあたり来るんだがね、叔母さんに見つからないようにうまく受取っといてくれよ」
節子「なんで?」
小宮「ウム、うっかりね、上天気と書いてしまったんだ」
節子「フーン、(胸を叩いて)うちにまかしとき」
小宮「うん、頼むよ」
節子、頷く。
節子「いままで岡田さんとこにいやはったの?」
小宮「うん」
節子「うちゆうべ飲み過ぎて頭いたいわ。叔母さま、えらい御機嫌悪いんや、朝からうちにひとことも口利きやへんね」
小宮「うん。しかし岡田が見つかったのはまずかったナ」
と、小宮のテーブルから莨を取る。
節子(頷き)「文やが門開けに来たんやもん、ほれに運転手がぐずぐずしとってな……ほれでうち、ややこしゅう誤解されてしもたんや」
小宮「ふむ」
節子「うち誤解されるんやったら、ウィリアム・パウエルと誤解してほしわ」
と、誰か来たらしいので、節子、莨を放り出す。小宮それを拾い、取り澄ます。
時子が這入って来る。
小宮、しかつめらしく今まで叱っていた様子で、
小宮「分ったね、キョロキョロしないで、叔父さんの顔をよく見て、立って立って」
節子、立つ。
小宮、ガウンのポケットに突っ込んだ手を注意し、
小宮「叔父さんはね、節ちゃんが憎くて叱ってるんじゃないんだよ」
節子、しおらしく聞いている様子で――
小宮「一人で出かけるにしても、行先をハッ

キリ言って置くとか、余りおそくならんうちに帰って来るとか……なんにしても、もっと自重してやって貰わんと困るよ」

小宮の横へ来た時子、じっと節子を見て、
時子「節ちゃん、よく聞いておくんですよ」

小宮（調子を合わせ）「ね、わかったね」

時子、静かに出て行きかける。

小宮（厳格な調子で）「今後は叔母さんの言う事はよく聞いて、こんなことのないように……」

ドアが閉まる。

小宮（ドアを見ながら）「ね、わかったね」

顔を見合わす小宮と節子。

節子（呆れたように）「なんや、叔父さん、腹黒いわ、うちもようぃわんわ」

小宮「いやア……でもね……」

と苦笑。節子、小宮から莨を取戻し、火をつけて、
節子「叔父さんばっかりええ子になって、岡田さんとうち、えらい貧乏くじや」

と、又ドアが静かに開く。

小宮、慌てて、
小宮（叱る調子で）「なんと言っても今度のことは君にも落度があるんだし、叔母さまの仰有ることもよく聞いて、（ドアの方を見て）少しは考えてみてくれなきゃ困るよ」

と言ったが、誰も這入って来ないので、顔を見合わす。

節子、立って行って見て、誰もいないので「なアんだ」と言った顔で、
節子「なんや、風や……あほくさ……」

31 大学の研究室

小宮ドクトルと助手の岡田。
向い合って腰をかけている。
岡田「ね、先生……こりゃ僕としても辛いですよ。なにしろ奥さんは大変な御立腹なんですからね」
小宮「ふむ」
岡田「今後は絶対に家へ来ないで呉れ、飼犬に手を噛まれたっていうようなことおっしゃるんですよ」
小宮、当惑の顔。
岡田、つづけて、
岡田「ね、濡衣にしても少しひどすぎますよ」
小宮「ふむ」
岡田「ね、先生、なんとか弁解して下さいよ、ねえ」
小宮「うん」
岡田「ねえ先生、よっぽど僕はほんとのこと申上げようと思ったんですけど……」
小宮「まアまア君、そりゃ君も辛いだろうけど……当分我慢してくれんかね。そのうちなんとか埋合せするから……ね、頼むよ」
と莨などすすめる。

32 小宮家　時子の部屋

時子と光子と千代子の三人が雑談をしている。前からの話の続きらしく――
光子「へえ？」
時子「だから呼びつけてうんと言ってやったんだけど……」
光子「そう……」
時子「あたし、紹介はしたものそんな工合だから、もう責任は持たないわよ」
光子「でもあの軍艦マーチ、そんな男じゃなさそうだけどね」
千代子は思い出したように、
千代子「ね」
時子と光子、見守る。
千代子、ためらっているので――
時子「なあに？」
光子「なにさ？」
千代子「ちょっと恥かしいなあ」
光子「なにさ？」
千代子「うん、ね……」
と千代子は光子に耳打ちする。
光子「へえ……」
千代子「そうなの。だけどこんなことってある

かしら。結婚してから十四年目よ」
時子、話の内容を察して微笑して、
時　子「そりゃお目出度いわね」
千代子「うん」
光　子「そんなこと恥かしがることないじゃないか。動物園の河馬だって子供を生んだんだよ」
千代子「ばかア！」
光　子「カバア……ね、ここのドクトルに診て貰ったらどう」
千代子「冗談じゃないよ、そんなことしたら、一生頭が上りゃしないよ」
時子、光子、苦笑する。
時　子「そりゃ旦那様御機嫌ね」
千代子「ううん、それが風邪引いて寝てんのよ」
時　子「いつから？」
千代子「あんたんとこ、大丈夫だった？」
時　子「何が？」
千代子「あんな雨の中でゴルフしてさ」
時　子「雨？　おかしいわね……」
と傍の文机の上から葉書を取り、千代子に手渡す。千代子、見て、
千代子「いいお天気で絶好のゴルフ日和……へえ、おかしいわね」
この時、女中お文が入って来て、時子に、
お　文「奥様、旦那様がお帰りになりました」

33　小宮の書斎

ドクトル、入って来る。
部屋には既に節子が待っていて、
節　子「おじさま、えらいことしてしもた。頼まれたハガキ、おばさんに見られてしもてん」
小　宮「え?!」
節　子「うち取ろと思たら、おばさま横から持ってくねやもん、モーション早いわ」
両人、はっとする。
時子、入って来る。小宮に近づき、
時　子「あなた！」
小　宮「うむ?!」
時　子「ゴルフは杉山さんとご一緒だったんですか？」
小　宮「ああ」
時子は小宮の目の前にハガキを差し出す。
小宮は困る。
時　子「ゴルフ場は雨だったそうですよ……この絶好のゴルフ日和って言うのは、なんのことなんです？」
傍の節子、見かねて、
節　子「叔母さま、ええやないの！」
時　子「あんたは黙ってなさい！」
節子、なおも、
節　子「ね……降ったかて、照ったかて、ほんなことかまへんやないの」
時　子「あんたは黙ってらっしゃい！」
節　子「ねえ……」
時　子「あんたはあっちへ行ってらっしゃい！」
節子、致し方なく出て行く。
時子、続けて、
時　子「おかしいじゃありませんか？　同じゴルフ場で杉山さんとこは雨で、あなたのとこは、お天気って言うのは……どういうわけなんです？　雨が降ればお天気は悪いってことなんですよ」
小宮、益々困る。
時子、ハガキを小宮の目の前で振りながら、
時　子「この絶好のゴルフ日和だなんて、あんたのとこだけ雨はよけて降りましたか？　ね、杉山さんはお風邪をおひきになったそうですよ。ね、いったいどうしたっていうわけなんです？」

34　部屋の外

節子、内部の話を立ち聞きしていたが、窮余の一策。
――ドアを開けて、
節　子「叔母さま、お客さんお帰りよ、はよ行ってあげてえな」
時子、頷き、小宮に、
時　子「あたし解るまでお聞きしますから

「……」

とハガキを机に放り投げて出て行く。

35　時子の部屋

待っている光子と千代子。
光子「あたし少しお腹すいちゃった」
千代子「そう。じゃ鰻取って貰いなさいよ。この鰻ちょっと喰べられてよ」
光子「そう？」
時子、入って来ながら、
時子「ね！　あんた達なんだってそう急に帰るの！　まだいいじゃないの、帰らなくたって」
千代子と光子、顔を見合わせる。
時子、続けて、
時子「ね？　もう少しゆっくりしてったらどう……ね！　いいじゃないの！（千代子に）あんたの好きな鰻取ろうと思ってたんだけど……」
千代子「うん」
光子「でもね……」
と、両人立ちかける。
時子「そう……帰る？……じゃ、またね……（一方へ）文や、お客様お帰りよ」

36　玄関

千代子「さよなら」
光子「さよなら」
時子「御機嫌よう……」
千代子、光子、帰って行く。
時子は小宮の書斎の方に引き返す。

37　小宮の書斎

時子、来て、開けて見る。
小宮はいない。
時子、一廻り見まわし、戸口に出て、
時子「文や！　文や！」

38　階段ロ

お文、来る。
時子「はい」と返事の無いのを注意する。
お文「はい」
時子「忘れないで」
お文「はい」
時子「旦那様は？」
お文「ただいま、お庭の方からお出かけになりました」

39　道

足早に、肩を並べて節子と小宮が歩いて行く。
節子（小宮に）「危いとこやった……盗塁成功や、ダブルスチールや」
小宮「ああ……だが叔母さん、いま時分おこってるぞ」
節子「かまへん、かまへん」
節子、颯爽とハミングしながら歩く。

40　酒場セルヴンテス（節子のハミングが続いて）

洋酒の壜とコップを前に、相対して小宮と節子。小宮は少し気になるらしい。
節子「ね、おじさま、そないに叔母さま怖い？」
小宮（苦笑）「いや別に怖くはないさ」
節子「そやったら、もっと元気出したら、えやないの」
小宮「………」
節子「飲も」（と壜を持って）
と、小宮のコップに注ごうとするが、
小宮「ウン」（と浮かない）
節子（壜を置き）「あかんなア……叔父さま、なんでそないに叔母さまに遠慮せんならんの？」
小宮「………」
節子「そやよって叔母さん段々増長するのよ。うちは姪やでかまへんけど、叔父さまは旦那さんやないの……旦那さんよ！」
小宮、頤《あご》など撫でる。
節子、少し焦れったそうに、
節子「うち旦那さんやったら、もっと積極的にやったるわ。あんな気儘な奥さん、ボエンとやったらな、あかへん」
小　宮（苦笑して）「いや、そうもいかんよ」
節　子「いかんことあらへん。やらんよってあかんのや」
小　宮「………」
節子、再び壜を取り上げ、
節　子「飲もう」
と、小宮にすすめるが、応じない。
節　子「叔父さん、また芸者見にいこうか？　金やったらうちあるわ」
と胸を叩く。
節　子「行こ」
沈みっぱなしの小宮。
節　子「叔父様、オジサン、ドクトル、おっさん、オトコ！（呆れて）よう言わんわ」
と、莨をくわえる。

41　**小宮の家　茶の間**（夜）

コタツで小宮と節子の帰りを待っている時子。本を読み始めると、外からブップーと自動車の警笛が聞こえてくる。

42　**玄関**

お　文「おかえりなさいませ」
と迎える。
茶の間の方に歩いて行く二人。

43　**次の間**

小宮と節子が這入って来る。
時　子「どこへ行って来たんです」
小宮、無言で書斎の方へ行きかける。
節子も続く。
時　子「節ちゃん！」
節子、立ちどまる。小宮も振りかえる。
時子、傍へ来て、
時　子「どこへ行って来たの？」
節　子「………」
時　子「あんた、またお酒のんで来たのね」
節　子「………」
時　子「あれだけ言ってもまだわからないの！」
節子、まだ黙っているので、鋒先を転じて、
時　子（小宮に）「あなたも一緒でなんと言うことです」
小　宮「………」
時　子（再び節子に）「節ちゃん！」
節　子「……？」
時　子「なんとか言ったらどう？　……ね、なんとかおっしゃいよ」
節　子「………」
時子、いらいらして来て、小宮に、
時　子「ね！　なんとかおっしっゃたらどうです！」
小　宮「ちょっと散歩に……」
と書斎の方へ行きかける。
節子も続く。
時　子「節ちゃん……いい加減になさいよ」
時子、追って節子の袖を取り、
節　子「………」
時　子（ついにおこって――）「もういいわ」
小宮と節子は依然として無言である。
時　子「すぐ大阪へ帰って頂戴！」
小宮、見かねて、
小　宮「帰らんでも、いいじゃないか」
時　子「あなたは黙ってらっしゃい！」
小宮、瞬間ムッとするが我慢をする。
時子、再び節子に強く、
時　子「帰ってよ！　帰って頂戴！」
節子、反抗的になって、
節　子「いやや、うち帰りたい時帰りまっさ。叔母さまに言われたかて、うち帰らへん……いやや」
時　子「なんですって？」
節　子「………」
時　子（小宮に）「大体あなたがいけません。あなたがいけないから、節子は増長するんですよ」
小宮、無言でいきなり時子を殴る。
小　宮「増長してるのはお前じゃないか！」
時　子「………」
小　宮「わしが黙ってればいい気になって……少し考えたらどうだ！　うん？」

時　子「………」
小　宮「節子は大阪に帰らんでもよろしい！」
　少しの間、小宮と時子は睨み合ったが、時子、さっさと自分の部屋の方へ引き返す。小宮と節子は顔を見合せる。
節　子（朗らかに）「叔父さま、ええとこあるわ」
小　宮「………」
節　子「ああやっとかな、あかへんのや、うちもう胸スウッとしたわ……。胸すかし飲んだみたいや、今晩よう寝られるわ」
小　宮（ほろにがい顔で）「うん」
節　子「うち、もう寝よ……。叔父さま、おやすみ」
小　宮「ああ」
　節子と小宮は各々の部屋の方へ引き上げる。

44　時子の部屋

　時子じっと考えていると、節子が静かに這入って来て時子の傍に坐る。
節　子「叔母さま」
　時子、節子の方を冷く見る。
節　子（甚だしおらしく鼻声で――）「さっき、うち、えらい悪いこと言うてしもて、気にさわったやろけど堪忍してね」
時　子「………」
節　子「ね……うち、あんなこと言う積りやなかったんやけど、えらいこと話ややこしゅうなってしもてからに……そら叔父さまかて悪いんやけど……叔父さんあの日ゴルフに行きゃはらへんだのよ――」
　時子、節子を見守る。
節　子「こんなこと言うてえらい生意気やけど、叔父さんやかてゴルフへ行きとない日もあるわ。あの日叔父さん、岡田さんとこい泊りやはったのよ」
　時子、意外の感に打たれる。
節　子「うち一緒やったの……。女のくせにお酒なんぞ飲んでえらい心配かけてしもて……堪忍してね」
時　子「………」
節　子「そらうち悪いのやもん、おこられるの当り前やけど……そやけどなア……叔父さまやかて可哀そうやわ……うち悪いと思ったらあやまります」
時　子「………」
節　子「ほら、叔母さま別に悪いとこないのやもん、叔父さまにあやまることあらしまへんけど……そやけどね……」
　と言いかけて振りかえると、小宮が部屋の入口へ立っている。
節　子「ね……叔母さま堪忍してね」
　と言って座をはずす。入れ違いに小宮入って来て、なんとなくバツの悪い様子で夕刊など取り上げ、ためらったが、時子の傍へ来て坐り、
小　宮「さっきはどうもすまなかった」
時　子「……（少し俯き加減）」
小　宮「つい行きがかり上、あんなこととなって……兎に角殴ると言うことはよくなかった。腹も立っただろうけど、まあ一つ勘弁してもらいたい」
時　子「………」
小　宮「なあ、どうも大変よくなかった」
時　子「いいえ、あたしこそなにも知らないで……いま節子に聞きましてゴルフの日は岡田さんのとこへお泊りだったんですってね」
小　宮「うん、いや……どうも……聞いてくれたか」
時　子「ええ、あたし知らなかったもんですからつい言い過ぎちゃって」
小　宮「いや、わしこそつい言いそびれてな……（と苦笑し）岡田にもとんだ迷惑をかけてなあ」
　二人の気持は柔らかく解けたようだ。
小　宮「しかし、わかってくれて、わしも安心したよ……どうもすまなかった」
小　宮「じゃ、まア、おやすみ……」
　小宮、夕刊を忘れて立って行く。
時　子「あなた」

　と夕刊を渡す。
小宮「や、どうも。かぜをひかんようにな」
時子「ええ」
　小宮、自分の書斎の方へ行く。

45 小宮の部屋の前

　階段を昇ってくる小宮。
　新聞を指に立て、バランスを取りながら部屋に這入る。

46 小宮の部屋　書斎

　小宮、にこにこして入って、揉手などして机に向う。
節子「なによ、その顔」
　小宮、その声に一方を見ると、節子が来て、既に椅子に腰かけている。
　小宮の顔から微笑が消える。
節子「叔父さん、なんや！　うち、ええ芝居しくんどいたのに……叔父さんの方からあやまりに行くことあらへんやないの……叔母さまからあやまらさな、あかへん！　なんや、ちょっとファインプレイしたと思たら、じきエラーや……しょうむない」
　机の上の新聞を取って小宮に差し出し、
節子「も一遍やってみィ」
　と、自分でバランスをとってみる。新聞を放り投げ、
節子「旦那さんはもっと威厳を持たな、あかへん」
小宮「でも……（と苦笑する）……あれはあれでいいんだよ」
節子「いいことあらへんちゅうたら！」
小宮「いや……これは節ちゃんにはまだわからんよ」
　節子、見つめる。
　小宮、続けて、
小宮「いやにね、奥さんに威厳を示す人もいるけれど、あれはあんまりよくないよ。奥さんには花を持たせなきゃいかんよ」
節子「………」
小宮「奥さんはね、旦那様を押えていると思っているのがいい気持なんだから、まあそうっとして置くんだね、なんと言うかね、なア、ほら子供を叱るときに逆にほめるだろう、あれだよ、つまり逆手だね」
節子「逆手？」
小宮「うむ！」
節子「逆手か？　ほんなこと知らなんだ。へえ、さよか。ええこと聞いた！　うち覚えといたろ！」

47 喫茶店

　西銀座あたりの小粋な店、喫茶の一方、婦人服地、化粧品、装身具なども売っている。
　例の三人、時子と千代子と光子、お茶をのんでの雑談——
光子「そう、そりゃちょいと見たかったわね」
千代子「ポカンとやられたの？」
時子「ウン」
千代子「幾つ」
時子「一つ」
千代子「どこんとこ」
時子（左頬をあて）「ここ」
千代子「いきなり？」
時子「うん」
千代子「ピシャッと？」
時子「うん」（とニコニコ）
千代子「痛かった？」
時子「う〜ウン」
　と嬉しそうに首を振る。
千代子「……いいわね、うちのなんか駄目。いくらやってやっても向って来ないのよ」
光子「あんた、またもの凄い顔するんじゃない？」
千代子「ばかア！」
　時子、光子、（合わせて）「カバ」
　時子、ふと立って一方の装身具部に行き、ネクタイを取って、

時子「ね……これどう？　うちのに」
光子「そんなの派手よ」
時子「よしてよ、まだ若いのよ」
二人「へえー」
千代子「あたしも買おう」
　と、傍の光子を顧みて、
千代子「あんた気の毒ね……買ってやる人いなくて。藤雄ちゃんにどう？」
光子「バカ……」
千代子「カバ」
　光子、卓上の珈琲をかきまわし、ふと気付いて、
光子「それで節ちゃん、いつ帰るの？」
　ネクタイを選んでいた時子は振りかえり、
時子「今晩ニューグランドで皆で御飯食べて九時の汽車で立つのよ」
光子「そんなら一緒に連れて来りゃよかったのに……」
時子「でもいま岡田さんと買物に行ってんのよ」

48　喫茶店

　銀座明菓の屋上あたり、買物の包みを横に置いて、節子と岡田はお茶をのんでいる。
岡田「へえ……逆手だったんですか」
節子「うん……そんなこと知らへんもん、あんたとうちえらい阿呆見た。（ちょっと微笑を浮べて）あんたも結婚して逆手つこたらあかへんし」
岡田「いや……僕は使わないな……」
節子「あんたも使いそやなあ」
岡田「いや……僕はとても素直ですよ！」
節子（笑って）「売り込んだかて、あかしまへん……」
　岡田は苦笑する。
節子「あんた逆手つこたら、うち、またその逆行ったるだけや……平気や」
　岡田と節子ともに笑う。
岡田「今度いつ来ます？」
節子「早慶戦には来るの、うち早稲田大好きやもん」
岡田「僕も早稲田が好きだな」
節子「うまいこと言うてからに……それ逆手とちがいまっか？」
　両人、笑う。
　節子、座を立ち、一方に行き、銀座を見おろして、
節子「うち明日《あした》のいま時分もう大阪や……」

49　小宮の家　時子の部屋

　その日の夜、時子は外出着の羽織をたたんでいる。小宮は火鉢の前で莨を吸っている。なごやかな情景。
　やがて――
時子「ねえ、節ちゃん、もうどの辺まで行ったでしょう」
小宮（ちょっと置時計を見て）「さあ沼津あたりかな、いま頃はもう寝台でよく寝てるだろう」
　時子、微笑して、
時子「そうね！」
小宮「なあ、節ちゃんが帰って、なんだか急に家のなかが淋しくなったなあ」
時子「ええ、あの子のことですから、そのうち、またやって来ますわ」
小宮「うむ、時々来て貰った方がどうもいいようだな」
時子「ええ」
　と、ふふと笑い、セットした髪をなでつけながら、火鉢を隔てて小宮の前に坐り、
時子「ね……珈琲でも入れましょうか……」
小宮「うむ……でも今から飲んで寝られるかな！」
時子（甘く）「寝られるわよ」
　と、時子部屋を出て行く。
　隣の間でやがて、
時子「文や！　もう、おやすみ」
　小宮に久々の幸福感が湧いて来る。
　置時計のウェストミンスターゴングが十一時を静かに告げる。
　部屋の明りが、次々と消える。

奥の、まだ明りのついている部屋で、うろうろ、行ったり来たり、時折肩を叩いて、うれしそうにしている小宮。

そして茶の間に去る。

奥の方から、盆にコーヒーを載せて時子が出て来て、茶の間に消える。（F・O）

——完——

戸田家の兄妹

脚本

池田　忠雄
小津安二郎

脚　本……………………池田　忠雄
　　　　　　　　　　　小津安二郎
監　督……………………小津安二郎
撮　影……………………厚田　雄春
美　術……………………浜田　辰雄
音　楽……………………伊藤　宣二

戸田進太郎…………………藤野　秀夫
母……………………………葛城　文子
長女　千鶴…………………吉川　満子
その子　良吉………………葉山　正雄
長男　進一郎………………斎藤　達雄
その妻　和子………………三宅　邦子
その子　光子………………高木真由子
二男　昌二郎………………佐分利　信
二女　綾子…………………坪内　美子
その夫　雨宮………………近衛　敏明
三女　節子…………………高峰三枝子
老女中　きよ………………飯田　蝶子
節子の友人　時子…………桑野　通子
秘書　鈴木…………………河村　黎吉

一九四一年（昭和十六年）
松竹大船
脚本、ネガ、プリント現存
白黒・トーキー
11巻、2896m（一〇五分）
三月一日公開

1 戸田邸

麹町の屋敷町にあり、当主の顕職にあった時分から、引続き住み慣れた家だ。

午さがり——

今日は母堂の還暦のお祝いで——

芝生のある広い庭では、記念撮影に呼ばれた写真師と弟子が、お邸の女中たちと、椅子を配したり、位置をきめたり、その用意に忙しい。

2 一室

集った家族の、女は女同士で、長男進一郎の令夫人和子、今は雨宮家へ嫁いでいる戸田家の次女綾子、末っ子のお嬢さん節子の三人が出を待つ恰好で話している。

和　子「じゃ、明治四年?」

綾　子「たしか五年でしょう。お父さま、お申《さる》ですもの……」

和　子「じゃお父さまとお母さまといくつお違いになるのかしら?」

綾　子「八ツよ」

和　子「あら、お父さま六十九?」

和子は指を繰ってみて、

和　子「ねえ、そうするとお母さま辰かしら?」

綾　子「そう、私より三廻り上の辰」

おとなしやかな節子が感心した様に口をはさむ。

節　子「ねえ、お父さまの還暦のお祝いから、もう八年たったかしら……?」

綾　子「そうねえ、あなた、あの時、まだこれ位（と幼女の丈を示して）——私はまだ女学校……」

節　子「お姉さま、あの時、空色のリボンをつけてらしたわね」

綾　子「あなたよく覚えてるわね、つまんないこと」

と、呆れて言えば、節子は笑顔で、

節　子「でも、とてもよく似合って素敵だったんですもの、あたしも早く女学校へ入って、ああいうのつけたいと思ってたのよ」

綾　子「それが女学校も過ぎて、もうじきお嫁さんですものね。お母さまの還暦、無理ないわよ」

和　子「そうねえ」

赧くなる節子にちらりと顔を向けた和子に、こんどは綾子が浴びせかける。

綾　子「その時分、まさか和子さんがうちのお兄さまの奥さんになるとは思わなかったわ」

和　子「そりゃそうよ、あたしだってあなたにお兄さんがあるとは知らなかったもの……」

と和子は負けずにやり返す。

綾　子「そうと知ってりゃ、つきあい変えた?」

和　子「うん、つきあわなかったかも知れない」

三人笑っている処へ、戸田家の長女、夙《と》うに浅井家というのに嫁いで、未亡人になっている千鶴が遅ればせに忙《あわ》ただしく入って来る。

皆、その方を見迎えて、

綾　子「いらっしゃい」

千　鶴「御機嫌よう。……節ちゃん、良ちゃん来ました?」

節　子「ええ、さっき」

千　鶴「そう、あたし一寸寄道して来たもんだから……」

はじめて席に落着いて、和子に会釈して、

千　鶴「先日はどうも……」

和　子「いいえ、私こそ……」

千　鶴「あらいいわね、和子さん」

和　子「この帯?」

千　鶴「よく似合うわ」

和　子「これ、この間大阪の支店の方が見えたの、その時のお土産よ」

千　鶴「そう?」
和　子「お姉さまのは?」
千　鶴「これお母さまのおさがり……お母さまが廿二、三の時おしめになったのよ」
綾　子「あら、随分地味ねえ、昔は……節ちゃん位でしめたのね」
千鶴はふいと庭の方を見て、
千　鶴「あ、写真屋さん来てるの?」
節　子「ええ」
千　鶴「昌ちゃんのライカじゃないの?」
節　子「ええ、昌兄さまのは写ったり写らなかったり、お父さまに信用ないのよ……お父さま、わざわざ九段からお呼びになったのよ」
千　鶴「そうお（ふいと気になって）皆さんもういらして?」
綾　子「ええ、お揃いよ、お姉さまが一番あと」
千　鶴「あらそう。ちょいとごめんなさい。お母さまに御挨拶して来よう」
と、立ち上り身づくろいし、
千　鶴「和さん、光《みつ》ちゃんは?」
和　子「お祖母さまのとこ」
節　子「お母さま、お居間にいらっしゃいます」
千　鶴「あそう」
千鶴は部屋を出て行く。

3 廊下

長男進一郎と、綾子の夫雨宮隆吉とが立話の中途らしくそこを千鶴が通りかかり、
千　鶴「こんにちは」
進一郎「あ、いらっしゃい」
雨　宮「しばらく」
千　鶴「御機嫌よう」
千鶴は年かさらしい会釈を残して長い廊下を行く。

4 居間

老父老母がい、父の傍には千鶴の息子良吉（中学二年位）が甘えている。
進一郎の子供光子は母の膝にもたれている。
父母は孫どもを膝下にうれしそうである。
父　「うん、そうか、それでどうしたんだ?」
良　吉「二番間違えちゃった。ねえ、My younger sister is 3 years younger than me.っていうのをね、『私の妹は私より三つ年下です』というのをね、僕はね『私の妹は三つで、私より若い』って書いちゃったの」
父　（笑う）「ほう、それは少し違ったな」
良　吉「ね、お祖父さま、だめ?　少しは先生お点くれるかしら?」
父　「うん、どうかね」
良　吉「ねえ、お祖母さま、だめ?」
母　「さあ、どうでしょう?」
と笑っている。千鶴が入って来て、
千　鶴「こんにちは……」
母　「いらっしゃい……」
千鶴は坐って改まって挨拶する。
千　鶴「お父さましばらく御無沙汰いたしております」
父　「いやあ、こっちこそ……」
千　鶴「お変りもございませんで……」
父　「いや有難う」
千　鶴「お母さま、本日はお芽出とう存じます」
母　「有難う……又先日はいろいろお祝いをいただいて……早速、仕立て着たんです。（と袖口を見せて）どう、光ちゃんのおべべの様でしょう?」
良　吉「お祖母さま、随分赤いんだなあ」
母　「ええ、お祖母さまは還暦と言って、六十一になって、今日から又赤ちゃんになったんですよ」
良　吉「へえ……」
千鶴は土産を出し、
千　鶴「これ、ほんのおしるし……」
母　「おやおや又……毎度頂いてばかり……」

千　鶴「いいえ。こちらお父さまに……」
父　「これはこれはお祖母さんのおかげで私まで……」
千鶴は「いいえ」と言って光子へ、
千　鶴「光ちゃんおとなね、伯母さまのとこへいらっしゃい」
と膝にのせる。
節子が来て、
節　子「お父さま、皆さまお揃いになりました……どうぞお庭の方へ……」
父　「そうかい……自動車言ってあるのかい？」
節　子「三台申しましたけど……」
父　「ああそう……（千鶴に）写真をうつしてから、皆で御飯を食べに行こうと思ってなあ、お前も行ってくれるな？」
千　鶴「ええ、お供いたします」
一同はどやどやと立つ。
父　「さあ、では行こうか」
千　鶴「良ちゃん、ちょいと……」
千鶴は我児のカラーを直し、母は光子の着物を直し、そこへ又呼びに来た当家の古くからの老女中きよと共に一同は出て行く。

5　庭

老父母を中心に参集の子息、娘、その配偶者、孫たちが並んで写真をうつす処。

きよはじめ女中たち、横で見ている。

写真師はピントを合せている。

進一郎は見廻し、良吉に、
進一郎「良ちゃんこっちおいで……これでみんないいのかな？　揃ったかな？　……昌二郎はどうした？」

一同は気付いて、節子は「あら」と言う。

千　鶴「誰かちょいと昌ちゃん見てらっしゃい」

きよが「はい」と行こうとするのを、
節　子「いいわ、あたし見て参りますわ」

と列から抜けて去る。

節子は家へ入って、廊下を行き、階段の下まで行って上へ、
節　子「昌兄さま！」

6　二階の部屋

次男昌二郎の部屋で、彼はまだふだん着のままくつろぎ、グラフか何か見ている。
節子が入って来て、顔だけ怒った様子で、
節　子「あら、まだそんなことしてらっしゃるの？　もう皆さんお支度出来て待ってらっしゃるのよ」
昌二郎「そうか」
と、のそりと立上り、出て行こうとする。
節　子「だめ！」
と兄の洋服をとってやる。昌二郎は仕方なしに帯をとき出す。
節　子「早くなさい。早く早く、写真うつしたらすぐ出かけるのよ……みんなで一緒におひるいただくのよ……自動車、もうそう言ってあるのよ」
昌二郎は「うん、うん」と生返事で着換えをする。
そこへ良吉少年がやって来る。昌二郎とは仲よしで、
良　吉「叔父さん遅いなあ」
昌二郎「やあ」
良　吉「早くしろよ、お祖父様、おこってるよ」
昌二郎「おどかすなよ」
良　吉「叔父さん寝てたんだろう？」
昌二郎「寝てやしないよ」
良　吉「叔父さん、ねぼすけだからなあ……早くしないと叔父さんだけ写してやんないぞ」
昌二郎「ああ、今行くよ」

7　庭

一同の処へ、節子と良吉が戻って来る。一同は口々に「早く早く」と一方へ言う。

昌二郎がノコノコやって来て、
昌二郎「やあ、どうも済みません」

と、どこへ並ぼうかと見ている。

綾子は素早く空けて、
綾　子「昌兄さんは私のお隣り」

昌二郎は言われた通りの位置に立つ。

進一郎は写真師に、
進一郎「や、お待遠う」

写真師はもう一度ピントをのぞき「そこの方、もう少しこちらへお寄りになってて……」とか「もう一寸こちらをごらんになって……」と注文をつけ「では、お写しいたします」とシャッターを握って「もう少しこちらを……」

大事な時、良吉がぷっと笑い出す。

つられて一同笑う。

写真はそれでだめになる。

節　子「だめよ良ちゃん笑っちゃ」

良　吉「叔母さんだって笑ってるんじゃないか」

千　鶴「良吉、だめよ！」

母に叱られ、良吉は小さくなり一同は再び澄す。

写真師は再び写しにかかり「相済みません、もう一寸こちらを……はい、参ります」とシャッターを切る。

8　同家の玄関

その日、夜になっている。
呼鈴がなる。
きよが来て内から開ける。
節子が帰って来る。
き　よ「お帰り遊ばせ」
節　子「ただいま……（奥へ行きながら）お父さまお母さまお帰りになって？」
き　よ「はあ、先程お帰りになりました」
節　子「あ、そう、昌兄さまは？」
き　よ「いったんお帰りになりましたけど、たった今、又お出かけになりました」
節　子「どこへ？」
き　よ「さあ、どちらですか……」
節子は奥へ入って行く。

9　居間

父と母がくつろいでいる。父は新聞を見ている。
障子の外から「只今」と言って、節子が入って来て、もう一度改めて、
節　子「只今……」
母　「お帰んなさい」
節　子「どうも遅くなりまして……あれから時子さんにお目にかかって、ぶらぶらしておりましたの……お父さま、あれからすぐお帰りになって？」
父　「うん、あれから母さんとホテルでお茶をのんで、久しぶりでぶらぶら歩いて日比谷公園へ行って来たよ」
節　子「そうお？」
母　「花壇のお花がとてもきれいでねえ……音楽堂で海軍さんの楽隊をきいてきましたよ」
節　子「まあ、素敵ね。お父さまとお母さまとお二人きりでそんなことなすったの何年ぶりかしら？」
父　（微苦笑）「何年ぶりか……ねえかあさん、この前はいつだったっけ？　堀切へ菖蒲見に行ったのは……？」
母　「あれはあなた、震災の翌々年……」
父　「そうかな、それじゃ大変だ」
節　子「それじゃもう十何年ぶりかですわ」
父は「うん」と返事し、満足げに、
父　「いや今日は愉快だった。みんな揃って一人も欠けず丈夫で……人間長生きはしなけりゃいかんよ」
母　「あの、お父さま、中程に出て来た御馳走随分おいしゅうございましたねえ」
父　「どんな？」
母　「白い、あんかけの様な……」
父　「お前のお代りしたのか。あれは支那料理じゃ一番うまいよ」

母はふいと気付いて、
母「節子お夕飯は?」
節子「済みました……お父さま、林檎おすりいたしましょうか?」
父「うん、お前、着換えた後でいいよ」
節子は頷き「ごめん下さい」と去る。
母と父は二人きりになり、父は再び新聞を取上げたが、
父「いい気持だ、まだ顔がぽっとしてるよ」
母「お父さま少し今日は召上り過ぎたんじゃございません?」
父「今日はばかに酒がうまかった。なあ母さん、人間なんていうものは年をとればとったで、又たのしみがあるもんだなあ。もう孫が中学二年になるからなあ……早いもんだよ」
母「これでお父さまの喜の字のお祝いには孫もまたふえますわ」
父は満足げに頷き、そこらをさがして、
父「母さん眼鏡ないか?」
母は父のすぐ目の前にある眼鏡を渡す。
父「ああそうか……ああいい気持だ……酔ったよ……母さんお冷や一ぱいくれんか」
と、とろんとした顔。
母は立ちかけ、
母「タオルおしぼりいたしましょうか?」
父「うん、いいね、たのむよ」

10 廊下

母が出て来て「誰か」と呼ぶ。
きよが来る。
母「あ、きよや、コップへお冷や。それからタオルおしぼりして……」
と命じ部屋へ戻る。

11 居間

入ってみると、父が横になっている。
息苦しい様子。母は傍へ寄って、
母「お父さま、あなた……」
とのぞきこむ。
父「……」(少し様子がおかしい)
母「どうかなすって?」
父「うん……(胸のあたりをさすり)一寸苦しい……」
母「大丈夫ですか、お茶の濃いのでも差上げましょうか?」
父「いや、大した事ない……一寸ほっといてくれ……」
というが、どうもただではないらしく、
父「母さん、一寸帯ゆるめてくれんか」
母は驚いて言われた通りにし、
母「お父さん、大丈夫ですか」
父「だるいよ……」
母「お父さん! お父さん! 大丈夫ですか?」
慌てて廊下の方へ出て行く。

12 廊下

母は来て「誰か! 誰か! 節子! 節子!」と叫ぶ。
きよが急いで来る。
母「早く旦那さまのお床のべて……」
と命じ、そこへ来た節子に、
母「お父さま、急に御加減悪いのよ」
節子「まあ、どうなすったの?」
母「ね、すぐ先生のところへお電話して……急いで来て頂いて……」
節子は驚いて電話のある方へ行く。
途中、別の女中ちよに逢う。
節子「ちよ、氷あって?」
ちよ「はい」
節子「急いで氷枕しといて……」
と命じ、電話の方へ小走りに行く。

13 電話口

節子は慌てた手つきで電話をかける。

14 医院

薬壜の列。薬局。
時計の振子がゆれている。
そこへ電話のベルが頻りになる。

15

田園調布の戸田邸

長男進一郎の家庭である。
電話口に女中かねが出ている。

かね「はあはあ、さようでございます。はあ、いらっしゃいます。はあ……え? もしもし少々お待ち下さいませ。もしもし」

が、電話は切れたらしい。

16

居間

進一郎と和子とが居る。
かねが入って来る。

かね「只今、麹町の御本宅からお電話がございまして大旦那さまが急に御加減がお悪いそうで……急いでいらして頂きたいと仰有いました」

夫婦は驚いて顔を見合せる。

和子「お父さま、どうなすったんでしょう?」

進一郎は心配そうな顔で女中に、

進一郎「切れたの、電話?」

かね「は、何ですか大変お急ぎのようで……」

進一郎「とに角、車よんで貰おう……」

かねは頷いて去る。

進一郎「どうしたのかなあ、急にお悪いってんだから……」

和子「今日は大変お元気でいらしたんですのに……」

進一郎（一寸考えて）「おい君、もう一度、ちょいと電話かけてみてくれ」

和子は慌てて立上る。

17

赤坂の浅井邸

千鶴夫人と一人息子良吉の住んでいる、稍々《やや》古風だがしっかりした家構えである。
そこの電話口に千鶴が出ている。
女中のたけが横に立っている。

千鶴「もしもし……ふんふん……で先生なんて仰有ってるの? え? え? ……いつから? ……そりゃいけないわね……え? ふむふむ……昌ちゃんは? え? いない? どこへ行ってるの? 方々きいてみた? ……仕様がないわねえ……で、お父さまは今は? そう。じゃ今からすぐ行くわ……落着くのよ。しっかりしてらっしゃい節ちゃん! じゃ……」

千鶴も多少慌てて電話を切り、

18

廊下——居間

歩きながら女中に命じる。

千鶴「あたし、今から出かけるよ。着物出しておいて頂戴」

たけ「お召物は?」

千鶴「今日、ひるまのでいいわ……帯だけかえて貰おうかな。そうね、あの浅黄の観世《かんぜ》水《みず》のにして頂戴……足袋、あれだめよ、新しいのにして頂戴」

女中は去りかける。

千鶴「ねえ、帰って来られないか分らないけど、もしかすると電話かけて、喪服持って来て貰うかも分らないわ——そんなことがあっちゃ大変だけど……」

たけ「はい」

千鶴「しげやにそう言って、襟なんかよく見ておいてよ……良吉もね、いつ御用があるかも分らないから、どこへも出ない様に、そう言っといてよ」

たけはかしこまって去る。
千鶴は帯をときはじめる。

19

千駄ケ谷の雨宮の家

新しい洋風の家である。ここの電話口にも女中のきぬが出ている。

きぬ「はあはあ、まだお帰りになりませんのですが……は、お帰りになりましたら早速そう申上げます。は、は、御免下さいませ……」

と切って一方へ行く。

20

応接間

もう一人の女中よねが、主人のいぬ間に

と、ゆったり犬と遊んでいる。
きぬが入って来る。

よ ね「何処だった電話？」

き ぬ「麹町の御本宅から」

よ ね「なあに？」

き ぬ「大旦那さまが急に御加減が悪いんだって……危いらしいわよ」

よ ね「そうお？」

き ぬ「すぐ来いっていう位だもの」

よ ね「そう……どこへ行ってるんでしょう？」

き ぬ「お茶の会じゃない？　お懐石の……」

よ ね「ありゃ、あしたの夕方からよ」

き ぬ「あ、そうか……」

と言い、ラジオかけ、きぬは犬と遊ぶ。
ややあってベルの音に慌てラジオをとめ、

き ぬ「あ、お帰りよ」

両人は急いで出て行く。

21　玄関——廊下

女中が開けると雨宮と綾子とが帰って来る。

よ ね「お帰んなさいませ」

き ぬ「あの、只今麹町の御本宅からお電話がございまして、大旦那さまが急にお悪いんだそうで、お帰りになり次第、急いでおいで下さいますようにって申されました」

綾 子「いつ？」

き ぬ「は、たった今……」

夫婦は顔を見合わせる。

雨 宮「すぐ来いってか？」

き ぬ「は」

綾 子「どうなすったんでしょう？……何んだって電話？」

き ぬ「大分お悪いような御様子でした」

綾子は流石《さすが》に顔色を変える。

綾 子「じゃ、このまますぐ出かけましょうか？」

雨 宮「うん」

と、雨宮は返事したが、応接間へ入る。
綾子は心配そうに続く。

22　応接間

雨宮は気まずい顔。
椅子に坐ると女中に、

雨 宮「おい、コーヒーいれてくれ、濃くしてくれ」

女中たち去る。
雨宮は時計を見て、

雨 宮「今からだと、今晩帰って来られないだろう。ことによると夜あかしになるよ。うんとコーヒーのんでくんだな」

綾 子「…………」

雨 宮「ああ、今日はくたびれた……」

綾 子「ね、あなた、大丈夫かしら……」

雨 宮「うん、六十九だからなあ……五十にして天命を知り、六十にして耳順《したが》い……七十にして矩《のり》を踰《こ》えず……」

と、ひとりごとのように言う。
綾子は涙ぐんでいる。
時計の振子がゆれている。

23　麹町の戸田邸

帽子が沢山並んでいる。
人々の出入りが多い。
襖をはらって広間にした屋内に、弔問の人々が一ぱいつめかけている。
戸田氏の秘書の鈴木が、人々の間を縫って挨拶している。
女中たちが茶を出したり、茶碗を集めたりしている。
人々のざわめきの中に、
「どうもとんだことで……」
「随分、急なことで……」
「やはり御酒でしょうな」
「昔は随分召上られた方ですから……」
等々の話声がきき取れる。

24　廊下

鈴木が忙しげに来る。目下の者に逢う。
こそこそ話で、「そりゃ君にたのむよ……ああ、ああ、いいかい、万事ね……」等、命じて二階へ上って行く。

25 **二階の洋間**

鈴木、来て、ノックと共に入る。

進一郎がモーニング姿で、がっくり疲れて休息している。見迎えて、

進一郎「や、御苦労さん」

鈴　木「いえいえ……お疲れでしょう、お休みになったらいかがです、少し横になるといいんですがな」

進一郎「いや大丈夫だ」

鈴　木「いやいや、まだこれからが大変ですから……」

進一郎「うん」

鈴　木「気をつけて頂かないと……（と手帳を見せ）これですが……あした、あさって……この日が告別式……葬儀委員長は畠山さんにお願いすることにいたしまして……」

と事務的に報告する。

進一郎も帳面をのぞき込んで、

進一郎「これ、いいのかい？」

鈴　木「は、それは先程増上寺の方から返事がありまして、やはりこの日がいいそうで……」

進一郎「はあはあ」

鈴　木「それから、新聞の方は、ま、五つですな。こんなところ……そのほか、勿論、関係会社の方からも出ますし……」

進一郎「しかし、これは書いて貰ってあるかな？」

鈴　木「はあ、お書きしときました。あしたの朝刊には出ることになっております」

進一郎「そりゃ御苦労さん、あんたも一つ暇を見て休んで下さい……なかなか暇もないだろうけど」

鈴　木「いえ、私はもう……じゃ、御免下さい」

進一郎「御苦労さん」

鈴木、出て行く。

26 **階段――廊下**

鈴木は事務的に階段を下りて行く。

節子に出逢う。

鈴　木「お嬢さま、お疲れでしょう」

節　子「いいえ」

鈴　木「どうも思いがけないことで……こんなに急におなくなりになるとは思いませんでしたなあ……ま、お大事に」

と、忙しげに去る。

節子はほっと溜息し、一方を見る。

向うに、今、帰宅した昌二郎の姿が見える。

バッグを置き、帽子をかけている。

節子は走り寄る。

節　子「お帰んなさい」

昌二郎「只今」

節子は急に泣き出す。

昌二郎「泣くんじゃない……」

と妹を抱くようにして近くの一室へ入る。

27 **一室**

節子は耐えられなく、泣く。

昌二郎「おい、泣くんじゃない、泣くなよ」

と、自分も悲しいのをこらえ、妹の泪をふいてやる。

昌二郎「よしよし、もう、よしよし、しかし、随分急だったんだな」

節　子（頷いてやっと顔をあげる）「どこへ行ってらしたの？」

昌二郎「大阪へ行ってたんだ……今朝の新聞見て驚いたよ……きのう何時になくなられたんだい？」

節　子「午前七時三十六分……」

昌二郎「何んだったんだい？」

節　子「狭心症」

昌二郎「お苦しみだったか？」

節　子「とても……」

昌二郎「酒だ、お父さん若いうち飲んだからなあ……、お母さんは大丈夫か？　お元気か？」

節　子（頷く）「……」

昌二郎「じゃ、一寸お父さんにお線香あげてくる」
行きかけ、又、節子が泣くので、
昌二郎「泣くんじゃない！　元気出せ！　済んだことだ、忘れるんだ……おい、もういい、もういい」
と背中を優しくたたいて出て行く。

28
座敷
読経の声がする。
昌二郎は入口で一度坐って、弔問客に会釈し、一同の間を会釈しながら抜けて、棺の前へ来る。
三名ほどの坊さんがお経をあげてい、一方に雨宮、和子が坐っている。
昌二郎、僧におじぎし、雨宮、和子にも目で会釈して端然と棺に向って手を合せる。

29
父の写真
昌二郎はしばし拝んで去って行く。

30
廊下
昌二郎、歩いて来る。と「叔父さん！」と呼ばれる。
見上げると、階段の上に良吉が腰かけている。
昌二郎「おい」
と返事して立止る。
良吉、降りて来る。
良　吉「今日、学校休んじゃった」
昌二郎「そうか」
良　吉「お祖父さん死んじゃったんだね」
昌二郎「うん」
良　吉「僕、死んだ人、はじめて見た」
昌二郎「そうか」（と頭を撫でる）
良　吉「今まで向うで坐ってたんだけど、足痛くなっちゃったんでこっちへ来ちゃった」
少年には悲しみが悲しみとまで行かない。そして、こっそり、いかにも秘密そうに、
良　吉「あの、お祖母さんね、泣くと鼻赤くなるね」
昌二郎「そうか」
と苦笑を残して去る。
良吉はその背後へ声をかける。
良　吉「あとで遊ぼう」

31
一室
控室にしてあり、客へ出す茶碗、菓子等が置いてあり、千鶴、綾子が休んでいる。
千鶴は手のひらに玉露を持ち、前歯でぽちぽちと嚙んでいる。
両人、ふり向く。「まあ!!」と同音に、
昌二郎が入って来る。
昌二郎「只今」
千　鶴「まあ、昌ちゃん、どこへ行ってたの？」
昌二郎「ちょいと大阪まで……」
千　鶴「のんきねえ、あんた！」
昌二郎「日曜と祭日が続いたもんだから……まさかこんなことになると思わなかったから……」
千　鶴「あんたのはいつもそれなんだから……行くなら行くで断わって行けばいいじゃないの」
綾　子「随分方々探したのよ」
昌二郎「そうか。いや済みません。急に行きたくなっちゃって、鯛釣りに行って来た」
千　鶴「困ったひとね、なにも殺生しなくったっていいじゃないの、こんな時に……」
昌二郎「処が殺生は出来なかったんですよ。和歌山へ電話かけたら潮の具合が悪いんで、大阪の宿屋でごろごろして帰って来たんですよ。どうもあんまり急なんで悲しいんだか何だか……」
と言いつつそこにある葡萄酒を一口のみ、
昌二郎「で……何かあったんですか、遺言の様なものは？」

千　鶴「何にも」
昌二郎（苦笑して）「どうも昌二郎には困ったもんだ、なんて言ってませんでしたか？」
千　鶴（苦笑）「そりゃお父さまも仰有りたかったんだろうけど、何しろずっとお苦しみだったから……」
昌二郎「そうですってねえ……」
と、こみ上げそうなのを押えて、
昌二郎「姉さん、それ、何んです？」
千　鶴「玉露よ、これ噛んでいるとねむくならないの」
昌二郎「そう、ちょいと下さい」
昌二郎は姉から掌に受けて噛む。
昌二郎「綾子、少しやせたな」
綾　子「ええ」（頬を撫でる）
昌二郎「そりゃいかんな、寝ろよ」
綾　子「大丈夫よ」
昌二郎「無理するな、姉さんどうです？」
千　鶴「私は、昼間ずっと寝といたから……」
昌二郎「お母さんどうしました？」
千　鶴「さっき、みんなで無理に寝て頂いたの」
昌二郎「そりゃよかった。ここで又おふくろにでも寝込まれたらかなわんからなあ」
綾子を見て、
昌二郎「おい、寝ろ寝ろ。みんなで要領よく代り番こに寝た方がいいよ」
葡萄酒をのみほし四辺《あたり》を見て、綾子に、
昌二郎「何かほかに食うものないか？　腹がへってるんだがなあ……一寸行ってにぎりめしこしらえて来ておくれよ」
綾子、頷いて去る。昌二郎ものっそりと出て行く。

32　廊下

昌二郎、一室の前へ来てそっとあけて見る。

33　室内

母が敷かれた蒲団の上に坐ったまま考えている。着物も着換えてない。

昌二郎、入って来る。

昌二郎「お母さん只今……」

母（見返って）「お帰り……」

と、ほっとした様子。

昌二郎、坐って手をつく。

昌二郎「どうも済みません」

母「ううん」（首をふる）

昌二郎「どうも、こんなことになるとは思わなかったもんで……」

と、恐縮する。

母は首をふっているばかりである。

昌二郎「どうもお父さんには小さい時から今まで一番御心配をかけて……それが大事な時に僕だけ又おりませんで、お見送りも出来ないで……とうとう御心配のかけっぱなしで、困った奴だと思ってます……もう少し生きてて下されば何とかまた親孝行の真似事位も出来たんでしょうが……どうも残念に思ってます……済みません」

と、うなだれる。

母も、言う言葉もなくうなだれている。

読経がきこえて来る。

昌二郎は泣きたいのを頑張っている。

母は、読経に自ずとその方へ手を合せる。

34　戸田邸

一室に千鶴、進一郎、昌二郎、雨宮が集っている。

横手に例によって鈴木が事務屋的に帳面を見ながら控えている。

進一郎もメモを見ながら、一同にはかっている。

進一郎「……関係会社も色々あったろうが、生前中一番緊密だった東亜拓殖がいよいよいけないことになって、それにお父さんの保証で相当額の手形をふり出していたんだ……僕もはじめてきいて実は驚いたんだが、どうも之も最近の話じゃなくて、かなり古い前からの関係で、それが書き替えになって今日に及んだわけなんだが、今となっちゃ、徳義上、此の際之は何とかしなければいけないんで、まあ全部が全部はとても払い切れないとしても少くとも、半分位はどうにかしなけりゃいけないんだ。まあ、お父さんが経済界で一つの存在ではあったんだろうけど、どうも徒《いたず》らに顔が売れていて、それが却って此の際災いになったんだけど……しかしまあ、言ってみれば戸田進太郎七十年の一生も甚だ清廉潔白であった、ということに満足して貰うんだな。で、さし当り、鈴木君とも相談したんだが、一切合財、つまり此の建物、地所、書画、骨董、そんなものを売払って整理しようと思うんだ。まあ、こんなようないやな話で皆さんの御足労を煩わしたんだが……どうだね？　何か意見はないかね？」

と一同を見廻す。

一同だまって考えている。

進一郎「もっとも、あったにしろこいつはどうにも仕方がない話なんだけど……どうです姉さん？」

千　鶴（至極あっさり）「仕方がないじゃないの」

進一郎「隆さん、どう？」

雨　宮「矢張り仕方がないでしょうね」

進一郎「昌二郎は？」

昌二郎「いいでしょう」

と一番あっさりしている。

千鶴は姉らしく一言あって、

千　鶴「ね、もしここを売るとすると、お母さんや節ちゃんどうなるの？」

進一郎「そりゃまあ当分僕の家へでも来て頂くとして……」

千　鶴「ねえ、もう間もない事だし、せめて節ちゃんのお嫁入りまでこのままにしとけないの？」

進一郎「しかし、これは早い方がいいんだから……鈴木君どうだろう？」

と、返事を鈴木へ持って行く。

鈴木は「はあ」と一同を見廻す。

雨　宮「鵠沼に別荘がありましたねえ？」

進一郎「うん、あれは大分傷んでるし、売るとしてもせいぜい地所だけのもんだろうから……」

雨宮、頷く。

千鶴は昌二郎に、

千　鶴「昌ちゃんは？　どうするの？」

昌二郎「いや、僕の心配はいりませんよ……（進一郎に）しかし、それで整理が出来ますかね」

進一郎「いや、それなんだがね、どうだろう鈴木君？」

鈴　木「そりゃもうやり方次第で、充分、出来ると思うんです」

と昌二郎の方へ言う。

進一郎は和綴の古い帳面を出して見せ、ぱらぱらめくりながら、

進一郎「ここに大体、書画骨董の目録はあるんだけど、よく分らないけど中にはなかなかいいものもあるらしいんだ……三十六、沈南蘋《しんなんぴん》、秋景花鳥……三十七、丸山応挙、李白観瀑……」

千　鶴「なあに？　なんのこと？」

進一郎「李太白が滝を見てるところでしょうね……三十八、酒井抱一、富士……これは扇面だ。四十、尾形光琳、扇面、雪松……雪に松だ……（めくる）一四三、色鍋島水仙絵皿……一四四、柿右衛門、八角見込花鳥鉢……」

ノックの音。進一郎「はい」と返事し、女中きよが入って来る。一同に会釈し、

き　よ「昌二郎さまに会社からお電話でございます」

昌二郎「あ……一寸失礼」

昌二郎は一同に会釈して出て行く。

進一郎は一寸見送ってから、

進一郎「全部で二一二点……まあ中にはがらくたもあるんだろうけど……」

35

階段下

昌二郎、おりて来て、近くの電話口に出

る。

昌二郎「もしもし……え、俺だよ。え？　そうかそうか、よし、行くよ、うんうん、すぐ行く。うんうん、よし」

と、今までの退屈顔から急に解放された様子で電話を切る。

36　料亭の一室

昌二郎の友達、内田と井上が昌二郎の来るのを待っている。

芸者が二人ばかり来ている。

男たちは手のない様子。ねころんでいる。

芸者同士が喋っている。

A「ねえ、一度道成寺は踊ってみたいわね」

B「そうね」

A「だけど今はいやよ。一つの念願にしておくの。いい加減に踊るのはいやですもの」

B「そりゃそうね。でも、達者ではいけず、体の動けぬものではいけず、そうかと言ってあんまり動き過ぎちゃ品がなくなるし、何しろ大物ねえ」

A「そうよ。だから一寸手が出ないけど……でもやりたいわね」

内田が急に、

内　田「黙ってきいてると相当言うのう」

井　上「うん、言うのう」

芸者たち、急にだまり、

A「あら寝てたんじゃないの？」

内　田「うるさくって寝られるもんかい」

井　上「誠にうるさいのう」

二人は起き上ってビールを飲む。

ややあって、一同ふり向く。

女中に案内されて昌二郎が入って来る。

昌二郎、なつかしそうに、

昌二郎「よう」

内　田「おう、早かったなあ」

井　上「ま、こっち来いよ」

と、席をあける。昌二郎、坐る。

内　田「しばらく逢わなかったな」

芸者たち「こんにちは……」等、会釈する。

昌二郎も「や、こんにちは……」と返す。

内　田「どうも、とんだ事だったな」

昌二郎「いや……」

と、一寸形を改め、二人に、

昌二郎「又、その節は御仏前どうも……」

友達二人は「いやあ……」と頭を下げる。

A「あの……お父さまおなくなりになったんですってね」

昌二郎「ああ、死んだよ」

B「お気の毒ね」

昌二郎「誰が？」

B「あなたよ」

昌二郎「有難う」

と、稍々ひょうきんに頭を下げる。

井　上「もうすっかり済んだのか？」

昌二郎「うん、まだごたごたしている……今だって、丁度いい時電話かけてくれたよ」

と笑う。

其処へ女将が挨拶に来る。

女　将「いらっしゃいませ、ようこそ」

昌二郎「いやあ……」

女　将「どうも此の度はとんだことで、何と申上げてよろしいやら……随分急だったのでございますわね」

昌二郎「うん」

女　将「あの、お幾つでいらっしったんでございましょう？」

昌二郎「六十九だよ、もう七十だもの、寿命だよ」

女　将「でもまだ……そんなお年でも……」

昌二郎「いやあ、人生七十古来稀だよ」

内　田「酒だな」

昌二郎「うん、若いうちの無理が崇ったらしい……お女将さんもあんまりやらない方がいいぜ」

女　将「いいえ、私なんぞのは……」

井　上「そうでもなさそうだぜ」

女　将「いえ、ほんと……」
　女中がおしぼり、お銚子等を持って来る。
　女将に、
女　中「先生が見えました」
女　将「あ、そう……（一同に）ちょいと失礼いたします……内田さん如何です」
内　田「いやあ、あいつはもう懲々《こりごり》だよ」
昌二郎「何だい？」
内　田「お灸だよ」
昌二郎「やってるのかいお女将さん？」
女　将「ええ、とてもよく効くんでございますよ、いかがです？」
昌二郎「親爺に死なれたり、お灸をすえられたり僕は御免だよ」
　と笑う。
　女将も「まあ」と笑って、
女　将「じゃ、ごゆっくりどうぞ……」
　その間に女中去り、続いて女将も引退がって行く。
　井上、銚子取上げ、
井　上「一ぱいいこう」
昌二郎「ああ」
　昌二郎は熱いのをぐいとのむ。
　内田、しみじみと、
内　田「しかし分らんもんだなあ――随分お達者だったがなあ」
昌二郎「うん」
　芸者が口をはさむ。
A「あなた、いらっしゃらなかったんですってね」
昌二郎「いつ？」
A「お父さま、おなくなりになった時……」
昌二郎「居たよ」
A「嘘仰有い！　大阪へ鯛釣りに行ってたくせに！」
B「有名よ」
昌二郎（苦笑）「ばかなこと言うない」
B「だってみんな知ってるわよ」
　昌二郎はわざとがっかりした顔をして見せ、飲む。
内　田「しかし驚いただろう」
昌二郎「先ず驚いたね……」
　と、笑顔で友達に杯をさす。
　井上、受けながら、
井　上「いい親爺さんだったがなあ」
昌二郎「でも小さい時は随分怖い親爺だった」
内　田「そうでもなかったじゃないか」
昌二郎「うん、怖くなくなったらぽっくりいかれた」
　と、一寸悲しく考える。
井　上「なあ、親爺さんが始球式やったの見た事あったっけな……神宮で……」
昌二郎「ああ」
内　田「いきなりシルクハットとって投げたと思ったらツウバウンドだったなあ」
昌二郎「うん、そうだ……あの時は、前の日、俺を相手に練習して行ったんだけどな。まあ、運動神経は皆無だったな」
井　上「でも、弓やってたじゃないか」
昌二郎「ああ、弓はうまかった。朝早く起きてはよくやった……俺もよく早く起こされて矢拾いやらされた……そんな時はまたばかに御機嫌がよくってな。にこにこしてやがって……」
内　田「なあ……お前が親爺さんの本売ったことあったっけな」
昌二郎「う？」
内　田「お前が持ち出して来て……こんな立派な奴だったよ」
昌二郎「ああ、ミューズのダイジェストか」
井　上「うん、あの時は俺古本屋呼びに行ったんだ。高く売れたなあ」
昌二郎「うん」
内　田「あの金、何んに要ったんだっけな？」
昌二郎「あれはお前、ボートで銚子へ行った時飲んじゃったよ」
内　田「ああそうか」
井　上「そら、それからお前、親爺さんの望遠鏡持ち出したことあったっけな……東郷さんの持ってるような、こんな長い奴……」
昌二郎「もうよせよ」

昌二郎はいよいよくさってさえぎり、飲む。

A「あなた悪いことばかりしてらっしゃるのね」

昌二郎「冗談言うない」

内田「そら、あのベニソンの時計な、親爺さんの……」

と、友達は益々思い出して旧悪をならべる。

昌二郎は手をふって、

昌二郎「もうよせよ……時効だよ、その話」

A「そういろんなものを持ち出して、お父さまに分んなかったの?」

昌二郎「そりゃ分りゃせんさ」

井上「そりゃ分ってたさ」

昌二郎「どうかなあ」

内田「そりゃ知ってたよ、只、お前に言わなかっただけだよ」

昌二郎「そうかなあ……言ってもはじまらんと思ってたかな?」

内田「そうでもないだろうけど……」

井上「惜しかったなあ、いい親爺さんだったなあ」

昌二郎「うん、いい親爺だった」

内田「しかし、ま、少し早かったな、なくなるのは……」

昌二郎「うん……」

井上「まだ早いさ、矍鑠としておったもの……」

内田「親爺なんていうものは苦手だけど、いつまでたっても生きてて貰いたいもんだよ」

懐旧談のあたりから、昌二郎はあやしくなり、もうたまらなくなって、いきなり「一寸ごめん」と立って出て行く。

友達二人、見合う。昌二郎の気持が分って、それをごまかすように景気よく、酒を注ぎながら、わざと方言で、

内田「いや、体は大事にせんといかんのう」

井上「うん、いかん、死んじゃもう酒のめんからのう」

内田「わしら無理かのう、七十まで?」

A「あんたがた大丈夫よ」

内田「大丈夫かのう」

A「いうじゃないの、憎まれっこ世にはばかるって……」

井上「うん、そいじゃなるもんじゃのう憎まれっこに……」

B「大丈夫よ、それ以上ならなくったって……」

Bは、言い捨てて出て行く。

37 廊下

Bが来る、女中に逢い「お銚子を……」と頼んで、そのあと「戸田さん……戸田さん……どこ?」と呼びながら廊下をさがして行く。

一室の前へ来てみると、障子が少し開いている。

38 一室

中で昌二郎があおむけにころがって天井を見つめている。

B、入って来る。

昌二郎の目に泪が一ぱいたまって頬にも垂れている。

B、近付いて、

B「あら、どうしたの、こんなとこに?」

昌二郎はいきなりごろんと背を向ける。

B「どうしたの? どうなすったの?」

昌二郎「…………」

B「ねえ」

昌二郎「うるさい! 向うへ行ってろ!」

B「まあ、どうしたのよ? ねえ」

とのぞき込む。

昌二郎「うるさい! 蹴とばすぞ! 向うへ行ってろ!」

と背を向けたままどなりつける。

B「おおこわいこわい! なあに、妙な方ね……行くわよ、向うへ……知らないわよ、呼んでももう来てあげないわよ、いいこと?」

昌二郎「行け!」

B「おおこわい!」

と言いつつ、Bは出て行く。
昌二郎はそのあと、くっくと泣く。

39 前の部屋

Bが戻って来ている。
友達が「ふーん」ときいている。
内田「で、戸田どうしてるんだい？」
B「なんだか泣いてらっしゃる様よ」
井上「どうしたんだい？」
B「なんだか？」
内田「で、どこにいるんだい？」
B「もみじ……」
一同はしんみりする。
井上「おい、呼んで来いよ」
B「いやよ」
内田（Aに）「お前行って来いよ」
B（Aに）「行くと蹴とばされるわよ」
井上「俺、見て来よう」
と、気軽に見せて立上る。行こうとすると昌二郎が戻って来る。
井上「どうしたい？」
昌二郎（苦笑して）「もういいんだ」
と、元の席へ坐って、笑顔で酒をのむ。
内田「どうしたんだい？」
昌二郎「ううん、何でもないんだ……なあおい、妙なもんだなあ、親爺が死んでも一寸も悲しくないと思ったけど、今、はじめて泣けたよ」
言われて一同黙りこむ。
昌二郎だけが却って元気だ。
昌二郎「勧進帳じゃないけれど、流石に俺も泣けたよ」
芸者たちもじめついた空気を破る様に、
B「弁慶の泣きどころっていうわね」
昌二郎「処が俺は義経だ」
A「義経って柄じゃないわ、どうみたって……」
昌二郎「ばか！（友達に）おい、俺、飛ぶぞ」
内田「八艘か？」
昌二郎「いや、もうすこし飛ぶ……実は俺、向うへ行こうと思ってるんだ」
井上「向うってどこだい？」
昌二郎「天津だ。天津の支店の方へ廻して貰おうかと思ってるんだ」
井上「おい、本当かい？」
内田「いつそんな気になったんだい？」
昌二郎「いや、こりゃ、こないだから考えてたんだけど、やってみたいんだよ……何でもいいんだ、やたらに働いてみたいんだ」
と、力をこめて言う。
友達は「うんうん」と頷く。
昌二郎「早い話がチェンジ・オブ・ペースだな」
内田「うん」
昌二郎「いや、これは親爺が死んだからっていうんじゃなしに、俺のどこかにこんな気持はあったんだよ」
Aがいきなり突拍子もなく口をはさむ。
A「ねえ、天津て支那でしょう？」
昌二郎「ああ」
B「ねえ、北京の近くね？」
昌二郎「そうだ」
A「北京と天津と、どの位離れてんのかしら？」
B「ねえ、ここと柳橋くらい？」
昌二郎「そうだそうだ！」
と頷いて、友達二人の方へ、くさった顔を向け、
昌二郎「なあおい、いつまでも俺もこんなのとつき合っちゃいられないよ。行きたくもなるよ」
井上「うん」
と頷き、昌二郎は銚子とり上げ、二人に、
昌二郎「ま、一杯いこう」
友達は酒を受けて考え込む。
内田「そうか、行くのかい……」
三人は杯を合せる。

40 麹町の戸田邸

広間に、書画、骨董、道具がずらりとならんで、札元になる骨董屋の主人が白足袋で、四人ばかり、目録を見ながら現品

と合わせている。
札元の下働きが二、三人、主人の命で書画をかけたり、道具を動かしたりしている。
札元はこそこそ話している。

A「はあ、いいものですな」

B「なかなか結構なもんですなあ……」

C「どうでしょう?」

D「そうですなあ……」

等々言い、それぞれに胸算段の態。
雨宮、昌二郎、鈴木が横に居る。
昌二郎は甚だ興味なさそうで、煙草をくゆらしている。大切な茶碗に平気で灰を落す。
札元の誰かが、鈴木に、

A「これは箱書ございますでしょうか」

鈴木「あります。あります……養川院の箱書です……」

A「はあ、一寸お見せ下さい」

鈴木、持って行く。一同感心して見る。

C「ははあ、結構なものですな」

鈴木「いかがです?」

B「結構です」

A「しかし、これはなんですか……?」

と鈴木にこそこそきく。鈴木もこそこそ目録を見ながら答える。
昌二郎はもう用もないと見て、傍の雨宮に、

昌二郎「隆さん、僕、ちょいと支度がありますから、たのみます」

雨宮「ああどうぞ」

昌二郎「鈴木さん、お願いします」

鈴木「はあ、どうぞ」

昌二郎は一同に会釈し、出て行く。

41 廊下——二階

昌二郎は自分の部屋へ入る。

42 部屋

トランクや手廻り品がごたごたしている。旅の支度。
節子が兄の和服を畳んでいる。淋しげである。
昌二郎、入って来て、

昌二郎「出来たか?」

節子「ええ」

昌二郎「済まんな」

とトランクの前にどっかり坐り、品物をつめはじめる。しばらく両人無言。
母が古い洋服を持ってやって来る。

母「あ、出来ましたね……ねえ。これも一緒に持ってったらどうだろう?……お父さんのだけど」

受取って見て、昌二郎は閉口をかくし、

昌二郎「いいでしょう」

母「でも向うは随分寒いっていうし……これ毛皮の裏がついてるから……」

昌二郎「いや、いらんでしょう。寒いったって知れたもんですよ」

母「でもお前、折角ちゃんとこうしてあるんだもの」

昌二郎「そうですか。じゃ頂いてきましょうか……済みません」

と、有難迷惑のおじぎをする。

母「お前もう切符の方はいいの?」

昌二郎「ええ、もうちゃんと買ってあるんです……此の前、汽車に乗ってった時は、のんびり鯛釣りだったんですけど……こんどは大阪を通り越しちゃって天津まで行くんですからね、分らんもんですよ……(笑いながら)それも同じ線路の上を走るんですがねえ……」

母と妹は淋しい顔をする。

母「ねえ、気をつけてね……向うは随分気候が不順だっていうからね」

昌二郎「大丈夫ですよ」

母「生水なんかのむんじゃありませんよ」

節子はまぎらす様に笑って、

節子「まあ、お兄さま子供みたい。大丈夫よお母さま」

母「体だけはくれぐれもたのみますよ」

昌二郎「大丈夫ですよ。そりゃお母さんこそ気をつけて下さい……ま、当分はお目にかかれないかも知れませんけど」

母はいよいよ心細い顔で、
母「ねえ、こんどはいつ逢えるかしら？……こんどみんな集まって貰う時は、あたしがお寺さんへ行く時かも知れないねえ」
昌二郎「そんなばかなことはありませんよ。心細いこと言っちゃいけませんよ。お母さんにはこれからまだまだ喜の寿のお祝いもあるんだし米寿のお祝いだってあるんだし……」
母「そうだろうか……」
昌二郎「そりゃありますよ。そりゃきっとありますよ。（節子に「なあおい」と相槌を求め）なければ困りますよ……それにいくら遠いたって飛行機に乗ればすぐ帰って来られるんだし、なまじがたがた汽車で京都あたりから帰って来るより、よっぽど早い位なもんですよ」
と元気づける。
母は幾分、明るくなって、だが、まだ心細く、
母「そうだろうか……」
昌二郎「そうですよ、そんな心配いりませんよ……お母さん、お風呂へ入ってらっしゃい。あとでゆっくり御飯食べましょう」
母「ええ」
昌二郎「行ってらっしゃいよ」

母はすすめられて、やっと、
母「じゃ、忘れものない様にね……節ちゃんたのみますよ」

と言い置き出て行く。

昌二郎は荷物をつめ、節子はそれを手伝う。

昌二郎「おい、それ取ってくれ」

節子は渡しながら、泣けて来そうなのをこらえている。

昌二郎は、荷物をつめながら、なるべく妹の気に障らない調子で、
昌二郎「なあ節子、此の間の話、もうすっかり忘れるんだな」

節子は下を向いたままである。

昌二郎「お前も楽しみにしてたろうけど、もう諦めてくれ」

節子は頷く。

昌二郎「向うから話を持って来ながら、親爺が死んだからって急に断って来る様な縁談なら、まとまらない方が却っていいんだ。そんなばかな不人情な奴のところ、よしんばまとまったにしろ、俺はお前をやりたくないんだ」

節子「………」

昌二郎「なあ、忘れてくれ。お母さんも心配してらっしゃるんだ」

節子は泪をためて頷く。

昌二郎は元気よく笑って、

昌二郎「あんな奴よりもっといい男は沢山いるんだ。俺がさがしてやるよ……まあ、少し色は黒いけど、がっちりして親切で、頼もしくって、見たとこあんまりきれいじゃないけど、俺の様なのどうだい？……気に入らないかい？」

節子は「まあ」とやっと笑う。

昌二郎「そうだ、それだ、その調子だ笑ってろ……そんな事にくよくよするな……おい、それ……」

と品物を取って貰う。

節子は泪を拭き、笑顔を向ける。

昌二郎は安心し、
昌二郎「それから向うへ行ったら兄さんも時々手紙を出すが、お前も出来るだけ手紙書いてくれ……いろんなことを知らせてくれ」

節子「ええ」

昌二郎「お前も今までと違って、兄さんの家へ行けば、これからは何かにつけ不自由も多いだろうけど、辛抱してやってくれ……お母さんもよく慰めて大事にしてあげてくれ……兄さんも今度はやるぞ。無性に働いてみたくなったんだ……きっとやるぞ、その代りお前も兄さんに負けないで、その分だけお母さんを大事にしてあげてくれ……お母さんもこれからはなにかと御不自由な事

が多いと思うんだ」

節子は又泣き出す。

昌二郎「おい泣くな。今お前に泣かれちゃ、兄さん行きにくくなるからな……お母さんを大事にしてあげてくれ……おい、たのむぞ。いいか。な、たのんだぞ」

節子は頷き、袖で顔を覆ってしまう。

43 田園調布の戸田家

茶の間。夜である。

進一郎と和子がいる。

進一郎は新聞を手にしている。

和子は余り機嫌がよくない。

和子「そのお話、もうすっかりきまっちゃったの？」

進一郎「うん……まあ、さしあたり家へ来て頂くよりほか仕様があるまい」

と、元来は気のいい人間なので妻君の風当りをよけて言う。

和子「そう。お母さんと節ちゃんいらしったら、どこに居て頂くの？」

進一郎「二階へでも来て頂くんだな」

和子「で、私は？」

進一郎「応接間の横の八畳へでも行って貰うんだな」

和子「私の箪笥なんかは？」

進一郎「ありゃそのままでいいじゃないか」

和子「いやよ！」

進一郎「じゃ降ろすさ」

和子「千鶴さんのお宅なら、広くていいのに」

進一郎「そうもいかないよ……僕は長男でもあるし、当分はごたごたするだろうけど、まあ辛抱して貰うんだな」

和子「でも、お母さんや節ちゃんにもして頂かないと……あたしばかり辛抱しても仕様のないことよ」

進一郎「うん」

和子「大変よ。節ちゃんのお荷物だって沢山あるし、きよやも一緒に来るでしょうし……」

進一郎「うん」

和子「お母さま、大きな御仏壇持ってらっしゃるでしょうし……ねえ、あれ一体どこへ置けるかしら？」

進一郎「うん」

和子「お父さまの万年青《おもと》に、きっと九官鳥まで持ってらっしゃるわ」

と、不服をならべる。

進一郎は極力「うんうん」と風当りをさけている。

44 田園調布の戸田家

——数日の後。昼。廊下に九官鳥の籠が置いてある。

——それに万年青の鉢。いい陽ざしである。

45 二階

母と節子とが蒲団に綿を入れてる。

母は「ちょいとそこ引っぱって……」などと二人は仕事に余念がない。

節子「お母さま、今朝、何でしたの？」

母「うん？」

節子「お姉さまのお小言？」

母「ううん……（笑顔で）あたしが又しくじっちゃって……お庭のダリヤがあんまりきれいなもんだから一つ取って仏さまのお花にあげたんだよ」

節子「そう、そりゃいけないわ。あのダリヤとても大事にしてらっしゃるんですもの」

母「そうだってね……知らなかったもんだから……」

節子「ありゃ何とかって、とても珍らしいのよ」

母「道理できれいだったもの……何にも知らないってのは困るもんだね」

と苦笑する。

こんどは節子が「お母さま、ちょいとそこ……」と言って仕事を続ける。

女中のかねが来て、節子に、

かね「お嬢さま、奥さまがおよびです……」

節子「はい……」

節子は去る。

46 和子の部屋

節子が外出着姿でお化粧している。
和子が来る。

節子「お姉さま、お出かけ?」
和子「ええ、ちょいと……お友達の、神戸の谷本さんね、知ってるでしょう?」
節子「ええ」
和子「今、御夫婦で東京に来てらっしゃるのよ」
節子「そうお」
和子「今から行ってお目にかかって、夕方から家へ来て頂く事になってるの」
節子「そう」
和子「だから節ちゃん、お母さまとどこかへ行っててほしいのよ……家にいて頂くとごたごたして却ってお母さまに御迷惑だったりなんだしするから……そう遅くはならないでしょうけど、七時か八時頃まで……どう?」
節子「ええ」
和子「ね、そうして頂戴。済みません」
節子「いいえ」

言葉は丁寧だが頭から命令的である。

和子「あなた、どっちみち銀座の方へお出かけでしょう?」
節子「ええ」
和子「そしたらちょいと頼まれて頂きたいの……何かお菓子……くだもの……あなた見て届けさして下さらない?」
節子「ええいいわ、どんなもの?」
和子「あなたにお委せするわ」

かねが入って来てそこらを片付ける。

和子「それからサンドイッチも言って頂こうかしら」
節子「サンドイッチならあたしおこしらえしましょうか? ……お母さまだってお上手よ……」
和子「そうね……いいわいいわ、いって来て頂戴。ほかの方も見えるかも知れないから六人分ほど……お願いします」
節子「はい」
和子「済みません」
節子「いいえ」

和子はかねに向い、

和子「それから、光子が学校から帰って来たら、今日はおやつ何にもあげないでおくれ」
かね「はい」
和子「絶対にやめて頂戴!（節子に）ね、節ちゃん、お母さまにもそう申上げておいて……お母さまから水羊羹頂いてお腹こわしてるのよ」

と明かに不満の色を見せ、

和子「じゃ、行って来ますわ、お願いしますわよ」

と節子に言い置き、かねに、

和子「お掃除よくしておいてね」

と出て行く。
節子とかね、送って出る。

47 廊下――玄関

和子は歩きながらかねに、

和子「あ、夕方ダリヤに水やっといて。忘れないでね……もうなかったかしら……あ、節ちゃん、九官鳥ね、あれ二階へ上げといて頂こうかしら。お話の途中、妙な声出されても困るから」
節子「はい」
和子「じゃ、お願いします」
節子「行ってらっしゃい」
かね「行ってらっしゃいませ」

和子は玄関から出て行く。
節子は見送り、引返してきて、一室に入る。

48 一室

父の写真がかかっている。
節子は懐しげに感慨深く見つめる。

49 写真

50

路上

母と節子と歩いている。追い出された頼りない姿である。

歩きながら、

節子「ね、お母さま、どこへ行きましょう？」

母「そうねえ……」

節子「どこがいいかしら……」

母「そうねえ……」

節子「どう？　日比谷公園？」

母「さあ……」

節子「じゃ上野の動物園は？　お母さま随分いらっしゃらないでしょう？」

母「あなた行ってらっしゃい。久しぶりにお暇が出たんだもの」

節子「あたしはいいのよ、お母さまよ」

母「ねえ、あたしは久しぶりに千鶴さんのとこへでも行ってみようと思うんだけど」

節子「そうお」

母「あなたは銀座まで御用があるんでしょう？」

節子「ええ……じゃ、お母さまと別々ね」

母「あなたはゆっくり遊んでらっしゃい」

節子「じゃ時子さんに逢おうかしら？」

母「ああ、それがいいよ、気をつけて行ってらっしゃい」

節子「お母さまこそよ、気をつけてね」

母「あげましょうか？　どう？」

節子（照れながら）「頂こうかしら……お姉さまのお使いなのに、お姉さま下さらないんですもの」

母は財布から金を出し渡す。

節子は恥かしく四辺《あたり》を見廻し、誰もいないので急いで貰ってハンドバッグに入れる。

節子「済みません」

母「気をつけてね」

節子「ええ」

母は節子の帯など一寸なおしてやり、両人は寄添って歩いて行く。

51

赤坂の浅井家の庭先

女中しげが植木に水をやっている。

52

家の中

主人は居ず、たけが主人の着物を畳んでいる。

ややあって、玄関のベルがなる。

たけが急いで出て行く。

53

玄関

たけ、来て、内から開ける。

母が来てい、入って来る。

たけ「いらっしゃいませ……」

母「こんにちは……しばらく」

と上って、

母「奥様は？」

たけ「奥様、先程お出かけになりました」

母「おやおや」

たけ「今日はお茶のお稽古の日で……」

母「ああ、そうだっけね……」

たけ「あの、お電話いたしましょうか？」

母「ううん、いいのよ……みなさんお変りない？」

たけ「はい」

良吉がこっそり出て来て、「お祖母さん！」と声かける。

母はふり向く。

良吉、恥かしそうに立っている。

母「まあ、こんにちは……良ちゃん、今日、学校は？」

良吉「うん、ないんだよ……お祖母さん一人？」

母「ええ」

良吉（安心して）「お祖母ちゃん、僕の部屋へ来ないか……行こうよ」

と引っぱり、

良吉「ねえ、いいもの見せてやら。（女中に）おい、誰も来ちゃいけないよ」

と命じ、母に「行こうよ！」と甘えて言って、引っぱって行く。

54　良吉の部屋

中学初年級らしい部屋。
昆虫採集具や、標本、模型飛行機、顕微鏡などが置いてある。両人、入って来て、母は「やれやれ」と室内を見廻す。孫を見て嬉しげに、

母「良ちゃん大きくなったのねえ、一寸見ない間に……」

良吉は机の上の顕微鏡をのぞいてから、

良吉「ね、お祖母ちゃん、これ見てごらんよ」

せがまれて、母はのぞくがさっぱり分らない様子。

良吉「見えるだろう？　きれいだろう？」
母「うん、何だかごちゃごちゃしたものが……」
良吉「何だか分るかい？」
母「ううん」（と首をふる）
良吉「当ててごらん」
母「お祖母ちゃんには六ケ敷いこと分りませんよ」
良吉「六ケ敷くないよ……僕の鼻くそだよ、こうやってみると面白いだろう？」
母「まあ」（と、がっかりする）
良吉「おばあちゃんの何か見てあげようか？」
母「いやもう沢山……良ちゃん今日学校は？」

良吉は触れられたくない問題で、しきりに顕微鏡をのぞいてごまかしている。

良吉「きれいだなあ」
母「どうしてお休みなの？」
良吉（観念して）「今日、休んじゃったんだよ……お母さんに黙っててね」
母「どうして？」
良吉「きのう帰りに喧嘩しちゃったんだよ」
母「まあ、いけないねえ」
良吉「ぽかすかにやっちゃったんだけど、今日行くとやられちゃうんだよ」
母「そんな事で学校休んじゃ駄目じゃないの」
良吉「うん」
母「そんなこと先生に……」

と、叱りかけると、室外の人の気配に、女中たけがお茶を持って来る。

良吉「誰だ！」
良吉「早く行けよ」
たけ「はい……どうぞ……」

とお茶を置いて去る。
二人きりになると、母は又、真顔になり、

母「だめよ、そんな事で学校休んじゃ」
良吉「うん……お祖母ちゃん、お母さんに言いつけるかい？」
母「良ちゃん又そんなことする？」
良吉「ねえ、言いつけるかい？」

母は首をふる。良吉はいきなり祖母の小指に自分の小指をからげ、

良吉「げんまんしよう。約束しちゃったよ」
母「その代り、もうそんな事しちゃ駄目ですよ。そんな時はあんたが悪いんだから、先生にそう言って、よくあやまるんですよ」
良吉「うん」（まだげんまんしている）
母「大丈夫ね？」
良吉「うん……本当に言いつけちゃ駄目よ」
母「大丈夫ですよ」

母は良吉にお茶をとってやる。
良吉はお茶を見て、

良吉「あ、そうだ、お弁当食べちゃおう」

と鞄の中から弁当箱を出す。
母は「まあ」と呆れる。

良吉「お祖母ちゃん、半分あげようか。うまいよ……ここからやらあ」

と箸でお弁当を真中から飯を仕切る。
母は思わず笑顔になって「うん」と孫の顔を見る。

良吉「僕先に食べるよ」
母（いとしくなって）「よく嚙んでおあがんなさい」
良吉「お祖母ちゃん、この卵焼き顕微鏡で見てみようか？」

と言ったが、又急に警戒して弁当をかくす。

女中が紅茶とお菓子を運んで来る。

良　吉「駄目じゃないか来ちゃア！　あっち行け！」

女中は急いでおじぎして去る。
良吉は菓子を見て食べたくなる。
弁当は母に委せて、

良　吉「お祖母ちゃん、先におあがりよ。僕、これたべらあ」

と菓子を食べ、

良　吉「ね、お祖母ちゃん、今日、ゆっくりしていっていいんだろう？」

母「ええ」

良　吉「僕と遊ぼうよ。お母さん、どうせ夜でなくちゃ帰って来ないもの」

母「でもねえ、お祖母ちゃん、これからお祖父さまのお墓詣りに行こうと思うんだけど……」

良　吉「行くの？　僕も行かあ！」

母「良ちゃんも一緒に行ってくれる？」

良　吉「うん」

母「そう……じゃお祖父さまきっと喜んで下さいますよ。お祖父さま良ちゃんお好きだったもの」

良　吉「行こう、早く行こうよ」

と紅茶と菓子を急いで口に詰込み、

良　吉「お祖母ちゃんも早くお食べよ」

母もせかされ、良吉の弁当を食べ出す。

良　吉「筋からこっち残しといてね」

母は笑って頷き食べる。

55　銀座　喫茶室

婦人洋服店の一部の茶房である。
節子とお友達の時子とが話している。
時子は職業婦人である。

節　子「来て頂いて御迷惑じゃなかった？」

時　子「ううん」（首をふる）

節　子「お忙しい？」

時　子「まあまあよ……、お母さまお変りございません？」

節　子「え、有難う」

時　子「お母さまにも随分お目にかからないけど……」

節　子「よろしく言ってましたわ」

時　子「そうお……ね、毎日、何してらっしゃるの？」

節　子「あたし？　……いろんな事よ。お手伝い。お惣菜こしらえたり、お掃除したり……今日はお母さまとお蒲団に綿入れてたのよ」

時　子「まあ、そんな事してらっしゃるの？」

節　子「ええ、これで仲々忙しいのよ、お洗濯だってするのよ」

時　子「まあ」

節　子（手を見せる）「ごらんなさい……今日はやっとお暇が出たのよ」

時　子（節子の手を握って）「あなたがそんな事なさるなんておいたわしいわね」

節　子「どうして？」

時　子「だって……」

節　子「どういたしまして、何時までもお嬢さまではございません。（わざとつんと言って、急に笑顔になり）感心でしょう？　……してよ」

時　子「してるのよ、とても」

節　子「そうお、本当？」

と時子が頷くのを見て、お茶をのみ「ねえ」と言い出す。

節　子「会社のお仕事って、大変？」

時　子「ううん」（首ふる）

節　子「あたしにも出来るかしら？」

時　子「そりゃ出来てよ」

節　子「ね、どうかしら、あたし？」

時子は不審に節子を見る。

時　子「ね、何んだってそんなこと？」

節　子「いえ、何でもないの、ちょいとそんな気がしたの、あたしにも出来るんなら、どうかと思って……いやね、笑ったりして……本当なのよ」

時子は「悪いかな？」と思うが、訊く。

時　子「お兄さまのお家の方、うまくいってるの？」

節　子「…………」

時　子「お母さま御不自由してらっしゃるんじゃないの？　……お母さまとあのお姉

さまとお合いになるかしら?」
節　子「――分る? そんなこと?」
時　子「じゃなくって?」
節　子「そうなの」
時　子「御免なさい、こんな事言って……あたしちょいとそんな気がしたもんで」
節　子「ね、どっちが悪いってんじゃなしに、何ていうのかしら……違うのね、いろんな事が……お母さまとお姉さまとは……」
時　子「分るわ」
節　子「ねえ、どうしたらいいのかしら、私、そんな時? こんな事ではお母さまもお姉さまも両方ともお気の毒なのよ」
時　子「あなただって……」
節　子「いえ、私は構わないの……ねえ、私が働いて、あなたのようにお母さまと二人で別に暮してみたらと思って……どう?」
時　子「そうねえ、だけど、それはよく考えてみてよ……違うのよ色んな事が、あなたと私と……あたしの家なんか、お父さんのいた時分から人に使われてる身分だし、あなたの家は使う方の側よ、その間に大きな開きがあるのよ、あなたとあたしとは生れながらに違うのよ……大変な違いよ」
節　子「…………」
時　子「それをいきなりあなたが私の真似をして構わないものかしら?」
節　子「いけないこと?」
時　子「いけないことっていうんじゃなしに、その元気ある? ……随分要ることよ、勇気が……」
節　子「あるのよ、勇気は……」
時　子「飛込める?」
節　子「ええ」
時　子「ねえ、だけど却ってお母さまに御心配かける事になるんじゃない?」
節　子(それが心配なのだ)「……分って頂けるとは思うんだけど……」
時　子「考えなさい、もう一度、よく考えた方がいいわ」
節　子「そうかしら……」
時　子「御免なさい、言いすぎて……」
節　子「ううん」

両人はそれぞれ考えに沈む。

時　子「でも、お母さまお気の毒ねえ……(ふいと気を変える様に)……ねえ、何か食べない?」
節　子「なあに?」
時　子「何でも。あたしおごるわ」
節　子「いいわよ、あたしにおごらして。今日、お母さまに頂いて来たの」
時　子「そうお」
節　子「来かけに道の真中で頂いたの。誰か見てやしないかと思って恥かしかったわ」
時　子「だめだめ! そんな事が恥かしくちゃ……そこが違うっていうのよ、あなたとあたしと……分る?」
節　子「……」(苦笑)
時　子「ね、何にしましょう?」
節　子「そうねえ、安くておいしいもの……」
時　子「そう、それよ! そして沢山あるもの……これが大事よ」

両人は笑いながらメニューを見る。

56 田園調布の戸田家

その夜。時計が物憂く、九時を打っている。

九官鳥。万年青。

57 誰も居ない部屋

遠く時計が鳴っている。

仏壇。父の写真。

暗い屋内で一室だけが煌々と明るい。

女たちの笑い声が聞える。

灯が庭先の芝生にまでさしている。

58 その室内

草花、くだもの、洋酒の瓶、グラス、サンドイッチ、ケーキ等々――

和子はじめ、谷本夫人、ほかに二人ばか

り、皆で四人の女たちが賑やかに話している。
女中のかねが番茶器を片付けている。

A「……そうお、でもいいじゃないの」

谷本「よかないわよ。そりゃ何んてたって東京よ」

A「そうかしら」

B「でも、あたし好きだわ……芦屋、住吉、あの辺に一度住んでみたいわ、摩耶山だって六甲だってすぐそばだし……」

和子「それでいて、海だって見えるし……（女中に）光子寝た？」

かね「は、先程おやすみになりました」

和子「あ、そう……（又一同に）それにお料理だって向うの方がよっぽどおいしいわ」

A「光子ちゃん、一人でおやすみになるの？」

和子「ええ、もう夙《と》うから……」

谷本「お利口ねえ」

和子「……一体向うのほうが薄味だけど、おいしいわ」

B「みてごらんなさい、この頃銀座あたり……関西料理がとても増えたじゃないの」

和子「それだって向うで頂くようにはいかないわよ……」

等、誠にうるさい。
かね、さがって行く。

59 廊下

かね、下げ物を持って歩いて来る。
物音にふり返る。
玄関の方に節子が帰って来てい、上ってくる。かね迎えて、

かね「お帰りなさいませ」

節子「只今……（憚るように）お客さま、まだいらっしゃるの？」

かね「はい」

節子「お母さま、もう帰っていらしった？」

かね「はい」

節子「どこ？」

かね「お台所の方にいらっしゃいます」

節子は「そう」と足音を忍ばせてその方へ行く。

60 台所の一室

配膳部屋の様なところに暗い電燈を低くして、母が眼鏡をかけ、つくろいの縫物をしている。

節子「只今……」

母「お帰り」

節子「遅くなりまして……お母さま、いつお帰りになって？」

母「もう二時間ほど前」

節子「そう、あたし、もうお客様お帰りになって、お母さまおやすみになったかしらと思って、急いで帰って来たのよ……時子さんと随分ぶらぶら歩いちゃって……あ、お母さまに呉々もよろしくって……」

母「そう……そりゃよかったわね」

節子「お母さまは？」

母「お姉さんとこへ行ったら、千鶴さんお留守で、良ちゃんが一緒にお墓詣りに行ってくれてねえ」

節子「そうお」

母「お花もお線香もお水も一人で持ってくれて……それで私に言うのさ、お祖母ちゃん死んじゃだめだよ、って……」

節子「可愛いこと……」

老女中きよがやって来る、節子を見て、

きよ「お帰りなさいまし……」

節子「只今……」

きよ「お嬢さま、お風呂いかがでございましょうか？」

節子「そうねえ、お母さまは？」

母「和子さんがお入りになってから……」

節子「でもお母さま、失礼して先にお入りになったら？」

母「あたしはあとにしましょう」

その遠慮が節子にいたましいが、それを冗談にして、

節　子「お母さま、もうお風呂より、おやすみになりたいんじゃない？」

母は笑って返事はない。

ベルの音がする。

きよが急いで去る。

節　子「お客さま、お帰りかしら？（時計を見る）もうこんなかしら……お母さま、あたし畳みましょう」

両人で繕い物や干し物を片付ける。

きよが再び来る。

節　子「お帰り？」

き　よ「いえ、あのお紅茶おいれするんです」

節　子「あ、そう」

とあっさり言うが、反感に思わず母の顔を見る。そして台所の方へ行く。

61　台所

かねがいる。

節子ときよが来て、

節　子「お湯沸いてる？」

き　よ「はい」

節　子（戸棚から出して）「お茶碗これでいいのね？」

き　よ「はい」

三人でいれかける。

ベルの音に、

節　子「お呼びよ」

きよが行く。

62　廊下——客間

きよが行く。

63　客間

きよが入ると、一同が帰り支度をしている。

和　子（谷本夫人に）「そうお……お帰りになりましたら、よろしくね」

B　「でもまだ当分はいらっしゃるんでしょう？」

谷　本「ええ、まだお目にかかれますわ」

和子はきよを見て、

和　子「お紅茶まだ？」

き　よ「只今、いれております」

和　子「もういいの、皆さまお帰りよ」

き　よ「は」

和　子「お車すぐ呼べる？」

き　よ「はい」

きいて客達はさえぎり、

A　「いいのいいの」

和　子「きいてごらんなさい」

谷　本「いいのよ、本当にいいのよ」

和　子「そうお……（きよに）じゃいいの」

き　よ「はい」

きよは引き返す。

64　台所

運び盆の上に紅茶がならんでいる。

きよが来る。

節子は「はい」と渡そうとする。

き　よ「あの、もう、およろしいんだそうで……皆様お帰りでございます」

節　子「そう」

と流石に面白くなく母の方へ行く。

きよは見送りに行き、かねも和子に呼ばれ、見送りに出向いて行く。

母と娘は紅茶を中にして顔を見合う。

節　子「お母さま、いかが？」

母　「たくさん……」

節子は不服そうに紅茶を見る。

65　玄関

一同帰るところ。

和　子「あら、そうお……ではお待ちしてますわ」

谷　本「金曜日位ね……午前中にお電話しますわ」

A　「どうも遅くまで……大変おやかましゅう」

B　「いろいろどうも……」

和　子「どういたしまして、お構いもしませんで……」

谷　本「では、ごめん遊ばせ、さよなら」

和　子「御機嫌よう」

B　「御機嫌よう」

挨拶して女たちは帰って行く。

女中、鄭重に送る。
和子は見送って奥へ引き返す。

66 客間

和子戻って来て、見ると母と節子がテーブルの上を片付けている。

和子「あら、お帰りだったの?」
母「只今……」
節子「遅くなりまして……」
と親子はおじぎする。
女中かねが入って来る。和子はすぐ、
和子「お風呂いい」
かね「はい、どうぞ……」
和子「お母さまお入りになって?」
母「いいえ」
和子「節ちゃんは?」
節子「まだ……」
和子「あら、どんどん先へ入って下さればいいのに……段々遅れちゃうわ」
節子は流石にむっと来る。
節子「ええ、でも、頂きたくなかったの」
和子（かねに）「ゆかた出しといて……じゃお先へ……」
節子「どうぞごゆっくり……あのお姉さま、お先へやすまして頂きますけど……」
和子「どうぞ」
母「じゃ、お先に……」
和子と女中は去り、母と娘が二人きりになり、食べ散らしたものを片付ける。
節子「あら、お母さま、これ!」
言われて見ると、ケーキが楊枝でつつかれ、楊枝がささっている。
節子「お気に召さなかったのかしら……高いのよ、これ。こんなの時子さん見たら憤慨するわよ」
言いながら別なの見て「あら」という。
少し食べかけのお菓子。
節子「これ! お上品な召上り方!」
と、ありあり反感を示す。
節子「わざわざ銀座まで行って、とってくることないわ」
母（苦笑）「人ごとじゃありませんよ、あなたもよく気をつけなさい」
節子「はい」（一つとってぱくりと食べる）
母「お行儀の悪い人!」
節子「おいしいのよ、これ……」
両人は卓上を片付け続ける。

67 廊下――座敷

長い廊下の電燈が次々に消えて行く。
室内も暗くなる。

68 二階

母と節子が寝につくところ。
両人は、すでに寝巻に着換えて床の上に半身起きている。
母「ああ……草臥《くたび》れたよ、今日は……」
と腕のあたりをもむ。
節子「お母さま、もんであげましょうか」
母「いいえ、いいの」
節子「あしたもいい天気よ……あしたはお洗濯をして、髪を洗って、昌兄さまのところへお手紙書いて……」
と、頭を撫で、
節子「お母さま、やすみましょうか」
と立上って電燈を消す。
窓外のあかりがほのかにさしこむ。
両人は、蒲団の中に入る。
節子「お母さま、おやすみなさい」
母「おやすみなさい」
両人、思い思いに、しばらくしてから、
節子「ね、お母さま、今日ね、銀座でとてもおいしそうな佃煮があって、よっぽど、昌兄さまのとこへお送りしようかと思ったんだけど、やめちゃったの。お母さまにもっと頂いとけばよかったと思って……」
母「そうはいきませんよ、お母さんだってありませんよ」
節子「心細いのね」
母「そうですよ」
節子「あたし、頂いたもんだから、いい気になって時子さんにすっかりおごっちゃったのよ」

母「あなたは気前がいいのね」
二人、話がとぎれる。
しばらくして急に階下からピアノの音がして来る。
節子「お母さま、おやすみになれる?」
母「うん……」
と、ごまかす様な返事。
二人、黙る。ピアノの音が頻りである。
節子は我慢出来ず、
節子「ね、お姉さまにそう言って、よして頂きましょうか」
母「いいよ」
節子「だってお母さま、今日お疲れなんですもの……きよやかねだって朝早いのよ」
と立上り、身づくろいする。
母「節ちゃん、どうするの?」
節子「ちょいとお姉さまのとこ……そう申上げて来ますの」
母「およしなさい」
節子「いいえ、いいの」
出かける。
母「じゃ、お願いするのよ。おだやかに仰有い」
節子は笑って頷き、出て行く。

69　階下の洋間

和子がピアノを弾いている。
節子が入って来る。
節子「お姉さま、誠に済みませんけど、やめて頂けません? ピアノ」
和子「なぜ? ……うるさい?」(挑戦的だ)
節子(笑って首をふり)「お母さま、お寝みになれないらしいんですの」
和子は無視して、又弾いてからバタンと蓋をしめ「これでいいんでしょう?」と言った顔。
節子「済みません」
和子「どういたしまして」
節子「おやすみなさい……」
おじぎして去りかける。
和子「ねえ、節ちゃん……」
節子「はい」
和子「……そりゃもう分って頂いてるとは思うんだけど……お互いさまなんじゃない?」
反撃に節子は見返す。和子は続けて、
和子「今なんかどっちかって言や私の方が悪いかも知れないけど、あたしだって随分我慢してお母さまに何にも申上げない事もあるのよ。同じ家に居て事々にそんなことを口にするのいやですもの。そんな事じゃやって行けないわ。例えば今日もよ、お客さまのおいでになるうちお帰りだったら、御挨拶位して頂きたかったの」
節子「でも却って、お邪魔だと思って……」
和子「どうして?」
節子「だって、どこかへ出て行けと仰有ったじゃありませんか」
和子「ええ、言ったわよ」
節子「だから……」
和子「いいえ、居なきゃ居ないでいいのよ。誰にきかれたってお留守だって言えるのよ。帰っていながら御挨拶もしないで、もしきかれたらどうするの? 何て言うの? それも、全然知らない方なら兎に角、谷本さんじゃないの。お母さまも御存知の筈よ」
勝手な言い分だが、節子は我慢する。
節子「済みません」
和子「誰だって、自分の事は悪いとは思いたがらないものよ。でも、人の事だとすぐ目につくの。目についたからって、そこんとこは少し位……そこが辛抱よ。……お互いさまなんじゃないかしら、一つ家に暮らしていたら……ねえ、そうじゃない?」
節子「ええ」
和子「分って?」
節子「ええ」
和子「おやすみなさい!」
和子は、さっさと出て行く。
節子はぼんやりうなだれる。静かに出て

行く。

70 廊下

暗い中を節子は行く。
一間へ入る。

71 一室

誰も居ない中に節子はたたずむ。
見上げる。

72 父の写真

節子はしばし見入っている。
やがて、袂で顔を覆う。

73 赤坂の浅井家

その茶の間に進一郎が来て話し込んでいる。
夜である。茶簞笥を背に、火鉢のこちら側に千鶴がいる。

千　鶴「そりゃそうだと思ったわよ、初めっからうまくいきっこないと思ったの……何ていうの？　たまに逢うからいいんで、そりゃ一つ家にいて、朝晩顔合わしてちゃお互いに御機嫌の悪い時だってあるだろうし、ああだ、こうだと、まずくもなるわよ。あたり前よ。だからあたしなんか初めっから御免蒙っていたの」
進一郎「……ふん」
千　鶴「そりゃ家へ来て頂いたって同じ事よ」
進一郎「でもまあ、兄弟中あちこち行って頂けばお母さんの気も変るだろうし……」
千　鶴「まあせいぜいその程度ね、どう？」
お茶など淹れてすすめながら、
千　鶴「そりゃまあ来て頂いたっていいけど……」
進一郎「当分そうして下さい」
千　鶴「でも来て頂いて賑かになったで、良吉が勉強しなくなっても困るし、おばあさんをいい事にして、あたしの言うこと聞かなくなっても尚困るし……今だって仲々言うこと聞かないのよ……成績だってあんまりよくないの」
進一郎「そりゃお母さんにもよく話して……」
千　鶴「そうねえ……じゃまあ来て頂くのね」
進一郎「当分、まあそう願えませんか？　……又、それで何んなら綾子の方へでも行って頂くとして……」
千　鶴「そうね、じゃ何処へ来て頂こうかしら？　……きよやも来るの？」
進一郎「そうなるでしょうね、荷物も相当ありますよ」
千　鶴「大変ね、まあ何でもいいから寄越してみてよ……又、九官鳥も持ってらっしゃるでしょうね、きっと」

74 同じ家

日が経っている、昼である。静かな屋敷町の草花の咲いた庭。日蔭に九官鳥が置いてある。万年青の鉢。その万年青の葉を廊下で母が筆で洗っている。肩を落した後姿が淋しい。
がらんとした廊下が洋館に続いて、

75 洋館の一間

千　鶴「どういう気持なの？　勤めるって、何処かの事務員にでもなるつもり？　どんなものになりたいの？」
節子は立ったまま頭を垂れて無言で聞いている。
千　鶴「やめて頂戴。そりゃあんたのお友達でそんな方もいるかも知れないけど、そんな人と一緒のつもりでやって貰っちゃ困るわ」
節　子「………」
千　鶴「あんたは軽く考えてるかも知れないけど、あんただけで済む問題じゃないのよ……うちの事も考えて頂戴。自然お父さまのお名前も出ることよ」
節　子「………」
千　鶴「あんたがそんな事して世間の人があたし達のことなんて思う？」
節　子「………」
千　鶴「お父さまが亡くなって、そりゃ色んな事が不自由よ。だけど、あんたにまで働いて貰わなきゃならない程かしら? それ程困ってないつもりよ……そりゃ、あんたなんて、未だ遊びたい盛りなんでしょうに、前と違って色々うちの事なんか、やってくれてる事、気の毒だとは思ってるのよ」

節子「………」

千鶴「ね、あんたは未だお嫁入り前の大事な体よ、そんな馬鹿な考えやめて頂戴。よくって、分った? ……よく考えてよ」

節子「………」

千鶴「あたしがデパートへ行って買物したら、あんたが包んでくれて、毎度有難うございますなんて、いやよ! そんなの……よしてよ! ……分った?」

節子「はい……」

千鶴「分ったわね……」

千鶴は節子に念を押して出て行く。
御機嫌が大変悪い。階段を下りながら、

76 二階の階段――廊下――茶の間

千鶴「誰か! 誰か!」

女中のたけがあたふたと出てくる。

千鶴「二階、よくお掃除しといて頂戴」

たけ「はい」

千鶴は歩きながら命じて一室に入る。

茶の間。千鶴、入って来て卓子の上の来信をとる。
その中の一通に目を通す。手紙は良吉の中学校からその父兄に宛てたものである。読むうちに少しく顔色がかわって、

千鶴「しげや! しげや!」

自然甲高い声が出る。女中のしげが来る。続いて母も来る。

千鶴「着物出して頂戴!」

しげ「はい」

千鶴「地味なのにして……そうね、紗綾形《さやがた》の。それから紋のついた羽織……」

母「お出かけ?……」

千鶴「ええ」

去りかけたしげに、

千鶴「ねえ、しげ、良吉昨日学校へ行った?」

しげ「はい」

千鶴「ここんとこ、ずっと行ってる?」

しげ「行ってらっしゃいますが」

千鶴「そう」

しげは出て行く。千鶴は母に、

千鶴「ね、お母さま、良吉の学校からお手紙が来たの。御出頭相成度って……」

母「まあ……」

千鶴「何んだかここんとこ学校へ行ってないらしいの……出欠常ならず就ては御相談申上度儀有之候えばって……」

母「まあ、どうしたんでしょう?」

千鶴は火鉢の前に坐る。母も坐る。
節子も静かに入って来て母の後に坐る。
千鶴は手紙から目を上げて、

千鶴「何か休んでる様子見えませんでした?」

母「さあ……ねえ、そう言やこんな事がありましたよ。いつか、ここへ来たらあなたがお留守で良吉だけ居た事があって……」

千鶴「………」

母「日曜でもなかったしおかしいと思って聞いてみたら、前の日にお友達と喧嘩したとかで学校へ行かないんだと言ってましたけど……」

千鶴「そりゃいつ頃?」

母「もう大分前、未だあたしが田園調布のお兄さんのとこに居た時分……」

千鶴「そんな事があったら何故すぐ言って下さらないの?」

母「そうだったね、悪かったねえ……」

千鶴「悪かったじゃ済みませんわ、その時言って下されば、こんな事にならなかったかも知れませんのに……」

母「そうだったねえ……言っとくんだったね」

千鶴「今になって困るじゃありませんか」

母「でも、その時あたしが良吉と約束した

ものだから……」

千　鶴「どんな約束なさったの？」

母「もう二度としないから、おばあちゃんも言いつけないで欲しいって……」

千　鶴「そんなことってないじゃありませんか！　良吉の事であたしに黙ってるなんてお母さま、そりゃ違うんじゃありませんか？　どういうお考えか知らないけど、そりゃ言って下さるのが当り前よ、そんな時にはうんと叱ってやらなくちゃ……」

母「そりゃ、私も叱ったんだけど……」

千　鶴「お叱りになってもお母さまのは駄目よ、又したじゃありませんか！　どんな約束なさったにしろ、相手は子供じゃありませんか！　そんな事本気でそう思ってらっしゃるの？」

母「…………」

千　鶴「そんな事、お母さまだって充分お分りの筈じゃありませんか、何人も子供をお育てになって……」

母「済みませんでしたね……あたしがぼんやりしていて」

千　鶴「これからはよく気を付けて頂かないと……そんな事があったら、何でも私にすぐそう言って下さらなくちゃ……」

母「ええ」

千　鶴「あたしにはあたしの躾け方があるんですから……いくら、あたしが厳しくやったって、そばからあなた方が甘くなさっては何にもならないじゃありませんか」

母「そうだったねえ……私のやり方が悪かったよ……これからはよく気をつけますよ」

千　鶴「もう良吉には一切構わないで頂戴！」

千鶴は不機嫌に立ち上って室を出て行く。

あとに母と節子。

両人侘しく深々と考え込む。

77　千駄ケ谷の雨宮家

綾子の部屋、瀟洒な居間で、大きな鏡に向って綾子は外出前のお化粧をしている。「奥様」と女中の声に、

綾　子「はい」

女中のよねが入って来て、

よ　ね「あの御隠居さまと節子さまがお見えになりました」

綾　子「そう……（余り浮いた顔ではない）お通し申上げて……」

よ　ね「はい」

女中が出て行く。綾子は尚もお化粧を続けて外出の仕度で室を出て行く。

茶の間、母と節子が来ている。

綾子が入ってくる。

綾　子「いらっしゃいませ」

母「しばらく……」

節　子「お姉さま、今日は……」

綾　子「御機嫌よう。お母さま。お変りもございません？」

母「ええ。有難う……」

綾　子「いつもお達者で結構ですわ……あの折角いらっしゃって頂いたのに。私今から一寸出かけなきゃなりませんのよ」

母「あ、そう……」

綾　子「ちょいと前にお電話下さりゃよかったのに……」

母「そう。そりゃいけなかったわね……」

綾　子「でもいいのよ。少し位遅れたって（と言いながらお茶を淹れにかかり）節ちゃんどうしてるの、此の頃？」

節　子「ええ……」

節子は下を向いて笑っている。

母「ね、綾さん、あのう一寸お願いがあってね……」

綾　子「何んですの？」

母「あたし達の事なんだけど……」

綾　子「…………」

綾子は極めて無表情に取り繕ってはいるが、内心甚だ穏かではない。

母「あたし達、鵠沼の別荘の方に行って暮してみたいと思ってるんだけど……」

綾　子「まあ、どうして？」

母「どうしてってこともないけど……鵠沼の方の家も空いているし、一寸住んでみたい気持になったもんだから……ね、どうかしら？」
綾子「そう？」
母「本当ならあんたの処へも御厄介になるんだけど、お兄さんやお姉さんからもお許しが出て、そんな風に決めちゃったもんだから……悪く思わないで欲しいの」
綾子「そう？　おきめになったの？　何も、鵠沼にいらっしゃらなくったって……家にだってお部屋はあるんだし……」
母「ええ、有難う」
綾子「節ちゃん、大丈夫？　やってける？」
節子「ええ、やってみますわ」
綾子「不自由よ、いろんな事が……」
節子「ええ」
綾子「そう……家に来ていただけると思っていたのに……でも、彼処なら便利だし時々遊びに来て頂けますわ。それに海も近いし、空気もいいし、却っておよろしいかも知れませんわ……」
母「ええ」
綾子「で、いついらっしゃるの？」
母「成るべく早い方がいいと思ってるんだけど……」
綾子「そう、じゃ、それ迄に又お目にかかれますわね」
母「ええ」
綾子は時計を気にして、
綾子「じゃ、お母さま、誠に勝手ですけど……（立ち上って）ゆっくりしていらしって、いいんでしょう、ね、節ちゃん、おひる何か好きなものとって頂いて……よねやにそう言ってね……じゃ、ごゆっくり……」
母「行ってらっしゃい……」
節子「行ってらっしゃい……」
綾子「折角来て頂いたのに……済みませんわね」
綾子「じゃあ」と出て行く。
母と節子が送り出す。

78　料理屋

西銀座あたりの日本料理屋、新しい障子、竹など植っていて落ちついたこのみの家。
その廊下を女中を先に綾子が来る。
女中が一室の入口で——
女中「こちらでございます」
綾子「あ、そう」
綾子、入る。雨宮が既に来ていて、小さい徳利で酒をのんでいる。
綾子「待った？」
雨宮「いや、今来たところだ」
綾子「そう、表に自動車がなかったから、未だかと思ってた」
窓から見える大時計に、一寸自分の時計を合せ、雨宮と相対して座につく。
雨宮、徳利をとってさす。
綾子、盃をとり受けながら——
綾子「ね、出がけにお母さまと節ちゃん見えたのよ」
雨宮「何んだって？」
綾子「何んだと思う？」
雨宮「いよいようちの番か」
綾子「ううん、（笑って）今度、鵠沼の別荘の方へいらっしゃるんだって」
雨宮「あ、そうかい。そう決ったのかい？」
綾子「決っちゃったの」
雨宮「そうかい、そりゃよかった。まあ一杯いこう」
綾子（うけながら）「あたし驚いちゃったわ。お母さまったら、来ていきなり、お願いがあるなんて言い出すんでしょう。こりゃもういよいよおいでなすったかと思って……来られりゃ、まさかいやとは言えないし、来て頂いたって、うちだって、そりゃきっとうまくいきっこないわよ」
雨宮「そりゃいかないね。君も相当気が強い方だし……」
綾子（笑って）「そうでもないけど……でも、

すっかり、もう安心しちゃった」

雨　宮「そりゃ又馬鹿にうまく行ったもんだね……」

綾　子「ええ、でも一時はとても慌てちゃった」

雨　宮「それでどうしたの?」

綾　子「いずれ、ゆっくりお目にかかりますって、来ちゃったんだけど……節ちゃんと二人で、何かとって食べてらっしゃるでしょう」

そこへ女中が入って来て、料理をならべる。

79　鵠沼の別荘

海に近い松林の中の別荘。庭には雑草が生い繁っている。建物は平家建ての、可成りもう古びている。午さがりの陽ざし。青い空。

節子が簡単な洋服を着て、サンダルをはいて洗濯物を乾している、洗濯ばさみを口にくわえて、いそいそと愉しそうである。

縁に近く九官鳥。万年青の鉢。

別荘の一室では母ときよが縫物をしている。

欄間には亡夫の写真がかかっている。外が明るいためか、室内は暗く、何となく侘しい。しばらくの後、きよが縫物の手を休めずに語り出す。

き　よ「ね、奥様、わたくしがお邸に上って、はじめて縫わして頂きましたのは、節子さまの、お待ち受けの産着でございましたけれど……」

母「………」

き　よ「その節子さまが、もうおゆきが六寸七分もお召しになる様におなりになって……」

母「そうねえ」

き　よ「節子さまがお産れになった晩、旦那様がお帰りになりまして『お嬢さまでございます』と申上げましたら『何だ、又女か、女じゃ仕様がない』なんて仰有いまして、私が『でも、その女が居なければ男は産めません』と申上げましたら『うん、成程そうか』なんてお笑いになって奥へお入りになりました」

母「そうだったかね……もう随分古い話で……」

き　よ「早いものでございますねえ……」

両人の縫物が続く。

き　よ「旦那様がおなくなりになってから、もう一年でございますねえ」

母「そうねえ……でも私はなんだか三、四年経った気がしますよ……いろんなことがあって、何んだか落着かなくって……」

き　よ「変るものでございますねえ……一年で……」

母「本当にねえ……」

両人考え込む。そこへ節子が奥から手を拭きながら入って来る。

母「御苦労さま」

節　子「いいえ、ね、お母さま、なんかない? おなか空いちゃった」

母「まあ……あなたは……」

節　子「だって……(時計を見て)もうおやつよ、ない? きよ、なんか?」

き　よ「さあ……」

節　子「なんでもいいわ、贅沢言わない、おいしいもの沢山……」

母「ここは東京と違いますよ」

節　子「ねえ、みてよ……」

母「この間、時子さんからいただいた懐中じるこがあったじゃないの……」

節　子「ああ、そうね、それにして」

き　よ「はい」

と立ち上り去る。節子は母の傍に坐る。

節　子「ね、あしたの晩から、時子さんいらっしゃるかも分らないわ」

母「そうだね、もう土曜日かね……」

節　子「ね、お母さま、当てっこしましょうか、今度時子さんいらっしゃる時、洋服か、着物か?」

母「さあねえ……」
節子「どっち?」
母「洋服かしら……」
節子「いいえ、きっと着物よ、だってお母さまがお上げになったの、今度までには出来るって言ってらしたんですもの。(母の前に手を出して) 頂戴、何か……」
母「そりゃ、いらしてみなきゃ……」
ふと節子は手をのばし、母の糸と針をとり、通してやる。母に渡しながら——
節子「ね、お母さま、昌兄さま、いらっしゃらないのかしら……一周忌に」
母「どうだろうね」
節子「お知らせする事はしたのよ……あたし。いらっしゃるならもう来てらっしゃる筈ね」
母「うん……昌兄さんも忙しいんでしょう、きっと。それに遠いとこだし、まあ達者でいてくれれば、それでいいの」
節子「でも……いらっしゃればいいのに……」
母「そうもいかないんでしょう……」
節子「そうかしら……」
淋しそうである。
日向で洗濯物が大分乾いている。

80
お寺の本堂
大きいお寺の本堂で、亡父一周忌の法事である。戸田家一門、親戚、知人あまた紋服姿で居並んでいる。僧侶の読経が始まっている——妙法蓮華経観世音菩薩普門品第二十五。
進一郎を始め、母、千鶴、和子、綾子、節子、雨宮、良吉、光子、鈴木、時子……だが、昌二郎の姿は見えない。

世尊妙相具　我今重問彼
仏子何因縁　名為観世音
具足妙相尊　偈答無尽意
汝聴観音行　善応諸方所
弘誓深如海　…………

81
お寺の庭——本堂
読経の声がしばらく続いて……その中を境内の敷石を踏んで昌二郎がやってくる。

玄関から本堂へ。

どっしりした大股で——

一同見迎える。昌二郎、目礼を返す。誰かが無言で座をすすめる。一隅に坐る。

ポケットをさがして数珠を出して仏様を拝む。母の顔。節子の顔。良吉のニコニコしている顔もある。頷くと良吉が出て来ようとして、千鶴にとめられる。

昌二郎は胡坐をかき、目をとじて読経に聞き入る。本堂の障子に陽が当って読経の声が続く。

82
料亭
その庭先、趣味のいい庭のたたずまい。
帽子、ハンドバッグなどがひとまとめに座敷の片隅に置かれてある。

83
座敷
床の間を後に進一郎、雨宮、昌二郎が正面。

鉤の手に進一郎の隣が千鶴、母、和子、綾子、節子の順である。

既に膳が運ばれていて、男はお酒、女はサイダー、女中が三人程かしこまって坐っている。昌二郎は煙草を吸っている。

鳥渡《ちょっと》不機嫌だ。

進一郎「今日はよかった……まあ、無事に済んで……お天気もよかったし……」

雨宮「そうですね、ゆうべぱらぱらっと来たから、今日はどうかと思って……」

千鶴「そうね、降られたら、大変だったわね」

進一郎「昌二郎は間に合わないかと思ってたんだけど」

千鶴「相変らずね、あんた、いい加減心配しちゃった」

昌二郎「いやあ、海が荒れたもんだから……こんな筈じゃなかったんですよ……」
千　鶴「でも、まあ、うまく済んで仏様もきっとお喜びよ」
和　子「そうですわねえ……」
雨　宮「今日のお経は馬鹿に丁寧だったじゃありませんか」
進一郎「ああ、参ったね、簡単に極く有難いとこだけって鈴木に言っといたんだけど……どうも、しびれがきれちゃって……」
綾　子「良ちゃんたら大変、お勤めが済んでも立てないの、あたしにつかまって、やっと御焼香したのよ」
千　鶴（昌二郎に）「昌ちゃん、どう、あっち？」
昌二郎「どうって？……」
千　鶴「やってる？　鯛釣り？」
昌二郎「それどころじゃありませんよ、なかなか忙しい……」

と煙草を揉み消して、女中の方に、

昌二郎「女中さん！　一寸話があるんだが、暫く向うへ行っててくれないか。用があったら酒だ。その時は手を叩く」

女中達は去る。一同不審に思う。女中達を見送ってから昌二郎は進一郎に、

昌二郎「ねえ、兄さん、お母さんと節子はどうして鵠沼の家に住んでるんです？」

藪から棒で、進一郎は驚いたが、

進一郎「いや別に、どうしてってことはないけれど……」
昌二郎「どうして兄さんの家にいないんです？」
進一郎「いや……初めはいて頂いたんだけど……」
昌二郎「それで、どうしたんです？」
進一郎「で……姉さんの方へ行かれたんだ」
昌二郎「姉さんはどうしたんです？」
千　鶴「どうもしないわよ。いて頂いたのよ」
昌二郎「それで？……」
千　鶴「お母さまが勝手に鵠沼の方へいらしったのよ」
昌二郎「そんな馬鹿な事はないでしょう」
母「そりゃ昌さん、あたしがお願いしたんだよ」
昌二郎「お母さんは黙ってらっしゃい……兎に角、お母さんが行きたいと言ったにしろ、あんな処に、黙って行かせとく法はないじゃありませんか……（進一郎に向って）……あの家を売ろうと言った時、あれはせいぜい地所だけの値段だからって……それは兄さんも覚えてるでしょう、あの家がどんなに傷んで住むに耐えないか、兄さんはよく知ってる筈じゃありませんか——（一同に向って）——実は帰ってみて驚いたんだが、お母さんと節子があんな処へやられてるなんて……これだけ立派な兄弟が揃っているんだから、僕はお母さんには何不自由なく暮して貰っていると思ってたんだ」
千　鶴「それは昌さん、いろんな事情があったのよ」
昌二郎「どんな事情なんです？」
千　鶴「そんな事、言ったって……あんたこっちにいないんですもの」
昌二郎「そりゃ僕がこっちにいるいないの問題じゃないんだ……あんた方の誠意の問題なんだ。まさか、お父さんがなくなったからでもあるまいと思うんだ——どうです、姉さん?!　……僕は何も知らないで、安心して向うに行ってたけど、こりゃ確に、皆を買い被り過ぎてたことになるんだ。そうと知ったら、お母さんや節子の面倒くらいは僕がみたんだ。たやすい事だ。僕にだって出来ない相談じゃないんだ——たとえば食うや食わずの人間だって親と子の仲はもっと暖い筈のものなんだ。どれもこれもみんな、一つ腹から産れながら、そのお母さんの面倒もみられないなんて……それも永い間じゃないんだ。たった一年、経つか経たないかだ。こんなことで何がお父さんの一周

忌だ！　こんなことで何で仏様がお喜びになるものか！　あんまり虫がよすぎやしませんか！　――（綾子の方に向って）綾子はどうしたんだ?!　どうして来て頂かなかったんだ！　言ってみろ！」

綾　子「そりゃ家へおいでになる前に、お母さまが鵠沼の方へいらっしゃる様におきめになったのよ」

昌二郎「何故来て頂かないんだ！　何故お願いしてでも来て頂かなかったんだ。お願いしてでもそうするのが本当じゃないか」

雨　宮「いや……そりゃそうも思ったんですがね」

昌二郎「そう思ったら何故しないんだ。思っただけでは何もならないじゃないか」

雨　宮「いや……でも……」

昌二郎「何がでもだ！　はっきり言い給え。君は何時も口先だけだ！　問題は誠意のあるなしだ！　口先なんかどうだっていいんだ」

雨　宮「そんな失礼な……」

昌二郎「何が失礼だ！（いきなり雨宮の頬に平手打ちが飛ぶ）……君は帰ってよろしい！」

雨　宮「しかし……」

昌二郎「しかし帰ってよろしい！　……綾子一寸此処へ来い」

綾子、来て坐りかける。

いきなり頬を打ち、

昌二郎「よし、お前も一緒に帰れ！」

雨宮、不貞腐れて立ち上り、綾子も続いて共に帰りかける。

昌二郎「いい夫婦だ！　立派なものだ！　今晩よく寝て考えろ！（千鶴に）――姉さんも帰りますか？」

千　鶴「ええ、帰りますよ」

昌二郎「お帰んなさい、送りませんよ、良吉によろしく」

雨宮、綾子に続いて、千鶴も帰る。

座が白ける。

昌二郎は徳利をとり上げ、進一郎にさす。

昌二郎「どうです……（進一郎は盃を取り上げようともしない。そのまま注いで腕をまくる。進一郎が驚く）……慌てることはありませんよ。いかに僕でも兄さんには手をあげませんよ（自分も酒を飲みながら）僕の言ってることに間違いがありますか？　……どうです？　……間違いがなければ、兄さんにも帰って頂きましょうか……どうぞ御遠慮なく」

進一郎「じゃ……」

と立ち上りかける。

昌二郎「さよなら……ここの勘定はお宅へとりにやりますよ」

進一郎と、これに続いて和子、黙々と頭を下げて帰って行く。あとには昌二郎と母と節子の三人が残る。母と節子は手を膝の上で握り合せて泣いている。昌二郎も一人苦い気持で酒を飲む。やがて耐えられなくなって節子が顔を押えてすすり泣く。

昌二郎「泣くことはありませんよ……あの位やってやらなけりゃききませんよ……一年も向うへ行ってると、よく分るんですが、ああ言う奴には、一つ喰らわしてやった方が手っとり早いんですよ……」

母も節子も泣いている。何も言わない。

昌二郎もいい気はしない。続けて言う。

昌二郎「どうもお父さんの一周忌が、とんだ事になっちゃって、お父さんもさぞ驚いておいででしょうけど、これで皆が考え直して仲よくなってくれりゃ、いいじゃありませんか。そうなりゃ、お父さんだって、僕の乱暴をきっと笑って許して下さると思うんです……泣く事はありませんよ……これでよくなるんですよ。お母さん！　節子……ね、お母さん……（立って自分の膳を持って二人の前に坐る）……ね、お母さん、喰べましょう。おい！　節子、喰べよう、いや、これでよくなりますよ。きっとよくなりますよ。（節子泣きやむ）さあ、沢山喰べて下さい。お代りは沢山あるんですから……一つ頂くかな。皮帯をゆるめて……（明るくなる）……おい、（と茶碗を節子に出す。節子よそう。空気が明るくなる。何か丼から摘んで喰べて）これはうまい……お母さんこれ上んなさい、これはとても、うまいですよ……」

他の膳の物までとって母の前に並べる。自分もあちこち集めて他人の分まで喰う。

節子の頬に何時《いつ》か明るい微笑が浮ぶ。

84　鵠沼の別荘

何処かでラジオ体操がなっている。草の生えた庭。万年青の鉢、洗濯物が乾してある。

九官鳥は廊下に置いてある。

一室で——母と昌二郎と、節子がくつろいでいる。向うの部屋できよが干物をたたんでいる。

昌二郎「そりゃ僕がこっちへ来て、お母さんと一緒に住めりゃいいんですが、僕の向うの仕事もどうやら面白くなって来て、ここんとこ一番大事な時で、一寸手離して帰って来るわけにも行かないんで……ね、どうでしょう？　……お母さんや節子が思い切って僕と一緒に向うへ行ってくれれば一番有難いんですが、ね、どうでしょう？　……」

母「さあ……でも、あたしの様な年寄りが……」

昌二郎「そんな事、何でもありませんよ。そりゃ、百になって富士山に登る人もいるんだし、腰が曲って善光寺詣りする人だってあるんだし、年じゃありませんよ。お母さんが天津へ行ったからって一寸も可笑しくありませんよ」

母「そうだろうか？」

昌二郎「そうですよ。（節子に向って）節子だって、向うへ行けば、何処へ勤めようと、どうしようと、文句言う奴なんか一人もいやしないよ。よく考えて、いいと思ったら、何んだって、どしどしやる事だ。人が何と思おうと、そんな事構やしないよ。体面だとか体裁だとか、世間態だとか、そんな事では何にも出来やしないよ。（母に向って）ね、向うへ行って御覧なさい。のんびりしていていいですよ。平気ですよ。ね、お母さん、それに、兄さんだって姉さんだって、もうすっかりよく分ってくれて、お母さんのところへわざわざあやまりに来てる位なんだから、東京がいいんならそりゃ誰のところへだって構わないんだけど。ね、僕のところへも来て下さいよ、そうしましょう。ね、行こうじゃありませんか」

母「ええ」

昌二郎「節子はどうだい？」

節子「あたしは平気よ」

昌二郎「そうだろう。ね、お母さん、そう決めちゃいましょうよ」

母「ええ」

昌二郎「いいですよ」

母「ええ、あんたさえ手足まといじゃなければ……」

昌二郎「決まりましたね。きよ、お前はどうする？」

きよ「はい」

昌二郎「どうだ？」

きよ「あの、およろしかったら、私もお供をさして頂きます」

昌二郎「偉い！　みんなお母さんやお前の様な年寄りが、無精しないで、どんどん向うへ行ってくれればとてもいいんだ……じゃ、決まりましたね……（と立ち上り）……いいんですね」

と昌二郎、廊下に出る。

九官鳥の籠を見て、

昌二郎「この九官鳥も連れて行きましょう。こいつはこれ以上色の黒くなる心配はありませんよ」

廊下から一室に入る。
入って来て、机の前にどっかと坐る。
机の上には事務のノートや書類がちらばっている。あちこちと唄など口ずさみながら、ふと見ると入口に節子が立っている。

節　子「ね、お兄さま」
昌二郎「………」
節　子「一寸お話があるの」
昌二郎「何んだい？」
　節子、入って来て机の横に坐る。微笑を湛えている。
昌二郎「何んだい？」
節　子「ね、お兄さま、お嫁さん貰わない？」
昌二郎「………」
節　子「ね、どう？」
昌二郎「ヒットラーが貰ったら俺も貰うよ」
節　子「まあ……ね、どう、とてもいい方があるんだけど……」
昌二郎「うん」
　と机の上の書類をあちこち見る。
節　子「ね、いかが？」
昌二郎「………」
節　子「それともお兄さま、ほかに誰か好きな方でもいらっしゃるの？」
昌二郎「………」
節　子「ね、いらっしゃる？」
昌二郎「面目ないけど、おらんよ」
節　子「そう、じゃ、きいて頂戴。とてもいい方よ……」
昌二郎「何処の人だい」
節　子「あたしのお友達……」
昌二郎「いい女か？」
節　子「とても綺麗な方……あたまがよくって……素直で、やさしくって……とてもいい方」
昌二郎「そりゃ大したもんだね。お前のお友達にそんなのいたかい？」
節　子「ええ」
昌二郎「誰だい？」
節　子「時子さんよ」
　昌二郎、流石にどきっとするが、さあらぬ態で、
昌二郎「何んだい、あれか、あのおかめか」
節　子「まあ……ねえ……どう？……」
昌二郎「あれじゃ俺が可哀相だろう」
節　子「嘘仰有い！（笑って）お兄さまには過ぎ者よ」
昌二郎「俺は面には自信がないよ」
節　子「まあ……ねえ、時子さんなら、お母さんも大好きなんだし、お兄さまには一番いいと思うんだけど」
昌二郎「お母さん、お好きなのか!?」
節　子「駄目よ、お母さまのせいになすっちゃ、お兄さまよ……どう……お好き？」
昌二郎「そうでもない」
節　子「お嫌い？」
昌二郎「うん……そうでもない」
節　子「じゃ……どっち？」
昌二郎「うん……まあ、お前に委せるよ、いい様にしてくれ、まさか、そう怖い女でもあるまい」
節　子「まあ……じゃいいのね。決めたわ！……決まりましたのよ」
　と立ち上り、去りかける。
昌二郎「おい！　一寸待て！」
　節子、呼び止められて戻ってくる。
昌二郎「今度はお前に話がある」
　節子、坐る。
昌二郎「……俺の事はお前に委せたんだから、お前のお聟さんも俺に委せないか」
節　子（笑って頷く）「ええ」
昌二郎「人間、贅沢言っちゃきりがない、俺も贅沢は言わなかったんだから、お前も言うまいな」
節　子「ええ」
昌二郎「まあ少し色は黒いけど、がっちりしていて、親切で、見たとこあんまり綺麗じゃないが、俺の様なのどうだい？……いやか？」
節子は笑って頸を振る。

昌二郎「そうか……こんなの向うへ行きゃ沢山いるんだ。その中でも一番いいのを見つけてやる。委すな?」

節　子（笑って）「ええ」

昌二郎「よし、心配するな」

節子、笑って出て行く、廊下からふと庭先を見る。

節　子「あ、お母さま、時子さんよ。こんちは!」

時子が明るく、お辞儀をしながら庭先からやってくる。

節子、見迎え、急いで昌二郎の部屋に引き返す。

節　子「ね、お兄さま、ちょっといらしったわよ」

昌二郎「誰が?」

節　子「時子さんよ。ね、お話するわよ」

昌二郎「うん……」（大変困る）

節　子「ねえ、あとで逢って下さるのよ。ね、いいこと?」

昌二郎「いやだね」

節　子「あら……どうして?」

昌二郎「僕は恥しい……」

節　子「嘘仰有い」

昌二郎「本当だよ……」

節　子「ね、逢って下さるわね……ね、いいこと?」

昌二郎「そりゃ勘弁してくれよ」

節　子「いけません、あたしにお委せになったんでしょう?　そしたら、あたしの言うこと聞くものよ。よくって……」

昌二郎「いやあ……矢張り恥しいよ」

節　子「まあ……そんな……お兄さまらしくもない、いつものあの元気でおやりになればいいのよ。何でもないじゃないの」

昌二郎「いや……そうもいかんよ。こりゃ違うよ。人間には誰にだって一つ位、苦手はあるもんだよ。弁慶にだって、一つ処、泣き処があったんだし、ジークフリートでさえ、背中に一つ持ってたんだ……俺にだってあるさ」

節　子「駄目、駄目、そんなこと……」

昌二郎「おい、頼むよ、勘弁してくれ……」

と去りかける。

節　子「いけません!　いらっしゃらないと、こっちへお連れするわよ」

節子は廊下から茶の間に行く。

すでに時子は上って母と話している。

母　「いつも頂いてばかりいて……」

時　子「いいえ、つまらないものばかり……」

節　子「いらっしゃい……」

時　子「こんにちは……」

母　「又、結構なもの頂いて……」

と包紙が二つ。

節　子「あら、そうお……どうも有難う」

母　（一つの包紙を指して）「こちらは、お兄さんへですって……」

節　子「まあ、有難う。（受取ってみて）なあに?」

時　子「お酒のお肴……からすみ」

節　子「あら、素敵ね……きっと喜ぶわ……一寸あげて来よう……」

節子、急いで兄の部屋へ行く。

入る。

節　子「あら……」

昌二郎はいない。見廻す、次の部屋の襖を開けて入る。ここにも昌二郎はいない。きよがいる。

節　子「きよや、お兄さまは?……」

き　よ「兄今、裏の方からいそいでお出かけになりました」

節　子「まあ……」

85　海岸

いそぎ足に、昌二郎が後を気にしながら、やってくる。やがて安心したものか、いそぎ足がゆっくりと心持、大股で、どっしりと、風に吹かれて悠々と歩いて行く。あとには海が荒れている。

——完——

父ありき

脚本
池田忠雄
柳井隆雄
小津安二郎

脚　本……………………池田　忠雄
　　　　　　　　　　　　柳井　隆雄
　　　　小津安二郎
監　督……………………小津安二郎
撮　影……………………厚田　雄春
美　術……………………浜田　辰雄

堀川先生…………………笠　智衆
息子　良平………………佐野　周二
（少年時代）……………津田　晴彦
平田先生…………………坂本　武
ふみ子……………………水戸　光子
清　一……………………大塚　正義
和尚さん…………………西村　青児
黒　川……………………佐分利　信
内　田……………………日守　新一
医　者……………………奈良　真養
堀川の女中………………文谷千代子

一九四二年（昭和十七年）
松竹大船
脚本、ネガ（複写）、プリント現存
白黒・トーキー
11巻、2588m（九四分）
四月一日公開

1　金沢の裏町

その風物——築土の塀。朝。

2　堀川家の玄関に近く

草花が咲いている。伜良平（小学校六年生位）が、袴ばきの登校姿で、父の靴を磨いている。

3　一室

中学教師、堀川先生が出勤の用意をしている。

良平、来て、

良　平「お父さん、靴墨もうのうなった」

堀　川「そうか、じゃ今日買って来よう」

良　平「あの靴も、もう駄目やね。いくら磨いても、ちょっとも光らんよ」

堀　川「あれは、まだいい」

良　平「あかぎれ、ずいぶんきれて来たよ」

堀　川「まだまだ、はける……良平、お前、忘れもんないか」

良平の時間割を読み上げる。

堀　川「修身——算術——歴史——読方——手工……」

良　平「あ、しもた、きりだし忘れたあ」

堀　川「ほら見い！」

良平、きりだしを取って来る。

堀川、伜の身だしなみを注意してやりながら、

堀　川「円の面積は？」

良　平「半径の二乗に三・一四をかける」

堀　川「うん——円錐形の体積は？」

良　平「半径の二乗に三・一四かけて高さかける」

良平、行きかけてつけたす。

良　平「それを三で割る」

4　町はずれ

向うに中学校の校舎が見える。

5　校庭

情景——

6　黒板

数学の解答が書いてある——幾何学。

7　教室内

堀川先生がその前で、一通りの説明をすませてから、

堀　川「……分ったか？　質問はないかね？……じゃ、ここまでにして、今から二、三、修学旅行の注意をする」

生徒たち、「しめた」「しめた」拍手して喜ぶ。

堀　川「おい、静かにして……四年生は、こんど東京方面に行く」

生徒たち「ああ、しめたしめた」「東京やぞ！」「東京やぞ！」等と再び、ざわめく。

堀　川「おい、おい……静かにして！　東京で先ず宮城を遥拝して明治神宮、靖国神社を参拝、それから鎌倉、江之島、箱根方面を見学する」

生徒たち、またも、ざわめく。

8　鎌倉大仏の前

修学旅行の一行が、記念撮影をやっている。

写真屋「では、うつします……その眼鏡の先生、もう少し、こちらを……はい……はい、では写します」

写真屋、シャッターを切る。おじぎをする。生徒たち、騒然と散る。

9　箱根の山路

一行が歩いて行く。

「箱根の山は天下の嶮……」を歌いつつ歩む。

10　湖畔の旅館の一室

縁の欄干に手拭など——

生徒たちが三、四名手紙など書いたり、ハーモニカを吹いたり、足のまめをつぶしたりしている。

「何んやまた手紙書いとるがか?」

「おまん、よう手紙出すがやなあ」

「ええ、ちゃ」

＊

「わあ、でかい豆やなあ」

「いてぃか」

「わし、やったろか」

「いらん」

「やったろ、やったろ」

「いいちゅうたら……」

＊

「おい、インキないかい」

「おお、あるう」

「すこし、くれま」

11　つづきの室

堀川が同僚Aと碁をうっている。

同僚Bが見ている。
A、苦戦の態。
A「これや、セキですな、こりゃ困った……」
堀川、悠然。
隣室の生徒をふり向き、
堀川「山田！　まめ、どうした?」
山田「何んともないす」
堀川「帰り、歩けるか?」
山田「大がい大丈夫や……」
堀川「明日は、靴下にシャボンを塗って行け」
山田「はーい」
A、応手する。
堀川、それに応手して、ふと外方を見る。
堀川「おう、あれは、うちの生徒じゃないかな?」
A、Bともに外方を見る。

12　湖上

ボートが遠くに見える。

13　一室

堀川「あれほど、注意しといたんだからまさか乗るまいとは思うけど……」
A、隣室の生徒の方へ、
A「誰か乗った者はおらんか?」

生徒「知りませーん」

先生たちは、その返事に多少安心して再び碁をつづける。

やがて三、四名の生徒が、

「先生！」

「堀川先生！」

「先生！」

と口々に言いながらドヤドヤ入って来る。

先生たち、驚いて見迎える。

堀川「何だ?」

生徒「吉田君のボートが、ひっくりかやったがです！」

堀川「吉田がボートに乗ったのか?」

と、急いで立上る。

一同階段を駈け降りる。

14　湖上

ボートが転覆して腹を見せている。

オールが流れている。

15　生徒の洋服が三着、干してある、水が滴っている

16　一室（夜）

生徒たち一同、粛然としている。
中に二名ほど、ゆかた姿——
吉田が死んで寝かされている。
顔に白布。
堀川はじめ三先生、凝然と見つめている。
生徒の中に泣き声が起る。
女中が電報を持って来る。
先生A、受取って、
A「父兄の方は、今夜の夜行にのられるそうで……」

と堀川に電報を渡す。

堀川、じっと電報をみつめている。

17　中学校の教室

生徒たちが、騒然としている。

「おい、わしの鉛筆かせま」

「なんといっとるえ、これはわしのがじゃがえ」

「ほうかいや」

生徒A「堀川先生、どうしたがや?」

生徒B「また、休んだがかなあ」

生徒C「うん、休みらしいな」

一同、急に静かになる。

代講の先生が入って来る。

級　長「起立！　礼！」

先生、一同の着席をまち、
先　生「堀川先生が休まれたので、繰り上げてわしの時間にする……四時間目が英文法、五時間目が物理……」

そして、漢文の教科書を拡げて読みはじめる。

先　生「この前の赤壁の戦のつづき……

『瑜ノ部将黄蓋曰ク。操ノ軍方ニ船艦ヲ連ネ首尾相接ス。焼イテ而走ラス可キ也ト。乃チ蒙衝闘艦十艘ヲ取リ燥荻枯柴ヲ載セ油ヲ其ノ中ニ潅ギ帷幔ニ裹ンデ上ニ旌旗ヲ建テ予メ走舸ヲ備ヘテ於其ノ尾ニ繋グ。先ヅ書ヲ以テ操ニ遣リ詐ツテ降ラント欲スルマネス。時ニ東南風急ナリ。蓋十艘ヲ以テ最モ前ニ著ケ中江ニ帆ヲ挙グ。余船次ヲ以テ倶ニ進ム。操ガ軍皆指シ言フ。蓋降ルト。去ルコト二里余ニシテ同時ニ火ヲ発ス。火烈シク風猛クシテ、船往クコト箭ノ如ク北船ヲ焼キ尽クス。烟焰天ニ漲リ人馬溺焼シ、死スル者甚ダ衆シ』」

18　堀川家の家

同僚平田先生が来ている。
午下り。
平　田「……そりゃ、まあ、あんたの気持もよう分るけど、もう一ぺん思い返して見てくれんかねえ」
堀　川「…………」
平　田「ねえ、そりゃ、あんたの責任を感じる気持は分るけど、何しろ、あの時はあんただって、引率者としての注意は十分払っとったことだし……その点は、死んだ生徒の父兄も十分了解してくれとるんだから」
堀　川「そりゃ、僕も危いと思って、注意はしたんだ。だが、もっと慎重に、もっと堅く、言いきかせたら、それでもボートに乗ろうという子供は一人もいなかったはずだ。誰だって僕の言うことは、みんなきいてくれたと思うんだ。あの級は三年間、僕が担任をしている。誰も彼も、みんなの気心を知っている。矢張りどこか僕の注意が足りなかったんだよ。不行届きだったんだよ」
平　田「しかし……あんただけが、そう深く思いつめることはないと思うんだがなあ……ねえ、どうだろう……」
堀　川「いや……色々心配してくれるのはありがたいと思うんだけど……こんどのことは、つくづく考えた上のことなんだから……」
平　田「そりゃ、もうよう分っとるんだけど……」
堀　川「兎に角、もう正式に辞表も出したことだし、校長も分ってくれとるんだから……」
平　田「そんなことは問題じゃないよ」
堀　川「いやあ……しかし……平田さん、どうか、今度のことは、このままにしておいて貰いたいんだ。僕も考えたんだが、他人の子を預るような仕事は、もう本当にこれ切りにしたいんだ……おそろしくなったんだ」
平　田「…………」
堀　川「実はこの間うちから吉田の親達のことが頭にこびりついて……僕も子供を持ってて、よく分るんだけど、せっかく、あれまで大きくして、あんな思いがけない死に方をされたんじゃ、たまらんからねえ」

平田「………」

堀川「たのしみにして出かけた子供が三日目には冷たくなって帰って来るなんて……それも、ちゃんと、付き添いの教師がついとっての上でだ……親としちゃ、全くたまらんよ。泣くに泣かれんからね……それも、君、子供心におッ母さんに、箱根細工の糸巻を買っていたんだ……僕だって、付き添いの教師をうらむよ。そんな教師に子供は委しちゃおけんよ……僕は、こんな仕事が、つくづくおそろしくなったんだ。怖くなったんだ。第一、柄じゃないよ」

平田「……しかし、あんたとしても、良平君も居ることだし、今後どうするつもりかね？」

堀川「さし当り、故郷《くに》へ帰ってみようと思うんだ……昔、親しくしていた男がいるんで、まあ、色々落着いて考えてみようと思うんだ」

そこへ、良平が学校から帰って来る。

良平「ただ今！」（そして平田を見て）

良平「今日は……」

平田「やあ、お帰り……」

良平、一隅へ行って袴をぬぐ。

堀川と平田、淋しそうにその方を見る。

19 疾走する汽車

20 汽車の中

堀川と良平が乗っている。

良平「ねえお父さん！ 上田まだ？」

堀川「うん、後四十分ばかりだ……疲れたか？」

良平「ううん……上田って大きい町？」

堀川「大きいさ、市だもの……」

良平「人口、何万やったかなあ」

堀川「うん、三万五、六千かな」

良平「繭の集散地やね……蚕糸専門学校があるがやろ」

堀川「うん、そうだ」

堀川、窓外を見る。

堀川「おい、あれが川中島だ」

21 外景

22 上田の町はずれ

23 その附近のめし屋の中

堀川と良平、親子丼を食べている。

良平「お父さん、あの家で生れたの？」

堀川「ああ」

良平「今でもお父さんの家？」

堀川「いや、今はもう違う、さっきお墓へお詣りしただろう、お母さんのお墓の隣りにお祖父さんのお墓があったろう？ そのお祖父さんが、あの家を売ってお父さんを学校へやって下すったんだ」

良平「お祖父さん呉服屋やっとったの？」

堀川「いや、お祖父さんは漢学の先生だった。ここから毎日お城へ通っておいでになったんだ……もっと裏が広くって大きい柿の木があった」

良平「ふーん」

堀川「なあ、あとでお城へ行ってみよう」

良平「ああ、行って見よう」

堀川「よくかんで食べなさい」

24 城址

二人が腰を下して眺めている。

良平「ねえ、お父さん！ 上田の町ってずいぶんちっちゃいね」

堀川「うん」

良平「もっと大きな町かと思った」

堀川「そりゃ、金沢の方が大きいさ……ありゃ日本海岸で一番大きな町だもの……なあ、お前、この町、嫌いか？」

良平「どうして？」

堀川「お父さんは、この町に住んで見ようと思うんだ」

良平「うん、ほんならここへかわって来るの」
堀川「うん」
良平「じゃ、こっちの中学の先生になるの?」
堀川「いや、先生は、もうやらん」
良平「……?」
堀川「なあ、お前にも話そうと思っとったんだが、お父さんは、もう先生は二度とやるまいと思っとるんだ」
良平「ふん、ほんならどうするの?」
堀川「どうするか分らんが、ここから二里ばかり行ったところに、お寺があって、昔仲よくしてた和尚さんがいるんだ、今からそこへ行くんだ」
良平「お父さん、坊さんになるの?」
堀川「いや、坊さんは、徳の高い方でないと、なかなかなれない……心配することはない……お前も、こっちの学校へかわることになるだろうが、どうだいいか?」
良平「うん」
堀川「まあ、我慢してくれ……そのうちには友達も出来るだろうし……どこの学校も同じことだ」
良平、あっさりうなずき、
良平「そうか、かえっていいや」
堀川「……?」
良平「お父さん、向うの中学で、ムジナやろ、だから僕のこと、ムジナの子ムジナの子って、言うもんで、とてもいややった」
堀川「うん」
良平「上田じゃまだそれ知らんもんね」
堀川「うん、それは知るまい!」

25 田舎寺の午前

さびた庭のたたずまい。

26 その縁先

堀川と和尚が蓆を敷いて碁を囲んでいる。
打ち上げて、
堀川「これで、もうないかな……ここがダメここがダメ……」
和尚の方が優勢。
和尚「坊主丸もうけか……」
と、ごっそり、あげ石をあげる。
堀川「ここところ……なるほどね……こりゃ、どうもありがとう……」
とちょっと頭を下げ、空を見て、
堀川「ああ今日はいい日曜だ……」
和尚「もう役場の方はなれたかね」
堀川「お蔭さんで大分……こんな小さい村でずいぶん子供が生れるもんだね、昨日は出生届が三つも出た」
和尚「そうかねえ……その割にゃ死なないもんだね……わしゃ坊主より産婆になりゃよかったわなあ……どれ……」
と、のびをして立つ。
和尚「良平は?」
堀川「さっき、誰かが来て蜻蛉とりに行ったよ」
和尚「ほう、もう友達が出来やしたか」
堀川「殺生が好きで困るよ」
和尚「そんでも子供は殺生が好きな位がええ」

27 寺の夜

堀川親子は間借りをしている。

堀川が網をつくろっている。

傍で良平が勉強をしている。

堀川「出来たか?」

良平「ううん」

堀川「それじゃ、明日川へ行けんぞ……そりゃ昨夜のと同じ応用問題だ」

と、のぞき込み、
堀川「またそんなことをやっとる……昨夜教えたの、もう忘れたのか、按分比例の応用じゃないか」

と解き方のヒントを与える。

良平、半のみ込みで、
良平「あ、そうか……」

とやり出すが、矢張り出来ない。

良平「あ、いけねえや」
堀川「お前はどうも、せっかちでいかん、落着いてやんなさい。中学の試験を受けようと言うのに、そんなこっちゃいかんぞ！」
良平「………」
堀川「大体、お前は落着きが足りん、中学の試験も通らんようでは仕様がないぞ！碌な者になれんぞ！」
良平「………」
堀川「お父さんは、お前さえ一生懸命でやれば、中学ばかりではない、その上の学校でもどこへでもやらしてやる」
と言い、また繕いつづける。
良平、再び一生懸命に考えてやる。
堀川「よく落着いて、よく考えて……」
良平「あ、出来た！」
堀川、のぞき込み、
堀川「うん、よろし、落着いて考えれば何のことはないだろう、うん、これでいいんだ、わけないだろう」
良平「………」
堀川「釣り道具持って来なさい」
良平、釣り道具を持って来る。
堀川「お前、糸をちょっと調べて置け」
良平、糸を調べる。
良平「お父さん、浮子これでええの？」
堀川「あ、よし……明日早く起きて、みみず掘らんといかんな」
良平「ああ、裏の無花果の下んとこに、うんとおるよ」
堀川「……今やった問題、もう忘れんなよ、あんなのが、よく出るんだぞ」
良平「ああ」
両人、釣りの支度をする

28 河原

親子で流し釣りをしている。
堀川「どうだ、試験がすんでいい気持だろう」
良平「ああ」
両人、釣りつづけるが、堀川、ふと思い出したように、
堀川「あの子はどうした？」
良平「誰？」
堀川「なんと言ったかな、そら、溜屋の息子」
良平「あ、敏ちゃん？　入ったよ」
堀川「そうか、そりゃよかった」
良平「でも、僕よく入れたね、四番出来なかったから駄目だとおもてた」
堀川「なあに、一題ぐらいは大丈夫さ……なあ、良平、お前、中学へ入れたとなると、寄宿舎へ入らんといかんな」
良平「寄宿舎？」
堀川「上田の町へは通いきれんだろう」
良平「僕だけ上田へ行っちゃうの？」
堀川「うん、その代り、一週間に一ぺんはお父さんが会いに行ってやるよ」
良平「………」
堀川「なあにすぐ慣れるさ」
良平「………」
堀川「すぐ夏休みだ、夏休みにはまた帰って来られるさ」
両人、釣りをつづける。

29 寄宿舎の遠景

はるかに唱歌がきこえる。

30 その一室

良平と生徒ＡＢＣがねころんでいる。
みんな一年生。
Ａ「おいヘンと言うのはめんどりかや？」
良平「ああ」
Ａ「コックはおんどりかや？」
良平「ああ」
Ａ「そんじゃキャットは何だや？」
良平「猫だ」
Ａ「猫の雄か雌か？」
良平「そんなこと知らねえや」
Ｃ「じゃドッグは何だや？　犬の雄か？」
Ａ「うーん英語ってめんどくせいなあ」
Ｂ「おい腹空ったな」

A
C　}「うん」
良平

B「何んてんだや、めしの上に黄色いのかかってんの?」

A「ライスカレーか?」

B「あれうめいなあ」

良平「うめいけど辛えなあ」

等と語り合っている。

三人、一方を見る。

小使が顔を出し、

小使「堀川さん」

良平、見ると、小使の後ろに堀川が来ている。

一同、かしこまる。

堀川、一同に会釈。

良平「お父さんどうしたの?」

堀川「ちょっと、町まで出て来たんで寄ってみたんだが舎監の先生にお断りして、その辺まで出て来んか」

良平「ああ」

と言い、はかまをしめ直す。

その間に堀川、A、B、C、に会釈し出て行く。

A「おい、うめいことやったなあ。小遣い貰えるだねえか」

良平「そんなに貰えるもんか。この前の日曜に五十銭貰ったばっかりじゃねえか」

B「土産忘れんとけや」

良平「ああ行って来らあ」

と出て行く。

A、B、C、ねころぶ。

C「おい、あいつの親父、渾名つけちゃいや、おい」

A「何だや?」

とBにきく。

B「おい何だや?」

とCにきく。Cは、あっさりと、

C「うん、むじなだなあ」

B「そうやなあ」

と、一同賛成。

他の生徒がドヤドヤと来て、

生徒「おい、舎前集合、草取りだぞ」

A、B、C起き上る。

B「また、草取りかや、よくのびるな、草」

31　宿屋の二階

堀川と良平がごはんを食べている。

堀川、酒を飲んでいる。

堀川「これ、うまいぞ。これ食わんか」

良平「うん……なあお父さん、今日、草取りだったんだよ。寄宿舎の廻りの草取んのとっても大変なんだよ」

堀川「じゃ、ほかの人に悪かったな」

良平「いいんだよ。お土産買って帰ってやりゃいいんだよ。ね、帰りに大福二十銭買ってね」

堀川「うん」

返事して飯をよそってやろうと手を出す。

良平「もういいんだよ」

堀川「なんだもういいのか」

良平「もう腹一ぱいや」

と立ち上って袴をゆるめる。思い出して、

良平「ああ、カレーライス食やよかったな」

堀川「食うか?」

良平「もう今日はだめだ」

と、ころがる。

堀川「おい、牛になるぞ」

良平「なってもいいや……なあ、お父さん、もう五十三寝りゃいいんだね」

堀川「夏休みか?」

良平「ね、お父さん、あの川で鮎釣れんかな」

堀川「釣れるさ」

良平「二本杉の上んとこかいぼりすると捕れるよ」

堀川「うん」

良平「ね、お父さん、夏休みになったら毎日釣りに行こうね」

堀川「うん、そうもいかんだろうが……なあ良平、今日はお前に話があって来たんだが……」

良　平「………」

堀　川「いろいろ考えたんだが、お父さん東京へ出てみようと思うんだ」

良　平「東京へ行くの？」
と、喜色。

良　平「凄えなあ！　いつ行くの？」

堀　川「いや、お前はこっちに残るんだ。学校があるんだから」
良平、がっかりする。

堀　川「お父さんもいろいろ考えてみたんだが、東京へ出て、もう一働きしてみようと思うんだ。お前も中学だけでなく、まだまだ上の学校へも行かなきゃならんのだから、お父さんはここでもう一ふんばりふんばってみようと思うんだ。お前ももう子供じゃないんだから、お父さんの言うことがよく分るだろう？　お父さんは東京へ出て働く、お前はこっちの学校に残って一生懸命勉強するんだ」
良平、涙ぐむ。

堀　川「なあ、これからはお父さんとお前と競争だぞ。お父さんに負けるな。お父さんだってまだまだ若いんだからしっかりやるぞ。お前もぼんやりしてちゃいかんぞ」
良平、悄然。

堀川、慰めるように調子を変えて、

堀　川「泣かんでもよろし。別に悲しいことじゃないぞ。なあに、これが一生の別れというのじゃなし、お父さんが先に東京へ行ってお前の学校を出て来るのを待ってるんだ。なあに、すぐ一緒に暮せるようになるさ。分ったか。おい、泣かんでもいい」
良平、うなずく。
堀川、鞄より種々の品物を出し、

堀　川「当分逢えんかも知れんから持って来たが、これがシャツ、サルマタ、チリガミ、靴下が三足、靴下はちょいちょい洗って代りばんこにはくんだぞ。その方がよくもつ」
そしてポケットより薬を取出し、

堀　川「これが風邪薬だ——腹が痛い時は、これをのむんだぞ——これから暑くなるがやたらに生水なんかのまんように、寝冷えせんように、気をつけんきゃいかんぞ、寝る時は、腹に何か巻いて、寝なさい」
銭を取出し、

堀　川「小遣——余りむだ使いするな。向うへ着いたら早速お父さんも手紙を出すが、お前も一週間に一度は手紙を書け、なあに、今までと同じ、こんどは手紙で逢うんだ。いいか分ったな？　切手はここにはいっとる。——もう泣くな——お前ももうそろそろ帰らんきゃいかんだろう。舎監の先生には何時まで許可をいただいて来たんだ」

良　平「七時」

堀　川「七時までならまだ間がある」
手をたたく。
女中が来る。
堀川、銚子を示して、

堀　川「これをもう一本」
そして良平に、

堀　川「お前、ライスカレー食うか？」

良　平「ううん」

堀　川「じゃ、お酒だけ」
と女中に言う。女中、かしこまって去る。
良平、ぼんやり考えこむ。

32　外景
田圃が見える。
——蛙の声がしきりにする。

33　東京郊外の工場

34　工場内の状景

35　その職員食堂
職員たちが昼食を食べている。

36　一隅A

がやがやと若い職員たちの雑談。

A「バスが高いんだよ」

B「定期いくらだい」

A「七円」

B「じゃ思い切って三ヵ月買った方が得だよ」

37　一隅B

A「よく食うぞ。入れ食いだよ」

B「堤防まで船で行くのかい？」

A「ああ、往復餌つきで五十銭だ」

38　一隅C

A「こんどは三振するなよなあ」

B「大丈夫だ」

C「でも、あいつの球よくシュートするからなあ」

A「あ、いけねえ、スパイク貸して、まだ返して貰わない」

39　一隅D

堀川が同僚甲と話している。

甲「そうですか、もう高等学校出られましたか」

堀川「ええ」

甲「そりゃよござんしたね。で、大学はどちらへ」

堀川「仙台なんですよ。こんどこそ東京で一緒に暮せると思ったんですが、どうも縁がなくて」

甲「そうですか、でもお楽しみですなあ」

堀川「いや、まだまだこれからですよ。しっかりやってくれればいいと思ってるんですが」

と拡声器でアナウンス。

「工務課の荒田さん、労務課の井上さん、加藤清さん……食事がすみましたら、購買組合の二階までおいで下さい」

甲、呼ばれて会釈して去る。

堀川、ひとりになって、うれしく倅を思う。

40　東京のビル街

41　ビルの屋上

日章旗。——ラジオ。

42　会社のネーム・プレート

43　事務室

大勢の社員が働いている。

タイプを打つ音。

商用電報を電話口で送っている者、等々。

課長級になっている堀川が黙々と働いている。

44　帽子かけ（会社）

帽子の列。

45　帽子かけ（碁会所）

46　碁会所内

堀川が仲間の一人と囲んでいる。

一方を見て気にする。

何回となく見る。

「ちょっと失礼」と言い、立って行く。

47　平田先生が囲んでいる

堀川、来て、

堀川「先生！　平田先生！」

平田、ふり向き「いやあ」と驚き、相手に「ちょっと、失礼」と言って立上る。

奇遇に驚き、たまらなく懐しく、

堀川「やっぱりあなたでしたか……お久しぶりですなあ」

平田「いやあ、全くどうも……妙なところでお目にかかるもんですなあ」

堀川「どうもさっきからよく似た方だと思っていましたが、まさかあなたが東京においでになるとは……」

平田「いやあ、全く妙なところでお目にかかるもんですなあ……あなたもずっとこちらで……」
堀　川「ええ……ここへはちょいちょいお見えになるんですか?」
平　田「ええ」
堀　川「そうですか、私もちょいちょいここへ来るんですが、今までよくお目にかからなかったもんですなあ」
平　田「本当ですなあ……いや、ご壮健で……」
堀　川「いや、どうも、ごぶさたしまして……」
平　田「いや、私こそ……」
おじぎし合う。

48　平田の家の一室　夕方

堀川と平田、ビールをのみつつ談笑している。
平　田「しかし驚きましたなあ」
堀　川「私も驚きましたよ。あなたが東京においでになるとは……何年ぶりですかなあ」
平　田「そうですなあ。最後にお目にかかったのが、私が上田のお寺へお訪ねした時ですから、かれこれ十二、三年になりますか……どうもすっかりごぶさたしてしまいまして」
堀　川「いや、私こそ、何しろロクに方角も分らないところへ出て来まして、ただもうその日その日を忙しく追われましたもんでいつも気にしながらどちら様へもすっかりごぶさたして……」
そこへ平田の娘ふみ子が、おかずを持って出て来る。美しい。
ふみ子「お口よごしなんですけど……」
堀　川「いや、どうぞお構いなく」
ふみ子「どうぞ」
と、お酌する。
平田、皿を見せ、
平　田「これ、もう少しないか?」
ふみ子「ええ、もう……」
平　田「あ、そう、よろし」
堀川、ふみ子を見て、
堀　川「いや、これじゃ表でお目にかかっても、とても分りませんな。いや大変ご立派で、おきれいで……おいくつにおなりで?」
ふみ子「二十一なんです」
平　田「どうもなりばかり大きくて……」
ふみ子、恥かしげ。
平田、襖の方を見る。
長男の清一少年がこっちをのぞいている。
平　田「おい坊主、こっちへ来てご挨拶しないか」
清　一「いやだよ」
と、かくれる。
ふみ子、その方を見返り、
ふみ子「清ちゃん、……」
平　田「おい」
清　一「いやだったら、いやだよ」
と、襖の向うで言う。
平　田「あれですからなあ。困ったもんですよ」
堀　川「いや、子供は元気がいいのが何よりですよ」
ふみ子、別室へ去る。

49　別室

清一、御飯を食べている。
ふみ子、入って来て、
ふみ子「だめじゃないの清ちゃん、お辞儀しなくっちゃ!」
と、清一の頭をたたく。
清一、平然と茶碗をつき出す。
ふみ子、よそってやる。
清一、手を出す。
ふみ子「なあに?」
清　一「漫画見に行くんだよ」
ふみ子「だめだめ!」
と、台所の方へ行きかける。
清一、追うように手をつき出し、
清　一「おい姉ちゃん!」
ふみ子「だめよ、お客さんにもお辞儀しないで

――」

50 一室

堀　川「で、市役所では、どう言うことを……?」

平　田「東京市の史料編纂なんですがなあ。好きでなきゃ出来ん仕事ですよ。まあ私のような老教師にはうってつけですよ」

と、笑ってビールをすすめる。

平　田「どうぞ」

堀　川「いやもう……」

と、そこへ不意に清一が出て来て、ピョコンと堀川にお辞儀する。

平　田「おお、どうした?」

清　一「漫画見に行くんだよ」

と言い残し去る。

両人、あきれて見送る。

平　田「仕様のない奴ですよ。……お宅の良平君は……?」

堀　川「いや、あいつもおかげ様で今年やっと仙台の帝大を出ましてな。もう二十五になりましたよ」

平　田「ほう、もうそんなになられましたか。で、おつとめの方は?」

堀　川「学校の紹介で秋田の工業学校の方へきまりましてねえ」

平　田「ほう、そりゃ結構で……」

堀　川「いや、妙なもので、もう一生教師はやるまい、伜にもやらすまいと思っていたのですが、矢張りめぐり合せと言いますか、何と言いますか、蛙の子は矢張り蛙で……」

平　田「いや、いいじゃありませんか。羨ましいですよ……しかし離れ離れでお暮しじゃあなたもお淋しいですな」

堀　川「いや昔からもう慣れっこですよ。あいつともずいぶん長いこと別々に暮して来ましてね、今年こそどうやら一緒になれると思ったのですが、どうも矢張り縁がないとでも言うのですか……」

平　田「しかし、あなただってお達者だし、一緒に暮す時はまだまだこれからいくらでもありますよ」

堀　川「そりゃまあそうで……」

平　田「いや本当ですよ。慾を言えばまあ限りはないけれど、良平君はもう立派になられたのだし、何と言ってもお楽しみですよ。私のところなんかまだまだこれからですからな」

堀　川「いや、子供はいくつになっても同じですよ。家の奴もうまくやってくれますかどうか」

51 秋田の工業学校の教室

化学の時間である。

教師になった良平が教えている。

52 黒板

化学方程式。

53 テーブル

方程式と合せつつ実験しながら教えている。

54 学校のはずれ　夕方

寄宿舎の初年生が五、六名。草原に腰を下している。

田圃の向うに汽車が行く。

A「あ、汽車が行か!」

B「汽車を見ると家へ帰りたくなるな」

A「あれに乗ると帰れるんだがな」

C「俺んとこ、もう少し近けりゃ汽車通学出来るんだがなあ」

B「ずいぶん長いな、あの汽車」

C「帰りたいなあ」

A「帰省願、書こうかなあ」

C「おお、今日の舎監誰だ?」

B「今日は堀川先生だ」

C「あの先生、許可くれるかなあ」

B「くれるもんか! お前この前の土曜日も帰ったばかりじゃないか」

C「だめかなあ、でも俺、弟生れたんだぞ」

55 **舎監室**

夜——良平が机に向っている。
Cが入って来る。

C「先生」
良平「何だ?」
C「帰省願書いて来ました」
良平「お前この前も帰ったなあ」
C「ああ、弟が生れたんで、家へ帰ってみたいんです」
良平「弟が生れれば、帰ったってお母さんのおっぱいのめないぞ」
C「そんなもんのみません」
良平「お父さんはお幾つだ?」
C「え——」
良平「お父さんの年を忘れちゃだめだぞ」
C「はい」
良平「兄さんは戦争へ行っておられるんだったなあ?」
C「ああ」
良平「お達者か?」
C「はあ」
良平「兄さんがおられんので家で困ってやしないか?」
C「いえ、近所の人がよくやってくれるんでそんなことはありません」
良平「そうか、そりゃありがたいな。お前もしっかり勉強しろよ。お父さんやお母さんにあんまり心配かけるなよ」
C「はあ」

Cは判を貰って去る。
入れちがいに上級生甲、乙が来る。

良平「何だ?」
甲「先生、こんどの日曜日に南寮一同秋葉山へ遠足に行くんですが、先生も一緒に行って貰えませんか?」
良平「こんどの日曜はだめだよ」
甲「そうですか、だめですか」
良平「うん、ちょっと用があるんだ」
乙「いいじゃないですか、ねえ先生、行って下さい」
良平「そうはいかんよ。親爺に逢いに行くんだ」
乙「そうですか」
甲「先生でもまだお父さんに逢いたいですか?」
良平「そりゃ逢いたいさ。そりゃいくつになっても同じことだよ」
甲「そうですか」

56 **黒磯駅のホーム**

良平が待っている。——やがて下りの汽車が入って来る。
堀川が降りる。——良平近づいて、

良平「お父さん、しばらくでした」
堀川「おお、しばらく……お前大分待ったか?」
良平「四十分ばかり……」
堀川「そうか、そりゃ大分待たせたな」
良平「お父さん何時の汽車でした?」
堀川「上野を今朝六時三十五分に出た。お前は?」
良平「ゆうべ十一時に秋田を発ちました」
堀川「そりゃ大変だったな……どうも途中で逢う約束が大分私の方に近かったな」
良平「いいえ、混みませんでしたか?」
堀川「いや、いい塩梅に坐れた」
良平「お父さん、持ちましょう」

と父の鞄に手を出す。

堀川「うん、こりゃ私が持って行こう」

両人去る。

57 **塩原　温泉宿**

その情景——

58 **浴槽**

堀川と良平が浸かっている。

堀川「ああいい気持だ」
良平「いい気持ですねえ。お父さんと風呂に入るのはずいぶん久しぶりですね」
堀川「うん、お前肥ったな」
良平「そうですか。舎監になってから、体の調子が、とてもいいんです。朝は早いし、運動もしますし……」
堀川「うん、規則正しいってことはいいことだよ」

良平「お父さんどうです？」

堀川「私も丈夫だぞ。まだ会社へ入ってから一日も休みゃせんぞ」

良平「そうですか」

堀川、良平と腕をくらべてみて、

堀川「大分お前の方が太いな」

良平「ええ」

堀川「塩原はずいぶん久しぶりだ。昔、宇都宮の中学にいた時分校長と来たことがあった」

59　宿屋の一室

夜。――両人、食事している。

良平、ビールを注いでやりながら、

良平「そうですか、平田先生、お達者ですか。もういいお年でしょうねえ」

堀川「いやなかなかお元気だよ、ちょいちょいお目にかかって碁の相手をするよ……白は持たれるけど……」

良平「そうですか。僕もちょいとお目にかかってみたいな」

堀川「お前、先生のところのおふみさん覚えとるか？」

良平「…………」

堀川「金沢にいた時分は、まだこの位だったが……」

良平「ああ、覚えてます。ちょこんとした頭して黄色い兵児帯して……」

堀川「うん、もう大変大きくなられて……」

良平「そうですか、泣き虫の子でしたが……」

堀川「そうだったかなあ……今日はずいぶんのんだぞ。いい気持だ。お前はなかなか強いな」

良平「いやあ……」

堀川「お父さんは、しかし毎晩こうは酒はのまんぞ、今日は、気持がいいので特別だ」

良平、ふいとコップをおき、

良平「ねえ、お父さん」

堀川「うん？」

良平「……実はこの間から考えてたことなんですけれど、学校よそうかと思うんです」

堀川「どうして？」

良平「東京へ行きたいんです」

堀川「どうして？　勤めが気にいらないのか？」

良平「いいえ、そうじゃないんですけど、なまじこのまま向うで勤めてしまうといつ東京へ出て行けるか分らないものですから」

堀川「…………」

良平「僕は中学の時からずいぶん長い間、お父さんと暮すのを楽しみにしていて、こんどこそ一緒に暮せると思ったら、又秋田県の方へきまってしまって、僕はもうお父さんと別れて暮すのがとてもたまらなくなったんです……そりゃ僕だって折角学校を出して頂いて、その上、こんな我儘言って申しわけないと思ってるんですが……この際東京へ出て、お父さんの傍で、仕事を見つけたいと思ってるんですが、ねえお父さん、どうでしょう」

堀川「…………」

良平「今なら東京にだって仕事はあると思うんですが……」

堀川「そりゃいかん、そんな事は考える事じゃない。そりゃお父さんだってお前と一緒に暮したいさ、だが、そりゃ仕事とは別の事だ。どんな仕事だっていい、一たん与えられた以上は天職だと思わないといかん、人間は皆分がある。その分はどこまでも尽さにゃいかん……私情は許されんのだ。やれるだけやんなさい。どこまでもやりとげなさい。そりゃ仕事だ辛いこともある。『一苦一楽相練磨し練極って福を成す者はその福初めて久し』だ。辛いような仕事でなけりゃ、やり甲斐はないぞ。それをやりとげてはじめてその福久しだ。我儘は言えん。我は捨てんけりゃいかん。そんなのんきな気持では仕事は出来ないぞ。ましてお前のはやり甲斐のある立派な仕事だ。大勢の生徒をあずかって、父兄の方はみんな苦労されて大事な息子さん達をお前に委せておられるんだ。さきざき、良くなられるも悪くなられるも皆お前の考え一つだ。お前のやる事はどんな些細な事でも皆、生徒たちにひびくのだ。軽軽しく考えてはいかん。責任のある大きい仕事だ」

良平「………」

堀川「……お父さんは出来なかったが、お前はそれをやってくれんけりゃいかん。お父さんの分までやって欲しいんだ。やりとげて欲しいんだ。離れ離れに暮していたって会いたきゃ、また、こうして会える。これでいいじゃないか。お互いにやれるだけのことをやってそれで愉しいじゃないか……」

良平「………」

堀川「しっかりやんなさい」

良平、うなずく。

父、ビールを良平についでやる。川の音。

翌日、父と子が釣っている。

60　川岸

夕方近く。

61　宿の部屋

両人、帰りの荷作りしている。

お土産などバッグに入れる。両人共もう洋服を着ている。

良平、川を見て、

良平「惜しかったなあ。もう少し時間があると、もっと釣れましたね」

堀川「うん」

良平「こんなことなら、きのうの夕方釣りゃよかったですね」

堀川「うん」

ちょっと考えて、

堀川「早いもんだねえ、逢ったと思ったらもうお別れだな」

良平「ええ、早いもんですねえ、ずいぶん長い間楽しみにしてたんですが」

堀川「まあいいさ、一晩お前とゆっくり話が出来たんだもの、とても楽しかった……お前、汽車大丈夫か？」

良平「ええ、大丈夫です」

堀川「こんどはお前の兵隊検査の時だな、逢えるのは……」

良平「そうですねえ」

堀川「なあに、またすぐだ。楽しみにしてるぞ」

良平「ええ」

堀川「体は大事にせんといかんぞ。病気などせんように……」

良平「ええ」

堀川「今時、お役に立たんようでは仕様がないからなあ」

良平「大丈夫ですよ」

堀川「うん、気をつけてくれ」

両人片づけ終って、良平はちょっと改まって、少し照れながら、

良平「ねえ、お父さん……」

堀川「うん？」

良平「お小遣いあげましょうか」

堀川「ほう、お小遣いを……私にくれるのか」

良平「ええ、少いですよ。貰って下さい……貰っていただこうと思って別にしたんですけどあんまり少いんで……」

と、紙包み出す。

堀川「そうか、じゃいただこうか」

良平「どうぞ」

と、出す。父、受取って改まって額にいただき、

堀川「いや、ありがとう……これは、持って行って、ご仏壇に上げてお母さんにもお見せしよう」

良平「ええ」

堀川「ありがとう」

と、ポケットに納う。

良　平「ねえお父さん、ゆうべは済みませんでした」

堀　川「いや……」

良　平「どうも我儘言いまして……」

堀　川「いや、私も少し言い過ぎたが、分って貰えてよかった。まあ、しっかりやってくれ。今の世の中に安閑としておっては申しわけないぞ。お父さんもやるぞ。まだまだやるぞ。な、お互いにやろうじゃないか」

62　会社事務所

社員達忙しそうである。その情景。

堀川、働いている。

そこへ給仕が来る。名刺を出しつつ、

給　仕「ご面会です」

堀川、名刺を見て、

堀　川「うん、黒川、黒川？　私に？」

給　仕「はい」

堀　川「とにかく通しときなさい」

給仕、かしこまって去る。

堀川、名刺を見て考える。立って行く。

63　応接室

堀川が入って来る。

昔の教え子の黒川と内田とが、来ている。

両人、堀川を見て立上り、おじぎする。

黒　川「先生、しばらくでした」

堀川、ちょっとの間、不審そうに見つめる。

黒　川「私、金沢の中学で先生に教えていただいた黒川保太郎です」

堀川、思い出して、

堀　川「おう」

内田も立ち上って、

内　田「私、内田実です」

堀　川「おう、これはこれは……まあ、どうぞ」

と、椅子をすすめる。

黒　川「先生もご壮健で……」

堀　川「いや、ありがとう、皆さんもお元気で……ああ、まあ、どうぞ」

両　人「ありがとうございます、失礼します」

と、かける。堀川もかける。

堀　川「いや、これはしばらくでした」

黒　川「実は先日、銀座でひょっこり、平田先生にお目にかかりまして、先生のことを伺いまして」

堀　川「ほう、そうですか」

内　田「平田先生から、すっかり伺いまして」

堀　川「あ、そうですか」

内　田「平田先生とは、よく碁をなさるそうですね」

堀　川「いやあ、先生とは中学の時分からの相手で、妙なめぐり合せで、また東京でお相手をしていますよ」

内　田「先生、なかなかお強いそうで……」

堀　川「いや、とんでもない」

黒　川「実は、私達中学の仲間が東京に十二、三人おるんですが、皆で両先生に来ていただいて、一夕の歓を尽そうというわけで……色々昔話も出ることだろうと思うんですが、ぜひ一つ先生にもご都合して出席していただきたいんですが……」

堀　川「そりゃ、どうも……」

黒　川「で、先生、いつがご都合よろしいでしょうか？」

内　田「平田先生はいつでも、よろしいんだそうですが」

堀　川「いやあ、私の方もいつでも、もう喜んで……」

黒　川「そうですか」

と、内田を見て、

黒　川「じゃ、なるべく早い方がいいからこの土曜日か、来週の水曜日あたりどうだろう」

内　田「そうだね……どちらがいいでしょう？　先生のご都合は？」

堀　川「じゃ、甚だ勝手ですが来週にしていただきましょうか」

内　田「そうですか」

堀川「実はこの土曜日あたり、伜が出て来ますもんで」
内田「ああ、そうですか、今、秋田の方にいらっしゃるとか」
黒川「良平さんとかおっしゃいましたね、もうずいぶん、立派になられたでしょうね」
堀川「いやあ……」
内田「おいくつになられましたか？」
堀川「二十五になりました。兵隊検査のついでに東京へ出て来ますもんで……」
内田「そうですか」
黒川「もう、そんなになられましたかなあ」
内田「そりゃ、先生もお楽しみですね」
堀川「いやあ」
黒川「では、大体来週の水曜ということにいたしまして、いずれ、はっきりしたことはご通知いたしますけど」
堀川「いや、どうも、まことに勝手で……そうですか、そりゃ定めし愉快でしょう」

64 堀川の家の附近

堀川、帰って来る。

65 堀川の家の玄関

堀川、入って来る——女中、出迎える。

女中「お帰んなさいまし」
堀川「ああ、ただ今……」
と、見慣れぬ帽子を見る。
女中「若旦那さまがおいでになっていらっしゃいます」
堀川「そうか」

66 一室

良平が、ワイシャツ姿でくつろいでいる。
堀川、入って来て、
堀川「やあ」
良平「お帰んなさい」
と、いずまいを直す。
堀川「やあ、早かったな。明日か明後日じゃないかと思っていた……泊らなかったのか？ 故郷へは……」
良平「ええ、和尚さんに、大分とめられたんですけど、早くこっちへ来たかったもんで……」
堀川「そうか……で、どうだった、検査は？」
良平「甲種でした」
堀川「そうか、それはよかった」
堀川、ぴたりと坐って、
堀川「おめでとう」
良平「ええ」
堀川「いや、よくやってくれた」
と、仏壇の方を見て、
堀川「お母さんに報告しなさい」
良平「ええ」
と、良平は上着をきて、別室の仏壇へ行く。
おあかしをつけ、線香を立て拝む。
父は敷居の処で、その様子を見ている。
良平、もどって来る。
堀川「いや、これで私も安心した。お前は小さい時、弱い児だったが、よく大きくなってくれた、いや、なかなか立派だ……」
堀川「こんどはいつまでいられるんだ？」
良平「十日ほど、休暇をもらって来たんですが」
堀川「そうか、それじゃ今度は、ゆっくり遊べるなあ」
良平「ええ」
堀川「頭をかったせいかこの前の時より若くなったなあ」
良平「そうですか」
父、頭を見て、
堀川「いや、まだあるなあ」
良平「ハゲですか」
堀川「覚えとるか」
良平「ええ、縁側から落ちて……」
堀川「うん、小学校へ入る前の年だったかなあ」
良平「ええ……」

堀　川「いや、よかった、『今日よりは顧みなくて大君の醜の御盾と出で立つ吾は』だ。しっかりやんなさい」
良　平「ええ……」
　両人の嬉しそうな様子。

67　大川端の料亭（夜）

68　一室の隅

69　一室
　床の間を背に堀川、平田が坐って、それを囲んで同級生達が十人ほど並んでいる。

　盃の献酬や談笑など。
　C、堀川に酌をして、
C　「どうぞ……」
堀　川「いやどうも……」
　A、平田に話しかける。
A　「ね、平田先生、覚えていらっしゃいますか？　僕は、三年の時、岩本と喧嘩して、先生に捕まって……」
平　田「そうだったかねえ」
　A、岩本に向い、
A　「なあ、おい！」
岩　本「うん」
　と、Aに答え、平田に向き、笑顔で、
岩　本「あの時は、ひどい目にあいましたよ。職員室へ立たしといて、先生忘れて先へ帰っちゃったんだからあ……」
平　田「そうだったかねえ、そりゃ、どうもすみませんでした」
　一同、その問答に笑う。
　D、思い出したように、
D　「堀川先生にも、よくおこられましたよ、居眠りしてては、よく見つけられて……」
堀　川「そうそう、あんたは授業中よく居眠りをしましたな」
E　「先生、こいつの居眠りは、今でも会社で有名ですよ、先生、しかってやって下さい」
D　「おい、馬鹿なこと言うなよ」
　一同、笑う。

　誰かが「おーい」と合図する。

　一同、席へもどる。

　黒川、立ち上る。

黒　川「ええ僣越ながら、ちょっとご挨拶申しあげます。今夕は両先生ともお忙しいところを、わざわざお出で下さいまして、吾々一同甚だ喜びにたえない次第であります。厚くお礼申し上げます」

　一同、拍手。

黒　川「ええ、中学を出まして、ここに十有幾星霜、はからずも本夕、一堂に会しまして、一夕の歓を尽すことを得ましたのは欣快、これに過ぎんものであります……ええ、両先生にもこれをご縁に、今後共よろしく、ご指導のほどを吾々一同お願いいたす次第であります。どうか、何もありませんが、沢山とめし上って、昔の中学生に返って大いに愉快にやっていただきたいと思います」

内　田「ちょっとご報告申しあげます。この他にもう後、二名みえるはずなんですが、佐々木君は急に、会社の出張で……神戸から電報が来ております『リョウセンセイノゴケンコウヲシュクシゴセイカイヲイノル』……それから、中西君からは電話がありまして先ほど男のお子さんがお産れになったそうで……母子共に健全、目下取込み中、ちょっと遅刻の由であります」

　一同、拍手。

平　田「ほう、それはおめでたい」

内　田「え、それから木下君、前田君、村松君は目下応召中、それぞれ、盛んに活躍されております」

　一同、拍手。両先生、立ち上る。

堀　川「では、まずお三方の武運長久を、お祈りいたしまして、盃をあげたいと思います」

　一同、立って、乾盃し、坐る。

堀川と平田、何かささやき合っていたが、堀川、立上る。

堀　川「ええ、この度は私共をかくまでも盛大に、おまねき下さいまして、まことに感謝にたえない次第であります。皆さんの昔に変らぬ、お元気なお顔を拝見しまして、こんな嬉しいことはございません。私も昔、皆さんから、ムジナと呼んでいただきましたが……」

一同、拍手。

堀　川「大分、ムジナも年をとりまして、ただ今ではかえって皆様方のご指導をあおぎたく思っている次第であります。どうか皆様もますます、ご壮健にますますご奮闘、職域奉公の実をあげられんことを願う次第であります。甚だ、簡略ながら御礼かたがた、ご挨拶申し上げます」

と会釈して着席する。一同、拍手。

つづいて平田先生立つ。拍手。

平　田「ええ、私の申し上げたいことは、ただ今の堀川先生のお言葉に、もうすっかり尽きております、どうか、ムジナに、おとらず、この鶏も、よろしくご指導のほどをお願いいたします。それから、ついでと申し上げては失礼でございますが、ちょいと皆様に、御報告申しあげます。ええそれは今度堀川先生のご子息、良平君が目出たく徴兵検査に甲種合格されまして、ええ、堀川先生もご満足でこれはまことに名誉なことで皆様にも、共に喜んでいただきたいと存じます」

と会釈して着席。

同窓生達が口々に、

「先生、お目出とうございます」

「おめでとう存じます」

という。

堀川、ニコニコと会釈。黒川、立上る。

黒　川「では、堀川先生のご子息のために乾盃いたします」

一同、立上る。

黒　川「おめでとうございます」

一同、乾盃する。

堀　川「皆さん、ありがとう！　伜も喜ぶでしょう。よく申し伝えます。ありがとう！」

と坐って、平田に会釈する。

それを機会に座がややゆるみ、二、三名、両先生の前に盃をもってやって来て、盃をさす。

黒　川「まあ、どうぞ」

堀　川「いや、どうも」

黒　川「しかし先生、本当にしばらくでした。先生が東京においでになるとは思いませんでしたよ」

内田、平田先生に、

内　田「先生、どうぞ」

平　田「いやありがとう……大変立派になられて……君は、もう奥さんは？」

内　田「ええ、ありますよ」

と答え、一同を振り返り、

内　田「なあ、おい、大概あるなあ」

Ｅ「うん」

平田、感にたえぬ面持で、

平　田「そうですかねえ」

そして、大きな声で一同に言う。

平　田「ええ、皆さん！　奥さんをお持ちの方は手をあげて」

全部手をあげる。

平田「ほう」と感心して、堀川に、

平　田「独身者は、あんたと私だけだ」

堀　川「そうですねえ」

平田、更に一同に向って、

平　田「お子さんのおありの方は手をあげて……」

大部分が手をあげる。

両先生、感心する。

平　田「ほう、これはおめでたい……二人おちの方は手をあげて！」

二、三名が手をあげる。

平　田「三人の方は？」

誰も手をあげない。

平　田「さすがにまだ三人のお方はないなあ」

いきなり一方から声があって、
「先生！」
両先生、その方を見る。
一人の男が手をあげている。
男「四人！」
両先生、驚く。
平田「ほほう、これはおめでたい……なあ堀川さん！」
堀川「……？」
平田「しかし、早いもんですなあ」
堀川「ええ」
平田「みんな、もう、お子さんがおありで、活躍しておられるんだからなあ」
堀川「ええ、早いもんですねえ」
盃の献酬が盛んになる。
「先生、どうです」
堀川「いや私はもう十分いただいて……」
「まあまあ」
とかわるがわる、両先生に酒をすすめる。
平田、感慨にたえず堀川に、
平田「しかし、世の中のことなんて分らんもんですなあ」
堀川「いや、全くねえ」
平田「あんたがあの修学旅行の事件でやめられて、それから十何年かたった今日、また、皆なと一緒にこうやって愉快に、やっとるんですからなあ」
堀川「全くねえ妙なもんですなあ……私が学校をやめて故郷へ帰るとき、会をやって下すって、あなたが詩をうたって下すったことがありましたなあ」
平田「そうそう、そうでしたなあ」
堀川「あの時のことをよく思い出すんです、浅野川の河原に月見草が綺麗でしてねえ……」
平田「そうでしたなあ」
堀川「ほろりとしましたよ、あの時の詩には」
一同、それを聞いていて、
黒川「先生、詩吟をおやりになるんですか？」
堀川「そりゃ、もう大変お上手ですよ」
黒川「そりゃ、おききしたいなあ」
内田「そりゃぜひ、きかして下さい」
他の者も「お願いします」口々にいう。
平田「じゃ、やりましょうか……元気のいいところをひとつ」
一同、拍手。
拍手終って、先生、坐り直し、朗々と藤田東湖の「正気歌」を吟じ出す。
「天地正大気　粋然鍾神州
秀為不二嶽　巍々聳千秋
注為大瀛水　洋々環八洲
発為万朶桜　衆芳難与儔
凝為百錬鉄　鋭利可断鑿
盡臣皆熊羆　武夫尽好仇
神州孰君臨　万古仰天皇
皇風洽六合　明徳侔太陽
──　──　──」
一同、ききいる。

70　大川端の夜である

71　夜の道

堀川がお土産をもって、いい気持で帰って来る。

72　堀川の家　玄関

堀川、入って来る。──女中、出迎える。
女中「お帰んなさいまし」
堀川「や、ただ今……遅くまですまんな」

73　一室

親子二組、敷いた蒲団の上で、良平が本を読んでいる。
堀川がいい機嫌で入って来る。
良平「ああ、お帰んなさい」
堀川「まだ、起きていたのか」
良平「ええいかがでした？」
堀川「や、今日は、なかなか愉快だった」
良平「そりゃ、よかったですね」

堀川、自分の蒲団に坐って、

堀川「昔の連中が、皆な立派になっていてよくやってくれたよ」

良平「そうですか」

堀川、煙草をくわえる。

堀川「いや、ありがたいもんだ……大したことも出来なかった昔の教師を忘れないで、何から何まで、よく気がついて……よくやってくれて、嬉しかったよ……いや、今日は愉快だった」

良平「沢山集ったんですか？」

堀川「うん、皆なお前のことも大変喜んでくれて……嬉しかったよ」

良平「そうですか」

堀川「まあ、お前も皆さんに、劣らんようにしっかりやってくれ」

良平「ええ」

堀川「いや、人間なんて、何でも出来るだけのことはしとくもんだ」

と、上着をぬぎながら、ふいと、

堀川「お前あの、平田先生のとこの、ふみさん、どう思う？」

良平「どうって？」

堀川「いや、お前のお嫁さんに、どうかと思ってるんだ」

良平、てれる。

良平「いやあ、まだまだ」

堀川「いや、ふみさんなら、私も気にいってるし……平田先生からも話があったんだが……」

良平「…………」

堀川「田舎で一人だと何かにつけて不自由だろう」

良平「…………」

堀川「どうだね……え？」

良平、下を向いたまま、

良平「ええ、お父さんにおまかせします」

堀川「まかすか……そうか……そうなりゃ私も安心だ……ああ、酔った」

と自分の肩をたたく。

堀川「良平！　おひや一杯くれんか」

良平「ええ」

と去る。

一人になった堀川は、なおも満足そうに、吾が身を撫し、

堀川「ううん……ああ、いい気持だ、ううん……」

74　堀川の家の庭

朝陽が当っている。

ラジオ体操が聞える。

75　一室

堀川、出勤の支度、ネクタイをしめている。良平、傍で新聞を見ている。

堀川、フト振り返って、

堀川「今日はどこへ行く？」

良平「神田へ行こうと思ってるんです」

堀川「また神田か？」

良平「ええ、化学の本を探してるんですけど……この間一つめっけたんですが表紙がとれていて汚なかったものですから……今日探してみて、なきゃそれ買って来ようと思うんです」

堀川「ふーん……一度上野の博物館も見ときなさい、仲々いいものがある」

良平「そうですか」

堀川「十銭であれほどいい物の見られるのは他にはあるまい、ちょうど今、崋山のものが大分出ている」

良平「そうですか」

堀川「見て来なさい、よく見りゃ分るが仲々どうして、昔からの日本の物には深い味わいがある」

良平「ええ行ってみましょう」

堀川、フト思い出したように、

堀川「あ、今日は帰りに平田先生をお連れして来るから、お前もなるべく早く帰って来なさい」

良平「ええ」

と、急に恥かしくなり立ち上って出て行く。

76　裏庭

良平、やって来て、心も軽く口笛を吹くと、女中の声で、

女中「若旦那様！」

良平、振り向く。

女中、不安の面持で、

女中「あの旦那様が……」

良平「うん？」

女中「何んですか、ご様子が変で……」

良平、おどろき、慌てて引っ返して行く。

77　一室

堀川、テーブルのそばに坐っている。

良平、やって来る。

良平「お父さん、どうしたんですか？」

堀川「うん、なんだか変だよ」

良平「どうなすったんです！」

堀川「いや、ちょっと苦しくなってな……」

良平、心配そうに、

良平「お父さん大丈夫ですか？」

堀川「大丈夫だ……」

と言うが、やはり何となくだるそうである。

良平「お父さん、大丈夫ですか？　今日はお休みになったらどうです？」

堀川「いや、大丈夫だよ……わしは今まで一度も会社を休んだことがないので……」

と起ち上りかけるが、矢張り耐え切れず、ふらふらとテーブルにもたれる。

良平、あわてて、

良平「お父さん！　お父さん！」

堀川「いやあ……なんだか変だよ」

良平、振り返り女中に、

良平「おい急いでお医者さんを呼んで来てくれ」

女中、急ぎ去る。

良平「お父さん！」

堀川「うん……ちょっと洋服を脱がしてくれ」

堀川、苦しそうである。

良平、顔色を変え、脱がしてやりながら、

良平「お父さん！　大丈夫ですか？　お父さん！」

78　庭の情景

ラジオ体操がきこえる。

79　病院の中庭（真昼）

80　病室

堀川が横《よこたわ》っている、死期が迫っているようす。

ベッドの向う側に、医者と看護婦が二名。

こちら側に枕に近く良平、つづいて平田、ふみ子が並んでいる。

医者は注射を打った後のようすで、堀川を見守っている。

堀川、苦しそうにうなる。

良平、たまらなそうに、

良平「お父さん！　お父さん！」

堀川「うーん……」

良平「分りますか？」

堀川「……うん」

良平「平田先生、いらっしゃるんですよ」

堀川、半ば意識不明のように力なく、

堀川「うん……いやこれはどうも……」

平田、心配そうに乗り出して、

平田「堀川先生！　堀川先生！　しっかりして下さい！」

堀川「ありがとう……」

堀川、いよいよ力がなくなる。心配そうな一同の顔。

良平「お父さん！」

堀川「――うん……いい気持だ……睡いよ、とても睡い……」

良平「お父さん！」

堀川「うん……悲しいことはないぞ……お父さんは出来るだけのことはやった」

一同、無気味な沈黙。

堀川、様子が変る。

良　平「お父さん！　お父さん！」

と呼び、絶望的に見つめる。

医者、聴診器で心音を聴いていたが、静かに聴診器をはずし、手早く時計を見て、厳粛な顔で、

医　者「三時十六分……どうも力及びませんでして……」

と、一同の方へ頭を下げる。

ややあって、ふみ子、急に泣声をあげる。

良平、凝然と父を見つめていたがさっと身を翻して出て行く。

平田、見送るが、再び堀川の死顔に眼を落す。

81
廊下
良平が壁に額をつけて泣いている。
やがて平田がやって来る。良平の肩を叩き、

平　田「良平君、泣かれることはない……お父さんは立派なご最期だった。──生きている間に、出来るだけのことをやった方でなければ、あんな見事なご最期は出来るもんじゃない……堀川先生は実に立派なお方だった。あんたはあんないいお父さんをお持ちになってお仕合せだった……ねえ、泣かれることはない！」

良平、一層切なく窓の方へ行って声をあげて泣く。

平田、動かず、これも泣けて来る。

82
病院の中庭
草花に、陽がさんさんとあたっている。

83
走る夜汽車の中
描写──寝ている子供、お婆さん等々。
良平に、ふみ子が向い合って揺られている。
良平、ぼんやり窓外を見ている。

ふみ子「……ねえ、清ちゃんもう寝たでしょうか？」
良　平「清ちゃん、きっと淋しがってるぞ。明日からお父さんも、何かとご不自由だろう」
ふみ子「…………」
良　平「ねえ、良かったら、お父さん達にも秋田の方へ来ていただこうじゃないか」
ふみ子「ええ」
良　平「みんなと一緒の方が賑かでいいからなあ」
ふみ子「ええ、そうですね」
良平、しんみりとなって言い出す。

良　平「僕は子供の時から、いつも親爺と一緒に暮すのを楽しみにしてたんだ……それが到頭一緒になれず、親爺に死なれてしまって……でもよかったよ、たった一週間でも一緒に暮せて……その一週間が、今までで一番楽しい時だったよ」

ふみ子、言葉なくうなずく。

良平、思い出深げに、

良　平「いい親爺だったよ……」

と言って、泣けそうになる顔を窓外に向ける。

フトふみ子を見る。

ふみ子、泣いている。

良平、再び窓外に眼をそらす。

84
走って行く汽車
山明り、向うの山が夜空に浮いている。

──完──

作品解題

懺悔《ざんげ》の刃《やいば》　一九二七年（昭和二年）

小津安二郎のデビュー作、かつ唯一の時代劇であるが、これには聊かの経緯がある。

撮影助手の小津が蒲田撮影所の満員の食堂でカレーを注文したところ、後から注文した監督の牛原虚彦にボーイが先にカレーを運んできた。これに憤慨した小津は、「『順番だぞ』と叫んだ。助手は後まわしだと誰かが言った。何を！　とその誰かを見定める間もなく立上って殴ろうとした」（キネマ旬報　一九五〇年三月上旬号）という事件を起こしたのである。

しかし、この件で撮影所長の城戸四郎に呼ばれ、それが契機で『瓦版かちかち山』の脚本を執筆することになる。一九二七年八月、城戸にこの脚本（下巻、五〇七～五一八頁に収録）が気に入られ（井上金太郎監督が荒田正男の台本で映画化、下巻解題参照）、監督に昇進する。辞令は「監督ヲ命ズ　但シ時代劇部」。当時、蒲田では現代劇部が中心だった。

自らの原作に、のちの名コンビである野田高梧の脚本を得て、すぐに『懺悔の刃』の撮影に入った小津だが、まもなく予備役の演習召集を受ける。撮り残しのファーストシーンを先輩（年齢は小津が上）の斎藤寅次郎に依頼して、九月二十五日、三重県津市の歩兵第三十三聯隊第七中隊に入隊。十月に除隊して、十月十四日、浅草電気館で封切の処女作を観るものの、自分の作品のような気がしなかったという。

しかし当時の朝日新聞の映画記者、杉山静夫は、「『懺悔の刃』（松竹映画）。蒲田に〝新人〟現はる。その名は小津安二郎。この青年の将来、十分に刮目の要あり！」と、そのコラムに書いたそうである。さらに又、「中身はいたって平板なメロドラマで、その前年かに封切られて純情なファンを感涙に噎《むせ》ばせたジョージ・フィツモーリスの作品で『キック・イン』というのがあり、それをそっくり下敷きにしたような江戸の小泥棒物語。前科者に冷たい社会の非情を衝いたものだったが、主役の吾妻三郎とかいう二枚目と美少年小川国松の二人を包む何ともやり切れない暗鬱な雰囲気と感傷的な愛情の交流が、当時の日本映画にはほとんど予想もできなかったスマートな技法で（殊にそのカット・バックの冴えで）物の見事にうたいあげられていたのにガク然としたのである」（キネマ旬報　一九六四年二月増刊「小津安二郎・人と芸術」）と回想している。

十一月、時代劇部は京都下加茂撮影所に合併されるが、小津は蒲田に残り、以後現代劇の監督ができるようになる。

なお、この作品の脚本、ネガ、プリントは現存しておらず、本全集ではそのような作品は当時のキネマ旬報等の略筋と批評、小津自身の言葉を引用して収録している。

＊

松竹蒲田　時代映画

［スタッフ］原作＝小津安二郎／脚色＝野田高梧／撮影＝青木勇

［キャスト］木更津の佐吉＝吾妻三郎／木鼠の石松（弟）＝小川国松／真鍋藤十郎（同心）＝河原侃二／山城屋庄左衛門＝野寺正一／娘お八重＝渥美映子／乳母お辰＝花柳都／居酒屋の娘お末＝小波初子／くりからの源七＝河村黎吉

脚本、ネガ、プリントなし

S（＝サイレント）7巻、1919m（七〇分＝以下、上映時間はトーキー回転で換算している。サイレント回転では三割ほど時間が長くなる）

白黒・無声

十月十四日　電気館公開

若人の夢　一九二八年（昭和三年）

早く監督になりたいという気持ちはなかったために、会社からの企画を六、七本断ったあげく、ようやく自身のオリジナル脚本で現代劇が撮れることになった。W大学生を主人公とする青春喜劇である。北川冬彦によれば、岡田（斎藤達雄）と恋人美代子（若葉信子）の二人が公園で過ごすシーンに、岡田がビスケットでI love youと書くと、もじもじしていた美代子がw.c.と書いてトイレに駆け込むところがあったという。

この第二作は四月に着手され、同じ月の二十九日に封切られた。この作品より撮影技師・茂原英雄とのコンビがはじまり、厚田雄春がその助手につく。大部屋俳優・笠智衆の出演もこの作品からである。

なお、この作品の脚本、ネガ、プリントも現存していない。

*

松竹蒲田

［スタッフ］原作・脚色＝小津安二郎／撮影＝茂原英雄

［キャスト］W大学生岡田長吉＝斎藤達雄／その恋人美代子＝若葉信子／W大学生加藤兵一＝吉谷久雄／その恋人百合子＝松井潤子／岡田の父＝阪本武／洋服屋古川＝大山健二

脚本、ネガ、プリントなし

S5巻、1534m（五六分）

白黒・無声

四月二十九日　電気館公開

女房紛失　一九二八年（昭和三年）

雑誌「映画時代」の脚本の懸賞募集に当選した作品（原作は高野斧之助、脚本は吉田百助）の映画化で、松竹蒲田が新人監督の習作を兼ねてつくらせていた五巻物（一時間弱）喜劇。おもに二本立て、三本立てなどの併映用であって、出来が悪いと上映されないこともあった。

この作品は六月十五日に封切られている。探偵役の国島荘一に上山草人やチャップリンの真似をさせたり、自動車にはねとばされてまた無事に自動車に落ちてきたりと、スラップスティック調だったという。お仕着せの企画で、小津は気に入っていない。世評も高くなかった。この作品も脚本、ネガ、プリントは現存していない。

*

松竹蒲田

［スタッフ］原作＝高野斧之助／脚色＝吉田百助／撮影＝茂原英雄

［キャスト］彼（譲次）＝斎藤達雄／彼女（由美子）＝岡村文子／名探偵（車六芳明《しゃろくほうめい》）＝国島荘一／泥棒（有世流帆《あるせるぱん》）＝菅野七郎／伯父（外科院長）＝阪本武／探偵の助手＝関時男／譲次の妻曜子＝松井潤子／バナナ屋＝小倉繁

脚本、ネガ、プリントなし

S5巻、1502m（五五分）

白黒・無声

六月十五日　電気館公開

カボチャ　一九二八年（昭和三年）

山田藤助（斎藤達雄）とかな子（日夏百合絵）の夫婦に、阪本武の社長という配役。家では毎日カボチャばかり食べさせられ、出勤してもカボチャがらみの出来事につきまとわれる、というカボチャぜめのサラリーマンの悲喜劇である。ネガ、プリントはもとより、当時売れっ子の北村小松の脚本も現存せず。この作品は、キネマ旬報三一二号（十一月一日号）で絶賛されている（評者・岡村章）。

*

松竹蒲田

［スタッフ］原作＝小津安二郎／脚色＝北村小松／撮影＝茂原英雄

［キャスト］山田藤助＝斎藤達雄／その妻かな子＝日夏百合絵／長男一雄＝半田日出丸／妹ちえ子＝小桜葉子／社長＝阪本武

脚本、ネガ、プリントなし

S5巻、1175m（四三分）

白黒・無声

八月三十一日　電気館公開

引越し夫婦　一九二八年（昭和三年）

この映画の原作者に菊地一平とあるが、潤色した伏見晁によれば本当の原作者は「大野寅平」だという。大久保忠素・野田高梧・斎藤寅次郎・五所平之助の四人の名前から一文字ずつ採った合成ペンネームである。彼らの原案を伏見が脚本にして会社に提出したらしい。この脚本が残っていないと書いてある資料もあるが、川喜多記念映画文化財団には保存されており、収録することができた。但し、小津によれば「撮り上げてから大分短く切られてしまった」という。たしかに脚本に比べると上映時間は短すぎる気がする。この映画もネガ、プリントは現存していない。

＊

松竹蒲田
［スタッフ］原作＝菊地一平／潤色＝伏見晁／撮影＝茂原英雄
［キャスト］藤岡英吉＝渡辺篤／その妻千代子＝吉川満子／家主甚兵衛＝大国一郎／息子清一＝中濱一三／薬屋の娘春子＝浪花友子／集金人服部＝大山健二
脚本のみ現存、ネガ、プリントなし
S3巻、1116m（四一分）
白黒・無声
九月二十八日　電気館公開

肉体美　一九二八年（昭和三年）

この映画も伏見晁が脚本を担当したが、彼によればシーンの構成から会話の細部に至るまで小津が全面的に手を入れ、換骨奪胎したという。従って映画は本書に収録した撮影台本とかなり異なっている可能性もあるが、残念ながらネガ、プリントは現存していないので、確認のしようがない。資料によってはこの作品も脚本が残っていないとあるが、川喜多記念映画文化財団に保存されている。

貧弱な体格の高井一郎（斎藤達雄）をモデルとする女流画家の妻律子（飯田蝶子）が、肥満した砲丸投げ選手遠山（大山健二）に夢中になるところ、立場の逆転した高井が妻律子のスードに目を光らせるところなど、脚本を見る限りでは、後の小津からは想像もつかないお色気ホーム・コメディである。

キネマ旬報三一八号（一九二九年一月十一日号）の内田岐三雄によれば――

「これは監督者小津安二郎の心境である。この映画の脚本は、監督者の扱い如何によっては、所謂『蒲田独特脱線喜劇』と称する穴塞げ映画に成り兼ねないものである、其の可能性が多大であったのである。が、こうした馬鹿気た事への転落は、監督者小津安二郎によって確かに喰止められた。この監督者は、このどうにでもなる脚本に、本格的な扱いを以って接した。彼はそれを正面から押して行ったのである。そしてこの内に可成り深くまで己れの心境をひたし込んだのである。それは、一種の「微笑まれたる寂しさ、やるせなさ」である。妻君の為めには画のモデルとなり、そしてまたこの走り使いをし、家事万端の仕事をする事を余儀なくされている、哀しき生存たる夫の悲喜劇である。それは人をして微笑ませる。人をして寂しさに微笑ませる。哀しき彼なるが故に微笑ませる。やるせない男は、我にもあらで道化服を着る。その横顔はうら淋しい。すねても見ようが、はかない反抗をして見ようが、時には空を仰いで口笛を吹いても見ようが、所詮は哀しい彼である。秋の夕暮、ひとり男ありて秋刀魚を焼けば、おのずと涙流す彼である。が、世は総てからくり仕掛けである。一朝、めざむれば彼は有名なりき矣。彼はそこで家に納まる。妻君は、今度は画筆を棄てさせられる。画を描くのは彼だからである。そして妻君は夫の為めのモデルになるからである。――所で、此処まで読んで来られた読者は思われるだろう。これは、一つの小家庭を天地とした小味のものだろう、と。その通り。これは小津安二郎の心境である。そして本格的に扱ったとはいえ、これは依然として小味に止る。が、この監督者はまだ若い。未だ幾本と数える位にしか映画を撮ってはいない。が、とまれ、此処で彼は一先ずその路程標に達したのである。彼が本当に歩き出すのは、これからである、と言って差支ないと思う。そして監督の技術方面においても、彼は術を弄さず、奇を衒わず、細心そして周到に物語を進める。そのテムポと、その適度のキャメラの動きと、身に備った或る種の風格があるのを見る。主演者斎藤達雄は、この監督者の意を体して可成りに迄、味を出していた。が、時として彼が充分の味を出し得なかったのは、彼が未だ若いからである。飯田蝶子は達者なものである。そして、いつもの珍芸を見せなかったことは、監督者の抑制によろしきを得た故であろう。その他、端役の人々が、いずれもいい感じを出していたことを特記する。キャメラは明るくて好調子を見せた」

小津はこの批評を「名文の批評」と呼んだ。また小津自身も後年、「僕の作品でどうにか格好がついて来たというのは、この写真あたりからじゃないかな。会社がはじめて僕を認めてくれたのはこの作品だったよ」と語っている。

＊

松竹蒲田
［スタッフ］原作・脚色＝伏見晁／撮影＝茂原英雄
［キャスト］高井一郎＝斎藤達雄／その妻律子＝飯田蝶子／大倉傳右衛門＝木村健児／学生遠山＝大山健二
脚本のみ現存、ネガ、プリントなし
S5巻、1505m（五五分）
白黒・無声
十二月一日　電気館公開

宝の山　一九二九年（昭和四年）

撮影台本の表書きには『宝の山』の次行に〝モダン梅暦〟とあった。無論、為永春水の人情本『春色梅児誉美』のパロディを原作の小津は試みたのであろう。脚色は伏見晁だが、主人公の名は丹次郎、芸者屋の居候という点も共通であり、内容的にも芸者同士の三角関係が描かれている。しかし、丹次郎の本命が金持ちのモダンガールであるという点が〝モダン梅暦〟たる所以であろう。岡村章によって「ゆるやかなテンポを以て語られる低徊趣味的な退屈、さうして申分のない叙述表現のコンティニュイティ」と評されている。この映画を、小津は五日間徹夜で完成させた。

主人公を演じたのは小林十九二で、この後『大学よいとこ』の就職浪人西田、飛んで戦後『彼岸花』の同窓会シーンにも出演している。また、芸者屋の女将を演じた飯田蝶子は当時蒲田二業地で実際に芸者の置屋をしていたので、小津は遊びがてら取材に行ったという。

＊

松竹蒲田
［スタッフ］原作＝小津安二郎／脚色＝伏見晁／撮影＝茂原英雄
［キャスト］丹次郎＝小林十九二／芸者染吉＝日夏百合絵／芸者麦八＝青山萬里子／モガ蝶子＝岡村文子／芸者屋の女将＝飯田蝶子／芸者小浪＝浪花友子／若勇＝若美多喜子／女中お竹＝糸川京子
脚本のみ現存、ネガ、プリントなし
S6巻、1824m（六七分）
白黒・無声
二月二十二日　観音劇場公開（二月七日　大阪・朝日座公開）

若き日　一九二九年（昭和四年）

「学生ロマンス」の副題がつく。都の西北とあるから、恐らく早稲田大学であろう。大学生を主人公とした、後年の渋い小津作品からは想像もつかない明朗な青春喜劇である。この映画も伏見晁の脚本だが、実際のフィルムを見るとかなり異同が目に付く。シナリオの冗長な部分を小津が刈り込んで撮影したのかもしれない。そしてかわりに、渡辺（結城一朗）が帰りがけに牛乳をちょろまかすシーンなど、撮影台本には細かい動きが万年筆で加筆されており（映画にもそのまま生かされた）、より作品に奥深さを増している。

実際のフィルムを見る、と書いたが、この小津監督作品八作目は、現存するフィルムでは一番古いものである。俯瞰によるパノラミック・ショットや、光と影を効果的に用いた表情のアップなど、後にはやらなくなる撮り方も見られて興味深い。脚本を読むかぎりでは軟派学生である渡辺にはけっして好感は持てないが、映画を見れば結城一朗が好演し、むしろ爽やかでさえある。また真面目な学生山本（斎藤達雄）のボケ役も見事。スキー場の宿屋ではしゃぐ学生の一人には笠智衆もいる。また、撮影の茂原英雄の家が赤倉の旅館だったので、撮影のさいは皆でスキーを楽しんだという。

なおアメリカ映画『第七天国』（"*Seventh Heaven*"一九二七年十一月に日本公開された、フランク・ボーゼージ監督のメロドラマ。第一回アカデミー監督賞、脚本賞、主演女優賞）のポスターを見て質屋に行くシーンがあるが（S68《シーン》）、これは『第シチ天国』というシャレ。深読みしないと今の観客には理解できそうもない。

＊

松竹蒲田

［スタッフ］原作・脚色＝伏見晁／潤色＝小津安二郎／撮影・編集＝茂原英雄／監督補助＝小川二郎、深田修造／撮影補助＝九里林稔、厚田雄治、山口辰雄／配光＝中島利光／撮影事務＝金森哲／現像＝納所歳巳、阿部鉉太郎／舞台設計＝脇田世根一／装置＝田中米次郎、角田民造／装飾＝川崎恒太郎、松原松之助／列車製作＝関五郎／タイトル＝堀川善一

［キャスト］学生・渡辺敏＝結城一朗／学生・山本秋一＝斎藤達雄／千恵子＝松井潤子／千恵子の伯母＝飯田蝶子／下宿の内儀＝高松栄子／その息子勝二＝小藤田正一／教授・穴山＝大国一郎／教授＝坂本武／スキー部主将・畑本＝日守新一／学生・小林＝山田房生／学生＝笠智衆、小倉繁、一木突破、錦織斌、蜂野豊夫

脚本、ネガ、プリント現存

S10巻、2854m（一〇四分）

白黒・無声

四月十三日　帝国館公開（四月十日　大阪・朝日座公開）

和製喧嘩友達　一九二九年（昭和四年）

この映画のフィルムが二十一世紀を目前としてようやく越後湯沢で発見されたことは、たとえ部分といえども、全国の小津映画ファンの興奮を呼んだ出来事であった。東京国立近代美術館フィルムセンターの協力を得て、野田高梧の台本をフィルムから復元して収録することができた。なお、復元にあたっては細心の注意を払ったが、実際のフィルムをご覧になった方からのご指摘は謹んでお受けしたいと思う。

シナリオには部分しか収録がかなわなかったので、ここであらためてストーリーのあらましを書いておきたい。

トラックの運転手として働く留吉（渡辺篤）と芳造（吉谷久雄）は親友だった。ある日二人は、危うく轢きそうになった娘お美津（浪花友子）が宿無しなのを知り、自分たちの家に引き取ることにする。翌朝、お美津の美しさに気づいた二人は一目惚れ……そして二人の間に「喧嘩」が発生。だが、お美津は近所の下宿学生・岡村（結城一朗）に好感を抱いていた。二人はそのことを知ってあきらめかけるが、芸者と連れだって歩く岡村の姿を見て憤慨、お美津に岡村との交際を禁じる。幾日か過ぎ、二人の家に芸者君松（若葉信子）が訪ねてきて、岡村の姉を名乗る。弟の就職が決まり、弟の嫁にお美津が欲しいという。誤解が解け、二人はお美津に結婚を許す。岡村とお美津を乗せた列車に並行して走るトラックに、門出を祝う留吉と芳造の姿があった——。

岡村章の評を引用しよう。「物語は平坦、劇的な刺激の少ない内に、一流のテンポと、絵画的なコムポジション、シネマ的なタッチを持って小さい世界を描いている。然しこの小品には明らかな生活断層がみられる。この断層は常に朗らかであり、健かであり、近代的である」。

タイトルに「和製」とあるのはもとはアメリカ製であるという意味で、コメディ監督リチャード・ウォーレス（一八九四～一九五一）による『喧嘩友達』が一九二七年に公開されている。若い娘をめぐっての恋の鞘当てが展開される（ウォーレス・ベアリーとレイモンド・ハットンの弥次喜多もののような）コンビ喜劇の典型で、タイトルそのものに小津のアメリカ映画への憧れが如実に現れているといえよう。

＊

松竹蒲田

［スタッフ］原作・脚色＝野田高梧／撮影＝茂原英雄

［キャスト］留吉＝渡辺篤／芳造＝吉谷久雄／お美津＝浪花友子／岡村＝結城一朗／おげん＝高松栄子／事務員富田＝大国一郎／芸者君松＝

若葉信子
脚本、ネガなし、プリント（一部）現存
S7巻、2114m（七七分）
白黒・無声
七月五日　帝国館公開（七月三日　大阪・朝日座公開）

大学は出たけれど　一九二九年（昭和四年）

台本の表紙に、わざわざ「正喜劇」と銘が打たれている。小津は、キネマ旬報（一九六〇年十二月増刊号）の「自作を語る」の中で、「僕の作品には学生物が多いけれど、若い俳優を使うとすれば会社員か学生になるだろう、ところが当時の会社員は種類が限られていたし、その点学生は、今みたいにお巡りさんと喧嘩するわけじゃなし、のんびりしてて、つまりナンセンスの材料になり易かったんだな。この作品は大体清水宏が自分でやるつもりの本が、僕の処へ廻って来たんだ。まあ、何でもこなせなければいけない、何かやりたい気があればそれをやらなければならない気持もあってね。一体、映画作家は、勿論芸術的な考えのあるのは結構だが、いろいろなものをマスター出来る職人的な腕が必要だと思うね。職人になりきっちゃ困るが……。その点、当時はこういうもので職人的訓練が出来たのは幸福だった。誰に遠慮もなく好きなことが出来たから……今の人はハメが外せないだろ……」と語っている。

一九二九年六月二十七日脱稿して、封切りは九月六日だから、当時としては脚本から撮影まで割合に時間のゆとりがあったと思われる。撮影台本は一ページごとに、筆でガーと斜線を引き、達筆な英語で、*Finished*と筆太に消してある。

書き込みも、『お嬢さん』に較べれば格段に少ない。

S1の下宿の二階（徹夫の部屋）に、「履歴書の反古が沢山ある」とメモ。

S9の会社の玄関で、「マットで靴をこする」とある。**S13**で紹介状を破り捨てて、マットに散らす為の演出的な伏線である。

S10の給仕が二人遊んでいるとあるのは、一人は、「鏡でニキビをつぶしている」ことにし、**S12**で、徹夫が荒々しく出て行った後、「給仕、相変らずニキビをとる鏡のup、F・O早く」とメモがある。

S43のスポークン・タイトル「おれには毎日日曜が続いてるんだ」の上に、「サンデー毎日」のギャグ。

S74と**S75**のツナギに蚊遣り線香。

現存するプリントは十一分しか無いが、封切り時は一時間十分の映画であった。

＊

松竹蒲田
［スタッフ］原作＝清水宏／脚色＝荒牧芳郎／撮影＝茂原英雄
［キャスト］野本徹夫＝高田稔／野本町子＝田中絹代／彼らの母親＝鈴木歌子／友人杉村＝大山健二／洋服屋＝日守新一／会社の重役＝木村健児／秘書＝坂本武
脚本、プリント（約一一分間のみ）現存
S7巻、1916m（七〇分）
白黒・無声
九月六日　帝国館公開

会社員生活　一九二九年（昭和四年）

ボーナスを貰った日に解雇されたサラリーマンの悲哀を描いた喜劇。「小市民映画」と呼ばれるものである。やはりそこには昭和初期の不況が色濃く影を落としている。

小津曰く「（冒頭のシーンで）オーバーラップを使ってみる。便利ではあるが、ゴマカシのような気がして、以後使用しないことにする」。小津の原作を野田高梧が脚色した作品だが、これも残念ながら脚本、ネガ、プリントともに失われている。

＊

松竹蒲田
［スタッフ］原作＝小津安二郎／脚色＝野田高梧／撮影＝茂原英雄
［キャスト］塚本信太郎＝斎藤達雄／妻福子＝吉川満子／長男＝小藤田正一／次男＝加藤清

一／三男＝青木富夫／四男＝石渡暉明／友人岡村＝阪本武

脚本、ネガ、プリントなし

S5巻、1552m（五七分）

白黒・無声

十月二十五日　帝国館公開

突貫小僧　一九二九年（昭和四年）

この三十八分の小品のフィルムは九年前、神奈川県で発見された（九・五ミリのパテ・ベビーのプリント）。すでに松竹からビデオも発売されているので、ご覧になった方も多いはずだ。原作者「野津忠二」とは、野田高梧、池田忠雄、大久保忠素と小津とで、デッチあげた名前である。ドイツからの輸入ビール飲みたさに、原作料をせしめようと試みたという。佐藤忠男が指摘するように、どう見てもオー・ヘンリーの短編「赤い酋長の身代金」が原作のように思える。脚本は池忠こと池田忠雄が担当したが、収録したのは、これも復元したシナリオである。

撮影中にも眠ってしまうという大胆不敵な子役・青木富夫を使って、三日間くらいの早撮りでつくった作品だというが、青木はこの作品の腕白ぶりで一躍有名となった。松竹蒲田の子役スターとして、以後、突貫小僧を芸名とするようになる。

なお、小津の次回作は当時、『生きる力』と発表されたが、宣伝のみで脚本にも着手していない。

＊

松竹蒲田

［スタッフ］原作＝野津忠二／脚色＝池田忠雄／撮影＝野村昊

［キャスト］人攫い文吉＝斎藤達雄／鉄坊＝青木富夫／親分権寅＝阪本武

脚本、ネガなし、プリント（一部）現存

S4巻、1031m（三八分）

白黒・無声

十一月二十四日　帝国館公開

結婚学入門　一九三〇年（昭和五年）

小津がはじめて、戦後に見られるような生活に余裕のあるプチブル階級を題材に撮った、都会的センスに溢れたソフィスティケイテッド・コメディである。しかも、前年に制定された松竹の「大幹部」のひとり、栗島すみ子の正月作品（一月五日封切）を任されたわけで、会社側の小津への評価の上昇を証明する作品といえる（この年一月、月給が一気に三十円上がって百十円となっている）。

斎藤達雄の大学教授と栗島すみ子の妻、高田稔の歯医者と龍田静枝のその妻という二組の夫婦者が、夫側のちょっとした浮気心で絆が揺れ動くもののやがて元の鞘に収まるという、ルビッチの『結婚哲学』（一九二四年）の模倣のようなタッチ——とは、佐藤忠男の指摘するとおりである。必ずしも成功作とは言えないものの、同じ路線でのちの『淑女は何を忘れたか』の成功の呼び水ともなった。そう、『淑女』でも斎藤と栗島は、倦怠期の大学教授夫婦を演じているのだ。

＊

松竹蒲田

［スタッフ］原作＝大隈俊雄／脚色＝野田高梧／撮影＝茂原英雄

［キャスト］北宮光夫＝斎藤達雄／妻寿子＝栗島すみ子／その兄＝奈良真養／嫂＝岡村文子／竹林晋一郎＝高田稔／妻峰子＝龍田静枝／バアのマダム＝吉川満子

脚本のみ現存、ネガ、プリントなし

S7巻、1943m（七一分）

白黒・無声

一月五日　帝国館公開

朗《ほがら》かに歩め　一九三〇年（昭和五年）

完全なアメリカ映画の模倣で、撮影技法も多彩である。俯瞰・移動はもとより、クローズ・アップが多用され、ロー・アングルと不動のカメラポジションという小津スタイルからはもっとも遠い位置にある作品。登場人物は不良少年で、主演の高田稔はジョージ・ラフトもかくやとばかりの白いスーツに白い帽子、気障な立居振舞であった。「当時は彼らを与太者といい、映画でもひとつのジャンルをなしていた。……ただし、アクションものというよりは、むしろ少々感傷的な改心劇である」（佐藤忠男『小津安二郎新発見』講談社）。清水宏の原作とあるが、これは不良少年の更生物語のアイディアを口伝えに貰ったにすぎない。女性の純情が男の魂を導くという考え方自体、佐藤忠男によれば、大正時代に輸入されたアメリカ西部劇の模倣なのだという。

*

松竹蒲田
［スタッフ］原作＝清水宏／脚色＝池田忠雄／撮影・編集＝茂原英雄／監督補助＝小川二郎、佐々木康／撮影補助＝九里林実、厚田雄治／現像＝増谷麟／焼付＝納所歳巳／タイトル＝藤岡秀三郎／舞台設計＝水谷浩／舞台装置＝田中米次郎、角田民造／舞台装飾＝川崎恒次郎、井上常太郎／配光＝吉村辰巳／撮影事務＝高山傳
［キャスト］神山謙二＝高田稔／杉本やす江＝川崎弘子／その妹＝松園延子／その母＝鈴木歌子／仙公＝吉谷久雄／軍平＝毛利輝夫／千恵子＝伊達里子／社長小野＝阪本武
脚本、ネガ、プリント現存
S8巻、2704m（九九分）
白黒・無声
三月一日　帝国館公開

落第はしたけれど　一九三〇年（昭和五年）

一九三〇年という年は、小津が生涯で一番多作した年である。『結婚学入門』を一月に、『朗かに歩め』を三月に、『落第はしたけれど』を四月に封切り、『その夜の妻』を七月六日に、『エロ神の怨霊』を七月二十七日に、『足に触った幸運』を十月に、『お嬢さん』を十二月十二日、二十七歳の誕生日に封切るという一年間に七本の量産ぶりで、後年の一年一作に較べると、驚くべきハイペースである。

もっとも、『エロ神の怨霊』は、所謂三巻ものと呼ばれる三十分弱のお盆の添え物の写真である。『その夜の妻』の演出力を買った城戸四郎（所長）から、そのご褒美に、温泉にでも行って保養して来い、但し、保養中に一本撮って来いと言われてつくったもの。

『落第はしたけれど』は台本とプリントとの間に色々な相違がある。特にラストシークエンスは改訂が激しいのでプリントから採録して補筆した。補筆以前の台本は、少々長くなるが、正確を期すために以下に掲げる。

S37の終りでⓉ〝活動へ、出かけようよ〟の後、（F・O）してから、台本は次のようになっている。

48

下宿の二階

鉛筆を幾本も削っている高橋。

下宿の二階である。

高橋、皆に「オイ、出来たぞ！」と言う。

鈴木、服部、杉本等、服を着て外出の支度をして居る。各々喜んで、「すまん」と言って鉛筆を受取りポケットへ差し、

Ⓣ〝就職口がきまったら
おごるぜ〟

と威勢よく出かけて行こうとする。

高橋、呼び止めて「就職戦術」の本を差し出す。

皆「大丈夫だよ」と出かけて行く。

高橋、ごろりと横になって、退屈そうに「就職戦術」を読む。（O・L）

49

畳の上に放り出された「就職戦術」

下宿の二階、誰も居ない。
と、高橋、サッパリした顔で銭湯から帰って来る。
と、つづいてドヤドヤと皆帰ってくる、
高橋「どうした」と言う。
皆「駄目だ」と口々に言い悄気る。
服部、吐き出す様に、
Ⓣ〝人事課長なんて
因業な奴ばかりだなあ〟
松本、高橋に、

Ⓣ〝変な問題だぜ
富士山の高さと現内閣の大臣の
名前を言えとさ〟
「フーン」と高橋、「アレにチャント出てるよ」と本を指差す。
「エッ」と一同、「就職戦術」を見て、
「出てやがらあ」と腐る。　（F・O）

Ⓣ（F・I）
〝大学の四月なかばは
椎の木のくらき下かげ〟　（F・O）

50
（F・I）校庭
のんびりと朗らかな新学期の学生の姿。キャッチボールなどしているのが向うに見える。

51
下宿の二階
鈴木、杉本等、高橋のズボンや上衣、帽子などにブラシを当てている。
「オイ、出来たよ」
悠然と顔をソッていた高橋「すまん」と言って制服を着始める。
内儀さんが、書留を持って来る。
高橋、ハンコを押して受取り開封する。
手紙の間から落ちる為替。
皆、羨ましそうである。
高橋、ウヤウヤしく押し戴く。
高橋、ポケットから小銭を摑み出して、鈴木の机に置き、
Ⓣ〝皆、パン食べていいぜ〟
皆、渋々、促し合ってパンの合図を始める。

52
道
闊歩して行く高橋。
喫茶店の前で小夜子が植木に水をやっている。高橋、元気よく、
「行って来るよ」と言って去る。
小夜子、見送る。

53
下宿
元気のない卒業生等、味けない顔でパンを食べている。
と、服部がフラフラ帰って来て、風呂敷と紙幣を放り出し、
Ⓣ〝背広一着につき十円ずつしきゃ
お貸し出来ませんとさ〟
皆、まずい顔をする。
杉本、窓から外を見る。

54
学校の大時計が遥かに見える　（O・L）

55
グラウンド
応援の練習。
古株の高橋、大村、小池などが、そのリーダーである。

56
下宿の二階
腐っている卒業生。
と、服部、新聞を見る。（早慶戦の記事）
そして、
Ⓣ〝水原がサードで、川瀬が
ショートだろうな〟
鈴木、頷き、嘆ずる様に、
Ⓣ〝伊丹や水原は打撃が利いたからなあ〟
杉本は眤っと窓から学校の方を見ている。
羨ましそうに、つぶやく。
Ⓣ〝もう一度、
学校へ行きたくなったなあ〟
一同、憧れの眼で、大時計を見る。

57
大時計のロング　（O・L）

58
グラウンド
朗快な応援の練習。
高橋、大村、小池など、痛快に躍る。
選手、その他の拍手。　（F・O）
THE END

この映画も、一時間四分という短いものだが、台本には三月二十七日製本と記されてあり、四月十一日に封切っている。大学の校庭と

教室、下宿の二階、階下、表、とパン屋の表くらいしかシーンはないにしても、異例のスピード撮影と思われる。

小津作品には欠かせない俳優、笠智衆が、この映画で初めて役らしい役を演じたことも記憶されるべきだろう。笠はこれ以前も、その他大勢の大部屋俳優として小津作品に出演していたが、蔭日向のない熱心さが小津の目に止って抜擢されたという。以後の小津作品に占める重要さは、ご存知の通りである。

小津のこの頃の作品には、アメリカ映画の横文字のポスターが、必ず何処かに貼ってある。前述の『若き日』では『第七天国』、『大学は出たけれど』では高田の部屋に『ロイドのスピーディー』（"*Speedy*" テッド・ワイルド監督の無声喜劇、ベーブルースも出演、一九二八年）、『落第はしたけれど』では、斎藤達雄の下宿の二階の壁に、『美貌の罪人』（"*Charming Sinners*" モーム原作、ロバート・ミルトン監督のトーキー映画で、ルース・チャタートン、クライブ・ブルック、ウィリアム・パウエル主演、一九二九年）がある。

小津の洋画ファンぶりを示すものだが、この映画ではトップのメインタイトル前にもミシガン（MICHIGAN）オハイオ（OHIO STATE）などアメリカの大学のペナントをタイトルバックに使い、「主演　斎藤達男・田中絹代」のタイトルがフェード・インしてくる。つづいてメインタイトルになり、以下タイトルバックは変らず、クレジットタイトルのみF・IしてF・Oするのだが、斎藤達雄の雄が男になっていたり、撮影補助のセカンドに名を連ねる厚田雄治は、原田雄治になっていたりする。雄治は本名で、雄春でなくても間違いではないが、雄と男、厚と原は明らかなミスである。タイトルの人名は間違い易く、今でも往々にして起きることだが、主演者の名前をミスすることは一寸類を見ない。まあ、こんなミスも平気でまかり通る程、当時の映画の世界が大らかであった証拠かもしれない。

＊

松竹蒲田

［スタッフ］原作＝小津安二郎／脚色＝伏見晁／撮影・編集＝茂原英雄／舞台設計＝脇田世根一／舞台装置＝田中米次郎、角田民造／舞台衣裳＝川崎恒次郎、橋本庄太郎／衣裳＝鈴木文次郎／撮影事務＝高山傳／監督補助＝小川二郎、佐々木康／撮影補助＝九里林稔、厚田雄治、山田昇／現像焼付＝増谷麟、納所歳巳／配光＝中島利光／タイトル＝天羽四郎

［キャスト］学生高橋＝斎藤達雄／下宿のお内儀さん＝二葉かほる／その息子銀坊＝青木富夫／教授＝若林広雄、大国一郎／小夜子＝田中絹代／落第生＝横尾泥海男、関時男、三倉博、横山五郎／及第生＝月田一郎、笠智衆、山田房生、里見健児

脚本、ネガ、プリント現存
S6巻、1765m（六四分）
白黒・無声
四月十一日　帝国館公開

その夜の妻　一九三〇年（昭和五年）

原作は人気雑誌「新青年」（当時の編集長は四代目で、前年に就任した二十六歳の水谷準）に掲載されたアメリカの短編ミステリー作家オスカー・シスゴール（Oscar Schisgall:1901-84）の「九時から九時まで」である（文藝別冊「小津安二郎・永遠の映画」河出書房新社、二〇〇一年に再録されている）。彼は一九三〇年前後から六〇年くらいまで「ウィアード・テールズ」などに短編小説を発表していた、いわゆるパルプ・マガジンを舞台に活躍したパルプ作家である。今、日本ではショートショートのアンソロジーなどに「オスカー・シスガル」として数編訳出されているにすぎず、またアメリカでもけっして評価が高いとはいえない。もっともハリウッドで映画化された小説は一作だけある。ナタリー・ウッドを見出したことで有名になった、俳優出身の監督アーヴィング・ピシェルの日本未公開作『私が結婚した男』（"*The Man I Married*" ジョーン・ベネット、アンナ・ステン主演、一九四〇年）である。

この映画でバタ臭い演技を見せ印象に残る刑

事役は山本冬郷である。ハリウッドで一九一八年、早川雪洲主演映画の端役でデビューし、その後一九二五年まで、セシル・B・デミル監督、グロリア・スワンソン主演映画での召使役、ロン・チェニー主演映画での皇太子役、その他中国人役など、下積みの経験を数多く積んで帰国、この頃は松竹蒲田にいた。

この映画で小津は初めて岡田時彦を起用したが、彼は小津と同年齢。ともに下町育ちで、六代目菊五郎の芸に感心したりして肝胆相照らす仲となる。脚本の野田高梧は、この映画のアメリカ的な要素をいっそう推し進めるように、サスペンスにあふれた台本をつくりあげている。ただ、全七巻のうち、はじめの一巻を除いてあとは終わりまでひとつのセットでの芝居なので、小津はかなりコンテで苦心したという。

＊

松竹蒲田

［スタッフ］原作＝オスカー・シスゴール・博文館発行「新青年」所収「九時から九時まで」／翻案・脚色＝野田高梧／撮影・編集＝茂原英雄／監督補助＝佐々木康、清輔彰／撮影補助＝九里林稔、厚田雄治、渡辺健次／配光＝山本繁、中島利光／撮影事務＝田尻丈夫／タイトル＝藤岡秀三郎／舞台設計＝脇田世根一／舞台装置＝田中米次郎、角田民造／舞台飾装＝川崎恒次郎、秋田良之助／衣裳＝斎藤紅／結髪＝芳賀はる江／現像＝納所歳巳／焼付＝阿部鉉太郎

［キャスト］橋爪周二＝岡田時彦／その妻まゆみ＝八雲恵美子／その子みち子＝市村美津子／刑事香川＝山本冬郷／医師須田＝斎藤達雄／警官＝笠智衆

脚本、ネガ、プリント現存

S7巻、1809m（六六分）

白黒・無声

七月六日　帝国館公開

エロ神の怨霊　一九三〇年（昭和五年）

小津映画とは思えないタイトル。『その夜の妻』が完成後、城戸所長にほめられ、保養の温泉旅行を与えられる。が、その温泉地でお盆の添え物映画を一本撮ってくることも命じられ、三十分に満たないこの短編喜劇がつくられた。原作は会社が募集した「一九三〇年型エロ怪談」の入選作。そのさい、宿舎とした温泉宿で、狭い中庭を距て部屋が向かい合っていたことから、小津は主演のモダンガール、伊達里子と噂になる。小津本人の話によれば、文化学院出身の彼女は役柄と裏腹に甚だオボコで、お話にならなかったというが。

これは怪奇と笑いとエロチシズムをミックスした短編映画であるが、エロチシズムの部分は検閲によってごっそり切られてしまったという。

＊

松竹蒲田

［スタッフ］原作＝石原清三郎／脚色＝野田高梧／撮影＝茂原英雄

［キャスト］山路健太郎＝斎藤達雄／石川大九郎＝星ひかる／ダンサー夢子＝伊達里子／その恋人＝月田一郎

脚本、ネガ、プリントなし

S3巻、750m（二七分）

白黒・無声

七月二十七日　帝国館公開

足に触った幸運　一九三〇年（昭和五年）

プリントもネガも脚本も現存しないとされていたが、撮影台本を載せ得たことは幸運であった。一時間十五分の小品で、キネマ旬報の「自作を語る」でも、「どんな話だったか思い出せない」と、自ら多作の年の一ページを抹殺しているが、読んで頂ければ判るように、『会社員生活』（一九二九年）から『東京の合唱』（一九三一年）へとつながる小津・野田コンビのサラリーマンの哀歓を描いた佳作だと信じている。

当時の批評家は、小津安二郎の「沈滞」と、大方が不評のようであったが、友田純一郎だけが絶讃して「緊密なギャグの処法を見ただけでも次作が待望出来る」と力説した（キネマ旬報一九三一年一月一日号）。

撮影台本の表紙には、「KICKED THE

LUCKY STAR」と英語題名が悪戯書きされている。
最後のページに、S59とS60のコンティニュティ62カットが書き留められている。実に綿密なので本文と参照して頂けたら面白い。

59 家 玄関

1△ りん（呼鈴）
2△ 関（吉村老人）立っている
3△ 斎藤 出てくる
4△ 関 お辞儀する
5△ Long 子供も来る 斎「ようこれはこれは」で「さあ、どうぞ」招じ入れる
6△ 関 固辞してⓉになり Ⓣの後ビールをほどく
7△ 斎藤「ご心配には及びません」とビールを押し返す
8△ Long 子供 ビールを持って奥に行く。口金をなめて投げ出す 吉村風呂敷をたたみながら
9△ 関 Ⓣ
10△ Long 斎藤と吉村 Ⓣ「千円に当った」と云う
11△ 斎藤 眼を睜る
12△ 関 笑う
13△ 斎藤 くさる
14△ 関 Ⓣ就いては利子
15△ 札 Ⓣ後 吉村 出す
16△ 斎藤 ボンヤリ
17△ 関 立つ「では御免」
18△ Long 斎藤 吉村を呼ぶ
19△ 関 振り返る
20△ 斎 金出す
21△ 関 行くが再び振り返る
22△ 斎 忘れものです
23△ カラー
24△ 斎 カラー差し出す
25△ 関 戻る
26△ 斎と関 斎 カラー渡す
27△ 斎 鼻をさする
28△ 見た眼（60俊子、赤ン坊あやしている）
29△ 斎 立つ
30△ Long 斎藤 坐る
31△ 斎と吉川 Ⓣ吉村さんが利子 札を置く
32△ 札 置く
33△ 斎藤
34△ 吉川
35△ 斎藤 立つ
36△ Long 斎藤 坐る 子供達 ビール瓶を逆さにして遊んでいる 斎藤直す
37△ 斎藤 奥の部屋を見る
38△ 吉川の後姿（見た眼）
39△ 斎藤 玩具の自動車を見る
40△ 自動車 手が出て
41△ 斎藤 自動車を置く
42△ 自動車
43△ 斎藤 捻じまく
44△ 自動車 走る
45△ 斎藤 見送る
46△ 吉川の方へ自動車行く
47△ 自動車 尻に当る
48△ 吉川 up
49△ 斎藤 up
50△ 吉川 up
51△ 札とる
52△ 吉川 立つ
53△ Long 坐る
54△ 斎藤と吉川 Ⓣ「あなたに黙って――」
55△ 吉川upⓉ後
56△ 斎藤 ふり返る
57△ 吉川 泪ぐんでいる
58△ 斎藤 Ⓣ「そのうちにいい事」
59△ 二人 項垂れる
60△ 四人 長男 皆がおとなしくなったので騒いでみせる
61△ 突貫 おまるに小便をする
62△ Long（F・O）

＊

松竹蒲田

［スタッフ］原作・脚色＝野田高梧／撮影＝茂原英雄
［キャスト］古川貢太郎＝斎藤達雄／妻俊子＝吉川満子／長男＝青木富夫／長女＝市村美津子／吉村老人＝関時男／山野＝毛利輝夫／大井＝月田一郎／課長＝阪本武／久保井＝大国一郎
脚本のみ現存、ネガ、プリントなし
S7巻、2032m（七四分）
白黒・無声
十月三日　帝国館公開

お嬢さん　一九三〇年（昭和五年）

〝秋季超特作本格喜劇〟〝紳士淑女一千一夜〟と台本に銘打ってある通り、暮からお正月にかけて、客受けを狙った作品だから、栗島すみ子の「お嬢さん」と称される美人記者と、岡本（岡田時彦）、斉田（斎藤達雄）の新米記者の特ダネ競争に、クリーニング屋の娘キヌ子（田中絹代）を配するなど、スターを並べて、小津自身力んで撮ったものだ。

　ギャグマンとしてタイトルに、伏見晁、チェームス・槇、池田忠雄の名があるように、脚色の北村小松を加えて、それこそ、当初のチェームス・槇のペンネームどおりのカルテット（このペンネームは小津、伏見、池田、北村の共同ペンネームだったが結局誰も使わず、小津専用になった――キネマ旬報「自作を語る」）を組んでいるのだが、出来上りはどうも賛否が交錯している。

　都会的な、ソフィスティケートな面が買われて興行的にも当たり、ナンセンス・コメディの代表作としてキネマ旬報のベスト・テンにも初めて選ばれている（日本現代映画部門第三位）。が、脚本を読む限り、二時間十五分の大作としては、骨組みが合点がゆかない。いかにギャグを連発しようと、とてももたないように思うのだが――。

　偶々、京都の加藤泰監督をお訪ねした時、話が小津と山中貞雄の交流から、小津作品に及び、少年加藤泰が初めて観た小津作品がこの『お嬢さん』だったそうで、面白さが強烈に印象に残っていると言われ、やっぱり映画は出来上りのプリントを観ないことには、何とも言えないのかなと、少々忸怩たるものがあるのだが――。

　S105　新聞社の屋上の終りから、エンドマークへかけて、実際の映画では大幅な変更が行われているという。

　蛇足だが、ダルメニア大公国は架空。幸か不幸かサイレントだから、ダルメニア語は何を喋っても良い訳。ただし、全集に載せるとなるとダルメニア語は台本通りの奇妙な文字をつくらざるを得なかった（**S87**、**S103**）。また、大公爵のいる休憩室の壁にある写真の「高田せい子」（**S89**）とは、日本のモダンダンスの歴史を創り上げた舞踊家（一八九五～一九七七）。この前年に夫を亡くし、改名したばかりだった。後にSKDの振付でも有名。

＊

松竹蒲田
［スタッフ］原作・脚本＝北村小松／ギャグマン＝伏見晁、チェームス・槇、池田忠雄／撮影＝茂原英雄
［キャスト］お嬢さん＝栗島すみ子／岡本時雄＝岡田時彦／斉田＝斎藤達雄／キヌ子＝田中絹代／社会部長＝岡田宗太郎／古参記者＝大国一郎／俳優学校の校長＝山本冬郷／教師＝小倉繁／不良マダム＝龍田静枝／美青年＝毛利輝夫／その妻＝浪花友子／侍従長＝横尾泥海男／モダンガール＝光喜三子／若林広雄、堺一二、畑譲治
脚本のみ現存、ネガ、プリントなし
S12巻、3705m（一三五分）
白黒・無声
十二月十二日　帝国館公開

淑女と髯　一九三一年（昭和六年）

　親友となった岡田時彦と楽しく撮った作品だという。それが力を入れた『お嬢さん』よりも好評だった。小津は映画の仕事は皮肉なものだと述懐している。

　岡田は羽織袴に髭ぼうぼう、蛮カラの剣道部

主将岡島の役で、その容貌が災いして就職試験に落ちまくっている。彼が助けた貧しい事務員広子（川崎弘子）の忠告で髭を剃ったら、眉目秀麗な青年に変身。男爵令嬢（飯塚敏子）やモガ（伊達里子）にも熱愛されるに至るが、彼はもちろん純情な広子に求婚する。岡田時彦の娘が岡田茉莉子で、『秋日和』や『秋刀魚の味』にも出演しているのは周知の通り。

＊

松竹蒲田

［スタッフ］原作・脚色＝北村小松／ギャグマン＝ヂェームス・槇／撮影・編集＝茂原英雄、栗林実／監督補助＝佐々木康、清輔彰／撮影補助＝厚田雄治／配光＝中島利光／撮影事務＝田尻丈夫／舞台設計＝脇田世根一／舞台装置＝田中米次郎、角田民造／舞台装飾＝川崎恒次郎、星野武／現像＝納所歳巳／焼付＝阿部鉉太郎／衣裳＝斎藤紅／結髪＝中西ツル／タイトル＝堀川善一

［キャスト］岡島喜一＝岡田時彦／タイピスト広子＝川崎弘子／その母＝飯田蝶子／不良モダンガール＝伊達里子／行本輝雄＝月田一郎／その妹幾子＝飯塚敏子／その母＝吉川満子／家令＝坂本武／敵の大将＝斎藤達雄／社長＝岡田宗太郎／金持モボ＝南條康雄／その母＝葛城文子／剣道の審判長＝突貫小僧

脚本、ネガ、プリント現存

S8巻、2051m（七五分）

白黒・無声

二月七日　帝国館公開（一月二十四日　大阪・朝日座公開）

美人哀愁　一九三一年（昭和六年）

原作「大理石の女」の作者アンリ・ド・レニエは小津流の架空の人ではなく、マラルメ門下の詩人で小説も書く、実在のフランスの作家(Henri de Regnier:1864-1936)。原作は『近代フランス小説集』に所収、鈴木信太郎訳、春陽堂、一九二三年刊。

「これは、ナンセンスの行き方を変えて、初めてリアルに甘いものを作ろうと意気込んだのだな。そしたら大変長たらしくてダラけた写真が出来てしまった。ムキになって撮ったんだが、駄目だったね。力を入れた『お嬢さん』より、八日間で簡単に撮った次作の『淑女と髯』の方がいい。そして、ムキになったこれが一番いけない。……映画が判らなくなって来てね……兎も角、こんな所にハマリ込んでしまっては駄目だと気がついた」と、小津は自作を語っている。

当時キネマ旬報（一九三一年六月二十一日号）の批評で、和田山滋（岸松雄）は、「浪漫主義と冗漫主義をとり違えた」と手厳しかったようだが、美人の混血（父親がオランダ人）スター井上雪子を延々と撮って、小津作品の中では最長の二時間三十八分の長尺である。

ご自身はじめ皆が駄目だ駄目だという、小津作品唯一のメロドラマである。

＊

松竹蒲田

［スタッフ］原作＝アンリ・ド・レニエ「大理石の女」より／翻案＝ジェームス・槇／脚色・潤色＝池田忠雄／撮影＝茂原英雄

［キャスト］岡本＝岡田時彦／佐野＝斎藤達雄／芳江＝井上雪子／芳江の父＝岡田宗太郎／美津子＝吉川満子／はる子＝若水照子／吉田＝奈良真養／バーの女＝飯塚敏子

脚本のみ現存、ネガ、プリントなし

S15巻、4327m（一五八分）

白黒・無声

五月二十九日　帝国館公開

東京の合唱《こーらす》　一九三一年（昭和六年）

前作の『美人哀愁』の失敗に懲りて呑気に撮った映画だというが、『会社員生活』『足に触った幸運』とたどって来る野田高梧とのコンビの仕事が、サラリーマンの生活の、所謂〝根無し草〟というか全く恒産もなければ貯えもない、目の前の出来事に一喜一憂する不安定さを見据えるという点で定着した佳品である。キネマ旬報ベスト・テン第三位。

ボーナスとか拾得した大金とか、突然舞い込

む臨時収入と隣り合せにこの年代の不景気な世相が裏うちされている。そうした悲喜劇を通して、そこはかとなくサラリーマン生活のペーソスを感じさせる作品に仕上がっている。そして、これは初期のどの作品にも共通していることだ。また子役（突貫小僧・小藤田正一・高峰秀子たち）と同僚の老社員（阪本武）の扱いが、この作品でも抜群に上手い。

　さらに、この『東京の合唱』では、次々に連継するギャグの豊富さという点でも特に際立っている。トップシーンの台本上では、木馬（跳び箱）や梁木など体操の器具や設備を利用してのギャグが、実際の撮影ではエンマ帖（手帖）とか伊達巻・煙草入れ・下駄など小道具類のギャグ中心に変り、遅刻生徒の扱いなどは、ラストシーンのクラス会の遅刻へひっかけてあるなど、綿密に計算されている。これについては佐藤忠男が『小津安二郎の芸術』の中で、詳しく取り上げているので参照されたい。

　ギャグばかりでなく、この『東京の合唱』は、現存する台本に較べ、『落第はしたけれど』と共にひどく改訂が激しい。従って、キャメラの移動撮影など、特に目立つものについてはプリントから採録して補筆した。

　小津は自分の台本の扉に、よくメモや句などを書き留めているが、この『東京の合唱』にも次のように達筆で記されている。

東京の横顔は　何時も大きな
　悲しい表情をしてゐる（池忠）
都会は大きな悲しい顔をしてゐる
　ほそぼそと薄日の当った
　　横浜の裏町には
　今日も鶴松が
人力車を挽いて歩いてゐる（ゼヱームス・槇）

（池忠）は、池田忠雄の愛称であり、（ゼヱームス・槇）は勿論、小津安二郎である。

*

松竹蒲田

［スタッフ］原案＝北村小松／脚色・潤色＝野田高梧／撮影・編集＝茂原英朗／助監督＝清輔彰、原研吉、根岸浜男／撮影補助＝厚田雄春、藤田英次郎、九里林稔／舞台設計・装置・装飾＝脇田世根一、田中米次郎、角田民造、井上常太郎／舞台配光＝中島利光／現像＝納所歳巳／焼付＝阿部鉉太郎／衣裳＝斎藤紅／結髪＝菊地いよの／撮影事務＝高山伝／タイトル＝志賀友男

［キャスト］岡島伸二＝岡田時彦／妻すが子＝八雲恵美子／長男＝菅原秀雄／長女美代子＝高峰秀子／大村先生＝斎藤達雄／先生の妻＝飯田蝶子／老社員山田＝阪本武／社長＝谷麗光／秘書＝宮島健一／医者＝河原侃二／会社の同僚＝山口勇

脚本、ネガ、プリント現存
S10巻、2487m（九〇分）
白黒・無声
八月十五日　帝国劇場公開

春は御婦人から　一九三二年（昭和七年）

　前年九月に鈴木伝明、高田稔、岡田時彦らが松竹を脱退し、不二映画を創立。男性トップスターが一気にいなくなったものだから、急遽慶応ボーイの城多二郎を入社させ、主演とした。彼の演技は当然かもしれないが不評だった。

　ネガもプリントも残っていないが、「紳士とスカート」（改題前のタイトル）と表書きのある撮影時使用台本は残っている。『若人の夢』『大学は出たけれど』にも見られた洋服屋（前二作は大山健二、日守新一、この映画では阪本武）というモチーフをこの映画でも使っている。この洋服屋、学生加藤役の斎藤達雄に「蒲田の『落第はしたけれど』という活動を見ましたか」と話しかけたりもする。小津映画の系譜のなかにある「学生もの」の青春喜劇に、この洋服屋（をめぐる借金）の存在は欠かせない。

*

松竹蒲田

［スタッフ］原作＝ヂェームス・槇／脚本＝池田忠雄、柳井隆雄／撮影＝茂原英雄

［キャスト］吉田＝城多二郎／加藤＝斎藤達

雄／美代子＝井上雪子／まさ子＝泉博子／坂口洋服店主＝阪本武／岡崎商事会社社長＝谷麗光
脚本のみ現存、ネガ、プリントなし
S7巻、2021m（七四分）
白黒・無声
一月二十九日　新宿松竹公開

生れてはみたけれど　一九三二年（昭和七年）

　昭和一ケタ代のサイレント時代には小津安二郎も新鋭監督であったわけだから、晩年の一年一作など信じられないように多作で、年間五、六本の映画をつくっていた。この作品は、『懺悔の刃』から数えて二十四作目に当るが、初めは、「子供の写真を一つ撮ろう、子供から始まって大人に終る」などと、「軽い気持で、伏見晁と話をつくった」そうだが、「撮影してゆく中に、だんだん話が変って行っちゃった、最初は割合い明るい筈だったんだが……出来たら、暗い話だと言われて二ケ月も封切りを控えられた」と自作を語っている。

　〝大人の見る絵本〟とサブタイトルがついているように、子供の純真で素朴な眼が、大人の世界への痛烈な批判になっている。初めて知る人生の屈折感が、そこはかとなく巧みにばら撒かれていて、紛うことなき代表作の一つである。撮影中に、二十九歳の小津安二郎の眼が、爛々と輝いてゆく態を彷彿とさせる。だからいくつかのシーンで幾度も脚本改訂が行われ、「伏見本」と乖離してゆくプロセスが想像でき、興味深い。なおこの全集では、プリントにもっとも近い最終の台本（「小津本」とする）を、さらにプリントとつきあわせて補訂したシナリオを収録している。

　伏見晁は、『小津安二郎・人と仕事』の中で、「昭和三年の『肉体美』、これは私の小津作品の二作目ですが（一作目は『引越し夫婦』）、このあたりから、小津さんは積極的にシーンの組立てから会話にまで、自分に納得のいくまで提案をするようになりました。ですから撮影に入った時には、シナリオは完全に小津さんのものとなって、楽しみながら、撮影をつづけて行ったようでした」と書いている。二人の間には、ゼェームス・槇という信頼すべき架空の第三の作家が居るわけだから、小津も伏見に遠慮せずに台本に手を入れたようだ。伏見が、原っぱのシーンで、子供の中の一番チビッコの背中に「オナカヲ下シテイマスカラ、ナニモヤラナイデ下サイ」と書いたプラカードを背負わせたギャグをはっきりゼェームス・槇の仕業だと言っているのも、このアイデアが撮影中に小津から出たものだからであろう。

　佐藤忠男も『小津安二郎の芸術』の中で、伏見晁のシナリオと小津安二郎の撮り上げた映画と、「喜んで協力し合った二人の作家の間の、微妙なスタイルの違い」を見据えている。特に有名な、映写会のシーン（S58）とその後の親子の問答（S60〜62）の後、

「伏見晁の最初のシナリオでは、この父と子の衝突のあとのしめくくりは、たいへんのんびりとした叙情的な場面になっている。翌日、良一は犬を連れて野原へ遊びに行き、一人でぼんやり考え込んでいる所へ、演習帰りの兵隊が行軍して来て小休止し、兵隊の一人が良一にお菓子を買って来てくれという。良一がお菓子を買って来てやると、兵隊たちは再び行軍を始めて居り、良一が追っかけて行ってお菓子を渡そうとすると、頼んだ兵隊は上官に睨まれてそれを受け取れない。そんなギャグを二度、三度と繰り返すうちに良一はいつしか家から随分遠い所まで来てしまい、家では両親が、昨夕叱ったことで家出でもしたのではないかと心配する。しかし良一はうす暗くなってから無事に帰って来て、一同、ほっとする、というもので、ペーソスに富んだ筆致である。

　ところが、出来上った映画では、このシークエンスは全く書き改められており、軍隊は登場せず、兄弟は翌朝、昨夕の父親への抗議のつづきとして、ハンストを実行するのである。伏見晁の書いたシナリオの最後のエピソードが、いったん深刻になったドラマを、風物詩的な叙情で一種の救いを与えているのに対して、小津の改変は、子供たちの無念の思いをもう一段強調し、同時に、彼等をなだめすかす親たちの情な

さを際立たせている。

『生れてはみたけれど』のシナリオと映画を比較すると、大筋に於て一致しながら、思想や個性の微妙に食い違っているこの二人の作家の仕事が、ここでは絶妙な組合せとなって効果を倍加させていることに気づく。

伏見はこの仕事が喜劇であることを、かなり楽天的にエンジョイしながら奔放に書いていっており、小津は、その明朗な喜劇性を巧みなテクニックで強調しながら、一方、それが風俗喜劇の範囲に止まるかもしれない所で、もう一押しテーマを強調して、厳粛なクライマックスをつくり出している。軽快さと厳粛さとが、この作品では微妙にまじり合い、きわめて自然に転調する。これは小津のすぐれた作品の多くに見られる特色であり、後年の『晩春』『麦秋』『早春』などに特徴的であるが、『生れてはみたけれど』ほど鮮やかに成功している作品は類がないであろう」

と結論している。まさに同感だ。

シナリオと出来上がった映画との間にある監督の思考と行動の軌跡を知る上で、この『生れてはみたけれど』は、実に好個の作品だと言える。『小津安二郎・人と仕事』には「伏見本」を改訂した「小津本」が収録されており、さらにこの全集のシナリオとを比較すると、細かな問題まで、小津がホントに思い悩んだ挙句に改変しているのがよく判る。少々、技術的な問題も含めて長くなるが、正確を期すためにも例証すると、まずトップ・シークエンスの違いだ。

本文の**1　郊外の道**は、シナリオ段階では積み重ねられた家財道具の中に籐椅子があり、それに次男の啓二が紐で結かれ、傍に長男の良一が飼犬を抱いて菓子を喰べている。啓二が菓子を欲しがると、良一がスーッと啓二の鼻先まで持っていって、啓二が口を開くと、ポイと自分の口へ入れてしまう。啓二がふくれると、良一はわざと犬に「ワン」をやらせて菓子を与え、啓二に「お前もワンと言え」と強要する。啓二が突っ張って、膝小僧を敲《たた》いて、脚気の診断などして我慢していると、良一が「俺にもやらせろ」になり、二、三回敲かせてやり、隙を窺って、啓二は良一の菓子包みをポーンと蹴って飛ばす。これで、キャメラが後退すると、実は、郊外の道を進行中の、引越しトラックの荷台の上で、兄弟が喧嘩しているという設定で、啓二がぶたれて悲鳴をあげると、トラックが停り、助手席から父親の吉井が降りて来て、「危いぞ」と諭し、ひょいと気がついて、「お父さんは岩崎さんの所へ寄ってゆくから、お母さんにそう言っておくれ」と、歩いて行ってしまう。
2　吉井の新宅から、**5　勝手口**までは大同小異だが、酒屋の新公の御用聞きの件りで「持って来たのがまだあるからいいわ」と断られると、醤油などをつめたビール箱を運んでいた横山の背後に小銭を投げ、チャリンの音で横山は自分が落したかと思って振り返る途端に重心を崩し、ガラガラと醤油瓶を地面にぶち撒いてしまう。で、御用聞きに成功、これを見ていた啓二が「旨え事やるな」と言うと、ポケットから歯車を加工した〝独楽《こま》〟を出して、「いい子だから黙っていろよ」と買収する。全集版の〝智恵の輪〟とは多少の違いがある。
さらに、**6　岩崎家　庭**は、庭のテニス姿ではなく応接間で、吉井に頼まれた表札を岩崎が下手糞な字で書いている。夫人が小間使いに紅茶を運ばせてくると、坊ちゃんの太郎が悪戯して、スプーンの上の角砂糖を自分の口に入れてしまい、吉井がアレ？　となると太郎は融けかけの奴を吐き出してカップの中へ入れ、飛び出してゆく拍子に、書き上ったばかりの表札を引っかけて落す。吉井が慌てて拾うと、字が少しかすれている。で、岩崎の「どうも腕白で困るよ」になり、吉井が仕方なく「男の子は腕白な位でないといけません」とお世辞を言うことになっている。

表札は、プリントになると、**6　岩崎家　庭**で頼み、**30　専務室**で、岩崎がテレ乍ら、机の抽出しの中から書いてあったものを吉井に渡すようになっている。酒屋の小僧や表札のことは、伏見本―小津本のギャグを、あざといと判断した結果の変更であろう。

伏線の張り方に就いても同様の判断がある。

原っぱで書くお習字の伏線として、12　**隣室**のシーンの最後で「学校に行くのも帰ってくるのも面白いけど、その間が面白くない」という子供達の告白に吉井は苦笑するが、小津本ではこの後に、吉井が上衣を着せかけられ乍ら壁にかかった良一の習字を見ることになっている。習字の点、乙。吉井、さらに一枚めくると、その下は丙。吉井、苦笑する、とあった。これは、27　**原っぱ**の「今日は習字で、甲を取って行かなきゃいけないんだなァ」や、31　**原っぱ**の新公の「申」のギャグに至る伏線なのだが、撮影段階で割愛している。売り過ぎと判断した為と思われる。

これは、前出の表札を渡す30　**専務室**が伏見本—小津本では屋上のシーンとなっていて、吉井が呼ばれて上ってゆくと、岩崎専務は体操をしている所を16ミリキャメラで女秘書に撮影させており、「岩崎は吉井を見て、女秘書からキャメラを受取ると吉井を写し始める。吉井、照れる」とある。例の映写会の売りをやっている訳だが、プリントでは岩崎は16ミリフィルムのポジをいじっているのに止め、吉井を被写体にしたかどうかは伏せている。これも明らかに売り過ぎを是正した処置である。

逆に、27　**原っぱ**の弁当を喰べる件りで、啓二が箸を忘れ、筆箱から鉛筆を出して箸代りにするギャグは伏見本—小津本にはない。

この後伏見本—小津本では、Ⓣになり——〝それから三時間あまりして、正午のサイレンが鳴りました〟——、丸の内オフィス街、正午休みに解放された会社員の群（O・L）があって、会社の事務室になると、「社員達が店屋ものそばなど喰っている」という風に展開してゆくが、プリントでは28　**小学校校庭**で、生徒達は先生の合図の笛で下手へ一斉に行進を始め、キャメラは行進と逆方向の上手へ横移動をする。つづいて、29　**吉井の勤務する会社**になると、キャメラは上手への横移動をつづけ乍ら、机に向った社員達の欠伸を次々と撮ってゆく。一人だけ真面目くさって仕事を続けている奴がおり、キャメラはその人物を通り過ぎて、「オヤ？」という感じで下手へ戻ると、彼も顔を上げ欠伸をするので、キャメラは安心したように再び上手へ移動して、煙草をふかす吉井に到達する仕組みだ。これに似た移動は、『東京の合唱』のボーナス支給の件りと、便器へ落した札を乾かす件りにもあったが、殆どキャメラを動かさない小津にしては、派手な遊びだ。原っぱの弁当から時間経過のⓉや、（O・L）を嫌っての苦慮だろう（茂原英雄によれば、「小津作品からフェイド・イン、フェイド・アウトが一切なくなり、明確なカットのつなぎだけになったのは、たぶんこの映画からだと思います」とのことである）。

もう一つの大幅な変更は、46　**校門の附近**から47　**教室**までの間に**校庭**があり、登校した良一と啓二を発見した鉄坊や太郎が亀吉にご注進となり、ついで**教室**になって亀吉と良一の決闘となる部分がスッポリ割愛されていることだ。殴られても殴られてもジッと我慢の子であった良一が、突然、阿修羅となって亀吉をやっつけ、最後に黒板拭きで亀吉を殴り、白い粉だらけにする。そこで始業の鐘が鳴り、廊下を伊藤先生が来、良一の圧勝に快哉を叫んでいた啓二は、受持ちの先生に連れ去られ、現行の**教室**につながる寸法となっている。このオミット部分については、面白いからあった方がよかったという意見も聞いたが、次のシークエンスで、啓二が酒屋の新公を使って亀吉をやっつける知能作戦で勝つ面白さを考えれば、腕力シーンは無い方がより効果的である。ラストで、簡単に智恵の輪を解いた良一がさり気なく輪を元に戻して、亀吉に対する智恵の勝利をダメ押しするのも効いて来る。まして、図に乗った啓二が太郎を指して「あいつもついでにやってくれ」と言うと、新公が「駄目だ」となり「あれはお前の家より何でも沢山買うお得意さんだ」とシビアなことを言う面白さを生かすとすれば、教室での泥仕合はやっぱり無い方がスマートである。

以下、映写会後のハンストシーンへの変更とつながる訳で、早撮り多作時代の小津が、俄然腰を据えて、粘りに粘って脚本を改変してゆく過程は、撮影中に子役が怪我をした為、次作の

『青春の夢いまいづこ』を先に撮って、一時中断の状態にしているのも、あながち他発的な理由だけでなく、小津自身が作品活動の勝負どころと考えての結果だと思える。まさに正解だったわけだ。そしてこの作品は、キネマ旬報のベスト・ワンに輝いている。

蛇足だが、潤色者として燻屋鯨兵衛《いぶしやげいべえ》の名があるが、これも小津流の戯作者を気取ったペンネームである。伏見晁によれば、当時の高輪南町の小津家でやたらと愛用したお茶漬は、燻製の鮭を厚めに切ったのを数枚金網で燻り、ピンクの身がはじける寸前を御飯の上にのせて、熱いお茶をかけて食べるというもので、だから燻屋だという説と、煙草のヘビイ・スモーカーでもうもうと煙にまくので燻屋だともいう。鯨は文字どおり、鯨飲の鯨、小津は自分の大きな図体という連想からも好んで使った字のようで、北鎌倉の自宅の赤い簞笥にも大きく「鯨」の字の金具をつくり、打たせていた。『東京の宿』の表紙カットの「何処にか夕立ありし冷奴」のサインにも鯨の字が見える。

＊

松竹蒲田

［スタッフ］原作＝ゼェームス・槇／脚色＝伏見晁／潤色＝燻屋鯨兵衛／撮影・編集＝茂原英朗／監督補助＝清輔彰、原研吉／撮影補助＝厚田雄春、入江政男／撮影事務＝高山伝／舞台装置＝角田竹次郎、木村芳郎／舞台装飾＝三村信太郎、井上常太郎／舞台配光＝中島利光／現像＝納所歳巳／焼付＝阿部鉉太郎／衣裳着付＝斎藤紅／字幕撮影＝日向清光／タイトル＝藤岡秀三郎

［キャスト］父吉井健之介＝斎藤達雄／母英子＝吉川満子／長男良一＝菅原秀雄／次男啓二＝突貫小僧／重役岩崎壮平＝阪本武／夫人＝早見照代／坊ちゃん・太郎＝加藤清一／酒屋の小僧・新公＝小藤田正一／悪童亀吉＝飯島善太郎／伊藤先生＝西村青児／遊び仲間＝藤松正太郎、葉山正雄、佐藤三千雄、林国康、野村秋生、石渡輝秋

脚本、ネガ、プリント現存

S9巻、2507m（九一分）

白黒・無声

六月三日　帝国館公開

青春の夢いまいづこ　一九三二年（昭和七年）

『生れてはみたけれど』撮影期間中に、主役の子供が怪我をして一時中止となったが、その間に撮ったものである。『大学は出たけれど』『落第はしたけれど』で学生の就職難を描いた小津が、「ブルジョアのドラ息子が、社長になり、昔の友人たちが馘の心配で小さくなっているのを、君たちは何故そんなに卑屈な根性なんだ、と憤慨して殴りつける」（双葉十三郎）という映画をつくったのだ。

学生だった友人同士が社長（江川宇礼雄）と社員（斎藤達雄ほか）とに分かれ、彼らの間で大学時代のアイドルだった一人の娘（田中絹代）をめぐる悶着がおこる「学生もの」と「小市民映画」の中間に位置する作品ということになる。貧しい斎藤達雄の母親は産婆をしているが、演じるのは飯田蝶子。四年前の『肉体美』、前年の『東京の合唱』では夫婦役だったが、ここでは親子である。

野田高梧の原作・脚本だが、双葉十三郎によってこの映画とマイヤー・フェルスター（一八六二〜一九三四）の戯曲『アルト・ハイデルベルヒ』（一九〇一年、翻訳は一九一三年）の相似が指摘され、酷評されている。「小市民物は『生れてはみたけれど』で最限度に達している。これはそれと反対に、悪い意味でサラリーマン・イデオロギーに基くロマンティシズムである。……こんなブルジョアのお坊ちゃん風なロマンティシズムに共感している作者を、僕たちは嗤っていい」（『新映画』一九三二年十二月号）。

脚本中に「大磯の坂田山にでも行きますか」と江川宇礼雄が花岡菊子に話すシーンがあるが、これはいわずと知れた、この年五月九日の坂田山心中事件のことである。

台本にはないが、入社試験の語句説明の（二）には「天国に結ぶ恋」を説明せよ、との設問もある。これは抜け目なく松竹がただちに

伏見晁に脚本を書かせ、事件の一ヵ月後の六月十日に封切った実録風映画のこと（五所平之助監督、竹内良一、川崎弘子主演）。西条八十が作詞し、オペラ歌手の四家文子（一九〇六～八一）が藤野豊子の変名で歌った主題歌とともにこの映画は大ヒットした。

＊

松竹蒲田

［スタッフ］原作・脚色＝野田高梧／監督補助＝清輔彰、原研吉／撮影・編集＝茂原英朗／撮影補助＝栗林実、厚田雄春、入江政夫／現像・操作／納所歳巳、阿部鉉太郎／配光＝中島利光／衣裳＝斎藤紅／結髪＝芳賀治江／タイトル撮影＝日向清光／タイトル＝藤岡秀三郎

［キャスト］堀野哲夫＝江川宇礼雄／ベーカリーの娘お繁＝田中絹代／斎木太一郎＝斎藤達雄／哲夫の父謙蔵＝武田春郎／叔父貢蔵＝水島亮太郎／哲夫の友熊田順助＝大山健二／島崎省吾＝笠智衆／大学の小使＝坂本武／斎木の母おせん＝飯田蝶子／山村男爵夫人＝葛城文子／令嬢＝伊達里子／婆や＝二葉かほる／花嫁候補の令嬢＝花岡菊子

脚本、ネガ、プリント現存

S9巻、2523m（九二分）

白黒・無声

十月三日　帝国館公開

また逢ふ日まで　一九三二年（昭和七年）

登場人物に固有名詞のない脚本である。

中川信夫はキネマ旬報（昭和八年一月一日号）で、トップシークエンス（**S1**から**S18**へかけて）の「夜の街角」岡田嘉子の夜の女と、その仲間の伊達里子が岡田に頼まれて千人針を縫うカット、街燈、街燈の足なめでビルの入口に腰をおろす二人の女のロングショットなど、出征部隊の夜行軍とからみあわせて、巧緻、圧巻的出来栄えと書いている。しかし残念乍らプリントが現存しないので、脚本からの推測の域を出ない。まことに残念である。

ただ、脚本の上で、何故、登場人物に名前をつけなかったかということは聊か気になる。

満洲事変、上海事変と刻々世の中は軍国主義の大波に捲き込まれてゆく時、一片の赤紙で戦争に駆り出される男と、その父、その妹、その女の、別れの悲しみを、名もない人々の直面する問題として、敢えて「男」・「女」という一般名詞の形で取り上げ、一直線に戦争に向って突っ走る軍政当局へ、ささやかな抵抗の姿勢としたのではないかと思う。

ラスト・シークエンスの出征兵士、群衆、雑踏、歓呼の中で、見送りに来た父と妹はついに男に逢えず、汽車は出て行ってしまう。小津作品では初めてのサウンド版で、この辺り「蛍の光」が流れる。片や、男を見送った女とその友達の女は、ベンチに腰を下す。トロイメライの伴奏になる。友達の女が、涙でよごれた顔をなおせと差し出したコンパクトを、首を振って拒絶した女（岡田嘉子）も、若い夫婦が向うのベンチで、赤ン坊のおしめを取り換えてやっている姿を見て、突然、涙がこみ上げてくる。推測だけでも、いいシーンだ。

男を失った女は、再び夜の街角で春をひさぎ乍ら、何時還るとも知れぬ男の帰りを待つしかない。二人の女が、並んで歩いてゆく。――表立って、ひどく反戦的とは言えないが、反戦の情感は漂っている。『娼婦と兵隊』という題名を検閲当局を刺激するということから改題させられたのも、もはや、時局は刻々とあやしい方向へ引きずられていた証拠といえるかもしれない。

もう一つ、この脚本の**41**　**女の部屋**で、勘当されていた男が、父との関係を修復せず、「俺は親父の顔を見ている間に、不孝者の儘で出征したくなった」だの、「親父の大事な息子になって別れるより、不孝者の儘で別れる方が、多少とも親孝行さ」などという息子の論理は、実に一方的で甘っちょろい。

勿論、その前の、実家での父や妹との再会もセンチメンタルで、勘当状態にある父と息子の関係も、恐らくは息子と女の結婚問題に端を発しているのだろうが、絵に描いたような設定の

まま放置してあるだけにお寒い。ただ勘当のままで別れる方が、戦死した時のショックが少ない分だけ父に対して親孝行だという論法は、一生を独身で通した小津さんが一つ覚えの冗談のように、「なまじ嫁さんなんか貰ってばァを安心さすより、何時迄も独り者でいて身の廻りの世話をやかせて置く方が、親孝行なんだ、ヒ・ヒ・ヒ……」と、うそぶいていたのを思い出す。テレ屋の小津独特のパラドキシカル論法だ。

小津の撮影台本には、縦書きの平仮名で、〝てる　うゐ　みーと　あげいん〟と書いてあった。"Till we meet again"だ。

＊

松竹蒲田

［スタッフ］原作・脚色＝野田高梧／撮影＝茂原英朗

［キャスト］女＝岡田嘉子／男＝岡譲二／父＝奈良真養／妹＝川崎弘子／女中＝飯田蝶子／女の友達＝伊達里子／吉川満子

脚本のみ現存、ネガ、プリントなし

SD（＝サウンド）10巻、2127m（七八分）

白黒・無声（サウンド版＝伴奏音楽と音響のみ録音）

十一月二十四日　帝国館公開

東京の女　一九三三年（昭和八年）

エルンスト・シュワルツ（一八八二―一九二八）「二十六時間」より翻案――と撮影台本にはあるが、『その夜の妻』と違ってこちらはまるっきりデタラメ。架空の人物である。

小津はこの映画のストーリーを、バーで踊っている女を見て思いついたという。昼間は会社に勤め、夜はバーで働く女である。また、画面の構図やポジションがこの頃から決まってきたとも語っているが、たしかに後の小津映画の特長とされるロー・アングルがかなり意識的に使用されている。しかし、クローズ・アップによるカットつなぎなど、ハリウッド映画の影響はまだ脱し切れていない。

この映画のなかで良一と春江が帝劇でデートするシーンがある（**S10**）が、そこに「たとえばルビッチの『私の殺した男』」とある。この年のキネマ旬報（二月二十一日号）での和田山滋（岸松雄）のインタビューによれば、小津が一番好きな監督はエルンスト・ルビッチ、一番好きな映画は（一九三二年四月に公開された）『私の殺した男』だそうである。

二月九日封切だが、会社からの依頼でわずか九日間（一月二十七日～二月四日）で撮り上げている。

＊

松竹蒲田

［スタッフ］エルンスト・シュワルツ（一八八二―一九二八）「二十六時間」より翻案／脚色＝野田高梧、池田忠雄／撮影＝茂原英朗／編集＝石川和雄／美術監督＝金須孝／監督補助＝清輔彰、原研吉、柏原勝、平塚広雄／撮影補助＝厚田雄春、入江政男、栗林実／配光＝中島利光／現像＝納所歳巳、阿部鉉太郎／撮影事務＝高山伝／タイトル撮影＝日向清光／タイトル＝藤岡秀三郎

［キャスト］姉ちか子＝岡田嘉子／弟良一＝江川宇礼雄／娘春江＝田中絹代／兄木下＝奈良真養

脚本、ネガ、プリント現存

S7巻、1275m（四七分）

白黒・無声

二月九日　帝国館公開

非常線の女　一九三三年（昭和八年）

小津はこの年の一月九日に、脚本を担当した池田忠雄と湯河原の中西旅館へ行っている。この頃より、小津は脚本の相談にしばしば中西旅館を利用している。

いま映画を観ると、ダンス・ホール、ボクシング・ジム、プール・バー、レコード店と、画面に映るのはほとんど舶来産。『朗かに歩め』以来の与太者の話で、まるでアメリカのギャン

グ映画を観るようである。意外にも田中絹代が情婦役、松竹の「青春コンビ」のアイドル水久保澄子がこの映画唯一の和服姿で「与太者シリーズ」の三井秀男（弘次）の姉を演じる。彼女が勤めるのがレコード店で、ここではビクター・レコードのマスコットのニッパー犬がしきりにクローズアップされ、俳優になる前は日本蓄音機商会（コロムビア・レコード）の部長だった主役の岡譲二と皮肉な対比を見せている。

また、この作品では撮影補助のクレジットに木下正吉の名が見える。のちの木下恵介であるが、彼は小津の構図の凝り方についてこう語っている。「最初に撮影を手伝ったのが小津安二郎氏の『非常線の女』です。小津さんは神経が細かくて、一寸、二寸を争って動かす。それが面倒臭かったので辞めようとした」（座談会「新人の抱負を語る」、「映画評論」一九四二年十二月号）。

台本には構図に悩んだ証か、小津はところどころにコンテの絵を書き込んでいる。この全集には、ボクシング・ジム内部の構図を指示したものを二点収録した（四三〇ページの一点目の図は、フィルムを確認すると左右逆で撮られている）。

＊

松竹蒲田

「スタッフ」原作＝ゼームス・槇／脚色＝池田忠雄／撮影＝茂原英朗／美術監督＝脇田世根一／編集＝石川和雄、栗林実／監督補助＝清輔彰、原研吉、佐賀豊臣、平塚広雄／撮影補助＝厚田雄春、入江政男、入沢良平、広木正幹、木下正吉（恵介）／配光＝中島利光／舞台装置＝大谷弥吉／舞台装飾＝星賀武／衣裳＝斎藤紅／結髪＝芳賀治江／現像操作＝納所歳巳、阿部鉉太郎／撮影事務＝高山伝／字幕撮影＝日向清光／タイトル＝志賀友易

「キャスト」時子＝田中絹代／襄二＝岡譲二／和子＝水久保澄子／その弟宏＝三井秀男／みさ子＝逢初夢子／仙公＝高山義郎／三沢＝加賀晃二／社長の息子岡崎実＝南條康雄／秘書＝谷麗光／ボクシングクラブのボス＝竹村信夫／ダンスホールの与太者＝鹿島俊作／巡査＝西村青児／特別応援＝帝国拳闘会、フロリダ・ダンスホール

脚本、ネガ、プリント現存

S10巻、2730m（一〇〇分）

白黒・無声

四月二十七日　帝国館公開（四月十五日　大阪・朝日座公開）

出来ごころ　一九三三年（昭和八年）

〝長屋紳士録第一話〟と銘打っているように所謂〝喜八もの〟の第一作であり、代表作でもある。この作品で小津は再度キネマ旬報ベスト・ワンに輝いた。

門前仲町と高橋《たかばし》の中間、深川亀住町で生れ育った小津は、下町の人々の哀歓に深い共感を持って、喜八ものを撮ったという。

脚本の池田忠雄も御徒町に住んでおり下町育ち、だから二人肩をぶつけ合って周辺をうろつき廻り、江戸の名残りをたのしんだ風で、かと思うと一転横浜へ足を向け、港や元町、挙句は本牧とハイカラな空気に憧れ、舶来もののナイフや万年筆、パイプ、帽子など、小道具類に財布の底をはたいて、いっぱしのダンディを気取った。

「僕は深川生れで、家の近所に喜八のモデルになるような人間を沢山知っていましてね、それがやっぱしこの戦争後、ああいう種類の人間は大変いなくなりましたね。昔の、こう半纏着て、朝風呂入ってるようなのが、今、ズックの靴履いて、ジャンパー着てねェ。昔は毎日髭剃ってた大工が、今、無精髭生やして、どうでもいいよってな格好してますがね。昔は深川のあいうような所へ行くと、小さな家にいても、大きい長火鉢置いてね、黒柿の茶簞笥か何か置いて、褌一つで、冷奴かなんかで酒飲んでましたけどね——」。小津安二郎の回想である。

世の中はもうトーキー時代。コンビのキャメラマン茂原英雄が茂原式トーキーを研究中で、「俺のトーキー作品の第一作はその茂原式を使うよ」と激励した小津は、松竹が採用した土橋《つちはし》式トーキーシステムはノイズが大きく不備なの

を理由にして、相変らずサイレント映画を撮りつづけた。しかし無声でもトーキーと同じ効果を狙って、スポークン・タイトルの出し方や、長さ、枚数など工夫を重ねている。例えば86**病室**の、見舞に来た先生と喜八の会話など、

Ⓣ"御病気は、何なんですか？"
Ⓣ"五十銭《にぶ》も一時《どき》に駄菓子を
　喰っちまやがったもんでして……"
Ⓣ"みかん水に、トコロテン"
Ⓣ"ねじねじに、かりん糖"
Ⓣ"鉄砲玉に、西瓜"

という風に、短くたたみ込んでいく。その後の、先生が帰った後でも、

Ⓣ"先生さんが何て仰有った？"
Ⓣ"有難えじゃねえか"
Ⓣ"手前ェ　きっと快くなって
　くれるんだぜ！"
Ⓣ"親一人子一人だ"
Ⓣ"はやまって、先にのびてくれるなよ"

というようにスポークン・タイトルの並びを工夫し、タイトルの長さを短くして、何枚も重ねて出すことで、リズムをつくり、字幕のシラケや間のびを少しでも救うことを考えている。

また、S88、90、92の**床屋**の、親方と次郎の会話とS89と91の「**人夫募集のビラ**」とのカットバックにも見られるように、ビラの後のタイトルは、感覚的にはトーキー的手法、即ち、ビラにかぶせた科白のような出し方を考えている。

小道具やギャグの三段返しの面白さも抜群で、『東京の合唱』のエンマ帳や便器に落した札《さつ》、遅刻常連生徒の扱い等に匹敵する。

S46で、「あいつがねえと世の中が渡れねえ」と喜八がこだわった成田山のお守り（「成田山」と焼き印が押してある木札を、ペンダントのように紐で首からぶら下げる）を、S73の盆栽をむしるシーンで伜の富坊も首にかけていることを見せ、つづくS74の名場面での親子のやりとりを印象づけている。ラストのS97で、水中で遠ざかる船を見送り、御利益を拝む喜八の胸の成田山は、ほのぼのと微笑ましい。

「人間の指、何故五本あるか知ってるかい？」――「四本だってみな、手袋の指が一本余っちゃう」のギャグの扱いも、S28の初めての出し方、次のS86では喜八に言わせて病床の富坊への励ましにし、S97の船の中では、人夫にあっさり言い当てられるが、富坊を想うノスタルジアへのキッカケに使っている。

「海の水は何故塩辛い？」――「塩鮭がいるからだ」も、S93の**喜八の家**のシーンの初めで出して、後ですぐ「水道の水が鮭もいないのに塩辛いのは何故だ」とドンデンにひっくり返して使い、ラストの海の中では気持よさそうに喜八が自問自答するなど、実に掛け引き充分な計算は憎い程の上手さで、小津・池忠コンビの妙を際立たせている。

二人のコンビは、小津・野田コンビとはまた違った形で多くの小津作品をつくり出しており、特に『出来ごころ』『浮草物語』『箱入娘』『東京の宿』と連打した喜八ものを初め、『一人息子』『戸田家の兄妹』や『長屋紳士録』と、親と子の「情」の喰い違いを、ユーモアやペーソスを漂わせて描くのを得意とした。

佐藤忠男は『小津安二郎の芸術』の中で、喜八ものの世界について「大別して、映画に描かれる父親と息子の愛情というテーマには、二つの流れがあり、一つは父親から息子に確固とした価値観やモラルの伝承が行われてゆくもの、もう一つは、一定の住居を失った家族の物語としての父性愛ものである」とした上で、映画史上、父親と息子を中心に展開される物語の多くは、家を失ったか或いはすでに失いかけている失業者や放浪者の親子の物語であり、その原型はチャップリンの『キッド』（一九三一年）だと断じている（同書中に紹介された山本喜久男の論文「小津安二郎作品と外国映画」によれば、『出来ごころ』は前年に日本公開されたキング・ヴィダア監督『チャンプ』の翻案だという）。

家族の崩壊の危機感を何時もモチーフとしていた小津安二郎は、元々、アメリカ映画の影響を強く受けていたせいもあって、一九二〇年代

のアメリカ映画の父性愛ものに敏感な反応を示したのだという指摘は正鵠を射たものと言えよう。

この『出来ごころ』も「池忠本」と実際のプリントとの間には大幅な改訂が行われており、『生れてはみたけれど』と同じく、これもプリントとつきあわせて補訂した。以下、異同を説明する。

まず、**S67の喜八の家**へおとめが手土産を持って相談に来る辺りから、ラストまでは、びっしりと変っている。特に、おとめの相談《はなし》の当てが外れて喜八がやけ酒を飲みにゆく**S70の小料理屋**は、脚本上では、富坊が駄菓子屋の前で、ガキ大将から「お前ん家のチャン、工場へも出ないでかあやんの所へ入りびたり云々」と冷やかされて喧嘩になり、挙句にやっつけられ、通り掛ったおとめに救け出されるが、急にその手を振り払って、酌婦といちゃついている喜八の前へ怒鳴り込む芝居になっている。

プリントでは、駄菓子屋の場面をガスタンクの見える道にし、学校がえりの子供達から冷やかされ、口惜しがった富坊が下駄を持ってかかって行ったもののやっつけられて、家に帰って大声で泣く。泣きながら盆栽の銀杏の葉っぱをむしる一人芝居にしている。そして、**S74**の親子喧嘩につながるのだが、小津自身も後にキネマ旬報の「自作を語る」で言っているように、「あすこだけはプリントがあればもう一度観てもいいような気がする」。名場面である。

大ラスも、プリントでは北海道行きの汽船から海へ飛び込んで、ポプラのなびく岸に向って泳いでゆく所で終っているが、脚本では、水中に飛び込む喜八を見て「あれよあれよ」と騒ぐ船の上があり、泳ぎの達者でない喜八がぶくぶくと沈んでゆき、ボコボコと泡が出てくる。(F・O)の後に、(F・I)**次郎の家**(夜)があって、何となく倖せそうに寄り添う次郎と春江に対抗して、「チャン、もう北海道へ着いたかなあ」と案じる富坊に、おとめもつい本音が出て、「強くって男気があって、あたしもちょいと見直しちゃった」などとノロケている所へ、くたくたになった喜八が現われる。驚く一同、しがみつく富坊、「チャン、お土産は?」に、喜八が「う?」とつまり、「土産はこの俺だ! 俺ら、これからいいチャンになってやるぜ」で、嬉し涙で寄り添うおとめで大団円となっている。

「池忠本」よりちょっぴり塩辛く、が最後の**次郎の家**を割愛した本心だろう。

話は飛ぶが、北海道行き汽船が川下りの遊覧船みたいでどうも腑に落ちず、おまけに喜八が海に飛び込んで目指す陸地は、ポプラの並木が風になびく岸というよりは土手である。当時撮影助手だった厚田雄春にこの疑問を投げかけた所、このラストは潮来ロケだったそうで、この船は北海道行きの汽船に乗る前の艀《ハシケ》じゃないんですか、と一蹴されてしまった。そんなこと、こだわらなくてもいいと言われればそれまでだが、初めてプリントを観た時から釈然としないままに、今なお腑に落ちない。

こだわりついでにポプラだが、松を嫌う小津もポプラは好んだようで、『東京の合唱』の中学校の校庭のポプラや『一人息子』のおふくろ(飯田蝶子)が工場で眺めるポプラなどが印象的である。当時、蒲田や鶴見の街路樹としてもやたら目についたそうだ。プリントのない『また逢ふ日まで』の**S41　女の部屋**でも、男(岡譲二)が窓外に目をやる、ポプラ、という台本の書き込みがあった。恐らく、インサートされていたと思える。

珍しいので、台本の尻に書かれた仕上げメモも記しておく。

《記録》

▲ネガ使用高　一九七四〇呎(3時間40分)
▲タイトル　二七〇三呎(30分)
▲合計　二二四四三呎(4時間10分)
▲出来上り　九一一五呎(1時間41分)

▲本読み　七月八日
▲撮影開始　七月十八日
▲試写　九月二日
▲封切　九月七日

＊

松竹蒲田

［スタッフ］原作＝ジェームス・槇／脚色＝池田忠雄／撮影＝杉本正二郎／美術監督＝脇田世根一／編集＝石川和雄／監督補助＝清輔彰、原研吉／撮影補助＝長岡博之、星井秀雄／舞台装置＝大谷弥吉／舞台装飾＝星野武／衣裳＝斎藤紅／結髪＝芳賀治江／撮影事務＝高山伝／配光＝中島利光／現像＝納所歳巳、阿部鉱太郎／タイトル＝藤岡秀三郎／タイトル撮影＝日向清光

［キャスト］喜八＝坂本武／春江＝伏見信子／次郎＝大日方伝／おとめ＝飯田蝶子／富坊＝突貫小僧／床屋＝谷麗光／先生＝西村青児／級長＝加藤清一／医師＝山田長政／会社の上役＝石山龍嗣

脚本、ネガ（複写）、プリント現存

S10巻、2759m（一〇〇分）

白黒・無声

九月七日　帝国館公開

母を恋はずや　一九三四年（昭和九年）

全九巻のうち、現存するフィルムは最初と最後の一巻ずつが欠けている。戦時下の混乱により紛失したのだという。その部分はこの全集で台本をご確認いただくしかない。なお、**S33**と**34**はここに収録した台本では雨のシーンとなっているが、実際には雪降るなかで撮影された。

大きな家の没落の中で、母の違う兄弟（大日方伝と三井秀男）を扱ったメロドラマである。台本は池田忠雄（二月十四〜十六日、熱海相模屋で脱稿）だが、のちに題名の文法上のことで伊丹万作の指摘があり、伊丹と「池忠」は激しく争った。

美術に浜田辰雄のクレジットがあるが、この作品から小津映画に加わった後のレギュラーメンバーである。三月六日撮影開始、五月四日に撮影完了、十一日に封切られたが、その製作さなかの四月二日に、小津は父寅之助を狭心症で亡くしている（享年六十九）。

＊

松竹蒲田

［スタッフ］原作＝小宮周太郎／構成＝野田高梧／脚色＝池田忠雄／脚色補助＝荒田正雄／撮影＝青木勇

［キャスト］父梶原氏＝岩田祐吉／母千恵子＝吉川満子／長男貞夫＝大日方伝／次男幸作＝三井秀男／その少年時代＝加藤清一／その少年時代＝野村秋生／岡崎氏＝奈良真養／その夫人＝青木しのぶ／ベーカリーの娘和子＝光川京子／服部＝笠智衆／光子＝逢初夢子／蘭子＝松井潤子／チャブ屋の掃除婦＝飯田蝶子

脚本現存、プリント（ただし1巻と9巻は欠損）現存、ネガなし

S9巻、2559m（九三分）

白黒・無声

五月十一日　帝国館公開

浮草《うきくさ》物語　一九三四年（昭和九年）

後年（一九五九年）大映で、カラー作品として『浮草』を撮っている（下巻に収録）。ストーリーとしては同根なのでどうしても場面を比較しながらの話になってしまうが、同じ浮草稼業の旅役者でも、坂本武の左半次こと喜八と、鴈治郎の駒十郎では、本質的に主人公の人物像が異なる。

それは、丸橋忠弥の喜八と突貫小僧の富坊の犬がドヂを踏む「慶安太平記」と、京マチ子のすみ子扮する「国定忠治」の舞台の演目の違いではなく、喜八ものとそうでないものとの差であり、小津がよく言う芝居のオクターブの違いである。それが一番よく判るのはこの『浮草物語』の**S52　納屋の軒下**であり、『浮草』では**S74　倉庫などのある横丁**、所謂、雨の中の対決シーンである。

下巻とも重複するが、ここで駒十郎とすみ子の対決を引用すると、

74　倉庫などのある横丁

雨の中を、駒十郎とすみ子が見合っている。

駒十郎「この阿呆！　馬鹿ったれ！　何が何ンじゃい！　ええ加減にさらせ！」

すみ子「何が何やッ！」
　表通りを人が通る。
駒十郎（ふと見て離れ）「おのれなんぞの出遮張る幕かィ！　すッこんどれッ！」
すみ子、肩で息をしながら睨み返している。
駒十郎「おのれ、あの母子に何の言い分があンのやッ！　わいが伜に会いに行って何が悪い！　わが子に会うのンが何が悪いンじゃィ！　文句あるか！　文句！　あったら言うてみィ！　阿呆！」
すみ子（睨み返して）「フン、偉らそうに！　言うことだけは立派やな！」
駒十郎「何ッ、このアマ！」
すみ子「ようもそんな口がきけるなァ！　そんなことうちに言えた義理か！」
駒十郎「なんやとッ！」
すみ子「忘れたンか、岡谷でのこと！　誰のお蔭で助かったと思うとンのや！　豊川の時かてそうやないか！　ご難のたんびに頼む頼むって、うちにその頭下げよって！」
（中略）
駒十郎「よゥし……お前との縁も今日ぎりじゃィ！　二度とこの敷居またいだら承知せんぞ！」
　すみ子、睨み返している。

名匠宮川一夫のキャメラワークも思い出される――

　少々長くなったが敢えて引用したのは、オクターブの違いという意味がよく判るからである。馬鹿！　阿呆！　の罵り合いに、激しい雨足が加わって、まことに小津らしからぬハッスルぶりである。名場面という評価もあるようだが、サービス過剰な、ドラマチカルな演出で私はどうも頷けない。

　サイレントとトーキーの差というより、罵り合いの直ぐ足元から土台が崩れ落ちそうで、おちおち言い争いもして居られない根無し草の悲哀が『浮草物語』にはあっても『浮草』にはないからだ。鴈治郎・京マチ子はやっぱりオクターブが高く、立派すぎて、旅芸人にはなれないのだ。だからといって坂本武や八雲理恵子（恵美子）が貧弱というわけではないが、オクターブを押えていないと小津作品のテーマは不鮮明になる。俳優の演技をある程度型にはめるのは枝葉末節の所で不必要な動きをして欲しくないからである。

　S26 の河についても、私は『浮草』の堤防での鴈治郎と川口浩の海釣り（**S44　桟橋**）より『浮草物語』の川釣りの方が好きだ。川の中に膝まで入った父子が流れに沿ってウキを流し、二人揃って竿を上流に返す動きの中で、父子の情が明らかに蘇ってくる演出の方が素晴らしい。


　中村鴈治郎は名優だから、『小早川家の秋』の万兵衛の飄々たる孤独は表現出来るが、喜八には、格調が邪魔してどうやってもなり切れないのである。勿論、小津も鴈治郎の『浮草』は喜八ものの旅役者の話という感覚ではなく、京マチ子と杉村春子の三角関係の方を描きたかった風であるが、杉村春子の絶妙な好演もあってお芳の家の場面は坂本武・飯田蝶子の『浮草物語』の酉屋より数段優るものであった。

　ただ勿論この作品、三年連続のキネマ旬報ベスト・ワンを得た傑作である。

＊

松竹蒲田
［スタッフ］原作＝ジェームス・槇／脚色＝池田忠雄／撮影・編集＝茂原英朗／美術監督＝浜田辰雄／監督補助＝原研吉、根岸浜男、田中時夫、石川和雄／撮影補助＝厚田雄春、入江政男／舞台装置＝大谷弥吉、角田民造／舞台装飾＝三嶋信太郎・日野芳男／衣裳＝斎藤耐三／結髪＝芳賀治江／配光＝中島利光／現像焼付＝納所歳巳、阿部鉉太郎／タイトル＝藤岡秀三郎／タイトル撮影＝日向清光／撮影事務＝高山伝
［キャスト］市川左半次＝坂本武／かあやん（おつね）＝飯田蝶子／信吉＝三井秀男／おたか＝八雲理恵子（恵美子）／おとき＝坪内美子／富坊＝突貫小僧／とっさん＝谷麗光／吉ちゃん＝西村青児／マア公＝山田長正（長政）／立師＝青野清／下廻り＝油井宗信／小屋の男＝

平陽光／駅員＝若宮満／古道具屋＝縣秀介／床屋のかみさん＝青山万里子／村の男＝池部光村
脚本、ネガ、プリント現存
S10巻、2438m（八六分）
白黒・無声
十一月二十三日　帝国館公開

箱入娘　一九三五年（昭和十年）

喜八ものの中では、一番軽く、たあいない気がするが、サブタイトルに、「銭湯で聞いた話」――第一話――とある。而も原作といわず、〝原話〟として式亭三右の名がある。式亭三馬の『浮世風呂』をもじったものだ。この年の二月二十四日の日記に「原作料40円、城戸所長から貰った」とあるから、式亭三右即ち小津＝ジェームス・槇のことだろう。シリーズにする企画（「おかみさんシリーズ」）だったようだ。

ここでも世の中のトーキー全盛に対抗すべく、サウンド版（音楽や特別の効果音だけ入っている）ながら、スポークン・タイトルの出し方は工夫している。

特に、**S28の夜の道**のおしげと荒田の道行きの終りにいきなり、

Ⓣ〝伊豆文の若旦那
此の頃、お針のお師匠さんちへ
日参なんだってさあ〟

のⓉを放り込んで、**S29の色街の昼**のシーンになる。トーキーでいうセリフの〝ズリ上げ〟の手法だが、このタイトルを喋っているのは明らかに次に出て来るお湯帰りやお稽古帰りの芸者衆の中の一人である。場面転換としては〝筋売り〟のシーンだけに、ショッキングなⓉの出し方で、ダレるのを救っていると言える。

これは、**S55の銭湯の場面でも際立っている。S55の二階**で、自分の気持とは裏腹に進行する縁談に考え込むおしげの顔に、いきなり富士山のペンキ絵が出て、

Ⓣ〝髪結いさんとこの縁談
お前さんが纏めたんだってね〟

になり、次の**S57　銭湯の中**になって、古本屋の亭主が喜八に喋っていることが判る仕組みだ。鮮やかである。

S75のおつねの家にも注目して頂きたい。『晩春』の花嫁姿の原節子と笠智衆の別れのシーンが、田中絹代と飯田蝶子の母娘で演じられている。名場面は一朝にして出来たわけではないと思い知らされる。

笠智衆は、この『箱入娘』ではタイトルにも乗らない小さな役で出ていたが、お正月用の映画なのにキャメラの故障で大晦日も徹夜になってしまい、元日の朝、スタッフ・俳優一同、髭ぼうぼうで雑煮を祝ったのが忘れられないと語っていた。小津自身の日記にも、

一九三五年一月一日
「箱入娘」かみ結ひの撮り直しに
雨とともに元日があける
明菓の二階で皆と鴨雑煮と酒
午後　ご挨拶の
蝶子・武・香取・忍　深川宅に来る

とある（明菓というのは、蒲田撮影所近くにあった明治製菓のコンフェクショナリー。蝶子は勿論飯田蝶子、武は坂本武である）。

ついでながら、一月四日の日記には「五時より試写、まことに凡作、新春かかる凡作にては本年はよき年に非ず」とある。一月九日には茂原と内務省に出頭、三〇mカットされている。検閲にひっかかったのだ。そして四月六日の日記には、

いつも言うことだが
俺に一番大切なものは「俺だ」
俺の中の一番上座に据えられているものは
「仕事だ」

とある。（里見弴「叱る」からのメモである）

＊

松竹蒲田

[スタッフ] 原作＝式亭三右／脚色＝野田高梧、池田忠雄／撮影＝茂原英朗
[キャスト] おつね＝飯田蝶子／おしげ＝田中絹代／喜八＝坂本武／富坊＝突貫小僧／荒田＝竹内良一／村田＝青野清／おたか＝吉川満子／伊豆文の大旦那＝縣秀介／若旦那＝大山健二
脚本のみ現存、ネガ、プリントなし
SD8巻、1847m（六七分）
白黒・無声（サウンド版）
一月二十日　帝国館公開（一月十一日　大阪劇場公開）

東京の宿　一九三五年（昭和十年）

現在の日本からは到底想像も出来ない大不景気で、失業者や宿無しがごろごろしていた昭和一ケタ末期の生活が浮き彫りにされている。この年のキネマ旬報ベスト・テン第九位。

原作者は小津だが、例によってもじって、「文無し」＝"without money"＝ウィンザァト・モネとしている。

犬探しなど、人も犬も深刻だ。犬に与える餌がないから、自然、飼い犬も野良犬化し、従って野犬が増える。野犬対策上、一匹捕えて持ってくれば、役所は二十銭でお買い上げになるわけだ。その二十銭が、メシ代か宿賃かという件りになると、笑ってはいられない。

しかし、喜八が絵に描いたように無能で何の智恵もなく、工場街をさ迷っては門前払いを喰っている。子連れでなくても職にありつける筈がない。女房にだって逃げられるわけだ。そんな喜八の他愛のなさに不満はあるが、**S22の例の原っぱ**は秀逸だ。

イメージで親子が酒宴をする件り、徳利が倒れた気持で慌てて起したり、紙幣を惜し気もなくバラ撒いたり、よそったメシにお茶をかけてお茶漬にするなど、ペーソス配分の上手さに驚く。

かあやんに出会って折角垣間見た倖せを、人ッ子一人助ける為に放り出してしまうラストシークエンスも、読みごたえがある。惚れた女の為には自分は勿論、わが子の倖せさえ犠牲にしてしまう喜八の非常識さ加減が、いかにも喜八的で胸がすく。泥棒までして金をつくった喜八に「何て、馬鹿なことをしたんだい!!」と憤りをぶつけるかあやんに対して、「でも俺は黙って見ちゃいられなかったんだ」というスポークン・タイトルは、喜八の正義感というより、小津自身の倫理観というか、処世訓のような気がする。私は何故かこのシーンを清書しながら、小津が敗戦後のシンガポールの収容所から帰還する日のことを思った。松竹の撮影隊は四十名近くいたようで、内地帰還の船は割り当て制だった。イギリス軍監視下の捕虜生活から誰だって一日も早く脱けて、日本へ帰りたい。だから、クジを引いて、乗船の順番を決めることにした。小津は自分が当るたびに外れたスタッフの誰かと交替してやり、結局一番最後の船で、敗戦の翌年になって帰ってくる。

間尺が合わなかろうが、周りが馬鹿だと言おうが、喜八は一本道の生き方しかしない。いや人並みに逡巡はするが、結局選ぶ道は一つなのだ。どうも喜八と小津がクロスしてくる。

この『東京の宿』の撮影は『菊五郎の鏡獅子』の撮影と重なり、難渋を余儀なくされている。日記によれば、

一九三五年

6・13　城戸所長より『菊五郎の鏡獅子』の実写の話がある。
このところ、池田・荒田と連日脚本（『東京の宿』）の相談、暁におよぶ。

6・15　『東京の宿』脚本一応完成し、コピーにまわす。
土橋式トーキーで撮れとの話あるが断る。（茂原氏と年来の口約あり、口約果さんとせば、監督廃業にしかず、それもよし）

6・16　本郷の城戸所長宅を訪ね、再度、茂原式を推す。

6・17　『東京の宿』本読み。及び『鏡獅子』打合せ。

6・20　『喜八の家』セット撮影開始。『鏡獅子』打合せ。

6・22　茂原と歌舞伎座に六代目を訪ねて打合せ。
6・23　六代目化粧のテスト撮影。
6・24　楽屋でテストの試写。
6・25　歌舞伎座終演後、六代目『鏡獅子』を徹夜で撮る。
6・27　「木賃宿」のセット夕刻まで撮ってのち、『鏡獅子』の整理、28日の暁に及ぶ。
6・28　丸の内松竹で『鏡獅子』試写。のち一同、六代目宅でシャンパンを抜いて祝盃。残って暁方まで芸談を聞く。
7・1　前日より微熱、終に就床、欠勤。（監督になって以来、はじめての欠席也）
7・9　『東京の宿』原作料入る。
7・10　近衛歩兵四聯隊に入隊（演習召集）。

となっている。まさに連戦連闘、流石の小津も熱を出して、ダウンしている。

トーキー問題も、城戸所長とトコトンやり合っている様子がありありで、ついに、昭和十二年の『一人息子』まで（茂原式が完成するまで）手をつけない。監督辞すも、茂原氏との口約束が大事という辺り、小津の面目躍如だ。

＊

松竹蒲田作品

［スタッフ］原作＝ウィンザァト・モネ／脚色＝池田忠雄、荒田正男／撮影・編集＝茂原英朗／監督助手＝原研吉、根岸浜男、西川信夫、石川和雄／撮影助手＝厚田雄春、入江政夫、桜井清寿／録音＝土橋晴夫／作曲指揮＝伊藤宣二／演奏＝松竹蒲田楽団／音楽監督＝堀内敬三／美術監督＝浜田辰雄／装置＝大谷弥吉・佐藤欽一／装飾＝三嶋信太郎・日野芳篤／配光＝中嶋利光／衣裳＝斎藤紅／結髪＝遠藤末子／現像＝納所歳巳、阿部鉉太郎／タイトル＝藤岡秀三郎／タイトル撮影＝日向清光／撮影事務＝高山伝

［キャスト］喜八＝坂本武／善公＝突貫小僧／正公＝末松孝行／おたか＝岡田嘉子／君子＝小嶋和子／おつね＝飯田蝶子／警官＝笠智衆

脚本、ネガ、プリント現存
SD10巻、2191m（八〇分）
白黒・無声（サウンド版）
十一月二十一日　帝国館公開

菊五郎の鏡獅子　一九三五年（昭和十年）

日本文化を海外に紹介するために財団法人国際文化振興会から松竹が委嘱されて製作したもので、東京国立近代美術館フィルムセンター所蔵のフィルムは、そのためかタイトルもナレーションもすべて英語であった（日本語バージョンは松竹大谷図書館に所蔵されているという）。海外の日本大使館での外国人上映会などに利用された、二巻ものの短編である。つまり一般公開はされていない。

上記の日記の通り、この年の六月十三日、城戸所長より六代目の『鏡獅子』の実写の話があり、十五日には土橋式トーキーで撮れとの命が下る。しかし、小津は「（撮影の）茂原氏とは年来の口約あり、口約果さんとせば監督廃業にしかず、それもよし」。翌十六日の夜に本郷の城戸所長宅を訪ねて茂原式トーキーについて語り、さらに十八日には茂原英雄とともに所長室でトーキーの話し合いをしている。どうやらそこでオーケーの内諾を得た模様で、二十二日に歌舞伎座に六代目を訪ねて打ち合わせをし、二十三日化粧のテスト撮影、二十四日楽屋でテストの試写、二十五日には舞台終演の後、徹夜で撮影した。それがこの『菊五郎の鏡獅子』である。

内容についてはシナリオが存在しないので、紹介のしようがなかった。シークエンスが若林洋一氏によって細かく描写されているので以下に引用したい（『小津安二郎を読む』フィルムアート社、一九八二年）。

「上演の舞台である歌舞伎座のスケッチから始められる。外観から正面入口そして舞台内部へと紹介が続き、さらにカメラは楽屋へ入り、六代目の楽屋風景が紹介される。ここまで、すべて固定ショットで撮影され、……劇映画における室内描写とまったく変わりがない……。

幕が上ると、美しい小姓弥生の踊りが始ま

る。獅子頭を手にするまでの前半部を、小津は、舞台正面（A）と舞台右手（B）の二箇所にカメラを据え、フルショットで舞台と平行した高さから捉えている。A―B―A―Bの連鎖からなる画面は、小津の劇映画の登場人物の会話が、丹念なカット・バックで構成されているのを彷彿とさせる。注目すべき事は、菊五郎の踊りの動きにつれて、カメラがパンニングしていることである。但し、カメラの位置は固定されていて、カメラそのものの移動はない。……花道から揚幕に一気に駆け入るところであるが、この場面は、カメラを花道の前の客席（C）に据え、大胆とも言うべきパンニングで一気に撮影し、六代目の入神の演技を余すところなく捉えている……。

そして再び揚幕が持ち上がり、獅子に扮した六代目が威風堂々と登場し、Cの視点からカメラは一気にパンで舞台中央に繋ぎ、Aの視点からバストサイズで六代目を捉える。そして、二匹の胡蝶が登場する場面では、前半部と異なるカメラの視点が加わり、二階席から俯瞰（D）で、舞台を捉えるようになる。後半部はA―D―A―Dのリズムで画面が組み立てられ、特に獅子の毛を振り回す狂いの場面が、後半部の見所になる。最後は六代目が二畳台へあがり、止め拍子を踏み、袖を左右に開いて、幕が下がる」

この後の論考で若林氏は、『鏡獅子』にいまこの種のドキュメンタリーでよく見られる観客のリアクション・カットが用いられていない点を挙げ、小津はたとえドキュメンタリーであっても映像づくりにハプニングやリアリズムを志向しないと断定している。しかしこの映画は、舞台終演後に徹夜で撮影したものである以上、判断はやや微妙にならざるをえないのではないだろうか。

小津作品中、唯一の記録映画であると同時に、小津のトーキー第一作でもある。舞は六代目尾上菊五郎、尾上琴次郎、尾上しげる。謡が松永和楓、三味線が柏伊三郎、太鼓は望月太左衛門。

六月二十八日の明け方まで編集し、夜に丸の内松竹で試写、のち一同六代目宅でシャンパンを抜いて祝杯、明け方まで六代目の芸談を聞いている。七月一日、前夜、高熱を出して欠勤。「監督になって以来はじめての欠席也」（日記）。七月十日に小津は、演習召集のため、東京青山の近衛歩兵第四聯隊に入隊している。

＊

松竹蒲田
［スタッフ］撮影＝茂原英雄
［キャスト］六代目尾上菊五郎／尾上琴次郎／尾上しげる
プリント現存
2巻、530m（一九分）
白黒・トーキー
一般公開なし
（台本が存在しないため、本書には収録していない）

大学よいとこ　一九三六年（昭和十一年）

小津自身、この頃が経済的に一番苦しかったと言っているように、下町には失業者や宿無しがごろごろし（前作『東京の宿』）、大学生とて、大学は名のみ、薄氷を踏む思いの生活である。

特に印象的なのは、〝大学生は「尻尾《シッポ》を持たない人間」の最後の姿である〟と持ち上げながら、**戸山ヶ原**の軍事教練で始まるトップシーンと言い、「大学生は尻尾を持った人間の最初の姿でもある」と結論づけたラストシークエンスもまた、戸山ヶ原の**行進する軍教部隊**でしめくくりとなること。さらに最後は教官の「右に向きを変え――進め！」で、右に向きを変えさせられて、行進してゆく学生部隊の後姿である。

明らかに右に向きを変えて、戦争に向って突っ走って行く日本の非常時を見据えている。小津流に声高かには批判してはいないが、教練と教練に挟まれた大学生活に何があるのか、実は、やり切れない毎日のアルバイトや下宿生活を面白おかしく描けば描く程、ペシミスティックになることは承知の上だ。

サイレント最後の作品だけに、タイトルの扱

いも、略々《ほぼ》完璧だ。例えば**S70**の、

Ⓣ〝あんまり鮫の煮付けばっかり
喰わせると
俺は暇だからあの煙突に
昇っちゃうぞって――〟

と内儀さんに言っとけよと念を押し、**S88**の女中、窓を見る、**89**の**風呂屋の煙突**、**90**の女中の思い出し笑い、で、**91**の**煙突**になり、モクモクと煙を吐き出しているのへ、

Ⓣ〝なあんだ、また鮫か〟

で、初めて、**92**の**お膳**になり、鮫の煮付がのっている。次の**93**、女中が笑って、

Ⓣ〝見ててあげるから
昇ってご覧なさい〟

ユーモアを混じえて、実に巧みな展開だ。

どだい、「大学出たって就職出来るわけじゃなし、大学ってそんな素晴らしいとこじゃない」という持論が『大学よいとこ』という皮肉になるのだから、教育の貧困の例証も肩をつぶした名投手の行く末も退学して故郷へ帰る天野(笠智衆)も、実はそろそろ世の中に愛想をつかし始めたことをさり気なく言いたいのだ。

「暗い」という封切り時の評価が定着しているようだが、『また逢ふ日まで』とは違った意味で〝非常時〟に対して警鐘を鳴らす底意を感じる。

小津の台本には、巻頭の「尻尾を持たない人間の最後の姿」の前に、

Ⓣ〝ダーウィンの進化論は
既に経済学的に時効にかかっている〟

Ⓣ〝昭和聖代に於ては――
資本は再び人類に尻尾を要求する〟

との書き込みがある。

テーマは益々はっきりする。

再び、当時の日記を引用する。

一九三五年

12・11 一日 うち 久々にひるね
大学よいとこの作詞
ひねもす くろす あっぷの
明眸を 身近かに感ず
(編者注=歌は、天野の送別会で歌っているものであろう。クローズ・アップの明眸の主は、主演の高杉早苗と思われる)

12・18 『大学よいとこ』整理出来ただけ試写してみるが、まずいのでくさる

12・31 この年 まことに よき年に
あらざりき
あらゆるもの よろしからず
宿世のつらさを感じ
酒のうまさを覚ゆ
来る年 清貧にくらさんかな
赤貧・洗わざれば 幸也

*

松竹蒲田

[スタッフ]原作=ゼームス・槇/脚色=荒田正男/撮影=茂原英雄

[キャスト]大学生藤木=近衛敏明/天野=笠智衆/西田=小林十九二/河原=大山健二/井上=池部鶴彦/青木=日下部章/藤木の妻千代子=高杉早苗/講師=斎藤達雄/下宿の亭主=青野清/お内儀=飯田蝶子/女中=出雲八重子/教官=坂本武/子供=爆弾小僧

脚本のみ現存、ネガ、プリントなし

SD13巻、2352m(八六分)

白黒・無声(サウンド版)

三月十九日 帝国館公開

一人息子 一九三六年(昭和十一年)

巻頭にかかげた芥川龍之介の『侏儒の言葉』は、小津安二郎にとっても、まさに生涯のテーマとなった運命的な響きを持っている。

成人した子供と、何時までもその子を自分の範疇下にあると思い、やがては期待を見事に開花させて呉れると希う老いた親、そのくい違いは、悲劇と言えば言えるが、だからこそ人生であり、畢竟、小津が生涯のよりどころとした「輪廻」観へつながってゆくものである。『一人息子』はそういう意味で、サラリーマンものや喜八ものから行き着いた小津映画の「中核」をなす作品である。ベスト・テン第四位。

監督小津は、蒲田時代の十年間に、三十五本の映画をつくっている。三十六作目が、蒲田撮影所最後の作品『一人息子』となったわけである。昭和十一年一月十五日、当時可燃性だった屑フィルムを天高く燃しながら、皆が輪になって、蒲田行進曲を歌ったという引越しセレモニーをよそに、土橋式トーキーシステムを採用した大船に一人背を向け、茂原式トーキーの完成を待つ小津安二郎の姿は、頑なと言えば頑なだが、茂原氏との約束に節を曲げない意地は、いかにも小津っぽくていい。しかし防音設備の不備な蒲田では結局、昼間の同時録音撮影が出来ず、深夜みんな寝静まる頃から、毎晩徹夜で数カットずつ、撮りつないで行ったようだ。

以下、順を追って、プリントと対比しながら記した私のおぼえがきである。

△タイトル

冒頭の一九二三年は、大正十二年、関東大震災の年であり、大杉栄や伊藤野枝が甘粕大尉に殺され、「船頭小唄」が流行った年でもある。一九三五年は昭和十年の信州、一九三六年は昭和十一年の東京である。従って当然、この十二、三年間の世界的な不況と経済恐慌の中で、主人公の良助は、中学校もその上の学校も出たことになるわけである。

△春繭買入れの貼紙

軒先きのランプといい、この貼紙といい、大正十二年の信州に腐心している。さらに見落せないのは次の製糸工場の様変りだ。

△製糸工場

S3の製糸工場は実に旧式で、グラグラ煮え立つ繭、糸車がカタカタと廻って、働いている女工は、まだ若い日のおつねやおしげである。それが十二年後の**S15**では、工場はすっかり近代的に機械化され、女工達は若い娘たちにとって代り、おつねやおしげは雑役婦に追いやられ、僅かにお情けで首をつなぎ留めているに過ぎない。時代の流れの非情さを、さり気なく出すのも小津流である。

△東　京

深川生れの小津は、小学校五年の時東京を離れて松阪に移住、中学時代を宇治山田の寄宿舎で送っている。いわば地方の小都市で生活したわけだから、友達はじめ周囲の人々がいかに東京に憧れ、東京を意識しているか、またいかに田舎者がコンプレックスを感じているか、身をもって知っているし、体験した筈だ。だから、『東京の合唱』はじめ、『東京の女』『東京の宿』『東京物語』『東京暮色』と、「東京」のつく映画が五本もあるのだ。この『一人息子』も元を正せばサイレント映画の『東京よいとこ』である。

なお、『東京よいとこ』のシナリオは、一九三五年三月十六日脱稿、十八日本読み。二十一日大日方伝が松竹を脱退、息子役が日守新一と代る。四月二十五日に飯田蝶子が胆石で順天堂に入院、撮影頓挫。このような経緯をもってサイレントの『東京よいとこ』は翌年、このトーキー映画『一人息子』に書き直されたのである。

勿論、中央集権的な日本では、東京は文化の中心だし、「東京へ行って勉強する」「東京へ行って働く」は、地方の人々にとって、夢なのだ。しかし「東京」は甘くない。「夢」は見事に打ち砕かれる。小津さんの「東京」は、何等かの形で夢や期待を圧しつぶし、都落ちを強いる。都落ちを拒絶し、東京にしがみつけば、死が待っている。

『東京の合唱』の岡島（岡田時彦）が失業して都落ちするのは栃木県の女学校だし、『東京の女』では、昼はタイピスト、夜は酒場の女給であり売春してまで東京の生活を死守、弟の学資の面倒をみようとする姉（岡田嘉子）の心も知らず、体裁や体面の前にくじけてしまう弟（江川宇礼雄）の行く先は、あの世の天国か地獄だ。『東京の宿』では、職を求めて転々とする子連れの中年男喜八（坂本武）が、同じ境遇の中年女おたか（岡田嘉子）が子供の疫痢を救おうとして酌婦に身を落すのを見兼ねて、盗みを働く。喜八の前途にはもはや、牢屋しかない。『東京物語』は尾道が終焉の地、『東京暮色』は北海道への旅立ち、上野駅がラストシーンだ。「東京」という響きの裏に隠された都会生活の期待と挫折、そしてその落差が、何時の場合も、声高ではないが、実に強烈に仕組まれている。『一人息子』も例外ではない。東京と信州が、母の期待―失望―あきらめといううつろいに従って、風化していくさまの、実に象徴的な舞台背景になっているのだ。

　しかも、この『一人息子』の「東京」には、大久保先生（笠智衆）も、母おつね（飯田蝶子）も、東京に行って勉強さえすれば偉くなれるという「立身出世」の幻想を持っている。幻想が錯覚だと知った時の落胆――それでも「東京」は主人公たちの前に傲然とそして厳然と聳え立っているのだ。**埋立地**（S67）での親子といい、寝つかれぬ夜半、**良助の家**（S76）での親子の会話といい、あれだけ期待した夢のような東京が、実は荒涼たる都会砂漠であることを、いやでも確認せざるを得ないシーンは、親子がもはや、同じ次元で同じ土俵でコトバを交すことすら出来ない失望感と苦痛に満ちている。何とも名場面である。

△眼　線

　普通、撮影の常識として、会話する二人の人物をそれぞれ、大きなサイズ（アップとかバスト）で単独に撮る場合には、必ず、その視線が相手の視線と交錯するようにキャメラポジションを設定するものだ（この視線のことを撮影用語では眼線《めせん》と言う）。ところが、有名な**埋立地**のシーンや**良助の家**では、小津さんは意識的に会話する人物の眼線を交錯させないように撮っている。これは、多少とも演出や撮影に興味のある人ならば、奇異に感ずるかもしれない。後年、『小早川家の秋』のラストシーンで、橋を渡ってゆく葬列の、最後尾にいる原節子と司葉子の立ち止まりから寄りのカットバックで、原節子のバストを眼線を廻り込んで撮影した時、大プロデューサーの藤本真澄が小津さんは映画文法上のミスを犯していると言ったのは有名な話だが、小津は『小早川家の秋』で初めて眼線を変えたわけではなく（撮影用語では、このことを廻り込みとか渡り込みとかいう表現で、眼線の交錯を無視するキャメラポジションを指す）、この『一人息子』あたりから意識的に、この眼線の平行を意図している。藤本はじめ、なまじ文法を知っている人にとってこの眼線の混乱は奇異で、思わず鬼の首でも取ったように間違いを指摘したくなるようだが、小津はいつも笑って受け流していた。『浮草』（大映）の宮川一夫や、『小早川家の秋』（宝塚）の中井朝一など、名キャメラマンたちも、初めは一瞬、小津のこのポジションの撰択に戸惑ったという話を聞いている。もともと小津は、ローアングルにこだわっただけでなく、フェイドイン・アウトやオーバーラップは勿論のこと、パンやトラックアップ・バックなどを含めたキャメラの動きに対しても制限を加え、野放図に動き廻ることを抑制している。これは、テクニシャンの小津が、キャメラやオプチカル・プリンターなどの操作によって、エディティングのリズムを乱されることを極度に嫌ったからだ。つまり眼線の混乱も、実は高度なテクニックなのだ。

　だから、**S67　埋立地**の母子のカットバックも、おつねの方は正常に良助を見る眼線、即ち上手を見るが、良助を撮る時、当然、下手にいるおつねへの眼線を、渡り込んで正面より上手におつねが居るようなポジションで撮り進めている。ということは、二人の眼線は、微妙に交錯せず、平行線をたどるわけである。同じ思惑や期待が、成就せず、不本意な形になってしまった無念さを、母と子の対立ではなく、むしろ、諦めの境地へ誘導させようという意図と思われる。

これは小津が人物配置として、二人を並列的に並べることを好んだことと関連がある。小津のドラマツルギーというかシネマツルギーの基底には、登場人物の葛藤とか対立よりは、同じことを指向しながら喰い違ってしまう落差をお互いが埋め合おうとする気遣いとか息づかいを、ある場合には面白おかしく、ある場合には粛然と見据えてゆくことがある。従って、どうしても二人は、お互いを見つめるというよりは、もっと遠い所に視点を合わせて、平行に近い状態で、共存していく形にならざるを得ないのだ。言葉を変えれば、ドラマチカルな葛藤や言い合いより、葛藤の結果としてある歪みをどう解決してゆくかに興味が移っていると言える。小津が若い頃から大人と言われ、「いさかい」を極度に嫌ったことも、作風と大いに関わりがあるような気がしてならない。

△クラブ白粉《おしろい》

S72　窓外（夜景）に、クラブ白粉のネオンが明滅するが、当時としては斬新で、微かに聞えて来るジャズが、妙にもの悲しい。元松竹の宣伝部長だった島尾氏によれば、タイアップ第一号で大いに面目をほどこしたと言う。

△ラスト

製糸工場の裏手、特徴のある三層、四層の工場の白壁に陽が当って、本来ならば何とも美しい風景である。しかし、遠景にポツンと現われたおつねが、心なしか足を引きずりバケツを下げて陽だまりにゆきフウッと吐く溜息は、何とも強烈である。人生の終りに近づいたおつねの、心象風景は裏門の扉にかかった一本の閂《かんぬき》なのだ。固く閉ざされた門を、最後に下から仰って撮っている。おつねの希みを断った、象徴的なカットである。映画を見た人にとって、忘れ得ないラストカットだと思う。

＊

松竹蒲田／大船

［スタッフ］原作＝ゼームス・槇／脚色＝池田忠雄、荒田正男／撮影＝杉本正次郎／録音＝茂原英雄、長谷川栄一／美術監督＝浜田辰雄／音楽＝伊藤宣二／音響効果＝斎藤六三郎／助監督＝原研吉、根岸浜男、西川信夫／撮影記録＝下村直治／撮影事務＝高山伝／撮影補助＝厚田雄春、桜井清寿、宇野沢仁／配光＝中島利光／現像焼付＝納所歳巳、阿部鉉太郎、宮城島文一、由良貞司／舞台装置＝大谷弥吉／舞台装飾＝日野芳篤／録音補助＝吉川倫治、入江政男、神保幹雄、熊谷宏、関原松雄、小谷野幸雄／衣裳＝斎藤耐三／結髪＝岸村郁／字幕＝藤岡秀三郎／字幕撮影＝広木正幹／音楽演奏＝松竹大船楽団

［キャスト］野々宮つね＝飯田蝶子／野々宮良助＝日守新一／その少年時代＝葉山正雄／良助の妻杉子＝坪内美子／おたか＝吉川満子／大久保先生＝笠智衆／その妻＝浪花友子／その子＝爆弾小僧／富坊＝突貫小僧／女工おしげ＝高松栄子／近所の子＝加藤清一／君子＝小嶋和子／松村老人＝青野清

脚本、ネガ（複写）、プリント現存

10巻、2387m（一〇三分）

白黒・トーキー（以後の作品はすべてトーキー）

九月十五日　帝国館公開

淑女は何を忘れたか　一九三七年（昭和十二年）

舞台が初めて、下町から山の手に移った。蒲田から大船に撮影所も移転して、自分自身も、深川から高輪へ引越した最初の作品である。下町を捨てたわけではないのだろうが、一つには、栗島すみ子の引退記念興行の意味もあって、華やかなソフィスティケイションの味を狙ったわけである。栗島とは『お嬢さん』以来、六年ぶりの顔合せ。**S18**　歌舞伎座の**廊下**では、特別出演の上原謙が「大船のスター上原謙」と、そのまま出ている。ベスト・テン第八位。なお、この年小津が原作（『愉しき哉保吉君』）を提供した内田吐夢監督『限りなき前進』は第一位であった。

＊

松竹大船

［スタッフ］脚本＝伏見晁、ゼームス・槇／撮影＝茂原英雄、厚田雄春／録音＝土橋武夫、妹

尾芳三郎／編集＝原研吉／美術＝浜田辰雄／音楽＝伊藤宣二／配光＝中島利光／装置＝大谷弥吉／装飾＝日野芳篤／助監督＝根岸浜男、西川信夫、石川和雄、吉村公三郎／撮影助手＝桜井清寿、腰塚俊雄、斎藤毅／現像焼付＝佐々木太郎、納所歳巳／擬音効果＝斎藤六三郎／録音助手＝大谷昌允、前田嗣利、高山泰／衣裳＝斎藤耐三／結髪＝鈴木末子／字幕＝藤岡秀三郎／字幕撮影＝広木正幹／記録＝前島一雄／撮影事務＝高山伝／演奏＝松竹大船楽団／衣裳調達＝三越

［キャスト］麹町の夫人時子＝栗島すみ子／その夫小宮＝斎藤達雄／大阪の姪節子＝桑野通子／大学の助手岡田＝佐野周二／牛込の重役杉山＝坂本武／そのマダム千代子＝飯田蝶子／大船のスター＝上原謙／田園調布の未亡人光子＝吉川満子／その子藤雄＝葉山正雄／近所の小学生富夫＝突貫小僧／料亭の女将＝鈴木歌子／女中お文＝出雲八重子／酒場のマダム＝立花泰子／大学の学生＝大山健二／芸者＝大塚君代、浪花友子、水島光代、久原良子、小牧和子、東山光子

脚本、ネガ（複写）、プリント現存

8巻、2051m（七一分）白黒

三月三日　帝国館公開

戸田家の兄妹《きょうだい》　一九四一年（昭和十六年）

『お茶漬の味』の脚本が、軍から「有閑士女の軽佻浮薄」の生活だと難色を示され、検閲で脚本を却下された（一九四〇年二月十日）ことに、小津・池田のコンビはひどくこだわった（下巻解題参照）。だから、家の雰囲気は『お茶漬』に似ているが、慎重に、表向きは母の愛情がテーマだという「製作意図」を打ち出した。

老母を疎んずる兄姉を、戸田家の次男昌二郎が、亡父の法事で満洲から帰って来て吊し上げるわけだから、今度は検閲当局も異存はない。しかし本音は、やはり家族主義の崩壊であり、昌二郎がいかに満洲の国策に添った協和会服を着て現われても関係ない。小津・池田は心の何処かで、溜飲を下げていたと思われる。

S36　料亭の一室で、昌二郎が、「親爺なんていうものは苦手だけど、いつまで経っても生きていて貰いたいもんだよ」と言いながら、追憶にいたたまれなくなって、別室で泣くシーンは、おそらく小津さん自身の亡父への追悼とダブっているものと思われる。

S83（料亭の）**座敷**での昌二郎の独壇場がファンの共感を呼んで、小津作品はヒットせずというジンクスを破り、大ヒット。この年の日本映画雑誌協会映画賞のベスト・ワンに輝いた。

細かいことだが、九官鳥と万年青《おもと》の扱いが実に手際よい。結局、戦時下、この『戸田家の兄妹』が中支戦線から帰還しての第一作になるわけである。

＊

松竹大船

［スタッフ］脚本＝池田忠雄、小津安二郎／撮影＝厚田雄春／美術＝浜田辰雄／音楽＝伊藤宣二／録音＝妹尾芳三郎／現像＝宮城島文一／編集＝浜村義康／監督補助＝根岸浜男、西川信夫、鈴木潔、山本浩三、田村幸二／制作担当＝磯野利七郎／撮影補助＝鈴木一男・松川仁士、阿久津幸一郎／録音補助＝牧鞆之裕、伊藤数夫・松原早春、内田一弥／配光＝内藤一二／装置＝矢萩太郎、大谷弥吉／装飾＝三島信太郎、清水敏明／衣裳＝斎藤耐三／結髪＝増淵いよの／タイトル＝藤岡秀三郎／記録＝関口庄之助／事務＝生田進啓／音響効果＝斎藤六三郎／演奏＝松竹大船楽団／衣裳調達＝三越

［キャスト］戸田進太郎＝藤野秀夫／母＝葛城文子／長女千鶴＝吉川満子／長男進一郎＝斎藤達雄／妻和子＝三宅邦子／次男昌二郎＝佐分利信／次女綾子＝坪内美子／夫雨宮＝近衛敏明／三女節子＝高峰三枝子／時子＝桑野通子／鈴木＝河村黎吉／女中きよ＝飯田蝶子／千鶴の子良吉＝葉山正雄／進一郎の子光子＝高木真由子／鰻屋の女将／岡村文子／友人＝笠智衆／骨董屋＝坂本武、西村青児／写真屋＝谷麗光／谷本夫

人＝森川まさみ／その友人＝若水絹子、忍節子／女中きぬ＝河野敏子／たけ＝文谷千代子／かね＝岡本エイ子／しげ＝出雲八重子／畠山＝武田春郎／友人＝山口勇
脚本、ネガ、プリント現存
11巻、2896m（一〇五分）　白黒
三月一日公開

父ありき　一九四二年（昭和十七年）

一九三七年の出征前に、小津・池田・柳井の三人で書いた初稿（文藝別冊「小津安二郎・永遠の映画」所収）を、茅ケ崎館で五年振りに書き直して、陽の目を見た作品である。

小津自身、「やっぱり年が進むと、キメも細かくなるもんだ」と、書き直しの脚本に、三人の進歩の跡を述懐した。

主演の笠智衆は、この作品で初めて出ずっぱりの大役に抜擢されたわけだが、謂わば「大部屋」の通行人時代から、営々として小津作品に参加し、『落第はしたけれど』の及第生、『生れてはみたけれど』では会社の同僚兼映写係、『大学よいとこ』の天野、『一人息子』の大久保先生と、小津演出に応えて一歩一歩階段を上るように力をつけた。

「昭和十六年の或る日、大船所内の試写室で、『櫻の國』（渋谷実監督作品）を見た時、終って、パッと電気がついたら、すぐ後に小津先生が見てらしたのでね、恥しい芝居を見られたと思ってこちらは慌てて逃げ出し、自転車置場から二輪車を引っぱり出して家へ帰ろうと思ったんですよ。そしたら、便所の窓から突然『オイ、笠さん』と先生の声が掛ってね、『チョイト話がある』と撮影所の前の松尾食堂へ連れていかれたんです。『今、見たけど、君は相変らず、嬉しい時にはニコニコ笑顔をつくり、悲しい時はまた如何にも悲しそうな顔をつくって芝居をしている。あれじゃダメだ。こんど俺ァ『父ありき』を撮るんだが、これは君にやって貰う。でも、あんな演技は要らないよ。君は、お能の面でいいんだ、お能の面で』」とピシャリ、釘をさされたという。要するに、映像演技では、喜怒哀楽の表情を、いちいちつくっては嘘になる。むしろ、感情をおし殺し、能面のように表情を変えない方が、実は内面的な裏づけがニジミ出て来ていいのだという。

話が横道にそれるが、笠のみならず、小津作品に出演した俳優たちは異口同音に「余計な演技はすべて切り捨てられた」「結局、自然さを要求されて居る」「セリフの発音の高低までダメが出るのは、ワザとらしさを避けること、他の出演者とのバランスを考えるから」と判ったと言う。杉村春子は「演技の自然さ、必然性、肉体的表現としてのリズム」を強調されたと言い、岸田今日子は「余計なシナをつくったり、廻りくどい演技に対してはすごくキビしい。ストレートというか直截的の方が、却って新鮮だということを発見した」と言う。

笠はまた**S77**（堀川の家の）**一室**で発作を起す演技について、「先生が、俺の親爺の時と同じにやってやると仰有って、私の足首をギュッと持たれて、痙攣の模様を実地指導された」と語っている。『戸田家の兄妹』といい、『父ありき』といい、父親の死が小津にとって強烈な楔《くさび》になっていることを、今更のように思わずにはおれない。**S83　走る夜汽車の中**で、親爺の遺骨を網棚にのせ、良平がふみ子に「子供の時から、いつも親爺と一緒に暮すのを楽しみにしてたんだ……」と言って涙ぐむラストシーンについても、遺骨を網棚にのせるなど不謹慎だという一部の批評に対して、「親爺の骨を高野山に納骨に行った時、私は実際にああやったんだ。汽車の中で抱いていたら、万一居眠りしたり、酒を呑む拍子に、粗相でもして落したら、却って不謹慎じゃないのかね」と答えている。

蛇足になるかもしれないが、**S28　河原**と**S60　川岸**と、堀川の父子が二度川釣りをしているシーンが出て来る。その間に十三年の歳月が流れているわけだが、良平の少年時代の川は画面の下手から上手へと流れているのに対し、秋田の工業学校の先生になった良平二十五歳の塩原の川では、流れは上手（右手）から下手へと変っている。ただ、変らないのは、二人の竿の動きが、全く同じなのだ。上流から下流へ所謂

「流し釣り」をしながら流し終ると、再び上流へと一気に竿を返す。それを繰り返すのだが、父と子のイキが合っているというかそれこそ血が通っているというべきか、相寄る親子の魂は、何とも清冽で清々しい。前述した併列の人物配置といい、この相似のアクションといい、小津演出は、いつも登場人物の心を問題にしていたと言える。

この年、雑誌「日本映画」選出の第一回日本映画賞受賞。ベスト・テン第二位であった。

＊

松竹大船

［スタッフ］脚本＝池田忠雄、柳井隆雄、小津安二郎／撮影＝厚田雄春／美術監督＝浜田辰雄／録音＝妹尾芳三郎／現像＝宮城島文一／編集＝浜村義康／製作担当＝磯野利七郎／演出補助＝西川信夫、鈴木潔、山本浩三、塚本芳夫／撮影事務＝田尻丈夫／撮影補助＝斎藤毅、鈴木一夫、井上靖二、竹馬義一／録音補助＝高縣義人、金子盈、吉田彰孝／配光＝内藤一二／装置＝大谷弥吉／装飾＝橋本庄太郎、清水敏明／衣裳＝斎藤耐三／結髪＝高川清子／音響効果＝斎藤六三郎／字幕＝藤岡秀三郎／記録＝猪股力／音楽＝彩木暁一／演奏＝松竹交響楽団／合唱＝紫交会合唱団

［キャスト］堀川周平＝笠智衆／良平＝佐野周二／少年時代＝津田晴彦／黒川保太郎＝佐分利信／平田真琴＝坂本武／ふみ子＝水戸光子／清一＝大塚正義／内田実＝日守新一／和尚さん＝西村青児／漢文の先生＝谷麗光／中学の先生＝河原侃二、倉田勇助／会社員＝宮島健一／堀川の女中＝文谷千代子／医師＝奈良真養／卒業生＝大山健二、三井秀男、如月輝夫、久保田勝己／写真師＝毛塚守彦／北陸の中学生＝大杉恒雄、葉山正雄、永井達郎、藤松正太郎／東北の工業生＝小藤田正一、緒方喬、横山準、沖田儀一

脚本、ネガ（複写）、プリント現存

11巻、2588m（九四分）白黒

四月一日公開

小津安二郎全集［上］

二〇〇三年四月十日　第一刷発行
二〇一六年一月五日　第三刷

編　者　井上和男
発行者　三浦和郎
発　行　株式会社 新書館
（編集）〒一一三-〇〇二四 東京都文京区西片二-一九-一八
電話 〇三-三八一一-二九六六
（営業）〒一七四-〇〇四三 東京都板橋区坂下一-二二-一四
電話 〇三-五九七〇-三八四〇　ＦＡＸ 〇三-五九七〇-三八四七
印刷・製本　図書印刷株式会社
落丁・乱丁本はお取替いたします。
Printed in Japan ISBN978-4-403-15001-2

座談会

いま、なぜ小津安二郎か——小津映画の受容史

佐藤忠男×川本三郎×井上和男

いつから小津は評価されたか

川本　二〇〇三年は小津安二郎監督の生誕百年にあたり、小津の最後のお弟子さんである映画監督の井上和男さんが編者を務められた『小津安二郎全集』も、その百年を期しての刊行であると思います。今日は井上さんと、戦後の映画評論家でもっとも早く小津安二郎に注目された佐藤忠男さんとご一緒に、小津映画について語り合いたいと思います。

　まず、私が一番若年ということで、じつはお二人にお聞きしたいことがあります。今のような小津安二郎への高い評価がいつごろから始まったのか、ということです。

　というのも、少なくとも私が学生のころ、一九六〇年代の若者は小津を評価していなかったんです。映画館に行くと文部省特選とか芸術祭参加作品とかの文字が冒頭に出て、それだけでみんな、野次を飛ばすくらいの雰囲気でした。今みたいに小津がありがたがられていた記憶はありません。いったい彼の評価はいつごろから、何がきっかけで始まったのか。

佐藤　小津は彼のキャリアのごく初期の昭和五、六年ごろから、同時代の批評家に非常に高く評価されていました。戦後も、戦前から引き続いている批評家たちは小津を高く評価したんだけれども、だいたい私などの若者が（笑）、出てきたころから、「小津否定論」が盛んになってきましたね。

川本　佐藤さんも否定されていた。

佐藤　否定——というより、疑問を抱いていました。

井上　じつは僕も一時期、小津映画を否定的に見ていたんです。昭和十六年と十七年の中学時代に『戸田家の兄妹《きょうだい》』（一九四一年）、『父ありき』（一九四二年）を見たのが僕の小津体験の始まりでしたが、昭和十八年に小津と脚本家の池田忠雄の共著で『戸田家の兄妹他』（青山書院）という脚本集が上梓され、生意気にもそれを買ったくらいですから、当時から意識はしていた。でもその後助監督になって実際に映画をつくる側に回ってみると、「これでいいのか」という想いが沸々と湧いてきて仕方がなかったんです。

　その想いが完全に払拭できたきっかけは、七〇年安保前後だったと思うのですが、佐藤さんの書かれた『小津安二郎の芸術』（一九七一年刊、現在は朝日文庫）を読んだことですよ。小津の戦後第二作『風の中の牝雞《めんどり》』（一九四八年）は批評家から「時流に迎合した失敗作」として酷評を受けましたが、僕も否定的に見ていました。それを佐藤さんは高く評価されたのです。

　それは妻（田中絹代）の過ちを知った修一

(佐野周二)が、連れ込み宿を訪ねて行くところ。宿の窓の下に小学校の校庭があって、その向こうから聞こえてくる子供たちの音階練習の歌声を聞き、修一は居心地悪そうな表情になる。戦争をした人間に売春をした妻を責める資格があるのか、ということですね。

さらに連れ込み宿からエスケープし、隅田川べりでお弁当を食べる娼婦房子(文谷千代子)の場面。敗戦によってすべての日本人は精神の純潔を失い、娼婦の如きものになった。たとえ娼婦となっても野原で弁当を食べる素朴さは保持しようではないか、というメッセージがここにあるという。

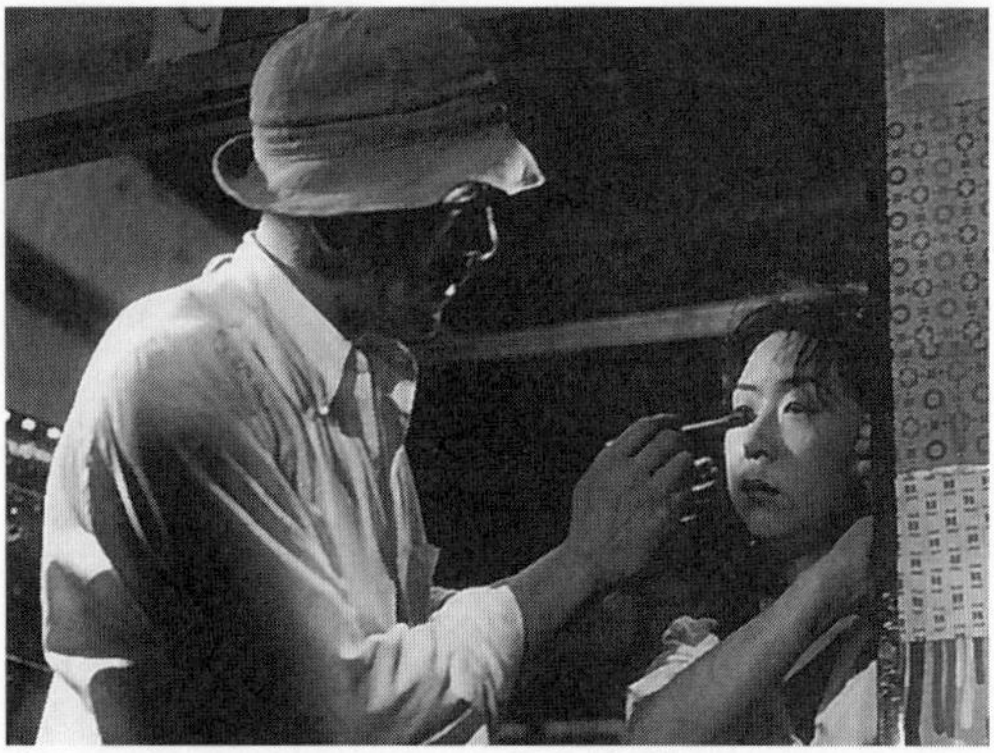
『風の中の牝雞』(1948年)雨宮時子役の田中絹代に涙のメイクアップをする小津安二郎。Ⓒ松竹

佐藤さんのこの指摘を読み、「こういう見方があるのか」と僕は飛び上がらんばかりでした。『風の中の牝雞』をこのように見る人は、まったくいなかったんです。

そしてこの後、僕に相克が生じた。小津さんを再評価、再発見しなければならないということと、戦後映画界に入った若い映画監督である自分が、果たして小津のようなスタイルで現代を撮れるのかということとの相克です。

川本 鈴木清順監督があるエッセイに書いていましたね。松竹の助監督時代に仲間と焼酎を飲んでいたら、通りかかった小津さんに「お前たちはそんなに安い酒ばっかり飲んでいるからいい映画がつくれないんだ」と言われたと。非常に反感を抱いたそうです。清順さんと同じ若い世代、つまり佐藤さんの世代から小津批判が始まった。そしてその後に再評価の気運が生じた。

佐藤 私が批評を書き始めたころ、一九五〇年代半ばには、若い映画批評家は私を含め数人しかいませんでした。当時、世評では小津は偉大とされていました。それに対して私の世代は、小津映画は戦争、戦後がちっとも描けていないじゃないか、という疑問を共通して持っていた。清順さんは酒のことで言われたが、山田洋次監督は小津に食べ物のことで同じような説教をされたという。(笑)つまり若い世代は、俺たちは戦争、そして戦後という体験で価値観が変わった、それなのに小津さんは何にも変わってない、という点が不満だったんです。

私が『風の中の牝雞』を評価したのは、たしかに小津はそうは変わってないんだけれども、戦争の経験をすべて無視しているわけじゃないからなんです。証拠としてこの映画にその回答がある。修一に奥さんを咎める資格がないこと、娼婦となっても素朴さを保持しようということ、それはどちらも微妙な表現ではあるけれども、小津安二郎は小津流に戦争の経験をきっちり解釈しようとしているのだと気づいた。

井上 でもそれは小津映画が若い世代から批判されていた当時、じつにショッキングな見方だった。小津で敗戦後の動乱の世界を描けるかというのが、同じ松竹の若い監督たちに共通の疑問だったわけです。おそらくは山田洋次から大島渚あたりまで全員。

川本 でも、小津さん本人は実際、兵士として戦争体験があるわけですよね。普通に考えれば、むしろ後から来た若い世代の方にそれがないんじゃないですか。

井上 僕らが問題にしたのは戦争自体ではなく、敗戦に対する意識なんですよ。戦争責任や廃墟から生まれ変わる民主主義という明確な意識の形が小津にないと思っていた。でも、復員してきた修一と一夜過ちを犯した妻の二人に還元した形で、小津は小津なりに敗戦の痛みを描こうとしていたんじゃないか。これは、佐藤さんの目の付け所です。

佐藤　溝口健二には『夜の女たち』（一九四八年）のような凄惨な描写があるのに、小津はどうしてこんなに静謐で整頓された映画ばかり撮るのか。混乱していなければ戦後ではない、そういう意識が強烈にありました。

井上　それが若い世代の一種の「体制」としてあったのが昭和二十年代でしたね。

川本　いま見直すと『麦秋』（一九五一年）で紀子（原節子）の兄である次男の省二は南方で戦死しているんですね。『東京物語』（一九五三年）で役名も同じ紀子（原節子）の夫の昌二が戦死しています。戦争の影はちゃんとありますよ。

井上　その程度のことでごまかしているんだな、という認識がわれわれのなかにあったわけです。

川本　ごまかし、ですか。

佐藤忠男（さとう・ただお）1930年新潟生まれ。「映画評論」「思想の科学」編集長を経て映画評論家に。『小津安二郎の芸術』『日本映画史』をはじめ著書多数。

井上　すでに戦死している。つまり、もう終ったことにしている。そういう形で現代は戦争の影響をひきずっているのだ、という描き方ですよね。

小津再評価のきっかけ

井上　『小津安二郎の芸術』で佐藤さんが指摘されたことで、もうひとつ印象的だったのが、畳での坐り方、空間配置です。とみ（東山千栄子）が亡くなったときの周吉（笠智衆）以下全員の姿勢、かたち。その「間」の作り方をきっちり捉えていらっしゃる。そしてそれが『東京物語』が世界的に広がっていった大きな要素であって、いわば彼の「間」こそが世界共通語であったと指摘した。そして何よりもこうした映像の意味は、小津が独自に作り上げたものであったと。

川本　そうでした。小津再評価のきっかけは、やはり『小津安二郎の芸術』だったと見ていいでしょうね。ではその佐藤さんが、当初反発されていた小津を見直すようになったきっかけは何だったんでしょうか。

佐藤　私の同時代の批評家である佐藤重臣がこう言いましたよ。『お早よう』（一九五九年）の批評です。「この映画を観ると非常にいい気分になる。しかし見終わった後は深呼吸してその気分を吐き出してしまわないと現代に戻れない」。（笑）これがその当時の気分ですよ。いいってことはわかっているんだけど、これは別の時代のものである。

川本　骨董品なんですね。

佐藤　そうです。でもドナルド・リチーは同じ『お早よう』についてこう書いてます。「『生れてはみたけれど』に比較すればお手軽と言わざるを得ない。しかし絶対に自分を譲らない小津の姿勢は見事なものだ」と。川本さんの言われた「きっかけ」を探るならば、この二人に代表される批評の齟齬を調整しなければならない、と思ったことですね。

川本　たしか「映画芸術」で連載されたんですよね。

佐藤　ええ。もっと正直に言いましょう。「映画芸術」から小津を書かないかと依頼されたとき、じつはびっくりしたんです。つまり私は小津否定派の張本人と目されていたわけだから。実際は否定というか、小津に疑問を呈する世代の中で文章を書くチャンスを与えられていたのがほとんど私ぐらいだった、ということなんですが。他の否定派は監督だったり助監督だったりで発表の場を持っておらず、結果的に私が口火を切った形になっていた。その後にはもっと辛辣なことを言う人も現れましたけれども、とにかくそんな私に、小津についての連載依頼です。これはどういういたずらなのかと思いました。

川本三郎（かわもと・さぶろう）1944年東京生まれ。文学・都市・映画を中心とした評論のほか、小説・翻訳など執筆活動は幅広い。著書『林芙美子の昭和』など。

井上　当時の編集長は小川徹でしたか。

佐藤　沢村貞子の夫の大橋恭彦です。彼に何人かブレーンがいて、佐藤忠男に小津を書かせてみろとアドバイスしたらしい。要すれば、小津に一番無理解な奴だから面白い視点が出てくるだろうと。ところが私はその依頼を受けて大真面目に考えてしまった。そうすると、単純に否定できないことがわかってきた。コツコツ研究したら、しまいには小津は偉大な監督なり、ということになってしまった。(笑)

井上　佐藤さんの『東京暮色』（一九五七年）の批評も見事でしたね。でも小津さんは佐藤さんの批評を読むことなく亡くなってしまった。残念です。じつは小津さんは津村Qさん（昭和七年から朝日新聞の映画欄を担当し「Q」と署名した津村秀夫のこと。しばしば映画人を痛罵した）を怒鳴りつけるくらいで、監督にしては批評をかなり読む人だった。観客の見方を気にしていました。

川本　しかし、当時の「キネマ旬報」での『お早よう』の批評などを読むと、評者は清水晶さんでしたが、随分否定的です。

佐藤　それはこういうことなんです。『晩春』（一九四九年）を今見るとじつに慎ましい生活で、あのころは大学教授でも簡素な暮し向きだなあという感想を抱きますけど、あの当時はなんとブルジョワだろうと感じた。小津はブルジョワに転向した、と言われました。『長屋紳士録』（一九四七年）の小津はどこへ行ってしまったのかと。

川本　当時は『晩春』よりも『長屋紳士録』のほうが評価は高かった。

佐藤　それはもう……。その次の『風の中の牝雞』こそ失敗作と言われましたけれども、『一人息子』（一九三六年）など貧しき人々を描く小津の名声は戦前以来のもので、圧倒的でしたから。

井上　公開当時『風の中の牝雞』は、階段から妻を突き落とす激しさなどが、一部で評価された程度でした。

川本　今とは評価が違いますね。時代が下っていくと当時の評価がまったく忘れられてしまう。今、世の中では最初から小津は巨匠だったと思われているけれど、評価され否定され再評価されて現在の評価があるわけです。「小津受容史」の重要性を感じますね。

小津に反発した世代

佐藤　私は『小津安二郎の芸術』以前も、真っ向から小津映画を否定する批評を書いた覚えはないんです。ただ彼の形式で混乱する世界を描けるのか、という論調でした。

井上　当時の若者の気分なんですよ。昭和二十年代に僕は小津さんと一緒に酒を呑みだしましたが、きっかけは小津さんのセカンド（助監督）の塚本芳夫が亡くなったことでした。そのとき今村（昌平）と西河（克己）と僕の三人が助監督会の幹事で、他の二人は仕事で忙しかった。たまたま手が空いていたので通夜から葬式まで僕が全部仕切りました。

　そうしたら小津さんがえらく感謝してくれて「有り難う。一献差し上げたい」と。当時われわれ助監督には到底手の届かない酒ですよ。そこで酔っぱらって小津さんに言っちゃった。「小津さん、皆が先生先生とあなたのことを持ち上げるけど、僕はあなたの手法でこれからの日本を描けるか疑問だ」と。そうしたら小津さんは「おまえが一本立ちしたら、今のことをもう一遍俺に言うんだぞ、いいな」と。

川本　松竹では大島渚、吉田喜重などヌーヴェルヴァーグの監督が出てきたとき、彼らが小津批判をやりましたよね。

井上　やりました。昭和二十八年入社組が篠田正浩・高橋治で、二十九年が大島渚と山田洋次、そのあとに吉田喜重が来るんです。小津批判が激しかったのは二十九年の大島まで。そしてこの昭和二十年代というのは日本映画のピークだったんです。

佐藤　今村昌平が面白いことを言っています。日活でデビュー作『盗まれた欲情』か『果しなき欲望』か（ともに一九五八年）を撮ったあと、小津監督に挨拶に行った。そうしたら小津とは名コンビの脚本家、野田高梧がいて、こう言った。「君はどうして蛆虫ばかり描くのか」。今村は「はい」と言って「自分は一生蛆虫を描こう」と思ったそうです。（笑）我々の世代の小津に対する感情をもっとも過激に表現するとそういうことになる。

川本　子供のころに『麦秋』を見たとき、鎌倉の家に自分と同じくらいの年格好の男の子が出てきて、模型の電気機関車を走らせていた。それだけでも羨ましいと思ったのに、その子がお父さんがレールを買ってこなかったと怒って、長いパンを放り出してしまう。その子は紙包みだけを見て間違えたんですね。子供心に反感を覚えましたが、私より上の世代の皆さんも、同じような思いを抱いていたんですね。

佐藤　そのころ、私が編集していた「映画評論」の投稿欄にこんなものがありました。「小津映画では同級会がよく出てくる。すべて成功した紳士たちである。自分はこういう交友関係を持っているのだと小津は自慢しているのだ。実にいやらしい」と。（笑）たしかに昭電疑獄にも連座した菅原通済は出てますね。

川本　それがまたいい料亭なんです。

井上　菅原の他にレギュラーは北龍二に中村伸郎……たしかに紳士揃いだ。でも小津さんの実際の交友関係は、後に三重の伊勢大宮司や京都駅駅長になる人を含めて、そんなにずば抜けて成績がいい訳じゃない。どっちかと言えば今はレッキとした何々会社の社長でもじつは中学時代は運動好きの、柔道部や野球部の集まりですよ。そういえば野田さんも蒲郡の同級会にはよく行ってましたね。二人とも、必ず中学のころの集まりなんです。仲間意識が強い。それも、活動屋の仲間意識じゃない。

川本　旧制高校的でしょう。やはりエリートなんですよ。読者が投稿で反発するのもよくわかります。

　佐藤さん、当時戦前から活躍している監督としては他に溝口がいたり、成瀬、木下、黒澤がいた。そういう人たちに対する思いと小津に対するそれとは、違ったものだったんですか。

佐藤　成瀬にしても黒澤にしても木下にしても、彼らはすべて戦後を掴もうと悪戦苦闘していたでしょう。ところが小津はそんな意識がないかのように見えていました。

　ところがあの時代の我々は伝統というものは全否定していた。例えばあのころ、「禅」などと聞くと私などは虫酸が走った。あれは特攻隊の訓練に悪用されたもので、重要な伝統でなんかあるものか。「静けさ」こそが日本の伝統なんて嫌なこった。いわば整った形式への反発なんですよ。

　小津に比べて溝口は、あれだけ形式を重んじる人でありながら、手に負えそうにもないテーマをそこに盛り込もうとするでしょう。凄いなあと思っていました。そしてまた黒澤は、この混乱こそ我らの時代だと謳う。『酔いどれ天使』（一九四八年）だって『野良犬』（一九四九年）だって、混乱が素晴らしい、それが今日であると描いている。

川本　当時は圧倒的に黒澤が上だった？

井上　もちろん。僕らの世代は圧倒的にそうです。僕なんか松竹脚本部の養成所に入ったとき一番最初に見たのが『酔いどれ天使』でしたよ。それも毎日通いました。カットを全部ノートするためにね。

「豆腐屋」の映画

川本　二〇〇二年の夏に出た山田風太郎の『戦中派焼け跡日記——昭和21年』（小学館）を読んでいたら、あの皮肉屋の山田風太郎が映画館で黒澤の『わが青春に悔なし』（一九四六年）を見て大感動していますね。

井上　ただ、『わが青春に悔なし』の黒澤と

『風の中の牝雞』の小津を比べると、黒澤のほうが戦後の日本に対する見方が甘いんです。どういうことか。廃墟から立ち上がっていく日本の社会状況の中で、黒澤は戦前に民主的な思想を持った知識人の痛み（京大・滝川教授事件）を描いた程度であって、まるで共産党のプロパガンダなんですよ。戦争責任問題にしても何にしてもね。現実に生きた大衆の視点がないんです。一方『風の中の牝雞』は佐藤さんがこう書かれていますね。「そもそも、戦場で人殺しに従事してきた人間に、売春をした妻を責める資格があるといえるだろうか」と。敗戦の意味をきっちり踏まえて描こうとした小津の視点を佐藤さんは見逃していない。小津と黒澤の差がここにある。

川本　たしかにそうですね。ただ小津さん自身、戦後最初の『長屋紳士録』で浮浪児を描いたり、『風の中の牝雞』で復員兵を主役にしたりと、戦後の混乱した現実を描こうと一時は必死だったわけでしょう。それがなぜ、『晩春』『麦秋』のように淡々と進んでいく作風になってしまったのか。しかも『風の中の牝雞』は若い世代には支持されていたんでしょう。

井上和男（いのうえ・かずお）1924年小田原生まれ。48年松竹助監督、58年監督デビュー。83年に『生きてはみたけれど／小津安二郎伝』を監督。本全集編者。

佐藤　それがそうでもないんです。戦後の混乱を捉えようとして捉え損ねている。先ほど井上さんが言われたように、迎合したあげく混乱を綺麗事に描いているとされ、失敗作という評価だった。テーマも志賀直哉『暗夜行路』のいただきにすぎないと言われました。その後も「これは戦後ではない」という評価が大勢でした。

川本　そうか。小津さんはその低い評価がかなり応えたんですね。

井上　そして『晩春』に行く。これが評価された。でも次はまた『宗方姉妹《きょうだい》』（一九五〇年）となってしまうわけです。これもドラマティック路線ですよ。

佐藤　つまり小津も溝口と同じように、自分を固定した型に押し込めてはいけないと時々冒険したんじゃないかと思うんです。それが『風の中の牝雞』『宗方姉妹』の二本。でも衆目の一致する失敗作もこの二作品です。たしか野田高梧は事前に「『風の中の牝雞』はやめろ」と忠告していたらしいですね。

井上　小津も『風の中の牝雞』の不評を潔く受け止め、野田高梧に主導権をある程度譲り渡した。そして野田は次の『晩春』を強く推進したわけですね。こうして二人の紐帯は強くなったように見えたが、それも『東京暮色』までだったのです。この作品で完全に小津と野田が対立した。

佐藤　『東京暮色』はひょっとして、小津が久々にもう一度、自分の心の闇を覗こうとしたんじゃないでしょうか。

井上　たしかに、これも明らかに『暗夜行路』ですね。

佐藤　そこが問題なんですが、小津は時々心の闇を覗きたくなって異色作を撮り、その後に安全路線に戻る、と単純に考えていいのでしょうか。それとも彼には、高邁な志が一貫してあったのでしょうか。

井上　野田さんのお嬢さんである脚本家の立原りゅうによれば、『東京暮色』のころ、小津は野田さんの愚痴をかなりこぼしていたらしい。「野田がホン（脚本）書いてくれないんだよ……」と。立原はそのとき、父親とのコンビを解消したらどうかと話したそうです。実際、現場に入ってからも「このシーンは野田が勝手に書いたんだから撮らない」と言って飛ばしたところがあった。本当に監督と脚本家の対立の典型でした。その意味では小津に高邁な志があったとも言える。

　ところが一転して翌年『彼岸花』（一九五八年）に戻ってしまう。「僕はトウフ屋だからトウフしか作らない」の言葉通りの映画に向かっていくのです。

川本　正直な話、小津の晩年の映画は同じことの繰り返しになってしまう。それが私の若いころの小津体験ですよ。「豆腐屋の映画」ばかりでした。

井上　『お早よう』、『浮草』（ともに一九五九年）、『秋日和』（一九六〇年）、『小早川家の秋』（一九六一年）、『秋刀魚の味』（一九六二年）……すべて「豆腐しか作れないんだ」とケツをまくった映画ばかりが続く。僕は『小早川家の秋』のときすでに監督に昇進していましたが、

山中貞雄（左）と小津安二郎。小津は六歳年少のこの天才監督を愛し、彼から『母を恋はずや』の弟の役名（貞夫）を借りている。

小津さんからじかにこんな言葉を聞きました。「ホン、できねえんだよ」と。会っていきなり言われましたからね。

　脚本を書いている最中の小津と野田は、端から見ても、文字どおり七転八倒して、迷いに迷ってましたよ。繰り返されるワンパターンに「こんなことでいいのか」って。現に野田さんは『秋刀魚の味』が小津の遺作じゃかわいそうだ」と言っているでしょう。

川本　きっと小津さんは自分でも不満だったでしょうね。

井上　これじゃいけないという思いは明らかにあった。『浮草』だってリメイクですからね。『彼岸花』以降は惰性の映画と言いきってもいいかもしれない。

戦争体験を撮らなかった理由

川本　小津安二郎には戦争体験があったわけでしょう。彼はなぜそれを描かなかったのでしょうか。直接にテーマとして描くのは無理にしても、もう少し作品に戦争体験を反映させてもよかったような気がします。

井上　日中戦争で小津は、親友の山中貞雄と昭和十三年、南京近郊の句蓉で会い、最後の別れとなるでしょう。じつは普通の戦争体験はそこまでで、以後は彼独自の体験になってしまうんです。

　というのも小津は、たしかに兵士だけれども、戦争に対する疑問を抱きながら従軍するようになったからです。汗と埃にまみれて歩き、その靴先を見ながら考えたり、白木の箱が帰ったら、どうか水道の蛇口の下で堂々と水を出して戦塵を洗っておくれと言ってみたり。彼の戦争観には一種の清潔感さえ感じますね。

川本　井上さんと個人的に話す際にも、戦争についての発言はなかったですか。

井上　なかったです。そのくせ酔うと必ず、「遺骨を抱いて」（一番のりをやるんだと力んで死んだ戦友の遺骨を抱いて今入るシンガポールの街の朝）を歌う。『秋刀魚の味』の中で軍艦マーチは流しているのに(笑)、シンガポールはついに映画には出しませんでした。シンガポールに対するノスタルジーじゃなくて、脚本が完成しながらついに映画化できなかった『遥かなり父母の国』に対する独特の思いがあったんじゃないでしょうか。この作品は参謀本部から待てと言われて完成できなかったんですよ。「全集」の下巻付録に収録しています。

　それに小津さんは火野葦平の『麦と兵隊』が大嫌いなんです。

川本　『麦秋』の中で使っていますが。

井上　そう。それなのに嫌っているんです。彼の好きな小説は中支戦線で読んだ『暗夜行路』の後編と里見弴の短編「鶴亀」（小山書店『本音』所収、一九三九年）ですよ。「こんな名作

『早春』（1956年）握手する金子千代（岸恵子）と杉山正二（池部良）。復員兵あがりの杉山は千代との不倫関係を清算、岡山へ旅立つ。Ⓒ松竹

を書いている人がいるのに、なんで『麦と兵隊』なんだ」と思っていた。小津には、戦争というのは上を向いてやるものじゃない、仲間同士がいて、しかもそれは皆妻子持ちなんだ、兵隊の次元でものを考えなくちゃいけないという思いがずっとありました。山中貞雄に会ったときにも「おまえ、帰ったら戦争映画を作るのか」と聞いています。そして小津も山中も二人とも従軍中にメモは取っていますけれども、それを見ても『麦と兵隊』的な戦争映画を作る気はまったくなかったわけです。

　しかし戦後映画界に復帰した監督たちは、みんな以前からさもデモクラシーの担い手であったかのように寝返った。争うようにその種の映画を撮りだしたんです。これこそ小津さんが一番嫌う態度だった。だからその怒りが『風の中の牝雞』を作らせたんじゃないかと思います。

川本　今ビデオで見ると、そんなに悪い映画には思えません。なんで酷評されたんでしょう。むしろ『晩春』よりもいいですよ。荒川放水路の土手に子供を連れた時子役の田中絹代と秋子役の村田知英子がピクニックに行く描写なんて見事なものです。

佐藤　あれは小津映画の名場面の白眉でしょう。

井上　娼婦房子役の文谷千代子もいいでしょう。後に小林正樹監督の奥さんになりました。

なぜ場末を描くのか

川本　小津安二郎というと東京をよく描いた映画監督というイメージがあります。でも、戦後の小津映画を見ると、イメージに反して、むしろ東京を嫌っています。『早春』（一九五六年）で杉山（池部良）は岡山県の三石に行ってしまうし、翌年の『東京暮色』では喜久子（山田五十鈴）は汽車に乗って北へと都落ちします。

　考えてみれば『東京物語』の東京だって尾道と比べたらあまりいい街じゃない、という描き方です。小津は元々東京生まれの人だからよく描いているかと思ったら、否定的なんですよ。

井上　小津は十歳で江東区深川（当時は深川区）から三重の松阪（当時は神戸村）に疎開し、そこで地方の人たちの東京への憧れというものをいやというほど見たんです。そこで東京への肯定と否定の相反する感情を抱くようになったんじゃないか。作品を見ると、東京の面白さも住み難さも非常によくわかっていると思いますよ。戦後だけじゃなく、戦前の『一人息子』だってそうでしょう。

佐藤　永井荷風が昔の江戸の名残を知っていて「今の東京なんて」と思うのと同じじゃないですか。関東大震災前の深川を知っている自分にとっては今の東京なんて、と小津は思っている。

川本　だから東京といってもオフィスや料亭だけを立派に描き、あと基本的には場末ばかりとなる。

佐藤　彼にとって場末こそ東京なんでしょう。ということは小津にとって今の東京というのは憧れの街であって現実の街じゃないんだね。虚妄なんだ。

井上　隅田川を渡ってしまうと、いきなり場末になる。川本さんはその東京をよく歩いていらっしゃる。小津の生まれた江東区でも南砂とか……。

川本　たしかに『一人息子』でも、小津さんは丹念に場末を描いていますね。信州から上京したおつね（飯田蝶子）がタクシーで永代橋を越えて砂町の原っぱに着く。場末の家並に、息子の良助（日守新一）はこんなところに住んでいるのか、とがっかりしています。

『東京物語』も尾道から上京した両親、周吉（笠智衆）ととみ（東山千栄子）が長男の幸一（山村聡）のところに行くと、そこは葛飾区の堀切ですよ。東京で医院を開業しているというから、彼らはさぞいいところだろうと考えていたんですね。「もっと賑やかなとこかと思うとった……」というとみの台詞がある。（笑）

井上　「平山医院」という小さな看板があるだけなんです。小津には、みんな東京に憧れるけれど、東京には場末の生活というものがあるんだよ、場末を見なきゃ東京はわからないんだよ、そういう意識がどこかにある。

ドナルド・リチー（1924〜 ）と小津。リチーは小津を初めて海外に紹介した。

『一人息子』で先祖代々の田畑を売って、希望に胸を膨らませて送り出した倅が、しがない夜学の教師だったという母親の痛み。この映画のラストシーンの門の下ろされた三ショットは、彼女の落胆や孤独感、絶望感、それに時代の閉塞感を表現していてうまいなあと思う。

東京の描き方、初のトーキー作品であったことなども含めて、『一人息子』こそ後年の小津映画の元型といっていいんじゃないかと思いますね。

川本　東京を描くとき、銀座あたりの中心に、場末という周縁を対置させる。そのことで、東京という町がより深く描ける。

もうひとつ。場末はたしかに、わびしいところではありますが、中心の喧噪をまぬがれた、静かで落ち着いた場所です。いわば隠れ里のような良さがある。『一人息子』でも、場末でとんかつ屋を開いている笠智衆は幸せそうです。

ミニマリズムというカテゴリー

川本　さきほどの「小津映画の受容史」の問題に戻りたいと思います。現代の日本での小津映画に対する高い評価の原点に、海外での評価は影響したんでしょうか。

佐藤　小津映画が生前、国際映画祭に出たのは一九五八年のロンドン映画祭だけです。

川本　そのときはリンゼイ・アンダーソン監督の激賞を受け、サザーランド賞を得ています。

佐藤　小津映画の海外での受容の第一歩として、ロンドン映画祭での評価は画期的なものでした。でもじつは、それ以降すんなりと西洋全般に小津が受け入れられたわけじゃないんです。海外にも小津否定論者は少なくなかった。まずフランソワ・トリュフォーが「小津はつまらない」と言っていました。「映画はもっと生き生きとしていなくてはならないのに、なぜあんなに死んだような映像なのか」と。

小津を受け入れたのはまずイギリスであり、つぎにドイツじゃないでしょうか。トリュフォーに見られるように、フランスはかなり遅かった。アメリカはさらに遅かったですよ。もっとも黒澤と溝口はただちに受け入れられていますから、日本映画への偏見とかそういうものじゃない。

小津は、ロンドンから世界に名声が定着するまでに、私見では十年はかかっています。たぶん、その遅さの原因は日本で私の世代のほとんどが感じたのとまったく同じで、「死んだような画面」が「退屈」だと嫌われたためでしょう。

井上　その間、批評の側に、映像表現を見直そうという動きがあったんでしょう。

佐藤　そうでしょうね。ミニマリズムという観点から受け入れられたのだと思います。小津だけではなく、カール・ドライヤー、イングマル・ベルイマン、ロベール・ブレッソンなど、活躍した時代や国を越えて、似たようにスタティックな画面構成の監督たちが、同じころ一気に注目されましたから。おそらく、映画監督を分類する上においてミニマリズムというカテゴリー、概念が生まれて、それから受け入れる土壌ができた。

川本　なるほど。実際の作品のあとに概念が生まれた。そして批評は、まずカテゴリーありきだったんですね。

佐藤　カテゴリーが生まれた影響で、「動き」は映画の重要な要素かもしれないが、構図も重要なんだという見方が定着した。構図の上で小津は最高ですからね。こういった観念の切り替えがないと、小津映画は理解しにくい面があったのかもしれない。海外でも日本国内でも。

川本　ポール・シュレイダーの『聖なる映画――小津／ブレッソン／ドライヤー』（山本喜久男訳、フィルムアート社、一九八一年）がまさにそうでしたね。

井上　原著が三十年前、翻訳が出たのはだいたい二十年前ですが、そのころからシュレイダーの「聖なる映画」という小津に対する見方が、世界中に定着してくるのはたしかです。

佐藤　あの本には私の文章も引用されているんです。「佐藤は小津の映画が人物はすべて正面を向いているのは、小津が礼儀を重んじる人で、横や後ろから撮るのは失礼だと思っているからである。と言っているが、小津と同じように真正面から人物を捉えているものに、イコンがある」と書いてある。そうすると小津映画は、その聖性において西洋の普遍的な伝統と等しくなってしまう。しかし、このような観念と結びつくことによって、小津が世界的な市民権を得たのは間違いないでしょう。

もっともカテゴリーの枠組がない時点でも、さすがにイギリスは渋さに価値を見出していたから、直観的に受け入れてくれた。ドイツもきちんと整っているのはいいことだという考え方があるから受容は早かった。アナーキーでなきゃいけないフランスや、インダストリアルな活力が第一のアメリカに小津を認めさせるためには、そういう概念の創出が必要だったんですね。

日本の小津再評価もこのミニマリズムに関連していると言えるでしょう。

松竹の監督群像

井上　海外で評価されるためにはPRも重要ですよ。そのPR面で功績があったのはドナルド・リチーと川喜多かしこさんです。けっして松竹ではない。この二人に小津さんは足を向けて寝られないと思う。

佐藤　彼ら二人は、小津映画は西洋人にもわかるはずだ、という押し出しが強烈でした。

井上　いや、僕がそれより問題にしたいのは、松竹そのものが小津映画をわかっていなかったということなんです。

佐藤　じつは撮影所長の城戸四郎からして小津を認めてはいなかった。はっきりこう言ってましたよ。「俺にとって一番いい監督は島津保次郎だよ。彼のような柔軟さがあれば小津はもっとよかったんだ」と。島津保次郎は状況に即応してどんな風にでも撮ることができた。いっぽう小津は、自分の決めたアングルでしか撮らない。城戸四郎は「あれには困った」と言ってました。

井上　その発言は、小津さんの葬式に際しての城戸の態度にも繋がる。香典が百万円残ったとき、葬儀委員長の城戸は「小津は松竹に借りがあるからこの金は預かる」と葬儀委員の僕に言ってきたんですよ。葬式当日の控え室で、経理部長を介してね。冗談じゃない。皆さんが小津さんにとお供えした香典を松竹に渡すわけにはいかない。香典はお骨と一緒に北鎌倉の小津さんの自宅に持って帰りましたよ。そして僕は松竹をクビになりました。

佐藤　なるほど。道理で、「どうしてみんな小津より島津のほうが偉いってことがわからないのかな」という口調でしたね。

井上　でも彼が賞賛する当の島津さんは『兄とその妹』（一九三九年）を最後にPCLに移ってますよ。成瀬巳喜男はその前、昭和十年（一九三五）にPCL入りしています。彼らは移り

『秋刀魚の味』（1962年）左より平山和夫（三上真一郎）、路子（岩下志麻）、幸一（佐田啓二）、周平（笠智衆）。小津の遺作である。Ⓒ松竹

たくて移ったんじゃない。城戸四郎が彼らを捨てたんですよ。ここには松竹の構造的問題があるんです。

川本　松竹の戦後の大監督で言えば、小津安二郎の対極に木下恵介がいるわけですが、小津は木下の『日本の悲劇』（一九五三年）を大批判しています。この二人の関係はどうなっていたんでしょうか。

井上　同列ではないんです。トップに小津安二郎（一九〇三〜六三）がいて、その下にかたや木下恵介（一九一二〜九八）、かたや渋谷実（一九〇七〜八〇）、という御三家なんです。御三家とは言ってもピラミッドになっている。

佐藤　小津さんはいわば神様なんですね。

井上　その御三家の下というか脇には大庭秀雄（一九一〇〜九七）と吉村公三郎（一九一一〜二〇〇〇）がいる。僕が入社したとき、これは厳然たるヒエラルキーでした。だから木下恵介は小津に何か言われても文句は言えない。渋谷実にしても、僕は渋谷さんの下で働いていましたが、小津さんに公然と言われましたよ。「お前、渋谷がわかったら俺のところに来い」とか「そろそろ渋谷は卒業しろよ」とか。

川本　木下恵介はなぜ海外の評価が低いんでしょうか。

佐藤　原因はかなり明快でしょう。センチメンタルな要素は、西洋では最悪に否定的評価となってしまいます。じつは我々にとっては黒澤も木下と同じくらいセンチメンタルなんですが、黒澤は形式によってその要素を抑えている。しかし木下のほうはと言えば、最高の表現は女の愚痴である、みたいな作り方です。（笑）これはもう、何のためらいもなく彼はそう思い込んでいた。信念をもって「女の愚痴が最も尊い」と言われてしまうと日本人は誰も否定できない。ところが外国人はそんなもの、歯牙にもかけないですよ。

川本　そういえば、佐藤さんは初期の評論で当時の日本映画を「泣きすぎる」と批判されていました。でも小津の映画は、それほど「泣かせ」の場面、感傷的な場面はないですね。それは意外なほどです。非常にクールな監督。

井上　小津さんは「泣かせ」の場面を嫌っていました。どんな状況でもクールをきっちり貫いているのが凄いんです。

渋谷実も「泣かせ」嫌いでした。だから渋谷と木下は最悪の仲。二人が向かい合って撮影所の道を歩いてくると、絶対にすれ違わないんですよ。必ずどちらかが横道に入ってしまう。（笑）本当に一言も口を利かない。小津さんは『日本の悲劇』を批判しましたが、渋谷さんはそれだけじゃなく大ヒットした木下の『二十四の瞳』（一九五四年）でさえ「絵葉書みたいな画面にカラスなぜ啼くのと歌えば映画になるのか」と酷評です。木下も渋谷映画はクソミソなんで、お互い様ですけどね。

渋谷実はいまや忘れられていますが、『青銅の基督』（一九五五年）や『正義派』（一九五七年）はかなり面白い。その前の『現代人』（一九五二年）も本当にいい映画です。池部良と山田五十鈴を組み合わせた配役の妙。同じ年の『本日休診』なども文句なしの名作と言えるんじゃないですか。斎藤良輔の脚本で、エピソードを井伏鱒二の短編五、六本から集めている。

川本　『本日休診』はいい意味で渋谷実らしくない。木下恵介監督作品と言われても信じてしまいますよ。じつは渋谷さんもセンチメンタル

なんじゃないですか。

井上　そうかもしれない。だけど渋谷実の場合、良くも悪しくもそれが高揚感に繋がらない。むしろ落ちていく。『気違い部落』（一九五七年）が典型例です。村八分になった伊藤雄之助と淡島千景の夫婦にのめり込んでゆく。主役に惚れすぎてしまうのかな……。

佐藤　渋谷実の映画を批判して、喜劇的な要素と悲劇的な要素とが分裂していて繋がらない、と誰かが書いていた。それを読んだ渋谷さんが「両方あったらなぜ駄目なのかね」と憤慨して語っていたのが、個人的には印象的でした。（笑）

川本　そこが渋谷さんの不条理なところですね。奇妙で面白いとも言えるんですが。

井上　人間的にも面白いんですよ。演技をつけてる間は毎日台本を書き直してくるんです。それがまた汚い字なんだ。判読係は僕。シューマイと書いて「崎陽軒」と銘柄まで指定してある。わざわざ小道具が買いにやらされるんです。すべてその場限りの思いつきなんですけど。

川本　渋谷さんは小津さんには敬意を払っていましたか。

井上　それはもう。でも小津さんには渋谷さんみたいな特殊な閃きがないでしょう。その日突然ってことがなかった。そして小津演出が非常にフラットでスタティックなのに対し、渋谷演出は上下の視点となる。面白かったですよ。

他の監督の演出の特徴を言うと、遠近となると吉村公三郎です。木下恵介は吉村よりもう少しフラット。松竹の監督はみんな、意識的に変えてましたね。

佐藤　それは口に出して言うんですか。あいつがこう撮っているから俺は違う風に撮る、とか。

井上　絶対に言わない。（笑）意識してても絶対言わない。でもそれは監督と美術の打ち合わせのときにだいたいわかってしまうんです。上下なのか、遠近なのか、小津さんのように人物の配置に凝るのか。監督の個性がそこに出る。もっとも僕は小津と渋谷と川島雄三しか知らないんですが。

そうそう、川島さんは流動的にいろいろなことをやる。ある部分は溝口そっくりに撮ってみたり、意識的にワンシーン、ワンカットをやってみたり。昭和二十年代の監督はみんな面白いです。その時代に助監督ができて僕は幸運でした。

職人の修行を積んだ大監督

佐藤　あの時代くらい、監督一人一人のスタイルがはっきりしていた時代はないでしょうね。

川本　当時はまだ作家主義という言葉がない時代です。それなのに監督たちはすでにちゃんとやっていたんですね。批評の言葉はあとから来る。

井上　群雄割拠ですよ。監督はすべて、一国一城のあるじだから。

佐藤　フランス人が作家主義なんてことを言い出すより遥か前から、日本映画は「小津安二郎作品」「五所平之助作品」とはっきりタイトルにつけていました。

川本　アメリカ映画はどうでしたか。

佐藤　ないことはない。でも最初に監督の名前を出した作品はそんなにないです。

川本　では、当時はファンの側も小津作品だから見に行った、ということですか。

佐藤　そうです。そこはもうはっきりしてました。

川本　小津がデビューした当時、すでに映画館は日本全国にありましたよね。例えば北海道の山奥でも映画館があれば小津映画はかかっていたわけですか。

佐藤　そうです。人口数万人程度の町でも、封切られる映画はすべて行きました。

川本　じゃあ昔の観客のほうがレベルが高かったかもしれない。

佐藤　それに、昔のほうが今ほど大衆映画とアート系映画との区別が極端ではなかったですね。今ならアート系に分類される大監督の映画でも、大スターが出てましたから。だから一般観客も見に行くし、大監督のほうもスターのファンをがっかりさせるようなことはしないですからね。だから芸術性が高いと言っても、観客が喜ぶようにちゃんと作っていました。

　そういう意味で小津さんは、職人としての修行をきちんと積んだ監督なんですよ。今の我々がアート系監督として分類するのがむしろおかしい。「もっと自己をはっきり出すべきだ」と作家主義の洗礼を受けた我々は言いがちです。「自己」の戦争体験をもう少し表現すべきだったのではないか」というのもそのひとつ。でも小津の時代の監督たちは、作家主義とはちょっと違う次元で仕事をしていた。それはたしかなことじゃないでしょうか。

井上　今の佐藤さんの言葉で、『浮草』（一九五九年）のころのある出来事を思い出しました。この作品を小津さんは大映のスタジオで撮ったんですよ。このころ、僕はもう監督になっていましたが、陣中見舞いを持って行ったんです。小津さんお気に入りの銀座の東興園のシューマイですね。そうしたら夜になって吉村公三郎さんも来て、みんなでシューマイを肴に酒を酌み交わし始めた。そのとき小津さんがひょいと言ったんです。「おい、ラストで砂利かますなよ」って。これにはびっくりしました。

川本　それはどういう意味ですか。

井上　砂利は我々のジャーゴンでは子供のこと。ところがこれは本物の砂利なんです。

川本　え？

佐藤　私が説明しましょう。ご飯の中に小石が混じっているということなんです。例えば小津が批判した木下の『日本の悲劇』ならば、最後の悲惨さは「砂利をかます」ことだとなる。その場に同席していたという吉村公三郎作品で言えば『夜の河』（一九五六年）のラスト、メーデーの場面にフランス革命の三色旗のようにして背景に染物の布が出て来るんですが、これは本編と何の関係もない。これこそ「砂利」です。美味しいご飯を食べていたら小石が歯に挟まった、そんな不快感がある。そういうことですね。

川本　なるほど。たしかにそれは職人のやることではない。

井上　お客は見た映画を噛み直しながら家路を辿るんだと。そういう意味ではおまえの映画は砂利だ、とこう言われたような気がした。僕は新人監督でしたから飛び上がりましたね。そんな、「ラストで砂利かますな」って言われたって、俺の映画は全部そうだよって。(笑）ショックでした。

満を持した「全集」

川本　ところで井上さんはいつごろから小津作品に惚れ込んだのですか。当初は違和感があった、とお話し下さいましたよね。

井上　最初だけじゃなく、助監督時代を通じて、小津映画への違和感はずっとあったんですよ。自分で映画を撮るようになって、また塚本芳夫の葬式をきっかけに小津さんと個人的にも親しくなって、少しずつ変わっていった。

　小津さんはいろいろな店に連れて行ってくれる。それに蓼科で小津さんと野田さんが仕事するときにお燗番をしたりして、親近感が湧いてきたところで、『東京暮色』のあとの里見弴古稀、大佛次郎還暦を祝う後楽園球場での野球大会が開催された。そこで小津さんはアキレス腱を切ってしまうんです。そこでがっしりした体型の小津さんをさらに図体のでかい僕がおんぶして片山医院に連れていき、針金で腱を引っ張り合わせる手術をした。それを見て僕は貧血おこしてぶっ倒れちゃうんですが。

　結局この一九五七年夏の一ヵ月、僕はますらお看護夫として小津さんの傍にずっと付き添うことになった。いろいろな話をしましたよ。大きい人だなあと感動し、それから小津さんの映画を見直し出すんです。ただ、自分の撮った映画は、あくまでも小津映画を否定しながら作っていくんですがね。

　一九六二年に小津さんの母堂あさゑさんが亡くなり、翌年にはご自身が亡くなる。そのころにはもう、身近にいる偉大な先輩として心酔していました。ただ、築地本願寺の葬儀での松竹というか城戸四郎の言動は許せなかった。クビになるのはいいとして、この業績は誰かが整理して残さなければならない。それが円覚寺の四十九日法要の席での、私の「全集」発言となるわけです。そして人間的にではなく、作品として見直しの決定打となったのは、小津再評価の里程標たる、佐藤忠男著『小津安二郎の芸術』なんです。

川本　お話を伺っていると、小津さんの人柄に惹かれた面が強いようですが。

井上　その通りです。映画そのものより、僕の場合は明らかにそうです。

川本　他の監督より人間的な魅力がありましたか。

井上　ありました。そこに作品の見直しが加わって、僕は小津映画の深みにどんどんはまっていったわけです。

川本　小津映画の見直しの契機を井上さんに与えた、佐藤さんの『小津安二郎の芸術』について伺います。執筆された当時はビデオなんか当然なかったですよね。

佐藤　ないですね。

川本　評論を書く前に映画をもう一度確認する場合、どうされていたんですか。

佐藤　名画座、フィルムセンターで見られる限り見るのは当然ですよね。でもそれでも見られない映画があるわけです。だから私は松竹にお金を払って試写してもらいました。たしか『早春』でしたね。

　さらにそれだけじゃない。小津は若いころ随分アメリカ映画からアイディアをいただいたと話しているでしょう。当時アメリカに行くチャンスがあったとき、ドナルド・リチーに紹介状を書いてもらって、ニューヨーク近代美術館で小津が言及したアメリカ映画をまとめて見せてもらいました。

川本　『オーヴァー・ゼ・ヒル』（一九二〇年、日本公開は三年後）とかですね。

佐藤　野田高梧が見て『東京物語』の骨子とした『明日は来らず』（一九三七年、同年日本公開）とか。松竹で『早春』を見たときアメリカ人の友人を連れていったんです。そうしたら彼がえらく喜んでいる。なんだろうと思ったら「アメリカに戦争で負けてかえってよかったよなあ」という感じの台詞があるシーンでした。

川本　『早春』にあるのは坂本（加東大介）の「おれたち死なねえで帰って来てよかったよなア」ですね。

佐藤　当時、一人の監督だけの評論を書くなんてめったにないことだったらしい。試写してくれた松竹は前例がないと言ってました。

川本　そのころ、名画座で小津映画は頻繁にかかっていたんですか。

佐藤　いや、全然でしたね。今ほどの人気はなかったです。小津の名前はもちろん知られてはいたけれども、神格化されていなかった。今昔の観がありますね。

井上　僕は『小津安二郎・人と仕事』（蛮友社、一九七二年）という小津の仕事を集大成した図録を作るために、自分で会社を作ったくらいです。どこの出版社も出してくれないから。

佐藤　じつは私も二十年前、『小津安二郎全集』を企画したことがありまして、出版社を何社も回りました。結局どこも首を縦に振りませんでした。

川本　『黒澤明全集』（岩波書店）は出たのに。

井上　今回の『小津安二郎全集』はその意味で画期的ですね。再評価の流れに乗ったのと、生誕百年がうまく重なりました。

　この『小津安二郎全集』は、まさに僕にとって満を持した「全集」ですよ。でも、じつは心残りはある。フィルムも台本も残ってない最初期の小津映画が六作品あるんです。ないものはどうしようもないので、小津映画をきちっと見てる内田岐三雄や北川冬彦らの批評と、「キネマ旬報」などに載った粗筋を掲載するしかありませんでした。

　しかし、一九九三年に神奈川で『突貫小僧』、九九年に新潟で『和製喧嘩友達』のフィルムが発見されているから、また新たに発見される可能性もある。見つかった二本については、東京国立近代美術館フィルムセンターの厚意を得てお借りしたビデオから、僕が台本を起こして「全集」に収録しています。今後のさらなる埋もれたフィルムの発掘を、ぜひ期待したいですね。

（了）

解説

私的小津論〈ひと・しごと〉

井上和男

失敗作

小津自らが、失敗作だという『風の中の牝雞』（一九四八年）について、〈仲々面白いじゃないか。何であれが失敗作なのか？　小津自身、ほんとは失敗作だと思っていなかったんじゃないか?〉という識者の声がある。

戦前から、小津とウマが合い、一番多く小津映画の脚本を書いて来た野田高梧は、〈好きになれない作品だ〉と否定的だったし、小津自身も、〈作品というものには、必ず失敗作がある。それが自分にプラスするものならいいが、『牝雞』は余りいい失敗作じゃなかった〉と素直に認めて、二人で次回作の『晩春』（一九四九年）の打ち合せに入ってしまった。

世評も一斉に不評で、復員兵の夫（佐野周二）が、妻（田中絹代）の一夜の不貞に対する悩みだけが増幅されるだけで、戦争に対する嫌悪感のかけらもない、単に、時流におもねた作品だと、酷評すらあった。

北川冬彦は、『長屋紳士録』（一九四七年）にくらべれば『風の中の牝雞』は、今までの境地を破ろうとする意欲が受けとれるとしながらも——小津は、復員した中年の夫と、その夫の不在中、子供の急病の為仕方なく一回だけ身を売った妻との、心理描写に重点を置いているようである。夫に問いつめられて一切を白状した妻に対し、内心では妻の所業は止むを得ないと許しながら、面と向うとムカムカしてこだわるのである。その心理描写は、夫である雨宮修一に集中されているのだが、残念ながら、佐野周二には荷が重すぎ、成功したとはいえない。修一は、妻をなぐり、押し倒したり、腕をねじ上げたりし、そしてこのことで悩んで家を空けたりするが、怒りや悩みに底がない。表面的なものしか受け取れない。小津は、俳優の演技を、表面の表情や動きには置かず、内面心理の動きに重点を置いた指導をしようとしたらしいが、佐野にはその意図が浸透せず、無表情な無感動な人間像しか描き得ない結果となっている。

これは佐野周二の責任ばかりとは言えない。小津と斎藤良輔のシナリオにもあると思うのである。シナリオの何よりも大きな欠陥は、修一なる人物の性格がハッキリしていないことである。いかにも磊落《ライラク》な男のように見えて、妻をあのように詰問する程、妻を愛している人間とは受けとれない。四年間も戦地にあって、果して彼は一度も妻以外の女に接しなかった男なのかどうか。もし、あれ程、妻を難詰するなら、妻以外の女に絶対に接したことのない世にも珍しい男性であることを納得のゆくよう描き出して置かねばならないのである。妻の貞操ばかりにこだわり、夫の貞操を念頭に置いていないのが、あのシナリ

オの大欠陥である。――と、北川は少々お門《かど》違いのシナリオ批判まで口にした。(「キネマ旬報」再建、一九四八年)

シナリオ批判は登川直樹にもある。

――この映画の場割を生かすなら、巡査の戸籍調べから、秋子との荒川ピクニックに続いて、帰宅してみると、夫が復員しているシーンに入る。そして疑惑と告発の後に、夫の自己嫌悪と妻の懊悩になり、そこで時子の追憶として前半を語る。その方が作者の無理がなくなる。修一の自己嫌悪をもっと鮮かに出来たろう。この映画は、すべて一本調子の、時の流れに押しつめた構成上の無理が気になるのだ。致命傷は夫にある。なぜ復員の当日、すべてを知ってしまうのだろう。子供の病気からたたみかけて過失を自供させるのは、佐野周二の演技の拙さも見えすいて、唐突な不自然を感じて腹立たしい。ここでは疑惑の芽生えに止まり、妻のうしろ暗さから日を逐って疑惑が深まってついに告発に達するべきだった。もう一つ気になるのは結びである。時任謙作が、不倫の過失を犯したお直を、動き出した汽車のデッキから突き落した『暗夜行路』の様に、時子を修一が階段から突き落したのは〈はずみ〉であり〈はずみ〉が潜在意識を批判させる筈だが、その余地もなく、夫の演説で片をつけたのは肯じえない。――と、登川も手きびしい。(「キネマ旬報」再建、一九四八年)

昭和二十三年(一九四八)九月、『風の中の牝雞』が封切られた当時、私は松竹大船撮影所の中にある「松竹大船脚本家養成所」五期の研究生だった(一期生が池田忠雄、二期生が斎藤良輔、荒田正男、三期生が長瀬喜伴、武井昭平、四期生が中山隆三たち、五期生は、山内久、馬場当、橋田寿賀子たちだった)。脚本家の野田高梧、池田忠雄、斎藤良輔、小田優や、吉村公三郎、大庭秀雄などの監督、里見弴先生の特別講義などが印象に残っているが、研究生たちの関心は圧倒的に、『酔いどれ天使』(一九四八年)の黒澤明に集まっていた。勿論、私もその一人で、にぎり飯持参で、朝から晩まで映画館に居坐り、分厚いノートに『酔いどれ』の全カットを収録したものだ。だから『牝雞』の復員兵の扱いには、ひどく不満があった。四年間も一体何処の戦場で戦い、敗戦をどう受け止めて帰って来たのか、マーケットの〝もつ煮〟に群がる混沌の中で、不在中に起きた子供の入院費の支払いを一夜の売春で償った妻を、難詰するだけのでくの坊の夫、余りにも生活感のない無残な話だと思った。

北川冬彦が、〈今までの境地を破ろうとする意欲が受け取れ、小津安二郎の新たなる出発を示すもの〉と言い、登川直樹が、〈観終えてまことに小津安二郎の風格堂々たる作品だと思ったが、なぜ時子は身を売ったのかという反問が寄せ返して来た〉と言いながら、両者夫々独自のシナリオ再検討案を展開している。勿論私は、その再検討案に賛成はしない。然し、登川直樹が指摘するように、『暗夜行路』の影響を受けた作品として、新しい小津映画をつくろうとした意欲のようなものを感じた。惜しむらくは、佐野周二が演ずる復員兵の夫修一は、時任謙作になり得べくもなく、胸の内の心理的な葛藤を表現するには不向きな人間であったと思う。

ただ、のっけから幾度となく現われる巨大なガスタンクのシルエットや、その蔭で、無数の洗濯物を物干竿に靡しながら、住人たちは息をひそめて暮しているであろう安手の木造アパート群は、小津流の江東の舞台設定であり、見逃しは出来ない。売春宿に向う決心を迫られた妻時子が、ふと、鏡台に映った自分をみつめ、〈女〉として通用するかどうか思い迷うショットなど、田中絹代の好演もあって、抜群の冴えを見せている。ひょっとすると負けず嫌いな小津は、時任謙作のミスキャストや、シナリオの半端さにいち早く気付き、兎も角〈失敗作〉と自ら断定することで終止符をうち、外野からの声を遮断してしまい、忸怩たる思いは、自分の中に閉じこめてしまったのではないか。そんな気もしてくる。そうでないと、日頃オクターブは低いと自認する小津が、妻を小突いて階段から突き落してしまうドラマチックなシーンでも、夫の修一は階段の途中まで降りて来て「大丈夫か？」と訊ねるに止まる程度で、部屋の奥のテーブルの前に頭をかかえて坐ってしまい、ようやく足を引きずりながら上って来た妻に、「大丈夫か？　歩いてみろ」などと空々しく尋ね、揚げ句は、「この先長い人生だ。いろんなことがあるぞ。もっとどんなことがあるかも知れないが、どんなことにも動じない俺とお前になるんだ。どんなつらいことがあっても、笑って信じ合ってやって行くんだ。それでこそ本当の夫婦なんだ」とお説教じみた修一の演説でエンドマークを打つなど、小津映画らしい智慧も品格もない終り方に、納得のしようもない。

　所がだ。ここに十七歳の佐藤忠男が登場するのだ。

鉄道教習所の生徒だった佐藤は、初めて小津映画『風の中の牝雞』を新潟の満員の映画館で見て、非惨な物語に、ただわけもなく悲しくなって涙を流したという。

　後年（一九七一年）、佐藤忠男は『小津安二郎の芸術』（朝日新聞社）の中で、その感動を説き明かす。

「この映画は、当時の荒廃した風俗を、つくりものの廃墟のセットなどでモノモノしく再現したどんな作品よりも深く、敗戦ということの問題点を掘り下げた作品であったと思う。そこには、敗戦によって日本人が失ったものは何か、という問題が出されている。もちろん、多くの生命や家屋が失われたが、それは小津安二郎は扱っていない。小津が描いたのは、日本人の純潔の喪失ということである。もちろん、そこに描かれているのは、生活に困った主婦の売春という、いつの時代にも世間にありがちな単純な出来事にすぎないし、似たようなかたちの売春問題を、小津は昭和八年（一九三三年）の『東京の女』でも描いている。しかし私は、敗戦直後のこの時期に、小津が、その問題をあえてとりあげたというところに、強い意味を感じないわけにはゆかない。すなわち、そこで失われたものとして見つめられているのは、たんに一人の主婦の肉体的な貞操だけではなく、すべての日本人の精神的な純潔性そのものなのではあるまいか。

　この映画のもっともすぐれた場面は、妻の売春を知った修一が、妻にその連れ込み宿のありかを聞いて、訪ねて行くところである。月島の、いかにも場末らしい町の横丁にあるその連れ込み宿の二階に上って、誰か女をよこすようにとおかみに言って待っていると、この家の窓の下に小学校の校庭があって、その向うから、子供たちの歌う《ドレミファ、ソラシド》の音階練習の歌声が聞えてくる。そこで、佐野周二の演じる修一が、なんとも言えない居心地の悪そうな表情になる。このとき、小学生たちの歌声が表現しているのは、戦前から少しも変らない、汚れのない心情の何かであり、それによって、なんとも居心地が悪そうになる修一の表情が表現しているのは、彼自身の純潔の喪失ということであろう。売春をしたのは妻であるが、そのことに腹を立てて、この連れ込み宿に調査にやってきた彼ははたして無垢なのだろうか。そもそも、戦場で人殺しに従事してきた人間に、売春をした妻を責める資格があるといえるだろうか。小津はこの場面で、そこまで問題点を鋭くしぼって見せていたわけでは必ずしもないが、そんなふうにまで感じるほど、この場面にかすかに聞えてくる小学生たちの歌声（引用者注＝「夏は来ぬ」）と佐野周二の表情の効果は微妙である。

　そこに、文谷千代子の演じる、まだ若い、おとなしそうな、あまり露悪的なことなど言わない娼婦房子がやってくる。修一は彼女に、なぜ売春などするか、と質問し、苦しい生活の事情を聞いて金だけ置いて外に出る。そして、その連れ込み宿のすぐ裏の隅田川に面した空地をぶらぶらしていると、そこに房子がやってくる。自分の家から弁当をもってこの連れ込み宿に通っており、弁当をここで食べるのだという。それに、あんな連れ込み宿に一日中いるのは嫌だから、客のいないときはここでぶらぶらしていて、客が来たら呼んでもらうことにしているのだという。……晴れた空、さわやかな風、あくまでものんびりしたうららかな風景なのであるが、そこにたたずんでいる二人は、ともに、失われた何か貴重なものに対する苦渋で胸をいっぱいにしている。

……あの敗戦後の日本映画で、他のどの作品が、これほどの悲痛な思いをこめて、われわれの失った何かについての苦渋と悲嘆を描き得ていただろうか……野原で弁当を食べるということの、素朴な健康さと、彼女が娼婦であり、それを恥じているということの間に生じるアイロニーこそが、おそらくは小津の言いたかったことのすべてなのである。それは、痛苦に満ちた風景である」

正直言って私は愕然とした。

あれだけ不評を買い、本人も野田高梧も、失敗作と断定している『風の中の牝雞』を、誰が何と言おうと、自分の眼でみつめ、小津の作意を探り、キチンと画面で指摘する佐藤忠男に、畏敬の念を覚えた。こんなにも、ナイーヴに映画をみつめ、独自の受け止め方を発表する佐藤忠男に、襟を正した。

正しく斎藤良輔との脚本段階では、娼婦房子の登場は、復員兵の修一を描く上で、重要なキーマン的存在であった筈なのに、佐野周二の余りの大袈裟な熱演ぶりに、小津流時任謙作の人物像が、吹っ飛んでしまったのだと思われる。

残念ながら小津の死後とは言え、小津映画を正面から、心を空しくして見つめる人がいることに、私は感動したのだ。

『晩春』

『牝雞』に線を引いてしまった小津は、野田高梧の説得を入れ、一転して『晩春』を撮った。

キネマ旬報社の『小津安二郎集成』によれば、清水千代太は、「やはり小津の技術は冴えている。淡々たる描写で、しかも陰影こく、年を経た艶はいよいよ光りを増した。まことに立派な芸である。父と娘の二人だけの生活、その愛情が描かれる。何の事件もない。しかし父と娘の生活の最後の道程は、それ自身一つの人生劇とも見られる。小津安二郎は、父と娘の心象の動揺を日常の生活の断片からつかみ出して見る。たのしみながら、その心象を映しとる。見るもあざやかに、また香高い」と言い、水町青磁は、「『晩春』を一見して、印象批評の第一声を聞いてみるがいい。〈スガスガしい〉という一言に要約される。私の発言ではなくて、大かたの発言であった」と言った。いわゆる小津贔屓の批評家からは、概ね好評だったようだ。

ただ、製作された昭和二十四年（一九四九）というのは、敗戦から四年目、それこそ日本中が虚脱状態の中で、小津は、闇屋や闇市の横行、パンパンの跋扈、進駐アメリカ軍の横暴と、荒廃した世相や焼跡の残骸の撤去もままならない有様を、全く意識的に避けている。これは前作の『牝雞』とも同じだが、この『晩春』では、トップシーンから北鎌倉の円覚寺塔頭の庫裏で行われているお茶会に始まり、能楽堂の舞台やら、外苑の並木道やら、京都東山の塔に飛んで清水の舞台や竜安寺の石庭と、戦火を受けなかった日本の美しさや伝統の芸を前面に押し出している。

ここに蓮實重彦の登場である。蓮實はその著『監督 小津安二郎』（筑摩書房、一九八三年）の〈快楽と残酷さ〉という章の中で、〈壺の画面〉について述べている。少し長いがその骨子を以下に抜粋する。

『晩春』の終り近く、笠智衆と原節子の父娘が泊る京都の旅館の寝室に置かれている壺を捉えた固定場面《フィックス・ショット》がそれである。

――かつて後妻を迎えることを不潔だわと非難したこともある父の友人の三島雅夫一家と名所見物をしたあと、二人して宿の蒲団に横たわる。電気を消すと、雨戸のない寝室の障子に月影が落ちる。すべてはこの舞台装置の一変したのちに起る。娘は、三島の後妻の上品な容

『晩春』（1949年）花嫁衣裳の曾宮紀子（原節子）と父親の周吉（笠智衆）。原は小津映画に初出演だった。Ⓒ松竹

貌が、きたならしさとは無縁のものであることをさとり、自分の過去の言動を悔いているといった言葉をかたわらの父親につぶやきかける。気にしてはおらんだろうと応ずる笠智衆は、それを口実に何かを訴えかけようとする娘のかたわらで、早くも寝息をたてはじめる。原節子は、黙ってその視線を天井の方に向ける。壺の画面が姿を見せるのはその瞬間である。

ポール・シュレイダーはこの壺の画面を人間と自然との「乖離を解決するのではなく、それを静止状態に凍結」しながらも、逆説的により高次の一体化を実現しうる形式のみごとな達成の一例として語っている。小津作品では、禅におけるように、静止状態が〝風流〟の気分と、とりわけ〝もののあわれ〟を引き起す。人間はふたたび、しかし今度は愁いをもって、自然と一体になるのだという。

一つの壺は言うに及ばず一つの壺の画面も、それ自体としては決して「風流」でも「もののあわれ」でもない。またそれ以外の何ものかであることもないだろう。だが、それが「風流」や「もののあわれ」であろうとする道を完全に絶たれているわけでもない。一つの壺の画面が、一定の文化圏で、図像学的ななにがしかの象徴的意味を帯びることは大いにありうるからである。

それなら、『晩春』の壺の画面の象徴的な意味の一つとして「もののあわれ」を選びとることも許されているといえるだろうか。それは原則として見るものの自由だということになろう。ここで重要なのは何が見えるかではなく、どのように見えるかという点である。というのも、この旅館の寝室の片隅の光景が、小津には例外的に逆光で撮影されているという事実である。

白昼の作家としてすべてを鮮明な輪郭のもとに、しかも表面に万遍なく光線をあてて示すのが常であった小津が、事物をシュリエットとして描き出したことなどあったろうか。もちろん、逆光といっても、障子の月明りがきわだたせる物影は、完全な暗さそのものには達していない。しかし、キャメラは明らかに障子を正面に捉えているので、壺は、その輪郭の部分を鈍い光で包まれた影となってスクリーンに浮き上ってくる。この例外的な光線処理は、ゆかた姿の原節子が電燈を消した瞬間に予想をこえた明るさで障子に落ちる月影によって、同一画面でありながらも照明が全く異質のものとなり、構図そのものが一変してしまったかのような印象を与えるということの例外性に対応している。壺は、こうした例外的な光線をうけて姿を見せるのである。

親子が旅さきの宿で並んで寝るという光景は、『父ありき』（一九四二年）にも『秋日和』（一九六〇年）にも存在する。だがそこでは、父と息子、母と娘という同性の親子である。性を異にする親子が並んで眠るという状況は、小津にあっては極めてまれなのである。しかも、その二人ともが結婚をひかえた身であるという点を考慮してみるなら、原節子をはじめて主演女優に迎えた小津安二郎は、きわめて猥褻な主題に直面していることになる。事実、ここには、性がまぎれもなく露呈されているのだ。放埒な性的夢想を楽しむ姿など想像しがたい笠智衆の表情にもかかわらず、娘の姿態が、性的な欲望の震えをあからさまに伝えているのである。もちろん卑猥な細部の介入は周到に避けられているが、同じ寝室を共有した父に向って、枕にのせた顔を天井に向けて語りかける娘の視線は、この瞬間をいつまでも長びかせたい期待に潤っている。この艶やかな瞳の輝きを薄暗がりの中に定着させようとしていた瞬間の小津が何を考えていたか、それは知ることは出来ない。だが、蒲団からのぞいた原節子の顔は、その瞳から愛を放射しているかのようなのだ。

それを父親への肉親愛と考えておけば事態は安全だし、その方が小津的でもあろう。しかし、その振舞いが、屈折した心情を隠していないだけに、瞳を介して彼女の存在が父に向っていっせいにおし拡げられているのを間近から眺めているわれわれは、そこにきわめて生々しい性の露呈を感じとらずにはいられない。彼女は、無限に拡がり出してゆく自分の存在を、父が愛として受けとめてくれるものと期待している。この関係はまぎれもなく性的なものである。――

もともと、この蓮實の指摘するエレクトラ・コンプレックスを言い出したのは、岩崎昶が最初だ。岩崎は、「京都の宿は、いつまでも印象に残る名場面である。娘は悲しそうな顔をして、父親といつまでも別れたくないし、別れて嫁にいってもこれ以上幸福にはなれないと思っている。そして彼女は父親が自分を嫁に出して後妻をもらうのかもしれないと考えて父親に対して激しく嫉妬する。久しく妻を失った周吉と婚期のおくれた紀子との間には、潜在心理的な性的結合が生じている。実の父親に対して娘の抱く性的コンプレックス、心理学者のいうエレクトラ・コンプレックスを小津はここで扱っている。／宿の一室の狭い畳にならべられた寝床の上でこの父娘の会話は交される。ベッドはここでは重大な意味のある象徴である。この寝床の上で、娘は父から性的に解放され、新しい夫の腕に移ってゆくことがはじめて可能になるわけである。／この種の場面は独身の小津にとっても、一つの性的解放の意味を持つ」（キネマ旬報別冊「小津安二郎・人と芸術」一九六四年）という。私は小津の〈独身〉は関係ないと思うが……。進歩派の岩崎らしからぬ推論と断ずる。しかし、蓮實のこだわる逆光を浴びるシルエットの〈壺〉への言及はない。

デヴィッド・ボードウェルは『小津安二郎 映画の詩学』（杉山昭夫訳、青土社、一九九二年）の中で、〈壺〉を〈紀子は見ていない〉という、小津のキャメラアングルは、人物の見るアングルとは一致しないという点を指摘している。

『晩春』の中で、二人が床の上に横になると、紀子は、父の友人で男やもめの小野寺が再婚したのを〈不潔〉だと言ったのを謝るが、父親はすでに眠っている。彼女は微笑みながら電灯を消す。障子に葉の影の模様と棚の上の壺のシルエットが浮かぶ。再び紀子にカットすると微笑みは消えている。彼女は顔を向うに向ける。再び壺と障子の影がカットされてこのシーンは終わる。／シュレイダーは、このシーンが、避け難い父との別れに対する紀子の悲しみを伝えると解釈している。すなわち、壺は純化された彼女の感情を表象するのである。／ドナルド・リチーは、紀子は自分が結婚しなければならないことを知っており、壺は彼女の感情だけでなく我々の感情をも受け入れ、このことが彼女との同一化を生み出すのだ、という。／どちらの批評家の議論もさほど明確ではないが、両者とも、紀子が壺を見ており、これが彼女の反応に変化をもたらすと考えているようだ。リチーによれば、〈私たちと娘の双方にこの壺が示されている間に〉、彼女は悟りに達するのだという。これらの解釈は、不安定な前提に基づいていることが判る。最初のいくつかのショットで、障子は紀子の背後に設定されていたので、第一のショットも第三のショットも、彼女が壺を見ているショットとは言えない。紀子の新たな視線の方向を裏づけたり否定したりする第五のショットがないからだ。小津による視点の手がかりの削減は、このシーンをかなり不安定なものにしており、それに対するいかなる解釈も、こうした曖昧さを考慮に入れなければならない」とボードウェルは説く。

　ボードウェルは、自ら〈ネオ・フォルマリスト〉と称するように、作品の物語性よりも形態性を重視するノエル・バーチの視点を受け継ぎながら、バーチのように小津を西洋的規範の侵犯者と見なすのでなく、新たなシステムを生み出す創造的な監督として評価する。

　勿論、小津が常用する〈空舞台ショット〉や、〈視線の意識的な混乱〉など、まだまだ新発見や新説が登場するだろう。

　ここで、蓮實説に戻ろう。蓮實が言うように、画面はどう受け止めようと見る者の自由だし、その画面をどのように見るかも自由だから、この原節子の顔と、逆光（月明り）に照らされ、シルエットで浮ぶ壺や障子の竹の葉影のカットバックを、小津は、初出演の原節子を迎えてきわめて猥褻な主題に直面している、と言おうと、紀子＝原節子の姿態が、性的な欲望の震えをあからさまに伝えている、と言おうと、勝手である。

　さて、小津は、この蓮實説をどう受け止めるか？「オレは、そんな難しく撮っちゃあいないよ」とつぶやくか、「ヒッヒッヒッ……品性の問題だね」と言うか……。

　私は、蓮實重彦を、独自の鋭い感性を持った人だとは思う。でも、壺にこだわりすぎだ。あの〈空舞台ショット〉は、壺と同時に、障子に浮ぶ竹の葉のシルエットを見逃してはいけない。画面の大きな部分を占める竹の葉影はどう見ているのか、壺も竹の葉影もひっくるめて、彼女は、無限に拡がり出してゆく自分の存在を、父が愛として受けとめてくれるものと期待している、のか？　原節子は、そんなに愛を放射しているのか、そんなに性的だろうか？　私は、あの原節子の大きな瞳、ギラギラする肌、娘ざかりの健康さ、美しさを、性の露呈とは思わないし、あのシルエット・ショットを、川端康成の描き出した「日本の美」に対抗する「小津流美学」の名場面として胸の奥に蔵《しま》っておきたい。

　このエレクトラ・コンプレックスについては、キネマ旬報社の『小津安二郎集成Ⅱ』の中で、趙容瑶という研究者の「小津映画における『性』のテーマ」という一文の中でも触れられている。

「京都の宿の夜、その部屋で寝支度をする父と娘。同じ部屋の中で浴衣姿の二人。手で髪をなでる紀子（原節子）の姿態は、父（笠智衆）を誘惑するようにも見える。しかし、それも父の鼾によって挫折してしまう。／ここでのショットは、告白しようとする紀子→父の寝顔→壺と父の鼾→紀子の切なげな悲しい顔→父の鼾、という具合につながっているのだが、一度目の壺のショットには、父の娘の愛を回避する場逃れ的な鼾が伴っていると見ることが出来る。二度目の壺のショットは、娘のまだ告げ切れていない愛の告白への渇望と、さらに一層その状況から逃亡を完璧なものとする父の鼾が重なり合って、一種異様な性的昂りをも感じさせるものになっている」と、蓮實説をなぞらえる。

　更に趙は、『東京物語』（一九五三年）にも言及し、終り近く、原節子が舅（笠智衆）に対し「あたくし猾いんです。お父さまやお母さまが思ってらっしゃるほど、そういつもいつも昌二さんのことばっかり考えてるわけじゃありません」と告白する場面で、確かに自分を性的な存在として認識しているセリフでありながら、義理の父である笠智衆への愛の告白と見ることも可能である。ここで笠智衆は彼女の夫昌二の父であると同時に、異性である。一般的に異性にこのようなことを語るということは、相手の慰めや愛を間接的に求めているという告白であると見ることが出来る。すなわち、「何かを待ってるんです」というセリフは「あなたの愛を待ってるんです」という、小津らしい暗喩的置き換えである。この『東京物語』での未亡人（原節子）の性のテーマは、疑似的な近親相姦的潜在意識を示していると言える、と趙は指摘する。

どうも物欲し気でいけない。観念的エロス派は、何が何でも小津のエロスに偏見を持ちすぎる。

「えらいことになったぜ、小津さん」私は、思わず、小津さんに囁く。小津さんはまた、あの得意の「ヒッヒッヒッ……品性・下劣！」を連発するのだろうか……。

小津映画の「性」に対する新説・珍説は、益々エスカレートしてゆくのだろう。私はそんな傾向に対し、『晩春』の京宿の、あの原節子が好演した娘ざかりの健康さを、それこそ日本の〈女〉の最高の美しさだと確信している。

さて、話を一転させる。『晩春』の終り、原節子のお嫁入りの名シーンである。

「長い間……いろいろ……お世話になりました……」
「ウム……幸せに……いい奥さんになるんだよ……」
「ええ……」
「幸せにな……」
「……」（深く頷く）
「なるんだよ、いい奥さんに」
「ええ」
「さ……行こうか」

で、紀子を気づかいながら、笠と原が出てゆく。杉村（まさ）が二人を見送り、後を追う時、改めて部屋を一廻り見廻して出てゆく。

「あの一廻り、小津さんは、どういう注文だったんですか？」私は直かに杉村さんに訊ねたことがある。

「どうって……先生はね、忘れ物はないかって見廻すんじゃなく、何となく気持を残して、ひょいひょいひょいと廻ってくれって仰有ったのよ」

〈気持を残す〉——まさに小津さんの演出の真骨頂なのだ。数々の空舞台（評者によっては〈空ショット〉という人もいる。大船の現場では空舞台と呼んだ）が問題になるが、みんなこういう思いを残したものが空舞台になるのだ。流石、杉村さんの廻り方、思いは、完全に残って、名演技になっている。

『麦秋』

「これはストウリイそのものより、もっと深い〈輪廻〉というか〈無常〉というか、そういうものを描きたいと思った。その点今までで一番苦労したよ……芝居も、皆押しきらずに、余白を残すようにして、その余白が後味のよさになるようにと思ったのだ」（キネマ旬報 一九五二年六月上旬号）と、小津は自作について語っている。

川本三郎は、小津安二郎についてのエッセイの中でこう言う。

「『東京物語』の原節子は、戦争未亡人という設定である。戦争が終ってもう八年になる。夫は学徒動員で出征し、戦死したが、一人暮しの彼女のアパートの部屋にはまだ夫の写真が飾ってある。部屋を訪れた老いた母親（東山千栄子）と、死んだ次男昌二の嫁（原節子）は、死んでいった死者を共に思って、静かに心をかよわせている。死者が二人を結びつけている。『東京物語』が、単純に一家族の物語を超えて、より深い感動を与えてくれるのは、この「不在の死者」のために思えてならない。戦争で死んだ者と、生き残った者、その乖離は余りに大きい。生きた人間に出来ることは、ただ黙して死者を想うことしかない。『東京物語』には、小津安二郎の、そういう死者への哀悼の念が、刻み込まれているように思えてならない。

『東京物語』だけではない。『麦秋』（一九五一年）の菅井一郎と東山千栄子は、戦争で次男を失っている。戦死通知がなかったのだろう。

東山千栄子は、もしやという微かな望みで、ラジオの「尋ね人」を聞いている。その老妻の姿を見ながら、菅井一郎の方は「もう駄目だから」と呟く。日曜日、国立博物館の庭の芝生に坐って、どこかの子供の糸の切れた風船が、空高く上ってゆく。「きっと子供は泣いているよ」と二人で見上げながら自分たちの育てた息子たちの少年時代を重ね合わせ、言葉を詰らせる。ここにも、不在の死者がいる」。

空高く舞い上り、やがて見えなくなってゆく風船（このショットの撮影は小津・厚田にしては上手くないが）、このシーンになると私はいつも、〈ああ、蕪村だ〉と思う。小津が、蕪村を意識したかどうかは別にして、蕪村の世界であることは間違いない。

高橋治に『蕪村春秋』（朝日新聞社、一九九八年）という名エッセイ集がある。それによると、「凧《いかのぼり》きのふの空のありどころ」という蕪村の句について、凧は揚がっているのかいないのか。凧を見上げての句だとの解が圧倒的に多いという。以下、高橋のエッセイの骨子を抜粋する。

『麦秋』（1951年）間宮紀子（原節子）。小津は「（『晩春』より）すべての面で成長している」と原を讃えた。©松竹

尾形仂「昨日も同じ所に上がっていたような気がする。永遠の時間の流れと無限の空間の広がり、思いは少年の日の記憶へとさかのぼってゆく」

山本健吉「同じ所に、今日もまた揚っているのだ。永遠の昔からそこにあり、またこれからもそこにあるかのように、凧は同じ所に居据っている。その不動である……倦怠感」

麻生磯次「作者はもの倦い気分で、凧をさっきからぼんやりと眺めている。昨日も同じところに……去年も同じだったように思う。あるいは少年の頃より毎年同じだった……そういうとりとめない思いで、凧を眺めている……」

萩原朔太郎「ガラスのように冷たい青空。その青空の上に浮かんで、昨日も今日も、さびしい一つの凧が揚っている。飄々として唸りながら、……いつも一つの遠い追憶が漂っている」

中村草田男「目が誘われてふと見上げてみると、広い大空にただひとつの凧が一点にじっととどまっている。きのうの空もすんぶん違わずこのとおりであった」

付与するものに違いがあっても、凧が同じ位置にある点では五者全く変りはない。上五の「凧」を、「凧が」（揚がっている）の省略形と受けとるからだろう。それを、仮に「凧の」と考えてみると、下五の有り所の重みがぐんと増す。凧があって当然の見なれた場所に、凧があるのか、ないのか。改めて句の内容が問われることになる。

小津安二郎の名作『晩春』で、娘の原節子が嫁いだ後、父親の笠智衆一人きりになった家の内部を、次々にうつし出す場面がある。ミシンが消え、鏡台が消え、と、二人の生活を成り立たせていた家具が失われる画面の積み重ねは、科白《せりふ》で描くドラマ以上の衝撃効果を持っていた。

画面を拭うように消す技法をワイプという。有り所の空はなんどワイプしても不変である。だが凧は動くものだから、ワイプしたら姿を消していることもあり得る。いつも同じ場所にあるより、意味が深くなりはしないだろうか。――

高橋治は、「あえて異を唱えるといおうか、異をたてるといおうか。だから、無論、自分が正しいなどと主張するつもりはない」と断りを入れながら、異見を述べている。しかも、小津映画の特徴の一つといわれる〈空舞台ショット〉を持ち出して……。

異見ではない、卓見である。私は断然、高橋の卓見に共感する。凧も、風船も、ワイプして消えてしまえば〈無〉である。〈無〉の拡がりこそ、小津が求めていたものではなかったか。

フィックス・不動スタイルの小津が、動いた。而もクレーンを使った、と人口に膾炙した茅ヶ崎海岸砂丘のシーンで、たみ（杉村春子）の息子謙吉（二木柳寛）との結婚を決意した紀子（原節子）が、兄嫁の史子（三宅邦子）の心配に答えるセリフがある。

「（微笑を浮べて）ほんとはねお姉さん、あたし、四十になってまだ一人でブラブラしているような男の人って、あんまり信用出来ないの」

本読み（撮影開始前のリファサル）で小津は、このセリフの言葉尻に、「でも、小津さんは別よ」と、チャチャを加えて、当の原節子以下の爆笑を誘った、と、三宅邦子から聞いたことがある。

冗談の中に、本心が潜んでいる。小津の、『晩春』以来の原節子への思い入れは、並ではない。原節子が居たから、数々の名作が出来たとさえ言われている。

事実、原節子の年輪が増す毎に、原の役柄を少しずつ年嵩にしている。『晩春』の、匂うような娘から嫁入り、『麦秋』の売れ残りと自称する娘から子持ちの男への後妻、『東京物語』の戦死した次男の嫁というか、若き未亡人、『秋日和』の成人した娘（司葉子）の母、『小早川家の秋』の跡とり息子の阪大教授の未亡人、そして画廊経営者、どれをとっても、小津が原節子に托す、〈清純〉な、そして〈豊潤〉な美がある。要するに、小津は原節子が好きなのである。

対して原節子は、東宝の所属女優でありながら、小津映画から声がかかれば万難を排して出演している。こちらも小津を信頼しているのだ。

じゃあ一緒になればよかったじゃないか、と言われる。近頃の映画、TVの女優さんのように、結婚したり離婚したり、それが人気のバロメーターになると錯覚して、それ専門の女優まで現われる、実に阿呆らしい限りだが、小津・原時代は、好きイコール結婚ではない。男も女も、もっと奥ゆかしい。

司葉子とのインタビューで聞いたことがあるが、『小早川家の秋』（一九六一年）の撮影中、「夜、よく酒席が設けられたけど、こっちが、先生と原さんを並べて席を設定しても、お二人ともホントにシャイなお方だから、結びつけようという悪戯《いたずら》は成功しませんでした」という。

原節子は、小津の没後、私流の言い方をすれば、〈自ら筆を折ってしまったんだ〉と思う。引退とか大袈裟な物言いもなく、スクリーンから身を消してしまった。気持の上で殉じたのではないかと推察する。（後年、山内静夫と私が中心になって「小津・野田碑」を蓼科に建立した時、碑の裏に寄進者の二百五十名の名前を連記したが、その一番は、会田昌江である。注釈するまでもないが、原節子の本名だ。）

『麦秋』のラストシーン、大和の麦秋も、見事なショットだ。

麦畑の向うを、僅かばかりの村人たちに付添われて花嫁が通ってゆく。それを見ながら、引退した老夫婦（菅井一郎、東山千栄子）の会話がある。脚本といい演出といい撮影といい上手い。くどいようだが再現する。

志げ「――どんなところへ片づくんでしょうねえ……」
周吉「ウーム……」
志げ「――紀子、どうしてるでしょう……」
周吉「ウーム……みんな、はなればなれになっちゃったけど……しかしまア、あたしたちはいい方だよ……」
志げ「……いろんなことがあって……長い間……」
周吉「ウム……慾を言やア切りがないが……」
志げ「ええ……でも、ほんとうにしあわせでした……」
周吉「ウーム……」

麦畑（シーン145）
よく熟れた麦の穂先を、サヤサヤと渡る六月の微風――
大和は今、豊穣な麦の秋である。

このラスト、麦畑の移動ショットといい、その上を渡る微風といい、遠くの民家の白い壁といい、藁葺《わらぶ》き屋根といい、実に見事だ。小津安二郎も、厚田雄春も、野田高梧も、それこそ、快心の作だ。日本的という意味では、これ程、日本的な映画はない。

こだわり

〈バンさん（私のニックネーム――後述する）は、何でそんなに小津さんにこだわるのか〉と、よく訊ねられる。どうも相手を納得させるような返事も出来ぬまま、〈私が、人生で出会った一番大きな人〉と、答えるしかなかったし、〈好きなんだなァ小津さんが……〉と笑うしかなかった。

『風の中の牝雞』封切りの頃だから、昭和二十三年（一九四八）の後半だと思うが、松竹大船が今度は戦後一期生の助監督を募集した。脚本研究生だった私も、これに応募し、助監督に転向した。仲間は、鈴木清順、斎藤武市、松山善三、中平康（故人）など八人だった。

小津監督に初めてお会いしたのは、その助監督部へ入って間もなく開かれた所内各部対抗の野球大会だった。撮影・照明・現像・演技・大道具・小道具など強豪各部に混って、監督部も参加するのだが、総監督兼一塁手の小津と、二塁手大庭秀雄、右翼手佐々木康の三人しか監督は居ない。後は助監督が穴を埋めるのだ。新米助監督の私にも、三塁手のお鉢が廻って来た。主将兼投手の十五年助監督の長老が、プレイボール直前、私をマウンドに呼んで曰《い》うのである。「オイ、井上君、いいか、ファーストは小津先生だぞ、ゴロを捕ったら、いい球を投げろよ、先生の胸元へ。余り強い球はダメだぞ、フワリと柔いストライクボールを先生の構えたファーストミットに投げるんだ、いいな」。案の定、私はプレッシャアに負けて、小津さんの頭上遥かに大暴投した。ベンチに戻った時、大先生に向って「スイマセン」と謝ると、「ああ、いい、いい。打つ方で頑張れよ」とやさしい御託宣だった。

さらばとばかり、力んで打席に入れば、これが空振り三振。ただ運よく捕逸で、振り逃げセーフとなった。こうなればこっちのものとばかり、私はすぐさま二塁へ盗塁した。セーフ。ただここで、滑り込んだ拍子に、なけなしの茶色いズックが、パックリ口を開けてしまうのである。帰ったら補修しようと、私はもう片方も脱いで裸足になり、両手にズックを持って三盗した。これもセーフ。監督部のベンチが湧いた。小津さんが手を叩きながら周りに訊いた、「オイ、何って言うんだ、あのデカイの」「バンさんです」「バン？　蕃って、高砂のか？」「判りません」「うーん、あのハダシだしな、嘉義農林かもしれんな」

嘉義農林というのは、戦前の甲子園中学野球で台湾代表として勇名

大船撮影所内各部対抗野球大会での小津安二郎。

を馳せ、後に巨人軍の外野手として強肩・強打・足の速いことでも人気のあった呉昌征を生んだ中学校なのだが、爾来、大部屋のオバさん女優たちの間では、私が台湾の蕃族で嘉義農林出身、バンというニックネームも小津さん命名と信じられてしまった。

昭和二十八年（一九五三）まで、私は、渋谷実・川島雄三の助監督をやり、小津さんとの接点はないのだが、四月になり、突然その日が来てしまった。小津さんのセカンド助監督で、『戸田家の兄妹』（一九四一年）や『父ありき』などに従き、『遙かなり父母の国』（一九四二年〜四三年）のスタッフで、敗戦時にはシンガポールの収容所でも小津さんと一緒で、連句で憂さを晴らしていた雨粧亭（本名、塚本芳夫。元は粧吉）が、紫斑病で撮影所隣の三菱診療所に入院したからである。当時、監督助手会は所長直属の部で自治制だった為、課長に代って三名の幹事がいたのだが、西河克己・今村昌平は仕事で留守、一人私だけが、渋谷実監督作品・斎藤良輔執筆の『青銅の基督』（一九五五年）のシナリオ待ちで遊んでいた為、その対応はすべて私にかかってしまった。塚本さんは二日後、容態が急変して亡くなった。茅ヶ崎館で、野田さんと『東京物語』を執筆中だった小津さんも駆けつけたが、如何ともし難く、松尾食堂横にあった撮影所の宿泊施設「コロイド」に遺体を移して、通夜を行った。小津さんの悲嘆、見るに堪えず、集まったスタッフも黙々と冷酒を口にした。暁方四時、郷里の挙《ころ》母《も》（今の豊田市）から、ご両親が到着、愁嘆に、皆泣いた。取り敢えず、小津さんは「月ヶ瀬」食堂へ仮眠の為引き取って貰い、ご両親には隣の部屋を用意して仮眠して貰った。

　翌日昼、所内の試写室の大船会館に遺体を移して、全所員に告別して貰い、夜、再びコロイドで通夜をした。小津さんの懇願で、笠智衆さんが、阿弥陀経を上げた。

　その翌日、逗子の火葬場で骨にして貰い、ご両親につき添って小津組のチーフ助監督の山本浩三（青枕）さんと私が、挙母の本葬に出席することになった。西下の列車が大船駅を通過する時、小津さん、野田さん、笠さんや厚田さん以下のスタッフが、ホームに整列して、遺骨とご両親を見送った。

　それから一、二ヶ月して『東京物語』が脱稿、ロケハンが始った頃だと思うが、月ヶ瀬の麻素子さん（後に佐田啓二夫人）が、ひょっこり助監督室に来て、「バンさん、先生が一献差し上げたいそうよ、色々塚本さんのこと、ご苦労さまって……」と言伝《ことづて》があった。

　ロケハン帰りらしい小津さんは、やおら、あの白いピッケ帽を脱ぐと、「雨粧亭のこと、ほんとによくやってくれた。アリガト」と、私の前に深々と頭を垂れた。私は飛び上って、「いえいえ、山内静《しい》ちゃんや清水富《とみ》さんなど、小津組のスタッフがやってくれたんです」と打ち消すと、「いや、仲間は仲間、ボクはバンさんがすべてやってくれたの、見てたよ。まっ、一杯いこう」と、ぐい呑みをすすめてくれた。確か〈酔心〉の特級酒だと思うが、小津さんの一言が、胸に沁みた。なんせ、『シミキンのスポーツ王』（一九四九年）以来、新橋・新宿・浅草・吉原と、川島雄三を囲んで何人かの助監督と、安酒を呑んだくれていた私にとって、小津さんのすすめる銘酒は効く。呑む程に酔う程に、地が出る。「ねえ、小津さん、小津さんのあの停った画で、今の日本、この敗戦後の動乱の日本人、描けますかね」とからみ出した。「ホウ、君ならどうする?」「あの治《おさま》ったフレームをぶちこわしますよ」「ホウ」「だって変転極りない世界・人物を捉えるためには、小津映画風のスタイルやテンポでは出来ない。画面からハミ出したって、手持ちキャメラで画面が揺れたって、ぶれたって、いいんじゃないですか」「ホウ……」

小津さんは、「ホウ」「ホウ」の連発で、別に怒った風もなく、最後に、「オイ、バンさん、君が一本になった時、もう一度今日オレに言ったこと言ってみろ」と言った。そしてもう一ト言、「明日っからも、所内でオレに会ったら、挨拶しろよ」と、笑った。

『東京物語』の撮影が始まったある日、麻素子さんを介して、月ヶ瀬に呼び出しがかかった。何事ならんと顔を出すと、「まァ呑め」に始まって、「今度の東京駅ロケ、徹夜だし、エキストラ多いんだ。応援に来てくれよ」と曰う。

取りつけたばかりの東京駅の例の電光掲示板がカシャカシャカシャと、21時00分、特急、安芸、広島行と文字が打ち出される、10番ホーム下の待合所である。長椅子に腰を下ろした笠と東山を囲んで、杉村・原・山村が一団となって見送りに来たショットである。「これだと名古屋か岐阜あたりで夜が明けますかねえ」の山村のセリフから始まるショットのテストが始まった。「ヨーイ、ハイ」の声と共に、キャメラの左右や後から、エキストラ達は私の指示に従ってぞろぞろ歩き出し、画面を横切ったりした。驚いたのは、小津さんと厚田さんである。すぐさま、テストを中止させ、「オイ、バン、キミはロングのトラを動かしてくれよ」とキャメラの傍から追い出されてしまった。キャメラがフィックスなら、待合所の混雑を見せる為エキストラをざわざわさせてやろうとしたが、軽く一蹴されてしまったわけである。

小津さんは別に怒った風もなく、お咎めもなかったので、私の悪戯は、空振りだと思っていた。二十年後、蛮友社の『人と仕事』を出版する頃になって、ある日『東京物語』を見直す機会があって、それこそハッとした。あのショットの頭に、キャメラの上手から通路を消えてゆく女エキストラの後姿が数コマ残されているのである。小津流の、それこそ何気ない待合所の雰囲気としてである。キャメラ傍から私を追い出しながら、小津流の奥ゆかしさで、私の意図を数コマ残して呉れたのだ。どうも私は小津さんの、そういう傍若無人に対する奥ゆかしい配慮に、弱いのかもしれない。

昭和二十九年（一九五四）の日活再開に合せて、小津さんは昭和二十三年（一九四八）に斎藤良輔と書いた『月は上りぬ』（一九五五年）を、田中絹代の第二回監督作品（監督デビューは昭和二十八年の新東宝作品『恋文』）として提供し、監督協会のプロデュース作品として、スポンサーの電電公社と折衝を始める。

私は、渋谷実の『青銅の基督』の隠れキリシタンや転びバテレンの調査でヘトヘトになった挙句、そのまま京都に残って『父と子と母と』という関西電力の中篇映画を京都映画の下賀茂撮影所で撮った。

この頃から、野田さんや小津さんの周りに、『早春』（一九五六年）のサラリーマングループのモデルになった横須賀線グループが集り、それこそ、杉さんやノンちゃんや金魚らしき若者たちが、小津さんや野田さんを引っぱって、天園のハイキングやら、野猿峠のヤキ鳥屋に行ったりした。偶々、野田高梧さんが、長兄の野田九畝（日本画家）さんから譲られた蓼科のアトリエ「雲呼荘」を、茅ヶ崎館に代る執筆場所として選び、弴先生をご招待する山荘として「井筒荘」を借用することになった。日活再開で移籍した山本武に代り、山内静夫が『早春』以降のプロデューサーになったこと、『東京物語』の後の京都旅行・九州旅行は、弴先生を中心に、小津・野田・笠・那須良輔などだったことなど、自然の成りゆきだった。

『早春』が好評裡に封切られると、小津さんは雲呼荘に近い片倉製糸の山荘を借り、「無芸荘」と名付けて仕事場にした。従って宙に浮いた井筒荘は、私の第一回の監督作品『ああ薄情』の想を練っていた私と山内久が、占拠したわけである。モリエールの『守銭奴』のアルパゴンを翻案した話なのだが、そう右から左にはシナリオ化出来ず、行きづまると、二百メートル下にある雲呼荘に出掛けて、『東京暮色』（一九五七年）の脚本に取りかかった小津・野田さんのお燗番をつとめた。小津さんは熱燗、野田さんは人肌（弴先生はヌル燗）と決っていたが、お酒は兎も角、脚本の方は、難航を極めたようだ。

小津さんは、キネマ旬報の〈自作を語る〉で、「若い女の子の無軌道ぶりを描いた作品だといわれるが、ぼくとしては寧ろ笠さんの人生――妻に逃げられた夫が、どうして暮して行くかという、古い世代の方に中心をおいてつくったんです。若い世代は、いわばその引き立て役なのだが、どうも一般の人々はその飾りものの方に目がうつってしまったようです」と語っているが、誰もその言葉を鵜のみにする人はいないだろう。

昭和三十一年（一九五六）晩秋、蓼科第一作を完成した小津・野田さんは、世話になった地元の湯川の人々を無芸荘に招いて、大完成祝いを催し、湯川区長の両角利市さんを伴って下山して来る。午後の新宿駅には、山内静夫・厚田雄春・清水富二などのスタッフは勿論、佐田啓二と結婚間近かな麻素子さん、笠さん、山内久や私など歓迎陣が出迎える。車を連らねて、銀座の東興園へ行き、二階を借り切った大宴会が始まった。久しぶりの東興園で、さぞかし小津さんはご機嫌と思いきや、顔色優れず、メーターも上らない。山内久と私は、丁度この日が千秋楽という俳優座の『守銭奴』を観る為、中座してしまった。

三時間余りの後、まさかと思いながら東興園の二階を覗いた久と私は、いきなり眼の据った小津さんから、「オイ、二人、一寸ここへ来い」と、呼ばれてしまった。神妙に小津さんの前に坐ると、「何処へ行ったんだ」と、キツイ声である。「いえ、アルパゴンが今日千秋楽なので……」「アルパゴンでもペンタゴンでもいい。中座するなら、初めからこの席に来るな。新宿で挨拶して帰ればいいだろう」「ハイ」「オレに対しても、利市さんに対しても、この席にいる皆に対しても、失礼とは思わないのか」「……ハイ。スミマセンでした」「詫びて済む問題じゃない。人間の品位の問題だ」小津さんは異常に執拗だった。

その間、野田夫妻は勿論、久の奥さんの玲子さんも、一言も言葉を差し挟まなかった。後年、私が『生きてはみたけれど――小津安二郎伝』を撮った時、山内玲子さん〈野田高梧長女・山内久夫人・脚本家・筆名立原りゅう〉のインタビューで、玲子さんは驚くべき秘話を披露した。

「『東京暮色』の時、小津さんは、父とコンビを解消すべきだったのよ。二人の執筆が難航してる時、小津さんはよく私に、『野田さんが書いてくれないんだよ』とコボしたの。で、私、『書かないなら、別のライターを探せばいいじゃありませんか』って言ったら、しばらく『うーん』と考えていて、『玲子ちゃんなら、誰がいいと思う』って訊くの。色々と、ライターの名前が挙がったけど、結論は、小津さんも私も、菊島隆三さんだったのよ」

ひょっとしたら、小津・菊島コンビで、全く違う『東京暮色』が誕生したかもしれないし、『彼岸花』（一九五八年）以降の小津映画も、全く違う作品になっていたかもしれない。

でも、小津さんは何故、野田さんと決別しなかったんだろうか。『懺悔の刃』（一九二七年）以来、いざとなると一番頼りにしていた野田さんとは、やっぱり別れ難かったのか？

昭和八年（一九三三）の「映画評論」野田高梧研究特集の中で、小津さんは次のように言っている。

「僕の今迄の作品の総てが二十八本で、その中で、十一本が野田さんの脚色で、その他に多少とも色々相談にのっていただいたのが七本余り、錦絵の裏うちにくばられた細かな心づかいを、迂闊にも、しばしば見過して、あえなく反古になった数々の脚本に対しては、つねづねまことに相済まぬと思っている次第です。ご存知のとおり、実際家の活動の脚本は、読物風には書かれてはおりませんけれども、出来上った映画から脚本を見る素人の当て推量よりは、遥かに構成の妙味を、直截に含んでおります」

普段から諍いを好まない小津さんではあるが、この仕事に関しての妥協というか、この我慢は、一体、何だったのか？

私は、ハタと思った。小津さんは『暮色』を執筆中の野田さんとの軋轢を引きずったまま、蓼科から新宿に戻って来たのではないか、でないと〈中座〉ぐらいで如何に礼に悖《もと》るとはいえ、あれ程しつこく、座が白けているのを承知で、私や山内久を叱りつづける筈がない。

いやいや、私はまた、ハタと思った。そうか、『風の中』で、佐野周二が、妻の絹代さんを、異常と思える程、しつこく怒りまくるのは、普段温厚に見える小津さんの気性の中に、火が点いたら止らない、いや止らないどころかどんどんエスカレートしてゆく、何かメラメラと燃える部分があるのだ。そう思えば、『戸田家の兄妹』のラスト・シークエンスで、佐分利信が、お母さんや妹を邪魔もの扱いにして盥《たらい》廻しにしたと、兄の斎藤達雄や妹の坪内美子に延々と怒りまくるのも、小津さんの気性の中に、怒り出したらブレーキが効かなくなる何か特別の正義感というか倫理感のようなものがあるのかもしれない。後にも先にも、小津さんに叱られたことはこの一回だけだから、私にとっては忘れ得ない強烈な思い出となってしまった。

さて、先ほどの、『東京暮色』の〈自作を語る〉に戻ろう。

佐藤忠男は、『小津安二郎の芸術』の中で——

「これではまるで、作者の意図を理解しない観客のほうに責任があるようだが、それは無理というものであって、この映画では、笠智衆の父親は主人公とは言えない程度の脇役としての出場《でば》しか持っていないのである。観客が、原節子と有馬稲子の姉妹を主役と思い、妹の無軌道さとそれに心を傷める姉の気持を主として見てゆくのは当然なのである。ただ、この発言は、負け惜しみであるにしても、小津が、妻に逃げられた初老の男の、かたくなで孤独な気持をもっと深く描きたいと考えていたことを示している。もしかしたら、野田高梧との意見の相違はそこらにあったのではあるまいか。……しかし、小津はその孤独の内面をもっと無残に暴いていってみせようとはしていない。

ただ、老年の人生の無残さを予感させるイメージとして、ラストの、山田五十鈴の別れた妻が北海道へ汽車で出発する（上野駅ホームの）シーンは、……小津の全作品中でも、珠玉の名演出のひとつにかぞえられる見事なものである」

と指摘している。全く同感で、片や、うだつの上らない亭主を伴って都落ちしてゆく老女と、片や運動部出身の学生かOBだろうか、明大の大きな校旗を立てて〈白雲なびく駿河台〉を歌う学生達に送られ、前途洋々の旅立ちをする若者、何ともこのコントラストがいい。ひょっとして長女が見送りに来てくれるかもしれないと、曇ったホーム側の窓を、ハンカチで必死に拭う老女、何とも絶望的な寂寥感が滲み出ている。これに加えるとすれば、無軌道というより母の過ちの中で生れた〈出生の秘密〉を、必死で探る有馬稲子の体当り演技と、同じく小津映画初出演ながら、何気ない脇役の「珍々亭」の親爺を、飄々と演じる藤原釜足の好演を見逃してはならないと思うのだ。

アキレス　キレンス　コマリンス

またまた野球の話になって恐縮だが、昭和三十二年（一九五七）七月、〈里見弴古稀、大佛次郎還暦を祝う野球大会〉が、何と、後楽園球場を借り切って行われ、小津さんは里見軍の一塁手として出場する。『東京暮色』封切りの後で、まるで野田高梧との不協和音を振り切ったように、颯爽たるユニフォーム姿なのだが、それはそれ、何とかの横好き、今度は一塁ファールフライを捕り損ね、アキレスを切断して引っくり返ってしまうのだ。

ただ小津さんという人は律義だから、両先生を囲む文士たちの二次会・三次会と銀座のバーにも、皆に抱えられて顔を出し、最後は、扇ガ谷の里見弴先生宅。結局、翌午前三時、北鎌倉の自宅へ担ぎ上げられた。夜が明けても痛みは治らない。一日我慢し、翌々日、流石の小津さんも〈やせ我慢〉の限界。

早朝、突然、野田静夫人から電話がかかった。まだ『ああ薄情』の脚本が出来なくて、逗子の山内久家に居候していた私に対してである。「ね、バンさん、小津さん、相当痛いらしいのよ、今、お母さんから電話があったんだけどね、鎌倉の何処か、骨つぎさんに連れてってくれない。何せあの図体だからね、オンブ出来るのは、バンさんしか居ないのよ」。

当時の模様は、『小津安二郎・人と仕事』（蛮友社、一九七二年）に私の一文がある。

——背中の小津さんは、ひどく重かった。スタスタと小倉遊亀さんと共用する坂道を下りるまでは調子が良かったものの、粘土質の土層もあらわな、背丈一杯の手掘りのトンネルをくぐる頃には、ヤセ我慢の背中はズッシリと重く、私はちょっぴり、小津さんの立派な肩巾を恨めしく思った。

「すまねえな、バン」背中の声は、そんな私の心を見抜いていた。「中の脚じゃ歩けねえしな……」ワザと伝法な口調だった。テレている時の小津さんの癖だ。「ザマはねえな」言いながら小津さんは、必死で腰を浮かせ、体重を私にかけまいとして却って身をコチコチにしている様子が、ヒシヒシと私の背中に伝わった。

手術は、長谷の片山医院で、事もなげに行われた。後楽園で切ってから二日近く放って置いたばっかりに、切断面が縮み上ってしまった腱の端と端を、針金で結わえてキリキリと引っぱり合わす手術は、見ているだけで痛い。小津さんはしかし、ウメキ声一つ立てなかった。

いや、ウメキ声を出したのは附き添いの私で、恥しながら、貧血を起してひっくり返った。立ち合っていた山内静夫や清水富二に抱えられて、控室に寝かされ、とんだ〈ますらを看護夫〉だと株を下げた。

ギブスの小津さんは、そのまま自宅に戻らず、北鎌倉の香風園へ逗留した。洋式トイレがあるからというのが主な理由だった。（ホントは、母堂に迷惑かけたくなかったのが真相だ）

「シビンってえ奴は、どうもこぼしそうでいけないよ。大体、瓶の口が太すぎるのが気に入らねえ、あんな太くなきゃあ、困る奴がいるのかねえ……」

そう言って、小津さんはヒッヒッヒッと歯の間から息のもれる笑い声を立てた。

アルコールを断っている故か、また痛みが激しかった故か、小津さんの眠りはひどく浅かった。あんなに普段ゴーゴーといびきをかくせに、コトリとも言わなかった。闇の中で、目覚めている気配に、寝呆け看護夫が慌てて起き上り、「トイレですか」などと聞こうものなら、きまって「いや……」という声が返ってきた。

「痛むんですか？」

「いや……」

小津さんはとうとう香風園逗留中の一ヶ月、一度も「痛い」とは言わなかった。勿論、一度も痛そうな顔も見せなかった。余程、ヤセ我慢の大家なんだろうと思った。

そのくせ、手術の翌日、突然、庭の植込みの蔭からクリーム色の上布を召した里見先生がお見えになり、飛石づたいにヒョイヒョイと飛ぶような歩き方で入ってこられた時、小津さんの顔は、一瞬パッと紅をさした様に輝き、ギブスの足を引き寄せて正座しようとした。その少年のような恥らいが、私にはひどく印象的だった。——

その一ヶ月後、小津さんの足はやっぱり野田さんのいる蓼科に向う。

八月の末、二人は仕事をする気もなく、ぶらぶらと酒を呑んでいた。
小津さんは蓼科日記（一九五七年八月二十七日）に、戯れ歌を書く。

——切っても切れざるものあれど、
　切れざるものを切るるとや。
男女の仲にことよせて、
　よまひ言云うわれなるや。
わが弱《よわ》脚のアキレスの
　切るるともなく切るるとは……。
われはあるなり三つ脚。
小さき、細る中の脚、
　古沢庵にも似たるかな。
幸、われの中の脚、
　中なる脚のアキレスは、
アキレス程に恙がなく、
　右なる脚の脚くびの
アキレス、キレンス、コマリンス。
ああわれ、切れたるアキレスの
常住座臥のつれなさは、
　むかしむかしのさむらいの、
いぶせき宿に唐傘を
　貼りし宿世に似たるかな。——

豆腐屋はトーフしかつくれない

そしてまた一ヶ月、意気地のない今侍は唐傘代りに、『浮草物語』（一九三四年）のリメーク、『大根役者』を書き始める。

そしてまた一ヶ月、『大根役者』を脱稿して、佐渡へロケハンに行くが、この年暖冬で、佐渡の積雪少く、製作は延期となる。私は雪の故ではなく小津さんのヤル気が少なかったんだと思うが——。

生前の溝口健二監督を介して〈大映で小津映画を是非一本〉という永田雅一社長や松山英夫常務の願いにほだされて仕事にとりかかったものの、『浮草物語』をリメークしなければならない程、小津、野田コンビが行きづまっていた証拠と言えなくもない。

ここに、時の氏神が現われる。弴先生が、小津映画化を想定した『彼岸花』なる小説を書き下ろされるからだ。

二人は一気に『彼岸花』の映画化に立ち向う。『大根役者』出演で待機していた山本富士子を三十五日間借り、松竹の要望も入れて、初のカラー作品（アグファ・カラー）にすることも決った。

この頃からだ。小津さんが「豆腐屋にトンカツつくれったって、豆腐屋は豆腐しか作れない。まァ、無理してもガンモドキまでかなあ」と言えば、野田さんも呼応して、「鶏を描きたい奴に、富士山描いてくれったって、ろくな富士山は描けない。何しろ、鶏を描こうと思って頭の中は鶏で一杯なんだから」と、開き直ったのだ。

また同じ時期、岩崎昶、飯田心美との座談会で、〈ぼくの信条〉と称して、小津は、

「ぼくの生活条件として、何でもないことは流行に従う。重大なことは道徳に従う。芸術のことは自分に従う。

どうにも嫌いなものは、どうにもならないんだ。不自然だと百も承知で、しかもぼくは嫌いだ。そういうことはあるでしょう。理屈に合わないが、嫌いだからやらない。こういうところからぼくの個性が出てくるので、ゆるがせには出来ない。理屈に合わなくとも、ぼくは、そうやる」

と、大見得を切って、開き直りの弁明ともとれる発言をしている。

さあ、今度はこっちだ。山内久と相談していたオリジナル脚本『あ

あ薄情』は会社から却下され、桑野みゆき・山本豊三主演で、『野を駈ける少女』（一九五八年）を、第一回監督作品として撮れと内示を受けたからだ。仲間の助監督たちは、兎も角お仕着せだろうと何だろうと撮った方がいいと、例の塚本芳夫の通夜をやったコロイドに集って、ワイワイ本直しの相談をやっている。結局、皆に尻を押される形で、信州へロケハンに出掛けた。富士見高原や入笠山を廻った帰り、折角ここまで来たんだからと、『彼岸花』執筆中の蓼科雲呼荘を訪ねた。小津さんは、やおら濡れ縁にどっかとあぐらをかくと、

「一つ。兎も角な、テストは五回以上やれ、それも、上手い方からダメを出せ。上手い方に五つダメを出したら下手な方は一つだ。上手い方だって、そのダメを消化するのに必死だ。下手な方は一つだからゆとりを持ってこなせる。出来たら、もう一つだ。上手い方にはまた五つだ。上手い方はどんどん上手くなるが、下手な方だって一段ずつ階段を上る」。私は、咄嗟に、あの『麦秋』の杉村さんと原さんを思った。上手い、下手を、杉村さんと原さんに振り分けては、原さんに大変失礼になる話なのだが、——現に、昭和二十六年（一九五一）の『麦秋』封切り当時、小津さんは時事新報（九月十四日）のインタビューに答えて「原節子は、内面的な深さがある演技で、脚本に提示された役柄に対する理解力と勘は、驚く程鋭敏です。演技指導の場合も、こっちの気持をすぐ受取ってくれて、すばらしい演技で解答を与えてくれます」と答えている——やっぱり私は、即座に、あのシナリオも演技も演出もすべて揃ったあの名シーンを思い浮かべた。

「実はね。——紀子さんおこらないでね、謙吉にも内証にしといてよ」

「なアに？」

「いいえね、へへへ、虫のいいお話なんだけど、あんたのような方に、謙吉のお嫁さんになって頂けたらどんなにいいだろうなんて、そんなこと考えたりしてね」

「そう」

「ごめんなさい。こりゃあたしがお肚ン中だけで考えてた夢みたいな話……。おこっちゃ駄目よ」

「ほんと？　小母さん——」

「何が？」

「ほんとにそう思ってらしった？　あたしのこと」

「ごめんなさい。だから怒らないでって言ったのよ」

「ねえ小母さん、あたしみたいな売れ残りでいい？」

「え？」（と耳を疑うように見る）

「あたしでよかったら……」

（思わず）「ほんと？」（と声が大きくなる）

「ええ」

（乗り出して）「ほんとね？」

「ええ」

「ほんとよ！　ほんとにするわよ！」（と思わず紀子の膝をつかむ）

「ええ」

「ああ嬉しい！　ほんとね？（と涙ぐんで）ああ、よかった、よかった！　……ありがとう……ありがとう……」

やっぱりいいシーンだ。

「それからもう一つ」。小津さんは言った。

「迷ったらロングに引け。それでも決らなかったらドンデンに返せ」

「ハイ」

新人監督に対し、これ程適切なアドバイスはない。要するに現場は、撮影中、あれやこれや前の晩考えたコンテと齟齬をきたす場合が多い。そんな時、うろたえて、迷う姿は、絶対にスタッフや、俳優さんに見せてはならないと言っているのだ。ロングなり、ドンデン（キャメラポジションを今までの方向から、真反対に変えること）に返せ

ば、ライティングだけでも一時間や二時間はかかる。要するに、その間の仕切り直し中に、頭を冷やせということだ。

アキレスの香風園の頃から、「もう渋谷は判ったろう。俺んとこへ来い」と言っていた小津さんだから、余程ウドの大木のような私が危っかしかったのかもしれない。

実際、撮影中、NG王（小津さんよりNG率が多い）と言われ、残業王（いつも終るのは八時・九時）と言われた。おまけに、富士見高原ロケでは雨にたたられ、ジェネレーターのトラック（自家発電の大きなモーターを積む）が谷に転落してしまうハプニングにも見舞われて、とうとう、製作課長から〈ロケ中止・引揚げ〉の命令まで出てしまった。ここで引揚げたら一巻の終りと、こっちも承知しているから、会社命令は握りつぶし、粘りに粘った。遂に予算は、大オーバー、誰が見ても、もう二度と監督は出来まいと思われた。所がである。昭和三十三年（一九五八）九月の小津映画『彼岸花』は大ヒットし、松竹の興行成績でも、記録的な大入りとなった。何と、『彼岸花』の併映作品（当時は、二本立て興行システム）は、『野を駈ける少女』だったのである。お蔭で、予算オーバー、大赤字もお咎めなし、クビは次回作まで繋ったのである。

名カメラマン宮川一夫（左）と。『浮草』（1959年）のロケにて。

小津さんという人は、日記魔だから、見た映画についても、メモしてあるのだが、特別いいものだけ、ホメ、また特別ダメなものだけ、一刀両断にする。当時で言えば、成瀬巳喜男の『浮雲』は後世に残る傑作とし、高峰秀子の成長を褒めている。木下恵介の『日本の悲劇』（一九五三年）、渋谷実の『青銅の基督』については駄作と斬り捨てた。勿論私の『野を駈ける少女』については一ト言も触れていないが、呑む度びに、「郵便ポストの穴から覗いたような画（シネスコサイズ）で、お前はよく映画が撮れるなァ」と揶揄《からか》われた。

もう一本だけ、メモしてあるものがある。『ハイ・ティーン』（一九五九年）だ。別に、いい悪いは関係なく、当時小津さんは、田園調布の佐田啓二邸を〈東京宿泊所〉と称し、酔っ払うと、佐田・麻素子夫妻の世話になっていたから、『ハイ・ティーン』完成祝いを佐田邸でやるとなれば、いくら何でも松竹で試写を見て置く必要があった故だろう。ひょっこり佐田邸に現われた小津さんは、「オイ、見たぞ」と私の肩を叩いて、どっかりと席に着いた。主演の佐田さんには何と言ったのか、その辺は判らない。「見たぞ」だけだから、勿論、いいも悪いも判らない。

『お早よう』（一九五九年）の後、小津さんが小鼻を蠢めかせて、「この節、アメリカのご婦人たちにもオレのファンが増えたらしくてね、しょっちゅう国際電話をかけて来て、『お早よう』『お早よう』と連呼するおバサンがいるんだ。こっちの夜は、向うの何時になるのかな、オイ、カッコ、お前今度出てくれよ」。

約束の時間、私のガールフレンド（今はかみさん）のカッコが出ると、相手のご婦人は、オハイオ州の小学校の先生で、『お早よう』を見て感激したこと、オハイオの子供たちにも『お早よう』の話をしたこと、オズの声を聞いて嬉しかったということだった。オハヨウもオハイオも一緒くたになるから、お早ようの連呼になったようだ。

『大根役者』を再び改題して『浮草』（一九五九年）にした小津さんは、佐渡を諦め、伊勢・志摩・波切を舞台に、鴈治郎・京マチ子・若尾文子・川口浩・杉村春子などで、大映永田ラッパさんへの義理を果す。

小津さんから、東興園のシューマイが食べたいと連絡があったので、陣中見舞旁々《かたがた》、大映多摩川スタジオのセットに行った。偶々《たまたま》かあやんの家のセットで、鴈治郎さんと杉村さんを庭向けに撮っていた。

面白い〈闘い〉を見た。カラー画面から色を消し、モノクロのように撮りたいキャメラマンの宮川一夫さんと、ひょいと自分の好きな赤を画面にあしらいたい小津さんが、テストの間、交互に出て行っては、赤い薬缶をフレームインさせたり、フレームアウトさせたりしているのだ。

一回テストが終ると、小津さんは、名優二人に寄っていって鴈治郎さんと杉村さんにダメを出す。そして帰りがけに、赤い薬缶を少々ズラしてフレーム・インさせ、キャメラのループを覗きに戻る。例によってローポジションだからループを覗く為には、小津さんは畳に腹這いになる。と、キャメラを離れた宮川さんが、何気なく小道具などを触った後、さっき小津さんがフレーム・インさせた薬缶をズラして又、アウトさせてしまう。二人とも大人だから諍いはしない。が、共に主張は強いから、テストの間中、赤い薬缶をめぐって出したり入れたり無言の繰り返しがつづく。どうなるか見ていると、最後は女房役の宮川さんが控える。でも、単純に引き下がるわけではない。ライティングを変えて、薬缶に当る光をセーブしてしまうのである。赤も明りを当てて貰わなければ、赤ではない。それが双方の妥協点である。

「泊っていけ」の一ト言で、多摩川辺りの芭蕉園に泊めて貰う。

風呂へも入らず、小津さんと宮川さんの明日のコンテ打合せが始まる。色鉛筆と定規で、小津さんの台本と同じように、宮川さんはカット割りの線を引く。先刻の赤い薬缶の争いが嘘のように、宮川さんは「ハイ、ハイ」と小津さんのカット割りには素直である。

だから、意外に早く、お酒になった。

丁度、大映多摩川のセットで、『貴族の階段』（一九五九年）を撮っていた吉村公三郎監督も合流して賑やかになった。戦前の『暖流』（一九三九年）も好きだったし、戦後帰還第一作『象を喰った連中』『安城家の舞踏会』（ともに一九四七年）、『わが生涯の輝ける日』（一九四八年）と、あの大船撮影所の中に敵なしとばかりに上を向いて歩いていた吉村さんが、『春雪』（一九五〇年）を最後に、新藤兼人さんと松竹を、おん出たことに、多少の義憤も感じていたので、懐かしかった。

飲む程に酔う程に、小津さんが、やおら口を開いた。

「オイ、ハムさん（公三郎の公をもじった吉村さんの愛称）、ラストでジャリかましちゃいけないよ」

「え？」吉村さんの顔が一瞬うろたえ、眼鏡の奥の視線が、怪訝に宙を泳いだ。そして、思い当ったように、

「ああ、『夜の河』（一九五六年）のラストですか？」

「うーん、画だけ見りゃあ、西陣の甍越しにメーデーの人と旗の波が行くなんて、いいショットに見えるかもしれないけど、あのラストで赤旗が飜っちゃあ、お客さんの気持は素っ飛んじゃう……」

「ハァ……」意外に素直だ。

「所詮映画はエンターテーメントだからな。ラストで急に芸術ぶったって家路をたどる足は重くなるだけだ」

吉村さんも宮川さんもシュンとしたが、一番シュンとしたのは私だった。なんせ、何本も撮っていない映画の、ラストはみんなジャリ喰わしているものな。ひょっとしたら、小津さんは、吉村さんと会っているうちに、私の映画を思い出し、チクリと一本ジャブを入れたのかもしれない。

昭和三十六年（一九六一）の五月、小津さんがスタッフ慰労会など

で贔屓にしていた横浜の南京街「海員閣」二階の広間で、奇妙な宴会があった。集ったのは、『早春』のモデルになった須賀線会（後に蓼科会）のサラリーマンや大学助教授たちと、笠・須賀・桜むつ子・三上真一郎たち俳優陣と、小津・野田夫妻・佐田夫妻・山内静夫・厚田雄春・下河原友雄など四十名ばかり。

スクリーン代りの白いシーツに、元幕内の青ノ里のちょん髷姿の顔が映る。

スライド機をいじる世話人の今村昌平が、「この顔、見覚えありますか？……井上バンです。井上バンは、今でこそ大船のカントクとしてイバっていますが、何を隠そう、昔はこれこの通り、両国国技館で相撲をとっていたのです」とやれば、もう一人の世話人の山内久が、「カッコの親爺さんは、活動屋との結婚などもっての外と、てんで相手にしてくれません。おまけに初めてのデートにバンが連れてったのが浅草座のストリップと来ては、二人の永すぎた春は何時迄経っても終らない。それで今日の〈野合承認式〉になった訳です」

仲人ならぬ立会人の小津さんが「結婚っていうのはする時しないと何時までも一人でいることになる。身近かにも、そういうドジな男がいる」とやったので、大受け。「でも、カッコって娘は殊勝な所もあって、ボクと野田さんの肩を揉むからという約束で、毎月一冊配本される筑摩の文学全集を、野田さんに払わせている」と暴露すれば、野田立会人は、「私は、キレイに〆ましょう。一番好きな句をカッコに贈る。――冴えかえり冴えかえりつつ春半ば――」。すかさず小津さんが「じゃボクは酒豪バンに贈る。――今朝秋の腹に酒なし物の味　几董」とやり返す。宴会は、後は老酒でメチャクチャ。カッコは、実は、『早春』のノンちゃん（高橋貞二）のモデル（ホントはトラちゃん）の妹であった。

せんぐりせんぐり

『小早川家の秋』にしても、『秋刀魚の味』（一九六二年）にしても、私は、小津さんと野田さんのコンビが、話をつくるのに、あんなに七転八倒している姿を見たことはない。

〈老い〉を書き、〈孤独〉を書き、それを〈死〉に結びつけ、永劫回帰の輪廻観で、本人も周りも納得してゆく。而もそれは、陰鬱ではなく、微苦笑を交えた明るさの中で進行すること、これが人生の〈晩年〉を描こうとするお二人の苦渋だと思った。だから、敢えて厳寒の蓼科で、脚本を書いた。

『浮草』で生かせなかった鴈治郎の飄逸さを、前面に出した。

だから心筋梗塞で倒れ、危篤で集まってくる親戚縁者の前に、ケロリと、ひょっこり生き返って来るシーンも、孫とかくれんぼをしながら、長女の新珠三千代の眼を盗んで、嘗ての女、浪花千栄子の元へ脱出するシーンなど、冴え渡った演出で、流石にカット割りの上手さと、エディティングの上手さを感じさせる。

然し、特筆すべきは、浪花の家での急死から、火葬場、葬列への見事な捌きだ。ロケセットの焼場の煙突は、少々違和感があっていただけないが、その煙突から出た薄い煙を遠くに見ながら、笠智衆と望月優子の百姓夫婦が、「やっぱり誰ぞ死んだんやわ」「死んでも死んでも、あとからあとからせんぐりせんぐり生れてくるワ……」「そやなア……よゥ出来《でけ》とるわ……」と、ごく当り前に、人の死を受け流してゆく会話は、印象に残る。

そして、葬列が渡る長い木の橋。川原の石仏とカラス。黛敏郎の「涅槃シンフォニー」を思わすエンディングもいい。小津さんの円覚寺「無」のお墓に参ると私にはいつも、あの黒御影の石の中から、葬列のシンフォニーが聞えてくる。

『秋刀魚の味』の脚本も、再び、越年の雪の中だ。だが、お二人の決意とは裏腹に、小津さんは肩の痛み、歯の痛みを訴えている。そんなさ中、おふくろさん（あさゑ）の訃報である。

「ばばあ、とうとう、いっちまいやがったか……」。タオルをとると、勝手口を出て、庭の流し台の蛇口からじゃあじゃあと水を出し、何度も何度も顔を洗った。洗っても洗っても、あふれてくる涙は止めようもなく、拭いても拭いても涙はあふれた。厳寒の二月初である。

何時のお正月だったか、私が北鎌倉の小津邸へ新年のご挨拶に伺った時のことだ。

小津さんは酔うほどに、「ばばあ」「ばばあ」を連発し、「このばばあは俺が飼育してるんだ」などと言う。ご母堂はさばけた方で、意にも介さない。遂に、「俺がこのばばあの胎の中から泳いで出て来た時はなあ……」と胎児時代の子宮探検記を身ぶり手ぶりでユーモラスに始めるが、ご母堂はニコニコ笑って聞いているだけだ。蒲田時代を知る伏見晁さんの奥さんから伺った話では「物凄く気のつくやさしい方で、小津さんもあのお母さんがいたから、甘え放しで、お嫁さんなんか要らなかったんじゃないですか」と言って居られた。私も、ひょっとして小津さんはマザコンかな、なんて思ったこともある。

野田さんは、『秋刀魚の味』が遺作では小津さんも可哀想と言ったと伝えられているが、私は単純にそうは思わない。〈老い〉に伴う無惨さは、鱧《ハモ》教師の東野英治郎やその娘の杉村春子だけでなく、論《あげつら》う教え子の同窓生一同にもしのび寄っている。見る人が、それをぞっと思うか、笑い飛ばして、自分はまだまだと思うか、小津さんは敢えて一同を追いつめず、どこまで〈無聊〉を感ずるか、その深度は各自お任せと、突き放している。周りが明るく、若ければ、〈孤独〉の深度もそれに比例すると、秋刀魚の味に準《なぞら》えている。

小津映画初出演の岩下志麻が、原節子とは時代が違う育ち方をした初々しい娘役を好演した。岸田今日子の奥深さと、三上真一郎の息子のぶっきらぼうさも、実があっていい。

ふと思うのだが、親交のあった東山魁夷の画境と、小津映画の境地は似ているような気がする。涛音も渓音も細流《せせらぎ》も、見る人の心を流れている故かもしれない。

昭和三十八年（一九六三）の正月も、小津さんは野田夫妻と池忠（池田忠雄）さんと四人で、蓼科で迎えている。『大根と人参』やら『青春放課後』（一九六三年）やら仕事は眼の前にあるのだが、踏み込む気力はない。病魔がしのび寄っていた故かもしれない。

三月に、頸部に出来た腫物を、何処かの医者に診て貰いたいと、佐田さんに相談する。相当に痛むらしい。

佐田啓二の〈看護日誌〉によると――

親交のあった山王病院の緒方安雄博士（小児科の権威）に相談し、先ずは前田外科の前田院長の診断を仰ぎ、これは、すぐ手術した方がいいと、四月十日、築地の国立がんセンターに入院、十七日に手術している。簡単にすむというので、佐田が手術室の前で待っていると、大分時間が経過してから突然手術室のドアが開いて、飛び出して来た看護婦が、「アバレて、クルマから落っこちそうになるんです。力の強い人、おさえに来て下さい」という。とんで行くと、おやじさんは痛がって「ナンマイダ、ナンマイダ」と言っている。「縁起でもない」とたしなめると、「痛くて痛くて何か言ってないとたまらないんだ。言わせてくれよ、ナンマイダ」。悶えながら、なお続けた。

「お医者というのは〈痛み〉を治療することはしないんだね。〈痛いですか？〉〈痛いですよ〉〈そうですか〉で終りなんだからな」

手術のあと、コバルトとラジウム療法を施された。一週間ずつ、コバルトとラジウムの針を患部にさすのである。「一週間の長さときたら、どう説明していいか判らない。その辺にオノがあったら自殺したかった」と言うのだから、余程の痛さだ。〈痛みには指数がないね。

蓼科の雲呼荘（野田家別荘）縁側にて。左から野田高梧、小津、筆者、野田静（夫人）。小津は『早春』のころから蓼科でシナリオを執筆、のちには自分も別荘を借りた（無芸荘）。なお、野田高梧（1893〜1968）はサイレント期に小津映画12本の脚本を執筆した元松竹脚本部長（1946年まで）。戦後フリーになってからコンビが復活、『晩春』から遺作『秋刀魚の味』まで、小津映画を支えた。

きょうは112とか100とか、表わせない。痛いというコトバしかない〉

あのアキレスキレンスなどとは較べようもない痛さだったんだろう。

「それにしても、先生、がんだったのかもしれませんね。ガンマーやラジウムやられたんだから」と佐田が言うと、「そうだね、これでオレも一人前のトウフ屋になれたよ。ガンモドキつくったんだからな」と、大笑いしたと言うのである。

約三ヶ月に及ぶ入院生活の中で、見舞客は跡を絶たなかった。一日四、五十人も見え、病院側も一人五分に制限した方がいいと忠告に来た。「おやじさん、随分入りがいいじゃないですか」「ウン、題名がよかった、がんセンターだからな」「こんなに入りがよくちゃあロングランですね」「ウン、ちょいと退院するわけにはいかないね」

その退院の数日前、マシロ屋に連絡してくれと言い出した。いつも新調を誂える洋服屋さんだ。佐田が「今、痩せている時作ったら、肥った時着られませんよ」と言うと、「友達でね、病気して入院したが癒って退院する時、服がダブダブで、みっともなかったんだよ。そんな昔の洋服着るセンスがね」。結局、マシロ屋の親爺を呼んで寸法をとった。二着注文した。

でも、翌日「やめたよ」と翻った。佐田が「どうしたんですか」と訊いたら、「今、夏だろ、ワイシャツにピッケでいいよ。それに秋になったら、またどんな生地、どんなスタイルが流行るか判らないしな」と、ファッションを気にしていたのだという。

九月、佐田は小津が自分の長男貴一と一緒に写真をとったことがないと口実をつくって北鎌倉の自宅に行っている。

十月になって、今度は、東京医科歯科大学附属病院に再入院する。

がんは相当に進んでおり、頸部の軟骨をおかしていた。

「何も悪いコトした覚えはないのに、どうしてこんな業病にかかったんだろうな。この頃ユメを見るんだ。痛いユメばかりだよ」

オーデコロンを買っとくれという。佐田は、ベッドの中で用便するんで、気になって仕方がないとも言われたそうだ。

十一月十四日、佐田啓二の長女の貴恵子ちゃんの七五三。おやじさんに選んで貰った着物を着せて連れてゆくと、丁度眠っていたので、帰ろうかと思ったら、「おお、なんだ、貴恵子ちゃんか」と目をあけ、椅子の上にのせた貴恵子ちゃんと、〈スーダラ節や幸福を売る男〉を一緒に歌ったという。

十一月二十七日、危篤状態に入ってしまい、十二月十一日、見舞に見えた野田夫妻は、死相があらわれた顔を見て、「覚えときたくない顔だ」と目を閉じてしまった。

十二月十二日午後八時、還暦の誕生日に、生涯を終えた。病名は〈腮源性癌腫〉。

せめてもの慰めは、実の息子のように可愛がっていた佐田啓二一家に、最後まで看取って貰ったことだけだろうか。

寒い日だった。病院にかけつけたスタッフや私は、山内・厚田・佐田を残し、遺体に付添って貰い、私や清水富二は、一足先に北鎌倉に戻って、通夜の準備をした。石油空缶に穴を開け炭を入れ玄関やトンネルの入り口、浄智寺前などに置いて、ガンガン燃した。

夜の十一時過ぎ、ご遺体が戻って来た。一年の闘病生活から、お棺はひどく軽かった。私はあのアキレスの日の重さが一気に思い起されて、思わず、涙がこみ上げた。

十二時頃だろうか、喪服を着た原節子さんと杉村春子さんが揃って弔問に見えた。三和土に立ちつくしたお二人は、お迎えに出た厚田雄春の顔を見ると、いきなりその場で、号泣した。誰も、何も言えず、皆、目頭をおさえた。

築地の東本願寺の葬儀が十二月十六日に行われたことに関し、円覚寺の朝比奈宗源師のご都合か、東本願寺の日程の都合か、今は覚えていない。ただご遺体を保つため、ドライアイスをやたらとお棺の中へ入れたことは覚えている。

最後にお別れの花をお棺に入れた時、キレイにメイクした筈のデスマスクに、一センチ程の髭が伸び、その白い一本一本に、キラキラと水玉のような氷柱《つらら》がついていたこと、悽愴に迫るその顔に、「小津さんはまだ、生きたかったんだ」と痛切に思った。

葬儀は盛大だった。

監督協会と松竹の合同葬という形をとったが、委員長は城戸四郎社長、私も監督協会の代表として葬儀委員をつとめた。

黒澤明・山本嘉次郎・木下恵介・渋谷実・大庭秀雄・吉村公三郎と松竹・東宝を初め、各社の監督たちが参列した。

小津さんが日頃から畏敬し、また敬愛した里見弴先生が弔辞を読んで下さった。涙が止らなかった。

一段落して、控室で、整理が終る頃、松竹本社の経理部長が飛んで来た。社長からの伝言であるという。

「小津には色々貸しがある。香典は本社に収めるように」とのことだった。

「何?」私は思わず声を荒らげた。

丁度、会計の報告があって、当日のお香典は百三十万円、東本願寺、円覚寺朝比奈老師へのお経料、十数人の僧侶団への送り迎えの車代などを引いて百万円が、北鎌倉の自宅へ供えられる筈だった。

「そんなこと、今日、今の時点で城戸さんが言うのか」

「ハイ」

「だから松竹はダメなんだ。大体、松竹は小津さんをどう思っているんだ！　失礼極りない！　城戸四郎に言っておけ！　このお香典は松竹には渡さない。今日は先ず、北鎌倉へお骨と一緒に帰るんだ」

　私はいつの間にか激高して、経理部長を追い返した。


　年が明けて大船撮影所の新年会。城戸さんが乗り込んで来て、所長室に呼ばれた。

「井上君、キミはこの節、ウチの役員に対して不遜のコトバが多過ぎる。少し、他人《ひと》様《さま》のメシを喰って来たらどうだ」

「フリーになれということですか」

「まあ、そうだな」

「結構です。異存はありません」

　クビはまさに一分間で決まった。


　数日後、私は松竹本社に城戸さんを訪ねた。

久保秘書室長に木戸を突かれた。

「要件をこのメモに書いて下さい」。社長の命令だと言う。

「お別れのご挨拶」と書いた。

　大きな机を前に城戸さんは、目をつぶっていた。私はその前に進み出て、「お別れに来ました」と言った。城戸さんは無言だった。

「私は学生時代から城戸四郎の名前を知ってます。蒲田調・大船調をつくった人として……でも今はいけません。余りエラすぎて、周りが何も言えないからです。だから、社長がズレたことも言えないんです。でもハッキリ言ってズレています。松竹もズレてます。お願いです。日本映画史に燐然と輝くお名前を汚さないで下さい」

「言うことはそれだけか」

「ハイ。お世話になりました」

　私は深々と頭を垂げた。城戸さんは無言で私をみつめていた。


円覚寺で行われた四十九日法要の席、私は小津信三さん（安二郎実弟）・野田さん・山内静夫さんの前で、大きな声を出した。

「小津全集をつくろう！」

　それから十年、紆余曲折を経て、『小津安二郎・人と仕事』が出来た。

　その完成祝に、里見弴先生・大佛次郎先生に加えて、ソ連から帰国した岡田嘉子さんも駈けつけてくれた。

　城戸社長が挨拶された。

「井上というのは、元ウチの監督なんだが、ここまで小津にこだわる日本一の大バカ監督だ」

　森繁久弥さんがつづいて立った。

「バカだけでなく、日本一ヘタな監督でもあります」

　私はひどく冷静だった。高橋貞二が深夜、酔っ払い運転で、横浜桜木町で自動車事故死した報せを聞いて、小津さんは「バカな奴だ」と、思わず目頭を押えたという話を思い出していた。

　バカでもヘタでもいい。俺はまっ直ぐ、小津さんと正対している、何故って、俺の人生で出会った一番大きな人だから……。


　今、この拙稿を終えるに当って、私の目の前には、里見弴先生を初め、野田高梧先生、池田忠雄先生、小津信三さん、厚田雄春さん、下河原友雄さん、笠智衆さん、川喜多かしこさん、城戸四郎さん、書き出したらきりがない程の方々が現われる。

　蓼科の城の平に、小津・野田碑をつくろうと、東洋観光事業KKから相談を受けた東宝映画社長藤本真澄さんに慫慂され、山内静夫さんと私の二人が中心になって、『小津安二郎、野田高梧　有縁地碑』を建立した時、除幕をお願いした弴先生は、「東京駅・新宿駅・茅野駅、階段は全部バンがオンブしてくれるんなら参列するよ」と言われた。

小津さんが畏敬した弴先生、弴先生も小津さんを心の友として贔屓にした。

今、ここに東本願寺の小津安二郎葬儀での弴先生の弔辞を、しめくくりとして載せさせて頂くのが一番……。

弔辞　里見弴　(一九六三年十二月十六日)

小津君、君は綺麗なもの、間違いないことしか相手にしなかった。ねつい仕事ぶりで、自身納得がゆくまで押しまくった。ばばあは俺が飼育しているのだ、などと、始終ばばあ呼ばわりをしながら、こよなく母上を愛した。

いつも滑稽諧謔の悠適を失わず、これを道化の精神と誇称した。酒とおいしい物ならさァ来い、きたれだった。お洒落で贅沢やで身近の何から何まで特級品でないと承知しなかった。酔えばよく唄い、よく踊った。

てれ性の君の踊りは、頭から何かひっ被るか、半分がた客に背を向け、大きな図体でしゃなりしゃなりとそこらを歩き廻るだけのことなのだが、みずから老童謡と名づけて、老いたる童唄《わらべうた》を面白く作って聞かせた。また画を描く楽しみも知っていた。ほかにもまだいろいろと好きなものはあったろうが、大体以上の如き好み、というよりは先天後天の習性、手取り早くいって人柄は、余す処なく君の仕事のなかに生々とした象《すがた》を現わしている。君の人柄並に君の作品に魅せられる者は、当然のことながら、以上の如きものを愛する人だけに限られていたろう。ところが、君の予期を遥かに上廻って、そういう人たちが多かったせいだろう、時おり、俺は通俗作家だ、と自嘲めかして呟くことがあった。しかしこのことは、君にとってはもちろん、映画界はおろか、日本国にとっても、大層幸福《しあわせ》なことだった。そういう作品がいつまで残ってゆくのに、君自身は、急にこの地上から消え失せて了った。遺族の方々はもとよりのこと、旧い、親しい友達の何人か、なかんづく、毎回協同制作にあたっていた野田高梧君の夫妻、親子同然の間柄なる佐田啓二君の一家、孫のように可愛がった同家娘、貴恵ちゃん、君によって才能を伸ばされた幾多男女俳優諸君、叱言《こごと》と慈愛とを雨の如くに頭上から浴びせかけられた君のスタッフ、厚田・清水・山内等の面々、なおまた大勢の女性たちも含まれているだろう、そして最後に、一干支《ひとまわり》からも年齢《とし》の違う私まで置き去りにして、おまけに、われわれに伝えられて来た道化の精神を忘れさせて、さっさと母上のおそばへ行って了うとは、ひどい人だ、君は。ひとこと愚痴を零《こぼ》させて貰って、では、また会う日まで。小津君よ、さようなら。

(『小津安二郎・人と仕事』より)

蓼科の「有縁碑」の除幕式は雨だった。お約束通り、私は里見弴先生をオンブした。

先生は、司葉子さんと並んで除幕をして下さり、ご機嫌だった。

私の背中は、今も、小津さんと弴先生のお二人の重みと、ぬくもりを覚えている。

(了)

小津安二郎全集［別巻］
二〇〇三年四月十日　第一刷発行　二〇一六年一月五日　第三刷
編　者　井上和男
発行者　三浦和郎
発　行　株式会社 新書館
(編集)〒一一三-〇〇二四 東京都文京区西片二-一九-一八
電話 〇三-三八一一-二九六六
(営業)〒一七四-〇〇四三 東京都板橋区坂下一-二二-一四
電話 〇三-五九七〇-三八四〇　FAX 〇三-五九七〇-三八四七
印刷・製本　図書印刷株式会社
Printed in Japan ISBN978-4-403-15001-2